中国古典文学名著丛书

女仙外史

上

[清] 吕熊 著

華夏出版社
HUAXIA PUBLISHING HOUSE

图书在版编目（CIP）数据

女仙外史／（清）吕熊著．—北京：华夏出版社，2013.01（2024.09重印）

（中国古典文学名著丛书）

ISBN 978-7-5080-6329-4

Ⅰ．①女… Ⅱ．①吕… Ⅲ．①章回小说-中国-清代 Ⅳ．①I242.4

中国版本图书馆CIP数据核字（2011）第074567号

出版发行：华夏出版社

（北京市东直门外香河园北里4号　邮编100028）

经　　销：新华书店

印　　制：永清县晔盛亚胶印有限公司

版　　次：2013年01月北京第1版

2024年09月北京第2次印刷

开　　本：670×970　1/16开

印　　张：43

字　　数：648.7千字

定　　价：84.00元（上下）

前　言

《女仙外史》，全称《新刻逸田叟女仙外史大奇书》，成书于清康熙四十三年(1701 年)。作者吕熊，字文兆，苏州府昊县(今江苏省昆山县)人。吕熊生于明崇祯时期(1640 年左右)，卒于清雍正初期(1722 年左右)，一生跌宕坎坷，著述不多，只有这部长达 100 回、近 50 万字的《女仙外史》遗存于世。

历史上曾把《女仙外史》归类于神魔类清代白话小说。小说所讲述的故事背景是明初建文帝进行削藩，引发众王内乱，后燕王朱棣以“清君侧”为名举兵靖难，剿灭众王，于建文四年即帝位，即永乐皇帝。永乐十八年，山东蒲台一位奇女子唐赛儿组织白莲教，聚众起义，威镇山东，成为一个起义勤王、讨叛诛逆的女英雄。《女仙外史》的作者吕熊，根据朱棣与唐赛儿两个并不相关的历史人物及真实事件，巧妙地综合在一处，同时又将唐赛儿反抗朱棣的斗争，归结为天界中嫦娥(唐赛儿)与天狼星(朱棣)的夙怨，在故事的叙述中，依托史实，间以仙灵幻化，神魔斗法，各路魔、仙、佛、道人物纷纷登场，征战缠斗。《女仙外史》一经问世，立即引起轰动，市井争传，万众争看。清政府为此将此书划入淫书禁毁之列。

作者吕熊借古喻今，以旧撰新，演绎自己心中的一段历史情结，抒发了自己人生的肺腑之言，虽属不可信的编造，却在选材命意上有其新异之处。全书虽属臆造之作，但在结构规划、布局设计上，却体现了作者的独具匠心。

《女仙外史》开启了明清历史类白话小说明暗两线交错并行的先例，是中国长篇章回体小说由单线结构向网状结构发展的重要过渡。全书中倒叙、插叙、伏笔、巧设悬念、前后照应等手法运用自如，语言经过锤炼，也很见功力。特别是在战争描述上不像其他小说那样沿袭旧式套路，而是思虑周全，大用谋略，从而保持了故事的完整性。同时，《女仙外史》中还运用了张驰有度、犯中见避等多种巧妙的情节安排技法，使小说情节发展富有变化、悬念迭起。在人物的塑造上,作者也细腻地刻画了一位本是天仙嫦娥,却又下凡讨逆的神奇女英雄唐赛儿。当小说最后说到众人星散,功亏一篑、赛儿归天、全书结束时,读者多会为此掩卷叹息。可见这样一部“编造历史”的小说之独特的文学魅力。

这次重新整理出版的《女仙外史》,在文字校正、内容勘误上下了功夫,使今天的读者能够完整客观地欣赏到300多年前这部风靡一时的“畅销小说”,在品味阅读中温习故史,在休闲娱乐中启悟心灵。

此次再版,我们对原书中的笔误、缺漏和难解字词进行了更正、校勘和释义,对原书原来缺字的地方用□表示了出来,以方便读者阅读。由于时间仓促,水平有限,其中难免有所疏失,望专家和读者予以指正。

编　者

2011年3月

目　录

第　一　回

西王母瑶池开宴　天狼星月殿求姻

女仙，唐赛儿也，说是月殿嫦娥降世。当燕王兵下南都[①]之日，赛儿起义勤王[②]，尊奉建文皇帝[③]位号二十余年。而今叙她的事，有关于正史，故曰"女仙外史"。请问，安见得赛儿是嫦娥降世？劈头这句话，似乎太悬虚了。看书者不信，待老夫先说个极有考据的引子起来。

宋朝真宗皇帝，因艰于嗣胤[④]，建造昭灵宫祈子。诚格上天，玉帝问仙真列宿："谁肯下界为大宋太平天子？"两班中绝无应者，只有赤脚大仙微笑。上帝曰："笑者未免有情。"遂命大仙降世。诞生之后，号哭不止，御医无方可疗。忽宫门有一老道人，自言能治太子啼哭。真宗召令看视，道人抚摩太子之项曰："莫叫，莫叫！何似当年莫笑？文有文曲，武有武曲。休哭，休哭！"太子就不啼哭，是为仁宗皇帝。此道人，乃是长庚星。说的"文曲"，是文彦博；"武曲"，是狄青；皆辅佐仁宗致治之将相。要知成仙成佛者，总属无情。赤脚大仙一笑，便是情缘，少不得要下界去的。然而，此情又种种不同：或因乎喜，或因乎忿，或因乎恩爱仇怨。各随其所因，便要做出许多事来。试看古来英雄豪杰、忠臣烈士，如伍员之兴吴覆楚，子房之为韩报仇，关神武之讨贼伐曹，张睢阳之起兵拒寇，郭汾阳之再造唐室，岳少保之誓迎二帝，文丞相之建议勤王，殁而为神圣者，史册所载，不可枚举。即就建文逊国之后，诸臣殉难，有佥都御史景清，假为曲从，衣藏利刃，欲刺永乐。钦天监奏文曲星犯帝座甚急，其色赤。而景公

---

① 燕王兵下南都——"燕王"，即明成祖朱棣，建文元年（1399 年），起兵自称"靖难"，后破京师，夺取帝王之位。

② 勤王——辅佐、帮助帝王。

③ 建文皇帝——即明成祖。历史上唐塞儿起义是反抗封建帝王压迫的，此处所述之事与历史干符，作者只是在衍化历史。

④ 嗣胤——即子孙的征兆。

适着绯衣,岂非明验?东坡先生云:"其生也有自来,其死也有所为,故申吕自岳降,傅说为箕尾。"此理之常,无足怪者。至于女子,亦有同然:如柴绍之妻,统娘子军而起义;朱序之母,筑夫人城而拒敌;李毅之女,自领宁州印而大破苓夷。至若高凉之冼夫人为莍星,辽之萧太后是婺宿,唐之则天皇帝是大罗天女,亦皆传记所载,夫岂诞妄者哉!

而今话归正传。按道书云,天上有一位万劫不坏的金仙,圣号称做王母,居于瑶池。池在东天之西偏,亦名曰西池,王母亦名曰西母。天上各有境界,东天是道祖三清及群仙所居,西天是如来佛祖及诸菩萨阿罗汉所止,北天是玄武大帝暨众神将治焉,昊天上帝之宫阙则在中央,而统辖南天。南天虽有南极老人与南斗星官,要皆在上帝统辖之内。上帝好生,故居中而治南,有长养万物之义。玄帝统雷霆神将,以肃杀为主,故居于北。佛宗寂灭无生,故以西方为极乐。道家以一炁[①]长生为主,是以占于东方,取气始生之义。

王母所居珠楼贝阙,在瑶池之畔。此池非下界之水,乃是融成玉之精髓,溶溶漾漾,竟如酒浆一般。——说话的错了:美玉入火则愈坚,次则如石之成灰矣,怎么融化得水来?噫,盍亦反其本而思之?美玉原是石髓所结,是以璞在石中。髓可结成玉,玉不可化为髓乎?蚌珠见月而化为津,凡物皆有相感之处,非寻常所能测识者。即如仙家之酒,名曰琼浆玉液,要皆琼瑶所化之髓,难道也是凡间曲米酿成的么?

那瑶池之北有三座大殿:中间一座名碧桃殿,东名青鸾,西名石麟,三殿皆因物命名。其碧桃树在西池之南,高八十寻[②]有咫——俗所云蟠桃万年一结子者,正对中间大殿,玲珑盘郁,势若虬龙[③],不但下界所无,即佛家之婆罗、广寒之丹桂与夫三岛之珠林琼树,亦迥乎不同。这是何故?只为它有瑶水浸润,故其枝叶花葩,皆带玉之精华,在仙树为独冠。所结蟠桃,食一枚寿与天齐,若是三枚,能超万劫。西母于桃熟之日开宴,只请佛菩萨、道祖、天尊与上帝及诸大仙真,其余一切仙官仙吏、海岛洞府散仙、斗牛宫二十八宿总不得与,是以岁星东方朔每至窃食。今此一夜,碧

① 一炁(qì)——"炁",同气,此处作"一脉之气"解。

② 寻——古代长度计量单位,八尺为一寻。

③ 虬(qiú)龙——古代传说中的有角的小龙。

桃繁盛，倍于从前，凡散仙列宿，亦多邀请，为万劫以来第一盛会。

其时，佛祖、仙真次第咸集，唯上帝后至。遥见鸾驾雍容：御的是绿琼辇，张的是紫云盖，星幢前导，羽葆后拥，众仙皆俯伏远迎。上帝先与如来佛祖、三清道祖稽首而言曰："元运告终，民生应罹兵劫三回，已命娄金宿下界戡平祸乱，今天又命天狼星下界，计民生应遭杀戮者五百余万。朕检阅册籍，凡人有一事一念之善者，悉与特宥。"如来合掌云："善哉，善哉！帝德之好生也。"西王母遂请入座。向南正中释迦如来，左是过去诸佛，右是未来诸佛，前是三清道祖，东西向皆诸大菩萨。东间，上帝南向，左坐昭位——第一玄武大帝，以下皆诸天尊；右坐穆位——青华帝君第一，以下皆诸大真人。西间，南向独座，是南海大士；北向两座，左为斗姥天真，右为九天玄女；东向首座，鬼母天尊；西向首座，天孙织女，余为太微左夫人、九华安妃、昭灵夫人、观香夫人、月殿嫦娥、魏元君、许飞琼、段安香、何仙姑、麻姑、樊夫人、王太真、阮灵华、周琼英、鲍道姑、吴彩鸾、云英等女仙真。西王母陪席。其蟠桃每人一颗，上帝、三清道祖各两颗，唯释迦如来是三。佐以交梨火枣、雪藕冰桃，酒则琼浆玉液，丹则绛雪玄霜。如来手举蟠桃而设偈曰：

桃有万年子，人无百岁春。
可怜虚宝筏，若个渡迷津。

然后剖食。迦叶在侧垂涎，阿难睨而笑之。如来即以一桃与迦叶，一桃与阿难。道祖老君亦以一枚与金银二童子分食。时南极老人跨来之鹤，舒翼旋舞，延颈徐鸣，如中音节；而鹿亦跳跃呦呦，俯首伏地，若乞怜状。南极笑曰："你这两个畜生，也想要吃这样的好东西！"因以指爪各掐一片与之。大士①见善财童子在旁注视，亦授以一枚。善财曰："菩萨想是年老健忘了，我在西天路上做大王，要吃唐僧，那时菩萨抛下个箍儿，将我两手合住，再不得开，如何来接桃子？"大士向着众女仙道："这个孩子，虽是牛种，倒也聪明。只是他学好之心却还未定，是以至今箍住他双手。"众女仙皆各称善。大士将手一指，善财两手分开，接去桃子；吃毕，仍旧合拢了。

嫦娥有左右二仙女，一名素英，一名寒簧，是最亲近的。嫦娥以蟠桃

---

① 大士——即南海观音菩萨。

分作三分，以二小分与二仙女，一大分自尝。王母见了，便问侍女董双成、谢长珠："还剩下蟠桃多少?"董仙女就知要与嫦娥，因答云："往年结得少，倒剩二十余枚；今岁结得多，反剩得十一颗。"王母云："这丫环悭吝！可取一个来，余十枚，留与你们分吃罢。"董仙女因检一枚送到，王母遂递与嫦娥道："嫦娥今将远别，分外申敬一枚。"嫦娥不知所谓，只道是筵散分别的话，欠身谢道："佛祖、道祖只有二颗，小仙何德敢承?"坚辞不受。斗战胜佛①大言曰："谁谓仙家无情？以我看来，比凡人还胜。请看王母，剩下蟠桃独与嫦娥，若说不是有情，因何不多送我一颗?"如来曰："王母送与嫦娥，礼也，非情也，犹如下界饯行一般。悟空！你已成佛，何犹似旧日粗鲁!"老君云："前次蟠桃会，他一人偷食许多，今只一个，岂能遂意，怪不得他要争了。"斗战胜佛笑曰："我这个成佛，犹之乎盗贼做了官，今日撞着了对头。"合座皆笑，王母与众仙亦各微笑。只有嫦娥又闻如来饯行之言，与王母"远别"二字通相吻合，心下十分疑惑，全无笑容。大士曰："这颗蟠桃，王母是该送的，嫦娥是该受的，不须推辞。"嫦娥只得勉强受了，便稽首大士前曰："小仙常愿皈依如来，因自爱其发，不肯薙薙，深以为惭。今愿皈依大士，恳求指示未来。"大士曰："要知未来，先明既往，你自省之!"嫦娥愈不能知其故，复又稽首恳请。大士乃微露其端曰："嫦娥，不记得奔月时乎？那时王母娘娘以丹药赐与有穷国君后羿，尔时为国妃，窃啖其丹，因得飞身入月。独是后羿情缘未尽，恐将来数到，不能不为了局。"嫦娥默然半晌，曰："我闻缘从情发，情亦从缘发；若一心不动，情缘两灭。小仙在月宫清修数千年，情缘亦已扫除，不知从何而发。"大士曰："缘有二种：好缘曰'情'，恶缘曰'孽'。情缘如铁与磁石，遇则必合，不但人不能强之不合，即天亦不能使之不合也。孽缘如铁之与火石，遇则必有激而合者，孽之谓也。是则凡人多溺于其内，而仙则能超乎其外者也。嫦娥请记斯言，后当有验。"如来曰："善哉！大士之论姻缘也。"遂向王母合掌谢宴，诸菩萨、众仙真各随如来谢毕，先送佛祖、道祖、上帝起行，然后次第稽首而散。唯嫦娥犹向西母依依不舍，再叩未来之事。西母因示之曰："未来须似现在，慎勿忘却今日之会。"嫦娥载拜祗受，方骖②素

① 斗战胜佛——即《西游记》中之孙悟空，成正果后为此神佛。

② 骖(cān)——古代指驾在车两旁的马。

鸾、驾彩云，引二仙女冉冉归向广寒阙下。

猛见侧首突出一人，径来抢抱嫦娥。那素鸾是神鸟，知道有人行凶，从刺斜里侧翅飞退。此人却与二仙女撞个满怀。好汉仗也！但见他：

> 头戴星冠，灿烂晃瑶台明月；身披鹤氅，飘飘动绛阙香风。两道剑眉浓似墨，斜飞插鬓；一双鹘眼明于电，直射侵人。膀阔腰细，浑身有千百斤膂力；疐尾跋胡[1]，行动有三四回顾盼。原来是斗牛宫赫赫天狼星，不分做大明国岩岩新帝王。只因好色爱嫦娥，故此潜身来月殿。

嫦娥远远望去，认是天狼星，知道他心怀不良，又恐他竟行鲁莽起来，抵敌不住，要用个礼来服他。时二仙女吃了惊，已飞身到素鸾之侧。嫦娥授之以意，二仙女乃款款向前，敛素袂[2]，启朱唇，道："太阴宫仙主拜上星官：适从蟠桃会上，闻星官奉敕为大明太平天子，尚未称贺，已抱惶悚；今驾枉临，又失祗迎，谅星官圣德渊深，不加苛责。尚有明谕，当于翌晨拥帚候驾。天令森严，不宜静夜交接，伏维见谅。"天狼星见说到理路，不便用强，遂向二仙女深深作揖道："我奉上帝敕旨，令午刻下界，今已迟了四个时辰，岂能延至明日？烦仙女上达嫦娥：我应做三十四年太平天子，少个称心的皇后，我今夜就要与嫦娥成亲，一齐下界，二位仙娥也做个东西二宫，岂不快活？何苦在广寒宫冷冰冰的所在守寡呢？"嫦娥听见，不觉大怒，骂道："泼怪物！上帝洪恩敕你下界做天子，乃敢潜入月宫，调谑金仙！有干天律，我即奏明上帝，决斩尔首，悬之阙下。"天狼星又赔笑道："嫦娥！你当时为有穷国后，不过诸侯之妃。我今是大一统天子，请你为后，也不辱没了！就同去见上帝，婚姻大礼，有何行不得呢？"嫦娥愈加恼怒，厉声毒骂。天狼料到善求不来，便推开二仙女，飞步来抢嫦娥。嫦娥心慌，遂弃了素鸾，化道金光，飞入织女宫中。那织女是天帝之孙女，天狼星如何敢去？恐她启奏金阙，弄出事来，即掣身竟出南天门。守门神将，已是知道奉敕的，放他下界，到洪武宫中投胎去了。

且说织女正在水殿上凭栏静坐。看这银河似波非波，似浪非浪，一派晶莹蟥漾，乃是西天素金之气，流注东南，或隐或现，随斗星而旋转，但能

---

① 疐(zhì)尾跋胡——此处作"颠三倒四，反反复复"解。

② 袂(mèi)——袖子。

沉物不能浮物的。——《汉书》上所云张骞乘槎①犯斗牛，又海上老人乘槎至天河，织女与支机石而返，岂不是荒唐之语？闲话休题。其时织女方欲回宫，见正东上一道金光，直向水殿飞来。起身看时，那金光敛聚，却是嫦娥，玉容含着微微的恚意②。织女知有缘故，便请坐定，从容而问，嫦娥备述一遍。织女曰："这厮直恁无礼！若赶到这边来，我教神将拿住，现其原形，拴在苑树上，与嫦娥消气。"嫦娥道："他怎敢到这里？只怕下界去了。我如今劾他一疏，叫他做这大明天子不成！"织女道："事到其间，若不劾奏，嫦娥倒有不是，这是势不容已的。但据我看来，尔顶上三炁动了嗔怒，已杂烟焰，免不得也要下界去走一遭。"嫦娥道："这不是我过犯，怎该谪下？"织女道："不是谪下，大约有个数在那里。"嫦娥道："噫！我若下界，如何能再到月宫？还求天孙为我主持。"织女道："我不能使你不下界。或者下界之后，我烦个女仙真来指示迷途，仍返瑶台，便亦无妨。"嫦娥悲咽道："不期西池上佛祖、大士、王母之言，应在顷刻！"说话之间，素鸾与二仙女皆至，嫦娥遂谢别了织女。

回到蟾宫，问侍女辈："天狼星来，可曾进我宫内？"有好些素女，齐声回言道："怎不进宫？还来调戏我等！直教玉兔儿将玉杵打出去。——不知他还躲在阙下。"嫦娥道："直恁无礼！怎饶得过？"遂命素英草奏，片刻成就。嫦娥看毕，竟诣紫虚阙下恭候早朝。有顷，上帝御通明殿，见嫦娥持表随班晋至丹陛，已知其故，令葛仙翁接上表文，略曰：

太阴广寒府三炁金仙臣妾唐姮昧死顿首顿首，具奏玉皇大天尊玄穹高上帝陛下：窃维天律森严，首戒贪淫；仙府清虚，尤期贞静。臣姮昨随御驾西池宴归，不意天狼星从广寒飞出，竟抢妾身。幸借素鸾倒退，得脱毒手。寒簧抵住，扣问来因，天狼星大言敕赐人间帝子，要娶月里嫦娥。凶威凛凛，竟要逼赴阳台；煞气棱棱，辄欲拐奔尘世。而且于臣姮未归之先，直入蟾宫，闺闼③遭其蹂躏；横行桂殿，侍女受其狼藉。此等劣恶星官，似难膺享帝福，必至杀害忠良，荼毒黎庶。即其已奉天书，尚敢故违钦限，藐天法于弁髦，狎仙规如儿戏，丧德败

① 槎(chá)——木筏。

② 恚(huì)意——怨恨之意。

③ 闺闼(tà)——闺房的门。闼，门。

检，旷劫希闻。伏望陛下赐遣神将追还，按律处治，肃仙府之威仪，免人间之劫数。不独臣姮蒙不朽之恩，下民亦荷无疆之福矣！姮冒死谨具奏以闻。

帝命嫦娥至前，谕之曰："汝奏请追还天狼，乃是常人之见，非仙真之语也。天狼之帝福，是他自己所积，非朕之所予；下民劫数，亦是众生自己造来，非朕之所罚。朕乃是顺运数以行赏罚，非以赏罚而为运数也。天狼星即位之后，还有一大劫数，应汝掌主，并完夙生未了之事。若天狼星之应当受罚，自然在后，今还早着。"遂令传旨与送生仙女，于明日送嫦娥下界。

嫦娥大惊，含泪奏道："帝旨敢不钦遵？独是一涉尘世情缘，便有孽债缠缚，迷乱心神，安能再返清真？臣篰哀恳圣恩，将上界最苦的差罚臣去做，即使历劫久之，亦所甘心。"俯伏不起。上帝曰："汝不记大士之言乎？数在，朕不能拗也。但汝有此苦衷，足见清修道力；若问前途，还能不昧灵根，去来自如矣。"

时二十四诸天中，闪出鬼母天尊，启奏道："嫦娥此番下界，看来为天狼星所害，臣心深为不平，愿去维持嫦娥也！"上帝道："既动此念，便是数中有名人物，但时尚未至，不可轻言。"嫦娥到此地步，心已了了，遂前跪奏道："臣妾谪下，已知数定；但掌生民劫运，易造杀孽。凡有应行事宜，恳求圣慈明诲，俾臣妾得遵奉而行，庶免堕落。"帝乃敕诫曰："汝去有几件至正至大的事，是你所应做的：如天伦崩坏，汝须扶植；人心悖乱，汝须戡正。褒显忠节，诛殛叛佞①，彰瘅②均得其宜，便是有功无过。谨记朕言。"嫦娥叩首谢恩而退，遂向绛河阙下谒见织女，具述帝旨。

织女道："帝意极好。但将来功行，总在尔的方寸，须牢记着。瑶池会上的女仙真，少不得有个来指导的。"嫦娥就将鬼母天尊愿去的话说了。织女道："非也，她不过暂助神通尔。有一位葛仙卿的夫人鲍道姑，誓愿宏深，最肯度世。她在西池驾下，我当启奏金母，烦她下界来始终教育，以成大道。——不愁不返瑶台也。"嫦娥再拜谢了织女，回到月殿与素女辈泣别。

寒簧、素英皆愿随去。送生仙女止住道："私去不得！要奉敕旨的。"

---

① 诛殛（jí）叛佞（nìng）——诛杀叛变且用花言巧语谄媚人的人。

② 彰瘅（dàn）——表彰与憎恨。

二仙女牵衣痛哭。嫦娥亦不肯舍,乃作书一函,令去求天孙娘娘;又作两笺启达西池王母、南海大士——不过敬谢教诲,并恳救度之意,方随送生仙女下界投胎。正是天上神仙降,定在人间将相家。且看下回分说。

第 二 回

蒲台县嫦娥降世 林宦家后羿投胎

山东济南府蒲台县，有个孝廉①，姓唐名夔②字尧举，是宋仁宗朝③知谏院唐公讳介之后④。介为殿中侍御之日，曾劾宰相文彦博制金丝灯笼进于宫掖以谋执政，即在帝前面诘彦博，因坐以毁谤大臣，黜⑤为英州别驾。仁宗又爱公耿直，恐致道死，命中使护持以往。由是唐介直声振天下，称曰"真御史"。家本江陵，后裔流寓济上。至宋南渡，不肯事于金、元，子孙多隐居海滨教授，是以代无显人。及明太祖开国，夔之父遵晦受辟为博士，夔亦得领乡荐。母陶氏，早殁。继母性暴不慈，辄有动怒，夔必长跪请责，又且每事先意曲承，继母亦为之感化。由是亲党皆称为"真孝子"。父病，衣不解带四十余日，夜必焚香告天，愿以身代。父亡，继母亦逝，卜葬于太白山之阳，庐于墓侧者三年⑥，然后回家。其平素立身有品，不取非义，不欺暗室。与市人交易，说价多少，即如数与之，人亦鲜有欺之者。曾拾遗金，遍访失主不得，后知武定州人，已死于道，乃送还其子，邑之人又咸称为"真孝廉"。独是年已四十，尚无子嗣，因此功名心淡，不赴公车。一日，谓其夫人黄氏曰："不孝有三，无后为大。今我将老，而尚无子，如之奈何？"夫人曰："相公一生，上不愧天，下不愧人，祖宗有灵，必不至于无后；但恐妾身年纪多了，血气渐衰，有妨生育之道。几次劝相公娶个偏房，执意不从，如今再迟不得了。"尧举道："这是夫人的好处。但我

---

① 孝廉——明清时对举人的称呼。

② 夔——音 kuí。

③ 宋仁宗朝——约为 1023—1064 年间。

④ 谏院唐公讳介之后——"谏院"，官署名，谏官掌规谏朝政缺失，对大臣及百官的任用、政府各部门的措施提出意见。"唐公讳介之后"，"唐介的后代"之意。

⑤ 黜（chù）——罢免、贬谪。

⑥ 庐于墓侧者三年——封建时代有父亡后建草房于墓侧，守孝三年的旧制。

看见一夫一妇,生育繁盛的极多;也有十院名姝的,竟无子息。若必有妾生子,则是贫人无力娶妾的,都该绝后了。况且娶来之妾,不知其德性何如,若至以小欺大,你我倒要受她的气。若仍不能生育,又将何以处之?”夫人云:“相公若如此思前虑后,也是难事。妾闻得东门外有个九天玄女娘娘庙,庙内有送子娘娘,说是极灵显的。我夫妇可于每月朔日①,烧香拜求子嗣,这可使得呢?”尧举道:“神明是有的,但是女神仙,我不便去,夫人自去罢。我到初一日,自赴上清观玉帝殿中焚香叩祝。不要说求子嗣,敬礼上帝也是该的。再在家庙神主之前朝夕礼拜,求祖宗在天之灵降赐嗣胤,就从明日为始。”于是尧举夫妇二人,每于朔前虔诚斋戒三日,分头去烧香求子。不觉的光阴荏苒,已及二载,于甲申年五月,黄夫人忽觉饮食咽酸,兀兀欲吐,像个有孕的光景,尧举即请医生诊视。医生脉理平常,模棱不决,但说脉诀有云,受胎五个月,脉上方能显出。尧举家旧有一老婢,名曰老梅,适送茶来,便应声曰:“若到五个月上,我也看得出,不消烦动先生了。”尧举道:“蠢东西,毋得胡言!”医生自觉没趣,茶毕起身说:“送安胎药来罢。”不料怀至十月已足,绝无动静,黄夫人甚是忧疑。尧举宽慰道:“天地间过十个月生,也是多的,且静以待之。”夫人曰:“逾期而生,恐是怪物。”尧举曰:“帝尧是十四个月生的,难道也是怪物?”老梅接口道:“夫人若到十四个月上,养的公子,一定也是皇帝了。”夫人道:“蠢丫头!该罚她一世没汉子。”老梅笑道:“我若有汉子,就要生出明珠来了。古人说得好,明珠产于老蚌哩!”尧举道:“夫人平素教她识字,又与她讲说些典故,记在心里,如今竟会诌文了。”夫人道:“这才是郑玄家的婢子!”

闲话休题。看看到八月中秋,足足怀胎十五个月了。十四日夜间五更时分,黄夫人忽见一妇人,宛似庙内的送生娘娘,抱一孩子来送他。黄夫人双手接了,问是男是女,娘娘道:“女儿赛过男儿!”陡然觉来,方知是梦,遂述与尧举,详察道:“这梦兆,分明是个女儿了。”黄夫人已觉身体有些不安,孝廉先着人去唤了收生的。直到酉刻,腹中作痛,俄而彩云绕户,异香盈室,隐隐闻半空中有笙箫鸾鹤之声,已产下盆中,而不啼哭。尧举

---

① 朔日——农历的每月初一日。

怪问道："莫非孩子是死的了？"稳婆①道："有福的姑娘，是不肯哭的！"尧举始诧梦兆之异，双手扶起盆来，映着那纸窗上微微的返照日光看时，遍身如玉琢成的一个女孩子，就取送生娘娘梦中之言，乳名叫做"赛儿"，将预备下的襁褓裹定，安置在床上，赏发稳婆自去。

却说那邻里中，于赛儿降生时，多见有五彩云霞数片，自东飞向唐家屋上，虚微叆叇②之间，一派天乐声音从风飘扬。众皆骇异，都道唐孝廉家生的孩子，必是个大有福气的。三三两两，传播得通邑皆知。于是众邻里斗出公分，牵羊担酒，齐至孝廉家奉贺。尧举道："不过是个女孩儿，何敢当高邻厚贶？"为首的是个老人家，笑嘻嘻道："孝廉公的令爱，是位仙女，老天因你家积德，特地送下来的。前日彩云中仙乐声音，谁不听见？我老汉活了八十多岁，从不曾见此奇事。将来做一品夫人，是不消说的。"尧举又着实谦了几句，众邻一茶而退。

尧举入内，与夫人说道："古礼，生儿三日作汤饼会，邀请亲族。今邻里中先来称贺，我心不安，要备酒筵款请他们，答其美意，再请诸亲族来看看赛儿，何如？"夫人道："是必该做的。"遂遣老仆买了鸡肉果品等物，发帖先请邻里。到明日午后，诸邻自己约齐，前来赴席。内有一瞽者③，姓岳，是孝廉的远邻，因他常常夸口说"不但算命，且能算天"，人呼之为"岳怪"；然所断吉凶晴雨，颇有应验，遂自号曰"半仙"。众人公揖罢，次序坐定。岳怪先开口道："瞎子今日要看看唐老先生令爱的八字了。"诸邻齐声和道："正要看你这位半仙说得是也不是，若算不着，我们公罚冷酒一大碗。"尧举道："只是不诚，何敢相烦！"遂把赛儿的生辰说了。岳怪口中暗念，指上轮推，忽立起来大声嚷道："这个八字，算不出的！当日关老爷，是戊午年戊午月戊午日戊午时诞生，做了千古的大圣贤，大豪杰。今令爱是乙酉年乙酉月乙酉日乙酉时诞生，难道也可以做得关老爷的事业么？命太奇了，待我回家细细推详来罢。"众中有嘲笑他的，说："半仙算不出命，原请坐下，立刻难打发哩！"岳怪焦躁，低着头，又再四轮推过，掬着嘴道："列位有所不知，譬如是个皇后皇妃或一品夫人之命，那样格局，

---

① 稳婆——旧时对接生妇人的称呼。

② 叆（yǎo）叇（ài）——重重的云雾。

③ 瞽（gǔ）者——盲人。

就容易算了;今个八字,一派是金,犹之乎关老爷八字,一派是火。五行之气,要相平的。若全然是火,便要锻炼天下;全然是金,便要肃杀天下。况太阴星为命主,又属金!二十一岁至四十岁,又行金运,看来要掌大兵权的。若说显贵,比皇后还胜几分。若要知道何等显贵、掌何等兵权,不但半仙算不出,就是活神仙,也算不出的。”尧举道:“这等说起来,是个怪命,倒是家门之不幸了!”众人解说道:“总是遇着个怪先生,就把令爱的贵命算来也像是怪的了。”岳怪道:“我何曾说个怪命呢?”说话间,酒席摆上,大家畅饮尽醉。临行,岳怪又向孝廉道:“可惜我瞎子年纪多了,到令爱显贵时候,不知能看得见看不见哩。”一人道:“你是半仙,为何连自己的寿数也不知?”一人道:“岳先生原做得半个仙人,所以过去一半的年纪知道,未来的一半年纪就不知道了。”众皆大笑而别。

到次日,众亲戚来贺,是尧举的寡婶母与同曾祖的哥哥弟弟并三个侄儿,再有黄夫人之弟与弟妇,并小姨、姨夫,一共十来人。黄夫人因有叔婆是长亲,勉力起迎。各相见毕,又抱赛儿与众亲观看,人人抚弄一番。她不笑不啼,绝无声息,都疑是个哑巴。尧举瞧科,便向众亲戚道:“昨日岳怪在酒筵上,说有可骇的话,如此如此,这是传不得出去的。我如今要说是个哑巴,解解人的疑惑。”众亲都道:“此说极是。”孝廉道:“这要烦我至亲播扬开去,方信是真。”齐应道:“这个自然。”是晚宴罢各散。

俗语云:“朝生三千,暮死八百。”就有济宁州林参政家,也在本月十五日先于卯刻时候,生下个儿子。因有两个哥儿在前,排行叫做三公子,取名曰有芳。有芳生而中指有纹,宛然一“羿”字,人不知为后羿转世也。稽之《通鉴》,羿善射,当帝尧时,十日并出,羿援弓射之,陨其九乌,后历二百四十余年,逐夏后相而自立为帝。又《列仙传》,羿得不死之药于西王母,其爱妃嫦娥窃而吞之,飞入月中。后羿思念不置,于是广求美女,充于后宫,荒淫无度,至于废弃国政,遂为其臣下寒浞①所杀。上帝以其射日获罪于天,而且篡弑夏后,又造有淫孽,罚入冥司定罪,永远不赦。大慈大悲地藏王菩萨,每到五百年小劫之期,必亲向地狱勘问一番,稍可原情者悉予矜宥,犹之乎人间朝审,有矜疑减等诸条,总是超度鬼囚之意。后羿沉沦日久,值菩萨降临,他就自诉:“平生好道,曾承王母赐药。虽射九

① 寒浞(zhuó)——一作韩浞,传说中夏代东夷族首领。

日，乃是帝尧之命；弑夏后相，亦是我命数该做帝王。且我亦为臣下所弑，也可准折得过，因何不许再转人世？望菩萨超生则个。”菩萨听他供词，在可矜之内，因令冥曹查案。冥曹复道：“是上帝罚下，因他淫杀之根太重，恐至流毒人世，所以不许转轮。若论他的因果，尚与爱妃嫦娥还有半年姻缘未尽，与其宠臣季艾又有十万债负未了。须奏明上帝，方可宽他。”菩萨道：“既如此，也是他数合当然。嫦娥近须下界，季艾又转宦途，可着他投入季艾家中，完此债负；将来与嫦娥，仍为夫妇，完此姻缘。待我启知上帝就是。”所以后羿在鬼道已历数千年，才得再生人世。其父林参政，即六世以前之季艾也。看书者要知道内典上“因果”二字，近只在三生以内，讲远则历数十劫以前、百千劫以后，总不能脱却二字之根。此二字包罗天地，统括古今，亿态万状，莫可名指。人生于五伦三党九族之间，往往生出事情，各有前因，非出偶然。今只就男女一事言之，譬如男女钟情而死，他生必为夫妇，始终恩爱；或男负情于女，或女负情于男，他生亦必借为夫妇，以偿其孽报。钟情因也，恩与孽报果也。他生不遇，又俟来生，必至相遇，完其果报而后已。在本人受报者，不自知其有因也。若只就此生数十年内，而欲就事论事，无异于坐井观天，不知天之大矣。《洞冥记》载唐玄宗追思太真，感悼不止，命术士御气求之，上天下地，十洲三岛，靡所不届，绝无影响；直至海外一山，见有瑶阙琼楼、珠宫琪树，隐隐然闻鸾吟凤啸之声，阙下颜额曰“玉妃仙院”。方士前叩朱扉，有女童出问，说是上皇处遣来者。女童报与玉妃——此玉妃即太真也，许令引见。太真问上皇安否，亲授与方士折钗半股、钿盒半枚，且言七月七日曾与上皇对双星，发愿生生世世为夫妇。只此一念，不能久居此山，且得与上皇他生再会也。大抵玄宗太真夫妇之缘已是尽的了，而两人之爱根未断，即谓之因，如播种在地，少不得要生苗结果。况羿与嫦娥，夫妇之缘犹有未尽者乎！虽嫦娥已证仙道，情缘久灭，此番下界，原是为着劫数。其如尚有所负于后羿，而羿之爱根又是历劫难泯的。今适同生于世，则月下老人之赤绳，早为系定两足矣。不要说半年夫妻也要清偿，就是片刻姻缘，终须完结。谚云：“露水夫妻，也是前缘分定。”斯言信然。于此当下一断语曰：若嫦娥未尝下降为赛儿，则林三公子自非后羿；若赛儿是嫦娥降世，则后羿定为林三公子无疑也。且看下回分解。

第　三　回

鲍仙姑化身作乳母　唐赛儿诞日悟前因

唐孝廉的妻黄氏,产后只五日即起身接待亲戚,感了风寒,头疼发热起来,医药无效,日重一日。孝廉一面烦人雇觅奶娘,一面发帖到滨州去请名医来看,云系产后伤寒,邪热传结,淤血迟滞,汗下难施。幸脉有元神,且用两解调和之药,看是何如。时赛儿有三四天缺乳了,并不啼哭,亦无声息,老婢把米饭来喂些,也咽下去。蒲台是个小县分,哪里寻得出好奶娘?看了两个,甚觉腌硂,都不中意。黄夫人之病势又加,胸膈烦闷,渐渐发喘。滨州医生,已自辞去。孝廉心中着急,唯有叩祈祖宗保佑。黄夫人之弟及弟妇来问候,生眼一看,知道不济,劝孝廉预备后事。只见门上老家人进来禀道:"有一个奶娘,说是济宁州人,流落在这里的,不论雇价。——看去倒也洁净。"孝廉道:"我心已碎了,烦尊舅出去问问她。"舅子道:"这是极要紧的事,教进来看的好。"老家人遂将奶子引进。但见:

身材不肥不瘦,穿一顶鸭头绿的细布宽衫;头发半黑半白,裹一片佛头青的滑绫小帕。面有重颐,鼻如悬胆。双眸熠熠,光华动若春星;两耳眈眈,洁白弯如新月。骨相端严,雍雍乎闺中懿范;神姿秀逸,飘飘然林下清风。腰系无缝素罗裙,脚着有绫黄葛履。都猜道有似半老的萧娘,谁知是真个长生的仙姥。

孝廉见此姆虽穿一身布服,容止非凡,觉道有些蹊跷。因几日心思烦乱,没个主张,遂叫老梅引至夫人卧榻前,孝廉亦随后步入。夫人病虽昏沉,心却明白,开眼一看,就点点头。舅母就将外甥女抱起,递与乳妈。乳妈接在手看看道:"好!"只见赛儿嘻嘻地笑个不已,口内哑哑的,却像要说话的光景。孝廉大为奇异。舅母再去抱时,掉着头不理。老梅道:"是认生。"把两手来拍拍,去接时,赛儿看一看,也掉头去了。黄夫人见了这个光景,便道:"我儿!我没福气做你的母亲,这个才是我儿的真亲娘了。"说未毕,泪如雨下,昏晕去了。孝廉急唤醒来,夫人眼泪滚个不住,向着孝廉道:"相公好生看待乳娘!"孝廉气咽心酸,遂请乳娘抱着赛儿,到西房安歇，留下舅子、舅母在家相伴病人。看看一刻重似一刻，气逆上来，老梅将夫人抱在怀内，抚摩胸膛。孝廉坐在床头，守到半夜叫声："赛儿！做娘的枉生了吾儿了！"又向孝廉道："老梅甚好，相公收用了她，再生个儿子，接续香火罢。我去了！"遂瞑目而逝，孝廉放声大哭。遂移出去，放于正厅上，一家举哀。乳母知道夫人已死，天明起来，抱着赛儿出到厅上。赛儿忽地呱呱的哭，孝廉肝肠欲断，抚着赛儿说道："吾儿月尚未足，就知道母亲死了么？"越哭个不止。乳母道："莫哭罢！吾儿日后封赠母亲罢。"赛儿方住了哭。家人听见，暗暗称奇。孝廉吩咐乳母："少不得有女亲戚来吊丧，要看赛儿，抱着睡觉罢。"乳母说："待亲戚来时，我叫赛儿睡就是了。"那时忙忙的备办衣衾棺椁殡殓，延请僧人诵经礼忏，吊丧者概止领帖。整整悲哀了七七四十九日。

孝廉自从夫人死的那夜在厅上睡起，后遂移榻在厅侧书房，把后面四五间内室让于乳母，令老婢在内服侍。因丧中哀苦，病了几日，闭门静坐，想起这个乳母着实古怪，她来时，正值夫人病危，不曾细问来历，遂叫老婢请乳母出来。孝廉让坐毕，问："赛儿两日爱吃乳么？"乳母说："想因夫人死了，吃得少。"孝廉道："实不瞒你说，赛儿自生出来，从不会啼哭，并无声息。自从你来之后，不但会哭会笑，并且有知识，我想来必有缘故。且尚未知你姓氏籍贯，——看来是个大家举止，不是做乳母的，为何特寻到舍下？我心里委实不能解。如今我儿全仗着你，不妨说与我知道。"乳母说："天下事皆有自然之数。老身姓鲍，先父做过兖州府太守。在任之时，先父常说济宁州有个神童，十二岁上游庠，后来必然显达，就将老身许了他。迨任满回籍，老身就随丈夫归于济宁。不期先夫才高命舛，屡举不第，抑郁愤懑，至于病亡。先夫亡后三日，老身生下个儿子，临盆就死了。"孝廉道："这是在几月间呢？"乳母道："是本年八月十五酉时。老身无儿无女，葬了丈夫，要去做个尼姑，忽得一梦，见送生娘娘向老身说：'你生的儿子，原该是女身，错投了男胎，所以我又送到蒲台县真孝廉家去了。你这里死，他那里生呢。'老身因此到来。问姓真的孝廉，都说没有。问着一个算命的岳先生，说：'是个真正孝廉，不是姓真，是姓唐。他家正要寻个乳母，你造化，这姑娘他日大贵哩。'老身是这个缘由来的。"孝廉听了这些话，欲待信她，恐无是理；欲待不信，赛儿这个情景，却又奇怪。因向乳母道："如今赛儿也就是你的亲儿了，望你抚育长成，先荆在地下也是感激的。”乳母道:“不消说得,老身当日随父亲在任,曾请过名师读书,经史子集,皆谙大义。又延女师教过针指,凡刺绣组紃之事,亦所优为。待令爱长大,老身当一一教导,日后嫁个佳婿,老身也要随去,以终余年。”孝廉大惊,肃然起敬道:“我女儿长大时,自然把你做亲娘看待。但还有句话相问:前日你说赛儿日后封赠母亲,这句话更为难解,从没有女婿貤封①丈母娘的理。”鲍母道:“令爱,女儿赛过男儿,是以说着止他哭的。”孝廉想,送生娘娘在亡妻梦中讲的话,她也知道!更觉可异,遂立起身,深深四揖道:“赛儿终身都要仰借大力,学生自当衔结以报。”鲍母说声“不敢”,自向内宅去了。孝廉想着隋文帝初生的事,因检出《通鉴》看云:帝诞生时紫气冲庭,手中有文曰“玉”,遂有一尼来请鞠育,居无几,尼偶他出,帝母自抱怀中,忽顶上涌出两角,遍体皆成龙纹,大惊投地。尼心动,亟还曰:“这一惊,致令我儿迟做十年天子。”大抵史传所载,谅非虚语,这样奇事,原是有的。乃吩咐家人呼乳母为鲍太太。

光阴倏忽,赛儿将及周期了。孝廉预备酒筵,请女亲戚来看赛儿抓周。至期毕集,老梅婢便向中堂铺下红毯,摆列抓周物件。鲍母道:“有剑,须放一口。”孝廉遂取祖遗的松纹剑,远远放在红毯上。老梅便去抱了赛儿出来,赛儿见了亲戚只是笑。鲍母又在袖内探出一颗玉印,光华夺目,放在剑之左旁,然后将赛儿坐下红毯。赛儿各件不抓,竟爬到前面,右手把剑拖在身边,再三玩弄,频以手指点剑鞘。鲍母就去鞘与她看了看,孝廉忙接了去。赛儿左手就取玉印,印有钮,钮有红丝绦,自己竟穿在手臂上了。又翻翻几本书籍,余外都不看。众亲戚都呆了,鲍母遂抱了赛儿进去。众人都在那边三三两两,猜这奶娘是个妖怪。孝廉虽然闻得,佯为不知。到晚各散。

未几又是黄夫人周年之期了。孝廉在灵前设筵哭祭,赛儿听见务要出来也和着父亲哭,孝廉倒含着眼泪住了声,恐伤了女孩之意。自后无话。

赛儿到五岁时,鲍母教她读《女小学》,一遍即能背诵,慧悟颖异,过目辄不忘。四书五经,只两年读完。略讲大义,闻一知十。又能解古人所未解,发古人所未发。孝廉家中有的是书,尽送到内室,由他看完。九岁

---

① 貤(yì)封——“貤”,作“重复”解。“貤封”,再一次封赏。

十岁上头,文章诗赋,无所不妙。一日,要看兵书。鲍母云:“兵书尚未到哩,有武经七书在此,看看罢。”孝廉见说要看兵书,心中疑讶,且试试女儿的志向,连鲍母请到前厅。赛儿方十一岁,穿的东方亮衫子,水墨披风,鹅黄裙,素绫袜,插的是水精簪与碧玉钗。云鬟鬖鬖①,莹泽照人。平素性格不喜薰香,不爱绮绣,不戴花朵,不施脂粉。孝廉想:“我儿自是仙子降生!”又见鲍母穿的,还是十年以前进来的衣履,绝无尘垢,反觉新鲜,孝廉也猜是个仙姥了,遂问道:“鲍太太用斋,我儿小小年纪,尚该吃些晕。”赛儿道:“孩儿凡事随着太太。”孝廉道:“就是孝顺了。”因取镇书的一块方玉,上雕着个蟠螭②,递与赛儿道:“我儿镇书少不得的,可就赋诗一首。”赛儿随口吟道:

玉螭千古镇诗书,好似拘方宋代儒。

曷不化龙行雨去?九天出入圣神俱。

孝廉大惊道:“我儿的诗,格高旨远,就是当今才子,也恐不及。独是宋儒是传述圣道的,不宜诋斥。”赛儿道:“孔子一部《论语》,只教人以学问,从不言及性天,子贡所谓‘不可得而闻’者,自非大贤以上之资不能知也。子思为孔子之孙,亲承家学,故《中庸》一书说到性天上头,曰:‘唯天下至诚为能尽其性,至可与天地参。’则知圣人之道,粗者夫妇与知,精者天地同德。故曰至诚为能化,又曰至诚如神。圣人神明变化,岂拘拘焉绳趋尺步者乎?善学孔子者,唯有孟氏七篇所述,不越乎仁义孝悌,此入圣之大路也。其‘性善’一语,不过为中下人说法,他自己得力处在于尽性知天。孔子五十学《易》,孟子终身未尝言《易》,诚以《易》者,乃天道幽远之极致,上智亦所难明。宋儒未达天道,强为传注,如参禅者尚隔一尘,徒生后学者之障蔽。又讲到性理,非影响模糊,即刻尽穿凿,不能透彻源头,只觉到处触碍。若夫日用平常,圣人随时而应。要之各当于理,何用设立多少迂板规矩?令人印定心眼,反疑达权者为逾闲,通变者为失守,此真堕入窠臼中耳!孩儿读书要悟圣贤本旨,不比经生,眼孔只向章句钻研,作依样葫芦之解,是以与宋儒不合,幸父亲勿讶之。”孝廉呆了,不能

① 云鬟(huán)鬖(sān)鬖——形容古代妇女所梳发式中头发下垂。

② 蟠(pán)螭(lí)——春秋战国青铜器上的纹饰之一,以盘曲的龙蛇形图案组成。

出一语。赛儿即向父亲说声“进去”,同鲍母缓步进去了。孝廉思想:“我儿年小,未必有此大奇见解,定是鲍母教导的。女孩儿须做不得传述道统的人,本分上还该做些女红才是。”

过了几时,孝廉又请赛儿出来问:“孩儿向来可曾习些女红?”答道:“孩儿既名为‘赛儿’,不是个习女红的女子了!”孝廉向着鲍母问道:“可要习些。”鲍母道:“要从其性,不用强之。”孝廉又问:“孩儿,古来烈女所取的是那几个?”赛儿道:“智如辛宪英,孝如曹娥,贞如木兰,节如曹令女,才如苏若兰,烈如孟姜①,皆可谓出类拔萃者。”孝廉又问;“夫妇和美,而有妇德者是谁?”曰:“曹大家第一。”孝廉喜极,遂指庭前所种斑竹,不拘诗词,令咏一首,意盖以湘妃为女德之至也。赛儿立成一小令云:

情脉脉,泪双双,二女同心洒碧篁。

不向九嶷从舜帝,湘川独自作君王。

孝廉又呆了,因问:“宋朝皇后,如高、曹、向、孟,何如?”赛儿答道:“守规矩之妇人,宋儒之所谓贤后也。”孝廉急了,意欲要把吕后、武后问问,又不便出诸口。时已新月出于西天,又令再吟一诗。赛儿信口应声云:

露洗空天新月钩,瑶台素女弄清秋。

似将宝剑锋芒屈,一片霜华肃九州。

孝廉以月乃后妃之象,新月初生有幼稚之义,以此命题,再卜女儿将来之谶,不意诗中杀气凛然,绝无闺阁之致,因微微的假问道:“我儿的诗词,都有草莽英雄口气,却像个曹操、李密那样人做的,敢是旧诗么?”鲍母代答道:“姑娘是女中丈夫,故此做来的诗词,都觉得冠冕阔大。”说毕,引着赛儿进内去了。孝廉每自踌躇,因想着岳怪的话,渐有灵验,可惜已死,无由再把女儿八字烦他细推一番。只见老家人进来禀道:“姚相公来到。”就是孝廉的襟丈,请进坐定,把乳母与赛儿的奇异事,详细述过。姚秀才看了诗词道:“女子以四德为主,诗词不宜拈弄,何况口气是个不安静的?襟丈唯有择个佳婿嫁去。自古道:女生外向,就不要费心思了。”孝廉道:“见教极是,并要烦襟丈到寒舍,大家说说,恐怕我儿执拗。”

时赛儿已是十三岁,诞日将近,孝廉大开筵宴,与女儿做生日,请赛儿的姨夫、姨母、母舅、舅母、从伯、伯母与叔祖母,最亲近的几位姨娘又带个

---

① 智如辛宪英等——皆为封建时代烈女节妇的典型。

女儿来，乳名妙姑，少赛儿一岁。男西女东，各分一席坐定，都与赛儿把盏，算个贺生日的意。赛儿一一答敬毕。先是姚襟丈开口道："赛甥女博学达理，见识广大，古来圣女贤媛中，愿学的是那一个？"赛儿道："烈女中无孔子，甥女徒有孟氏愿学之心。"姚襟丈向着孝廉道："甥女算得古来第一第二个女子，要择个佳婿，自然难得，襟丈当以此为急务了。"众亲齐声道："女子生而愿为之有家，极是要紧的。"孝廉道："我尚未问过孩儿太太哩。"赛儿道："孩儿是不嫁丈夫的！奉侍父亲天年之后，要出家学道，岂肯嫁与人为妇耶？"老婢在旁忽大声道："不但姑娘不嫁，我也决不嫁人的！"孝廉的堂兄道："此婢年纪大了，老弟该早早配人，如何迟到今日？"孝廉道："几次要配人，奈她决不依从。"堂兄道："先王之政，内无怨女，外无旷夫。我弟是个家主，怎么由得婢女主张？若如此说来，怪不得侄女也有此奇话了。都是你的家教不明！"姚襟丈又接口道："《易经》开章两卦就是乾坤，其震离巽兑为男女，故曰乾道成男，坤道成女；又曰一阴一阳之谓道；又曰天地氤氲①，万物化醇；男女构精，万物化生：此天地之常经，古今之通义。甥女以后再莫要说不嫁的话。"赛儿道："混沌开辟，阴阳分判；气化流行，发育万物。未闻阴嫁于阳，月嫁乎日也。"舅舅道："以我言之，甥女的事全在鲍太太主张。"鲍太太道："三纲五伦，圣人之大道，岂有女子不嫁之理？姑娘说出家学道，就是仙家也有夫妇配合。这都在老身身上，不用烦絮的。"众亲说："太太就是圣贤一辈的人，自后只须太太主持就是了。"宴毕，众亲俱要别去。赛儿向着父亲道："孩儿诞辰，想着母亲，不胜悲戚。有诗一首，兼以请教伯伯、舅舅、姨夫。"遂写于浣花笺送阅。诗云：

　　一谪瑶台十六年，儿家回首自生怜。
　　母亡难伴黄泉路，父在同居离恨天。
　　此夕彩云犹未散，千秋皓月为谁圆？
　　香闺尽入巫山梦，有个偏为处女传。

姚姨父道："诗在晚唐之上，独是结句不典，自古未有为处女而传者。"鲍母说："处女传者，唯有成仙，这个如何能得！明日写个庚帖，送与众亲，各留心访个快婿，待老身以道理开劝，姑娘没有个不从的。"众亲

① 氤氲——形容烟和云气浓郁。

道:“全仗太太!”各与鲍母施礼而别,赛儿便送伯叔母女亲等出去。妙姑不肯回家,要与姊姊作伴。赛儿喜极,禀知父亲留下,携了妙姑手,随着鲍母同进内室。

时将二更,家中各自睡了。赛儿道:“今夜碧天如水,玉露流波,金风飏彩,月光皎洁,可爱人也!正是‘今人不见古时月,今月曾经照古人’,我当与妙妹赏月,请太太同向中庭一坐。”于是列珍果,煮香茗。谈至夜分,忽见正东上彩云升起,冉冉的舒布中天,似湍回波折一般,旋作圆纹,周围合将拢来,把一轮皓月端端捧在中间。殊葩缭绕,异彩荡漾,真正如五花锦绣,错杂成章,俗所谓月华也。赛儿凝眸看了一会,不觉心上凄怆,忽然长吁道:“儿家安能学月殿之姝乎?”因问鲍母道:“我看太太是个仙流,定知过去未来,乞将孩儿夙因指示指示。”鲍母道:“我正要将你姊妹开导一番。”赛儿即跪下,妙姑与老婢皆跪于侧。鲍姑道:“起来听!”赛儿决不肯起,鲍母扶之,乃起立。因指着明月向赛儿道:“此是孩儿之故宅也。儿原是月殿嫦娥,妙儿是侍女素英,还有个寒簧,又托生于他处。”就把瑶池会宴与天狼星求姻之事备说一遍。赛儿又跪下道:“太太,孩儿已悟了!怪不得向来见了明月,便生凄怆。咳!几时得再上瑶台?”不觉掉下泪来。鲍姑道:“有我在,无妨也。”妙姑对着赛儿道:“我原是服侍姊姊的,从此就不回去了。”鲍母道:“这个且缓,吾儿赛儿尚欠着夫妻债哩。”赛儿泣道:“一犯色戒,必至堕落,要求太太解此厄难!”说罢泪下如雨。鲍母道:“我儿原来未悟!怎不记得瑶池会上大士的法语?孩儿为有穷国妃时,与后羿尚有半年夫妻未了,遂奔入月宫。今彼已生尘世,如何赖得?此乃一定之数,虽如来亦不能拗。幸亏天孙娘娘在上界多方护持,尚有个斡旋之法。待信息到来,我自有处。儿但宽心,不须烦恼。”赛儿再拜谢了,遂问:“太太是何圣母仙真?”鲍母道:“儿且勿问,往后自然有明白的日子,凡事只依着我行便了。”说话之间,将及天明,各自安息。

辰刻时候,孝廉进来向鲍太太道:“今日要将赛儿庚帖送与众亲,令他们大家留心寻个佳婿,完我为父的事。”鲍母道:“极是。一人之见闻有限,千里姻缘似线牵哩。”孝廉大喜而出。正不知东方绝世的佳人,可配得南国的多情才子?且听下回分解。

第　四　回

裴道人密授真春丹　林公子巧合假庚帖

话说唐孝廉将赛儿庚帖写出去后，远近皆知是位女才子。那些富贵子弟全不照照自己形相，是满面的酒肉；不量量自己材料，是满肚皮的草包。央亲倩友，做几首歪诗、几篇烂文字，订作窗稿，寻个当媒妁的，送到唐宅，一时络绎不断。赛儿大怒，都扯得粉碎，吩咐门上，自后不许收接。鲍母道："有个回法：但说不论门楣，不观相貌，不考诗文，只是同年同月同日同时生的，然后烦媒来说。"以此求亲的，皆败兴而返。

忽一日，老家人来禀孝廉道："有个广东人，说是鲍太太的兄弟，在外要见。"孝廉教请，报与鲍母。自己就迎出来，见此人生得清奇秀拔，袺袺然①有凌霞之气，邀进中堂，施礼坐定，孝廉道："请教台字？"其人答道："贱名航，字虚舟。家姊在府，极承优待，特来造谢。"孝廉道："小女承令姊教育之恩，昊天罔极。"大家又叙些相慕相敬的话。老婢报："鲍太太出来了！"孝廉遂避席，教家人忙忙备饭。鲍姑见是仙客裴航，已知来由。认了姊弟，附耳说了几句，竟自别去。老家人挽留不及，令子小三儿尾其后，看寓在何处。孝廉从外进来，正埋怨老家人，小三儿喘吁吁地跑来道："奇事！奇事！适才紧随着鲍爷出东关，到旷野无人之处，忽地驾彩云飞向海上去了！"孝廉心中明白，也是仙流，嘱令家人不许传出。进至内室，启问鲍太太道："正在备饭，为何令弟别去之速？"鲍母谢道："他有正事，少不得日后还来。"

过了月余，老家人传道："舅爷同个做媒的来了。"孝廉出迎时，见舅子与姓俞的旧相识已进中门，延入座下。鼻子道："俞亲翁特来与甥女说亲，是济宁州②林参政的三公子，与甥女同年同月同日同时诞生，现今在

---

① 袺(xiāo)袺然——无拘无束、自由自在的样子。

② 济宁州——旧时建制，辖境相当今山东巨野、郓城和江苏丰县、沛县、安徽砀山、河南虞城等县市。

他姨夫柏青庵家内。先请教了姊丈,好来进拜。”俞媒道:“参政林公,是济宁州第一便家,今已应升布政,将次进京候补。其三公子十二岁游庠①,说是济宁府一个神童,文章诗赋,不假思索,动动笔就有的,而且音律技艺,无样不精。这样才子,正好配的淑女,是以特命晚生央着舅爷先来通命。”遂打恭至地道:“谨候钧旨。”孝廉道:“别样不打紧,倒是同时同日却难查考,尚容缓商。”俞媒又连连打恭道:“这个更真!三公子因八字奇异,誓要访求年月日时相同的,然后配亲,若访问不得,甘心一世不娶。曾向着晚生道:‘若八字是真,才貌是不论的。’老先生高明,岂不晓得柏青庵是个端方的名秀才?他令甥若不是真八字,岂肯与闻其事?”孝廉见他说得有理,遂进内述于鲍母。鲍母道:“许他罢了。”孝廉说:“我要请他会面,然后允他何如?”鲍母道:“这也是老成见识。”孝廉出来,向俞媒道:“小女择配甚难,亲翁所素知。今老夫要亲见一面,就可定了。”俞媒说:“这是容易的,待晚生就去传示台命。”别不多时,俞媒复来说:“柏青庵即于明日率公子,径来叩谒面求了。”

孝廉遂备了酒筵请了众亲,候至巳刻方到。孝廉迎进,众亲戚皆注目看林三公子生得何如。但见:

> 面如敷粉,略有潘安②之韵,且解风流;心只贪春,绝非宋玉③之才,漫矜词赋。炫服鲜衣,飘飘然骨肌瘦弱,曾号神童;金冠朱履,轩轩乎容止轻扬,可称冶子。若说到笙箫音律,果然真;试问他经史文章,还有假。

孝廉逊进,与各亲一一施礼。柏青庵首坐,林公子侧席,各叙了几句斗山松萝的套话。香茗再进,青庵即便起辞。孝廉款留云:“正要请教林年兄佳咏!”青庵就坐下,命公子立起请题,孝廉想一想道:“即以中秋圆月为题何如?”姚襟丈道:“都是此夜诞生,极妙的了!”林公子思索有半个时辰,写于笺纸呈上。诗云:

> 嫦娥应爱晚妆新,挂出天边月一轮。
> 好似玉台来下聘,彩云相送少年人。

---

① 游庠(xiáng)——“庠”,古代的学校。“游庠”做游历于各学校。

② 潘安——中国旧时传说的美男子。

③ 宋玉——屈原的学生,才气横溢之人。

孝廉看了,递与青庵暨众亲戚都看了,莫不赞扬。青庵打一恭道:“不敢!斗胆要求闺秀赐和一章,就是合璧联珠,胜似千金百两。”孝廉即命垂帘,放下桌案笔砚,请姑娘出来。老婢传说:“姑娘问出来怎么?”众亲都道:“要求佳咏一章。”老婢又传道:“女子自有妇道,吟咏非其本职!”姚姨夫一想:“当时我有这句话,莫非怪我?”遂立起道:“待我去请甥女。”瞬息间,隐隐见帘内姗姗然到来。老婢道:“姑娘说不为礼了。快把诗稿传来,不耐烦久坐哩。”舅舅就把原稿递进,仍出就位。诗已和到,赛儿已自进去,青庵也惊呆了。公子写的蝇头小楷,赛儿是连行带草,有铜钱大的字。青庵朗吟道:

八月嫦娥降世新,此心犹是抱冰轮。

漫云玉杵裴航聘,哪识瑶台第一人?

众亲都道:“真是棋逢敌手,天作之合了!”青庵道:“舍甥向来敏捷,今日这诗颇迟,就算输了。改日再请唱和罢。”正要揖别,酒席已摆上来。青庵再三谦谢,只得就席。饮过数杯,然后告辞,与孝廉打一恭道:“小弟专候台命,复知敝襟丈,以便择吉纳彩。”孝廉唯唯。

送客完了,到内室问道:“吾儿看这公子是真是假?”赛儿道:“哪有眼睛去看他!”鲍母道:“教他下聘就是了,若聘礼轻是不成的。”孝廉大喜。

次早,俞媒同着两个女媒到来,女媒进内,鲍母说:“亲是允的,若使聘礼苟简,立刻返璧,姑娘亦终身不字了。”女媒道:“这个自然。”吃了杯茶,即出来同了俞媒回到柏家。

原来女媒中有个青庵家的仆妇在内,也是个惯媒,教他来看看容貌的。那仆妇夸奖唐家姑娘,就是月里嫦娥、海上观音,也没有这样标致。林公子听了,几乎发狂起来,遂跪求姨夫写了封恳切的书,当晚起身,径回济宁去了。

请问,济宁与蒲台相隔着三四百里,林公子小小年纪,如何知道有个才女与他八字相仿的呢?其中却有自然而然引导之人。孟氏云:“食色性也。”这位公子,就是第一个性中好色的,从小来,穿衣洗脸、吃饭出恭,都要丫环服侍。十一十二岁上,就偷了一个翠云、一个红香。自后不论好的丑的,都要尝些滋味。因此上,把身子弄坏了。父母只道是读书心苦,延请名医修合红铅、紫河车等丸药,人参当做果子吃,也自支持不来。他常看小说上有采战的法,就痴想要得此诀窍。一日,偶尔走到门首,见有个道者化斋，公子就问："尔是何方来的？有甚奇方秘诀？说来我便斋你。"道人口诵四句云：

家在蓝桥畔，谁知仙路长？

当年将玉杵，亲自捣玄霜。

念毕，回言："我有三等道术：上等是脱胎换骨，白日升天；次等是辟谷餐霞，延龄益寿；又次等是金丹采战。夜御十女，永无泄漏。"公子心中喜极，遂道："我要学你第三种道术，要得几时工夫才有妙处？"道者说："贫道非无故而来，本欲度你，何苦学此下等的呢？"公子道："那人不要成仙，不要长生，管他则甚？"道人说："这也罢了。但传道不是轻易的，一要拜我为师，二要鸡犬不闻的所在，三要炼九九八十一日，功夫炼成之后，再养三百六十五日，完了周天气数，然后能终如意。"公子道："我都依得，僻静地方也有。"就留住道人，奔向母亲跟前嚷道："有个活神仙来了！孩儿的病好了！"什么九转大还，闭关坐功，说得天花乱坠。从来妇人是最爱少子的，又听了灵丹治病的话，料无妨碍，就与参政说明，着几个老成奴仆随从了公子，径请道人到城外别墅。先封锁了庄门，公子行过拜师之礼，然后次第传授，如何禁锁元阳，如何采取真阴，一一指明玄窍。用功九日，服金丹一粒。九九数完，公子觉道精神爽健，气力充沛，大异平日。阳物伟岸，彻夜兴举。就是成了仙，也无此等快活。道人乃取素纸一幅，写上四句隐语，飘然而去。是：

要问瑶台，须向蒲台。

聘下玉台，就上秦台。

十六个字，公子全然不解其意。只因参政见他玄功有验，将温峤玉台下聘①、秦女筑台吹箫②故事，讲解一遍，方知此内藏着姻缘。在蒲台地方，又有极凑巧的机关：林参政的夫人与柏青庵之妻为同胞姊妹，常常有人来往，传说赛儿以八字择配的缘故。公子想着自己的八字，只差得个时辰，可以骗得人的，就手舞足蹈，恨不得插翅飞到蒲台，所以参政也许令儿子前去。就是柏青庵，也认做八字相同的。在酒筵上又把道人玉台下聘的

---

① 温峤玉台下聘——此指"晋温峤随刘混北征，得玉镜台，后丧妇，其姑母有女，遂以玉镜台下定"之事。

② 秦女筑台吹箫——旧时传说的姻缘有定的故事。

话，写在诗内，刚刚凑个合笋，林公子就道是天作之合了。回家之日，意气扬扬，先自矜夸了多少的话，方取出青庵的书与唱和的诗，递上父亲。参政看了说："这段姻缘却也甚奇，待我补了藩司[①]之后与他议亲更为好看。"公子跳将起来道："柏姨父已约定在岁内行聘，第一句就变了口，是不吉利的！"参政道："婚姻大事，我不在家谁可主张？"老夫人道："难道我就主张不得？备上聘礼，原打发孩儿自己同去。柏姨夫是个有名的正经人，有何料理不来呢？"参政道："夫人之言甚是，待我再写封书，径托青庵。只是聘物，也须酌定个数目。"夫人道："相公如今是藩司，关着自己体面，不可因唐家是个孝廉，俭省起来。——说他家也是名臣之后哩。"参政道："总比娶的两房媳妇，再加厚些就是了。"于是以三千金付与夫人，径择日起身进京去了。公子向着母亲说："这些须银两，照着大嫂子二嫂子那样的，也就娶回来了，柏姨夫说须得万金才好。送了过去，仍然归到我家，何苦做出恁般酸小的臭态，被人笑话！"夫人就加了三千，并私蓄的缎帛珠翠、簪珥金宝之类，又值二千余金。公子才喜喜欢欢，多带着几个家人，星夜来到蒲台。青庵遂央媒送帖，按着六礼而行。择于十二月十五日行聘，来春二月十五日成亲。选个寅时，不露众人眼目，将聘物送过唐门，是白金二千四百，黄金二百四十，珠翠簪珥、钗钏镮镯、锦绮缎纻纱罗之类，又值二千余金，折的牲果茶饼银三百两。孝廉见聘礼成个局面，因想女儿素好书卷，又没有儿子，这些经籍古玩留着无用，因拣出监本《十三经》三十套，大板《资治通鉴》一部，汉玉镇书蟠螭一对，通天犀如意一枝，又砚山端板、柴窑水盂、玉花尊、玉柄麈尾、枣板淳化阁帖、名人书画之类，尽作回聘礼物。公子只读几篇时文，不知古书，全然不在他心上，倒只怕这古董丈人又要请酒做诗，露出丑来，不好看相，就预先雇了车儿，将这些东西捆载停当，然后同了柏青庵到门拜谢，以便逍遥而去。最是：喜到十分，下聘不烦求玉杵；愁生一刻，饮浆未得见云英。且看下回如何。

---

① 藩（fān）司——即布政司。官名，职责为掌管一省的财赋与人事。

第　五　回

唐赛儿守制辞婚　林公子弃家就妇

唐孝廉见林公子自来行聘，性情是倜傥的，未必沉潜学问。诗虽做得合式，不知文章一道如何，还要试他一试。发帖去请，早已“车如流水马如龙，行过青山第几重”矣。柏家又回得好，说公子为着求姻，旷了文课，急急回家读书去了，孝廉反生欢喜。因婚期甚迩，请鲍母相商，置备妆奁。赛儿道：“第一件正经大事，要寻块地安葬母亲。那些妆奁的事，有亦不见得好，没亦不见得不好，不用费心的。”孝廉道：“我已安排下了，你祖父坟上尚有余地。”赛儿道：“不是主穴，如何葬得？”孝廉道：“纵葬不得，我岂肯将林家银子买地的！吾儿，你性固至孝，但厚葬不如薄葬，孔子已经说过。”因向鲍母说：“烦太太开导孩儿，那葬事，是我的责任。”鲍母说：“这个自然。目前妆奁皆是容易的，只有一件来路远，先要整备。”孝廉问是何物，鲍母道：“要两个媵嫁①的丫环，必得苏扬人材，十八九岁的方好，即小寡妇亦不妨。此地丫头蠢夯，是用不着的。”孝廉道：“吾儿的舅舅，常到京都生理，只在几日起身，可以托他。”遂令人请到舅爷，把话说了，交付银一千两，只要人材，不论身价。舅子别了自去。只见姚襟丈家，差人来接妙姑。妙姑见姐姐已定下亲，只得辞归。赛儿不好强留，大家依依执手，悲咽不能语，各以袖掩面而别。赛儿问鲍母道：“倘或妙妹也有了亲事，几时再得相聚？”鲍母道：“他是为你下界的，尘世内并无她的丈夫，不必虑得。”赛儿叹气道：“我反不如他了！”心中愧悔愤恨，日夜愀然不乐。鲍母道：“莫心焦，气数到来，另有局面，那时自然会合。”

一夕月下，赛儿与鲍母同坐中庭，问道：“前日太太的兄弟，孩儿几次问过，太太不说，这是为何？难道不肯指示孩儿么？”鲍母道：“此是天机，但如今不得不与你说了。此人乃是洞府仙真，姓裴名航，也是为你下界的。”赛儿道：“是云英妹子的仙郎了，怎么为我下来？”鲍母道：“儿在上

---

① 媵(yìng)嫁——指随嫁。

界，曾求过织女娘娘，要保着你肉身飞上瑶台，所以烦他下来，造个斡旋造化的手段。今已到林公子处，传他不泄元阳的妙法。”赛儿吃惊道：“这不是叫他淫荡么？”鲍母道：“玄之又玄。凡女子一受男子之精，天灵盖上就有黑黑一点，所以谓之点污。女子有此一点，虽修炼到十分，不过尸解，不能肉身升天。”赛儿道：“儿前生奔月怎样去的？”鲍母道：“也是尸解去的。就是女子之经，也与男子之精一般，若一漏泄，便亏元体。学神仙者也要使之不行，所谓斩断赤龙。你服我之乳，乃是仙液，所以至今尚无月事。我今教你修炼真炁之法，俾元阴永无泄漏；元阴不漏，月事不行，便成坚固子——佛家所谓舍利是也。仙家亦有夫妇，不过炁交，非凡人之比，就如天地交泰一般。你将来与公子行夫妇之道，差不多与炁交相类。虽然损却元红，犹为无垢之躯，仍旧飞入月宫，为广寒殿主也。”赛儿大悦，倒身下拜，求鲍母教导。鲍母道：“工夫自有次序，今先从运行先天炁之起手。”遂与赛儿说明祖炁丹穴并运炼之诀。忽见老梅趋来，跪下道：“婢子求太太慈悲，度我则个。”鲍母道：“你听得我说甚话来？”老梅道：“婢子在房内窥视，如何听得？但猜是传道的光景。”鲍母道：“你气质太浊，身无仙骨，只是志向可取，若终身不嫁，可成鬼仙。今且先传你炼清气质之法。”老婢磕头谢了。从此赛儿与老梅婢，每日各自修炼。赛儿是何等灵根！略加指授，早悟到精微地位。

过了两月，舅舅已买了两个婢女回来：一个小寡妇，一个处女。赛儿见颜色都好，暗喜道：“可以做得成替身的了。”鲍母又向孝廉道：“尚有一件，亦须预为整顿：可另买一所房屋，只千金也就住得。”孝廉素猜鲍母不是凡人，料必有缘故，遂应道：“房屋倒有，且自相宜。我屋后李家这所产业原价五百，今要迁到州里去，一时难售，只要四百五十两。但用林家的银子，我不便出名。怎么好？”赛儿道：“写上我罢。”孝廉问鲍太太：“使得么？”鲍母道：“使不得。原是相公出名，只在契内申说明亮就不妨了。”孝廉道：“太太高见极是。”即浼舅子与襟丈到李家，一说便允，刻日立契成交。交银之后，李姓迁去，拆墙打通，合成一宅，原将来关锁好了。一切妆奁什物，孝廉亦略置备，只待完婚。

新年忽过，上元又届①，孝廉到舅子家赴宴，座无外客，大家议论鲍母

---

① 上元又届——“上元”，即正月十五元宵节，“上元又届”即元宵节又来临了。

赛儿奇异之处,多饮了几杯。夜深回来,路上踹着滑冰,重跌了一跤,昏晕于地。跟随的人忙扶起来,甚是痛楚,只得借乘轿子雇人抬回家内。孝廉呻吟不绝,赛儿心慌道:“那得个好医生?”家人道:“前在州上的医生,看过老奶奶的,如今在县里。”赛儿就令去请来。医生诊了脉,说是跌挫了腰,风痰上涌,医得好,也是残疾,只恐不能。用些定痛祛痰之剂,如石投水,绝无效验。医生说:“宜静养。”竟自告去。

赛儿叩问鲍母,鲍母道:“令尊大限,在本月二十八日亥时。”赛儿道:“母亲殁时,我尚未弥月,不知不觉倒也过了。今侍父亲膝下十五年,一旦抛离,如何能过?”跪在鲍母面前,哀泣求救父亲。鲍母道:“天数已定。若有可救,何待儿言!今唯料理后事为上。”赛儿乘众亲来问病时,遂将银二百两付与母舅,说要办口杪木寿器冲喜。

二十五日清晨,孝廉与鲍母、赛儿说道:“我昨夜梦见半空有人叫我名字,说:‘上帝命尔为济南府城隍。’”鲍母道:“相公一生清廉正直,帝命为神,自然之理。”赛儿跪下道:“孩儿有个主意,要求父亲听从:伯伯家三弟恩哥,气宇清秀,可立为嗣。”孝廉道:“我家业无多,立之反为不美。”赛儿道:“孩儿是个女身,不能延续宗祧①,日后何人拜扫坟墓?”鲍母道:“姑娘大有道理。”孝廉方允了。片刻之间,早已请到三党众亲。孝廉向堂兄道:“是我女儿主意,要承继三侄恩哥为嗣,故此请来商议。”堂兄道:“这是要我弟心上定的。”赛儿接口道:“伯伯尚未明白,这原是我劝爹爹立嗣,所以表明孩儿之意。是言日后决没有争端的,凡父亲所有的家产器皿,悉归恩弟,赛儿是厘毫不要的,但请放心。”姚姨夫道:“这就不必再议,取纸笔来写就是了。”于是伯伯写了出继文书,姚姨夫代孝廉写了付产券约。母舅看了说:“丧中诸费,也须预定。”赛儿道:“丧葬诸费,总应是我独任,不必再议。”那伯伯见赛儿如此阔大,只得勉应道:“如今已办的,不必说;后有所费,理应在内除出。”赛儿道:“再不必说,速请三弟过来,相依几日,就好交割产业。”众亲戚咸服赛儿度量。至明日伯伯亲送恩哥到来,拜了嗣父,令奶子跟随住下,定名为念祖。赛儿把林家送来绸缎,拣好的为父亲制造送终之物,吩咐家人不许在相公处说。

二十八日,孝廉对赛儿说:“你是个女子,衣不解带,服侍我半月,心

---

① 宗祧(tiāo)——祖宗烟火。

甚不安。今日要当永诀了,孩儿是个女英豪,凡事不须我吩咐,只是丧事要从俭,不必过于悲哀。我昨夜梦见多少衙役,来接我上任。我与孩儿,只有半日相依了。”说罢,执了赛儿的手,悲咽不已。赛儿恐伤痛父亲,含泪宽慰。鲍母道:“相公宜于午刻沐浴身体,另换新鲜衣冠,姑娘皆已整备停当了。”孝廉道:“我此身觉有千钧之重,如何能够洗澡?”赛儿道:“放着孩儿,难道不与爹爹洗沐么?”孝廉道:“吾儿孝心,可谓至极;但是个女孩儿,为父的岂可赤身裸体,累你服侍?”赛儿道:“生身父母,说哪里话?”即命摆好澡盆,满贮香汤,同老婢进房,掩上房门,扶下床来,遍身洗净,更换了衣服冠履。孝廉背倚重褥而坐,命呼恩哥进房,吩咐道:“吾儿须用心读书,若能显要祖宗,也不枉承继你一场。”又请鲍母致谢道:“我女儿受太太鞠育之恩,过于山海。——孩儿你须报答。”赛儿道:“儿终身仰赖太太,何能报答?”孝廉道:“我来生报罢!”遂令赛儿取净水漱口,乃问鲍母道:“孩儿将来是怎么样的? 我今将去世,太太不妨略示一语,我到黄泉与老妻说说,也可安心。”鲍母沉吟道:“看来是位女主。”孝廉道:“林公子呢?”鲍母道:“这个不知。”

忽老梅婢走进,说大爷、舅爷来,遂一齐进内。孝廉道:“我命在顷刻矣。”因略述所梦。堂兄与舅子齐声道:“这是一生正直之报。就是临危这样清楚,也是没有的。”

将近黄昏,孝廉道:“赛儿! 你祖父、祖母与母亲,都在这里。”赛儿遂向上称呼,各拜四拜。伯伯命恩哥亦拜。孝廉又道:“来接的衙役都到了!”众亲闻得院内有人说:“太阴娘娘御驾在此,我等须回避。”众亲皆以为异。赛儿执着父亲的手,呜咽道:“爹爹! 今日一别,何时再得重逢?”孝廉忍泪答道:“纵使百年,也有此别!”向着鲍母说:“太太莫教孩儿过伤。”又遍谢了众人,含笑而逝。赛儿拊心踊地,放声大哭。老婢道:“丧葬大事,都是姑娘料理。若哭坏身子,如何了得?”鲍母道:“此乃忠言! 孩儿,你哭的时候尽多,如今且住了罢!”众亲亦劝,方才止泪。鲍母道:“孩儿,你是天下人都要瞻仰的,临此大故,总不必避人罢?”赛儿道:“儿意亦然,怎的避起人来?”众亲都不敢则声。赛儿临凡,是带着嗔性来的,故此平日每每作色,双眸一嗔,如电光闪烁,令人惊魂褫魄。真个是女英雄的气象! 较之廉、蔺威严,亦无以异。

其部署丧中诸务,皆极周匝。殡殓已毕,赛儿向着众亲道:“儿父是个有名的孝廉,我要开丧三日,讣状丧帖上女儿的名字也少不得。”鲍母道:“孩儿尚无名字,取个篰字罢。”众亲都说是。姚姨夫道:“甥女帖儿,唯有林家去不得。余外也罢了。”于是讣状丧帖,皆另列一行“不孝孤哀女子唐篰泣血稽颡拜”,就择了日子开丧。赛儿亲自料理,悉合仪制。派下执事人员,井井有条,各办各事,略无匆忙。

有本县尹,姓周名尚文,是个清正的官,特来祭奠,陪宾者孔孝廉与姚秀才。县尹奠毕,更衣揖逊坐定,向姚秀才道:“唐老先生是山左大儒,老成云亡,典型尤足景仰。闻得闺秀又是个才女,真曹大家能读父书的了。”姚秀才道:“可惜甥女错生女身耳!”只见赛儿率同恩哥,铺下白毡,出幕拜谢。惊得县尹趋避不及,只得答礼,遂打轿起身而去。门上忙忙传帖进来,说是柏相公同着林姑爷来上祭。这些亲戚们都出迎,见青庵说了几句悲伤的话。奠祭完了,遂即趋出。这里自备酒席送去。

却说公子是来迎亲,知丈人死了,心甚郁闷,要另定了吉期,然后回去。等到唐家丧事已毕,七七已过,遂求姨夫唤了俞媒并女媒,同到唐宅去说。赛儿大怒道:“你们做媒的不知理路,难道柏青庵是个秀才,也这样不通么?我父亲肉尚未冷,岂为女儿的,就去嫁丈夫,何异禽兽?林公子没有父母的么?”俞媒听得着了急,遂与女媒急忙出去,到青庵家一本直说。青庵道:“倒是我错了。近日丧帖上有他的名字,我心甚疑。由此观之,是个立大节、不拘小闲的奇女子了!甥儿且待满服①后,再说罢。”俞媒道:“闻得孝廉死的时候,空中有人称他姑娘为太阴娘娘,是以亲戚都分外敬重哩。”公子听见这些话,料道自己毕竟大贵,越发欢喜,即辞了青庵回去。

走到半路,遇着家人来报:“老爷已卒于京中,大相公、二相公都要去奔丧,因此星夜来请三相公回家。”公子吃这一惊非小,兼程赶回。两兄已自往京,母亲又病在床上。三公子就将“丈人已死,婚期要待服满,孩儿如今也要迎接灵柩去”。老夫人道:“恐我亦不能活了!儿在家看着罢。我闻媳妇甚贤,不得见汝完聚!”泪流不已。

过有月余,参政灵柩归来。老夫人病久,勉强扶起,哭了一场。不几日,也去世了。

---

① 满服——作“达到服丧的期限”解。

这几个纨绔公子，又笨又酸，如何能料理得来？一听家人主张，应轻者反重，应多者偏少，开丧之日，事事乱搀。七终之后，即便卜葬；安葬之后，即欲分家。请了三党亲长公议，次公子先开口道："我弟兄原是同胞，俱无彼此，但觉性情各别，料不能同居一宅，反致日后生嫌。我与哥哥娶亲，费银不过千两，三兄弟就费至八千余金，不知娶甚皇后到家？将来成亲，若少费决非三弟之意，多费又不值得。大家分析开了，不致掣肘，岂非美事？"大公子道："家私三分析开，原是易事；独是三弟面上，却费了数千金，这个据理要扣出来的。烦亲长公言。"三公子愤然立起身来，向着众亲道："两位哥哥说话，甚是有理！我的亲事，一切杂费都算在里面，也只得七千五百银子，比哥哥原多费四五千金。我如今田产、房屋、器皿，一切不要。只是三个当铺拈分一个，存下库内现银，三股均分。外有二童两婢，向来随我，应是我的。我也不在济宁住，竟到蒲台去就亲。每岁春秋，同媳妇回到坟上拜扫便是。此说公道否？"大公子道："房屋什物，比不得现银，此等话难上分书！"族中老成的遂开口道："三侄说话，倒也出自本怀；但分书各别，难保后世无言，终非永远之计，大侄之言亦是。"三公子道："有个写法，分书原是一般样写，外另立一券，说我要迁住蒲台，不能管理产业，凭族长公议，多分现银若干，把我联姻多费银子准去就是。"众亲都道："这个没得说，就此写定罢。"大兄二兄一想，房屋各项约值万余金，不消说是便宜的，恐兄弟日后反悔，要亲笔起个稿，然后誊真，把稿藏家庙内，为日后凭据。

分析定了，三公子就令所分的当铺止了当，收起现银，连分的已有十万，竟到蒲台柏姨夫家下。明日就差所爱的两个丫环、一个小童，令到唐宅去，说："公子要亲来见姑娘一面，有金银珠宝交付，还要买所房屋，住在蒲台。你二人且就在姑娘处服侍，小厮来回我的话。"一同坐了车儿，径到唐宅，磕了姑娘的头，备述公子的命。赛儿遂问丫环的名字，一个红香，一个翠云，小童唤巧儿。赛儿道："你两个是公子向来宠用的了？"两婢含羞无语。遂唤自己所买两婢出来，指与他道："这也是为公子买的。你们去说，银两是小事，要交即交，不交就罢；相见于礼有碍，是行不得的。若说买房，我早知公子要迁到此，已经买下，家伙俱备。只要另开门户，径来安住。你二人原去服侍公子，若公子有事回济宁，到我这边看管。我系未曾过门的媳妇，不能来奔舅姑的丧，实出无奈。给公子说，日后到坟上拜祭罢。并为我致谢柏相公及老奶奶。”遂打发二婢同巧儿回去。

公子见三人同来，便问丫环：“怎不住在姑娘身边?”二婢把赛儿之言，从头至尾说了，又夸姑娘的容貌，是世上没有的。偏偏这样娇媚，不知怎的，又有些凛凛害怕。青庵道：“你媳妇的话，真正是贤女子，你可一一从他。”公子就把一切银两物件，都装运到唐宅上来。赛儿坐在屏后，叫丫环出去，与公子叩头，把金银珠宝逐件点明，教公子登记明白，尽行收入。公子即择日移住在赛儿新买宅内，把旧日打通的墙砌断，另在一巷内出入。住有数月，又往济宁收拾当铺去了。不因公子此去，那得个月下同庚，别有西方美女；灯前一笑，更逢北里名姝。下回便见。

第六回

嫁林郎半年消宿债　嫖柳妓三战脱元阳

有一大同府妓者，姓柳名烟，字非烟，是乐户之女儿。生得体态轻盈，姿容妖冶，举止之间，百媚横生。从幼学过曲本，知书识字，而且性情儇巧①，应对敏给。十三岁上梳拢过了，一时名振西陲。独是淫荡绝伦，有"满床飞"之号。奈所接的嫖客，却无公子王孙，都是些经营商贾，不解风流，枉负了个倾国佳人，埋没在边关冷落之处，因想要到苏扬地方做个名妓。那乐户与鸨母，只靠得这个女儿，就依了他的算计，径从燕京一路下来。到了济宁地方，鸨母忽然害病，只得在西关外借间房子住着。

正值林公子回家收当，闻知有新来的名妓，就叫小厮跟随了，踱到非烟寓所来。此时非烟无意接客，每日有闯寡门者，多托病拒却。谚云："鸨母爱钞。"说了林布政公子这样一个大主儿，连忙报与女儿。非烟亦不免势利，装个病的光景，懒淡梳妆，迎将出来。两人四目一视，皆已动心。公子即取银三百两，当作定情的礼送与鸨母。酒筵已摆上来，不过是市中的佳品，所谓物轻人意重。彼此换盏交杯，说了好些旖旎②的话。

那时公子自己的铺陈也送到了，鸨母急忙的安顿起来。不但锦衾绣褥、凤帏鸳枕诸物，可怪的有八叠自然榻一张，是用丝线七股辫成，与藤无异，穿在细楠木腔上，木用八寸为段，摺之则为八叠，展之则六尺四寸以长的桃笙簟也。其床大匡，悉皆活络，可分可合。以此丝簟安放于床，其软如绵，而且能胜重。当下再点明灯，同登此榻。一个是风月中的冠军，贾勇直前；一个是烟花中的飞将，摩厉以待。只惜桃花洞口这场鏖战，竟无作壁上观者。有《醉花阴》一阕为证：

凤蜡荧荧吐绛焰，瑞脑凝香篆。金缕枕纤腰，搅乱佳人，髻散钗抛燕。以春风脉脉春波滟，缥缈香魂颤。菡萏倒垂心，浓露全倾，细

---

① 儇（xuān）巧——聪明小巧。

② 旖（yǐ）旎（nǐ）——作"柔和美好"解。

把灵犀玩。

看看纸窗上照着五更斜月，红粉将军竟向辕门拜倒矣。公子又住两宵，柳烟道："妾风尘贱质，倘蒙公子垂眷，情愿做个婢妾，服侍终身。"公子道："爱卿若真有此意，我的夫人最贤，但因制中，尚未成亲，你且守着。济宁已无我家，今往蒲台去完了姻，然后来娶你，我断不负言的。"柳烟就要公子立誓。大家把生年月日写将出来，各吃一惊。原来柳烟也是同庚，八月十五日辰时。公子道："夫人是酉时，比我卯时还远些。你这个辰时，倒是最亲的，天生是我小夫人，日后姊妹相称，自然无疑。"柳烟亦自心喜，遂携手在灯下交拜了四拜。

到次日，公子别了柳烟，收了当铺，又有数万金。回到蒲台，假装老成，日间读书，夜间习射，把红香、翠云，做个一箭双雕。赛儿又送过两个艳婢去，一名春蕊，一名秋涛，索性做个合欢大会。公子常笑说道："今已四美具矣，安得二难并乎？"

未几，两家丧服皆满，公子央及姨夫，要择吉成亲。青庵道："我意亦然，以完先尊付托之重。"遂择于二月十六日合卺①，教原媒送帖至唐宅，鲍太太应允了。公子仍行亲迎之礼，鼓乐灯火，彩旗花轿，接归公子宅上。时诸亲毕集，傧相请出新人。赛儿并不用绣袱兜头，装束得整整齐齐，婷婷袅袅，缓步到堂上。但见：

鹅黄衫子，外盖着无缝绡衣，宛似巫山神女；猩红履儿，上罩着凌波素袜，俨如洛水仙妃。铅华不御，天然秀色明姿；兰麝不薰，生就灵香玉骨。盈盈秋水，流盼时有情也，终属无情；淡淡春山，含颦处无意也，休疑有意。身来掌上，比汉后但觉端严；腰可回风，较楚女更为婀娜。真个是：国色无双，威压三千粉黛；女流第一，胸藏十万貔貅②。

公子见了，目眩心惊，不觉的骨皆酥软。傧相赞拜了天地，然后交拜。公子跪拜，赛儿端立回了四福，众皆掩口而笑。素常公子性极劣蹶，到此变得纯粹了。母舅道："请鲍太太出来。"赛儿道："太太明日行礼。"众亲知赛儿古怪，于是各见个小礼散去。

拥入兰房，交饮合卺。此时公子如入天台，遇着仙女，那里等得时刻，

---

① 合卺（jǐn）——即指"成婚"。

② 貔（pí）貅（xiū）——古传说中的一种猛兽。

忙叫侍儿们退去。赛儿喝道:“不许!”侍儿辈又站住了,因向着公子微笑道:“宽饮一杯,小童有话说。”遂问舅姑如何一时见背,伯伯姆姆如何相待公子,以致分析。公子见问得恳切,不免细诉情由。赛儿又自述未弥月时,母亲去世,多亏鲍母鞠育教训……絮絮叨叨,说个不住,公子不敢不答。已至鸡声三唱,公子道:“今夜错过好时辰了。”赛儿道:“夫妻之道,不过如此而已。”遂同公子到鲍母房内拜见。礼毕,公子告个罪,自回房酣卧去了。直至午间才醒,令侍女请夫人。

赛儿自点灯后方来,即命看酒。公子道:“我酒尚未醒,不能再饮,请夫人睡罢。”赛儿道:“公子睡够一日,岂有再睡之理!”自己斟酒来劝,公子怎敢不饮?饮罢回敬赛儿。互相酬酢,已有更余,赛儿道:“闻得公子大棋甚高,请教一局。妾输了就睡,公子输了饮酒,一子一杯。”公子想:“我棋是高的,倒不得输。”遂与赛儿决道:“夫人不要赖,又不肯睡觉。”赛儿道:“夫妇之间,岂可相赖!”谁知公子心慌意急,连败二局,输了二十五杯,勉强饮下,量已不胜,倒在榻上,齁齁睡去。赛儿命侍女将床绵被护着,吩咐各去安歇。自己同老婢就在房内,照旧运功。

公子醒时,天已明了。见赛儿正中端坐,老婢低坐旁边,公子道:“你们好似坐功,我也会坐的呢。”赛儿遂乘机劝道:“公子若知道坐功,为何放着神仙不做,要做堕落的事?岂不可惜了本来!”公子道:“我曾遇着神仙,不要做他。只日夜得美人快活,就死也甘心。”赛儿叹口气,叫取水与公子盥沐。今日三朝,该到父母灵前去拜。拜过,赛儿又哭了一回,到鲍母房中去了。公子觉道酒晕,仍去安卧。

到晚,赛儿又命摆上酒来。公子着急道:“小生今晚恁凭夫人处置个死,只是不饮酒。”赛儿道:“不饮罢了,何消认真!我知公子佳音,唱一曲与我听,我吹箫来合,何如?”公子暗喜:有支曲儿,可以调情。遂斟一盏,手奉赛儿说:“夫人听着!”唱的是《西厢》上“软玉温香抱满怀”一套淫曲,要动赛儿之心。唱完,赛儿赞好,又要再唱。公子只得又唱《牡丹亭》“寻梦”一套。余音才歇,公子突然跪在赛儿面前,双手持定了金莲,只管在膝上磕头。侍儿个个暗笑,也有避去的。公子道:“你们不替我求求夫人,倒笑我哩!”于是侍婢齐齐跪下。鲍太太又差老婢来说:“请姑娘安睡罢。”赛儿才立起身,公子就来替解衣服,侍儿都已退出,两人同入绡帏。公子看赛儿肌肤,比羊脂玉还胜几分,一种异香从三万六千毛孔中发越出来，能不消魂？赛儿道："如今夫妻之情已尽，你与心爱的丫环们取乐吧！"公子笑道："夫妻之情，尚未起头哩！小生不敢唐突，自然有个从容自如的道理。"遂来袒衣①。赛儿知是夙孽，勉强消受。正如酗酒的恶少，拿住了个从不饮酒的孩子，生生灌他，就咽了半口，也是件最苦毒的事。有诗曰：

谁教玉镜下妆台？今此琼浆劝一杯。
明月好窥罗幌静，春风错惹绣襦回。
侍儿佻闼②何曾惯，夫婿颠狂莫漫猜。
萼绿骖鸾烟汉远③，尘寰岂为侍中来！

天未黎明，赛儿已自起来，心下一想："纵然白璧无瑕，其奈红铅已堕，有妨道行！"不禁悲酸，就疾走到鲍母房内，哀哭不已。鲍母道："孽账是易清的。坚持道念，忍过去罢！"从此公子要与赛儿交媾，甚是艰难，就想出个法来，向赛儿道："我要叫个婢子弄弄，当幅活春宫，送与夫人看看，消遣消遣，可使得么？"赛儿道："夫妇之礼：男正位乎外，女正位乎内。像这样淫秽的事，原是婢妾们干的，但去做，不消问得！"

也是机缘有凑，正值中秋佳节，步出门首，见个小厮在那里探头探脑。公子看时，认得是柳烟儿家里小二。那小厮一见公子，就扒在地下磕头说："姐姐已迁到这里北门外，叫我来请公子。"公子道："今日是我与夫人的寿诞，过了就来。"小二道："姐姐思想得苦，不要失信！"小二去了，公子自忖道："我这里才念他，他却已到蒲台了，真个有志气！我如今娶他是稳不过的。"

是夜家宴，赛儿与公子举案齐眉，互相把盏称寿。宴毕之后，又与公子同坐中庭，清谈玩月。公子道："消受这个清福，也是神仙！"赛儿又乘机劝道："公子何不同我修道，学他兰岩夫妇？一齐化鹤升天，岂不长享此福！"公子笑道："神仙就是这般冷静，只好偶一为之。如纯阳子尚不能禁熬，还去寻着白牡丹来消遣，何况凡人！夫人太没兴，我还要寻个高兴的来奉陪奉陪哩。"夫人道："十二金钗，总由着你。若有了个得意的，我

---

① 袒(tǎn)衣——脱去衣服，袒露身体。
② 佻(tiāo)闼(tà)——轻佻放浪。
③ 萼(è)绿骖(cān)鸾——绿色的花萼下驾在车两旁的好马远离烟尘。

与公子但居夫妇之名,竟做个闺门朋友何如?"公子笑道:"且有了再相商。今已夜半,不可虚度我二人华诞。"遂携了赛儿之手,同进兰房,要行云雨。赛儿无奈,只得略为绸缪。

清晨,公子与赛儿说要出城去会个朋友,今晚未必归家,也不叫人跟随,独自寻到柳妓寓所。柳烟一见公子,如从天降,喜到极处,反无片语。酒肴是备好的,摆将上来。唯有快饮,以助酣战。原来柳烟曾有一胡僧嫖过,教他采阳补阴之术,前在济宁,不道公子是个劲敌,未曾用得。今日要一显伎俩,七纵七擒,以坚公子娶他的意。公子大叫:"快哉,乐杀!"元精狂奔如涌泉,竟死在牡丹花下了。柳烟知是走阳所致。原有个接气回阳之法,无奈倒坐在公子腹上,法不能用,搡手以看其状,知不复生,呆的坐着。好个柳烟儿,竟有机智!时天色将明,忙忙梳妆了,对龟子鸨母说:"我同小二到唐宅上自首去,你略停一会,报知地方。"

赛儿正因公子三日不归,心上猜疑不定。忽门上传禀:"有个女人要见夫人,说报公子信的。"即教传进。赛儿一见是个妖物,知道公子有些凶兆了,遂问:"你是何人?报何信息?"柳烟道:"婢子原是妓女,在济宁接客,与公子往来四载。近日寄信来唤婢子,所以到此。"就把公子脱阳而死的勾当明说了,跪在地下痛哭。赛儿大惊,亟请鲍母。鲍母道:"此数也!"便问柳烟:"汝来意欲何为?"答道:"愿为一婢,服侍夫人,为公子守节。一切丧葬,小婢力能备办,只求饶死,便是大恩。"鲍母道:"虽然,也须官断。"赛儿遂叫把柳烟锁了,备轿去看丈夫。

不片刻到了,林公子直挺挺的死在床上。一条绣被盖着,(删十六字)这是仙丹之力未尽的缘故。总因公子不遵裴道人之言,调养周天气数,纵欲太早,以致身亡。此即数之所在,不必说得。当下赛儿把公子抱在怀中,放声大哭。就有多少邻里涌将进来说:"县里太爷来验尸了。"赛儿依旧放下,端坐在椅上。周令尹进来,见赛儿自己在内,饬令众人不许进房。把尸抬在庭中相验,实是走阳死的,叫礼房①请夫人回宅,把柳烟儿一家都锁去了。只有老虔婆,早已躲脱。

县尹回衙,问了供词,先把柳烟连拶②两拶。柳烟狡狯,带着拶哀告

---

① 礼房——府衙中主礼仪之官吏。

② 拶(zǎn)——古时的一种刑具。

县主:情愿丧葬公子,到夫人家为婢服役,蒙老太太已许过,饶他死了,只求老爷开恩。县尹也知律无抵命之条,且看唐家作何进状。把一干人犯,寄在监内。柳烟身边有二十多两碎银,即以二两送与禁卒,令去寻鸨母时,正为地方获住,交与禁卒来了。柳烟便将情愿为婢守节情由,与鸨妈说知,令去央个惯会刀笔的,写一呈词,投送县里;再写情启五六纸,到林、唐两家亲戚门首,跪门投递,并教导了问答的话。老鸨急急的去了。

却说赛儿到家,写家属抱告,为戏杀夫命事一词,又领尸棺殓事一词。进县批准出来,遂将公子身尸抬回家里,备棺殡殓。遂请有名僧道,做七七四十九日荐亡法事,日夕擗踊哀哭。丫环辈皆勉强干哭,惟春蕊有些眼泪。赛儿因向老婢道:"人家夫妻,重在色欲的,必轻于情义,正如以势交利合的朋友,到得势利尽了,便同陌路。春蕊平日不甚爱淫,还像个哭的。你看那几个心中,还有公子否?"老婢道:"此辈不足责!独是夫人也哭得太苦了。——如今正好学仙哩。"赛儿道:"咳!公子曾做我的丈夫。日夜劝他学道,执性不依;一旦惨亡于妓女之手,落个贪淫浪子之名,怎不痛伤也!你不嫁人,就是神仙。我还未了孽障哩。"

门上报道:"姚相公、舅爷到了!"赛儿见了,问县里几时审明定案。姚姨夫道:"就在后日。那娼妇写了情启,各家投送,愿投身为婢,随甥女守节。在县里也递了这个呈词了。"舅舅接口道:"不知是谁教导他的。"赛儿道:"我此时就砍了他脑盖,尚以为迟,他还想着活么!如此秽物,而云为公子守节,岂不玷辱了参政家风!我后日亲自赴案去质他!"鲍太太道:"孩儿你听我言:守节固不好看,以婊子而偿公子之命,亦不好听。不如收他为婢,死生在你手里,终日鞭敲,亦可快意,强似在衙门三推六问,一两年尚不结局。尽有把他人拖累死了,凶犯尚未定案的。"

说犹未完,门上报:"县里公差到来!"赛儿向南立着,即令传进。公差口述县主命道:"公子一案,律无可抵。若要问个大辟,必须经由各衙门驳勘,再三复检,究竟难以成招。县主亦痛恨这个婊子,只是法无可加,解到上台,就是她活路了。因此差来请问夫人。"赛儿道:"多谢县父母指教,俟与长亲酌量来候审。"

公差去后,赛儿不得已,向姨父、舅舅道:"且把这草驴收着,每日虐使鞭杀他罢!烦姨夫约了柏青庵,同上堂去求县尹发落。"姚秀才遂到青庵家,备述县主之意。青庵道:"县中口碑,都说舍甥自作之孽,倒是这样收拾也罢了。”

到临审时,众亲约齐上堂,递了息词,并请将柳妓差押送去,立了为婢文书,再求印信,庶无后悔。县尹允了,遂将龟子订回原籍,又将柳烟薄责二十。当堂做审语云:

审得柳烟儿,乃九尾狐狸也。献笑倚门,占尽章台风月;逢人唱曲,压倒酒馆杨花。殢雨尤云,日夕赴巫山之梦;舍愁敛怨,春秋系游子之心。而且善战蛮声,不顾摧残腰柳,采阳逞技,能禁揉碎心花。真媚足勾魂,妖能摄魄者矣。遂有林公子者,素称花月解元,雅号风流飞将。初交兵于济上,犹能旗鼓相当;再接战于蒲台,竟致戈矛尽折!已焉哉,全军皆覆;从此夫,一命归阴。今柳烟摇尾乞怜,愿做夫人之下婢,服役终身;毁容守节,思报公子之私恩,持斋没齿。众亲佥曰允哉!本县亦云可矣。存案。

县尹发落已毕,命两个公差,将柳妓押送唐宅交割。赛儿赏发来差去讫。柳烟拜了夫人、太太,就到公子灵前跪倒痛哭,撞头磕脑,几不欲生。从此每日在灵前,哭个半夜,竟成骨立。

终七之后,赛儿请众亲要寻吉地,安葬父母、丈夫。母舅道:“好地甚难。近日武定州有个富家,买地之后,即涉讼事,道是阴地不吉,遂欲弃之。且系两糜相连的,在太白山之西。事倒凑巧,但不知用得与否?”赛儿即命备车,同鲍太太去看。鲍姥道:“地有龙脉,皆可安葬。”遂烦母舅同做中的,前去与地主成了交易。定于十一月中旬安葬。葬礼十分周备,县尹各衙都来拜奠,并送执事人役。赛儿主意,在城外五里安歇。先出父母两柩,自为孝女,率恩哥在灵柩之前匍匐执杖,泣血大恸;再复进城,发公子之柩,率领四鬟一妓,在灵柩之后步行而哭。满城之人,莫不赞叹。有称赛儿为三绝:一容貌,二贤德,三才能。赛儿次日黎明,乘舆而行,直到新阡,先葬父母,次葬公子,又到祖坟祭拜过,三朝方回到家。遂令春蕊唤柳烟来审问。有分教:十年名妓,且权充女帅的偏裨;半世贞心,竟幻作伪主的妃后。事在尽后,且看次回。

第七回

扫新垅猝遇计都星　访神尼直劈无门洞

柳烟儿到唐宅，犹如铁落红炉。他本意求生，难道反来受死么？只因闻得公子的夫人曾显许多灵异之兆，只这公子之死，还是没福，夫人必是大贵的。她自恃聪明伶俐，可以随机应变：夫人若是守节，他也能守；夫人若有贵显，他也还望提挈；若是差不多的，还可弄之股掌之上。原有个主意，敢于挺身而来，不是单为着怕抵命的缘故。及见赛儿智略非常，慷慨大量，已是十分惊服，思想要得夫人的心，没处下手。只是整日不离左右，小心服侍，到晚便哭公子，窥夫人之喜愠。忽闻春蕊传唤，柳烟急忙趋向夫人跟前，双膝跪下。夫人道："公子从那年上嫖起，有多少次数？怎么把公子弄死了？可将原委供来。"柳烟道："公子第一次来，是在济宁州八月十五，正值婢子的生日。公子道：'我与你同年同月同日，我是卯时。'问小婢是辰时，所以蒙公子错爱。"赛儿一想，原来公子易了时辰来求亲的。又问道："这有三年之久了？"柳烟道："虽有三年，前后各止三次。公子常说有仙人传授采阴的妙法，小婢也是有胡僧传授采阳的诀儿。前在济宁三夜，公子赢了，要娶小婢为妾。原是有约到蒲台的，公子又叠连赢了两夜，婢子原劝公子回来禀过夫人，娶回家内永侍枕席。公子说：'必要三战三胜，写了降书才回去哩。'那是小婢子该死，只得把胡僧授的丹药服了一丸，才支持到五更。不期公子阳精涌出。小婢子万剐难赎。"夫人道："这有几分实话。"柳烟见夫人说是实，探手在胸前锦函内取出一串珊瑚数珠献上道："这就是胡僧留赠婢子的。"夫人诘问："胡僧赠你重物，必有缘故。"柳烟道："他说我——"又住了口。夫人道："你不实说，就是奸狡！"柳烟道："这是胡僧的胡说，婢子向来不信。今夫人垂问，只得老着脸说罢。他说婢子是双凤目，日后必然大贵，还要作兴他的道术，故此留为记念的。"夫人道："这等你不该献出来了！"柳烟道："不献此珠，是有二心了。还说什么服侍夫人，为公子守节呢！"夫人道："如此权且收下，我自有道理。"就起身到鲍母房中，具述柳烟的话。鲍母道："少不得他有贵处。”赛儿道：“贵不贵在我。”鲍母道：“自然在你，机缘到日，才得明白。”赛儿至此之后，就没有处置柳烟之心了。柳儿又更加勤慎服侍，竟得了夫人之心。

到了新寒食节，赛儿要去扫墓，吩咐柳儿与春蕊、翠云并老梅婢同去，余者留下看家。鲍母道：“我也今晚要到一处去，待汝拜过坟墓，在中途相会。”赛儿道：“太太坐车，还是坐轿？”鲍母道：“我只用脚，黑夜可走。”赛儿已悟其意。比到黄昏，初月方升，鲍母道：“我去也！”赛儿遂到中庭，只见鲍母把脚在地下一跌，彩云从地而起，忽升半空。慌得诸婢跪拜道：“嗄！原来是活佛！”仰看时，冉冉向东去了。

赛儿遂于次日去祭祖宗、父母并公子之墓，痛哭一番，各婢亦皆助哀。焚化金银纸已毕，赛儿道：“山色甚佳，我们闲步闲步。”只见岩坡下有一个人来，似秀才模样，两个鼠子眼睛光溜溜的，左看右看，霍地里走到赛儿面前，深深一揖。柳烟见有些诧异，就来挡在赛儿前头，大声道：“汝是何人？敢来拦路！”那人装着文腔嘻嘻地道：“小生姓计，是蒲台学内有名的秀士，先父做过巡城察院，谁不知道？我是计都星！”柳烟道：“既是秀才，就该达礼！你向谁作揖呢？”那人道：“有句话上达夫人：小生旧岁断弦，要娶位绝世佳人为正室，若非夫人，如何配得？原要烦冰人来说，今日天作之合，中途幸遇，定是姻缘有分了，故此斗胆，不嫌自媒。倘或不允，小生就死也不放夫人走路。”夫人大怒道：“疯孽畜！敢是寻死么？”柳烟道：“快走！快走！迟就叫人打个死！”那人揎衣攘臂，正要来抢赛儿，忽半空中大喝道：“假秀畜，不得无礼！”那人顷刻自己剥得精光，背剪在树上，却是没绳索的。原来是鲍母按落云头，将手指着岩凹里虚画几画，远远的见五六个人骨碌碌滚下山坡，也有磕着石头折了手足、破了头脑的，都在山沟里挣命。众婢见了大骇。赛儿喝令老梅、柳儿：“快折取粗壮树条，鞭杀这狗贼奴！教他做大痛无声的鬼！”两人替换着尽力痛鞭，春蕊等又将小石块儿夹头夹脑的乱打，打得满脸鲜血淋漓，遍身鞭得似赤练蛇一般。始犹哀求饶命，落后打得声音都嗌住了。鲍母道：“且寄下他的狗命！”遂向赛儿道：“何不坐轿？遭此无赖！”赛儿道：“恐坐轿走得快了，迎不着太太。”鲍母道：“总是他叫了计都星，就该有这厄难。凶星恶宿的名目，可是假得的？”计都星又哀声叫道：“我今后再不敢叫这名字了！”鲍母才放了他，倒在地上动不得一动儿。

看书者要知，天上有四个大凶星叫做炁、孛、罗、计，开辟以来与日月为难的。这姓计的，原是旧家子弟，只因贪嫖好赌，产业败尽，恃有青衿护身，专于设局讹诈，蒲台人无不怕他，所以赠个美号叫做“计都星”。他打听了赛儿上坟日期，竟约着好几个无赖要来抢去。起初见轿夫不远，且说些文话；再迟些儿，那山岩里藏着的恶徒都来下手了！真的计都星与日月为仇，系是邪去犯正，所以假的也要应应这个意思。谚云：“无假不成真。”这句话是不错的。

当下鲍母携了赛儿的手说：“我来迎汝是要到个所在。丫环们去不得，打发他们先回家罢。”老婢道：“婢子求太太带去走走！”鲍母用手一指道：“你看山沟里的人，已起来把计都星抬去了！”众婢回头时，鲍母使个隐身法，倏然不见。老婢道：“奇怪！怎么这样走得快？”翠云道：“想是夫人被这老狐精拐去了！”老婢道：“胡说！夫人是弥月内①太太抚养到如今的，我算他引夫人去会什么神仙，故此背着我。我等下贱凡人，怎能同走？快赶路罢！”时家人与车轿都等在前边，急问：“夫人呢？”老婢答道：“同太太到个所在，明日才回来哩。”家人等就厮赶着大伙儿去了。

且说鲍母引着赛儿，用起缩地法来，顷刻到一座峭壁之下，壁中有四个朱字是“无门洞天”。鲍母问道：“可要进这洞去？”赛儿道：“只为无门可入，我偏要进去，方显道心坚确；若一畏缩，不但进不去，也就退不去了。”鲍母道：“汝志向如此，哪怕他无门呢！”遂将左手大指在壁中间直划下去，那峭壁刮喇喇就指痕处分开，刚刚把四个字截为两半。鲍母引进赛儿，那峭壁依旧合拢上来。洞内两边，都是石壁，中间一道是天生成的冰纹白石街，有丈余宽阔。街之左右，翠郁青葱，皆盘槐、丝柳、剔牙松、璎珞柏、湘妃竹之类，清音潇洒，风气动人。又有垂萝百尺，挂于峰头；薜荔千重，绕于岩足。再进是座石门，上有“曼尼道院”四字。院周遭奇花珍卉，其色如五云灿烂，其香如百合芬烈。赛儿指一种翠蓝色的一本数干，其叶如牡丹者，问：“此何花？”鲍母曰：“翠芙蓉。石曼卿所居芙蓉城有五色，此其一也。”又指一树高有数丈，花色浅墨带赤，圆如磬口者，鲍母曰：“玄珠花。许飞琼所居蕊珠宫有五种，此其一也。”又指一种木本丛干，花簇重楼，猩红夺目，大如瓯者，曰：“此京口鹤林寺杜鹃花，即志书所载为殷

① 弥月内——没有满月的时候。

七七，于重阳日用符水咒开，夜间见一红绡女子移花而去，树遂枯死者是也。”又指一树大可十围，耸干直上，花皆千叶，色淡红，须绛红者，曰：“此即扬州琼花。宋、元间屡移禁苑，即渐枯萎，归于观中，则复荣茂。后于至元十三年移于此地，广陵遂绝。斯二种，亦仙花也。偶落人间，为凡人播迁流玩，所以徒于无门洞，全其天也。”

余皆不及细问，已到一座大石桥边。桥下粼粼碧石，水多从石罅穿走，琮琮琤琤，音韵清冽。中有一物，似鱼非鱼，似蛇非蛇，四爪有如蝎虎，其鳞甲又似人间盆内所畜朱鱼，有八九种颜色，大者尺许，小者二三寸。赛儿惊问：“此何鱼？”鲍母曰：“龙有九种，此九种之余支也。能变化升腾，兴云致雨，唯峨眉山顶石池内有之，但无此各种好颜色。”过桥，石坡之上，草有红心者，有玉蕊者，有如绶带五色者，不可名指。赛儿问：“仙草至秋凋否？”鲍母道：“仙家花草，一开五百年，则老而谢去。一边谢，一边开，谢则随风而化，不堕于地，所以谓之长春也。”

又进一层碧石门，上有一座大殿，庭左右四株大梧桐，其高参天，有凤凰和鸣其上。庭之中有池一方，可鉴毛发，内有奇奇怪怪的水族。正要看玩，殿门铿然而开，一剪发头陀①，雪白圆面，齿黑唇朱，眼带凶威，眉横杀气，身披绛红衲袍，外罩杏黄袈裟，随着两个女道童出来。那头陀大笑，疾趋下阶，迎接进殿，赛儿倒身下拜。各施礼毕，头陀指着鲍姑向赛儿道：“这个老媒婆引着你来，与我做夫妻哩。”赛儿知是耍笑，遂应道：“唐篰凡间陋质，敢承先师见爱！”头陀道：“只恐你要与林公子守节哩！”赛儿道：“多亏我太太道力点化，唐篰虽沾染半年，而夙孽已完，尘心已净，正好皈依法座。”头陀道：“那个话还有些假，你在坟上何等痛哭呢！”赛儿笑应道：“正是‘落在其中，未免有情’。”头陀大笑。鲍母道：“你不知他修的是魔道。有个孽龙丈夫被许旌阳锁在井内，直等铁树开花才放出来，好不难过么？”头陀道：“我且问你，昨日到家与葛洪说什么？”鲍母道：“胡说！我去回了织女娘娘法旨，又到玄女娘娘处请示讲天书的日期，我在洞门口过，怎不进去？”头陀道：“也不知诉了多少相思哩！”两仙师善戏谑，胡卢一笑。

赛儿正凝视殿上匾额，是“独辟玄庭”四字，向头陀请教。鲍母道：

① 头陀——指行脚乞食的和尚。

"这个怪物叫做曼陀尼,是罗刹女的小妹。说个'独辟',自谓不皈玄、不皈佛,独出二教之意。"曼尼道:"强似你们学仙的跟着人脚步走路!"赛儿方知来历,心中暗想:"为何太太引我入于魔道?"

时女童已摆上果品来,是蒲州朱柿、闽中鲜荔、辽东秋梨、松江银桃,虽是世上有的,却非同时之果,亦不能聚在一处。又摆列上龙肝凤髓、象脯熊掌诸般珍品。鲍母道:"我们吃素,不像你们魔道专嗜荤腥。"曼尼道:"我皈依大士受戒之后,也吃的是素。只因旧日那些邪魔朋友常来搅扰,必要用荤,又不能拒绝他,故此备着的。就是我甥女刹魔圣主,也常到此,少不得这些东西吃哩。"遂叫摆素上来,是天花菜、松菌、榆耳、甘露子之属,无甚奇异,独有落后两盘味极精美。赛儿叩问何物,鲍母道:"这是玉蕊芽,那是琼花蒂。"又送上四碟糕,其味甚醇,其香甚浓。问是何物,鲍母道:"此八仙糕也。其方出自钟离仙师,秘不可传。"赛儿用过些许,即觉神清气粹,无异醍醐①。

转眼看庭中日影方斜,因忖道:"我到峭壁时,已是日没时候,差不多坐有五六个时辰,为何天气倒早了?"正在踌躇,头陀邀赛儿到洞后游玩。真个珍禽异兽,无所不有。又到曼尼房内,设有五色石榻,其细如玉;挂着鲛绡帷,其轻如烟;铺着个鱼鳞簟,其冷如冰。赛儿问:"何无衾褥?怎样睡觉?"鲍母道:"神仙不睡觉,纵使酣卧片刻,连石榻都温暖了,所以不设衾褥。"

仍到正殿时,已列酒肴矣。曼尼指着殿梁上说:"可将这个取来交付,然后饮酒。"鲍母道:"吾儿听者,这是天书七卷、宝剑一匣,是南海大士赐予你的,命曼师谨守于此。儿速拜受!"曼尼伸出母陀罗臂,在梁上取下,捧在手中,向南正立。赛儿五体投地,八拜接受,供于上面香案中间,方同坐举杯。鲍母谓赛儿道:"此酒是花房中天然酿出,名曰花露英。"赛儿道:"昔日看《南岳嫁女记》载有花房酿赐饮二秀士的,是否?"鲍母曰:"然也。"赛儿看那果肴:橄榄有鸡子大的,樱桃、金柑都有杯子大的;有一大盘四个鲜桃,自度索山来的;又有一大盘细碎紫色的叫做琐琐葡萄,自西域来的。各略品尝了些。

殿上四角有四颗明珠渐渐放出光来。鲍母道:"天已晚了,作速回去

---

① 醍(tí)醐(hú)——古时指从牛奶中提炼的精华,佛教指最高的佛法。

罢，恐他们见神见鬼的胡猜哩。”曼尼道：“还是缩地，还是驾云？”鲍母道：“我儿尚是尘躯，如何能驾？”曼尼道：“要我等道法何用？”于是教赛儿捧着书剑，两人各掖一臂，喝声“起！”一朵彩云，冉冉升空，向西而行。从来凡夫重于泰山，赛儿幼服仙乳，又加修炼，肌骨已有仙气，所以翼之凌空，不费些力。

片时到了家中，恰是点灯时候。众丫环来接着，见又添了个古怪头陀，大以为异。柳烟问：“夫人如何一住七日？家中都放心不下！”赛儿道：“原来七日了，我却只得半日。怪道洞门外是返照，洞中却是停午时候。”曼师道：“可将天书、剑匣供在正厅梁上。”赛儿亲手安置顶礼毕，当夜安息无语。

次日五更，赛儿就到鲍、曼二师房里拜请教习天书。曼师道：“早哩！教天书的另有人哩。”鲍师道：“儿还不曾细看，天书、剑匣都是一块整玉，并无可开之处，要请玄女娘娘下降，方才开得。”二师遂同着赛儿到大厅上仰面细看，全无合缝之处，正不知从何放入。方知天上奇书，不是掌教的，就是别位仙真也不得轻易看见。于是赛儿向上又拜。曼尼道：“我们今日就定个座位：汝乃掌劫娘娘，自应居中；我们各左右坐。不要等他称孤道寡，然后逊让，就觉势利了。”赛儿决意不肯，道：“那有弟子坐在师之右，孩儿坐在母亲上边之理？”鲍母道：“我原是奉着西王玉旨、曼师奉着南海法旨来辅翼的，并非为主之人。汝掌劫数，自应南面称尊。若不该坐，则天书宝剑也不该授你了。”于是赛儿不得已居中，曼师左，鲍师右，各南向坐定。

曼师见众婢站着，问：“那个是把公子弄杀的？”柳烟跪答道：“是小婢子不才！”曼尼道：“这正是你的大才了！”又向着翠云等说：“你们四位，大约同心并力还杀不过公子哩。就你四位，那个强些？”各涨红了脸，含羞不答。赛儿指着翠云、秋涛道：“她两个心有余，而力不足。”曼、鲍二师皆大笑。

翠云骨朵着嘴走去了，红香亦随后走到房内。翠云道：“这个浪头陀，定是个狐狸精！那有神仙肯说这样话的？”红香道：“正是，才到我家，又从未与她笑谑，如何就把这个话来问？把我羞到那里去？”只见秋涛也走来道：“我看起来，这头陀是男身，只怕是鲍老的汉子，牵到这里，连夫人也守不成节哩。”翠云又道：“敢是这方白石儿，说有天书在内，我不信。——知道他们几天在山里做什么?”

谁知老婢有心,窃听得明明白白,心中大恼,奔到夫人跟前细细告诉,方才说完,都走来了。曼尼遂在袖内取出三个盒子,每婢各与一枚,说:“天书匣是无缝揭不开的,怪不得说是个假。这盒儿是有盖的,若揭得开时,我就揭开石匣,把天书给你看。”三婢各接一枚,一揭就开,却有指头大的小猴跳出。正看时,一个个跳入三婢裤裆里,钻进玄关,在一点要害灵根上,爪掐、嘴咬、头撞,遍身骨节都酥麻了,面红耳赤,挪腰扭颈,要死不得。赛儿大笑。曼尼道:“她是犯了罪的,我今叫这个猴儿从口内攻将出来。”翠云等觉道猴儿只管上攻,疼起来了,都着了急,跪下磕头,求鲍太太劝劝。鲍母道:“你们若与公子守节,永无二心,我方劝得住。”三婢齐声道:“若不守节,死于刀剑之下!”曼尼遂收了法,那三个猴儿跳出来,倒在地上,却是三个橄榄核。老婢道:“这两头尖的东西钻进去,好不难过哩。”

只听得门上报道:“姚相公家妙姑娘到了。”鲍师道:“正好机会哩。”请看杀运未来,早授夫天书奥妙;侍儿初至,尚依然月殿清贞。正不知下回如何讲授天书也。

第八回

九天玄女教天书七卷　太清道祖赐丹药三丸

原来妙姑自回家之后，父母即为择配，已经说允，妙姑不从，当夜自经①。救得醒时，就剪断云鬟，嫠碎玉容，日夜啼哭。其母劝他说："赛甥女不嫁，今已有了丈夫。你何苦自误终身?"妙姑说得好："他该人的债负，我却不欠人的!"未几，林公子死了，妙姑拍手笑道："如何？完了债就去了。我今好与赛姊姊同心学道。"父母不肯放他时，又要寻死觅活。姚秀才无法可施，只当不曾生这女儿，又省却好些嫁资，不管他了。

妙姑径拜辞过父母，来到赛儿家下，一见便说："我如今永远服侍姐姐了!"倒身下拜，将前后情由细诉一番。赛儿大喜，遂引妙姑拜了鲍、曼二师，又将梁上的天书宝剑指与他看，一一说了。鲍师道："目下玄女娘娘驾临，讲授天书，你随姊姊做个侍从，得闻微妙玄机，却不是好?"妙姑大喜。

赛儿问二师道："这里尘市蜗居，岂敢邀玄女娘娘圣驾?"鲍姑道："我已定有主意：此处离海不远，那龙王是曼老尼的公公，烦他这个旧媳妇去借座宫殿，移向海边，隐在沆瀣②之中，便与尘世隔绝。"曼尼道："老媒牙又疯了！你给龙女做媒，曾送个佳婿与她，若一间屋儿也借不动，亏你还见人哩。"鲍师道："你省得什么？夫妻吃了合卺以后，就看得那媒人冰冷了，所以叫做冰人呢。"赛儿道："若然，《太平广记·艳异编·广舆记》上载师太太的事迹，都是真的么?"鲍姑道："那一句儿不真？只是凡人所见者小，如鼠在穴中，蛙居井底，苟未闻见，便为怪疑。古诗云：'山中方七日，世上已千年。'以仙家观之，人生百岁，无异蜉游之朝生暮死，所见所闻，能有多少事哉!"曼尼见翠云等心下猜疑，因指着众丫环道："即现在

---

① 自经——即自杀。

② 沆(hàng)瀣(xiè)——夜间的水汽。

说的，要向龙王处借宫殿，就在那边腹诽，焉得后世之人肯信呢?”又指着老梅婢道:“她是信不过的，还要拉着她也同去呢。”老梅大喜，问是怎样去，曼尼道:“待我先擒他两条龙来，便可骑下海去。”即令老梅婢取根竹竿木梢过来，曼尼先将竹竿在手一揉，吹口气变作条小青龙;又把木梢一捋，变做白龙。但见鳞甲灿然，双睛突兀，五爪攫拏，蜿蜒欲动，众婢吓得远远躲开。老梅熟视一回，皱着双眉道:“这样龙是轩辕黄帝骑的，我只好学他臣子，攀着龙髯号哭罢了，那里有福气骑他呢?”赛儿、妙姑等皆大笑。

于是曼尼自骑青龙，鲍母跨了白龙，夭娇腾空，乘着月色，径入东海，翻波跳浪而行。有巡海夜叉，向前问道:“何方神圣?好去报知龙王。”鲍姑道:“一奉南海观音法旨，一奉瑶池西王法旨，要见龙君，快叫出来迎接!”夜叉飞速报入龙宫，只见老龙率领龙子龙孙出来，那二假龙一见真龙就现了本相。龙君认得二师，因微笑道:“原来是假的。”曼尼发躁道:“难道我们法旨，也是假的?你这懒龙，好欺人哩!”龙君见曼尼发话，满脸堆笑，请到水府正殿，命排香案。曼尼道:“不是上帝敕旨，怎么得有诏书?你老龙也忒昏聩了!”龙君遂请二位仙师口宣法旨。鲍姑道:“你是东海龙王，岂不闻得蒲台县有个太阴娘娘降世?是奉上帝敕命斩除劫数的女主，你也是他管辖下的。目今南海大士命曼师赐与天书七卷，瑶池西王请九天玄女娘娘下界亲来讲授，因城市屋宇不净，所以特来借座龙宫，暂移到海边上。不过百日圆满之后，仍然归到水府。若要房钱，照例奉送何如?”龙君连声“不敢”道:“二仙师枉过，敢不唯命?只今连夜移去便了。”鲍师道:“还要去请玄女娘娘法旨，要定降驾日期，当在三日前来通知于汝。”龙君敬诺了。二师就要起身，龙君再四款留，只饮郁金醺一盏。龙君遂取出避暑珠一颗、避尘犀一枝，烦二仙师转送太阴娘娘，聊表微敬。又送二仙师通天犀、珊瑚树各一。曼尼道:“呸!这样东西，也亏你送人!”只取了献与赛儿的犀、珠而别。龙君送出水府，曼尼道:“我假龙不见了，快把两条真的给我们骑去。”龙君道:“假的由得人驾驭;真的一出水府，便有云雨相从，未免惊天动地，小龙获罪匪浅。”曼尼道:“难道骑了龙来，步行回去不成?”龙君道:“仍旧变了就是。”曼尼道:“我不值得假你的丑相。”遂将一竹一木变了两匹海马，各跨了出海而去。

赛儿、妙姑正在盼望，见东南上一阵神风，有片云飞到，柳烟等环跪而接。鲍、曼二师按下云头，赛儿道："为何龙入于海，却变了马？"曼尼道："这是它产的龙驹。"老婢认以为真，看了看说："好生得异样！求二菩萨赏给一匹，好骑着学学驾云。"曼尼道："这马正要腾云，把这匹菊花青的给你罢。"老婢喜极，立刻跨上。曼尼喝声："起！"霍尔升上屋檐。那马腰一耸，头一掉，几乎把老婢掀将下来，大叫道："要跌了！若到半空掼下，这身子就跳做七八段了！活菩萨！教我下来罢，再不敢了！"众皆笑倒。曼尼喝声："下！"那马即下于地，仍复本质。老婢啐了一口道："原来就是这根竹竿！咦，你好欺负人哩！"

时二师已进房中，将避暑珠、避尘犀递与赛儿道："是龙君馈的土仪。"赛儿道："岂有借了他的宫殿，反受他的礼物？"鲍姑道："你不知今日龙君的苦：被这老尼发作，唯有鞠躬听命。你道忤逆媳妇，做公公的怕不怕？"赛儿道："真个曼师与老龙有瓜葛么？"曼尼道："听这媒婆的嘴！当时老龙曾央人来为伊子孽龙求亲，我姐姐说：'这是畜类，怎么敢来胡讲！'要闹他的龙宫。我殿角明珠，还是他送来赔礼的，他敢不怕么？"鲍姑笑着向曼尼道："这借龙宫，是亏你的大力；目今还要请尊神圣来会会，你可请得动也不？"曼师道："我知道，要请的是刹魔圣主。这休看得易了：他部下有八百魔王，八十万魔兵，行从仪仗，惊天震地。况且没有宫殿安顿他，珍馐供奉他，那些魔奴魔婢动不动要嚼人心肝，仙真见了他又害怕，他见了仙真又嗔厌。除非是鬼母天尊下界之后，有个相得的好去请哩。"赛儿道："为何独与鬼母天尊相好？"鲍姑道："刹魔是他的甥女，鬼母是他的姑娘，做了个掷色的腰里细。就是曼道兄不出色些，连请也不敢去请的。"曼尼笑道："你与葛洪掷的是腰里粗的！"众丫环不禁大笑起来。赛儿喝住了，请于二师道："我卑礼厚币去请，何如？"曼尼道："他比天还富，龙宫海藏珍奇宝玩，何物蔑有？赏赐部属，动以千万，比不得释道清虚，儒家酸啬。那送礼的话，再不要提起。"鲍姑道："既如此，我到九天去来。你把那地煞变化，先在这里做个开蒙的教师，演习起来，然后好拜从明师。"赛儿大喜，遂令扫除三间密室，烦请曼师教导。并令妙姑、柳烟、老梅婢三人各就根器浅深，学习法术，以便行动跟随。

不则一日，鲍姑回来说："九天法旨，在四月初九日降驾。我已到水府令龙王移殿在海西涯上，当在今夜送汝与妙姑前去，志心皈命，候天尊下降。不知妙姑可能驾云否?”曼师道:“妙姑么,青龙也骑得,白龙也骑得,海马也都骑得哩。”鲍姑冷冷地说道:“还是骑个驴儿的稳。”曼师道:“呸!我却不会变。”鲍师拍手笑道:“你又不是板桥三娘子,变起来才成个驴儿。光头儿本是秃驴,现现成成的,请他们骑了去,好歹听得着讲天书呢。”曼师一时不能对答,发躁道:“你敢颠倒听得着天书哩。”赛儿便请问道:“二师的话,是不同去的么?”鲍姥道:“玉匣天书,是道祖的秘法,非大士不能取,非玄女不能开,非奉上帝玉旨不能传授。妙儿尚未能解,倒不妨同去。我与老曼非所与闻,所以说着来耍。”赛儿方知大罗仙也从未闻得此天书的。

于是同妙姑别过曼师,捧了天书宝剑,随着鲍师引导,径到海边宫殿。见四周围总是云霞,原在半空的。其殿正中挂一颗大珠,殿四角悬五色明珠,上设沉香七宝床、伽南五玉案,几案上有三尺珊瑚二株、自焚香鼎一座。水晶盒内盛的是鹧斑香,紫琼盘中插的是螭膏烛,悬一顶鲛鱼织成无缝的蟠龙紫绡帐,地下铺的是薤叶簟,方方正正。周匝四隅,又有两把花梨树根天然的交椅。鲍姑道:“老龙着实有窃。”遂辞了赛儿自去。

且说赛儿与妙姑每到半夜,虔心向北叩首,寅时又拜。日里供给,悉系龙君馈送。初九日子时,赛儿与妙姑皆端跪向南,伏地叩首,遥见彩云万道,从海上飞来,隐隐仙乐铿锵,銮仪前导已至,霓旌翠盖、绛节朱旐,回旋星月之间,不知其数。俄而两行肃然列开,玄女娘娘乘紫凤凰,众仙女或乘朱雀,或踏红凫,或御黄鹤,或跨素鹓。前两个,一执龙须拂,一捧瑶光剑;后两个,各执一柄九彩鸾羽扇,冉冉下于空中。赛儿口称:“臣唐箒,敬迎圣驾。”玄女娘娘降至殿前,谕令月君平身,仙吏等且散,遂向南正坐。赛儿、妙姑朝上九叩首毕,玄女传旨赐月君侧坐,赛儿奏道:“唐箒理合跪听。”玄女娘娘令仙女扶月君坐下,妙姑侍立于侧。玄女见天书与剑在几案中间,便将浑成玉匣轻轻一分,取出天书七卷,放于案上,问月君道:“汝亦曾闻天书的本原否?”赛儿跪答道:“臣昔在广寒尚不能知,何况又转凡世?求圣恩赐示。”玄女道:“起来,以后立听就是了。道家有天书三笈①,即如佛家三乘之义,是道祖灵宝,天尊所造。上帝请来藏之弥罗宝阁,朕数应掌教,所以奉敕赐授。自开辟以来,唯轩辕黄帝得传下笈,以

① 笈(jí)——书箱。

平蚩尤；姜子牙仅得半传，遂著《阴符》；黄石公、诸葛、青田诸人所得，不过十之二三，皆已足为帝王之师矣。下笈天书，是六丁六甲、奇门遁术、布阵行军之秘法。中笈天书，是天罡①地煞，腾挪变化，一百八种奇奥之术。真人得之，可以上天下地、驾雾腾云、超生脱死，为入圣之阶梯；邪人得之，用以惑世乱国，终干天谴。”即将上笈天书，逐卷指示道：“第一卷，是追日逐月，换斗移星，遣召雷霆神将之法。第二卷，是倒海移山，驱林鞭石，役使地祇之法。第三卷，荡魔诛怪，伏虎降龙。第四卷，蹈江海，穿金石，赴鼎镬，迎锋刃。第五卷，缩天地于壶中，收山河于针杪②。第六卷，掌上山川，空中楼阁。第七卷，变化世间一切有情有形之物。上笈玄妙，可以消灭五行，超脱万劫。惟斗姥、西王有此神通，余仙真皆未闻未见者。汝掌此杀劫，只应赐尔下笈天书，因南海大士特启上帝，所以得赐上笈。不可不知！”

赛儿遂复跪启道：“唐篰何人，敢承大士垂慈，天尊降谕？唯有旷劫顶礼！”玄女娘娘道：“尚有要示，汝可静听：大凡劫运，虽系生民应罹刀兵之惨，然视其可矜者，刀下留人，亦符天地好生之德。攻城略地必须兵对兵、将对将，用智用谋则可，不可擅用道术。或彼处有作法之人，方许破之；再或艰难险阻，权宜用之。舍是，则不可。若依此天书作用，何难翻转乾坤？汝宜凛遵受记！”

赛儿又叩谢讫，玄女娘娘命至案头示谕道：“月君，朕语汝天书大义，如一卷内日月如何追逐？盖日月之行皆由一炁运动。道家修养真无，与天合德，天之一炁即为我有，便可使日月倒行，星辰易位。鲁阳战酣，挥戈叱日，日返三舍，彼之勇气且能之，何况上真之炁耶！至遣召神将，中笈内亦有之，都用灵符真言，是奉道祖律令，尚有假借，此则全在运用我神，神光一注，默呼名号，不论是何神灵，皆随心而至。二卷内倒海移山，是用神通：移山须遣巨灵，倒海须鞭毒龙。三卷内伏虎降龙：龙虎是金木二炁，所以云从龙，风从虎，只用真炁一喝，金木全消，便可降伏。至于魔王，非同小可，必量己之道德可压，神通能胜，变化尤强，而后能制之。否则，必为魔所败者，汝之道行尚未有逮也。四卷乃仙家无上本领：入于江海而不见

---

① 天罡（gāng）——古书上指北斗星。

② 针杪（miǎo）——针尖。

水，非中笈之念避水诀也；穿金石而无所碍，非五行之谓也；赴鼎镬而如堕空虚，非冷龙护持之术也；迎锋刃而缺折，非隐形出神以避之也，尚须旷劫修炼，亦非汝能也。五卷缩天地于壶中，入壶自有洞天，而非真缩；收山河于针杪，针上别见山川，而非真收，此从至微处而显至大法力者。其六卷掌上山川，是真炁所化而成，落在尘埃便是真山，如来降伏孙悟空五行山是也。第如来慧力所至无乎不有，道家尚须运炁而得。由此观之，佛法尚矣。空中楼阁，是以真炁呼吸云霞烟雾结撰，惟仙真可居，凡夫重于泰山，不能登也。中笈内亦有空中结撰楼阁之法，是遣神灵运来，从外而求者，此则凡人可居也。至于七卷，变化有情有形之物，是推扩神通之极处，真虎可使变为狗，鹊可使变为凤，人亦可化为畜，其化无穷也。中笈天书之法，但能变化无情之物，如壶公竹杖化龙，果老酒榼化道童之类是也。我已知曼陀尼授汝中笈诸法，今朕又传示上笈，道祖精微尽为汝得，将来当作掌教主矣。至习炼秘诀，次第而来，先从遣神召将起手。"

赛儿遂复跪听讲，至五更甫毕。玄女娘娘道："要得九九八十一日志心默运，功夫方得完足。朕当九日一至，为尔逐篇讲授，侍女不得在此。"遂有神将从空将妙姑掣回去了。又赐避谷丹一丸，百日之内不食烟火，其功尤倍。赛儿将丹吸下，叩问道："若召神将，如何发落？"玄女娘娘道："若中笈天书内用符咒遣召者，必须有令。此则运用神召，随心而至，随心而退，焉用发落？"俄闻异香氤氲①，迎驾仙官已到。玄女娘娘又嘱道："虔心谨持天书，我当差猛将四员在外巡防，恐有魔怪来攫取，我亦不能预料，要看汝之福分也。"赛儿俯伏叩送，玄女跨凤临霞而去。

赛儿祗遵诲谕，至诚习炼。真正夙根灵异，无不批郤②导窾。九日之后，玄女娘娘驾到，见第一卷天书奥义皆已精熟无余，圣心甚喜，又将二卷秘法传示。自后，九日一次驾临，讲必竟夜。到九九数足，赛儿禀道："原来七卷天书，都是一贯的妙用。"玄女娘娘道："诚然。尔之神通，已在大罗诸仙之上，但须炼功行以持之耳。朕今再授汝以剑术。"遂将宝剑擎在手中道："此剑飞驰百里取人首级，剑侠所用不足为奇。"就把剑来，如屈

---

① 氤(yīn)氲(yūn)——形容烟或气很盛。

② 批郤(xì)导窾(kuǎn)——"郤"即"缝隙"，"窾"，指"空白"，此处作"不放过一丝一毫"解。

竹枝一般,哔哔剥剥粉碎若瓜子,都吞在口内,砬下丹田。瞑目坐有半日,只见玄女娘娘微微张口一呼,一道青炁约丈有七八尺,盘旋空中如虬龙攫拏之状。飞舞一回,将气一吸,翕然归于掌上,是一青色弹子,付与赛儿道:"此剑也,你再吞入丹田炼他九日,就能出没变化。"又传以炼剑之法。遂将玉匣天书带回,不留世间。

圣驾返后,赛儿将青丸吞下,按秘传之诀,以神火锻炼五日,觉在腹中盘屈旋绕,或伸或缩,也就张口一呼,见青炁飞向空中,长有七丈余,不觉大骇。遂忙忙吸人,再加锻炼,只觉腹内动掣有力,不能容受,只得仍然呼出。在空中旋舞片刻,再吸入时,越不能容。赛儿知道必有差错,乃静候玄女驾临。

至第九日亥时,圣驾甫到,赛儿跪迎,见仙女掌中托一琼玉玺,色如紫霞,光彩绚目。玄女天尊降谕道:"朕见汝灵根不昧,道念坚切,天书习学已成,特奏上帝赐汝玉玺一颗,掌此劫数。汝其谢恩!"赛儿喜出意外,即五体投地,遥向天阙九叩毕,又拜谢了玄女天尊。仙女遂将玉玺交与赛儿:上系麟钮,下是凤篆之文,方径各二寸许。天尊指示道:"是'玉虚敕掌杀伐九天雷霆法主太阴元君'十六字。"赛儿又复叩谢,然后将吐出剑丸不能再炼缘由启奏一遍。玄女娘娘道:"可幸可幸!必要九日火候已足,方可令出。今只五日,仅得火候之半,岂可遽吐!离却神火,便有刚强之气,亏得此处无风,若一遇风,就砬不得了。"玄女接来向空一抛,伸引青炁不过七八丈许。赛儿道:"前此吐出就是这样,为何后两日不能再长?"玄女道:"如九日后吐,方可再炼;今已泄气,如何能长?——万物皆然也。"因将自己青白二丸掷于空中,光芒闪烁,约有百丈,就如一条青龙、一条白龙斗于云中,戛击之时,铮铮有声。霎时飞下,仍然二丸也。赛儿见了如此神通,追悔自己发露太早,懊悔不已。玄女娘娘道:"汝之剑,也可用了。青炁所过,可斩百人,已是古来稀有,若到成道之后尚可再炼。"即令噙于口内。赛儿又跪奏:"臣篰沦谪尘寰,身受圣母如此隆恩,未知何日再得瞻谒金容?"欷歔欲泣。天尊慰谕道:"尔须上顺帝心,下洽民望。完此劫数,早赴天庭,再得相会也!"遂欻然凌空。

忽东北上起一道青霞,光华特异,却是青牛老祖①驾至。玄女稽首而

---

① 青牛老祖——即老子。传说中曾有老子驾青牛出函谷关之事。

迎,赛儿俯伏云端。老子道:“我想嫦娥枉自演习天书,内有多少不能行的!我特前来赐她丹药三丸,助她一助。”玄女道:“此乃月君之大幸也!不得奉陪道祖,将如之何?”老君道:“玄女职掌枢密,比不得贫道闲暇可以任意逍遥,请仪从速回。”于是仙官开导,自返天阙。

老子降于殿中正坐,赛儿九叩已毕。老子道:“你就像个方今名士,老师拜得太多了!大士提拔,玄女教诲,西王保护,织女嘱托,鲍姑鞠育,曼尼传递,今老道又来赐汝灵丹,不知哪个老师之功劳大哩。”赛儿道:“唐箓何修,而乃仰承上真垂注?扪心愧感,万劫难酬圣德。”老君道:“坐着好讲。”赛儿不敢,起侍于侧。老君道:“我第一丸丹,名曰‘炼骨’,服之三日,遍身骨节能坚能软,能屈能伸。第二丸名曰‘炼肌’,服之三日,肌肤坚于金玉,可蹈鼎镬,可屈锋刃,虽火炮石炮亦不能伤害。第三丸名曰‘炼神’,服之九日,便能百千变化,大而现万丈法身,天地莫能容,小则歛入于芥子,而莫能睹尽。此三丸,凡天书内所不能者皆能行矣。”命道童将丹盒递与赛儿,就令先服一丸。才下腹中,觉骨节皆运动起来,遂即叩谢。

那道童见殿东角悬着赤珠一颗,去摘来玩弄,老君道:“小家子!能值几文,这样玩看呢!”童子遽投于地道:“炼丹时,我不知受了几千百年的辛苦,偏偏送与女人!看她酸吝异常,也不想谢我一谢。”赛儿急得没法,便向道童稽首。童子道:“不识羞!这也算个礼么?”老君笑道:“这个顽童!我的灵丹,虽尽乾坤之珍宝,也换不来!你如今勒索嫦娥,倒不见情了。”赛儿道:“这是童子的天真。他看守丹炉,好不辛苦!实不曾带有可玩的东西来,就是一粒避暑珠,一枚避尘犀,送给道童玩耍罢。”遂解下双手递与童子。方笑嘻嘻道:“我日夕守炉,怕的是热,又扇起火来,厌的是灰尘。这二物恰好。”就接来藏了。老君又嘱嫦娥服丹,须在此间运行真炁,过半月后回去。遂倒跨着青牛,一片紫云忽生四足,道童在前引导。赛儿跪着顶礼,直待云影没了,然后起来,如前端坐,冥心炼神。

足够半月,自想已是可归时候,便飞身于空中。早见四员神将,都来鞠躬声诺道:“小神等奉玄女娘娘法旨,在此保护天书。今太阴娘娘功行完足,合当告退。”赛儿发放毕,鲍姑、曼尼都到了,问:“因何迟了半月?”赛儿谢过二师说:“是青牛道祖赐丹药之故。”又将玄女天尊启奏上帝,敕赐玉玺一颗,并称呼为月君,圣恩甚是优渥,一一告诉。曼尼笑道:“称呼的雅。我与老鲍就学着她罢。"(自此以后,连作书者,亦改称赛儿为月君了)遂召龙君,交还了殿宇,与二师御香风,飘然回到家下。从此夫,窈窕佳人,讨尽叛臣逆子;更有个,逍遥处士,诛将墨吏贪官。次第演出,且看下回何事。

第　九　回

赈饥荒廉官请奖　谋伉俪贪守遭阉

且说妙姑被神将送回家内,每日习的曼师道术,柳儿亦学了好些。当下接见月君,喜溢眉梢。妙姑叩问天书长短,月君略说了数语。曼师道:"如今燕王正在北方起兵,快快的招军买马,杀他娘去!"鲍师道:"依着你说,不过为做草寇!还须待时而动,岂可造次?"曼尼笑道:"皇帝也有草寇做起的!"月君道:"二师之言都是,总要处地以待时。这个弹丸城内,是行不得的。现今这些家产财物,仆从侍女,总为此身之累,先要摆脱的摆脱了,安顿的安顿了,然后可以图事。"鲍姑道:"这话是。"因购买了一所半村半郭的屋宇,改造起玄女道院来。

正在兴工,却有公差持县主名帖到门,老仆便即传禀。月君端坐厅中,唤进面讯。公差见月君貌如仙子,威若天神,只得打个半跪禀道:"县主因今秋庄稼先遭亢旱,又遭冰雹,穷民乏食,先自捐俸,再劝绅衿协助,救济灾荒。素闻夫人好善,特命下役持柬叩禀。"月君道:"合县绅士,共助有若干了?"公差道:"只自许着登记于册,总算有百金,也济不得事,又无别项钱粮可动,县主甚是焦心。"月君道:"复上县公,不必去劝绅衿,总是合县灾民,我当一人赈济。每户应发银若干,给与钤印官票,填注银数,令饥民竟到我宅上照票领银。也要论其人口之多寡,加减合宜。宁可使之有余,不可使之不足。在何日赈起,可预先来通知。"公差大骇说:"这是百姓有幸了!"月君见其衣衫褴褛,赏银五两,叩谢而去。

回见县主,备述一遍。周尹大喜。初意不过想他多开手些,谁知道竟做周有大赉①起来。于是只带一皂、一书、一门役,亲查城内外关厢,并四乡村落灾黎户口,登记印册。遂发式刊一照票,内开:

正堂周为给票事,照得某都某里某家,大小共若干名口,真系乏食灾民。当堂验给印票,前赴唐宅呈票验明,发赈银几两几钱。领银

---

① 赉(lài)——赏赐。

之后，仍赍票赴县对册销号，以杜假冒之弊。

此照。

票内年月日上用正印一颗，号数上与底册合用钤印，又发告示各处张挂。内开：

山东济南府蒲台县正堂周为通谕赈荒事，照得今秋始而亢旱，禾稼已槁于前；继以冰雹，颗粒遂绝于后。本县徒有救民之心，苦乏点金之术。慈有唐宅林夫人，悯瘵瘠之余黎，哀沟壑之将殉，誓竭一家之力，普济合邑之灾，真现菩萨之身，参圣贤之座者也。定于本月十一日为始至二十日止，尔民赴县领票，执票领银，毋或自误。后计开其某日赈某某都某某里。

周尹布置已毕，打轿自赴唐宅，令人传禀并送票式看阅。月君见票尾上有“领银之后，赴县对票销号”数字，遂命柳烟传说道：“夫人说，对票销号，灾民所难，令其纳票领银。俟赈完之日，夫人差人汇缴。”周尹一惊道：“我所不及也！敢不敬遵？”遂起身回县。

月君令在大门对面空地上搭一座月台，上用青布做个平顶，四围尺许遮檐，下皆用青布扎成栏杆。十一日清晨，月君登台正坐，翠云等四婢侍立。银两柜，一柜是每两一封，一柜是五钱一封，各三千封，抬放大门内，妙姑、老梅婢各掌一柜。门首设了木栅栏，只用家人二名在栅外逐户接票；小三儿、小巧儿在栅内主传票递银，柳烟儿主收票登簿。

分拨甫毕，早见灾民扶老携幼，挨肩擦背而来，真个鹄面鹑衣，将为饿殍之辈。望着台上林夫人，都合掌念大慈大悲救苦观世音菩萨。周尹又恐灾民喧扰，自到唐宅相近地方，差役四下巡饬。无奈要看台中人的，比灾民更多，用力排挤上来，把持票领银的灾民拥塞住了。可怜老叟妇女跌倒在地，被踹叫号的不计其数。县尹着人吆喝，总不瞅睬。月君见这个情景，即敕神将令县城隍拨鬼卒三千，将看的人左脚倒拖回去。瞬时间，人丛中纷纷滚滚，势如山倒：有仰面跌翻的，有刺斜掼去的，也有横扑着的，也有磕向前的，又有挨着人家门户挣挫的。饥民始得前进，一个个纳上票来。家人朗传道：“娘娘吩咐饥民知悉：银子总是加一称重在内，凡小口加三钱的，都是五钱。”饥民欢声雷动，竟如嵩呼一般。直到将夕，方得发完。

周尹还在一庙前坐着，只见几个衙役都说：“奇事！奇事！”周尹唤问时，禀道："那些看赈的人差不多有二三千，横七竖八的都闪跌在地，再也爬不起，只在那里挣命。饥民来来去去，又没有一个跌的。"周尹遂步行一看，见都是游花子弟，心中早已明白，因大声喝道："赈济是大阴德事！你们这班恶少奴才，要窥探人家宅眷，自然鬼神不容，所以冥冥中诛罚。快些向台上叩头悔过，庶可行动！"这是周尹恐这些人将来传说妖言，所以借神道设教。众人见县主吩咐，遂有一大半都向台磕头了。但跪的总得起来了，还将腿脚麻木，尚呆呆的走不得。周尹又喝那不肯磕头的道："你们这班狗才，想是要死！还不叩求么？"方一齐磕下头去。立得起来，有几人在喉间唾骂，忽大声苦叫道："不敢了，饶我性命罢！"周尹暗暗称奇。从此没一人敢来再看，连正经的走路，都绕道远去了。

旬日之间赈放已毕，计发银五万九千有奇，遂把领银票子缴还县里。周尹连赈册具详各呈上司，请加题奖，以励好善。布政司批府给匾，府又批县令制匾，登衔悬旌。周尹拍案大诧道："就是朝廷赈济，也不过动的平常仓谷，原是以民所积的赈之于民，比不得上古发国家仓库救灾的。唐家也不是大财主，又是个孤孀，如此悯念群黎，真是圣贤心肠，不值得旌奖一语？转辗批下，叫我给匾！这位夫人是要我给匾，舍此数万金赈济么？咦！我晓得前此三岁报灾都驳了回来，今若具题请奖，朝廷必谓地方讳灾不报，又不捐俸赈给，这个罪有些当不起了。咳！亏你们做官的良心上过得去！赚尽了百姓的钱，刮尽了地土的皮，而今百姓饥荒，坐看饿死而不救！不意兴王之世尚有此等贪赃官吏，真可痛心发指！"默坐半晌，又道："既批下来，若不送匾，上司必以我为侮慢，百姓亦以我为忽略；若冒昧送去，则林夫人必以贪官给匾为辱。"遂发名柬禀请林夫人示教。月君唤来役讯明缘由，说："赈荒银两，原是先相公遗下的。本宅现在修建玄女道院，即日落成，内供先相公神主，既有匾额，不妨悬挂于神主之前。"

差役回复周尹甫毕，忽本府公差传鼓请见，道有公事。周尹唤入后堂，府差袖中取出本府名帖禀道："请太爷即刻赴省。"讯问来差，又说不知何事，只得星夜赴府。到之日，时已黄昏。太守立刻请入后堂小酌，闲叙片时，满脸堆笑向周尹道："本府今将告个终养，有件小事借重鼎言，是无伤大体的。"周尹打一恭道："属吏敢不惟命！"太守道："家慈年将八旬，本府既鲜兄弟又乏伉俪，奉侍慈闱殊觉孤零。闻得贵属林孀妇颇称贤淑，本府意在予告之后聘为继室，这就算不得娶部民为妻妾了，烦贵县亲执斧柯以生光辉。”周尹是口讷的，又惹作恼，急得说不出话来，半晌答道：“老大人不算娶部民为妻妾，知县却是为部民做媒妁了。恐于官常有玷，难以遵行。”太守见他答话甚迟，已是不悦；又讲什么官常有碍，明是讽他，遂欲发作一番。恐除了周尹，无人可以做得，只得含忍着说：“贵县看得事难了。彼之前夫不过虚花公子，今本府现在衣紫腰金，就是为妾恐亦乐从，何况是正？贵县把‘官常’两字来推辞，难道本府就不知道‘官常’？执经而论，朝廷也不该娶臣民之女为后妃，并选秀女入宫了！古语云：‘律设大法，礼顺人情；事可从权，圣人不废。’贵县三思之。不是本府央及过赃，以致污累于你。”周尹满胸怀忿，正色答道：“以卑县看来，此妇素秉贞烈，即使苏、张说之，未必再醮。事不能成，恐致播扬开去，反多不美！”太守知其决不肯说，乃作色厉声道：“只此便见尔之峻拒！自古至今，岂有守节嫠妇坐在露台，任人看玩谈笑之理？三十六州县，生杀予夺，由得本府！看我娶得娶不得，看他能强不能强！此事为贵县所激，我这个罗睺①星倒要胡做起来了！”周尹一想：“他的意思，要着人抢劫了，料林夫人定有主裁，我权且应承他。”打一恭道：“不是知县敢于作难，恐效力不周，有辱宪委。”太守道：“允不允在他，说不说在你。姑俟回音，我自有处置。”周尹唯唯而退。

回到蒲台署中，气狠狠的说：“这样贪淫郡守，上天何不殛之？留他荼毒生民！”连晚膳也不吃，竟自睡了。夫人包氏，是个女中有智慧的，便问：“相公因何着恼？我们清廉知县，哪怕他贪污知府！”周尹道：“谁怕他？只是有件极可笑的事，不由人不恼。”就把要娶林夫人的话备说一遍。包夫人道：“这个不难，妾身自有妙用，管令两家俱不生气，相公更不必介怀。”周尹道：“夫人裁度向来胜似下官，请试言之。”夫人道：“赈济大事，相公若用名柬往谢，似乎虚套，待妾身亲往，以见敬他的意。那时相机而言，若是允的，由知府另寻执柯，相公不居其德；若不允，索他一首守志的诗为证，相公亦不任咎。妾颇有眼力，一见便知分晓。相公以为何如？”周尹道：“甚妙！”

夫人次早梳妆已毕，带两个小丫环，着一个快役前导，竟至唐宅门首

---

① 睺(hóu)。

传进。月君迎出,包夫人已步行至中门。真个是清吏之妻!怎见得呢?

梳妆雅淡,不尚铅华;衣服鲜明,全然布素。体态矜庄,抹杀闺中艳冶;言词敏给,夺将林下声名。问年几希?半老封诰,将次安人。

月君迎至中堂,铺下素毡,交拜已毕。包夫人道:"妾身久仰大家,当在弟子之列。今以家相公委妾面谢,得遂素怀。望乞示我周行,服之无斁①。"月君答道:"妾不以女身自居,每脱范围,自虑为道学所摈,夫人何辱誉至此?"包夫人道:"妾正以夫人超越寻常,故尔心折。若内则阃仪,乃以拘束中下人才,岂为我辈而设?古所称'娘子军'、'夫人阵',名标青简,又焉得以妇女视之!"月君道:"古来圣贤垂训,以女子不出闺门为妇德者,为其见不得,男子故也。若木兰女从征十二年,归家之日仍然处子,则是女德之贞淫秉乎天性,非外境所能摇夺者。从来淫乱之女,何曾不由中冓耶?宫禁严密,傅姆保护,尚且不能检制;而况卑垣浅牖,欲以禁锢其淫心,不亦疏乎?"包夫人道:"以妾观之,夫人行谊是女子中圣贤,作略是男子中豪杰。乃有一种鼠子,尚萌觊觎②之心,良可笑也!"

月君知说话有因,即命摆上酒来,请出鲍、曼二师。包夫人一见,知是异人,必欲尊以师礼。月君道:"宾主之分,古今之通义,何况贵客耶!"包夫人再三谦让,只得僭了。又请妙姑出来相见毕,包夫人不得已居于首座。诸婢执壶斟酒。所设果肴皆非蒲台所有之物,甚觉可口。包夫人又是美量,说得投机,开怀畅饮。月君令柳烟相陪夫人侍婢到厢房饮酒。包夫人抬头吩咐婢子:"少饮!"见一粗黑婢昂然立于面前,包夫人笑说道:"此位当是孟光。"老婢道:"孟光!孟光不嫁梁伯鸾!"包夫人吃一惊道:"强将手下无弱兵。——夫人是女郑玄了!"又向老婢说:"我说你德是孟光,不是说丑似孟光,幸勿介意。"老婢又道:"丑便丑,也做得了仙家狗!"月君大笑,向包夫人道:"这老婢立志不嫁,今已三十岁。往日先母曾教她识字,到妾读书时,她又在旁倾听,古今典故略知道些。今日务要在夫人前出个丑。"老婢又道:"不出丑,如何劝得夫人酒?"包夫人斟了一杯,亲自递与老婢道:"我倒要敬你一杯。"老婢接来一饮而尽,将两大杯送在

① 斁(yì)——作"厌弃"解。

② 觊(jì)觎(yú)之心——希望得到不应得到的东西之心。

夫人面前，跪着道："夫人宜饮双杯！"包夫人知道她不嫁人的，故以双杯相戏，也饮干了，说："我成全你的高志，不敬第二杯了。"

月君乃起身亲斟一玉斝①，送与夫人道："适才鼠子一语，愿夫人见示。"包夫人饮毕，说道："本府太守井底蛙耳！何足为道？前日请我相公到府，说出多少癞虾蟆的话！妾夫就当面挺撞了几句，愤愤而回。——他竟想用威势强劫！妾夫因此要拼着个知县与他对垒。窃恐解组在即，所以令妾谒见夫人，一者谢赈济，二者通个信，好预为防备。妾夫素性刚直，不要说夫人是个圣女，就是为着匹妇也肯丢了这官，完人名节的！"月君微笑道："不须县父台着恼。只三日内，自有回复本府的道理。倘或差池，总是妾身承当，断不至于累及。"包夫人道："这倒不是妾夫的意。正为他贪恶害民，要借此事与他弄个大家做不成官，以救三十六州县哩。"月君道："不值得！且静听静听。"包夫人大喜。天已晚了，谢过月君及二师，自回县署不题。

且说济南府知府姓罗名景，因他贪婪酷暴，起个美名叫做"罗睺星"。做了八年太守，诈了三十六州县百姓三十多万金银，已经运回大半。伊父尚在，其母先丧，其妻亦已亡故。娶个继室，淫妬凶悍，与二妾争风，数月前，与罗景大闹一场，竟领了二妾回家去了，教他消受鳏夫滋味。因此上想要娶的唐月君：一者慕色；二者贪财，即以万金为聘，少不得仍归于己。又烦个父母官作伐，不怕子民不依允的，所以在周尹面前造这一片可欺君子的话来哄他。若执拗不肯，罗景有个毒计：就要打发几个有本事的家丁，装做强盗，连人带财劫入署内。只待周尹回复后，就要举动。正值建文二年九月十五日，罗太守排衙公座，堂上堂下，两行肃清。怎见得太守威严？有词为证：

头戴乌纱帽，脚穿粉底皂。袍是云雁飞，带是花金造。须长略似胡，面白微加凹。斜插两眉粗，突兀双睛暴。有钱便生欢，无钱便发躁。衙役齐呼太老爷，百姓暗骂真强盗！

罗景发放公事已毕，正欲退堂，顿有一阵香风吹入暖阁，半空中大喝："罗景快接太阴君圣后御驾！"罗景抬头一看，戒石碑亭上驻着三朵彩云，彩云内簇着三座莲台，居中坐着赛似观音，东首一尼僧，西首一道姑，四员

---

① 玉斝(jiǎ)——玉制的酒器。

金甲神将列在两边。众衙役早都跪下,罗景吓得心头突突地跳,只得俯伏道:"不知仙驾临降,有何开谕下官?"神人喝道:"圣后娘娘就是蒲台县唐! 你这个贪污知府,敢萌歹心,罪该万死!"罗景着急要躲时,两个膝磕子似连根的跪在地下,莫想动得分毫,衙役都呆了,只是叩头。曼尼道:"快阉了这厮!"罗景忽地自己剥去衣服,鲜血从裤内浸渍出来,倒在堂檐下了。时衙内都已知道,三四十家丁各持刀枪弓箭杀将出来。忽然有一道青炁,飞向公堂,约长数丈,盘旋乱舞,绕枪枪绝,绕刀刀折,角弓羽箭一齐粉碎。众人都像钉住脚的,半步也挪不得。又闻大声叫:"众衙役! 尔等听着:罗景刻剥万民,罪恶众大,本应碎尸万段,因圣后不开杀戒,姑留一命!"

月君谕道:"罗景所蓄金银四箱,悉系济南百姓膏血,神将等可速运至上清观,散给茕黎①!"早见莲台三座,冉冉飞去。至玉皇殿檐前空中,参礼毕,皆西向而坐。那些百姓,初时已填塞府前,就是不给金银,个个要看看活菩萨,如今见府署内四个箱子从空搬去,说要散给百姓的,越来得多了,人人都要向前。也有掉了帽的,也有脱了鞋的,碰头磕脑,连命也不顾,只觉得地方窄狭,无处可容。曼尼见人众已集,在袖中抓出把米望空一撒,都变做神兵。打开一箱,皆是小银锞儿。神兵各抓一枚,只拣穷百姓给他。凡得银者,即令退后,让未得者向前。

正在喧闹,合郡的文武官员,虽然心中畏惮,不得不都向上清观来。但见沿途百姓欢呼称颂,说是上天降的佛母,为我百姓除了个强盗。拜的跪的,不计其数。恐怕激变,也不敢尽饬。有一千总禀都司道:"适才府里家丁用枪枪折,用刀刀裂,不知是何法术。莫若速到城楼,装下红衣火炮,并令数百鸟枪手截其归路。近城则放枪,如或逃去,则放炮。"都司道:"甚妙!"遂通知与藩、臬二司都去安排等候,又杀取猪羊犬血并尿粪秽物待用。

时月君发完一箱银两,穷民皆彀,已遣神将将三箱运向蒲台,遂与二师向金殿稽首,仍驾彩云而回。见城上排列鸟枪炮位,曼师弄阵旋风,刮喇喇发屋拔树,瓦舞沙飞,如空掣去,不遗一杆;十座大炮,尽抛向城外。众文武官从猛雨打去。众军士莫不头伤脸破,眼泪迸流;手中鸟枪员在敌

---

① 茕(qióng)黎——无依无靠、孤立无援的黎民百姓。

楼藏着，见了这样神通，都面面相觑，则声不得。

忽军厅到来，是奉差到府内追缴印信的，报说："知府未死，只割去阳物，须眉脱落，明日就出告病文书了。但不知是何神怪，有此异术？府里家丁人等，直到如今方能移步，都说两足竟似生牢在地上的。罗知府亦是方才抬起来，所以卑厅来迟。"藩司以事出大变，与各官商酌上闻。臬司道："此事是知府自取。目今失的是他的私财，不是公帑，一经上闻，则是不察贪官、不拿妖贼，文武均有处分。莫若通禁邪教，饬查地方妖贼，并取各州县印给存案，则责在于彼矣。"各官齐声称善，遂令军厅住摄府印。那罗景出了病文，羞见同僚，黑夜起程自去。正是：

只道美人容易得，谁知阳物忽然亡。

济南府这番奇事，就有小报打到各州县。周尹见了大惊，又复大喜，急入署内说与夫人。夫人大笑道："这个处法甚妙。前日我亲与三位活神仙饮酒，也是难得的。看来他们敬重的，为相公居官清正哩。"周尹就传工房，匾上只用本县名衔，即刻送去。时月君正在道院安设玄女娘娘圣位，已命春蕊、红香、翠云、秋涛皆做了女道士，各给银三百两奉侍香火。忽报周尹自来挂匾，月君坚辞到门而返，即令悬在林公子神主之前，是"仁民遗爱"四字。当夜月君就打坐在玄女位下，神游青、齐各处，要寻个创业兴基的所在。来到个地方，有分教：瑶台侍女重相会，济水英雄再定盟。且听下回分解。

第 十 回

董家庄真素娥认妹　宾善门假瑞女降妖

月君神游到青州东郊，遥闻有称呼“素娥娘娘”，其声凄婉清越。寻声去时，是个妙年女子向月跪拜，每拜必呼三声，若思慕之至者。月君大为诧异，一想此女必是寒簧转世，就欲下去安慰他，恐凡眼不能见也，即敛神而返。说与鲍、曼二师，都道是寒簧无疑。月君道：“他拜时，想在望日前后，且到来月去罢。”

请问这是谁氏之女？乃山东河北第一名盗侠，姓董名彦杲之所生也。彦杲力敌万人，使一枝丈八蛇矛。次弟彦、翢、季弟彦昶，皆精武艺，人称“三杰”。杲之子名翥，翢之子名骞，各使方天画戟，端的少年英勇，因此上人又称“董家五虎”。所居地方，即名董家庄。其部下响马了得的八百余人，布散在外，诫约甚严，从不扰害往来的客商。所打劫的都是贪官污吏之赃私，或馈送朝贵之金珠，文武官员明知而不敢禁缉。这是为何缘故？只因他蓄有刺客，轻则使人劫库，重则连首级取去。地方大小官员反有暗暗与之往来，希冀他宥而不问，可以保全宦橐①，然必竟分半与之，方得平安离任。弟兄三人，所得此种不义之财，一味济困扶危、赈孤恤寡，江湖上竟有比为宋公明的。彦杲之女生于七夕，乳名巧姑。百日以内，只是啼哭。至三四岁，总不能言，动不动哭个不已。且是生得眉清目秀，极好的相貌。父母恐他是哑巴，到七岁上口内说出“素娥”二字，余外虽爹妈亦不会叫，百般教导，总似不理。九岁上忽又添出两字，每每说句“素娥娘娘”，举家不晓其故。十三岁上，见了月满就拜，口口称呼“素娥娘娘”，因此家中改称为“呆姑”。

正当三月十五，又在庭中哀呼礼拜。旁有一老妪劝道：“痴孩子！你枉自拜有三年，那月里素娥，谁来睬你？”又一妇人道：“那月里空空的，安得有什么素娥娘娘？只好拜杀罢了。”只见半空中现身道：“素娥娘娘在

---

① 宦橐(tuó)——官宦们的囊中之物。

此！怜你诚心，特来度你。"那二妪抬头一看，见中间素娥跨着彩鸾，左手一半老道姑——是鲍师，右手一年小的——即妙姑，也都是五色云华护着。老妪遂跪下磕头，口称："求素娥娘娘大发慈悲，救我女儿则个！"巧姑反立着呆呆地看。月君遂按下云头，董家男男女女都如飞走来，一齐跪拜。彦杲呼巧儿道："我儿日夜拜的素娥娘娘，今日感格仙驾来临，因何倒不拜呢？"巧姑只不则声。彦杲又叩首道："下界凡夫，恳请仙驾到草堂上开示女儿，也不枉他少时称呼圣号，直到如今哩！"月君乃下彩鸾，步入中堂，与鲍姑南向，妙姑带斜坐着。彦杲夫妻率领巧姑跪下。月君道："你既慕真诚，为何见了我反无一语？"巧姑双眼注视，总不回答。彦杲道："怕是想疯了！求素娥娘娘救他。"月君向鲍姑道："此儿已昧本来，性根中唯有'素娥'二字，必须得云英仙子的玄霜，方可开豁智慧，烦师太太走一遭。"鲍姑说向众人道："太阴娘娘要救你女儿，我到瑶池取灵丹去来。"众皆叩首，遂乘云而逝。

彦杲道："太阴娘娘乃天上金仙，自不服凡间烟火。"令摆上果品来，干的、鲜的，约计有十余盘。董家妯娌三人，各捧一杯茶，齐齐来跪送上。妙姑接了，月君呷一口道："此武夷佳品。待我取个闽中鲜荔枝赐给汝等。"董翥便道："闽中离此数千里，况且这时候尚未结子，大仙要我们凡夫哩。"彦杲道："毋得胡言！速来跪着。"董骞道："给一枚尝尝，我便跪一年！"月君道："且不要跪，教他小弟兄两人去栽个子罢。"就把盘内干荔枝取出核仁来，吹口气，又将杯武夷茶，用指来虚画个灵符，教他弟兄左手来接，去庭内栽下核仁，将茶作次浇灌，口内默念："太阴娘娘有旨，火速生芽者！"两弟兄欣然依法而行。浇茶方尽，土上已长出芽来。董翥道："奇倒奇，独是几时才长得大？"说未毕，忽长一尺有余，众皆大惊。霎时间枝叶布满庭除，竟是一株大树！华葩才发，籽实早结，看枝上时，垂着鲜荔枝，累累无数。那小弟兄急了，先去跪着叩头。月君吩咐尽数摘下。彦杲等各人动手，摘有三大盘，列在几上。月君予妙姑十来枚，董家眷属各与三四枚。分散之后只剩十一个，月君取一个向空一掷，喝声："去！"庭中荔枝树早已没了。

鲍姑忽然飞到，月君起迎，手捧荔枝。鲍姑将玄霜二粒递与月君道："云英姊妹致候。但服玄霜，须得上池水，次则武夷峰顶茶。"月君道："现有武夷茶。"就把玄霜一粒调和，呼令巧姑向东方八拜，作三口咽下，且闭目静坐一会。鲍姑问荔枝所从来,月君说了缘故。鲍姑曰:“既如此,我也取个鲜龙眼来,以酬主家。”众人俱各下拜。鲍姑画符五道,步下中庭,命取一大缸水来。先焚一道,投入水内;又烧两道,抛向空中。只听得呼呼声响,从空飞下龙眼树一本,端端正正插在水缸之内。遂又焚起灵符二道,一边开花,一边结子,早已成熟。即令摘下两盘,如前分散。看那树时,渐渐缩小而没。董家大小,个个称呼“活佛”。妙姑一想:“岂可我独无法?”乃抓一把瓜子在手,向众人道:“我也寻个闽中的鲜果来尝尝何如?”彦杲弟兄又皆下拜。妙姑在袖中取出好些橄榄,每人各与一枚,合家都已遍了。噙在口内,觉得扁小而硬;吐出看时,却是一粒瓜子。其在手的,原是橄榄。董骞道:“这位仙姑要我哩!”彦杲跪问月君:“为何变法各异?”鲍姑道:“我二人所用的是神通,她用的是法术。就像指石成金,少不得要现本质。”

只见巧姑趋至月君座下,跪着道:“素娥娘娘,我如今才得见你!”泪随言下,放声大哭。月君、妙姑皆为堕泪。鲍姑道:“你今已寻着旧主,是大喜事,不须哭了。”众人都劝,方才住声。妙姑遂搀起巧姑,坐于肩下,彦杲等拜问缘由,月君随口念道:

我本广寒月殿主,曾赴蟠桃会上来。
南海大士同讲席,西池王母共传杯。
只为金阶参恶宿,遂辞玉殿转凡胎。
而今玄女亲传道,掌握乾坤兵劫灾。

鲍姑宣谕众人道:“妙姑是素英仙子,巧姑是寒簧仙子,皆是月宫侍女。太阴娘娘下界时,你二人都要相随,未奉上帝敕旨,是以不能同行。素娥娘娘令你二人去转求天孙织女,止许素英转生。寒簧恋主情深,日夕悲哀思慕,把五炁全消了。署月殿事飞琼仙子怜你真诚,因此一念,托生相近地方有缘之家,所以特来度汝。幸夙根尚在,还记得‘素娥娘娘’四字,若是凡人再转,就成个呆想的呆子了。”巧姑心下了了,遂向月君、鲍姑、妙姑再拜,愿为侍婢。月君道:“尔心如此真切,岂肯当做侍婢!我也认你为妹,你认妙姑为姊,自后仍复名为素英、寒簧罢。”彦杲等跪问道:“敢问太阴娘娘,现今仙府何处?”鲍姑道:“在蒲台县。上界本姓唐,所以降临亦在唐家。”众人齐声道:“这就是处置济南太守的活菩萨了!哪一处不称颂圣号?寒门何幸得瞻菩萨金容!”鲍姑道:“太阴娘娘当为中原女主，寒簧生在汝家，是有缘法，尔等皆在辅佐之数。”彦杲大喜，又禀请道：“我还有个朋友，也是个大侠，膂力超群，能使六十斤大刀，叫做宾鸿。他的哥子宾雁，广好斋僧，人称为‘宾善门’。有个女儿，乳名瑞姑，为妖怪所迷，白日昏沉，到夜苏醒，与妖怪喜喜欢欢，同衾共枕，如今黄瘦得不堪了。请过多少僧道，不能驱除。求太阴娘娘大发慈悲，救她一命。就收了宾鸿为部下，也是个赴汤蹈火的。”月君遂道：“你须教她弟兄到这边来，方见诚心。”彦杲即令三弟彦昶飞驰而去。月君遂问彦杲：“尔部下有多少人？”答应道：“了得的，有百来个，差不多的，也有千余。宾鸿部下，又有四五百。”月君道：“你可分别头目，登记姓名于册籍，候临期点用。”早见宾雁、宾鸿已到，跪在月君座前，口称：“大慈大悲太阴娘娘！”叩头不已。月君问了妖怪始末情由，道：“今晚就可除他。”即令宾鸿等飞马前导，月君乘鸾从空中冉冉而行。

到了宾雁家里，看他女儿昏昏的，似颠非颠，似醉非醉，合家都来跪拜求救。月君宣谕道：“尔女骨髓已枯，我有玄霜仙丹一粒，付汝可活女儿之命。今且藏匿别处，待我降妖。”月君乃变作瑞姑形相坐在卧房。才到黄昏，霎时一阵冷风从窗外透入，一个白面文人端端正正站在面前，叫声：“心肝妹子，为何今夜不在床上安卧？”就俯身来搂抱。月君乘势一把揪住耳朵，按在地下，左脚踏住脖子，口内吐出青丸，盘旋欲下。那妖却也通灵，知是神剑，大声哀叫道：“我已修炼八百余年，求饶我一命！自有报效之处。”现出原形，却是一个马猴。月君不怕他逃走，就放了他，叫跟入中堂，剑亦舞飞而出。宾鸿等莫不大骇。月君喝问马猴：“你这孽畜，淫污闺女，合当斩首！”猴精战兢兢道：“愿伸片言而死：小畜雄雌两个，在峨眉山修道，母猴出林游戏，为唐朝天使高力士①所获，献于明皇②，贵妃娘娘③甚加怜爱，以碧玉环系其项下。后安禄山反乱④，母猴逃匿慈恩寺皈依老僧数年，忽然去了。至代宗时，有个官员孙恪赴任岭南，同夫人过峡山寺，适见老僧亦在寺中，遂将手指上玉环一枚奉献，稽首云：‘我思故

---

① 高力士——唐玄宗朝中得势的宦官。

② 明皇——即唐玄宗李隆基。

③ 贵妃娘娘——即唐玄宗宠幸的贵妃杨玉环。

④ 安禄山反乱——即发生于开元天宝年间的反对唐朝的叛乱。

侣,今当永逝。'长啸一声,腾身林杪,倏尔不见。那猴各处云游,来寻小畜,竟不能遇,至元末悒郁而死。今瑞姑乃我猴妻转世,夙有姻缘,是以来做夫妇。不然,鬼神亦不容也。"月君见所供的话,史传及志都有其事,或是前因亦未可定。又诘问道:"夫妇当加恩爱,何故迷他至死?"猴精道:"小畜原欲摄其魂魄归山,永做伴侣。今遇金仙,想已数尽于此。"月君又喝问:"孽畜!尔窟穴在何处?"猴精答道:"在太白山盘槐洞。"月君向要寻个洞府,遂喝道:"尔必有羽党!姑饶尔命,速为前导,我要到这洞中去!"

那猴精一个筋斗跳上半空。月君吩咐宾家:"可将米升许,喂我鸾鸟。"然后驾云,见猴儿去得远了,轻轻一纵赶上。猴精已到洞前,道是走脱了,抬头看时,月君却在他顶上,猴精便一溜入洞。原来这洞在石壁半腰,进洞去就落下二三丈。洞口一株大盘槐,那曲曲折折、盘盘旋旋的枝干正挡在洞门口,从来无人可进的。月君运神光望里一照,见有许多猴子摩拳弄掌,像个要拿人的。月君道:"这孽畜到了家门口,大起来了,倒在那里暗算我哩。且显个神通与他看!"遂到峰顶上,将身望下一坐,石势豁然分开,直到洞底,正当拐弯曲折之处。那些猴儿见洞顶开了个大窟,惊得呆了。老猴、小猴三四十,罗列跪下。月君道:"我饶了你这孽畜,倒怀着歹心!这次饶不得了!"猴精抵死强赖道:"小畜正要率领儿孙出洞口来跪接,并无他意。"月君喝道:"你始而急纵筋斗,并不为我向导,是有脱逃之心;既而急溜入洞,安排众猴,是有坑陷之心。《春秋》诛心,罪当斩首!"就取腰间鸾带抛去,但见老猴遍身缠缚了,一刻紧一刻,一刻痛一刻,熬受不起,哀呼菩萨饶命。众猴皆环列跪求。月君道:"我今要鞭这老猴,你们肯动手么?"众猴齐声:"愿动手。"遂令到洞外折取大柳条数根,叱示马猴道:"姑不用诛心之律。只就现在脱逃,也该重鞭一百!"十多个猴儿替换行刑,打得两腿鲜血淋漓,浑身绳束,直切白骨。猴精痛哭道:"小畜今已不得活了!若菩萨肯发慈悲,把我算作文殊的象、普贤的狮子、二郎神的狗、玄帝祖师的龟蛇①,收留小畜皈依座下,悉所指示,且得正果,此恩万劫难忘!"月君道:"畜生才有些真心了!"将手一指,绳带

---

① 文殊的象、普贤的狮子、二郎神的狗、玄帝祖师的龟蛇——象、狮子、狗、龟蛇均为神灵的坐骑。

脱下。猴精遍身骨节酸痛难忍，只得匍匐向前，叩首跪着。月君与之摩顶授记，赐名“马灵”，吩咐道：“自后果能志心皈礼，只在洞中修行，不几时便来超拔汝等。”遂飞出洞门，马灵率群猴俯伏叩送。

月君一直竟到宾家，见彩鸾尚在啄粟。——看官，你道鸾鸟爱吃粟么？因是大雄鸡变的，所以喂之米粒，就是天书第七卷变化有情之物妙法也。宾雁家中男女，拜问猴精下落，月君道：“我已锁在洞内。”宾鸿又跪献白金一千，以表微敬。月君道：“我岂受谢的？闻得尔能使大刀，可教演徒众百人，皆精此艺，别有用处，这就算你报效了。”宾鸿道：“不难，二百也有。”月君遂御鸾鸟阏阏①而去。

时曼师亦已到董家庄，就与鲍师、素英、寒簧出迎，众皆跪接。月君道：“曼师来得正好。烦请教寒簧法术，并留素英在此为伴。”又谕董彦杲：“汝可令部下各习尔等武艺，务须兵将一律！”彦杲等领命。

月君遂同鲍师回至家下，与老梅婢等略说大概。柳烟儿道：“这样灵猴，可以放在玄女道院管门。唐诗云：‘解语老猿开晓户’。”老梅婢道：“院中也有瑞姑哩！只好‘白猿长守洞天书’。”月君道：“是耶！此洞无人可入，何不把这些金银、军器运到洞中，饬令看守？此小城内大不便也。”鲍师曰：“然。”遂令老婢等整顿束缚起来，呼召神兵力士从空搬去。月君与鲍姑都到洞中，命众猴逐件安放妥当。那洞尽头处，有个盘大的穴，透下天光，如井一般，人谓之风穴，却不晓得带着弯曲，通于洞口，两头进风，内极干燥洁净。月君又诫谕马灵几句，遂与鲍姥从前日坐裂的窟穴中飞出洞顶，移座山峦压着此窟，然后回去。

正是：今日安放赃官十万金银，他年好作义士三千兵饷。且听下回分解。

---

① 阏(yōng)阏——和谐之貌。

第十一回

小猴变虎邪道侵真　两丝化龙灵雨济旱

青州府太守①姓王名良，廉吏也，严而有惠，士民敬之如神，爱之若父，后升杭州臬司，殉难者。是年二月不雨，至于五月，百谷不能播种，每自祷于天曰："吏之罪也，于民何尤？"其如天不佑善，日旱一日，乃自捐俸银二百，发告示于四门张挂，募术士祷雨。众百姓皆谓贤侯捐俸，无以养廉，遂共攒凑银六百，当堂禀请王公曰："事为地方之事，银亦地方之银，愿毋费我公。"于是益都令亦捐银二百。王公遂添注告示后面，不论何人，但能祈得甘霖者，酬以千金，银现贮库。

东门上就有一美妇人，向前径揭告示。守门人役笑容问曰："会祈雨么？想是何仙姑下降了！"众百姓走来，围住嚷道："不是当耍的事！祈得来赏千金；祈不来，要问个罪名哩。"那女子说："列位听着！我柳非烟奉蒲台县太阴金仙唐差来送雨的。"众人道："可是济南府显神通的么？"柳烟道："再有谁呢？"一人就拉个牲口，请柳烟骑了，大家拥到府门前。只见南关百姓喘吁吁的奔来，说有一位祈雨法师来了。众人看时，却有一个道士，面方而黑，睛大而黄，摇摇摆摆而来。东关百姓道："雨已有人送到，不劳祈了。"道士嚷道："你们这班愚民，该受旱灾！把个雷霆雨泽当做儿戏，岂不可笑？"众人再要分说，衙内传出道："太老爷坐二堂了！吩咐把揭榜的请进去。"道士大步向前，柳烟默念真言，将身一纵，已先立在王公面前，将告示缴上道："蒲台县太阴金仙唐，差小侍妾送雨！"王公道："雨在何处？"柳烟道："主母说，随到随有。但恐主事者不肯诚信，所以先遣报闻。"那道士已走向前，打下一恭道："贫道从昆仑山来，云游过此，见天时亢旱，愿发慈心，于三日内祈一坛甘雨，以救生灵。"柳烟道："太老爷听禀：风云雷雨，在主母掌中，舒则就有，收则便无，不消顷刻，一切建坛供神书符作法，总不必用。"道士大声道："此妖言也！行雨须奉上帝敕旨，

① 太守——官名。为一郡的最高长官。

点数也多少不得。泾河龙王与李淳风①赌赛,多下了寸许,遂致老龙头从半空砍下。贫道一日书符写表,一日伏坛上奏,一日龙王受敕行雨,即使洞宾自来,断不能再速于此。”太守听他说话,也觉近理,独是闻得济南异事,人皆称蒲台有个活菩萨,不由不信。乃出大堂问众百姓道:“祈雨是地方公事,你们舆论,心服何人?可从公说来。”两行百姓及衙门人等都齐声说:“愿请蒲台县佛母。”王公就令柬房发个官衔帖,差马快去请。柳烟道:“不消公差,待小婢子持帖去,刻下就到。”王公依允。柬房将帖交与,柳烟自出衙门作神行法去了。道士又禀王公道:“贫道久闻得蒲台有个妖狐,化作妇人,遍传邪教,惑乱庶民,竟敢白日劫了济南府库,坏了朝廷命官,抢了营伍军器,谋为不轨,其兆已见。贫道替天行道,禀明太爷,遣召神将擒来,解献京师,以消国家隐祸。太老爷现为山左方伯,岂不虑及于此?”王公见说出一遍理来,心上一想:“那姓唐的是个妖邪,神将必然擒之;若是神仙,谁敢擒他?”遂令道士:“速召神将,来本府看!”

那道士心怀不善,初时见柳烟将身一纵,先入穿堂,猜他是个狐精,早已暗画灵符,着功曹去召平素练熟的神将毕天君到来,要当太守前斩之。今见柳烟去了,料他所称主母是老狐无疑,正要擒贼先擒王。遂又手画符敕,念动真言,催取速至。只听得呼呼的一阵风响,毕天君早到。道士躬请现身,天君在云端略露真形。众皆错愕,王公亦站起来。天君道:“有何法旨?”道士厉声道:“可速斩蒲台县姓唐的妖妇首级来报!”王公要请活的,天君已是去了,只得由他,遂赐道士旁坐甬道边。

道士正在得意,指手画脚晓谕众人,忽一朵彩云从空而下。有金甲神喝道:“雷霆法主太阴君驾到!”王公站起看时,半空中一片三素云,云中有一位素服道妆,胜似嫦娥,右边就是柳烟,左边又有一位道姑。柳烟道:“神将,速取交椅来!”说未毕,早已有了。月君冉冉而下,向北坐定,问:“何方道士,多大本领,敢遣毕天君来问我侍女?我已送至煞真人处查勘去了!太守公系廉官,小仙发心送雨,以救黎民,何以听此贼道阻挠?”王公道:“道家术数玄微,本府不知深浅,各显个神通,胜的便请祈雨,何如?”道士揎袖向前道:“毋得胡言!敢吞刀剑么?”月君道:“先吞与我看!”道士大叫:“速取刀剑来!”有一书吏禀道:“库中向贮一古剑,有百年

---

① 李淳风——传说中唐代的法师、术士。

了,传说是白莲道人之物,而今夜间放出光来,想该是他比试时候。”王公遂命取来,递与道士。道士握着剑道:“万目看着!我不是些小的法术。”遂把剑尖放入口内,一下一下的,只管插入喉去,霎时间,连剑的把柄都没有了。众人喝一声彩道:“也是个真神仙!”月君运动神光一看,原来是隐形法,那剑仍在手中。月君假意说:“怎么剑盘儿也吞下去了?”道士厉声道:“不吞剑盘,怎算得神通!”月君道:“不信!”命鲍姑看道士喉中有剑盘没有,道士大张口道:“请看!”鲍姑乘其不备,劈手将剑掣去,递与月君道:“剑在此!”众人大哗,说是个哄人的假法儿。月君道:“原来是江湖上弄戏法的!”道士嚷道:“你也照样吞个我看!吞得来,就算你不输。”月君用出玄女手段来,将剑一拗两截,哗哗剥剥,屈个粉碎,放在口内,激栗刮剌,嚼得细细的,两三口都吞下丹田去了。众人齐声道:“这才是真正活菩萨!”太守赞一句道:“鸠摩罗什所不及!”

道士大忿,心下想道:“不用法宝,结果她不得!”腰间解下个小合盘葫芦来,托在掌中道:“你既有神通,可知道葫芦内是何物?猜着了算我输。”月君注神一看,道:“是个小猴儿!”只应声“真个是”,已将葫芦一倾,跳出个枣大的小猴儿,霍地变成一只斑斓猛虎,竟向月君扑来。月君把手一指,那虎退了数步。月君吐出剑炁在虎身上一拂,鲜血冒起,分为两截,虎已死于阶畔。那时众人吓跑了,重新立住,都说:“道士是妖法,不要睬他!”道士大呼道:“我法是西方佛祖授的,列位不要慌!看我此刻就求雨来,然后再与她斗法。有本事,不要逃走!”月君说:“孽道!让你先祈雨祈不来,然后我祈何如?”太守道:“此言甚公!本府只以求得雨的谢他。”那道士眼热的是一千白物,就把个最恶毒的咒龙法施将出来,喃喃讷讷的,咒得东洋内大小龙子龙孙、水族灵怪,个个头疼身灼,翻波涌浪的要向那咒的所在行雨。

时曼陀尼正在半空中遥望,恐有什么神将来助道士的,好预为拦阻。忽见东海波涛涌沸,像有龙神出来的光景。把云头一纵,直到海面,见老龙在那里说:“是谁行此恶法害我们哩?”曼尼喝道:“老龙!你想要行雨么?”龙君道:“仙师何来?不知什么人,在那里行咒龙法,如今海水都热起来,如何安得身呢?”曼尼道:“不妨,我与你解之。”口内吐出一物,如小梅叶,迎风一晃,是柄蒲葵扇。连扇两扇,诸龙透骨清凉,海水晏然。曼尼说与老龙:“太阴君与道士斗法,连胜了他,故此咒你要雨哩。”龙君道:

“幸是仙师降临！若去行雨，上犯天律；若不行雨，合门咒杀。深感活命之恩。”

曼尼就回，变了形相杂在人众中，喝道：“那道士祈不来雨了，请这位活菩萨降下甘霖罢！”众人齐声一和，急得道士心跳神暴，越念越不灵验了。鲍姑听得背后是曼尼声音，掉转头来认时，见一衙役说：“是咒龙法。”鲍姑想：“好变化！连我都瞒过了。”那时月君已闻得二师言语。只见太守站起来道：“云华没点，焉得有雨？请教女真人罢。”月君想：“三笈天书，并无咒龙法。”因启上太守道：“他念咒龙诀，是最恶的邪术，激怒了龙王，山谷皆崩，城池尽陷，此地都成大壑，所以我把龙神收在掌中。”叫取碗清水来，月君手内放出赤白绒丝，各二寸许，投于水内。道士也走来看，月君大喝：“神将！为我缚住妖道，不许容他逃走！”空中就有金甲神人，将虎筋条拴道士于碑亭柱上。太守观看碗内，绒丝生出两角二睛，金鳞五爪，舒卷盘攫，跃跃欲飞。月君连碗抛向空中，乌云黑雾蔽天而起。鲍、曼二师摄取神庙大鼓，半空擂动。骤雨如倾，狂风欲倒。月君坐在丹墀，无半点雨丝着身，把个道士打得如落汤鸡一般。那时百姓亦苦无躲处，月君吩咐神将：“百姓濯了冷雨，恐害伤寒，公衙以内不必下雨；其外凡属青州地面，务须尽行沾足。”不两个时辰，早已河平池满，行潦亦有尺许。众百姓都说雨够了，方渐渐止下细点。

月君到台基上，南向坐着，叫柳烟牵过道士来勘问。道士几次念解缚神咒，愈念愈紧，法术已穷，又羞又忿，哓哓强辩道：“你屈剑吞铁，也是遮眼法；赤丝变龙，也是邪术，哄不得我！”月君道：“诚然！”就口里吐出一丸，落在手中，忽地伸长，却就是那口古剑。递与柳烟，令将道士腰斩。道士慌了，嚷道：“我不曾与你赌斩，为何害我性命？”月君道：“你有斩罪三：我与你并未见面，就召毕天君来斩我，律当反坐，罪一；你用幻术变虎来扑我，比照畜物蛊毒杀人律，罪二；又用咒龙法要陷害青郡生灵，应照攻陷城池条例，罪三。”道士哑口无言。王公令门子跪请道：“这贼道固然死有余辜，但天地之大，何物不容？求真人姑恕之。”王公又缓言道：“本府非为邪道求情，譬之如来不灭魔教，亦慈悲也。”月君道：“太守公说，焉得不从！但活罪饶不得。”太守叫皂隶取大板来，痛责三十。道士有熬刑之诀，竟不伤损。月君道：“你系何方孽道？姓甚名谁？从实供来！一字虚谬，我之神剑无情，照依死虎榜样。”道士只得实说：“我叫奎真（向来他自称“奎真人”,今在月君面前不敢说出“人”字,竟以二字为名)。原籍燕山,在高丽国学法于胡僧,渡海到此。有眼不识泰山,幸看‘同道’二字。”月君道:“敢说个同道!越不可饶。”道士只得叩头服罪。太守又为请解,月君始允,道士抱头鼠窜而去。月君站起,向太守道:“小仙亦别过了。”太守急命在库中取千金来。月君笑道:“是何异于许由不受尧让天下①,逃之逆旅,馆人谓其窃冠者耶?”太守道:“系百姓诚敬之心,不得不为表白耳。”月君与鲍师等皆凌云而去。太守打恭致谢,众人皆俯伏在地,遥见云光东逝。要知道:运会未临,且欲神州戡乱手;邻封有请,更施中国救灾心。下回便知端的,试请看去。

① 是何异于许由不受尧让天下——“许由”,相传尧要把君位让给他,他逃至箕山下,农耕而食。尧又请他做九州长官,他在颍水边洗耳,表示不愿听到。此句引此古代传说,意思是“与许由不接受尧让天下有什么不同呢”。

第十二回

柳烟儿舍身赚鹿怪　唐月君为国扫蝗灾

月君又得了一柄古剑，仍依玄女传授的诀，吞入丹田，用神火炼过九转，吐出来是道白炁，遂亦通灵变化，略亚于青炁丸。鲍师赞道："玄女剑丸，亦不过如此。"忽报有两名公差到来，传进宫衔名柬：一是开封府司李胡瀹①，一是县尹周尚文。月君令柳烟问明来由，是要请到开封府去降妖的，遂命柳烟回说："但要诚心拜礼太阴元圣天尊，不远千里亦到。原帖璧还。"

而今且叙明妖怪的始末。在河南开封府东关外，向有一座大光明寺，元朝敕建，以居秘法西僧者。至洪武元年，徐魏公下汴梁，僧众逃散，遂有一道者占住，自称梅花万寿真人。前殿塑尊寿星，后殿塑了自己形象，改名万寿仙院。那真人弥月不食不饿，日食数餐不饱，与人治疾疫、占吉凶，颇有效验。施与斋米衣履，皆无所受。愚民信之，呼为梅花仙长。往来郡属各州县数年，摄去了几家妇女，因此，人都学个泄柳闭门不出了。不期有新任刑厅胡瀹的女儿，年方及笄②，在署内看牡丹花朵，闻半空有鹤鸣声，抬头一看，那鹤儿盘旋而下，忽一声响，抓去无踪。举家惊哭，访得也是梅花仙人摄去，因谋之同寅郡丞姚公名善，为人刚方正直，后升苏州府知府，起兵勤王殉国者。姚公谓胡刑厅曰："我辈居官，德不胜妖，实增内疚。闻蒲台县有个姓唐女人，不知是妖是仙，大有奇术，且肯为人祈晴祷雨、降魔伏怪，何不令人请来与梅花道者赌斗？无论两边是妖是仙，且观胜负，胜则令爱可救，如其不胜，再寻良策。"胡刑厅道："好固好，只恐隔省窎远③，他不肯来。"姚公道："蒲台县尹是敝年家，待弟写书恳他转请。"——故此周尹也有名柬送来，而又复书与姚公，大意说："唐夫人是

---

① 瀹——yuè，音跃。

② 年方及笄(jī)——年龄刚到束发的时候，即年方十五岁。

③ 窎(diào)远——遥远。

仙子临凡，神通莫测，以菩萨心而行豪杰事，有感必应等语。于是胡瀹夫妇于每日五更称颂圣号顶礼。

月君差功曹探过两次，然后同鲍、曼二师并带柳烟儿，各乘五彩明霞，于五月十三日到开封府。正值刑厅从外回署，衙役禀有彩云停在公堂之前。刑厅看时，猛听得有神人厉声喝道："太阴圣后娘娘驾临！官吏们速来迎接。"那时众吏胥皆俯伏向空瞻礼，胡刑厅也就跪下说："不知仙驾遥临，有失虔候。"月君按下云头，中堂坐定，问："何妖作祟，千里邀请？"刑厅虑耳目众多，因答道："请仙师驾临内署。"遂大开宅门，月君缓步而入，设位坐下，刑厅夫人及姬妾妇女多来礼拜。刑厅与夫人侧坐，把梅花真人摄取民间妇人，并自己女儿之事细细说了，而今恳请大法力斩除此怪，以安黎庶。月君道："不难，今夕即当驱之。"

堂上忽传起鼓来，刑厅急出穿堂，却见姚公青衣小帽立着，吃了一惊。姚公附耳说了几句，刑厅笑道："极好。"即令夫人们暂退，放衙役人众进来磕头，姚公杂于其中。月君一手指道："汝不是下人品格，丹心凛凛，一腔忠义，为何改装易服来相戏呢？"姚公尚自支吾，月君命易了衣冠相见。姚公拜服道："不识仙驾肯临敝署否？"月君道："可，汝速返署。"那时月君与鲍、曼二师所坐之椅，离地三尺，款款行至庭墀，已升有数丈之高，柳烟儿亦站立在空中。

姚公换了公服，正出署迎接，忽抬头见在云端下来，即打恭至地。月君与二师降坐中堂，夫人、公子们都来礼拜，献茶。鲍师道："太阴圣后有谕：汝等一门，将来男子死忠，女子死节，名显千秋。"指其次子道："此儿不在其数，可逃向正东方，还有烈烈轰轰的日子。"姚公愕然拜谢。月君道："谨记我言，从此不复能见矣。"姚公的夫人、小姐，都拜留道："闻得此妖在院时少，先令人去探看何如？"月君道："妖若不在，焚其庙宇，必然来救，就便擒之。"时胡刑厅已在穿堂伺候，见月君等出来，鞠躬而言道："恕下官不敢远送。"即同姚郡丞向上三揖，诸仙师已无踪影，早到了万寿仙院。

月君四顾，院内空空的，但有看殿的苍头，便问："院主何处去了？"答道："云里来，雾里去，谁知道他。"月君道："这是神仙了，可惜我们不能一见。"苍头道："倒是不见的好。"月君道："怎么说呢？"苍头听声音是别处人氏，遂告诉道："我们院主，当时人信为仙师。这十年来，都说他善拐女眷，我原不肯信，一日有两个妇女到殿游玩，亲见他把个后生的抓了，化道白气，不知到何方去了。你们几位女菩萨是异乡人，不知道厉害，若撞他回来，就大没造化哩！我说的好话，快些出去罢！”

只听得一阵风响，梅花仙长已站在院内，见殿上有两个极美的妇女，他就喜欢得了不得，装了斯文腔儿，迎将上来。月君大喝：“孽畜！速现原形！”道者定睛看时，一道青炁，劈面飞至，料是神物，遂翻身跳入云端，掣出腰间狼牙棒，不过尺许，掷来时也就有数丈长短，竟与神剑在空中盘旋跳跃的斗将起来。时月君亦已腾身半空，又吐白炁去斩道人。道人慌了手脚，收了狼牙棒，化道白光，望西北而遁。月君与二师纵云赶至嵩山之东，忽无踪影。月君道：“天晚了，明日来寻他巢穴罢。”遂回到殿内。

胡推官正在伺候，便问妖怪逃向何方，曾见他女儿否。曼尼大喝道：“你可晓得孙行者降妖，怎样千难万难？书生家好没理会！难道妖精把你女儿沿路抛着的？偌大一座嵩岳，如何片刻就找得着他的洞穴？”胡推官自知失言，喏喏连声打恭道：“请到小署安歇，以俟明日。”月君道：“署内不便，就在此间住了。”推官连忙差人送了晚膳并铺陈到来，月君令柳烟用些，余下尽行发回。

是夜月色明朗，同坐院内，月君道：“这妖必是个梅花鹿。”二师道：“是也。他塑着南极老人，是他的主子。”月君道：“他的狼牙棒就是他的角炼成的，所以着我神剑，不致缺折。”正说间，一声响，把柳烟儿平空掣去。月君三人急忙飞起，仍见一道白光，追至嵩山而没，不见有一些妖气。月君道：“不得回去见人了。”鲍姑道：“沟中失了风哩。”曼尼道：“失风，失风，今夜柳儿倒得了风。”月君笑道：“这个且由他。我们等到天明，分头找寻，不怕他逃上天去。”

且说那道者抓了柳烟，一直奔入洞内，放在石榻上。柳烟自想：“落在他手，没法可完节操。我主母是兴王图霸的人，我也要沾些光彩，不若用计降服了他，到成了功时再作道理。”乃故作巧笑之容说：“好个洞天，真仙人所居之府！”道者见她喜欢，就来搂抱。柳烟道：“怎的仙家也要干此勾当呢？”有小令为证：

有个佳人，海棠标韵，飞燕轻盈，乍着霓衣，初持绛节，敛却玄牝。

无端落在妖精，更说甚姹女生春。萝幌烟浓，石床月冷，狼藉花心。

那道者硬与柳烟交媾,柳烟纵有三头六臂,也是抵不住的,就把那旧日的锁阳、攫阳、吸阳手段施展出来。无奈道者愈败愈健,愈健愈战。柳烟假作娇声,软迷道者说:“真是仙长,凡人哪有此等精神!”道者回言:“我精神可御百女,若是乏了,有仙草在此,略吃些儿,精神就复。”柳烟又假哄他道:“我身体虚弱,可也给我吃些?”道者说:“这是鹿含草,是角鹿吃的,不是母鹿吃的。”柳烟已知他是鹿精了,又哄说道:“鹿有分别,我与你俱是人,男吃得,女也吃得,有何妨害呢?”道者说:“我今已吃了,过到你心里去罢。”柳烟道:“我是生死在此的了,且待安息片刻,你再寻个不好么?”道者道:“我正要问你,你同行的这个美人,为何竟有神通?”柳烟见已上钩,就赚他道:“你是个仙长,为何不知?她是个狐狸精,我是她拐去服侍的,活活的守着寡,好不苦哩。”道者一想:“我若得了这个狐精,平生志愿方足。”遂问柳烟:“她有多少神通?”柳烟道:“就是两把剑,不知是谁传授的,余外别无本事。”又问:“那一个道姑,一个尼僧,是什么东西?”柳烟道:“这是老狐狸,都没有神通的,只好跟随使唤。”道者又问:“剑藏在何处?可以取得么?”柳烟道:“你既是仙人,可能变化?”道者说:“凭你要变什么?”柳烟道:“这便不难了。你变了我的形相,只说是逃回去的。那时见机而行,有何取不得?”道者说:“我的福气到了,遇着你个知心。”柳烟道:“要拿她,该就去,再迟一迟好不回去哩。”道者说:“是也。”遂变了柳烟模样,问:“可像么?”柳烟道:“连我也辨不出真假。”道者就走,柳烟道:“且住!你还不晓得我名字,如何去哄得?她叫我做梅雪,称她为圣夫人。切记!切记!”道者喜得手舞足蹈,说:“拿这狐精来,你做大,她做小哩。”柳烟要看他洞门,跟随在后,只见道者走到石壁跟前,将身一耸,竟自去了。仰面看时,只有碗来大一孔,像是个树心里面,料想逃去不得,且静以待之。

那梅花仙长起在云端,遥见月君三人在前山岩畔,猜是去找寻人的。道者十分得计,大呼道:“圣夫人!梅雪在此。”月君运动神光一看,像个柳烟,又听得自称梅雪,心中早已明白,与鲍、曼二师对面迎去,仔细看时,面貌宛然,只有鬓发稍异,走路差些。月君问:“梅雪!你如何脱身来的?”答道:“那仙长睡熟,我就走了。”说未完,曼尼喝声“着!”金绳从空而下,背翦缚住。道者嚷道:“我是梅雪!不曾受他玷污,怎的拿我缚起来?”月君大喝道:“你这个梅花孽畜!快现原身!”飞起神剑,只在头上旋舞。那怪道:“饶我性命,送还你真梅雪罢。”就地一滚,现了原形,是一只梅花大白鹿,顶上只有茸而无角。忽见山神、土地都来跪着说道:“怪物恐怕小神等漏风,被他拘禁在洞;今蒙大法力拿了,才得出来接驾。”月君问山神:“他洞在何处出入?”答道:“妖怪所占的洞,是太室、少室的尾间,向无门路。只因这株老松枯了,直穿到底,通于洞府,是他出入的路。”月君道:“本来洞门呢?”山神道:“系上界封的,不敢擅开。”

月君就叫山神引路,押着鹿怪竟到少室洞口,将封皮轻轻揭了,步进里面,但见丹炉药灶,琼榻瑶几,端的仙灵境界,曲曲折折,倒是个最幽密的所在。柳烟在暗中看得见亮处,即趋向前来跪着道:“得见夫人,死甘心矣。”望石壁上一头撞去。月君忙止住道:“痴妮子! 拿住妖怪,是汝的妙策;若已受其辱,即死亦算不得名节,切莫短见!”曼师道:“死不值钱,罢休! 罢休!”鲍师道:“还有用你处哩。”柳烟只得遵从了。月君问:“胡推官的女儿在那里?”山神又引至一小洞口,闻内有哭声,柳烟入去看时,却有两个女子,都是半死不活的,逐个扶将出来。月君道:“这是你们夙世的孽,如今得了命哩。”遂与鲍姑各脱外衣一件,画道灵符裹了二女。曼师押了鹿怪,作起神风,直吹到万寿观内。

那时官员人民都在院中,忽从天上掷下一个大白鹿来,各吃一惊。曼尼喝道:“这便是你们崇奉的梅花仙长!”胡推官急忙躬身。月君早已入殿坐下,鲍姑收了法衣,两个女儿做一堆儿倒在阶前。胡推官看了看,趋来拜谢。月君道:“那一个女儿是外方人氏,与汝女患难相识,你同带回去抚养着罢。”推官领命,叫舆夫抬去不题。月君指着鹿怪道:“神仙洞天遭你污秽,良家妇女受你荼毒,多少白骨冤魂沉埋于内? 罪恶通天,诛有余辜!”飒然神剑齐下,分为四段。那根狼牙棒曼师收了。观内观外人众,个个下拜顶礼。月君宣示道:“目今皇上仁慈恭俭,胜似成、康。奈北地兵戈骚扰,中原屡见凶荒,楚南又起蝗虫,已入豫州境界,将来禾黍一空。我当大施法力,上为国家,下为尔民,扫此虫灾。”就有几个耆老朗声答道:“我等小民何福,蒙菩萨慈悲,搭救一方生命!”

姚公闻知,向藩、臬二司道:“目下正虑蝗灾无法可捕,彼乃女流,如此爱国爱民,地方官员似应前谢。”臬司道:“古称:能御灾捍患者,则祀之。况现在于此,可不谢乎?”遂烦姚郡丞先为通意。曼尼道:“你们官员,有实心为国为民的,方许进来。皆须自问于心,毋或取咎。”有个贾都司，向着他们属下说："我看这几个总是妖精，由这班书呆文官去拜。我们武官是一枪一刀的，那有个拜女人的理？她说什么为国为民，我是不为的，偏要去看看！"月君早听见了，喝令神将："为我将这狗都司提起来！"众官看时，见都司离地三四丈，直挺挺地立在空中，两脚与屋檐相齐。姚公心上明白，乃向前婉恳请宥。曼师道："教他倒撞下来，看他还会骂人么？"众官在体面上不好看，一齐央求。曼尼道："像他这几个狗弁，尽情宰了，方快众心。"那些武官着了急，跪向前来，俱叩响头服罪。月君就令神将，将都司按骂人律鞭五十。各官闻空中鞭毕，都司方得下地，痛楚异常，伏在地上。曼尼道："这厮竟不叩谢，教他到天上走走！"于是文武官弁都簇拥着都司，连连叩首。月君道："彼乃无知小人耳，姑恕之。"早有彩云数片，香风一派，起于坐下。三位活神仙驱蝗去也。且听下回分解。

第十三回

邀女主嵩阳悬异对　改男装洛邑访奇才

蝗虫，天地之所以特生也。以至微之物，而能制生民之命，坏国家之根本，故曰蝗灾。然而天之降灾，如水旱、刀兵、疾疫，亦既繁多，又曷借此微虫之力哉[①]？噫！此正造化之微权，盖有所分别界限于其间者。即以水旱而论，大则连延数十郡，小亦数十州县，莫不同然。然而赤地千里，一望平湖，善恶同归于劫，此亦天地之不能赏罚也。若使旱灾止于六七分，则低洼之处尚有薄收；水灾不过七八分，则高阜之乡亦能稍熟。大约全因地土之坐落，人遂得以侥幸，而非赏罚之平，此又天地之无所用其机巧也。惟蝗灾则不然，轰然而来，霎然而下，其应受灾者，反掌之间，田无遗茎，茎无遗穗；其不应受灾者，即在左右前后之间，要亦安然如故。更有阡陌相连，一丘两姓，一田二主者，此已化为乌有，彼则不摄其一禾半穗。彰善瘅恶之意，莫公于蝗虫，亦莫巧于蝗虫。所以造字者"虫"旁加个"皇"字，而蝗虫之首亦有一"王"字，言如皇王之用刑，必有罪者而后去之。是故从无能捕蝗之人，亦无善捕蝗之法。不是怕这个"王"字，其实没奈何它。此何以故？盖因出自化生，而有造物之机关在内也。

当亢旸之岁[②]，湖河水涸，沙泥之中多有鱼之遗子。谚云："水宽养得鱼活。"既乏清波以涵泳之，则鱼子不复能为鱼，尽变作此物。一鱼之子已不可计算，而况乎以不可计算之鱼所遗之子？虽如来所云"恒河沙数"，亦难比喻。又且此虫雌雄交接，一生百子，《诗》云"螽斯羽诜诜兮，宜尔子孙振振兮。"螽即蝗也。文王有九十九子，故诗人取"螽斯"以为比。如此，则使竭尽人力，日杀百千万亿，曾不损九牛之一毛。于是乎冥冥中借此微虫以行其灾数。吴下相传有刘猛将者，曾因驱蝗而为神，至今祀之。余意或是已成神而驱蝗，若是凡人，断无此理。即如唐太宗忧心蝗

---

① 又曷句——意为"又为何凭借这微小之虫的力量呢"。

② 亢旸（yáng）之岁——烈日暴晒的时候。

灾,无法可施,乃取清水一盂,生吞一蝗曰:"宁食朕之心肺,不可食民之禾苗。"人称为贤君也,而亦何能感格乎?千载而下,晋俗多作祠祭赛,亦谓其能驱蝗,岂非讹传者耶?而今月君有不可思议之神通,竟欲拗数而行,即为逆天之道。汲黯持节矫发仓谷以赈饥民,汉武竟不以为罪,而反以为功,而况乎皇矣上帝哉!且不知三位金仙是怎样驱蝗的法,试听老夫道来。

在曼师自有柄扇儿,小如初生之杏叶,常含在口,能卷能舒,可大可小,总是随心变化,前日曾扇过海水,救了龙王的。原是混沌初分生的仙草,一茎两叶,略分大小,大叶有似乎蕉,小叶有似乎葵。曼尼姊妹二人各采一叶,炼成两扇。她的姊姊罗刹女,是大叶,所以名芭蕉扇;曼尼的小叶,叫做蒲葵扇,皆是造化灵异之宝。以之扇山,山裂;扇江,江竭;扇人,便化作飞炭,何况蝗虫?鲍师则有一面小火镜,名曰赤乌,乃是后羿射日时第九个金乌。闻弦而坠,未曾受伤。道姥取来炼成此镜,镜内一个赤乌,能化千万,凭是何物,啄成齑粉①。若月君已得了上笈天书,不拘何物,信手拈来,便可扫灭,不消说得的了。

那时正值蝗虫蔽天而来,自西南而渐过东北,下食田禾,其唼喋②之声,有如翻林猛雨。万姓号哭,惨不可闻。三位金仙直凌青霄,方大施法力,瞥见嵩山之麓标起一面红旗,从风招展。上有对联云:

天地一男子

江山半妇人

月君道:"此中定有奇士,烦二师扫尽蝗虫,相会于嵩山之顶,我要访孔明去来。"遂带了柳烟,御阵神风,直到那相近山岩之畔。教了柳烟几句话,在她面上吹口气,变了个俊仆。月君自己变个年少秀士,用个年家眷弟③唐勋的拜帖,竟投那人家来。柳烟向前敲门,内有小童应道:"可是驱蝗虫的女真人?"月君暗暗称奇。柳烟答道:"我们是苏州府唐相公,特来拜访的。"小童进去了,只见一人开门出来,衣冠齐楚,年约三旬,身体修伟,容颜黑润,一双鬼眼灿若刀光,尺二仙髯飘如燕尾,带笑而迎道:

---

① 齑(jī)粉——细粉;碎屑。

② 唼(shà)喋之声——形容成群的蝗虫吃东西的声音。

③ 年家眷弟——即"同年龄的亲属兄弟"之意。

"其潘安乎？抑卫玠①乎？"月君道："先生其景略乎？抑道冲乎？"此人觉有惊意，恭入小堂，看了名帖，拜罢就坐。先问月君大表，答道："小字思安。"遂问先生姓氏，答道："姓吕，名律，贱字师贞，道号御阳子。"月君见茅堂上悬个匾，是极大的"正士"两字，遂道："学生看先生却是奇士。"御阳道："奇而不正，不是奇士；正而不奇，不为正士。能奇者方能正，能正者乃能奇耳。"月君道："诚然，此乃圣贤之一体一用，可惜世人分为两项。"御阳道："正而至极为圣，奇而至极即为神。仲尼之道，参天地，赞化育，正莫正于此矣，奇莫奇于此矣。不意千载之下，泥于宋儒。要知道，'致中和'一语，乃所谓中庸也。故子思之言，始于匹夫匹妇之所能行，而至于圣人，有所不知不能，乃宋儒当作日用平常之理，皆常人所能知能行。夫岂尽天下之人，而皆圣人也哉？故谓常人能入圣人之道则可，谓能尽圣人之道则不可。此固宋儒肤见，而非伐毛彻髓之学。先君于洪武初年，曾献书阙下，指摘宋儒之腐，遂被谴谪。弟痛伤五中，常自慨叹。若先君之说不行，则孔子之道不著。因而缵述先志，著有《诗经六义》、《易经六爻》二书，非敢辟宋儒，聊以阐圣道也。顾念今古，如同黑漆，绝无一隙光明。区区永怀，向谁议论？"

月君道："异哉！今日良有同心。如来之道，不在戒律；老子之道，不在法术；圣人之道，不在规矩。宋儒守绳墨，落窠臼，无异胶柱鼓瑟。学生亦有《三教宗旨》一书，异日请正高明。"御阳愕然，又问："尊兄今将焉往？"月君道："闻得济南有个女真人，叨在同姓，欲往访之。"御阳道："又奇了！"因指着岩间所竖的旗说："此乃为她设的。"月君问："何谓？"御阳道："此女当为中原主，弟不便往见，故激之使来。彼若见旗而不来，则亦是一术女而已。"月君问："何以知为女主？"御阳道："曾为彼卜得坤卦，是以知之。龙战于野，其血玄黄，将来中原作战场也。"遂问月君道："尊兄访之，意欲何为？"答道："我也卜得一卦，是乾，利见大人，将以平生抱负售之。"御阳道："不敢请教，愿闻一二。"月君道："天文地理，布阵排兵，奇门遁术，无所不知；制礼作乐，经国安民，移风易俗，无所不能。"遂问御阳："今燕王起兵二年，将来如何？"御阳道："朝廷皆曲谨之臣，能殉节者有，能戡乱者无。今上仁慈，临机不决。燕王英武刚断，加以道衍为之谋，

① 抑卫玠(jiè)乎——或者是晋代的卫玠呀。

主在所必胜。”月君道：“如此，先生何不出佐燕王，立功名于竹帛乎？”御阳道：“尊兄亦何故舍其现在，而欲图于未然？”二人抵掌大笑。月君顾见榻上有诗稿一册，命柳烟取来，揭开一看，多是咏史之作。咏鲁仲连①一篇曰：

六王皆为仆，一夫独不臣。
岂知三寸舌，能却百万兵。
兴亡系天下，宁独邯郸城？
秦邦屈高风，因之削帝名。
留得宗周朔，萧条东海春。

月君曰：“此即夫子宗周之意，先生盖借仲连之言，以存周朔于万世也。”又看一篇，咏商山四皓曰：

日月尚可挥，山岳亦易移。
由来妃妾爱，三军莫夺之。
汉祖幸戚姬，遂使更立庶。
一时良与平，束手无半计。
商山采芝流，来与储皇游。
始知隐君子，方能定大谋。
炎鼎遂以安，奇功若无有。
忽乘白云逝，神龙只见首。

月君曰：“此薄轩冕无人，而言隐伦中有异士也。先生出而大展经纶，将必敛入于虚无，亦如神龙之不露其尾者乎？”又看咏留侯诗云：

一击无秦帝，千秋不可踪。
英雄有道气，女子似遗容。
灭楚由黄石，酬韩在赤松。
从来王霸略，所贵得真龙。

月君道：“识得真龙，古来能有几人？如范增之才，荀彧之智②，亦皆终身自误。先生其谓之何？”这是月君要问他的意，所以发此问端。御阳

---

① 鲁仲连——战国时齐人，善于计谋划策，常周游各国，排难解纷。

② 如范增之才，荀彧（yù）之智——像范增辅佐西楚霸王项羽的才能，荀彧辅佐曹操的智慧。此二人后皆为主上所弃所杀。

应道："要观其人之真假，不可以事之邪正定之。如项羽起而伐秦除暴，未尝不可，然至于杀子婴，烧咸阳，增该去矣。曹操救献帝，迎驾而都之于邺，亦未尝不善，然至于弑伏后，纳己女，彧应死矣。应死而不即死，应去而不即去，至于不得已而去者仍去，死者仍死，良由第认其事之可行，不识其人之不可为耳。故君子之于出处，当慎其始。苟得其主，虽偏安与一统，可以不论，即成败亦并可以不论也。若留侯之际会，岂易得者哉？"月君拊掌赞道："卓哉！先生之论。即起范、荀二子于地下，亦应俛首叹服。"又看咏武侯一律云：

草庐三顾为时忧，王业嵬然造益州。
二表已经诛篡贼，两朝共许接炎刘。
木牛北走祁山动，石阵东开夔水流。
五丈原前心力尽，可怜少帝不知愁。

月君道："读此大作，更有请教：如武侯①所遇，偏安之主也，而与子房并可日月争光，若今世则安得刘先主者其人哉？今者学生冒昧而行，不但不知女真人之真伪，亦并不知将来行事之臧否。先生必有燎然于胸中者，幸明以示我。"御阳道："此女上应太阴星。每观乾象，太阳敛芒，太阴舒焰，其色纯粹，其光华超越，将来举动，必有出类拔萃之奇事，创立至正至大之宏勋，横霸中原，名震九州，又非割据偏安之比。叨在同心，敢不剖衷以质？"月君道："虽然，自古从无托身女主，以售抱负者，后世当谓之何？"御阳笑道："唯其女主，所以为千古之独奇；唯其托身于女主，而功名亦与日月争光，尤为千古之至奇。尊兄如未能信，请留榻在舍，一明寸心，他日协力匡济何如？"月君谢道："尚有一道者同行，亦是异人，今在天妃宫，学生明日与彼同来结义，不可背之。"因长揖而别，到山僻所在，复了原形。柳烟问此狂生何如，月君道："救时才也，将来我当用之。"遂腾身于空中。遥见曼尼从南阳而回，鲍姑从大名而返，蝗虫扫灭无余矣。曼尼道："蝗虫原有神将押着，说是奉上帝敕令的，要我同去回旨。我要把扇儿扇他一扇，就化清风而遁，便宜了他。"鲍姑道："我正驱蝗时，前有神将问：'是何仙师，敢与玉旨相抗？'我道：'奉太阴元圣法旨，现掌劫数，生杀由得他哩。'他就领了几个零星蝗虫，向北去了。"月君道："上帝降灾，是劫所当

---

① 武侯——即诸葛亮，为汉室封为武侯。

然;我之救灾,乃佛心所使。即使得罪,庸何伤乎?"

那时开封府官员见蝗虫立时歼灭,与士民公议,将万寿院改为三圣殿,塑各位仙师圣像,春秋祭祀,以答灵贶①。这是后话。

只说月君回至家中,即将自己所置房产,并交与恩哥家掌管,柳烟与老梅婢,亦令住在道院。曼师仍到董家庄,教素英、寒簧法术。自己同着鲍师往来青齐间,要寻个创业兴王之地。正不知:何处名山开霸业,几年异士出茅庐?且看下回是否。

---

① 灵贶(kuàng)——神灵的赐赠。

第十四回

二金仙九州游戏　诸神女万里逢迎

唐月君看到青州乱山之内，有个大谷形如葫芦，四周围皆层峦削壁，只一径可入，口外双峰对峙，其势倒压若欲倾卸者，人都叫做卸石寨。内藏九仙台、水帘洞诸胜，宽圆约数十里，心甚爱之。鲍师曰："此地可以立基。但今者名声太震，运会尚早，且遨游于三山五岳，猝然回来，做一鸣惊人的事业何如？"月君曰："旨哉！是言。"遂同了鲍姥，半云半雾乘着月色，自青齐而先下淮阴。

漂母①闻知，与露筋娘娘前来请见。月君谓漂母曰："一饭之恩，人所易为，但恨无识英雄之俊眼，与施乞丐等耳！"又指露筋而谓鲍师曰："当日我在瑶台，照见此子剥肤之惨，恬然禁受，古今只有其一。"露筋妹答曰："那时心如寒铁，竟不知肌肤之糜烂也。"鲍母请曰："赠之以诗，慰彼侠母贞姬，何如？"月君欣然题曰：

人间有罗帐，谁敢覆贞娘？
一夜躯完玉，千秋闻亦香。

右赠露筋妹

赤帝山河没，王孙恩怨消。
只留漂母在，终古奠兰椒。

右赠漂母

二女灵再拜接受，各请到祠内暂息。

抵广陵②，鲍姑指曰："此隋帝琼花观也，宜有诗以志之。"月君口占云：

红粉三千翠袖回，竹西歌吹旧亭台。
君王去后琼花死，廿四桥边月自来。

---

① 漂母——传说中大将韩信落魄之时曾给韩信饭食的洗衣妇。

② 广陵——古县名，治所在今扬州市。

月君又见一座梵刹，规模宏敞，与他寺异，因问鲍师，对曰："古隋宫也。今为禅智寺，地占蜀冈，所以愈见崇高。"即按落云头，竟到法堂，一盏香灯，光荧荧如在碧琉璃界，乃题一律于素壁上云：

香刹苍凉灯未昏，蜀冈应有杜鹃魂。
梵声消尽笙歌怨，月色留将粉黛痕。
花鸟至今思帝宅，江山终古识空门。
可怜萧后偷生去，谁向雷唐奠一尊？

题毕，遂向金山、焦山游览一番。在宝塔上题七言绝句云：

月华西逝浪归东，夜半云霄秋汉空。
一片玻璃无底镜，两峰削翠在其中。

又遍历江畔诸山，始至金陵①。鲍师曰："虎踞龙蟠，王气微矣！"月君曰："江气厚而山气薄，所以六朝柔弱，非大一统所都也。"

行次吴门，有上方山太妈与华光二女神来谒。鲍师曰："汝等已皈南海，何尚血食人间？且纵尔子贪财好色，淫人妇女，颇为不端！"二神踽蹐②前对曰："我子五人，各率神兵，助高皇帝破楚，厥功莫大，故敕谕曰：'江以东子女玉帛，唯君有之。'非敢逞其私欲也。"鲍师曰"岂无狄梁公者其人哉？"挥之使退。遂游姑胥之西山，见响屧廊空，采香径没。月君笑道："从来帝王之力，不能庇一爱妃，岂独夫差？"遂返震泽，题诗于缥缈峰：

苍苍七十二芙蓉，开向空波上下同。
谁见仙姝吹铁笛？危峰影里月明中。

月君爱七十二峰之胜，曰："此天子之大瀛台也。"淹留数日，方适浙东。

入临安③，过紫阳洞天，笑曰："此岂仙客所居耶？"渡江到会稽，看禹穴，登梅梁殿，谓鲍师曰："禹王明德，俎豆若此夫？"至山阴玩兰亭曲水诸胜，曰："悠哉，此右军之遗迹！"然后之台州，登赤城、玉霄、天姥诸峰。又渡石梁，俯瞰洞中，水声泷泷，如雷霆激裂。飞身直下，见一老僧，入定在

---

① 金陵——府名，治所在今江苏省南京市。
② 踽(jú)蹐(jí)——不安地紧步地(走上前)。
③ 临安——府名，治所在钱塘(今杭州市)。

石床上,旁一小衲诵《法华经》,人至其前,不睹不闻。遂与鲍师携手而出,口占一绝,以指甲画于洞口壁上,字迹深入寸许,至今宛如新也。诗云:

石如半月跨天台,千仞危溪剑戟开。

无数雷声喧袜底,一双人影过桥来。

在天台山诸洞天游遍,寻不见桃花古洞,月君笑曰:“倘若刘郎再来,则如之何?”言未毕,忽一垂鬟小姝,趋而至前曰:“二仙师有请!”乃沿着涧水而行,行到尽处,则水从洞口喷出。小鬟摘一桃叶,投之于水曰:“请二师登舟。”鲍师与月君曰:“好相戏!”遂跃入叶之中央。小鬟站在叶尖,呼阵香风,逆流吹上。进得洞内,二女早出花间,含笑相迎矣。引过小桥,遥见亭台幽邃,别有天地。小鬟进松露饮与胡麻饭,留再宿始别。二女吟曰:

浩劫人无到,桃花岂有因?

天边云共雨,不染洞中春。

月君信口次韵曰:

漫说桃花片,曾无仙子因;

瑶台偏有客,来看洞中春。

二女抚掌大笑,导月君与鲍姑至一峭壁,高有万仞,仰见天光,若在井中。二女曰:“从此出去甚便。”遂各分手。

飞身而出,却在曹娥江畔,已有旌节来迎。鲍师视之,一女神冠履服饰有似后妃,乃孝女曹娥也。见了二仙师,即下拜曰:“奉上帝敕封贞孝少君,督察水府及人间功过。闻太阴君驾临,特斋心敬迓,欲求圣制碑文一章,光耀幽显。”月君曰:“蔡邕①所题在前,恐难续貂,如何?”曹娥固请,月君乃作数韵付之。文曰:

志贯金石,何况潮水。

德动天地,何况人鬼。

孝女曹娥,伤如之何!

海枯岳碎,寸心不磨。

帝封少君,彰善瘅恶。

① 蔡邕(yōng)——东汉文学家、书法家。

造化威权，畀尔赏罚。

云旗翕翕①，绛节央央。

惟诚斯格，降福攸康。

曹娥再拜，送至钱塘方别。

月君迤逦来到桐庐，登严子陵钓台②，曰："千古一高人也！"题二句于壁间：

掉头岂为耽江海？加足何心傲帝王！

遂抵金华，上括苍，看石门瀑布，曰："青田先生之精灵，其在斯乎？"至于雁荡，谓鲍师曰："自山左至此，此山奇奥秀拔，有七十七峰，森然干霄，而皆隐于岩谷之中，外观若无所见。谢灵运③守于兹土，癖好山水，犹且失之，能不为山灵称憾！"又见一峰曰玉甑，顶平而圆，色润而洁，极为可爱。因摩其顶而题五律一章云：

拂衣来雁荡，霞彩碧空流。

我有孤怀月，高悬万古秋。

悬崖手再撒，削壁迹双留。

歌断思仙曲，因风到十洲。

又历大小龙湫，见飞流而下，有三千余尺，曰："如此奇景，惜在海涯，犹之乎国士生于僻隅耳！"遂渡海至闽之武夷山。山有一带削壁，横亘者几十寻，峻险插天，猿狖莫能攀也。月君折竹枝为笔，腾身半空，挥四句于壁上。每字围方尺余，若龙跳天门，过此者称为仙笔。诗云：

削石千寻翠万重，洞门深锁几芙蓉？

山灵自是仙家物，不许凡人住一峰！

题毕，请鲍师亦留一首。鲍姑曰："仙子之诗，佳者许飞琼与樊夫人，今得月君而成鼎立。我于斯道未精，岂可贻笑？"月君曰："岂有为师者在弟子面前谦逊的理？"鲍姑乃书一绝云：

武夷仙翁何处去？峭壁万丈插空天。

---

① 云旗翕(xī)翕——云旗和顺(地在空中)。

② 严子陵钓台——严子陵，姓严名光字子陵，曾与刘秀同学，刘秀即位后，他改名隐居。钓台为其隐居之所。

③ 谢灵运——南朝宋诗人。

我来策杖明月下，微闻鹤唳出松烟。

月君道："一气挥成，天然标格，仙家之老杜也！"乃遍寻玉华仙掌、天柱七台诸名胜。俯见九龙滩水，曰："人秉山川之气以生，此地当出龙阳君。"鲍师笑曰："自古有之，于今为盛。"遵海一望，曰："累累然若黍米者，其海岛诸国欤？"鲍姑曰："海包乎地，中国亦海中一大岛也。邹衍谓九州之外复有九州，裨海之外又有大海。是应指大岛外之海，谓之裨海；海中之小岛，谓之九州耳。若至澒洞无涯之极处，则已无底，又岂有岛乎？"月君曰："邹衍之说，胜于管窥者多矣。"遂御风而飞至厓山。鲍师曰："宋祚绝于此处。海外僻远，从无凭吊者，宜有诗以悼之。"月君题曰：

厓山犹讲学，中国已无家。

子母为鱼鳖，君臣葬海沙。

事由诛岳始，源岂灭辽差？

辛苦文丞相，戎衣五载赊。

又自琼雷而达岭南，览祝融之墟，循尉佗之迹，周流五岭，乃憩罗浮。幽香杳渺，正梅花欲绽之候。鲍师指一株老梅，谓月君曰："梅花百万株，皆从此株创始，乃神物也。"月君视之，其形若老龙，涌地而出；其根如千百蛟螭，互相纠错；其枝干多拳曲倒垂，有若攫拏之状；皮肤斑剥，纹如黝漆，半为苔藓所蚀；其柯本脱皮有三尺许，润洁异常。谓鲍姥曰："此待我来题诗也！"乃以衣带蘸朱砂，挥一绝云：

露雕红蕊堪为珮，风剪青霞好作裳。

何事千年冰雪操，顿教一夕嫁仙郎。

当晚与鲍姥同坐树下，月君曰："古来高人逸士，或游五岳，或泛五湖，啸月吟风，亦仙流也，何必求海上三山哉！"只见一绝色女子，带着个青鬟微步而来，向月君与鲍姥联袂再拜曰："妾意太阴娘娘到此，必为我表扬清操，何期反加瑕玷耶？"月君问："子非与师雄相会者欤？"曰："然也。妾乃梅花孕结之精英，妾在则花荣，妾去则花萎，与梅花为一体，非山妖木怪，凭附于物者比也。偶尔步月，邂逅赵郎，同酌花露，令翠羽歌以侑觞，因此子有仙骨之故。在妾，有形无质，岂有男女交合之事耶？可奈世人形之篇咏，不惟玷妾，实玷梅花，掬西江之水而不能洗者，千百年于兹矣！"月君又问："子言为梅花之精英，何以吴中元墓梅亦甚繁，而独无精也？"对曰："元墓之花，丧其天者也。大抵人以结子之利，故到处种植，略至结子稀疏，或截去老枝而补接之，甚则并掘其根另培新者，焉得有英？非若此间千百年无人采折，自然而全其天者也。”鲍师曰：“此至理也！月君可另作一首，为梅花生色，为之子完名，毋使人致疑于冰雪也。”月君一想，于下两句改数字云：

炼出千年冰雪操，不妨月夜会仙郎。

梅花女子大喜，再拜谢曰：“山中花酿，不堪小酌。倘蒙垂鉴，当令携来。”言未毕，又一青鬟携酒一尊，朱盒一枚，冉冉而至。盒中果四品，荔枝、圆榛、松子，皆新鲜者。鲍师曰：“非其时，何以有此？”曰：“妾于鲜时摘来，剖新篁而贮之节中，可历年不坏。”月君尝其酒，香而清洌。问：“何所酿？”曰：“梅花之蕊，和松子酿成。”又问：“二青鬟何处得来？”曰：“此千年翠羽，亦得花之精气者。”笑谈之顷，不觉斜月东升，花影满衣。坐至将旦，方别了梅花女。

蜿蜒而下赣关，见章、贡二水交流曰：“此邦女风无节烈。”过滕王阁，曰：“何俗也！”不登而去。之匡庐，观五老、双剑诸峰，云屏、玉帘诸瀑布，曰：“山虽佳，不免有和尚气。”俄闻笑声渐近，则大姑小姑姊妹来迎。邀登小孤山之八卦亭，天光若翠，月华如霰，万里江涛横绝南北。大姑吹玉笛，小姑歌以和之。其声清激，潜蛟跃乎波间，老鹤翔于松杪。歌竟，大姑亦止笛而言曰：“妾家姊妹二山，曰大孤小孤，适与彭郎山鼎峙西江。蠢夫谓妾嫁于彭郎，编造俚曲，唱于泽畔，良为可恼！请太阴君一诗，唤醒世人。”月君不辞，援笔题示曰：

大姑神女小姑仙，漫说彭郎旧有缘。
昨夜月中吹玉笛，一声裂碎石彭颠。

忽听得对顾山头，声如霹雳，裂为两半，渔舟客舸皆惊起，从此俚歌遂绝。二神女大喜，送至黄梅而别。

鲍师与月君沿着江山，至于武昌，登黄鹤楼，渡汉口，上晴川阁，曰：“江山大观也！宜仙翁驭鹤至此乎？”去而寻汉皋，见两美人浴于清川，衣履挂在最高松枝。月君令鹤衔去，二女羞恚，不能出水，乃相谓曰：“凡夫岂能及此，殆有神人相戏欤？”月君应声曰：“岂曰无之？”二女曰：“妾等裸体，宁能接驾？伏惟太阴君原宥。”月君曰：“倘是郑交甫，则如之何？”二女曰：“若彼狂童，珮且不能得，况衣履耶？”月君令鹤衔还，二女忽不见。鲍姑曰：“想着了恼，避入水中矣。”月君大笑。

抵湘江，遥见神女数十，金支翠旗引导而来，则湘中二君娥皇、女英也。二神女亦在其中，前趋稽首曰："妾等因湘皇以谢罪。"月君曰："幸二神无介怀。"湘君邀至水府，觉冷光逼人，清素幽洁，与广寒无异。开云母之屏，设玳瑁之宴。月君问："世传湘灵鼓瑟，何也？"湘夫人曰："有侍女瑟瑟，颇善此技，偶向波间调轸，为钱起梦中闻之耳。"遂命瑟瑟至前试鼓一曲。月君曰："清以婉，淡而逸，其素女之流亚乎？"作词一阕以赠之：

风肃肃，雨霏霏，瑟瑟调来今古稀。尘外仙姝神欲动，水中帝女色俱飞。

湘君曰："予闻太阴君少时，曾咏湘竹，亦是此调。"月君大惊。鲍师曰："幽明一理，天人一致，吟于蒲台，已闻于湘水矣。"湘君曰："帝南巡而崩，已百有十岁，予少一岁，予妹少二岁，追至湘川自沉于此。乃诗家往往加以艳词绮语，助其笔墨风流，冥司不肯少贷，予姊妹以肇端于屈平之寄托，所以概置勿论。"月君曰："风雅狂生不可一世，我辈犹不加宥，而谁宥之？若责之以义，彼亦将神仙为忌才也。"众神女皆大笑。遂辞出水府，湘君等欲送，鲍师固止之。

乃至洞庭湖，见君山如一翠髻，浮于水面。微风不动，皎月初升，恍若水精世界。月君吟诗曰：

蛟龙何处且潜灵，应是沉冥醉未醒。
清镜一规九万顷，中央涌出佛头青。

吟甫毕，狂风卷地，骇浪拍天。月君与鲍师隐于云端，遥见一妙年龙女，引数个垂鬟踏浪而来，大叫："恩师何在？"鲍姑视之，乃当日以仙艾授于王炜，得入龙宫，医好其女，龙君遂以妻之。是在粤南之事，今却在洞庭湖中，未知其由。遂应曰："龙女犹能念及我哉？"龙女曰："何意数百年不得见恩师之面？"固邀入水府。鲍姑曰："不如君山顶之佳也。"于是同蹑山顶，顷刻设席，珍馐充仞。鲍师问："何以移居于此？"曰："分藩于洞庭湖，洞庭君，即王郎也。"鲍师问："安在？"曰："为射阳君请去看甓社湖蚌珠。"月君问："看之何意？"龙女曰："此珠飞潜灵异，各水府所未有者。"移时宴毕，献月君枷楠天然如意一枝，献鲍母旃檀天然如意一枝，曰："物虽细微，出自天工，非人力也。"早见朱旗丹旆，紫盖黄钺，蔽天而来。巡湖神报："洞庭君驾回矣！"鲍姥与月君即起告别。龙女挽留不住，跪送于道左。

爰造衡山，南岳夫人迎至朱阙，延入离光殿，小宴款待。月君曰："略去繁文，方是神仙之道。"夫人曰："荆南蛮俗，大概不能知礼，妾等亦难出乎其类。"因问月君："奉敕斩除劫数，何事闲游?"鲍师曰："所谓'偷得浮生半日闲'耳。"各拊掌而笑，又互相议论神道仙道之分。鲍师曰："仙属纯阳，神则纯阴然。乃世间城隍、土地之神也。若五岳之神，或亦阴阳各半耶?"夫人曰："然，龙亦纯阳，而位居乎阴，故水府之神，亦阴阳相半耶?"月君离席，伫立露台。见回雁一峰正当殿背，笑谓夫人曰："言别于此峰可乎?"遂齐飞至峰顶，熊湘蛮蜒溪峒之胜，尽在掌中。月君曰："观止矣！"别过夫人，竟适粤西，觉山川毒气，弥弥漫漫，若火蒸者然。月君曰："冰中有蚕，雪中有蛆，毒气中乃能生人耶?"鲍师曰："蚕生于冰，蛆生于雪，皆为贵物，若人生于毒气中，则贱一等。"即欲去之，顾见一石峰明洁如玉，宛如女子之形：眉弯两道，髻绾一窝，素手半垂，玉指微露，虽画功亦所不及。视其发际，有朱砂篆三字，曰"石丫头"。月君笑曰："既系丫头，曷不嫁人?"石应声曰："烦二仙为我通媒也。"月君大惊曰："石言于晋，师旷谓石不能言，盖有凭耳。此殆有凭附者欤?"鲍师曰："否，乃其自言也。我游粤南时，已久知之。"石朗言曰："既已久知，请赠一诗，不枉驾临。"鲍师请月君赠之。月君曰："我于此有未明，无处落想。请师太太赠以片言，为彼光宠。"鲍师即题石背云：

枉教人唤石丫头，何不芳年便嫁休?

只为良媒无处觅，甘心独立万千秋！

那石朗声谢曰："近有官宦，竟要将我移去，得此诗可以止其邪念矣！"并请落了款，留个圣迹。鲍姑就添注"西池仙子鲍某题"。月君再视其容，若含笑者然。

遂取路都匀，而造云南①。曰："黔为滇之喉吭，尚少一镇以抚之。"迨六诏河山，约略历遍，月君谓鲍姑曰："滇之山，其脉散漫而无灵穴，气则疏浊而不蔚秀，非产人才处也。"鲍师曰："万国水皆顺流，唯滇之水，则倒行，斯亦奇事。足证此邦之易叛。"月君曰："我正恶此。"因吟一绝云：

此水何为独倒行? 朝宗无路更无情。

藩王要窃皇王命，人意能违天道行！

---

① 而造云南——遂后去云南之地。

鲍师大笑曰:“此诗可移赠燕王。”

即渡泸水,至于蜀中,登峨嵋之巅。时方暮春,霰珠扑面,劲于铁粒;刚气剪衣,利若锋刃。月君曰:“凡人奈何?”鲍师曰:“凡人岂能当此?或三伏时,备重裘而登,然亦不能过宿也。”月君曰:“我视峨嵋之高,约一百二十余里,更有高于此山者乎?”鲍姑曰:“无之。惟昆仑与姑射又高,乃仙山也。”月君曰:“山之至高者曰‘岳’,何以峨嵋不称为岳耶?”鲍姑曰:“岳者,五方五帝所居,历代天子多有祀典。若峨嵋,不但天子不能祀,即神亦不能居也。譬如高才博学之士人,不能测其涯岸,难以相亲,皆掉臂去之耳。”月君大笑。其山巅之正南,有石如镜面,大可亩许。其前有大壑,壑之外有石壁,壁上凿有“峨嵋洞天”四大字,横径皆丈余,旁注曰:“坡仙笔。”鲍姑曰:“当日东坡书此,原有径路可至壁前。迨后百年,有应龙出于石中,裂成为壑,今内遗有龙种。世人妄谓东坡腾空而书,岂镌石匠工,亦能腾空者耶?”月君曰:“有道者与世人言,犹之乎向蠛蠓①而说鲲鹏,对蜉蝣而谈蛟龙也。”俯视壑内,有小龙锦鳞朱鬣,长只数寸,形如四足蛇,而具五爪,浮泳跳跃,其首宛然龙也。又至一峻坂,斜侧不能步,二仙各离坂尺许,踏空而行。行经三折,见一石洞,洞中坐一老僧,赤身跣足②,遍体皆缠藤萝。忽闻树震山鸣,腥风卷至,则两只猛虎,径扑二仙。月君以手指之,虎遂伏而不动。问鲍姥曰:“此何僧也?”鲍姥曰:“我亦不能知。大约已证正果,恐凡人伤其肌骨,故留虎以守之耳。此岂可无诗耶?”月君乃题于洞壁曰:

何日空岩下,跏趺③入定真?
藤萝缠瘦骨,虎豹护枯身。
应入无生路,常为不灭人。
茫茫尧甲子,天地几回春?

遂离了峨嵋,来向成都,览永安宫之遗址与浣花草堂之故迹。渡濯锦江,登剑阁回望蜀中,真一万里石穴,关口仅容方轨,设在千寻峭壁之间,一夫守之,万夫莫能上也。月君因口占五律一首云:

---

① 蠛(miè)蠓——一种小虫。
② 跣(xiǎn)足——光脚。
③ 跏(jiā)趺(fū)——佛教徒的一种坐法。

剑阁千夫御，阴平一旅过。
可怜汉统系，才得蜀山河。
邈妇心难泯，谌孙泪不磨。
从来佞臣舌，覆国胜矛戈。

出了剑阁，由栈道至秦中，先循边塞而行。月君请至西极一登昆仑，鲍姥曰："此上真休浣处也。"又请游姑射。鲍姥曰："神人藐姑乃男子身；既无正事，何得远谒？诗家误于'姑'字，多用到美人身上去，真梦中语耳。"月君曰："微师言，我亦道是神女。"又请教："天缺于西北，则昆仑之外果无天乎？"鲍师曰："地陷于东南，指海而言也；天缺于西北，谓日月光所弗及，非无天也。故《山海经》言：有烛龙衔珠，以照幽谷。"月君曰："有人乎？"曰："但有奇形异状之禽兽。若并禽兽无之，则烛龙亦可不照。"月君曰："师乃仙子中之张华也。"遂游二华，月君指玉女峰曰："此石称玉女乎？"因题云：

谁与锡嘉名，得向云霄立？
偶有玉女过，笑云不我识。

鲍姥曰："此峰擅名已久，何以贬之？"曰："为其不及石丫头也：丫头肌理缜密，玉女则粗而有筋；丫头眉目如画，玉女不过略似人形；丫头娉婷有致，玉女身材太觉笨重；玉女叩之默然，丫头则应答如响。如此玉女，何异于享大名而寡于学问者乎？世人之分美恶以耳，我则以目，焉不贬诸？"

离了二华，道终南，相近乾陵。鲍师曰："则天①在其中，最能缠人，宜亟行也。"已踰百里，忽见月光惨淡，雾气飞扬，隐隐有美女十人前导，喝曰："大周武皇帝驾到，速来迎接。"月君视之，一垂老妇人，并无冠帔，头挽盘龙肉髻，身披团凤单衫，紫练花裙，旧绫绣袜，伫立浓雾之内。传谕曰："嫦娥为月殿之主，鲍姑乃瑶池之客，与朕并无统属，可请至行宫，以宾礼相见。"即回身先去。十个美人簇拥着鲍师、月君而行。至一古庙，庙内齐齐整整塑着那十个美人的形容。月君心以为怪。那时武后降阶迎入，先向月君贺喜，又向鲍姑叙旧。月君曰："师与后是故交乎？"鲍师曰："后本大罗天女，所以识面。"武后曰："朕福运未艾，奈上帝苛刻不令转世

① 则天——即中国历史上的女皇武则天。她曾于载初元年(690 年自称圣神皇帝)，改唐李王朝国号为周。

再登皇极，又不许仍归天女之班，以致沉沦于此。又自巢贼发掘寝宫，冠履珠玉皆被窃去，几致不可见客，望太阴主救援则个。"月君曰："事由上帝，未敢与闻。"武后曰："不然。朕是个女英雄，尔亦是女英雄。英雄惜英雄，汤火有所不顾，何其懦也！"鲍师道："且请教援手之法。"武后曰："朕今为上帝所弃，意欲归于魔道，出世横行一番，以畅前生未了之志，但要太阴主与掌教者一言耳。"月君曰："余与刹魔从未谋面，小仙避魔如仇，岂能为后作缘？"说毕，即欲起身。

武后勃然变色，谓鲍姑曰："朕沦落千年，今日寻得一个对手！请问，嫦娥奉命杀伐中原，因何夤夜①到此。倩朕去暗中行事？我今首与上帝，尔等皆系明证！"十美人嚷曰："我等皆所目击！"月君忍不住，把袖中手巾一幅向着十女抛去，尽裹在内，藏于袖中。拉鲍姥曰："我们去休！"武后大怒，向空指手画脚，只见铙钹大小的冰雹无数，打将下来。月君又取手帕一方，抛向空中，却像似片大石板，冰雹乒乒乓乓都打在石板上，一块也不得下来。武后就脱下裙子，也要来裹月君。鲍姑一手接住道："请各收了神通，我有道理！"武后巴不能个解纷，就道："愿闻仙师尊命。"鲍姥道："且俟太阴相会刹魔时，我劝她一说何如？"武后道："如果未会，太阴主身边玉玺印与一颗，就是用情了。"鲍姥劝月君道："今日之会，良非偶尔！天后得印，而有何遭逢，莫非太阴主提携之力？人天路上，岂无再会之日乎？"月君道："可笑她不好好相商，要同我去见上帝，这不是个女光棍图赖人么？难道我怕她不成！"武后见有允意，敛手再拜曰："适间唐突，幸勿介怀。"月君也是好胜的，见她屈膝来求，就一手扶住道："我何惜印文哉？但看不得你把这个死皇帝吓人耳！"武后笑嘻嘻的取出一幅旧素绫来，递与鲍师。鲍师在月君肘上解下玉玺，武后即将绫儿覆在印文上，手按一按，已是清清楚楚的"玉虚敕掌杀伐九天雷霆法主太阴元君"十六个字，武后遂收入袖中。又恳月君放还美人，月君道："这十个是何妖妇？说得明白，才放还你。"武后直说道："这是杜拾遗庙，后来坍塌了，人误为杜十姨，就塑下十个美人，便有十个姓杜的女人，占住此庙。为首的杜撰夫人，次是杜韦娘，在此作祸作福，图些血食，恐怕弄出事来，投托在朕之驾下。前有两个书生，知道原委，要说与地方毁他，被朕一阵冰雹，打个半

---

① 夤(yín)夜——深夜。

死，狼狈逃去。所以此祠为朕行宫也。”月君大笑道：“原来是一班鬼祟！怎么也说到上帝前作证呢？”遂将袖子一洒，都踉踉跄跄的掼倒在地。二师已起向云端，武后与美人等拜送不迭。

迤逦前行，已次妒妇津①。鲍姑说：“这个妒妇，也是古今有一无二的。”忽有小舟唱歌而来，歌曰：

妾心最爱美人妆，妒妇津头一棹行。

若是有缘来渡此，风恬浪静水生香。

月君道：“这个妇人，能与妒妇相抗，是个奇的了。我们渡她的船罢。”早见她拢向岸边。才上得去，那妇人用篙一点，放到中流。陡然狂风大作，吹得那船如磨盘样旋转，底儿翻起向天。两位金仙颠倒落水，就有无数捉生替死的鬼，抢近身来。月君显出神通，仰口向上一吹，水皆飞起，簇着两师直上云端。见妒妇将次归到祠内，口里还说道：“且教这个嫦娥，从天河返到广寒去罢。”月君大喝道：“泼妒妇！我要看看你的妒心。”妒妇回头，见二仙无恙，即取身边军器来迎，却是她当初烧火的铁叉炼成气候的。月君吐出剑炁，先要斩断她的铁叉。击格一声，动也不动，那青炁就缠住在叉上，竟有千钧之重，举又举不起，舞又舞不得，急得妒妇丢了叉，驾风而逃。鲍姑早放出火镜内千百神乌来，蜂拥着妒妇乱啄；待要钻下水去，无奈浑身被神乌卷住，挣扎不得，顷刻为齑粉。那铁叉鲍师收了。要知道，鬼神是已死的魂魄，经着千万乌嘴一啄，散若烟尘，不可复聚，这算是真正死，比不得人死了，还有个鬼在。月君向鲍师道：“男子而妒，则天下有才者皆罹其毒；女子而妒，则天下有色者皆遭其陷。我今先灭妒妇，以儆彼妒才之男子。”便向离位上呼口气吹去，散作万道火光，将妒妇庙宇顷刻化为赤土。然后度函关，来至晋中。先游五台山，见僧众如蚁。月君曰：“有个能成佛者否？”鲍姑曰：“非力不能，势有不能也。何以故？修佛者至无生而止，不可以世数论。一到转轮，忘却前因矣，焉得有唐玄奘十世童身者乎？我道家性命兼修，先炼长生，道成则羽化。如其未成，犹不失为地仙，再加修炼，是个有把捉的。是故佛道难，而仙道

① 妒妇津——相传晋代刘伯玉的妻子段氏妒忌心极强，刘曾称赞曹植《洛神赋》中所写的洛神美丽，段氏说：“君何得以水神美而欲轻我？我死，何愁于为水神？”乃投水而死。后称其投水之处为“妒妇津”。

易也。”

一路说话，已到晋南，有二少女来接。鲍姥视之，亦不知为何神。月君询其姓氏，二女曰：“儿家姊妹姓乐，为继母凌虐而亡。上帝以贞孝，命为太行之神，专司此间水旱疾疫。至宋崇宁间，边西乏饷，儿家以一盂饭遍食三军，遂得敕封冲淑、冲惠真人，建祠在太行山之西溪。”遂请月君、鲍姥往幸其所。见宫殿峻整，背崇峦，俯曲涧，前面与左右皆削壁千仞，逶迤环拱，而涧水喷激于下，亦胜境也。二神女复请留题。月君赠以诗曰：

烟霞深锁殿门开，鹤唳寥天下碧苔。
万木青含一水去，千山黛拥二仙来。
当年贞孝堪为法，终古精灵且御灾。
直使须眉还下拜，香风日夕动崔嵬。

二女再拜称谢。月君遂行至一大寺，寺门题曰“古陵楼”。鲍师曰：“其下乃石勒墓也。”月君漫题云：

今日慈王寺，千秋伯主坟。
玉衣消宿莽，金磬彻空云。
一阁千峰抱，孤城万户春。
袖中双剑气，谈笑扫尘氛。

又至黄围洞，见瀑布冲出山口，冒去数丈，其下行人仰视，若张素幔①。月君曰；“可惜奇景都为俗人草草看过。”不匝月，寻遍太行诸胜，即从星轺下九坂，已入河南界内。先游洛川，宓妃②迎入水宫。龙鳞为瓦，鲛绡为幄，玳瑁为床，水晶为帘，窗格悉琢珊瑚，门楣皆饰珠翠，鲜华藻艳，炫心夺目。列青玉之案，设沉香之椅，虬脯鸾茸③，猩唇麟髓，奇肴珍品，无所不备。小鬟献酒，月君尝之曰：“何鲜也？”宓妃曰：“此虾脑酿成者。”月君曰：“水府繁华，迥胜仙家。”鲍姥曰：“妃，帝女也，爵在湘君之上。乃无知曹植，辄做冶词，以拟阿甄，获罪于天矣！”宓妃曰：“我已行檄冥司，索二人魂魄来此，完其志愿，亦善处之法也。”即令小鬟呼令前来。月君

---

① 若张素幔——此处将瀑布比作好似一张素白的幔帐。

② 宓（mì）妃——伏羲氏女，相传溺死洛水，遂为洛水之神。

③ 虬（qiú）脯鸾茸——龙的胸脯肉与凤凰的茸毛。

见陈王与甄后①携手至阶,再拜而立,窥其情状,异常笃爱。月君曰:"一念之差,千劫不返,请鲍师开谕之。"说偈曰:

树有相思花,水有比目鱼。
冥冥双幽魂,交合在清渠。
可怜八斗才,升合已无余。
咄!速脱情缘缚,随我凌空虚。

陈王与甄后听毕,心皆不怿,相依相偎的去了。月君信口吟曰:

忽见双魂笑,还思半面啼。
人间为叔嫂,地下作夫妻。
孽债三生障,情缘万劫迷。
如来空棒喝,磷火夜凄凄。

月君与鲍师辞别宓妃,前往嵩岳。尚距百里,见四个美鬟,捧着冠带前来叩接,致词曰:"嵩岳娘娘敬遣贱婢子衔命,猥以嫁女,弗获祇迎,又恐亵渎,不敢远邀圣驾。幸惟谅迹原心,赐之矜宥。赍献微仪二色,聊申登极之贺。伏冀不加词斥,寡小君幸甚。"月君听其辞令和婉,声音清脆;视其姿色,明媚绝伦。乃询其名字,答曰:"月黛,云丝,小红红,小素素。"月君谓鲍师曰:"使乎!使乎!"视其所送之冠,则前后十二珠旒,冲天凤翅,紫金造成的;其带则是九龙吐珠,羊脂汉玉碾就的;带钩是蟠螭二条,互相衔结,四睛四唇皆朱色,系血浸而成:约值数万金。月君固辞不受,四鬟曰:"圣后见弃如此,寡小君何以容足?"鲍姑曰:"词云贺登极,于礼宜受。"月君方收下。遂摘鸾绦上夜明坠珠四颗,各与一枚。四鬟叩首谢去。月君曰:"我有未解:何以嵩岳恭敬若斯也?"鲍师曰:"此易明耳。汝掌中原劫数,嵩岳正属统辖,安得不小心尽礼?衡岳亦声号所及,所以设宴交权。至于西岳,则绝无干涉。犹之乎远省上司经临地方,听其来去,不出迎送,无奈彼何。"月君笑道:"若然,则鬼神亦不免于势利也!"

鲍姥见黄河奔湍,比驾云还快,遂与月君同立于波涛之上,顺流至于汴梁。月君曰:"去年今日,正在这个地方降鹿怪哩。"顾见万寿仙院,改为三圣殿,各塑有法身,仿佛二师与月君的相貌。鲍师曰:"无相无无相,才是真相。如今有相有有相,乃是假相。"两位金仙拊掌大笑,径返青齐。

---

① 陈王与甄后——即曹植与其心爱的女子。

哪知道，山河绵邈，殊乡无花鸟之愁；城关荒凉，故国有沧桑之感。正是：万里烽飞，燕孽雄师过济上；九重火发，天狼凶宿下江南。且看下几回叙出。

第十五回

姚道衍倡逆兴师　耿炳文拒谏败绩

话说天狼凶宿，即燕王①也。嫦娥在天上，与他结了大仇，转生到下界，两家便为敌国。这里面就包着两次劫数，自始至终，一主一宾，是这部书的大纲目。前回月君回至山左，燕王靖难师已下江南，就该接着起义勤王。但燕王怎样夺了建文天下，乃最要紧的关节，必须叙出个原委来，然后两家的事业，万绪千头，方成经纬，合为一局。请看次第叙出。

当日洪武太祖第四个庶子，赐名曰棣，有智略而且骁勇。以征朔漠有功，封王于燕，治北平府，即金元之故都。士马精壮，早蓄不轨之志。因东宫是嫡长子，无可如何。然心常快快，不屑于藩封也。适有江湖行脚僧道衍者，俗姓姚，名广孝，曾遇新罗国异僧，授之望气占星、行兵布阵之术。在金陵时窥见燕王有异相，乃游于北平，交结宦者狗儿，为之先容，由此得谒燕王。道衍长跪进言曰："臣之来也，要制一顶白帽子与王戴，不知殿下许否？"燕王想，"王"上加"白"是个"皇"字，大异其言，遂留入府中。问道衍："你说这个白帽子，是怎样的制法？"道衍对曰："那白帽子，臣自有个制度，但不是一人制造得来，还要几个文武将相，相助成功。"燕王悟其意，就暗暗招纳异人，招募勇士，以伺机会。王之爱妃徐氏，为开国魏公讳达之女、辉祖之嫡妹，闻之谏曰："高皇帝为根本之计，久立储君，群臣豫附，四海倾心，纵使良、平②复生，亦无所用其权谋。前者胡惟庸自取灭族，其兆已见。大王贵为帝子，富有千乘，传之子孙，尽够荣显。幸勿听此狂僧之语。"燕王已稍稍冷了念头。道衍又进言曰："汉高③处于草莽，吕公识为帝王之相。天所兴者，谁能废之？今市上有一相士，姓袁名珙号柳庄，其风鉴与吕公相似，愿殿下请来一决。"燕王初不之信。过了数日，悄

---

① 燕王——即朱棣。

② 良、平——指辅佐汉室刘邦夺取天下的谋士陈平、张良。

③ 汉高——即汉高祖刘邦。

然同了几个卫士，装束着一样衣冠，到袁珙对寓肆中饮酒。珙望见，即趋拜王前曰："殿下何自轻至此?"王佯不省。曰："我们皆卫士，慎勿胡言!"珙微笑不答。翌日，道衍引之晋谒，珙曰："昨日之卫士，他日之太平天子也!"王问："当在何时?"珙曰："即看须长过腹。"燕王笑曰："年将四旬，须鬓岂能复长？这是不经之言。"衍又进曰："如珙一人之言不足信，臣闻军卫中有一卜者叫做金忠，人多称为活管辂，令他一卜，看是如何。"燕王密召金忠至府，卜得卦兆曰："二文皆亡，王乃为皇。"王问："怎样解说?"忠曰："此天机也，至期自应。若要明白这缘故，请大王随手写一字来。"燕王以指在茶杯内蘸了水，写个"马"字，水点淋淋漓漓，共有六滴。忠曰："此六马渡江之象，当应在大水之年，决无可疑。"燕王欣然得意，就拜道衍为军师，珙与忠同参谋议。又常使心腹数人，潜住京师，刺探事情。

一日，有密报到来，燕王拆视，是皇太子已薨，礼部议谥曰懿文。燕王拊掌大笑，谓道衍曰："前者卦兆是'二文皆亡'，朕当为皇；今一文已亡，此一文当是侄子允炆。朕今使刺客刺之，何如?"道衍曰："为时尚早哩。大王得天下，也要学高皇百战，岂一刺可成大业乎?"燕王曰："若然，别有一策：父皇平素爱的是朕，若得左右吹嘘，召入京中，立为元储，不强似动干戈么?"道衍曰："这个且去图之。"遂遣长使葛诚、周铎与心腹校士数人，赍金珠入京，嘱托徐魏公辉祖及九卿茹常、蹇义等，商议此事。时太祖正以燕王智略类己，意欲立之。群臣有谏阻者，有纵谀者，纷纷未决。葛诚即将燕王谋为太子之事，据实已奏。洪武问之魏公辉祖，曰："固有之，不可立也。"太祖乃立元孙允炆为皇太孙。储位既定，周铎即遣人将魏国公及葛长史讦奏朝廷之语，具报燕王，然后约了葛诚回走复命。燕王佯为不知，待之如旧。迨太祖宾天，皇太孙嗣登大位，改元建文。燕王大喜曰："何卦兆之神也！原来有此两个'文'字。"即带刺客力士，南下奔丧。将至淮安，接得太祖遗诏，不许诸王临丧会葬，只得含愠还国。

遂与道衍谋，欲兴兵，衍曰："此必败矣。以我数千之众，怎敌他天下之全力？臣有一计在此，可分遣能言之士，到诸王处说之。"王曰："说之言若何?"衍曰："秦王、蜀王、晋王，秉性纯良，兼好文雅，是说不动的；若齐王、周王、岷王、湘王等，贪财好色，又与太孙不洽，可速遣使去。大意说：太祖遗诏出自奸臣，假的。庶民之家，尚许奔丧，岂有贵为帝子，不许一哭其父者乎？我弟兄将来必尽遭鱼肉，须当协力同心，思所以免难之策。如此,则纵横之势成,而我得从容其间,朝廷即欲加兵,决不能先及于我。然后相机而行事,方可图也。”燕王曰:“善。”差人分说各王去讫。又谓道衍曰:“朕欲以入贺为名,亲至京师窥视朝中光景,可使得么?”衍曰:“这个使得。”

于是燕王奏请入觐,不候旨下,即兼程而进。帝令谷王橞出郭迎之。燕王送之以燕赵美女能歌曲的十二名,谷王大悦。及至阙,燕王僭行御道,昂然登陛,大违仪制。御史曾凤韶劾其不敬。帝诏:“至亲勿问。”户部侍郎卓敬密奏:“燕王智虑绝人,酷似先帝;北平士马强悍,金元所兴。宜乘此时徙封南昌,以绝祸本。”帝曰:“朕以至诚待之,自无二心。”乃大飨数日,遣之还国。

道衍等皆远接,问曰:“大王观其君臣若何?”燕王曰:“文臣迂阔,武臣粗疏,皆易取也。”从此,制造军器,囤积粮草,先后募得丘福、谭渊、丁胜、庞来兴勇士四名,与旧卫士张玉、朱能,命为六龙将士,日夕操演兵马。反迹已著,朝廷尚属未知。

那时有燕山百户倪谅,又有按察司佥事汤宗,亦奏燕藩有异志。帝遂命工部侍郎张籨为北平布政司,谢贵为都指挥使;又令都督宋忠率兵三万,屯于开平,协谋备燕。

会诸王皆惑于燕使之言,互相煽动,尽欲倡乱,各地方城守官员,日有密封上闻,帝谋诸兵部尚书齐泰、太常寺卿黄子澄。泰请先削燕藩;子澄请先削诸藩,剪其羽翼,则燕藩势孤,可坐而致也。帝从澄议,发使执周王橚、岷王楩、齐王榑、代王桂,皆废为庶人;湘王柏自焚而死。燕王闻之大骇,因诈称失心疯病,狂走于市,夺人酒食,或哭或笑,胡言乱语,甚至偃卧粪壤中,弥日不苏。张籨、谢贵,佯为问疾以探之。正值酷暑,燕王围炉摇颤曰:“寒甚寒甚!”籨与贵皆信为真。葛诚写“无恙”二字于掌心,暗以示之,籨等遂趋出,星夜差人赴阙,具奏燕王疯病是假,造反是真;阴谋秘计,人所莫测。恐猝发难制,亟宜削之。

帝命赍敕发符,遣使提问燕府官属,并密敕北平都指挥张信,令约长史葛诚、指挥卢振为内应,乘间擒取燕王解京。

张信忧疑不能决,其母曰:“汝父曾言燕王当为天子,汝何不做个燕之功臣哩。"信大悟,坐了一乘四围掩蔽的女人軿车[①],径造燕府通名。燕王心以为异,令入内宫。信拜于床前曰:"殿下真病耶?朝廷有密诏在此,臣特来献上。"王取敕视之,深感张信,遽下拜曰:"生我一家者,子也。"即召道衍同议。适暴风雨吹檐瓦坠地,衍即贺曰:"飞龙在天,从以风雨。"王曰:"瓦坠而碎,又当何说?"衍曰:"此瓦碎而无用,是天使盖造黄屋之兆。"王心甚犹豫,潜留信于府内,独坐凝思,不觉霍然睡着。适徐妃来到王所,见微风吹来,王髯欲动,顿思相士有须髯过腹之语,乃戏剪青丝一绺,将王髯逐茎接长,意在开悟燕王说:"须长过腹是假的。"谁知燕王豁然而醒,舒手一捋,其须竟是天然生就,直过于腹。徐妃细细看时,全无一丝补接之痕,大诧曰:"异哉,王固为天子无疑矣!"燕王曰:"卿何以知之?"徐妃即将接存余发,以示燕王,具道所以。王曰:"袁珙之言,岂期如此应耶?"遂召道衍,将须与看。衍曰:"发可为须,王可为帝,天下事要在人为耳!"

忽报谢贵、张昺已督兵士围府,奉敕提问官属。衍鼓掌而言曰:"妙极!妙极!可速按名拿下,召进面交,即斩二人头以祭旗纛[②]。"王从其计,立收官属,械于殿前;一面伏刀斧手三百于帷壁之中,遣人给张昺、谢贵进府交割。二人误信,与使同入,见燕王坐在殿上,手自劈瓜。昺与贵方向前起居,燕王遽将瓜片劈面掷去,刀斧手大呼奔出,将张昺、谢贵剁做泥肉;并拿葛诚、卢振二人,亦皆骈斩。时宫外有指挥彭二闻变,亟率部下数人,砍入端礼门。燕将庞来兴、丁胜,舞刀截住彭二。彭二冲开两将,径向殿上奔来。卫士乱箭齐发,彭二身无铠甲,大创而死。道衍即发大将张玉、朱能等,率兵乘夜攻夺九门。布政司参议郭资,按察司副使墨淋,指挥同知李浚、陈恭等皆降,时建文元年秋七月也[③]。

燕王登坛誓师,称为洪武三十二年[④],以诛齐泰、黄子澄为名,名曰"靖难师",先出兵略定北平附近地方。通州指挥房胜,蓟州指挥毛遂,遵化卫指挥蒋玉,密云卫指挥郑亨,皆望风而降,兵势大震。惟都督余瑱,守

---

① 軿(píng)车——古代贵族妇女所乘坐的有帷幕的车。

② 旗纛(dào)——大旗。

③ 建文元年秋七月也——即 1399 年 7 月。

④ 洪武三十二年——此年号从明太祖即位算起,亦即 1399 年。

居庸关不服。道衍曰："居庸为北平之项背，余瑱袭我之后，岂能南下？大王宜先取之。"王命内官狗儿——赐姓名曰朱彦回——为大将，徐安、钟祥为副，进攻居庸。

余瑱①开关列阵迎战。燕将狗儿出马，怎生打扮？但见：

面孔歪斜，脸上有围棋般大的黑麻几点；眼眶暴突，睛边有苎线样粗的红筋数缕。身长八尺，穿的是镔铁打就柳叶重铠；腰大十围，使的是熟铜炼成瓜棱双棒。向日呼名为狗，今朝赐姓称猪。

余瑱见是个内监，大喝道："不与你这没鸡巴的猪狗讲话，快唤燕王出来！"狗儿大怒，舞瓜直取余瑱。瑱挺枪敌住，交手才数合，被狗儿一瓜打中马腿，那马负疼，向后倒坐，把余瑱掀下尘埃，幸亏都挥使马宣，舍命救回。燕兵乘势冲杀，对方大败而走。连夜走至怀来，正值都督宋忠统兵二万来袭燕王，遂与瑱合兵，商议进击。狗儿探知，飞报燕王。诸将皆曰："彼众我寡，难与争锋，且固守以待其来。"燕王曰："公等不知，彼二将甫合，士心不一，我逆而击之，必然猝惊，惊则易溃。"遂率马步精锐八千，卷甲倍道而进。将近怀来，两兵早已相见。宋忠、余瑱不料燕兵如此神速，仓皇列成阵势。好个王师内先锋——官居都挥使——孙泰，舞刀直临阵前，大骂："造反燕贼何在？"朱能在门旗影里暗发一箭，正中左耳之根，流血被肩。泰咬碎钢牙，拔去箭杆杀入燕阵，找取朱能，所向披靡。不防丘福从侧肋飞出，奋矛直刺。泰掣身不及，贯胁而死。左翼骁将副指挥使彭聚愤怒，跃马挺枪，大骂："狗头鼠脑的逆贼，只办得暗算，敢来比试武艺么？"燕阵上徐安、钟祥二将齐出，双战彭聚，不三合，朱能又发一箭，中聚右臂，徐安乘势挥刀斩于马下。燕王扬鞭大呼曰："他阵上只有此两员骁将，今已斩杀，余下皆没用的了！"将士齐和一声，统兵卷杀过去，王师不战而走。宋忠、余瑱、马宣皆被生擒，骂贼不屈，同时受戮。燕王遂拔怀来。其开平、上谷、云中诸处，莫不率服。便欲进取大宁。

连接飞报，大宁卫都指挥卜万，率同部将陈亨、刘贞，引骑卒一万二千，由松亭关进攻遵化甚急。燕王心恐，商于道衍曰："不取大宁，则我有后顾之虞。今卜万牵制我师，进退不能，将如之何？"道衍对曰："向闻卜万恃才而骄，其将佐皆外顺心逆。可用反间，请进兵以邀之。"燕王遂率

① 余瑱(zhèn)——明代武将。

诸将星夜趋至沙河,距卜万寨止二十余里。三更时候,伏路卒拿获一奸细,解至营前。道衍亟附王耳授计曰:“只须如此,万头可致麾下。”燕王升帐,令释其缚,问:“是卜将军差来的么?”应道:“不是,是陈指挥差来纳款的。”燕王佯作怒状,喝令斩之。道衍曰:“且住。卜万是员名将,其降恐未必真,或者陈指挥倒是真心。”便问:“汝须直说上来。”对曰:“陈将军素为卜将军所欺压,近日又与刘将军不协。前日起兵,原是卜、刘两人的主意,陈将军是勉强相从的,所以恭候大王驾到,就遣小的来通意:一者愿随鞭镫,二者可泄仇愤,实系真心,求大王与军师裁之。”道衍笑向燕王曰:“何如?我原料卜万那厮是不可信的。”燕王曰:“虽然,陈指挥空言纳款,亦无凭信;若能依我行计,方是真的。”遂令以酒肉管待,并赏白金二锭,付与密札一封,嘱之曰:“此是送刘将军的。”又付一封曰:“这是书的草稿,送与陈将军看的,看过立即烧却。功成之日,陈将军裂土封侯,尔亦有官爵的。”来人拜谢,如飞回去,备述情由。

陈亨又看了书稿,心中暗喜,乘着天尚未明,别遣一心腹不识字的小卒,教导了他的说话,将书径送至刘贞寨前。遂为巡逻所获。送入营内,刘贞看封函上写着“大将军卜侯密启”七个细字,贞遂问此书从那里来的,巡卒禀道:“适有一健卒潜问卜将军大寨,听去是燕山声口,说有书札投上,便放在我手内,从黑影里走了。”刘贞拆来看时,内有燕王玉玺,是约卜万同心举事,如陈亨、刘贞不从,可先斩其首以徇于众等语。刘贞大怒曰:“怪道他肯到这边来寻着人厮杀,原来是要降燕贼。噫!朝廷何负于你?”即造陈亨营中,以书示之。亨假意大惊曰:“他与将军素睦,何得忍心至此?”贞曰:“主尚可背,何况同僚?”亨曰:“若然,我二人不杀他,他必杀我。”二人当下商定计策,共诣营门,请大将军阅兵。卜万不知是计,欣然出营,遂为陈亨手刃。刘贞即以燕王书示其部曲,一时解散。陈亨自率其众降燕。刘贞方悟堕其奸计之中,弃其兵旅,独自遁去。燕王大喜,抚道衍之项曰:“真和尚家毒计!”

遂下令将进取大宁,道衍亟止之曰:“无卜万即无大宁。我劳师远出,倘南兵到来,北平根本可虑也。不若左定永平,西取保定,先成犄角之势,进则可图,退亦可守,此为上策。”燕王曰:“善。”乃东击永平。守将陈旭、赵彝、郭亮,不战而降。就旋师去攻保定,三旬不能拔,暂且按下。

却说建文皇帝,见边报如雪片一般,日逐告急,不觉大骇,召诸公卿大夫问:"汝文武中,有谁能退燕兵者?"佥都御史练子宁奏曰:"臣保一人可用。"帝问为谁,对曰:"四川岳池教谕程济。自陛下践位之日,即奏燕藩必反,当时未信,囚之于狱;今其言已验,是有先见之明,何患不能破燕也?"太常寺卿黄子澄奏曰:"臣保一大将,可以破燕:长兴侯耿炳文,素有威名,且系国戚,将帅中无逾此者。"帝遂命炳文为大将军,驸马都尉李坚、都督宁忠为副;擢程济为检讨,任平燕军师。子澄又请命安陆侯吴杰,江阴侯吴高,都指挥潘忠、杨松、顾成、徐凯等,率师并进,直捣北平。帝皆从之。诸将士临行,帝诫之曰:"昔萧绎举兵入台城,尚云:'一门之内,自相屠戮,不祥莫大。'今尔将士进讨燕王,务体此意,慎勿于阵上加刃,使朕有杀叔父名。"

炳文等拜遵帝命,调兵三十万,从临清而入真定。自当燕军正面,令徐凯驻于河间,潘忠屯于郑州,杨松据于雄县:四路控制,以分其势。

军师程济谓大将军曰:"燕卒虽少而悍,王师虽多而怯,且以各处调集,老弱居半,将令未明,士心未协。将军宜驻守数月,拣选精锐,训练一番,令知顺逆大义,则将士同心,勇气百倍,燕兵不战而屈矣。"炳文曰:"何懦也!朝廷命小将北讨,不曾命小将守城。且以数十倍之众,示之以不战,大辱国体。"诸将皆曰:"大将军之言是。"济又曰:"不得已而必欲战,宜会集各路人马,径由河间直捣北平,则保定之围自解,而北平之根本摇矣。"炳文曰:"不然。我数道倍进,则敌所备者多。兵法云:'备前则后寡,备左则右寡;无所不备,则无所不寡。'燕逆营中,纵有管葛,亦无法可肆应,先生何其执耶?"济又曰;"师驻数处,燕兵且攻其一,一处失利,则各处士心皆恐。孙子所谓'攻瑕则坚者瑕',此之谓也。"炳文不听,下令诸将明旦向保定进发。

是时燕王已差人探知消息,密谕张玉等曰:"彼恃明日进兵,今夕中秋,必然饮酒享士。我且乘其不备,先破一处,以震军威,以裂敌胆,可以不战而屈彼之兵也。"乃令军士马摘铃,人啣枚,乘着月色飞驰到雄县。听谯楼并无鼓声,亦无一卒守陴,遂缘城而上。主将杨松与麾下皆沉醉酣寝,忽闻喊杀连天,急忙起来,人不及甲,马不及鞍,徒手搏击。杨松被擒,王师尽覆。

燕王曰:"一箭须贯双雕。我料郑州路近,潘忠必来救援。"命大将谭渊领百骑伏月样桥边,又命张玉率轻骑迎之。忠等果至,才与张玉接战,谭渊等伏兵齐发，腹背夹击，潘忠亦被生擒。兵士半死于锋刃，半降于燕。

燕王乘胜鼓噪而行，径趋真定，遇王师于定州，遥认见旗上是先锋张保。两家安营已毕，当夜伏路兵来报："张将军要见大王。"燕王开营请入，曰："将军劳苦。"保再拜对曰："小将之兄张信，已得追随大王；如无嫌猜，心愿执鞭，是以黉夜潜来，惟钧命是听。"王大喜，问："炳文兵法如何？"曰："无能为也。号称三十万，先至者十余万，皆未娴军旅，无异乌合，以大王之雄风，只须一战可破。"燕王曰："明日交锋，如此如此。公宜佯为受执，我自有妙策。"保领诺而去。

明晨，燕阵上朱能出马，与张保交战不数合，能诈败而走。保骤马赶去，看看至近，朱能回马大喝一声，举手中枪一逼，保即翻身落马，被燕军活捉去了。解到营中，保假意不屈，大叱燕王。王曰："俟拿了耿炳文，一齐斩首。"令囚后营。到二更，营中皆睡，王亲来释缚，握张保之手曰："事若可成，富贵与君共之。"保曰："天命有在，何患不成！小将愿为内应！"燕王心喜，授之密计，悄然令其回营。

张保走到天明，迎着耿都督大队军马将次定州，炳文见张保飞马而来，厉声叱问："汝何能归？"保曰："幸守兵鼾睡，我挣断绳索，就窃了他马匹，逃回来的。"炳文曰："虽然，汝为先锋被擒，何面目见我？押回真定，等候发落！"即催军前进。早见燕师大营，炳文乃列成阵势，亲自出马呼燕王答话。燕王曰："谁耐烦！"令三子高煦："汝为我擒之！"炳文见一小将飞马过来，怎生结束？但见：

> 面如傅粉，口若涂朱，眸应点漆，耳可垂珠。头戴紫金冠，内裹着一窝玄发；身穿绣花袍，外罩着千叶银铠。手中枪神出鬼没，关西孟起也难当；坐下马蹈海奔山，西楚乌骓可略赛。须知道今日战场上，号为斩将搴旗的王子；又谁料他日铜缸下，变作炼火成灰的庶人。

炳文认得是高煦，心上便有怯意。奋力交战，只觉背软筋酥。燕阵上见炳文将败，大将张玉、朱能、谭渊等统领精锐兵掩杀过去。燕王又率丘福、狗儿、丁胜等绕出背后夹攻，横贯王师阵中。将士迎敌者，纷纷落马。炳文大败亏输，士卒皆乱窜逃命。燕王督驱众将奋追，至滹沱河，王师尚有两营未动，倒被败兵冲散，自相践踏，死者无算，副将李坚、宁忠、顾成等皆被擒去。炳文急欲奔入真定，见张保在城上已竖起燕师旗号，大呼："耿都督请进来发落!"

炳文进退无路,心胆俱裂,幸军师程济协同吴杰赴救,燕兵方退。炳文不能驻扎,收拾败残人马,连夜奔向临清而去。保定亦降于燕。正是将军覆垒,空怀爱君效力之心;竟有竖子兴师,旋萌卖国求荣之念。且俟下回分解。

第十六回

王师百万竖子全亡　义士三千铁公大捷

军师程济始而苦谏，炳文不听，已经奏闻朝廷。廷臣以为文武不协，议欲召济，而羽书报至，则已败衄①。帝怒，令与炳文一同召回，问公卿孰堪代将者，黄子澄曰："非曹国公李景隆不可。"帝乃命景隆为大将军，赐之斧钺②，俾便宜行事，亲率百官饯于江浒。统兵五十万，大小将佐二百余员，前往德州进发。

先是镇守辽东江阴侯吴高，受兵部密札，约同都督耿瓛、指挥杨文，率师进山海关，合力破燕，闻知炳文已败，遂先攻永平。附燕之守将陈旭等，遣人飞章告急。道衍曰："真、保两郡已定，耿炳文又全军败衄，不敢正眼觑我，正宜亟救永平，为我左右羽翼之蔽。"燕王遂还师。将至北平，忽探马报道，朝廷另遣大将来代耿都督，燕王大惊。未几，又报来代的是李景隆，燕王大喜曰："原来是这个膏粱竖子③！从未习见兵阵，辄予以五十万，是自坑也。兵法有五败，彼皆蹈之。"诸将请问其故，燕王曰："军纪不明，威令不行，一也；北平严寒，南卒柔脆，不能犯霜冒雪，二也；士无赢粮，马无宿藁，不量险易而深入，三也；寡谋而骄，色厉而馁，智勇俱无，四也；刚愎自用，不听忠直，专喜佞谀，部曲离心，五也。——知我在此，必不敢至，我当亲救永平，诱之使来，然后回师击之。坚城在前，强敌在后，擒之如探囊耳！"诸将皆顿首称善。于是燕王命道衍辅世子高炽守城，诫令勿战，自将轻骑疾行。

一昼夜即达永平，吴高等望见大惊，率众迎敌。燕王命军士大呼："耿大将军三十万雄兵，杀得片甲不存，何况尔等小卒，尚没有十分之一！"一面挥军掩去。吴高与耿瓛部下兵士，皆不敢接战，争先奔窜，被燕

---

① 败衄（nǜ）——战败。

② 斧钺（yuè）——古代兵器，青铜或铁制成，形状似板斧。

③ 竖子——小子（含轻蔑意）。

兵斩级数千,败回辽东。燕王曰:"我乘此可取大宁卫。"诸将请曰:"北平兵少,恐不能久持,且还师何如?"燕王曰:"北平深沟高垒,纵有百万之众,未易窥也。兵虽少,以战则不足,以守则有余,且有道衍在,我何虑焉?"于是从刘家口抄出松亭关后,径趋大宁。时朝廷正疑宁王,已削其护卫,闻燕王至,遂迎入城。镇守松亭都指挥房宽,亦率诸将前来附降不题。

却说李景隆闻燕王远出,心中大喜,即下令全军直捣北平。不日已至芦沟桥,更无一卒驻守。景隆曰:"不守此桥,我知其无能为也。"遂进薄城下,筑九垒以攻之,又结九营于郑坝村,以扼燕王之归路,日令诸将辱骂挑战。道衍亲督军士,凭城坚守。

有前军都督瞿能同长子鸷儿、次子雕儿,督勇士百人,攻破张掖门,燕军骇窜。能招呼后队,无一人敢至,只得勒骑以待。景隆因功不由己,便生妒嫉之心,急发令箭饬谕瞿能曰:"不得孤军深入,须俟明日大军协力登城,违者军法从事。"燕世子又率猛将狗儿奋勇杀出,瞿能仰天大叹,退向城外。道衍即传令连夜汲水灌城,天寒冻结,竟成一座冰城,攻打不得。诸将多怨望,景隆束手无策。

而燕王已旋师至于孤山,值北河水大,无舟可渡。王默祷曰:"天若助予,则河冰冻合。"是夜冰果合,即挥兵前渡。行至天明,遇见王师,前哨都督陈晖率骑士三千截住,大骂:"逆贼不知枭首在即,尚想回返巢穴么?"高煦更不答话,挺枪飞马,直取陈晖。交手不数合,燕王鞭梢一指,大军掩上。陈晖如何敌得?大败奔走,部下死伤殆尽。燕王亲率众将,直追至郑坝村下,令张玉、朱能、李彤、徐忠、房宽、丘福、丁胜、高煦各攻一营,自率铁骑直捣中营。王师因陈都督已败,先自股栗①。燕兵多新收塞外敢死之士,乘胜而来,锐气百倍,奋呼冲杀。片时间,九营尽破,王师四散。燕兵鼓行而前,道衍早在城头望见,亟命马云、庞来兴、冀英、柳升等,从沙河、永定诸门杀出接应。那时王师自己的败残人马,奔来冲动了阵脚,营伍先乱,被燕兵两面夹攻,腹背受敌,如何抵挡?景隆一想,"走为上着",就策马先逃。九垒军士不见了元帅纛旗,个个慌张,尽弃了辎重,

---

① 股栗——惧怕、战栗。

披靡骇窜，势如山倒。燕兵乘胜追击，斩馘①不数。景隆宵夜逃回德州，燕王方敛兵入北平府。

道衍率同诸文武叩首称贺。燕王曰："正未也。彼虽败衄，然部下将士尚多，以我之众，还不抵十之二三，若至来春，养成兵势，便不易破。我今乘此严寒，先率轻骑攻取大同地方，彼必发兵来救，我即敛师而返，彼出我入，使之疲于奔命。南卒柔弱，死伤必多，然后乘其疲弊而击之，使他片甲不返。"道衍曰："此真神算。趁此士心奋厉，大王宜速启行。"

时建文二年春正月②，燕王率师出紫荆关攻广昌，守将杨宗举城归附，又攻蔚州，指挥王忠、李远皆来迎降，遂进攻大同府。李景隆果领兵往救，才至宣府，而燕王由居庸关返于北平。王师冻馁，死于道路者三停之一，兵心怨苦，日以离散。景隆羞愤之极，乃约武定侯郭英、安陆侯吴杰，合军六十万，三路并进，会于白沟河。早有哨探兵士飞报燕王，王遣大将张玉、丘福为先锋，星夜先往白沟占住地势，自率大兵随后进发。

当晚，燕王宿在营中，将佩剑挂于帐前，忽清啸一声，营壁间弓弦皆鸣，若相和应者；又帐外所植枪刀，皆喷出火光，大如圆球，铮铮夹击，寒风飒然，士卒毛发直竖。燕王谓其子高煦曰："此胜兆也。"下令军士秣马蓐食，列阵以待。王师前锋都督平安、瞿能，率精兵三万先至。燕王亲自出马，大呼曰："平安竖子！尔曾随我出塞，识我用兵，尚敢来取死耶？"平安大骂："逆贼胡说！"舞动大刀，直取燕王。张玉大喝："匹夫，休得无礼！"手举长矛，劈面相迎。真个一场好杀！怎见得？

一来一往，一上一下。那一边枪来刀架，这一边刀去枪迎。枪如蟒势盘旋，刀似电光闪烁。电光闪烁，能教恶煞也消魂；蟒势盘旋，直使凶魔皆丧胆。一个坠镫藏身，枪到后心难躲闪；一个控衔舒臂，刀来劈面没遮拦。正是：叱咤一声能返日，飞扬万里尽生风。

二将斗有三十余合，不分胜负。燕阵上丘福出马助战，瞿能就舞槊迎住。燕王令饶骑华聚、番骑谷允两将齐出，王师阵内瞿鸷儿、雕儿二员小将大喝："叛奴认得我父子么？"截住华聚、谷允，捉对儿厮杀。内官狗儿

---

① 斩馘（guó）——古代战时割取所杀敌人的左耳，以计数。"斩馘"意即所割下的左耳。

② 时建文二年春正月——即指 1400 年的春天。

舞手中瓜棱锤,纵坐下豹花马飞出阵前。王师阵上指挥何清抡动双刀迎敌,交马不数合,被狗儿一锤打中右肋,死于马下。燕王见胜了一将,便挥军冲杀过来。平安奋起雄威,返杀入燕阵内,两军互相混战。天色已瞑,景隆大兵亦至,各自鸣金收军。

明旦整兵复战,平安横刀出马,大喝:“逆贼!谁敢前来试我宝刀?”燕阵上朱能大怒,骂道:“小卒敢胡言!”就挺枪迎敌。战才数合,朱能马蹶仆地,飞身跃起。平安曰:“斩汝不为好汉,快换马来!”陈亨新附燕王,要建功劳,抢来接战。平安见他枪法空疏,故卖个破绽,诱他直刺进来,将身一侧,枪落了空,陈亨连身和马撷入,说时迟,那时快,被平安手起刀落,砍为两段。燕将见折了陈亨,皆有惧色。王曰:“折将亦偶尔!俟其气稍怠,保为诸公破之。”就亲自挺枪索战。请看燕王如何模样:

头戴凤翅紫金盔,灿烂与日华争耀;身披雁翎素银甲,皎洁与月色齐辉。日角崔嵬,全带帝王之气;龙髯飘拂,半接后妃之云。颐厚而丰,棱棱乎鼻如悬准;面方而黑,熠熠然目似流星。手中枪,神出鬼没;座下马,翻江搅海。

瞿能见燕王出马,抡动铁槊,大喝道:“燕贼!快快下马受缚,免汝做无头之鬼!”燕王大怒,咬啐钢牙,来战瞿能,有五十回合不分胜负。雕儿手拈铁胎弓,搭起鸾翎箭,弓弦响处,正中盔上凤翅,那枝箭挂在翅上不掉下。燕王这惊不小,便从带横路上骤马而走。前阻高畔,瞿能已自追及,劈头一槊打下,战马后蹄忽然蹶倒。能如飞跃起,而燕王已一纵登畔,挥鞭逸去。徐忠见燕王受惊,驰马来救,被陈晖侧首飞出,举刀照顶门便劈,忠急回架时,刀从枪杆削下,砍去两指,血流袍袖,弃枪而逃。燕将丘福、火真、唐云三骑马,如飞杀出接应。平安与鸷儿、雕儿同声奋呼,向前截住。瞿能遂翻身杀入燕阵,所向披靡,莫敢撄锋。武定侯郭英、安陆侯吴杰,又各挥部下,奋勇冲击。

合战逾时,燕军将溃矣,忽东北上有数万骑兵杀到,皆劲弓长箭,疾若风雨。王师正当战酣,怎敌得这支生力军?被他连斩了越隽侯俞通渊、都指挥滕聚二将。又值北风大作,刮起尘沙,蔽天飞至,燕兵在上风看得见王师,王师在下风却看不见燕兵,昏昧之中,自相混斗。瞿能与鸷儿先已陷入燕阵,无路杀出,皆身受大创而死。平安与雕儿等,皆中流矢,各不相顾,只自舍命血战。燕王失声道:“南朝好将士!”亟令后军各持草束,乘风纵火而来，势若燎原。王师登时骇散，郭英、平安等引军西走，李景隆、陈晖等，又溃而南奔。燕兵只向南追，直至德州，斩首十余万，横尸百余里，委弃器械粮草，积叠如山。李景隆止剩数骑，逃向徐州而去。

你道这支助阵的大军是何处来的？原来燕王先曾向鞑靼借兵，有赵姓知天文者，说燕王是个真命，所以率师进关，径趋阵前，刚刚凑着机会。是故王师之败，虽曰人事，亦有天意存焉。

其时济南府有参政铁公讳铉者，闻李景隆全军覆没，料燕王必来攻城，先募得义勇三千，与参军高巍、儒生高咸宁等酌酒同盟，慷慨涕泣，以死自誓。忽报有一小将军名瞿雕儿，与王师相失，匹马单枪来投麾下。铁公即命传进，询其来由，方知为瞿能之子，父兄皆没于王事，深为太息。又连接探报，燕兵将至界上。雕儿禀道："乞兵一千，愿为明公先斩来将！"铁公令选壮士三百，随雕儿出城。向南行数里，燕王第三子高煦领兵早到，见有人迎敌，遂勒马横矛喝道："百万雄兵，杀得罄尽，恁的幺麽敢来送命！"雕儿大骂道："燕贼杀我的父兄，不共戴天！"挺手中画戟，直冲过来。高煦定睛看时，那将生得：

虎头燕颔，猿臂熊腰。腰悬竹节钢鞭，鞭打处千军溃散；手提豹尾画戟，戟到处万夫辟易。声似震雷，有斩将搴旗之气；眸如掣电，擅投石超距之材。挽弓曾射杨枝，一箭直穿钱孔。燕王知姓字，见则胆消；铁帅慕威风，闻之心折。问年只有十七，关西称为将家子；临阵已有千回，中州号作冠军侯。

高煦一认，猜是瞿雕儿，将枪逼住画戟，说："我有好言赠汝：李景隆部下上将千员，难道总不如你？而今都做无头之鬼了。你年纪尚小，若能弃暗来投，我当在父王前保奏，将来建勋立业，拜爵封侯，岂不富贵？"说未毕，雕儿大骂："反贼！敢出胡言！"劈心刺去，高煦闪过，就势挟住画戟，雕儿便把高煦长矛掣住，两边用力一拖，都滚下雕鞍，那战马都如飞跑去了。高煦反夺了画戟，雕儿却夺了长枪，两人步战二十余合。原来高煦本事，马上高强，步战却不济。部下有番将薛禄，挺刀出阵帮助。雕儿大喝道："好汉子不怕相帮！"高煦亦喝道："我与你一个对一个，不要人帮！大家骑马来战，分个胜负！"雕儿喝道："便饶你！暗算的不算好汉！"于是两人各回本阵，换了马从复交手，大战有一百余合，不分胜负。天色已晚，燕王大军到来，各自回营歇息。高煦见燕王说："瞿雕儿如此英勇，这人须先要除他。”燕王道：“既然了得，须活擒为妙。”

明晨，燕王谕诸将道：“我闻铁铉，忠义之士，宜先礼而后兵，且观其动静何如。”诸将皆曰：“足见主公度量。”遂修书一函，差人送至城门投递。门卒转送与铁公，看书内之意，大抵说：“朝有奸臣，将危社稷；予遵祖训，以清君侧。用是勒兵待命，被李景隆、耿炳文统兵百万，强逼至此。今公为柱石，惟望鉴予法周公辅成王意，开关讲好，共树宏勋。如或不知天意，不顺人心，唯有敝甲钝兵，以听钧命”等语。铁公冷笑谓高巍与高咸宁曰：“燕王这厮，敢来恫疑虚喝，不用睬他！”高巍曰：“书固不屑答他；但燕贼自谓法周公辅成王，何不作‘周公辅成王论’一篇以折之？此伐谋之道，亦诛心之法也。”铁公曰：“善。”高咸宁即属草。略曰：

昔者成王幼冲，周公负扆摄政，及闻流言，即避位居东。至诚上格于天，大风拔木，成王启金縢，感泣而迎之。今皇上聪明睿智，既非幼冲之年；大王英武刚强，又远在封藩之域。徒以太祖宾天，顿生觊觎之心，以致中外猜疑。君臣之义不明，则骨肉之恩灭矣。若大王能自知其过，而幡然省悔，将倡谋者解送阙下，削去护卫，请质所爱子孙，拱手听命，夫如是而朝廷有不感格者乎？乃虑不及此，传檄远近，大兴甲兵，侵掠疆土，顾以清君侧为名，是则效汉刘濞之倡七国，诛晁错之故辙也。而谓法周公以辅成王，虽执途人而问之，谁其信哉？窃料大王之勇士不过十万，所据地方不过数郡，将士殆亦疲矣。夫以大王之视君臣如仇敌，叔侄为陌路，安保十万异姓之人乌合一时，而能效死尽忠者乎？一有蹉跌，噬脐奚及？倘以愚言为忠告，速请解甲散兵，上表谢罪，以慰太祖在天之灵。虽不能媲美于周公，而亦不至若刘濞之贻笑于万世。烦请殿下裁之。

铁公看毕，赞曰：“诛心铁笔也。”亦令人送至营门传进。

燕王览之，恚甚，曰：“彼恶敢当我哉？”即令诸将向城下挑战。铁公乃率义士三千，出城列作三才阵势，请燕王打话。燕兵见铁公匹马立于阵前，皆争先观看相貌如何。但见：

戴的一片石蓝绒戗角纶巾，穿着千层鸭绿称身战袄。两道眉虽然清秀，只觉得杀气横飞；重瞳眼何其皎洁，真个是忠肝直透。飘飘五柳髯，风吹若拂；方方四棱口，声发如钟。试问营中军士，不满三千；若云掌上甲兵，奚啻十万。深沉宏毅，可称斗胆将军；正直刚方，不输铁面御史。

燕王见铁公手无军器，亦丢了钢枪，出来开言道："久闻参政能文能武，朝廷不用于将相，而弃于下僚，深为可惜。"铁公举手道："臣事君以忠，岂分别官职之大小？殿下身为帝胄，职在藩封，为朝廷之血脉，社稷之根本，即有外侮，尤当首捍，尔乃躬自兴戎，不识尊旨何在？"燕王曰："我正所以卫社稷也。齐泰、黄子澄辈，一班小人，计欲摇动根本，必先剪落宗枝，诸昆弟皆已身受荼毒，朕则何能堪此？"铁公曰："殿下差矣，秦、晋、蜀王，何以独不加罪？则是诸王之削爵夺地，皆其自取。汉时七国谋反，以诛晁错为名，殿下归罪于齐、黄二人，何以异是？"燕王曰："天鉴予心，罪人斯得，我法周公以辅成王。"铁公答曰："殿下之言，可谓欺天！圣上之诫励将士曰：'慎毋使朕有杀叔父名。'亲爱之义，至此已极。乃殿下因有恩旨，反自挺身于行阵之间，杀戮天朝将士，自谓莫可谁何，是则司马之心，行路人皆知之矣。"燕王曰："汝出言无状，将谓我佩剑不利耶？"铁公曰："忠臣不怕死！殿下与皇上义则君臣，亲则骨肉，不顾天伦，举刃相向，何况卑末！若大王之剑有灵，决先斩反贼首级。"燕王骂道："直恁无礼！"遂驱兵掩杀过来。铁公军则三千，皆用一弩十矢，梆声响处，弩矢齐发，士马皆被伤残，只得退回。次日，燕王督挥诸将攻城。铁公严守，三月不能拔。

道衍进曰："水攻为上。诸山溪涧甚溜，可用土石堰之以灌城，城必隳坏①，省却多少费力！"燕王大喜，立命筑堰。不两日水势涨溢，渐及城墙，城中百姓大惧。铁公谓咸宁曰："我当乘此机会以歼燕贼。"乃附耳密授数语。又于夜半，潜令军人以铁板闸于城门之上，阃板边凿两孔，大索贯其中，用活扣扣定，索头一抽，则铁板随下。又挑壮士伏于外濠，俟燕王入城，即扯起吊桥，以绝后之援兵。一面令军民人等，昼夜哭曰："我百姓何辜，皆为鱼鳖？"遂有巡骑报知，燕王率领将士来看，见青衿数百，在城上大呼曰："请大王暂缓攻城！我等率百姓来迎接大王入城也。"燕王曰："铁铉降否？"青衿对曰："众百姓降了，怕他走到那里去。"燕王乃令撤堰水。甫消去，早有青衿二三百，率领百姓无数，皆执香前诣营门，俯伏在地，燕王令为首的人营问话。高咸宁同着两个老青衿进营，叩毕起立。燕王曰："是铁铉使尔来诈降么？"咸宁答曰："能使臣一人，不能使众百姓。"

① 隳（huī）坏——毁坏。

营外万民齐声嚷曰:"大王是高皇帝之子,谁可得天下,谁不可得天下?做官的吃了俸禄,各为着一边;我们小民怎肯舍着性命,遭罹杀戮之惨?因此合城齐心,都约会来降的。适才出城时候,闻得铁参政缢死了,这个还不知真假。"燕王曰:"我恼奸臣不服,本欲屠城,今尔百姓说来,甚是有理,悉宽赦了。"众百姓请曰:"小民愚蠢,不识大王安天下之义,见了雄兵,心中尚都怀着鬼胎。求大王按住六军,我等各具壶浆,迎驾入城。"燕王深信不疑,下令退军,挥众百姓先去。王乃乘骏马,张紫盖,率劲骑数人渡桥。见城门洞开,两行百姓齐齐跪下,山呼万岁,燕王大喜,策马入门。一声震动,敢是真命天子,铁板下得太急了,刚刚打着马额子。燕王和马同倒于地,大惊跃起,飞跨从骑而逃。城外挽桥壮士又急切挽不动,燕王竟从桥上驰去。

到了营中,喘息甫定,大发雷霆,饬令军士:架起云梯冲车,尽力攻打,破城之日,不分老幼男女,悉行屠戮。两日之间,已被飞炮击坏数处。铁公乃书高皇帝神牌,悬在各城堵外边。燕王视之,只得束手,而兵士亦皆倦苦。公乃令长子福安与瞿雕儿督率壮士,于黑夜突击燕营,斩杀数千,大胜一阵。燕王益愤,计无所出。

忽西北角上尘埃张天,乃是盛庸与平安二将,打听得燕王围困济南,收集逃散之兵,共有七万星夜来救。燕王急令撤围,向前迎敌。铁公道:"是必有救兵来了。"遂率领诸将杀出城来。燕兵前后受敌,大败亏输。铁铉与盛庸合兵追逐,复了德州,兵势大震。

燕王逃至河间,才屯驻了人马,亟召道衍计议。道衍曰:"今平安、盛庸集于西路,大王且舍之,速攻沧州。沧州土城,溃圮日久,守将徐凯,素无谋勇,一鼓而下,则兵威复振矣。"燕王便由天津至直沽,一日夜行三百余里,已至沧州城下,凯犹不知。燕将张玉率勇士从东北隅肉薄而登,遂拔其城,生擒徐凯,余众悉降,燕王命尽坑杀之。复率将士鼓行而南,临清、馆陶诸处,皆望风瓦解,遂掠济宁。

铁公闻之,谓盛庸曰:"燕贼欲循河而向淮阴,直趋金陵耳。我与公率兵蹑其后,则饷道不通,彼必还战,战则破之甚易也。"早有探卒飞报燕王。王曰:"盛庸何足为虑?所虑者是铁铉。"亟率兵从旧路而行,正与王师相遇于东昌。铁公素知燕王善用奇兵击人之背,乃以阵后设置火炮、药弩、毒箭等物于地中,布沙以掩之,令人密伺燕王,到即发机。部署已定,仍摆列三才阵势以待。左右两翼分开,中间凹进,若“心”字形。燕王见之笑曰:“彼欲诱我攻阵,以两翼之兵围困人耳。此等阵法,只好哄小儿。公等看我破之!”张玉进曰:“大王以正兵冲其前,臣以奇兵击其后,把他这个‘心’字阵便碎作两半。”王曰:“正合我意。再令朱能、王骐、周长、谷允领番骑攻其左右,则四分五裂,岂仅两半哉?”

燕王乃自驱精骑直捣中坚,铁公挥军围之。张玉督勇士从阵后冲杀进去,地中火炮弩箭齐发,连人与马尽打得稀烂。可怜张玉是燕王第一员爱将,三不知做了个替死的鬼。燕王正战时,闻阵背后地雷大震,知已中计,亟欲杀出,被铁公在高处以旗招展,燕王杀向东,旗便向东展,军士亦向东围。但因帝命“毋杀叔父”,铁公要活擒之以解京师,是以诸将不敢加刃。正遇着瞿雕儿,直逼近身,手掣钢鞭,向肩胛打下,燕王亟用宝刀招架,恰与钢鞭铮的一声,接个正着,心甚危急。幸朱能、谷允二将杀到,双战雕儿,燕王方得了性命。又亏高煦率领薛禄、华聚铁甲三千,奋力进击,直透重围,翼蔽燕王而出。全军大溃,不啻星散云飞,土崩瓦解。且俟下回结煞。

第十七回

黑风吹折盛帅旗　紫云护救燕王命

建文三年春三月①，平安、盛庸合兵追逐，斩杀燕兵数万，燕王星夜逃回北平。

复了德州、真定诸处，王师大震。报捷至京，帝临朝谓群臣曰："耿炳文，老将也，而摧锋；李景隆，善用兵也，而败衄；盛庸素未知名，铁铉又是文儒，乃能连败燕兵。知人固未易也！"佥都御史景清对曰："诚如圣谕。臣请以北伐之事专任铁铉，燕藩不日平也。"帝又询之诸大臣，多举盛庸。乃两从其议，授铁铉为兵部尚书，专守济南，扼住中路；封盛庸为历城侯，平燕大将军，总理北伐，从东路进兵；副将军吴杰、平安截其西路，为遥应之势，共捣北平。

燕王闻了这个信息，心中愤郁，即召道衍责之曰："当日是你倡言用兵，今者溃败至此，尚有何说？"道衍曰："我曾说过，师行必克，但费两日，两日者，'昌'字也，从此势如破竹矣。"燕王又命金忠卜之，曰："进则得大位，退则失士心。"于是，诸将吏皆愿效死。

燕王遂命丘福、谭渊为前锋，朱能、张辅为第二队，自统大兵合后，南向进发，与王师相遇于夹河。燕王列阵于东北，盛庸结阵于西南。王见盛庸阵势整齐，不能遽破，乃令诸将挑战。谭渊出马骂道："杀不尽的败将，快把头来献纳！"王师阵上一将出马，有似执旗张使者模样。但见：

面如黑漆，身穿兽吞肩乌油铁铠；发黝而绀，头戴凤垂翅墨绣银盔。膀阔腰细，身称皂罗袍；彪躯骈胁，堪驭乌锥马。手执两股飞叉，蛟龙出海；背插一杆皂旗，雷电凌空。

此将姓张，从无名字，人呼为张皂旗，亦称为皂旗。张每至攻城陷阵，常执皂旗当先，以此得名。他的飞叉两股，掷去杀人，百发百中，舞动起来，任是千军万马，近他不得。向为魏国公之部属，差来助战的。燕王素知其

---

① 建文三年春三月——即1401年春天。

勇，一见皂旗出阵，便大惊曰："此人是几时到的？又添我患矣！"谭渊曰："大王不要长他志气，看小将擒之！"就挺枪跃马，直取皂旗。战够二十回合，但见飞叉愈紧，枪法渐慢，谭渊霍地回走，早被皂旗一叉掷去，正中脖子，直透咽喉，死于马下。渊部骁将董中峰大怒，舞刀来战。庄得大叫曰："张将军，看我斩此贼！"皂旗即拨马回阵，让庄得与燕将交锋，不十合，斩中峰为两段，燕军大骇。朱能、张辅纵马齐出，庄得力战两将，全无惧怯。燕王赞道："南朝有这样好将，待我送他支雕翎箭儿！"挽弓飕的一声，正中面颊。庄得负痛跑回，马蹄忽蹶仆地，被朱能赶上一枪搠死。大家鸣金，敛兵还营。

燕王谓将士曰："要败南师，先执皂旗。尔等与皂旗交战，务须佯败诱之，穿营而走。若是别人不敢来追，皂旗胆大包身，必然追入，我伏绊马索擒之，不怕他钻下地去。若有后应之人，俟其杀入营中，四围乱射，不怕他飞上天去。"

布置已定。诘旦，朱能出马，大骂："皂旗杀才！我今日生擒汝来，剑取心肝，以祭谭将军。"皂旗性极焦躁，飞出阵来，舞叉直奔朱能。能略战数合，即向左营侧首而走，皂旗不舍，放马追入。能回身再战两合，从后营逃去。皂旗再赶时，伏兵大喊一声，几条绊马索乱扯起来，人马并倒。皂旗一跃而起，抡动飞叉，立杀数人。众军士挠钩枪刀，四面蜂拥攒刺，浑如雨点一般，皂旗便有三头六臂，怎能挡抵？身负重伤，流血满地而死。死后犹执皂旗，挺然直立，燕军莫不胆寒。

时盛庸闻燕营呐喊，问谁能往救皂旗将军，骁将楚智应声而出，带领壮士百人，杀向燕营。遥见皂旗扬起，只道被围在内，大呼杀入，叫张将军，却全不动弹，方知已死。随后返身杀出，燕军四面合围，万弩齐发，智与将士百人皆被射死。盛庸急忙挥兵冲杀过去，燕王亲自当先，率兵大战，自辰至未，不分胜负。

可煞作怪，忽东北上黑风大起，山谷震动，沙雾涨天，瓦砾夹击。王师营在下风，被打得头脸尽伤。盛元帅大旗，顿然一折两段，那上半截旗杆竟刮到九霄云内，直舂下来，声若山崩，地土裂开数丈，陷入好些人马。燕兵乘风纵杀，皆用的火枪药弩。王师眼都迷了，只办得抛却枪刀，弃了甲胄，乱窜逃命，被燕军直追至滹沱河，斩杀不可胜数。盛庸连夜奔回德州。

燕王大胜，诸将皆称贺。道衍进曰："吴杰、平安尚未知盛庸败走，可令人报之,赚他出兵来救,只须如此如此,必中我计。”燕王曰:“正合朕意。”遂令人杂于逃难百姓之内,奔入真定报云:“燕师虽胜,若无粮草,今在各村堡掳掠,杀害我等良民。”吴杰信以为然,即点起军马,飞驰前往,意欲掩其不备。才到藁城,早望见燕军列阵以待,吴杰大惊。平安曰:“虽然误听传言,今日且与他决个死战。”吴杰曰:“燕逆专好陷阵,待我排个阵势,伏兵诱他,强如阵上争持。”就暗传号令,结下个四象方阵。燕王一看,笑谓诸将曰:“方阵四面受敌,我以精兵破其一隅,则其余自溃。”遂命薛禄率领番骑攻其前,亲率骁骑击其后。吴杰伏下斩马足的军士却在阵前,伏的弓弩手反在阵后。偏偏不凑巧,薛禄杀进阵去,被伏兵砍倒战马,生擒下了。燕王杀进阵时,弓弩手围住乱射,矢集于纛旗者有如猬刺,而燕王左右格杀,卒未尝中一箭,平安暗自惊叱。可又作怪,刮剌剌狂风顿作,发屋拔树,空中瓦石乱飞,如前日打盛庸军无异。燕将朱能、丘福、马云、房宽、冀英等,逞着风威并力杀进,王师大溃。薛禄被擒在阵,乘飞沙昏暗挣断绳索,夺了马匹军器,助着燕王从中杀出。吴杰、平安势不能支,只得夺路而走,奔还真定,闭城坚守。当时谚云:“神风三阵助燕王,多少王师顷刻亡?”是也。

且说燕王连夜进兵,攻打真定。道衍曰:“真定城坚难破,不若击取大名府,彼四面无援,必然自困。”燕王遂引兵南行。吴杰、平安加额曰:“我事济矣。”即发兵断北平饷道,掠取粮草,燕军之转饷者不敢进。而燕王顿兵大名,军中乏粮,皆有怨意。燕王怒谓道衍曰:“此乃尔之妙计!”道衍曰:“大王未之思耳。彼截我饷,我亦截彼饷,以彼饷为我饷,是则我有饷,而彼无饷也。”燕王喜曰:“好个和尚!”乃遣大将李远、丘福、薛禄率轻骑六千,至济宁谷亭,杀散守粮军士,尽行劫之。又遣刘江、张武率兵潜往徐、沛地方,放火烧了数千粮艘。

飞报入京,朝中大震,帝亟谋之廷臣。文渊阁博士方孝孺对曰:“臣闻燕逆三子①,最宠的高煦,随从在外,每每倾陷世子。向有内监黄俨者,为高煦之心腹,反在世子高炽左右,伺察动静。臣请颁书于世子,许以王燕,令归朝廷,再赍些财宝,以啖黄俨,令其报与燕王,世子已经内附,则燕王必班师,而父子兄弟,举刀相加矣。”帝立命孝孺属草,遣锦衣卫千户张

① 臣闻燕逆三子——意为“臣下听说反贼燕王有三个儿子”。

安使燕。

先去投见黄俨，以明珠十粒、黄金十锭送上，曰："当今所赐也。"俨曰："臣无寸劳，何故厚赉？且目前正在用兵，易起嫌疑，亦不敢受。"安曰："夜阑更静，鬼神不知，何有嫌疑？朝廷之意，不过要汝报一信耳。此信一报，有利于公监，有功于国家，终生富贵，受用不尽，惟君裁之。"俨听说有利于己，就问道："是何信？咱做得来，无有不做。"安曰："明晨有封书送与世子，即烦差个的使，星夜到军前报知燕王就是。"俨曰："咱晓得了，这是做得来的。如此小事，难道朝廷差咱不得？还要赐东西与咱么？"张安请他收了，悄然别去。于次日黎明，去谒世子，将玺书呈上。世子手中接书，心内猜疑，料是反间之计，乃对安曰："父在，子不得自专。此书须送到父王军前。即烦天使一行。"遂唤心腹卫士数员，押着张安星夜驰去。黄俨所差之人，已先到半日，报燕王曰："朝廷有书与世子，世子反矣！"燕王以问高煦，煦曰："世子向者结交太孙，今有书至，造反无疑。"燕王俯首沉思，而卫士送安适至，并玺书一函，尚未启封也。燕王拆视云：

皇帝密谕世子高炽曰：尔父棣为孝康皇帝同产之弟，朕乃尔炽同太祖之兄也。高皇帝计虑久远，遗诏不许奔丧。尔父棣已至淮安，怫然而返，遂萌不轨之念，不特藐朕冲龄，并视祖训为弁髦矣。迨至勾军练士，叛迹丕彰，朕只削其护卫，逮其官属，冀其幡然儆惕，庶可以全亲亲之义。乃竟悍焉不顾，擅执天子命臣而戮之，兴师造反，攻陷城池，荼毒黎庶。尔父谓朝有奸臣，举兵以清君侧。夫尔父之所谓奸臣，乃朕之忠臣也。若欲尔父谓之曰忠，则必举社稷而奉之，斯为忠矣。朕之训将士也，曰："勿使朕有杀叔父名。"尔父则反借朕言，自谓莫可谁何，挺身行间，斩杀将士，屠灭六师。本应告之高庙，再申天讨，姑念尔炽素性惇和，秉彝不泯，尤能干父之蛊，爰命世袭藩封。为屏为翰，以卫朝廷；如带如砺，永及苗裔。并赦尔父于不问，朕岂肯爵其子而杀其父，俾尔炽受卖父之名哉！高皇帝在天之灵，其鉴予心。钦哉毋忽！

燕王看毕，大怒曰："嗟乎！几杀吾子。"遂拔剑砍断袍襟，誓曰："吾当临江一决，誓不反顾矣！"遂部署诸将，命李远、朱能为先锋，由馆陶渡河，进攻东阿、汶上、沛县，正遇王师三千运饷北上。燕将番骑指挥款台领十二骑奋呼杀入曰："燕王大军到了！"将卒皆惊走，粮饷尽为燕兵所得。威声益震，州县望风而降。燕王径趋宿州。

时平安探知燕兵南下，聚集马步三万，从后蹑来。燕王乃亲率精锐八千，持三日粮，星夜走至淝河，先命朱能、丘福各领一千伏于淝水岸旁林木中；又命王真、刘江各率骑士三百，束草于囊，若卷帛状，载之马上，前去迎敌：“只要输，不要赢。诱至淝水相近，将束囊沿路抛掷，彼士卒必来争取，尔二人看伏兵齐发，回身复战，务要杀他片甲不返。”王真、刘江遵令而行。早有平安前部丁良、朱彬率军先至，见燕兵甚少，呐喊杀进。真、江二将佯作惊状，且战且走，看看诱至淝水，燕军便撇了束囊，丢了旗枪，落荒奔逃。王师不合争先抢拾，忽闻金鼓齐鸣，丘福、朱能统兵左右杀出，王真、刘江回马奋战，以一当十，丁良、朱彬皆殁于阵，王师被歼无遗。

次日，平安兵到，与燕军两阵对圆，有新来番将①火耳灰者，大喊道：“看小将立擒燕贼，献于麾下！”遂舞动铁蒺藜出马。怎样模样：

头戴铁兜鍪，顶上撮牦尾红缨一把；身披银罩甲，腰间拴虎筋细带一条。两个眼圆若金铃，依稀半绿半碧；一部须卷如钢爪，蒙茸非赤非黄。鼻似波斯略小，颧如蒙古还高。手中铁蒺藜，舞动处风驰雨骤；坐下铁骊驹，跑开时电掣云飞。向日威行塞外，今朝名播寰中。

原来火耳灰者官居番骑指挥，向为河北总兵官赵清的前部，吴杰特地借来助战的。燕王见了喝彩道：“我若得此番将，便是王者无敌。”王真道：“待小将生擒他来。”挺枪飞出，交手不十合，但见王真脑浆直注，头盔粉碎，两脚挂于镫间，被战马拖去。火耳灰者竟冲过阵，直取燕王。那边快，这边更快，胡骑指挥童信暗放一箭，早中马眼，那马直立起来，把火耳灰者掀翻于地，被燕兵生擒去了。火耳灰者部下有番奴帖木耳，飞马舞刀，陷阵来救，童信又发一矢，正中肩甲，亦被生擒。平安见折了二将，敛兵而退，回到宿州屯扎，一面约会淮北总兵何福，一面申奏朝廷，求京军出助。

时朝中徐魏公辉祖，先已虑及燕兵日近，平安孤军不能支持，请于建文帝，挑选京军二万，渡江而来。何福得了平安羽檄，亦已统兵星夜来会。燕王闻报，筹度一番，便问火耳灰者何在，军士如飞解至，乃亲释其缚曰：“汝肯顺我否？顺则朕当倚汝为心膂，不顺则当与帖木耳同送还平安部下。汝系英雄，朕岂肯加害哉？”火耳灰者见燕王大有度量，倒身下拜道：

---

① 番将——外族的将领。

"愿听指使。"于是燕王拜为宿卫左将军，又赐以酒曰："目下徐辉祖将次到淮，汝可引五千精兵向前截住，不要放他过来，待我破了何福、平安，那时别有号令。"火耳灰者率军自去。燕王又谕将士曰："我兵深入，利在速战，而平安结连何福为持久之计，必先断其粮饷，然后可胜。"即令谭清、李远领马兵五千南哨淮河，袭击转饷兵士，并烧载粮舟楫。乃亲督铁骑二千、精兵三万，星夜追至小河，结营于河北岸，令铁骑守定桥梁，背水列阵，以待何福、平安。

王师大军到时，见燕兵已经渡河，就列阵于河东南。燕王策马立于阵前，大呼："何总兵，汝何苦受竖子平安之愚，统兵来此？"话犹未绝，何福舞刀骤马，大喝："燕贼！我来取汝祭刀。"燕阵上老将陈文应声喝道："泼贼，有我在此！"挺枪抵住。战才数合，何福即败走。陈文骤马追来，手中枪只离着后心尺许，何福一闪，霍地扭过身来，手起刀落，斩陈文于马下。伊弟陈武大怒，举手中枪飞出阵来。平安道："何将军，看我擒他！"就舞槊接住。大战二十余合，武亦佯败，用回马枪翻身刺入，平安眼明手快，闪个过接住枪杆，猛力一拖，陈武倒坠马下，再加一槊，了却性命。燕阵上李彤便飞马直取平安，何福又舞刀接住。燕王回顾众将，令速助阵，却不道平安已举槊飞到。燕王吃一大惊，措手不及，掣身从刺斜里落荒而走。平安纵马追上，奋槊直刺，才及乘马后股，把燕王掀翻在地，忽有紫云从地涌出罩着燕王，云内一神人执鞭挡住。燕将朱能、王骐、童信皆飞马追来，大呼："平安竖子！敢伤我主，拿你碎尸万段！"平安急回马敌住王骐，朱能与童信已将燕王救回。王师阵上，都督陈晖乘此机会，急挥大军冲杀过去，个个勇气百倍。李彤、王骐皆败阵而逃，朱能等保着燕王，急忙忙渡河先走。诸将士被王师围住，随从不及，大败亏输，只办得各自逃命，又被王师逼将上来，争桥不得济者，大半溺于水中。平安、何福等夺桥而北，直杀得燕王走投无路，幸大将张武与三子高煦领八千生力军来救，平安方才敛兵还营。

燕王慰劳了诸将，下令坚壁固守。王师每日挑战，裸体辱骂，高煦忿极，进曰："儿愿出阵，立斩平安！"燕王曰："儿虽勇，平安不可轻敌。我只待谭清、李远劫饷回兵，则彼救死不暇，又焉用战？"忽报火耳灰者已被徐魏公杀败逃回，燕王正在午膳，不觉失箸于地。且听下回分解。

第十八回

陈都督占谶[1]附燕王　王羽士感梦迎圣驾

却说徐辉祖破了火耳灰者，统军前来，平安、何福、陈晖等众将接着，言燕王闻禁军一出，胆已丧矣。魏公曰："不然。彼已深入，利在速战，我坚壁待之，粮尽必溃。廉颇之拒秦，司马懿之拒蜀，皆是此意。独是朝中一班文臣，不谙军旅，只道我既请于天子出师，而又不敢交战，其间便有多少猜疑？况且燕王与我为妻舅亲，倘罹谗构[2]，百死莫赎。我惟尽力交锋，完我臣节，胜负固未可定也。"何福曰："魏公忠亮，四海咸知，又为圣主信任，何虑之有？"平安曰："那白面书生闲时掉舌，临难缩头，是他长技，魏公之见是也。末将无能，敢不为公前驱！"

明晨会战，魏公亲自出马。怎生结束？

仪表堂堂，碧眼神光闪烁；威风凛凛，紫髯气概飘摇；头戴嵌石蓝赤金帕头，宛似杨老令公[3]；身穿绣团花绛红战袍，俨然郭汾阳王[4]。鲛鱼袋插狼牙箭，拟射天狼；熊皮鞘插雁翎刀，誓斩国贼。手中青龙偃月，如千行激电随身；坐下绿骈腾云，有万派旋风滚足。若能专任魏公村，何惧强梁燕孽反？

燕王令骁将李彤迎敌，与魏公交手十余合，斩于马下。都指挥韩贵接战，不三合，魏公奋起神威，大喝一声，挥为两段。魏公指挥三军卷杀过来，燕兵大败。高煦率兵来救，与王师且战且走。天色已晚，魏公敛兵退回。

---

① 占谶(chèn)——占卜将来要应验的预言或预兆。

② 倘罹(lí)谗构——倘若遭到诽谤构制罪责。

③ 杨老令公——即北宋名将杨业，又名杨继业。在世时曾在雁门关大破契丹兵，守卫北方，号称"无敌"。后在一次交战中重伤被俘，绝食而死。其事迹在当代就广为流传，后逐渐形成丰富的杨家将传说。

④ 俨然郭汾阳王——"俨然是郭子仪的气派"。郭子仪，唐大将，平定安史之乱的功臣。后曾进封汾阳郡王。

燕王奔走五十余里，安下营寨，会集诸将计议，皆曰：“悬军深入，粮饷无多，目今暑雨郁蒸，不特转运艰难，而且恐生疾疫，自宜旋师，再图后举。”燕王曰：“我师一动，后有平安、何福，前有盛庸、吴杰，即欲生还可得乎？”乃下令曰：“欲旋师者左，不欲旋师者右。”诸将多趋于左。王怒曰：“公等自为之！”朱能拔剑起，曰：“当日大王命金忠卜数，言六马渡江，在大雨之年，今正应此兆，岂可退耶！如有再言旋师者，先斩以徇。”于是诸将复趋于右。燕王大喜，即命秣马造饭，五更发兵前进。

先锋朱能距魏公营五里，驻下军马。震炮三声，王师大惊。魏公出营看时，见燕军大队俱到，已经列阵。魏公想道：“怪不得燕王屡胜，原来是百折不回的！”急忙披挂上马，出营搦战①。燕王料将士无他敌手，亲自出阵，举手问道：“魏公别来无恙？”魏公答道：“有恙就反了！”舞刀直取燕王，燕王挺枪劈面相迎。这一场好杀！怎见得：

一个偃月刀，风驰电掣；一个梨花枪，雪洒霜飞。一个是开国元勋，巍巍公裔；一个是分藩锡祚，奕奕皇嗣。一个恃智勇要夺江山，一个秉忠良要保社稷。一个不顾阿妹的夫婿，刀从顶上飞来；一个不念爱妃的哥子，枪在心口搠到。一个膂力方刚，自昔号燕王善战；一个武艺精强，尽知道魏公义勇。

两边大战，有八十余合，不分胜负。只听得魏公营内忽尔鸣金，不解何故。魏公大喝道：“且消停，拼个你死我活！”燕王因连日转战，也觉倦乏，亦厉声道：“好汉子不要帮手，少间再战。”魏公回营，见礼部侍郎陈性善、大理寺丞彭与明，赍有敕旨，是召魏公班师的。魏公接了旨问：“出自上意否？”陈礼部曰：“朝议以淮南现有梅驸马重兵屯扎，倒是京师单薄，不可无老成良将为之宿卫，是以召公，并命我二人在此参赞军务。”魏公抚膺太息曰：“大势去矣！”遂请平、何二将军语之以故，二将大惊曰：“我军已三日无粮，采芜而食，魏公一去，恐有瓦解之势，奈何？”彭寺丞道：“各位将军，何不公上一表，保留魏公，毋使后悔？”魏公曰：“不可，我昨已料及于此。”遂嘱平、何二将，尽忠报效朝廷，二将皆泣下曰：“誓以马革裹尸！不但不敢负圣恩，亦不肯有负明公也。”魏公即于是夕二更班师，命军士衔枚疾行，天明已走百里。

---

① 出营搦（nuò）战——出营挑战。

燕王正在披挂上马，营门军士报道："徐魏公已拔寨矣。"燕王心中大疑，料必乘我之后。有谍者报云："魏公奉旨召还。"燕王以手加额道："天赞我也。"又报谭、李二将军皆已回来。燕王问："截饷何如？"李远对曰："淮河饷舟，悉已烧完。谭将军杀散运粮军士，尽夺其粮饷，不意陈晖、徐真等统三万兵来，众寡不敌，又被夺去。"燕王曰："彼若得饷，就不可破。"即命高煦率兵与平安等搦战，自督朱荣、刘江等，领轻骑八千，星驰而去。陈晖不料燕军又到，仓皇迎战。燕王暗发一矢，正中陈晖面门，翻身落马。朱荣、刘江奋勇争先，杀伤万余人。王师溃散，粮饷尽被燕人劫去。到得败兵驰报平安，已赴救不及。燕王还兵，就从营后杀来。平安正要迎敌，高煦、朱能、丘福等望见，统率精骑夹击，直捣中坚，横贯王师，阵中裂断为二，部伍大乱。何福率兵来援，又被李远、谭清截住混杀。燕兵既得粮草，锐气百倍。王师饥困数日，无力恋战，多弃甲投降。平安知势不可为，遂于马上自刎。何福孤掌难鸣，急收败残军马，星夜走回灵璧旧垒。燕王率兵追上，四面围住，垒中亦久乏粮，将士宰马而食，军心离涣，不能固守。何福下令："于明日听放号炮，尽力杀出，就粮于淮南。"不期燕王于是旦放炮攻营，何福部下误认为号炮，开门突出。燕军一拥杀进，早已截住寨口。王师进退无路，皆堕入濠堑之中，都指挥宋垣、参将马溥等皆战死，礼部侍郎陈性善、大理寺丞彭与明，亦同死于难，唯有何福单骑遁去。燕王此时已无反顾之虞，遂下淮南。

有驸马都尉梅殷，先奉帝命，在淮安募兵十万屯驻。燕王遣人假道，梅殷不许，割使者耳鼻遣还。燕王怒曰："我今渡江要紧，姑放着他。"遂转至泗州，守将周景初前来迎降，燕王大喜。由此得渡淮河，径趋扬州。

巡方御史王彬，正在城中与都指挥崇刚缮甲练兵，同心守御，招募得力士火千斤为大将，不意守备王礼与其弟王宗，羽党徐政、张胜等，诈传"力士之母暴病，呼其子归"，于夜半潜入公署放火，王御史仓忙出堂，竟为贼擒。崇刚适来救火，亦被拿获。王礼等即向燕营献纳，彬与刚大呼骂贼，同时被戮。

燕王入城招抚军士，下令渡江，诸将禀曰："江北船只，彼皆遣人烧尽，如何可渡？"燕王命取高邮、泰州小船二十，令华聚、狗儿巡哨至浦子口，以窥动静。正值都督佥事陈瑄、兵部侍郎陈植同奉帝命，统领舟师前来拒敌，行次龙潭，忽有燕子数百集于樯上，瑄久有附燕之意，对天默祷：

"燕王当为天子,群燕飞向江南;若燕王当败,群燕飞向江北。"说也可怪,燕子悉向金陵飞去,于是令其下曰:"燕王以一旅之师,破朝廷百万之众,此迨天意,非由人力,今已临江,一木岂支大厦?徒使无辜尽遭屠戮,尔等意下如何?"众将及军士齐声愿降。陈植奋然立起,斥瑄"背君降贼,狗彘不食",遂为麾下所杀。

陈瑄取了首级,具舟前迎,忽见有哨船数十,扬旗呐喊,乘着顺风逆流冲上。陈瑄令将士大声说是迎燕王的,华聚问有何为信,瑄将陈侍郎首悬于竿上,以示燕兵曰:"此督师兵部侍郎某之首级也。"华聚急遣人报知燕王,燕王乘小舸飞至,瑄迎上大舰叩首称贺。王曰:"识天命者,惟公一人。"瑄进言曰:"京口密迩金陵①,尚有数万雄兵屯集,须预为图之。"燕王曰:"公言是也。"都指挥吴玉进曰:"京口守将童俊,与臣至交,愿往招之,请大王泊舟以待。"燕王大喜,即遣吴玉前往。翌日,报命降表已至,王乃祭江誓师,扬帆直指金陵,旌旗蔽日,金鼓震天,防守采石矶军士,悉来迎降。

建文帝知事不可为,乃命兵部尚书茹瑺、都督王佐及李景隆往见燕王,愿平分天下,割南北以为界。燕王笑曰:"公等欲作说客耶?我始无罪,以奸臣离间,削为庶人,今者救死不暇,曷用地为?但得奸臣之首,即解甲谒孝陵,永奉北藩。天地神明,鉴予斯言。"茹瑺等还奏,帝又令谷王橞、安王楹同见燕王,再申割地之议。燕王曰:"二弟试谓斯言诚耶?伪耶?"谷王曰:"大兄洞见矣。"燕王乃设宴与二王痛饮,临别,执手曰:"为我语诸弟妹:赖宗庙神灵,相见有日。"二王回后,帝与群臣皆束手无策。俄报燕师进逼金川门,谷王橞与李景隆已开门迎入,魏国公徐辉祖率家童巷战败衄。帝亟还宫,群臣从者五十余人。帝召刘皇后曰:"汝先死,朕即来泉路相会。"后遂拜别了帝,独进椒房②,令宫人从外纵火,自焚而死。帝亦欲自杀,诸臣咸来抱持,牵定龙衣痛哭。少监王钺跪奏曰:"昔高皇

---

① 京口密迩(ěr)金陵——京口与金陵距离非常近。

② 椒房——后妃所住的宫殿。汉代后妃所住的宫殿用椒和泥涂壁,取其温暖有香气,兼有多子之意,故名。后世延用。

帝①升天时,曾言刘基②进一秘箧,到国有大难方可启发,今藏在奉先殿左。"帝亟命取看,是个朱红箧,有玉玺封识,锁皆灌铁。程济立为槌破,见内藏度牒③三张,一名应文,一名应能,一名应贤,袈裟、帽鞋、剃刀毕备。朱书箧内,应文从鬼门出,余从御沟而行,会于神乐观之西房。帝曰:"刘先生早知今日矣。"程济即亲为帝祝发,吴王教授杨应能、监察御史叶希贤——改名应贤,皆剃去发须,以应度牒之数。帝顾诸臣曰:"卿等各散,勿以朕为念。"御史曾凤韶叩头流血,必欲随驾,群臣齐奏,皆愿从行。济曰:"诸大臣素有名望,亦且人多,难掩耳目,恐有蹉跌,断乎不可!"帝乃只留小臣数人,将东宫交与兵部侍郎廖平,挥令速走,诸臣皆大恸而去。帝乃与程济等,遵照箧内遗言,分路出宫。正是:

君王变作如来相,
臣子充为行脚僧。

先一夕,有神乐观道士王升,梦见刘伯温④便服坐于西房,升曰:"不意师相亦在围城之内! 今者旦夕将破,何不进一奇策,以救天子之难?"伯温曰:"正为救难而来,汝可棹一小舟,泊于鬼门,渡一僧人到此,我有话说。"升曰:"我方无处逃命,何暇去渡僧人?"伯温曰:"此僧即当今天子,其跟随者,皆忠臣也,将来女英雄出世,尚有建文皇帝二十余年位号。汝可速往救之,日后自然富贵。"忽空中有神厉声言:"奉高皇帝御旨,命王升到鬼门左侧迎接太孙帝驾!"升大惊而觉,浑身流汗,细思此梦神异,即便棹舟前去鬼门探望,果有一僧仓皇而出。道士向前叩头称:"万岁,臣在此候驾。"帝恐是燕王之计,踌躇不应。道士曰:"昨夜梦高皇帝及诚意伯刘公命臣来接,请速登舟到观,迟则恐人知觉。"帝恍然大悟朱箧内所书,会于神乐观也,遂乘舟至太平门,升导进观之西房。俄而杨应能、叶希贤等皆至,共十一人。帝曰:"今后但以师弟称呼,切勿用君臣礼数。"诸臣泣诺,环坐于地。

---

① 高皇帝——指明太祖朱元璋。
② 刘基——明初大臣,字伯温,浙江青田人。
③ 度牒——中国封建时代度僧(即准许出家)归政府掌握,经审查合格得度后,政府发给的证明文件,称为"度牒"。
④ 刘伯温——见前注②。

道士进夜膳毕，帝询其所梦。王升具说伯温之语，且曰："据梦中言，诚意伯之英灵亦护驾在此，陛下终登大宝也。"帝谓程济曰："当年燕师未起，汝已前知；今者道士所梦，汝可为我卜之。"程济焚香布蓍请帝对天虔祷，诸臣俱随帝向空礼拜。程济卜得坤卦，奏帝曰："卦兆甚奇甚奥。"诸臣亟叩之，济曰："坤卦纯阴，主女子乘阳起兵，当在中州。初爻'履霜'，是阴之始凝；至于'坚冰'，则阴象太盛，恐不止一女子已也。二爻'直方'，大是女子而有正大忠义之概，象曰'地道光也'，是其横行无敌，坤德焕发之候。三爻'含章可贞'，是内含章美，贞且久也，象曰'或从王事，知光大也'，是豪杰之士，知其光大而从之，为此女之羽翼。然曰'无成有终'，似乎无所成也，而又有终；有所终也，而卒无成。故四爻曰'括囊无咎无誉'，此言其不从者，括囊以处，无荣无辱也。五爻之'黄裳元吉'，是他当阳之候，裳为女子之衣，以阴居尊，而有中顺之德，则其推戴故主之义矣。然而上六曰'龙战于野，其血玄黄'，究竟阴阳两伤，而非混一之象。燕固不能灭彼，彼亦不能灭燕，归于涣然冰释。其所以然，则非臣之所能详察也。"杨应能曰："卦兆如此，似可复兴，何不渡江而入中原，以俟机会？"程济曰："不可，象辞曰'利牝马之贞'，指彼而言；'君子有攸往'，指此而言。'西南得朋，东北丧朋'，是说君子大师当之中原，在东北不可往也。今且向西南，权作括囊之人。若果有女英雄出世，那时相机而行，亦未为迟。"众皆称善，帝遂决意南行。议定左右不离者三人：杨应能、叶应贤俱称比丘，程济称道人。往来道路、给运衣食者六人：刑部司务冯漼，称塞马先生；中书舍人郭节，称雪庵，后称雪和尚；宋和称云门僧；编修赵天泰，时衣葛，即称衣葛翁；钦天监正王之臣，号老补锅，即以此作生业；镇抚牛景先，号东湖樵夫；宾辅史彬，待诏浦洽，为吴越东道主。分拨已毕，帝曰："我先往滇南何如？"史彬曰："西平侯之心，未知果能效忠于陛下否？亦不可不虑及也。"时天已微明，叶应贤曰："此处不宜久留，且出了禁门再议去向。"史彬曰："须得舟楫方好。"遂与牛景先同步至中河桥，适有一人，摇着小艇，唱吴歌而来，乃彬家遣到都门以侦吉凶者。二人大喜，急返观中迎帝并诸人，登舟而去，时建文四年夏六月也。谩云日下虞渊，焉得五王夹驭；谁知月临象阙，忽来一女勤王。下回便见。

第十九回

女元帅起义勤王　众义士齐心杀贼

建文四年六月朔①，月君返至山东，燕王已下江南，济上一带地方②，皆经兵燹③，城市荒凉，禾黍萧条，不胜感慨，即同鲍师先到董家庄上。曼师笑迎道："好游！好游！你的仇家竟自轻轻便便过去了。"月君道："我若在此，何难擒之！"鲍师道："他有他的时，我有我的运，而今方合着机会哩。"董彦杲道："昨有下路人来说，万岁爷征召勤王兵入卫京师。南北阻隔，诏书竟不能到这里，而今竟无一人敢赴国难者。"月君曰："如此，我便勤王。从来起义师，原不必有诏书。明日与君等歃盟，倡起豪杰，竟下江南。我看卸石寨，好个形胜地方，可先取来安顿诸公家口，免生反顾之虞，何如？"彦杲道："这个寨内多有莽汉子，在某部下，皆可一呼而集。其山冈上有大寺一座，名宝华寺，向为少陵僧居住，教习枪棒，今已空着，就可借此创立营寨，最为便利。"月君道："这是了。但举大事，全以'忠义'两字为主，使天下之人咸知我等真为国家之难，不是私有所图以侥癵富贵。武王曰：'予有臣三千，唯一心。'庶可以倡之于始，而收之于终，不作乌合之众，聚而忽散，方是大丈夫的事业。"彦杲等大声应道："某等素有义气，向来为盗尚不肯苟且，何况勤王！愿奉圣后为主，悉听指挥，虽赴汤蹈火，亦所不避。"鲍师道："还有件紧要的：大军未发，粮草先行，马匹车辆军器等项，皆不可少，须预为酌定。"彦杲道："合计我等与宾鸿部下，有马三百余匹，车八十多辆，米粮五千余石，兵器人人自有。"月君道："车马俱够。兵粮虽少，我有白金数万，可以接济，即在三日内立坛设誓，发兵启行。"于是彦杲等，各将家眷迁至卸石寨。先在庄上竖起一杆九龙云缎鹅黄色

---

① 建文四年六月朔——"朔"，农历的每月初一，"建文四年六月朔"，即1402年农历六月初一。

② 济上——即"济州一带地方"。古"济州"辖境在山东、河南一带地域。

③ 兵燹（xiǎn）——因战争而造成的焚烧破坏等灾害。

勤王义旗，又左右两杆金黄旗，一书“招纳忠义”，一书“延揽英雄”；又制造一杆销金五凤锦镶边绛红号带、素绫心子元帅旗号，泥金写上“太阴仙主大元帅”七个字，并大纛①与青龙、白虎、朱雀、玄武五彩旗帜，皆一一整备。一面杀牛宰马，邀集了众好汉义士，于第三日清晨，震炮三声，大开庄门，各项旌旂旆、剑戟矛盾，摆列得整整齐齐。董彦杲、宾鸿等敦请月君升座，伐鼓三通，齐来参谒。怎见得：

霞帔霓裳，端的凌虚仙子；雷鸣电激，居然讨逆元戎。

众将士正在那里吹波卢，击刁斗，候大元帅发令，忽见有一官长，领着二三十人来投军，月君即命传进。那人昂然而入，随着两个彪形少年，向上行个宪网礼，与董、宾诸豪杰便分宾主两行坐下。月君道：“第一日就得豪杰，大事可成！请各道名姓来由。”那人道：“职姓周名缙，系永清县典史。两年来，燕贼抗拒王师，某曾献策于当事，多不见用；后各州县皆降，职遂弃官在山左，看看机会，不意燕贼直逼神京。乃臣子死义之日，职虽小吏，颇有忠心，前领家僮人等斩木为兵，欲赴国难。于路结纳此二少年：一位是瞿都督第三子，名雕儿，其父兄皆已马革裹尸——”彦杲接口道：“可就是杀入张掖门瞿将军么？”缙曰：“然也。”又指那一少年曰：“此位是张皂旗的长子。张将军阵亡，直立不仆，燕人犹谓未死，倒戈而奔。他与其父的武艺差方不多，故营中称为小皂旗。两人不但为国，亦且为父。君父之仇，不共戴天，今日在青州经过，闻元帅起义勤王，特来投身麾下，愿随鞭镫。元帅大名，震动中州，足可寒燕贼之胆，区区等请效前驱。”月君奖谕道：“燕南淮北，大小臣工，如君立心报国者，能有几人！宜乎两位将家子相从而来也。只今牲醴既备，告祭天地，可随我登坛盟誓。”誓表略曰：

建文四年夏六月朔越有七日，臣唐姮等誓告于皇天后土之灵曰：孽藩燕棣，反叛朝廷，进逼京师，将篡社稷，人神之所同嫉，天地之所不容。臣姮曾奉上帝敕掌杀伐，玄女亲传道术，与义士董彦杲等，矢心戮力，共抒殉国之丹忱；秣马厉兵，首倡勤王之义举。虽蹈鼎镬以奚辞，纵捐肝脑而靡悔！有渝斯盟，明神殛之。

主盟　太阴仙主大元帅唐姮

① 纛（dào）——古代军队中的大旗。

南海尊者曼陀尼　　西池仙师鲍道姑

同盟　参赞军政周缙　左将军董彦杲

右将军宾鸿　　　　前将军瞿雕儿

后将军董彦暠　　　督饷将军董彦昶

先锋将军张皂旗　　左哨将军董翥

右哨将军董骞　　　护军将军满释奴添注

其余将校尚有二十三人,各登姓名。忽报:"有女将投军,回她明日进见,她就打进庄来,特请将令。"月君亟命放进,看那女将时:

头盘辫发,耳垂双环,身穿左衽之衣,足着裍文之袜。两道蛾眉,弯如新月;一双豹眼,朗若玄珠。面虽白,而肉尽横生;颧太高,而骨亦耸露。腰悬两口钢刀,胸挂一囊铁弹。

随着三四个妇女,向着月君施礼。月君道:"女将军来得正好,表尚未焚,且将名字添上,少间讲话罢。"那妇人道:"小将名满释奴。"于是月君等皆对天拜誓,将校亦皆随拜。焚表已毕,即排筵宴。月君命照表上次序就座,令素英、寒簧与满释奴另坐一边,月君、曼尼、鲍姑皆南向坐。各豪杰开心剖膈,尽量痛饮。月君问满释奴从军情由,答道:"小将的丈夫是番将火耳灰者,近日已降于燕。小将细思,既做建文皇帝的官,如何又降别人?不肯依他,要到济南投铁兵部,恐女流不便,闻得元帅起义,星夜赶来的。"月君问:"汝胸前所挂何囊?"答道:"铁弹五十枚,小将弹弓百发百中。"月君取而视之,仅如龙眼核大,系是生铁铸的。又有一铁圈,如龙眼大,月君问:"这个何用?"答道:"以此圈悬于百步之外,小将弹子打去,要在此中穿过。"月君遂令试之,三弹皆过圈中,众皆喝彩,当晚筵散。

次日整顿器械粮草完备,彦杲遂禀月君:"后院墙垣皆已打开,设立将坛了。"月君道:"极是。可传集众军士,在庄左右,各支帐房宿歇。"

到得黎明,月君升台点将及兵士,共二千七百九十七名,马三百八十三匹,即宣谕道:"汝等听者:古来阵法之善,莫如诸葛之八卦、李靖之六花,皆从尚父之太极圆阵内化出。我亦变得一阵,名为五行阵,又名七星阵,其法即前后左右中五军,中央为土,东方为木,西方为金,前为南为火,后为北为水:为五行之正炁,乃正兵也;南之前有先锋一营,北之后有护军一营,左右各有二哨:为五行之余炁,即为奇兵。行则为律,止则为营,列则为阵,本于一贯,至简至易。若兵马数多,则大营之中,又可各分为五军，亦按东西南北中方位，自数百人起，至于数十万，皆可随其多寡用之。如行动之时，先锋先行，次则前军，再则左军，三则中军，四则右军，五则后军。一军之中亦按前左中右后而行，二哨人马各在先锋之左右，哨探敌人伏兵，若有警急，则与先锋合兵，一面飞报接应，护军在后，以防背后有意外之寇，此行则为律也。如止息安营及屯守结寨，即照五方之位，团团圞圞立五个大营，连先锋护军共结七营，所以又名七星阵。倘有敌人夜劫，如入先锋之寨，则前军与左右应之；如劫护军之寨，则后军与左右应之；如劫左军，前中后三军应之；劫右军亦如之，此止则为营之道也。其列则为阵者，即照安营之法，但把军士列开，每营仍依五方之位，内有道路，外无阵门，圆如太极，围若连环，有混元一炁之象。又可引而伸之，变作率然阵势，敌人或在左边杀入，是攻我之胁也，则前军为首以应之，后军为尾又应之，中军右军为身，相引合而围之，如长蛇之盘旋环绕，通身灵活，触处可以援应。其先锋护军左右哨，却在重围之外，以遏敌之救应，以绝敌之冲逸。若不经训练，则阵势分合变化，未能熟谙，今看我令旗招展，演习一回，便知进退。”乃令诸军列开阵势，命一军杀入。月君在将台上，以黄旗左右招引：“左边杀入者，前军为首，右军中军为身，后军为尾；右边杀入者，后军为首，左军中军为身，前军为尾，合而围之。若敌人多而勇猛，则先锋、护军、左右哨，亦引作长蛇，首尾衔结，盘绕而重围之，其前军后军有先锋、护军以庇之，敌人不能径攻。或侵先锋，或击护军，照以劫寨之法以应之。”诸将莫不心服，月君遂于袖中取出军政一摺，令周缙宣示，共计一十三条：

闻鼓不进、闻金不退者，斩

行走乱其队伍者，斩

安营之后，无故行动者，斩

临阵之时退后者，斩

交兵之际不陷敌阵者，斩

敌人抛弃财物，拾取者，斩

攻城已有先登，不继进者，斩

前军被围，不救援者，斩

漏泄军机者，斩

军中煽惑流言者，斩

杀良民者,斩

劫夺子女财物者,斩

坏人房舍坟墓者,斩

诸将听宣已毕,月君下令曰:“我法至简至严,犯者不宥。其外,罪轻者悉与记过,以功准折;若记过两次,无功者军法捆打。”众将士皆躬身齐应道:“谨遵束约。”月君遂取剑丸抛起,在合抱大树根前一转,如天崩地裂,平截倒于地,曰:“以此开刀。”就擎在手中,向西一指,片刻间,空中飞下两个大箱,即命彦昶打开,皆是白金,每锭十两,军人各赏一锭。

月君又传令道:“五军旗号衣服,各用方位颜色:前军纯赤,中军鹅黄,后军黑,左军青,右军白,先锋用紫,左右哨衣绿,护军衣茜红,督饷用金黄,唯头上巾帻,十军皆用绛红。前后左右将军,各领马军五十、步兵四百五十,五人为伍,十伍为队,十队为一军。每队有将校领之,五队有偏将辖之,大将总督一军。先锋领马军五十、步兵一百五十,偏将一员,将校四员。左右哨将军各领骑兵二十四名。护军所领依前锋之数,督饷所领依大军之数。各兵士所用军器,前已吩咐董、宾二将军,总与将主一律,用枪者,合营皆枪;用刀戟者,合营皆刀戟:不但壮观军威,且可辨别部属。今日夜半,当下大雨,四日方止。六月十三日黎明,方可起行。我用缩地法,三日内便至淮上也。”遂下将台而散。其夜果大雨,至十三日方晴。

军士旗号衣服,皆已制备,五更祭纛,黎明放炮发兵。月君中军自有神兵三百,皆金甲黄袍,形状奇怪,众军观之,莫不踊跃。十五日晚,先锋已至桃源,左右哨探得有梅驸马招募十万军兵屯扎淮安,禀请元帅将令,作何进止。月君问周缙:“汝可知道梅驸马是怎样的人?”答道:“驸马名殷,尚的宁国公主,高皇帝临崩,曾以誓书遗诏授之,托付幼主。前日燕王统兵南下,遣人假道进香,驸马曰‘进香皇考有禁’,割其使者耳鼻遣还,所以燕王从泗州绕道渡淮去的。”月君曰:“若然,是贵戚之忠臣。汝可前往进谒,具述愿为驸马前部,渡江勤王之意,看他允否?”周缙回来禀复道:“驸马云:‘兵系新募,未知纪律,帝命镇守淮安,未奉调遣,不敢轻动。且燕王兵将甚锐,汝等乌合之众,不异驱羊斗虎,心虽忠义,无济于国,宜速回去,慎勿生乱。’”月君道:“懦夫耳!”遂命掣兵由泗州从燕师南下之路而行。

那泗州守将周景初,是已降燕的,闻有勤王兵经由城外,遂点集马步三千,出城迎杀,正值左将军董彦杲排开阵势。景初欺其兵少,一拥杀将过来,不知彦杲部下,皆挑选精勇响马,用的军器皆是长矛,大呼奋杀,无不以一当十。而右将军宾鸿已到,舞动大刀,横杀过去。景初挺枪来敌,刚只一合,被宾鸿连盔带脑及肩,削去半边。主将已死,全军大溃,势如山倒。景初之弟飞扬,率一千为后应,反遭败兵冲得四分五裂。飞扬夺路而走,彦杲拦住大喝:"死贼囚!"蛇矛到处,正中前心,直透后背,竟做了"穿心国"的死鬼。宾鸿部下的大刀手,与彦杲部下的长矛手,合力掩击,直追至城濠边。败兵争抢吊桥,大喝一声,桥梁中折,尽皆落水,只得绕濠而走,被董、宾二将杀得罄尽。回至大路,见各军皆已列营驻下,月君大喜,赞二将军曰:"真山东豪杰也!"计点军士,一个不少,只有三四十名带伤,发在护军营内调养,挑换精锐补伍。即传将令:三更造饭,四更起行,明日要渡淮河。

那时淮之南岸,燕王留精兵四千,令大将房宽、番将脾台屯守,船只尽收过去,以防北来人马。燕兵望见北岸有一军远远到来,报知主将,房宽道:"此必勤王兵也。"遂谕脾台:"来军身无铠甲,营少旗帜,系是啸聚之兵。汝可领一千军前去截杀,我当随后接应。"脾台渡得河来,先锋小皂旗已到。脾台横槊跃马,喝问道:"何方草寇,来此送死?"张先锋执着皂旗扬示道:"没有驴耳的!不闻得皂旗张将军么?"脾台道:"张皂旗为我大兵所杀,汝这贼人,尚要假这死鬼名字!"小皂旗大怒,挺枪直取脾台,脾台舞槊来迎。战有五十回合,小皂旗从刺斜里佯败而逃,赚得脾台追来,拔取两箭在手,先搭一支射去。脾台闻得弓弦响,侧身忙躲,箭翎从耳边擦过,不提防又一支来,恰中左眼,贯恼而死,原来小皂旗善放连珠箭,神鬼莫测的。时房宽才渡南岸,见脾台落马,吃了一惊,大挥军士掩杀将来,把董翥、董骞围在核心。小皂旗杀入重围,奋力死战,不能透出。方在危急之际,瞿雕儿、董彦杲二军齐到,把燕军冲做三段。雕儿一支画戟,如电掣风飞缠住,房宽走又走不脱,敌又敌不住,心中慌乱,转眼间戟锋贯入咽喉。可怜房宽,降燕本欲偷生,谁道死于非命。宾鸿、满释奴二军又到,合力攻杀。燕兵后阻淮水,欲逃无路,被勤王兵将士裹住,如砍瓜切菜,杀个尽兴。也有溺水而死者,剩不得数人逃去。

彦杲等方收住军马,并拿获船中水手十多人,解至中军。月君命赐之酒食,问以京师消息,回禀道:"闻说建文皇帝与刘皇后阖宫自焚,燕王自做皇帝了。"鲍师袖占一卦道:"燕藩即位是真;建文未死,已隐向东南方去。"月君道:"若皇帝已崩,我径取北平,再定中原,后伐江南,以图混一;若行在有信,当先取中原,迎驾复位,而后渡江问罪,则人心响应,势如瓦解矣。烦师太太一到金陵,访个确音,再行商议。"鲍师去后,月君查点军士,死亡者二十七名,带伤者五十九人。吩咐董彦杲录其名姓,以俟优恤,遂掣兵回卸石寨。自此山东义士,人当作虎贲三千;却有洛下才人,天遣来龙图十万。要知分晓,且看下回。

第二十回

太阴主尊贤创业　御阳子建策开基

洛阳布衣①吕律，字师贞，道号御阳子，有经天纬地之才，内圣外王之学，家无恒产，短褐不完，蔬食不充，而意气扬扬自得，常曰："王景略、刘道冲几填沟壑，而逢时遘会，身为霸者师，当今之世，舍我其谁欤？"因赋《扪虱吟》以见志，有"平生百炼胸中气，扪虱军前盖世无"之句。而又性好玄关，恬洁凝静。当其漠然内守，有如处女；及至临机应变，则神鬼莫能测。傲睨物表，与世多忤，故常为人揶揄，叱曰"狂徒"。每与二三朋友杯酒谈兵，指庭前所建之旗曰："当有女真人来访我，便是树立奇勋之候。"久而寂然，人多不信。唯一门生——姓沈，名珂，字守闻者，钱塘人氏，心悦诚服，尝私语人曰："吾师，命世才也。"朝夕依依不去。师贞谓之曰："前岁唐勋来访，一去杳然，我曾向各处寺观追寻，并无踪迹。看此生不是个孟浪的，因何而有黎丘之幻耶？至今心上委决不下。"沈珂曰："我师何不卜之？"师贞曰："然也。"乃整衣冠，焚香默祝，筮得家人卦，拍案大叫曰："此子即是女真人！改做男装游戏，我已为所绐。虽然，是亦枉顾茅庐之意也。今者燕兵南下，北地空虚，正好乘机创业，我须前往说之。"即呼二子，嘱其妇曰："此皆童稚无知，所幸宗祧不斩，汝须教育成人。勿复念我，从此永诀矣。"遂与沈珂飘然而行，竟到蒲台县，下了客店，先问个信儿，有说："这位神仙，不知何处去了。城南有座玄女娘娘道院，留着侍女看守，到那边去问，方知明白。"

师贞即于黎明，寻至道院，见有个老人家出来开了门，背着身向内径走。师贞悄悄随后步入，进了重棂星屏门，是个庭院，有两大瓷缸莲花，一红一白，觉得清芬袭人。那时柳烟儿头未梳，独立在栏畔看花，口吟唐诗两句云："看取莲花净，方知不染心。"猛抬头见一人站在前面，正要发作，

---

① 布衣——古时指平民。封建时代，达官贵人穿绸缎衣服，平民百姓只能着布衣服。

依稀认得形容，就是月君在嵩山访过的，知道有因，便问："你是何人？也不在门上通报，大胆走到这里！"师贞见是个美人，却像曾会过面的，一时想不起来，向前作揖道："学生特来请见姓唐的女真人。有件天大的事，门上决难通报，且不见有司阍的，所以不曾通报，幸勿见罪。"霍地想着，当时唐勋来访，这个美人与她俊仆无二，便道："女真人是神仙，我亦是半神仙。那时女扮男装，随着唐相公到我家里，岂不是你？学生千里远来，且喜寻着了。"柳烟未及对，老仆已在里面出来，便吩咐道："这位吕相公，是见过主母的，今从河南到此，须要待饭。我进去就来。"老仆遂请师贞到客座坐下，耐心等了一会，见柳烟道家妆饰，又同个苍黑的女道姑出来，师贞各奉一揖，遂道："不便久坐，请教女真人所在，即要星夜赶去。"柳烟道："且住，相公既是半仙，知道当日相访情由，为何隔着几年才来呢？"师贞道："今日适当其会，早来亦属无益。"那女道姑向着柳烟道："我看这位先生，昂藏古怪，要见我主母，是要卖弄他才学，只怕五鹿岳岳，充宗折角哩。"师贞吃了一惊，便道是："学成卿相业，货与帝王家。"柳烟道："可不是卖弄呢？"师贞道："非也，如汉高必有子房，先主必有孔明，高皇帝亦必有青田①，学生岂卖弄些须才学者哉？"柳烟道："若然，先生来迟了。女真人早已起兵勤王，这个时候差不多杀入金陵，那里要什么子房、青田方成大事呢？"师贞听了，如飞趋出。柳烟大笑，命老仆固留不住。

回到寓所，又卜一卦，看女真人渡江与否，得师之上六，以意断曰："兵已还矣。"沈珂遂问："爻辞'大君有命，开国承家'，似乎勤王有功，褒锡宠命之意，吾师言兵还，何也？"师贞曰："出师之卦遇终爻，故知师事毕而返也。若爻辞所云，我当应之。"遂投青州大路上等候，正遇先锋及左右二哨兵马回来。师贞杂于稠人中观之，见军马虽少，行伍严整，有十万雄师气象，暗暗赞服。中军已到，两行排列金甲神人二十四对，正中间白马上，斜坐着一位方口长耳、剑眉豹眼、雪白团脸女头陀：齐眉剪发，额周围勒个金脑箍，身披烈火袈裟，手横着狼牙鹿角棒，光着一双大脚，脚踝骨上勒的两个金圈。后一匹铁骊马上，端坐着个赛嫦娥，道家结束的女元

① 如汉高必有子房，先主必有孔明，高皇帝亦必有青田——"犹如汉高祖刘邦必有子房，先主刘备必有孔明，明太祖朱元璋必有青田一样（帝王身边必须要有高明的谋士）。"

帅:头上青丝挽叠如云,戴一片紫凤翠花冠;身穿的素绫织锦衫,外罩着鹅黄鹤氅;项挂一串珊瑚数珠,腰束着雕龙赤玉双扣连环带,脚穿踏云软底麂皮靴,手执短柄临风麈尾拂。师贞不觉失声道:“真天神也。”月君已自瞧见,佯为不闻。番女满释奴,纯用番国装束,看者并猜是神人。

军马过完,师贞方欲回寓,忽侧首一人迎着一揖,问道:“尊兄何方到此?”师贞听是下路声音,即转问道:“尊兄何亦在此?”觉得大家心契,遂相邀同寓一店,沽酒而谈。那人道:“贱姓胡,名先,原任沛县①县丞,燕兵入境,我向徐州求救,到得回县时,城已打破,大尹亦已殉难,我收尸葬后,就到淮上。闻知他们义师已战胜凯旋,就随了他转来,有个从军报国的意思。”师贞便接住道:“若然,则我与君大有同心。”就将女元帅先曾枉过茅庐,及今远来相访,并将来数应开国中原的话,细细说将起来,当作下酒之物,不觉的直到天明。胡先大喜道:“我尚未知二位的大名。”沈珂应道:“这是我师,洛阳吕某。”又将自己姓名说了,三人就一路同行前去,暂且按下。

却说月君回到卸石寨,见宝华寺是座古刹大殿,有九丈余高,内进七层,宽亦七架,共七七四十九间;殿后东西,各有方丈,周回屋宇又多,可以栖止,但无会集将士商议军情之处,遂令董彦杲在寺旁空地,搭起演武厅来。先设青油幕于露台上公坐,众将齐来参谒,月君谕道:“从来图王致霸,全在收罗贤士,所以汤武得伊吕而旺,汉高得三杰而霸,光武有二十八员名将,唐太宗有一十八位学士,皆出类拔萃之材。古云:‘得人者昌,失人者亡。’又曰:‘千金易得,一将难求。’周公旦接纳贤士,至于‘一沐三握发,一饭三吐哺’,犹恐失之。圣人且然,况其下乎?今者开创伊始,第一件是求贤为辅,共成大业。前者两杆‘延揽英杰’‘招纳忠义’黄旗,应建立在山寨左右。不拘文武之士,有来投谒者,立即传报,以便召见。”彦杲等皆声诺遵命。

至次日,就报有个河南吕姓的,同着两个下路人来晋谒。满释奴转禀过了,传令请进。吕师贞前行,胡先、沈珂随后。将近墀下,师贞向上长揖,胡先与沈珂皆行庭参礼。月君命三人在东首,诸将在西首,各席地而坐,遂问吕师贞:“先生记得唐思安否?”答道:“别后数日,候驾不至,即占

---

① 沛县——古县名,在今江苏省境内。

一数，方知是神仙游戏。今日之来，正践前言耳。”月君道：“既辱远临，愿闻长策。”师贞道：“目今第一要着，是‘正名’二字。名者，君臣之大伦也。从来异姓篡逆，人皆称为乱臣；若同宗反叛，则不能尽知为贼子。燕藩者，乱臣贼子之尤也，而人咸曰‘是亦高皇之子’，则君臣之大义灭绝矣。建文圣主，为燕藩之侄，私亲也；其为燕藩之君，大义也。懿文太子与建文太孙，皆高皇帝之所置也。燕藩削去建文年号与懿文谥号，是叛二帝，即叛高皇，无父无君，其罪滔天莫数。夫乱臣贼子，人人得而诛之。今大元帅欲伸大义于天下，必先尊奉建文年号，使人咸知有帝；然后兴师问罪，则讨贼之名正，而四海忠义之士，莫不来归矣。”月君曰：“是固然矣，但武侯未出茅庐，三分霸业瞭然于胸中。今燕之巢穴在北，帝阙在南，二者先何所定？请试言之。”师贞曰：“一要看帝之存亡，二要看燕逆之迁都与否。北平有塞外俺答之患，彼必回顾巢穴，纵不能一旦迁都，大抵自镇于北，而令其子留守金陵，以防建文之复位。今若行在有信，宜先取南都，迎复故主。燕藩虽踞北平，可以下尺一之诏，击首于阙下。若圣驾已崩，则先取北平，平分天下，然后渡江南伐，未为迟也。总之，南北须要待时。目下先取青州，次拔登莱，再定济南，绝其要路，则是一定之着。”董彦杲道：“登莱边海凋瘠，取之何用？莫若于定济南之后，便取开封，岂不成虎踞中原之势？”月君曰：“吕先生之言是也。登州总兵张信，为燕心腹，是我肘腋之寇，岂可不预为除之？”胡先问曰：“前日义师南指，燕贼丧胆，何以临淮不渡？”师贞曰：“元帅之不渡，盖有道焉。义师不满三千，京城之大，百有余里，围其城郭，不盈十堵，况且远隔长江，兵饷不继，是非善策。”胡先叹服。

月君欲用吕师贞为军师，恐众心未服，乃问曰：“古来用兵者孰得孰失？先生其一一敷陈之。”师贞曰：“善用兵者，有军师名将之别：折冲樽俎，军师之职也；智勇兼备，名将之任也。不但为六军之师，直可以为帝王之师者，方称得‘军师’二字，若名将则专主军旅而已。尚父为军师之祖，继之者子房、孔明与青田也。三公之才略相埒，品节相似，赤松子与五丈原，易地皆然。青田末路，受谮见疑，稍昧知几。武侯躬行讨贼，将士敬之如神，爱之若父；留侯一椎击秦，万乘丧胆，四海惊心：皆青田所未逮也。次则管仲父，作内政而寄军令，出自创始，真霸才也；而且尊周室，攘夷狄，所持者正，勋烈烂然。王景略可谓流亚，独是屈身于氐羌，名号不正，犹赖识得卜晋为正朔，识者谅之。李药师才智有余，学术稍逊，然而规模弘毅，有帝师之气象焉。孙武子，兵法十三篇，名将之宗也。后如韩淮阴①、周公瑾②、郭汾阳③、岳武穆④、韩蕲王⑤，皆名将之尤者。淮阴用兵，疾若雷霆，幻如神鬼，千古无二，独识不得汉高为何如主耳。公瑾有绝伦之才，无容人之度，三十登坛，临大事而不惑，亦所罕有。武穆不师古而师心，圆机活泼之中，具有变化纵横之妙；令简而乐从，法宽而莫犯，反觉三略六韬为繁碎矣。韩蕲王智信仁勇严，略亚于武穆，独能全令名于昏主之朝，是所优耳。汾阳驭下以仁，士卒效死如归，未免兵法稍疏，或至败绩；然至公无我，休休之度，诸公莫敢望焉。次则乐毅、李广、李光弼、曹彬、徐魏公，亦名将也。莒、即墨之不下，毅以妇人之仁失之；七十战而迷道，广以小忿失之；光弼优于纪律，短于应变；彬有儒将之风，不能膺危险之任；魏公用智而盛，作气以严，济之以光明俊伟，较诸子为愈焉。其有似军师而非军师者，如范蠡之用柔近于污，陈平之用智过于贪，庞统临机失之执，道冲运筹失之泛，齐丘之画策则失之忍矣，是皆谓之谋臣则可。又有附于名将而不可称为名将者，如穰苴之未建大功，孙膑之只报私仇，田单之幸尔复国，邓艾之行险侥癖，谢玄之草木得胜，狄青之歼灭小丑，皆非真名将也。更有吴起之劣，邓禹之庸，卫霍之骄，张浚之迂，亦享大名，斯为舛矣。其有才略而未用，或始用之而终弃之，或虽用之而又制之，不得展其施为者，概置勿论。”诸将士听了这篇侃侃凿凿的话，莫不悚然。月君已知将士心服，问道：“如吕律，可做得你们军师否？”董彦杲等齐声应道：“真军师也！愿听指挥。”月君又问吕律：“你同来二位，才略何如？”师贞道：“胡先，是中途偶遇，看来智虑精详；沈珂是小可弟子，刚直不挠，亦通兵法。”月君即拜吕律为军师，命胡先监理兵饷，沈珂参赞军政，以周缙总理卸石寨政事，董彦杲提督卸石寨军事并一切将员，皆颁给兵符印信。

过有月余，中秋节到，月君于清晨驾临演武厅，吕军师同诸将士齐集

---

① 韩淮阴——即汉代的大将淮阴侯韩信。

② 周公瑾——即三国时代的吴国名将，姓周名瑜，字公瑾。

③ 郭汾阳——即唐大将郭子仪，见前第 112 页④。

④ 岳武穆——即南宋抗金名将岳飞。

⑤ 韩蕲王——南宋名将韩世忠，死后追封为蕲王。

祝贺毕,董彦杲前禀道:“山寨内人家,老幼男妇,闻知太阴仙主圣诞,共来叩贺,现在外厢伺候。”月君即令传进,差不多有数千名口,七上八落的,跪在地下,磕头礼拜。月君周览一回,总是村农,遂默呼神人,到盘槐洞运取银箱。霎时狂风响处,马灵从空而降,银箱四个,齐齐摆在厅前,众皆大惊。月君谕令董彦杲打开一箱,皆是十两大锭,每人各与一锭,众百姓齐呼圣后万岁,声震山谷。遂陆续放令出去,落后有百来个妇女,都是无儿无女的寡妇,说愿随圣后出家。月君即令留在寨中,分授职事。又谕马灵不必再回山洞,听候军师调遣,刷探军机消息。

处置已毕,方欲退散,忽彩云一朵从南飞下,却是鲍师。月君降阶而迎,曼师从厅后趋出,笑道:“老鲍来得好,我一人没兴,正待着你与月君祝诞哩。”月君谦谢过,然后问及金陵之事。鲍师将建文皇帝披缁削发,从鬼门出宫,并神乐观道士王升先梦刘青田,说中原有女主出世,建文尚得复位,遂前去迎接,至观一宿,有史彬等数人扈从,同下吴门……各情由备述一遍。军师顾谓诸将佐道:“我等是顺天行道矣。”将士莫不踊跃。鲍师又述燕王改元永乐,族灭忠臣,不可胜数;妻女有发教坊者,子孙有下诏狱者……正在搜拿,尚无底止。吕军师勃然进言道:“燕贼获罪于天矣!大元帅为神人之主,宜亟救之,以延忠臣之宗祧,以全烈媛之名节。”月君道:“我正有此意。非鲍曼二仙师亲往,不能济也。”鲍师曰:“我向寓于神乐观,王升颇有忠义之心,此事可图。”曼师曰:“不必多讲,就此行程。”遂携手凌云而去。不因此去,有分教:殉节完贞,地下忠臣,夫妻再会;冰心玉骨,人间孝子,伉俪旋谐。且看下回相接否。

第二十一回

燕王杀千百忠臣　教坊发几多烈女

建文皇帝从神乐观登舟龙潜而去，唐赛儿正兴义师南下勤王，而燕王已自登基，乃是同一日之事，作者一支笔，并写不得三处。而今鲍师回来，说及杀戮忠臣、妻女发下教坊，少不得要叙个原委出来。当燕王初入金川门时，部下有上将百员，雄兵十万，正所谓喑噁而山岳崩颓，叱咤则风雷涣散。乃有一官员，须发倒竖，拦住马首，厉声大骂曰："汝这反贼！敢大胆犯阙耶？"奋拳前击，几乎把燕王跳下马来。众军士刀斧齐上，头已落地，但见腔子内一道白气冲天，并无点血，一个没头的死尸挺立在前。燕王大惊，讯是何官，有认识者对曰："铁面御史连楹。"燕王引马避之而进，就有一位俯伏道左、三呼万岁的，是兵部尚书茹瑺。第二人是吏部侍郎蹇义，其余共有百员，当世知名、正史所载者，是：

户部尚书王纯	工部尚书郑赐	户部侍郎夏原吉
礼部侍郎黄福	兵部侍郎刘俊	刑部侍郎刘季篪
工部侍郎古朴	翰林学士董伦	侍讲王景
修撰李贯	修撰胡靖	编修杨荣
编修杨溥	编修吴溥	吏科都给事胡濙
兵科都给事金幼孜		吏部郎中方贯
礼部仪制司郎中宋礼		御史尹昌隆
吴府审理杨士奇	侍诏解缙	桐城令胡俨

时正大内火势冲天，燕王问是谁放的火，以上迎降诸臣咸奏是建文烧宫自焚，遂拥护燕王径诣奉天殿，登基即位。先下令清宫三日，杀戮妃嫔阉寺人等几尽。然后视朝，命廷臣公举素有品望，为士民信服者，草登基诏书，布告天下。群臣正因文渊阁博士方孝孺独自一个斩衰麻衣，号于阙下，憾其所为，就共荐于燕王。早有卫士伍云擒缚至陛，燕王亟命解释，降榻慰之曰："朕法周公以辅成王，先生毋自苦。"孝孺张目叱曰："成王安在？"王曰："伊自焚死，非朕之过。"曰："曷不立成王之子？"燕王又从容谢

之曰:“国赖长君,且系朕之家事,先生可以勿与。”令左右给笔札,请方先生草诏。孝孺大书“燕贼反”三字,掷笔于地,且哭且骂。燕王大怒曰:“汝不念及九族乎?”孝孺厉声曰:“便是十族,你也逃不得‘燕贼反’的三个字!”以手指着燕王,声愈烈而骂愈毒。燕王反笑曰:“看你能骂否?”令卫士以利刃碪①公之口吻,直至两耳根尽处。立拿公之家属,而妻氏郑夫人与二女,皆先缢死,遂夷公之九族。既尽,又屠公之门生朋友廖镛、林嘉猷等,凑成十族,计八百七十有三人。然后磔裂②孝孺,并燔③其祖宗坟墓。公之弟孝友临刑,见公含泪一顾,乃口占一诗云:

阿兄何必泪潸潸,取义成仁在此间。

华表柱头千载后,忠魂依旧到家山!

却说这个登基诏书,凡属在廷诸臣皆系进士出身,原是人人做得来的。燕王只因自己反叛,僭号④登基,所以要求一位端方有望的名臣,借重他的笔墨,以掩天下人之耳目。素闻得大理卿胡闰,文章品节与方孝孺相埒,询之群臣,又奏彼亦倔强,须以天威临之。燕王笑曰:“焉得有第二个方孝孺,不怕夷十族的?”即遣中使召闰至陛。公身衣衰绖,哭声震天,大骂曰:“我岂从反贼草诏耶!”燕王恚⑤甚,命武士以金瓜击落其齿,齿尽击去,骂犹不绝,乃乱捶杀之,以灰蠡水浸脱其皮,剥下来揎之以草,仍旧缝作人形,悬于武功坊示众。抄提全家及亲党二百十有七人,尽行屠戮。唯公一幼子传福,将死系狱,夫人王氏临刑,有周岁女孩自怀中堕地,为刽子手提去,没入功臣之家。

于是燕王又命群臣公举一人草诏,且下令曰:“凡恃有才望不属草者,方、胡为榜样。”群臣奏曰:“监察御史高翔名重海内,可以属草。”燕王姑令召之,有顷翔亦丧服至,背立厉声大骂曰:“我腕可断,首可碎,反贼之诏不可草!”燕王大怒,拔剑挥公为两段,夷公之宗族,又发公之祖先丘墓,杂犬马骨烧之,扬其灰于溷厕。

---

① 碪(jī)——划破,割。
② 磔(zhé)裂——分裂肢体,古代的一种酷刑。
③ 燔(fán)——烧、烤。
④ 僭(jiàn)号——超越本分的名号。
⑤ 恚(huì)——恨、怒。

不得已，乃命翰林院修撰胡靖草诏。初，靖与编修王艮比邻而居，曾约同殉国难。艮方服毒时，闻靖呼其仆曰："外已大乱，尔等可看猪，毋使逸出。"仆人皆不应，乃自呼猪与之食。艮叹曰："一猪不舍，宁舍命乎？"于是人称曰"呼猪状元"，以所草之诏亦称为"呼猪状元之诏"。而诏书内称述天命、褒扬圣德十分阿谀，燕王大喜，即遣官分颁各省。

有佥都御史司中、刑部尚书暴昭闻之，不约而同，赴阙痛骂，武士执之以献。司公啐碎钢牙，指着燕王骂曰："汝乃大明之反贼，焉敢称为诏书！这帝位是汝篡的么？"燕王喝令卫士将公牙齿箝尽，又以铁帚刷扫，肤肉糜烂，至断筋露骨而死。暴公大呼曰："我为高皇帝之臣，汝为高皇帝之贼！我今日与司中同死，去见高皇。"以手指两班文武曰："不与这等狗彘①不食之徒同生也！"燕王又羞又忿，怒目如炬，喝令以尖刀刺入喉中，剜公之喉，又断公之手足，而公毒骂益甚，复断其脰②，细锉死尸。二公并夷三族。又有监察御史五人，齐约诣阙，放声痛哭，大骂燕王反贼。一巨公名敬，剐死，赤族。一董公名镛，腰斩，女发教坊，屠及姻党二百三十余人。一谢公名升，死于拷掠，妻韩夫人与四女皆发教坊，一幼子名小咬住，下锦衣卫狱。一甘公名霖，一丁公名志，均弃市。又礼部尚书陈迪、工部尚书侯泰，皆奉命督理军储在外，俄闻京都失守、燕王颁下登基诏书，二公地方各别，恰好先后至京，访问帝之所在，为羽林军执见燕王，叱迪公曰，"汝曾劾朕者耶？今天命在予，更有何说？"公骂曰："太祖高皇帝，即天也。汝乃逆天之贼！我曾受高皇顾命，特来讨贼！"侯泰亦同声辱骂。忽午门卫士执数人至前曰："是二人之子弟，在外号哭。"燕王冷笑曰："我有法处汝！"令割迪公之子凤山耳鼻，纳入公口，曰："好吃否？"公曰："忠臣孝子之肉，有何不好？"唾而大骂。燕王即令武士曳公至阙下，与四子同磔，夷及三族。侯公子弟并斩，抄灭全家，妻曾夫人，发下教坊。陈迪公死后，衣带中有诗云：

> 三受天皇顾命新，山河带砺此丝纶。
> 千秋公论明于日，照彻区区不二心。

燕王又闻礼部侍郎黄观征兵江上，而其家属住在京邸，遂先收公之妻

---

① 狗彘（zhì）——猪。

② 复断其脰（dòu）——又斩断他的脖子。"脰"，脖子。

翁夫人与二女发配象奴。公之夫人多智慧,即脱钗钏佯哄象奴去质酒肴,便携其二女与婢妾辈,共赴淮清桥水中而死。又发缇骑去拿黄侍郎时,而公已先一日具朝服东向再拜,自投于罗刹矶下矣。缇骑只得公蛛丝棕帽以献。燕王命束草象公之形,戴之棕帽,细细锉碎,以当凌迟,并籍其家,连及姻党百余人,谪配边戍。

时有逢迎小人密告:建文尚在,户部侍郎卓敬、副都御史茅大方等,潜谋复位。燕王立发官校,锁拿解京,亲自勘问,叱卓公曰:"尔当日密奏建文,要徙朕于南昌,今朕受天之命,得膺大宝,尔尚敢为逆么?速供出同谋诸人来!"敬与大方厉声齐应曰:"乱臣贼子,人人得而诛之,普天皆同心也。"燕王令下法司。遂衍从旁怂恿曰:"速杀之,毋庸再鞫。"即将二公骈斩于市。大方三子同时受戮,妻张夫人发教坊司,两孙添生、归生尚在童稚,皆囚于狱。卓公以为首论,夷三族。又连及户部侍郎卢迥、给事中陈继之,皆责问不屈,含笑受刀而死。茅公于燕师南下时,曾有诗遗于淮南守将梅殷,当时争诵之,今录于此:

幽燕消息近如何?闻道将军志不磨。
纵有火龙翻地轴,莫教铁骑过天河。
关中事业萧丞相,塞上功勋马伏波。
老我不才无补报,西风一度一悲歌。

副都御史练子宁,变易微服,追寻乘舆,路由临安,为指挥刘杰擒献阙下。子宁见燕王,睁目裂眥,恶声辱骂。燕王令断其舌。子宁手探舌血,大书于地曰:"反臣逆子。"燕王愤极而颤,立命寸磔,屠公之九族,又九族亲家之亲,被抄没谪戍死者,不啻千余人。又佥都御史周璿与礼科给事戴德彝,以扈从不及,追访行在,为兵校盘获,械至京师。燕王素识璿,冷笑而叱曰:"汝曾为燕山卫经历,奏朕谋反,今日不怕碎尸万段么?"公亦冷笑而对曰:"汝前日谋反未行,就是我一人敢言;今者谋反已成,天下后世,也没有一人不骂你反贼的!"燕王咬牙切齿,喝令乱棒打死。搜拿家属乱党时,先已远遁。公妻王夫人,又早吞金自毙。只获一小奚奴,名曰蛮儿,实公之少子也。蛮儿自幼聪颖,而且有膂力,谬称鬻身于周氏,因系于狱。德彝临刑曰:"我生不能讨贼,死有余憾。"公已无妻氏,只有寡嫂项夫人家居,料必有赤族之祸,乃藏德彝二子于山中,令家人尽行逃匿,并烧族谱,独自留家。及校尉至,一无所得,械项氏入都,受尽炮烙惨毒之刑，至于遍体焦烂，竟无一言而死。监察御史魏冕与大理寺丞邹瑾，在建文时，憾徐增寿与燕潜通密信，倡率廷臣，共殴于朝，又力请于帝诛之。及燕兵入金川，二公皆自杀。至是拿问家属，尽灭其族，死者九百余人。同邑御史邹朴与二公善，亦不食死。时兵部尚书齐泰同监察御史林英，征兵于广德州，冀图兴复，而太常寺卿黄子澄走至吴门，欲潜往日本国借兵，均被捕获。齐、黄并腰斩，屠九族，妻女及妹悉发教坊。林英先自经死，妻宋夫人系于狱亦自毙。

而有合家从容殉国者：如工部侍郎张安国与妻贾夫人，乘舟入太湖，命榜人凿沉于中流，曰："舍却此木，无我葬身之处。"又修撰王叔英与其夫人金氏，同缢于吴门之玄妙观银杏树下，有二女年方及笄，俱赴井死。公衣襟上有数语云："生既久矣，未有补于当时，死亦徒然，庶无惭于后世。"又监察御史曾凤韶，当建文皇帝祝发时，请从出亡，帝以其名重难掩耳目，勉麾之去，回家嘱其子公望曰："汝图报国！"即自杀，妻李夫人，亦缢死。兵部郎中谭翼朝衣朝冠端坐于小阁，令家人从下举火自焚，妻邹夫人，子谨，皆自尽。

又孑身殉国者：衡府纪善周是修，入国学拜孔子毕，然后自经晋府。长史龙镡，服毒而死，其冠中有自书赞云："捐生固殒，弗事二王；别父与兄，忍恸肝肠。尽忠为臣，尽孝为子：二端于我，归于一所。"再有兵科给事龚泰，奉命巡城，刑科给事叶福协守金川门，见李景隆迎入燕王，大骂："内应外合的逆贼！"二公均触石死于城下。

又有讹闻帝驾已崩，而殉节者：太常少卿廖升，闻报痛哭，与家人诀曰："我既不能救国家之难，分宜一死，以随圣主。"遂仰吭而死。又编修王艮，亟沐浴衣冠，北向叩首，三呼圣主，从容饮鸩而卒。外有殉节于途路者，如佥都御史程本立，出为江西副使，已行两日，而闻国变，即缢死于邸舍。刑部主事徐子权，已告假出都，行至半途矣，恸哭赋诗，有"翘首谢京国，飞魄返故乡"之句，遂自经于邮亭。又中书舍人何申，奉使在外，于荆门道左，适逢燕王诏使经临，不胜惨伤，拊心呕血而卒。又户科给事韩永，久在林下，燕王有命复其官，永笑曰："我乃王雏，何以官为？"即自杀。再有通政司参政郑居贞、吏部侍郎毛大亨、礼部侍郎黄魁，皆殉节于家。又宾州牧蔡运、东平州吏目郑华等，各尽节于官署。

其誓死不屈者甚众，史皆失之，后人有诗曰：

椒房一举火，凤驾已无音。
五百同仇士，三千殉国心。
金门血肉烂，玉殿鬼魂侵。
更惜坚贞女，香名万古沉。

尚有外郡官员，起兵勤王讨贼者。苏州府太守姚善，敦请高士钱芹为行军祭酒、进士俞贞木为行军司马，率乡勇数千，已至丹阳。时燕王募公首级：爵三品，赏千金。竟有千户陈斌、许忠等潜构奸谋，以富贵耸动其众，遂于夜半鼓噪倡乱。公披衣出帐安慰，误为贼所执。俞贞木率百人赴救，亦被擒。唯钱芹微服脱去。许忠等搜寻不获，遂将公与贞木解至阙下。燕王叱公曰："若一郡守，竟敢举兵抗朕么？"姚公发尽冲冠，厉声应曰："我生不能斩汝之首，死当为厉鬼，戮汝之魄！"燕王震怒，命断其舌，剜其心，抽其筋，碎剐而死，并屠戮全家。俞贞木亦以死殉。时钱芹返在金陵，潜收公与贞木之骸骨，不知所之。姚公友有黄钺，曾为给事中，誓同许国，闻公殉难，乃登翏川桥，酹酒恸哭，西向再拜曰："我忍独生，背君负友乎？"遂跃入水。时家人俱已窜伏，公友杨福，日夜泣于桥侧，捞尸不得。越数日，公尸忽自出，端立水中。福以礼葬之，弃家逃去。又乐平县尹张彦方，兴起义师，与燕兵战败，自刎。燕王令暴尸于谯楼，大暑经旬，肌容润泽如生，无一蝇蚋来集，父老窃尸葬之。燕王按户抄捉，多自尽于彦方墓前，乃止。袁州太守杨任，暗募勇士，谋求旧君，以图大举，未发而事泄，被同僚擒送至京，磔于市曹，子礼益枭斩，并夷全族，亲戚庄毅衍等百余家，皆戍边徼。徽州府太守陈彦回、松江府同知周继瑜，各募义勇，合兵进讨，被燕将朱能、丘福等生擒以去，皆凌迟处死，抄洗全家，陈公之妻屠氏发入教坊。蓟州镇抚司曾浚，起兵讨燕，为部下所杀，献首于燕。又有宁波府太守王琎募兵勤王，渡江至临安，为守将邀截混战，不克而遁。

燕王见人心不服，乃谋于道衍曰："京中大势虽定，其奈草野兴兵反乱者甚多，恐为患不小，须预以制之，计将安出？"道衍即取笔，在砚上疾书百来个"杀"字说："草野怕他怎么？只这建文的人，拿一个杀一个，凡其子若孙皆永远禁锢，则无倡首之人，更有何患？"燕王深善其言，严行各省郡县，凡在建文时做过官者，每月朔日，按名查点，不许离家出外，子孙亦不许应举出仕。又先经挂官遁去者，内外官员计五百四十余人，饬令所在有司搜拿家口，并悬赏格，召人首告，有藏匿者，以谋叛逆知情不举者，一体坐罪。有户部侍郎郭任，设建文帝位于家，朔望朝贺曰："君在，臣未敢死也。"为有司侦知，密奏燕王，立发缇骑拿解，与长子经对面受刑，少子金山保拷掠下狱，三女皆发教坊。又大理寺丞刘端、刑部郎中王高，早同弃官，访求乘舆所在，为人出首被获。燕王曰："汝等潜逃，意欲何为?"端与高齐应曰："存其身以讨贼!"燕王令割下二人鼻子，笑曰："如此面目，还成人否?"端、高齐骂曰："我犹有面目，即死可见高皇帝！汝反贼，有何面目见人耶?"燕王惭忿之极，令割其舌、剜其眼而杀之，并将二公妻子发配边塞。诚意伯刘公之子，长名觊，次名璇，挂冠家居，燕王罪以逃叛，逮至京师。觊抗言曰："造反者是殿下，怎说我等逃叛?"燕王怒曰："若不看汝父元勋之面，立行斩首！且下锦衣卫狱定罪!"弟兄相谓曰："我与汝岂可向逆贼案下对簿求生耶?"于是争欲自杀，苦无金刃。璇曰："汝为长子，才智超群，可以继武先人之遗烈，且有老母，宜延性命。弟无能，唯有殉国也。"是夜辫发自经而死。宗人府经历宋征，在建文时已谢官归里，因尝上疏请削有罪宗藩属籍以防祸衅，为怨家举出，械至阙下。燕王责问："汝疏也有用否?"征对曰："今汝已反，我言已验，千古流传，怎说无用?"燕王令碎剐之，并毁其疏，灭其宗族。辽府长史程通，曾上防御燕兵诸策，为卫士纪纲首告，械通拷死，全家皆戍辽阳。徽州知府黄希范，传闻建文驾崩，遂素服不治事，悲恸竟日，解组而去，亦被人讦告到官，解至京师，燕王杀之，并抄其家。北平佥事汤宗，曾奏廉使陈瑛为燕心膂，建文帝因谪瑛广西。燕王即位，召瑛为副都御史，逮宗至，下狱论死。候补知府叶仲惠私修《建文帝实录》，斥靖难师为逆党，亦论死，并毁其史，戍其家口。又穷搜方孝孺之党，如监察御史王度与郑公智，尝有孝孺往来书札及誓死社稷之盟，坐罪边戍，而二公大骂无父无君之贼，皆枭首于市，并至赤族。刑部侍郎胡子昭，坐方党受戮，临刑朗吟曰："两间正气归泉壤，一点丹心在帝乡。"其弟佥事子义，弃兄之子与己之子，逃于西川，蜀献王怜而匿之，得免于难。太常少卿卢原质，少从方孝孺游，名重于世。燕王初欲召用之，公曰："乱贼慎毋污我!"遂被害，全家受戮。公之乡人教授刘政，闻卢公殉节，亦不食而卒。又镇抚司牛景先素交于方、卢二公，后从帝出亡，无处缉拿，乃执景先之妻妾，俱发教坊。燕王又憾贵戚中多不附己者，先召徐魏公辉祖，公不受诏，徐妃亲至其第，亦闭门不纳，遂捕下廷尉，必欲杀之，究以妃言止于削爵。公终其身，谨守臣节，常曰："我未殉国,有遗恨也。”梅驸马名殷,尚太祖之女长公主,与魏公同受顾命,建文帝令守淮安,已募得新卒数万,燕王倩公主啮指血作书,召令还朝。陈瑛密告驸马私匿女秀才刘氏,行巫蛊诅咒之术。未几,有都督谭琛、指挥赵曦,刺死梅驸马于笪桥之下。公主痛哭不止,王令法司勘问,二人直对曰:“此奉上密旨,非我等敢于行刺。”燕王羞赧无措,立令武士以金諲剔落二人之齿,寻复斩首。惜哉,梅驸马之死也!始而拒燕王之进香,可不谓凛然大义?当燕兵渡淮之时,鼓行而蹑其后,成败尚未可定,即使没于疆场,不亦荣乎?有诗云:

强兵十万控淮南,投大遗难任未堪。

徒割燕王使者鼻,还朝应合寸心惭。

有国子监博士黄彦清与其友典史金兰,向在梅驸马军中以私谥建文帝并追崇刘皇后徽号,亦提来勘问。彦清为首,论绞,又连及从子贵池,同金兰皆下诏狱。又驸马都尉耿璿尚孝康帝之长公主,其父都督炳文讨燕之日,瓛与其弟瓛同在行间,并皆处绞。自此而天下人民,莫不震晾,凡登基诏书所至,无敢抗者。唯有浙江臬司王良,独不受诏,奋然大骂曰:“反贼敢称诏耶?”立执燕使,斩于辕门,而诸文武官弁等,皆群起鼓噪。良知同僚尽是贼臣,乃入署谓夫人曰:“我欲殉国,汝将焉往?”夫人应曰:“我何难?君止一幼子,未知所托。”一妾名霜筠者,毅然应曰:“小婢不才,愿为相公抚孤。”夫人即以幼子交付妾手,自投于池水溺死。公乃纵妾出走,南向再拜,置薪户外,抱印阖室自焚而死。又闽中漳州府学教授陈思贤,闻各官员悉去接诏,大恸曰:“明伦之义,正在今日。”遂集其弟子伍性原、吕贤、曾廷瑞、邹君默、陈应宗、林珏,设建文帝位于明伦堂,痛哭如丧考妣。郡守等大怒,执送南都。思贤与六生皆慷慨就刑,人称为“七君子”。四川都司断事方法,闻燕诏至,曰:“纲常灭矣!”不出迎诏,诸司表贺登极,亦不肯署名,为燕使执去,舟下长江,乘间跃入波中,葬于鱼腹。又指挥张安,自使燕归,见国势日蹙,遂隐于乐清,采樵为业,人莫知其姓氏。一日负柴入城,适闻燕使赍诏赴县,呼天号哭曰:“国篡君亡,我岂肯偷生于此世?”即弃柴奔还,投死于石崖之侧。临海县之东湖,有樵夫者,竟不知为何许人。燕诏至日,皆纷纷传语曰:“新天子登极。”樵夫愕然曰:“旧天子安在?”或应曰:“已烧宫自焚。”樵夫掩面大哭,抱石投湖而死。又昆山人姓龚名翊者,为金川门卒,见谷王橞与李景隆开关迎入燕王，大哭而去；已闻燕诏至县，又痛哭数日，呕血而毙。尤奇者，燕山卫卒储福，当靖难兵起，逃归缙云山中，三年而燕诏至，语其妻范氏曰："吾虽一介小卒，义不愿为叛逆之民。"抚膺大恸，绝粒而卒[①]。范氏方在韶年，姿容明洁，有当道谋欲娶之，范誓死守贞，其事在三十九回。且演下文听者。

① 绝粒而卒——绝食而死。

第二十二回

铁兵部焦魄能诛卫士　景文曲朽皮犹搏燕王

说的燕王登极诏书颁到济南府,又特赍一敕召铁铉还朝,这是恐铁公兴兵,要来收罗他,百姓却讹传了勤王诏书。在铁公,亦未知京都的信,遂谕文武官员且出郭迎去,看是如何 。到了黄华亭,见赍诏官是燕府长史周铎,心中已是了然,铁公厉色问道:"是建文皇帝诏书么?"周铎亦厉色答道:"你们想是没有耳朵的!建文已阖宫烧死,是当今永乐万岁爷登基的明诏,尚不跪接,还敢说白道黑么?"众官员着了急,一齐跪倒。铁公大怒,喝令左右:"与我拿下燕贼使。"军士吆喝一声,早把周铎绑住,随从人等皆已打得星散。铁公指着周铎道:"你这狗贼,向为燕逆的心腹:当日潜居帝京,窥探动静,是你;结纳权贵,谋欲倾太孙、立庶孽,是你;阴谤魏公徐辉祖,暗害长史葛诚,又是你。今尚敢赍逆诏来此!"遂掣军士手中大刀,将周铎挥之为两段。铁公问众文武官员:"我今起义讨贼,尔等谁能从者?"皆鞠躬唯唯,战栗不能言。铁公回至府城,竖起义旗,召募豪杰,并将周铎首级悬在旗端,以徇于众。半月之间,无一人应募者。且住,铁公向有义士三千,何不就此兴兵,还要召募呢?要知道,铁公向因王师交战,盛庸、平安等军饷皆取给于济南,仓库久已空乏,又是个真正清官,囊无私蓄,日唯蔬食菜羹,那里养得起这班义士?因此渐渐散了。不说别的,就是瞿雕儿,也自投了卸石寨去。这番诏书到来,都知道燕王已做了皇帝,谁肯自己备了口粮鞍马,弃了父子兄弟,舍着性命去换一个"义"字?各官员当面虽勉强应承,今见铁公孤掌难鸣,谁肯丢了现在的爵位,拼了夷灭九族,去博一个"忠"字?铁公见此光景,不胜太息,谓二子福安、康安曰:"那些官员百姓,原不能概责以忠义。我今欲挺身赴阙,死于社稷,汝等能从否?"福安曰:"儿闻守土之臣,死于封疆,况帝驾已崩,救卫不及,同一死耳,大人何必远至都下?"铁公曰:"是非儿曹所知。死于封疆者,谓城存则身存,城亡则身亡,此外臣之义宜然尔。我受帝恩,为大司马,自当与社稷存亡;且此土未尝失守,封疆现在,乌得死于此耶?"二公子即慨然对曰:"几乎错认了大义所在。古人云'忠臣死忠,孝子死孝',儿等愿从。"阶下有苍头二人,毅然前禀曰:"奴辈亦愿从主死。"于是铁公即日起行。有旧参军①高巍,送至二十里以外,拜别之后,即自杀于邮亭。铁公叹曰:"偌大济南,仅有此君忠义!"挥泪而去。星夜驰至浦口,觅一渔舟渡江,进了西门,转向正南,大街上正遇着都御史②景清大轿喝殿前来。铁公方欲驻马问讯,而景公在轿中见了,佯若不相认者,反掉转头去。铁公亦不顾,径到正阳门,大骂燕王:"背祖灭宗,弑君篡国的逆贼!铁铉生不能斩汝之首,死当殛③汝之魂。——还我建文皇帝来!"说了这句,泪如泉注,擗踊④痛哭。两子二仆,亦齐声大恸。羽林卫士即时擒下,飞报燕王。燕王升殿,文武咸集,卫士掖铁公至陛。燕王尚欲降了铁公,以慰四海士民之望,亟令释缚曰:"卿之忠义,朕所素知。"铁公背立骂曰:"反贼逼死我君,焉知忠义?速求东宫奉立为帝,庶可免高皇之殛。"燕王曰:"朕为太祖之子,受天之命而有天下,理所当然,汝竟不知天道么?"公又骂曰:"天道即是人伦,人伦首重君父,君父之命,即天命也。你受谁之命,而擅居此大位?千秋万载之下,逃不得'国贼'两字!"燕王变色说:"朕与建文总是一家,汝既尽心于故主,宁独不可尽心于朕?苟能北面而立,即以揆席相待⑤;若更无知,方孝孺便是榜样!"铁公曰:"我与孝孺,岂若在廷狗彘屈首为篡逆之臣哉!"痛骂不已。燕王大怒,令割公之耳鼻,以火炙之,纳公口中,叱曰:"此味甘否?"公厉声曰:"忠臣血肉,流芳千古,有何不甘!"寸磔至死,犹喃喃骂不绝口。燕王痛忿已极,令舁大镬至⑥,熬油数斛⑦,投公尸于其中,顷刻如煤炭。呼卫士导之朝上,而尸辄转向外,终不向内,数十人各用铁棒四面夹持之,尸才面北。王

---

① 参军——官名,为诸王及将军府的幕僚。

② 都御史——旧官名,为史官。

③ 殛(jí)——杀死。

④ 擗(pǐ)踊——"擗",用手拍胸,"踊",以脚顿地。形容极度悲伤。

⑤ 即以揆(kuí)席相待——即以宰辅的职位相安置。

⑥ 令舁(yú)大镬(huò)至——命令(下人)共同抬大锅来。

⑦ 斛(hú)——"斛",古量器名,十斗为斛。

笑且詈①曰:“尔今亦朝向我耶?”语未毕,公尸欻然跃起②,滚油鼞沸数丈,直溅龙衣,诸内侍手皆糜烂,弃棒而走,公尸仍然反背如故。有顷,侍卫二十余人,咸吐鲜血,毙于殿上,群臣莫不畏怖,共请埋之。燕王叱退,令将焦尸投入粪窖,收公二子系狱,两苍头皆腰斩。又命缇骑③逮公妻氏杨夫人并二女,发教坊司,灭公之族。一夕,雷霆大作,环绕于粪窖者数匝,化为一泓清水,至今名曰铁公潭。有诗赞曰:

社稷先云覆,封疆尚尔存。
义师频进战,燕孽几亡魂。
枯骨犹能跃,焦躯谁敢翻?
一泓清冽水,英气至今尊!

却说景公路遇铁公,回到私第,急忙托病告假,意欲夤夜④请来商议大事,不意是日已遭惨死,乃大恸曰:“天丧吾君社稷矣!”设了铁公灵位,沥酒祭奠,痛哭者数次。这是何故?原来两公素日神交,彼此极其敬慕,只因隔绝千有余里,铁公亦未知景公别有作用也。当燕王造谋伊始,朝廷曾遣景公任北平布政侦探消息,景公一见燕王,决其必反,反与之深相交结,俟其一有举动,即便擒之,无奈朝中小人多谤公与燕交通。建文帝初虽不信,然“十夫挠锥,众口铄金”,“曾参大贤,不免见疑其母”,即以左佥都御史召公还朝。景公谒帝奏云:“臣能制燕藩之命,不知何以召回?”帝慰公曰:“社稷方倚卿为重,岂可久居于外?燕为朕叔父,天伦至戚矣,岂可以兵刃相加?朕当以德化之。”景公嘿然而退。迨燕王既反,王师屡败,铁公倡起义兵,两次告捷,景公密奏:“今日能敌燕王者,唯铉一人,请专以北伐之事畀⑤之。”而朝中多畏铁公,恐成了大功,为帝所柄用,又极力于暗中谋沮,建文帝只命铁公扼住济南中路。燕王遂由大名绕出馆陶,径趋徐、泗,而下金陵。登极之后,即召景公。公抚膺⑥曰:“我不能存社

---

① 詈(lì)——骂。
② 欻(xū)然跃起——忽然跃起。
③ 缇(tí)骑——古代当朝贵官的前导和随从的骑士。
④ 夤(yín)夜——深夜。
⑤ 请专以北伐之事畀(bì)——“畀”,“给予”。此句意为“请求将北面抵御敌军之事委授予(铁公)。”
⑥ 抚膺(yīng)——拍着胸脯。

稷,誓必与燕贼俱死,以报我君。”乃诡自归附,入见燕王。王大喜曰:“我故人也,升公为左都御史。”自是恒伏利剑于衣衽中,委蛇从事,觑个方便。寮宰多有疑公者,所以与铁公绝不交接,以杜人之耳目。在景公,正喜铁公之来,为生死之计。若已一刺燕王,此身必遭屠戮,今有铁公,则虽身死而社稷可复也。大英雄之处事,一柱足以撑天,而忽倾折,能不伤感悲恸乎?

未几,中秋节近,闻赐群臣宴集,公喜曰:“好机会!我当献酒于贼,逆而刺之。”先一夕,钦天监①密奏:文曲星犯帝座甚迫,其色赤,其人当衣绯②,宜为严察。燕王初不疑为景清也,诘旦,内束猭猊,外罩衮龙③,又令心腹侍卫百人列于殿上,方行视朝。遍察百官,唯有景清独衣绯袍,心甚讶之。公见燕王色动,知为所猜,待不得会宴了,遂奋跃而前,掣出袖中匕首,直刺燕王。燕王大呼:“杀贼!”左右卫士,蜂拥齐上,扯衣的扯衣,拖手的拖手,抱腰脚的抱腰脚,夺匕首的夺匕首,即时拿下。清知志不得遂,直立谩骂。王令以刃抉去④公齿,且抉且骂,含血直噀⑤燕王之面。王大惭大怒,立命将公剥皮揎草,以索系于长安门,碎剐骨肉,投之溷厕。既而,夷公之九族,又株连乡里,因亲及故,屠戮数百家,名曰“瓜蔓抄”,好些村社,尽作丘墟。越日,燕王过长安门,顾所系之皮宛似人形,笑而诟曰:“汝犹能刺朕耶?”言未毕,公之朽皮顿然跃起,绳亦挣断,奋趋数步,直搏燕王。王大惊,左右以金瓜乱捶之。王亟还宫,即令武士烧公之皮化为灰烬。凡举火数人,莫不口吐鲜血,立仆于地。燕王痛憾之极,复又波及公之朋友。而公最寡交,只有青州教谕刘固与公莫逆,时居京师,遂连坐之,并其弟刘国、母袁氏,一家五口,同日受刑于聚宝门外。

齐固之子名超,年方十五,生有神力,仰天一呼,细索尽断,刽子手中的大砍刀早夺过来,左挥右击,斩馘十余人,众皆披靡,监斩官亟呼兵士四面围住。忽人丛中突出一道姑,袖内飞出一剑,将监斩官砍作两截。刘超

---

① 钦天监——古时官署名,执掌观察天象,推算节气历法。

② 衣绯(fēi)——红色的衣服。

③ 衮(gǔn)龙——古代皇帝及上公的礼服。

④ 抉(jué)去——剔出。

⑤ 噀(xùn)——喷。

见有助他的,又夺一刀在手,纵横旋转,刀光奋跃如飞霜激电,但见人头滚滚坠地。那道姑的飞剑飕飕风响,腾空而下,如鹰击兔,血肉狼藉,顿杀百人,余皆四散逃去。道姑收了神剑,同刘超竟奔江口路上,迎着几个汛兵,尽行砍杀。见江边有个空渔舟,道姑便呼超同跳下船,荡起桨来,顷刻抵于北岸。刘超拜伏在地道:"承道姥活命之恩,独是我一家受戮,今投何处去好?"道姑说:"有个去处,既可以建功立业,又可以报冤雪恨。"超又拜谢了,道姑就作起缩地法,如飞而去。

明日,燕王视朝,应天府府尹将法场上事情逐一奏闻,燕王大骇,命兵部行文各省,画影图形,缉拿刘超与无名道姑二人。朝罢回宫,猛见景清仗剑而来,王亟跳下步辇,向内亟走,绊了槛,一跤跌倒在地,宫女们急忙扶起。徐妃询知缘由,便奏道:"陛下何不学唐太宗,用猛将把守宫门呢?"燕王道:"不怕外廷笑话?"既而倒在御榻,又见景清掣剑照顶门砍下,燕王闪过,跳将起来,浑身冷汗,乃秉烛而坐,拔剑在手,而景清已在背后。燕王大喝:"景清能为厉耶?朕有命在天!"大踏步转身砍去,景清却又在前;即便翻身迎他,而清或左或右,随其所向,面面盘旋。燕王使尽气力,抡剑击刺,直到天明。从此白昼现形,凡燕王止息之处清亦在焉,舞刀试剑,直逼将来,阴风飒飒,毛发皆竖,把两三个所幸妃嫔活活吓死。又见铁铉带赤巾帕头,衣绛红兖袍,指挥猛士数十杀进宫来。燕王大叫左右,似梦非梦,霍然而醒,心甚着急,告于徐妃。妃奏曰:"人言景清、铁铉,皆系上界列宿,英灵特异。以妾愚见,陛下赠其官爵,赐以祭典,则气平而精灵散矣。"燕王欲依徐妃所奏,又不肯以胆怯示人,乃密谕胡濙、金幼孜等,公具一疏,言景清、铁铉虽心在建文,然忠烈可嘉,请特旌之,以风在位。燕王批示曰:"建文时之奸党 ,均宜夷灭,而铁铉则系外吏,景清是朕素交,据钦天监奏,皆上应列宿,姑颁格外旌典,并以原衔加赠宫保,各赐祭一坛,命蹇义、茹瑺代朕行礼。"自此以后,方得宫中宁谧。有诗吊景公曰:

文曲星芒赤,中霄杀气分。
心能藏一剑,胆直压千军。
十步皮能跃,一灵火不焚。
英魂空杀贼,天意在燕君。

燕王之世子高炽,素性仁厚,向以父亲杀戮过惨,几次要谏,又怕性子厉害，惹出事来，不敢启齿，今见褒奖了景、铁二公，略有悔悟之心，遂乘间奏曰："当日离间宗亲之奸臣，不过数人，皆已族诛。至于遁去官员并殉难之妻女，似可原宥。若搜拿紧急，恐人心震骇，激出事端，未免有烦睿虑。孩儿浅见若此，愿父王察之。"燕王曰："此辈颇有节义，朕原欲用之，乃敢骂朕为反贼，是自取诛戮，非朕必欲杀之也。今依吾儿所奏，凡遁去官员与殉难之妻女，悉免逮解，只禁锢其子孙，不许出仕。"世子又奏曰："前日泗州与临淮，被勤王贼寇杀死大将三员，官兵四千有余，以孩儿之见，当亟加天讨，父皇置之不问，何也？"王笑曰："非汝所知。此乃乌合之众，急之则聚，缓之则散，散而缚之，一捕快之力耳，若急之，则必铤而走险，啸聚益众。相传建文未死，人心惶惑，倘有摇动，安能保得中原耶？我已密敕青州守将与登州总兵，伺其消息，聚则讨之，散则擒之矣。"世子曰："足见圣算周详。"忽太常寺密本奏云：奉发教坊司罪人妻女若干，于昨晚忽然不见，门户紧闭如故，事出异常等语。王默然良久，以奏折付与世子详察。世子奏曰："据孩儿看来，此必有妖人以邪术摄去，恐即是劫取刘超之道姑，亦未可定。"王曰："是也。彼能飞剑斩人，妖术无疑。"世子又奏曰："泗陵守监来时，儿曾问及贼寇情形，据云，中军有女将，号太阴元帅，有金甲神人护持。由此言之，劫法场之道姑，即此贼寇矣。"燕王曰："报来文书云系响马作乱，并未言及女将情由，俟朕临朝讯之。"忽又刑部密奏云：狱中墙垣不动，门户不启，罪囚逃去无存。燕王大怒，令将提牢司狱官吏勘问。世子又婉奏曰："此亦教坊司一辙，非防范不严之故。大约妖党，必与青州响马合成一局，不可不早加剪灭也。"燕王正在筹划，兵部又一密本奏进，云："据青州都指挥使高凤飞报，益都卸石寨中盘踞响马数千，奉一女将为主，竖起黄旗，招军买马，日盛一日。亟请进剿，以除祸根。"王谓世子曰："汝之见识，良是。"遂飞颁密敕与高凤并登州总兵，令会兵合剿。但不知那锦衣卫狱与教坊司忠臣的子孙妻女，是怎样一齐走个没影的，总在下回分解。

第二十三回

鲍道姥卖花入教坊　曼陀尼悬珠照幽狱

前回在法场救取刘超者为谁？乃是一位剑仙，叫做聂隐娘，也到卸石寨去辅佐月君的，路过皇都，适见刘超怨气冲天，满腔忠义，所以拔刀相助。然还没来由，且分明些个。要知道，掌主人间劫数，不是仙真列宿临凡，即系魔王出世，如汉高祖为赤帝子、明太祖为娄金宿魔王，如汉之项羽、秦之嬴政，唐之黄巢、朱温，皆至杀人千百万。为之羽翼将相者，真人有真人之部属，魔君亦有魔君之种类，皆应劫运而生。今唐月君是太阴女主，就有一班女仙真，也是数中人物，不期而自至的。究竟聂隐娘救取刘超性命，也是数该同归卸石寨，不该遭燕王杀戮的，方有这等凑巧之事。按下不题。

且说鲍、曼二师来到金陵，遂向神乐观去会王升。升惊问道："鲍道长可是不曾回去，怎来得这样快？"鲍师道："太阴圣后又差这位曼道兄来，路上遇着了，要同在此干些机密事。"王升道："不敢请问，是何勾当？"鲍师应道："太阴圣后闻得燕王杀戮忠臣，把妻女发入教坊①，甚为可惨，要设法救他几个，暂借这里耽搁两日。谅道兄忠于建文的，必不相拒。"王升道："难，难。如今忠臣义士，差不多杀完了；唯狱中有几个忠孝子孙，重重锁钥，都带着九条铁链，你就是飞得进去，他也不能够出来。那教坊有几位贞节的夫人小姐，都是窄袜弓鞋，行动要人扶持，就是放他去，他也不能够走的。昨日有个道姑在法场上救了刘教官的儿子，一者他有飞剑的神术，二者刘超有万夫不当之勇，杀伤许多兵士，京城内惊天动地，这不是当要的事。"鲍师也不知聂隐娘，遂将机就机，应道："这也是太阴圣后差来救去的。只要间僻静房屋，自有救法，管教神不知鬼不觉的。"王升心上一想，刘青田所托的梦，件件都应，又疑救去刘超，就是鲍姑，将来

---

① 教坊——古代管理宫廷音乐的官署。此处是说将这些诛杀的臣子的妻女置于教坊，充作供人赏乐的艺人。

富贵荣华,断然不错,就应承道:“我房后尚有一个夹道,三间空屋,可以安歇数人。如今,二位就在我房内下榻,小道暂移别处。日间锁着门,我自有应答人的话。”鲍姑道:“这极妙,到事完之日再会罢。”王升别了自去。曼师谓鲍师道:“我的性急,不耐烦与女人做事,教坊司是你去,狱中是我去何如?”鲍师道:“我也正是此意。”当日二人各自分头行事。

却原来教坊共有四司,虽然门户各分,总在一座大门内出入。每日卖牙刷、梳子、针线、花粉的,不论男女老少,闯来闯去,从无禁忌。鲍师装做了卖花粉的老妪,闯到各司,见这些忠臣妻女,分散四司,都另住一房,悲悲切切,双泪横流,像要寻条死路的光景;也有病在床上,痛苦呻吟,觅死不能够的。鲍师触目伤心,十分不忍,亟回观中书符写咒。

至二更以后,飞入教坊,先到铁兵部的杨夫人住房门首运动神光,照见两小姐因母亲有病,坐在床沿相对垂泪,孤灯半明不灭的,外房有个老汉、老妈,窸窸窣窣,未经睡稳。鲍姑遥向他脸上画道符儿,昏昏然鼾寐去了,方在房门上弹了两弹,叫声:“开门!”两小姐想道:“他们恐我母子寻死,又来敲门了,不要睬他!”鲍师又低声叫道:“我是远来寄信的,求小姐开开门。”杨夫人病虽沉重,心却清明,听见“远来”二字,有些奇怪,遂叫小姐开门让他进来。小姐把灯剔一剔,开了门时,见是个道姑。杨夫人道:“可是阎王差你来的?我相公定在黄泉路上等我,你曾看见么?”鲍师看夫人是要死的,就朗声答道:“我是南海大士差来的。你家铁相公是上界武曲星,已经升天,而今夫人也是要升天的。但两位小姐,还有大贵的日子,所以特来救他。”两小姐含泪应道:“我姊妹二人,只因母亲尚在,暂活几日,待母亲去时,总要同去的,说什么大贵?不知你是人是鬼,休来戏弄。”鲍姑又转口道:“我奉大士的命,不独救取两位小姐,还有康安公子,现在狱中受苦,也要同救去的。将来建文复位,尚可报这大仇哩!”夫人听说的公子名字对准,不由不信,遂问:“你也是女流,有何救法呢?”鲍师道:“南海大士与我灵符三十道,把合教坊的夫人小姐,并狱中的各位忠臣子孙,都要救去的。”就在袖子内取出两道灵符说:“一符放在发内,我看得见人,人看不见我;一符系在膝磕子上,可以日行千里,不费厘毫气力,有个救不得的么?”遂把一符塞在小姐发内,暗念神咒,连影儿也不见了。杨夫人道:“也罢!我自寻你父亲去,你两个休得短见。闻得前日救去刘公子,也是个道姑,必定有些来历,若得把你哥哥救出,自然有个好日子。”鲍师即权辞应道：“那劫法场的道姑就是我，别无第二个。”杨夫人就叫两小姐拜了鲍姑，问：“几时可行?”鲍姑道：“教坊中数位要一齐走的，我一夜一处劝他，尚要等数日，小姐但请调养贵体。”言讫，忽然不见。

次日，鲍师又向教坊刿探。夜阑时，到谢御史夫人住处，夫人正坐在床上，抱了个十来岁的小姐，在那里啼哭说：“我儿，你姊妹三个先去了，我为母的，只待你同到黄泉路上寻你父亲，一家儿好相见哩。”鲍师想：“这个门是敲不开的，不免径自进去。”站向床前，朗朗的说道：“南海大士令送仙丹在此，救小姐的病。”谢夫人吓了一跳，便道：“我母子今夜该毕命，鬼也来了，咳！正是早一日好一日。”鲍师道：“夫人休哭！看我手内的灵丹，可是个鬼呢?”夫人道：“是鬼不是鬼，我也不怕，只是我母子要同死的。你好不晓事！难道这个所在，是有志气女人活着的么?”鲍师道：“夫人未知贫道的来意。——救好了小姐的病，原要连夫人并狱中的公子，总救出去，一家母子团圞[①]。到建文皇帝复位之日，御史相公尚有追赠，公子拜了官爵，夫人别有封诰[②]。若说救活在教坊司，倒是坑陷夫人了，哪有此理?”夫人听说公子在狱，心上愈加悲酸，吞声问道：“你如何知我家事?”答道：“我是观世音的弟子，恁是吉凶生死，都晓得。”夫人又问道：“那建文皇帝，真个还复位么?”答道：“近日山东有位女真人，兴起义师，大败燕兵，只在来年迎立旧君，多少忠臣的怨恨皆泄了。”夫人见他说话明爽，不是鬼怪，遂下床来谢道：“我是女流，纵能救我，也不能够出去。若还再被拿住，不如不走为妙。”鲍姑就将灵符的话细细说了，把手巾丹药递与夫人道：“明晨以姜汤调服，小姐病可立愈。稍等几日，我来接取各坊的夫人小姐们，一齐隐形而去。”说毕，拔开门闩走向房檐，腾身半空而去。谢夫人始信为真仙，静心等候。

从此各忠臣家眷处，鲍师一一随机应变，都说得信服了，乃密谕王升道：“今夜四更月上时候，你可开观门等着，救的夫人小姐，都要到此。”王升允诺。

---

① 团圞(luán)——团聚。

② 封诰(gào)——也作诰封。明清时对官员及其先代和妻室授予封典的制度。

有顷，鲍师飞入教坊，众人刚刚睡觉，就送了个魇禁①的咒，都像死一般睡去了。然后到各房去看，这些夫人小姐，皆在妆束等候。除铁兵部的夫人与牛景先的妻妾、黄子澄的妻女及妹并郭侍郎的一位小姐，数不该救去，先已死了，现在四位夫人、六位小姐，鲍师各与安置灵符，引出大院子内。院门是落锁的，鲍师喝声："开！"锁即脱落，就一齐出去。鲍师又喝声："锁！"那大院门，竟像有人关锁好了。领着各眷属竟走，一路上的狗跟着乱吠。可笑仙家隐形之法瞒不得狗眼！鲍师以咒禁之，寂然无声。又见栅门口有巡更打锣的，鲍师遥向他吹口气，便一个个体软筋麻，浑如醉倒。

将到观门，王升正出来迎，见鲍师问道："没曾救得么？"鲍师道："都在此。"王升想："莫要是鬼魂？且掩了门。"遂到卧房。鲍师教将灵符去了，整整齐齐，共是十位，王升大骇。鲍师向着众夫人道："这位是住持王道兄，当日建文皇帝，是他救去的。如今有此一番，观中不可住，也要同行的，夫人们不妨相见。"王升心中正要随去，以应梦中富贵的话，便恭恭敬敬向上作揖。各小姐都背立，只四位夫人还礼。鲍师向王升道："你救建文皇帝的船只，如今要取来救夫人小姐了。明日这个时候下船，放到水关口，黎明便可渡江。"遂向卧榻里，取出碎银五十两递给道："这是前路的盘费。"王升道："盘费该我备，也要不得这许多。"鲍师道："自有用处，你且收着。再有一根青竹送你，临起身时，将来盖在被内。这是壶公授费长房的替死法，岂不去得干净？"王升心喜，自去暗暗收拾行装。

夫人们正要拜谢鲍师，忽一阵风响，曼尼落在庭中，便道："道兄事早完了？我还有一日。然只怕倒是我先回去哩。"鲍师对着众夫人道："这位仙师，是往狱中救公子的。"张夫人道："两位仙师请上，受贱妾们一拜。"礼毕，引到后房坐定。鲍师问曼师是怎样救了狱中诸公子，曼师道："我还未问你是怎样救这些夫人。"鲍师遂细述一遍。曼师大笑道："这是我容易了。我生平不会与女人做事，道兄实有干才。"鲍师道："休得谬赞，且把狱中如何救取公子说来，夫人们也好宽心。"曼师道："我第一夜先去探探，见这些公子个个身盘铁链，手有铐子，脚有镣子，逼立直押在柙床②上，就是鼠子来挖眼珠子，只得由他，动不得一动儿的。也没有一点

① 魇(yǎn)禁——梦中使之静止不动。

② 柙(xiá)床——关押犯人的形同床样的刑具。

灯,黑魆魆地,竟是阿鼻地狱。我就回到无门洞天,取了那五颗夜明珠来,乘他合眼时,各处挂着一颗,并托个好梦与他。将近五更,有一个说道:‘那悬挂明珠照我们的,定是个大慈大悲菩萨。我才得一梦,是要救众人出狱的话,不知可有这样造化?’我便应声道:‘有造化,有造化!大家出狱,骑天马;骑天马,走到青州卸石下。列位公子休害怕,我是南海大士差来救拔你们的。’即教他诵句宝号,那镣铐锁链登时尽脱。共有九个,都跪在地上,哀哀说道:‘若菩萨不救我等,尽愿就死,把个冤魂带出去,强似沉于牢狱。总是求死不得,所以活着,我们父母,想在黄泉路上,眼睁睁的盼望呢。’我说:‘若不是救拔你们,到这里做恁么?独是京城严固,关了九门,千军万马也杀不出,须要学我的道法,便可遁去。你们日里照旧锁铐,二更以后,我来传授,尽心演习,只消九日功成。若有学不会的,也是各人的命。’从此每夜去教导,今已第七日了。我用个你们仙家壶中天的法儿。这样小法术,只好在这个地方用着哩。”鲍姥道:“胡说!此乃壶公的妙法,只隔堵墙,就在里面厮杀,外面也听不见。不知被你几时盗去的,如今救出公子来将功折罪吧。”

二仙师正好笑谑,王升早进来说:“船已在后门口,就此下去甚便。”众夫人们出教坊时,只走得个身子,一些行李没有,心下迟疑。鲍姥宽慰道:“一切应用物件,都已备下,不消虑得。”夫人们见鲍姥洞鉴衷曲,不胜欣感,就一齐下船。王升棹出水关,天已黎明,急急转到江口,鲍师就呼阵顺风,轻轻渡到北岸,袖中取一张符与王升道:“雇车雇骡,以及置买被褥、梳抿等物。只要吃亏,不要便宜。”王升问是何故,鲍师道:“与彼争价,就耽搁工夫。我在二十里以外蜡神庙等着,务于午刻必到,慎勿有误。”王升去后,鲍师各给了夫人们隐形灵符,作起神行法,倏忽已到了古庙。等不多时,王升押着车辆来了,夫人们相扶相搀,上了车儿,即向大路进发。中途无话。

却说月君在卸石寨中,日与军师及诸将佐操演兵马,练习阵法,并令制造盔甲、枪刀、旗帜等物,预备出师。远近豪杰闻风来归者,已有十余人,总委周缙先登册籍,然后引见,量材擢用。设有女将来投,则系满释奴接待。一切大小诸事,各有掌司,虽小小山寨,纲矩严束,胜似管子治国。一日,忽报有位道姑来谒,叫做聂隐娘。月君知是剑仙,急忙请进,自起迎之。隐娘趋上露台,打个稽首说:“小仙特来效半臂之力。”遂命跟着的一位少年，向上叩首。真好相貌：

皎皎乎颜如烂银，似方而实圆；炯炯然睛如流电，虽露而能藏。广额修眉，有冲汉凌云之气；重颏口方，具餐霞辟谷之心。燕王杀不得，聚宝门前神威奋迅；道姥救将来，卸石寨中英概飞扬。但看今日的，剖露出义胆忠肝；谁识得前生，锻炼就仙风道骨。

聂隐娘就将刘超的始末，并法场上救的缘由，备说了。月君道："如此英勇，真虎儿也！"于是军中号为"刘虎儿"。

又一日，陡然有阵大风从东南来，刮得山谷震动，曼师与九位公子皆跨着天马从空而下。那马到地，现却原形，悉系青竹。请问这九位公子是何名姓？一为诚意伯刘青田之元子——名睍，一是铁兵部的次子——名康安，一佥都御史周讳璿之子——小名蛮儿，一谢御史讳升之公子——乳名小咬住，一郭侍郎讳任之少子——号金山保，一大理寺卿胡公讳闰之公子——名传福，一博士黄彦清之犹子——小名贵池，一茅都御史大方公之长孙——乳名添生，原只有得八位，其第九个乃是典史金兰。月君见诸公子皆鹑衣跣足①，蓬头垢面，令沐浴衣冠而后行礼。

就是当夜二更，飞报鲍仙师也到了，月君亟起相迎，见二辆大车载着十来个妇女。鲍师逐一引进，说这位是侯尚书之曾夫人，次是茅都御史之张夫人，次谢御史之韩夫人并小姐，次陈太守彦回之夫人屠氏，次铁兵部之两位小姐——长名炼娘、次名柔娘，次郭公任之二女，次董御史镛之少女，都向月君拜谢。其铁公子认着姊妹，谢咬住认着母亲韩夫人，金山保认着两个姐姐，茅添生认着祖母张夫人，自然哀恸伤感，皆不必叙。

及诘旦②，月君大设筵宴，与诸夫人等洗尘，传令军师暨一班旧文武："共陪诸公子并新来各位义士畅饮一宵，来日霜降，汇集演武厅，候孤家点将兴师，进讨逆贼。"

只须一旅下齐东，先诛他卖国的元凶；三军临济北，再讨平助纣的余党。胜负如何，且听敷衍。

---

① 鹑(chún)衣跣足——身着破烂的衣服，脚光着。

② 诘旦——第二天早晨。

第二十四回

女元帅延揽英雄　诸少年比试武艺

建文四年秋九月①，越有九日庚申霜降，月君赴演武场祭旗纛，考校新旧文武诸将士。那些众夫人小姐，死里得生，到了山寨，见有多少女将，也就不避人了，随着鲍姑、素英、寒簧同到耳房内观看。见月君素绫披风，鹅黄衫子，翠叶云冠，鲛丝鸾带，略似道家装束，端坐在沉香九盘龙交椅上；左首曼陀尼，右手聂隐娘，皆带斜坐着；厅前站着两员女将：满释奴与柳烟儿；阶下两行，列着武士健卒。队队的五方旗帜，灿烂鲜明，尽是雀蛇龙虎；林林的十八样军器，闪烁精华，半是戈矛剑戟。各将军皆铠甲兜鍪，或带束发金冠，穿绣花战袄；众谋士皆袍服儒冠，或披鹤氅衣，纶巾羽扇。整整齐齐，都到演武场内，向上参谒。满释奴朗声传说："圣后有令：各文武免礼，旧将士都站在西边，新将士都站在东边，听候将令。"

忽门上传鼓，有探子飞报紧急军情。月君传令唤进，那探子喘吁吁的跪禀道："探得燕王密敕青州高指挥与茹太守，起兵扫荡卸石寨，定于今日霜降，点集将士，杀向前来了。"月君令赏银两，再去探听，遂传令与董彦杲、周缙道："我立的五军，原要每军是五员大将，前者起义不过数人，是以一军只有一将。今日各营都要增人，可令新到豪杰，善武者来试武艺，善文者前陈方略。"

彦杲宣令毕，东边队内早有一儒生，修躯劲骨，白皙微髭，双眸四射，有若春星芒焰，昂然直到檐下，打一恭道："小可是济南高咸宁，向者参赞铁大司马。燕逆兵临之日，妄言法周公以辅成王，小可遂作《周公辅成王论》以折之，逆贼气沮，不知所对。堰水来灌我城子，小可又献计于铁公，诱令燕逆入城，先悬铁板于门闉，从上压下，不意仅碎其马首，未能成功，至今愤恨。平生熟习周孔经书与孙吴韬略，颇识兴亡治乱之机。今投

① 建文四年秋九月——1403 年秋季 9 月。

元帅，敢献刍荛①，幸采葑菲②。”月君问道：“孤今前讨燕逆，先生试陈方略。”咸宁曰：“将在谋而不在勇，兵在精而不在多，随机应变，临期自有应敌之方。但论全局大势，先取青州，以轻骑直捣北平，定鼎于燕，然后南伐，此反客为主之妙招也。”西班一武将向前躬身禀道：“职乃燕山百户倪谅。当日燕藩未反之先，曾密奏于建文帝，帝只诛其官校数人，以致养成大祸。今彼擅自登基，人心未服，诚如高儒生之言，直取北平为根本不易之论也。”吕御阳进言道：“直指北平之论，似是而难行。晋之王濬直取石头城，此势之使然也；魏之邓艾直袭成都府，时之使然也；魏延欲从子午谷直取咸阳，而武侯不许，时与势皆有所不可也。北平为辽、金、元之旧都，城郭坚峻，胜于金陵，我悬军于千里之外，中间皆是贼党，岂能挽运兵糈③？则我之饷道先绝，而坚城难下，若再以一旅之师乘我之后，岂不进退无据？此势不可也。北平东接承平，西邻保定，燕王于此二郡皆屯重兵，以为肘腋④；张家、喜峰诸口密迩，胡元诸种部落岁岁侵扰，又为门庭之寇，无论不能拔取北平，纵使得之，燕王返据济南，则我四面受敌，虽有良、平，不能善后，此时不可也。当日高皇帝封藩，以燕王智勇兼备，故使独当北面，折冲塞外。若我据其故巢，则反为彼御侮，又安保他不输情献币，连结诸部落，以为我患乎？”月君道：“两先生意见不同，且到临期，孤家自有调度。”

只见东班内一少年疾趋至前，深深打一恭道：“小子铁康安。当时随先父守济南时，与儒生高咸宁同参帷幄，又与大将瞿雕儿同捣燕军，再战再捷。目今两人皆投麾下，小子又为元帅救拔，共聚于此，正义士报仇之日，燕逆败亡之秋也。愿为执鞭，以效前驱。”月君道：“令先尊忠盖天地，义贯日月。汝有大志，足绍家声，赐名铁鼎，字曰定九，

---

① 敢献刍(chú)荛(ráo)——“刍”，“喂牲畜的草”，“荛”，“柴草”。此处为谦辞，将自己的能力、智谋喻为柴草，意为“敢于奉献不值什么的柴草”。

② 幸采葑(fēng)菲——《诗·邶风·谷风》：“采葑采菲，无以下体。”“葑菲”即蔓菁和葍，“下体”指根茎。两者都可食，但根茎有时味苦。诗喻夫妇相处应以德为重，不可因女子容颜衰退而弃之。后以此为请人有所采取的谦辞。此处可作“幸得(对我)有所采取收纳”解。

③ 挽运兵糈(xǔ)——拉运军队的粮食。

④ 以为肘腋——以作为(燕王所据之所)切近的地方。

如何?”铁公子道:“‘康安’两字,原是乳名,蒙元帅更易,顾名思义,勖勉甚大,敢不祇遵?但先君讳铉字鼎石,小子心有未安。”月君道:“讳不可犯,字则无妨。燕逆闻先公之名,尚自胆寒,孤家正欲取‘鼎’字以为汝名,即如先尊公尚在,使燕逆闻之夺魄耳。”高咸宁赞道:“元帅期君以定九州,庶完兵部公未了之志,不妨以字行天下。”康安乃再拜受名而退。

时刘超手提偃月刀,鞠躬禀道:“甲胄在身,幸元帅恕其无礼。近日小子新铸此刀,略试丑技。”遂前趋一步,后退一步,左右各一转,开了四门,抡动起来,风声飒沓,真如电掣霜飞,但见刀光,不见人影,宾鸿大加喝彩。舞罢,放刀于地,周蛮儿在人丛中跳出,执刀在手道:“我也舞一舞。”虽然抡动有法,觉得气力不胜,脸红颈赤,勉强完了。

月君问宾鸿:“你是有名的宾大刀,比刘超的孰轻孰重?”宾鸿提起来一试,说:“刘将军的刀,多重数斤。”月君大喜道:“真虎儿也!”命赐金盔一顶,玉带一束,红锦战袍一领。小皂旗见月君赞赏刘超,就在班次内涌出,大声说道:“小将能射连珠箭,百发百中。前在淮北连发两矢,射杀了燕阵上有名的番将,今请在圣后面前小试一试。”月君遂命满释奴取出那个龙眼大的铜圈,悬在百步之外,发令道:“将军射过此圈,即授先锋大将之职。”小皂旗遂掣雕弓在手,拈取两矢,接连迅发,悉透圈中过去,两行将士,莫不喝彩。月君赞道:“吕温侯①一矢而穿戟眼,不及将军多矣。”即命取先锋金印赐之。又一新到的少年将军,姓楚,狭面方颐,虎头鹰目,躬身向前大声嚷道:“步射何足为奇?小将能马上射之。”遂飞跨锦鞍,驰骤两遍,翻身背射一箭,刚刚在圈中穿过,众将士也齐声喝彩。月君命至阶前,赐酒三杯,询其履历,禀道:“小将名由基。先父楚智,为皂旗将军陷入燕阵,匹马单枪,杀进重围去救,后无援兵,与皂旗同时战死。”月君问:“汝知皂旗将军有子与否?”由基答应不知。月君道:“适才射连珠箭者,即皂旗将军之子也。”二人相视,执手涕泣,认为弟兄。月君道:“楚将军不愧由基名字。”亦授为先锋将军之职,命刻银印赐之。

西班新将士内,齐齐走出五员,向上声喏。一人黑麻吊眼,姓彭名岑,为北平都指挥彭二之子。燕王在宫中发兵时,彭二斩关入端礼门,格斗而

---

① 吕温侯——即吕布。曾将箭射入戟眼而过,谓武艺过人。

死。一人青脸狼躯,姓卜名克。其父都督卜万,威名震于北塞,进兵遵化,被燕王用反间计为部下奸贼陈亨所杀。一人虎形无项,鼻若波斯,姓庄名次跻。其父庄得,双战燕将,为燕王暗射中颊,马蹶阵亡。一人豹眼短须,姓马名千里,乃蓟州都指挥使马宣之子。部将毛遂偷降于燕,宣走至居庸关,力战被执,骂贼受害。一人五短身材,缩腮如猴,姓孙名翦。其父孙泰与燕兵裹创血战,奋力陷阵,重创身亡。月君逐名试其武艺。孙翦与马千里枪法皆精,彭岑善使双鞭,庄次跻惯用双锏,卜克好使浑铁槊,长枪、大刀并皆娴熟,膂力更胜。月君谕道:"汝等先人,皆马革裹尸,为国家忠义之士。须各恪承先志,戮力同心,为君父报仇洗耻。"五将肃然应命。

又一壮年将军出班前禀道:"小将姓张,名伦,官居世职指挥,原在保定左卫,因燕兵势大,力不能敌,计欲领众回南入卫朝廷,不意燕逆渡江,乘舆颠覆。小将闻得元帅大兴义师,遂复率众北来,径投麾下。虽文不知孔孟,武不谙孙吴,但耿耿忠心,唯知报国,愿秉元帅指挥。"又一弱冠书生,白面方颏,身如玉立,目似流星,从容揖禀道:"小子张彤。先父讳彦方,为乐平知县,曾纠义师南下,不幸败亡。燕逆将先父身尸暴在谯楼半月,面色如生,英魂犹在。小子誓为先父争气,至死靡悔。"

又有四少年:一姓张,名汝翼,为北平布政司张簌之子;一姓葛,名缵,为燕府长史葛诚之子;一姓卢,名龙,为燕府指挥使卢振之子;一姓谢,名勇,为北平都指挥谢贵之子。张簌与谢贵并为燕王赚入宫中,与卢振、葛诚同遭杀害,汝翼遂与谢勇投奔武安侯郭英。英屡战败绩,染病而亡,又走向济南要投铁兵部。时铁公已经诣阙殉难,适遇葛缵、卢龙也到济南,四人遂歃盟共誓,结为弟兄,图报大仇,闻卸石寨建起义旗,以此齐来投见,都是与燕王不共戴天的。又有东平州死节吏目郑华之弟郑桓,萧县全家殉难知县郑恕之弟郑庄,二人原是同族昆弟,闻得义士归附卸石寨者甚众,先后来奔,不期而会的。或精于文事,或娴于吏治,或长于武艺兵略,月君各加慰藉。

唯刘暻在东班肃然拱立,月君召至前曰:"子为青田先生之后,家学有传,何其恬然不发一语?孤家曾闻高皇帝云:'阿暻凝重。'可谓知人则哲。"刘暻进对曰:"先人辅高皇而得天下,后人不能辅嗣君而失天下,更有何言？纵使能读父书，不免有赵括之赧颜耳①。”月君大奖道：“君子哉！若人。”

再有狱中救来的黄贵池，识见疏通；胡传福，气局弘毅：均有经济之才。小咬住、金山保，年未舞象，而性好武；茅添生年方舞勺，而善属文。月君并赞道，“真哲人有后！”

忽一小校疾趋前来，禀说：“南山有白额猛虎，伤了猎户，大吼而来，将到此地。”众将士各举兵器，要往逐之。瞿雕儿厉声止住道：“不须列位！小将未试武艺，且去与他赌斗一场，算作考武。”遂大踏步徒手奔出，正逢猛虎已进演武场，雕儿大喝一声，奋拳向前。那虎见有人抢来，便迎面一扑。雕儿向右侧一跳躲过，猛虎扑了个空，前两爪搭在地下。雕儿乘势揪住了猛虎脖子，左脚踏住前胯，右手赛铁箝的两指，用力向虎眼一挖，“喀嚓”一响，把两个眼珠子抠出。猛虎负痛，挣扎不得，前爪在地乱扒，扒成一个小窝。雕儿愈加用劲按入窝内，又将两指抠了猛虎鼻孔，向上一扯，两个鼻孔双双尽裂。猛虎前半身动弹不得，只把后股两爪乱扒沙土，又旋了个窝儿，被雕儿双手按住虎项，放下左脚踏地，将右脚用力在虎肋上乱踢，踢得肋骨断折，僵卧不动。将士看者，莫不吐舌。然后放松双手，直起腰来，略觉微喘，就一手举起死虎，走向月君前放下。月君道：“瞿将军真天神也！”命赐美酒一壶，雕儿立饮而尽。又赐龙马一匹，雁翎倭银锁子甲一副，雕儿大喜叩谢。

董彦杲向前禀道：“小将有两个弟兄：一名雷一震，一名朱飞虎，各使开山大斧，有万夫不当之勇。近在河北放响马回来，愿求考校录用。”二将遂上前叩见。月君看雷一震时：

面色晦而青，眼光暴且绿。遍身有青筋，剔起如绳束。腰细三围多，膀阔尺有六。声厉若雷鸣，万夫皆辟易。

---

① 纵使能读父书，不免有赵括之赧颜耳——“赵括”，战国时赵将，其父为赵国善用兵的大将赵奢。赵孝成王六年（公元前260年），赵国中秦国反间计，用赵括代廉颇为将，在长平（今山西高平西北）大举出击，被秦将白起包围，突围不成，赵括被射死，赵军40多万被俘坑死。这句意为：“纵然赵括能读父亲真传的兵书，但只空谈其父所传兵法，实际不会带兵打仗，不免也会脸红。”

看朱飞虎时,形象又为古怪:

> 面皮紫赤厚,身材短阔瘦。双孔鼻掀上,两轮耳反后。眼小若黄蜂,烂烂岩电走。马上太轻趫,如虎飞来斗。

二将不待命令,并取金樵斧,飞身上马,在演武场中分为左右,各舞一回。军士皆眼花缭乱,赞叹不迭。有词为证:

> 一个开山钺,雷轰轰如玉龙破山;一个宣花斧,风飒飒如素蟒翻波。一个左边驰骤,疑来焦赞前身;一个右首骧腾,猜道索超再世。虽然演武堂前较技艺,便知黄云阵上显威风。

考校已毕,满释奴大声问道:"众位将军,还有射铜圈的么?"阶下无人答应。释奴遂向锦囊探取铁丸在手,连发三弹,端端正正,在圈中飞过。将士齐声和赞,释奴方收了圈子。月君下令道:"孤家五行阵法,可用大将五五二十五员。今每营止有一员,应先补三五一十五员之数。前营中军大将瞿雕儿,以彭岑、孙翦为左右将军;董彦杲仍主左军,以朱飞虎、雷一震为左右将军;宾鸿仍主右军,阿蛮儿、卢龙为左右将军;董彦暠主后营中军,以庄次跻、马千里充左右将军,刘超、卜克任中军左右将军;先锋二员:小皂旗,楚由基;合后二员:张伦,倪谅;左右哨:小将军董翥、董骞;军师吕律兼行元帅事,统率诸军;高咸宁、铁鼎,为左右监军;张汝翼、张彤,为左右参军;周缙、沈珂为左右军政司,胡先、金兰为左右会计司;胡传福掌文诰;黄贵池掌书纪;刘𫐐总督运饷,葛缵、谢勇为副;董彦昶署卸石寨将军,郑桓、郑庄为左右知寨。"诸将见月君因材器使,设官分授,悉合机宜,莫不踊跃心服。吕军师进前禀道:"目下燕贼暗发青州兵马来攻,某只略施小计,立取贼将首级,献之麾下,青郡亦唾手可得。"月君问:"计安在?"军师举手言无片句,直教:稷下书生,同建擎天事业;番中女将,独标振地功勋。且看下回,方知端的。

第二十五回

真番女赚馘高指挥　假燕将活擒茹太守

当下众将士皆侧耳静听，吕军师却以手指满释奴向月君道："今日大功，要成在这位女将军。"月君道："是了。"即将兵符印信交与御阳，除女弟子以外，各营兵马悉听调遣，违者治以军法。月君遂退入耳房，看军师发令。御阳将兵符印信供在正案，北向拜毕，立于檐下，朗声说道："燕逆篡位，圣驾播越，正臣子披肝沥胆，尽忠报主之日。大元帅特兴义师问罪，谬委某以军旅重任，凡诸豪杰将士其各戮力同仇，罔或怀私误国，王法无亲，犯者不贷。"遂命军政司将军政条约宣谕毕，乃南向坐下，两班将佐皆躬身参谒。

御阳传令左先锋小皂旗、右先锋楚由基："二将挑选精兵五百，各用木棍；老弱兵五百，用些残缺军器。不打旗帜，不带弓矢，向青州一路迎敌来将，只要输，不要赢，直诱至寨门相近。汝二将殿后保护，兵马尽收入寨中，别有号令。"又传令满释奴："汝选五百健卒，把守寨门，竖立认旗；燕将到时，别有号令。"又传令："右军宾鸿一军为前锋，左军董彦杲一军为后劲，监军高咸宁带着刘超并壮士六百，居中调应。分作三军，次第望莱州进发，日行三十里，截住登莱之兵。"又烦刘睍督同葛缵押运粮草，接济诸处。各遵令而行不题。

却说青州都指挥高凤，自燕兵南下之日即先降附；指挥李浚、陈恭，旧是燕山卫同知，久已归燕，新升在青州卫的；太守茹刚，系兵部尚书茹瑺之子，亦是新任。燕王密敕，原令候登莱兵到，会合而进。高凤自恃善战，遂与茹太守商议说："这几个响马啸聚山谷，擒之不啻①探囊。俗语云：'迅雷不及掩耳。'我们星夜进兵，扫清山寨，奏闻朝廷，这个功劳，岂不是青州文武的？又有尊公先生鼎言吹嘘，怕不荣升官爵！若待张总兵来，我们须受他节制，青州成了功，也是他的。况且迟延日子，被这些草寇探知，

---

① 不啻(chì)——无异于。

先有整备,倒难为力了。我昨日演兵时,已密传发兵号令。太守公,高见以为何如?”那茹刚是个粗暴少年,巴不能够占此大功,就极口称妙。李浚、陈恭,亦欣然应允。高凤又说:“青州兵共有五千,挑去五六百名老弱,我等统率三千前进;太守公与千百户领兵一千五百名,出城五六十里下寨,以防贼寇从小路抄出袭我之后;再点民夫三千,烦各厅官员们紧守城池,便万无一失。”

部署已定,高凤自为前锋,杀奔卸石寨来,正遇着小皂旗、楚由基两将,带领着三五十名马军,余下都是步卒。高凤大笑道:“原来是小小窃贼!”遂令众军士雁翅排开,当先出马,大喝道:“尔等无知草寇,可惜送了性命! 早早投降在我高将军部下吃分粮儿,还有个好日子;若说半个不字,目下就做无头之鬼。快快跪接天兵,饶汝性命!”楚由基更不答话,抡刀直取高凤,不五六合,由基败走;小皂旗接战数合,亦走。高凤举鞭一招,大军掩杀上去。两先锋且战且走,兵士们身无甲胄,腰无弓箭,甚觉轻捷,四散乱奔。燕军追杀一程,却不曾杀得半个。高凤又大笑道:“真是乌合之众! 动动手儿就没命的跑了。”遂收军下寨。

小皂旗招集军士,相距十里安营。楚由基道:“以我二人之武艺,何难立斩高凤! 何故军师必要诈败,妆出多少丑态?”小皂旗道:“你还有所未知:太阴圣后是能上天入地的活神仙,自然用的不错。我二人只是依计而行。”又吩咐军士和衣枕戈,提铃喝号,不得懈弛。

燕营内指挥陈恭,向高凤道:“我看来将,颇亦骁勇,恐是佯输之计。”高凤道:“佯输必有奇兵接应。你看这个光景,兵先走了,那将领就有三头六臂,便怎的? 我今乘他丧胆之时,前去劫营,保管杀他罄尽。”陈恭道:“诚恐今日之败,正要诱我劫寨。”高凤道:“似你这样懦怯,怎么当个将官? 我自前去,你二位守寨。”李浚道:“陈将军也是揣摩来商议的话,那有不同行的理?”三更前后,各领六百精兵,火把齐明,杀入小皂旗寨内。时二先锋尚未睡熟,听见敌人来劫,忙绰军器上马,向前死战。众军士惊醒,幸是不脱衣服的,起来容易,各自逃生,二先锋亦拨马而走。燕军追杀数里,然后回去。

小皂旗又退至三十里以外,天将明了,查点军士,杀伤一百余人。楚由基道:“诈败,诈败,倒弄得真败了! 军师明见万里,何不算到劫寨呢?”小皂旗道:“这个不是我们的罪。今日再战一场,明日奔入寨内,由他施设罢了。”

高凤回到营内夸口道:“如何?难道他也是诈败?”二指挥齐声道:“将军高见,非某等可及。”

次早,正要进兵,有伏路小卒报道:“贼人连夜退有四十多里,杀得魂都没了。”高凤呵呵大笑,传令军士:“缓缓而行,明日一鼓擒之。”

那时张、楚二先锋等候交战,直到傍晚,远远望见燕军已经下寨,又退十数里,以防夜劫。

高凤向李浚道:“此去离卸石寨不远,贼人一败,必遁入寨中。来日我当其前,两将军攻其后,务使他片甲不归。”计议已定。

好个小皂旗!于诘旦整兵迎敌时,猛见燕军两路分开,乃向由基说:“彼将袭我后也。乘其将发,可分一半军,向前邀之。看我败时,汝亦亟走,合力殿后,防其冲寨。”由基领三百军士接住李浚、陈恭,小皂旗接战高凤。甫交兵时,众兵先走,二将且战且退。看看相近卸石寨,高凤大兵将合拢围来,二先锋又冲一阵,与众军士都退入寨。时满释奴已受密计,闭门坚守。

小皂旗与楚由基同见军师,具言劫寨真败之故。御阳道:“极好。汝二人就带回来军士,伏在寨门内左右山坳,看十五夜燕兵尽行进寨,便放纸炮三个,在他背后杀来。用的器械,都要大刀。”又传令卜克、庄次跻、马千里三将:“领骁勇军士三百,从东山僻路抄出,等燕军进我寨后,杀入他营内,活捉守营军士,若有逃去的,尽行追杀,不许放走一人。”又命董彦暠、谢勇:“汝二人领军百名,从山西小径抄出,在大路上四散把守,如有逃回败兵并伏路的探望小卒,杀个尽绝,不许漏过半个。”又传令董彦昶、张伦、倪谅诸将:“率领军士各用短刀团牌,伏在寨内大路两旁,用牌护身,但砍马蹄人足,不取首级。”又令前营瞿雕儿等三将:“带领勇士五百,伏在九仙台两旁,听纸炮为号,向前杀出,其卸甲降者,不许擅杀。”各将得令去了,军师带着小将董翥、董骞,到演武厅等候报功。

却说高凤进兵至卸石寨,见山口险隘,不能攻打,乃自领数人寻路,登山瞰望虚实,只见寨口内一段,依稀有条窄路,其外万山包裹,林木葱郁,无一些踪影,遂于山僻四处,搜拿了两个乡民,却不知是吕军师教导了他的话,差在外边做细作的。带回营来,赏以酒肉,问:“你二人,是山内百姓么?”应道:“正是。祖上住在此间,到今五百多年了,只是种地为活。”

又问:“这里必有小路直抵御石寨内,你们可引官兵进去,擒了盗首,有大大的赏赐哩。”答道:“小路虽有,都是樵柴汉走的,隔着千山万岭,弯弯曲曲,一日也走不到他寨内。昨日出去吹柴,看见沿路有人把守,去不得的。”又问:“闻得有个女将,有多大本事?这些强盗怎的都服他?”答道:“我们从不进寨,不知详细。但闻得这个女将,有些符咒法术,救好了一个大盗女儿的病,因此奉他为首。近日又来了一个女将,倒是绝好的武艺,要夺他的寨主做,着实有些不和睦了。”高凤说:“是真的么?”应道:“也是他们小军传说的话。”又问:“共有多少强盗,多少粮草马匹?”遂应道:“我们乡人,那里知道?”高凤令养在后营。

当夜报有伏路军士拿了四五名女人解来,高凤唤进。为首一个将官装束,立而不跪,高凤骂道:“你这几个浪泼妇,也来做细作!还敢大胆不跪么?”那女将厉声道:“我的诰命比你的职衔也差不多,怎么跪你?”高凤遂问军士是何处拿来的,军士道:“我们哨探到寨口,看她从寨内悄悄出来,就跟在她背后,约会了前边伏路兵拿来的。”高凤大怒道:“这不是来做奸细?还敢嘴强!”喝令斩首报来。那女将也大怒道:“你斩了朝廷的命妇,少不得永乐万岁爷也砍你的头。”高凤又喝问道:“你现从贼寨中来,就是命妇,已做了贼的老婆。你且说个明白,看我杀得你杀不得你。”那女将就在怀中取出官诰,向上一掷道:“你看了快杀!”高凤看时,是番骑指挥火耳灰者之妻,洪武时诰封的。高凤遂教放了绳索,请坐了,问道:“你的丈夫与我也会过两次,如今皇上甚是重用,为何夫人却在贼营内呢?”答道:“我的丈夫向在平安都督部下,与燕王战败被执,那时平将军亦被生擒,我带了几个婢女逃至临淄地方,不意被强盗拿了。他要强奸我,我就与他赌并。内有个为首的女强盗,劝解道:‘你若肯归顺我,便保你节操。’想起来,这班草贼少不得官军来剿,伸冤有日,因此假服了他。我平昔性气高傲,这些小贼都不看在眼底,他们就传说我要夺他寨主做。因此,那个女贼头也有些疑惑,拨我看守寨口,是相远之意。不知我若杀了他,一者仰报国恩,二者夫妻完聚,放着五花官诰的夫人不做,倒做这个贼首?这不是他们下流见识么?”高凤连忙下席谢罪,就问:“如何可以破寨?夫人必有良策。”满释奴道:“即在旦晚,便可荡平。只要将军为我表奏明白,使朝廷知我衷曲,不加罪谴,感恩不浅了。”高凤道:“这个,在小将身上。”满释奴道:“寨中新到了个道姑,明日十五夜,女贼头请了众贼头的老婆，陪这个道姑在九仙台上赏月，说我管着寨门，不便请去，送桌酒来。那些强盗都要大家畅饮的，我想这个机会凑巧，所以潜身来见将军，做个里应外合之计。”高凤道：“你部下有多少兵？不要漏了好消息。”答道：“只有三百名小贼。起初是他的羽党，后来知我丈夫现居高官，我又用好言抚慰他，说顺了朝廷都有官做，因此成了我的心腹了。明晚一更以后，只看红灯为号，我便大开寨门，将军统领大军直入，我当先引路抢至九仙台上，生擒了这些女贼，只怕不消杀得，都便投诚了。”高凤道：“妙哉！此计。”命军士：“斟羊羔酒来！奉敬夫人。”满释奴一饮而尽。李浚问道：“看他前日两个小贼，无甚本领，为何在淮上胜了官军，坏了大将？”满释奴道：“有个剧贼宾大刀，骁勇不过，今犯伤寒，病得要死了。其他总是脓包货，上不得场的。”又再三约定而去。

次日戌刻，高凤自统一千，李浚、陈恭共领一千五百，余者守寨。个个饱食战饭，马摘铃，人衔枚，行至寨口，早见红灯挂起，寨门已开。高凤策马先入，满释奴迎着，便为前导，走过了窄狭山口，遥见九仙台上，隐隐有女人数十在上饮酒，满释奴指点道：“只这高台便是。”忽听得寨口放起纸炮，台上亦将纸炮掷下。高凤道：“因何放纸炮？”满释奴霍地勒回马道：“是要斩你的脑袋！”高凤头已落地。四面喊声齐起：九仙台下，瞿雕儿等五百勇士，都是长枪，直前乱搠；后面寨口，小皂旗、楚由基等，都是大刀，从背后排头砍来；左右两旁，团牌滚进，但砍人足马蹄，纷纷都倒。李浚、陈恭，已知落在炉中，遂下马同众军卸甲投降。月君在台上笑道：“今夜，吕生初出茅庐第一功也！”

军师传令：拿的将领，解至演武厅发落；其军士尽发后营，将号衣军器缴验。满释奴先献了高凤首级，各将士解到李浚、陈恭。小军禀道：“圣后有令，说此二人势穷后降，决非真心，可腰斩示众。”二将跪求道：“倘得饶命，愿效微劳，断不敢负军师厚德。”吕军师道：“汝能从我行计，当在圣后前保你。”二将连连叩头道：“愿遵将令。”于是命解其缚，以礼相待。不多时，卜克等三将来禀道：“奉军师将令，守寨军士杀的杀，拿的拿，一个也不曾走脱。”并献上都指挥银印一颗。军师遂传令前营瞿雕儿、彭岑、孙翦三将，统领二千军士，尽穿了燕兵号衣，尽用的燕将旗帜，选一人似高凤面貌者，一般装束，督同浚、恭二将，出寨三十里外下营，密付印文一函，附耳授计：如此而行，了事之后，径行前打青州。

雕儿等遵计,在小军内挑出一名,远看与高凤无异,将高凤原来衣甲与他穿了,即率兵出寨,见燕营空着,就便屯驻,令健马飞赍印文递至茹太守寨内。茹刚验是都指挥印信,亲手拆开,内写:"贼势穷蹙,约在某日投诚,请太守公赴寨,文武当面受降。"茹刚大喜,带领五六百兵士疾驰而来,早有李浚、陈恭接着。二人原是假降,意欲漏个消息,怎奈彭岑、孙翦等都扮作燕军,紧紧挨着,没个空儿,只说:"高将军寨中拱候。"茹刚就策马前行,将近营门,遥见高指挥下座来迎,茹刚忙纵马进营,那高指挥却闪在人背后喝声:"拿下!"众武士把茹刚横拖倒拽的绑缚了。彭岑、孙翦,各一刀,取了李浚、陈恭的首级,跟来的五六百军兵,争先逃命。瞿雕儿向前追杀,正遇着董彦杲、谢勇二人巡拿伏路兵回来,截住逃兵,杀得罄尽。瞿雕儿遂与彭岑、孙翦统领军马,向青州进发,董彦杲自回缴令。

吕军师正统大兵出寨,闻知大喜,即率诸将星夜赶到青州,见城门紧闭,雕儿等喝令军士在城下辱骂。军师笑道:"他怎敢出战?"令取长竹竿十数根,挑着三个指挥的头并四纸榜文,又将茹太守绑于军前,喊与守城人观看。这里军士把榜文捌入城垛,早有人扯去,送与同知等官员。榜曰:

> 玉虚敕掌杀伐九天雷霆法主太阴圣后大元帅唐,示谕青州文武官员、军民人等:前者起义勤王,一战于泗州,再战于临淮,杀燕军二万、斩猛将数员,兵声已震于江南。其临江不渡者,只因建文皇帝出亡,不及返虞渊之日,所以暂回山寨,招纳豪杰,共建义旗,先定中原,迎复旧君。何意茹刚、高凤等助纣为虐,反肆嚣张,本帅未张一弓,未发一镝,已皆枭首军门。尔等如有忠于建文者,即开门纳款,官仍为官,士仍为士,本帅方借同仇之谊;若以旧君为弁髦,愿作燕孽之臣民,可速开门一战,以决雌雄。慎毋徘徊歧路,首鼠两端,以致荆山被火,玉石同焚!特谕。
>
> 建文四年十月

城内有两个秀才,一姓王名锡命,一姓庄名莅,见了榜文,在市中大呼道:"我二人不愿为燕王之民!如有同志者,都随我们纳款。"众百姓发一声喊,都说:"我等皆不愿为燕民!"顿时,和从者便有数千,径奔向城门,椎碎锁钥,一齐涌出,直赴军师营前,叩请入城。吕军师问:"何人倡首?"众人答道:"庄、王二秀才。"军师延之上座,赞道:"汝知天道人心,我当荐用。"庄莅指着锡命道:"他是济阳殉节教谕王省之子,小子是王省之门人。”军师道:“可谓有其父必有其子,有其师又有其弟。”遂下令将士们,摆着队伍进城,如有取民间之物值一文者,斩;值十文以上者,加倍偿还,仍斩首。行次吊桥边,官员皆来跪接,军师笑道:“汝等不得已也。”众百姓说:“同知、通判各官还好,唯有臧知县大贪大恶,他的绰号叫做‘臧昏瘟’,到任了七八年,把我们益都百姓嚼尽了。”军师喝令拿下。真正纪律严明,秋毫无犯。直至府堂坐定,安民已毕,遂命书吏誊录榜文,通发所属十三州县,并提解库内钱粮,有不解者,即是叛党,发兵问罪。

早有探事兵飞报,圣后已到益都界上,军师遂率同文武将领向前迎去。早见前导是董彦暠、彦昶领着五百兵开路。月君乘着八座的亮轿,紫盖红旗,黄旄白钺,金瓜银锤,画戟蛇矛,彩幡羽葆,前呼后拥,如王者仪仗。四员女将皆柳铠绣袄,凤冠雉尾,第一满释奴,次素英、寒簧、柳烟儿,皆面似梨花,眸如秋水。吕军师皆下马祇候。月君早传令军师,各回城内巡察。复有众百姓前至十里铺,执香叩接,欢颂之声,如雷动地。迤逦进得城来,但见家家悬彩,户户焚香。有七八十岁的老妇人十来个,当前跪着,口称:“活菩萨,曾祈甘霖,救活我青州百姓的。”月君亲自慰劳,令各赏银一锭。天已晚了,即入府署安歇。

次日清晨,出堂公座,众将领官员参谒毕,军师禀道:“莒州系州同署印,临淄系是新任,二官均已逃去,益都县已经拿下,并本郡守及教授,共缺五员。”又荐庄、王两秀士献城有功。月君遂命董彦昶为镇守青州将军,铁鼎为监军道,张汝翼为参议,周缙为青州太守,金兰为益都知县,王升为莒州知州,关桓为临淄县知县,庄莅代郑桓之职,王锡命为府教授。

遂传令下教场,处决茹刚等。那阖都百姓,却像看好戏文的,早已齐集,挨肩擦背,不可算数。月君只带三百军士并各将领,排驾出城,到演武厅,南向端坐,命吕军师檐下侧坐,众将士摆列整齐。月君命将夹板过来,把茹刚颠倒夹着,从脚心锯起,至脖子乃止,整整分作两半,仍枭首,同高凤、李浚、陈恭首级均行示众。其家属人等,男子尽行斩首;女人并十岁以下童子,免死释放。益都臧知县,令将利刀从仙人顶刺下挑去脑盖,放入光明,疗其一生之昏瘟,百姓个个称庆。当日军师即统领大军,前取登、莱二府。月君仍回卸石寨。

只恐谷中隘狭,容不得毒龙猛虎呼啸风云;亭子稀奇,偏生来鬼母魔王掀翻世界。要知后事,且看下回。

第二十六回

仝淳风义匿司公子　高监军计袭莱州府

莱州府有个姓仝名然的术士，精于星相，兼通谶纬①，又能望气占风，自谓与唐朝的李淳风②无异，起个雅号曰“仝淳风”。常游于京师，要求个当路的公卿炫其术数，然每每不识忌讳，出言戆直，以此取厌于世。闻江都邑宰司铁面之名，前去进谒。司公素性最不喜的江湖星相，因有相契同年的书极为称道，不得已，勉强一见，也不去问他的技术。仝淳风忽抗言道：“老先生的尊相，忠心贯日，铁胆凌霜，是张睢阳、颜鲁公③一流人物，官虽不过御史，大名可垂于万世。”时司公的长公子，年甫十二岁，在旁站着，仝然看了看，打一恭道：“可敬可贺！这位是公子么？”司公答道：“是黄口孺子，何消尊谀？”淳风道：“老先生眼眶之下横着三道煞纹，是要夷及三族的，就是这位公子不在此数之内，所以敢于敬贺。”即告辞去了。司公一想：“这人不肯谄媚，与平常相士有间，然说到灭族，不信倒有叛逆的事，株连着我？怎又说睢阳、真卿一般的？”于明日，又召淳风进署，问道：“学生何故应当夷族？”淳风道：“要做忠臣，顾不得夷族了。夷族是大罪，忠臣是大节，在老先生身上却并作一件，主应在五年之内。昨日长公子，再求一看。”司公就叫请出来，淳风仔细看毕，说：“好个峥嵘头角！他日为国报仇，为亲显名，有一番惊天动地的事业做出来哩。”司公半信不信的，教支取俸金四两相赠，淳风坚辞不受。司公便问：“既在江湖行道，

---

① 谶(chèn)纬——封建社会自汉代始流行的一种宗教迷信。“谶”是巫师或方士制作的一种隐语或预言，作为吉凶的符验或征兆。“纬”是方士化的儒生编集起来附会儒家经典的各种著作。

② 李淳风——唐朝闻名一时的术士。

③ 张睢阳、颜鲁公——即张巡、颜真卿，均为唐人，前者为开元进士，后者为唐时著名书法家，亦为殿中侍史，且遭杨国忠陷害，被贬。安史之乱时，两人各率所管辖之所将士抗敌。张巡在坚守数月后睢阳失守遭杀害，颜真卿则率兵抗击安禄山兵丁最后胜利。

为何不要相金？是嫌轻么？”淳风道：“相士若要钱财，哪敢直说？”司公道：“不意尔辈中，有直言无隐之人！”便问了籍贯表字，拱手道：“他日尚须相会。”仝淳风遂一揖而出。

是年为洪武三十一年①，因司公清正，行取进京，拜授御史，建文践祚②，特升佥都。及靖难师下长江，因而想起仝相士之言，慨然谓其夫人曰：“脱有不虞，我当骂贼而死。灭族之兆已见，然我宗祀不可斩也。”呼其长子司韬至前，将淳风昔日所言，备述一遍，曰：“韬儿！汝当亟去，为我延续宗祧③。”司韬痛哭不舍。夫人曰：“相公教他到那里去？”司公曰：“正是，程婴、杵臼，千古无二。他如今已十七岁了，不是婴孩，由他自去罢。我看这仝相士，倒是慷爽有智识的，我儿竟到莱州府去寻他，问个避难之策。”司公即付些盘缠，立逼公子起身。

司韬径到莱州府，寻着了仝淳风，全不认得。细问来由，方知是司公之长子，遂留住于密室，又安慰了几句说：“在下自有道理。”一日，淳风向司公子道：“机会来了。向者济水之气干于太阳，占是女真人出世。近闻得有个唐圣姑南下勤王，杀败燕兵，今已据了卸石寨。我算她必取青、莱、登三府，莫若先去投她，做个里应外合，献了城池，那时可以建功立业。”司公子道：“我愿去走一遭。”淳风道：“公子年纪尚少，须我同往。”于是在槽上检了两头快驴，备上行囊，向青州大路进发。

行不两日，见有三四个戴红巾兵丁，拦住问道：“你们是恁样人？往那里去的？”淳风瞧科，便下了驴，拱手答道：“大哥可是守汛的？”兵丁笑道：“守汛的都砍了，还留到如今？”淳风道：“这样说起来，是卸石寨的义士了。”兵丁道：“亏你猜。”将手指着前面道：“兀的不是我们宾将军的大寨么。”淳风道：“好哩，烦大哥引见宾将军，小可有话禀。”兵丁道：“不是儿戏的！你先与我说是甚事。”淳风道：“星夜奔来，只为着‘军机’二字，漏泄不得，借重通报一声，将来自然知道。”又一个兵丁道：“谁耐烦通报！知道是细作不是？拿他去见宾将军就是了。”将绳子向颈上套来，淳风一

---

① 洪武三十一年——即1398年，为洪武年间的最后一年。1399年即为建文元年。

② 建文践祚（zuò）——建文继承皇位。

③ 宗祧（tiāo）——远祖之庙，即宗庙。

手接住道:“不消得,就此同去。”那些兵丁做好做欠的,拥到大营,说拿了两个踪迹可疑的人解来了,宾鸿即升帐,教令押进。淳风与司韬立而不跪,左右刀斧手吆喝一声,二人全然不惧。淳风徐徐而言道:“将军可要莱州府么?在下备个谨具帖儿,送在这里,望乞稍霁威严,以便呈上。”宾鸿道:“好个利口!一定是奸细。”喝令推出斩首。刀斧手扯拽下去,淳风厉声道:“不纳良谋,斩我便了;只这位是殉难忠臣的公子,他来投我,我反累他,如何向黄泉路上去见司公?”宾鸿听了这话,连忙教带转来,问是何殉难的公子,司韬道:“你们枉起义兵!连铁面司都御史都不晓得么?”宾鸿遂下座揖逊。至帐中,分宾主坐定,问淳风姓氏,答道:“在下姓仝名然字淳风,这位是司佥都讳中的公子。”宾鸿道:“何不早说?几乎叫我做了不赦的罪人。”淳风道:“不敢。行军之际,岂可不严为防范?”宾鸿道:“正是。日前监军有令,凡客商,向西者许走;向东者皆令宿于客店,不许前行,以防通漏消息;若无货物,即系可疑,皆须拿来驳问明白,然后发放。所以有此一番,多多得罪!”一面详询来由,一面令小校飞马请高监军及刘将军到营,与仝淳风、司韬相见,备陈始末。高监军肃然致敬道:“不意今日英雄,都是殉难的忠嗣!”阿蛮儿道:“汝父与我父系是同年同寅,而又同时殉难,今我与汝,又得同聚于此,报冤雪愤,定自有日。”淳风遂问司公如何殉难。高参军约略一说,司韬放声大哭。刘超道:“圣后寨内,殉难的子女甚多,今日相商正事,不必过哀。”司公子方收了泪。

营中已摆上酒来,把盏之间,高监军问道:“仝先生此来,必有高见,可试请教一二。”淳风道:“‘里应外合’四字是大纲领,其余条目,总请监军与各位将军主裁。”就把卫指挥姓名并兵马数目,及近日军机情形说了。监军道:“兵贵神速,迟则有变,既承见教,务于三日内要建此大功。府上可有心腹数人么?”淳风道:“有。”监军就退入后营,疾书三纸,加以封函:一付与阿蛮,一付虎儿,一付淳风。司公子再备两头驴儿,令四人立刻起程,限来日晌午到淳风家下。各人照着纸上说话行事,淳风等如飞而去。监军即令快马,迎取后队董彦杲等三位将军,来到寨中,各密授了计策:顷刻挑选精骑八百,饱餐战饭,于子刻结束起程,限十二个时辰到莱州城下,违误者斩。宾鸿、董彦杲等皆遵令,督军卷甲星驰,暂且按下。

却说刘虎儿四人,走至半夜,已有百余里,淳风道:“我们到近城十来里,要将驴头丢下,步行进去。那守门兵丁虽认得我,却不认得列位,但看驴儿走得通身是汗，必定猜疑盘问，若有差误不是当耍的。”刘虎儿道：“极是。”于是四人飞步入城，刚是午刻，各取出高监军封函拆开，先看仝淳风的，上写着：

可备硫磺焰硝引火之物，于半夜子刻，到相近指挥衙门的城上，看外有红灯挑起，便是大军到了，即放小纸炮两个，以便军士扒城。

仝淳风道：“妙极！我有内弟，是做纸炮生意的，硫磺等物极其便宜。”又看刘将军的，纸上写着道：

可同司公子去杀守西门的兵丁，把住城门，来一个杀一个，候大军进城。是大责任，切勿有误的！

刘虎儿道：“砍城门须用大刀，这却怎处？”淳风道：“离此不远，有关老爷庙，周将军手内擎着一把大刀，重有百余斤，只怕难用。”虎儿道：“用倒好用，只是庙门关了，怎么去取？”淳风道：“天赐其便，庙旁墙垣坍了，走得进的。”虎儿道：“既有此刀，哪怕他千军万马！”遂又看周蛮儿的，纸上写的是：

可与淳风相商，同数十心腹人，砍带枝叶青竹，用作军器，在指挥衙门左右截住救火的兵丁人等，一可御箭，二可御马，齐声大呼“卸石寨十万军兵在此”。如无青竹，小枣树的干亦可。

仝淳风道：“足见大功必成！莱州向无青竹，是我在乡村携来数根，今种在屋后，小枣树亦有。”遂去砍削停当。淳风又邀了两个妻弟、五个徒弟，连自己三个儿子、四个种园的家人，在卧房内摆下酒饭，与彼说明就里。众人都知淳风术数灵验，无不信从。饮至二更，淳风引了刘超到关公庙中，暗暗跪祷：若事成者，刀即取去；事不能成，取不动神刀。祷毕，刘超一擎在手，即便分头自去行事。

淳风同了大儿子，径奔北城，在堵边伏着，窥瞰城外，遥见西城一盏小灯挑有数丈来高，淳风即将小纸炮连放两枚。城外军士便赶到北城根下，放了软梯，一个个上来。为头的是朱飞虎、雷一震，带着三十名勇猛好汉，背上各负一个草束。淳风接着，引至指挥衙门，有几个巡更军士，尽行杀了。朱飞虎道：“监军令一半前门放火，一半后门杀人。”遂卸下所负草束，令淳风引至后门，却是一片空地。飞虎等十六人，各持大砍刀，在两边站立等候。雷一震引着十五个勇士皆是长枪手，打开大门，径杀进去。厅上守宿兵丁跳将起来，手无寸铁，皆被搠死。就把草束堆垛屋檐之下，加以硫磺焰硝,点着火,登时烧起,烈焰冲天。内堂的人只道是外堂失了火,鸣起锣来,开门救护,被众军一刀一个。直杀到私宅门首,是两扇石门,雷将军举起铁锤,一下打得粉碎,呐声喊,抢将入去。

那指挥叫做蒯捷,他有个结义的兄弟叫做赛李逵,也使两把锟鋙铁的大板斧,总在梦中惊醒,一个向外奔出,一个正抢进内室来救。蒯捷道:"兄弟向后门走罢!"赛李逵道:"后门黑暗,必有巡风的强贼,我们趁着火光,从前门杀去,就是真梁山泊的好汉,少不得砍杀他娘。"蒯捷害怕,自向后门跑去。赛李逵只得掣身飞步,大叫:"来了!"遂当先引路,奔出后门。黑影里朱飞虎大喝一声,双刀劈来,赛李逵闪过,就地滚去,抡斧横砍,勇不可当,只得让条路,被他去了。赛李逵在后面不见蒯捷,又翻身杀将转来,正撞着雷一震舞动双铁锤,当面截住。赛李逵大吼一声,就向侧边滚进,两把斧如风轮一般,砍散了几个军士,直杀出大堂。那时阿蛮儿已截杀了救火的人,也奔入卫衙,见个使双斧的来得凶猛,倒闪在暗处,让他过去,从背后一枣木打倒,活擒住了,看他是个好汉,遂交与仝淳风,先押回去,却自守在衙门口,专杀逃出的人。其蒯指挥并一家老少、内丁人等共有百余口,都被朱、雷二将杀个罄尽,索性大放起火,连尸带骨烧作灰烬。

那千户百户衙门,也相去不远,点起数百军士赶来救时,董、宾二将军人马正到,迎着就杀,登时星散。宾鸿道:"刘、周二将军去杀武官,我与董将军去杀文官,雷、朱二兄可向四处巡风,以防意外。"宾鸿遂领百余骑直至府前,打开大门,下了马,坐在堂上,教令军人大声传说:"愿做建文皇帝的官,快出来迎接;要做燕逆的官,快出来厮杀。"时天已明了,各厅官员都战战兢兢向堂下跪着说:"我等皆系建文年间选授的,情愿归顺。"军厅就呈上金印一颗,禀道:"太守缺员,近系小官署事。"只见董彦杲、阿蛮儿、缚了县令、百户、典史等官都来了,说皆已投降,唯有千户逃去。仝然向前说:"周将军交与我这个汉子,挣断绳索也逃去了。小可看守不严,有罪有罪!"阿蛮儿笑道:"四五个人,弄他一个不住!"仝然道:"我徒弟都被他打伤了哩。"董彦杲道:"他不再来,才是他得命处。"吩咐厅县各官,速出城迎接监军来发落。

不多时,高咸宁已到,止带卢龙等数骑,其余兵马尽屯城外。彦杲等接住,都称说监军妙算如神,咸宁道:"皆赖诸将士之威灵,予何功焉?"遂发放各官视事如故。唯百户一员交与董彦杲营中效用，说武官有兵权，不可复职。又传令缮写书吏四名进来，一面出榜安民，一面起草申奏圣后，叙仝然第一功。仝然再四谦逊，咸宁道："赏罚公，则蛮夷率服；赏罚私，则亲戚离叛。余惟秉公而已，不问亲疏也。"又发告示一道，张挂四门，并着快马飞颁各属，通行饬谕①。示云：

玉虚敕掌杀伐九天雷霆法主太阴圣后驾下监军高，为刑赏事照得：生杀予夺，人主之大权，所以匡风俗而励人心也。贪墨不诛，则世道日坏；廉洁不褒，则民俗滋伪。本监军奉命东征，已平莱郡，正发政施仁、移风易俗之日，如有向来贪酷官吏荼毒生灵、昏庸守令废坏纲纪者，尔民即向本监军营门据实控告，审讯明确，立正典刑。特给榜文通谕阖属知之。

建文四年　　月　　日

监军处置已毕，即令各将军带领人马出城，移营在东关外扎住。

不两日，有百姓数千，齐到营门跪递公呈：一是保举高密松令清廉，一是控告即墨金令贪酷，与金弁同恶相济。监军看了呈词，立请董将军去提拿，与原告人等质审。

有探马飞报：吕军师统率大军已到界上。咸宁即同诸将前去接见，御阳拱手道："两日令人飞探，监军之拔莱州，与不佞之克青州同在一日，用兵如神，无异于淮军之袭安邑也。"咸宁逊谢道："功倡仝然，诸将成之，于愚何有？"当下合兵一处。

彦杲提拿两被犯已到，众百姓都来候审。咸宁即取两词与吕军师看，内金令名性字立命，金弁名贝字有才。军师道："美战！名号。"遂大开营门，命两个耆老进来，问道："那状上第一款，女鬼号冤，是怎样的？可从实说来。"老人禀道：

有一穷人姓张名辛，借住富豪王庚宅边两间小屋。辛之长女年方十七岁，被庚教令家人妇女哄诱入室，按住强奸。其女抵死不从，抓破庚面，方能得脱。庚恼羞成怒，遂向张辛说："你女我已奸过，快快送我为妾，从今不要房钱了。"辛归责女，含冤难辩，遂将剪刀自刺心胸而死。金有才从中说合，金令得了银五百两，反将张辛重责，勒

① 饬(chì)谕——"饬"通"敕"，即命令、告诫。

令烧埋。这是合邑称冤的。

又问:“第二款,冤污烈妇,怎么样说呢?”老人禀道:

金令最信任的蠹吏王羔,羔与烈妇梅氏原系表戚,羔有结发,逐出在外,慕梅氏少寡而美,遂贿氏之族长,强纳聘礼。氏鸣于官,断云:“族长主婚,既由正礼;嫠妇再醮,亦合常经。”羔恃本官之势,竟抢回家。烈妇早怀鸩毒,自饮而死。氏弟赴县喊告,县官谓自尽死者,从无抵偿之条,反问了诬告人命,现今发驿摆站。这件事,是人人痛恨的。

又问:“第三款,诬杀真僧鸡奸呢?”老人禀道:

真僧性月,有个小徒弟,偷了师父银两,逃回家去。其母素与光棍往来,遂诬性月为鸡奸,致死了他儿子。金令知性月素有积蓄,串同金弁,恐吓不从,遂夹了七夹棍,要性月承认鸡奸,竟夹死于公堂之上。这也是众人不服的。

吕军师大怒道:“只这三件,死有余辜了!”耆老等又禀:“那金性若无金有才,也到不得贪酷极处,总是有才唆拨的。”咸宁道:“足见贪酷的官吏,若无些恶才,怎济得他穷贪极酷?这一对杀才,真豺虎不食之徒也。”军师喝令,即在营前用解腕银尖刀,刺入金令之心。咸宁笑道:“这是使他后世‘性’中,仍不忘个‘金’字。”又令将种种臭粪污秽之物,塞入金贝七窍而死。咸宁又笑道:“这个,来生‘有才’化作无才了。”并抄没宦橐,赈济茕独。

发放已毕。遂手自草奏,荐高参军精通韬略,熟谙军旅,有独当一面之才,宜与军师重任,暂管莱州府事,俾以赏罚黜陟,行其激劝鼓舞,则地方幸甚。咸宁谢道:“不才何人,敢当军师推毂?”御阳道:“荐贤黜不肖,平生素志也,非有私于先生。”即统军士向登州进发。

流星探马报说:登州张总兵率领大队人马,将次到了。军师即择地下寨,令将士整备厮杀。此按孙子先处战地而待敌之意。且看他:双双猛将穴中斗,一一仙灵壁上观。下回便见。

第二十七回

黑气蔽天夜邀刹魔主　赤虹贯日昼降鬼母尊

这回书，自然要叙出张总兵与吕军师交战的事情了，不意开场又是别出。只因吕军师兵进莱州，唐月君自回卸石寨去，其间尚有一出绝好看的戏文，从中串插过下，试听道来。那卸石寨中，有座特起的峰峦，名曰九仙台，其高百仞[①]，月君因其虚有台名，竟在峰头之上创起一座层台，不啻空中楼阁。落成之日，月君与鲍、曼二师登其上曰："此可请刹魔公主一会，日后有事烦他，省得临渴掘井。但我未知魔教本末，乞曼师指示一二，方好周旋应对。"曼师道："这是月君与我教争光了。甥女刹魔公主，计生下三千五百五十四年矣，誓不匹偶，还是处子。说她的道行神通，虽释迦、老子，也不能胜，所以魔教日旺一日。当时释、道二门，轮回的，皆为帝为王，历世久远；其魔道出世的，虽称帝称王，非草莽凶逆，即篡窃奸雄，多招杀报。自刹魔主掌教之后，凡转轮帝王者，几压在二教之上。向称为儒、释、道者，今当称作魔、释、道矣。"月君笑道："我已领会得。但请速去速来。"

于是曼尼驾祥云飞至须弥山北，早见青黑气中，重重叠叠，尽是紫金殿阁，碧玉楼台，玳瑁[②]为瓦，珍珠为幕，奇瑰闳丽[③]，不可名状，遂敛云光，来诣阙下。有数十魔女皆头挽肉髻，两鬓青丝直垂至足，衣销金窄袖之袍，外罩五色挑绣百花比甲，一个个面似桃花。有认得曼尼的，飞报与刹魔公主。公主出迎，见曼尼在宝石砌的盘龙阶上，左脚滑了一滑，公主笑说："姨娘皈了外道，怎的回到家乡，这样立脚不牢？"曼师也笑道："若滑跌了，好歹赖着甥女医治哩。"两个便携着手，直至殿后东首峭壁之巅，

---

① 百仞(rèn)——"仞"，古时以七尺或八尺为一仞，"百仞"即七、八百尺。

② 玳(dài)瑁(mào)——一种爬行动物，与龟相似。甲壳黄褐色，有黑斑，很光滑，可作装饰品，也可入药。

③ 闳(hóng)丽——即宏大壮丽。

一个玲珑小阁内坐定。阁中有额颜曰“冠清”，是言高出于太清、玉清的意思。原来此阁，不由构造，是就着个大石峰巧凿成的。魔主便说：“甥女闻说，姨娘扶持那月里嫦娥与天狼作对，亦曾洗得耻辱否？”曼师道：“正是，月君常说：‘枉有几个女仙，恐不济事，若得刹魔圣主肯垂玉手，方为万幸。’心中十分爱慕，央浼了我几次，做姨娘的方肯舍得一来哩。”公主道：“我向知嫦娥的容貌，是历劫没有的。如今转了尘世，还是怎样？”曼师道：“比在月宫时更好。”刹魔道：“一者要看看他的姿态，二要显显我的神通，三也要与姨娘面上好看，自然去的。”只见几个魔女，都捧着九彩火玉、五色水晶盘子，盛着肴馔送到阁上。

请问，魔女是恁么姓名？却就是史鉴上所载妲己①、褒姒②、飞燕③、合德、潘淑妃与花蕊夫人④之类。这是何故？只因他所修的福分甚大，生前虽极造孽，死后原归魔道，若再出世，仍得为后为妃，只是淫根终不得改的。

那盘中肴馔不过是龙肝凤髓、豹胎猩唇诸品，唯酒更为特异，其名曰“若木精华”，又名“扶桑露”，竟在扶桑花房内酿成的。那花朵有椰瓢般大，刹魔主亲取两朵，将指甲轻轻挑开，款款的倾向八宝玻璃盏内，异香发越，透彻琼霄，递将过来，曼师一吸而尽曰：“较之我所酿百花露更好。”刹魔主笑道：“百花露是樊老妪的古董方。我这扶桑酿，是独出意造。甥女要做个开辟造化的主儿，岂肯随人脚跟而走？不是我唐突姨母，为恁么皈依那个苦恼的观音，把自己这样豪奢门庭，却倒撇下？”曼师道：“非也。彼释氏方借我以争光，非我借彼以生色，犹之乎高才盛名之士，为当事者必欲罗而致之座上，以为荣耀，岂是那一班干名希誉、求托门墙、希传衣钵，称为弟子门生者比耶？”说罢，皆拊掌大笑。曼师遂起身凭栏一看，东见东胜神洲，南见南瞻部洲，山岭如菽⑤，人马如蚁，历历不爽。曼师曰：

---

① 妲己——商纣王的宠妃。

② 褒姒(sì)——周幽王的宠妃。

③ 飞燕——赵飞燕，汉成帝皇后，体轻盈，善歌舞，故有“飞燕”之称。

④ 花蕊夫人——五代前蜀主王建之妃。

⑤ 山岭如菽(shū)——“菽”本为大豆，引申为豆类总称。此处记曼师在上界看凡世的山岭如豆。

“咦,彼方争荣辱于弹指之间,正所谓朝菌不知晦朔,蟪蛄不知春秋也①!”

且住,这话说得忒大了,且分明些个,方不落看者褒贬。要知道,佛家所谓四天下,总在须弥山之四面,这须弥山就是世界。世界是侧的,只因大到极处,世人道是个平的。那日月原在须弥山上,周回旋转,照耀东西南北四个世界,转到东南,则西北是夜,行向西北,则东南是昼,并不是出于东没于西,从地下海底回环也。上界在其巅,中界在其腰,下界在山脚之阴,日月不到之处,即阎罗天子所居,种种地狱所在,今世人认做地狱,在于地底下,哪有这个道理?即所谓四海,也就是须弥山之涧水,四面汇注的,如澧水出于终南,滈水出于太乙,济水出于王屋,淮水出于桐柏,五溪发于武山,三峡下自岷山是也。闲话休叙。

当下曼尼辞了刹魔公主,回至卸石寨,述与月君。到次日酉刻,忽有黑气冲天,掩了夕照,几乎对面不见人影。曼师道:“甥女来了。”鲍姥、隐娘皆自回避,唯曼师、月君腾身九仙台上相迎。见那魔主随从,有八个魔女,前两个都拿着翻山搅海灵蛇矛,次两个拿着绕指柔掩月飞霜剑,随身两个各执一柄九彩凤翅火云蔽日月掌扇,后两个一个执倭银锤,一执乌斯金瓜,簇拥着刹魔公主,骑着一匹怪兽。月君端视,她怎生打扮:

玄发青鬟,生成堆叠,千秋不用妆梳;玉骨脂肤,天然芬烈,历劫何须熏沐?穿一领胜鲛绡,天孙织就无缝缕金衣;罩一件赛鹤氅,神女裁成有带飞霞帔。裙拖八幅,云华波纹簇簇;靴着一双,锦裀莲瓣齐齐。颜和皎月争辉,眸光溜处,纵然佛祖也销魂;神将秋水争清,杀气生时,任尔金刚亦俯首。虚度了三千余岁,豆蔻含香的处子;实做她亿万百劫,枪刀出色的魔王。

刹魔主见曼尼与月君相迎,遂下了坐兽,执了月君的手,自发至足看了一回,笑道:“真个风流煞!”月君笑答:“若不风流,怎得到人间一走?”刹魔又说:“好一个伶牙俐齿!”月君又道:“齿牙不伶俐,怎见得刹魔公主?”公主大笑道:“我若是男儿,定要与汝做个颠鸾倒凤的夫妻。”月君道:“不敢请耳,固所愿也。”刹魔主道:“真乃我辈中人!与尔结为姊妹何

① 正所谓朝菌不知晦朔,蟪蛄不知春秋也——正是:早晨的(单细胞)菌类并不知白昼、夜晚(就消失了),(只有一季生命的)草虫不明白春秋换季(的道理)。

如?”月君大喜,遂交拜了四拜,称魔主为姊。月君向着曼师道:“我还要拜姨娘哩。”曼师笑道:“一个甥女,尚且把我劈头支扛,开口不得,何况又添一个?来不得!来不得!”三人胡卢一笑。方才坐下,月君先问魔女姓名,刹魔主道:“执矛的,就是武陵蛮王征侧,征二;执剑的,一名空空儿,一名青青儿,就是聂隐娘所闻名逃避的;执扇的,一名摄魂姑,一名吸神娃,还是处子;落后两个,一即鸠盘茶,一即桃花煞。”八个皆辫发盘成的高髻,鸟羽织成的衣裳,光华闪烁,有万般颜色;足着销金龙凤朱履,都是一样妆饰。月君看那兽时,狮头九尾,龙身麟趾,翠毛金鳞,很觉异样,又问魔主:“此是何兽?”曼师代答道:“西母之麟与应元天尊之狮,交合所生。才产下来,即飞至须弥山顶,我父王阿修罗收来用作坐骑,所以瑶池将石麟锁着,恐他又去偷那吼狮子,生下个不像样的杂种来。”月君道:“只怕是吼狮子去偷汉哩。”三人又笑了一回,遂命摆上酒肴,四海九州的珍品毕具。酒是女真国奶子烧,半侵酒酿,又加百花自然汁,出自月君杜造。斟入玉斝,亲递与刹魔。刹魔接来一看,其色如海棠花,其气如郁金香,呷了半杯,笑道:“味虽芳烈,却不是天然酿就,多用人工杂凑的。”月君道:“总是尘土之物,何足当姊妹一噱?”遂命素英、柳烟邀众魔女,去宝华寺妙香轩内饮酒。刹魔指着柳烟问月君:“此女何由在此?”月君略把情由一说,刹魔道:“此女有二十年风流之福,原来倒是贤妹作成她的。”月君不解,请叩其故,刹魔道:“她曾为后羿宫人,始而被宠,后即见杀。自后托生为夏姬,又为羊后及太平公主。在我魔道中轮回的淫福未尽,如何可以守节——到那时候便知。”月君遂问:“武曌还有福分否?”魔主道:“正是她将贤妹的玺文来投于我,我已收了她。待过二三百年,教她转个男身,做个风流帝王。”月君谢说:“具见魔道大方,不在此计较。”

大家通天彻地的讲论,早见月上东山,翠阴满座。魔主遂起身,挽着月君的手,行至水帘洞口。月君道:“此内即小妹卧室。”刹魔步进看时,正中设一张沉香七宝床,四角皆悬夜明珠;两行各六把盘龙楠木交椅,下面一张大理石儿;左右各十二扇织锦围屏。刹魔道:“亦是人间洞天。”遂向曼尼道:“烦姨母吩咐侍女们各自安寝,不必伺候。我与月君只就此同榻了。”曼师去后,刹魔道:“我还要问句私心话。”月君笑道:“姨母都听不得,一定是那话。”刹魔道:“好猜。我自无始以前,万劫以后,恒河沙世界之事,莫不知道。唯有那话儿中滋味,却不知是怎样的?汝是过来人,须要与我尽情说说,以完我心事。"月君道:"妹子纵于此中过来,也只算得门外汉。然而虽未心尝,却曾目击。大抵女子先销魂而后失精,男子先丧精而后销魂。所以男女媾精自始至终,皆有趣味。然男子以妇人好淫为乐;而妇人亦以男子善淫为乐。男子善淫,叫女子之乐,更深一层;女子好淫,则男子之乐,更超一等。其乐有不可思议,至于死而复活者。"刹魔道:"这也通达到尽头地步,怎么是目击而心未尝呢?"月君道:"妹子元体尚存。但尝看玩公子与侍女交战,是以得之。"刹魔道:"也亏你不动心,真可做得我的妹妹!"月君道:"我闻魔教不禁男女之欲,何姊姊数千年尚为处子?愿闻尊旨。"刹魔道:"妙哉,问也。释、玄二老子,所以胜我教者,只为魔性好淫,历劫以来,几希泯灭。自我掌教之后,能与三清、如来鼎立称雄,只为我是个处子。若一涉邪淫,能不受制于彼耶?"月君道:"是则姊姊以一人之贞,而庇亿万人之淫也。"刹魔道:"是亦不然。三教之徒,皆为奸为盗,此又何说?"二人直说到天明。曼师悄步进来,笑道:"两位新人,可出洞房了。"于是携手复登九仙台上,正见太阳升起。

陡然有一道赤虹,其长竟天,贯于日中。曼尼道:"此必是我姑母鬼母天尊下降。"月君亟命取袍带服毕。忽红光千丈,飞至面前。定睛向那红光中看时,现出一位女天尊来:

面如红玉,棱棱乎凝万道霞光;眸若春星,凛凛乎射两行杀气。端严福相,较南海大士却少慈悲;潇洒风神,比西池王母更加飞动。穿一领五铢无缝天衣,风飘起几行电带;戴一顶九珠吐火金冠,云拖着数缕绀丝。手执三尖两刃八环刀,袖藏六臂三头九鬼子。

原来这天尊是大力鬼王之姊,其妹即是阿修罗大魔王之夫人,所以曼师称为姑母,乃刹魔主祖姑也,皈于正道,现在二十四诸天之列。当下与月君等,各相见施礼毕,天尊开言道:"昨见黑气直冲灵霄宝殿,知是公主在此,所以特来一会。"刹魔谢了,问鬼母道:"便是那天狼星,可以刻下使他了当,何故与他慢厮条儿?"天尊道:"他熬修了五百劫,方得此天位,数该做三十三年人间帝王。我辈神通虽大,亦不能拗数而行。前者文曲星景清归天,告他杀戮忠良,大伤天道。众仙真皆云,应俟数尽鞫问①。我就

① 应俟数尽鞫(jū)问——应该以气数命运已尽(的名义)查问。

出班执奏，必要减他禄位，已减却一纪①。月君，记得参奏他时，我在上帝前要助你报仇么？”月君躬身答道：“姮虽谪尘寰，已能略知前因。自顾何人，乃承天尊眷佑？历劫不能仰答高厚也。”刹魔主道：“若论为人报冤雪耻，还是我教中人肯烈烈轰轰做他一场。”曼师道：“不意这些仙真怕犯杀戒，倒像那世上的公卿，都要保守官爵，钳口结舌，没个肯出头露面的。”天尊大笑，遂向月君道：“如今这朝世界，就在家里争王夺伯，天伦都已灭尽，可惜了忠臣义士，便宜了贼子奸臣，真是神人共愤！尔须大加刑赏，慎勿当权错过。此为千古光焰之事，若夫尘埃富贵，虽帝王何足道也？”月君道：“谨遵天尊明教。在姮之本意，原不过为天下后世，存此一点天彝，泄此一片公愤，俾知忠义者若此，奸邪者若彼已耳。至于功成则归之太虚，于我何有？而况夫草露之富贵哉！”天尊道：“如此，则上合天心，下孚人望，而又完全己之本来，深慰予怀。”月君起谢。天尊又问：“有几位仙真在此？可请来一会。”月君遂请鲍姑、聂隐娘，与天尊并刹魔公主各相见毕。鲍师道：“九仙台只见得西南境界。”手指东北一峰说：“此峰高出天界，可望蓬莱，何不一登，留个胜迹？”曼师笑道：“此峰尖尖矗矗，棱棱层层的，是要人坐立不得。”鬼尊道：“不妨。”就把三尖两刃刀向着那山峰掷去，端端正正在峰顶劈下，裂开两半，望空写个“亭”字，那东半边裂的峰头上，就现出一座金顶五岳朝天，按着八卦方位，八面玲珑的亭子。刹魔主遂取魔女所带绕指柔抛起空中，化为复道，直接着劈裂峰顶，六位仙灵一齐上去，都到亭子内坐下。若是凡夫，目力不过七八十里，极望之处，周围唯一道青晕。今月君等皆是法眼，如日月之照临河沙世界，虽千百里外，秋毫不爽。

正见莱州东大路上，列着两阵，四员大将如走马灯一般盘旋交战。刹魔主将手指向东一弹，那边阵上一将，双泪迸流，不能措手，就被这边一将挥起开山大斧，连盔带脑劈去半个。那一员将见砍翻了一个，心中吃惊，也被这边一将拦腰斩为两段。这里阵上军士，涌杀过去，那边大败亏输。刹魔道：“待我把他们全军了当罢。”月君急起身称谢道：“我等法力，不可与凡人计较。”天尊道：“诚然。今且别过，容有缓急来相助罢。”月君就稽首婉言禀道：“人天路隔，恐微诚不能感达，尚求天尊指示。”天尊乃取出

---

① 一纪——古代以十二年为一纪。

信香一片,递与月君道:“焚此即到。”月君再拜受了。刹魔道:“你们偏有什么香,我却没有。”遂在头上拔下一茎青丝,亦付与月君道:“这是烧不得的,恐怕有些腥。你只是放他飞去,这发儿自然来报我,比祖姑母的什么信香还灵快哩。”月君谢道:“所谓‘发皆我头,毛孔皆我身’也。”天尊道:“我劝公主从地底回去罢。黑气所至地方,多遭灾害,生民无辜,良为可悯。”刹魔道:“我自遵依。独是我教这等厉害,为何姨母与祖姑母,皈佛的归佛,皈道的归道,不替阿修罗争口气呢?”天尊亦不回答,别了月君,仍显出万道红光,冲霄而上。刹魔主道:“如今世人总是该杀的,慈悲他做什么?鬼母是我长亲,不好不依他。”遂招呼众魔女及怪兽等,飞上劈裂峰头,说声“去!”——都向石峰内钻入,无影无踪了。

从来龙之神通,游行自在,不碍山石,所以古人云:“龙不见石,鱼不见水。”但是龙去处,山石皆穿,随龙之大小而裂为洞穴。此则山石依然无恙,尤为变幻莫测。道家神通能藏世界于一粒粟中,佛家神通能安须弥山于一针锋上,总皆不可思议。而今好看下回厮杀。

第二十八回

卫指挥月明劫寨　吕军师雪夜屠城

话说登州①张总兵，就是北平都指挥使张信。建文皇帝曾颁给密敕，令他觑便擒拿燕王，他反将密敕奉献于燕，助成谋逆的。迨燕王南下淮扬，恐山东沿边有防海的兵掩袭其后，因命张信招抚登、莱诸郡，就升为总兵官镇守其地。今却奉了燕王密敕，会剿卸石寨。闻得青、莱二府相继陷没，亟统兵二万前来，正迎着吕军师大队人马列成阵势以待。张信手下有两员家将，一名戎英，一名仇武，皆力敌万夫。当日两将齐出搦战②，吕军师阵上阿蛮儿迎敌戎英，朱飞虎接战仇武，差不多有五十来合。正在酣斗，仇武忽觉左眼胞上有指一弹，火星迸裂，眼珠已碎，被朱飞虎脑门一斧，劈于马下。戎英着了忙，亟欲脱身，被阿蛮儿大喝一声，措手不及，斩为两段。吕军师羽扇一挥，掩杀过去，张信策马先逃，众军士皆弃甲丢盔而走，追逐五十余里。幸有宁海卫指挥向泰，正奉张信之檄，提兵前来策应，混战一场，各自收兵。

张信计点军马，折其大半，遂集众将商议，皆言："戎、仇二将军与彼大战，看看要赢他，不意仇将军双眼忽闭，被他杀了，一定是妖法，没有破他的妙诀，怎能抵敌？"时向泰帐下有一书记，姓林名中柱，出来抗言道："攻城难，野战易。为今之计，大元戎莫若退守登州，坚壁清野，密令胶州卫与满家峒两处兵马，伺彼进攻，一截其粮饷，一从背后袭击，那时元戎以大军掩之，可致全胜。"张信道："此计固好，独是满家峒卫指挥巡海未回，所存兵马不多，亦无良将，奈何？"林中柱道："这不妨，元戎可速发令箭调取回来，一面令登州城外百姓星夜搬入城中，将房舍林木尽皆焚毁。目今隆冬天气，野无禾稼，坚城在前，粮饷不继，彼进无所获，必将宵遁。俟卫

---

① 登州——古州府名，辖境相当今山东蓬莱、招远、海阳等县地。

② 搦（nuò）战——挑战。

将军到，然后合兵恢复青、莱，未为迟也。”张信大喜，即发檄胶州[①]冷指挥，令断青州[②]饷道，俟满家峒兵来，合攻敌人之后，向指挥仍回宁海防守。遂带了林中柱，连夜拔寨，返至登州，尽驱城外居民入城，各处放起火来，将远近房屋与仓屯露积之物，都烧作灰烬。可怜众百姓号哭震天，抛男弃女，仓皇奔向城内，又苦无处可依。张信就编入兵伍，分给器械，以壮军威，并整备檑木炮石、药弩火箭、灰瓶飞炮之类，御守城池不题。

这边吕军师诘旦下令，蓐食秣马[③]，统兵前进。有三十余里，不见燕军旗帜，军师道：“彼退军甚速，必有奸计。”就屯驻兵马，令董翥、瞿雕儿、董骞、阿蛮儿，各领骑兵一百，分左右哨探虚实，如遇冈林所在，切勿轻进。四将得令去了。忽见马灵飞来，备说刹魔圣主弹指神通，助我阵上，斩他二将。军师道：“幸哉！犹未报捷。几乎贪天之功，以为己力。”不多时，董翥四将次第回来，禀道：“前哨二十余里，登高瞭望，并无伏兵。但相近登州地面，有无数黑烟冲天而起，像个失了火的一般。”军师道：“是了。他算胶州卫、满家峒两枝兵马，皆在我后，可以邀我饷道，故将民居放火，为清野之计，俟我顿兵坚城之下，然后三下合攻耳。”吩咐马灵：“你去胶州与满家峒两处，看有多少人马。”只片刻回报：“胶州东路，约有二千有余兵，扎下一个大寨；满家峒寨中，不过数百人屯守。”吕军师即召董彦杲吩咐道：“汝与庄次跻、马千里二将，就领一千二百骑卒，前往胶州，距贼人大寨二三十里扎个营盘，不必进战，俟彼来截饷，然后杀他个寸甲不存。若无动静，须候军令。”彦杲统兵自去。又传宾鸿吩咐道：“我闻满家峒指挥卫青，饶有谋勇，定系巡海去了，今乘其不备，捣破巢穴，就是丧家之狗。汝可带领谢勇、卢龙二将，挑选一千二百军士，步骑各半，星夜前往。破寨之后，即便占住，等候军令。”宾鸿道：“小将只须三百人便够。”军师道：“你但去，别有用处。”宾鸿也遵令去了。遂命雷一震兼摄左军中军，刘超兼摄右军中军，挥兵直抵登州城下。那些烧倒的房屋，烟煤犹然未熄，军师下令：“趁此城内人心惊惶，并力亟攻；如有能先登者，即授为本郡将军之职。”

---

① 胶州——古州县名，辖境在今山东省境内。

② 青州——古府名，辖境相当今山东省德州市、安丘等地。

③ 蓐(rù)食秣(mò)马——给战马喂饲料。

一连攻打三日,西南角已陷,一将校手执藤牌,奋勇而上,适值张信部下骁骑谷允率骑巡城,跃马来敌,力斩数人,皆纷纷坠下。张信亟命军士,登时修补完固,更加严紧,不能得拔。吕军师即传令,退军五十余里,密令兵士斩伐大小木植五百余根,并缝就大小布口袋五千余个,贮在后营备用。正值腊月望夜,军师出帐看月,偶吟杜工部《前出塞》诗"中天悬明月,令严夜寂寥"句,仰天长啸道:"不谓我身膺此任!"时交三更,七营皆已饱睡,唯刘超侍立于侧,只听得喊杀连天,正不知有多少兵马,攻入先锋寨内。军师立于营门,命刘超速传左右两军救应,其有妄动者先斩。

你道哪里军兵,敢来劫寨?原来是卫青巡海回来,闻知信息,且不到满家峒去,一径乘着月色,各披软战,疾趋而来,见下着七个营寨,有些奇形怪相,自顾兵少,不能兼攻,便先杀入第一个寨内。皂旗将军等,倏在睡梦中惊起,如何抵敌?军士慌乱,逃命不迭,被卫青杀得七零八落。又砍入前军寨内,瞿雕儿闻变,方才起来,急忙挥刀步战。争奈部下大半受伤,不能支持,幸亏左右营人马呐喊来救,彼此混杀一场。卫青皆系步卒,恐有疏失,唿哨一声,各自退去。这里不知深浅,亦不敢追赶。吕军师计点将士时,被杀伤兵卒一千余名,偏将及将校三名。左哨将军董骞,面中一矢,逃回中营,已自昏晕仆地,箝出箭头看时,是支药箭。军师亟命载入巾车,送到莱郡调治,即修表自劾,差马灵去讫。

且说卫青得胜,竟向登州去报功。城上一声梆子响,守陴军士踏起硬弩,弩矢如雨点般射来。卫青部下大叫:"休放箭!是巡海卫将军,昨夜已劫了敌人寨也。"城上将弁虽然认得,不敢专主,便答应道:"这几日军令甚严,暂请略等。"即飞报与总兵。有顷,张信来了,遥见卫青立马在濠边,令人招呼问道:"卫指挥,元帅已发令箭来传汝,目今差官何在?"卫青道:"将军少礼!小将海面回时,并不曾见有差官,大洋内比不得道路上,如何能够遇着?小将在黄昏时分到来,闻知贼寨不远,径率部下军士,前去劫寨,大获全胜。"就叫兵士们将割的贼人首级,挑起与张将军看。张信知非虚伪,方教放入城中。张信握着卫青手道:"将军此功不小!"卫青道:"仗朝廷洪福,元戎虎威,小将何功之有?今者正有商议。"遂同到帅府。

将次天明,忽而彤云密布,纷纷下起雪来。张信即命设酒,在蓬莱阁赏雪,便与卫将军把盏。又请了满城文武官员,都到阁上。那雪越下得大

了,有诗为证:

碧空惨淡寒云冻,几阵严风吹不动。
甲兵凛凛杀气生,六花偏向旌旗弄。
将军阁上玳筵开,重帘乍卷望蓬莱。
三岛送将琪树月,六鳌涌出玉楼台。
仙人羽衣飘飘起,皓鹤飞腾素鸾舞。
一声铁笛压空来,水宫忽动龙孙怒。
掀起波涛似雪山,玉龙鼓鬣满山间。
滕六郎君骑海马,飘如白练逍遥者。
忽惊壮士酣舞剑,冲破寒威如激电。
哪知道喧喧鹅鹳乱军声,李愬雄师袭蔡城。

张信与文武各官行酒数巡之后,命卷起重帘,四周一望,见楼台城郭,都是镂晶琢玉的一般,平沙之上,纷纷滚滚,无异梅花乱舞,海面上雪浪翻腾,真个有千百条玉龙争斗。阁外的寒林枯木,就是三岛的珠树琪葩,也没有这样光辉皎洁,端的好个海天雪景。谷允大呼道:"饮酒寂寞,小将舞剑侑觞何如?"即立起来,拽扎好袍袖,掣剑在手,先缓后疾,踊跃盘旋,飕飕有声,不啻万道霜飞,千行电激。诸将皆喝彩,张信亦赞了几句。独有卫青嘿然,手斟一大觥酒,奉与张信道:"小将非敢阻兴,愿且商议军机。"张信道:"都挥之言甚是。"谷允想这句话,明明嫌着他舞剑,即掷剑厉声道:"向来原是总戎要守,若依小将,这乌合草寇,何难一鼓擒之!卫将军不喜舞剑就罢,谁不知道军事为重,说这样噪皮的话!"卫青道:"谷将军有所不知:昨夜小将去劫寨时,见他联络七个寨栅,有似药师六花,孔明八阵,击其前寨,后寨已应。只因兵少,未获全胜。况且假称建文为名,煽惑人心,正不是草寇作为。"谷允不待说完,便嚷道:"不是草寇,倒是个真命天子不成?"张信便喝道:"毋得妄言!——愿闻都挥妙策,同心破寇。"卫青道:"登州僻在海隅,青、莱已被贼据,四面全无救援,须得三面夹攻:小将满家峒之兵袭其背,发胶州卫之兵攻其胁,元戎督率诸将击其前,克日齐举,方可奏绩。"张信道:"我差官调汝,就是此计。昨报满家峒已失了,为之奈何?"卫青大惊道:"这是我的汛地,还了得!小将只今就去夺取。"张信道:"如此大雪,天已晚了,军士也难走,不如白日去的为是。"谷允遂接口道:"卫将军暂留,看我明日出战,斩他几个贼将,然后去复满家峒寨，只怕这班贼都站不稳了。”众文武官，皆齐声挽留，卫青便说：“谷将军久随今上用兵，身经百战，自非戏言，杀他一阵，则军声大振。小将借此恢复，亦有破竹之易。只要成功以报国家，不争此一夜。”卫青本意要去，反因谷允口出大言，要看他本事，倒就住下，依旧入席饮酒。至更余各散。

张信又发下令箭，传谕各门守城军士更番巡逻提备，方回帅府。独自在炕上假寐打算：战未必胜，孤城难守，要写道告急表章，从海道至京求救。腹内打个草稿，神思昏沉，蒙眬睡去。顿听得号炮三响，呐喊震天，这一惊不小，连忙起来，还道是部下内变，遂传家将登屋瞰望。时已雪止云收，一天明月，但见满城都是裹红巾的将士。张信着急了，率领数骑冲出帅府，教投卫将军处，正遇着瞿雕儿，一枪刺下马来，活捉了。刘超挥起大刀，把这几员家将连人带马砍翻。杀入帅府，署内林中柱，方巾阔服，抢将出来，大声喊说：“我是处馆南方的人。”刘超命军士拿下。卜克已从后门杀向前来，一家大小不留半个。卜克占住帅府，刘超即杀向游击谷允衙门去，早有小皂旗将谷允赤条条的绑缚解来了，就找至卫青公馆，直至东门，杀进去时，寂无一人。原来卫青回去，又暖酒与将士同饮，尚未睡觉，听见炮响，就说：“不好了！此李訫袭蔡州之故智①也。”如飞上马，军士报说城池已破，情知不济，率领部下数百人，竟出水城，浮海而去。

那时天已黎明，军师进城传令招降，早见街道上尺余的雪，都被热血浸入，冻结成片，竟是下了一天的绛雪，死尸堆叠，哭声震地，遂到帅府坐下。诸将皆来献功，凡生擒的贼将，军师点验过，钉入死囚牢，候请旨行刑，遂责问众将：“何得故纵部曲妄杀良民？”刘超、瞿雕儿躬身禀道：“小将等适已问明，只因张信将城外迁入的百姓都给兵器充作行伍，他们乱窜逃走，黑夜莫辨，以致尽遭杀戮。若是闭户在家的，谁敢去问他？”军师嗟叹了一回，即命出榜安抚百姓，一面检点府库钱粮，散给被杀之家。其合城文武大小官弁，尽在劫中。点视各将佐，单不见了朱飞虎，即命四下

---

① 此李訫（sù，音诉，亦为诉的异体字，因为是古人名，亦今沿用）袭蔡州之故智——“李訫”，唐代元和年间节度使，率兵讨伐吴元济叛乱，他抚养士兵，优待降将于次年冬，雪夜攻克蔡州。此处即指李訫养精蓄锐，看准时机一举攻克蔡州的成功之举。

找寻。

且住，你道军马是怎样进城的？就是吕军师在数日前，令军士各缝布袋以装沙土，为爬城之具，伐林木来编筏，为渡濠之用，乘着大雪，即从卫青回城之后，挑选猛将勇士，竟来袭城。城上几个提铃喝号的，尽都跑了，所以如此神速。那朱飞虎是久惯爬城的，堆叠沙土布袋，离城堵口尚距三尺许，一心要夺头功，就把挠钩搭住城堵，奋跃而上，不知雪冻冰滑，挠钩一脱，翻身跌下，昏晕在雪内。军士哪里知道？一拥将来，把个有力如虎的身躯都踹裂了。

当下找着死尸，便来回缴将令。军师洒泪道："虽拔登州，却折了虎将。"命厚礼棺殓，又具牲醪①祭奠，军士莫不感激。仝淳风前禀道："胶州卫负固未服，不才与胶州姜牧是旧识，愿奉檄文前去说他归命。"军师大喜，又发令箭二支：一命董彦杲疾速进兵，攻打胶州敌寨；一调宾鸿兵马进攻宁海卫。淳风又禀："小可往说，军师又命进兵，恐不免郦生之烹，无补于公也。"军师曰："此事同而势异。汝若说下胶州，专等他败兵回来，不许入城，彼进退势穷，亦必投降。是一举两得，我岂赚汝哉？"淳风方悟军师妙用，欣然去了。

那胶州知州姓姜名渭，原是苏州太守姚善的从弟，从幼在外家抚育，所以改姓。姚善勤王殉难时，长子襄游学在兖州，闻了此信，亦即变姓为姜，逃向胶州，认姜渭为父，藏在署内，年方十九，素娴韬略，兼精武艺，日夜饮泣，每以不能复仇为耻。在姜渭初意，原要挂官而去，例因姚襄报国念切，以此隐忍做这官儿，等个机会。后闻唐月君起兵，姚襄就改名勤王，要去献策军门，姜知州闻是女流，尚在迟疑。高监军初下莱州时，便发檄去提钱粮，又被冷指挥闭关不纳。今又闻知登州信息，叔侄二人商议，正没个头路，忽门上传进名帖来，是故交仝相士。姜知州大喜道："侄儿之志，成在今日。"忙教请进。姚襄从屏风后窥那相士，见他昂然正容而言，说："小可旧承老父母错爱，敢于不避斧钺，特来保全此州万姓的性命。即如登州城内，猛将百员，雄兵数万，尚且立时破灭，何况蕞尔之城②！只此冷匹夫，济得恁事？老父母如欲尽忠永乐，即斩某首；若肯报效建文，宜

① 牲醪（láo）——牲畜与醇酒（等祭品）。

② 何况蕞（zuì）尔之城——何况那小小的城池。

速奏表，慎毋犹豫，致令玉石俱焚。”姜牧答道：“下官幼习诗书，颇知名教，岂敢昧心，觍颜以事二君？所以羁留于此土，亦有志也。久知先生献了莱郡，高明自然不爽，请略言举义兴兵之概。”淳风就把唐月君志在迎复建文，为忠臣义士报仇雪愤的话，并自勤王起至今破登州止，细述一遍。姜渭大悦，即命姚襄出见，曰：“是先兄某之长子，在此恭候已久。”淳风道：“当日舍间有司公子，今日老父母署中又有姚公子，足见同心王室。”淳风方出军师檄文，递与姜渭，即令将府库册籍并修表笺，差人先往登州投纳，又附耳授了密计。

不几日，冷指挥被董彦杲杀败，连夜逃回胶州，见城门紧闭，大喊道：“我是本州指挥，快速开关！”姜知州与仝淳风在城上，用手指道：“我等皆已弃邪归正！今不赚汝入城，斩首献功，便是同官情谊。尔家口在城无恙，请自裁之。”原来冷指挥名铦，也知燕王夺了建文皇帝的天下是不义的，只因舍不得这个官，又舍不得这些妻子，一心怀着两意。而今听了这番话，更无他说，就下马卸甲，向董将军马前投降。彦杲遂率诸将到城下，却见仝淳风与知州出来迎接，惊问其故，淳风具说军师之计，并述姚公子的始末。彦杲即令请出，与诸将相见，就别过了姜牧，率领一行人等，径返登州。

恰好宾大刀也降了向泰回来，在城外遇着，合作一处，同至帅府谒见军师。军师即命董、宾二将，各收两指挥为部下。正在缮表奏捷，请圣后驾临，忽报马灵回来，颁有圣后谕旨，内开：吕律偶尔失备，变出意外，乃功归于将，罪归于己，即自举劾，抑何忠恕！暂降为参军，摄行军师事，有功之日开复。军师谢恩毕，遂又命马灵赍奏去讫。这一请不打紧，有分教：建文正朔，再称二十几年；女主威风，远震三千余里。且看下回分说。

第二十九回

设玉圭唐月君朝帝朔　舞铁锹女金刚截仙驾

话说月君自鬼母尊与刹魔主去后，下令青州府选公署一所，暂为建文皇帝行宫，图画圣容一轴，悬挂殿中朝贺，来岁正朔，并令诸文武会议仪制。青州府知府周缙奏言：有原任御史曾凤韶，亲见建文皇帝祝发，卸去衮龙，掷圭于地。凤韶拾圭，请随圣驾，帝因其望重，恐为人伺察，再三挥去。既而燕藩僭位，凤韶与妻氏同心殉节，付玉圭与长子公望曰："见此圭，如见故主。"遗命岁时礼拜。又宁波府太守王琎，当日起兵勤王，曾写有圣容一轴，悬在军中，号召义士。今凤韶子公望与太守王琎，皆不期而来，现带玉圭圣像在此。再有原任左赞善李希颜，并文武忠臣子弟等一十三人，先后投臣及监军铁鼎衙门，闻圣后奉建文朝正朔，莫不踊跃蹈舞。今行殿已经告竣，遂与李希颜、王琎等酌议朝会仪制，共言圣后勋德兼隆，不宜用大元帅职衔，仍应称旧日徽号，入朝不趋，赞拜不名，朝贺宜行三拜礼。百官谒圣后，亦行三拜礼。诸臣行次，不分新旧，以已受职者在前，其未拜爵者在后。奏请睿裁。

谨列新到忠臣及子弟等姓名于左：

原任詹事府赞善李希颜

原任宁波府太守王琎

原任蒲台县尹周尚文

殉国监察御史曾凤韶之子名公望

殉国衡府纪善周是修之子名辕

殉节户科都谏韩永之子名钰

殉国兵科给谏龚泰之子名霆飞

殉国御史林英之弟名菁

殉难邳州知州颜伯玮之侄名无为

已故武定侯之子郭英之子名开山

阵亡越隽侯俞通渊之子名如海

殉难都督宋忠之子名义

殉难都指挥余瑱之子名庆

殉节镇抚司牛景先之子名骍

原内宫少监王钺

月君览毕曰:“且看军师奏至若何。”又莱郡高监军议上,略言——“后”字之义,在古为帝,今则为帝之配,虽尊亦臣也。宜易旧号为玉虚上圣太阴君掌劫戡乱正名崇统摄政帝师。“师”则非臣爵也,朝贺宜三稽首。百官见帝师行四拜,如拜金仙之礼。建文时旧臣在前,义士已受爵者为次,其殉难之子弟未仕者各在后。已移文军师吕律会复云云。月君以示鲍、曼二师,皆云:“监军议当。”不数日,而军师及登、青两郡奏至,皆以莱府为是,议遂定。月君乃敕下青州府:“建文五年①春正月朔,孤家亲率百官,朝谒圣容,以诰天下。”乃点阅新旧女弟子,挑选七十二名,令隐娘、寒簧、素英、释奴统率,随驾前往青郡。先是,周太守素知月君雅好幽素,因搭蓬厂一所,高台三层:最上一层,布为帷幄,黄绢扎成栏杆,摆设的湘竹交椅,墨弹山水人物椅披,秋香色哔叽茵褥,建漆嵌芙蓉五色石字画屏风;中层,大理石藤榻一张,松、竹、探春、水仙、天烛、绿萼、玉蝶、红梅、蜡梅、山茶、凤尾草、贺正兰、仙人掌、菩提树、石柏、苔树十六盆;下层,皆用素绫扎作广寒宫殿,又以大灵槎削作娑罗树的景象。月君至厂,见所费简而文,甚为得体。

小除前一日,周太守、铁监军与新来各官员,启请谒帝师,以便正旦朝会。月君允之,设坐层台下,召文武诸臣进见。李希颜涕泣再拜曰:“本朝之变,开辟所无,山薮野氓,莫不痛心切齿。臣以扈从不及,遁迹夹谷,自愧腼颜偷生于世。今闻帝师首揭大义于天下,誓讨乱逆而复乘舆,不独孤臣遗老相庆,即太祖在天之灵亦安且慰也。”月君曰:“孤本太祖高皇帝之子民。建文皇帝为太祖之元孙,当日告之于天,稽之于大臣,而立为太孙,玉守重器,四载之间,仁德洽著。燕藩以庶孽恃其强梁,倡不轨之徒,反戈向阙,遂致乘舆播迁,存亡未卜。草野同仇,誓与君等戮力以靖国难。”王琎欷歔顿首曰:“职前勤王,一败不振,无益于国,每常中夜饮泣。

① 建文五年——即1404年。

今愿执鞭坠镫,效死疆场,以报君恩。”周尚文曰:“职本欲殉难,闻知帝师起义,挂冠而行,愿得再复乘舆,重见故主。”月君曰:“卿真蒲台父母!孤受栽培之德良多,今者枉驾劻勷①,更为可幸。”曾公望、周辕、龚霆飞、韩钰等,皆曰:“我等先人,皆殉国难,君父之仇,不共戴天,汤火唯帝师所命。”牛鑣曰:“先父景先,扈从建文皇帝,均无踪影,痛入骨髓。愿为前驱,幸则君父之仇可洗,不幸则涂肝脑于疆场,无庸马革裹尸也。”又郭开山、宋义等,皆哭泣顿足,誓愿效死讨贼,复兴帝业。少监王钺进曰:“奴婢向侍建文皇帝,自圣驾南行之后,即逃出宫闱,潜居浦江郑洽家内。今愿守护行宫,候主复位。”月君慰谕曰:“大军皆在登州,我当亲去安抚人民,即命军师统兵先取济南,创立宫阙,一面访迎銮舆,一面征讨叛逆,何如?”众皆叩首,月君乃退。

次日周太守等先习仪于行殿,安设黼扆②,悬挂建文皇帝圣容,龙案上置一沉香座,供着玉圭。一切规模草创,略似阙廷而已。

又次日,为建文五年春正月元旦,月君及众文武等,朝于行阙,一如所定仪制。行礼毕,月君宣谕诸臣曰:“孤欲设坛于南郊,昭告太祖高皇帝之灵,卿等意下若何?”王琎等皆曰:“此第一件光明正大之事,非帝师圣见不及此。”遂命胡传福撰拟表文。略曰:

臣某,济南府蒲台县孝廉唐夔之女也。幼通道术,少谙兵机,素有超世之怀,略无向荣之意。然而性秉忠贞,颇识春秋大义;事关僭逆,难忘草野同仇。即曰奉上帝斩除劫数,事属无稽;若云为我君征讨罪人,宁非共睹?夫建文为高庙之太孙,远过汉宣之受命;燕藩乃懿文之庶弟,实同管蔡之兴戎。万古纲常,首重君臣之分;千年社稷,宁论叔侄之私?是以同室操戈,犹之异姓篡国,罪既无殊,诛所不贷,况乎擅削元储之谥号,并叛高祖之顾命哉!前者逆初犯阙,臣与义士某等,戮力勤王,旋正大名于四海;今者逆已僭位,臣与旧臣某等,盟心誓死,爰申大节于千秋,迎故君而复位。成败虽在乎天,告神明而讨贼,忠义则本乎人也。高皇陟降,在帝左右,爰达精诚,俯垂昭鉴。

① 今者枉驾劻(kuāng)勷(ráng)——今天徒然惊遽不安。

② 安设黼(fǔ)扆(yǐ)——“黼”,古代衣物上绣的半黑半白的花纹。“黼”古代的一种屏风,帐幔。此为“安排设立绣着半黑半白花纹的帐幔”。

云云。

正月三日甲子，月君率文武诸臣出郊，设太牢牲醴，昭告皇天后土并太祖高皇帝。焚表灌瓒①已毕，莫不掩面而哭。陡见坛南，有一道素彩冲天而起，诸臣拭泪视之，互相惊猜。月君令兵士掘土，下二尺得蓝田玉玺一枚：径二寸，围方八寸，文曰“大哉坤元，承天时行”。众文武皆称贺，月君曰：“此皇帝复辟之兆。孤家谨承天意，奉帝为行在，草敕曰承制。”新旧诸臣又皆顿首。遂回至阙下，称正朔为建文五年。凡有章奏，悉如旧典，正本藏行殿之东序，命颜无为为掌奏官守之。李希颜为大宗伯，周尚文为少司农，王琎为大司寇，共参政事。韩钰、龚霆飞为给事中，张彤、曾公望为御史，胡传福、黄贵池、周辕为学士，郭开山、俞如海充五军合后。调张伦、倪谅为殿前侍卫，王铖为尚宝监。又授林菁为莱郡知府，宋义、余庆暂行协守青州。部署已毕，乃令牛鑌领兵三百为前导，满释奴领女健军三百为后队，聂隐娘、素英、寒簧统率女真七十二名，随驾启行，向登莱进发。看那七十二名女弟子，结束如何？一个个：

> 羽衣浅淡，都用的水墨色、鹰背色、象牙色、鱼肚色、灰白色、驼绒色、藕合色、东方亮色，色色鲜妍，不是染匠染成，却是画家画就；斗合的或冰纹、或方圭、或桐叶、或圆璧、或波纹、或云气、或小折花样、大折花样，样样精奇，不是针神指绣，却是天孙梭织。青丝梳绾，不是点梅妆、堕马妆、鸦翅髻、蝉翼髻，是叠成灵芝五朵若堆云；翠冠飘动，用不着白燕钗、紫鸾钗、穿凤髻、盘龙髻，是缀来娑罗片叶若轻烟。裙拖八幅湘江水，带束双绦冰藕丝。真个缥缈香风吹十里，氤氲佳气遏三霄。

前头两乘是素英、寒簧的香车，各领着二十六名，两行分开，都骑的小川马，手中各擎执事是：

> 绛节霓旌，宝旛翠盖，星旒隼旟，赤旆黄旄。玉壶皎皎贮莲井之冰；金鼎丝丝吐鹧斑之篆。秦娥之箫、素女之瑟、双成之笙、少玄之笛，间以金钟玉磬，如奏云璈之曲；蕊珠之花、蟾宫之桂、玄圃之芝、度索之果，间以竹根如意、松梢麈尾，宛睹瑶池之会。五明扇、九光扇、

① 焚表灌瓒——焚烧表文，将醇酒灌到祭祀用的玉器之中，这是祭祀的必要程序。

孔雀扇、凤尾扇、鹤羽扇，挥动时灵风飘扬；分景剑、流星剑、青萍剑、白虹剑、绕指剑，掣来时紫电飞驰。论年纪，不出三旬以内；看姿容，只好三分以上。

一对一对的排过去了，才是月君的大轿。那轿是龙王所献沉香树根雕成的，九龙戏珠交椅上嵌着夜明珠一大颗八小颗，黑影里走动，有如明月照乘一般。原是在卸石寨中常坐的，而今用了水磨光的香楠木杆子八根，就是一乘大亮轿。那抬轿并打伞的，共是九个壮健女人。说的错了，女人抬轿，那里走得长路？要知道，这是月君的道法了。却是如何打扮？

头上青丝挽的角鬏儿，或三或两；脚下赤足穿的棕履儿，或大或小。手臂上足胫上带的镯儿、箍儿，或金或银或串珠。身上各穿的金黄绣凤窄身短袖秋罗袄，外罩着绛红销金蟒纻丝磕腰比甲。下穿着素绫长裤，直裹在小腿肚下，用五色丝带紧紧拴住。

看去那九曲柄黄罗伞下，端端正正，坐着一位万劫不老赛西母、胜大士先天一炁帝王师。这些文武官员，都在郊外候送。众百姓无男无女、若老若少，执香顶礼，都称是活佛降世。月君令满释奴慰劳众人，并谕各官，不须远送。又谕董将军、铁监军："青郡是我根本，须防燕兵来袭，宜紧守地方。"二人领命。百官等皆自回去。是日行五十里止，仍下五个寨栅，月君居中，余各四面环绕。

次日早行，不三十里，前面聂隐娘人马过去，就是素英、寒簧的香车，左右并行，各领着三十六个女真，雁行分列，鱼贯而进。忽有一壮妇，大踏步奔至车前，手横着铁锹一柄，喝道："且住！有本事的，敢与我比试武艺么？"遂将铁锹抡动，双足跳跃，口中吒叱，滚滚风生，迸出万道寒光，如掣电一般。那妇人的身子，只在风电内旋转，看不见她的影儿。舞毕，又喝道："可有人来比试么？"素英问道："你是人是怪？可也闻得太阴圣后么？"妇人道："恁么太阴不太阴，圣后不圣后！与我斗得十合，放你们过去；若不敢和我比斗，只好一千年站在这里。"素英正要用个道术儿奈何她，早有聂隐娘纵着蹇卫回来，问知缘故，笑道："待我把你颠倒竖着，只恐底下臭气，触了穹苍。——且报知圣后定夺。"只见满释奴驰马向前道："圣后有旨，召那妇人。"那妇人随着隐娘、释奴一马一驴的脚后跟，如飞的奔去。时月君大轿停于中道，看那妇人时，生得：

眉横眼竖，唇卷鼻掀。一头发似虾须，裹着棋子花织成的帕儿；

两臂硬毛如猬刺,约着锟铻①铁炼就的镯儿。上身穿一件锦纹白额虎皮秃袖的短袄,下身穿一条金钱玄豹皮紧裆的长裤。腰系牛筋绦,足穿猪皮靴,手担着铁锹一柄,是轩辕皇帝制造干戈以来无名的兵器。

她望见月君的轿子,扑地拜倒在地下。月君笑曰:“何侠妇之先倨后恭②也!尔系何方人氏,恁么姓名?因何当路遮拦?请起来细说。”妇人便站起答道:“我住在本郡乱山内乱苎村,父母只生我一个,今年二十五岁,也不嫁人,人都唤我‘女金刚’。恃着几斤气力打生为活,就是我身上几件衣服,也靠着些畜类送来的。向闻得圣后起兵,要做个武则天女皇帝——”隐娘、释奴齐喝道:“该割舌!”月君笑道:“这是你要来皈诚效力的意思了。为何不到卸石寨来投名,却在此处说些大话呢?”女金刚道:“我没有这脸面学这些名士山人,鞠躬屏息,伺候衙门的调儿。”月君道:“有异才者,自不同于流俗!难为你想这激我召见的法子。我正少个主守大纛的,你任此职如何?”女金刚道:“我愿尽力向前,不愿落后!”月君道:“守纛旗,是紧跟着我,最重大的职任。若有向前之处,自然调用。”女金刚拜谢了。月君又问:“你的铁锹多重?”答道:“七十多斤。”月君道:“这不像兵器。可用得钺斧月铲么?”女金刚道:“我本无师传授,将它来锄地、打牲口,使得惯了。别项兵器,却不能用。”月君就令给与劣马一匹,命满释奴:“拨十名女壮丁,随着专守纛旗,随我大轿行走。”女金刚自来不曾骑马,把个手在鞍背上一按,那马儿蹲下去,遂腾身跨上,用腿一夹,马即向前直撺,顺手勒个住。满释奴赞道:“好劲!”仍各依伍次,一齐趱行。当晚无话。

次日至莱郡界,高监军早来迎接,月君谕道:“吕律荐尔文武全才,孤今拜为副军师之职。本郡知府,已用的林菁,待它一到,汝即赴青州调度,以防燕兵。”高监军谢过,请月君入城,暂止一宿,以慰士民之望。早见父老辈数百,执香跪请,欣欣然簇拥着大轿进城。到了公署,月君坐定,传令几个年老的进来,抚慰道:“寡人兵饷不敷,别无金钱可酬父老,只有丹药一瓢,能祛病延龄——”尚未说毕,老人等忙跪拜道:“何幸得赐仙丹?”月

---

① 锟铻(kūn wǔ)——古剑名。

② 先倨(jù)后恭——先傲慢后恭敬。

君谕令满释奴、女金刚:凡年五十以上,各给一丸;五十以下,有病者亦赐之。一人引出父老,按名给散,散了十数瓢,来的越多了。有那性急的人,一口把丹丸就吞下肚,真似醍醐灌顶,顿觉精神爽健,却又使个乖,来混要。直到瓢尽丹完,天色已黑,然后散去。月君恐明日缠扰愈多,又没有丹药了,遂传令半夜出城。满释奴道:"须谕高军师多备火把。"月君道:"不必。"于袖中取出一颗大珠,望空掷去,端端正正挂在当天,比明月还亮。牛鏣不知是月君道术,只道是天宫特地送出明月,照他一班忠义之士。遂各启行,早到了东门,叫开关钥,向前进发。比及高咸宁闻知,已去二十余里,追送不及。

行至申刻,有个地名叫柏香村,但见古柏参天,苍翠浓郁,其下参差累累,多是荒昉。忽闻大吼一声,一条黑魆魆的丑汉,纵有四五尺高,突然跳出,恰如天上掉下个赵玄坛来,手持两把巨斧,径奔月君。月君正欲伸出玉臂,待他砍十来斧,一显道术,令其心折而降,早已恼动了女金刚,舞动铁锹,大喝道:"强贼,有我在此!"那汉被女金刚拦住,恨不得一斧就剁做肉泥,没上没下的横砍进来。女金刚略侧一侧,取他的右半边。那汉亟转身拦架,两把大斧飞起,正迎着铁锹进来,一声激裂,火珠爆散。两个盘盘旋旋,斗有五六十合,不分胜负。满释奴道:"原来两个武艺一般,是没有家数的,只凭着气力混杀。待我助他!"遂手挽铁胎硬弓,一弹飞去,正中那汉左手背大指骨朵上。那汉大吼如雷,急得撇下一斧,只仗右手一斧迎敌。女金刚踏进一步,喝道:"看锹!"那汉就着地滚来,直取金刚的下部,大喝道:"着了!"那柄大斧如旋风一般,卷在两脚踝骨上去。女金刚轻轻一纵,却砍个空,便乘势在那汉肩窝里尽力一脚尖,踢翻在地,劈手掣他斧来就砍。不知黑汉性命如何,且看下回分解。

第 三 十 回

吕军师献馘行宫　唐月君宴飨诸将

这黑大汉是谁？原来就是赛李逵。当日把监押的四五人打倒了，逃出东关，树林中歇到天明，打听得蒯指挥全家被戮，一心要报大仇，如飞的径向卸石寨来。黑夜里相了几次，旌旗严密，关寨坚固，真如铁瓮一般；巡逻的兵丁又都挟着鸟枪，宛然临大敌的光景，插翅也不能飞进。心中思忖道："若杀他手下人，就一千个也算不得账，毕竟把这个婆娘砍她十来截，我哥哥在地下也得个快活。"不几时，听说唐月君要往登州安抚人民，赛李逵道："好了，这番着了我的手了！"就先向大路上寻这个柏香村方便去处，藏身等候。到夜间，也只睡一觉，便起来呆呆地望着，诚恐三不知过去了。那一日等个正着，不意遇了女金刚一个对手，又遭满释奴的铁弹子打折了左手指骨，倒被攧翻在地，大叫道："哥哥！我今日以死报你了！"女金刚正要下手，月君道："且勿伤他性命！"满释奴遂令十来个女壮士一齐上前，用挠钩套索捆翻活捉了。月君吩咐载向后车，就令女金刚押着。那些女真们笑说道："倒好做一对儿夫妻。"看书者要知道，这七十二女弟子，是从来不曾经历战场的，那黑大汉奔来，就该都慌张了，怎么声色不动？看到如今，还说着趣话？只为素常知道月君神通广大，不要说一个黑汉，就是三十六员天将都来，自然有抵对的法子，所以齐齐的立着马，却像看戏一般，带着嘻笑，全不在心。

又行两日，已近登郡地面，吕军师率同诸将远接，皆戎装冠带，躬身声喏。一路副将、偏将、牙将、将校等，欢声如雷，都称万岁。忽当道剨然①一声，从地下钻出个女头陀②来，大笑道："万岁万岁，从来活不到百岁。"月君见是曼师，即欲下舆，曼尼顿足道："我在蓬莱阁等候！"已不见了。

---

① 剨（huò）然——本指用刀解剖东西的声音，这里指从地下钻出个人来土地开裂的声音。

② 头陀——没有削发的出家人。

又前进十余里，各营军士都兜鍪甲胄①，吹波卢，击刁斗，摆着队伍来接。望见麾盖，两行跪下。顷刻，驾进南关，至帅府坐定，满释奴传令各卸戎衣进见。诸文武趋至丹墀，分班叩首。月君慰劳令起，唯司韬、姚襄二人仍然跪着，双泪交颐。军师代奏：一是殉难都御史司中之子，一是勤王苏州府太守姚善之子，皆痛伤君父，志报大仇……将二公子来历，各述一遍。月君道："如此，汝二子已建功勋，将来上安社稷，下奠苍生，名标青史，先尊公九泉含笑，又何悲哉？"二人顿首受命。时满释奴、女金刚将赛李逵押至阶下，月君谕军师道："此义士也，可勘讯供词，同俘犯张信等一并奏夺，孤家暂退。"

次日，各将官会集帅府门首，早见军师来具奏，共是三个本章：一请决叛俘，一请补缺员，一请恤阵亡将佐。满释奴即行传进。不片刻，早已批出。其决俘一疏道：

建文皇帝以张信为心膂，密发手诏令执燕藩，信乃乘妇人车潜入燕府，悉告于逆，设诱藩司张昺、都指挥谢贵等，一时屠戮，反机猝发，势及燎原，国母灰烬，乘舆颠覆，皆由信以成之也。凌迟虽系极刑，乃国之常典，不足以快人心。着制铁帘一片，架于炭上，慢慢炙烤，用喂犬豕，以报殉难诸臣死于种种毒刑者。首级宜露火外，勿使焦烂，献馘行殿。

谷允为燕寇前锋，王师屡遭挫辱，罪亦滔天；第彼向系燕藩厮卒，犹之桀犬吠尧，是为反贼之徒，一斩足以蔽辜。

赛李逵思报蒯捷结盟之义，劫孤家于中途，可为豫让之流亚。本欲宥而赦之，今既执性不降，着绞死以全其义，仍备棺衾礼葬，表石于墓，以示来兹。

林中柱游荡小人耳，为人训蒙作札，求苟活也。乃妄谈兵事，彼岂知孙吴之法耶？据称老母倚闾，情或有之，姑免其死，割去一耳，逐释。

余皆依议斩决施行。

缺官一本批道：

胶州知州姜渭，以死难之节移作复仇之义，保护孤侄，可谓通权，

---

① 兜鍪(móu)甲胄——即盔甲。

着升为登州府知府。胡先补胶州知州，庄次莅授文登县知县，郑庄即墨县知县。

董彦暠特授镇守登州将军，司韬为监军道，仝然参赞军事。

阵亡将佐一疏批道：

朱飞虎才膺简用，屡奏肤功，今以奋不顾身爬城坚死；董骞年少英勇，随孤起义，所向克敌，今以黑夜苦战，中箭身亡：均为可悯，可遣官致祭，候帝复位，奏请建祠，以表忠勇。

余优恤阵亡将士，均如奏行。

时董彦杲即行谢恩，并烦满释奴转奏："朱飞虎有子朱彪，臣有少子董翱，皆胆力过人，恳请帝师优用。"少顷，传谕：董翱准补董骞之缺；其朱彪权摄右营右将军，俟有功实授。军师又请以卜克为后营中军将军，补彦杲之缺；阿蛮儿调补中营右将军；牛鑌补蛮儿之缺，任右营左将军；姚襄补铁鼎之缺，为中营左监军。月君皆允之。遂发令旨一道，蠲免登州府属本年各项钱粮，毋庸烦叙。

到次日，军师亲赴法场监刑。张信叩首流血，哭诉道："逆犯从燕，原非本心，只因老母当时言'王者不死，非汝所能擒'，一时误遵母命，情有可矜，乞开天地之恩。"军师冷笑道："从来卖国背主，只是怕死一念，尔贼乃逆党之尤者。昔汉王斩丁公，以忠义风天下；我太祖谪危素，以奸邪诫天下；今燕藩畀尔总兵官爵，是明明以反叛训天下。"言未毕，赛李逵道："快先杀我，我要去报哥哥！"军师道："尔视赛李逵，亦当愧死！"即命以嚼子勒口，抬上铁帘，如法炙烤讫，然后并谷允首级，贮金漆木桶之内。回府写具奏文，一奏圣后，一奏建文帝，遣马灵飞赴青郡行宫献馘。本到之日，李希颜、王琎会同文武诸官，于阙下展开表章，其略曰：

署军师参军事臣吕律，顿首顿首，谨奏皇帝陛下：窃惟燕藩背叛，神人共愤；乘舆播迁，黎庶同仇。臣草茆布衣，葑菲下质①，既乏包胥之义，终鲜李愬之才②，谬承玉虚上圣太阴君帝师某访诸草庐之中，

---

① 臣草茆(máo)布衣，葑菲下质——这是吕律陈表中自谦之辞，意即："臣子本是草毛百姓，素质也不高。"

② 既乏包胥之义，终鲜李愬之才——即"缺乏包拯的忠贞仁义，又缺少李愬谋划战事之才"。

委以讨贼之任，未奏肤功，实忝负乘。兹幸托皇帝威灵与帝师筹略，诸将士戮力同心，旌旗所指，山岳皆为效灵；鞞鼓才鸣，风雨咸能作气。爰克青、莱，复平登郡。已擒首恶张信，处以极刑；定执巨孽燕藩，置之常典。现今前驱壮士，义气贯于虹霓；各寨将军，忠心凌于日月。皆愿灭此而朝食，誓不与之戴天。雷万春①饮箭不移，伍子胥②鞭尸有待。谨先献逆馘二级，告诸天地，悬之国门，上报太祖高皇帝在天之灵。臣谨具奏以闻。

诸大臣等莫不以手加额，打发马灵缴令，并按献馘旧典，次第遵行。月君见了副奏道："军师未复旧职，今日用建文圣旨，方为名正言顺。"遂援笔批云：

吕律才知景略，识正统之攸归；学似欧阳，知大宗之难泯。仗义勤王，秉忠戡乱，已奏绩于发轫之初，定收效于投戈之后。今具奏章，上献逆馘，功莫大焉。朕实赖之，其授为少司马正军师兼知军国大事，并赐黄钺白旄③及宝剑一口，以专阃外④生杀。尔其钦遵施行。

月君遂发出册诰、金印、法器等物，令人赍至军师府。军师叩首钦受，谢恩讫。

次日，月君升帐，诸将皆集，谕令军师毋得再谢，并赐侧坐，军师三让而坐。又传命诸将佐各坐檐下，谓军师道："孤自起兵以来，豪杰归附，忠义景从，虽大功未遂，而逆胆已褫，皆赖诸卿等戮力同心，复辟之日，自然分茅裂土。今节届上元，孤家先行设宴，犒劳将士，为小奏凯歌之乐。各营军卒，旧者人各给一两，新者各赐五钱，听其自备酒肴，营中畅饮。孤家有内帑白金二箱，烦董、宾二将军按名给散，以示旌赏之意。按此为饮，至大礼。"将士各去遵行，不消说得。

---

① 雷万春——山越族（唐时一外族）首领，反唐后失败饮箭身亡。

② 伍子胥——春秋时吴国大夫，名员，字子胥。为吴国国力昌盛立有大功。吴王夫差时，劝王拒绝越求和并停止伐齐，渐被疏远，后吴王夫差赐剑命他自杀。

③ 黄钺（yuè）白旄（máo）——"钺"，古代兵器，圆刃或平刃，安装木柄，以便砍斫。"旄"，古代用牦牛尾装饰的旗子。此即：黄色的钺和用牦牛尾装饰的白色的旗子。

④ 阃（kǔn）外——军事职务，也指郭门以外，后第220页注④即取此义。

吕军师乃启奏道："臣意过上元之后，即欲起兵南伐，求圣后指示。"月君道："天气严寒，军士劳苦，稍待春融未迟。"军师又奏："臣虑青州以孤城而当孔道，四无救援，恐有疏虞，则根本危矣。"月君道："孤已调高军师前往，无虑也。"

正欲退入，只见满释奴奏道："昨日有两个南方卖解数的女人，一名翔风，是寡妇，一名回雪，是处女，流落在此，愿来投附，乞取进止。"遂呈上一摺，是各种技巧的本领。月君谕："尔就收着，俟后日筵上，引她来演些技艺，以助诸将军之饮兴。"

次日，帅府摆设筵宴，堂上悬灯结彩，地下铺杂色氍毹①，周遭放兜罗异锦十二围屏，正中几案列着古鼎花尊之类，两边甬道搭着布棚，下铺着筦簟，为诸将席饮之所。上元辰刻，月君升帐，文武分行拜贺。满释奴遂引翔风、回雪在丹墀叩首。二女子俱有轻扬姿态，回雪更加娟洁。她折子②开着，都是江湖上玩耍的解数，内有双走索、双走马、双枪刀门、双斗剑、双舞天魔，却是寻常没有的，月君遂令向帅府左侧箭道内演看。

双走索：是用两条索子，两架分开，两个女子各在一索之上走至中间相近处，便一个纵过这边索上，一个纵过那边索上。

双走马：两个女子，各骑一马，一个在东跑来，一个在西跑去；手中各持一物，在马背上互相一抛，你接着我的，我接着你的；复扬袖跑回，手接着手，大家一跃，立在地上。

双抢刀门：两个女子，东边的抢到西边，西边的抢过东边，如浪里穿鱼，跳掷如飞；又如天孙投梭，往来如贯。

把看的人眼都花了，赞不绝口。月君道："原来如此。"遂回到堂上，谕诸将道："今日之宴，君臣相庆，须追鹿鸣彤弓之盛典，岂有借地而坐之理？"令各设椅桌。月君堂中南向，素英、寒簧侍坐；堂前东首带斜一席，隐娘正坐，满释奴、女金刚侧陪；檐前西首带侧一席，军师正坐，董将军、宾将军相陪；余在阶下，各序齿而坐。

军士奏起铙歌曲来，诸将欢呼痛饮。少顷，翔风、回雪二人又进天魔之舞，彩袂飘扬，暗香流动，左盘右旋，或疾或徐，宛如软骨仙娥；又各舞剑

---

① 氍（qú）毹（shū）——毛织的地毯。

② 折子——此处指写有节目的东西，似今日之节目单。

一回，倏如风雨骤至，满堂萧飒。月君道："可谓不减公孙大娘①！"命各赏酒一巨觥。隐娘微笑曰："此圣后作养人才也。"月君命二女各持金爵斟满，自军师起，遍劝三爵，不须起谢。诸将等遵命，立饮而尽。军师遂令取圣后玉斝："微臣等合献三爵。"与董、宾二将军，各跪捧晋上，诸将皆顿首。月君道："卿等起来，孤家素不能饮。"命寒簧另取一玻璃盏，每玉斝内倾出三分，已盈一盏。方才饮毕，忽见鲍、曼二师已双双立在中堂，拍手道："好盛会！不知蓬莱阁上，众仙子拱候哩。"月君遂吩咐隐娘："汝可为监令官，宴毕后来。"又谕满释奴道："汝可与女金刚统领女健军，结两个小营在蓬莱阁下，凡有章奏，随到随传。"又谕军师及诸将佐军卿等，须各不醉毋归。鲍师遂挽了素英的手，曼师挽了寒簧的手，同月君出至檐下，冉冉彩云升起，已到蓬莱阁矣。

正相逢旧在玉京瑶阙，多少灵妃神女，欣欣然饮酒赋诗；更谁料新建土阶茅殿，几许义士忠臣，几几乎星落云散。且看敷演下来。

---

① 公孙大娘——唐代著名舞蹈艺人，善舞剑器。

第三十一回

骊山老姥征十八仙诗　刹魔公主讲三千鬼话

登州府蓬莱阁,规模宏丽,为天下第一名胜。正中一阁,直碍云霄,曰蓬莱。左与右复有二阁,体势稍亚①,上通复道,参差联络,屹立沆瀣之中,宛如三岛,洋洋渤澥②,阴晴变幻,诚然大观,乃尘界之五城楼也。大罗诸仙子要与月君称贺,鲍师克定日期,在蓬莱相候,所以预为安设齐整,倒先请受贺的主人来登临鉴赏。

当下月君见正阁左右两壁厢,都安着水晶玻璃镜,光明玲彻,与武后③镜殿无异;前列着殊花奇草,又与陈后主④移春槛仿佛;后面设有十二叠步障,空蒙纚霭⑤,似有若无。月君道:"六朝宋主设一屏风于殿上,表里洞然,呼百官视之,皆对曰'无',但以手摸之,略有微碍。较之此屏,恐亦不相上下。"曼师道:"此乃鲛人口吐之丝,龙女所织,掬之不盈一握,真乃稀世之宝。"月君道:"妙是妙极了,尚少一部稀奇的音乐来配它。"曼师道:"有,有。若要音乐,还有个屏风。"鲍师道:"老比丘尼来献宝了!我知道刹魔主有个天乐屏风,原是唐朝杨国忠的。"月君接着问道:"可就是水晶屏风?上雕刻的三十六个美女,灯前月下,一个个会走下来,歌舞奏乐的么?"鲍师道:"是也。杨国忠这蠢东西,疑是妖怪,锁闭在空楼上,不敢用它。迨后为安禄山所取,美人一个也不肯下来,要把火烧灭它,忽然不见,却是刹魔主摄去。这只当做劫夺来的,没要紧,替令甥女装体面哩。"曼师拍着手大笑道:"鲍老的学问,原只如此!那座天乐屏风,本是

---

① 稍亚——稍微小于或稍微逊于。

② 渤(bó)澥(xiè)——海的别称。此处指渤海。

③ 武后——唐大周皇帝,武则天。

④ 陈后主——即陈叔宝,南朝皇帝。在位时大建宫室,生活奢侈,日与嫔妃、文臣游宴,制作艳词。后隋兵入建康,被俘,后病死。

⑤ 空蒙纚(yǎo)霭——迷蒙、深远的云气。

舍㝹女宫内的，只因太真出世，特赐与她助倾国之用，不期明皇竟痴想着屏上的美人，太真恐怕夺宠，所以赐与国忠。那国忠、禄山岂能享受此恩？故舍㝹女仍取回去，是物归故主。你这假斯文，休得谈今说古，惹人笑话。”鲍师也笑道：“我说来试试你，不知几时打听在心里了。”月君道：“此屏我未之见，借将来倒也新鲜。”曼师冷笑道：“新鲜不新鲜，司空见惯，值不得半文钱。难道刹魔主来，也教他只看自己的屏风不成？”鲍师道：“你们的眼睛是易耍的，可晓得是梨园子弟，把唐玄宗①与庄宗②国家多倾覆了？而今绝色者，出在苏州，每班内挑选几名，摄其魂魄来做戏，如叶法善摄李北海魂魄写碑文一般，比日常倒好。只此，就可要得他眉花眼笑。”

月君道：“好。人间幻事，无逾于此，独是缺少美醢③佳肴。”鲍师道：“也有个法儿，只勉强些：把那上好的素菜，其性滋润者蒸熟捣烂，干燥者炙炒磨粉，加以酥油、酒酿、白蜜、苏合、沉香之类，搜和调匀，做成熊掌、驼峰、象鼻、猩唇各项珍馐样式，再雕双合印板几副，印出小鹿、小牛、小羊与香獐、竹鼬及鸡、鹅、鲥、鲈、虾、蟹、瑑珰、雉、雀、蛓、毛莺的形象，每盘一品，悉系囫囵的；又将榛、松、榄仁、蜜枣、荔枝、核桃、波罗蜜、蘋婆果、落花参等物，亦照此法，制为鸟兽之状，再于彻后用之，省得滋味雷同。其果品多用新鲜的，如闽、粤、洞庭诸处及燕地豆大之茄、蚕大之瓜，晋中枣大之朱柿，西江米大之菱角，东吴指大之燕笋，玉井船大之雪藕，度索山盘大之碧桃，皆顷刻可以咒成。酒必须刹魔主的扶桑花酿，只此难些。”曼尼道：“又来激我！我却取不动他的。”月君道：“是便是，假的一半，借的又一半，这象个什么样？”曼师道：“这是绝好的样。你看五伯④假仁假义，列国诸侯谁不怕他？韩信⑤假立为齐王，竟做了真的；刘先主⑥借取荆州，竟

① 唐玄宗——即创立开元盛世的唐朝皇帝李隆基。

② 庄宗——即后唐庄宗李存勗。

③ 美醢(hǎi)——美味的肉食。

④ 五伯——即先后称霸于春秋时的五个诸侯，具体指齐桓公、晋文公、楚庄王、吴王阖闾、越王勾践。

⑤ 韩信——即汉初淮阴侯韩信，初为项羽属下，继归刘邦，被任为大将，后建立战功为刘邦封为齐王。

⑥ 刘先主——即三国时代蜀汉昭烈帝，三国时蜀汉的建立者。初始起兵无处安营扎寨，曾一时暂借荆州，后称霸一方。

成了帝业;如今世界,还有父是假的,儿子是假的,连娇妻美妾也可以借用的哩。”月君、鲍师几乎笑倒。于是曼师便去借了天乐屏风并扶桑花酿及各种珍馐果品,皆整顿停当。

二月十一日,彩霞时候,月君与鲍、曼二师凭栏凝望,早见海天外虚霭氤氲,霏烟缥缈,鸾鸣鹤唳,群真冉冉飞来。共是那几位?

素女(九华宫主,玄女之妹)　骊山老姥(地仙之祖)

樊夫人(仙卿刘纲之妻)　云英(樊夫人之妹,裴航之妻)

董双成(西池仙女)　魏元君(名华存,仙卿刘幼彦之夫人)

杜兰香(曾降于张硕家)　萼绿华(曾降于羊权家,二仙子皆瑶池侍书)

麻姑(蕊珠宫仙子,曾降蔡经家)　瑶姬(帝女也,俗云巫峰神女)

秋蟾(广寒侍女)　龙女(南海大士女弟子)

弄玉(萧史之妻,居琼楼)　黄姑(天孙侍儿)

吴彩鸾(文箫之妇,同居瑶岛)　天台女(刘晨所遇,居桃花洞)

金精女(张氏女,名丽英,金精星也。长沙王吴芮欲聘之,乘紫云而去)

月君等迎接众仙子入前阁。云英周回一看,笑道:“都是水府的好东西。”又从复道进至中层正阁,一一分宾主稽首行礼毕。内中唯骊山姥、天台女系是初会,各致倾慕之诚。其余仙子,是在上界常到广寒宫的,皆算故交,彼此各叙一番契阔①。曼师道:“且请坐了,再叙何如?”于是群真互逊,骊山姥坐了东首第一位,次元君;西首第一位素女,次瑶姬;余皆以升仙先后为次序。月君坐主席,曼师南向,鲍师北向。坐定,众仙子各命侍女献上礼物,为月君称贺。骊山姥献的是个针儿。曼师道:“这是仙姥补道衣的了。”老姥云:“就是神杵磨成的,曼师休轻看了!”便念出六句偈云:

飞腾万里,无影无形;
贯人心孔,顷刻亡魂。
三军六师,此针可平。

月君稽首而受。次素女,献的风毳囊,内缄着禁炮符题,有赤文龙篆(后二十年临难启看,乃是玄女娘娘赐的),月君东向跪捧拜受。又龙女献的柳枝一小枝,是大士净瓶中摘下的。龙女传大士法旨云:“后五年,

---

① 契阔——久别的情愫。

岁大荒旱,以柳枝醮水,望空洒去,即降甘霖,可救数百万生灵也。"月君向南口称大士圣号,九叩而受。又董双成献的,系蟠桃核雕成小舟,篙师舵工皆灵动如生。并传西王法旨云:

舟如半玦,容人三千。

放之溟海,直上青天。

月君向西拜受讫。外樊夫人献的是八宝如意,华存献的是紫电裙,云英献的是玄霜。曼师道:"成了个江湖上的医生,将丹丸做人情了!"看萼绿华献的玉条脱一对,曼尼笑道:"闻得送与羊权了,怎的又带着?"绿华道:"可知是取回来的。"杜兰香献金凤钗一支,说是凤化成的,簪则为钗,骖则为凤。曼尼接口道:"足见至宝!擘开来送与张硕,如今又合为一了。"兰香应道:"要分半支来送曼师,只可惜尊头用不得。"再看弄玉献的,是凤箫一支。曼尼道:"箫都送却,从此萧郎是路人矣。"时麻姑正献神鞭,弄玉笑道:"这句话,该把神鞭照着光头儿打一下!"曼尼道:"我闻得蔡经当日曾受过二十鞭,难道我就一鞭也禁不起?"众仙子皆笑。

又看了金精所献金母,云系金炁结成,不论铜铁铅锡,一点皆化黄金。曼尼曰:"你这个算不得礼物,却是贿赂公行了。"月君谢道:"我也是个贪官,倒喜的干折众仙。"又大笑。只见巫山神女,舒开玉掌,献出一片东西,名曰云魄,垂之如幕,张之如幄,乘之则是五朵彩云,卷之则无异丝缕。月君即命挂于阁前。又秋蟾献素鸾鸟一对,大如蝴蝶,善能掌上舞,并述许飞琼意云:"所献的,就是月君娘娘之家禽,无非要娘娘思怀故宫之意。"月君各谢受毕。外彩鸾仙子献手书《道德经》一卷,说:"在锺陵时,临过五千卷,悉售于人间,唯此卷最为得意,收藏千有余载。这是算不得礼的,谨请法眼指教一二。"月君赞赏曰:"骨劲神逸,卫夫人①所不若也。"

又天台女献五色灵芝一朵,曰:"此芝已产千年,近来光彩奇异,想是应该显耀时候,所以采献太阴主,只恐曼师要笑话哩。"月君忙稽首道:"五老四皓亦未见此神芝,余何幸而得焉?"曼师却瞅着黄姑说道:"休赞!休赞!我是个穷和尚,既没有彩鸾子写的半张纸,又没有天台女采的一茎

---

① 卫夫人——东晋女书法家。姓卫,名铄,字茂漪,河东安邑(今山西夏县)人。汝阴太守李矩妻,人称"卫夫人"。

草，只索学天孙娘娘差个侍女来，口贺口贺罢了。"

黄姑道："曼师也忒性急。"遂将手望空一招，天上飞下个淡黄色雀来，背上负着件东西，月君等看时，是个素锦袱。黄姑打开，取出一领朝衣，乃是天孙织的，名曰开辟一炁天衣。有词为证：

此丝不是冰蚕丝，不是鲛人丝，乃是一炁之缕，似丝非丝。此色不是丹青色，不是点染色，乃是五彩之精，非色似色。闪动处，日月争辉；飘举时，烟霞失态。戥秤只好重三铢，手握只堪盈半掬。来朝上帝，星官仙吏尽躬身；着向人间，凶煞魔神皆丧魄。六六三万六千道光华，正看侧看，虽然天眼不分明；八八六千四百样花纹，有相无相，即有如来难说法。

黄姑、曼尼就与月君穿上，群仙莫不称羡。月君道："唐篰承天孙娘娘恩逾海岳，历劫难报；又蒙赐开辟天衣，如何消受？妾闻天孙娘娘宫殿，在天之中央——"乃望空叩谢。黄姑述天孙娘娘法旨云："月君日后服此天衣，升阙朝帝，当再相会。今数期尚远，千万珍重。"月君不觉双泪交流，俯伏不起。这却为何？只因触动了当日受天狼星一番挫折，沦谪尘埃，怨仇未报；虽然洞悉前生，却也不知未来定数。今闻"数期尚远"一语，也不知将来得升天阙与否，所以感伤起来，正见月君道心日笃之处。云英在旁微笑道："我们做仙人，享的是清凉淡泊滋味。若论起繁华威福，还是下界。只今谁可学得月君？何必悲伤呢！"曼尼道："若照云英妹子这样羡慕，你就来代了月君，却不是好？"云英笑道："只怕不准。"曼师道："准代，准代！但只是不要同裴郎一齐来代。"众仙子大笑，月君亦为破涕。

鲍师道："如今且把礼物收拾过了，大家饮杯酒，看回戏吧。"月君脱下天衣，付与素英，一齐收入后层阁内，拱请众仙子入席。又命素英、寒簧相陪仙媵，宴于右阁。月君令女弟子，每席一名，捧壶斟酒。素女呷了一杯，问道："此酒何来？比上界的琼浆玉液，又是一样滋味。难道人间有此酒么？"曼师道："是老尼所造。"云英道："只这酒就强似天上。"众仙子道："这却不错。"少顷，捧上肴馔。众仙子见是囫囵的小鹿、小羊，大以为怪。杜兰香道："莫非月姊用荤么？"曼师道："你们这班仙子，只好充数！却不是唐僧见了人参果，说是小孩儿的？且请吃了，批评不迟。"骊山姥注目一看，把箸儿在熊掌中间一分，大笑道："月君要戏法儿哩！"月君道："还有个真戏法，再要耍。"遂命女弟子移下鲛丝步障，摆开天乐屏风。

时正黄昏,阁中四十九颗明珠,周围悬挂,照耀与白日无异。只见屏上走下十二个美人来,皆是汉宫装束,歌的歌,弹的弹,吹的吹,其声靡靡,其韵扬扬,正不知为何曲。歌毕,一齐上屏。却又走下十二个来,举袂扬裙,分行齐舞,或如垂手,或若招腰,或有类乎霓裳,左右上下,或正或侧,或疾或徐,其态摇摇,其势翻翻,亦莫辨其为何舞。舞毕,也上屏去了。却又走下十二个来奏乐,乐器是笙、箫、筝、笛、琴、瑟、琵琶、云锣、响板,其始悠扬,其阕萧飒,不是筠天①,不是雪璈②,亦非天魔之乐。众仙子皆呆脸相看。樊夫人道:“我虽不能知此,大概是淫声。不知月君亦奚以为?”曼师道:“仙子不怕淫,有何妨碍?”骊山姥道:“大概已领略,撤之可也。”月君乃命将屏摺转。鲍师道:“如此则寂寞了,何以侑觞③?”

骊山姥见众仙子闻了此乐,若有所思,遂道:“文人饮会,尚且分韵联诗,何况神仙?我不合坐了首席,要出一诗令。”月君道:“这是仙家本等,即请发令。”骊山姥道:“令是我出,诗不拘是谁先做,要说的生平私有之事。”月君道:“仙真焉得有私?”骊山姥道:“亦有之,但与凡世男女之私有别。”曼尼道:“我乃释门,从不学这些方丈和尚,不参禅、不诵经,只做两首诗儿,到处去结纳官府。——我与龙女不在其内。”骊山姥道:“这个遵命。但求曼师做个监察诗酒的御史,行些春秋诛心笔法便了。”曼尼道:“那是老尼最能不过的。”于是骊山姥举手云:“吟诗不论次序,先成者先缴。”众仙真口中不答,心里想道:“这个没搭煞的老姥,想是疯了?那样新戏文不看,却要做什么私情的诗!除非你是老不怕羞的,做得出来。”月君心上了了,一面吩咐侍女们换新鲜酒肴,以助诗兴,遂起立道:“不妨,我是已堕尘凡的,吟个样儿看看。”骊山姥道:“还是月君通达大道。”遂将藕丝绡一幅,援笔写云:

曾上瑶台一炁天,银河洗尽月光圆。
无端谪下莺花界,猜是风流第几仙?

云英道:“怎么是第几仙?应改为第一。——有谁可称第一仙呢?”曼尼

---

① 筠天——“筠”,竹子,“筠天”即竹子作成的乐器。
② 雪璈(áo)——“璈”,古乐器名,“雪璈”即冰雪作成的古乐器。
③ 侑(yòu)觞(shāng)——旧指在筵席上劝人喝酒、助兴。

道:“须让裴郎的夫人。”云英道:“酒令无戏言的! 令官不检,统该罚一大觥[①]。”骊山姥道:“偏你说个第一! 也该罚。”月君道:“总是我诗不好,亦当受罚。”于是各饮一大玉斝。曼师道:“后有犯者,罚三爵。哪位仙娘,再闯辕门?”樊夫人道:“我来!”遂吟云:

十二琼楼清宴还,香风吹动碧烟鬟。
几回笑指瀛波浅? 照我芙蓉半醉颜。

曼师道:“却忘了刘郎也! 可谓不情。”骊姥道:“诗极藉蕴,准折过罢。”云英遂吟曰:

儿家自会捣玄霜,阿姊无端到鄂阳。
赚取裴郎寻玉杵,迷心一点是仙浆。

曼师道:“这却公道,服煞了云英妹子也!”云英道:“就是裴郎,便怎么? 我怕谁哩!”杜兰香诗云:

偶访前因震泽旁,凤钗劈破醉瑶觞。
人间不省仙家事,只说仙娘也嫁郎。

曼师道:“岂不觉勉强些儿?”萼绿华诗曰:

神仙从不怕尘污,条脱君看臂有无。
饶尔曹唐诗一笑,萼华依旧在玄都。

曼师道:“两手条脱俱无了,还亏你装硬汉哩!”麻姑诗曰:

我是千春处子身,仙郎相见不相亲。
谁思指爪堪爬背? 一百神鞭了夙因。

金精女诗曰:

不是神仙不是精,凤鞋每自御风行。
请看想杀吴王芮,白骨坟前磷火明。

魏元君诗曰:

绀发琼姿水玉神,容华老后又生春。
漫言伉俪刘郎在,蓬岛何曾有暮云?

董双成诗曰:

儿爱瑶池水至清,翩然窄袜踏波行。
素华流影仙衣动,皓月清波共有情。

---

① 觥(gōng)——古代的一种饮酒器皿。

骊山姥道:“双妹之诗,有情无情,无情有情;是情非情,非情是情。何其妙也!”曼师笑道:“这是做闺女的故态。”双成举大杯,酌与曼师道:“为法自毙,请罚三杯。”曼师饮毕,笑道:“我如今要做缄口御史了。”骊山姥吟曰:

针磨铁杵骊山顶,只有长庚曾见影。

聃老不娶我不嫁,阴阳匹立谁能省?

云英笑道:“如此白发婆婆,就见些面,也不妨,何况影儿?”曼尼道:“犯上了,该罚十杯。”骊山姥道:“让过她罢,只说是‘但许州官放火,不许百姓点灯’哩。”云英道:“好,好!不像那没头发的心肠忒狠。”曼尼道:“骂得毒!不饮十杯,我将戒刀把贤妹的头发也削个干净!”众仙真皆大笑,共劝云英饮了三满杯。鲍师道:“我也有诗,不知合式不合式。”吟云:

仙子无情但有缘,缘来便得见婵娟。

生平喜疗相思树,龙女才郎合一笺。

曼尼道:“诗是不错,只是有了你这个散相思的五瘟使,天上人间,都不得干净。”说未毕,众仙皆大哗道:“总被她一言抹杀,情实不甘!要罚一百杯。”曼尼道:“不曾备得许多酒。”月君道:“每位罚一大杯罢。”樊夫人道:“我是要罚她三杯的。”曼尼道:“是了,她也曾与妹子做过小撮合山的。”众仙把酒齐送前来,曼师一一受罚道:“今日以一小光头,而落在众仙娘道门之内,自然要输的了。”众仙真道:“越发可恶!要跪罚三大杯。”骊山姥道:“话儿巧些。——我来陪她受罚罢。”众仙方才歇手,瑶姬就呈诗云:

朝为行雨暮行云,云雨何曾染电裙?

明月一轮峰十二,漫传宋玉梦中文。

曼师道:“襄王何在?虽然这是昏君的梦儿,饶过了。”弄玉诗云:

萧史吹箫彩凤回,双双齐跨向蓬莱。

谁知天上神仙侣,浩劫还搴彩袂来?

吴彩鸾诗云:

十二楼台大赤天,儿家姓字注瑶编。

不妨携却文箫子,共向西池拜列仙。

天台女诗云:

年年花发洞门香,尘梦哪知仙梦长?

春露欲晞秋蝶老,刘郎已不认仙乡。

秋蟾诗云：

不夜瑶台月似霜，素鸾亦学舞霓裳。

儿家独倚娑罗树，消受天风浩劫香。

黄姑诗云：

人间乞巧信无端，乌鹊何能接羽翰？

我是天孙旧侍女，明河一笑倚栏杆。

月君击节道："黄姑贤妹之诗，可谓千秋吐气！曹唐、李群玉辈，何物竖子，辄敢冒渎帝女！我若为阎罗天子，当碎割其舌，罚他做个哑狗。"素女道："尤可恶者，世人以黄姑为牛郎，不知上界之牵牛星，犹之乎人间之有牵牛花，命名若此，乃说是牛郎；银汉是素秋金炁之精，犹之乎山川之有金银气，乃认为江河之河；仙人御风乘雾，弱水三千，莫不飞渡，何借舟梁？而乃妄说乌鹊为桥；天半刚风，无论是人是物，一吹即化为尘，当二三月暮春，风气上行，飞鸟从风而上，化为游丝，岂乌鹊可以直登青冥耶？此皆梦寐呓语。愚人固不足责，乃文人才士，竟有形之歌咏者！"瑶姬接口道："文人才士之妻女，多喜淫者，即此报也。"曼尼道："彼且云天上犹然，况人间乎？所以庶民之家，妻女淫者，或杀或出，反要振作一番。至于绅宦人家，则多纵之听之，而恬然不以为怪，虽云报之，反若从其意者。"骊山姥道："真正快论！且请教素女娘娘之雅制。"素女道："我倒忘却了。"乃吟云：

珠宫宝阙郁岧峣①，帝女高居降节朝。

双剑劈开千百劫，英雄无数一时消。

月君赞道："真是掌劫法主之诗！黄钟一响，我辈瓦缶无声矣。"曼尼道："不妨二雅之音与郑卫同列。"云英道："且住！我等遵骊道姥之命，勉强以无情吟作有情，何至比之淫声？真个太欺我道家了！我也要你做一首，若再恃强，我定——"曼尼道："'我定'怎么？"云英道："我定把你光头做木鱼儿敲！"众仙子道："这个曼师也难却了。"曼尼道："小尼头儿，当不起众位娘娘看上了她，待我吟来。"乃援笔挥云：

我乃比丘尼，不解风流诗。

触恼众仙姑，吟出须菩提。

骊山姥道："是了，是了！看大士面，让她罢。"月君道："十八仙中一

---

① 岧(tiáo)峣(yáo)——山高。

个尼,这诗是少不得的。”鲍师道:“请举箸儿再要。”杜兰香道:“看这肴馔,又是簇新式样。”董双成道:“味儿清芬,反觉后来者上。”金精女道:“怪得果核都成了精。”萼绿华说:“天厨星也没有这巧思。”樊夫人道:“太巧了!天心所不用,天台妹子是地仙,可将此方去试试。”曼尼道:“刘郎不来,谁与试呢?”天台女道:“曼师忒厉害!凭你怎样,要罚的。”云英道:“罚酒便宜她,罚一杯凉水!”曼尼道:“情愿,情愿!云英妹子的凉水,就是裴郎的琼浆呢。”月君道:“这是要罚的。”曼师笑饮了三爵。骊山姥道:“我们如今该说些本分话了。”曼尼道:“本分是第一种的妙话儿。”金精道:“尚未曾说,怎知其妙?”曼尼道:“妙,妙!本分是个玄牝儿。”月君与众仙子,笑得都像弥勒佛的口,合不上来。于是起身作别。云英附耳与曼尼道:“日后月君归到瑶台,可带这一座美人屏去。”曼尼大声道:“厉害,厉害!”众仙子惊问,曼尼道:“云英妹子看中意了屏上美人,要几个与他裴郎为妾。我想,这美人的主儿是狠恶不过的,所以说个厉害。”月君道:“我未曾说得,这屏从刹魔宫中借来的。”众仙子道:“原来如此,怪不得有些妖气。”曼尼道:“原是与妖精看的。”弄玉道:“我们今日都输与曼师了。”遂各向月君稽首而散。你看众仙姑:

吟吟浅笑,乘素鸾,跨紫凤,霏烟飘渺;淡微醺,骖①玄鹤,驭彩鹓②,佳气氤氲③。或驾绿琼辀④,罡风道上,不闻转毂之声;或御班麟辇,太虚影里,难窥践趾之迹。正是:翠盖霓旌,凌乱一天斜照;朱幡玉节,贯穿半个清蟾。

片刻之间,飘然而散。月君独自倚栏凝望,半轮明月,早已出海。只听得曼师在背后笑道:“望什么?”月君回头,见刹魔主从中阁出来。月君急忙迎上,笑说道:“愚妹望眼将穿,我姊姊却在家下。所谓‘睫在眼前常不见’,于道远矣。”曼尼道:“这就是舍甥女的古怪。”刹魔主道:“这就是家姨娘的今常。”曼尼道:“是怎说?”刹魔主道:“今之常人见了大英雄豪杰,皆道是古怪哩。”月君大笑,与刹魔主行姊妹之礼,各叙了几句寤寐怀思

---

① 骖(cān)——古代驾在车辕两侧的马或其他牲畜。

② 彩鹓(yuàn)——古代传说中的一种像凤凰的鸟。

③ 氤(yīn)氲(yūn)——烟云弥漫。

④ 辀(zhōu)——车辕。

的话。鲍师亦已到来,与刹魔主稽首毕,同逊刹魔面南而坐。月君向北,曼尼在东,鲍姑在西。阁后忽走出绝色美人,都是番装胡服,百来个。送上礼物,端的稀奇无价,旷古未见的:一猫儿眼,二祖母绿,三龙鳞簟,四雾雀扇,五狮发靴,六虾须箸,七能言石,八解语松;又有半寸来的猴,一寸来的人,蝇大的仙鹤、孔雀、凤鸾之类,尚有不能知名数种,月君起身拜谢,命素英、寒簧收进。又命聂隐娘陪诸魔女在右阁设宴。刹魔主道:"昨夜这些俏丫环,在这里做怎么来?"曼尼答道:"为见了屏风,都动了春心哩。"刹魔主道:"如何这等易动?"月君道:"爱之耳,非动也。这是曼师的戏言。倒因骊山姥要做风流诗,奈何了诸仙子一番。"刹魔主道:"诗安在?"月君遂令素英呈上。刹魔主逐幅看毕,见了曼师的四句,笑道:"不意姨娘如此出丑,竟自画出供招?待我题一首,来压卷。"遂取笔大挥道:

一拳打倒三清李,一脚踢翻九品莲。
独立须弥最高顶,扫尽三千儒圣贤。

月君惊赞道:"三教一笔抹杀,真乃大雄也!"刹魔主大笑。

月君遂命摆上酒来,说:"下土尘羹,恐有污姊姊之口。"刹魔主道:"我自己也带着。"曼师道:"她是回回的女儿,不肯吃别人东西的。"月君道:"虽然,也要求姊姊略尝尝。"刹魔主吃了些道:"这个西施舌、珠桂鲊与偏凉汀鲫鱼都有味,但是没筋骨,清客吃的东西。"又呷了琼浆道:"太清冷,不能熏蒸神气。"遂令众魔女将龙肝、凤髓、麟脯、鸾胶之属献来。片时,用了十数盘。又连饮扶桑酿七八壶,乃向月君道:"我最恼的这些歪男女!修持错路,都说着了魔头,他那里知道着的是迷?到了黄泉路上,化作尘埃,还想着家下亲人哩!若着了魔,就是我道中人,会得通灵变化。"曼师接住说道:"怪得月君灵变,原来着了甥女的魔了。"刹魔道:"她在将着未着之间。我看姨娘倒着了南海的道儿。"鲍姑笑道:"曼师本质,还存在半着半不着之间。"曼尼瞅了一眼刹魔道:"南海不男不女,非阴非阳,这个道儿最不好。若说是女身,何以称为大士?若说是男身,何以又是妙庄公主?"月君见说得可骇,就支断道:"曼师昨日如龙,今日如蜥蜴,已降服了。姊姊留着些罢,妹子要执经问难哩。"刹魔主道:"尔所执何经?所问何难?"月君道:"问三教轮回与魔家之同异。譬如从魔道中转而为人者,何等样?由儒、释、道转而为人者,何等样?如今只就女身论之。"刹魔主道:"问得妙!问得妙!彼儒、释道中轮回者,有贵贱贫富之不同，有强弱智愚之各异，或男转为女，或女转为男，或转而为禽兽虫鱼。若我道中出世者，有富贵而无贫贱，多刚强才智而无昏愚庸弱，其无异类，不待言而可知。男女大概如此。若只论女人，名垂青史，可以历数者，如：

妹喜	妲己	褒姒	骊姬
西施	始皇太后	夏姬	郑仲
虞姬	吕后	飞燕	合德
梁冀之妻	阴丽华	迟昭平	甄后
潘淑妃	张丽华	太真	花蕊夫人
胡太后	萧太后	太平公主	虢国夫人
秦国夫人	韩国夫人	冼夫人	吕母
貂蝉	上官昭容	徵侧	徵贰
陈硕真			

大都色必倾城，才必绝世。其谋猷智略，驾驭丈夫，操纵帝王，不颠倒一世不止也。若有与之争宠夺能者，如吕雉抉戚姬之眼目，而投诸溷厕①；武曌之断萧妃手足，而埋诸酒瓮②，未有不至糜烂者。彼必败，我必胜，千古同一辙也。若论其淫，必异乎寻常；若论其烈，亦越乎殊类。守节者则未之有，性不能消受冷静之况也。"

月君道："妹子闻一知二，总是三教与魔道适相会合，势不并立也。但或丈夫而同出于魔道轮回者，当何如？"刹魔主道："此妹喜、妲己、虞姬之所以身殉其主也。"月君道："更有请者，如吴王夫差，是由何道来的？"曰："我道中来。"月君曰："若然，西子何随范大夫乎？"刹魔曰："西施自沉于江，后百余年，有渔人网得，颜色如生，曷尝从范蠡耶？世之黠者，造此言以笑夫差，遂相沿于后耳。"月君曰："始皇之母，何以受制于其子？"曰："彼已亡秦，是将衰之候；且始皇亦由魔道，女固不能敌男也。"月君又问："甄后何以为曹丕所杀？"曰："甄氏原有憾于袁熙，熙死而归丕，丕亦由我教中来者，岂能容其私怜子建耶？"曰："冼夫人又何以故？"刹魔曰："彼掌

---

① 如吕雉抉戚姬之目，而投诸溷（hùn）厕——汉高祖皇后吕雉杀害戚夫人并剜双目投之于猪圈厕所。

② 武曌之断萧妃手足，而埋诸酒瓮——唐高宗皇后武曌杀害萧妃，断其手脚置于酒瓮之中。

兵权,刹戮甚繁,足以消其性气。如吕母、徵侧、徵贰、昭平、硕真,皆然也。”月君又问:“然则三教轮回为后妃者,可得闻其略与?”曰:“观其因,可知已。如薄太后之好黄老,班姬之好佛,邓后之好经书,各有其夙好之因,然而忘却本来,不过为寻常妇人而已。至于我道,则全是杀炁,岂特不忘,且有已甚,又必有故而出,应运而兴,数完则仍归本位。非若三教日夜轮回,颠颠倒倒,量其功过善恶而为升降者。”因指着左右侍立的道:“她们前生,总是当权之妃后,次亦王公之夫人,今若转生,依旧如此。其才与福,毫发不爽;其运与数,锱珠无误,是生来夷灭三教的。”月君曰:“世多有大官之妻,而能使丈夫畏之如虎者,不由魔道乎?”曰:“皆是也。是则彼之女婢,其福虽略差,其才却亦不减,是以能行杀戮。即如上官昭容,系阿环之爱婢,大抵婢之至下者,犹得为二三品之妻。再下则绝无也。”月君曰:“如明妃、钩弋、韦后、萧后、羊后之类,是彼教中来者耶?”曰:“明妃不偶,钩弋无权,韦后被戮,萧、羊偷生,我教焉得有此?”

月君尚有欲询,鲍师道:“奇谈不可尽泄,且听笙歌如何?”刹魔道:“是何笙歌?”鲍师道:“昆腔子弟。”刹魔道:“好!即命演来。”曼师道:“戏没有点,演恁么?”月君命演《牡丹亭》。刹魔看了一曲,笑道:“是哄蠢孩儿的。”看到《寻梦》一折,刹魔主道:“有个梦里弄玄虚,就害成相思的?这样不长进女人,要她何用?”向着扮杜丽娘的旦脚一喝,倏而两三班梨园子弟,俱无影响。刹魔主道:“恁般虚恍!”遂大笑起身,向月君道:“你若到了月殿,何时再会?”曼师道:“那月儿不从须弥山顶上转么?”刹魔主道:“只这一句,姨娘可谓收之桑榆了。究竟是我道中齿牙!”即呼众魔女曰:“去!”都冲屋而上。

月君忙向窗外看时,但见月色惨淡而已。月君道:“神仙御风踏雾,都由空处,有能透山石而走者,亦必破裂一道。今屋瓦寂然无声,神通之大,真不可测!”曼师道:“若无神通,何能与如来、三清抗衡?我自皈南海,也怕见他。”鲍师道:“怪道你学了太庙金人,三缄其口。”月君道:“这是曼师以大事小之义。”次日,后土夫人、五岳圣妃来贺。又四海五湖龙君之夫人,及各山川神女,次第朝谒。到十六日,才止。

满释奴早传进奏疏一折,是吕军师留下的。月君览之,大惊。哪知道王师甚速,寂无声,似从天降;更堪着番将雄强,陡惊心,恰逢狮吼。要看何事,只在下回。

第三十二回

两奇兵飞救新行殿　一番骑鏖战旧细君

建文五年春正月，有塞外俺答①，闻知中国内变，燕王自称年号为永乐，便统精骑三万前来，叩关请贡，实系窥伺衅隙，需索金币之意。边报到了南京，燕王这一惊不小，因集百官廷议。姚道衍进曰："北平以居庸为锁钥②，辽阳③为屏蔽，密迩诸部落，朝发夕至，脱有疏虞，长驱莫御。我太祖起义在南，故都南京；陛下兴王在北，宜都北阙。今宜迁都于燕，临之以天威，示之以信义，彼必屈而自服。此目前之形胜，万世之良策也。"燕王曰："卿见与朕适合；但寇临门户，未遑迁徙。朕今亲率六军，直临关外，相机进战，一面修整宫阙，驻驾北都。卿仍辅佐太子，留守南京，俟平青州，然后北迁。但必得几个威望重臣，以安江南黎庶之心。卿可公举荐来。"道衍与廷臣共荐文臣杨荣、茹瑺、夏元吉、蹇义、刘俊、黄淮、古朴、芮善等，武臣张武、陈矗、王佐等。燕王准奏，以姚道衍为少师，总理军国大事；夏元吉为户部尚书，蹇义为兵部尚书，杨荣为礼部尚书，茹瑺为吏部尚书，古朴为工部尚书，刘俊为刑部尚书，张武为镇国大将军，陈矗为护国大将军，王佐为留守将军，黄淮、芮善为经筵学士，共辅太子。其余文武大臣，随驾北行。

至桃源地方，羽檄报到：登州已失，寇势甚大。燕王曰："此疥癣疾耳。但恐遁入海洋，结连倭夷，亦为后患。"乃命李远为平寇将军："汝可统领二万雄兵，为朕踏平三郡。若大兵未经临城，先迎接者，方准纳降。倘敢抗拒坚守，破城之日，尽行屠戮。"李远曰："此寇起于大盗，多亡命之徒。请选猛将二员，为臣臂指之使，克日便可扫平。"燕王大喜，遂拣骁勇番将二员——一名火耳灰者，一名王骐——为先锋，自把玉杯，执李远之

---

① 俺答——即今蒙古一带。

② 北平以居庸为锁钥——北平以居庸关为战略要冲。

③ 辽阳——旧府、路名。相当今辽宁省辽阳一带。

手,酌而送之曰:“当日卿救永平,不出一月,建立奇功;今次奏绩,当亦如是。”李远曰:“诚如圣谕。”于是叩辞燕王,分路进发,直薄青州。

城中早已整备,开门迎敌。燕阵上王骐与董彦昶大战三十余合,骐拖枪佯败,彦昶骤马追去,不防王骐善用标枪,飞手一掷,正中左眼,坠于马下。张伦、余庆两将齐出,舍命救回,伤重身亡。

燕军每日索战,无敢出敌。李远便令军士解鞍散甲,裸体辱骂。铁定九年少性刚,按不下心头的火,点起二千将士,飞奔杀出。燕军跳起来乱窜而走,都窜入山坡树林内,且走且骂。定九马到林边,恐有伏兵,方欲勒住,忽一声呐喊,定九已连人和马跌入陷坑,挠钩套索乱抛将来,活捉去了。林内弩箭如雨,将士不能奔救。火耳灰者又率番骑掩至,二千军逃回城者不上五百余名。燕兵遂四面围定,昼夜攻打,新附诸文武等,皆欲逃去。李希颜与王琎朝衣朝冠,哭于行殿曰:“臣向者偷生,只为欲图恢复;今脱有不虞,臣即抱圣像、玉圭自焚于行宫,决不为贼子所辱。”于是诸文武,皆涕泣誓死坚守。飞报到登州,已是二月十二,月君正与女仙真宴会之日。吕军师传集将士,下令曰:“青州危在旦夕,若有意外,则新立行殿必遭焚爇,难以号令天下。此行即勤王救驾,非同小可,谁敢先行?”董彦杲、满释奴同声愿往。阶下诸将,个个争先要去。军师遂下令董彦杲、宾鸿、刘超、卜克、小皂旗五位大将:“尔等于各营中,各挑一百名敢死勇士,健马一千匹,限今夕酉刻起身,十三日半夜子时攻劫敌寨,务获全胜,违限一刻者斩。众兵士皆披软甲,不带弓箭,不执旗帜,手中只用笔管钢枪,腰间只跨两刃钢刀,衔枚而走,马倦即易。砍寨之时,却要人人呐喊,如千军万马一般。追奔不过十里,疾回守城,俟后队兵马来到,别有军令。”董将军等遵命,即结束星驰去了。军师又命阿蛮儿、孙翦、楚由基、彭岑、瞿雕儿五员大将:“各领军一千,于十三日卯刻起行,限十六日夜半劫寨破敌;追奔二十里便回,扎营城下。”自率大军于十三日申刻进发。满释奴见调不着她,大声道:“军师以番将火耳灰者与小将有旧耶?不可调遣么?小将与他要决一死战,上报公仇,下泄私愤。只用女兵一百,不必烦动大军。”军师谕曰:“非此之故。汝乃圣后亲近之人,现掌启奏,未经奉旨,不便私调。今有奏章留于将军转达。”满释奴不得已退去,于十六日清早,方得送进。月君展视毕,赞曰:“军师之断,利于铦锋。”满释奴奏道:“火耳灰者骁勇无敌,小将颇能制之,愿得女兵三十名,前往戕其首级。”月君笑曰:“夫妻反目至此!”顾谓聂隐娘曰:“汝可用缩地法,于今日午后令其交锋。”释奴大喜,与隐娘同去不题。

且说李远亲自督率并力攻城,自初七日起,至十一日未刻打破西北角,燕军奋勇齐登。正值新来武将宋义,带领数百军士,都拿的乱石头,雨点般打去,皆纷纷坠死城下。两边排着强弓硬弩,射住来军,登时修筑完固。燕兵又攻两日,反多折伤,兵士困惫,皆出怨言。李远只得传令,退军二十里下寨。业已九昼夜不解甲,一闻令下,正如死囚遇了恩赦,到得黄昏,各人拥被而卧。李远又料城中胆裂,断不敢黄夜出兵,遂传下暗号,令小心巡更;自己亦觉神思昏沉,归帐安寝。时正二月十三夜三更时分,董彦杲等五将,拔寨而入,人人呐喊,杀声震天。燕军在梦寐中惊觉,有和衣枕戈者,尚能奔逃性命;其脱衣安寝者,唯有伏地受砍,一个也走不脱。那时李远在中军,急得走投没路,扯断缰绳,骑匹骣马①,望后营而逃,二员番将随后赶来保护。幸亏青军只有五百,紧紧赶杀了一程,自回青州去了。

李远走到天明,方知后面并无追兵,坐于地上痛哭道:“我自随皇上起兵,百战百胜,何曾如此败衄!有何面目见我主上?”遂欲挈刀自刎。二番将亟止之曰:“黑夜误中贼计,何足为虑!主将何短见至此?”李远曰:“卿等有所不知:此非青州之兵,乃登州之兵也。计算程途日子,只一昼夜工夫,其内必有善用兵者。眼见此城难破,大功难成,不死安待?”二将曰:“主将高见虽看得透,然一死不足以塞责,还须招徕兵卒,再行决战。我二人誓不与他干休!”李远收泪谢之。残兵稍稍聚集,差不多折去其半,李远抚恤一番。休息两日,摇旗擂鼓,大张声势而进。正遇满释奴、聂隐娘率领三十名女兵,一字儿摆开,当道拦住。火耳灰者见只数十个妇女,一骑马一条枪直冲过来。满释奴舞动双刀,劈面架住,大骂:“反国逆贼!有我在此!”火耳灰者定睛看时,却是老婆,吃了一惊,遂骂道:“泼贼妇!有何面目见我?”释奴道:“你是反贼,罪该万剐!倒有颜面见我么?”火耳灰者大怒,挺枪劈心刺来。满释奴闪过,双刀齐下。一夫一妇,大战五十余合。天色已晚,各自收兵,安立营寨。

隐娘道:“我们只二三十人,要防他夜劫,这却须用道术了。”遂令砍

① 骣(chǎn)马——不加鞍辔的马。

伐树枝一大束，剁作四五寸的数千条，暗画灵符，运口气噀①去，都变作关西大汉，四围团团守住营外，方与释奴回帐安息。

火耳灰者进禀李远道："敌人兵只数十，辄敢对立营寨，小将夜半，前去尽斩首级，以献麾下。"李远道："用兵之道，或强而示之以弱，弱而示之以强，如何料得定？"王骐道："主将也太谨慎了！眼见几十个泼老婆，就都是一丈青，也杀她个尽情！主将请安守寨栅，我们两个，也只各用三十来人够了。"李远不能拗他，听其自去。

正是十六日夜半，登州来的瞿雕儿、楚由基、彭岑、孙翦、阿蛮儿五员大将，奉吕军师将令，前来劫寨，恰好与二番将相遇。火耳灰者见兵马甚多，心中吃了一惊，只道老婆也来劫寨，拍马挺枪，向前杀进。谁知多是生力兵，把六十余人卷在重围之内，二番将左冲右突，脱身不得。正在心慌，忽西北角上，喊杀连天，稍稍分开，甫能乘势拼命杀出，乃是李远恐怕有失，亲来接应。月色朦胧，互相混战：青军皆奋勇争先，以一当十；燕兵乃惊弓之鸟，十不敌一，大败而走。

追有三十余里，方回，却见大路上扎下个大寨，寨外都是壮士守着，又无旗帜。诸将勒马看时，既不是燕兵，又不是自家的人马。昨夜如此相杀，怎不见这支兵马？心甚狐疑。阿蛮儿便拍马向前，厉声喝道："是恁么贼兵，敢在此立寨？"连问者三，全然无应。瞿雕儿焦躁，挥兵径杀将去，砍倒了几个，却不见有尸骸。中军满释奴只道燕兵砍寨，同隐娘飞奔杀出，见是瞿雕儿等，隐娘大笑，询其来由。雕儿道："我等奉军师将令，来劫燕寨，已杀得他大败去了。请问仙娘，何因在此？这些壮士大为奇异。"隐娘遂收了法术，诸将方知仙师妙用。满释奴又将来由说过，合兵一处屯扎。

候至申刻，军师已到，五将备述交战并隐娘立寨之事。军师道："满将军报仇心切，随营听战。外有一事，奉烦隐师。"因书数字付之。隐娘看毕，飞跨蹇卫去了。军师安下营寨，带领数员将士，入城去朝行阙。李希颜、王琎等接着相陪朝觐毕。军师于袖中取出两函密札，一付与董彦杲，令同小皂旗去行事；一付与宾鸿，令同阿蛮儿去行事：各照札内所言，须极秘密，漏泄者斩。军师方出朝，别了诸文武回营。诸将佐进禀道：

---

① 噀（xùn）——喷。

"探知燕军连败两次,兵马折去五停之四,主将李远甚是胆怯;唯有番将,恃其骁勇,要来决战。又闻得各处请救兵去了。"军师道:"请救只有济南、临清两处,我旦夕间一鼓擒之,救何能及哉?"遂下令:"将大兵撤回城内,只用三千勇士以骄其气,待他自来送死。"按兵不进。

那时李远计点部下兵士,只剩得六千余名,既不敢向前,又不能退兵,又不好埋怨二番将,心下筹思无策。有王骐偏将高强进言:"今上以一旅之师,南向而定天下;主将以二万之众,丧于草寇之手,失律之罪,又乌可逃?与其退守而死于法,不若进斗而死于疆场,尤不失为勇也。"王骐道:"这是好汉子的话。"火耳灰者毅然作色道:"今日有死无生,有进无退!"于是李远决一死以殉国。安息了两天,大犒军士,贾勇而进。望见青兵营寨,零零星星,兵不满三千,中军尤为单弱。李远私喜道:"今日胜之矣!"遂在平原列成阵势,下令曰:"若胜敌人一将,看我鞭梢扬起,合力攻其前营,前营一破,余皆自溃。"早见对阵上飞出一员女将。怎生打扮:

头戴一顶紫金凤翅掠鬓冠,内衬黑绉纱,包裹着乌云细发;身穿一领蓝纻团鹤卷臂袍,外罩银叶甲,拥护着菱花宝镜。腰细如狼,束一条织就玄丝带,上扣着碧玉连环结;脚大于熊,穿一双辫成黑线靴,下踹着镔铁①雕花镫。锦袋内藏着打名将的铁弹子,绣箙②中插着堕飞禽的铁胎弓。手执三尖两刃刀,坐下一日千里马。

燕阵上门旗开处,冲出一员大将,便是火耳灰者。看他怎生打扮:

戴一顶兽吞头乌油亮铁盔,稳簪着两根雉尾;披一件鳞砌体水磨熟铜甲,牢扣定数缕绒绦。七宝丝蛮带拴勒的窄削猩红袍,紧紧随身;双珮铁连钱摇撼的锋棱赭白马,班班流汗。左悬一张雀画硬角弓,右插一壶狼牙钑子箭③。

手挺丈二梨花枪,更不打话,径取满释奴。释奴抡动神刀,劈面相迎。这一场好杀!但见:

一来一往,一上一下,一个枪似蟒翻身,点点不离心窝上;一个刀如电掣影,几几只在顶门间。一个要复建文安社稷,谁更念当年鱼水

① 镔(bīn)铁——精铁。

② 绣箙(fú)——绣着各类精美图案的盛箭的器具。

③ 钑(pī)子箭——古代箭的一种,箭头较薄而阔,箭杆较长。

绸缪？一个要助永乐定江山，全不思昔日雨云狎昵。一个嚼碎钢牙，大喝道："泼贱人，我虽曾床上求饶，今日定然取你首级！"一个竖起剑眉，大骂道："反贼子，我而今战场再胜，夜来定然吃你心肝！"直杀得天地昏昏霾日月，尘沙飒飒乱风云。

两个之中，早输了一个，原来是释奴知他武艺半斤八两，拨马佯输而走。火耳灰者待要追赶，忽想起老婆铁弹厉害，反勒马跑回。释奴亟背翻身，一弹打中火耳灰者铁盔左侧，把个盔打歪在半边。火耳灰者又恼又羞，正欲回马再战，王骐大声道："将军且住！待我拿来，凭你处治。"一骑马飞出阵去。刘超舞动大刀，叫道："满将军暂息！看我斩这贼头。"释奴见不是丈夫，遂让刘超迎敌。两将在阵前各逞威武，斗有三十余合。王骐虽勇，如何敌得刘超？只是尽力支持，被刘超卖个破绽，大喝一声，神刀落处，夹左脖子连右肩胛削去小半个身子。燕军见王骐被斩，个个齿噤股栗。这里军师羽扇一挥，三千猛士，如烈风卷将过去。燕军谁敢接战？唯有弃甲丢盔，抛旗撇鼓，各自逃生，把个阵势，如灰尘一般的散了。

李远见此光景，只得与火耳灰者带着中军百余骑，向西南奔走。早见旌旗招展，两员大将当先大呼："休放走了李远！"认旗上一是"先锋大将小皂旗张"，一是"左军大将军董"。两骑马，两条枪，搅将进来，李远便从刺斜里向南而逃。诸将合兵追赶，燕军罗拜求降，拥住去路，李远方得脱身。走到酉刻，已近齐河地方，距济南止四十多里，又饥又渴，方欲下骑暂息，忽林子内，早丢出纸炮五六十团，都是十个一束的，轰然大震，马皆辟易。跳出一员步将，却是宾大刀，向着李远马头就砍，那马直立起来，把李远掀翻在地。火耳灰者急忙举枪来敌，李远跳起，抢匹马先奔去了。火耳灰者亦随后逃来。其残兵败马，被这数千纸炮打昏了，跌下地的都被踹死，下得马的尽遭砍杀，跟得上主将走的只有十余个。忽见又是一将当前，舞动大刀喝道："反贼！认得阿蛮将军么？"后面追兵看看又近，李远自忖："被她拿去，张信是个榜样。"即拔刀于马上自刎。火耳灰者见主将已死，跃马来战阿蛮儿，只一合，夺路而去，单身走脱。阿蛮枭了李远首级，与宾鸿合兵一处，连夜回来。次日即到大寨，各献功毕。满释奴见说只走了火耳灰者，怒气更增一倍。

看书者要知道，董彦杲、小皂旗统领的只二百名马军，伏在背后，邀其归路，赶他南向的；宾鸿、阿蛮儿各统的一百名，是截其去路的。恐被燕兵探知消息，所以在朝内授计，各带着暗器悄然前往；又恐步兵难胜骑卒，所以用纸炮夺其惊魂残魄，且以壮己之威势。军师当下计点将佐，军士一个也不少，只受伤的有二三十名，外有新降的燕将高强一员，兵卒二千余名，分散各部。遂申表奏捷，并请以张伦暂摄青州将军，仍兼护卫行殿。

忽报高军师来到，忙出寨相迎。入帐就座，咸宁举手道："前圣后驾过莱郡，早料及青州有虞，原奉命交代之后，即行入卫；不期林知府染病来迟。小弟闻知围城信息，正在集兵赴救，沿路报来，已有大将五员奉先生将令星飞前去，谅必克敌，所以中止。今有一策，候尊旨裁夺。"吕军师道："且不必说出，各写一折，看是何如。"遂各背写了，互相递看，两军师鼓掌大笑道："英雄之见，大略相同。即今言别罢了。"咸宁乃明返青州，却悄然于夜间潜向济南，自去行事。吕军师遂传董彦杲、宾鸿，授以密计，然后下令曰："各营军士于三月朔起，操演一月，听候起兵。"一面发表奏请出师日期。

到第五日，亲下教场阅视。巳牌时分，忽探马飞报：济南大兵前来攻打青州，接连两次。军师大喜道："正好来送死！"即传命就此起兵，弓强马壮，人人擦掌摩拳，向大路进发。行够两日，并不见济南军马。又有探卒飞报：燕兵三万，已在济南城外七十里，下着三个大寨。——看书者要知道，此信方是真的。大凡用兵者，两边俱有间谍及缉探之人，若明是三月初五日发兵，则济南探知，城门戒严，就要盘诘奸细；高咸宁已往济南，若有差池，将何是了？所以军师先令操演一月，故示缓局，无非待咸宁入济南城也。然又恐忽而发兵，则号令不信，将佐或有后言，所以先授计于董、宾二将，密遣心腹健卒，佯报燕军来袭，即于教场发兵，一以释军心之疑，一以鼓赴敌之忾。兵不厌诈，不特诈敌人，并以诈自己将士。此因时制胜之道。且看下回。

第三十三回

景公子义求火力士　聂隐娘智救铁监军

前回书说吕军师的人马已到济南，此处要接着如何相杀了，而竟不然。譬之乎山，虽断而亦连；譬之乎水，已分而复合。山川之根本既大，其衍而为别派、发而为别干者，盘旋回顾，总是龙脉所注结成灵穴，乃自然之势，亦自然之理也。

当日佥都御史景公讳清者，与教授刘固为素交。公有少子名星，抚于刘固之家；固有次子名超，亦继与景公之夫人为子，即聂隐娘救归卸石寨者。景公被难，夷及九族，固之兄与母以在京邸，并遭杀戮；唯原籍临清，尚有一孙，与妻氏及景星，幸皆得免于祸。然恐官司提拿，日夜忧惧。景星辗转筹思，定了主意，跪请于教谕之夫人曰："儿向承太夫人视之为子，今者，父罹①毒刑，继父亦遭显戮，此仇此恨，骨化形消，终难泯灭。儿今已一十八岁，略通文武，即于明日拜辞母亲，前去为父母报仇，为九族泄恨。太夫人膝下有孙，可无虑也。"刘夫人痛哭道："燕王势力能夺天下，儿茕茕一身②，怎样报得仇来？我意待汝终丧之后，结得一门好姻眷，以延景姓宗祧。若虑有风波，改名易姓，潜迹乡村，料无他事。报仇一语，岂不是汝孝思？但恐枉送了性命。"景星泣道："具见母亲深爱之意。但儿在于此，保毋有逢迎燕贼，暗暗首告者？况我父亲一生清介，忌嫉者多，谁肯说句公道良心的话？若到缇骑③一至，儿即为杌上之肉矣！且伯父止有幼孙，倘若因我干连，岂不两家同时尽绝？圣人云：'人无远虑，必有近忧。'愿母亲勿复留我。"刘夫人见景星说的话甚是有理，只得允其前去，唯再三叮咛，避难为主。

次日景星恐伤刘夫人之心，竟不再辞，收拾行李黎明就出城了。望南

---

① 罹(lí)——遭受困难或不幸。

② 茕(qióng)茕一身——没有弟兄，孤独一人。

③ 缇(tí)骑——古代当朝贵官的前导和随从的骑士。

进发，到得金陵，寓于西门黄姓之家。身边藏了利刃，每日东走西闯，打听燕王并无出宫之期。住有月余，心中焦躁，对着旅店孤灯，常常流涕。店主人觉着景星有些古怪，假意来问长问短，扣其籍贯姓名。景星会意，便答道："姓京名日生，因探亲不遇，甚是愁烦。"店主道："令亲是何姓名？在此做什么的？"景星却不曾打点得，信口应道："是做过教谕，姓刘的。"店主人道："刘令亲可与景都御史相知么？"景星便转问道："我在路上闻得人说，景都御史剥了皮。我想人的皮，岂是剥得下的？老丈是京中人，必知详悉，求与我略说一二。"店主人道："在下也不是此间人。客官若问起这事情，是人人伤感的。"就把景都御史与刘教谕被害之事，略说一遍。景星不觉失声痛哭，店主人亦落下泪来。景星道："刘教谕是舍亲，原有关切，所以悲哀；老丈何故也掉泪？"店主道："咳！客官既是刘教谕的亲戚，我不妨直说。在下姓王名彩，有个堂兄名彬，与景公原是同衙门御史，也与刘教谕相好。家兄巡按扬州，为守将王礼等所害。后来燕王登极，又拿寒族问罪，在下正在江湖作客，就改姓了黄，不敢回家，故在此开个歇店。这一番变革，也不知绝灭了多少忠臣义士！想起寒族凋零，又遇着客官也是同病，不禁酸楚起来。"景星又问："我闻得忠臣义士，皆是燕王所杀，怎么令兄却为守将所害？"店主人道："家兄因燕兵南下，倡义坚守扬州，募得一火力士，如周仓一般的，为心腹。那守将不轨，已被家兄拿在禁中，其党羽假传力士母病，把他唤去，就反将起来。家兄一门，尽遭屠戮，守将遂献城与燕王了。"景星太息道："原来老丈却是忠臣一脉！但此力士，后来何不与令兄报仇？"店主人道："他一个人做得甚事？"这句话打动了景星的意，便拱手道："舍亲既遭荼毒，明日即当告辞。今夜深了，老丈安息吧。"

次日，景星打叠了包裹，算还饭钱，径往扬州。思想着：幼时一个蒙师叫做黄友石，是广陵人，着实有些义气，敢认得火力士？我今且去寻他。到小东关问着了，一直闯进门去，见友石拄了根杖在堂前闲走。景星便下拜道："旧弟子远来相访。"友石年近七旬，两眼朦胧，注视久之道："我已不相认，请道姓名。"景星道："想是弟子面容，不像幼年光景了。姓名，有些难说，容少顷密禀。"友石察其情形，便引入内室。景星双膝跪下说："门生父亲是都御史景清。"友石恍然大惊，扶之起坐，凝思半晌，说道："贤契只宜远举高飞，以避网罗，何乃至此？"景星含泪答道："老师见教极是。但门生切慕博浪沙之事,是以南来,窥伺动静。”友石道:“差矣! 留侯所仗,是力士。究未成功,几乎丧命。贤契之才与智,岂在留侯之上耶?”景星道:“门生有何才智? 但学留侯此一举耳! 所谓力士,就在老师身上。”友石道:“因何在我身上?”景星道:“此间火力士,闻得素有侠气,老师自必识之,但求指示。”友石道:“此人大可! 他也欲为王御史报仇,未得其便,住在平山堂西火家村,我固未识面也。”景星道:“我就此去寻他。”友石道:“天色已晚,往回不及了,贤契在此过宿去罢。”景星谢了。

明早出城,径寻到火力士住处,见两扇木板门铁锁锁着,又没个近邻。景星走来走去,问着了个老叟,却是力士的亲母舅,说是京口于太爷家两个公子,请去做教师了。景星得了这话,就如飞的转身回来,拜别了友石,取了行李,径渡江至镇江府。问到于知州家,冒认了力士的表侄,说有紧要事要见表叔。——原来火力士有个表侄,就是景星所遇老叟的孙儿。门上人传了进去,火力士出来左右一看,问:“我表侄在那里?”时景星恐被于家人看破,先已站在斜对门,便应声道:“在这边。”火力士才转身来,景星早趋至前,鞠躬施礼道:“久仰大名赛过荆卿,恐不能拜见虎威,所以借称表侄。请到前边僻处,说句话。”力士见景星体态轩昂,仪容俊雅,不是寻常的人,其来必有缘故,遂同到一个酒馆内。已是残年,无人饮酒,拣个小阁里坐定。景星取一锭银子付与酒保说:“不论价钱,但有好吃的肴馔,只顾买来。”酒保去了,景星就跪在地下,火力士连忙也跪着扶起道:“兀的不折杀我! 有话请说。我这颗头向已卖与知己,到今未曾送去,还是负心,郎君且勿过礼。”景星便问:“这知己是谁?”火力士道:“王御史。”景星接口道:“义士非负王御史也。这事小可久已知道,若不为王御史,也不敢千里远来,实实与君是同仇的。”火力士道:“郎君也受王礼弟兄之祸么?”景星道:“非也。这仇有个大主儿;王礼只算是个鼠子,值得什么?我今要用屠龙手哩。”火力士道:“那大主儿是谁?”景星道:“博浪沙的事,就是今日的事了。”火力士略识几个字,哪晓得这句话? 焦躁道:“郎君说话,甚是糊涂! 我却不晓得什么浪不浪。”景星道:“恐有人窃听,所以说个隐语。”遂把子房结识力士,击秦皇的故事,备述一遍。力士道:“这个我做得来,就是这样做吧。但我尚未知道郎君姓名,因为何事,发此大念?”景星正要对答,酒保已买了风鸡酒蟹、黄雀熏蹄、板鸭羊羔各种野味海味之类,堆满一桌,并高邮皮酒一坛。景星吩咐酒保:“取个风炉来,我们自会暖酒，不用你伺候。”酒保将各件肴馔装起十来个盘子，送上炭火，就走去了。景星温起酒来，斟一大杯送与力士，自己小杯相陪。力士说：“你把你的话说完，我吃酒也快畅。”景星就说出真名字，并父亲被祸的情由，细细告诉。力士道：“原来郎君是景大老爷的公子！我的故主王御史，与尊公大人是同寅，又是同年，平日极相好的。咦，我把燕贼一锤打做个肉饼，拿来连骨都吃在肚里，才解得我心头的气哩！明日是小除夕，我在于府只说回去度岁，就同郎君到南京何如？”景星加额道：“天以义士赐我也！”又下席拜谢。两人开怀痛饮。

到晚，力士送景星至歇店，然后仍返于家，即告辞道：“家母舅令表侄来接，我回家度了岁再来罢。”于氏弟兄久知火教师别无家室，不消回去得的，苦苦留他。火力士见情意甚切，想一想：“燕王那厮，这几日亦未必出来，我到过了年去，情义两尽了。”遂谢道：“谨依尊命，初三日回去看看罢。”就出来安慰了景星，教在歇店守候。

不期大除夕的夜半，景星头疼发热，大病起来。请个医生诊视，说是犯了隆冬伤寒，又停滞了酒肉，医不得。看看越沉重了，店家甚是着慌。却喜火力士于初四日来到店中，连忙走进房内看时，景星病虽昏眊①，心却明白，道：“义士真信人也！”火力士问店家有医生看过没有，店家说是未曾下药。火力士道：“好个未曾下药！若下了药，倒不好了。这些庸医，专惯坏人性命的。常言道：伤寒以不服药为中医。不过熬他几天，自然会好。”从此，每日在房中照看。过了十多日，大解了两次，病势已去其半。直到正月尽间，方觉强健，那时早传说燕王到北京去了。火力士道：“错过了好机会也！”景星叹道：“咦！这场病，倒是他的命不该绝，天不教我报仇耶？”力士道：“据你说，张良的事也是不成功的。我们两人只自做去，莫管他在南在北，少不得有狭路日子。”遂同起身，渡江北上。

行路间，听见纷纷传说，燕兵围了青州府，那个圣母娘娘不知到何处去了。景星道：“一向闻得青州有个女人，会用妖法，倒奉的建文年号。我初意欲去投她，恐事不成，到底是个邪路，岂不辱没了我祖父？所以不去。而今被围，眼见得不济事了。”力士道：“毋论他济不济，我只去干我们直捷痛快的事。此去北平，已不远了，今日可以赶到涿州。”说话之间，

---

① 昏眊（mào）——眼睛昏花，看不清楚。

猛听得一声驴啸，震天的响。二人抬头看时，道旁树下，拴着个黑花点白叫驴儿，其大如马，其瘦如狼，好生异样。沙地上又坐着一个妇人，年纪三旬上下，不膏不粉，自有一种出世的风韵。怎见得呢：

> 鬒发如云，斜挽两行绿鬓；姿容似玉，浅匀一片红酥。眉宇间杀气棱棱，绝无花柳之态；眼波内神光灼灼，浑如刀剑之芒。旧白绫衫，飘飘乎欲凌霞而上；新素罗袜，轩轩乎可御风而行。藐姑冰骨应难比，巫女云情莫浪猜。

景公子原是识英雄的法眼，看这女娘神采异常，就向前恭恭敬敬，深深作揖道："不知大娘何以独坐在此？"那妇人端坐不动，作色道："你走你的路！"力士看见无礼，气忿忿的。妇人指着说道："你囊中铁锤，有多少重？可取出来我看。"力士吃了一惊。原来铁锤包着棉被，卷在褡裢中，从不打开，晚间做个枕头，神不知鬼不觉的。今被这妇人说破，又不好承认，又不好赖得。景公子说："不妨，可取出来一看。"力士开了包裹，提将出来说："重哩，不要闪了玉手。"那妇人接在手中，默念真言，把两个指头夹来，转了数转，向空一抛，有数丈来高，滴溜溜打将下来，又一手接着。笑道："原来是孩子家玩儿的东西。"力士暗想："天下有恁般女人！"就双膝跪下道："愿闻大娘姓名。"妇人道："我且问你两人：带了铁锤，要往何处去？干什么勾当？"力士尚在支吾，景星慨然道："大娘是侠气中女丈夫，敢以实告。"遂把自己并力士姓名，要击燕王前后情由说了。妇人冷笑道："螳螂之臂，要当车轴；蜻蜓之翼，要撼石柱！燕王带甲百万，上将千员，你两个不是铜头铁骨，何苦为此？现今有卸石寨帝师娘娘，乃上界一炁金仙，纵要翻转江山，也是易事。其如数会未到，亦只循序而行；何况尔等凡夫耶？公子既是景文曲之后，可知道你表兄刘超在何处呢？"景星道："也曾闻得有位仙女救去，至今不知下落。"妇人道："刘超就是我救的。今在帝师娘娘部下做中军大将军，屡立奇功。"说话未完，女娘用手指道："那远远的一簇人马，解的囚车中人，是铁兵部的公子，我奉帝师命来救他。我今先到前路等候，你们慢慢随着他来。看二更天火起为号，你们即来救出铁公子，同往军前，大仇可报也。"遂跨上驴，如飞而去。

火力士与景星呆了半晌，囚车已到跟前，插着一面黄旗，上书"叛犯铁鼎"，有四五十名健军护着，吆喝道："你两个是什么人，敢在此窥觑？"景星是山东口音，答应道："就是近地人，因走乏了，歇一歇。"军士喝道：

“放屁！快躲开饶你。”景星不敢则声，拉了火力士走开去了。火力士道：“我们打从南来，怎不曾遇着？”景星道：“定是青州岔路来的。我们如今从长计议：还是依着这个女娘好，还是我们自去行事的好？”力士道：“铁兵部的公子，我们也该去救他。”景星道：“依兄长说，且待救了之后，问个的实，再作道理罢。”力士道：“要救他，有何难事？只消一顿铁锤，打死了几个，就救出来了，何用依着那妇人提调？”景星道：“不然，这妇人本事甚强。毕竟日里难行，要夜晚用计。我们虽救了他，或系熬过刑罚走不动的，反被人拿住，连我们受累哩。”力士道：“公子高见极是，我们竟依着妇人做起来吧。”二人即远远尾着，到涿州南关厢，见他歇了，就也在左首下个小店儿住着。

时天色已暝，忽见那妇人反从北来，竟投店中去。店家是个小后生，见了美貌女娘，便带笑说道：“小店下了几十位公差，没空房安歇，怎么样处？”妇人指着店口炕儿问道：“这不是空着的？”小后生道：“那是我睡觉的炕，怎么样好——”妇人道：“我离家不远，和衣睡睡，天未明就去的。”后生便欣然留下，又低低耳语：“如有人来盘问，可说是我的亲姊姊。”妇人微笑道：“理会得。”景星与火力士，都看在眼里。两人吃了夜饭，掩上门，吹了灯，静静的坐着等候。

且说那妇人是谁？即剑仙聂隐娘也。当下见那后生怀着歹意，就要把她一并了当，故意儿倒在炕上假装睡着。到更深人静，那小后生只是翻来覆去，渐渐近着隐娘身边。隐娘默念咒语，暗画符印，吹口气儿，小后生霍然睡去。连合店之人，皆昏昏鼾寐，如梦魇一般。隐娘起来，取出所带硫磺焰硝，在炕内蔯个火，点在一束秫秸上，各房檐下都放起来，把袖子向空一拂，微微风起，前后房屋拉拉杂杂，尽烧着了。先去开了店门，然后趸到放囚车的屋内，叫：“监军，有我在此！”早见两人突将进来，叫道：“火起了！”隐娘应声道：“快救！”二人走进，正是景星与火力士。隐娘道：“这个时候，用得着你的铁锤了。”火力士道：“也用不着。”就一手在那囚车的圜洞口，用力一扳，扳掉了两块板，引出铁监军，背在背上便走。景星行李已结束在店房檐下，如飞取了，厮赶着向南而走。回头看那火时，越发大了。有诗为证：

昨夜火炎风骤，鼾卧浑如中酒。试问店家郎，身畔美人好否？烧够烧够，烧到心肝焦透。

走到天明,差不多有六十余里,在一古庙中歇住。铁鼎拜谢道:“多蒙仙师救援。”遂问:“此二位并未识面,因何同救小子?”隐娘道:“这是景都宪的公子。”景星道:“这位是扬州王按君的心腹力士。”铁公子道:“如此说来,多是同仇了。——几时归在圣后驾下的?”隐娘连笑道:“此二位的志向不同,要效法留侯,去做一击的故事。”铁鼎呆了一呆,说道:“贤兄差矣!莫说帝师圣后的神通,就是驾下曼仙师、鲍仙师与这位隐娘聂仙师,都是道术通天的,也不能够逆上天玉皇之运,尚要与他虎斗龙争,以待机会,岂一击可以制彼之命?只今教坊司忠臣之妻女,与锦衣狱殉难之儿孙,圣后皆遣人救出,现在卸石寨中。贤兄与小弟是一体的,少不得吐气扬眉,报冤雪恨,表大义于千秋。何乃去捋虎须,弄此险着乎?请细裁之。”景星恍然大悟,即拜聂隐娘曰:“有眼不识仙师,幸恕其愚。”隐娘笑道:“也算识得一半。”力士道:“在下有句话问:目今青州被围,胜负如何?”隐娘道:“彼二万人马,若不自来送死,要去寻他倒费力。”铁公子道:“这些事匆匆不能细说,到彼便知。”景星道:“小弟少年性气,几乎身蹈不测,今愿随长兄鞭镫。”火力士道:“如此也好。”

铁鼎向着隐娘道:“尚有商酌:小子误为贼擒,殊觉无颜。今且不返青州,径入济南,寻一侠士——是小子故交,与他做个内应何如?”隐娘道:“二人同心,其利断金,何况有三?你们自行,我先去复圣后之命。”铁公子下拜道:“仙师若去,一者无人通信与军师,二者倘有不虞,没人解救。”隐娘道:“你且说侠士是谁?”答道:“姓高名宣,是先父的门生,又与副军师为从昆弟。此人忠肝义胆,当今有一无二的。”隐娘道:“这个行得。”于是四人出了古庙,投大路前往济南。

不多日,将次到了。隐娘道:“我四人一处进城,觉得碍眼,铁公子与我进南关,景公子与力士进东关,约定在何地相聚?”铁公子道:“府署后街兴贤里大门楼,便是他家。不论谁先到,略在门首左右相等。”时当岁试之期,景星扮作个赴考的生员,力士扮作苍头,分路而去。隐娘扮作村姑,骑着蹇卫;铁鼎挽了缰绳,像个是他儿子模样,自从南门而入。两路门军少不得各盘诘几句,景星、铁鼎皆自山东声口,又都像个文人,因此得进了城。铁鼎路近些,先寻到府署,后有座栅门,是“兴贤里”三字牌额。隐娘下驴少待,景星二人也来了,遂同入里门。

一箭路,已是高家大门。门内有个颜额,还是铁兵部书的“君子豹变”四大字。铁鼎见门首有两个人，便向着年老些的举手道：“烦请通报一声，有故人相访，学生与匾额上这位老爷是同姓。”不待说完，那人就辞道：“我家老爷，有些小恙，在庄子上养病去了。”铁公子道：“如此，我到庄子上去求会罢。”有个年少的作色道：“我家老爷，近来总不会客，去也是不得见的。莫在此缠扰！”隐娘见他无礼，说：“怎的近来不会客？”那年老的双手一摆，说道：“你是个女人，不害羞！也会我老爷做什么事？”隐娘瞧此光景，料得高军师也来在这里，便厉声发作道：“你们总是该死的！家里现放着卸石寨的高咸宁，兀自嘴强！我便首告去。”只这句话，竟如当心一拳，两人面色皆变，大嚷着道：“是一班拐带的光棍，叫人来拿他去送官！”那年老的一直跑进去，报与高军师。原来高咸宁正是昨日到的，恐漏消息，所以概不会客。高宣着惊道：“怎的有人知道了？”咸宁道：“此必是我家人。”便走去门缝里一张，见隐娘与铁监军在外发话，咸宁急趋出道：“不知仙师驾临，多有得罪。”就拉了监军的手，请隐娘先行，并叫人牵了蹇卫进去。铁鼎道：“尚有两位哩。”即招呼景星与火力士，一同进宅。

此时高宣已在前厅，便邀入内室。施礼毕，请隐娘向南正坐，余分东西坐下。高宣先与铁公子略叙衷曲，铁鼎便将景公子、火力士来由与自己的始末说了，举手向咸宁道：“幸军师在此，事可必济。”忽一人掀帘而进，紫面三髯，儒巾野服。二高立起来笑迎道：“今日可谓七星聚义矣！”那人道：“若然，我是阮小七了。”抚掌大笑。咸宁道：“此是舍弟不危。”隐娘忽立起身道：“君等已安顿在此，大家商议起来；我去复了军师，以便克日进兵。”高宣道：“请仙师用一杯素酒去。”咸宁代辞道：“倒不必。仙师千年不食不饥，一日千钟不醉，我等不敢亵渎。”都送至二门。隐娘道：“住足，外有耳目。”跨上蹇卫，如飞而去。

出了东关，见大路上有屯扎的燕营，就从小路抄过。遥见自家旗号，人马刚到华不注山下，安营下寨。隐娘直造营门，军士急忙报进。军师亟出相迎，却不见有铁监军，心甚疑惑，方欲动问，隐娘早说出几句话来。有分教：不注山前，杀尽了叛主的貔貅①军士；济南郡内，激起了报国的龙虎英豪。且俟下回分解。

---

① 貔(pí)貅(xiū)——传说中的一种猛兽。

第三十四回

安远侯空出三奇计　吕司马大破两路兵

当下聂隐娘把路遇景公子、火力士，与救了铁监军，就入济南城，又得会副军师，现今在兴贤里高宣家下，只候军师密信传知，便为内应情由，备述一遍。吕军师闻言大喜，举手道："请仙师驾返蓬莱，启复圣后，我这里着马灵通信与他。"隐娘自向登州去了。

却说济南城中文武官，闻知李远败没，早已安设三个大寨，防备青兵。中寨是临清总兵朱荣与参将杨宗，左右二寨是两员都指挥，一姓冀名英，一姓刘名忠，三营共有一万八千军马。文官，布政司段民、按察使墨麟、参政李友直、副使奈亨，并副将张保、游击钟祥，协力守城。差官探得青州兵马将到，朱荣等会集商议间，有段布政差官前至营门，说："寇敌初临，乘其未立寨栅击之，可以取胜，宜速星夜进兵。"冀英立起，即欲点兵前往。朱荣就止住道："去不得！"冀英道："却是为何？"原来朱荣虽随燕王经历行伍，却是冒滥军功做的总兵，十分胆怯，反作色大言道："他们文官，不知一枪一刀之事，只会坐谈胜负。敌人锐气方张，总有关、张之勇①，亦未可遽撄其锋。且看他来的兵将如何，或用谋，或用战，自然别有良策。经云：'以逸待劳者胜'。何故反去迎他？"那杨宗又是个武进士，在建文时为广昌守将，降了燕王，升为济南参将，只会咬文嚼字，若说到相杀，便是害怕，也就赞襄道："元戎临事而惧，好谋而成。兵贵持重，不可欲速，大有高见，就是诸葛武侯②，一生也只'谨慎'二字为章本。不是小将说要连夜去杀他？请问段布政，何不自己来试试，只差人说句话呢？我等不服他节制，何用睬他？若胜，则彼文官攘为己功；败则归罪于我等。不可，不

---

① 关、张之勇——"关、张"为《三国演义》中的人物关羽、张飞，均为武艺超群、勇猛过人的武将。

② 诸葛武侯——即三国蜀汉政治家、军事家诸葛亮。曾被蜀汉皇帝刘禅封为武乡侯，故因世人常称"诸葛武侯"。

可！"冀英问刘忠："你的主见若何？"刘忠道："他们文官来吩咐，就是该去，也不去。"冀英孤掌难鸣，只好罢了。

次日辰刻，王师先锋小皂旗、楚由基，直到寨前挑战。朱荣登台一望，只有五六百兵马，就大着胆开营迎敌。问手下："谁能先擒此贼？"早见鸾铃响处，一将应声出马，却是守备于谅，向为燕府亲信小校，近日升来的。他知道什么厉害？挺枪大呼道："不怕死的前来！"楚由基大笑道："这等小卒，也来临阵！杀你当不得什么，可叫你主将来献首级。"于谅大怒，劈面就刺。由基用戟一隔，枪已撇开了五六尺远，随手一戟，直透咽喉，死于马下。朱荣着急，只待要走，冀英拍马出阵大喝："狂贼休走！"小皂旗大叫："楚将军少息！待我取他首级。"由基遂勒马回阵。看他二人鏖战：

> 一个用的是浑铁录沉枪，却似黑蛟掀大浪；一个用的是鍐银梨花枪，犹如白蟒搅狂风。一个玄甲玄袍，背插皂旗，人称为皂旗张使者；一个白马金盔，项缠红帕，向号作白马薛将军。正是：棋逢敌手难饶着，战到垓心不自由。

二将战有四十合，那冀英是燕王部下宿将，却也敌得住。皂旗就佯败而走，冀英道是少年胆怯，骤马追来。皂旗一掣两箭在手，先放一箭，冀英侧身躲过，就那侧身里连珠一箭，早中眉心，坠于马下。由基飞马赶上，一枪结果了性命。朱荣、杨宗等大骇，亟回身紧闭营门。二将也不来冲杀，扎住了人马。军师大队已到，闻得两位先锋得了头功，各加奖励。

诘旦，秣马蓐食，进兵搦战。燕王将士，面面厮觑，只见帐下一弁，出身抗言道："小将不才，愿请出战。"杨宗看时，是把总王有庆，遂问："你有何能？"王把总道："小弁向来叫做'王铁枪'，虽及不来王彦章，也不把这伙贼人看在眼里！"朱荣道："你若能胜，我当保升参将；若不胜，便怎么？"王把总道："割下卑弁的头去！"朱荣即教选匹好马，并将自己有余的衣甲赏了他，大开营门，出到阵前。军师下令："斩了此贼，就踹其营。"右军内朱彪飞马而出，更不打话，即便交锋。战有十多合，王有庆拖枪而走。他善会使的流星锤，能百步打人，所以赚朱彪去赶。看看追近，左手在怀中探锤和索，向后觑得较亲，劈面一掷，朱彪忙躲不及，已中了颏左骨上，负痛跑回，铁枪骤马来追。董彦杲大怒，举手中蛇矛，纵坐下骊驹，当前截住，大喝："鼠子！敢弄伎俩？"蛇矛早到心窝。王有庆虽然招架了，觉气力不敌，打算略战几合，便要用那话儿。彦杲见他枪法是江湖上一派虚晃的，没有多大本事，卖个破绽诱他。王铁枪刺了个空，和身攧入；彦杲就马上一手抓住勒甲绒绦，将脚尖儿把他马一蹬，脱了雕鞍，活擒过来，掷向营前。众军士挠钩乱下，拖将去了。吕军师羽扇一挥，七营上将，奋呼冲杀过去。朱荣、杨宗拍马先逃，刘忠挥兵迎敌，早中了楚由基神箭，翻身落马。各军无主，登时溃乱，势若山崩。王师奋勇掩杀，燕兵倒戈横战，死者相压于路。那时段布政正在城上，望见败得势头不好，亲自督军出援。武将张保、钟祥也随后来救，朱荣、杨宗等方得进城，段布政即敛兵先退。张保正迎着满释奴，一铁弹打瞎眼睛，被女壮士活擒而去。钟祥一军，为宾大刀截住，杀得心惶胆碎，无路进城，从刺斜里逃了。军师挥兵直抵城下，传令并力亟攻，限在五日内要破济南。又密遣马灵，夤夜到高宣家，定在二十三日月上时内应。忽探马连报：燕兵十万，前来救援。军师道："济南不应破在三月耶？"便问诸将："谁能在此独当一面？"董彦杲、刘超皆应声敢任。军师道："刘将军别有用处；董将军可留下本营并左右哨军马，结营于此，昼夜更番休息，遏住城中人马，使彼不得出城袭我背后，将军之功也。北来兵将，必是燕王拣选，非同小可，我当亲往破之。"命小皂旗、楚由基暂充左营，当夜悄然撤兵，向北迎去。次日巳刻，早望见燕兵人马，漫山塞野而来，真个军容威壮。有诗为证：

愁云滚滚旌旗闪，日月无光；杀气腾腾鼙鼓①震，山河失色。弓弦响处，几多归雁坠长空？鞭影挥时，无数惊猿啼古木。萧萧班马长鸣，似和铙吹之调；稳稳雕鞍斜倚，预歌奏凯之音。旌旗旟旐②，如流空五彩云霞，显出龙虎龟蛇之状；矟③戟枪刀，似照胆千行霜雪，扫尽魍魉魑魅之精。正是：奇兵十万出胸中，大将三人来阃外④。

原是段民早将李远全军覆没情由，先已飞章奏闻，所以燕王特简足智多谋的名将安远侯柳升为大元帅；第一勇将丘福、朱能为左右大将军，二人武艺，皆万夫莫敌；又命番骑骁将二员，一名哈三，一名帖木耳，为先锋；

---

① 鼙(pí)鼓——古代军中用的一种小鼓。

② 旟(yú)旐(zhào)——"旟"，古代旗的一种，与画鸟隼，进兵时用。"旐"，古代旗的一种，上画龟蛇。

③ 矟(shuò)——长矛，古代一种兵器。

④ 阃外——郭门以外。

又挑选六卫指挥毛遂、蒋玉、梁明、宋贵、周长、武胜，皆久历战阵之员为裨将；统率雄兵九万，铁骑三千，杀奔前来。出京之日，燕王亲自饯之。柳升负荷重命而来，不但是救济南，全要踏平青、登、莱三郡。过了禹城地方，早遇着王师列阵以待。柳升大笑道："好，好！省得我到济南。"摆开军马，直临阵前。朱能纵马挺枪，大呼曰："天兵到此，尚不速来跪接，要待剁作齑粉么？"南阵上瞿雕儿出马，认得是朱能，大骂道："叛国之贼！不认得我父子斩进彰义城门？"朱能定睛一看，猜是瞿能之子，即骂道："无知小子，在此偷生，我今取你驴头！"两马相交，兵器并举，大战百合，不分胜负，各鸣金收军。柳升扎下营寨，朱能进前道："元帅休小看了此寇，他的阵式整严，队伍清肃，内必有知兵者。"丘福笑道："朱将军亦怯耶？看我明日破之。"柳升道："再战一次，如不克胜，本帅别有良谋。"

次日，丘福出马，单搦瞿雕儿交战。楚由基大呼一声，飞马直前。丘福见不是雕儿，喝道："小丑速回！杀汝恐污我刀。"由基大骂："逆贼！"举枪直刺，丘福亟架相迎。约摸斗有四五十合，由基见是老将，没些空隙，佯为落荒而走。丘福纵马赶去，只听得弓弦响，急躲时，那支箭在耳侧过去，射去了半个耳轮，大惊回阵。由基复扭身向后心一箭，正中护心镜上，把镜射作两半。番骑帖木耳、哈三两将，齐出大骂道："不怕死的草贼，休得逃去！"由基正欲迎敌，早有卜克、满释奴两骑突出，大呼道："楚将军少息！"卜克接住哈三，满释奴迎敌帖木耳，各战有三十回合，释奴假败。好个帖木耳，勒马不追，倒来双战卜克。这是何故？帖木耳旧系火耳灰者之部下，释奴不认得他，他却认得释奴，知道他铁弹百发百中，极厉害的。释奴见赚他不动，就轻取二弹在手，才勒转马，一弹飞去，早打中了帖木耳手背，急得弃了枪，跑回本阵。说时迟，那时快，又一弹正中哈三眼珠，直打进脑子里去，更加卜克一枪，死于马下。柳升见折了一将，亟挥铁骑出阵，以防冲突。军师见他兵马齐整，亦遂收军。两边各枕戈待旦。

柳升当夜定了计策，请朱能、丘福商议道："贼人粮草必从青州运来，我暗暗发兵截取，待他绝食慌张，可一战而歼也。"二将称善。柳升就烦朱能领铁骑一千，毛遂、武胜领步兵二千，马摘铃，人衔枚，悄然而去。下令诸将：坚壁固守。小皂旗等向前搦战，竟不瞅睬。军师道："是了。"亟传宾鸿、刘超、小皂旗、卜克、牛鏣、彭岑、宋义、余庆八将吩咐道："燕兵两日不战，必去劫吾粮车，将军等速领三千人马前去。如其来劫，守定要路以御之;如其已劫,务必星夜追夺;既得粮车,交与运军,不须护送,将军等径到青州大路上立定营寨,防其围魏救赵之计。如其不来侵袭,候我令到回营;若有兵将前来,须预先迎去,径行冲杀,不许他安营扎寨,胜则追赶五十余里便止。再令箭一支,调选青州城内精兵五千,以助大战。误事者,国法具有,不敢曲徇。”

宾将军等领命,星夜前往,早遇护粮将士谢勇等带伤逃来。宾鸿道:“军师神算也!”遂同刘超、小皂旗、卜克带领一千精锐,前追三十余里,看看赶上。朱能见后有追兵,还只道是护粮的又赶将来,即令毛遂、武胜押了粮车先行,自己立马横枪于当路。刘超先到,更不打话,直取朱能,交手大战。宾鸿就领着小皂旗冲杀过去,追取粮车。朱能心中着慌,要赶回救时,又被刘超缠住,假意大喝:“着了!”虚晃一枪,急急赶去。刘超便紧紧追上,卜克也就挥军一齐来赶。朱能见前面自己兵马已经杀散,粮车仍旧夺去,气得三尸神爆,七窍生烟,拈枪就取宾鸿。宾鸿大笑道:“尔有何能,敢来劫粮?且吃我一刀!”朱能大怒,恨不得一枪刺个透明窟窿,无奈又逢敌手,追兵又逼上来,只得夺路而走。宾鸿等赶了一程,回向青州去了。

朱能走得气急败坏,见毛遂收拾残兵,歇在那里,遂问:“武指挥呢?”毛遂道:“不经斗,与那个大刀贼战够三合,一砍两段了。”朱能就同着毛遂,连夜回到本营。柳升见兵士折去大半,便问:“将军老将,何以至此?”朱能没好气答道:“元帅好计,何以至此?”柳升默然,朱能方把夺得粮车,被他追及交战情由说了一番。又道:“贼军中如朱能者,不计其数,纵有三头六臂,亦抵敌不来。”柳升呆了半晌,道:“我与诸公同受国恩,唯有尽力图报。即前日之计,亦是大家商榷行的,不必追悔。而今更有一策,看使得使不得?”丘福道:“愿闻元帅妙策。”柳升道:“前者兵马少了,以致既得复失。今但留帖木耳与我在此守营,二位将军并五员指挥及其余将佐,挑选三万雄兵,径取青州,彼必返兵来救,那时诸公等扼其前,我逼其后,此围魏救赵之策,孙膑之所以杀庞涓也①。”丘福等齐声应道:“谨听尊

① 此围魏救赵之策,孙膑之所以杀庞涓也——孙膑,战国时兵家,曾任齐威王军师,用围魏救赵之策,诱魏将庞涓中计,兼程从伐赵战场日夜兼程赶回魏,途中中齐国埋伏,遭杀。

命!”遂点起军马,悄然径袭青州。

尚距百里,已有青军迎上。朱能道:“罢了!我的元帅计策,都在贼智之下。”丘福道:“且尽力杀上去,胜得他便是有功。”当下刘超接住了朱能,宾鸿接住了丘福,还算得次国手与正国手对弈,可以勉强支持。那毛遂等五个指挥与卜克等交战,竟是差了八九个子的,如何对垒得来?但见纷纷落马,斩者斩,败者败,燕兵虽多,先已胆丧。宋义、余庆一直指挥大军,卷杀过去。端的王师锐气百倍,奋呼冲击,所向披靡,燕阵上势如瓦解。朱、丘二将无心恋战,飞马脱去。宾鸿、刘超紧追紧杀,燕军大溃,个个弃甲丢盔,抛旗撇鼓。王师从后掩击,早有探马飞报:柳升亲自领兵,向前接应回寨。宾鸿等亦即收军,回缴将令。

柳升又羞又忿,查点军将指挥,宋贵、周长皆没于战,马步兵被杀者九千余名,受伤者三千余名。忽地心内又有一计,因两次皆败,不好再令朱能等去,就道:“两日遣人探听,济南城下有贼一支军马拒住,城中之兵冲突不过,我当率军破之,引出城内兵来,在西南角上,立个大寨,与我为掎角之势,更番挑战。贼若击此,则彼应;若击彼,则此应。两处合剿,必然就擒。烦二位将军在此守寨何如?”朱能道:“元帅差矣!我等与元帅皆受心膂之寄,分不得尔我。就是两番计策,未为不善,或被贼人间谍,以致彼得预备。今元帅设欲自行,视我等为不尽忠也!小将愿与丘将军同往,虽死无怨。”柳升道:“如此,具见同心为国。事不宜迟,便令挑选铁骑一千、精兵七千,此刻即发,使他迅雷不及掩耳。”二将督率兵士,偃旗息鼓,电掣星驰,差不多夜半已抵济南,砍寨而入。

王师虽是更番休息,有一半不睡觉,当不得燕军势大,铁骑冲突,登时沸乱。睡着的人都被踹死,巡逻的只办得逃命。董彦杲支持不来,杀条血路,望东北而走,约有三十里,才勒住马,部下不及百骑。

天已微明,见一簇败残军兵,仓皇无路。彦杲亟令招呼,乃是雷一震,身中数箭,领着董翥、董翱,亦皆受伤。说道:“两个小将军被他截住,兄弟死命杀入重围,才救得出来,朱家侄儿已被乱兵杀死了。”彦杲捶胸道:“我怎的回见军师?”董翥道:“父亲是起义功臣,这又非战之罪,何妨呢?”

四人招集了些脱逃的军士,也只有六百余名,回到大寨请罪,细述被劫之故。军师道："此我未经算到，于将军何尤①？就今晚略施小计，连柳升大寨一总破个干净。"立传诸将佐密示道："我料济南之兵，必列成犄角以挠我军。今晚未能立寨，必防我军夜劫，我将计就计以劫之。"遂命卜克、瞿雕儿、马千里、郭开山："各统军五百，径劫空营，从后杀出，彼必合围，汝等可各分左右力战。"又令刘超、阿蛮儿："各统军一千，从中营杀入，亦各分左右接应瞿、卜四将。"又命宾鸿、董彦杲："各领军一千，一从营左，一从营右，接应六将。"又唤宋义、余庆："各带步兵一千，皆持三叉火把，从后扬威呐喊而进，击他败走，那时将军等从后尽力掩杀。赶至柳升大寨，只看燕营火起，便是我兵在他营中接应，内外夹击，必然大破。彼决不敢北走，定向济南而逃。黑夜之间，切勿邀其去路，只是从中截断格杀，从后合力追逐，直捣济南城下。"诸将皆遵令而去。遂又命孙翥、庄次跻、小皂旗、鼓岑各领铁骑五百，从他两寨夹空中间过去，抄至柳升寨后，待济南兵败下来，即砍寨杀入，烧其粮草。余将佐楚由基、俞如海、董翥、董翱、牛鏕、卢龙各率铁骑一千、精兵二千，捣其中坚，接应皂旗诸将。调遣甫毕，雷一震厉声道："军师以末将带伤耶？我愿当先！"军师道："我寨中只剩满将军三百兵耳，又安可不留汝为护卫？将军既愿冲锋，可换下董翥、董翱二小将来。"一震大喜。军师乃登观星台以望之。

当下，卜克、瞿雕儿等，统军先行，不够四十里，早见济兵新营，呐声喊一齐砍入，真个空的，就向后营杀去。燕将朱能、丘福横枪立马，大叫道："鼠贼中了我老爷的计了！"卜、瞿二将呵呵大笑，当先接战。忽一声炮响，寨左朱荣、寨右杨宗，各领兵杀来，团团围住，大叫："休放走了一个！"卜克等四将，全无惧怯，各分左右冲突，但见后面济南兵马纷纷星散，却是刘超、阿蛮儿两员猛将，舞动大刀，杀入重围，正迎着杨宗，被刘超挥做两段。朱荣亟欲奔时，阿蛮儿大喝一声，手起刀落，劈去半个脑盖。就如两个猛虎，从中一搅，把济南万有二千军兵，冲的四分五裂。宾鸿、董彦杲两支兵，又分左右杀来。朱能、丘福正在酣战之间，觉着部下皆呼号逃窜，正南上又是无数火把，摇旗擂鼓，喊声渐近，正不知有多少青军，自己反在重围之内，只好拼命杀出，向大寨而走。只有二三百铁骑跟上，其余都被截住。

---

① 何尤——(有)什么罪过。

将次近寨，柳升早闻喊杀之声，急忙结束，杀将出来。朱能、丘福见有救应，复旋身迎敌，不眭防寨后，小皂旗等四将从背后拔营而入，放起火来，烈焰冲天。雷一震等五将又在当面杀到，把大半燕兵挤在营内。其已出营外的又被董、宾二将从侧肋里赶到，截杀作两三段。急得柳升眼睛暴裂，手足慌乱，恰遇刘超，大喝："逆贼待走哪里去？"柳升忙钻入铁骑队里，帖木耳大叫："元帅可随我来！"就砍杀了自己好些兵卒，夺路而走，撞见朱能，并力杀将出去。

后面刘超与小皂旗等，合兵追击。刺斜里卜克、瞿雕儿等，又正杀败了丘福，涌将上来。朱能大呼："进则可生，退则必死！"与帖木耳拼命冲杀，且战且走，甫得脱身，大叫："元帅！"却不见有柳升答应。朱能复翻身杀入，枪起处刺死了一员牙将，柳升方乘势杀出，又遇着丘福四将，合作一处，侥天之幸，脱了虎穴龙潭。忽丘福大叫："不好！"左臂早中一箭，几乎坠马。原来是由基将军，黑影里赶上射的。朱能强说："有我在此，不怕！"正走之间，却见些败残军兵仓皇而来，互相厮唤，乃是毛遂、蒋玉、梁明三个指挥，就紧跟着柳升等，也顾不得后头的军士，大家向着济南路上没命的飞奔。但见：

南军风驰电掣，北兵尘散星飞。枉杀了三员名将，直到弃甲抛戈，但恨马无八个足；真不愧一位军师，试看发纵指示，几许风生一柄扇？杀得燕兵茫茫如丧家之犬，更哪堪济南城上，飞飞跃跃，有多少鸢鸟待食？急急如漏网之鱼，怎回顾不注山头，萧萧肃肃，有无数草木皆兵。

刘超、宾鸿、小皂旗、瞿雕儿等，一路赶杀燕兵，忽马灵传到军师将令，云："且住！"不但胜气飞扬，坚城可一鼓而下；更且英魂赫奕，敌人能几日余生！即在下回，请看何如。

第三十五回

两皂旗死生报故主　二军师内外奏肤功

马灵传到军师将令，说："军师苦战了一夜，恐彼城中有生力兵接应，不必紧追，只在后面遥张声势，不容他再立寨栅，逼使入城，另有调度。"董、宾二将就令军士埋锅造饭，饱餐再进。

柳升回顾追兵已远，谓朱能道："目今还是立寨，还是进城？将军定有高见。"朱能道："部下甲兵不及千数，寇势方张，岂能支撑？战固不足，守或有余，还是进城的是。"柳升遂令军士一路抢些东西，在马上一头吃一头走，径入济南。

段布政等连忙出关迎接，殷勤致慰曰："将军为国尽力，戎行劳苦。"朱能忿然道："哪学得你们文官安逸！"就同下个公署，做了帅府，令军士严守城池，然后传集众官商议。柳升注视一遍，莫敢开言，乃向着段民道："本帅随主上百战而得天下，未尝稍挫军威，不意误败于草寇。今且休养精锐，招募勇健，旦晚与朱将军戮力擒之，以报我皇知遇之恩。"段民听去，是"老鹳跌倒——全仗着嘴撑"的话儿，遂顺口应道："胜负兵家之常，元戎威名播于四海，岂虑此小丑。"朱能道："亦有话说：虽有良将，亦要精兵。彼皆亡命之徒，我多畏死之士，所以有此蹉跌。元帅欲募乡勇，一城之内能有多少？况是未经训练，安能便上战场？今烦方伯公转为奏请，调取各路善战之兵，为臂指之使，则扫其巢穴，如烈风之振萚耳①。"段民道："奏闻在职，至若守城大事，则仗将军。文官不娴军旅，非敢偷安也。"柳升道："用着你们守城还好？"段民遂去缮本，众官各散。

过了一宿，柳升、朱能带着杀剩铁骑数百，上城巡视，见青军已到，安下七个营盘，前后联络，左右贯穿，有若阵势一般。朱能道："你看贼的营盘，也有些怪相。"正说话间，早见一彪人马，直奔城下，当先两员猛将，一样打扮：

---

① 如烈风之振萚(tuò)耳——如同猛烈的狂风吹掉草木的皮和树叶。

头裹绛红巾，身穿紫罗袍。柳叶锁子甲，桃花叱拨马。一个手执蛇矛，背插皂旗，腕内连珠箭，能落双雕。一个手搦画戟，腰挂铜鞭，指间金仆姑，曾穿杨叶。

两将见城上张着麾盖①，料是柳升，遂令军士指名辱詈。柳升即欲点兵出战，朱能连忙止住道："动不得，我们昨日向文官说了些大话，今日再败，岂不当面出丑！"柳升道："难道受他这般辱骂，倒不叫做出丑么？"朱能道："野战易，攻城难。彼之辱骂，不过激元帅出战。我今亦令军士辱骂，彼若近城，以强弓硬弩射之。以骂敌骂，何为出丑？"柳升道："姑听将军。"于是城上城下，两军大骂，至晚方息。独是柳升不知青军主将姓名，较之呼名者原输一帖。小皂旗与楚由基回营，禀上军师。军师道："明日再换两将，并选兵士善骂者前去。"董彦杲曰："不攻而骂何也？末将敢请。"军师道："此佯诱其出战，而实懈其守御之心。五日内可以摧城，将军毋疑。"军师屈指一算，大后日是五月二十三日。微笑道："已迟两个月矣。"即唤马灵密谕："今夜五更，汝可仍往高军师处，定于廿三夜月上时，照前三月廿三之约行事，汝可即留彼处，助成大功。"马灵得令自去。

廿一日晚间，小皂旗巡哨，约有二更时分，见城堵上隐隐有一大汉，手执皂旗一面，在那里招展。小皂旗走近几步，厉声喝道："恁贼大胆，敢学我皂旗将军的样子！"睁眼细视，但觉得：

风凄凄或隐或现，雾濛濛若行若止。频掀起七皂星旗，杀气腾腾；却映着半规明月，神威奕奕。

小皂旗大怒道："好贼，看箭！"连发连珠箭，忽无踪影。明晨入帐，禀知军师。军师道："你今夜仍去巡哨，若再见时，速来禀我。"小皂旗巡来巡去，将交二更，忽抬头见执皂旗大汉仍在旧处，急飞马回营，告知军师。军师即与小皂旗星驰前往，仰首端视一回，恍然叹道："此乃君之先将军，一片忠魂，丹诚不泯，特来显灵报国耳。"遂立马营门，飞传诸将，顷刻俱集。先令小皂旗、楚由基、宾鸿、董彦杲、雷一震、董翥、董翱、郭开山、马千里等，带领九百名勇士，各架云梯，分作三路上城。董彦杲、小皂旗、楚由基但看云中皂旗所向杀去。余六将分斫东门、南门，放大军进城。又命刘超、阿蛮儿、孙蒯、卢龙各领军一千，杀入南门；卜克、瞿雕儿、彭岑、牛馘各

① 麾盖——古代战争中主帅像旗帜样的帐子。

一千军，杀进东门。又命姚襄、俞如海各率兵五百，伏在府城北鹊山湖畔，俟彼逃出掩杀。又命满释奴持令箭一支，到齐王府保护，不许军士擅入。余将士随军师前进。

小皂旗等九将赶到城边，遥见堵口上若有人将皂旗招引，众将各于相近处竖立云梯，鱼贯而上。女墙边有些兵丁，东倒西歪的坐着打盹，就排头斫将去，顿时做了肉泥，也有几个倒颠城下去了。又听得远远地敲梆鸣锣，也是有一声没一声的。宾鸿等遂各分头去抢城门。董彦杲指道："云中皂旗又转向西了。"三将便随着皂旗所指，杀到一个极大的公署，见内里有人马喧嚷，恰是柳升、朱能闻得炮声震天，心知有变，带领铁骑，正要杀将出来。刚迎着董彦杲、小皂旗、楚由基等率领敢死勇士当门截住，都拥塞在内。朱能大叫："速退！"柳升急回马，同着朱能竟向后门逃出。董彦杲随后杀进。楚由基大呼道："云中皂旗从西转北了！"遂一齐勒转马，赶到西边，却有直北大路。三将拍马向前，恰又遇着柳升从后转南而来。彦杲望见，大喝一声，挺着蛇矛抢去。柳升着急，向后便退，朱能亦就趄身引路。忽见一大汉，大踏步手执铁锤迎面打来，此正是火力士。朱能急架时，早把个马头打得粉碎，立时仆地。朱能一跃而起，帖木耳就使稍来刺火力士。力士闪过，从旁滚进，铁锤起处，连人腿和马肋打个寸折，又复一锤，帖木耳成了肉酱。幸亏只有数十步兵挡路，柳升乘间抢过去了。朱能夺了匹马，随后来赶。小皂旗等早已杀到，认得是朱能，挽弓一箭，射中后肩胛。朱能负疼喊道："元帅救我！"柳升回头，见朱能中箭，遂让一步，放他过去，挺手中画戟来战，见是小皂旗，大喝："看戟！"虚晃一晃，拨马而逃。小皂旗等皆在狭路，被燕军铁骑拥定，杀得七零八落时，柳升与朱能已奔出西关去了。再看空中，已不见有皂旗招动。董彦杲道："神灵已去，叛贼已逃，想是不该丧命，我们且勒兵到布政司衙门去。"早见马灵迎住道："副军师在堂上，将军等可去相见。"董彦杲等直至檐前下了马。高咸宁举手道："来得正好，藩库有数百万金钱，所以护守在此。段布政署内已加封锁，将军等且暂住，我迎军师请令去。"

时天色已明，吕军师亦正进城，见咸宁飞马而来，便拱手道："因有皂旗将军显灵报国，所以先了一日。马灵又留在城，更无人再通消息。"高咸宁道："众将进城时，某等与马灵叙酌，尚未睡觉，即统领家丁等分路杀出接应，少间可悉。今来请令者，因段布政居官清正，民心爱戴，某斗胆保护，候裁夺。”吕军师道：“我到齐王[1]府去，可速令段布政来，自当以礼待之。”咸宁又飞马而去。

军师到了王府，坐于殿中，令人请齐王。齐王早知有人保护，心已放宽，直趋出来，俯伏在地。军师急扶起道：“殿下金枝玉叶，何乃自卑若此？”方各施礼，分宾主而坐。军师道：“殿下系太祖高皇帝之子，所以特遣一将来护。但既附燕藩，又曾得罪于建文皇帝，此处不可以留；且欲借殿下之宫府，为建文皇帝之行殿。烦请于三日内收拾行装，学生亲送殿下出城，自南自北，唯其所便。”只见高咸宁领着段布政来，军师遂请齐王与咸宁相见，并设一座于下面，令段布政坐。段民道：“何以坐为？不才忝[2]方岳之任，失守疆土，大负今上之恩，一死不足塞责。请即斩我头，以示僚属，以谢黎民。”军师道：“学生奉建文年号，所以明大义也。今定鼎于此，便遣人访求复位，尚欲借方伯为明良之辅，何苦殉身于燕贼耶？”段民道：“不然。建文、永乐，总是一家，比不得他姓革命。不才受知于永乐，自与建文迂阔，肯事二君，以玷青史？”高咸宁再三劝谕，段民即欲触柱。军师道：“士各有志，不可相强。可回贵署，明日与齐王殿下同送出郭，何如？”段民长叹不答。

两位军师就出了王府，并马来至藩署，封了帑库[3]，收了册籍。遂至柳升所住之公署，立了帅字旗，放炮三声。两军师南向坐下，早有军士解到丘福，已是垂毙。军师道：“丘福素为燕藩之将，犹之桀犬吠尧，死后可掩埋之。”俄顷，陆续献功。刘超活捉到毛遂，审系建文时德州卫指挥，降于燕藩者。军师大骂：“贼奴，德州系由南入北三路总要之地，尔若死守不降，燕兵何道南驰？”命腰斩之。马灵解到李友直，火力士解到墨麟，彭岑解到柰亨，军师一一勘讯。墨麟系建文时北平巡道，素与燕邸往来密契者，亦命腰斩。李友直为臬司书吏，柰亨为藩司张籔书吏。籔密奏燕藩谋反，李友直、柰亨二人侦知，抄窃书稿，以告燕王。军师大怒道：“此张信之流亚也。谢贵、张籔中计惨死，皆二贼奴致之。”命绑于庭柱下置慢火烧之；又审张保系耿都督部将，暗降于燕，又假意逃回，赚取真定府，命肢

① 齐王——明太祖朱元璋的儿子。
② 忝（tiǎn）——有辱，古时谦辞。
③ 帑（tǎng）库——古代收藏钱财物品的仓库。

解之，仍各枭首号令。王有庆叩头求降，自陈："流落江湖，为枪棒教师，偶到朱荣部下，顶食空粮，拔起把总，苟图出身，今愿充马前一卒。"军师道："此可恕也。"即发与董将军，令为牙将。高宣、景星解到济南府太守刘骏及各厅员，高不危、铁鼎解到历城县令陈恂并佐贰等员。咸宁立起身道："此位是景都宪公子。这是家兄，名宣。那是舍弟，名不危。"铁公子遂引三人同进拜见，军师答以半礼，即命设座。二公子坐于左侧，二高又鞠躬告毕，方就右边坐下。军师先向咸宁道："昆仲英才，幸得共襄军旅，社稷之福也。"适宾鸿等诸将来献蒋玉及各武弁首级，禀道："城中凡有拒敌者，尽皆诛夷。降者又有数千，已交与沈监军查点。"小皂旗道："先父在云中展旗指引，直至北城，小将射了朱能一箭，就不见了灵旗，不知何故，所以不敢出城远追。"军师道："尔先尊殁于朱能河间之战，今已中尔神箭，料亦难生。城池既拔，大仇又复，前途自有伏兵，不须尔去远追，所以敛却灵旗也。"因向景、铁二公子道："两位令先尊之枯皮焦骨，犹能大显威灵，慑贼气魄，真千古未有之人，千古未有之事。今皂旗将军忠魂报国，亦千古未有之人，未有之事也。"三人皆顿首称谢。

少顷，姚襄、俞如海来缴军令，献上柳升金盔金甲及所乘马，言："彼与一小军互换穿戴，我两人错认拿获；朱能亦换小军衣服，所以被他走脱，逃向德州去了。"军师笑道："虽走脱，无多日矣。"那时高不危屡以目视咸宁，咸宁乃手指刘知府与陈知县，请命军师道："他两人原是建文时除授的官，未曾尽节，但向来居官，操守廉洁，政令和平，不愧牧民之职，所以济南藩府县，向有'三清'之号。"军师道："全人今古难得，奇人更难，安可以殉难勤王之大事，尽人而责之？清为有司之本分，统复原官，仍令视事。"命左右放了绑，给与衣冠。刘骏、陈恂及各员皆叩谢而去。

次日，军师出榜安民，劳赏将士，令各率兵屯扎城外。沈珂送上降兵册，共五千八百七十一名。军师发与董、宾二将，拔其勇锐者充伍，余皆令发往登、莱几处屯田。有愿归农者，与之安插。遂草表章告捷，并上诸将功册。又缮奏折，交满释奴赍赴登州，请帝师驾临济南府。于今再建行宫，俨若天威咫尺；自此远寻帝主，幸承御制颁临。且看下回说去。

第三十六回

唐月君创立济南都　吕师贞议访建文帝

建文五年①夏六月，吕军师檄饬②济南府，令将齐王宫室改作行殿，并集诸文武会议迎请建文皇帝复位。公议李希颜、王琎两旧臣认识圣容，可以访求行在。奏请帝师，不允，因此连日未决。忽值门将士送进禀单，内开一塞马先生，一雪和尚，一嵇山主人，一衣葛翁，一补锅老，要求见军师。军师道："此必国变时韬晦姓名者。"即令请进，降阶延入，施礼就座。问道："承列公降临，先请教真姓真名。"第一位朗然应道："学生衣葛翁，滥叨侍从之职，姓赵名天泰。这位补锅老，原官钦天监正，姓王名之臣。那两位俱是中翰，一称雪和尚，姓郭名节；一称嵇山主人，姓宋名和，又号云门僧。这一位刑部司务冯潅，称为塞马先生。还有东湖樵夫牛景先，官居镇抚司，共是六人。互相送给行在衣粮，为小人伺察，遂奉敕各散。牛镇抚投湖而死，闻其子牛鑛已归驾下。某等相约来此，愿得访求建文皇帝，仍为神人之主，上慰高皇在天之灵。"军师道："难得，难得，皆忠臣也。候帝师驾到，学生奏请便了。"忽又报有少年九人，都称是忠臣之后，不期而集，皆求进见。遂命请来，都齐齐整整，趋至阶下，向上三揖，升堂再拜。又与五位老臣各叙一礼，分长幼坐定。先是第二位开言道："小子姓魏名衮，先父讳冕，官拜监察御史。"指下手的道："表弟邹希轲，是小子舅父，大理寺丞邹公讳瑾之子。先父与舅父共殴逆党徐增寿于朝，和燕王作对，原拼有赤族之祸，所以命小子与表弟改姓潜踪，得免于难。今闻访迎故主，特地前来，愿备任使。"又一位接着就说："小子是松江郡丞周讳继瑜之次子，名文献。先父募兵勤王，惨为燕逆所磔。君、父之仇，是不共戴天的。"那齿最长、坐居第一的鞠躬缓颊说："在下殉难给事中黄钺之友，姓杨名福。"指着末座少年道："这就是黄公之子，名瓒。挈他逃避，今幸得

---

① 建文五年——即1403年。

② 檄饬(chì)——古代用以征召或声讨的命令。

见天日，不啻重生圣世。”又一位袖中取出一手卷，呈上军师道：“小子叶先春，先君忝任郡守，名仲惠，弃官归隐，编成信史一册，斥燕为叛逆，被人发觉，祸至抄家。小子密藏底稿，逃之远方，今特晋献，伏惟采择。”军师道：“此即逆孽定案。”即投史馆。其三人，一姓余，名行毅，是燕府伴读余逢辰之子。当燕王屠戮张籛、谢贵时，逢辰徒跣奔至殿上，抗言：“擅杀王臣，要行反叛，我岂肯与逆党为任！”遂触柱而死。一张鹏，素有膂力，兼精武艺，为指挥张安之子。安即乐清樵夫，闻新天子诏到，自投于崖者。各次第自陈毕，下剩一人，挺然按膝而坐，左顾右盼，绝无片言。军师见其形容凹凸，须发钩卷，目如火炬，知是猛将，方欲讯之，忽拂袖厉声道：“我不知咬文，但能使铁蒺藜，重有六十四斤，虽千军万马，亦不怕他。先父蓟州镇抚曾濬，曾起兵讨燕，为贼所杀。今愿借甲兵三千，去报大仇。”军师微哂道：“此真大义所在！”

忽探马飞报帝师銮驾将到境上，两军师遂率众文武官员前去迎接。同出东关，行及二十里，早望见了满释奴与女金刚，二将各分左右，领着七十二个女真引导而来。月君见军师等远迎，遂命隐娘向前，各加慰劳，俱令先回。前面已有百姓数万余人，执香顶礼，拥塞不开，这些文官都被围困在内。军师命火力士、雷一震各执帅字旗，呼令百姓两行跪接，让开大路，毋得喧嚷。二将遵令，大声晓谕。这些百姓纷纷滚滚，竟像不听得的。二人发起性来，遂将令字旗横担在手，东挡西拦，一时横颠竖倒的不计其数。只见有个女人，面如霁月，目似春星，身穿藕合道袍，当前立住。火力士道：“圣后驾到，速速站开！”那女人道：“我是要正面接的。”火力士就把旗柄在她肩胛上一逼，说：“过去！”女娘不动分毫，力士再用力一逼，女娘反靠过些来。力士是经过聂隐娘的，暗称有些奇怪。雷一震不知高低，就扯了女娘右臂用力一带，被女娘左手接住他，右手从穴道处轻轻一按，雷一震遍体酸麻，按倒在地，笑道：“原来是脓包货！”力士乃向前作揖道：“大娘休怒，请略让个道儿，待我等赔罪罢。”那女人道：“你如何识得我是大娘？”火力士一时乖巧，便顺口道：“是我们聂隐娘仙师说过来。”女人道：“既如此，我躲在一边，汝可去报与隐娘。”那时雷一震也猜是有道术的，就深深赔个礼儿。女娘道：“尔要知道，如今是女人的世界哩。”早见火力士同着聂隐娘来了，女娘便上前稽首道：“隐姊别来无恙？”隐娘连忙下蹇卫[①]答礼道："我道是谁，却是公孙贤妹，只恐力士与将军都要出些丑哩！"力士道："亏我是遇过仙师的，倒还乖巧，雷将军做了个卧虎的样子哩！"二人大笑。那女娘道："途次不便去见月君，为我致意吧。"又在隐娘耳畔说了好些话，就如飞的向南去了。

看看月君銮舆到来，隐娘近前将剑仙公孙大娘来迎驾，因括苍地方有个女将，正在厄难之中，前去救援，即同她来匡助，不及在此候见，约略说了几句。月君大喜，见两行百姓俯伏在地，都呼"圣母娘娘万岁！"月君晓谕道："孤家无德于父老，何劳如此远接？"众人齐声道："前年蒙圣母娘娘赶逐了赃太守罗金，至今万民感激。"月君又加抚慰一番，进得城来，转入新建的行殿。

次日，吕军师及文武诸臣会齐入朝。有顷，聂隐娘传出令旨，宣示道："古者圣王执中立极，所以建都之地，宫阙必居中央。今齐王府在东偏，不宜为皇帝行殿，可另择闳敞院宇改造。一到正殿落成，即可迎接帝驾。后殿不妨稍缓。至于向来文武各空署，文者改为军师及监军府，武者改为将军府。众军士仍拨营舍安顿，不许强占民居，犯者按以军法。今既建都于此，访求皇帝复位为第一大事。文武百官须众议佥同[②]，酌定四人出使，奏请孤家裁夺。"

诸臣得旨，各自散去。军师私谓高咸宁道："昨日将赵天泰等五人密摺奏闻，今日帝师令旨若为不知者，是不可使也。独是访求建文，原要得旧臣遗老，今若舍此五位，有谁曾识圣容？"高军师道："但不知帝师之意，何以不用此五人也。少不得要再议。"

明日，诸官毕集公所，皆默然无语。王之臣、冯漼即立起，以手指天，自表其心道："军师岂以某等借此一语希图富贵，不是实心去访故主者耶？何以缄口不奏？"吕军师道："诸位先生之忠心亮节，田夫牧竖亦且知之，而况某乎！独是帝师令旨，只要四人，须去其一。谁应去，谁不应去，学生岂敢擅便。"王之臣道："此最为易事，何妨将某等五人姓名一同奏请，候帝师亲点，便无异议。若要某等甘心自去一人，亦有所不能，何况军师耶！"高军师接口道："不然。帝师明谕，酌定四人，何敢以五名奏请？

---

① 蹇(jiǎn)卫——驽弱的驴子。

② 佥(qiān)同——全都一致。

还是诸位先生裁酌见示，某等方可循行。”延至日晡，终未议定。

次日，诸臣又集。高军师倡言请五位拈阄，以凭天定。那向在驾下旧臣，又要各表忠诚，请大家公阄，奏帝师裁定。时刘超见吕军师踌躇，就道：“拈阄固好，但迎复銮舆，何等重大，也须于清晨对天至诚褥告，然后分阄。今已午后，岂可草草？”高咸宁就先立起来道：“小将军之言甚是。”又各散了。

当晚，吕师贞挑灯静坐，正在凝思，忽报刘将军要禀机密。军师即令召进，命坐于侧。刘超道：“某往常见军师视强敌如儿戏，攻坚城若拉朽，机无不合，算无不胜，何以遣使一事，反若疑难？”军师道：“汝尚未知，圣后不欲用此五人，而五人又必欲为使，彼所持甚正，无以折之耳。”刘超道：“原来如此。”即起身辞出，连夜往见铁、景、姚三公子并阿蛮儿与副军师，约定如此如此。

次早毕集，高军师道：“请五位先生分阄，便可立决。”吕军师正要开言，只见刘超、阿蛮儿、铁鼎、景星、姚襄五人抢向前来，厉声而说道：“我等父亲皆粉躯碎骨，上报旧主，今在帝师驾下已久，历有微劳，安见得某等不能去寻皇帝，毕竟是诸位老先生全身隐节者方可为使耶？”军师知是刘超之计，恐在王之臣等五人脸上不好看相，乃假意喝道：“尔等皆年轻，毋得出此不逊之语。”董彦杲、宾鸿又进前道：“今请驾下诸旧臣与五位先生并五位公子，各书名字，两军师为之公阄四名，更有何说？”你一句，我一句，把赵天泰等五人倒禁住了。

忽报门外有五人，自言来请命去寻建文皇帝者，立等要见军师。众皆愕然，遂令速请。赵天泰见有两个老些的先进中门，却是故交，便趋出相迎道：“只为我等要寻故主，会议三日尚未决哩。”说话间五人已到檐下，军师等延入，大家箕阖一揖，不次坐下。赵天泰先开言道：“此位是刑曹[①]梁田玉，这位是礼曹[②]梁良玉。当日扈从建文皇帝出宫，我辈共十有三人。后奉帝旨，只令程济、杨应能、叶希贤随驾而去——”尚未说完，有一位少年顿然起立而言说：“老先生且住，小子与这两位便是随驾三人之子。小子姓程名智字知星，父亲程济。”那一位少年就接着道：“小子姓叶

---

① 刑曹——负责侦检案件的官名。

② 礼曹——负责礼仪、祭祀的官名。

名永清，是叶希贤长子。帝令父亲改为应贤。”那一位也就说：“小子姓杨名继业，父亲杨应能。帝自名应文，用‘应’字排行，都认为师弟，以防不测。”军师道：“然也。不但求帝，且是寻亲，莫善于此。当时曾御史恨不能随帝，今伊子公望，亦正英少，正合四人之数，而又以完御史公之意。”众文武齐声赞曰：“真天意也！”军师方向赵编修说：“帝师驾到之日，某已将五位一片忠心密折奏闻，不见批答，而反敕令酌议，是帝师不欲烦重先生辈也。大抵登山涉水，万里间关，瘴疠风波，几历寒暑，恐非五旬之人所堪。前此，李宗伯与曾侍御要去，帝师只许公望，第公望又不认识圣容。今者得此三位，虽亦未曾瞻觐天颜，然有父亲在彼，寻着父亲，即是寻着故主。忠孝两全，又何庸议哉！”于是，赵天泰等莫不心服，皆猜帝师①能知未来之事。

军师立刻草奏达上。俄顷间，满释奴飞驰而至，传令云：“帝师召见！”军师遂同诸文武齐赴阙下。帝师早已升殿，命两军师引进赵天泰并程知星等，拜毕赐坐。帝师道：“孤家不烦老成之意，宗伯、李希颜知之，谅卿等之心亦明矣。”赵天泰等称谢道：“敬遵睿裁。”帝师即命曾公望近前曰：“汝与程知星由江西而湖北、湖南、至两粤、六诏诸处；叶永青与杨继业由江南而浙东、浙西，至七闽诸处。四人分作两路访求，可于三日内即便起程，上天下地，必须寻着，敦请复位，慎勿空回。”四人皆顿首受命。

军师又前奏新到忠臣之子若干，已在午门候旨。月君遂令召见。魏衮等罗拜于殿檐之下，军师逐一奏明姓字履历。月君赐令平身，却见曾彪相貌奇特，狠狠然有吞中之气，遂问：“汝父起兵讨燕，尔亦在军前否？”彪应声道：“是我为前部。”月君又问：“尔勇无敌，何以至败？”应道：“若论小将焉得败，只因先父营中内变，反应贼人之故。”月君道：“这算个天意。尔用何军器呢？”彪见问到武艺，心中喜极，应道：“是铁蒺藜，重有六十余斤。”月君即命取到，令女金刚试舞一回，真个影若旋风，光如流电。曾彪也呆了。月君命取女金刚铁锹来，令曾彪也舞一回，只觉重了十余斤，学不得女金刚舞来轻捷。月君又命取鲍师的铁叉来，横放在墀下②，令曾彪：“汝试舞此叉。”彪疾趋向前，只手去举，竟有千金之重。装个硬汉，只

---

① 帝师——即月君。

② 墀(chí)下——台阶下面。

用一手尽力举起，怎舞得动？连忙放下道："不过摆着看的东西，怎么教人舞起来？"月君又谕："还有件看的东西在。"即令将曼师狼牙棒取来，唤曾彪："这个不须舞，汝试举与孤家看。"曾彪用力双手来举，动也不动，就做个蹲虎之势，一手握定了棒，一手托着把柄，挣命一起，刚刚离地半尺，脖子内的筋涨红得有麻绳粗细，喘吁吁放了，立起道："凭是谁举不得！"月君遂命聂隐娘："汝试将狼牙棒舞来一看。"只见隐娘走上，将三寸金莲的尖儿就地一挑，那棒跳起来有五、六尺高，一手接住，回身便舞，但见：

似狼牙而非狼牙，是鹿角而非鹿角。举起来，势若熊掌拔树；舞动处，状如龙爪拏空。刹那间疾胜风轮旋转，滚滚中不见仙娘姿态；弹指顷烈如火焰横飞，轰轰然疑用电母神通。正是：金箍仙棒无斤两，要重还能十万多。

满廷文武诸臣，看得眼都花了。那些旧将士都知是道法所使，这些新到的，莫不惊诧，心中暗想："有此等本事，何不就杀向燕京？"倒觉解说不出。看曾彪面如土色，舌头伸了缩不进去。两位军师皆含着微笑。

隐娘舞毕，又将狼牙棒向空抛起有数丈来高，轻舒玉手接了，丢在丹墀，向月君道："舞得不好，帝师休笑。"只见曾彪跪着，只是磕头，说："小将颇有忠心，留着我养马执鞭也罢。"月君谕道："汝听军师提调就是。"要知道，月君见曾彪气质太莽，自恃过当，难于驾驭，又且要借兵自将，所以用些道术，以制其心，驯其性，不是舞将来与诸臣作戏文看也。且听下回再演。

第三十七回

帝师敕议内外官制　军事奏设文武科目

建文五年秋八月，月君承制①，颁敕谕一道曰："今者行宫已建，访迎圣主复位有日，诸文武皆影附云从，若不拜爵，何以对越天颜？独是本朝官制太繁，铨法太疏，是悬缺以待人，非因材而授官，虽有智者不能尽其长，愚者亦可自掩其短。建文皇帝曾委方孝孺考较周官之法，惜乎逆变，未告厥成。兹尔两军师吕律、高咸宁，可会同在廷诸臣，斟酌损益，毋乖于古，适协于今，奏请鉴定。凡属耆旧文武，咸授新爵，庶几周虽旧邦，其命维新之义。其速钦遵施行。"发下军师府，吕律即会同高咸宁并诸臣集议。

师贞谓咸宁道："设官与取士，二者相须而并行。若官制更张，科目仍旧，必有捍格②而不能相通者。"诸臣皆以为然。两军师遂草成两册二疏，以示诸臣僚。

设官疏曰：

臣等窃闻，轩辕立四相，重华任五人，而有一道同风之盛。商汤以伊、虺为阿衡，周武以旦、罕为师保，熙熙皞皞，后世莫有媲其隆者。何也？贤者在位，能者在职，不肖者不得幸进也。自后世任法而不任人，无论智、愚、贤、不肖，皆囿于法之内，而不能超乎法之外。于是巧佞者得因法以进，正直者每与法相抗而去位。是法者，小人之利，君子之害也。

夫秦穆公③，西戎之霸主耳，得百里奚④于牛口之下，而以为相；

---

① 承制——顺承原有的规矩、制度。

② 捍格——相抵触。

③ 秦穆公——春秋时秦国君。

④ 百里奚——秦穆公所用的谋臣。

苻坚①,氐部之雄酋也,得王猛②于扪虱之间,而任之以国。岂夷狄之有君,不如诸夏之亡耶?故苟得真贤,则起于草茅市井,登之清庙明堂,斯之谓用人。君用一相而得当,则相之委任百工亦莫不当。此岂区区焉积算微劳,使之循阶趋级者哉?故周官之制,止于三百六十,而庶事毕举,犹患其官之多。迨汉、唐设官以千数,宋、元以万数,而事犹丛脞,日见其官之少,其故可思已。

董子云:"道者,万世无弊,贤者之为人国也。治之以道,道为百法之宗,又何法之可加哉!"曼倩有云:"上下和同,虽有贤者,无所立其功,是则法之谓耳。"虽然,今距唐虞三代,已数千百年,又岂能专任人而不任法乎?臣与咸宁等准古酌今,拟定官制,在廷不过周官之数,在外则就本朝之制,减去三中之一。夫十羊九牧,其首必坟;一楫数工,其舟必覆。才大可任,则纲举而目张;才不可任,则棼丝而控卷。故官之多寡,与国家之理乱相关,又岂可作法于奢哉!伏请睿裁云云。

官制册

— 三公:太师　太傅　太保

是为元相,主坐而论道、参赞化育、燮理阴阳。

— 三孤:少卿　少傅　少保

是为亚相,主平章军国、绥怀夷夏、不与庶事。

— 黄门尚书　侍郎　(主察阅章奏,批可驳否)。

通政、通议,下设知奏厅。

— 都给谏　给事中　(主封阅诏敕,献可替否)。

— 紫薇省大学士　左右学士(主侍天子经筵以备顾问)

侍读学士(主侍东宫经筵)侍讲学士(主侍东宫经筵)

纂修学士(主起居注并修《国史》)撰文学士(主撰诰敕、文章、诗赋)

典籍庶士(主校阅经史册籍)

---

① 苻(fú)坚——十六国时期前秦皇帝。

② 王猛——为苻坚任用的臣子。

大冢宰(掌邦治);少冢宰(主铨衡。钧曹、铨衡)

大宗伯(掌邦礼);少宗伯(主乐。礼曹、乐曹)

大司徒(掌邦教);少司徒(主财赋。户曹、帑曹)

大司马(掌邦政);少司马(主军旅。饬曹、饷曹)

大司寇(掌邦禁);少司寇(主刑。矜曹、决曹)

大司空(掌邦土);少司空(主水。土曹、水曹)

各曹设正郎、副郎、主事

都宪御史　佥宪御史　监察御史

各道御史(皆主绳愆纠缪、察劾官吏)　下设勘问司

— 国学司成　司业　司学

下设博士、训士(主训胄子)

— 灵台监正　监丞(主观察星象、推算律历)　下设天文生

— 京府大尹　左右丞　左右别驾(分主兵、刑、赋役、河防诸事)

下设经历司二员

外府仿此,地僻事简者递减之。

— 京县尹　左右尉(分主兵、刑、农、礼乐、水利诸事)下设巡司

外县悉仿此,地僻事简者亦递减。

— 州牧　左右判(分主兵、刑、礼乐、赋役、水利诸事)　下设令史

— 四郡设开府一员(职兼文武,若地处简僻递加至八郡止)

标兵五营(每营一千三百五十名)

中军副将(主防守本郡城池并衙署仓库)

四营参将(两营主分防两郡,两营主分守各县)

以下裨将、牙将、将校、开府自行酌设。

— 二郡设巡道一员(亦兼文武)　兵三营(每营六百二十五名)

中军参将(主防守本郡城)　二营裨将(主分各县道路)

以下牙将、将校自行酌设。

— 在京设五营将军各一员　每营各设兵一万二千五百名

副将各二员参将各二员裨将各四员

牙将各十员将校各二十四员

— 大元帅(不预设,临期简文武全才特用)

— 羽林将军等官(照五营之制,每营铁骑五千名,即为銮仪卫)

取士疏曰:

窃闻拜官在于一朝,而取士则在平日。如栽木于山,必采楩楠杞梓之材;育鱼于渊,必求鳣鲔鲂鲤①之类。而后可以任栋梁,充鼎俎②,为清庙明堂之用。故西汉重经术,而明经者为最优;东汉重节义,而立节者亦最盛。唐以诗赋为科目,虽涉风华,然其意旨实为三百篇之余波,洋洋乎亦云美矣。至宋王安石,始创制艺之文,初亦窃附于经术,自后揣摹沿袭,遂为滥觞。由今之世,渐至拾牙慧、掇唾余,攒凑成文,甚而全窃他人之作,侥幸于一得。虽抡元拔魁,考其胸中,则固乌有先生也。夫苟能阐发经旨,即片言数字,亦可不磨,若茫无见解,虽千言万语,徒成糟粕。而必律以七篇之多,亦奚以为乃校勘者,方摘其点画之差讹、字句之纰缪,从无议及经旨之当与否者?如此取士,其可用于世乎?夫仕而优则学,学而优则仕,理同而事异。今则不然,其仕与学,截然判做两途,所用非昔者素学,所学亦非今者宜用,是何异于徒具虚舟?无舵牙,无帆樯,而欲涉江泛海,其不相率而覆溺者几希。夫如是,则设官取士,岂可以方枘而圆凿哉?臣与咸宁等,解弦易辙,更定科条,与新设官制吻合,命相须而并行,相济而交用。庶几乎寓简贤于用法之中,寄循资于任人之外,为补偏救弊之一助云。

科目册

取文士三科

— 曰经术(陶熔历代诸家传注,更出己裁,文词纯正,方为入彀,若但沿袭宋人旧解者不录。)

---

① 鳣(zhān)鲔(wěi)鲂(fáng)鲤——鳇、金枪鱼、三角鳊和鲤鱼。

② 鼎俎(zǔ)——泛称割烹的工具。

— 曰经济经者，经国；济者，济世。而礼乐、典章；次则兵刑、财赋、河防、盐铁、阴阳律历，各就所长，试以策论，文格合于唐宋八家者方录。

— 曰诗赋诗旨合于大义，体格贯乎三唐，方能观感教化，若学宋、元诗调，竟成有韵之文者不录。赋取屈、宋，次亦欧、苏，若作四六骈词、但尚浮华者不录。

取武士三科

— 曰将才试以将略、阵法可用矣，令之治兵有效，而后任之。

— 曰武艺首重勇敢，试以枪刀弓矢，勇艺兼优为上；勇强于艺者次之；艺强于勇者又次之，如勇艺超群，不识字者亦用。

— 曰剑术通神者入选，余皆不录。

— 文武两科之中，果得命世奇才，即如举傅说于版筑，拔淮阴于军伍，一朝可拜将相。若夫中人，原由资格。

— 科目之设，全才为上，偏才次之。汉之治狱，首推定国；唐之理财，独称刘晏，皆偏才也。后世多有历遍六曹者，岂尽人而全才，反在二公之上乎？即此二端而言，优于理财者，勿使治狱；长于兵略者，勿任礼乐。余仿此。

— 衡文而取，难定其品之邪正，故虞廷之法，试官然后爵之，位定然后禄之，一有败检，终身黜逐。是固惩恶之大权也。

— 用人易而知人难：方正者，必孤立而犯颜；佥邪者，必党同而取容。观其素履，察其几微，无有不得。

— 文士科：须年登三十、素有著作成帙者。先送试官阅过，然后赴试定其甲乙。总以平素著述为本，不以一日之短长衡其优劣。

— 武士科：不论年岁，若将才，亦须有著述可取，而后许其应试。其武艺一科，但取技勇，不试文字。

— 试期：每年文、武各试一科，三年而三科皆遍。县试送郡，郡试送开府，开府取而升诸朝。六卿别其妍媸①，宰相定其甲乙，天子钦点一元，中者即成进士。皇榜无名者，仍为庶人。

— 荫生与之世禄，吏员与之冠带；有志者仍由科目，方行擢用。

— 外委武弁：若牙将、将校各员有勇艺者，须由科目，然后擢用。

— 文武科目，总无额数，每县一二人，或数十人，或竟无人皆可。即府亦然，但取真才，以充实用。

— 冢宰铨选外官，仍用掣签，以示至公；而后召见廷对，长才任以冲剧；才短调之简僻，方为随材器使。

— 取士为人臣，以人事君之义。如滥登者削职；得贿徇情者皆斩；晋贤者超迁至极品。——为第一令典。

诸臣闻毕，莫不叹服。遂请赵天泰等署名，皆固逊不肯列衔。两军师齐声道："此原为建文皇帝典章，诸位先生皆系旧臣，义所当然，弟辈不过代拟一稿耳。"赵天泰等方次第署上。又移青州阙下老臣，各署名衔，会于公所拜奏。帝师批曰："卿等所奏，斟古酌今，揆衡②允当。既重立贤，而亦不废任法；虽循资格，而又不妨特简，俱见经济弘猷③。著为令典，昭示来兹。"遂拜李希颜为少师，赵天泰为少傅，梁田玉为少保；遥晋叶希贤为太师，程济为太傅，杨应能为太保；正军师吕律以大司马兼知军国重事，亚军师高咸宁以少司马参知军国重事；王琎为冢宰，郭节为司徒，梁良玉为宗伯，冯漼为司寇，宋和为司空，周辕为司成，铁鼎为都御史，故传福为紫微省大学士，王之臣加少司空衔仍为灵台监正，黄贵池为黄门侍郎，高不危为京尹，王钺为掌奏监，余听冢宰量材授职。至京营五军，以董彦杲为中军大将军，宾鸿为左军大将军，前营大将军以刘超充之，右营大将军以阿蛮儿充之，后营大将军以瞿雕儿充之，皆兼旧职。金山保、小咬住赴

---

① 妍（yán）媸（chī）——美好和丑恶。

② 揆（kuí）衡——估量均衡。

③ 弘猷（yóu）——宏大的目标或有见地的计谋。

京营练习,暂授冠军之职,张伦、倪谅均授值殿将军兼前侍卫。其余武员,悉听军师分别任用。正是:猛将如云,直使淮南皆丧胆;谋臣如雨,已闻济北早倾心。下回就见。

第三十八回

两军师同心建国　一公子戮力分兵

二军师于建阙之后，同心辅政，举贤任能，剔邪除蠹，崇儒重农，养老恤孤，轻徭薄赋，不期月而济南大治。

一日，高咸宁商于吕师贞曰："齐地界乎南北，四无关河之固，既建行阙于此，当思为根本之计。今者春麦不丰，秋稼又薄，国费日繁，兵饷无出，何不乘士气精锐，北取临清仓廪，南取济宁积贮？略汶、沂，控淮、泗，进则可取，退亦可守，先生以为何如？某已草得一疏在此。"遂递与军师，其略曰：

臣闻：古之立国者，必先固其根本，根本固而后进退由己。济南虽为大郡，但非建都之地，何者？因横亘于南北，势所必争而不可以一日苟安者。请以全齐之势论之：武定为燕、蓟之门庭，曹、濮乃鲁、卫之藩蔽，沂州实徐、淮之锁钥，登、莱是海东之保障。今登州有守，曹、濮无虞；所虑者，南有淮安廿万雄兵，北有保、河、德州三郡强敌，南北交相猝发，我则疲于奔命。臣愚以为临清、济宁乃南北之咽喉，今犹未服，发一旅而取临清，则门庭固而渤海靖，进则可卷燕幽之地；分一师而拔济宁，则锁钥严而沂、泗安，进则可拓淮、扬之界。东昌、兖郡，四无可援，将不劳兵而自服矣。且临清、济宁旧设仓廒，陈粟堆积，又足借之以资军饷，一举而三利备焉。古云：虽有智慧，不如乘势。今以百战百胜之气临之，席卷全齐，只在指顾间耳。然后休兵息民，以俟乘舆复辟，或南征、或北讨，临期决策。至若目前急务，无有逾于此者。伏候圣裁。

吕师贞赞道："先得余心所同然，全齐已在掌中矣。"遂联名上奏，帝师批曰："二卿深谋远虑，悉合机宜。但南北殊途，各分其任，天讨出于至公，剿叛抚顺，须相须并行，务体孤家至意。"于是公同分阄，吕军师拈得济宁、兖州，高司马拈了临清、东昌。就下教场，点集将佐二十四员，精兵一万二千，诸将佐亦请分阄。

阄得吕字者十二员：

小皂旗　彭　岑　雷一震　牛　骍　刘　超　张　鹏

马千里　姚　襄　余　庆　俞如海　葛　缵　卢　龙

阄得高字将佐十二员：

卜　克　董　翥　董　翱　孙　翦　曾　彪　楚由基

庄次跷　郭开山　瞿雕儿　谢　勇　宋　义　阿蛮儿

二军师下令：明日五更祭纛起行，后者军法从事！忽报景佥都飞马到来，吕军师见其面有毅色，遂道："佥都欲请行耶？"景星答道："然也。适已飞奏帝师，某以君父大仇，寝食不安，故愿戮力疆场，稍尽臣子之谊。"女金刚又持令旨到，宣谕道："景星英气凌云，忠心贯日，正宜历练戎行，允以原官兼监军使，率兵先进。军师吕律从后接应，勿使有虞！钦哉勉旃！"

景佥都心喜，请以火力士为先锋，吕军师道："力士只能步战，宜于山谷险阻。今齐地多平原大陆，利于骑战。若以步敌骑，虽勇奚施？"佥都固请用之，吕军师道："既如此，可选善战步兵一千，令为先锋；再选骑卒二千五百、骁将四员，佥都统为中军。某追随后尘，伫听捷音。"景公子笑逐颜开，谦逊了几句，各自散去。

次早五更，二军师到演武厅时，景佥都与火力士已等候良久。高军师道："真不愧为景老先生令嗣！"祭纛已毕，正在分兵起行，有探马飞报："东昌府差人进降表，并有军师禀启，现候进止。"两军师同拆看时，大概说燕王靖难南下，唯东昌一旅之力能折其锐，厥后弗敢正视，绕道而行，济南、淮北遂无坚城；今父老永怀故主，犹如畴昔，闻义师定鼎，尽愿归诚，以副云霓之望，不胜待命云云。吕军师遂发放来差云："东昌官民，凛知大义，自应各仍旧职，候帝师优诏遵行。"高军师又吩咐道："本帅平临清回日，当至本郡抚慰士民。"来差自赴帝师阙下进表不题。

且说临清一州，乃南北冲要之区，向设有总兵官，已在济南败亡。今只有都司一员，姓贾名旅，守备二员，一名文豹，一名高爵。其知州姓竺，名石麒，贪狠异常，却有三个家将：一名尖刀王四，原是吴中无赖，因持解腕尖刀替人刺杀仇家，逃走到北边的；一名铁锤陈筋，两臂青筋，剔起如绳，人以铁锤击之，能用两臂迎受，故顺口呼此美号；一名太监邢突，做过太湖内大盗，绝无一茎须髯，所以称做太监。还有三个术士：一知风鉴，叫做皮善相；一通阴阳，叫做杨尔夔；一能卜筮，叫做沈子蔡。皮善相相定竺知州毕竟出将入相；沈子蔡又卜得敌人若到，必致覆军杀将，因此整饬戎伍，训练甲兵，与贾都司等相商拒敌。武官见文官如此励精，不敢不应承，独高守备婉词微讽道："我等食人之禄，忠人之事，固不待言，但恐卵石不敌，虽尽忠而反误国，亦不可不虑及。"竺石麒道："这是要降贼的话。"喝令："左右为我擒下！"王四等一齐拥上，立刻把高守备绑了，下令道："且囚在禁中，待我破敌之后上闻，而后诛之。"即点起五千人马，尽数出城，扎下三个寨栅，中是知州，左是都司，右是守备。

不两日，先锋楚由基领着五百精兵早到临清界上。竺石麒令杨尔夔先望敌军气色，仔细看了一回，说道："敌兵之气，阳中带阴，主先小吉而后大凶。"竺石麒吩咐善射手，若敌军来近，惟以乱箭射之，令其先亦不小吉。顷刻间喊杀震天，对面五百健儿雁翅排开，一将当先出马：

戴一顶镂金凤翅盔，额正中嵌一颗明珠；穿一件砌银龙鳞甲，胸前后护两轮宝月。衬一领松绫千鹤战袍，扣一条蓝玉双螭鞓带。左悬犀角铁胎弓，右插雕翎金镞箭。手持一支逐电方天戟，坐下四足追风银合马。

认旗上写得分明：先锋百胜楚将军。竺石麒见了也觉惊心，命家将小心出战。王四飞马而出，大声道："可认得俺尖刀大将王四么？"楚由基更不打话，竟杀过来。两相交锋不三合，王四被由基一戟洞胸而死。由基立马横戟，指着对阵道："燕贼雄兵十万，上将千员，不够两阵杀尽，尔等蠛蠓蚂蚁，也来俺老爷手中纳命，岂不污我画戟！"竺石麒大怒，教放乱箭，由基乃勒马缓款而回。

当晚高军师大队已到，闻先锋得胜，大喜，下令防其劫寨，小心巡视。

却说竺石麒折了一介家将，心中微有悔意，而且大言在先，欲罢不能，甚为纳闷。杨尔夔道："明日交战，别有妙法。"石麒道："尔言先小吉，倒应得大了，但不知后大凶作何应法？"杨尔夔道："某之法正使彼应大凶之兆也。乞与我猛将一员、精兵一千五百，于五更时分，待我抄出背后袭之，略俟其阵乱，明公掩杀其前，使彼首尾难援，此小秦王之所以破窦建德也！"竺石麒大喜，依计而行。

早有伏路兵报知高军师，军师大笑道："我即不备亦无惧，然必须今日乘机破之。"遂登将台，将令旗招动，排一个阵势：外方内圆，外四面方如棋局，兵士在南者向南，在北者向北，东西亦如之；内圆则左右环绕，宛然一个太极图。郭开山粗知阵法，看了又看，全然不解，因问军师，军师曰："方、圆二阵，肇自轩皇，法太极方舆之制，尚父广其意，而为三才四象，武侯因之，而化为八卦，名曰八阵。阵有八变，其体皆方，此方阵变化之妙至于极者。药师之六花有六变，其体皆圆，此圆阵变化之妙至于极者。若帝师之制，五行非方非圆，前首后尾，中有二翼，其形如鸟，名曰五行，实有七阵，此又浑融于六花八卦之间，权衡于三才四象之外，非天纵之圣不能也。若夫八阵之妙，包含在内，长于守；六花之妙，显著在外，利于战。至五行之妙，或隐或显，亦奇亦正，能伸能缩，可散可聚，战与守皆利。阵法至此，神乎！神乎！今区区小阵，不过兼并方、圆二阵之制，略加变通，如苏若兰之璇玑图，其象圆也，而载图之锦，质本方也。外方四面，可以拒敌人四面来攻；内圆四层，则每一层之兵可以分应一面。若全体引而伸之，亦成常山之蛇，一时应急，可以用之。"

正在讲论，后面敌兵已呐喊而来。高军师笑道："割鸡焉用牛刀！"早见后阵卜克跃马挺枪，当先杀去，正遇着一将，身穿皮甲，手舞双铁锤，如旋风滚至。卜克大喝一声，神枪早到。那将急侧身一躲，枪在左肋边过去，就丢了左手铁锤，挟住枪杆，右手一锤当头下来。卜克已掣钢鞭在手，向上正迎个住，就顺势将鞭逼着锤柄直削到那将手腕上，用力一勒，把个大指勒断。那将只得弃了铁锤两手来夺枪，卜克却飞起钢鞭照顶门打下。那将自恃臂膊硬挣，奋然举迎，"豉擦"一声，膀子两截，坠于马下，又复一枪，完了性命。杨尔夔见势头不好，急欲走时，被卜克飞马赶上，活捉过来。那些小卒发一声喊，登时星散。

竺石麒远远望见，心中着忙，说要大家决一死战。高军师大队人马早已冲杀过来，并无一人迎敌。竺石麒手足无措，遂先策马奔跑，众军大溃，但见人头滚滚坠地。楚由基大呼："与你们小军无干，可速投降！"军士都丢弃枪刀罗拜于地。

郭开山与曾彪紧追着贾旅、文豹，董翥、董翱、宋义飞赶着竺石麒、邢突，将到吊桥边，只见城上竖了降旗，高守备领着数百人杀出，大叫道："竺知州！我来请你去写奏章上闻哩！"说声未了，一白须老人抡着条铁扁担夹马头一下，竺石麒倒栽葱撞下地来。董翥飞马先到，喝令众军士拿下。董翱、宋义又活捉了邢突并沈子蔡、皮善相。后面高军师与瞿雕儿、孙翦、卜克等一齐都到，高守备下马迎接进城。

到帅府坐定，郭开山、曾彪各献了贾旅、文豹首级，高守备押着竺石麒向前跪下，竺石麒只是叩头求降。高军师倒有宽恕之意，那些众百姓涌进辕门，齐声喊道："竺知州杀得我们临清人够了！"有个白须的前禀道："小的叫做老好汉，因这位高守爷做官，兵民爱戴，被竺知州这贼拿来监禁，说得胜后要杀他。是小的不服，纠集了众兵民，打开牢门，救将出来迎接大兵的。今我等见军师不杀这万恶的官，满城百姓将来都要死在他手里。那杨尔獒、沈子蔡与邢太监、皮善相都是挑唆知州害百姓的，只有余州判是个善人，做官也好，吏目也还去得。我等公道良心，歹的说歹，好的说好，只求军师为百姓做主。"高军师立命将竺石麒等五人腰斩市曹，就升高守备为参将，驻守本州，又升余州判为知州，其吏目原官如故。一时帅府门外，欢声如雷而散。又命郭开山盘取临清仓廒米石，给散本州兵饷。分拨已毕，即起身前往东昌府巡视去了。

如今说济宁一州，正当南北之中，人民殷富，户口繁庶，比临清更胜。州之北五十里有个分水口子，其泉脉九十有九，出自万山之中，汇注于此，七分向南，三分向北。燕王即位之后，计欲引导此水，开建河渠以通漕运，用富昌伯房胜监督河道，设有河兵七营共一万五百名，副参游守五十余员，而有些本领的只副将王礼、参将徐政、游击庞来兴、丁胜、王宗等。其河兵一半多系空粮，即现在者亦不做工，唯佥取民夫力役，兵饷总归私橐，全州怨声载道。闻知济南已失，恐民心生变，遂撤河工之役，挑选精壮者补伍，已够一万之数。城池坚固，粮米充足，可战可守。监河房胜又系靖难时宿将，稍有谋略，早于城外结下五个寨栅，以待敌至。

时火力士统着步兵一千先到，房胜在将台望见，顾谓左右曰："人人传说青州妖贼厉害，原来只是如此！"遂命众将："率善射手五百名、长枪手二千名，乘其远来疲乏，不待他站住摆队，径行卷杀过去，可以立破。"王礼等得令，顷刻点兵迎去。箭利马逸，势若风雨骤至，步兵如何抵挡得住，被他一冲四下分散。火力士虽然勇猛，舞动双锤打死几个，无奈孤掌难鸣，只得随着乱兵奔走。王礼等赶杀有十余里。遥见尘沙涨起，接应兵到了，原来是雷一震、马千里二将率轻骑五百疾趋而至。王礼等见来兵亦属无多，即挥令军士迎敌。混战一场，不分胜负，各自收兵。

景佥都中军人马当晚亦到，遂于高阜处立住营寨。火力士自己绑缚请死，景佥都道："我与汝义同兄弟，岂可如此？我当请削官职，戴罪图功。"计点兵卒，死伤大半，乃连夜具表引罪，并作一启达上军师。军师即引众将飞骑前来，劝慰曰："贤乔梓①精忠盖世，四海尽知，偶尔小挫，何足为论？且不佞为主帅，而使先锋失利，余之罪也，与佥都何涉？今当进兵破之。"遂令小皂旗、彭岑各引五百壮士为先锋，直逼敌营。

房胜大笑道："些小草寇，何以王师败绩？想必有些妖术。"即命军中杀取猪狗血并秽粪之类，预为整备。小皂旗一马当先，大喝："篡国贼徒！天兵到此，不降何待？"房胜见有皂旗一面插在背后，曰："此必妖人也！"吩咐众将："只要败，不要赢！引入阵中擒之。"王礼即拨马出阵，骂道："草贼！恃有妖法，可知道死在目前了！"小皂旗骂道："瞎眼聋耳的贼！我等堂堂王师，岂用邪术？快放马过来！"交手不数合，小皂旗霍地拨马而走，王礼纵马追时，房胜急令军士大叫："勿追！"忽听得弓弦一响，咽喉早中，两脚朝天坠于马下。王宗骤马出救，不提防又是一箭，应弦而倒。火力士认得是王礼、王宗，率部下飞奔出去，抢回尸首，来禀景佥都与吕军师道："此弟兄二贼就是害故主王御史的，乞赐与末将剜心祭奠，以慰故主之灵。"军师大喜，命用太牢玄酒设位致祭，即暗传将令："今日连杀二贼，彼已丧胆，若亟攻之，则逃避入城，拔之非易，姑退兵二十里安营。"

只见力士部下小卒仓皇奔来报说："火将军祭毕王御史已自刎了！"众皆大骇，景佥都问是何故，可有话说，小卒道："火将军教转禀军师与监军说：'向来偷生者，只为御史之仇未报，今幸张将军连射二贼，我得借以报故主于地下。且昨日兵败，负罪非轻，亦何面目立于人世？独是有负景公子大恩，俟来生报效耳。'言讫，立拔剑自刎，我等飞救不及。"景佥都不觉失声痛哭。吕军师道："此义士也，监军勿哀。"命备棺以将军之礼葬之。但知道退舍安营，大军师别施妙策；更谁料摧城杀敌，女飞将合建奇勋。下回若何，姑试观之。

---

① 乔梓——儒家以为父命不可侵犯，似乔；儿子应卑躬屈节，似梓。后因此称父子为"乔梓"。

第三十九回

美贞娘杀美淫官　女秀才降女剑侠

话有分头，大抵文章家，有正斯有奇，有离乃有合。譬若山之有脉，水之有派，从本源处迤逦行来，忽分一脉，而为干龙，忽别一派，而为支流，离奇夭矫，曲折疏宕，孤行数百里，忽又回注于正脉、正派之中，合而为一，然后知山脉之灵，水派之奇，有莫可端倪者。如此回书之脉、派，初若不知其所从来，直到公孙大娘下括苍、敲渔鼓，方悟月君驾下青州，已暗伏公孙大娘一脉，如水潜行地中，至此方见其发扬之状。至若范飞娘事之发觉，正在济南交战之时，若便叙于建都之后，则如藤蔓缠松，虽极绾合，终属二本。今出于军临济宁之日，乃是倒流逆折，旋龙回干，而直注其本源，天然结一灵穴于此。而又幻出女秀才一段，犹之乎更引别派之波汇作水口，惊涛骇浪，若汉、沔、湘三川交会，不亦为大观哉！而今演出。

当日洪武太祖设立燕山六卫①，卫各设兵三千。有配军姓储名福者，入卫已经数年，在北地娶得一妻范氏，小字非云，是将门之女。惯使双剑，神出鬼没，而又姿色明艳，性格温和，人皆称为女中飞将，故又号曰飞娘。燕王靖难兵起，调卫卒入伍，储福忧愤不食，恸哭不止。飞娘劝谕之曰："事到艰难，机须决断！"储福哽咽不能言，谓飞娘曰："我虽配军，颇知大义，岂肯充乱贼之队伍耶！我与汝结镈②未久，且岳母孀居，汝宜相依为命；我亦有老母在故乡，决意洁身回籍，奉养天年，明日即与汝永别。"飞娘道："君之母，妾之姑也，君有忠孝之心，妾独无忠孝之志乎？我母自有昆弟奉养，无烦置念。"储福曰："不然。我家括苍③，距此五千余里，系是逃回，比不得从容行路，那能同走？且使汝母、汝兄弟永无相见之期，更为

---

① 卫——明代军队编制名。于要害地区设卫，卫五千六百人，由都司率领，隶属于五军都督府。

② 结镈——即结婚。

③ 括苍——古县名，因境内有括苍山得名，沿所相当于今浙江省丽水县东南。

不忍。"飞娘曰:"事当权其轻重,若论跋谫艰难,至死无怨!"储福曰:"多谢贤妻!既有此美意,则不必通知汝家,收拾行李,即于四更起行罢。"

是晚,预雇了短盘牲口,夫妻二人一昼夜走三百余里,料燕王不能远追,然后按程而进。到了处州府缙云县括苍山中,寻着母亲,悲喜交集。于是储福樵薪①,飞娘辟绩②,竭力以养母,山中之人称为孝子孝媳。

过了三个年头,母老病亡,储福昼夜泣血,躬自负土,葬于祖坟之旁。一日,传有新天子诏到县,储福同山村农叟出去探听,方知燕王夺了帝位。储福一路哭回家内,谓飞娘曰:"我今与汝永诀了!汝年甫二十二岁,又无子嗣家业;我虽有兄弟,母且不养,何况于嫂?我死之后,汝宜自择佳偶,毋使终身颠沛,我黄泉之下也得瞑目。"飞娘挥泪曰:"是何言也!忠臣不事二君,贞女不嫁二夫,不意君之尚不能知我之心也。君为义士,我岂不能为节妇?君欲殉国,我岂不能殉身?母子姑媳,当相携于九泉路上,独是不能为国复仇,死有余憾!"储福道:"今天下一家,我与汝做得甚事?唯有死耳。"遂扼吭③而死。飞娘乃拮据备棺殡殓,日则呼号灵前,夜则藁④卧棺上,计图葬夫之日自投圹中⑤。

时缙云县韩令丧偶,闻飞娘新寡而美,意欲纳为继室,令教官约同山叟为媒,通命于飞娘。飞娘正言拒之曰:"妾闻县长主持风化,教人以贞,不闻教人以淫也。况是治下庶民之嫠妇,又岂可为父母官之伉俪?女子之道,从一而终,若逼再醮,可持头去!"教官知飞娘志不可夺,遂复县令之命,且述其素行贞孝。韩令曰:"有是哉!我当奖之,岂敢犯之!"事遂寝⑥。

不数日,又有处州府别驾范希云,少年佻闼⑦,饶有丰姿,系蓟州人氏,是援例出身的,平生渔色,内外兼好。适太守丁艰,钻谋摄得府篆⑧,

---

① 樵薪——砍柴。

② 辟绩——纺线织布。

③ 扼吭(háng)——掐住喉咙。

④ 藁(gǎo)——本意指一种多年生草本,这里泛指草。

⑤ 圹(kuàng)中——墓穴之中。

⑥ 事遂寝——事情随之完结。

⑦ 佻闼(tà)——轻薄、戏谑。

⑧ 府篆——在府内为官。

民间少艾妇女常被奸污,贪淫之名合署皆知。范希云早已闻得飞娘姿容绝世,今又传说丧了丈夫,缙云知县谋娶不能,乃拊掌大笑曰:“彼一丑夫,岂配佳女！这自然我当受用的了。”恐又不肯作妾,心生一计,传请经历,托言:“要寻个淑女主持家政,亦称夫人。近闻缙云山中范飞娘新寡,我与她同籍、同庚、同名、同姓,岂非天作之合？即烦一行,这个月下老人也还做得过。”经历欣然遵命,跟随了好些衙役,径到缙云山中,请见飞娘。

飞娘只道县官又来胡缠,便发话道:“好个没廉耻的！朝廷名器,就轻似微尘,也不把个知县与这样畜生做!”经历接口道:“这县公也不自量了,我是本府经历,并不为一小小知县而来,请出面言。”飞娘在内回说:“山村野妇,不敢相见,大人有话请说。”经历就把范通判之命述了一遍,又道:“即日实授太守,现做黄堂正夫人,不可错过。”飞娘听了,暗叹口气道:“死期已逼,待不得葬丈夫了!”又见他跟随人众,恐一时激出事来,乃婉言辞道:“太守表率十邑,又比不得县正,风化攸关,岂容强纳民间寡妇！愿大人裁之。”经历道:“此言差矣。遣媒通命,先王之礼,且为正室,正是太守公风化之意。他日受了诰命,衣锦还乡,岂不荣耀！切莫执拗,致生后悔。”飞娘抗言道:“匹夫匹妇,各有其志,若用强逼,头可断,身不可辱也!”经历乃将机就机,巧言道:“娶正夫人岂有用强之理！这个不消虑得,我即去复太守公之命,自然名正言顺,断不使人委曲屈节的。”说罢竟自起身去了。

过不几日,只见经历督领夫役抬到聘礼:白金五百两,彩缎五十端及珠翠钗钏等物,堆满草堂之上。飞娘见了怒气填胸,恨不得就把经历剁做肉泥,又一想,可恨的是赃太守。心上已定了主意,就说:“吾未曾允,何得来送礼物?”经历道:“新夫人亲口说是用强断乎不成,则不用强,定是允的了。若又反悔,恐使不得。”飞娘道:“既如此,依得我三件事便成,若依不得,虽死不成。”经历道:“请新夫人见谕。”飞娘道:“一要宽半月,待我葬夫,二要太守亲迎,三要在此处成亲。”经历道:“第三件恐亵渎了些。”飞娘道:“有个缘故,太守夫人知道贤惠与否？若一进署,就是妾媵①之流,直待夫人遣使以礼来请,方可如命。”经历点点头道:“大有主意。”

---

① 妾媵(yìng)——侍妾与随嫁的人。

即向上一揖道："都在下官执柯的身上。"遂回到处州禀复范太守说："要宽半月，正是月望佳期，岂不人月交辉！"太守大喜，三事都依了。经历又到飞娘处订定，更无他说。山中田夫村妇皆不疑飞娘是假允，反道："如今富贵，是天报她的孝心哩。"

且说飞娘想，这五百两聘礼都是贪赃，悖而入者悖而出，好教他人财两失。就把些来葬了丈夫灵柩，相近婆婆坟旁；又把银一百两与小叔，为四时祭扫之资；一百两布施与大士庵的尼僧，令其塑尊白衣观音宝像；剩下银两，多舍与山村穷苦的人。屈指一算，到十五只有四日了，心中凄凄惨惨，备了些祭奠的蔬果，倩人①挑到婆婆丈夫坟前，烧了纸锞，拜了又拜，痛哭了半日，哀哀叫道："婆婆、丈夫听着：五日之内，媳妇就来服侍婆婆与丈夫。"心中伤痛之极，一时昏倒在地，半晌方苏。独自一个孤孤零零的走出山口，坐在石上定定神儿。见有个道姑，敲着渔鼓缓步而来。飞娘看时，那道姑：

面如满月，鬓若飞云。目朗眉疏，微带女娘窈窕；神清气烈，不减男子魁梧。手敲渔板，声含阆苑②琪花；脚踏棕鞋，色染蓬壶瑶草。

道姑走近前来打个稽首，飞娘连忙还礼，问道："你是那方来的？"答道："贫道从终南山来，云游五岳，无处不到。今要化顿斋，不知娘子肯么？"那时飞娘满胸仇恨，怎有心情？便道："我已是泉下的鬼了，莫向我化。"道姑道："若有愁烦，我可以解得，何消说此狠话？"飞娘道："恁是神仙解不来的。"道姑说："我不信，且待我唱个道歌，看解得解不得。"便敲着渔鼓唱道：

平生一剑未逢雷，况值兴亡更可哀。
蛮女犹能气盖世，贞娘何事志成灰？
中原劫火风吹起，半夜鼙声海涌来。
自有嫦娥能做主，一轮端照万山开。

飞娘听他唱得有些奇怪，就道："如何不唱修行的话，却唱这样感慨的诗句呢？"道姑顺口道："只为娘子心中感慨，我这道情也不知不觉的唱出来了。"飞娘见他说得有些逗着心事，便道："烦请道姑解说与我听。"道

---

① 倩人——指飞娘。
② 阆苑——传说中的神仙住处。

姑说："这个容易。首二句是有才未遇，正当国变之话，第三句说武陵女子征侧、征二的故事，第四句请娘子自思，第五句是说山东大举义师，第六句天机不可预泄，第七、第八句是说义师之主却是个女英雄也。"飞娘又说："你是出世之人，为何说这些闲事？"道姑说："总为娘子说来。"飞娘是最灵慧的，便道："既承道姑不弃，可到寒家吃了斋细说，何如？"道姑道："我要与娘子解闷，若不把心中之事实说与我，到底汝之愁恨终不能解，连我之斋也吃不下。"飞娘见她有前知的光景，就把范太守的话一一告诉了，说："我只待杀了他，然后自刭。"道姑说："杀这赃胚，如屠鸡犬，值得把命抵他？"飞娘道："不是抵他，是要完我节烈。"道姑说："请问为国报仇，为夫泄恨，做古今一个奇女子，较之一死孰愈[①]？"飞娘道："虽素有此志，然一妇人，何能为？"道姑冷笑道："唐月君亦一妇人耳，怎的她就能为？我实对娘子说罢。"遂将唐月君起兵及目今定鼎始末，并自己来意细述一遍。飞娘道："依道姑怎样行呢？"答道："这是你的大事，但要杀得干净，我同你竟到山东，寻这位女英雄，建立千秋事业，流芳青史，不好么？"飞娘道："我已许过丈夫，他在黄泉路上等我，岂肯负了这句话呢？"道姑笑道："这是孩子的话，如今做的是全忠全孝全节烈之事，难道是去嫁了人，负了丈夫么？"飞娘道："如此，我意已决！"遂请道姑到家住下。

到次日，飞娘将行李结束小小一包，把这些缎匹都堆在草厅中间一个桌儿上，道："使这贼狗奴见之不疑。"十四日又到丈夫坟上痛哭一场，将要到山东的事情暗暗泣诉。回来天色已晚，见道姑装做贫婆模样，飞娘问是何故，道姑说："装做雇来炊爨[②]的。"飞娘道："甚妙！"

当夜睡至二更，飞娘忽见丈夫走到房内，欢欢喜喜的说道："贤妻名在仙曹，当到山东做个女飞将，名盖天下。但求为婆婆与我讨得两道封诰，光辉泉壤，也不枉我殉国一场。"飞娘一把扯住道："我要与丈夫同去的。"储福把衣袖一拂，飞娘忽然惊醒，不禁呜呜咽咽哭起来。道姑闻得忙问何故，飞娘把梦中话说了，道姑说："何如？你丈夫早已欢喜，你为何反哭？哭得红肿了脸，明日难以做事。"飞娘就起身，与道姑步出庭中，见月明如水，不觉神思顿爽，因向道姑说："我连日心上有丝没绪的，还不曾

---

① 较之一死孰愈——和以身徇夫相比哪种行为更有意义。

② 炊爨(cuàn)——烧火做饭。

问得道姑姓名哩。”道姑应道:“有个名帖在这里。”便在袖中取出两把剑,长只数寸,道:“这就是姓名。”飞娘道:“小小刀子,如何便是姓名?”道姑说:“你嫌它小么?”风中一晃,遂长有七尺。飞娘道:“原来是神物,道姑一定是剑仙了!”道姑道:“岂敢!我的姊姊聂隐娘,现在辅佐唐帝师,前日已会过,她说与你同去的。”飞娘道:“道姑也是姓聂了?”道姑道:“仙家姊妹,何必同姓,公孙大娘就是我!”飞娘道:“妾之不才,何幸得大仙到此相救?”就拜在地下说:“弟子愿拜剑仙为师。”公孙大娘道:“这个使得,但不必称师父、徒弟,只称姊妹罢了。”公孙大娘即将剑术细细讲究一番,飞娘皆心领神会。

看看天晓,公孙大娘催促梳妆,飞娘道:“姊姊倒像个为我做媒的。”公孙大娘道:“怎不是?我今也把你嫁与山东姓唐的了。”大家笑了一会。

不到上午,只见呼幺喝六的,范太守到了。经历先进来一看,公孙大娘回道:“新夫人早已打扮诸色完备了。”经历问:“汝是何人?”公孙大娘道:“数日前,新夫人雇我来相帮的。”经历大喜,遂禀知太守,自往缙云公馆去了。

范太守下了轿,步进门来。飞娘立在草堂帘下,见这个太守轻脚轻手,活像个妆旦的戏子。范太守端视飞娘如何标致,只这——

亭亭玉骨,宛然修竹凌风;灼灼华颜,俨似芙蓉出水。一笑欲生春,忽有霜威扑面;双眸疑剪水,何来电影侵人?今日里,只道襄王云雨来巫峡;霎时间,哪知娘子兵戈上战场。

太守心中暗喜道:“有媚有威,是个夫人福相!”飞娘只是站在檐下不动,范太守道:“下官荐先①了。”就一手拉着飞娘衣袖同进草堂,深深四揖。飞娘也回四福,说:“太守公远来,无物可敬。”范太守道:“敢劳夫人费心!”就叫把备来酒筵摆上,吩咐衙役们山口伺候,家人门首伺候,一个不许人来。又见公孙大娘在旁,就道:“你也回避回避。”公孙大娘出到门首,安顿众人去了。

太守斟起一杯香醪为飞娘定席,飞娘也只得斟一杯答礼,对面坐下。太守就一口干了,飞娘也干了一杯。太守喜极,又换过杯子来斟满了递在飞娘面前,说:“吃个交口双杯。”只这句话,飞娘按捺不定,立起身来道:

---

① 荐先——此处可做唐突、鲁莽解。

"妾告个便。"向房里径走。范太守喜孜孜、笑吟吟,欲火已炽,恨不得就赴阳台,乘这个便,随后也走将进来。飞娘进房,听得后面脚步响,左手向后一招,右手已掣取壁间挂好的剑,飞转过身劈面剁去。用力太猛了,把范太守的脸儿竟砍做两半,"扑"的倒在地下,又复心窝里一剑,直透后心。骂道:"杀才！还便宜你与我同吃了杯酒儿!"掣着剑如飞的走到前边。大门早关上的,见公孙大娘在门内站着。有十来个家人,多在耳房内酣饮,被两位善女人赶进,排头砍去,杀个尽情。公孙大娘道:"可换去血衣,悄然就走,独是山口人多,怎处?"飞娘道:"别有一条樵夫的路,走出去已离此二十多里了。"于是关锁了前门,在后面推倒小墙而出。两人相扶相挽的,竟下金华至兰溪。公孙大娘道:"若走杭州,必被他们赶着,我今由严州抄出徽州,到芜湖转至滁州,从河南折入山东去罢。"

一路无话。看看行至亳州地方,正欲下店,见有个秀士携一童子,也在那里投宿。公孙大娘悄对飞娘说道:"我看这个秀士是女扮男装的,明日我们尾着她走,待她解手时,看她一看。"飞娘笑道:"倘若是个男子,这一看好没意思。"公孙大娘道:"妹子到底还是女娃娃,我们虽然修道,也就是杀人不眨眼的魔君,若有行奸卖俏的向前来,一刀挥为两段了。不要说一个男子,纵有千百个赤条条在那里,我就看看有何害呢?"飞娘笑道:"我不信,做了仙家倒是这样撒泼的？要是这样,为何又有思凡的仙子?"公孙大娘道:"这话辩驳得好！你不知仙家各自有派,我们剑仙属之玄女娘娘,只是杀性难除。那风流有才情的仙子,又是西王母娘娘为主,偶然有个思凡下降的。还有斗姥娘娘,都是女宿星媛,立功行而成的。若女子而成地仙者,统于骊山老姥。又有后土夫人,则四海五岳女神灵之主也。舍是,则为旁门。我教中大概是义侠节烈勇毅的女子,所以不怕见男人的。"飞娘闻言,自喜得为剑仙,就道:"我明日看她。"

过了一宿,清早起行。差不多有二十里,那秀士拣个僻处小解。二人就抄在后边,也蹲在地下看。时秀士小解完了,手拿着幅方绢儿,擦了一擦,撅起雪白屁股来,半截朱门刚刚与二人打个照面,飞娘不觉失笑。秀士回头一看,认得是昨晚同宿的,就道:"大家是一般样的东西,有何好笑!"公孙大娘道:"我们也要小解,所以在此。不期你自把美臀献出,头戴着方巾,脚穿着朱履,半中间却有个胡子,张着嘴儿,吐出个舌头,岂不好笑!"秀士道:"我是不得已而为诸,看你二位颜色,也还改个男装方为稳便。”飞娘走近前道：“不改便怎的？”秀士道：“莫嘴强！目今青州起兵，是位圣姑娘娘，路上盘诘女人，比男子更为厉害，拿去就算是奸细。像你们那样风流的，且被他们军士弄个不亦乐乎。”公孙大娘笑道：“焉知我们不是男改女装的？”女秀士道：“我不与你斗嘴，大家走路罢。”公孙大娘道：“我偏要同着你一路，带挈走走，省得他们盘诘。你若不肯，我到关津渡口把你扭住，一口喊破，不怕不拿去做奸细，弄个不亦乐乎。”那女秀士是心虚的，恐怕决撒了大事，假意道：“你两位要我挈带，也要好好的说，怎么歪厮缠起来？”公孙大娘道：“说着玩儿呢？”

女秀士心上厌她两个，想道：不如耍她一耍摆脱了罢。就捻诀念咒，在那童子顶上也暗暗画个符儿，使出个隐身法，登时不见了。飞娘方欲惊讶，公孙大娘捏一把道：“莫则声！”就飞奔到女秀士跟前，揪了耳朵笑说道：“你混什么鬼过眼子！”女秀士吃了一惊，便道：“怎么动粗起来！”就抛了那童子，使个遁形法，又不见影儿了。原来女秀士大有幻术，竟把个身子嵌在一棵大松树内。若是凡夫之眼，但见松树，不见有人。这比不得五行遁法，一遁千百里，不过借件物儿藏匿身子，原是旁门之法，暂时遮掩的。公孙大娘左右一看，走到松树跟前笑道：“我若一剑把你连树砍做两截了，这样耍孩儿的法子弄它做甚！”便一手扯了女秀士出来。女秀士不觉大骇，就说：“你有不耍孩儿的法，也弄个把我看看。”公孙大娘道：“我就学你的隐身法，你若是看得见我，拜你为师，何如？”女秀士道：“快请做！”公孙大娘恐怕她也看得见，隐了身子却又暗暗升在半空。女秀士四面看了一回，茫然不见，只管瞧那范飞娘。飞娘也不知公孙大娘有这样道术，假意说道：“我是看见的。”就叫道：“姊姊，出来罢！”公孙大娘应说：“我要去了！”女秀士听来声在空中，以手搭着凉篷仰面细看，好个皎皎青天，连云点儿也没有，乃大赞道：“好妙法！好妙法！”公孙大娘轻轻落在女秀士当面，现出形相，道：“怎的就看不见？”女秀士道：“我的法是异人传授的，出入帝王公侯将相之家，莫不钦敬，不期今日被你看破。我问你二位实系何等人？要往那里去的？”公孙大娘道：“我且问你，向来出入王府，可认得个女秀才刘氏么？”那女秀士见说了她真名字出来，知道是异人，也不敢相瞒，应道：“只我便是女秀才刘氏。”公孙大娘道：“吓！而今要往哪里去呢？”答道：“要到济宁，寻个主儿。”公孙大娘道：“只怕你去寻的主儿就是要寻我的主儿哩！”女秀士道：“这是怎说？”公孙大娘道：“那主儿可是姓唐？”女秀才道：“正是。”公孙大娘就将自己与范飞娘的姓名及杀太守情由并如今去投她的话说了。女秀才道：“若然，我们是一家人。”遂又说道：“向在驸马梅殷府中，用术魇禁燕王。不意梅驸马被燕王赚去杀了，又来拿我。我就隐身到宫中去杀他，不意他福分大得很，每日有神将列宿护持，不能下手，只得逃向各处游荡。近闻青州成了事，所以前去，要给驸马报仇。”公孙大娘道：“这该到济南，为何要到济宁呢？”女秀才道：“我当日在济宁住过，有些熟识，去刺探个军机，好做进身之策。”范飞娘道：“志量太小了！何不竟去做个细作，杀了镇守的将官，把一座城池做个贽礼①不好么？”公孙大娘道：“此计甚好。我今与你一处走，真个要你挈带了。你们两个认做夫妇，我与你认做姊弟。”女秀才道：“不好，姊丈在那里？不如都认做我的老婆，一大一小罢。”飞娘道：“正好，你是个齐人了，教你每日挨顿打。”女秀才笑说：“我是个伪齐人，没有这件好东西，倒不得争风厮打哩！”公孙大娘也笑道：“丈夫，你这个孩子是谁给你生出来的？”飞娘道：“他自有个真齐人在那里。”女秀才也笑道：“好乱话！给你们说，这孩子也奇哩！他是户部尚书陈迪的幼子，名唤鹤山。当日搜拿家属时，正出天花，半路死了，校尉把来丢在道旁。过了一夜，想是伏了土，又活转来，在那里哭。适我经过，问知情由，念陈尚书是个忠臣，特地收来育养，为他延续宗祀的。”公孙大娘道：“这才成个女秀才！如今都要说正经话，不要露出马脚来为妙。”

于是日则同行，夜则同宿，已到济宁城下，女秀才就用济宁的声口②，向门军说是本州人带着家眷在乡村处馆，暂回来的。几个门军眼睛都注在飞娘身上，诘问了几句，放进城去，在监河衙门侧首寻了个寓。

住了两日，那店家见她声音互异，疑心起来，只管催促起身。公孙大娘悄对女秀才道：“我昨日见衙门尽后有个寺院，东间壁贴着空房借寓，是本寺住持的，何不借了它？”女秀才道：“我久已晓得，这寺内贼秃，着实要奸淫妇女，不好的。”飞娘道：“我偏要去借！”公孙大娘道：“正要借这点儿，方肯赁与我们久住哩！”女秀才便去，说是有家眷的，一借就成。两三个和尚在寺门首等着，看她们搬来，见飞娘带着些孝，都说是白衣观音出

---

① 贽礼——携带进献的礼物。

② 声口——口音、方言。

现了。

从此,住持僧每日来送长送短,公孙大娘又把些甜言哄他,这个贼秃就错认了罗刹女,当做欢喜冤家,岂不该死!

住了十来日,闻得济南兵到了,在城外厮杀。和尚却来请去寺中随喜,公孙大娘道:“如今兵马临城,有何心绪呢?”和尚满脸堆笑说:“城中兵民久闻圣姑娘娘是位天仙,那个不愿降顺?只碍着监河主将是燕皇帝的心腹,我们做和尚的还要长幡宝盖,焚香奏乐去迎接哩。”只见女秀才回来了,和尚说声“请大娘快些随喜”,扬扬的自去。公孙大娘就问女秀才:“连日打听事体如何?”女秀才说:“州官及兵民的心都是一心要降的,只是监河军马在城外,不敢变动。”公孙大娘道:“这与和尚说的无异,定然不错。”遂附耳说了几句,如此如此去行事。女秀才即于明早趁开城门放樵采时,使个隐身法出城而去。君不见三女成粲,忽变作杀气凌云;四士同仇,顿揭起黄旗贯日。且听下回演出。

第四十回

济宁州三女杀监河　兖州府四士逐太守

却说吕军师战胜之后，敛兵下寨。次日黄昏时分，忽报拿到奸细一名，遂升帐勘问，诸将士皆集，看是秀才打扮，气度不俗，遂叫放了绑缚，问："汝是何人？竟敢闯入营盘！"应说："小子有机密要禀，乞避左右。"军师道："我这里万人一心，有话就说。"秀才遂前跪一步道："妾身刘氏，人称为女秀才。向者梅驸马镇守淮安，因妾有法术，招在军中。燕王南下，诈言假道进香，驸马宣谕祖制拒之。燕师竟从别路过去，夺了建文帝位，哄骗了长公主手书，召还驸马，密令谭深、赵曦刺死在笪桥[①]之下。又各处张挂榜文，说：'女秀才用魇禁之术咒诅朕身，罪在不赦，着令郡县搜拿。'只得逃向江湖。闻知青州圣姑娘娘大兴义师，为忠臣义士报冤雪愤，因此千里来投。途中又遇着两员女将——"女秀才就住了口，以目视左右。军师即吩咐军校们帐外伺候，女秀才方禀道："两员女将，一是剑侠公孙大娘，一是女中飞将范非云，今在监河衙门后圆通寺左住着。在城中探听两日，官员百姓都要归降，只怕的房胜兵多将勇，不敢轻动。所以公孙大娘着令妾身前来说，请军师把房胜杀败，赶入城内，便间就戕[②]了他的首级。不论何日，但看城中火起为号，军师径杀进城来，可不战而定也。"军师道："这个极易，汝可到后营暂歇。"

将至四更，令小兵送女秀才出营去了。景监军道："此妇人之话尚有可疑，里应外合，全凭订定日期，或内先发而外应，或外先发而内应，怎说不论何日？莫要是贼计么？"军师道："彼系三个女流，只办得刺杀主将，安能接应外边？行刺又要乘机，岂可预定日子？公孙大娘一段，连我也只是雷一震禀知，余外绝无一人晓得，彼岂能捏造出来？断无可疑！我今用个诱虎出穴之计，彼必将计就计以待我；我又将计就计以应之，大事可定

---

① 笪(dá)桥——竹桥。

② 戕(qiāng)——原意为"杀害"，此处作"割取"解。

矣。”即唤葛缵、姚襄两将吩咐道：“今日酉刻，可各引一支军马，一支向西，一支向南，缓款而行，到正西、正南上暂住。听炮声连响为号，如败兵下来，让他过去，从后掩杀；若炮声定后，绝不见有败兵，即向前击彼迎敌之师。务令军士齐声大喊，说‘房胜已被我军师擒下了’，彼必惊惶，我还有兵来接应。”二将领命去了。

军师又遍视诸将及牙将等一会，向着景监军说：“有一处可以立个大功，奈无可使之人。”小皂旗、雷一震齐声道：“我等敢去！”王有庆见军师回顾，心中私喜，亦前禀道：“末将承恩收录帐下，未有寸功，愿拼死挣个功劳。”军师道：“汝去倒使得，只怕军士不能听命。这场功劳非同小可，汝去点选军士一千名，都是步战，有了此数即来复命。”王有庆遂去点兵。众将都不服道：“王有庆武艺平常，且属新降，其心难必，军师怎舍我等不用而反用他呢？”军师道：“毋得多言，做出便见。”王有庆已点完了军，禀说：“够一千名，都愿随末将立功的。”军师道：“如此却好。”就命赐王有庆全副披挂、宝刀、名马，自斟三杯酒递之。王有庆见军师如此隆重，出于意外，跪饮了酒，说：“末将不成功，誓不生还见军师之面！”军师又激奖了几句，下令：“八百名皆用镰刀二把、藤牌一面；二百名只带大砍刀一把，纸火爆各一百枚，十枚一束，扣成总药线一条，各带火绳在手。三更时分，呐喊杀入房胜大营，必然是个空寨，汝令军士分为两下，在前后营门内伏于地上，待他杀进来时，上面以纸炮掼去，下面以镰刀砍其马足，即使步兵先入，亦砍人足，各用藤牌遮护枪刀。他若败了，总不许杀出，只照前伏在里面，但有逃进来的便砍。直待大军杀败了，他已去远了，然后回来缴令，便是你的大功。镰刀、纸炮早经备办，可到后营领给。”王有庆得计，摩拳擦掌的去了。军师唤小皂旗、俞如海、雷一震、余庆四将：“汝等待王有庆去后，各领精骑六百，一向寨前，一抄营后，奋勇击杀。我还有接应兵来，那时彼必败走，汝四人合兵追之，从后虚声掩杀，逼他进城。若城中火起，即乘势杀入；若无火起，不可造次，且等军令。”又命彭岑、牛鏣各领精锐一千，接应两处：“总不可杀进寨内。切嘱！切嘱！”诸将都领命而去。又唤张鹏领一支军截杀房胜左寨救兵，卢龙领一支军截住右寨救兵：“汝二将专杀他两支军马，使彼不能接应。”又顾景佥都道：“烦监军带领六百勇士，向适中高阜处屯驻，施放号炮，直待房胜人马败尽方止。看他若西走，监军率兵反接应南边葛缵；他若南走，向西接应姚襄。毋得有误！”景监军大喜道:“小子看军师用兵,真武侯复生矣!”遂点军整顿号炮,自去行事。军师乃命马千里:“率数百军士,各备三头火把,听我随时发令!”

却说房胜正与诸将商议,说:“寇兵得胜,而反不出,定有诡计!”忽小校来报:“敌人阵脚移动!”房胜登将台望之,时已昏黑,遥见两支军马,一向西行,一向南去。亟下台传令道:“敌人分兵攻我西南二门,今夜必来劫寨!此调虎出林之计,怎瞒得我!我就彼计以破之。”即令庞来兴引本部人马去迎西门之兵,丁胜引本部人马往拒南关之兵,戒令:“毋得进战,待我破了他劫寨之兵,即分头从背后杀来。那时两面夹攻,使他片甲不返!”又将中寨人马尽行撤出,自引一支伏于寨左,令徐政伏一支在右,待他进寨,各分前后杀入,不许放一人走脱。又料敌来劫寨,恐还有接应之兵,命左、右两寨参游武弁,各向前截住厮杀,使他彼此不能相顾。

分拨已定,甫到三更,果然有兵劫寨,呐一声喊,杀进中寨。徐政在前寨杀入,房胜自在寨后杀入。只见先进去的骑兵纷纷的连人连马都倒,又被纸爆乱打将来,马惊人骇,拥塞寨门,进退不得。房胜道:“此贼智也!”亟令军士拆开营寨,一拥而入。伏在地下的数百步兵大半被马踹死,王有庆大呼力战,也被乱军杀了。寨前徐政,那有房胜应变之智,见军士进去的都倒,又被火纸爆打得个昏晕,正在没法,后面雷一震、余庆二将早已杀到。左右两寨参游武弁,各率兵马鼓噪而出,又被张鹏、卢龙两将分头截杀,不能接应。雷一震抡动大斧,恍若巨灵神,勇不可当,大喝一声,如青天起个霹雳,早把徐政劈死。彭岑、牛鑣各从刺斜里杀入,合兵冲击。那些将官都系武制科出身,从未经历战阵,心慌胆裂,手足无措,但见纷纷落马。其河兵又皆市井无赖,从未训练,哪敢拒敌。唯有弃甲抛戈,四下逃命。房胜尚在寨中搜杀伏兵,听见号炮不住震天的响,前寨人马已溃,只得引军从后突出,正遇小皂旗、俞如海杀散寨后的兵,掩到面前大呼:“休放走了房胜!”房胜进退不得,回顾部下,只有数百骑,大声呼道:“退后必死!可并力向前。”遂舍命当先,率领将卒杀开条路,望西南而走。又见前面火把不计其数,鼓声震天价杀来,遂掣身从正南奔逃。小皂旗率兵紧紧追着。

那时,寨前的败兵溃向西,房胜溃而南,分作两路了。军师亟传令景监军向西,自已统率马千里向南追赶。早有姚襄见败兵下来,从半腰杀出,把房胜部下人马截去一半,剩不上三百余骑,径奔南关。丁胜正在等候济南之兵,不知是房胜败回,劈面迎杀将来。到得喊说明白,已互相杀伤了好些,才得合兵一处。姚襄、小皂旗追兵已到,丁胜道:“主帅可入城,待我当之。”

房胜此时筋疲力乏,一径叫开城门,立马在城堵口,看望外边厮杀。只听得乱哄哄传说帅府内署失了火,房胜回头一望,烈焰冲天,不觉魂惊魄散,飞马回到衙门口,那些守门军士正在那边乱嚷,说:“宅内封锁的,怎么好?”忽见本官到了,让开条路,随在后头涌来。房胜吩咐救火的在外伺候,等传唤才许进宅。只带两个心腹人敲开宅门,见两个女人走向前来,大叫道:“夫人烧死了!”房胜方在疑惑,早被一个女人劈面一剑,砍倒在地。那一个女人把跟随的两人一剑一个,顿时完事,仍旧把门关上。

原来公孙大娘等三人闻知外面厮杀,料必败进城来,就先到监河署内,把一家老小尽行杀死,放起火来。一者是里应的信号,二者是赚监河回署的妙计。房胜不知就里,正好凑巧。可怜随着燕王屡立战功,不期此夜死于飞娘之手。

当下公孙大娘割了房胜的首级,如飞到州衙门前。知州正出堂来,要去救火,看见一女人在阶下,把个人头摔来,厉声道:“这是房胜首级,可速捧去迎接吕军师进城。若迟片刻,此即榜样!”知州大惊,急看妇人时,已飞身在屋脊上,不知去向。知州验看首级不错,令将盘子盛了,急忙出街前行。

城中早已鼎沸,说大兵已进了西关,知州如飞迎去,跪在路旁大喊道:“知州来献房胜首级!”却是雷将军的兵马先到,叫取看一看,仍交与知州,着令在州衙等候。此时正不知军师从何方入城,复又向南门杀去,恰好逢着丁胜战败进城,左臂中了一箭,踉跄而走,雷一震大喝道:“逆贼!待走哪里去!”脑门一斧劈下。丁胜心慌,向右急躲,早把中箭的左臂砍掉,翻身坠马。小皂旗、姚襄正赶到时,见丁胜已经拿下,合兵一处。

天已大明,军师也在后边飞马来了。雷一震遂上前禀知,径到州衙前来。知州早同着各厅并武弁数人,战战兢兢的一字跪下。军师进到州堂坐定,知州便将房胜首级献上。军师道:“该州功劳不小。”知州连忙叩头道:“这不敢冒功,有位女将军从天送下的。”军师问:“女将军在何处?”知州道:“腾空去了。”军师笑道:“也算是尔之功!”即令雷一震:“尔可速到监河署后圆通寺,看公孙大娘在否。”一面令人救灭了火,一面出榜安民。

那时，景监军向西路追逐败兵，败兵大半投降，也到州衙。军师即令查点城内降兵，又命姚襄查核仓储谷石，二人领命而去。遂有彭岑押到庞来兴，禀道："是小将活捉的。再有，丁胜是雷将军砍去一臂生擒的。这二贼是小将不共戴天之仇！当日先父闻燕兵从宫内反将出来，在市上聚集二千义士，杀进宫门，不意被二贼从夹巷突出，格杀先父。今邀军师神算，两贼俱擒，并乞赐给小将，剜取心肝，祭奠先父。"军师大喜，即交与彭岑去了。雷一震已来复命，说："公孙大娘与女秀才，又有一位年少女将军、一个十来岁的童子，都在寺内后殿吃酒。杀的和尚尸首，七横八竖，大半是精赤的。小将不好问得，倒是随去的军士们见两个小沙弥在那里哭，说：'我老和尚好意送长送短，不知怎么恼了那个标致的大娘，她独自一个，四更天来，把我们寺中杀尽，只饶我两个年幼的与一个年老的道人。'"军师大笑。雷一震又禀："小将蒙公孙大娘赐了三杯酒，说'复上军师，即刻起身，到济南阙下相会了。'"军师道："如此，可将我四轮的副车，着二十名壮健军卒送去。"不在话下。

却说姚襄去查仓储，总已支尽，并无余粒。景监军计点降兵六千七百余名，半是市井①充的。军师仍令各归本业，只挑选精壮三千，付与景监军，令带领张鹏、牛鑲、彭岑、卢龙四将，略定泰安、蒙阴、沂州诸处，成功之后，即便镇住沂州。监军道："小子得了沂州，务看个机会图取淮阳，以报帝师、军师知遇之恩。"欣然别过军师，率兵自去。

吕军师驻扎数日，料理已毕，乃命小皂旗为先锋，自与姚襄统领中军，余庆、雷一震、葛缵、马千里各分左右前后四军，俞如海为合后，仍按五行阵法进兵，前取兖州。一路秋毫无犯，村童野叟皆在道旁嬉笑。军师缓款而行，时加慰劳。

距城二十余里，忽小皂旗匹马飞至，说："有数万人手执黄旗蜂拥前来，并无甲兵，不像个厮杀的。小将谨请军令。"一望时早见旗影飘摇，尘光荡漾，有如云雾一般。军师遂命姚襄飞马喊问："尔等若系投诚，可着各文武官员先赴营前禀命！"众人推出几个官来跪禀道："是迎接圣后銮驾的。"

时军师已到，各官皆膝行叩接。为首一员禀是郡丞，某太守前日被士

---

① 市井——泛指平民百姓。

民逐出城外了。军师问:“何无守将?”郡守禀道:“国初,以兖州府为礼义之邦,不曾设的,只有千把总三员,看守门禁。”军师道:“太守系何人为首逐的?”答应道:“是孔氏门中秀才,今现在此。”军师谕令官弁等督率众人先行,随后只带数骑进城。

到府堂坐定,令传逐太守的秀才进见。军师视之,两个是道士,两个是秀才,遂问道士何名,道士顾视秀才道:“今日不说真姓名,更待何时?”答应道:“小道先伯父是方孝孺,先父是方孝友——”军师即立起拱手道:“都请坐讲!”四人谦逊一回,分左右坐下。军师问那一位道长姓氏,方道士代答道:“这是表叔林彦清之子。”又指右边第一位说:“是户部侍郎卓公讳敬之子。第二位是先伯父之门生、太常卿卢原质之少弟,太常公也为先伯父夷族的。国变之日,林表叔向小子说:‘尔伯父麻衣衰绖,恸哭于廷,必有奇祸。曲阜衍圣公为尔伯父道义之交,汝可与表弟同去投托他处,且待事定回来。’不意才到半途,即闻有夷灭十族之信。承衍圣公念先人忠节,收留月余。有玄微观住持清徽道士,与衍圣公至交,小子弟兄二人,恐有不测,情愿出家。原名是方经,表字以一,圣公改为经大方,本郡都称大方道人。表弟原名林玄晖,认作林灵素之后,改名又玄,称为又玄道人。这位卢世兄名敏政,闻得小子在这里,改名易姓,游学到此,已有月余。都是同仇,所以同逐太守。”

卓公子闻言道:“小子名孝,字永思。先父为官清苦异常,因自幼定亲于某同年,在兖郡做刑厅,令小子来此就姻。未到之时,已闻夷及三族,遂逃至曲阜,遇着了方、林二兄,又蒙衍圣公推爱,说小子能文,令改姓名为孔以卓,排行在彼子侄名下,进了府学。闻得青州兴起义师,要迎建文故主复位,近又传说济宁已破,遂约同学生员哭庙。不期太守传了府教官,要查我等姓名奏闻,因此倡义士庶,齐心把太守抬出城外。方世兄早备下黄旗数百杆,领着众道士大呼于市,从者就有数千。那些官员禁压不得,方在后边跟来的。如今仰托威灵,得为君父报仇,小子等死亦甘心!”

军师道:“君等皆不愧为忠臣之后,可敬!可敬!”遂问各官贤否,答应道:“都还做得。”军师即下令皆照旧供职,其太守员缺,特署方经,以学士兼知兖州府事。遂草露布告捷,并提明公孙大娘及卓永思等功绩,入京授职。又查取郡县库帑,俵①散来迎士庶,自回城外营寨安歇,差人探听景监军信息。

忽有秀才百余,齐到营门,请军师驾临阙里,瞻谒孔庙。又方、卓、林、卢四人皆至,说:“圣公有启致请。”吕军师欣然从之。即令诸将守营静候,同方学士等起身到曲阜县去。不因这一去:安得正名讨贼,窃附孔氏《春秋》;书号纪年,竟比紫阳纲目。下回便见,未知看书者以为然否。

---

① 俵——分发、张扬。

第四十一回

吕司马谒阙里庙　景佥都拔沂州城

却说衍圣公名复礼字勿非，秉性刚毅，博洽经史，讲究义理，透彻性天，以传夫子道统为己任。闻吕军师是个名士，所以来请，又先令子侄二人，出郭数十里来迎。军师大喜，遂至阙里，圣公率族众三十余人接见。军师道："谒我夫子，须虔诚斋沐，当俟明日清晨。"即与圣公等逐一施礼毕。圣公开言道："学生的先子是尼父[1]，先生的先祖是尚父[2]，为千古文武之宗。今我后人得聚一堂，亦千古难得之事，幸唯先生教之。"军师应道："圣公分出文武之宗，为千古不易之明论。但学生愚见，'文武'二字，原从三代以后，文者不武，武者不文，遂分为二，若上古其一也。我夫子若不武，子路曷肯问行三军？卫灵公何至问阵？夹谷之会，夫子告鲁侯曰：'有文事者，必有武备。请以司马从。'夫子岂不武者欤？即如尚父位居太师，与周、召夹辅成王，道之德义。周公训子治鲁曰：'尊贤而亲亲。'尚父训子治齐曰：'尊贤而尚功。'夫岂不文者欤？特尚父所遇之主，可与用武，夫子所遇之人，不可与言武，易地则皆然耳。孙吴之徒不知圣道，只讲战功，孟氏早已黜之，此武事之攸分也。即如汉之留侯[3]、武侯，国朝之诚意伯[4]，谓非允文允武，可乎？学生固不敢以武事而附于文，然亦不敢以斯文而宗主，而谓不知武也。"圣公等赞叹拜服道："先生卓见，可为贯通文武渊源，领教多矣。"遂请入席。两边说得投机，开怀畅饮，正是：酒当知己千盅少，话若投机万句多。

吕军师问："当今靖难逊国之事，如逢我夫子，不知何以正之？"圣公

---

① 尼父——即孔子。

② 尚父——即吕望，一说字子牙。辅佐武王灭商的武官。

③ 留侯——即汉初大臣张良。辅佐刘邦建立汉朝后封为留侯。

④ 诚意伯——即明太祖的谋臣刘基，明初大臣，曾被封为诚意伯。

道："春秋錢辄之事①，可推而知矣。《诗》云：'率土之滨，莫非王臣。'先子云：人臣无将，将则必诛；天子之外，总谓之臣。故曰：民无二王。懿文为高皇太子，天下皆知为储君也，不享而终，则建文为太子，民间尚有承重之称，继世以有天下者，非建文而谁？高皇告于庙，谋于公卿而立之，乃万古之常经。即使失德如桀、纣，社稷为重，而君为轻，义所当废，亦必出自元老勋臣廷谋佥议，俾宗枝近派，暂为摄政，放太甲于桐则可。况建文登极以来，仁风和洽，德泽汪洋，济济朝臣皆称吉士。顾以削废诸王之故，而遽称兵犯阙，宫闱之内，后妃公主皆自焚以殉，古来失国之惨，莫甚于此。谁朝无伯父、叔父、诸昆弟哉？若云长可以凌幼，则是无君之国然矣。而且忠臣义士被夷灭者，至于十族、九族，稽之历代谋反叛逆者，不过三族，亦何罪而至此？中庸之主，犹能褒封胜国尽节之臣。汉高封雍齿，斩丁公，以臣节教天下。王者无私仇，何况并无私仇？徒以不附己而屠戮之，如屠犬羊，必欲教人以叛逆，诚不知当今是何心也！夫天下高皇之天下也，燕藩可得为帝，何藩不可以为帝乎？诸忠臣义士，高皇之臣子也，忠节者可杀，何人反不可杀乎？正学先生云：'燕贼反。'此即我夫子春秋之笔也，更有何说之辞？"吕军师悚然起拜曰："先生之论，乃今日正人心、明大义，所以维持世道于颠覆之间，允宜载之春秋，昭示来兹。"有顷，席散安歇。

明晨，圣公等陪军师谒庙毕。时奎文阁新修，中藏图书万卷，缃轴牙签②，琳琅璀璨。军师登览云："略献小丑。"因题七律一首。诗曰：

> 汲冢羽陵一阁收，须知压卷是《春秋》。
> 天王有道方兴鲁，夫子当年几梦周？
> 广厦虚凉来贺燕，雕梁夭娇有蟠虬。
> 宫墙千仞谁能到？幸从趋庭得暂游。

圣公等赞道："题诗多者矣，大作首当压卷。"军师不免自谦几句。又请去看夫子手植古桧，其本柯端直似劲铁，纹理左纽，卷若丝发，上有侧生小楂丫一枝，长不过尺，风霜侵剥，绝无枝叶，色如黝漆，真神物也！遂亦题书

---

① 春秋錢(guì)辄之事——广泛地看春秋时代一切事情。

② 缃轴牙签——"缃轴"，黄色的书卷；"牙签"，旧时藏书者系于书函上作为标志以便翻检的牙制签牌。

一律云：

尼山植桧昔曾闻，何幸今来见左文！
地脉也知关运会，天心若为护风云。
灵根盘屈蛟龙合，铁干支撑日月分。
草木偏能沾圣泽，至今名字独超群。

圣公又大加称赞。各处游览已遍，即请入席，奏起乐来。军师听了一会，欠身道："某非延陵季子①，不能审音，但详其大致，则古乐与今乐相杂也，所以乐器亦如之。鄙人之见，夫子殷人而生于周，所闻者三代以上之乐，故论治天下之道曰：'乐则韶舞'；又称《关雎》之乱，洋洋盈耳；而武王之乐，尚曰：'未尽善也。'何况今时之乐，岂夫子所乐闻者欤？故圣庙之乐，似宜用'二南'、'二雅'，以存我夫子宗周之志。其乐器，亦宜只用周制，后代所造者，皆不可以奏正音也。"圣公之侄孔以恂接着说道："目今乐舞用八佾②何如？"军师曰："此较之用今乐，其过等耳。"以恂曰："尊夫子以天子之礼乐，岂其为过耶？"军师应曰："此似是而非也！季氏舞八佾，夫子黜之为僭，而肯受此非礼乎哉？成王以姬公叔父而有元勋，赐之禘祭，夫子且曰：'我不欲观。'何况后代之赐耶？且夫子未为天子，岂宜僭天子之礼乐耶？总之，夫子之尊，以天爵而不以人爵。封王封公，皆人爵也。即封之为帝，亦适足以卑我夫子，而非尊夫子也。夫子道统立极，为万世帝王之师，宜尊为师，则中乎天爵矣。"圣公遽然曰："非先生不能有此彻论，我道之幸也。"军师曰："俟建文复位之后，即当以此奏请。"圣公曰："建文复位，天子也；即不复位，而年号犹存，亦天子也。朱子《纲目》曰：'帝在房州'，'帝在均州'，即此知帝固在也。"军师曰："若然，学生虽固陋，自必执意行之。"即起身辞谢。曲阜县公于众中趋前揖曰："小子明日尚有请教。"方经、卓永思等皆劝再留一日，军师不好坚辞，只得住下。

原来曲阜为夫子汤沐之邑，其赋税不贡于天家，历来知县，也只是孔姓做得，总由圣公推用，不经部选的。那时县公讳以诚，亦是圣公之侄，见吕军师志气轩昂，才识骏越，极其佩服，大备丰筵致请，设座南面。军师固

① 延陵季子——即春秋时吴公子季札。公元前544年出使鲁国，在欣赏周代传统的音乐和诗歌时，加以分析，借以说明周朝和诸侯的盛衰大势。

② 八佾(yì)——古代天子的一种乐舞，排列成行，纵横都是八人，共六十四人。

逊,仍依昭穆之礼。至酒行数巡,曲阜公忽起立问曰:"我夫子去后,历代以来,谁能相承道统者乎？先生必有所见,请一论定,以发愚蒙。"军师曰:"难言也,然而孟氏尚矣。其为言也,由粗而入于精,由细而彻乎大;其为行也,至刚而不屈,至正而不倚。非得圣人之全体者,不能俾用于世,其伊、召之流亚乎？独是生当战国,未免有矫激之处。韩昌黎①正道而行,亦云强毅,信之虽笃,而知之不精,往往杂入荀、扬,此其病也。东坡天资敏慧,能达道原,然而流入于禅,儒之未纯者。留侯、武侯,皆先得圣人之作用,所谓可与权者,第其根本,则略杂于霸,亦所遇之时使之然耳。至程、朱二氏②,但敦其体,而不究其用,操履笃实,固守不变,宁不谓之大儒？独是执而不融,泥而不化,似乎堕入窠臼。当治平之日,以之坐谈性天,讲论经书则可,若处于兴亡成败之际,岂能与留侯、武侯较其长短乎？夫羲《易》为至圣之微书,我夫子尚言'五十学《易》',孟氏未能明之,而亦不道。京房、王弼③之流,竟流入于卜筮,此固忘其本而循其末,不足取也。晦庵起而正之,不为无识;然于六爻之义,大半晦蚀,千古冥冥,宗之为师,《易》虽存而实亡矣。其于《诗经》,六义亦然,未彻其言,率为注解,亦大半灭没而不显,《诗》虽有而实无矣。二者非执泥之过耶？虽然,二子究能明道之本者,其鼓吹六经,大有功于圣教。譬之于禅,留侯、武侯得如来之神通,而少功行;程、朱二子得如来之宗旨,而落于戒律。自此以后,非愚所知也。"圣公等莫不大服而赞曰:"夫子复起,不易斯言。"

时有五经博士孔以敏,方欲问难,忽门上报:"有皂旗将军,要禀军机。"圣公问曰:"何以称皂旗将军？"军师曰:"此即皂旗张之子也,名小皂旗。其父以一身而当万军,负重伤而死,手执皂旗昂立而不仆,燕军惊怖,皆罗拜于前,然后负之而去。今其子颇有父风,亦当今之义士也。"圣公说:"如此,可否请进,令寒族儒生一识将军之面乎？"军师遂教传进,小皂旗疾趋而入。但见:

勇冠三军,身过七尺。豹头虎眼,凛凛乎杀气侵人;熊背猿腰,矫矫乎威风薄汉。单枪能入重围,胆大如斗;连珠每杀上将,手捷如神。

---

① 韩昌黎——即韩愈,唐代文学家、哲学家。

② 程、朱二氏——即程颐、朱熹,创立了宋代理学的主要派别:程朱理学。

③ 王弼——魏时(三国)玄学家。

瘦秉骨骼，若劲松之挺严霜；黑含光彩，似倭刀之淬秋水。

曲阜公立起说："我等概不为礼。"即取大兕觥，手奉三杯。小皂旗正走得渴，遂立饮而尽。孰知孔门人众，各要敬三杯，军师又道："不可却圣公相爱之意。"一连饮了二十余杯，已是半酣，乃坚辞道："小将尚有军情，恐醉后语无伦次，再不敢领命了。"军师道："圣公乃是大贤，有事就说，不须回避。"小皂旗方在怀中取出景佥都书呈上。军师看了大骇，向圣公说："佥都御史景公清，赤族之后，幸遗一子在临清刘教授家，今已归阙。帝师鉴其英略，任以监军，分兵去下沂州，不意淮安守将早已使人据住。目今连战无功，军饷不济，为此告急学生。当星夜前去，容日后再领明诲。"圣公见系大事，不好再留。

军师别过，即于半夜起身，驰赴兖州营中，便唤雷一震、俞如海二将统领精兵一千，仍由济宁出南阳夏镇，抄至红花埠；又命马千里、葛缵领精兵一千，抄到沂州山口，一边从上而下，一边从下而上，将他淮安运饷军兵围裹住了，用好言招降，如此如此而行；彼若不降，尽行屠戮，如此如此而行。四将领命自去。乃命小皂旗、余庆："尔二人可领精兵二千，到景佥都处协助，只听号炮响时，即杀向前，乘势取城。"自与姚襄拔寨起行，至大路等候捷音不题。

却说沂州是由山东入淮紧要的路，所以淮安都督拨马步兵八千屯驻于此。守将是张胜，还有两个千户，一姓许名忠，一姓陈名斌，皆能征惯战之将。景佥都与他杀过两场，未分胜负，无奈城池坚固，守御严整，不能攻取。他们粮饷是从淮上运来，因算到军师在兖州可以发兵断饷，飞书来请援的。

那时淮安运饷，是两个守备，一名赵义，一名任信，一来一去，循环不绝。雷一震偃旗息鼓，到红花埠探听，重运才向北去，空车早下去了，就与俞如海从背后杀将上去。赵义闻有兵来，还只道是淮安的，勒马看时，见军士尽裹红巾，声势甚大，着了慌，急唤军士们迎敌。那运粮的只有五百名步卒、五十名马兵，因在自己汛地内，捡那些不会征战的当这苦差，正走得困乏，谁肯将性命来填刀头？大家弃了粮车，四散逃命。俞如海即令部下大喊："降者有赏！"众燕兵知道失了兵饷，是活不成的，一闻招降，个个罗拜地上。赵义拨马要走时，被雷一震大喝一声，纵马赶上活拿了，赵义也就愿降。雷一震道："尔果真心，目下就使你立件大功，我在军师处保奏，定重加升赏。”赵义道：“将军但看我与军士们受苦的光景，怎敢还有假意？”雷一震道：“既如此，尔仍为我押运粮饷，把你军士衣帽，尽与我的军士换来穿戴，前去赚开城门，岂不是件大功？”赵义叩头领命。雷一震自己也穿了淮安小卒衣帽，在前先行。俞如海率领兵士从后搜杀沿途塘兵，只见马千里、葛缵二将一径冲杀前来，雷一震大叫道：“已着手了，休伤自家人！”马千里听是雷将军声音，定睛细看，果是自己军兵，遂让过前去。雷一震向马千里说：“军师原令我二人赚城的，今俞将军在后搜杀汛兵，将军可速换穿小卒号衣，同我入城。葛将军可与俞将军合兵，遵依军师将令而行。”马千里即换了装束，杂在运粮马军之内，前进至沂州山口。雷将军唤军校密谕军师严令：“汝等数人到城隅空处，待我们入门之后，连放号炮，直待拔城而止。”军校等领命去了。

看看到了城门口，守门军士是放粮进城惯的，不须去禀主将，亦不消盘诘，径行大开城门。粮车才进时，雷一震抡动大斧，把守门军士一斧一个。马千里即招呼部下精锐，一涌杀入。城外号炮冲天，城中将士正不知何处兵马杀到，但听说已进了城，登时鼎沸。景佥都即令小皂旗、余庆率军爬城，彭、牛、张、卢四将攻拔许、陈二千户寨栅，自登将台，援桴①而鼓。许忠、陈斌闻得号炮，先自震惊，率兵混战，又听得城上大喊，回头望时，但见都竖起济南旗号。二人不敢恋战，绕城而逃，部下星散。小皂旗等，又径斩开西、北二门。佥都传令：“弗追，且速进城。”城内张胜尚与雷一震等巷战，不防余庆从横街上杀来，枪到处，张胜落马，军士拿下，余兵皆降。彭岑、牛鑣四处搜杀文武官弁，不留一人，唯百姓秋毫无犯。

佥都即到州衙坐下，传令安抚百姓。余庆押到张胜，佥都问是何人，张胜诡言千总，今愿归顺。景佥都听说是小武弁，无所关系，遂命余庆收为部下。时雷一震、马千里皆至，说现截粮饷若干，并降守备赵义、马步军兵六百余人，奉军师将令，逐名优赏。佥都问：“此处截粮降卒，何以军师就有令到耶？”雷一震备述：“军师算定，吩咐小将如此赚开城门，方得成功的。”佥都大骇道：“军师复札说是全依我行，那知军师量如沧海，暗暗把这大功归之于我。噫！生我者父母，成我者军师也。”即下座向北四拜曰：“从今以后，我奉为师矣。独可惜许、陈二贼竟被脱逃，此乃我之无

---

① 援桴（fú）——拿起鼓槌。

能,更有何说?”雷一震笑道:“怎得脱逃?待小将去迎他。”即飞马而去。佥都初犹不解,不多时,只见雷将军同着俞如海、葛缵,早将许忠、陈斌二人活拿解到。佥都大喜,问:“怎样拿着的?”二将具述:“军师将令,叫小将等伏在沂州山口,设有南来救兵,截杀他不许进口;若有逃出的贼将,截住擒他,不许出口。——小将等用绊马索拿来的。”佥都道:“这个才叫做‘运筹帷幄,决胜千里’。”遂勘讯两人始末。陈斌原是太仓卫军,因苏州府太守姚公讳善者募兵勤王,投托麾下;其许忠,向系姚太守之家丁,付以中军之任。两人闻得燕王购公首级,赏金三千,爵三品,遂相合谋,潜于夜半入帐,缚姚公献之阙下,因此燕王擢为世袭千户。监军拍案大怒道:“如此逆贼,万剐不足!”因想起张胜,恐是一党,提来对质,俱供说是守沂州主将,同王礼等杀扬州王彬御史的。佥都道:“我几乎被他惑了!”即命先剜其舌,叫把许忠、陈斌上了刑具,解到军师军前,听姚襄发落。张胜一贼,处以极刑。遂擢赵义为裨将,又发库帑二千,赏给运粮降兵,大书露布报捷,又作启飞送军师,表愿为弟子之意。后亲送雷将军等出郊,把盏而别。

却说吕军师驻扎齐河界上,忽报景监军解到两名贼将,拆看公文,是许忠、陈斌。军师顾谓姚襄道:“令先公之仇,报在今日。”姚襄咬牙切齿,将二贼绑在桩上,熬起油锅,逐片割下肉来煎熬烂熟,以喂犬豕;又取心肝首级,祭奠父亲,痛哭一场。

雷将军等四将,亦皆回来缴令。军师看了景佥都的禀启,鼓掌大笑,即递与姚襄说:“大凡自许之人,服善乃真。目今门生老师,总是重在势利,那个真为学问?如景监军之万不肯以人为师者,而竟以人为师,方可谓之师生,我自然应受他的了。”姚襄跪禀道:“不才如小子,亦可作养否?倘蒙不弃,愿为弟子。”军师道:“汝内有主持,而外有作用,亦我所取,自当造就。”又传雷将军,详讯景佥都处置沂州事宜。军师道:“原可独当一面。”乃特疏举荐以淮扬之事畀之,即拔寨班师。从此夫,开府威扬,一卒稀奇通信至;淮南敌勍,六雄秘密待时来。斯事有待,且看下回。

第四十二回

僇[1]败将祸及三王　蛊谣言谋生一剑

先说公孙大娘三女一童，共坐了四轮车，来到济南，径诣帝师阙下。满释奴即与转达，聂隐娘如飞出迎，引见月君。公孙大娘稽首毕，范飞娘与女秀才率领童子一齐拜谒，月君亦命扶起。二剑仙分左右坐下，飞娘、女秀才与童子并皆赐坐。月君谢了公孙大娘，询及范飞娘、女秀才及童子等始末，公孙大娘代述一遍。月君道："闻名久矣，今日幸得贲临[2]，匡襄不逮[3]，孤之幸也！"时范飞娘细视月君仪表，真有餐霞之气、吸露之神，自己不觉形秽，暗暗叹服。那时建文行殿将已告竣，高军师班师亦已回阙，月君谕令会同文武诸臣，前去青州恭迎帝驾，迁都新阙。又与二剑仙商议亲往迎驾事情，公孙大娘毅然道："帝师削平天下，举而授之建文则可；若以北面之礼，迎而事之，则不可。建文一日不到，则帝师生杀在手，自为至尊。若复国之后，帝师与我等飘然高举，遨游海岛，岂肯恋恋于尘埃富贵中哉？即某等为帝师而来，为帝师之侍从则可，为建文之臣妾则不可，今若一往迎之，我等皆须朝谒。故今日之主意，在讨逆贼以正君臣之分，为彼忠臣义士吐气扬眉。俾得复奉故主，是率天下而臣建文，非我等并受建文之爵而为之臣也，断断乎不可往迎！帝师以为何如?"聂隐娘大韪[4]其说，月君嘿然。正值青州有大臣公疏并吕军师奏捷疏一时俱到，月君览公疏，乃是李希颜、王琎、赵天泰等联名具奏，大意说：帝师乃上界金仙，为太祖高皇帝讨贼安民，与建文皇帝原无君臣之分，以此群臣公议，奉为帝师；师无迎弟子之体，无烦降驾云云。月君以示二位剑仙说："此意出自建文旧臣，方为至公；若孤家傲然自行，即谓之私。《国策》有云：其母言之，不

---

① 僇(lù)——同"戳"，杀。

② 贲(bì)临——贵宾盛装来临。

③ 匡襄不逮——以挽救我的不到、失误之处。

④ 韪(wěi)——对，是。

失为贤母;其妻妾言之则为妒妇矣。”二剑仙皆大笑。月君云:“孤即不去,不可无代者。”时吕军师班师在中途,即令马灵前去传命,代帝师往迎銮舆。

于建文五年十二月十五日,建文皇帝卤簿①自青州启行,一路士民,皆来瞻仰皇图圣容,拜呼万岁。卓孝、卢敏政、林又玄等,皆自兖州星夜前来接驾。又有旧臣六人、殉难旧臣子弟三人,不期而在途次。迎接帝驾者,列名于左:

— 原任兵部侍郎金焦

— 原任翰林院检讨王资

— 原任大理寺卿刘仲

此三人是扈从帝在神乐观分散的。

— 原任工部侍郎王直

— 原任兵部郎中何洲

此二人是帝祝发后在大内分散的。

— 殉难监察御史郑公智之子名珩

— 勤王徽州府太守陈彦回之弟名囦

— 殉难宗人府经历宋徽之子名揆

— 原内宫太监周恕

以上旧臣向来追求行在不得,今接见圣容,与扈从诸旧臣及殉难臣子弟,一时悲喜交集。及至济南新都,城内城外,各处结彩焚香;士庶老幼,夹道跪迎,嵩呼震地。昔贤有诗二首为证:

其一

阊阖新行殿,森严羽骑来。
千宫遵豹尾,万乘御龙媒。
位号春秋正,山河礼乐开。
金仙为定鼎,兆庶咏康哉。

其二

銮驾虽虚位,群灵皆扈从。
春融齐冰雪,日丽岱云峰。

---

① 卤簿——古代帝王出外时在其前后的仪仗队。

九陌回仙仗，千门入衮龙。

百官皆俊士，俨对圣人容。

建文六年正月朔①，文武百官，联班朝贺，莫不肃然祗敬，如对天颜。嵩呼舞蹈既毕，就相率至帝师阙下请朝。月君再辞不获，方御正殿。真个胡然而天，胡然而帝，戴的南岳夫人所贡蓝田碧玉金凤冲天冠，前后垂十二道珠旒；穿的是天孙所赐混元一炁无缝天衣，有百千万道霞光藻彩；腰围汉玉雕成九龙吐珠双螭衔钩带，下系紫电裙，盖着龙女制成自然锦袎靴；座上挂起绯烟鲛绡云龙帐，四角中央悬夜明珠五颗，光辉灿烂，如日月射人。左右列素女四人：二位擎着通明集毳凤尾扇，一位执龙髯拂，一位执天生成枷楠香如意。剑仙二位，分立殿下。女秀才鸣赞，行八拜礼。礼毕，趋出。

越三日，召群臣至阙赐宴，发诏书二道：一道是蠲免东昌、临清、兖郡、沂济二州建文六年夏税秋粮；一道是赦书，除强盗、人命、十恶及贪污官吏外，赃罪一并赦宥。又两道敕书，一特授景星为都佥宪御史，开府沂州，督理军务，控制淮南地方；一特授司韬为佥宪御史，开府临清州，赞理军务，控制燕南地方。又除金焦为大司马，何洲为少司马，刘仲为黄门尚书，黄直为少冢宰，王资为少宗，卓孝等皆拜爵有差，周恕为秉笔太监。又命周文献、张彤巡历各属，赈济茕独。百姓莫不悦服。

这个信息，报到北京，燕王这一惊非小，召集群僚计议。杨士奇奏道："以臣愚见，莫如招抚。此寇耸动人心，不过借名建文，愚民无知，遂为惶惑。莫若发诏明诰天下，使兆庶②咸知③陛下之宜承大统，然后招其余党，先有降者，爵之以官，以示显荣。莫非高皇帝之赤子，岂肯从贼倡乱乎？如此则其势自溃矣。"金幼孜、胡靖同奏道："不可。此但知其一，不知其二也。彼寇系是女人，自料虽降亦难受职；且奸党之子孙多在于彼，自料罪重，虽赦难保，岂肯延颈来降？"语未竟，杨士奇折之曰："这正是我招降绝妙之机栝。凡当日迎陛下与拒陛下者，总属本朝臣子，只因见理不明，视为二姓革命，所以意见各异。推原其心，皆在社稷，高皇帝之所不忍

① 建文六年正月朔——1405 年正月初一。

② 兆庶——泛指天下百姓。

③ 咸知——都了解。

弃绝者。陛下诚能宥其已死，录其后人，则天下咸服，何况此寇耶？”燕王听了，心中已有不悦。金幼孜与胡靖等又奏道：“陛下既戮其前人，是罪在不赦；今又爵其后人，则刑赏皆夫。况陛下天纵神武，威灵赫濯，何难歼此小丑！安可示之胆怯哉？”燕王遂斥退杨士奇，谓诸臣道：“这皆是柳升之罪！朕以十万雄兵付之，竟至全军覆没，养成贼势，诸将皆没于王事，彼何为而独生？明系玩师失律！”李景隆奏：“诚如圣谕。柳升既败之后，自宜赴阙待罪，乃敢借名练兵，远避德州！幸而妖寇素慑天威，不敢深入；若乘胜长驱，是柳升竟为寇之向导矣！”燕王发怒，即发校尉锁拿柳升并梁明、钟祥等坐以玩寇丧师，并系于狱。遂命庶子高煦督率部属，驻守德州。

李景隆深为得计，一日，乘机密奏道：“建文之弟吴王允熥、卫王允熞、徐王允熙，素与柳升情密，今闻私下怨谤，恐有逆谋，不可不虑。”燕王心内久已要害三王，假意说：“他们事迹未彰，不便即加诛戮。”景隆又奏：“臣有一计，可以使三王次第自死，仍以礼葬之，则神鬼不能测也。”燕王问是何计，景隆袖内取出一小折递上，内开三个药方：

— 压心丸（用二钱，研入松茗）

— 焦肉蛊（用一匙，入酒）

— 孕鳖膏（用五钱，入汤或入羹）

燕王看了，问是怎说，景隆奏：“压心丸，就是丞相胡惟庸害诚意伯刘基的，服后数日，胸中如有一块小石压下心去，刘基到临死，方悟服了胡惟庸之药。而今研入松茗，用以入心为引导，其效更捷。焦肉蛊，其方出自黔黎，只用少许，调入酒中吃下，不几日，其人如生疥癞，遍身发痒，痒到极处，要人将竹片每日敲打，渐至皮肤肌肉枯焦零落，如枯死树皮一般而死。第三方孕鳖膏，用以入汤，鲜美异常，七日之内，腹中生出小鳖，不出一月，都在五脏中钻闹，尽出七窍而死。三王各用一方，岂不巧极？”燕王道：“太狠毒些。”景隆道：“陛下杀人不难，要杀人而使人不知为难。若要人不知，除非是阴毒。”遂又献出前药三丸。燕王疑心，便问：“怎有修合现成的？”景隆又道：“近日有个异人来谒臣，言与青州妖妇祈雨斗法结下深仇，今愿为国家出力，平此妖寇，彼亦得报私怨，所以献此三方，先清了肘腋之患，是取信于陛下的微诚。其葫芦内，只有此三丸，是臣亲验过的。”燕王道：“且看他药有效否。”遂择于花朝，大宴宗室及在廷百官，令三王自坐一席。山珍海错次第杂陈，吴王服的粉汤，是调入孕鳖膏的；卫王饮的茶,是研入压心丸的;徐王吃的酒,是渗入焦肉蛊的。到晚宴毕,谢恩各散。数日之内,三王俱得了奇病,燕王假意两三番遣内官去省视。

一宦者回来奏说:“有个道人在市上唱歌,唱的是建文的话,听不甚分明,却像有些关系的。”燕王即召李景隆来问,景隆道:“臣已访确,正要启奏。当日他在南都市上,也曾唱个歌儿,巡城御史指为妖言,把他逐去,而今却又来到这里。”燕王问:“汝记得否?可一一奏来。”景隆道:“现在唱的是:‘迎建文,建文不可复,一剑下榆木。’百官万民个个耳闻目见的。在南都唱的是:‘莫逐燕,逐燕日高飞,高飞上帝畿。’这些旧臣,都也还知道的。”燕王即刻会集群臣,问:“市上有个唱歌道人,尔等曾听见么?”诸臣皆奏是疯癫的道人。燕王冷笑道:“汝等要想建文复来的了!”各官战栗无措,惕息伏地。燕王遂命景隆:“汝可速取疯道人来,朕要问他。”景隆如飞趋出,走到大街恰好遇着,即令左右掖之而走,不片刻,已到午门外。景隆奏过燕王,召至殿上。那道人面貌腌硂,衣服褴褛,光着头儿,赤着脚儿,黑黑胖胖的模样,向上看了燕王一眼,打个稽首,盘膝坐下。值殿武士大喝:“贼道无礼!”燕王道:“他是草野,哪知朝仪?”命将锦褥赐之。道人说:“贫道打坐,总在石上,不用这样软东西。”燕王道:“这也不强你。朕且问汝,有无名姓?”道人答道:“只有半个名姓,叫做半道人。”燕王笑问:“是恁缘故?”道人说:“目今是半乾半坤、半阴半阳、半君半臣、半男半女的世界,连我也叫做半道人,是个半醉半醒的了。”燕王见说话有核,心中不怿①,耐住了性问:“前年在南都唱造谣言的,可就是你?”道人说:“正是我,只有半个,哪里还有半个呢?”燕王道:“你把南都几句谣言解说与朕听,自然有赏。”道人哈哈笑道:“我是许由②,皇帝也不要做的,拿什么来赏我?但我一片好意,原要人省得。即如当日贫道在南都唱的,是为建文;如今唱的,是为大王。建文君臣不能审我之言,以致君亡臣死;大王若不能审我之言,就是前车之辙了。”燕王听到这几句话,便惕然③道:“我今问你解说,就是要详审其中意味了。若说得是,朕有个不从的么?”道

---

① 怿(yì)——欢喜。

② 许由——相传尧要将君位让他,他逃至箕山下农耕而食。尧又请他做九州长官,他到颍水边洗耳,表示不愿听到。

③ 惕然——有警戒心、有防备地。

人道："大王记得南都之歌，试念与我听。"燕王命李景隆念了一遍，道人解道："'莫逐燕'，'燕'即大王也；戒彼莫逐，逐则高飞，高飞不至别处，而上帝畿矣，'上帝畿'，即大王入金川门也。这样明白的话，直至国亡之后，尚无人解说得来，岂不可笑？"燕王道："这个话，朕早已知之，我试以问汝耳。"道人说："这样说起来，如今的歌，更为明亮，也不消贫道再解了。"便自起身趋出，燕王亟命景隆止之，倏已不见。

燕王遂罢朝回宫，细想："这谣言所重在后面，那'榆木'自然是个地名，或榆木村、榆木社之类，是建文结局的所在，却包藏着个隐谜在里面。"遂于半夜发出手诏与内阁，传下户、兵二部，着令顺天、保定、河间各郡县，要姓名有'榆木'两字的人，或音同字不同，或两字颠倒的，一并送京。部文一下，各州县胥吏人等，就借为讹诈之具，凡姓余、于、俞、鱼的，姓穆姓莫的，概行捉拿，总不曾轻放半个。只看如今封疆大吏行个牌票出来，不过是才起得一点云，到得由司发府下县，就是风雨雷霆，一阵紧似一阵了，甚至毁墙败屋、决堤拔木之事，往往有之，小民如何受得起？何况朝廷一纸诏书耶？闲话休絮。

且表这三府解送来的，一个姓俞名穆；一个是余木匠；一个是渔翁，改业做了富翁，人称他为"摸鱼翁"；一个叫榆木儿，是他母亲走在路上产于榆木之下，取来为乳名的；一个秀才叫做于子木；又一个偷儿，叫做余小摸；共是六人。燕王御便殿，亲自讯问，只取了榆木儿一名，遂授以中书职衔，又赏元宝两锭。那榆木儿始初不知何事，道是性命不保的，不料竟是这样富贵起来。他平素原也乖巧，就磕头谢恩，奏道："臣系无能之人，蒙如此天恩，唯有杀身以报。"燕王大喜。过了数日，召榆木儿进宫，赐之宝剑一口，谕道："尔得此剑，可以封侯。试看剑上所镌之字。"榆木儿仔细看时，近棱脊处有"取建文檄"四个隶字，便跪下道："臣理会得，但恐相遇却不认识。"燕王曰："汝果尽忠于朕，朕自有道理。"遂密宣胡濙①、胡靖入宫，燕王曰："召二卿来，要解半道人谣言之义，卿等必有所见，其悉心以奏。"二人见榆木儿在侧，心中已喻，便奏曰："陛下天纵神圣，谣言中之要人已得，唯所使耳，即臣等亦曷敢不为主尽力？"燕王大悦，遂命赐座，胡濙等固辞不敢。燕王曰："尔等朕之股肱，视如一体，岂可外视朕躬

---

① 濙——yíng。

耶?"乃借地坐下。燕王曰:"朕欲遣卿等去访一人,各写在掌中,与朕看同否。"二臣各背写"建文"二字。燕王抚二臣之肩曰:"知我心也。但于明日早朝遣发时,是要访求张三丰,卿等须会朕意。榆木儿可以做伴同行,朕已有密诏矣。"遂赐便宴,宴毕辞退。

次早,燕王御殿,问群臣:"谣言内'一剑下榆木'句,是怎样解说?"群臣皆叩首奏道:"臣等凡愚,其实不解。"胡濙出班奏道:"臣保举一人,能解其意。"燕王曰:"卿保举何人?"胡濙曰:"只除非邋遢道人张三丰,可以解得来。"胡靖奏道:"张三丰,高皇帝称为仙师,能知过去未来,何况一句谣言!但不知隐在何方,须遣人四处访之。"燕王曰:"但得到来,何论迟速,就烦二卿前赴名山胜境,遍求踪迹,遇着之日,令地方驰驲送至阙下。"二人道:"臣等愿往。"只见榆木儿俯伏奏道:"谣言中有臣小名,愿奉陪二臣同去。"燕王道:"汝言良是。"

二人即在丹陛叩辞,连夜束装,前往两浙、两广、巴蜀、云南各省地方,去访张三丰,实实去访建文的 。

出都之日,忽见半道人手持拂子,立于三人马前,举手大笑道:"只我便是张三丰!尔等何必远去寻访呢?"三人相顾骇愕。正是:要解谣言,三丰已在当前现;若猜隐谜,一剑还从何处归?请看书者猜之。

第四十三回

卫指挥海外通书　奎道人宫中演法

胡濙道："前在朝中，你说是半道人，今却来冒认张三丰，就该有个欺君之罪。"胡靖接着说道："我且问你，有何凭据，敢来冒认？当今皇帝不是和你戏要的哩。"道人不慌不忙说："高皇帝在鄱阳，与陈友谅大战，我曾先报难星过度，高皇急换小舟，一炮飞来，就把御舟打得粉碎。后陈友谅已中流矢，连彼军尚未知觉，我又预报高皇，方得大破敌兵。"说未竟，榆木儿忽拔剑指道："我现奉手敕，前途有冒认三丰的，即行斩首。你想要试试尚方宝剑么？"道人呵呵笑道："这剑斩谁？是斩你脑袋的！"遂扬扬而走，大声喝道："访建文，建文不可戮，先斩一榆木。"榆木儿大怒，飞马向前，要杀半道人，只差一丈多路，那马流星掣电相似，再也赶不上。半道人又回手将拂子指着榆木儿道："咄！你赶我到云南昆明池，才有分晓哩。"倏然不见。榆木儿勒马四望，大嚷道："这一定是青州来的妖人，使的隐身法躲了。"胡濙心上觉着有些怪异，只怕前途吉凶难保。无奈奉着君命，是躲不得的，便分解道："我们莫理论他，只是向前干正事罢。"于是三人一径自去不题。

却说燕王自胡濙等去后，遂召李景隆入朝，与群臣会议，要兴师去平山东。忽提督四译馆少卿薛岩奏道："今有海南日本国王差官，赍着本朝都指挥卫青密奏，现在候旨，乞陛下圣鉴。"燕王惊道："朕意卫青死于登州了，因何逃至外国？怎不回阙待罪？有何军机？着差官进奏。"内监传命宣入，差官呈上卫青密奏。略云：

原任满家峒都指挥使臣卫青，顿首顿首，谨奏皇帝陛下：窃臣奉命备倭海上，出巡大洋三月有余，登州已被贼寇围攻甚急。臣到甫及夜半，见贼连营城外，遂率所部五百余人，奋勇向前，劫破贼人两寨，而各寨皆已起应，臣乃全师归于城内，杀贼骁将二员，胆已丧矣。奈元戎张信主守，番将谷允主战，军机不一，又于雪夜纵饮酣卧，被贼窃效袭蔡之智，合城兵民，尽遭屠戮。臣巷战不胜，孤掌难鸣，遂下海

> 船,被风打至南洋日本国。国王慑皇帝陛下之威灵,念太祖高皇之德泽,愿借臣倭兵十万,付臣督领,从海道径取登莱。山河土地归之本朝,彼不过利其金帛耳。臣已与国王及将军等折箭为誓,所以差员航海逾越万里奏请陛下。凡南北地方,与贼交界之处,先布重兵屯扎,扼贼逃窜之路,仍选上将四路夹攻,则贼寇克日可平。上以奠国家而安社稷,下以靖民生而完臣节。不胜悚息待命之至。

燕王览毕,假意作色道:“朕堂堂中朝天子,何难殄灭小丑,乃向外夷小邦乞师哉!”兵部尚书刘季谌,善迎意旨,奏道:“此在卫青,欲借兵立功,以赎失守之罪;在夷王,则远慑天威,亦欲效命,以图通好于中朝。岂天子去向彼乞师!今万里远来,似宜允之,以示柔怀之义。”燕王见季谌说话,迎合得恰好,就道:“卿言亦属有理,有令光禄备筵管待,候朕裁夺。”散朝后,有钦天监官密疏,言:“妖孛见于青齐分野,主彼处军民罹刀兵之厄。”又适合卫青所奏,燕王心以为异。

次日,夷使到午门谢宴,燕王宣入,问:“卫青如何不来?”奏道:“卫青恐小邦兵将流入本朝地方,要亲自为向导。”又问:“卫青是待汝回国起兵么?”回奏:“原议待陪臣回国发兵的。”钦天监官又奏:“臣等夜观天文,是现在发兵之兆,乞陛下圣鉴。”李景隆奏道:“臣有一异人,能知乾象,现在午门之外,陛下召入决之。”燕王准奏,遂令宣进。那道人怎生模样:

> 戴一顶铁叶鱼尾冠,穿一领金钱鹤氅衣。面方有棱,鬓短若刺。阔额浓眉,隐隐然杀气横飞;豹眼鹰准,耽耽乎邪谋叵测。鼻凹处,三根全断;唇卷来,二齿齐掀。有髭无须,宛疑内监来临;既黑且麻,错比煞神下降。

燕王见他仪容丑恶,猜是个邪道,遂问李景隆:“这道士叫恁么?有何异处?”道人不待景隆回言,即自奏道:“臣名奎道人,上通天文,下知地理,胸藏鬼神巧妙之机,手握云雷变化之术,六丁六甲,五通五遁,无所不能,但乞陛下试之。”燕王道:“汝且说近日天文,有何征兆。”道人奏:“妖星照于青齐,主应在目前。姑俟应后,另献良图。”燕王冷笑道:“汝有何良图!朕意已决。”即命内阁颁发制书与日本国王,并敕谕卫青:听从所为,有功爵赏。来使发回,遂谕群臣曰:“朕今调晋省军一万,令泰宁侯陈皀镇守大名府;又调马步军兵六千,令新昌伯唐云与赵王高燧,协守各隘口;又调辽东兵一万,发齐王高煦严守德州;又调永平卫军三千、辽兵五千，与成阳侯张武保守天津卫；又调长淮、庐州诸卫兵八千，助都督谭忠镇守开封府；其淮安、真定向有重兵，无庸再拨，但敕令谨严烽堠①，练习兵甲。若夷兵能胜，则四面长驱，扫清巢穴；若夷兵不胜，则窥伺利便，分兵四出以扰之，贼必仓皇四应，疲于奔命。攻破一处，诸处瓦解，计日亦可歼灭，焉用彼哉！"群臣皆叩首，称贺圣算。

不几日，李景隆又密奏："臣之卫士，尚有未尽之言，前因夷使在朝，不敢泄漏天机，今请赐之陛见。"燕王遂御便殿，召问道："汝有何天机？可实奏来。"奎道人奏道："青齐分野，妖星灿烂，然至亥子以后，便觉昏冥，是虽能侵入境界，终属无用。只为他妖法厉害，不是人力可能平得的。"燕王问："汝有何法平他？"道人奏："臣尚须炼一秘法，法成之后，三月内包管一贼也不留。"燕王笑道："尔尚要炼法，还是试试的光景！李景隆竖子，误信你胡言。不中用！不中用！"景隆连忙叩首说："他的法术甚多，只这个秘法，要教导他人演习，不是自己要炼习。草茅道人，凛訢天威，奏得不明了。"燕王道："姑着他把法术逐款奏来，朕就要试验。"遂奏："臣所学的，皆五雷天心正法，要风云就有风云，要雷雨就有雷雨，若到两军交战，能遣神将天兵空中助阵。又有两种异术，能驱魑魅魍魉之精，能摄毒蛇猛兽之魄，无影无形，吞噬敌人；贼若败走，又能使沿途林木皆化为军将，绝其去路，无可逃生。皆百发百中的。"燕王道："若如此，便可兴兵征讨，还要炼习什么？"道人奏道："陛下也不要小看了青州这个妖妇，他当时曾因祈雨，与小道赌斗，臣差温元帅斩他，尚被他逃去。所以臣今要炼一秘法，使他数万贼兵一时灭绝，为陛下安江山，定社稷，方见小道一寸愚忠。"燕王问："汝作何炼法？可先奏与朕听。"道人奏："是六十个咒语，要用六十个童子。演习起来，每一童子教他念熟一咒；再拣了六十个日子，六十个时辰，令童子默诵跪拜。臣书符发令追人魂魄，凭你百万雄兵，五十日内外死个尽绝。"燕王叱道："此妄言也。从来咒法，要人的生年月日，或头发指爪，或贴肉小衣，只咒得一二人，究无灵验，还是邪术，哪有咒死百万人的理？"道人又奏道："此术玄微，难以测度。臣原是西天竺异人传授，他说要在十二年后，有位真命天子，方用着这法。臣常思，若非真命

---

① 烽堠——"烽"，指"烽火台"，古代边疆戍兵用烽燧报警的高土台；"堠"，古代瞭望敌情的土堡。

天子,即咒死一二人,鬼神也不奉令,何况三军之众?今屈指一算,正是第十三年,遇着陛下是真命圣天子,无事之时,百灵尚来呵护,何况有符敕驱使他?一咒百万,也是理所必然的。请陛下圣裁。"燕王自想:"用兵以来,杀人何止百万?况这妖寇不过数万,又在所当诛的。上天假手于人来助朕,也定不得。"就问道人:"你且把咒诅的诀细奏与朕听。"道人奏说:"臣传授的是咒生肖的法,天下的人都属十二个生肖的,然分门别类起来,就共有六十种:如甲子属鼠,丙子也属鼠;乙丑属牛,己丑也属牛之类。六十年花甲已周,所以咒语止有六十种,如甲子之鼠,甲是木,子是水。要检五行克制之日,如庚辰、庚戌之类,金克木,土克水也。又于克制之日检克制之时,天干地支相同者为妙。然不可必得,只就其所属,是子但取属土之时,如己未、己丑、辛未、辛丑之类,就从那日那时咒起,先用灵符禁压他的心神,再用符敕追摄他的魂魄,任他虎将也逃不得命。今算妖贼营内,自十六岁至六十五岁止,原只用童子五十名,但必要身无疾病、真正童身、聪明智慧的,须加两倍取来,三中挑一,方可教导。请陛下圣鉴。"燕王笑道:"哪有不属十二生肖的人?依你咒来,天下人都会咒死,到底是胡说!"道人又忙奏道:"这才是道法之妙用!不但灵符自有界限,即驱使追魂之鬼神,也只到咒的所在。咒的一军只死一军,不沾着局外的。若没有界限,岂不连自己都咒死了?其中自有秘诀,不消圣上虑得的。"燕王已有信意,就谕李景隆:"明日朕幸瀛台①,将他的法术面试一番,尔须早早候驾。"遂退朝回宫。

忽宗人府启奏:今卫王、吴王皆得奇疾而亡。燕王心中私喜,佯为太息,令以王礼殡葬。至明日,景隆率道人赴瀛台见驾,百官皆集。燕王召问道人:"尔说要风云就有风云,可先呼阵大风来与朕看。"道人闻旨说:"这须要个童子。"景隆启奏了,就令人到外边寻个童子进来。道人舒开童子左手,默念咒语,呵口气在他掌中,又用指来虚画个符印,令童子紧紧握定,引他在巽②地上,将手一撒,念声"太上老君律令敕",只听得空中飒沓,真好风也。但见:

初起时,卷雾飘烟;再听来,穿林落叶。吹得那百官的孔雀袍、锦

① 瀛(yíng)台——古代宫殿池泽中之亭台。

② 巽地——平地。

鸡袍、云雁袍,翻来掩面;刮得那卫士的飞熊旗、飞虎旗、飞豹旗,扑去蒙头。正是江湖月暗星辰动,休言宫殿风微燕雀高。

那风刮了两三阵,就悠悠扬扬的歇了。燕王便问:“因何这风止得甚快?”道人奏:“这是小符咒,若要大风,须用朱砂书符,披发仗剑,召遣风师,就刮它十来天,也不难的。”燕王道:“这也罢了。可起个迅雷,与朕听来。”道人又将童子左手画了符印,念了咒语,如前紧紧的握着,向离地上望空一撒,只听得:

隐隐而鸣,有似雷门布鼓;隆隆而响,宛如湖口石钟。激烈一声,但见殿上奸臣胆尽裂;疾徐千下,谁知坟前孝子泪还流。

那雷声在半空中转了两回,方才定了。燕王又谕:“速召几员神将来与朕看。”道人奏道:“召将须要一事差遣,若是空言发放,必干神怒。”燕王一想,说:“朕宫中有三块奇石,可令移至瀛台前安置。”道人向景隆说:“召将须要用剑,请将军借用。”景隆遂又启奏,燕王令取御剑赐之。道人接剑在手,向空中指画一番,念念有词,大喝:“庞、刘、苟、毕四将,火速奉令者!”只见一片阴云,从西飞至,遮得日色无光,云中显出四位金甲神人。百官翘首瞻仰,莫不战栗,燕王站起视之。道人即将前令宣示,又厉声喝道:“若违法旨,发勘问罪。”四神将倏然敛云而去。俄顷间,烟尘蔽天,一阵狂风卷过,三块奇石端端正正竖在瀛台前面。燕王大喜,向群臣道:“这道人法术可谓灵验。”群臣皆顿首道:“此天降大罗真仙,以贻陛下平妖贼也。”

燕王遂谕景隆:“近来畿辅雨泽愆期①,可择日建坛,令道人祈求甘霖,俾小民及时播种。朕不惜重爵。”道人说:“不须建坛,要雨多少,倚马可待。”景隆道:“如此更好。”道人乃散发仗剑,向空作法,忽而黑云四起,风雨骤至,如倒峡倾江一般。但见:

松涛乱卷,竹浪横飞。初淅沥以萧飒,忽奔腾而澎湃。五峰瀑布,何因泻自檐前?三峡雷霆,直似涌来地底。梳妆台畔,宫人亟下珠帘,鳷鹊楼头,天子犹凭玉案。可怜八百臣工,淋淋渍渍,真如落水之鸡;三千卫士,扰扰纷纷,无异熬汤之蟹。

燕王见文武官员都遭雨打,有旨令文官皆进殿楹之内,武士尽归两庑。不

① 近来畿辅雨泽愆期——近来国都一带出现旱情。

多时,雨止云消,依旧一轮赤日。燕王见行潦满地,料田畴是沾透的了,遂降旨封奎道人为护国灵应真人大法师。又命顺天府尹着落二十州县:"每州县要十二三岁的聪俊童子十名,出童之家,优免本年徭役;藏匿不报者,军法从事。限一月内,解京候用。"遂命驾还宫。

那时奎道人趾高气扬,夸说是玉虚金阙上卿,特来为天子定江山的。诸臣交口称赞,呼为仙师,有愿拜为弟子者。奎道人说:"要看你们寸心忠良的,我才肯收哩。"一时诸臣皆有惭色,各散不题。

看官要知道,奎道人在青州时说:"行雨必须龙神,要奉上帝敕旨,一点也多少不得。"这倒是正理的话。如今顷刻唤到的风雨,是遣邪神恶煞,就在近处江河之内摄取来的,不过暂养禾苗,以待甘霖接济。若数应亢旱,则热气熏蒸,反致害苗杀稼,产出蝗蝻流毒无尽。就是召的天将,曷尝是[1]庞、刘、苟、毕?总是邪神之类。燕王与众臣都信是仙术,这虽是奎道人之福,也就是奎道人之祸了。

过有月余,各州县童子解到,有三百余名,奎道人选择聪俊无病者一百名。景隆启奏燕王,要在个人迹不到的地方演法。燕王即令内监整顿西宫,传进道人与童子及一切法物,把宫门锁了,熔铁汁灌锢,只开传洞二处,送进饮馔,直待炼成之日,然后放出。

那时徐王也死了,燕王亲至其第看时,遍身肌肉枯焦,面目惨黑,无异骷髅。燕王问太医:"是何病症,一至于此?"太医奏:"有似中毒。"燕王大怒道:"王府深密,毒从何来?必是医生缘故!"遂将太医院官员,凡看过三王病的,皆发刑部勘问。三王妃眷,哪知就里,反感激燕王亲情笃厚。

咦!若要不知,除非莫为。可以掩一时,而不能欺后世。现今《纪事本末》[2]上载一笔云:"三王皆不得其死。"不得其死者,虽若讳之,而实显之。至于史官,则一笔抹去矣。谚云:礼失而求诸野。当易一字云:史失而求诸野。野人不避忌讳,每有见闻,直书其事。若正史,或为君讳,或为祖、父讳,或以势利讳,或因情而讳,或因贿赂而讳。嗟乎!后代修前代之史,犹且如此哉!且听下回分解。

---

① 曷尝是——又如何是。

② 《纪事本末》——即南宋袁枢的《通鉴纪事本末》。

第四十四回

十万倭夷遭杀劫　两三美女建奇勋

建文六年春二月，正日本国师使燕之日也，司天监王之臣密奏帝师，言“妖星出于海表，主倭夷入寇，应在春末夏初，宜预为饬备，庶生灵不遭涂炭”云云。时登州帅府参军仝然奏书亦至，其言大概相同。月君皆不批发。王之臣特造军师府备陈其事，军师言：“列宿分野，其说不能无疑。如虚、危为东方之宿，凡有星变灾祥，在其分次，则青、齐沿海诸郡应之，但列宿周天运转，并非一定之物，若以青、齐分野之宿，或行至荆、扬、雍、豫诸处，而妖星侵入，则应不在此而在彼。今乾象示兆，某亦知之，但未审侵犯之时，虚、危二宿适行于何处。”王之臣应道：“侵入之刻，正逢分野之星，行分野之地，其应自然无爽。某一生积学至老，方知古来天文家把分野的纰缪[①]看杀。军师讲究至此，真天机也！”

于是吕师贞连夜草奏，启知帝师。黎明赴阙，文武百官皆集。帝师临朝，不待诸臣启奏，即宣谕道：“倭奴指日寇边，孤家自有调度，卿等不须费心。军师吕律可速行文至登州府，令海船出洋巡哨，一有声息，便紧闭城门，安设红衣大炮，并沿海各属州县俱照此遵行，倭夷决不敢近城。唯莱州府城，不用设炮，开关以待其入，可一鼓而擒也。”军师等领旨各散。

越数日，京营大将军董彦杲，又接得伊弟彦暠告警手札，因微问于军师曰：“不知帝师发兵，如何调度，逡巡[②]至此？”曰：“将军无虑。某昨观星象，婺女[③]一宿，光焰异于寻常，大约帝师令女将剿灭，未必兴动大兵也。”彦杲意尚犹豫，忽报帝师敕旨已下京营。彦杲星夜驰回，早见宾鸿、刘超、瞿雕儿、阿蛮儿，俱在五军白虎堂，排设香案方毕，遂一齐叩接。原来敕旨只要能日行五百里健驴并小川马，共六十二头，只用三十一副鞍

---

① 纰(pī)缪——错误。

② 逡(qūn)巡——欲进不进，迟疑不决的样子。

③ 婺(wù)女——古星名，即“女宿”，旧时用作对妇人颂辞。

串，限明日辰刻送阙，误刻者削职，误时者斩首。五将军皆不知其故，各去分头挑选，京营不足，又向各营调取，整整忙乱一夜，方能足数。彦杲等即于卯刻，送至帝师阙下，时吕、高二军师并诸文武官员，皆奉旨会集。有顷，帝师御殿，女金刚宣谕："将有鞍串三十一头口，都拉至殿檐下。"女金刚逐一用手按之，回奏："大有劲，小将亦可骑坐。"只见殿后，香风冉冉，二十六名女贞簇拥出六位女元帅来。众臣看时：

第一是聂隐娘　第二是公孙大娘　第三是范飞娘　第四是素英　第五是寒簧　第六是满释奴　第七是翔风（领女真十二名）　第八是回雪（领女真十二名）

皆是道装结束，并无铠甲旗帜，亦无弓箭枪刀，齐齐在殿下拜辞帝师。隐娘自跨蹇卫，余皆骑坐小驴，缓款出了午门，飞驰而去。其三十一匹小川马，令健卒赶至前途备用。月君遂谕诸臣："卿等各回，静候奏凯行殿。"

众文武官员退后，皆请问于吕军师。师贞道："此诱而杀之之妙计也。大约倭兵有十万之众，必须调遣各处人马与之对垒，那时燕兵乘虚而入，四面交攻，又将何以御之？且行阙系是新造，安保人心不惶惧耶？今惟严饬兵备，静镇如山，燕军虽有管、乐，亦无所施其技矣。"高军师道："虽然，但以数十女子而敌十万之强寇，纵能胜之，亦岂能尽歼之乎？"吕军师道："帝师令莱州府开关以待，诱其入而闭之，彼无去路，不至歼尽不止。以愚见看来，此六女将胜于十万雄师。要知倭夷从无行阵队伍诸法，杂沓而来，一斩可以数百。帝师之剑，宁不利乎？且其志不在土地，而在子女玉帛。凡贪之至者，饵最易也。"姑暂按下。

且说当日卫青在登州下了海船，不敢回到京阙，想起日本国自胡惟庸结连以后，常有朵颐①中国之意，或可以利诱之，借此恢复地方，既可免罪，又立了大功，那时还朝，也觉有些光彩。定了主意，遂向日本扬帆前进；遇着风水不便，差不多有八九个月，方始得达。通事官问明来由，转报与大将军。从来日本国王，只拥虚位，无论大小国政，总是大将军做主，故卫青心下踌躇。今若求他，必须卑躬屈节，岂不坏了天朝体统？日后不但

① 朵颐——原指饮食之争，此处引申为"侵犯"或"对……不怀好意。"

无功,而反有罪。一时急智,就效学那楚国申包胥痛哭秦庭①之故事,一见了大将军,也不行礼,将袍袖掩了面目,放声痛哭。大将军见他哭得凄楚,便劝道:"有话请讲,不必悲哀。"卫青方收了眼泪,行礼坐定,把山东有妇人起兵,打破青、莱、登各郡情由,备诉一遍,且言自己"一片忠心,陷入丧失封疆之罪,灭名辱亲,生无颜面于人间,死则贻笑话于万世。久慕大将军英风播于南海,特来投命。上以报国歼寇,下以全身完节。区区苦衷,幸唯垂鉴"。大将军道:"我知道尔要借兵。但中朝与本国因有胡惟庸一事,向缺通好,今尔私自来求,纵为他出尽了力,也不见本国好处。我看尔倒有忠心,只怕燕王那厮把一家的弟兄子侄、忠臣之士,俱置之惨酷非刑,何宥于汝败军丧地的?倒不若投在我国,位列将军,身荣名显,强如回去作机上之肉。请三思之。"卫青道:"多蒙大将军厚爱,岂不感恩?但某的先父,洪武勋臣,叨膺指挥世职,虽燕王同室操戈,究是高皇之子,某既食其禄,自当尽臣之职,岂有逃生他国,背君亲,弃坟墓,而谓我忠孝者乎?至大将军说到中朝不与通好,正宜发兵相助,方为豪杰之举。如秦、楚本系仇敌,而包胥请救出自寸心,并无国书君命,秦王慨然兴兵败吴存楚,以此雄霸天下。况本国与贵邦,尚无秦楚之怨乎!若说复地之后,还朝不免诛戮,则某之臣节已尽,虽死亦荣,又何虑焉?大将军若无垂救之心,某即死于此地,犹不失为烈丈夫也。"立起身来,即欲触柱。大将军急止之,说:"汝之忠诚,已可概见,我当发兵助汝,勿行短见,致令海南各国笑我逼死穷途人也。但有句话:我兵越海攻城,颇亦不易,倘朝中不知尔之苦衷,加罪于尔,并怪及小邦擅侵边界,则徒然縻费粮储,损折兵将,为之奈何?"卫青道:"此易事也。我与将军盟定,凡贼寇所占土地归还本朝,其子女玉帛,唯君所取。某当修一密表,烦重大将军遣一信使,奏知我王,然后发兵进战,末将亲为向导,自无后议。"大将军道:"这有何说!"遂折箭为誓,请了国王的印信,遣使赍表。

去后,数月杳无音耗。青又恐怕生出变端,乃诡言与大将军曰:"某夜观星象,见使星才入燕之分野,想系海道迟延之故。今乘此春天风顺,

① 楚国申包胥痛哭秦庭——申包胥春秋时楚国贵族,楚昭王十年,吴国用伍子胥计攻破楚国,申包胥到秦求救,在宫廷上哭了七天七夜,终使秦国发兵救楚。

正可兴师，若待至夏令，恐炎暑不便。功成之后，某当极力奏明贵国勋劳，往来通好，岁颁厚币以酬大德。"那大将军却是通天文的，卫青的话偶然凑着了，更加敬重。即择日挑选倭兵十万，海艘二百，每艘酋长一名，启知国王，与卫青前去。

卫青谢了国王，别了大将军，带了原来随从人等，拣一只新造的海鳅船坐了，正遇着顺风，扯起七道风帆，如飞进发。行才四日，已有一半多路。当晚新月初升，海天一色，真个浩浩荡荡，绝无涯际。卫青心中喜极，呼取酒肴，与酋长高天冲者，呼卢痛饮，酒酣兴发，竟学曹孟德横槊赋诗，卷起袍袖在船头上舞了一回剑，吟成四言诗十二句。云：

汉有卫青，塞上腾骧。
我名相同，海外飞扬。
一日千里，风利帆张。
心在报国，剑舞龙翔。
歼除孽寇，斩馘妖娘。
不葬鲸波，誓死疆场。

吟毕掷剑大笑。高天冲也乘着酒兴，拔所佩倭刀，向着卫青说道："你会舞剑，我会舞刀；你会吟诗，我会作赋。看我舞来，比你何如？"手中两柄倭刀，方才抡动，忽地飓风大作，把那海鳅船吹得似落叶旋转，顷刻沉于惊涛骇浪之中，眼见得卫青葬于鲸鲵之腹了。那前去的船，先有六十三只，与后来的一百二十只海船，皆安稳无恙，偏偏坏了行到中间的一十七只，丧了倭兵八千五百名。

那时诸船酋长，会集于岛边，商议进退之策。一酋长名满雄者，大言道："俺们利的，是没有卫青。他若在时，做了向导，只到得沿海数处地方，有恁的女人财宝？他今死了，俺们各处杀去，抢他小年纪的妇女满载而归，岂不逞俺们的意么？"从来倭奴的性最淫，听了这样好话，齐和一声，各船就吹起波卢来。向西北进发，风色不顺，折戗①而行。到四月中旬，已近登州。各海口港汊浅狭，不能停泊海鳅大船，就沿着海边驶去。先有大半船只到了莱州地面，倭奴等呐喊一声，踊跃而上，如蜂拥蚁附，奔向各村堡搜寻妇女，早已躲得没影。每过州县，见城垛上架着大炮，都不

---

① 折戗——顶风逆水。

敢攻城,只向西南而行。莱州府城门是开的,喜得了不得,有几个奸狡酋长恐是诱他的计,乃招呼后队聚集了五万多倭奴,四面一齐抢进,大街小弄 ,分头涌去。

却见城头上,有几个绝色的女子,都骑着驴儿走,只道是逃避的,众倭奴争先觅路上城。原来是各位仙姑,领了月君的计,将上得城的所在尽行铲陡,只留东西南北四处可以上去。二位剑仙与素英、寒簧及范飞娘各分四面,在城上往来行走。倭奴哪知就里,也在四面分路而上,正遇寒簧,呐声喊,下手来抢。只见袖中飞出一股青炁,约十丈多长,盘旋夭矫,势若游龙,竟卷到众倭奴身畔,揽腰一截,霎时千百人都做两段,血喷如雨。倭奴急欲退走,无奈挤在狭道之中,后面的尚自涌将上来,一时进退不得,都伏在地下。那青炁就从地一刮,都去了小半爿身子。得命的转身乱跑,那道青炁,忽从顶上过去,当前揽住一旋,个个血肉糜烂,与肢解腰斩无异,零零星星尸首堆积满路,共有数千。这股青炁,就是玄女教月君炼成的青炁丸儿,直到今日方显它的神灵。尚有一白炁丸,付与素英。这边如此,那边亦是如此,不须烦叙。

只说聂隐娘与公孙大娘是剑仙的剑,但能长短变化,其质刚而不柔,抛向空中,迅疾飞跃,一斩亦可数百人。至范飞娘,但随着公孙大娘行事,所杀倭奴,或洞胸贯脑,或剁落肢体,或截断腰腹,亦共有数千人。其翔风、回雪,在江湖上卖解,原能打弹,百发百中,又受了满释奴的指教,竟只逊得一筹,所以月君选此两人为女真之长。早已都在宫中炼成纯铁丸二三万,各在最高屋脊踞着①,凡有倭奴到市井街巷抢掳的,只是把铁弹打去,重者打入脑袋眼睛,轻者亦打伤心胸手足,动弹不得。倭酋人等见不是势头,要往城外跑时,各门紧闭,绝无出路,又遇着城上五位美娘特地四处寻来,剑飞到处,杀个尽尽绝绝。间有些藏躲在人家屋内的,不期屋上有人,敲起梆来,四邻八舍都拿着枪刀棍棒赶入屋内,夹头夹脑乱搠乱砍,半个也不得留存。

当日天色已暝,歇了一宵。到得黎明,聂隐娘道:"大约倭奴尚有好些未到,我们分路迎去。翔风、回雪武艺不精,又无剑术,不必去罢。"回雪答应了。六位佳人一行川马,同出东门,不意翔风从后赶来,向着满释

---

① 踞着——蹲伏状。

奴道:“我帮将军走走。”满释奴是经过大战场的,谁把倭妖放在眼里,便说:“你只紧随着我。”于是分作五路,向各村野去搜寻。满释奴早遇着一大丛倭奴,约有千余,皆褪去半身衣服,跳跃而来。释奴舞刀向前,砍翻几个。那倭奴都是不怕死的,就四面拢将上来要抢释奴。释奴恐怕着了他手,杀开条路,大叫:“翔风快来!”遂拍马先走,回头看翔风时,已被他们拿去了。释奴孤掌难鸣,欲救不能,只叫得苦。却不知翔风在江湖上,原是接客的。初意要图个富贵,再嫁个好丈夫;不料收入宫中,与女真们一同修道,无那淫心欲火,静中益炽,懊悔不来。今被倭奴抢下,并不慌忙。想杀的是男人,若是女人,不过干点快活的事,倒带着几分侥幸的意思。当下抬入一家空屋内,就在草榻上。众倭奴都出去了,只留着个酋长,状貌甚觉狰狞。翔风是久馋的,且尝尝他海外的滋味,径由着倭酋摆列阵势。扈三娘的双刀,不怕林教头的丈八长矛,也勉力战他百来合,有《虞美人》一阕为证:

当年走索章台畔,掌上身轻倩。无端玉殿着霓衣,骖鸾少个共与飞,梦痴迷。　　幸遇波斯鼻,酣战花心折。敖曹剥兔不禁当,魂销舌冷汗流浆,死犹香。

大凡男子思色久而不可得,猝然得之而喜极者,多致亡阳;女子思色久而不可得,猝然得之而乐极者,亦多脱阴。譬如忍了饿的人,撞着了美酒佳肴,尽量吃个饱,自然要胀死。食色二种,是一般的理路。《后西游记》云:“小行者的金箍棒,竟把不老婆婆的玉火箝,搅得她撒开了,直至筋骨酥麻而死。”这样的死,死得好不好? 倭酋大笑说:“中国女人恁般烈性! 我那边的妇人,就死十次,也还会活过来的。”随出门,领着众倭奴向南去了。

时满释奴踞坐在古庙屋脊上,呆呆地望有大半日,方欲下去救她,却见聂隐娘跨着蹇卫,疾若流星向西而走,释奴大叫:“聂仙师!”忙下殿脊来,恰好接住,把翔风被抢情由说了。隐娘就同释奴如飞到那人家,但见直挺挺死在草榻上。隐娘道:“她自取其死耳! 我们且去。”才出得林子,又正遇着素英回来,略略把这桩事说了几句,一同向南追赶。遥见枣园内,两个妇女被两个倭酋按在地下奸淫,外面无数倭奴围绕。释奴道:“正是了!”隐娘大怒,也顾不得女人是可怜的,便把双剑向空掷去,连倭酋与妇人都剁作两段。两柄神剑又跃入众倭群内,如穿梭相似,纷纷贯透而死。有四散逃窜的,又被素英白炁丸截住,周围电光一转,都齐腰分做两段,血肉狼藉,斑斑点点,染得满地芳草无异湘江的斑竹 。然后转向西来,见大路上却又有倭奴死尸,重重叠叠,如冈如丘,热血浸溢,皆成沟渠。原来是各处漏网的,撞着寒簧回去,祭起青炁丸儿,杀个罄尽,独自一个骑了川马,返向东路寻来。素英接着,说:“前头皆已完局,怕有逃向船上去的。”于是合作一处,赶到海边,早见有公孙大娘与范飞娘驾着席云,紧紧追着。数千倭奴,被神剑杀得走投没路,正好来撞着青白二炁之内,尽做了五牛支解。寒簧问:“二位的马呢?”公孙大娘道:“若要了马,好连人带马都没了。”于是大伙儿归向莱州城。

回雪急问:“怎不见我嫂子?”满释奴道:“风流死了!”回雪涨红了脸,不好则声。聂隐娘道:“说与地方官,作速埋葬罢。”回雪掉了几点眼泪,便道:“我愿皈依聂仙师学道,不知肯垂慈否?”素英道:“妙哉!翔风之死,汝已悟道矣。”当下拜了隐娘八拜,收为弟子。

次早,公孙大娘等率同诸女真,径回济南缴旨,莱郡各官员与众百姓等都趋送不及。是役也,倭奴十万,遭飓风溺死者八千五百有奇,被登州府及各州县火炮打死者一万二千有零,其有老弱看守船只得回本国者,不及数百,余皆死于六位佳人之手。其海鳅船,皆被大风刮去,搁住在沙滩者,只有十余只,登州将军收去,为巡哨之用。从此日本与中国,世为仇雠①,其祸直到嘉、隆时稍息。且听下回分解。

---

① 仇雠(chóu)——深切的怨恨。

第四十五回

铁公托梦志切苍黎　帝师祈霖恩加仇敌

却说月君在宫中静坐修道，猛想起父亲临没时，说上帝召为济南府城隍，阴阳相隔，不知在此与否，若不能亲见一面，岂不枉担了这个神仙名目？且住，月君已经玄女传道、老祖赐丹，哪有个不知的道理？虽然，这却驳错了。凡幽冥之事与未来之事，非大罗天仙不能预知。月君已转凡胎，功行未足，虽然授过天书、服了仙丹，但能极尽神通变化，与己之本来功行绝不相关。若要透彻未来，当在功圆行满，飞升紫府之后。时鲍、曼二师尚住在卸石寨，月君意欲请来商议。忽报聂隐娘等回来了，月君问了一番剿倭始末，隐娘又将翔风身死、回雪皈依的缘由说过。月君道："翔风淫心未尽，宜受此报。"语未毕，早见两朵彩云直坠阶前，却是鲍、曼二师。月君大喜，启问道："二师向耽幽静，今日之来，必有指教。"曼尼呵呵大笑道："又来了！尔这里想要求请商量大事，为何反是这样说？"月君道："要请，固有求教；然二师之降，亦必有谓。"曼尼道："尔要求教的，须用不着我二人；我要指示的，却是为着尔出丑，如何了得！"月君一时会不过来，曼师拍着手大笑道："好个智慧神仙！怎的也就懵懂了？请问七卷天书上，多少的神通在那里？"月君愈不能解，且说句囫囵话来应道："就是用神通，也要请教。"鲍姑道："如今正为的用着神通，我二人都要出些丑。"月君道："怎的师太太也和着曼师一般说呢？"曼尼只是笑。鲍师安慰月君道："此机原不可预泄，所以说个影儿。你心上的事，与我二人来的缘故，即日便明白了。"月君乃稽首称谢。

次日黎明，满释奴等传奏道："文武百官，皆在阙下会朝。"月君升殿，文臣吕律、高咸宁，武臣董彦杲、宾鸿等，共奏倭寇殄灭，请献捷行殿。月君谕道："功出自剑仙，用不着爵赏。且杀的又非燕贼兵将，未敢冒功，不必繁文。"王琎等又奏："倭夷是卫青借来的，即与燕兵无异；剑仙等纵不可加以人爵，亦宜褒崇徽号，以彰天爵。"月君道："已表卿等之意了。"吕律奏道："若论崇德报功，自是大典，然功实出于帝师，即奉明旨，臣等亦不敢再请。”高咸宁道：“燕贼于南北交界，各添设有数万兵将，要乘倭奴入寇之时，分道夹击。今者不烦一卒，未发一矢，十万倭夷立时歼灭，燕贼闻之，必然丧胆，反胜于破燕军也。”月君道：“虽然，要亦无损于燕贼，所以算不得功，卿等皆属过誉了。”都御史铁鼎出班奏道：“臣有干渎圣聪之语，恐涉无稽，不敢冒昧。”月君谕令：“但奏不妨。”铁鼎前奏：“臣夜梦神吏召至一太府署，见两行执事严肃异常，先父端坐堂上，臣意谓尚在生时，即趋进觐省，先父示谕曰：‘向者帝师之父唐某，为本郡城隍，自我殉难，上帝以我有保守济南之功，命代其职。尔今归命帝师，能继先志，深慰素怀。独是齐地当有五年水旱、疾疫之灾，人死八九。我查勘册籍，分别可矜，恳奏上帝，允免十分之一。因念帝师道力通天，必能挽回灾数，所以召汝来要转达此意，非为父子私情也。还有一语，帝师之父今为开封府城隍，汝亦应奏明。切记，切记！’遂命神吏送归，霍然而醒，大为可异。臣既奉先父之命，虽是梦寐，不敢不奏。”月君听罢谕道：“卿父精灵如在，尚为社稷苍生顾虑，有造于国家，勋业莫大。孤家德虽凉薄，安敢不修省以回天意？”即命吕军师：“卿可备太牢之礼，代孤家致祭，用答神眷。”诸文武大臣，皆请陪祭。帝师道：“卿等悉系忠臣，允宜陪祭。”方欲罢朝，王之臣袖出一疏启奏道：“此系推算十年内齐、燕地方水旱灾荒，与星辰愆异诸事，今铁公显灵，示明大概，某不须再渎。但疏内尚有细微，求帝师留览。”月君命范飞娘接过，然后回宫。

鲍、曼二师迎着笑道：“心中可不了然么？”月君道：“先父今不能见，尚自有日，只灾荒一事，做何消得方好？”曼尼道：“只此，就是我两人出丑处了。”月君问：“这是何故？”曼师道：“而今亢旱，求雨也不及，还是由着百姓死罢！”月君合掌应说：“救旱如救火，求雨是第一件事了。”曼师道：“雨是求得来的。你在青州求的是假雨，济的是假旱，若遇着真旱，也求的假雨，正好养出蝗蝻，再加一倍，使得！使得！”月君道：“幸有大士赐的杨枝，可以洒作甘霖，自然与假雨不同。”曼师道：“好，好！尔去洒十遍，就有一丈甘霖哩！”月君道：“据曼师说，大士杨枝，也是不中用的么？”鲍师道：“不是这等说。杨枝之雨，是大士愿力，无量无边。前龙女传来法旨甚明，独是劫数使然，也只得萧萧微雨，可救小半之灾。愚民无知，见雨泽不敷，必然恳请再祈，那时即洒断杨枝，亦不能应手。所以，我二人有个代汝出丑之法。”月君道：“我三人总是一般，分不得彼此，如何代得？”曼尼大笑道："月君只道我们把杨枝去祈雨，却不曾理会到装帝师的体面哩！"月君方悟道："哪有此理？但凡显自己之长，形他人之短，犹且不可，何况我于二师哉！"鲍姑道："尔还不曾理会着，是要愚民知道上天降灾，是个劫数，活神仙挽回不得的。然后些微雨泽，亦是浩荡洪恩了。所以，先用我二人去冲个头阵。"月君起谢道："我有何德，敢劳二师费心至此？"

过不几日，各府告旱的表章，都是求帝师大沛甘霖的话。又有满释奴飞报文武百官与数万士民，在阙下恳求帝师敕令龙王行雨，皆拥集候旨。月君遂御正殿，宣百官进朝。吕军师等启奏道："数日来，百姓皆盼望帝师下雨，今禾苗渐槁，尽说帝师降灾，所以呼号各衙门求救，臣等敢不为民请命？"月君道："民为邦本，深轸孤怀①。但劫数到来，挽回不易。昨已请到鲍、曼二仙师，卿等可速建坛，明晨烦请鲍仙师祈沛甘霖，救彼黎庶。"军师等出朝，将自意宣谕了，连夜搭起台来，候鲍仙师祈雨。

次日黎明，范飞娘先赴雨坛，挂下榜文。略云：

> 弥罗无上天阙西池王母大天尊驾前，清微元化真人鲍奉太阴元圣帝师令旨，云云——
>
> 后开本日午刻，先降净尘雨三分。次日檄召雷霆神将龙君听令，辰刻大注甘霖，至未刻止。

百官万民等，恭候鲍师午刻登坛。鲍师先取净水一盂，焚符于内，望坎位上一泼，大喝："神将不奉令者斩！"霎时间，云蒸雾涌，粗粗的洒了一阵猛雨，仍现出一轮红日。次早，鲍师令取四十九个细碗，每碗内写道朱符，教范飞娘抛向空中，差不多直到九霄云内，跌下地来，磕着石砖，那碗儿绝无一个破损的。众人齐声和赞，看鲍师时，却趺坐台上。有两个时辰，命宣铁鼎、董彦杲、宾鸿、刘超四人至前，谕道："今日碗内四十九道灵符，呼召三十六员神将并五湖四海龙君，若得一声碎响，即应声而到，不期个个完整，大为诧异。适才我神游紫府，奏请甘霖，葛真人传玉旨云：'燕、齐百姓，不敬三宝，不重五谷，毁谤圣贤，败坏纲常，所以绝彼粒食，永堕饿鬼道中。'要旱至九月方止，这雨是祈不来的。"众百姓听了，莫不惶惶着急。

次日，太阳上升，满空都是红的。正当夏至之候，热气沸腾，比火还加

① 深轸(zhěn)孤怀——深深地在我心中痛念。

厉害。这旱濄禾苗,哪里再禁得起!鲍师要安众人之心,立召黄巾力士,在半空中显出形相,发令道:“目今亢旱,必有旱魃①为祟,快与我擒来,以绝祸端。”不多时,一阵风响,掷下两个似鬼非鬼、似怪非怪的东西。但见:

一只脚,圆如鼋壳②,忽跳忽跃;两个手,黑似干姜,或伸或缩。头上非块非角,宛然小夜叉精;胯下不阴不阳,好似真二尾子。

众人争先来看,那旱魃对着太阳,把手来招。鲍师掷下一剑,斩做两截,并无点血,只有些粘粘腻腻的浓水。忽听得一声鹤唳,鲍师跨上鹤背,径向帝师宫去了。众百姓就拥住了吕军师,齐赴阙下。女金刚如飞传奏,口宣帝师敕旨云:“已请南海曼陀尊者明日降坛祷雨。”方各散去。

曼师道:“我要求雨,少件活东西。”月君问:“是何物?”笑应道:“好徒弟一个。我看来都是爱着几根青丝,要扮个俊俏道装的,谁肯削作光头!”女金刚大呼道:“只我的头发又短又黄,鬖鬖的,好不薅恼人!削净了倒可遮遮丑相。”鲍师道:“动动手儿,就骗了个徒弟去哩。”于是女金刚拜了曼师,立时祝发。次日即随到雨坛,挂下榜云:

南洋教主南无大悲观世音菩萨座下,大力神通曼陀尼尊者,呼吸为云,咳嗑为风,涕沫为雨,叱咤为雷,今遵太阴元圣掌劫帝师法旨,限三日内降甘霖三尺。

众百姓见了告示,无不踊跃称颂。曼师放出魔家的本事来,张口向震位上一呼,吐出一道黑气,摇飏空中,化为云雾,遮得半天都是黑黑的,就端坐在台上,整整一日不动。第二日,曼师巽地上大喝一声,凉风顿起,刮喇喇直吹到夜方止。第三日,曼师向离位上挥手大叱,只听得雷声殷殷而起,渐至轰轰烈烈。又运动神光,向空一转,都化作电影,如金蛇一般,四围乱掣。差不多到了午刻,竟无一点雨星。曼师霍地下台,左手托着个小玻璃瓶,内盛着半瓶清水,令女金刚横着狼牙棍开导,向西北而行。百姓都跟随在后。到一处空阔地方,令女金刚传呼几个晓事的近前来,问:“济南城中,有水吃没有?”众人随声应道:“井泉皆已干涸,只有些浑泥水浆,吃不的。”曼师道:“如此,要渴死了。我且给你们清水吃吧。”就把小

① 旱魃(bá)——迷信说法,指造成旱灾的鬼怪。

② 鼋(yuán)壳——即鳖壳。

瓶埋在地下，运口气，向瓶内一喷，只见汩都都涌出雪一般的清水来，竟成了个泉穴。因宣示道："此泉千年不干，百万人汲取不竭，可以救济你们了。"看官要知道，今济南院使署后，有珍珠泉，从地下涌将上来，如珠玑喷出，就是曼师留的圣迹。闲话休题。曼师依旧令女金刚前导，回向帝师宫去了。众百姓大嚷道："这样活神仙，祈不下雨，想是我们逃不得死的了，不如去死在帝师阙下罢！"

忽见有员女将飞马而来，宣旨与吕军师说："帝师于明晨上坛，今有告示一道，发挂台下。"众人听见，大家望阙叩谢，欢声如雷。示云：

九天雷霆法主太阴元君掌劫讨逆帝师示曰：照得雨泽者，上帝之权衡；灾荒者，民生之劫数。今来弥月不雨，四野如焚，孤已两回敦请南海曼陀尊者、西池鲍母仙师，亲赴玉虚阙下，为民请命。上帝以东土民无良心，死有余孽，未蒙矜宥。噫嘻！尼山之泽常存，尚父之风未息，何意尔民竟自堕于饿鬼轮回之道哉！孤虽不敢逆数而行，然亦何忍视死不救？已于前日神游南海，拜求慈航大士杨柳一枝、醍醐半盂，些微一点甘霖，可活三千禾黍。孤即为尔民代受上帝之罚，亦所不辞。明日辰刻登坛，巳刻降雨，其各虔诵大士圣号，望南礼拜。慎哉毋忽！

次日黎明，百姓俱已齐到雨坛盼望，文武百官都在上清宫排班伺候，京营大将军董彦杲、宾鸿、瞿雕儿、刘虎儿、阿蛮儿带着健卒一千，在坛下四面护守。有顷，见满释奴、女金刚为前导，聂隐娘、公孙大娘为次队，帝师坐着沉香根九龙照乘交椅，上罩着金黄绫子九沿曲柄伞，后掩着两把九苞凤尾，左日右月掌扇，随后朱轩两乘，左是素英擎着玉净瓶，右是寒簧执着杨柳枝，扈从着范飞娘、女秀才、柳烟、回雪等。

帝师先进上清宫行香，免了百官参谒。遂出宫外，见雨坛三层，高有十丈，顶上一层，四围皆用彩色布扎成阑干。月君仍端坐在沉香交椅，显出神通，暗遣一十六个黄巾力士，掖着八个抬轿的女真，从平地冉冉而升，直至高顶放下。素英、寒簧出了朱轩，两瓣金莲之下，涌出两朵彩云，亦升到第一层台上。聂隐娘、公孙大娘，轻轻一跃，飞入第二层台上。满释奴、女金刚、范飞娘等，都在下层站立。众百姓都向台上叩首，齐呼帝师万岁。月君向南默诵大士宝号，拜了九拜，遂掣出青炁神剑，劈对着太阳画了几道灵符，连口真炁喷出，顿觉一轮红日黯然天光，却像个日食的光景。要知道,月君原是太阴天子,宝剑又是金炁之精,所画的符自然又有克制之道,所以如此。从来日月同度同道,月来亢日,便为日食,何况月君现身相亢,又加以神通道力乎?台下百姓,莫不骇异,说:“我帝师恼这太阳,要淹灭它哩。”月君又召到巫山帝女瑶姬,在云端打个稽首。月君道:“借重帝女威灵,施行云雨。”遂在袖中取出云幕,抛向半空。瑶姬接来一展,漠漠濛濛,遍空布满云气,浑如水墨颜色。月君遂于素英手内取过净瓶,又于寒簧手内取过柳枝,在宝瓶内蘸了甘露,四面一洒,帝女瑶姬把袖来一拂,灵风飒然而起,吹将几点甘露,四散至齐东郡县,都化做甘霖。但见:

雨声瑟瑟,风气萧萧,飘过处老松如奏笙簧,洒回时丛竹还添翠碧。禾黍油油,望南畴兮生秀色;芙蕖灼灼,揽北沼兮起圆纹。真个是甘露半瓶,点滴无烦马鬣;杨枝片叶,飞扬绝胜龙髯。

月君南向端立于台,台四围各有数尺地面,并无雨点侵入。时文武官员兵民人等,都在雨里站着,月君敕令各自随便避雨。绵绵密密,看看下到酉刻,众百姓望见月君站久不动,就在湿地上跪请銮驾回宫。百官也再三恳请,月君方下台。回阙之后,雨亦随止。

月君向鲍、曼二师道:“大士甘露胜于时雨,东土之人,幸全性命。但我观王之臣奏疏,亢旱处所不独山东,如燕、蓟及河北各郡县并淮北一带地方,皆有灾荒。国贼为仇者,不过一天狼,这些兆民,总系赤子,自应一视同仁。我意欲在宫中于月下祈祷上帝,普赐甘霖,遍及灾荒地方。不必令外人知道,何如?”鲍师合掌道:“此即如来之大慈也。”月君遂在内廷结一小台,高与殿檐相等,每夜升台礼拜,恳祷上帝,至五更方止。

七日之后,南天门下邓天君,见月君朝礼真诚,方为转奏。上帝降旨道:“嫦娥为国忘仇,爱民如子,好生之念,上洽朕心,可遍赐甘霖一尺,减灾五分。”风伯、雨师、雷部、龙神等,各遵旨而行。

时燕王正令奎道人祈雨,先用的邪法,摄取各淀之水,下阵骤雨,方不过二三里,倒把禾苗蒸坏了,越加不好。正在没法,恰遇月君求下一场大雨,倒凑了奎道人之巧。君知否?无限灾荒,反为燕王保社稷;几多忠义,但能齐地守封圻。且看下回云云。

中国古典文学名著丛书

女仙外史

下

[清] 吕熊 著

華夏出版社
HUAXIA PUBLISHING HOUSE

第四十六回

帝旨赐谥殉难臣　天缘配合守贞女

奎道人的咒法已经炼成，又凑巧遇了一场大雨，就说是亲见上帝求来的，燕王甚是信服。只待秋凉，要兴师来侵济南。不意夏末秋初，疫疠[①]大行，兵民交困，虽然救得旱灾，收成也只小半。国用尚且不足，岂能劳民动众？眼见得不能显他的本事，甚为没兴。来春建文七年，燕、齐地方，又复大旱。在月君所仗的大士杨枝，得些甘雨，全蠲赋税以救灾民。至燕之奎道人，他又会造出一片欺人的话，说："五湖四海龙君奉上帝玉旨，将湖、海都封禁了。"燕王也只得委之劫数。幸而辽东、山西地方，皆得丰收，燕王便令勋戚家各助资财，移粟救灾；又幸海运漕米到来，平粜于民，稍稍支持。然辗转沟壑者，亦复不少。是以两家罢兵息民，各守边界。至建文八年，济南地方始得丰登，吕军师会同高军师合具一疏，一请追谥殉节诸臣，一请赐赠阵亡将佐，一请崇尊孔子先师，一请尊崇群真天爵，一请敕封护国诸神。疏上，月君批示矣：

卿等奏请五款，皆系崇德报功之大典，但帝位未复，大典先行，是否洽于舆论？六卿诸大臣佥议奏复。

两军师约齐诸大臣，于行殿午门定议，孔子先崇徽号，诸臣先赐爵谥，神灵先加敕封，其一切表墓建庙、释菜、祭享礼文，俟皇帝复位之日举行。议上，帝师批示云：

孔子躬膺道统，建中立极，为万世帝王之师。乃历代褒封公伯，元朝易以王爵，至今因之，是欲以孔子为臣，非礼也。宜尊为先师，孤家首当谒庙。其赠爵谥号诸款，仍会同拟议允当，奏请定夺。

诸大臣李希颜、王琎、梁田玉、吕律、高咸宁、冯淮、赵天泰、周辕、铁鼎、刘䁖、胡传福、刘超、黄贵池等，公议殉难诸臣爵谥，开列于左：

原佥都御史景清　　赠太傅　谥忠威公

---

① 疫疠——即传染病。

原兵部尚书铁铉　　赠太师　谥忠武公
原监察御史连楹　　赠少师　谥忠烈公
原文渊阁博士方孝孺　　赠太傅　谥忠肃公
原大理寺少卿胡闰　　赠少师　谥忠端公
原监察御史高翔　　赠少傅　谥忠介公
原礼部尚书陈迪　　赠太师　谥忠贞公
原刑部尚书暴昭　　赠太傅　谥忠直公
原佥都御史司中　　赠太保　谥忠毅公
原礼部侍郎黄观　　赠太傅　谥忠靖公
原户部侍郎卓敬　　赠太傅　谥忠清公
原佥都御史周璿　　赠少保　谥忠憙公
原副都御史练子宁　　赠少师　谥忠定公
原刑部尚书侯泰　　赠太保　谥忠简公
原兵部侍郎陈植　　赠太傅　谥忠正公
原副都御史茅大方　　赠太保　谥忠敏公
原户部侍郎郭任　　赠太傅　谥忠襄公
原兵部尚书齐泰　　赠太保　谥忠愍公
原巡方御史王彬　　赠太傅　谥忠宣公
原刑部郎中王高　　赠少保　谥忠恪公
原大理寺丞刘端　　赠少保　谥忠节公
原监察御史谢升　　赠少傅　谥忠惠公
原监察御史王度　　赠少保　谥忠悼公
原监察御史董镛　　赠少保　谥忠哀公
原给事中戴德彝　　赠少傅　谥忠穆公
原监察御史魏冕　　赠太子太师　谥忠悫公
原大理寺丞邹瑾　　赠太子太保　谥忠勤公
原太常寺少卿卢原质　　赠太子太傅　谥忠安公
原监察御史巨敬　　赠太子少师　谥忠献公
原国子监博士黄彦清　　赠太子少傅　谥忠慎公
原太常寺卿黄子澄　　赠太子少保　谥忠缪公
原北平布政使张昺　　赠吏部尚书　谥贞毅公

原北平佥事汤宗　　赠副都御史　谥贞节公
原燕府长史葛诚　　赠通政使　谥贞襄公
原辽府长史程通　　赠大理寺卿　谥贞悫公
原苏州府太守姚善　　赠兵部尚书　谥忠桓公
原徽州府太守陈彦回　　赠兵部侍郎　谥忠懿公
原袁州府太守杨任　　赠兵部侍郎　谥忠康公
原候补知府叶惠仲　　赠工部侍郎　谥文襄公
原松江府同知周继瑜　　赠副都御史　谥忠僖公
原乐平县知县张彦方　　赠副都御史　谥忠成公
原青州府教谕刘固　　赠太常寺卿　谥文介公
原漳州府教谕陈思贤　　赠光禄寺卿　谥文节公
原太学生方孝友　赠文林郎　谥文贞先生
原青州庠生刘国
原漳州府诸生伍性原　　陈应宗　林珏
曾廷瑞　　吕贤　　邹君默
以上诸生皆赠文林郎谥贞定先生

又议赠殉节诸臣爵谥

原修撰王叔英　　赠吏部尚书　谥文忠公
原工部侍郎张安国　　赠太傅　谥忠节公
原监察御史曾凤韶　　赠兵部尚书　谥忠靖公
原兵部郎中谭翼　　赠兵部侍郎　谥贞介公
原给事中黄钺　　赠刑部侍郎　谥烈愍公
原纪善周是修　　赠礼部侍郎　谥文书公
原编修王艮　　赠礼部侍郎　谥文贞公
原刑部侍郎胡子昭　　赠太子少保　谥靖节公
原吏部侍郎毛泰　　赠太子少师　谥清节公
原给事中韩永　　赠工部侍郎　谥端介公
原给事中叶福　　赠户部侍郎　谥端烈公
原给事中龚泰　　赠兵部侍郎　谥襄烈公
原御史邹朴　　赠副都御史　谥贞定公
原御史林英　　赠副都御史　谥忠介公

原太常少卿廖升　赠吏部侍郎　谥贞襄公
原佥都御史程本立　赠吏部尚书　谥清节公
原刑部主事徐子权　赠刑部侍郎　谥襄节公
原礼部侍郎陈性善　赠太子少师　谥襄烈公
原大理寺丞彭与明　赠兵部侍郎　谥节愍公
原中书舍人何申　赠太仆寺正卿　谥襄贞公
原浙江臬司王良　赠刑部尚书　谥忠襄公
原济南参军高巍　赠按察司廉使　谥宣节公
原都司断事方法　赠按察司副使　谥贞宣公
原沛县知县颜伯玮　赠布政司参政　谥哀烈公
原教授刘政　赠布政司参议　谥安节公
原教谕王省　赠按察司佥事　谥文节公
原东平州吏目郑华　赠奉直大夫　谥贞愍公
原燕山卫卒储福　赠都指挥使　谥昭节将军
原浙东临海樵夫　赠号荩忠逸民

又议赠阵亡死难诸武臣封爵

都督瞿能　赠威武大将军威武侯
越雋侯俞通渊　赠襄武将军襄武公
指挥使张皂旗　赠勇烈冠军将军
都挥指使卜万　赠昭勇将军
都督宋忠　赠昭节侯
都督余瑱　赠扬节侯
都指挥彭二　赠奋武大将军
都指挥谢贵　赠壮威将军
都指挥崇刚　赠扬威将军
指挥卢振　赠宣武将军
骁骑指挥庄得　赠奋威将军
骁骑指挥楚智　赠奋勇将军
指挥使马宣　赠扬武将军
镇抚司牛景先　赠勇略昭节将军
指挥彭聚　赠宣威将军

参将宋垣　　　　赠宣节将军
都指挥张安　　　赠靖节将军

以上殉难死节文武诸臣，凡妻女子媳同死者，其夫人皆封赠贞烈郡君，女为贞君，子赠郎官，媳为贞孝孺人，即婢妾亦有封号。

又议崇女真诸位仙师徽号

第一位曼陀尼
大乘微妙自在神通卫国大禅师尊者
第二位鲍道姥
太上玄元至神至化护国大仙师天尊
第三位聂隐娘　通神入化飞剑祛魔镇国大仙师
第四位公孙大娘　神威震远灵剑诛邪辅国大仙师
第五位素英　玄真清化通灵妙道仙师
第六位寒簧　玄微冲化通神妙道仙师
范飞娘　满释奴　女金刚　皆封女冠军仙使
女秀才　老梅　回雪　柳烟　女宣军侍使

又议褒崇诸位显神徽号

文曲星景清　封为显威讨逆佑国公立庙
都城隍铁铉　封为显灵靖逆福国公
开封府城隍唐夔　封为忠正直亮顺天安民化逆侯
皂旗将军　封为显威荡寇伯

又议尊崇孔子曰参天赞化建中立极至诚至圣百世帝王师。疏上，月君韪之。于建文九年春正月，择吉释菜①于国学。月君冕旒衮裳②，一如弟子拜师之礼。又遴委③宋和、卓孝为使，赍建文帝诏，至曲阜县阙里圣庙，恭上夫子徽号。

时当仲春之候，月君发手敕一道，谕大宗伯云："建文四年，孤家所救殉难忠臣之女，今皆待字，已令司天监择定吉日，拟将忠臣之女配合忠臣之子，贮名玉瓶，令其拈箸自取，方为天作之合。卿其召齐诸忠臣子率赴

① 择吉释菜——从众多的一般人中选择优秀的。
② 冕旒(liú)衮裳——有飘带玉串的礼帽和帝王礼服。
③ 遴委——选择任命。

阙下,并选郎官二员入廷赞礼。”又发手敕一道,令女秀才往召诸忠臣之女。至期咸集,月君御东殿。先是大宗伯王琎同赞礼郎官及诸忠臣之子朝谒,次系诸夫人与小姐辈,皆行礼已毕。殿中设龙案,上列七宝红玉瓶,赞礼官备写忠臣子之姓名贮于瓶内;旁设玉箸一双,范飞娘遍请诸位小姐,次第将玉箸自向瓶中挟取,以阄天缘。

第一是铁兵部公讳铉之长女炼娘,阄得佥都御史景公讳清之子名星,字丽天;

第二是谢御史讳升之女,阄得佥都御史周公讳璿之子阿蛮儿,名小处;

第三是户部侍郎郭公讳任之长女,阄得司佥都讳中之子名韬,字天策;

第四是郭公之次女,阄得姚太守讳善之子名襄,又名勤王;

第五是董御史讳镛之女,阄得大理寺卿胡公讳闰之子名传福。

却说第六是铁公之季女柔娘,与伊姊附耳私语,逡巡不前。飞娘与炼娘掖之到龙案边,勉强将玉箸向瓶中挟起,叠成同心方胜红绫一摺。炼娘代为展看,递与柔娘,可霎作怪,殿上忽起阵旋风,刮到柔娘身边,卷得绣裙乱登。柔娘将纤纤玉指去掩衣袂,脱下手中方胜,被风刮将起来,在殿中盘旋荡漾,宛如一片明霞,轻轻的飘出殿外,飞向空中,不知何方去了。月君道:“奇哉!”问是谁名字,柔娘含羞不语。范飞娘代奏是刘超。月君道:“此非姻缘也。”遂问炼娘:“孤家看尔妹光景,必有隐情,可速奏闻。”柔娘把炼娘衣襟一扯,是要姐姐不说之意。炼娘道:“帝师之恩,同于父母,岂可隐而不告?”遂向前奏道:“妾妹于上元诞日,偶得一梦,于杏花下遇一书生,两情相慕,年亦十五岁,系同时诞生,拜为夫妇;又打三年后中了探花,方行亲迎之礼。妹子向妾云:‘若不得此书生,则终身不嫁,愿随帝师学道。’”月君曰:“此必有其人也。”即传旨令人分头向文武诸臣家内,问有公子十五岁者,即刻召来。那时刘超因母亲年周六十,于旧岁从临清接至济南邸第,超之侄儿名炎,也随祖母而来。得了谕旨,如飞趋至阙下。时公子纷纷来者,共有二十余人。月君召入殿内,令满释奴逐个引向柔娘面前,好像官府点名,从东至西过去,落后方是刘炎。柔娘凝眸一视,两颊微红,双环略侧,羞涩之中,带有思慕之致。刘炎却呆呆的站住,端详一会,方走过去。月君遂问刘超:“汝侄儿年岁几何?何月日生的?”

刘超应道:"是十五岁,正月十五日亥时。"月君道:"汝去问,今正月间,有无梦兆,可据实奏来。"刘炎遂自趋向前,把梦中曾与此小姐结为姻缘,备陈一遍,与炼娘所言无异。月君道:"汝说三年后中探花一语,是何解说?"刘炎道:"这个连小子也不知,大约是梦中呓语了。"月君道:"不然,将来亦必有应者。"遂令移到御案六张,案上都摆列着龙凤金花烛六对。有旨:景星督师沂州,除铁铉长女炼娘不行礼外,余皆交拜成婚,并赐合卺御酒三卮。于是五位公子,向上谢恩。范飞娘扶了谢小姐,女秀才扶了董小姐,满释奴、老梅婢扶了郭侍郎两位小姐,各立在公子下首,唯柳烟、回雪二人,扶柔娘小姐,不肯挪步。月君道:"孤已知之。今与汝二人先应佳梦,待三年后中探花,然后结缡可耳。"于是柔娘含羞向前,与刘炎并立,共成五对。赞礼官赞礼,齐齐交拜已毕,司韬、姚襄、蛮儿、胡传福与四位小姐,各饮了合卺御酒。月君命撤龙凤烛并宫锦灯笼各十二对,香车四乘,公子小姐同坐于内,送归邸第。其刘炎与柔娘不饮合卺,分送回家。真个过了三年,刘炎十八岁,中了第三名进士,方娶柔娘成亲。因其大小登科,先有异梦入,遂目为探花郎。自宋朝设科以来,但有殿元之称,其余皆名进士。探花之称,自刘炎始。

看书者要知道,刘姓与铁氏,原有秦晋之缘①,所以阄着刘超,被风刮去,牵引他侄子出来,此乃天成的一段佳话。别有传奇,兹不复叙。且演下回。

---

① 秦晋之缘——古时秦晋两国世为婚姻,后因此称两姓联姻为"秦晋之好"、"秦晋之缘"。

第四十七回

幸[①]蒲台五庙追尊　登日观诸臣联韵

建文九年春三月，大宗伯行文与沂州开府，景星接看，内开：原任兵部尚书铁铉长女，配与原任佥都御史景清之子，奉旨云云。景星大喜，望阙谢恩毕，即令整备香车宝马、锦绣旗帜与笙箫器乐，前往济南迎娶。都宪御史铁鼎亦盛具奁仪，启知帝师送去。月君谓鲍、曼二师曰："此已完局，可以稍慰忠臣于地下。但自起兵以来，倏忽五年，我未得省坟墓，反不能慰先父母于冥冥之中。为人子者，于心忍乎？"鲍师曰："向者国事纷纭，我亦未经道及。汝未弥月时，哭母甚哀，我说：'儿勿啼，姑待日后封赠母亲罢。'今不但拜祭，且须酌议此礼。前者敕封，是为成神，却算不得追远之意。"曼师道："月君起义讨逆，威加海内；而回故乡，乃尊人未有徽号，与庶民享祭何异耶？"月君怃然泪下，曰："我为帝师，非为帝主，此语不可出自己意。"遂作手敕一道，宣示六卿。略曰：

孤自勤王以来，历今五载，虽建阙中原，而帝位未复，日夕靡宁，永怀曷已。近者频遭灾祸，暂息干戈，又念及祖宗考妣先茔向缺祭扫，荆榛不剪，隧道久矣荒凉，狐兔谁驱，幽宫定然颓坏。今寒食将临，孤欲亲往祭祀。卿等其议礼，请奏施行。

于是两军师与诸文武大臣等，都集建文皇帝阙下会议。高咸宁曰："帝师为国讨贼五年，不暇省墓。今若銮驾到时，满目荒凉，能不痛心？自当褒崇徽号，建造寝园，方是崇德报功之典。去岁大议褒封，何以反不及帝师之父母耶？"诸大臣齐声应曰："总为敕封了府神，便自忽略过去。今须另议徽号。"吕师贞道："某之愚见，即用前'忠正直亮顺天安民'，之下添入'太上帝师'四字何如？"诸臣赞和曰："此不易之论也。"于是定议追崇：

始祖唐讳介为文献清忠抒谟显烈太上帝师

---

① 幸——亲临。

考讳夔为忠正直亮顺天安民太上帝师

妣黄氏为仁孝淑顺端懿慈惠太上神妃

祖讳遵晦为忠宣文靖抱道崇学太上帝师

妣姜氏为仁明庄敬端纯肃穆太上灵妃

其高、曾以上，不知名讳，又启请帝师敕示。月君批答云："曾王父讳维寅，高王父讳允恭，坟垅远在楚之江陵，作何设主祭祀，一并议奏。"

诸臣又议：建立五庙于蒲台县之太白山，安设神主，四时禘祫①，悉遵帝王仪制。曾祖、高祖，俱追尊为太上帝师，廷议佥同矣。吕师贞曰："某尚有愚见：今且不必上闻帝师，径先启奏建文皇帝，请摄政相府特颁玺书，下蒲台县褒崇徽号，何如？"众皆称善。疏上，李希颜大喜，乃遣少宗伯梁良玉、司业卢敏政赍捧玉音五道，到蒲台宣读徽号，并敕令知县速建寝园太庙，安设五位太上帝师神主。然后诸臣连名奏闻帝师，暂缓春祠之礼，统俟寝园太庙成日，恭请銮舆，举秋尝之大典，庶上慰皇帝之心，下谢臣等之罪。月君览疏毕，即命驾诣阙谒谢。将至阙，李希颜等率诸文武大臣固请驾回，云："容臣等代谢。"月君乃止。

建文九年秋七月，蒲台县上书政府，言寝园太庙各工程俱已告竣。赵天泰、王琎，先议遣梁良玉、刘璟恭代建文皇帝告祭，方奏请帝师驾幸蒲台。月君敕谕云：

敕建园陵者，帝主之鸿施；省祭坟墓者，人子之私义。今国事频繁，边圉②严警，孤家虽身往蒲台，心悬象阙。百尔臣工，其恪共乃职；一切军机，惟副军师高咸宁是任。大司马吕律与学士方经、都御史铁鼎、大司成周辕、都谏周希轲、大将军董彦杲、刘超、瞿雕儿，先锋使小皂旗等扈从前行，余并留守阙下。慎哉毋忽！

司天监王之臣择八月初二日，请帝师銮驾启行。

月君别了鲍、曼二师，只带素英、寒簧、满释奴、范飞娘、老梅婢、柳烟儿及女真等二十名，自备供应，前往蒲台。刘超、小皂旗为前队，满释奴、范飞娘为二队，然后是月君銮驾，吕军师等扈从为第四队，董彦杲、瞿雕儿拥护在后，为第五队。

---

① 四时禘(dì)祫(qiā)——四季盛大的祭祀仪式。

② 边圉(yǔ)——"圉"古代指养马的处所。"边圉"此处做"边疆"解。

初六日入蒲台县界，先是梁良玉、刘璟前来迎驾，随后是县令督率士民数万叩接，皆两行俯伏，并不拥挤喧哗，月君甚喜。

当晚，驻驾于郊外。黎明，先至城南玄女道院，见钟虡①不改，庙貌如故。时翠云、秋涛已害干血病死了，唯有春蕊、红香。二女真形容惨淡，向月君拜了四拜，凄然泪下。月君抚慰了几句，徐步到公子神位之前，命老梅婢："代孤家行礼。"柳烟、春蕊、红香三人陪拜。老婢是不肯拜公子的，不得已勉强拜了，心中不忿，乃吟诗两句云：

公子为殇鬼，夫人作帝王。

柳烟亦信口接下两句云：

谁知柳氏女，得侍衮龙裳？

月君大惊曰："柳烟，柳烟，此二句乃汝之佳谶也！向者鲍、曼二师与刹魔公主，皆言汝有三十年风流之福。诗本性情，机栝已见。"柳烟双膝跪下，哽咽诉云："婢子久已身如槁木，心似死灰，若萌邪念，明神殛之。只因身受莫大之恩，所以信口道出。今帝师见疑婢子，当尽命于此。"言讫，便欲以头触柱。老梅、春蕊、红香三人，竞挟持之。月君道："我久知汝心，所以令汝常侍左右，反谓有疑于汝耶？运数来时，圣贤不能强。汝勿短见，孤乃戏言耳。"柳烟方拜谢了。素英请道："我父亲不知近日如何，求帝师差人一问，稍尽为女之心。"月君道："不但令尊，凡亲戚故旧，都要访问。"

次日，入城临御公署，诸臣朝谒毕。时合县百姓在外执香顶礼，月君令沈珂：凡年五十以上，给赏二两；六十以上，递年加增一两，并全免建文十年赋税。遂召知县张参入见，谕道："昨日父老迎驾有体，俱见汝之才干，优升为别驾，仍知蒲台县事。"张参叩首谢恩。月君即命去访本宗及外戚诸家，张参启奏道："臣留心已久，不须访得。帝师本宗，就在勤王那年，尽迁回湖广江陵，国舅同御弟随亦迁住荆州。此地田园，尽皆撇下，微臣已拨入玄女道院；原宅现今封锁，不敢擅动。再有姚秀才、柏秀才，皆已身故；其子始而挈家远馆，随后亦迁远方，这个访问不得。"月君怅然有感，信笔题五言四韵，以示臣工。诗曰：

盖世女英雄，威生四海风。

---

① 钟虡(jù)——悬挂钟、磬的架子两旁的柱子。

五年还故里，万事等衰篷。
辽海无归鹤，秋冥有逸鸿。
何当诸父老，谓与汉高同？

诸臣传视已毕，咸赞帝师仙才，非《大风歌》可比。蒲令张参即请勒石，月君道："一时之感，卿等得无誉之太过耶？"又谕张参："孤家故宅一区，汝可改为养老堂。岁留赋税十分之半，为供亿之需，以示孤优恤之意。传与诸父老知悉。"

其时銮舆仍返道院，命春蕊、红香，随向太白山祭扫。于次日清晨启行，满城百姓，多追至中途，顿颡[①]哭泣，如失父母，月君亦为凄然。

第二日，已到太白山。行有数里，俄见茂林之内，巍然五座庙宇，甚是齐整。有词为证：

赑屃𡋯[②]侵云，鸳鸯浥露。如翚如矢[③]，规模无异鲁宫；若囷若盘[④]，制度不殊丰庙。殿角斜飞，上蹲着诸般彩兽；檐牙高啄，尖衔着万颗金星。五龙桥下，新波初展碧罗纹；双凤阙前，香气乍飘金粟子。鳞鳞碧瓦，依稀十二琼楼；郁郁芳林，环绕三千琪树。时有神灵来护卫，更无麋鹿与逍遥。

月君瞻望了一回，下令先到寝园。行及数里，早见长松翠柏，真好佳城也！亦有词为证：

丹垣环地，华表插天：丹垣环地抱群山，宛若龙蟠虎踞；华表插天拱紫极，常来鹤迹笙音。石马虽灵，不学昭陵战败；石人如活，难同晋国能言。飨殿虚明，可列三千珠履；幽宫深邃，应栖十八银凫。前日芳草坡中，一抔黄土；今朝红云影里，十仞佳城。要知作君兼以作师尊，始信生男不如生女好！

看看到了华表阙前，月君下了九龙沉香舆，缓款步入，直到陵前，先拜四拜。随后素英、寒簧、满释奴、范飞娘、老梅、春蕊、红香众女真等皆拜，文武诸臣在享堂下各叩首毕，月君遂御偏殿，谕诸大臣云："自古圣贤帝

① 顿颡（sǎng）——磕碰脑门。
② 赑（bì）屃（xì）——驮碑的大乌龟。
③ 如翚（huī）如矢——好像是五彩的雉，又像是箭。
④ 若囷（qūn）若盘——如若圆形的谷仓，又若圆盘。

王，难保百年之身，更难保百世之陵寝。孤家起于草茅，纠义勤王，至今大勋未集，何当先受殊恩，荣及宗族？而且僭越仪制，心中未安。应改各庙制式，如公侯之礼。"少宗伯梁良玉奏云："自古以来，无论臣民，凡有大造于国家者，咸得晋封王爵，追荣先代。何况帝师以上界金仙偶临下土，适当国贼篡逆、乘舆颠越之日，手提三尺剑而起于徒步，奄定中原，为故主建宫阙、存位号，不啻日月之光于万古。所以诸大臣公议追远盛典，稍答帝师勤劳，尚在抱歉，何尝越制？"刘䁖又接奏云："臣闻蒲台百姓感激帝师圣恩，如子来趋父事，以此落成甚易，而耆老绅士犹谓朝廷简陋。今若复行改制，不唯众大臣决难遵行，即百姓亦断不肯从命。"吕军师亦奏："梁良玉、刘䁖之言皆是，伏愿帝师勿毁成功以动人疑。"月君道："虽然，孤以坤体，谅德不足以当之。"遂谕诸臣："翌日先享始祖太庙，次高、曾，次祖陵。第五日中秋，适逢孤家诞日，乃祭考陵，一切礼仪宜简毋丰。"诸臣遵旨，自去整备。

建文九年，八月十一日黎明，月君祭享始祖太庙，冕冠珠旒，电裙云履，服天孙开辟朝衣，执日南火玉朱圭诸文武奔走趋跄，分班助祭。舞设八佾，乐奏九成，笾豆簠簋①，燔萧灌鬯②，一如古礼。自高、曾以下三庙，逐日次第享祭，不必絮烦。

十四日下午，命驾至考陵。行至半途，忽山岩上震天一声响，轱辘辘滚下一只斑斓大虎，头碎脑裂，正堕在月君銮舆之侧。有两个汉子，一瞎左眼，一瞎右眼，各手执铁锤，从岩际飞步而来，大呼："丁奇目、彭独眼，迎接帝师圣驾！"董彦杲与刘超恐是歹人，两骑马飞向岩前，将手中军器逼住道："汝辈是何人？敢来取死！"那两汉撇下双锤，叉手道："我父指挥彭聚，他父平安将军部下前锋丁良，与燕兵战没，流落在泰安州，雇作猎户，皆系不识字之人，无由谒见帝师。两日借这捕虎，在此等候，不期那林子内适有大虫拦路，我二人就奋力打杀了他，恰遇帝师驾至。此虎乃我辈有功之虎也。"彦杲等大笑，遂回马启奏。月君即刻召见，奖慰一番，令彦杲暂收为副将。当晚宿于陵上。

次日是八月十五望日，月君五更起来，梳洗冠带已毕，命素英、寒簧：

---

① 簠(fǔ)簋(guǐ)——古代盛祭品食物的器物。

② 燔萧灌鬯(chàng)——古代祭祀的方法。焚烧艾蒿，注入美酒。

"今日孤家享祭父母,汝二人为予之妹,礼得与祭,宜分左右行礼。"又谕柳烟、春蕊、红香道:"公子虽无神主,然三尺之坟,幸亦在寝园之内,尔三人可代朕祭拜。"吩咐甫毕,诸臣早已各服命服,齐候在五龙桥畔。月君遂临享殿,少宗伯梁良玉亲自赞礼,诸臣俱在殿外助祭,奏的是武功之乐,设的是太牢玄酒之仪。九阕已终,九献既毕,百官略退片刻,然后来朝贺帝师圣诞。满释奴宣谕曰:"帝师以母难之辰,心怀凄恻,况在寝园,尤不宜行朝贺之礼。"军师等遵旨各散。

时有泰安州知州蒋星聚疏请帝师巡幸泰岱,举行封禅之典,月君一览,批示云:

虞帝东巡,至于岱宗、柴望,秩于山川,所以祭岳渎神灵,此圣王之大典也。其后始皇夸称盛德,始有玉函金简之文①,名曰"封禅",其足法乎?孤以女子之身,讨逆戡乱,志在迎复建文,申千古君臣之大义,非定霸称王,自取天下,蒋星聚之一疏,不亦愚昧之至哉!然孤家曾遨游八表,遍历嵩、衡二峰,今泰山属在宇内,亦不可不一登览。但不祀天齐,竟升日观耳。远近州邑,皆毋得趋迎,有旷职守,自取谴责。

疏下,诸臣莫不心服。月君遂于次日遣女健婢二名,送春蕊、红香仍归玄女道院,乃命驾离了太白山,从大路进发。

不几日,又到泰山之麓,适值天阴下起雨来,诸臣皆请暂止山下。月君道:"雨师不欲孤家登岱岳耶?"乃掣袖中神剑,望空一挥,顷刻浮云尽散,太阳倍明,遂登山缓缓而行。至于山腰,时有云气出于石罅②,拂面沾衣,若香烟缭绕,以手揽之,缥缈不断。或至浓蔚之时,则连人与马卷裹而行,前不能睹后,右不能见左。俄而半隐半现,时藏时显,霎然微风一拂,卷舒淡荡,摇曳长空,真胜观也!自山麓四十里方至日观,天色已暝,月君止于观内,诸臣皆驻下房。晚餐已毕,各自安息。

约有更余,忽闻得远远喝殿之声,月君隔垣一照,见仪从甚盛,乃是岳庭夫人碧霞元君,前踏已进日观阙下。元君香舆渐近,冉冉升起,素英、寒

---

① 始有玉函金简之文——开始有了用玉和金器装的字文。
② 石罅(xià)——石缝。

簧启牖①相迎。月君执了元君玉手,彼此逊谢一番,然后行礼。元君尊月君上坐,月君笑道:“元君以小妹为尘埃中富贵人耶?”乃分宾主坐定,元君欠身而言:“小童今晨赴玄女娘娘之召,有失候驾。”月君道:“诚恐烦动震帝起居,所以不敢趋谒。”又言及“东土既罹兵燹,又遭灾荒,颠连已甚,尚须震帝垂怜。”元君笑道:“帝师得慈航之力,救拔一半,拗数而行,上帝亦有嘉赖。若五岳职掌都遵帝旨,小数或可更移,大数岂能干预耶?然既承明诲,敢不尽心仰慰兹衷?”月君遂命素英等,速具酒肴上来。元君立起身道:“此非宴会之所,小童暂别,候驾返时,送于道左。兹有仪仗全副,稍异人间,挈带在此,唯望帝师赐纳。”便令侍女呼唤神吏送上。月君看时,是:

风磨铜锣两面　霓旌一对　绛节二枝
彩斿六对　九节珠幢一对　天狐尾旄一对
羽葆一副　霞旆四竿　锦旐二对
销金赤帜八根　鹓鶋②羽旗一对　针神绣幡四面
鲛绡旗八对　汉玉花尊一对　水银侵古铜炉一对
鸾氄③翠盖一柄柄系生成九曲藤枝
龙女织成山河掌扇二把柄系旃檀香琢就

月君谢道:“辱承明赐,权且收下,愚妹谢尘世之日,仍当奉璧。”元君道:“不然,正要帝师于旋跸广寒之日,以为前导。折取天香一枝,下报小童可耳。”月君乃拜受,再三珍重而别。元君升了香舆,便有万道彩云缭绕,腾于空中,执事神吏等皆乘风雾而去。

时方半夜,太阳已升海底,月君在正阁凭栏而坐,命诸臣等悉到东边小阁中观看。诸文武于夜间,都在窗隙窥觑,神明过往,总未睡觉,闻召即至。却见阁周回摆设着多少仪仗,即适所窥觑之物,各人猜想不定,看着太阳的心,倒只有一二分。月君忽问诸臣曰:“海有底乎?”方经对曰:“无。”月君曰:“然则诸岛,皆浮于海上者乎?”方经不能对。月君又问:“日从海底转乎?”梁良玉对曰:“然”。月君曰:“日居月诸,照临下土,不

① 启牖(yǒu)——打开窗户。
② 鹓(yuān)鶋(jū)——古代传说中的神鸟。
③ 鸾氄(rǒng)——旧时传说的凤凰一类鸟的细软的毛。

知海底,将何所照乎?”良玉亦不能答。月君又问:“究竟日出何处,日入何所乎?”吕律对曰:“儒家言日入虞渊,日出旸谷,经天之道,皆能言之。至于既没以后,未出以前,从不论及。至佛氏有须弥山半旋转之说,尤非凡才所能测识。求帝师玉音开示愚蒙,群臣幸甚。”月君谕曰:“世界一大须弥山,而四海为之脉络,日月循环,转于山腰,古圣人皆能知之,但不肯以耳目智虑所不及者,示人以疑耳。夫岂有日月而行于海底地下者乎?诸书所云,天有天柱,地有地轴,六鳌载峰,日出入处,海水为焦,皆后人诞妄之说也。”诸臣叩谢,奏道:“臣等双目,无异萤光,所照者几何?孔子见老子,尚云‘某之道,其犹醢①鸡’,何况臣等对扬帝师之命哉?”月君道:“孔子与老子学问,如登泰岱,均造绝顶,而时日略有先后。及一接见,则二圣人之睿智如以镜照镜,各自了然。孔子以三纲五常教天下,只就当身而论,不欲人远求过去未来之事,所以季路问到死生神鬼,不答其所以然之故,非不知也。‘醢鸡’之言,亦是后人造出,非圣人真有此语。”吕律又奏:“臣尚欲请问日月交食之故,求帝师指示。”月君道:“日为正阳,罗星则阳之邪氛;月为太阴,孛星则阴之邪气。无始以来,有正即有邪,邪来攻正,所以掩其光而谓之蚀也。《诗经》言:‘日月告凶,不用其行。四国无政,不用其良。’岂非天道之应于人事者乎?诸儒言:月本无光,借日始明,相对则望,交会则食。以月掩日,则日无光;以日亢月,则月如晦。夫使月固无光,而掩其日,尚或可解说;若月食而谓日亢,其月则是太阳,于月食之时必反在东方,乃可相亢,有是理乎?珠生于蜃属阴,尚有光华,岂以太阴之精,而谓墨黑如顽铁者乎?其有圆缺者,比不得太阳全体光明,若镜之有背转,侧面观则成晦望耳。”诸臣听罢,皆悚然奏道:“臣等空诵几行儒书,从未与闻天道,今蒙圣谕,抑何幸甚!”月君又谕:“天道虽微,悉在儒书之内,卿等特未尽心参透耳。”诸臣又各愧谢。

吕律奏道:“伏羲画卦,天道始泄其机,然尼圣五十学《易》,自非臣等所能造诣。”月君道:“卿言良是。”命赐诸臣早膳,曰:“今日之游,不可无诗,孤家与卿等联句以志胜概。”遂手题首二句于浣花笺,以示诸臣,次第联成十一韵。诗曰:

一登天下小,气压太阳低。　　月　君

① 其犹醢(hǎi)鸡——就犹如把鸟剁成肉酱。

云树分吴楚，山河辨鲁齐。　吕　律
神州归掌握，涨海出天倪。　梁良玉
亦有龟蒙辅，如将凫绎携。　铁　鼎
观凌一炁外，殿耸五云西。　方　经
翠盖回虚嶂，霓旌绕碧溪。　刘　䚀
秦松人欲折，汉柏鸟空啼。　周　辕
雷在层岩伏，云生下界迷。　邹希轲
当年封玉检，何处秘金泥？　刘　超
有几君王幸，曾将泰岱题！　周小处
嵩呼闻万岁，凤辇下云梯。　沈　柯

诸臣奏上月君，月君看了，递与素英等。老梅婢一看，说："这诗比我们联的，不过多着几句，也不见得有甚奇处。"寒簧笑道："只恐还不及些。"老梅正色道："除了帝师、军师二联，余外的都不服。"众女真莫不含笑。梁良玉等启请勒石，昭示来兹。月君遂令释奴发出，并谕："明日卯雨，未刻乃霁，诸臣暂退，銮舆尚须再宿。"

当夜天鸡初鸣，月君即起，唯素英、寒簧、非云、柳烟侍于左右。见太阳从海中升出，其色绛赤，其光烜赫，大若五里之城，炫目夺神，不能久视。海水涌沸，超腾日轮者数次，倒像太阳上而复下、下而复上的光景。有顷，山腰吐出云雾，溟溟濛濛，遍满世界。时老梅婢方起，走至阁前，大惊曰："海浪已到山半，此混沌之象也！咦！我晓得帝师弄道术耍我哩。"月君亟召诸臣登阁，凭栏一望，但见白茫茫一片皆水，直接大海，莫不惊异。谛视久之，方知是云气布满。太阳在其上，光华照耀，初如银汉之波，旋若黄河之浪，翻腾活泼，虚灵变幻，莫可端倪，真从所未睹者。

吕律奏："臣闻歙①之黄山有云海，无由得造，惟少时曾登嵩岳，则所见与今日同。以此推之，诸岳皆有云海，黄山独擅其名，臣不能解。"月君道："瀑布以太行为胜，而庐山独著；石以寿山为美，而青山独表；洞以黄围为奇，而桃源独传；松以峨嵋为古，而岱岳之大夫独显。譬如才人学士之文章，或见知，或不见知；或能传或不能传，固不在乎优劣，特有幸不幸耳。"有顷，太阳行至中天，云气益加浓密，半截泰山宛然浸在洪波之内，

① 歙(xī)——吸气。

参差怪石,奇峰偃蹇,短松矮柏,历历可数。老梅忽然发笑道:“其雨其雨,杲杲日出!”素英道:“梅姐谓帝师之言不验耶?唐诗云:‘下方雷雨上方晴。’你看山巅全无草木,虽有松柏,离奇屈曲,不盈三尺,非雨露在山半之下,不在山半之上耶!”又过片时,云气渐渐解散,萧萧断雨尚在飘零,平畴大陆、沟浍皆盈,乔木疏林青翠欲滴。老梅谓众女真道:“毕竟素英有些仙气,我一时悟不到也。”素英道:“毕竟梅姐有些书呆,我一时看不出也。”月君亦为之破颜。遂谕诸臣:“前夕岳庭夫人送孤家仪仗,明日回銮,须往一谢。独是天齐坐于前殿,作何行礼?卿等有能任其事者,明早先往候驾。”吕律道:“臣不才,前去整理。”诸臣方省仪仗来由,正不知典礼如何,便都随着军师同至岳庭阙下。

军师闲坐清谈,并不议及行礼一事。至辰刻,前队报帝师驾到,军师急忙拱请,诸臣避入大门之内,令道士火速掩上。月君驾至,见阙门已闭,即命回銮前行,军师等乃进圣殿礼拜而出。

共相矜,诗勒岱宗,远胜七十君王封禅去;谁能料,疫流海表,更烦两三仙子剪蓑来。下回演出。

第四十八回

炼神针八蜡咸诛　剪仙蓑万民全活

建文九年秋九月，月君自泰山返跸①济南，见各处庄稼只好五六分收成，蔀屋茆檐②，童叟多有菜色，心甚悯之。途间便下敕旨，仍命周文献、张彤为巡方御史，分巡各府州县，凡歉收之处，即在本地方发仓库赈济。

次日，月君返驾进城，先赴皇帝阙下谒谢，早有李希颜、王琎、高咸宁、冯淮、胡传福等在阙外伺候："共请回銮，臣等代谢。"月君又加慰劳，方自回宫。与鲍、曼二师略述巡游诸事，曼师慨叹道："月君一人为国，三党皆逃——"说未竟，曼师忽大笑道："此为天下者，不顾家。"适老梅婢在旁，把手来一摊，冷冷的说道："帝师这样快活，只可惜老相公与太太不能一见，空生了好女儿呢！"月君愀然而散。

未几，吕军师请以姚襄署佥宪御史仍兼中营左监军，沈珂署监察御史仍兼中营右参军；又请以彭独眼、丁奇目发往司开府标下，监理青、莱诸郡屯田，又请以董彦杲、宾鸿为羽林左右大将军，金山保、小咬住为羽林左右先锋使，以董翥、雷一震代彦杲、宾鸿之缺。月君皆允之。

是年冬，天气温燥，绝无冰雪，往往大风拔木，二麦皆不能长养。至来春，是建文十年，从正月朔日起，阴雾弥弥，直到二月三月，亦稀见太阳之面，而又并无大雨。一交四月，日赤如火，烦躁之气，不异三伏。五月间涔涔霉雨数日，甚觉阴寒；及朱曦一出，蒸蒸湿热，更为薅恼。如是阴晴冷热两三次，那些禾苗中，就生出无数虫来。请问那几种？有个名色的么？是：

　　螟，䘍，蟊，贼，蝗，蝻，螽，蜡。

名曰八蜡，有啮根者，有食叶者，有啖心者，有嚼苗者，有嚼节者，满田之内，跳跃飞腾。百姓号哭遍野。月君即命取绣花针三千，送进宫内，尽吞

---

① 返跸（bì）——帝王出行的车驾返回。

② 蔀（bù）屋茆（máo）檐——遮阳挡雨的屋子全是茅草盖成的。

入腹,用炼剑之法,在丹田内炼了十二个时辰。即传百官赴阙,随驾至上清观行香。月君朝见玉帝,不服兖冕,仍用瑶台妆束。怎见得:

青丝重叠,俨若堆云;素带飘摇,宛然流电。浆罗叶一片翠冠,并非高髻;海螺纹双簪白燕,不是低鬟。织女天衣,含万道霞光缭绕;湘皇水珮,带千春花气氤氲。裙濯银河之水,波痕犹在;履沾玉井之烟,花瓣如新。冰肌玉骨,生来只有六铢轻;踏雾乘风,飞处无过三岛远。

是日,不排銮驾,只御小辇。满释奴、范飞娘乘马为前导,素英、寒簧乘车随后,文武大小官员皆扈从至上清观阙下。月君下辇,步入正殿,行九拜礼。百官在墀下陪拜礼毕,月君出露台东隅,南向坐定,命满释奴于车中取出一湘妃竹方朱盒儿,令两行文武揭看,认是何物。诸臣看遍,不敢轻对,唯周恕奏道:"看是五彩丝缕,但寸寸截断,不知有何妙用?"月君道:"是丝也。卿等试探手取一把来。"周恕遂舒右手向盒内一抓,急得攒眉放下,五指多刺出血来。诸臣皆含着微笑,月君谕道:"此三千绣花针也。朕在丹田炼成如丝,能刺人咽喉,贯穿肠胃而死,若抛向百万军中,立时可歼。但有干天怒,必遭殛罚,永劫沉沦,不可儿戏。今唯用以杀戮害苗之虫,一针可杀数千,三千神针,可杀无量恒河沙之虫矣。朕志在救民,虽有谴责,亦所甘受。"诸臣等皆叩首,咸称:"灾者,民生劫数,天地不能自挽,仰赖帝师道力维持,即上帝好生之心也。与天合德,国家幸甚!"月君乃步至院中,仰天一看,道:"必须高台,方可行法。"遂在素英手中取过一幅五彩鲛绡帕,望空一掷,云腾霞涌,忽尔现出一座九仞危台。月君冉冉而升,立于台端,向南又拜九拜。素英双手捧着朱盒,喝声:"起!"那盒儿端端正正,悬空起在月君面前。遂将左手一齐抓下,向着四面八方分匀洒去。彩丝万道,如日芒射目,不能仰视。月君喝令神将随着,俟虫灭尽收缴。那三千绣花针,都飞向各处有虫的所在去了。遂收了法术,谕令京尹高不危,行文晓示百姓知悉。不消两个时辰,诸虫杀尽;然已经受灾,也只好救得大半。月君还宫之后,又下诏蠲免①税粮三分之一。

至建文十一年正月朔,百官朝贺元旦,月君廷谕诸臣:"历年灾荒,今岁青黄不接,小民何以为生?卿等其敷陈良策,以济时艰。"大臣方欲奏

---

① 蠲(juān)免——免除。

对,早有弱冠①六人,整整齐齐同跪在丹陛下,奏道:“臣等不揣无知,公具一疏,是为灾荒的意,伏乞帝师圣鉴。”月君视之,却是开设三科以来所取的进士,已经除授紫微省学士之职:

—— 殉国礼部尚书陈迪之子,名鹤山

—— 殉国都御史茅大方之孙,名添生

—— 殉节给事中黄钺之子,名瓒

—— 殉难青州教谕刘固之孙,名炎(即刘超之任)

以上四人,皆向在国学读书,从前两科及第,均授为侍读及撰文学士之职。

—— 殉国漳郡教授陈思贤之子,名略

—— 殉难漳郡庠生吕贤之弟,名儒

以上二人同来应试,近科取中,已授侍讲兼修史学士之职。

当下范飞娘接过疏章,月君披览一过,是敬陈救荒筹饷之未议事。大意说:朝鲜国历岁大稔,斗米三分,可以告籴;又日本、红毛、琉球诸国,丰富甲于海南,可以借饷。一则使知圣天子行宫已定,一则使之知燕逆覆巢有日,一则使之知帝师威灵无远弗届。将见诸蛮,必相率来朝,奉表纳贡,凛遵正朔。其告籴借饷细事,奚待言哉。月君即以疏示诸大臣,并谕道:“凡殉难忠臣,皆天地之正气,所以后嗣莫不英秀俊发。这疏大为有理。”大臣看毕奏道:“但恐隔海辽远,既不能应我之需,而且蛮性劣蹶,又未必能遵我之令。古来班超、傅介子立功异域,岂可轻言!”高咸宁奏:“臣观诸小学士,既能具疏,必能出使。海道虽遥,风顺亦驶,似不必豫虑及此。”诸学士齐声应道:“臣等实愿身任使事,方敢具疏,岂有托诸空言的理?”大臣等又奏:“他国无妨,若日本倭奴,为我歼灭者十万,彼既挟此大忿,恐难乎为使。”吕律进言道:“大臣所虑,岂不周至?然从来遐方荒服,不率王化,必经挞伐,而后来庭;今以畏威之后而示以怀柔之义,臣料倭酋稽颡向阙无疑者。”月君道:“大臣老成持重,两军师果断明决,诸学士又皆才气超群,正宜使于四方。”遂面谕吕儒、黄瓒为日本国使,陈鹤山、茅添生为红毛国使,刘炎、陈略为琉球国使。又谕高咸宁道:“若朝鲜国使,

① 弱冠——古代男子二十岁行冠礼,“弱冠”指男子二十岁左右的年龄。

非卿与仝然不可。”咸宁遂与诸学士皆顿首遵命。时仝然参军邓州，又加衔为黄门侍郎，以重使事。自有该衙门行文去讫。

到初六日，月君发下玺书，高咸宁、吕儒等接受了，拜辞阙廷，取路向登州进发。时日本国遗下海鳅船，最为稳当。各天使拣了一只，同出海洋，全凭南针所指而行。

余皆按下。先说朝鲜，即高丽国也，在辽之南境，而辽左与山东隔海相对，路为至近，不几日早到。高司马、仝黄门遂下驿馆，有通事人先来禀候。高咸宁朗声晓谕道："大明天子有诏，可速传报国王出城来接。"通事急忙报知国王，国王李钧即刻排驾，率文武诸臣直到驿馆，接了天朝诏书。高司马、仝侍郎捧诏先行，国王与众陪臣在后，至正殿上开读诏书，国王执圭，陪臣等皆执笏跪听。诏曰：

朕以元孙而承高庙之祚，正祖德洪庥、皇威遐畅之日，四海熙然，兆民胥悦，岂意庶孽跳梁，乘舆迁播？幸赖女真人帝师戮力勤王，旌旗所指，山岳震迭，忠臣义士向慕景从。今已定鼎济南，不日归膺大宝；扫清燕蓟，翘足可待。只为迩来荒旱频仍，虫灾洊至，暂释兵戈。国饷虽曰无虞，黎民间有菜色。闻尔朝鲜外邦，历岁阜成，十文斗米，兹特遣正使少司马高咸宁、副使黄门侍郎仝然赍银五千，易谷十万。尔王素守臣恭，谅无遏籴之政；夙敦邻谊，定怀将伯之心。誓指河山，永为藩辅。钦哉毋忽！

建文十一年正月

宣读诏书已毕，国王听了，心甚疑惑，暂请天使出宿公廨①。次日，国王与廷臣先行商妥，然后请宴于正殿，让二位天使南向而坐，王北面相陪，大臣四员，从旁侧席。乐奏三阕，酒行九巡，有王之宗室李煌，素有威望，先启问曰："旧年诏到，称永乐七年，今岁玺书称建文十一年，中国其有二主乎？"高咸宁早已料有舌战之事，朗然答道："天无二日，民无二王，圣人之言也。然时有互变，势有相扼，则九州之内，常有数王，岂止二主？然虽有数主，而其实则一主也。如周末有七国，而夫子尊周；汉末三分，而朱子王蜀：历代皆有正统，余则为闰。若同姓相争，如梁元帝之与湘东王，其为

---

① 公廨（xiè）——官署。

王为寇，事迹甚明，安在为二王也?”又一臣曰魏宣，向称博赡而有才辩[①]，接口应道：“天使高论，自合至理。但为寇为王，皆实有其主；今则徒设虚位，而谓之曰帝，下民何所瞻仰？青史何所考证乎?”咸宁厉声对曰：“此无君之言也。唐中宗播迁在外，《纲目》大书某年帝在某处，此时连虚位皆无，何晦庵以行在与之？尔之言真无君者也!”魏宣愧赧不能答。国王见二臣已屈，莫有启齿者，乃从容豫色而言曰：“从来乾刚坤顺，阳长阴消，中国兴复帝位，岂无斡旋造化之男子，而以一妇人为帝师乎？寡人不解，敢以相问。”高咸宁正容对曰：“周家肇基王迹，推本姜嫄；文王政行江汉，首化关雎；武王乱臣，邑姜亦在其内[②]。故孔子曰：‘有妇人焉。’推之二氏，则大士为诸佛之师，玄女为天仙之长，斗姥为列宿之尊。即汉之班昭，尚且为六宫之师，何况天朝帝师，道统三才，德崇千劫者乎?”仝然大声抗言曰：“朝鲜国王听者！若论我帝师之道，则上媲唐、虞；帝师之德，则远侔邹、鲁；兵法阵略，虽孙、吴、管、葛，仅堪为弟子；文章诗赋，即李、杜、欧、苏，不足为衙官；至于神通广大，能使乾旋坤转、海立山飞，呼气而日月倒行，挥手而鲛龙遁伏，真开辟以来无上之神圣，岂以人世之帝师为荣？不过欲复建文之位，申大义于千秋耳！今不佞观国王气色，于三日内半夜，后宫当有火灾，烧死宫女两名，焚毁宫殿廿间。幸得王之爱妃福大，火得以熄，而反有大喜之兆。如此等事，我帝师于万里之外，慧照所及，皆已豫知也。”国王矍然，心中半信半疑，沉吟了一会，高咸宁、仝然遂辞谢而出。

国王李钧谋于群臣，皆言：“俟三日后，其言不验，彼自羞惭，臣等可以折服他矣。”国王即下令：后宫三日之内，夜间不许点灯，酉刻便睡，违者斩首。

到第三夜，国王幸爱妃凤氏宫内，秉烛清谈，竟欲坐至五更，看火灾何自而起。到了亥刻，觉神思有些困倦，乃呼小监取本日奏章来看。只有二疏，片时阅完，写了批语，心中私喜道：“已过半夜了!”随手揭下疏尾浮

---

① 向称博赡而有才辩——一向被人视为有远见、有辩才的人。

② 周家肇(zhào)基王迹……邑姜亦在其内——周朝王业的建立，推本溯源在周族始祖后稷之母姜嫄；周文王姬昌统治江汉一带时，首先治理男女间的事，周武王治下臣子作乱，邑姜又在乱臣之内。

签。爱妃取来,向烛煤上毁之,霍地卷起,飞到梁间,拉拉杂杂的烧将起来。顷刻烈焰轰天,风火交炽。国王抱了爱妃,急忙奔出。火势大了,宫中沸乱,内监人等只顾得引了后妃逃避,没有个来救火的。直烧到西边一宫,忽有红光冲起,火势遂灭。原来此宫是国王第二个爱妃金氏所居,正在分娩,凶地一声,宫人遂报火已熄了,金氏大喜。一者世子原是一国之主,福量也大;二者被临盆血腥一冲,无论天仙神将,沾着些气味,就不得复归班位,所以火神遁去。内监报知国王,国王又惊又喜。时百官闻宫中失火,皆在外庭。

天已将明,国王遂命排驾,亲到天使公廨。高司马、仝黄门急忙出迎,国王握了仝然之手,太息道:"先生真神人也!前言一些不谬。且喜后宫得子,敢请天使屈留三日,过了汤饼会,寡人亲送起身。"说完匆匆忙忙的回宫去了。咸宁等倒免不得一番庆贺。

国王邀请汤饼会后,又复设宴送行。五千白金,厘毫不收;输谷十万石,差人随天使送至登州交割。先附谢表一道,仍约至来岁进贡。咸宁等谢别了国王,共是十一个海船,乘着风便,星夜进发。二月初旬,已到登郡,打发来使自回。遂到济南复命,把前事备奏一番。月君慰劳道:"可谓不辱君命!"遂下敕旨,将十万石谷,只拣有灾地方,委员发赈。黎民欢声载道,渐有起色。

不意五六月间,瘟疫大行,凡患者,昏昏冥冥,但觉头脑胀闷,旋大如斗,少则七日,多则九日,裂出黄水而死。京尹高不危亟为奏闻。月君与鲍、曼二师商议,曼尼道:"鲍道长向有灵艾,一炙即愈,何不取来普施?"鲍师道:"你又来了!我那灵艾,只治外症,不治内疾,亦且没有得存了。"曼尼说:"我知道,毕竟是龙女有恙,然后肯授与人,去医好了,成为夫妇,可以索谢。如今是穷百姓,便舍不得哩。"鲍师道:"这个老尼,害失心疯了!倒在光头上烧一炷儿,先治你一治。"剑仙等皆笑。忽女金刚传进京尹高不危密疏,言"有一道姑,曰何来女,身穿棕蓑衣,手持小金剪,在市井游行,见患疫病者,遂剪棕针与之,不过寸许,初病只用一茎,病至五六日者,亦只三茎,煎汤服下,遍身汗出而愈。今现止于臣府衙门之前,小民来求棕针者,不可以数"云云。月君道:"异哉!何来此仙真也?"忽又传进吕军师折奏,亦言何来女治疫神效,百姓都说是帝师化身,来救我们性命,要向阙下叩谢云云。月君谓鲍、曼二师曰:"此仙真隐匿姓名,致使庶民归德于我,岂可贪天之功,以为己力?即当亲往谢之。"鲍师道:"且缓。彼必变化而来,待我也变化而去,看她一看,确是何仙,先为帝师致意,然后去谢何如?"月君道:"如此,就烦师太太一行。"

鲍姑即变了个老婆子,隐出宫门,走至府前,见无数人围绕着一个老道姑,纷纷扰扰在那里求取棕针。给了的,都跪在地,口呼帝师圣号,磕头而去。鲍师遂钻入人丛中,注目一看,认得是何仙姑化身。那道姑一见老婆子,也识得是鲍仙姑,即化道清风而去,只留下竹杖一根,插在地内,顶上挂着棕蓑衣并小金剪,中间悬着一扇纸牌,上写着"何来女治大头瘟"。众人不见了道姑,都埋怨着老婆子,说是她身上腌硂冲犯了。有的就去抢这件棕蓑衣,只离着半尺许,再也抓不着;有的就去拔这竹杖,恰似有根长在地下的,莫想动得分毫;又有人抬着桌儿凳儿,爬上去取棕蓑衣时,那竹杖长有数丈高。鲍姑道:"列位不用胡闹,待我来取。"就将竹竿轻轻一拔,担在肩上便走。众人一齐拉定,忽然连这老婆子也不见了。这些众百姓个个暴跳,急得没法,各自怨怅走散。

鲍姑一径回到宫中,将情由细说了。月君道:"仙姑是何意思?"鲍姑道:"仙真济世,只是自行一点慈悲,以挽太和之气,而洽上帝之心。若使人知道姓字,与凡夫之沽名钓誉者何异?所以化身而来,被我识破,即敛迹而去也。"曼尼道:"你看她句句含着讥诮:说帝师为国为民,四海皆知,是沽名钓誉哩。"月君大笑道:"我在尘寰,未能免俗,卿复尔尔。今且请教:既有棕蓑衣,何以救人?"鲍姑道:"我有妙法,但要老曼尼也学得何仙姑隐姓潜名,便可做得来。"曼尼道:"她也只隐得名,不曾隐姓。我这'尼'字是本等,去不了的。"鲍姑笑道:"这就称做驼来尼罢。"月君也笑道:"我知道师太太之意。要化作何来女一般形象,去完此功行。"鲍姑道:"然也。还有说焉:这个大头瘟,传染得远,我意须得聂隐娘、公孙大娘、素英、寒簧,与我分行五郡,是不用变化的;唯帝都之内,百姓已经识认仙姑,请曼师变了她的状貌,到各街坊去救济方好。"曼师道:"好,来难我!我不曾见她形状,怎样的变得来?"月君道:"本城是要师太太去完局的。"鲍姑道:"我若不难她一难,就到别处,也要自己露出光顶,不肯变相哩。"月君道:"棕蓑只有一件,如何分得各府?"鲍姑道:"剪做六块就是。"素英即取剪刀剪时,竟是铁针一般,那里剪得动一根?曼尼向着鲍姑道:"我看你嘴舌,近来倒强!"就一手把竹竿上挂着的小金剪取来一剪,便剪了数根下来。月君道:“且不要剪坏。安得六把剪刀,分与各人呢?”曼师道:“我的法子,比鲍老媒好些!竟剪下棕针来,把锦囊盛着,悬之竹竿便是。若剪做六块,像什么样?”鲍姑笑道:“到底魔尼有些贼智。”于是拣取五根竹竿,把棕蓑细细剪来,贮以龙女绡函,又照样写下“何来女”纸牌五面,一并悬诸竿上。鲍姑取了剪剩的棕蓑,与原竹竿并小金剪,变作何来女的容貌,曼尼道:“如何恁样丑?看待我化个俊俏些的。”却就变了真何仙姑的法相。曼尼向兖州,隐娘向登州,公孙大娘向莱州,素英向青州,寒簧向东昌,鲍姑是济南本郡。月君道:“我尚有数句话儿,是要表明何仙姑救世的意思。”遂援笔疾书一偈云:

何仙姑,何姑仙,棕蓑倒着下蓬壶。

剪尽千丝与万缕,齐人缩了大头颅。

月君各与了一纸云:“待治病完日,可从半空丢下,无使世人归功于我也。”曼师等各别了月君,用五遁法出宫而去。

只说鲍姑反向南关外进城,众人见了踊跃欢欣,个个来求灵蓑,就是没病的,也要求两茎去作预备。鲍姑宣言道:“我看大众将来要传染者,我方与之。”霎时间,或已病者,或未病者,就剪下了好些棕针。其求而不给者,倒放心是不害瘟疫的,也自喜之不胜。遂又到府前及各衙门首,站立一回。不两日,而合城已遍,乃抛下柬帖一纸。百姓看了,却又猜是帝师遣何仙姑特地来救他们的,家家设了宝位,祝诵圣号,焚香顶礼。无异名公巨卿,倩人属文而反受美名,与捉笔的全无干涉。鲍师又到四乡村堡普施后,巡历各州县地方,察瘟疫重者,先去救济。每到一处,必照样留下简帖一纸。越欲表明仙姑道行,百姓越归功于帝师,不必说了。直至两月有余,方得周遍,瘟气全消。蓑针已自剪尽,只剩得领边尺许的桩儿,担在肩上,取路而回。不意中,竹竿平空掣去,鲍姑仰首一看,却是何仙姑在云端拱手说道:“残蓑合应见还。”鲍姑即忙升起空中,欲为帝师致谢,仙姑化道金光,竟向东海上飞去。只怜夫重叠灾氛,用着几许神通才扫尽;可笑他纷纭将卒,仗了些微智勇陡侵来。端的在下回。

第四十九回

郑亨争将当先丧律　景隆充帅落后褒封

济南一府，管辖三十六州县，是最有名的大郡，那传染瘟疫的地方，共有二十九处，鲍姑遍处救疗，两月有余，方得告竣。回到宫内时，曼师等五人皆早已归来了。鲍姑把何仙姑取回棕蓑情由说了一遍。曼师道："我回来时，见泰山脚下坐一老婆子，指着我说：'这个仙姑是假的。'我就说：'这老婆子也是假的。'大家一笑，就向我讨了剩的棕针儿去。"素英、寒簧、公孙大娘、聂隐娘齐声道："怪得我们路上回来时，有个病老婆子，说她一家有若干人害病，刚刚与我们剩下的棕针儿数目相符，都被她讨了去，原来也是仙姑化身了。"月君道："这是仙家至宝，如何肯留下？今日黎民得以更生，皆大真人之力也。"遂即望空拜谢。古语云：大军之后，必有凶年；凶年之后，必有疾疫。其年雨旸[①]不时，又是歉收，灵蓑虽是仙丹，也有没福分、没缘法，偏偏不凑巧遇着的，也死了若干。闲话休题。

却说燕地灾荒，止有三年，建文十年、十一年，却是大稔[②]的。探得济南凶荒如旧，又有虫灾疾疫，李景隆就密奏燕王，请平济南。燕王大喜，于建文十二年春二月，召集文武百官，谕道："迩者天心眷朕，连年丰裕，乘此天气融和之日，正宜扫清妖寇，巩固皇图。尔等文官，其各敷陈方略，武官均经戮力疆场，谁能身任其责者，朕不惜茅土褒封。"李景隆即出班奏道："臣屡次遣人探听，妖人兵死于疫，民死于荒，乃天亡之日。微臣不才，愿率兵前往讨贼，克日荡平，以报圣恩；并请敕奎道人为护军，破其妖法，则乌合之众不难一鼓而歼也。"有原任密云指挥，降燕以献城功，爵封武安侯郑亨奏道："从来邪不胜正，哪怕它妖法？微臣不须奎道人帮助，乞陛下拨精兵三万，誓必生擒贼首，献俘阙下。"二人争执起来，皆愿立下军令状。燕王道："你二人皆有将才，朕当并用。看谁应先往，就在朕前

---

① 雨旸——阴晴。

② 大稔(rèn)——指"丰收"。

阄定。"郑亨阄得先字，心中大喜。燕王遂加封大将军职衔，并命武康伯徐理之子徐海、应城伯孙岩之子孙殳为副，番骑指挥童信、薛禄为先锋使，拨兵三万，令其先进。又命李景隆道："汝可协同奎道人，带领精兵二万五千，随后扎定寨栅，为遥应之势。如郑亨奏捷，汝不得前进争功；如郑亨有虞，可星夜赴救，一面奏闻，朕即撤回，并将前去兵将总着汝统领。"二人顿首受命。燕王又骂诸文臣道："尔等食君之禄，但知保恋爵位，及至临事，都像土偶一般，嘿无片言！足见这几篇烂时文中的举人、进士，是全不中用的。汝等每日所办之事，皆胥吏所优为，要这些咬文嚼字的何用?"诸臣面面厮觑，俯伏请罪。燕王斥退诸文臣，密谕郑亨道："武定一州，乃青、齐之门户，今彼重兵却全在济南，是贼不知所守也。兵法云：攻其所不守。朕今令齐王高煦率兵出德州，以牵制之，使彼不敢来救，胜则合攻济南，易如覆巢耳。"郑亨奏道："陛下指授，真神算也。"燕王即命钦天监择定出师之日，整顿粮草，拣选兵马。先是郑亨前进，攻取武定州，李景隆又隔了两日，始行发兵，日行三十里，故意落在尽后。

这个信息，已星夜飞报到济南阙下，月君乃会集文武计议。吕军师奏道："两日探报，燕将是郑亨、李景隆，先后进兵，隔着三百余里，二将并用，定不相能，可以计破。独是德州三岔道上，又有高煦驻扎，牵制我师，反为勍敌，必须分兵交应。"说犹未毕，高军师随奏："臣料燕兵不敢进攻青、齐，必先加兵武定，臣愿前往迎敌郑亨，当彼一面。"吕军师道："如此极妙。少司马此去，相机而行，若易破即破之，直逼景隆之寨；若有互相持定之势，待我杀退高煦，卷甲袭之，郑亨必然大溃，然后合兵进战。景隆竖子，魂胆先褫，直如破竹耳。"诸大臣皆服。月君奖谕道："军师之计甚当。救兵如救火，其星夜调发，勿使有警边圉。"遂退朝回宫。

次日黎明，两军师赴演武厅，诸营将士皆会齐听点。高军师的六员上将是：

瞿雕儿、雷一震、卜克、楚由基、郭开山、孙翦。

吕军师六员上将是：

小皂旗、曾彪、刘超、阿蛮儿、董翥、葛缵。

余皆留守京师。大将军宾鸿进禀道："两军师今临大阵，何不用着末将?"吕军师道："京师为根本重地，非将军与董将军老成练达者，不可留守，自宜后生辈效力疆场耳。"宾鸿又禀道："小将有子宾铁儿，年方十九，膂力、武艺却也与小将差不多,愿随董小将军,同作前驱。”吕军师道:“将军既有令子,可与董小将军便为先锋。”宾鸿大喜,遂呼铁儿上前参见。二位军师看那小将军,真个英勇!有词为证:

面如黑漆,眼若玄珠:面如黑漆,内含精彩,灼灼生光;眼若玄珠,外露神威,闪闪流电。方颐阔额,比呼延灼①只少一部胡须;身强力猛,较焦赞②尚有几分肝胆。头带生熊皮万字将巾,体挂熟铜片千鳞战甲,手持欺霜赛雪泼风刀,腰悬截铁斩铜绕指剑。

宾铁儿横着大刀,向上声喏,如半天起个霹雳,众军皆大惊。阿蛮儿一跃至前,把手中大刀掷于地下,向军师道:“小将愿与他比试刀法!”宾铁儿随手把阿蛮儿大刀提起,等个轻重,觉道比己的轻些,就列个门户,把泼风刀抡动,大呼道:“你来,你来!”阿蛮儿抡起大刀,踏进一步;宾铁儿侧身一转,就便交锋。刘虎儿即抡动青龙偃月刀,平空一隔,横进身子,拦住道:“不许,不许!”宾鸿亦上前喝骂铁儿。吕军师亟呼至台边,饬诫道:“诸位将军,一心为国,皆我股肱,难分彼此。不争尔等厮并,则是未杀敌人,先伤了自己手足,有这等好勇无知么?”董彦杲道:“快来!同向军师前请罪。”于是刘虎儿一手拖阿蛮,一手拖着铁儿,大家朝上声喏告罪。军师又诫谕了几句。宾鸿又令儿子呼阿蛮儿为兄,拱手相笑,方各归队伍。二军师点兵已毕,各统一万五千健卒,分道而进。

且先说高军师统率部下到武定州时,燕军才出上谷郡,遂便离城四十里,按五行阵法,列着七个营寨,厉兵秣马以待。至第三日,燕兵将近,郭开山请率一军击其先锋,杀他个下马威。高军师曰:“胜则固好,倘有挫衄,则摇动全军;不若以逸待劳,伺其动静,而后破之。”

次日黎明,燕将先锋薛禄、童信领军三千,摇旗呐喊,直逼高军师营前,摆开阵势,各横手中兵器,大骂:“余生草寇,尚敢抗拒天兵,快来献首!”济南诸将早已戎装惯带,一声炮响,大开营门。雷一震正要出马,其部下冷铦,挺手中枪,大叫:“割鸡焉用牛刀!”高军师亟令止之,一骑马已飞出阵,与薛禄相迎。奋力交战,来往盘旋,约十余合,怎禁得薛禄番枪神出鬼没,转睫间刺中咽喉,死于马下。瞿雕儿大喝一声:“番贼不要走,我

---

① 呼延灼——宋代武将。

② 焦赞——宋代杨家将武将。

来也!”薛禄方欲迎敌,童信跃马大呼:“待我来斩此贼!”薛禄遂回到阵前,看他两人交战。但见:

一个是金枝画戟,如玉龙舞爪跃银河;一个是狼牙铁槊,如玄豹喷牙腾黑雾。一个戟矛直刺咽喉,却遇着槊影飞翻横截住;一个槊齿正当脑盖,偏遭着戟势凭陵全隔断。一个武艺精强,赛过温侯吕布;一个膂力勇猛,输他统制秦明。

原来童信力气极大,能开百石弓弩,矢无虚发,番将中最有名的;独是武艺不精,上了战场倒觉差些。使的铁槊,是件粗夯军器,哪里敌得雕儿这支赛温侯的画戟。他恐怕真输了不好看,就虚喝一声,策马佯败,从刺斜里驰去。雕儿见他手段生疏,骤马赶上。童信亟掣雕弓,轻扣金镞,翻身一箭,喝声:“着!”雕儿猛听弓弦响,闪躯一躲,战马前蹄忽打个双蹶,箭已从上过去,雕儿遂趁势倒在地下。童信只道射翻了,勒马跑回。说时迟,那时疾,雕儿见他马到,从地上一跃而起,童信人马皆吃一惊,画戟早已刺入,童信措手不及,直贯腰胁,死于马下。薛禄大呼奔救,雕儿就跃上童信战马来迎。雷一震一骑飞到,雕儿大喝道:“好汉子,怎肯两人拼你这番狗种!”遂自勒马回阵,让雷一震与薛禄交锋。大战六十余合,不分胜负。天色已暮,两边各自鸣金收军。

郑亨下令道:“我们军士远来,营寨新立,贼人必来夜劫。”遂拨兵马,四面埋伏,直至四更方息。军士方睡未醒,济南兵马已在营前搦战。郑亨亟开营门,令诸将迎敌。有少年将军徐海,当先出马,大骂:“草寇!死在旦夕,尚敢来闯辕门?”楚由基更不打话,纵坐下马,拨手中戟,即便交锋。徐海如何抵得?战不几合,反厉声大喝道:“看枪!”把枪一晃,拍马而逃。由基却不追赶,拈弓搭箭,校正后心射去,但见两脚翻空,马驰人坠。燕阵上孙殳、薛禄二将,齐出救回。由基大呼:“贼将休走!”就飞马来战薛禄。战约三十来合,由基见他武艺精强,要把金仆姑来了当他,即佯败下去。薛禄暗忖:“枪法不弱于我,如何就败?”方勒马转来,由基神箭已到正中护心镜上,当的一声,火光迸散。薛禄急忙归阵,向郑亨道:“贼将勇锐,正不可小觑他!”郑亨听了这话,很不耐烦,遂叫小军:“取我大刀来,我当亲自斩之!”即飞马到阵前搦战。高军师见是主将,就呼卜克、孙翦附耳授计:如此,如此。二将领命。卜克先出交战,但只招架,更不还兵,有十来回合败下去了。孙翦如飞出马接战,也装个不能抵敌的光景,不十合又败回了。郑亨正要冲过阵去,忽本营内鸣起锣来,乃拨马回阵。问道:"为何收兵?"薛禄道:"小将恐元帅恃胜冲入敌阵,遭他的暗算。"郑亨呵呵大笑道:"若如此畏首畏尾,怎能杀寇成功?"薛禄道:"据末将看来,适才二贼,就是诱敌之计。"郑亨亦不答应,气忿忿归入帐中。兵士见主将不悦,各自埋锅造饭,吃得饱了,且去安息。

薛禄密呼牙将,传令部下道:"主帅既无良将,又拒忠言,今晚贼人必来劫寨,岂敢晏寝?人不许卸去戎装,马不许揭去鞍屧,等候半夜厮杀。"那些番儿们,见众军多睡了,要他独自严警,反生怨怅,又不敢不遵,只得枕戈而待。

才到三更,忽闻喊杀连天,砍入营寨。前队是步兵,雷一震、郭开山统领,用的都是火箭火弩、火枪火炮等器械,又用秫秸芦苇等物,灌满硫磺,扎成三头烈炬,只向燕军寝卧之处掷去。一时,营中真正如鱼游沸鼎,逃生无路。薛禄连忙绰枪上马,向中营来救,时后队瞿雕儿、卜克两员大将统领马军齐到。薛禄料道不能为力,招呼部下番儿辈,从暗中逃去。郑亨惊醒得来,手足无措,绰刀在手,望后营突烟而走。却有孙翦在等个着,劈心一枪刺死,割了首级。徐海箭疮将危,不消说得。孙殳亦死于乱军之内。燕兵三万,除二千番骑得脱外,余不满数百人逃得性命。

高军师大胜收军。忽报西北上又有燕兵杀来,高军师亟命雕儿、卜克向前邀战,却是自己旗号,遂勒定了军马。那边来将,也只道是燕兵,先是宾铁儿匹马向前,一认方知是瞿、卜二将军,就合兵一处回来。未几,吕军师大队兵马皆到。咸宁接着,问道:"先生来何神速也?"请看书者猜一猜是何缘故?原来高煦心怀怨望,未曾亲出。当日燕王造反,高煦随从行间战功最大,燕王曾许立为世子,后乃止封齐王,其分藩地方,已为月君所取。高煦屡请愿自统兵克复,燕王偏信了讹传之言,道是妖法厉害,因此不许,只教他率兵牵制,去助他人成功。不消说,是不忿气的,而又不敢违拗父命,但只点兵二千,拨与部下偏将王斌、盛坚二员前往屯扎,竟当作虚应故事一般。刚刚立了寨栅,早被宾铁儿、董翥两个猛虎径冲营门,杀得大败亏输,逃回德州。并无阻碍,所以吕军师兵马来得这样迅疾。当下两军师互相执手,大家把破敌情由细说一番。吕军师赞道:"长兄用兵仿佛淮阴,小弟甘拜下风。"高军师着实谦逊了几句。孙翦方把郑亨首级献上,吕军师道:"可悬之营门外,以辱燕师。且屯驻军马,遣马灵前往打探，然后进取。"

却说薛禄领了番儿部落奔逃出营，在黑影里，一口气走有五十余里，幸得后无追兵，方敢歇下。令番儿们于各村堡掳些牛羊鸡豚之类，并宰疲马十来匹，架起火来，略熏一熏，大家吃了些。正要起身，见有五六百逃命的败兵，仓皇奔来，就招呼在一处，径投李景隆大寨，将郑亨不听良言，以致丧没，并自己番部全师而返的话，备诉一遍。景隆问："郑亨安在？"有逃兵答应："已被杀死。"李景隆大喜，遂令书记修表，具奏郑亨刚愎自用，全军尽覆，不唯丧身而且辱国，并寇势方张情由。又附荐薛禄忠勇可任，乞加升奖，以励军心。星夜遣人飞奏燕京。燕王览表大骇，遂加封李景隆为齐国公征讨济南大元帅，赐黄旄白钺并千里马、上方剑，专诛阃外；封薛禄为左将军，世袭都指挥使，赐金盔银甲，琱弓宛马；封奎真为通玄敷教辅国大真人，护军仙师，赐宫锦八封仙衣、镂金如意玉柄麈尾各一；又命骁骑平燕儿、指挥滕黑六、内监朱狗儿三员上将，各统马步精兵三千，前赴李景隆军前助战。

胜负如何？已焉哉，一将争先，早见首级悬于敌寨；何谓乎，三军缩后，却凭幻鬼困此雄城。下回演出。

第五十回

蒲葵扇举扫虎豹游魂　赤乌镜飞驱魑魅幻魄

话说马灵探得李景隆按兵不进，已经飞章请旨，遂径向燕京打听。不两日，回报，有个奎道人，敕封为护军仙师，现今又选将添兵，特赐李景隆黄旄白钺，专征济南情由，备细说了。吕军师道："我当退舍以待之。"咸宁问："何故？"军师道："这道人必有邪术，非堂堂之师也。若无法破他，军必惶惑。古语云：善战者不败，善败者不乱。如今离城已远，倘有疏虞，难免旗靡辙覆。我意背城立寨，静以待之，然后相机而行。"咸宁道："果有邪术，不妨表请两位仙师到此，则破之如反手，何至不战而退乎？"诸将皆以为是。吕军师道："不然。帝师从不许用道法者，恐人误以为邪术也。若不至于万不得已，未肯轻试。故必须略见一阵，方可表请。是借以破彼之法，非即以此破敌之兵也。今尚未见得，何敢遽奏？且今者，并非我去侵他，得尺则尺、进寸则寸之时，但要杀得他片甲不存，亦何论地之远近与兵之进退哉？老子云：'知雄守雌，可通之兵法。'吾意已决。"遂下令旋师撤兵，退回四十里。谓咸宁道："帝师七星阵法，唯不便于退兵，今当别创营寨，用四象之制而变通之。"遂传下将令，令瞿雕儿、雷一震、宾铁儿三将各领兵二千，结一大寨于前；郭开山、葛缵、曾彪各领兵一千五百，结一大寨于后。高咸宁寨居中之右，命卜克、孙翦、董翥领兵三千为护卫。吕军师寨居中之左，刘超、阿蛮儿领兵二千四百为护卫。又命小皂旗、楚由基二将各领兵三千，再退三十里，分东西各立一寨，中间让开大路，既便于前军退走，又走邀截追兵。并授以密计，余军尽遣退入城中，协助道臣高宣严备守城之具。众将军正不知吕军师如何作用，唯有各去遵令行事。

布置已定，不几日，哨路兵卒飞报燕军将次到了，吕军师令将郑亨首级高悬营门左侧，用粉牌大书"郑亨贼首，李景隆也照此榜样"。遂传下暗号：若一声炮响，后军速退，中军随行，前军为殿，如有仓皇争先者斩。

当晚，有燕军先锋薛禄统领着三千番军，只距着二十里驻扎。次日清晨，景隆大队到来，吕军师登台用千里镜一照，中军都是皂色旗幡，素粉画成龟蛇星斗之形。高咸宁道:“军师之见良是,此诚妖术也。”遂又审谕诸将:若在阵上交战之时,闻鼓声即退,违者枭首。

少刻,饱餐战饭,两阵对圆。李景隆与奎道人并马立在营门,见对营一根长木杆上,挑着个首级,中间挂着一面粉牌,写着十二个大字。〔李景隆〕看得明明白白,大怒,骂道:“草寇焉敢如此大胆!拿这贼军师来,碎尸万段!”那时薛禄要显才能,就拈弓扣箭,照准射去,把悬着郑亨首级的绳索劈中射断,那颗头颅滴溜坠下尘埃,军士齐声喝彩。薛禄乘此威风,跃马向前,将铁矛指着对阵骂道:“敢有不怕死者,速来纳命!”宾铁儿哪里忍耐得住,舞刀纵马,直取薛禄。薛禄看不在眼,用手中枪逼住道:“不值得杀你这小厮,快回去换个好汉子来!”宾铁儿道:“我不斩你贼头,誓不回马!”薛禄大怒,举手中矛在铁儿刀刃上,用力向上一挑,劈心直刺。

铁儿侧身躲过,泼风刀乘势砍下。薛禄急忙招架,险些儿砍着左肩,心内很吃一惊,方知是员猛将。两边一来一往,战有十多合。奎道人见薛禄不能取胜,拔出佩剑,向空画符。吕军师望见,亟令擂鼓。铁儿忘怀了是退兵,倒道是催他杀贼的意思,就使出个解数,两脚踹着铁镫,将小腿肚用力夹往马胁,飞迎薛禄。两马方交时,他就一蹬跳在地上,那战马如掣电的空跑过去了。薛禄眼明手快,刺斜里一枪刺去,铁儿闪却,就地滚进,泼风刀正迎着马后腿,一掠,两蹄平断,薛禄掀翻在地,遂复一刀,斩为两段。忽闻自己营中炮声一震,烈风骤起,黑雾弥空,燕军大队卷杀过来,方悟道是退兵,就拖着大刀如飞奔走。原来铁儿从小学得诸般走马走索,一日能行三四百里。顷刻赶着大军,夺匹好马骑了,与瞿雕儿、雷一震合力殿后。

时诸将见烟雾内毒蛇怪兽,张牙舞爪者,不计其数,向前吞噬,燕军又乘风掩杀,莫不弃甲曳兵,仓皇逃命。幸亏吕军师纪律精严,又是预备着退走的,不致十分溃乱。早有小皂旗、楚由基两路兵合来接应,方得尽奔入城。二将见不是势头,亦各分东西沿濠而走,吊桥下东有郭开山,西有曾彪接着,皆用强弓硬弩,逆射燕兵,大声喊:“将军等快入城!”李景隆与奎道人赶到时,军已退完,吊桥亦已拽起,城门紧闭,堵口内排列着大炮,打将出来,只得退回二十里扎住。

军师点查人马时,死者不足百名,伤者有四百余名。瞿雕儿与楚由基各中了一箭，曾彪伤了鸟枪，幸俱不得致命。就唤宾铁儿至前责问道："汝才历行间，何敢贪战。擅违我令？"喝令刀斧手斩献首级。刘超、雷一震、小皂旗、阿蛮儿，齐来跪禀道："违令理应伏法，但有斩薛禄之功，恳赐宽宥一次。"高军师饬谕铁儿曰："从来王法或可稍贷，军令不容稍假，孔明挥泪斩马谡①，不得已也。念汝年少无知，我今为请军师免死记过，异日立功赎罪！"铁儿禀道："小将临行时，父亲再四嘱咐，宁敢故违将令？只因酣战忘怀，还记着兵以鼓进之言，所以决意要斩他是实。求两位军师看我父亲之面罢。"吕军师道："这句话大误了！汝父亲若有违令，亦必斩首，岂有徇情之理。汝果系认错了鼓声，或者倒可恕得。权且记着，发责军棍八十。"打过三十，诸将又来叩求，始行释放。遂草疏草，遣马灵赴帝师阙下，奏请仙师驾临破贼妖法。

去讫，时已日暮。但见愁云叠叠，毒雾漫漫，把一座武定州城罩得似黑漆灯笼，半空中神呼鬼啸，人心未免惶惑。两军师带领众将，亲自抚慰百姓，登城巡视，到夜分时候，忽听得猎猎风生，太空扫净，现出半轮明月。聂隐娘、公孙大娘与马灵，从空而降。两军师大喜，就请两位剑仙到公署坐定，细述一番。隐娘道："明日交兵，看他是何邪术，自有法破之。"就命小皂旗、阿蛮儿、刘超、宾铁儿四将，点选精健马兵六千，听候交战。

却说奎道人黎明起来，见青天皎皎，红日将升，老大着惊，向景隆说："妖妇已在城中，可速催后军来助战。"景隆道："何以见得？"道人说："我昨晚发遣无数神兵，从空布满云雾，罩定城池，使彼胆裂心碎，即可歼灭；今已云消雾散，我知为彼所驱也。"景隆道："有法擒之否？"道人曰："正要她来，省我多少气力！"早有飞骑来报，朱将军等兵马前站已到。景隆大喜道："不必传催而至，可以灭此朝食矣！"就会齐大队人马，直临城下，大肆辱骂。二位剑仙呵呵大笑，率领四将出城迎敌。李景隆命军士退至平原，严阵以待。宾铁儿纵马横刀，飞驰来往，大叫："献首级者，速来交手！"燕军道："此即斩薛先锋之贼也。"诸将皆懔懔然不敢出战。内监狗

① 孔明挥泪斩马谡——马谡，三国襄阳宜城人，字幼常，初从刘备克蜀，后任越嶲大守。以好论军事，为诸葛亮所重。建兴六年（公元228年）诸葛亮攻魏，他被任为前锋，因违反节制，大败于街亭，诸葛亮以军法处置，不得已杀马谡。

儿大怒道："朝廷养你这班狗将官何用?"遂自手舞双锤,飞马直取铁儿。铁儿笑道："你鸡巴头先割掉了,如今该割你的驴头哩!"狗儿大骂："你这小哈巴狗儿,不要走! 吃我一锤,打个肉酱。"铁儿轻轻隔过,泼风刀劈脸相迎。真个这场好杀! 怎见得:

浑铁锤似流星赶月,泼风刀如掣电翻云。漫夸这锤两柄,是按周天气数,重二十四斤有奇;怎知那刀一口,恰合先天易卦,到六十四斤方足。迸出火光万道,刀削锤棱;激来煞气千行,锤禁刀刃。一个老,没鸡巴,燕国偏称骁将;一个少,方角卯,中原早数英雄。正是:棋逢敌手难饶着,将遇良材始足夸。

两人斗到间深里,燕阵上千军万马,看得眼花,莫不喝彩,唯奎道人一双贼眼,只注射在对阵上两位女将,虽然不甚分明,但觉的风韵飘飘,有出尘之致。心中想道："这又不是青州的妖妇,我且拿她来,试试采战秘诀,岂不畅美!"遂默默念动真言,顿然乌天黑地,无数奇形怪状的神鬼,从空飞至。道人剑尖一指,燕军便冲杀过去。铁儿见当头有赤发青面的神人,举金杵打将下来,虽然胆大包身,心中也自着急,虚晃一刀,败阵而走。刘超疾来接应时,李景隆大队人马,势若海潮涌至。隐娘恐军士乱窜,随手撒下一幅白绫,化作一座白石长垣挡住。两位剑仙,各祭起飞剑一柄,诛杀空中神鬼,但见如穿梭一般,莫想斩得一个。公孙大娘就在袖中取出炼成的法物,望空撒起,都显出神将,刚敌得住。那座白绫化的石墙,又为奎道人所破,燕军直撞进来,诸将不能抵敌。隐娘即指挥飞剑乱砍燕兵,不期奎道人手中有个小棕拂举起来,向空一洒,散出几点红星,不知不觉的,两把飞剑登时堕落尘埃,又连连几洒,无数神将亦纷纷坠下,悉是米豆竹枝等物。济南之军大败亏输,各自逃命。吕军师早命雷一震、郭开山等出城接应,奈云雾中凶神邪煞,都挥的长枪利刃,只在顶门上盘旋,谁敢交战? 只辨得走路。公孙大娘着了急,把剑在地下一划,涌出一道长川,惊波骇浪,如雷霆霹雳。燕军呐声喊,大家勒住了马,诸将方得收敛兵马入城。二剑仙且站在对岸,看奎道人时,将手中棕拂在葫芦内一蘸,望着川中洒去,却是数点赤血,仍然现出平地。二剑仙心下已自分明,竟隐形而去。

且问,奎道人用的是何法术,这等厉害? 原来只算得镜花水月,一派虚晃的光景,然却是采不得、捞不着的,所以剑仙的神剑也不能斩他。那些虎豹熊罴、长蛇封豕，都是摄来的魂魄，有虚形而无质的。虽然舞爪张牙，却不能挐攫人、吞噬人的。那些凶神厉鬼，却是追取魑魅魍魉、山魈木怪的精气，有幻影而无形的。手中执持的兵器，纵是些败草残枝，只好侮弄人，也不能杀伤人的。无奈不知就里，即有贲获之勇、孙吴之智，也要被他吓得没命的走了。就是他葫芦内洒出的东西，系娼妇的月经及产妇的恶血，至污极秽，略沾一点，鬼怪即现原形，神仙便落尘埃，任凭通灵法宝，一切皆坏。乃奎道人立意要破月君道法的，可可的倒先葬了聂隐娘、公孙大娘的两柄神剑。

当下两剑仙一径回到帝师宫内，将前项事情，备细说了，又道："非鲍、曼二师，不能破他。"曼师道："又来了！若沾染了这样秽物，如何回得南海?"鲍师道："南海回不得，躲到无门洞天去罢。"曼师道："你这学玄功的，惹着了些，只怕有门地洞也没处钻哩。"隐娘道："非也。太阳一出，魑魅亡魂；罡风一扇，鸟兽为灰。二师有此两件法宝，所以破得他。"鲍师道："虽然话说得好，但恐我赤乌镜才升起来就沾污了些儿，岂不把我纯阳之宝，登时化作浊阴，堕入尘垢?"曼师道："且住！我的蒲葵扇乃是先天所产之金芽，倘或未及扇动，先被他洒着了些，那时化作枯枝，再从何处生活?"老梅婢在旁，忽接口道："怎么妇人的东西，是那样肮脏？像我不嫁人的，也还洁净些不?"月君道："童女童男的精血，在我之身，总是洁净；若一沾染到人身上，也就是这样了。"曼师道："你看帝师，且不讲退兵之策，学了这些亡国之君，还在这里讲经说法哩！"众位仙师皆大笑。鲍师乃拉了曼师，同了两剑仙，各御轻风，径住武定州去。

且说吕军师正在那里计点杀伤军马，忽见四位仙师齐齐来降，遂恭请至玉帐上坐，率领诸将参谒。鲍师即谕两军师传下将令，于黎明整备交战。不意二三更天，各营将士多害的头眩腹胀，上呕下泄，动弹不得。鲍师巡视一遍，谕军师道："此中了鬼魅阴邪与虫蛇的毒气，我有良方，可以使之顿愈。"是那几件呢?

苍术　白芷　雄黄　木香　槟榔　官桂　甘草

名曰"通灵七圣散"，立刻遍赐诸营将士。计点未病诸将，只雷一震、郭开山、孙翦、皂旗、刘超、阿蛮儿六员，军士只八千有奇。当下瞿雕儿禀道："小将未曾害病，何故不在点名之列?"军师道："汝箭疮未愈，与病相等。"雕儿呵呵笑道："再中一箭也无妨！"楚由基大声道："小将忝在善射，今反为贼人所射，若不出战，岂不贻笑于天下？愿与瞿将军充作前部，即死无悔。”于是害病诸将，皆踊跃而起，愿以死战。军师大加奖谕，仍以理劝道：“箭疮痛在一方，可以勉强；病则伤我神明，周身皆乏，如何使得？”隐娘道：“军师之言甚是。”于是只令八员上将，各率健士一千，随吕军师出城前进。

天尚未明，燕军因连日得胜，都安心酣寝。才得醒来，忽闻震炮一声，敌人已压营而阵。李景隆大惊道：“这强贼竟是百折不回的！今日务必杀他个尽情。”亟命将士结束，破敌之后，方许早餔[①]。奎道人道：“元帅吩咐，诸将统率弓弩手当先，不用挑战，但看狂风四起，便冲杀过去，用弩矢乱射之。”诸将遵令，大开营门迎敌。济南阵上，瞿雕儿、宾铁儿两将齐出痛骂：“景隆逆贼！我今拿你来剖心肝，喂饲犬豖，以泄天下苍生之恨！”景隆忍耐不得，正要令狗儿出马，道人亟止道：“来了，来了！”早有一阵狂风，刮得飞沙播土，卷过对阵，无数恶兽从风猖獗。时四位仙师，都在城楼上观看。曼尼道：“我就是这样一扇，把燕军都化作飞灰不好？怎奈帝师妇人之仁，不肯一时决绝。”即腾身半空，取蒲葵扇儿轻轻两扇，狂风倒转，燕军不能冲进，那些虎豹犀象，都刮在东洋大海去了。道人着急，又掣取宝剑一挥，霎时间黑云毒雾，遍空涌起，冥冥中无数凶煞邪鬼，直扑到阵上。但见鲍师的赤乌镜，翼翼飞腾，光芒四射，无异太阳当天。山鬼骇遁，种种变幻伎俩，倏然尽灭。吕军师在将台亲自援桴而鼓，八员上将，抖擞精神，领着一班貔貅壮士，掩杀上去。李景隆亟令放箭，如雨点般射来。小皂旗、楚由基部下，也都是弓弩手，两边对射，互有杀伤。相拒一个时辰，差不多箭都完了，然后交锋混战。逾时，燕兵比南军多有三四位，皆系关西健儿，骁勇无比，拼命恶战，三退三进。奎道人没奈何，只得又作邪法。呼遣真正神鬼来助战时，却见四位仙师在敌楼站着，都不敢进，随风而散。瞿雕儿、宾铁儿见又破了道人的法，便奋勇撞入中坚，直取景隆。万众披靡，景隆大骇，幸得家将高云、黄凤跃马争持，只一合，高云被雕儿刺个透心，黄凤被铁儿斩去半个脑盖，景隆乘间躲去。那时燕军腹中枵饿[②]，又不见了主将，就如山倒一般，望后便退。吕军师擂鼓愈急。将士

---

① 早餔(bǔ)——早饭。

② 枵(xiāo)饿——空腹、饥饿。

是饱餐过的，愈加贾勇，直杀得燕军弃甲抛戈，断头截足，流血如渠，积骸遍野。失狗儿保护着李景隆望北而逃，见奎道人早已先走在大路上，疾呼道："元帅快走！贫道有法治之。"将剑尖指着长林乔木，飞画灵符，口中念念有词，喝声："疾！"不知这个道人，青天白日又弄出什么鬼来，且看下回便知端的。

第五十一回

鬼母手劈奎道人　燕儿腰斩李竖子

却说济南军将追杀燕兵，陡然见大路旁边，排列着赤发青脸神人数十，各持长戟大矛，挡住前路。雷一震道："这是长林店地方，因何树木都没有了？哪里来的这班邪神！我们砍将上去！"宾铁儿大喝一声，泼风刀当头砍下，把个豹眼狼牙的神将，脑袋劈开两半，刀刃直下到胸间，竟被他紧紧夹住。仔细一看，原来是棵枫树，众将大笑。忽闻后面锣声震天，遂各收兵回去，燕军方得逃脱。

又走二十余里，招集败残人马，屯住高原。景隆向道人说："好法，好法！两次赢他，抵不得这一次的败。"奎道人说："元帅看见么？他又来了一个尼姑、一个道姑，这是青州妖妇之师父，法术好生厉害！我始初不知，误中机栝。向来炼的咒法，就为这三个妖魔，包管不出两月，连他强兵猛将，一并了当。"景隆道："目今兵将已被杀伤大半，难以对敌，你须用心行法起来，方不负我举荐之意。"道人呵呵笑道："是妖贼应该灭绝之候，我这法术要在庚申日——三尸神出舍之日行起，今天赐凑巧，明日正是庚申，即便立起坛来便是。"景隆听了这话，略觉心安。

道人遂选坎位方向，结起法坛，画定周围各七十二步，钉了桃神，布了鹿角，安置了五十名童子礼拜之位，后面竖立一柄大伞，伞下安长桌一张，摆列令牌、法器、朱砂、印符等物。坛之四围以内，建皂旗七十二面，上书毒魔恶煞名讳。四周围以外，正北方竖立深黄长旆①一面，上书太上道祖灵宝大天尊宝诰；正南方竖立绛幡一面，上写九天玄女娘娘掌教法主圣号；东方青帜上是庞、刘、苟、毕；西方素帜上是邓、辛、张、陶，共八位天将的符箓②。你道也是助他行法的么？大凡仙真见了道祖、神将见了教主，都要避道。他恐虚空过往的神灵恼他行这等恶术，要坏他的事，所以狐假

---

① 旆(pèi)——泛指旌旗。

② 符箓(lù)——道士画的驱使鬼神的符号，是一种迷信骗人的东西。

虎威,设立圣位,使一切天神地祇皆不得过而问焉,这是他欺天之处。其坛内设立煞神魔君旗号,方是他本等邪术的护法。这些咒死的冤魂,无论几千几万,总是他一网收去,归在凶煞邪魔部下,不怕你来索命报仇的。

那柄伞,其名曰"灭阳伞"。是怎样解说呢?《易经》云:"乾为天。"天者,阳也。日为太阳之精,龙为纯阳之物。玄功诀有云:阴气一毫不尽不仙,阳气一毫不尽不死。故天仙神将,皆秉真阳与天合德。设有仙真误入于伞之下,则五炁全消,一真尽丧;设有神将误入伞之上,则堕落尘埃,轮回凡世;若在四围沾染了些气味,即不能飞升金阙,尚须再修五百劫也。直恁厉害,到底是何物制造的?若说起来,做这顶伞不过用的是绸子,但是这匹绸却要孕妇织成的,其颜色尤为怪异,看来非红似红、似紫非紫,又带着些绀碧玄黄①的光景。染坊内哪里染得出来?却是用着十种污秽的东西杂和染成的。是那十种:

男子精	娼女月经	龙阳粪清	牝牛胎血
雌羊胎血	母狗胎血	骒马胎血	骒驴胎血
猪婆胎血	狼尾草汁		

染成之后,又用海洋内美人鱼煎取油汁,涂在外面,倾水在上,就如荷叶一般,绝无沾渍的。其柄以大茅竹,打通上半节,满贮妇人产后恶血,将黑锡熔固其口,铸金莲花一朵为顶,花内坐着一尊魔女。当时作俑者造此邪术,就遗下伞,方以避天诛。至若美人鱼,其性最淫,上半截宛然美貌女子,鬓发鲜泽,容颜姣好;下半截仍是鱼身,仰浮水浪中,张开阴户,乘流而行。若遇毒龙孽蛟,便与交合,风波大作,多坏海舶。故舟子一见此鱼,即以挠钩搭取,熬油点灯。蛟龙闻其油味,见其光影,则伏而不动。行此恶法,又怕神龙来攫,所以用此制之。凡物之理,我所畏者则受制,我所爱者亦受制也。

那一百名童子,李景隆进兵时,留于老寨之内,已自遣人取到。道人遂令各就方向,设了五十个蒲团,先拣五十名童子向方位跪下,默念咒语,咒一遍拜三拜。那日是庚申,咒的是乙卯年属兔的,于辛酉时咒起;次日辛酉,咒的是甲辰生属龙的;又次日壬戌,咒的是丙子年属鼠的:各用五行相克之时咒起,每日咒七七四十九遍,则拜一百四十七拜。至七日而生人

① 绀碧玄黄——微带红色的黑色、绿色、深黑色、黄色(等四种颜色)。

之一魂离舍，又七日而二魂去，又七日而三魂尽矣。然后咒六魄，咒七日而一魄亡，余魄各止二日而皆去；至第六魄又必咒六日，而后离体。共计四十一日，而某年生人即死。凡五十年中，咒的十二个生肖皆如之。每一童子咒一生肖，如甲子之鼠、丙子之鼠、戊子之鼠、庚子之鼠、壬子之鼠，是用五个童子。奎道人算从军荷戈少壮的，起于十六岁，老者至六十岁止。所以六十花甲，除去十年，只用五十名童子，其外五十名，以备更番迭用。咒至四十一日死起，至八十二日而死尽，任你有拔山举鼎之力，总脱不得一个。若内有短命薄福及多病者，只须二十七日，早有死矣。这边咒起，那边就病如响之应声、影之应形，不爽时日。

吕军师因奎道人邪术多端，虽然得胜，仍退入城，要待燕兵自来。不意过了几日，各营军士，病倒已有数千，大将楚由基、董翥、郭开山等也多害病。始而心肉跳动，头昏目瞀①，继则浑身火蒸，总是一般的情状。吕军师谓高咸宁道："时当仲春，岂有瘟疫？必定是妖道行巫蛊之术，来魇禁人了。"遂请问于鲍、曼二师，鲍师道："怪道他竟不进兵！今只烦两位剑仙飞剑斩之，以绝祸根便了。"曼师道："你又要葬送他两把剑么？待我看一看来。"

时将黄昏，曼师半云半雾，从空飞去。顷刻回说："不好，不好！那道人行的是魔道中咒生肖的法，任你十万雄师，指日消灭。"忙问两位军师是何生肖，吕军师道："丁亥。"高军师道："甲申。"曼尼道："还好，还好！还可多活几日。"鲍师道："我请问：你是哪一道？俗语云：'解铃原是系铃人。'你家造下的邪法，适才不就破了他，反回来说这些虚荒的话来唬吓人，张你魔道的威风！我仙家的丹药，骷髅尚且可活，何况这些邪术咒诅的病？"曼尼冷笑道："莫说你救不得，就是你家祖宗老聃②也只看得！我实对你说，行这个法术，若无灭阳伞，就可破他，如今现立在坛中，是再没有解救的。你不知道这伞厉害，若染了些气味，只怕你永不能回洞府，与那姓葛的仙人相会了。"鲍姑道："好胡说！你看我先去破他的伞。"化道清风，径自去了。

曼尼道："鲍道兄憋着气哩，不要害他堕落！"就拉着两位剑仙隐形前

---

① 目瞀（mào）——眼睛看不清楚。

② 老聃（dān）——"聃"，古代哲学家老子的名字。

往，窥探动静。遥见一道清风，冉冉而飞，将近伞边之处，忽地掣回，复还真相，打了个寒噤，远远的四面端详。曼尼道："不妨了，我们先回去罢。"鲍姑随后也到，向着曼尼道："恁么大惊小怪！那样的伞当不得法术，就像那无赖泼皮，敌不过人，自己遍身涂了臭粪，不怕人不让他。若是撞着个有本事的，不消近他的身，一脚就踢翻了。"曼尼道："倘若踢不成，也要打个寒噤！"鲍姑知是悄跟来的，便道："偏你有这些贼智！伞上现放着令甥女的尊像，快去请她来斩了这妖道罢。"曼尼道："奉她的法，如何自己肯坏自己的门面？除非鬼母尊，方肯下手哩。"鲍姑道："既如此，事不宜迟。"就同曼师回到帝师阙下诉与月君，月君大惊。曼师亟令取出鬼母尊遗下的信香，焚将起来，月君向空默祷礼拜。静候一日，至三日、五六日绝无影响。月君道："这是为何？此际军心必然着急，且先请鲍师前去安慰一番，令军师紧守城池，毋致疏虞。"已过了十日，亦不见有消息，月君意欲再焚信香。曼尼道："不可，鬼母尊浩然之气塞于三界，我若举心，彼处即知。既贻信香，决然无爽，或者中有劫数，亦未可定，只宜静候为是。"

原来鬼母尊一闻信香，即运动慧光向下界照时，早见奎道人之所为，这须奏闻上帝方可施行。但天上一刻，人间一日，等得绛节临朝，下界已过半月。直到第十六日辰刻，正白日杲杲时候，忽见烈风迅雷，平空震发。鬼母尊奉了玉旨，统率雷霆神将，击死奎真。无奈何这柄绝阳伞，只盘旋于四表，不能相近。鬼母尊显出法身百丈，手中三尖两刃刀，也就与法身差不多长短，相去有二百步，照着伞顶上劈下去。奎道人头顶着魔王令牌，站在伞下正中间，你道巧也不巧，连伞连人，刚刚劈做个两分开，并令牌也分为两半。一百个童子，都倒在地上，吓死了十来名。李景隆伸出了舌头，缩不进去，只是呆呆的瞪着眼儿。

那时喜得济南军将，个个向天礼拜。诸位仙师忽从云端降下，吕军师亟拜恳道："如今军士死的已有千人，病者也在垂危，还要求各位仙师救他。"曼尼道："须是鲍道兄丹方为妙，就是骷髅也活得来的。"鲍姑道："若不是鬼母诛他，你还该问个首造巫蛊的罪哩！快快尽行救活，庶几将功折赎。"曼尼道："要我救不打紧，只要烦道兄代做引魂童子。"就在袖中取出一面引魂的幡来，上面符印，真个仙家未有的。公孙大娘道："我代劳持此幡罢。"曼尼道："如此教她做招魂童女罢。"又在袖中取出个碧玉小炉，并返魂香寸许，吹口三昧火，炉内氤氤氲氲，吐出香烟。聂隐娘道："待我捧此香炉罢。”曼尼道：“难道只教个会夸嘴的因人成事？”鲍师道：“我为监督，你若招魂不来，我须有法治你。”于是四位仙师笑吟吟的携手而去。片时间，病者痊愈，已死者也活有十之七八；其应死于劫数的，也就不能再转阳世了。幸喜得诸将佐皆得痊愈，各位仙师自回，报知月君，不在话下。

却说李景隆，是个色厉内荏的匹夫，全无谋划，若考他武艺，还不能够三等；荫袭了个侯爵，只知道饮酒食肉，广置姬妾优童，日夜淫乐，岂能胜将帅之任：当日建文皇帝，误用他领兵伐燕，燕王大笑曰：“李九江，膏粱竖子！与之六十万兵，是自坑之也。”在燕王，本知其无能而反用他，只为有个奎道人在那里。李景隆若无奎道人，也断不敢妄行献策，请伐济南的。前日大败之后，已觉心慌，犹望棺材边有咒杀鬼可以幸成大功；今忽为雷霆所击，连根拔去，眼见得再没有个奎道人来了，真个束手无策。进又不能，退又不敢，不进不退的住着，又无此理。只得令记室①草成一疏，据实具奏，勒兵听命。

奏章才出，吕军师兵马早到。这一惊也，就像个雷击的了，勉强升帐，召诸将商议。狗儿道：“水来土掩，将至兵迎。大家一枪一刀，或胜或败，也得个爽快。那里有堂堂天朝，不能和他对垒，竟想要咒杀敌人之理？”景隆自觉羞惭，支吾应道：“这也是奉君命的。”帐下转出景隆最宠的家将两员，前禀道：“要杀敌人，也没甚难事。前奉元帅令，小将等看守童子，不得随行，若早在阵前，敌将首级已献在麾下。”狗儿视之，一个姓花，叫做花花子，善能射箭打弹，有袖中弩矢三枝，能伤人百步之外，诨名又叫“赛燕青”；一个姓苗，叫做苗苗儿，善打双眼鸟枪，其枪只长一尺二寸，内藏铁丸三枚，枪眼外用铁镰为机，机之下两边皆嵌火石，机一发动，火星迸入双孔，两枪齐发，百发百中，猝不能避，受其伤者十无一生，诨名叫做“掌中火”。李景隆道：“汝等技艺岂不精巧？但非临阵可用之兵器，慎勿轻言。”两将又禀道：“原不必与他争锋，以小将愚见，元帅可直临阵前，请他主将打话，俟其一出，我们两般兵器齐发，怕不了他的东厨司②！蛇无头而不行，主将已死，任你百万雄兵，必然惊乱，然后元帅乘势掩杀，岂不唾手成功？”平燕儿、滕黑六大声赞襄道：“此计甚妙！”狗儿也说：“行是行

---

① 记室——军中文书类人员。

② 东厨司——即厨房的主勺师傅。

得，但须躲在门旗影里，暗暗行事。”

景隆见众人说好，遂定了主意，即遣人下战书，约在明晨交战。吕军师援笔批于书尾道：“知道了，请九江元帅小心些。”景隆在军将面前，还要虚支个架子，作色道：“这贼好生可恶！”然心中甚是害怕，当夜翻来覆去，眼跳肉颤，不能安寐。直踌躇到四更，忽然得计道：“倘或侥痈不来，我就学廉将军坚壁拒秦之法，再上表章请救。”不期霍然睡去，诸将皆戎装以待。

济南早已放炮开营，大声呐喊，景隆方始惊醒。亟命花花子两将面嘱一番，又饮了数杯醇酒，同狗儿等出到阵前，大叫：“请军师打话！”高咸宁道：“景隆这贼，也要学诌文起来了。”吕军师道：“非也。昨下战书，今请讲话，彼意欲暗算我，故作此斯文假套。”即命瞿雕儿出阵，专搦景隆交战。雕儿纵马横戟大喝道：“景隆逆贼，认得我么！我父子三人当日杀进彰义门，已破燕京，不料尔逆贼忌功，立将令箭掣回，后乃溃丧百万王师。逆罪滔天，而又迎降孽藩，逼亡故主，真狗彘不食之徒！拿汝来剁做肉酱，也不足以泄神人之愤！”景隆急得三尸出火，七窍生烟，顾左右道：“谁与我先斩此贼！”背后一人应道：“待我来！”手起一刀，将李景隆挥为两段，纵马就向对阵而走。后一人亦飞马而出，大喊道：“反了！待我拿他！”一径追去。说时迟，做时快，花花子见害了主将，立发一弩。要射的是先走的，不料反中了后面追的，翻身落马。

吕军师见敌营内变，羽扇一挥，众将齐杀出阵。那斩景隆的这员将，就勒回马，与瞿雕儿当先杀进。众军见主将已死，各无斗志，望后便退。苗苗儿亟要发枪，心慌手乱，机未发时，又早被杀景隆的那将飞马至前，砍于马下。花花子发一弩来，恰中雕儿左肩胛，雕儿全然不动，大喝一声，手中戟刺个透心。后面大兵奋呼涌上，狗儿孤掌难鸣，抵敌不住，大败奔逃。死伤者不可胜算，旗枪盔甲、粮草辎重，抛满道路。济南王师追逐五十余里，方始收军。狗儿得脱性命，引了残兵剩将，连夜逃向河间去了。

好在一燕飞来，先斩了卖国负君的巨孽；又早一燕飞去，却诛他奉逆行刺的凶徒。且听下回分解。

第五十二回

访圣主信传虞帝庙　收侠客枭取燕朝使

吕军师大破燕兵，回到武定州，计点军马，一名也不少。即唤杀李景隆的那将，问其姓名，禀道："小将是平安之子，生在春社燕来时候，叫做平燕儿。"军师大喜曰："此佳谶也。自后'燕'字呼作平声，他日用汝平定燕藩，以成乃父之志。"遂擢补前营左军将军之缺。燕儿叩谢了，又禀："适才追小将的，名唤滕黑六，是阵亡都指挥滕聚之子，原与小将合谋，杀了李景隆，他就假做追我，同归麾下；不意被他射死，实为可痛。求军师格外赠恤，慰彼泉壤。"军师谕道："前此追赠阵亡将士，因见闻未周，尔父与滕聚尚缺恩典，俟将来汇奏，以表忠烈。"遂有瞿雕儿向前禀道："景隆这贼，与小将父子不共戴天，今得平将军为我报仇，甚快心胸。小将欲约同诸将，与平将军把盏，以谢同仇之谊。"军师道："正该如此。"班师奏凯不题。

却说曾公望等四人，还是建文五年秋七月，差去访求帝主，今已六载有余，毕竟寻着与否？何以绝无应响？要知道，建文皇帝的踪迹，比不得唐中宗周流四方，人皆知有定向，可以计日迎来复位的。当日四人分手之时，曾公望、程知星走的是河南、湖广、广西、黔中、滇南、四川诸处地方；叶永青与杨继业走的，由山东而南，直及浙江、福建、广东、江西等六省地方。凡一省有几府，一郡有几县，一邑有几镇，多少名山古刹，须要处处物色一番，若有一处不到，就像个建文皇帝恰在这处，竟错过了。而且其间往来道路，总系重复曲折，不能直捷顺便，就是一月也走不完一府，一年也访不了一省地方。须要完局之日，然后可以次叙敷演。前者济南灾荒，今者燕人败衄，两家各守疆界。四人已在归途，试听老夫道来。

那曾公望与程知星，是怎样访求的呢？二人出了济南，扮作星相，各带个小童潜行。至河南原武县地方，渡了黄河，上黑洋山，览眺一回，知星指示公望曰："汝见河、洛、伊三川之气乎？葱茏浓郁，上薄太阳，西照光华，渐加黯淡，此帝师之所由兴也。从来王气多紫赤，今嵩岳之气，于纯素中微带红色,若东方亮者,此帝师之所以为太阴也。事未发而气先应,不日可定中原矣。"公望曰:"青田先生望见紫云兴于淮、泗之间,预知太祖受命;今者行在纚然,不知亦有征兆,预显复辟之象乎?"知星曰:"我辈当尽人事以待天命,其机兆固未显也。愚料圣驾必不至中州,可以径过;但嵩岳与龙兴寺多方外名流,不可不去访问,容有知龙潜之所在者,亦未可定。"公望曰:"大是,高见。"

乃先造①石岩山之龙兴寺,原是唐朝武后建的,僧众林林,看来多系俗物。遂去登嵩岳,见庙中一老道,鹤发松颜,名玄池羽士,言语温和,意颇浃洽,因暂赁厢房以居。当夜方欲安寝,闻有扣扉声,启而视之,则弱冠两道者,昂然而入。知星、公望亟为施礼。询其法号,一曰大松,一曰小松。知星心甚讶之,问:"两道长更静来此,必有明教。"大松道人曰:"前数日,有燕京差遣三人来访张三丰,却是要追求建文皇帝的。我看二位,既在江湖上行走,必然有所见闻,正不知何故要追寻他呢?"知星一时摸头不着,只得佯应道:"我二人不过是九流,谋食道途,那有闲心情去问这些闲事?其实不知。"两道者又说:"既无闲心情,因何到此闲地方?"知星又勉强应道:"有人托小子看个阴宅,图些微利,比不得游山玩景,得闲取乐的。"两道人拂衣而去。

知星心下怀疑,诚恐露出马脚,即于明晨同公望下山,取路由开封渡荥泽而抵南阳,入荆门、汉沔、鄢郢之间,武当、云梦、玉泉、金龙诸胜地,无所不到;然后撤回汉阳,历武昌、嘉鱼而至巴陵,渡洞庭湖。湖南七郡一州,访求几遍。一日宿于九嶷山之无为观,知星谓公望曰:"湖广一省地方,阅历二载,竟无踪影,未知何日得见君父面也!"不胜欷歔太息,因步出中庭,见月明如水,信口吟一绝云:

七泽三湘烟雾连,与君历尽洞蛮天。
我君我父知何在?忍对今宵皓月圆!

吟甫毕,忽屋脊上飞下一人,手持利刃,直奔至前。知星岿然不动,览其形状则:

面黑而狭,束一顶磕脑毡帽,刚称头之大小。身细而短,裹一件卷体皮衣。衣连着裤,裤连着袜,裆儿紧扣两臂,袜底缝成五指。就

① 造——造访、拜访。

体裁来,全身包足。行动无声,疾如飞鸟。

知星厉声道:“汝为燕王刺客耶?可速取我头去!若为绿林豪客耶,我有韩翃诗在。”那人将利刃插向腰间,叉手答道:“我尚要杀燕王,怎肯为彼行刺?这句说得没意味了。至于绿林,似乎同道。然其中有不义之徒,我必杀之;还有那些贪官污吏、豪绅劣衿,嚼民脂膏与贼盗无异者,我亦必杀之。若要杀一不应杀之人,而可以取富贵,是则区区所不为也。”知星敛容谢道:“壮哉义士!”公望拍掌曰:“安得衣冠中,具此一副侠客心肠!”那汉又应声道:“不意读了书的人,都变了心术,倒不如草莽中有志气的。我看二位,与别的读书人不同,所以远来相访。手中拿的利刃,不过试试你们的胆量,幸勿见叱。”知星听了这话,心上就有个主意,遂延入室内,逊之上座。那人道:“我所极鄙薄者,是读书人;所最尊敬者,亦莫如读书人。今我尊敬者在此,理宜末席。”公望尚在推逊,知星道:“义士不爱虚文,就此坐吧。”叩其姓字籍贯始末,答道:“小可无姓无名,叫做绰燕儿。因生得手足便捷,十一岁上一手将飞燕绰住,所以得名。本贯蓟州人氏。当燕王反时,我曾入营去刺他,一剑砍下,忽有金龙舒爪接住,帐外侍卫,闻有声息,齐来救护,我只得弃剑而逃。他如今所佩的宝剑,还是我的故物。后来走在江湖,要学行些仁义,常常取富贵家之金银,以济穷苦之人。若是有仁有义的,虽然大富极贵,却也不动他分毫。前在荆门州,见二公形迹可疑,不是个星相之家,料其中必有缘故。两年以来,君所宿处,我亦在焉,要探确了心中所为何事,来助一臂之力,其奈绝无圭角,不能揣测。今夜听见吟出诗句,方知是为君父的。这等忠孝读书之人,岂可错过?请问要怎样,我就鼎镬在前,刀锯在后,也能为二公奋然前往,断不畏缩的!”知星大喜,就将唐帝师创都济南,要求建文皇帝复位,四人各分六省,潜访行在的话说了一遍。绰燕儿道:“如此,却用不着我辈,就此告退。”知星道:“请住!我等所去地方,久矣皆属于燕,设有不测,性命难保,那里还讲访求君父?”便激他一句道:“汝若真有义气,竟与我二人同行,缓急相助,生死一处,方不虚了你两年在暗中追随的意。是乃烈丈夫所为也!尊见若何?”绰燕儿大叫道:“我只道不是件斩头沥血的事,说个用我不着,那里晓得其中委曲?就此执鞭,愿同生死!”霍尔拜倒在地,知星、公望连忙答拜。

三人痛饮达旦，一同起身，又走尽了沅陵、黔阳①地方，转入粤西②界上。公望曰："此地瘴疠甚重，大约圣驾未必到此，我们只在桂、柳二郡踪迹一遍，竟至滇南何如？"知星曰："我意亦然。"行至融县虞帝庙前，公望曰："试祈舜帝一签，看其兆如何。"三人再拜，默祷毕，抽得二十七签云：

天上红云散不归，蛮烟瘴雾扑人衣。

要知西竺来时路，龙马曾随彭祖飞。

知星与公望看毕，正在凝思间，突然有一武官，随着数人步进庙门。知星等一时回避不及，站立于旁。那武官就举手问道："列位中有程姓的么？"知星见他气概轩昂，言词慷爽，不像个奸险的人，就应道："不知贵官问姓程的有何缘故？"那官员道："我是庆远卫彭指挥，有公事过此，偶问一声，看个朋友的数儿，应验不应验，非有他意。"知星忽想着签诀上彭祖一语，慨然应道："小子就是姓程。"彭指挥道："你令尊公台讳呢？"知星一想，生死有命，遂道："是第六十四卦去上一字。"鼓指挥听了，连忙施礼，席地坐定，斥退了左右，并不再问知星名讳，亦不问及公望、绰燕儿等姓字，但说："令尊遇着我时云：于某月当在一古庙中，邂逅三个人，内有我长子，烦寄信说'随驾平安'四字。"言毕，即立起身。知星、公望急忙扯住道："若遇我父，必见我君，求赐指示。"鼓指挥道："你到庆远府西竺寺去问，自有分晓。"径出了庙门，跨马扬鞭，如飞而去。

公望曰："不亦异乎？虞帝签诀，不意是这样应法。"就星夜径访至西竺寺。寺中有个百余岁之老僧，号曰小卢。僧乃宋朝老卢僧之法派，戒律精严，为法门推重。知星一见心喜，遂将彭指挥所言拜问。卢僧道："相公何人？"知星实告曰："是随建文皇帝程道人之子。"卢僧愕然曰："前有一异僧在此，彭指挥来馈蒸羊，并献金帛。那异僧以所乘马酬之，忽化龙腾空而逝。此僧一行四众，立刻就起身了。阿呀阿弥陀佛，法门三宝之幸，哪里知道皇帝降临呢？"知星盘问何方去了，卢僧道："山衲③何人，肯向我说？"知星等俱各怅然，因此在粤西八郡，处处搜求遍了，方道黔中④

① 沅陵、黔阳——湖南境内沅江沿岸地域。

② 粤西——相当于今广西壮族自治区一带。

③ 山衲——山中的僧人。

④ 黔中——相当于今贵州省境内。

入云南。知星谓公望曰:“滇中东至曲靖,南抵车里,西极永昌,北尽丽江,幅员数千里。昔阿育王构造兰若三千,兹土居半,历有禅宿藏修,我等须细细访之。”公望曰:“闻得说,帝有意来依沐西平,未知果否?”知星曰:“西平侯府,正在阿育国王之故地,今宜先去。”访有半月,绝无音耗。

又至越州昆弥山,望见悬崖峭壁之间,有条独木桥,粗细仅如拇指,一樵子疾趋而过。知星异之,呼问曰:“君得非天仙乎?”绰燕儿遽向前曰:“什么天仙!我亦能走。”就在桥上走了两回。樵子大惊道:“前者皇帝到此,可惜你不来走与他看看。”知星、公望亟问:“是那个皇帝?”樵子说:“说来,你们亦不信,那皇帝却是个和尚。”公望又问:“而今到那里去了?”樵子说:“一行四人,在我家过了夜,看换了新桥,闻得要往什么狮子山,去看活狮子哩。”知星又问:“怎么是换新桥?”樵子手指着桥说:“这条独木桥,叫做仙桥,乃天生的异木,比铁还劲。每月望夜,此桥忽没有了,清晨又是一条新桥。桥形一般样的,总也不晓得其中缘故。前日皇帝问我,也是这般告诉了,他说什么月里吴刚仙人造的哩。”知星再要问时,樵子已飞步登峭壁上去了。

于是亟寻至武定府。问狮子山,却在和曲州。到州去寻时,在城西十里之外。其山壁立千仞,攀援而上,并无禅院。看官要知道,建文皇帝栖于狮子山岩,前后几三十年,今有遗庵曰隐龙,尚留帝像,土人伏腊祀之。则知樵夫的话,倒是真的。大约先来相视,后乃结茅于此,适与知星等不相值耳。

三人又甚惆怅。及寻遍了一十九郡,反无踪影,仍回至大理。在西平侯府前过时,人众杂沓,闻喝殿而出,有三个官员:两个穿紫,一个穿竹根青,皆五云纻丝袍,坐着绿油绢幔、四面亮槅的大轿,前面各打着一柄黄绫子深沿大伞。知星猜个八分,遂向龙首关外,寻了个僻寓。谓公望道:“适才沐府中出来的,乃京僚也。记得嵩岳庙中,二松道人之言乎?”因向绰燕儿道:“汝于今夜去寻他三个的寓所,探听探听,若是也寻建文皇帝的,把他三个尽行杀了;若不是,且莫杀他,回来相商。”绰燕儿道:“适我在沐府门侧首人家问过,正是要寻建文皇帝的,宿在公馆五日了。我要去把他一行人尽行斩草除根,恐二公胆怯,所以不说。原打算悄悄去的,如今不妨明明的去了。”知星大喜,与绰燕儿把了盏。到更尽时,绰燕儿腾身屋檐,忽尔无踪。

二人坐到三更，见燕儿推扉而进，解下腰间一皮袋，拎出个血漉漉的人头来，说："我虽杀了六人，却杀不着那两个衣紫的，造化了他。"公望问："莫非那两个不同住么？"燕儿道："有个缘故：这个住在楼上，我去先到楼檐边，自然就先杀他；不意这畜生是好龙阳的，有个标致小厮，尚未睡着，大喊起杀人来，楼上就有四个人接应，我就一顿都杀了。此时公馆内外人等，大家明火执仗赶上楼来，我一道烟走了。"又在背上拔下一把剑来道："在这畜生枕边取的，看来也防着人哩。"知星接过来剔灯看时，见剑脊边有"取建文缴"四个隶字，呆了半晌，乃以手加额曰："此义士莫大之功也！"公望亦大喜说："已足丧燕贼之胆！"知星道："还有一说，我要号令这颗首级，在何处地方好？"绰燕儿道："竟挂在沐府辕门旗杆上去不好？"公望道："沐西平还算是好人，不要害他。不如挂在分水崖上，南北来往人多，方称'枭示'二字。"知星道："极妙！"绰燕儿如飞去了。那时程、曾二人，方晓得燕王差有三人到处追杀建文，却不知三人中被杀的叫做榆木儿，亦不知哪两个是胡濙、胡靖。但觉杀得快活，料他不敢再去追寻了。当日榆木儿赶着要杀半道人，道人笑道："这剑是斩你脑袋的！赶我到昆明池边，才有分晓。"今日却灵验得异常，足见半道人便是张三丰。这些高官显爵的俗眼，那里认得真正仙人呢？闲话休题。

且说绰燕儿回时，甫及五更，知星等行李已收拾完整，就从昆明西路入蜀。在成都各郡县，如青城、玉局、南岷、缙云、摩围、天彭、玉垒、洪崖、栖真诸名山洞天福地，梵安、法定、龙怀、波仑、兜率、凌云、邓林、碧落诸禅刹道院，靡不访遍，乃登峨嵋。此山高峻一百二十余里，半山有寺，曰白水寺，寺多禅宿。知星居数日，欲登最高之顶，寺僧力止曰："峰顶旧有光相寺，向来无僧能守，今已颓坏，一片荒凉，不堪驻足。而且风气罡烈，夏月尚须重绵，又多虎狼噬人，万万去不的。"公望与知星商议："粤西、滇南绝无人迹之处，圣驾皆经到过，何况峨嵋为佛菩萨现相说法道场？若畏难不前，怎叫做访求君父？心上如何过得？"遂将二童留于寺中，只同绰燕儿寻路上去。曲折险隘，历八十四盘，方至巅顶。时当仲秋，天风浩然，衣皆吹裂，冷彻骨髓。徘徊四眺，真千峦拔秀，万岫争奇。正在爽心时候，陡闻大吼一声，一只白额虎径向知星扑来。绰燕儿大喝道："汝畜亦学燕王，要杀忠臣义士么？"那虎竖起双眸，如电光，直射三人，逡巡伏于石上。知星手指着虎，吟四句曰：

尔畜岂无知，人生亦有数。

我是为君亲，与尔宁相忤？

那虎听毕，微吼一声，掉尾向南岩下去了。公望道："可称伏虎先生矣！"三人皆大笑。

仍从旧路回至白水寺，就离了峨嵋，由岷江历滟滪、瞿塘，浮三峡，泛江陵，直下武昌而至黄州。入罗田，闻斗方山南，有崇果院，为佛印栖息之所，乃造其刹。主僧献茶饮毕，公望起身小解，步至院后，有一小小竹园，园之东有一六角凉亭，见一少年背倚着亭柱，手持诗笺一幅，朗吟云："国覆一朝双阙在，家亡万里片魂孤。"公望料也是殉难的，走向他身边时，那少年像出了神，全然不觉。遂将他手内诗笺，轻轻夹起，说："是几时逃到这边？燕王现今着人拿问哩！"那少年听了这话，也不回头，疾趋出亭，拐过一垛墙角去了。公望大笑道："请转，有话说。"一面也走到那边，原来有扇竹扉开着。四望不见踪影，连忙解了手，仍向前来，将诗笺送与程知星。是七言律诗一首：

当年玉殿唱传胪①，圣主恩深世所无。

国覆一朝双阙在，家亡万里片魂孤。

从来天道无知耳，此日人心有矣夫？

悔杀吾生差一着，荐他竖子有余辜！

知星遂问："何处得来？"公望把情由说了，笑道："初不过相戏，谁知他竟认真躲去。"知星忙问主僧："识得这个人么？"主僧道："他姓田，不晓得名号。每常在寺吟哦的，说要寻着个好人，把诗笺交付与他，因此人呼为'田呆子'。"公望问："如今住在何处？"主僧道："离此里许，有座小兰若，名曰无相庵，也是本寺的，他赁了东侧首几间茅屋住着。"

知星即别了僧众，一径寻到无相庵东首，果有茅舍，紧闭着门儿。连敲数下，绝无人应。绰燕儿就转向后边，也有一门，听得人在里面说话，如飞走到前边，拉着知星说："曾相公，可在前门守着。"两人刚走到后门，只见呀的一声开了，有个小沙弥出来，里面说："前头有人敲门，烦你回了他去，千万不可说住在这里！"知星连跨两步，已进了门，大声说："同道的来

① 唱传胪——古代以上传语告下为胪，"唱传胪"意为当年为皇上前的大臣，亲口传达皇帝御旨。

相访,何故闭门不纳?得无拒客已甚?"一小厮嚷道:"一面不相认,为什么闯进我家来?"一老苍头道:"相公是远方,大约要到庵内随喜,想是走错了,请出去罢。"知星指着那个少年道:"这位定是你们相公了!我与他世交,且不知因何在此,特来相问。"又把诗笺交与苍头说:"适间敝友,也因有年谊,所以相戏,多多得罪!"苍头见知星词气缓款,是个正人样子,遂向着少年道:"不妨事,请到前头坐坐。"知星拉着少年一头走,一头问道:"年兄尊姓大名?"少年只是不答。走到前边屋内,开了门,公望也就进来,深深作下揖道:"幸年兄恕弟鲁莽!"那少年只回一揖,也不答应。大家在木凳上坐了,老苍头问:"三位相公尊姓?从何方来此?怎么说与我相公有年谊呢?"知星一想,若己不直说,怎得他明言?遂道:"我是侍从建文皇帝程翰林之子,这位是殉难曾御史之子,那位是当今义士,曾刺过燕王的。"苍头大喜,说:"我家先老爷是黄探花,官居太常卿,当年被燕王拿去时,做这首诗交与我小相会,说:'我一生忠荩[①],就差的是荐李景隆;恐后来把我这件差处,并泯灭了我的忠心。汝可寻着一个与我平素相好的,把这诗托付与他,在青史上表白一番,死在九泉之下,也得瞑目。'我家先老爷,阖门被戮,是我偷抱了小相公逃出在外。先躲在广西,去年方到此地。恐人知觉 ,小相公易姓名为田经,常把诗笺放在袖内,寻不出个相与的人。适间回来,说被歹人夺去,正在这里痛哭。今据诸位相公说起来,是真有年谊的,幸得相遇哩!"知星见苍头说话条条有理,就应道:"黄年伯与曾年伯同我父亲总是至契,与尔大相公就如弟兄一般。诗笺内有此苦心,可付我等带去。改日建文帝复位,自然褒忠录节,表扬青史,断不负黄年伯于地下的。"那少年只顾眼看着苍头,苍头道:"大相公,何日得再遇个先老爷相与的?"竟把诗笺双手交与知星说:"皇天在上,幸莫负我先老爷一片忠心!"知星道:"你看我可是负人的呢?"那少年方出一语道:"我父亲对我说,要交付与个好人的。"知星心上明白田经有些呆气,就辞别出门。老苍头又再四叮嘱,拉着小主直送至官道上方回。知星等径下芜湖,沿江一路再访前去。

且莫说这边儿千山万水,访不见君父的形容,几生懊恨;谁知道那边儿万水千山,早幸得君亲的踪迹,总属欢欣。只在下回。

---

① 忠荩(jìn)——忠诚、忠实。

第五十三回

两句诗分路访高僧　一首偈三缄贻女主

这回说叶永青、杨继业与程、曾二人在济南分路,入济宁州界,闻淮扬地方盘诘严紧,一径投兖州府来,到太守方以一署内,与他相商要走河南之归德郡。方太守道:“近来归府君与我使命相通,如羊祜、陆抗一般,待小弟差人送过交界,这是易事。但两位年兄峨冠博带,恐路上难行。弟有一策,未知可以屈从否?”永青道:“我们旧则同袍,今则同仇,我的君父就是尔的君父,怎么说个屈从?”以一道:“这须学着我的本来面目。”继业道:“又来猜枚!请直说罢。”以一笑道:“要二位扮作道装,像我前日故事。”永青笑道:“最好。我知道太守公这副行具,如今用不着哩。”以一道:“敢是我留得宿货,方寻得好主顾。”即叫取出道衣、星冠、丝绦、麻鞋之类,卸去儒袍,装扮起来,宛然是玄都羽士。永青道:“还要借兄本来面目一借。”以一道:“是了,尚少两个葫芦并棕拂子,有,有!”永青道:“这也是要的。——还猜不着?”以一道:“我知道了,尚少两个道童。旧日跟随我的,今已长成,也还可用。”永青拍手道:“也是要的。——还不是。”以一笑道:“莫非要些经卷么?这就像抄化的道士了。”永青大笑道:“到底猜不着!——是要借太守公的旧法号用用。”以一道:“这个妙!年兄称为‘大方道人’,杨年兄就借我林表兄的法号,叫做‘又玄道人’罢。”当晚抵足谈心。次日清晨,以一装束两个道童相送,叫原来仆从留在署内。继业、永青作别就行,以一道:“且住!界牌上都有盘诘的官,要问明姓氏籍贯,登记印簿,两位如说了大方、又玄道人,这个人人知道是我的法号,一径就盘住了。”永青道:“偏是官小,倒有威风。”继业道:“这些小小的官,见事生波,专惯的诈人哩。”三公皆鼓掌而笑。以一乃吩咐两个公差,直送过归德府。

于路无话，径下亳州。永青曰："此去滁州不远，欧阳子①所谓'环滁皆山也'，岂无方外栖止？纵使圣驾未必来此，或者别有所遇，知些音信，不可不盘桓几日，兄长以为可否？"继业曰："诚然，但不必入城市耳。"二人躜行间，闻知太祖擒皇甫晖于滁州，曾立有原庙，即寻至其所，叩祷一番，皆欷歔泣下。然后至醉翁亭及开化寺。寺有张方平之二生《楞严经》②，是前生仅写其半，再转来世写成的。笔画一手，丝毫不爽。亦无心于赏玩，径取路至合肥渡江，由芜湖入徽郡，登黄山，淹留半月。

一日晓起，见云雾涨合四隅，旋如瀫纹③，始而纯素，恍若银河；继而日出旸谷，则黄波万派摇动，窅不见城郭世界。永青鼓掌曰："此所谓黄海也。"遂于里衣夹袋内取出玉蟾蜍小砚一枚，并三寸许管城子来，题诗于削壁上。云：

势似波涛万派宗，朝华浮动日溶溶。
三都天子千秋在，砥柱中流若个峰。

永青道人题

谓继业曰："不可写大方，贻玷④于他。"即索属和，继业辞以不能，且曰："诗甚佳，焉得贻玷？倒只怕贻累！"永青曰："何谓？"答曰："到处显了大名，岂不为人侦察？"永青笑曰："天生笔于予，燕王其如予何？"

又到婺源、绩溪⑤各处走遍，乃造宣城，登敬亭山，上有万松亭，亭之中有石碣一片，刻唐人太白诗云：

众鸟高飞尽，孤云独自还。
相看两不厌，只有敬亭山。

永青曰："太白题诗，便足千秋。弟与长兄，须索和他一绝。"援笔书于亭柱曰：

众鸟随时变，孤云何处还？

---

① 欧阳子——北宋文学家欧阳修。"环滁皆山也"为其散文名篇《醉翁亭记》中语句。

② 楞严经——佛教经名，十卷，亦称《首楞严经》。

③ 旋如瀫(hú)纹——旋转好似濯于江水的波纹。

④ 贻玷——有损于……

⑤ 婺源、绩溪——安徽省境内地域。

高风长不改，诗在敬亭山。

即授笔于继业曰："这不是和我的诗，是和太白的诗，兄长切不可推却。"继业曰："后不为例，弟方承命。"永青笑曰："自后我亦绝不作诗何如？"继业信笔题云：

太白今已往，已往不复还。

只有片云来，相对敬亭山。

永青大赞曰："格既浑融，意复超迈，古调铿然，我当橐笔。"乃寻华阳山杯渡禅师法院。

历有月余，方从太平府出广德州，至宜兴山中，有洞曰善权，洞门是天成巨石，劈中划开。入洞数武①，左有狮子，右有象王，中有如来法相，皆系混沌时奇石结撰而成，非人工制造之物。永青曰："圣驾必然经此。"穷历洞中，窅无一人。遂又从洮湖登小坯山，山底有石室，人迹所不到者，靡不搜遍。

迤逦而到姑苏②，造黄溪史彬之第。彬且惊且喜，问曰："前者二位与程年侄，在舍间别时，说要到青州去见女英雄，为何改头换面起来？今程年侄又在那里？"永青将一到济南，即与程、曾二人奉命访求帝主缘由，细说一遍。继业道："目今旧臣遗老与忠义后人，大半都在阙下，论起来，年伯也该去走走。"史彬道："我与郑洽奉有帝旨，要作吴越间东道主，所以在家静候的。"永青亟接口道："这样说来，老伯一定知圣驾所向了。何不径同小侄去迎请复位呢？"史彬道："这话何须贤侄说？去秋出都，圣驾就在老夫这里，共是九人，不期有奸臣识破，圣上就谕诸侍从各散，只带两位尊公与道人程年兄，星夜去了。今春圣驾到来，说要去游天台及括苍、雁荡诸山。继而得郑年兄手书，说回銮时，仍到老夫舍间。不期候到如今，杳无信息，倒不知行在踪迹了。贤侄，尔道我心中苦也不苦？"永青道："今我二人前去，凭你怎样要寻着。但恐路途相左，圣驾反到这边，那时老伯径奏请圣主，先到济南复位，留信与小侄辈，以便随后赶来。"史彬道："贤侄说得极是。但我心上，还有些放不下处：这个女英雄，未

① 入洞数武——"武"即各类迹痕。"进入洞内详看"之意。

② 姑苏——今苏州市。

知实有忠诚翊戴①否，倘或借此为名，自己要称王图霸，又或别有心事，要寻帝王，这不是坑陷了我君？凡事宜慎之于始，庶无后悔。”永青、继业齐声道：“这个老伯料错了。我等初到济上，先已细加访问，然后去请见。原来帝师是月殿嫦娥，燕藩是天狼列宿，在天上结了深仇下来的，势不两立。她奉着建文位号，是为我们忠臣义士吐气，流芳于千秋万古的意思。这就是帝师的心事，小侄不知老伯所疑何在也。她左右辅助的，都是大罗剑仙，不必说得。还有两位军师，一姓高，是旧日铁公的参军；一姓吕，是帝师化身去请来的。真正学通今古，才贯天人，布阵行兵，鬼神莫测，不在我朝青田先生之下，四方豪杰莫不倾心归附，燕贼已久胆丧。这些话也不说了，老伯去自然知道。”史彬道：“老夫一向得之传闻，今据二位贤侄说来，是个女中圣贤，社稷之福也。”二人住了一宿，早起各加叮咛而别。

星夜先到天台,访定光古佛之金地岭与智顗祖师之银地岭,并五峰十八刹,及寒山拾得之隐身岩,与石梁之方广圣寺五百罗汉所居之处,又阅历各邑名山。至于宁波、会稽之间,凡灵区奥境、化城精舍②,往来探访既遍,然后渡江,登两天竺。继业曰:“地近尘嚣,讵肯来此?”即舍武陵,自富阳溯桐庐,泛七里滩,见子陵钓台,永青曰:“不可不登,或者圣驾到过,亦未可定。”于是同登双台。台是天生两座石壁,东西相距百步。其上平正如台,台上各有一亭。二人先憩东亭,后造西台,见亭柱上题诗一首,字大如杯,墨痕尚新,永青亟趋视之。诗曰:

山川犹是世人非,谁学夷齐歌采薇?
法界三千觉路远,摩尼百八性光微。
汉皇宫阙铜人泪,老衲乾坤锡杖飞。
偶上钓台看日暮,浙东云树思依依。

永青手舞足蹈的嚷道:“何如?圣驾在此了!”继业看了说:“诗句虽有意思,何见得是御笔?就真个是的,又不知到何方去了。”再看旁边有落的款,是“青萝野衲朗然同齐已师登此题”。继业道:“何如?这定是我辈中

---

① 忠诚翊(yì,音异)戴——忠诚、辅佐、拥戴。

② 灵区奥境、化城精舍——有仙灵的地方,深奥的处所、境地,幻化的城池,精致的房舍。

人。”永青道：“你的话说得甚冷，难道圣上不假借个名儿，毕竟是我辈呢？好，到祠内问问去。”那子陵祠就在东壁之下，有个老僧住着，叩其题诗缘由，老僧道：“数日前，原有两个禅师到此，大家谈古论今，或哭或笑，后来就上钓台，却不知道题什么诗句。”永青又问：“如今到那里去了？”小沙弥从旁插嘴道：“听说要往雁荡山去，只走得一两日程途哩。”永青又问：“此去雁荡有几条路？”老僧道：“这里到括苍有两条路：一走龙门岭，一走桃花隘。到了处州，从水路至温州，只有一条路，那雁荡山却在海边，大得紧哩。”

二人即便下山。到兰溪地方，继业径走龙门，永青分路，由金华上桃花隘，约会于括苍山之禅智寺。未几，先后俱集，永青道：“我们先到雁荡，如或无踪，再从此处细访何如？”继业道：“极是，我已想出一个访的妙法在此。”即向袖中取出两柄扇来，扇上已写着前诗，将一把递与永青道：“目今天色正暖，用此为招牌，岂不妙甚？”永青大喜，遂星夜同赶至雁荡。先寻说法岩、大石龛、白石寺诸禅刹及大、小龙湫。又登白石山，见有一峰，形如圆甑，色如白玉，上有字迹，如虬龙欲舞，旁注“月君题”字样，是首五言律诗。永青道：“月君是帝师之号，题诗在此，是导引我等访求圣驾，一定有些好音了。”于是向海畔诸山各处踪迹。一日，至宝岩寺，是个丛林，两公遂将诗扇故意招摇。有一僧注视久之，就来借观，看了诗句，问：“二位道长，此是佳作否？”永青就生出个机变来，应道：“这事大有奇异，此非说话之所。”那僧人怀疑，遂引二人到王龟龄读书台畔，借地坐定。永青胸中，早已打稿，便开言道：“这作诗的，与我二人休戚相关，闻知他在雁荡，所以不远千里而来。若得会面，就要把内中奇异，与他说个明白。看起来，我师必认识题诗的人，还求指示。”那僧不答，却盘问起乡贯姓字，因何出家云游的话。继业恐永青又说囫囵话，即应声道：“我两人是访求建文皇帝的，这诗可是御笔否？”那僧愕然道：“贫僧与这作诗的道友，也是访求圣上的。”永青亟问：“大师访皇帝怎么？”那僧亦应道：“二位访皇帝怎么？”继业就把真名姓并访求复位的话，约略说了。那僧道：“若然，当以实告：贫衲先兄是兵部尚书齐泰，这位作诗的是宋学士讳濂之令似，我与他不期而遇于钓台，却是同心，要访求圣上做个侍从弟子，因此寻到雁荡。前日闻得皇帝要向潮音洞去，朗然师就浮海去寻，留我在这里再访一访，约会于郑洽家内，不期反遇着两位世兄。”永青道：“我们寻着圣驾，老世伯自应同至济南，建立一场勋烈。”僧人道：“先兄尽忠于国，时人比之晁错①，痛愤已极。若得皇帝复位，为先兄显出忠节，就完了我一腔心事。此外身如野鹤，意若游云，已无意于人世。舍侄年甫及冠，贫衲也教他耕织终身，延续宗祧而已。至于荣华富贵，非所愿也。”继业道：“此各行其志，但若遇着圣驾，务必请幸吴江史年伯家。这是桩大有关系的，幸唯留神。”就起身作别，彼此各散。

永青便欲泛海到普陀洛伽，继业道：“非也。已有朗然师去了，我等须返括苍访问，然后也到郑洽家中，或者恰好与二师遇着，少不得有个确信了。”永青道：“妙极，妙极！”遂从旧路返至青田，访诚意伯故居。其后人皆已远戍，屋宇倾颓，不胜感慨。又访至各邑，继业曰：“松阳是君故里，须回家一看。”永青曰：“国破家亡，君父流落，哪里是我的故乡？”说罢，二人相对大恸。

遂下金华，到浦江，问到翰林待诏郑洽家内，司阍②的见是两个道士，便辞道：“向者，我们老爷极重方外，近来总不接见，没有布施了，二位请到别处去罢。”永青道：“我们也不是个化缘的。”阍人又道：“不是化缘，是卖药的了，我们这里没有用处。”永青道：“也不是。”阍人又道：“左不是，右不是，一定是要哄着人烧丹哩。”只见内里早踱出个衣冠齐整的人来，二人料是郑洽，就施礼道：“郑年伯，小侄辈特来造访。”郑洽见二人称呼古怪，心中也猜几分，便道：“小仆愚蠢，有眼不识，幸勿介怀。”遂请入内室。二人一定要行子侄之礼，郑洽道：“尚未请教令尊公姓氏，焉敢当此谦恭？”二人就将自己父亲名讳说过，然后执礼，坐定，又将改装的情由，前前后后详述一番。郑洽听了大喜道：“真个忠臣出忠臣，孝子生孝子，难得，难得！”继业问道：“圣驾往潮音洞的话，确也不确？”郑洽道：“圣驾前在舍间，住有旬日，说到括苍、雁荡，还要转来。不意去后到今，返无音耗，或渡海至闽，竟向普陀洛伽，均未可定。今者二位贤侄莫若径至闽中，倘圣上从此回銮，中途亦有相遇之机，纵使不值，亦无贻悔。”永青道：“老伯见教极是。”即欲起行，郑洽勉留三日，为之治装，然后作别。

道由常山入闽，先上武夷诸峰，山水奇奥，绝非尘凡境界。有一座峭

---

① 晁错——西汉政论家。

② 司阍(hūn)——看门的人。

壁，其高插天，横开百有余步，壁之半中有诗二首，一题“月君”，一题“鲍姑”。永青道：“定是帝师与仙师化身到此，那样的神通，焉有不知圣驾所在？大约要我等访求者，试试尽忠否耳。”继业道：“访求君父，原是我辈之事，诿不得他人，何须这等猜度？”永青道：“到处见有帝师手笔，怕不是法身变化，只在我们前后哩。”继业笑道：“若如此，何不抒写衷曲，奉和一首，写在石壁之下，以见求访的真切？”永青皱着眉道：“噫！四载有余，君父尚无着落，心中焦闷，那里还作得诗出？前在桃花隘作，起句云：‘千山抱人行，行上桃花岭。一折山变态，再转树倒影。’至今不能续完，即此可知。”继业又笑道：“若把访求君父与作诗合作一件事，自不妨碍，今世兄分而为二，所以顾了此，顾不得彼了。”永青顿悟道：“是了！夫子云：‘迩之事父，远之事君。’其合之谓乎？若然，世兄深于诗者，何故善易者不言易耶？”继业道：“我但能知之，而实不能行之。知可立时而得，行则循序而进，非数十年精进工夫，不可得造也。”自此，二人在途中，每日讲些诗文，倒觉得日子易过。

一日，登莆田之九峰，松间稍憩，忽见半岩彩雾喷出，衍溢于林坡间，顷刻化为楼台亭榭，状皆奇工异巧，掩映着无数花木竹石，宛然是秦宫汉苑。永青大骇道：“不好，有妖怪来了！”继业道：“且看他。”有一个时辰，渐渐解散。二人竟不知所谓，询之山中村老，有云：“此名山市，有皇帝微行，然后显此祥瑞。”

得了这话，在莆田仙游之罗汉岩、宝幢山，妙云师之石室，追寻半月。及历遍七闽，竟无踪影，乃从汀州转入粤东。

粤东山水尤多名胜，如六祖之曹溪、德云和尚之妙高台、跋多罗法师之狮子岩精舍、廖清虚之仙翁坛、葛真人之蝴蝶洞、苏羽客之青霞谷、八仙会饮之流杯池，靡不流连探访。迨后至雷州，上双髻岭，夕阳将暝，黑气弥空，不辨道路。一时进退无据，只得与二道童背倚着背坐于林间。俄闻岭畔有牛吼声，举眼视之，见光华凌乱，如万炬烁空，乃是一条大蜈蚣。其长数丈，节节灿烂，箝住牯牛，在那里啖食，二人吓得魂不附体。继业道：“死生有命，我们要走也无路。幼年间，闻家大人曾说葛仙翁有赋云：‘粤人猎之，肉如匏。’即此物也，今日不幸遇之。”未几，蜈蚣啖尽全牛，忽然敛迹。

二人黎明起行，浮海至于琼州。到赤龙山，闻鸟语云：“建文帝，建文帝来已去,两公奔波何所事?”二人大以为异,谛视此鸟,生得花颈红耳,文羽彩毛,朗朗的说个不住。永青向前揖之,鼓翼而逝。询之土人,曰:“此鸟名秦吉了,能效人言,若人所未言者,则不能也。”永青道:“太白诗云:‘安得秦吉了?为人道寸心。’是应须教而后能言,与土人之语适符。今所言者,岂亦有人教之耶?抑有念此两句者而效之耶?是有神明凭依焉,我二人可以返矣。”继业应道:“兄言诚不谬,或鬼神鉴谅我等之愚忠。”乃望空拜谢。

迤逦回至南雄,度庚岭,入赣南,凡诸郡邑山谷幽邃之处,无或不到。又从福建以至洪都,下南康,造匡庐,在开先、归宗、栖贤、东林诸梵刹,延真、七靖、灵溪诸仙观,冥搜极访者三月有余。又访竹林寺,在于层岩茂林之间。寻有数日,但微微闻有梵呗钟声,竟不知寺在何处,二人大疑。偶于聚仙亭遇一老僧,说:“偈云:‘有寺本无寺,无寺乃有寺。’为佛家之化境。二位见么?石壁上有‘竹林寺’三字,乃周颠仙仙笔留示世间的。向来传言,能入竹林寺者,非佛即仙,凡人焉能得造其域耶?”永青等惆怅而返。

遂泛鄱阳,抵饶州,转而至弋阳,从玉山下龙游。一道童大病起来,就如飞赶到浦江。问郑待诏时,不但建文帝并未回銮,连朗然也无回信。永青便将病道童托付了,立刻起身。

郑洽道:“二位贤侄不用心忙,天公自有定数,老夫也有一事借重哩。”就教请出小学士来。永青等视之,有十二三岁,生得眉疏目朗,骨劲神融,只道是郑洽之幼子,咸赞曰:“老年伯有此宁馨,真大器也!”郑洽曰:“老夫焉得此佳儿?此是正学先生之令子。当日大司寇魏公讳泽者谪为临海典史,恰当搜捕正学家属之日,因而藏匿其孤,年甫两期,托与正学门人余学夔,抚养七载,为人窥破,又送至老夫处。读书作文,甚是聪慧。今闻孝友先生之令郎归在帝师驾下,乞二位贤侄携去,使之骨肉相聚,以完魏公与老夫之心事。”

永青、继业皆大喜道:“哲人有后!这是小侄之事,怎说个借重?”郑洽就教拜了两位世兄。那小学士回身又拜了郑洽四拜,是谢别的意思。郑洽不觉掉下泪来,吩咐道:“汝须光大家声,老夫之情尽于此矣。”小学士亦哭个不已。继业道:“侄辈带方世兄同去,也须道装。”郑洽道:“是呀!”亟命制起道服,到过有三四日,然后作别。

遂返吴江,到史彬家下。彬大喜道:“两位贤侄,何去之久耶?圣驾去年在此。”永青亟问:“曾复位否?”史彬道:“贤侄且莫心慌。圣驾自楚中来,一到舍间,次日便有人知道,吴江县命巩丞来伺察,我对他说:‘不论有帝无帝,有我的老头颅在这里。’他微笑而去。明日,圣驾倒从旧路仍返楚中,到襄阳廖平家去了。那复位的话,我已一一奏明,圣主说:‘济南为路甚远,中间隔着多少关津!倘至被人识破,反误大事。’因作一首诗偈,三缄在此,教老夫送至帝师阙下,依着圣意而行,复位便自有日。而今圣驾已有定向,只须老夫去一寻就是。贤侄等虽然不曾面圣,也与寻着一般,厥功莫大。两位令尊公与程老先生,向来扈从,甚为康泰,临别时嘱咐二语云:‘但思尽忠,勿以父为念。’贤侄自宜勉之。”

永青、继业听说,不胜大恸。史彬劝住了大家,商量复命。永青道:“焦山寺住持僧向受家父大恩,又曾学数于程年伯,小侄辈分手时,订约在彼处会齐。今我二人先去,看程、曾二兄有信与否,老伯随后而来,再商到济南路数,庶不碍人耳目。”

于是次第皆至焦山寺。住有旬日,程知星、曾公望已在沿江南北寻遍,顺流而下,径到寺中,恰好相会;又见了史宾辅,闻知行在已有定所,不胜大喜。于是四人各将道途经由始末,互相告诉,竟至达旦。程知星道:“我们出都是两路,今有史年伯一行,人众似应分作三路回去了。”众皆称善。但见:行阙老臣,喜孜孜接得圣君诗四句;海南新使,意扬扬率将蛮国贡诸珍。下回请看。

第五十四回

航海梯山八蛮竞贡　谈天说地诸子争锋

建文十三年八月，史彬等一行人觅了渔舟，别了住持，同到浦口登岸。程、曾二人由淮入徐而至济宁，史彬竟从开封而达济南，叶永青等仍走归德至兖州府，以一已经召还，升补紫微省大学士之职矣。新太守乃是庄泣，一宿而别。三处的道路略有远近，皆次第会于济南。先谒过军师，然后奏闻。

次日黎明，文武百官会齐帝师阙下。月君临朝，奖慰程、曾等四人曰："跋涉九载，总为君父尽瘁，可谓无黍尔所生①。"遂召史彬进见，问："圣驾何不回銮？现今行在何处？"史彬遵照帝旨，一一奏对，并将御缄达上。满释奴接取转呈，外是黄绫，中是绛绡②，内有锦函，重重封固，有小玉玺钤口，上写"帝师睿览"四字。月君展阅，是一首七言四句云：

影落山河月正明，一瓢一钵且闲行。

凭君说与金仙子，翘首黄旗下凤城。

遂令递与众朝臣，以次传览，皆喜溢眉宇，然后交付掌奏官收起。史彬又奏道："御驾临行，有旨谕臣，说得了淮扬地方，便可复位；今者白龙鱼服，津梁隔绝，恐遭豫且之厄。"月君谕道："近来燕贼胆寒，孤家欲发一使，令其速归大宝，以免生民涂炭。若有参差，先拔淮扬，再取中州，以迎帝驾。"史彬感激叩谢。月君方命程知星等，各将所历事情奏来。程知星奏到杀榆木儿，月君道："壮哉义士。"亟令召见。叶永青奏到带回方小学士，月君亦亟令宣来。绰燕儿先到，不敢仰视，只是叩首。月君赐名"天生侠客"，命赏黄白金各一锭。左相赵天泰奏曰："自知星四人出使后，冯潅已经捐馆，辅臣李希颜亦以老病乞闲，益知当日帝师不遣臣等之圣意。"帝师曰："非也。臣子之为君父，但当尽其义之所应为者，说不得预知天

① 可谓无黍(shǔ)尔所生——可以说是竭尽心力了。

② 绛绡——大红色的丝织物。

数。武侯未出茅庐,已定汉业三分,何以鞠躬殚力,至于星陨五丈原耶?孤家处此,乃是为用人,而非己任其事,所以筹度到这个地步,不可以为训者。”诸臣莫不顿首悦服。时方经幼弟已至,跪在其兄之后,月君呼问何名,方经对曰:“名纶,是魏司寇命的,恰与臣名排行,亦是奇事。”月君命入国学读书。程知星又奏:“所获榆木儿之剑,上有弑君字样。”遂取呈上,月君视之曰:“他日即以此剑斩贼,且藏之尚方。”方欲退朝,忽女金刚进报,登州参军仝然赴阙,有事上闻。月君召入,仝然启奏道:“前年差往海岛诸天使,今者统领八国来朝,登郡海套甚险,无可泊舟,因此大将军董彦訚令臣从沿海一路看视,直到青州之日照、安东诸海口停住,业经登崖前进。臣特星夜驰来先奏。”月君谓诸文武道:“海蛮朝贡,具见吾君皇威遐畅,天使诚心能格,但典礼如何,两军师可与诸大臣议定径行,不须再奏。”遂退朝各散。

且问,当日差的吕儒等六人,原只去得琉球、日本、红毛三国,怎么仝然说有海蛮八国来朝呢?这个缘故,倒因着日本国败回之后,心中服输,早有朝贡中国的意思,预先纠合下的。当日卫青借的十万倭兵,都是精锐,其逃回去的,不够五六百名,哭诉与大将军说:“被她两三个女人,在半空中飞下剑来一斩,千万人顿时杀绝了。只恐还要飞到这里,把我合国的人都杀了哩!”那大将军却有个主意,就用着张仪连衡六国之智,将来归命纳款,反要取中国的欢心。因此遍遣人的海洋诸岛,把中国有女皇帝,怎样的奇异神通,到处传播。西洋人闻说是活神仙下降,哪个不愿来瞻仰?已经约定,正在会齐的时候,恰值中国差使出海,日本国王与大将军不胜欣喜,直到舟边迎接,钦敬异常,筵宴之礼不啻主臣。于是天使同了各国使官,择日起程。每国各差正使一名、副使两名,入贡礼物极其丰盛。日本国王亲送吕儒等六位天使下船,所以来得便易,比不得高、仝二人到朝鲜这样繁难的。那海蛮八国,是那几国呢:

一,大西洋;二,小西洋;三,暹罗;四,日本;五,红毛;六,琉球;七,夫余;八,交趾。

各国船只都到了安东海口,随着天使径入济南,在馆驿歇了。陈鹤山、吕儒、刘炎等,先谒军师请命,次赴相府及大宗伯衙门去了。军师传命姚襄、沈珂二人,指授密意,同去接待蛮使。两人大排执事,到驿前,蛮使二十四名,忙整衣冠,齐齐的趋出迎进。姚襄问通事人有几个习过汉礼的，方好行礼，答道："都不曾习。前日天使到来，行的是小邦夷礼。"姚襄道："到你们地方，行的是夷礼，难道到中朝地方，倒行不得汉礼么？"通事人又传说道："小邦蛮人，不知汉礼，与不能汉话一般，怎行得来？"沈珂道："汉话固不能遽习，若是礼文，只须旦夕工夫就可学得。猴儿尚解演戏，何况尔等还是人性？"姚襄厉声道："帝师是位女主，你们若行夷礼，擎起一拳，跷起一脚，成何规矩？帝师震怒起来，如何了得？还是爱着你们的道理。"通事的又传与各国蛮使，蛮使道："总是我们蠢陋，一时见识不到，多谢天使提命，情愿就学汉仪，但求宽容几日。"姚襄道："这话才是。"略坐了坐，便去复上军师。军师立命赞礼官四员，前去教习蛮使。不五六日，皆已习熟。军师遂命姚襄为皇帝阙下导引官，沈珂任帝师阙下导引官，分管朝贡事宜。又传知于各衙门，凡文官都集皇帝行殿，武臣都集帝师阙下，两处分开，以省往来之繁。时八月晦日，蛮使入城，宿于公馆。有日本正使温吉里要请见军师，姚襄为之转达，军师即令召见，待以客礼。温吉里大喜过望，袖中出一小折递上，内开："燕朝太监一名郑和，差到海洋诸国，追求建文皇帝，为小邦擒获。尚有两名，闻风逃去。今郑和现羁在舟，禀请进止。"军师大喜，遂取笔札，写数字授之，温吉里遵命而别。

次日九月朔，姚襄引领诸蛮使赴皇帝阙下。行殿上悬着圣容，龙案上供着玉圭，左有太监周恕，右有少监王钺，东是左相赵天泰押班，西是右相梁田玉领袖，大小共百五十余员。阶下两行仪仗，都是龙旗、凤旟①、黄钺、朱旄之属，整整齐齐，雍雍肃肃，正合着杜工部应制诗云：

旌旗日暖龙蛇动，宫殿风微燕雀高。

八国蛮使二十四员，皆按着朝仪，嵩呼舞蹈，并无舛错。行礼既竣，姚襄引出，交与沈珂，导引赴帝师阙下。诸蛮使见两员女将，一是番装，一是胡服，结束得如天魔罗刹样子，从所未睹，莫不心惊神骇。沈珂便将蛮使职名，并贡表仪状呈上。那两位就是满释奴与女金刚，遂令部下女真转奏。有顷宣入，至午门内。诸蛮使鞠躬缓款而行，见两行戎装武士，总是虎体彪形、狼腰猿臂的好汉。再进端礼门，左右甬道分列着上将九十八员，皆相貌魁奇，威风凛烈：披的甲胄，璀璨辉煌；执的军器，精芒闪烁，无异天神。最上东边一位，纶巾松拂，鹤氅羽裳，如诸葛武侯模样；右边一位，儒

① 凤旟(yú)——画着凤鸟的大旗。

冠究服，赤舄玄裳①，若青田先生之形像。殿檐下分立着七十二名女真，端严窈窕，个个道家装束。殿上左手是聂剑仙、素英、柳烟儿、女秀才，右首是公孙大娘、寒簧、范飞娘、回雪，皆有出世之姿，凌霞之气。正中间九龙沉香根天然宝椅上，坐着广寒宫降下的三炁金仙太阴君，那冠履衣裳，是紫府龙宫仙妃灵媛所制的，颜色光彩，映耀着殿中所挂的九颗夜明珠，犹如万道闪电，射得人眼睛不能稍展。诸蛮使惶悚踢蹐，反致失仪。二剑仙大喝道："错误朝仪，合当问罪！"蛮使等战战兢兢，又皆叩首。

可笑大西洋国，就把他的夷语奏将上来。他知道没有通事在殿上，故意要说几句来难难儿。谁知月君，凭你南蛮北狄②的，不但无一不解，而又能说得逼真。听他说是要求把飞剑看看的话儿，月君遂用其本国之语叱他道："若要看剑，快伸脖子来！"那蛮使吓得汗流浃背，哀恳请饶，磕头至流血方止。月君谕道："姑恕无知。"又各用其国之夷语逐一慰谕，大意说："孤家奉上帝玉敕，征讨叛臣逆子，表扬烈士忠臣，迎复乘舆，奠安社稷；恐尔等海南诸国不悉衷旨，反思通好于燕，流入叛党，必致天兵问罪，如日本误信奸言，丧却十万生灵，所以差官出海，遍谕知悉。今尔等咸知顺逆，重译来朝，均可嘉予；而且贡献珍奇诸品，具见各王忠顺之心。孤当各赐玺书，以示褒奖。"众蛮使听了，战栗之下，心悦诚服。

女金刚进奏："蛮邦礼物，皆在阙下，候旨定夺。"日本国使奏道："前者小国自取天诛，所以痛自悔艾，并约邻邦会同朝贡些小礼物，皆与向日贡献者不同，求帝师圣鉴。"月君运动慧眼，大概一观，大西洋国贡的是：

紫金芙蓉冠一顶　雉翎裘一领　孔雀羽披风一件
翡翠裙一条　鸾毳袜一双　兜罗锦十匹
金丝宝带一围，丝细如发，结成花纹，缀八宝于其上

小西洋国贡的是：

自鸣钟二口　风琴大小各一张　浑天仪一具
解舞木鹦哥一对　游仙枕一具　偶人戏一班

日本国贡的是：

青玉案一张　夷舞美女十二名

---

① 赤舄（xì）玄裳——红色的鞋子黑色的衣裳。

② 南蛮北狄——旧时对外族人的统称。

多罗木醉公椅一把　温凉玉杯一对
海马二匹　五色水晶屏风八扇
珊瑚四树　暖玉大棋一副赤碧二色
风磨铜八百斤　三眼鎏金鸟枪二十四杆

暹罗国贡的是：

火珠一大颗。悬于屋中，满屋皆暖　翠羽一函
火鸟一对，日吞火炭一斗　吉贝布十匹
罗斛香百斤，炉中焚之，可闻百里　火浣绒一匹
蔷薇水百斤，洒于衣上，经岁香犹不歇

琉球国贡的是：

通天犀一对　羽缎百端　哔叽缎二百端　雾雀一对
蒙贵一对，似猱而小，畜之，十里以内无鼠
风烛百枝，每枝可点一月，任是大风不灭，军前所用

夫余国贡的是：

小人一对，长尺许　飞虎一只，大如猫
空青一函　祖母绿珠二粒　五玉鳌峰一座
菩萨石一架　红猴一只　白雉一对

红毛国贡的是：

哈巴狗四对，皆小如鼠　琥珀酒五百瓶
海鬼十名，有伎巧　照霄镜一奁，能照烟霄外物
红毛刀三十六口，柔可弯环，劲能刲铁　龙须杖一根

交趾国贡的是：

天生旃檀香大士一尊　红白鹦哥各一只
枷楠香榻一张　庵罗果一树
小象一只，大如兔　万岁枣一树

月君谕将旃檀大士收奉宫中，美女十二名仍发本国带回，余俱交付尚方库；其各蛮国正使，每员赏宫缎、宫纱各二十四端，副使二员，分领亦如其数；筵宴三次，着文武官员等逐日分陪，命两军师斟酌而行。遂罢朝回宫。夷使等又叩谢了，同诸臣出至阙下。姚襄、沈珂仍带蛮使回向公馆。

次日，高咸宁诣军师府进言道："看这些蛮使，有几个狡猾的在内，恐有舌战之事。"军师应道："诚然。而今第一日，是文官陪宴，设在宗伯衙

门，正卿、亚卿不消说得，余外请两位有才辩的，莫如刘𫖮、仝然，初次折倒了他，便望风而靡矣。第二日是武官陪宴，径设在将军府，令五营大将军为主，料应不敢复鼓唇舌。第三次宴便为祖道，宜设在皇华亭，令吕儒、刘炎等原使六人为主，且得各叙别悰①，似乎不必再泥②文武分陪之意，何如？"咸宁道："是极了。"遂传帖于各衙门。

时大宗伯梁良玉、少宗伯卢敏政，得了军师移文，大开筵宴，并请两位军师及刘、仝二人。有顷，众蛮使等皆到了。大西洋坐了首席，次即日本、琉球、交趾，以次坐定。承值衙门戏子送上折本，做了些杂剧，都是打趣着蛮王的。军师谓宗伯曰："此非大邦体统。"命另换脚色，又演了几出。蛮使等尝着天厨肴馔，不肯放下箸来，直吃得醉饱方休。

撤了大羹，换席再饮间，通事人传禀道："小邦有能通汉语者，要求赐教，特请钧裁。"军师道："甚妙！与其乐部喧阗③，莫若风流雅话。"一蛮使遂先开言道："请问，阴与阳，二者孰重？"军师微哂④，应道："阴为重。太上立德曰阴德，功曰阴功，符曰阴符，不闻以阳为名也。老氏云：'有名万物之母。'是以西王、玄女皆得为道家之祖。显明若此，不知何疑而问？"蛮使道："乾为阳，坤为阴，乾尊而坤卑，何也？"仝然厉声曰："乾为辛金，辛金阴也；坤为戊土，戊土阳也。尔等西洋人颇知历数之学，何昧昧若是？"又一使发言道："然则日属阳耶，月属阳耶？抑月属阴耶，日属阴耶？"仝然曰："日为火精，故曰阳；月为水精，故曰阴。水能克火，自是阴为重也。"那使又辩道："尚有说焉：何以帝王长于日，后妃比于月耶？"高军师道："甚哉！尊论之不达也！《左传》⑤衰为冬日，盾为夏日，《尚书》⑥卿士唯月，则日月皆比之于臣工，安在其可分轻重？不指其正体，而举其比义，则方寸之木可使高于岑楼矣。"又一蛮使抗言道："由此言之，天亦尊于地乎？《易经》⑦云：'天尊地卑。'则又何说？"军师大笑道："是举目

① 别悰(cóng)——各自的心性。
② 泥——拘泥、局限。
③ 喧阗(tián)——大声喧嚷。
④ 微哂(shěn)——微笑。
⑤ 《左传》——亦称《左氏春秋》，儒家经典之一，相传为春秋时左丘明所撰。
⑥ 《尚书》——亦称《书》、《书经》，儒家经典之一。"尚"即上，上代以来之书。
⑦ 《易经》——即《周易》，儒家重要经典之一。

而不自睹其睫者也！天道高而下降，地道卑而上行，卑者反上，高者反下，君亦何能知此？且天地至大矣，而包乎天地者，则是水也。水乃阴也，是故阴为重。”二蛮使皆语塞。

下座又一使故为怡怡而言曰：“帝师为女金仙，诸大人之以阴为重，自不必辩；但目今中国无王，何以抚御万方？”刘瞡曰：“无王而有王，有王而无王，非汝辈所能知。夫年号存，则帝虽亡而亦存；年号亡，则帝虽存而亦亡。唐昭宗已亡，而年号存，于朱耶，则唐统为犹存，何况吾君四海为家，人莫不知行在耶？”又一使曰：“若说到有王，而更有帝师，则碍于二王，其若之何？”高咸宁道：“圣驾一日复位，则为帝者帝，为师者师；若圣驾未复，则帝师虽行帝事而非丈夫身，不碍乎其为帝，此天之所以降我帝师也。”又一使卒然而问道：“帝师飞剑一斩千人，可取叛贼之头于掌上，何须遣兵发将历年战争，荼毒生灵呢？”仝然大笑曰：“上帝雷电从空而击，凡九州之外、八荒之内，无乎不震，曷不尽逆贼而诛之，而必烦帝师下界以主劫数哉？此中天道，非汝等可得而闻也。”梁良玉道：“我向知宁、绍两处奸狡之辈，流入西洋者颇多，不谙道理而强作解事，今日之举是其本来面目。就把蛮邦之丑，一旦献尽。”卢敏政接口道：“可谓洞见万里！蛮人虽蛮，良心未泯；独有此辈以夏而变于夷，廉耻道尽，乃犹哓哓弄舌耶！”那几个发难的，听见一口道着，置身无地。幸真正蛮使，不解汉话，倒还觉得坦然。遂皆起身辞谢。

越日再宴，以至三宴，均无话说。军师乃令姚襄护送出登州海口，约同文武诸臣赴阙缴旨。月君御殿，军师奏道：“燕国遣三人直出海洋，追求建文帝踪迹，被日本拿获一名太监郑和①，前日已经密解于臣衙门。彼蛮使畏燕如虎，所以不敢明奏。”月君道：“此天子之福也。杀之不足以辱，司寇可劓其鼻，割其两耳，解至交界地方，交与彼处以辱燕贼。”军师又奏：“目今帝师威灵赫濯，正宜拣使入燕，议令退位，彼若不遵，而后兴师。先礼而后兵，则士气百倍。”月君谕道：“卿等议正副二使来，俟孤家

① 郑和——明宦官，航海家，本姓马，小字三保。明初入宫做宦官，从燕王起兵，赐姓郑，任内官监太监。曾屡率舰船通使“西洋”，最后一次航行时，年已六十，回国后不久即病死。此处所云郑和被斩等情节，系本书作者衍化而成，非史实。

裁夺。”史彬奏道:“臣奏帝旨,在家候驾,恐不日来临。今且先归,再当朝阙。”月君道:“卿为帝传命,宜拜黄门尚书之职。姑候差使人燕议定如何,然后归南,庶可复旨,卿须受职。”史彬叩首遵命。

早见他济济臣工,对八蛮之使,抒神出鬼没的奇谈;更有谁英英丰采,抗万乘之尊,显动地惊天的雄辩?要看下回便是。

第五十五回

震生灵遣使议让位　慑威风报聘许归藩

却说燕太监郑和，在海洋诸国追寻建文皇帝，被日本国拿获，又逃去了两人，你道姓甚名谁？原来也就是胡濙、胡靖。在七年以前，同着榆木儿奉了燕王密旨，追寻建文到云南之昆明县，宿于旅邸，夜半榆木儿被人杀死，号令首级于分水岭，心下胡猜乱疑，恐连自己性命不保，倒躲在沐西平府中两月有余，再不敢去访张三丰了，就微服潜行，回到北京，奏知燕王。燕王错愕了一会，幡然笑曰："原来那道人之言，是这样应的。"胡濙、胡靖见燕王不加呵责，反而色喜，遂又奏道："虽访不着建文，却访得个异人。"燕王问："莫非倒访着了张三丰？"胡濙道："也姓张，与三丰差不多，臣等去时，在广信府过，有龙虎山张道陵天师宫阙，其二十七代嫡孙，名冲，号涵虚羽士，能驱遣雷霆，推排海岳。臣等已将青州妖人问他，说要到上、中、下三界查明来历，然后驱除。"

二人奏对未毕，燕王说："这尚可缓，更有紧于此者：前日太监郑和从浙省回来，密奏建文已到海南，托言进香，实欲向各蛮国借兵。倘或被他煽惑，兴兵侵扰，则青州妖党必与连结，为害不小。"遂唤郑和至前，谕令："尔等三人，勿惮辛苦，以购求珍玩为名，同往海南，察访踪迹，不可漏泄机关。"三人顿首受命。燕王又升胡濙、胡靖均为尚书，又给空衔国号玺书一函，令于获日投书蛮国，要他差人协解，庶不致有疏虞。此在胡濙、胡靖从云南回来，燕王复令两人同着郑和出海去后，直至于今，只有胡濙、胡靖复命，已不见有郑和，亦各前番出使，不见有榆木儿一般。燕王亟问："郑和安在？"二人奏说："太监郑和已被日本国拿去，臣等幸逃性命。"燕王正在猜疑不出，忽边报海洋诸国朝贡济南，还道是建文现在海外纠合来的，大加惊诧。又报济南遣人押解太监郑和，割去耳鼻，头插皂旗一面，粉书"燕太监郑和示众"七个字，现在彰义门外候旨。燕王正有多少不遂意处，那里又当得这个信息？不觉勃然大怒，令立斩于城外。

越旬日，德州又飞报济南府差正副使二员，赍有玺书，来议军国大事。燕王懊恼已极，下旨内阁：俟其到日，先斩此二人头，悬之国门，为榆木儿、郑和报了仇，然后御驾亲征。阁臣杨荣俯伏奏道："臣愿陛下暂息雷霆，以示圣德渊宏。"燕王道："卿试奏来。"杨荣奏道："臣猜来使，敢于挺身至此，必是有妖术之人，倘或行刑时，被他隐身遁形而去，岂不反损天威？古语云：'两国相争，不斩来使。'虽然寇盗算不得敌国，然其来必有缘故。兵法伐谋为上，莫若察其来意，将机就机而处之。设有无状之语，然后命将出师，则士气奋跃，不待战而可制其命矣。"要知燕王心上，其实畏惮济南，又恐诸臣窥破，所以要杀来使这句话是假的。今听了杨荣所奏，甚合隐衷，遂谕道："姑听卿言，准其入京陛见。"

不数日，济南钦使已到。正使是刘畋，副使是仝然，有燕邦太常卿等官接住，先请玺书投下通政司衙门，宿于公馆。通政司将玺书送至内阁，转达燕王，拆封视之，书曰：

玉虚敕掌杀伐九天雷霆法主太阴君，讨逆正名帝师，致书于太祖高皇帝四庶子燕王曰：建文皇帝御极四载，深仁厚泽，普洽寰区；至德休光，迥弥穹汉。无论山陬海澨①，以及白叟黄童，靡不称为真父母，而作圣天子也。乃尔燕藩，误听奸言，兴兵犯阙，已属无君；鸣镝惊陵，更为蔑祖。遂敢逼逐乘舆，国母身为灰烬；僭居天位，元储命落尘埃。性本凶枭，刑尤惨毒。一士秉贞，则祖免并及；一人厉操，则里落为墟。可怜周武②之臣三千，同时丧魄；田横③之客五百，一旦飞魂。孤家用是纠合义师，网罗豪杰，肇造行宫，爰申天讨。鞭梢所指，辙乱旗靡；剑影所挥，崩角稽首。尚且恃旁门之幻抗拒王师，亦何如黎丘之鬼潜消赤日？诛逆使于昆明，遐方良有义士；缚贼监于海岛，蛮邦岂乏奇人？是当清夜扪心，悔已往之擢发；一朝革面，洗此日之含羞。

---

① 山陬(zōu)海澨(shì)——"陬"，隅，角落；"澨"，水涯。可作"天涯海角"理解。

② 周武——即周武王，此处指武王建立的西周王朝。

③ 田横——秦末狄县(今山东高青东南)人，本为齐国贵族，秦末，从兄田儋起兵，重建齐国。楚汉战争中自立为齐王，后汉高祖建立汉朝，他率五百党徒逃到海岛。后汉高祖命他到洛阳，被迫前往，因不愿称臣于汉，于中途自杀，留在海岛上的人闻讯也全部自杀。

庶可上见高皇，下封臣庶。今者帝驾即返行宫，尔其毅然避位，自无失兄弟之尊亲；若或悍焉据国，恐难逃篡窃之常典。姑念舍金陵而就北平，似或者天牖尔衷。因此烦天使以达玺书，庶不致神夺其魄。孤家躬掌劫数，性本慈悲，倘以调解之未能，方知杀戮之有故，莫怪傥言①。实深忠告，勿贻噬脐之悔②。不宣。

建文十四年春王正月　　日

燕王看了一遍，又恼怒，又羞惭，又痛恨，将书遽掷于地，大骂曰："我与妖妇势不两立！"正宫徐妃劝谏道："陛下以一旅之师，破建文百万之众，何惧一妇人？独是以妾愚见，如此震怒起来，倒中了她的奸计，甚不值得。"燕王道："怎么倒中了她计？"徐妃道："就如前日把郑和解来，不过要激陛下杀之，以离我臣庶之心。今者此书，亦不过要激陛下杀了来使，以壮彼军士之气。大约来者，又欲杀身以成名，是求死而来，非畏死而来也。从此干戈争斗，庶民涂炭，天下之迎复建文者，恐不只于一处矣。"燕王听了，大以为然，就问："据贤妃高见，有何良策？"徐妃道："莫若以礼接待来使，仍许差人报聘。她来激我，我且哄她，说建文若返，自当逊位；若建文不返，岂有祖宗之天下，让一异姓妇人做的？如此，则直在于我，曲在于彼，彼自不敢兴兵。然后相机度势，再图良策。"燕王曰："建文真个返国，又当如何？"徐妃曰："今此妇人，已自称孤道寡，手下强兵猛将，总是她的心腹；建文虽返，谁肯奉之为主？妾闻，昔者秦王、建成、元吉，嫡亲弟兄，尚然将佐各为其主，何况陌路耶？"燕王曰："建文有何怕他？只这个妇人，据了山东，使我父子南北隔绝，乃心腹大害，不可不早加翦灭的。"徐妃曰："陛下曾说胡濙回来，有龙虎山道人可以查她的根脚，其言甚为有理。即如孙行者降妖，也是此法。他的祖宗现为上界天师，自然呼吸相通，法术必是灵的，何不去请来，先降了头脑儿？其余乌合之众，也就容易驱除了。"燕王道："爱妃之言，深合朕意。"次日御朝，即召济南来使陛见。刘瞡、仝然二人，皆昂然而入，行天使见藩王之礼，诸臣莫不内愧。燕王认得正使，是诚意伯刘基之子，乃强作霁容说："尔为开国元勋之后，何故屈身于妖贼？岂不辱没了你父亲么？"刘瞡朗然对道："臣立身于建文之朝，

① 傥（tǎng）言——直言。

② 勿贻噬（shì）脐之悔——切勿遗留下后悔无及之憾。

做的是建文的官,怎么说是妖贼?难道高皇帝传位于太孙,是妖贼么?殿下之言,有似当日诈称疯病的时候了!”燕王忍住了怒,又说道:“咳!刘基何等聪明才智,怎么你就这样懵懂?那建文年号是虚的,妇人僭称帝号是实的,连‘虚实’二字你还会不过来?”刘畟奋然应道:“目今正要讲这‘虚实’二字。建文陛下的圣驾,指日便临行阙,殿下若以为实,亟宜推位让国,上慰高庙在天之灵;若以为虚,则是无父无君,四海之内皆成仇敌,岂独帝师哉!”燕王道:“天下者,高皇帝之天下,朕为高皇之子,建文乃高皇之孙,侄让于叔,叔让于侄,总是朕一家之事,非外人可以劝,可以阻的。你今妄言建文将归,且说现在何处?难道朕把祖宗之天下,轻轻让与这个妇人?”仝然不待说完,就厉声先应道:“我帝师若要这个天下,便可席卷金陵,囊括幽、蓟,何待今日?所以按兵不动者,只为我君尚在。一迎复位,则四海倾心,可以传檄而定。先遣我等以礼陈说,是不忍以一人之反叛,而害及无限之生灵,还是为本朝培养元气。大王反谓僭称帝号,这才是真懵懂了!”燕王勃然变色,又因徐妃之言,只得含忍优容,便问刘畟:“他是何官?敢来抗朕!”刘畟应道:“是少司空,兼理灵台事。”燕王见说有“灵台”二字,必猜必会妖术,所以胆大,是奈何他不得的,只得转为支吾道:“你既知天文,难道不晓得朕是真命天子?如此出言无状,若斩了你这颗首级,却道是朕无度量,姑容宽宥。”仝然大声嚷道:“我但知高皇帝为开国真命天子,建文帝为守成真命天子,并不知有篡国真命天子。要杀有我的头在这里,什么宽宥不宽宥,度量不度量!”燕王急得没法,反顾诸臣道:“料他知甚天文,晓得真命与不真命!我若杀之,倒成了小人之名。”刘、仝二人正有多少话说,燕王十分没趣,竟自退朝。遂传谕太常寺,令燕飧来使,打发先回,自有人去报聘,不须守待。刘、仝二公,料想燕王再不见面,只得回济南复旨去了。

越数日,燕王临殿,问群臣曰:“朕欲遣人出使,谁可行者?”群臣皆知是往济南,莫敢应对。杨荣奏道:“君要臣死,臣不敢不死,何况出使?惟陛下命之。”燕王笑道:“朕知这班尸位之徒,平日享尽荣华,临事巧于躲避,皆是怕到济南的,却不知朕别有差遣。”遂命通政司参政金幼孜道:“朕欲召请广信府龙虎山张冲羽士,汝可星夜前往。彼若不来,汝亦休回见朕。”幼孜顿首领命。燕王又道:“朕本不欲差使往济南,可恶尔等畏之如虎,朕倒要差遣两个去走走。速自奏来,庶免罪谴。”群臣面面厮觑,有大理少卿胡瀹,俯伏奏道:“臣愿往。”燕王道:“尔是胡濙之弟,还有些为国之心,但须再得一人同行。”杨溥奏道:“臣保举一人,惟陛下采择。”燕王问:“是谁?”杨溥奏:“工部尚书严震,才气人过,素有重望。”严震连忙跪奏:“臣之不才,既受辅臣举荐,愿充备员,以报皇恩。”内阁中书袁珙亦奏道:“臣亦愿往。”燕王道:“多一名不妨,也见得天朝人物!”袁珙又奏:“臣不敢与闻使命大事,但去相这妇人一相,看是何等样的,应灭在几年几月,回报陛下。”燕王大喜。退朝之后,即召严震等入宫,授以密旨,且谕令毋辱君命。

二人叩辞了燕王,请给了报聘礼物,径往济南进发。到了交界地方,歇在公廨,早有人飞报阙下。军师即命放进,并令魏兖、陈略二人管待来使。

原来胡瀹,就是开封府的推官。当日曾请月君降了梅花鹿怪,救他女儿的,想来决无妨害,所以愿来。严震是建文旧臣,与赵天泰等皆系旧识,又是个富翁出身,就有些儿差错,不关着缙绅体面,所以杨溥荐他,心上倒也实落落的,一些儿也不怯。进了济南城内,想要会会一班旧臣,大家私议私议;恐有人猜疑,倒先来拜吕军师。军师辞谢道:“既为国事而来,当在阙下相会,无先行私接之礼。且耆旧老臣多在,尤当避嫌。”严震暗思,此间有人,所以发迹,倒是我冒昧了。

次日清晨,诸文武大臣会集帝阙,宗伯衙门等官导引严震等三人进至行殿。燕使初不知设有圣容、玉圭及旧臣太监值殿等事,一见故主在上,严震便觉良心发露,耳红面赤起来,战兢兢的嵩呼舞蹈,幸而未曾失仪。王钺道:“严司空,汝还认得建文万岁么”严震踢蹬异常,勉应道:“老臣思念故主,所以得此一使。”赵天泰、王琎等,莫不微笑。军师抗言道:“帝师有旨,着令来使将燕藩之意奏闻皇帝,再与诸大臣议定,然后奏请帝师示夺。”严震哪里料着要向天颜奏对?一时就没了主意,方悔的当日不曾殉难,以致有此没奈何。引了胡瀹、袁珙二人俯伏奏道:“燕主命臣云:‘圣驾归日,即当奉还大宝;若行在无音,天下应归新主,异姓不得过问。’谅陛下心有同然,高皇地天之灵亦无异也。”奏毕,向着众旧臣道:“新主之命如此,恐亦无容更议。”赵天泰道:“口奏无凭,还须缮疏。”诸大臣齐声附和。严震急得没法,勉应道:“新主既无报书,臣下何敢擅专?”倒是吕军师止住道:“燕藩以诈哄我,我倒以诚信他。圣驾一归,即发尺一之诏,召令伏阙；若敢抗延，率师讨罪，怕他逃往何方？司空等一经缮疏①，燕王必竟加罪于他，既算不得凭据，亦且有似抑勒，曷用此为？”梁田玉道：“军师之论极是，那燕贼可是别人做得主的？”于是同赴帝师阙下复奏。午门之外，齐齐整整列着二十四员上将，一个个雄威赳赳，英气森森，皆有超群绝伦之相。怎见得：

丰面方颏，金鳌银铠，手执蛇矛者，有似伍子胥；豹头鹰眼，手如铁箍，持镔铁大刀者，若曹家之虎痴；束发金冠，绣花绛袍，倚画杆方天戟者，仿佛三国之温侯；黑脸突睛，短须钩拳，背插皂旗者，依稀九霄之张天使；虎背熊腰，修眉细眼，斜横偃月刀者，猜似未长美髯之关胜；狼腰猿臂，植立绿沉枪者，不啻关西马；突颧凹脸，须鬓倒竖，手持开山大斧者，无异急先锋；乌金帕头，烂银锁子甲，一部络腮短胡者，绝似双鞭呼延灼；白脸紫须，素袍银甲，飘飘风动梨花枪者，真是薛仁贵；凤翅盔，鱼鳞甲，腰悬花银双锏，掀髯而立者，赛似秦叔宝；身雄力猛，面赤睛黄，手持浑铁槊者，方驾单雄信；长面大目，有髭无须，使三尖两刃刀者，绝胜九纹龙；蓝扎巾，紫云袍，执犀角弓，挂狼牙箭者，曰当今养由基；威若天神，貌如地煞者，曰赛过元勋常遇春。

诸将见吕军师到来，一一欠身，严震等莫不心骇。就有女将二员，一是满释奴，一是女金刚，从内款步而出，谕军师道：“帝师有旨，燕使所奏情由，皆已预悉，无庸复渎，特发御书给示来使。”说毕，军士递送将来，严震等接着看时，高丽纸上有杯大的字，宛若龙翔凤翥②。上写着：

司空严震，位尊望崇，归命燕藩，如草从风，戒尔晚节，还须秉忠。姚善、胡滀，异心同寅，一生一死，汗简攸分。袁珙小术，乃筆逆贼，苟贪富贵，姑予矜恤。

严震看了，其颡泚泚③，其容赧赧，一时进退不得。胡滀低着头，亦有忸怩之状。袁珙则绝不在意。

文武诸臣正在那里注目三人，忽一声风响，从空飞下个道姑来，乃是剑仙聂师，大咤道：“袁珙鄙贱小人，曷敢冒充燕使，来相我文武臣僚？又

① 缮疏——抄写奏折。

② 龙翔凤翥(zhù)——龙翱翔，凤凰飞舞，形容字体雄健，流畅。

③ 其颡(sǎng)泚(cǐ)泚——此人的额头汗水淋淋。

思要相帝师,殊为可恶!我今教他自相相狗脸。”袖中取出镜来,向着袁珙一照,竟变了个狗头。众将士皆胡卢好笑,那时袁珙就要死也死不及了。胡瀹是素知道月君法术的,拱手对着吕军师道:“我们来复奏,自该向阙行礼,何得呆呆站立,致干帝师之谴?”于是一同跪下,奏请帝师圣慈海涵,叩头不已。隐娘道:“帝师,谁与你这班计较!你是我小小耍子。本该叫你三人都变了狗回去,如今诸臣陪着跪请,姑从宽宥去罢。”看袁珙时,复了原相,剑仙忽然不见。燕使等几乎羞杀,辞回公馆。

明日军师设宴相请,诸旧臣及诸公子又接连请了两日。严震等先到建文帝阙下叩辞过,又到帝师阙下辞谢,然后与军师及诸臣僚告别起程。一路上和同商议:“提不得起这些事情,只说个未见帝师,与彼军师议妥罢了。”主意已定,径回复命。后来严震出使云南,适遇帝于曲靖地方,建文帝问曰:“卿将何以处我?”震泣奏曰:“臣自有处。”遂缢死于驿亭,恰应着“晚节秉忠”四字,犹不失君臣之谊,似由月君片纸激励所致而然。

但笑伊相士假冒行人,几变作令令田犬;宁料他天师真遣神将,竟斩了矫矫马猴。即在下回演出。

第五十六回

张羽士神谒天师府　温元帅怒劈灵猴使

燕使严震等复命的话，无庸齿及。只说金幼孜，奉了燕王之命，兼程驰驿，到了江西广信府贵溪县，换了大轿，然后到龙虎山。问张羽士，时在山岩间一个洞中修道。一望不打紧，急得冷汗如雨。却原来纯是刬崖仄径①，步行也不能上的。幼孜回顾仆人道："这却怎了？"早有个樵夫轻轻便便的走将下来，幼孜就招呼道："樵子，我送你劳金，把我们带将上去。"那樵夫问了来的缘故，知道有些银钱的，便应道："带是难带，除非把条绳子拴在你腰里，我在前头拽着绳子，就不怕跌下去了。"从人喝道："放屁！难道我们老爷被你牵着走的？"樵夫便扬扬的去了。幼孜急招手道："你来，你来！"樵夫又站住问道："老爷若不愿牵着走，是没法的。"幼孜乃令从人解下三四条带子来，接长了，自己紧紧拴在腰里，又将那半截绳子叫樵夫也拴在腰里，这是恐他手中拿不牢的意思。樵夫遂向前背着引路，幼孜一步一步的挨将上去。到那险滑的所在，就弯着腰儿，把两手按着沙石，逐步爬上。足足一个时辰，到了洞前，有一片席大的平地。幼孜喘吁吁坐倒在石上，看后面时，只来得两个小健奴，其余都在山下等候。幼孜令赏给樵夫去了，定定神儿，看那洞上刊着三个大字，曰"壁鲁洞"，就道："这也奇！"你道这个洞名起于何时？是秦始皇要烧圣人之书②，邑人把鲁国经书藏在里面，用乱石塞没了洞口，方得免了劫火之祸，所以名曰"壁鲁"，犹之乎漆书壁经之意，言鲁国之书，藏于此洞壁中也。幼孜不解，所以惊诧之奇。那洞顶正中与左右，有三个峰头环抱着，极是藏风聚气的灵穴。洞口向东南，进有十步，趄转向正南，是天造地设的一间斗室，冬日暖，夏日凉的。健奴吆喝道："洞内有人快出来接圣旨！"却并无答应。幼

---

① 刬（chǎn）崖仄径——"刬"，光的。此语是指地势险峻，山路狭窄。

② 是秦始皇要烧圣人之书——即公元前 213 年，秦始皇下令焚烧经书，坑死儒生，史称"焚书坑儒"。

孜即令人进去探看，说有个道士，闭着眼睛坐在石床上，叫他不应，竟像死的一般，乃自己步将进去。到轨弯的所在，见透进天光，就是右边这个峰头，根底裂开数尺，漏下日影，正照着南向的洞。洞中石榻石几，皆是天生成的。看涵虚羽士时，端坐不动。幼孜从容说道："下官奉旨来访仙洞，请大真人钧命。"涵虚方微开双目说："贵人岂不知希夷先生之语乎？'九重丹诏，休教彩凤衔来；一片闲心，已被白云留住。'贫道槁木死灰，虽雨露不能荣，烈火不可燃，天使赍诏远来，得无误耶？"说毕，仍闭着眼了。幼孜道："在真人，不消说是泥涂轩冕；在天子，特召真人，亦不是去拜官受职。只为山东妖寇作乱，敦请降他，以显道力耳。"涵虚道："我已知之。贫道降妖伏怪，是畜类成精的，却不曾学习武艺与人厮杀，你速速去罢！毋得扰我工夫。"幼孜着急，便跪下道："真人差矣！前有下官同寅胡濙，奉使回来，奏明天子，说真人能平妖寇，所以特地下诏来此。今真人不去，总是下官之罪了。圣主一怒，合门尽戮，这是下官为着何来？还求大真人再思。"涵虚听了这话，果然是不敢空回的，就道："请起来。前此贫道偶到祖天师宫中，原有两个什么官来遇着了，说起山东做乱的事，要请贫道去降他。贫道曾说，这个女将有些来历，未经查明她根脚，哪里就降得？不过是这句话。如今天使既不能复命，我只得下山去走一遭，但不能远到燕京，只在南都结坛，我自有法查勘降得降不得，且到那时定局。"幼孜又道："真人若只到南都，与不出山一般，下官的罪也是逃不去的。"涵虚道："我自然启明世子，与汝无妨。"幼孜方喜喜欢欢谢过了，便请同行。涵虚道："烦天使将诏书送入天师宫，就在那边等候，贫道于明晨即至。"幼孜料非虚语，遂令两小健奴，左右搀扶，匍匐下山。到宫中时，自有道士接诏，不在话下。

次日，涵虚羽士到来，先在祖天师圣像前默祷叩过，方取了宝剑玉玺，带了两个书符咒的法官，同着幼孜登舟。过了鄱阳湖，从九江顺流而下，数日便到了金陵。幼孜先入城奏知世子①，世子立命摆驾，亲率诸大臣等出郭相迎，并用八抬大轿，请真人登岸，在宏济寺中相会。涵虚见他君臣钦敬，心亦喜欢，即便升舆前去。诸臣皆候在寺门迎接，世子坐在第二重门上。涵虚才步进去，世子早已肃然端立，真有人君气象也。但见：

---

① 世子——古代天子、诸侯的嫡亲长子，此指皇上之子。

面貌丰隆，身体敦厚：敦厚在熊腰虎背，屹如山岳之形；丰隆在舜目尧眉，炯乎天日之表。戴的是燕子青织就暗龙软翅冲天冠；穿的是鹅儿黄绣成团凤折襟凌云服；束的是蓝田碧玉带，色夺琼瑶；垂的是赤水玄珠佩，光含星斗。今者位居乎震，早瞻世子之仪容；他年帝出乎乾，伫睹太平之气象。

原来这位世子，与燕王迥乎不同。他的性情恺悌，气质纯粹，相待群臣，动合乎礼；而且见事明亮，临机决断，凡有处分，皆当乎义。自留守南都之后，雨旸时若，兆庶安业，臣民莫不爱戴，就是明朝第一有道的仁宗皇帝。燕王之不致亡天下者，咸本乎此。张羽士是个法眼，看去便知是真命天子，忙趋向前，打个稽首。世子也回了礼，说："寺中不便讲话，请大真人到本宫请教。"于是世子銮驾先回。

诸大臣陪着涵虚，一齐进城入朝。世子降榻延入，再三谦逊，行个小礼。世子向北斜坐，涵虚西向正坐，姚广孝东向相陪，诸大臣皆席地而坐。世子开言道："青州妖党，扰乱生民，致烦真人远降，得邀道力，奠安中土，社稷之幸也。"羽士应道："驱除邪术，贫道分内之事，但不知彼所行者，是何妖术？"世子向来得诸传闻，未能遽应。姚广孝代为答道："不过是豆人纸马，在阵上见之，未免草木皆兵。"羽士微微而笑，慢慢的说道："果系豆人纸马，则是邪不胜正，用些恶血秽物，物可立破，何用贫道？数年前曾有几个愚徒，在中州回来，传述这唐姓女子诛怪驱蝗及阉割济南太守事情，却都是正法，不知从何得的。贫道须查明她的来历，然后可以驱遣也，莫看得轻易。"世子遂拱手请教。羽士道："自古以来，兵兴之世，原是劫数使然，或者列宿临凡，或系魔王出世，要看他气数若何。可择一幽旷地面，结个净坛，贫道神游至我祖天师府，查勘的确，若由上天所降，自有道力挽回；倘系依草附木之徒，便可令神将逐之。至于阵上交兵，则非贫道所得与闻也。"姚广孝对道："当今奉请，原是此意，竟择地在天坛何如？"羽士道："使得。"世子遂传命与应天府尹，在南郊结坛，并令光禄寺排宴。羽士辞谢道："贫道在山，终岁不食烟火，无烦费心。"世子乃命但设果品。羽士略用了些，遂送至公馆安歇，诸臣等亦皆散朝。

不两日，坛已告成，世子又驾临看过，然后去请真人。涵虚到了坛中，安设了祖天师圣位，遂启世子道："明日便有神将护坛，无论何人，皆不可擅入。请于坛外勒令武弁一员，带兵士守卫，并着个内监在外伺候，以便有所启达。”世了一一允诺，即行辞去。

涵虚过了一宿，次日就写家书。且住，难道张羽士写个家书，寄回去么？非也。当日道陵真人升天时，遗命后人，能学道法者，倘有缓急，写个情由，打上玉玺，焚于炉中，即有功曹传递天师府，谓之家书。涵虚写毕，焚告之后，遂召温天君护坛，庞天君为引导。这是什么引导？要知涵虚羽士，是位地仙，未曾朝见上帝的，今要神游上界，南天门上有神将把守，如何能够进去？亦且认不得天师府在何处，所以要员天将来引导，便无阻碍了。就是海岛神仙，已经朝谒过上帝的，纵亦不敢擅进南天门去。如今世上做外官的，非奉敕旨，不许擅入京城，是一样的道理。若是别位地仙，要进天门，必须奏闻上帝，神将亦没有个私来引导的。只因张羽士是玉虚师相之子孙，方可权宜行事。当夜涵虚凝神打坐，到了子时，泥丸宫砉然一声，阳神已出了舍。庞天君便来引着进了南天门，直到天师府。天君又先为启知，然后许令进见。叩礼已毕，天师示曰：“人能慎言，庶无后悔。汝这出山一番，虽云有数，到底是语言上惹出来的，将来尚有大难。我付汝两句，汝宜谨遵，速归本山。”遂念云：

遇马则放，遇鸠则避。

天师以手挥曰：“去罢。”涵虚甚是惶恐，俯伏对曰：“孙儿虽不肖，不是有越清规，被燕王差人强逼出来的。如今既到南都，若没有回复他的话，如何肯放归山？还求我祖圣慈，垂悯指示。”天师道：“虽然，我说与汝，汝却不可直说与他。那燕王是斗牛宫的天狼星，帝师是月殿的太阴君，两边在上界生了衅端，又正遇着这次劫数，该是太阴君掌握，所以降谪世间，即借此刀兵，以报仇隙，日后少不得有个结局。汝是何人，敢与此事？这是天机！倘有泄漏，于罪非轻。速去，速去！”涵虚不敢再问，叩首而出。庞天君还在府外等候，又引导出了天门。

回到坛中，开眼看时，蜡炬荧煌，已及黎明。把天师吩咐的话，再三踌躇，定了主意，即乘舆入朝。宫门监者急忙传奏，世子遂升便殿，召请涵虚进宫；屏去了侍卫，先道谢过，然后问及始末。涵虚道：“中原主有刀兵之劫，所以降此一班恶宿。不几时完局了，便成瓦解，无伤国脉的。皇上千秋甚富，后来圣子神孙，绵绵百世，不消虑得。但有句最要紧的话，切不可御驾亲征，与彼见面。贫道如今无事，也就告归荒山了。”世子听了涵虚的话，甚是囫囵，不好明明驳他，乃缓言道：“真人见过天师，自是不错，孤家也信得过。独是父皇远在三千里外,把这个话来表奏,断乎不信,则罪在于孤家了。还要祈求道力,完融此事为妙。”涵虚道:“殿以下贫道为诳语耶?其实天机不可预泄,所以只要其究竟而言,天下是本朝之天下,断不致有分裂的。天律森严,上界岂容再去?贫道实无法了。”世子就顺着说道:“天机不敢预闻,但就尊谕,只要明白其究竟,即如刀兵劫数,恁时可完?这个女将,怎样结局?自此以后,大势若何?不说到所以然,就是不漏泄天机。”涵虚被世子这番话禁住了,心中一想,连天师也不曾说到这个地步。没奈何应道:“贫道的话,句句真确,日后自有应验。就是‘不几时完局’这句,内中含着天机,断不能显然指明的。若说大势,则‘无伤国脉’一语,便是究竟了。”

世子见涵虚多少推却,就变句话头来问,说道:“陵天师现在上界掌握何事?”涵虚答道:“玉虚师相共有四位:第一是家祖先师,次是煞真人,又次是许真君,第四是葛仙翁,常在上帝左右,如人间帝主之有师保阿衡也。”世子道:“如此,则是所降恶宿,必知其寿数之长短,与劫数之年月,再求真人去请问请问,然后可以复奏。”涵虚道:“这个不难,大约女将之寿数,就应着生灵之劫数,我到岳庭去一查便知。若我祖天师,岂敢再渎?”世子道:“只消知道得确,何分彼此?”涵虚道:“焉有不确?”遂即辞出。

看书者要知道,“岳庭去查”,这话是错的。大凡从天上降生下来,是南斗注生,北斗注死;若从中界神道中轮回的,生死在岳庭册籍;至阎罗天子生死簿上所注,都是些鬼去投胎的,原有此三者分别。日后嫦娥肉身成圣之日,也就算个死期,在岳庭怎得知道?涵虚未知就里,回至坛中,趺坐棕茵①。黄昏时分,神游到岳庭去了,两员法官都在左右侍护,忽一声响,空中掉下个大猴儿来,二法官此一惊非小,涵虚亦顿然醒觉。看那猴儿,却是劈开脑盖的,甚为奇诧,遂立刻画符,追取猴儿阴魂勘问。

这勘不打紧,直教仙魄摧残,真人也受阴魔厄;灵风排荡,狭路还遭神女嗔。只在下回分解。

---

① 趺(fū)坐棕茵——盘腿坐在棕毛做的垫子上。

第五十七回

九魔女群摄地仙魂　二孤神双破天师法

请问看书者，那半空掉下死猴儿，从哪里来的？乃月君驾下机密使马灵是也。马灵奉帝师之命，原向燕京探听消息，闻得请了个大真人在南都作法，就纵着一朵妖云直到钟山之顶，见南郊结个大坛，有两员神将守着，他便立在霄云向下一照，见个道士打坐着，猜是出神的光景。从来猴儿心性，顽劣不过，就要把这道士抓去，使他神回来时，寻不着身体，即以此复帝师之命，图各位仙师一笑。他明明看着神将，只当要子，却像老鹰扑小鸡，从半空中直坠下去，早被温天君大喝一声，照着顶门一刀，劈为两半，就有护坛的神兵锁住了魂灵儿。正好功曹奉符追去，送到涵虚羽士座前勘问，方知叫做马灵，是从青州来的。遂着功曹押他阴魂，送入冥司定罪。心中一想，正是查不出女将寿数，如今斩了他个妖精，就可告辞回山了。忽又想起祖天师授记的话，是"遇马则放"。沉吟一回，是神将杀的，与我无干，事已如此，只索听其自然。即传知管坛的内监，说斩了一名青州妖怪，启请世子驾临。

片时间，东宫仪仗与文武大小臣工，都到南郊。涵虚出坛迎接说："神将已发放回天，不妨都进坛中。"世了缓步而入，随后是姚广孝、陈𪈀等。令侍卫提起猴儿细看一回，世子见其形状迥异寻常，回顾姚少师道："此真妖物！"又拱手向涵虚致谢，并问斩他的始末。羽士已有成见在胸，遂应道："贫道向岳庭查这班妖人的生死册籍，内中唯一马灵，乃是猴精，已经得道，成了妖仙，神通最大；册上但注生年，更无死月，那边全仗他的法术倡乱起来的。贫道遂遣四员神将去拿他，方能够擒来斩了。其余总是有限的运数，容易完结的。"姚广孝道："请问真人，神通大的尚然斩了，其他小丑，何不一并歼之？乃欲留为乱阶，何故？"涵虚道："少师止论其理，独不知数乎？譬如当今之得天下，数也；彼之倡乱者，亦数也。运至而兴，数尽乃灭，虽上帝亦不能置喜怒于某间。此妖猴乃是畜道，人皆可以诛之；若是人道，或应死于某处，或应死于某事，或应死于某人之手者，贫道焉得而问诸?”陈矗问道:“不斩妖猴之首级,而劈开脑盖,何也?”涵虚应道:“大凡成气候者,虽斩其首,犹恐出神遁去;唯劈其顶门,则泥丸宫已裂,神不能走也。”世子点首道:“真人之言诚然,但所查女将寿数若何,幸为明教。”涵虚应道:“明晨贫道告辞还山,自当密奏。”俄闻坛外人声喧嚷,都是要来看妖猴的。姚广孝即传令挑在大木杆上,竖立于旷野之所,令人四布流言,说中原妖寇皆系畜类。江南之人倒有一半信的,后来建文皇帝也因这句话,动了疑心,所以决不肯来复位。此亦数之所使。且置不叙。

当下世子又向涵虚道:“本宫尚欲留真人问道,请在宫内略住几日。”涵虚再辞不允,世子命驾进城,诸文武皆扈从去了。

是夜羽士闭目运功,只见功曹来复命说:“中途遇着了鸠盘茶,却是认得妖猴的,就把小神拦住,问是谁大胆,害了他的性命。小神说是真人斩的,鸠盘茶就夺去猴魂,并玉玺文书扯得粉碎,把小神一脚,几乎踢死。还说要与真人动兵戈哩。”涵虚听了,正合着祖天师“遇鸠则避”的话,心中未免着忙。且住,请问闭了目,如何得见功曹?不知涵虚虽能辟谷,还是肉眼凡胎,所见与人无异;若闭了目,用着神光,方能见得鬼神。这是精微的道理,唯学仙者知之。那时涵虚踌躇,倒不如乘着世子挽留在宫,避他几日,赚他去路上赶个空,然后好慢慢回去。

天明后,世子已遣官来邀请,遂欣然乘舆入朝,到经筵左侧内书房安歇。世子就见涵虚,先慰劳了几句,便问:“女将运数,还有几时?”涵虚应声道:“殿下登基之日,是他数尽之期。若要说到某年某月,只好贫道自知,不敢泄漏。”这是涵虚因得了天师两人结仇的话,推度起来,少不得大家同归于尽的。世子又因向来术士推算,都有这句话,不觉笑逐颜开,甚为敬服,心上想要长留在宫中,一者要窥探天机;二则恐妖寇势大,要用他的道术;三则未奉燕王之命,不敢放他擅回。遂道:“明晨,本宫当执弟子之礼来问道。”遂命驾至便殿,与姚少师相商,将此始末情由,缮成密疏,交付金幼孜先去复奏不题。

且说唐月君在宫中,与诸位仙师及众女弟子讲论玄门奥旨,忽有一团黑气滚至前面,乃是鸠盘茶带着马灵之阴魂来见。月君问:“这谁害汝性命?”马灵把前后情由,哭诉一番。鸠盘茶道:“小魔奉圣主有事差往冥司,从半路遇着,夺了回来,今欲令其皈在我道,免他消受阎罗之苦。那贼道士,却容他不得,还要奏请圣主,拿来细细敲问哩。”月君谢了几句,说:“前差马灵,原向燕京,并未曾遣他到南都。何得先有害人之心,以致自丧其躯?若到冥司,历劫难超。今得大力援手,实出至幸。”说毕,即将自己臂上珊瑚数珠,亲自挂在盘茶项上。又取出华存所献的紫电裙来相送,说:“些微不足为敬,并烦转候圣主。”鸠盘茶谢了月君起行时,马灵大恸。曼师笑道:“快走,快走!汝皈了魔教,将来转生自然姓马,做官也做个大司马,还要封侯哩。”月君等皆失笑。

盘茶遂挈了猴儿,回到刹魔宫,备言其事。魔主大怒道:“我妹子驾下都是这些空虚的仙子,怕的什么天师,哪里敢去报仇?我若不与他出力,怎见得我姊姊的手段?”遂谕鸠盘茶道:“你选着九个善吸仙人魂魄的魔女,火速取了贼道的魂灵,先到帝师处,请他发落。然后锁来见我,吊他在空中一万年,看还有甚道术没有!”盘茶即刻遵令,统着众魔女直到南都宫内,从地下一涌而出。涵虚凝神一看,为头的那个好奇怪也!但见她:

云缭绕,发叠螺纹;风飘萧,鬓垂牦尾。面如傅粉,斜横着七八九道煞纹;唇若涂朱,紧藏着三十六点利刃。眸光溜处,疑翻黑水之波;眉翠分来,似刷阴山之黛。一片非霞非彩,总是衣裳古怪;几番旋雾旋风,良由裙袜稀奇。若问姓名,就是惯吃生人的鸠盘茶;倘生尘世,便是能杀丈夫的吼狮子。

共随着九个魔女,大喝:“贼道!认得我么?”羽士猜是魔王,便道:“我与汝天各一方,如风马牛之不及,胡为乎到此?”鸠盘茶大怒道:“他还装着斯文腔儿,快与我动手!”众魔女一齐向前,将涵虚扳倒向东,又放起向西;扳倒在北,又放起向南,竟把来当个扳不倒儿玩耍。涵虚只是定着神,由他摆弄。忽又擎将起来,如风轮一般,旋转了百来回,涵虚只是凝然不动。众魔女见他有些道行,就颠倒竖将起来,头在地下,脚向天上,翻来覆去了多少遍。又一齐舞向空中,上上下下,你抛我掷个不住。又各扯了双手两足,四面转抡起来,其快如风电相逐。涵虚此时,觉着不能禁当了。九个魔女哈哈大笑,就在泥丸宫与涌泉穴并七窍处所,用力一吸,涵虚神魂早已离了躯壳。鸠盘茶就将金锁锁了,一阵旋风,直吹到帝师座下。

月君亟令女真取锦墩来赐坐,鸠盘茶道:“帝师与圣主是姊妹,岂有向着主子坐的?”再三谦逊,在下面侧身坐了,说:“圣主令小魔追取贼道灵魂,送来发落。”月君法眼一看,见是个有道行的,便问:“汝系何人?敢害我使者!”涵虚应声答道:“家祖天师授记云:‘汝系何人,敢与其事?’贫道岂有敢违祖训的理?”就把燕王差人逼迫下山,与神游上界,并温元帅斩了马灵,自己不知情由,一一实说。月君叱道:“难道发向阴司,也还不知情由?也还不是你的主意?”涵虚顿首道:“只因神将说他夙有罪孽,以致发勘。负罪莫逭,只求帝师处分。”月君道:“自在刹魔圣主来处分你!”涵虚着了忙,连连叩首道:“我祖授记之语,皆应在事后,或是数应如此,但未曾开罪于魔王,还求帝师做主,情甘受罚。”月君见说得有理,意欲宽他。鲍姑遂劝道:“天师与帝师,向系仙侪,今其子孙所犯,又是过失杀伤,律无抵命,似可原情。”曼师道:“有麻姑神鞭在此,鞭他一百何如?”月君道:“神鞭鞭人,未必即死;若鞭人之魂,顷刻而散,可惜了他一生道行!”遂谕涵虚道:“我今放你回去,意下如何?”涵虚道:“历劫难酬圣德也!”月君道:“不是这句话。目今不论阴间阳间,人魔鬼魔,何处蔑有?你切不可书符作法,获罪于刹魔圣主。再有一番着魔,便无人来与你解脱了。”涵虚听了,感切肺腑,唯有垂泪叩谢。鸠盘荼立起说道:“小魔还要带这贼道去,使他得知刹魔圣主厉害!”月君道:“圣主为我争体面,我如今倒要向圣主讨情分,是我之小仁。过日再烦曼师来拜复圣主罢。”鸠盘荼笑道:“便宜了这贼道!”只一脚,踢得在地下打滚儿。曼师笑道:“魔也者,天下之达道也。”于是〔鸠〕盘荼引着众魔女自去复命。

涵虚神魂,已自清爽,又谢了月君,御风而回。返至宫中,见自己尸骸已出了内殿,在玄武门外搭个席棚放着,两个法官哀哀痛哭道:“不期到此丧了性命,死得甚不值钱。”棚内簇新贴着白玉版笺,一联对句云:

缩地黄泉出

升天白日非

涵虚不胜伤感,即敛神光,直下泥丸,腹内隆隆然一声响动,已展双眸,便呼弟子道:“难为你们了!”一径坐将起来。两法官这一惊不小,大家往外奔跑。一个踏着了块尖角砖,扑的跌翻在地下,大叫道:“师父莫与我索命!其实都睡着了,不曾看见师父怎样死的。”再也挣不起来。涵虚又恼又好笑,倒自己来扶他道:“徒弟,我已成道,怎么得死?”那徒弟掉头一看,战兢兢的道:“与我们徒弟不相干,是姚少师要立把尸灵抬到这里,求师父饶放了我罢!”涵虚又道:“你错了。我实未死,并不是鬼魂,汝可起来。”又把手去扯他的手。那法官觉着涵虚的手是温温的，方爬将起来，两只腿还有些发抖的。那前走的徒弟，远远望着，还只道师父是鬼；如今却见师弟两个，向着他招呼，方敢走近前来。就有多少看的人，都说张道士还魂了，一进挤满道路。

管宫门的太监，飞报与世子，世子又差人看确，忙令内监传请。涵虚道："贫道就此起身，不能再应殿下之命。宫内留着的玉玺宝剑，系是祖天师传下，伏乞转奏发还，在此候领。”内监只得依这话去复奏。世子如飞命驾，率领诸大臣，直到玄武门北极偏殿，再三敦请。涵虚因玉玺宝剑未曾发还，不得已随了内监进见。世子降阶延接，行礼坐定，问说："真人这次神游，在孤家尘凡之见，不能深知玄奥；因何高弟子都说归天，竟至匆忙起来？时值大臣会讲，所以暂行迁出。孤家殊抱不安，然益钦道行非常也。”涵虚朗声应道："实系既死幸生，并非出神。前游上界，蒙祖天师示谕有难，不意竟至于此。”说毕即便告退。姚广孝甚为不怿，便道："真人若竟死了，请问归向何方？而今殷勤款留，乃殿下之美意，幸毋固执。”涵虚道："无论生死，总非修道之人所当留之处。”世子道："真人有此一难，孤家亦不好强留，但不知可得微闻受难之缘由？”涵虚道："总为斩了妖猴起的，却不便细陈，致泄天机。”任凭他君臣盘问，总无别语，唯有苦苦告辞。世子即命将玉玺宝剑当面交割，并送白金五百为归山之资。涵虚厘毫不受，向上打个稽首，疾趋而出。当晚即出了城，觅个小舟，飘然竟行，一路无话。

渐近九江地面，顿然发起怪风，将船儿在浪心内，滴溜溜旋转起来。涵虚方欲召风伯责问，不期船已升至半空，却有数十侍女簇拥着两位佳人，各仗着宝剑，端立在云雾之内。涵虚定神看时，真个窈窕风流也！怎见得：

一个玉质微丰，一个香肌略瘦：瘦不露骨，亭亭乎风神超世；丰不显肉，轩轩然姿态轶尘。雾鬓风鬟，绝胜汉宫装束；削襟窄袖，错疑胡俗衣裳。或举金枝，或拾翠羽，每从湘后翱翔；或弄明珠，或翻锦珮，亦向汉皋游衍。若曰神仙，曷不飞归紫府？但居尘界，何妨嫁个郎君？尔乃千秋独立，只对着清波皎月；胡为半路相逢，忽显出灵威杀气！

那上首的美人，将剑尖指着张羽士道："你自不守分，造下罪孽，今日教你消受哩!”涵虚猜是二孤山神,遂深深打个稽首道:“贫道属在邻末,久仰光仪。向者未敢造次,不知因何开罪,致触尊威,伏惟谕明,甘受神责。”大孤神道:“你逞有妖术,无故斩了帝师驾下马灵,还要装聋做哑的,倒瞒着人!我奉刹魔圣主之命,等候多时。若要回山,须从水底下寻路去罢。”涵虚虽有道术,已作伤弓之鸟,未免心怯,只得连连打恭道:“请尊神暂息雷霆之怒,容小道禀明:那马灵为神将所斩,贫道实出不知。今已蒙帝师原宥,释放回山,与彼魔王何涉?况尊神与帝师及家祖天师,都是正道,岂有二位尊神反为着邪魔,自伤同类之理?尚求垂察。”大孤叱道:“现今是魔王世界,帝师娘娘尚且与圣主结了姊妹,天下神灵,谁敢不遵?你那样挂名的真人,就像个荫生出身的官儿,靠着祖父余泽,一味胡为,晓得什么道理!”小孤神又叱问道:“你说帝师已经恕宥,有何凭据?”涵虚又躬身道:“若非帝师矜全,小道已为魔王所害,这就是凭据。乞二尊神推广帝师弘仁,没齿不忘。”小孤神向着大孤神道:“看来帝师放他是真,姑饶他罢。”大孤神道:“这厮花言簧舌,都是抵饰之词,若放了他,何以回复刹魔主?”涵虚又打恭道:“大孤严厉,小孤惋恻;威惠兼行,均合正道。”众侍女们皆唾而笑曰:“是个假斯文的呆子。”大孤道:“也罢,只把他的徒弟留个在这里抵罪。”小孤笑道:“姊姊处分得极当,目今贪官犯了赃罪,都卸在衙役身上,自己却安然无事。——正与律例相符。”

涵虚再要求情时,大孤举剑一挥,风过处把船儿刮得飘飘如落叶,从天上轻轻坠下,却在鄱阳湖波浪之中,两名法官,已不见了一个。涵虚无奈,长吁数声,仍回到龙虎山壁鲁洞中修道去了。这回已经完局,下文不知何事。

第五十八回

待字女感梦识郎君　假铺卒空文谒开府

却说燕王的军师姚道衍，将马灵死尸号令在南都，说青州一班妖贼总是此类，传播到济南行阙下，时建文十五年夏四月也。耆旧诸臣，莫不痛心切齿，与两军师会集大廷计议，意欲奏请帝师南伐。忽报开府沂州景佥都，有密疏上闻。辅臣赵天泰拆视，是陈进取淮安之策。大略言：城中有内应六人，一副都御史练子宁之子名霜飞，次历城县盛庸之子盛异，都挥使崇刚之季子崇南极，中书舍人何申之子何猴儿，都司断事方法之子方小蛮，又袁州太守杨任之内弟庄擒虎，皆殉难忠臣之后，共怀矢死报国之心，正在有间可乘之会。遂与两军师及诸臣看毕，共赴帝师阙下。

月君已见景星副奏，正欲召集百官，即便临朝。吕律前奏道："前者严震报聘，佯许归藩，是欲缓我王师，窥伺间隙，彼反得行其狡计。两日传闻南都号令马灵尸首，其言甚为可恶，若行在闻知，必生犹豫。即无景星奏请，犹当恭行天讨。以臣愚见，莫若一面先取淮安，直抵维扬；一面竟取河南诸郡，以绝彼互援之势，则中原定而帝可复辟矣。"月君谕道："卿言良是。阃外专征，唯卿主之。近日史黄门欲南回，孤家当谕令奏明圣主，毋惑于流言可也。"史彬遂出班奏说："这个在臣，不须睿虑。"军师又奏："景星虽有独当一面之才，然淮安向有宿将，屯兵二十万，非同小可，必得高咸宁前往，方克胜任。至于嵩洛、中州以及荆襄、湖北地方，臣虽不才，敢为己责。"高咸宁即奏道："淮北、河南相为依辅，今两路齐攻，唇亡齿寒，必克之道。臣愿协力景星，以奏肤功。"辅臣赵天泰奏道："以臣愚见，克取淮扬之后，乘势便下金陵，先复帝都，则銮舆之返，尤为易事。"咸宁应道："长江天堑，彼战舰云集，而我无舟可济，则如之河？"军师道："某取荆襄，原为伐楚山之木，以造战舰，顺流而下，以定南都耳。"月君谕道："欲定江南，必先取湖北，此自然之势，两卿其分任之。但兵在秘密，尤在神速：不速则生变，不密则害成。务宜留意。"二军师顿首受命。月君又谕："马灵已死，无人探听军情，其敕授绰燕儿为两路军机策应使，有功再行升赏。”然后退朝。

这边兴师南征暂按下，且将景开府所奏内应六人，怎样相聚的机栝，叙明白了，然后说到两处用兵，方能了了于目。当日燕王兵下扬州，有巡方御史王彬，都挥使崇刚，同心倡义募兵固守，被守将王礼、王宗等谋杀，献首燕王。后来崇刚长子崇北极，因这指挥是世袭前程，舍不得这条金带，到兵部报名投降。燕王准他袭了父职，仍守扬州。其弟崇南极，深恨长兄贪官背主，有玷父亲忠节，遂逃至淮阴。偶遇着盛异，气谊相投，同在钞关左右，开个赌场，要结识几个义士，为他父亲报这一段仇恨。那时练霜飞改名东方丝，也在赌场玩耍，过几日晓得他二人心事，就大家盟誓起来，学了桃园结义的故事，称为生死弟兄。

一日，练霜飞谓二人道：“在此久住，无济于事，我且到淮安城里看个机会，再来相商。”一径走入北关，下在个刘姓饭店。当夜黄昏时分，点上灯儿，见有个美貌女子走向房门口一影，霜飞却也不在心上。二更以后，翻来覆去，正苦睡觉不着，忽闻轻轻叩门，时灯尚未灭，起来启视，依稀是那女子闪入，道个万福说：“妾虽无识英雄之俊眼，然看郎君，不是以下人品，何故颠沛至此？妾实怀疑，要问明这个缘由，所以黄夜而来。”霜飞心上倒吃一惊，看那女子年约二十上下，秋水微波，春山薄翠，布衣素裾，风韵出格，料想不是歹意，乃深深作揖道：“请坐了，待我实诉。先父是练都御史名安字子宁。小可自幼贪玩，纵情花柳，所以不见爱于父亲，在家日少。及先父殉难，至于夷灭九族，小可反因此得脱于难。今者，变易姓名，原有个算计，这却不好就说。我看小娘子也有旧家风范，不像开饭铺的儿女，亦求细道其详。”女子含泪答道：“先父官居都指挥，姓刘名贞，与卜万同守松亭关，部将陈亨暗自附燕，要害先父与卜万二人，被燕王用反间计，先杀了卜万。家父孤掌难鸣，只得潜逃回南。行到这边，害背疮而死。数日之内，母亲亦亡，不能回家。今开店者是妾之伯父，年逾七旬，风中之烛。妾与君子同一大难，能不悲伤？”言讫泪下。霜飞亦潸然，遂又作一揖道：“既是同病，好结同心。”女子道：“妾遇匪人，断然不字①。今得永托于君子，生死以之。”霜飞便来搂抱，女子推辞道：“但可订定，不宜苟

① 断然不字——很坚决地不喜爱。

合。”霜飞道:“我与汝皆失路之人,比不得平常日子,可以禀命父母,倩彼媒妁。今宵若不做一番实事,终属虚悬。倘至变生不测,岂不辜负了今宵相会之意?”那女子低鬟无语,霜飞即抱向草榻之上。先为松了衣扣,然后去解裙带。女子一手掩住内裤,说:“羞答答的,灯火照着。”霞飞便一口吹灭,寻入桃花仙洞。有《西厢》曲为证:

软玉温香抱满怀,呀! 刘、阮到天台。春至人间花弄色,柳腰款摆,花心轻拆,露滴牡丹开。蘸着些儿麻上来,鱼水得和谐,嫩蕊娇香蝶恣采。你半推半就,我又惊又爱,檀口揾香腮。

阳台之上,再诉衷肠道:“妾身已属于君,虽海枯石烂,此情不灭,愿君毋忘今夕。”公子应道:“小生断不学晋公子负齐姜之大恩①也。”遂将自己真名并年庚月日说了。女子道:“如此,妾与君同年同月,先父取名松碧,家下人呼妾松娘。如今既为夫妇,还有句话:妾昨夜得一梦,有个黑虎飞到妾卧榻之前,口内叼着素丝,向妾身上一扑,那丝儿就牵住妾的颈儿,大惊喊醒。昨日君来,妾便问伯父,说叫东方丝。妾想,牵丝是夫妇之象,飞虎是英雄之兆,君之姓名又与梦谐 ,竟冒耻做了卓文君的事,勿使妾他日有白头之叹。”练公子道:“小生有大仇未报,将来赴汤蹈火,死生难必,这要求贤卿体谅。——此身非我之身也。”松娘道:“君之仇即妾之仇,如其能报,固为万幸;倘有意外,妾亦相从于地下,安忍君之独死哉!”说罢,哽咽起身告去。练公子道:“今宵一别,尚未知何夕相逢!”抱住了松娘,不肯放手。松娘也不忍坚辞。就重擎玉杵,再捣玄霜。这番趣味更进一层,如吸琼浆,愈饮愈香;如啖江瑶柱,愈嚼愈美,未免酣饱过分。时已夜漏将残,晓钟欲动,不意间反冥冥的沉睡去了。

那刘老儿黎明起身,走到外边,见客房虚掩着,推开看时,一男一女双双的面对面搂抱着,酣卧未醒,不是别个,却就是自己的侄女。心下一想:“我为侄女几次联姻,他执意不肯,因何这客人才到,便与他偷上了? 这是我的侄女偷他,不是他偷我的侄女,若一声扬,就终身不能嫁人,也坏了死者的脸面。罢! 罢! 且待醒来,再作道理。”诚恐三不知,被走使的人

① 小生断不学晋公子负齐姜之大恩——小生不会学晋公子重耳叛背、辜负美女的恩情的作为。

闯进门去，乃扣了屈戌①，掇条凳儿，坐在门旁。直到辰刻，两人甫醒，开眼一看，红日满窗。练公子惊道："这事怎了？"松娘呆了半晌，说道："难道伯父就把我处死不成？郎君只得要屈节求这老人家。得脱身时，速寻到纪游击衙门，管文书一个姓何的，再李指挥衙门，管号一个姓方的。这两人都有些来历，与我伯父来往得好。不拘哪一个，可烦他做媒，断无不成的。"急忙起身，轻轻的开门，却是外边反扣的，又吃了一大惊。听得有人将屈戌扯下，门已微开，松娘向外边一望，不见有人，径自溜出去了。练霜飞正欲走时，店主已进到屋里，遂连连作揖，口内含含糊糊的说："多多得罪。"刘老儿道："客人为何事到这里的？"练公子不能答，见门外无人，说去解个手来。

出得房门，如飞的向着街上奔去了。便先寻到李指挥衙门方姓管号房内，却有两个在那里。公子便问："那位姓方？"一个答道："在下便是。尊兄高姓大名？有何下顾？"公子道："请借一步说话。"二人齐道："此刻要支应公事，不便出门，有话就说。"公子又问那一位尊姓，说是姓何，公子道："可是在纪游府效劳的何兄么？"二人又道："尊兄何以先知？"公子一想，若不实说名姓，恐自枉然，就将桌上笔儿蘸饱，在残纸上写"弟系殉难副都御史练子宁之子，名练霜飞"，送与二人看过，即便扯毁了。两人错愕一会，问道"此是为什么？"霜飞道："也请教了长兄等真姓名，方好明言。"两人见他不讳，也就将自己父亲并真名写将出来，一曰何典，一曰方震，都是殉难之后人。练公子遂倒身下拜，各认了异姓弟兄，然后把求姻之事说了一遍。何典道："长兄不图大事，乃贪一女子，殊非我辈心肠！这个弟兄叙他做什么？人都呼我为'猴'儿，其实是性躁的。莫怪！莫怪！"练公子道："弟历尽万苦千辛，总为这报仇大事，也与卧薪尝胆的差不多。目今所求姻事，原是大事之中一件要紧的事，若说贪着一女子，看得小弟太不忠不孝了。"方震道："长兄必自有说，请道其详。"练公子道："弟如今无衣无食，又没个安身处所，怎样做得事来？若有了这门亲，便可借此托足，得与兄长等随时商议，多少是好！"就把松娘亦属同仇，并与崇南极、盛异结义的话，一总说了。何典道："何不早讲？没来由得罪于兄长。怪道刘老儿的女儿，做媒的说

---

① 屈戌——门窗上的搭扣。

来说去，再不肯嫁人。原来有这些情由在里面。”方震道：“如此，我二人即刻去说。若他有些作难，我就把我的蛮性使出来，怕他不肯么?”何典向练公子道：“兄长速备聘礼就是，包管不几日弟辈来见新嫂子，吃喜酒哩。”练公子道：“弟今就到崇、盛两兄处借些礼物，并约他同来何如?”方震道：“正是这样。”各道谨慎而别。

次日方、何二人商量出一个求亲的法来，把一幅红纸写了几句话，摺成方胜同心，笼在袖里，便到刘家饭铺。老儿接着，满脸堆笑，说道：“贵人多时不降临了。”何典道：“谁是贵人？你才是贵人哩！”刘老儿道：“好何相公，打趣我老头子！”方震道：“他近日学了未卜先知之数，说来都有应验，你老人家不信，请看这纸上写的，方知是真贵人哩。”就把那摺方胜递与他，出门便走。老儿亟送不迭。回到内里，自言自语道：“因何这二人的话没头没脑？好不奇怪！”那时松娘早在影门背后窃听，心中已自明白，便接口道：“只怕有些缘故。”老儿道：“我眼花了，你拆开来念与我听。”松娘道：“只怕草字，我认不得。”老儿随手拆看时，写着两行极大的字，云：

练都御史公子，名霜飞，前改为东方丝，在尊店住过一宿，窃慕令爱贤淑，特托我等执柯。专候钧命。

刘老儿呆了半晌，忽悟道：“东方丝是‘练’字，我侄女聪明，解到这个地步，所以去就了他。”遂与侄女即便出门，刚刚又遇着二人。何典、方震齐齐拱手问道：“可是贵人的话应了。”老儿连声道：“不敢，不敢！只怕不敢仰扳哩。”两人知已允从，又拱手道：“且别过，明晨特诚来领教。”

至第三日，练公子回来，见了何、方二人，彼此说明就里，便差个女媒去求亲，说是何、方二相公有位亲戚，复姓东方，名丝，系汉朝东方朔①仙人的子孙，必定有缘千里来相会的。

女媒如命传述，老儿应道：“我也认得这个人，但是要姑娘自己做主的，待我去问来。”女媒心内忖道：“这一问，又是不成的?”等有一会，老儿出来说：“有句话相商：肯赘在我家不肯？还要烦你们去问问。”女媒笑应道：“恭喜，恭喜！这倒不消问得，正是要来宅上成亲，礼物总是折干的。

---

① 东方朔——西汉文学家，平原厌次（今山东惠民）人，字曼倩。武帝时，为太中大夫。性格诙谐，善撰辞赋。

适才不好说得,如今两意相同,完了你老人家一桩心事,要重重送给花红的呢。”女媒去后,何、方二人又来,同刘老儿选定了吉日,送了羹果茶礼。练公子竟到刘家饭铺成亲,备些喜筵,请请邻里,自不必说。

才得弥月,崇南极、盛异已到淮安,都来拜望贺喜,就在邻近赁所房屋住下。练公子就邀何、方二人,大家相会,各自心照,不言而喻。一日,练公子请了四人,同到野外踏青,拣个幽僻处所坐定,说:“景清都御史与先父同寅,又同殉难,今闻景公之子现镇沂州,若得偷过交界地方,见他一面,定有妙策。诸兄长以为去得否?”何典呵呵大笑道:“要去极易,只怕兄长不肯去。”崇南极道:“肯,肯!我也同去。”练公子接口道:“就死也要去,怎说我倒不肯?”方震接着说:“何兄有名急性子,今日偏要慢厮条儿,快说是怎的法子?”何典道:“如今营兵走递文书,都是雇倩人的,只要练兄暂充此任,那印信官封都在我。”方震拍手道:“妙极了!今日才用着你刻图书的手段哩。练兄明早就来,我们好与营兵说明,走他几天,方免人猜疑。”练公子道:“弟这几年逃难,到熬炼着会走快路。”商议已定,回到家时,练公子与松娘说知,竟去走递公文。正是:

曾为宪府佳公子,且作军营走使人。

练公子披星戴月,冒雪冲霜,走递了两三个月的公文。汛兵都已熟目了。何典照着都督的印信,刻了一方,问练公子道:“写个怎样文书?”应道:“我已算定,只用素纸一张,到时自有话说。”诸弟兄齐声称善。于是封贮好了,练公子放在怀内,作别就行。到了交界处所,将都督印封与守汛的官验明挂号。

出了界口,直到沂州,关门兵卒见是敌国来的,虽有公文,也就拦住了。飞报到开府衙门,遂有四个军校来带着,把他的文书送入府内。景佥都拆开一看,却是幅素纸,大为诧奇。心中暗想,又不是两军相交,焉得差人通书?必然难形纸笔,所以借此来而说的。遂唤军校,将来人监在内堂耳房,发封锁锁了。到一更时分,景佥都带了心腹使者,潜步出来,开了封锁,引至内宅。练公子端立不动,佥都详视一回,虽然走卒打扮,却棱棱然骨格非常。遂问:“你是谁差来的?”练公子见佥都这般作为,大有智识,就将父亲的名讳与自己的真名说出。佥都连忙立起叙礼,分宾主坐下,说:“练年伯殉难之惨与先父相似,世兄之得脱鼎镬①又与小弟略同,今日驾临,岂非天幸!愿明以教我。”练公子方把遇着崇南极诸人与娶了刘贞之女,及假充铺卒到此通信,将来做内应的话,明明白白说个详细。景佥都大喜,抵掌而言道:“我要南征久矣,因连年济北用兵,未遑②奏请。今得世兄同心相助,便可立决,无烦再计。但不知他们兵将情形,求世兄指示。”练公子道:“兵虽众,而未习战阵;将虽多,而殊少谋略;粮饷虽广,而士卒恒不能饱。上下离心,战不奋前,守无固志,良易破也。弟向者即欲奔投济南,因先父为贼刘杰所获,献于燕王,升为淮安城守副将。区区之心,必欲诛彼全家以报大仇,所以羁栖于淮上,图个空隙。今得世兄拔刀相助,先父灵魂,亦感激于地下矣。”佥都道:“国仇家难,彼此同之!——是何言也?”遂命暖起酒来,佥都亲自相劝。练公子道:“清晨当在大堂领取回文,若面带酒气,恐为左右伺察。”佥都矍然道:“世兄谋深计远,可卜大事必成。但公堂之上,不免开罪于兄长,这却怎处?”练公子道:“正要如此。还有一事请教:那刘杰军中,有个都司姓庄,名毅絅,与何、方二兄相契,说是袁州太守杨任之内弟,向系行伍出身,顶名‘擒虎’,得此武职,所以杨太守九族被难之时,彼得脱于局外。向亦欲报大仇,因他现居官职,未曾去会,约定临期面订,未知可否?”佥都道:“袁州杨公乃先父之门生,其妻族原是世家,亦被祸难。彼若心在于贼,何难立擒何、方两兄而反与之相结乎?以愚见揣之,决无可疑。”练公子即起身告辞,佥都又问明了诸人住址,方携手送出,仍旧封锁好了。

顷刻天明,即便传鼓升坐公堂。料理诸事已毕,遂命带燕国投文人到丹墀下,喝问:“汝系何人,敢为贼人到此投递印文?”练公子连连叩首道:“小的名东方丝,向来雇在军营走递公文,觅些工食养家的。每日得了他几分银子,不敢不走,实不知内中事情,求大老爷怜悯小的罢。”佥都道:“我看你这个贼相,未必是贼的党羽,杀尔算不得什么,饶你去罢。”练公子又行叩首哀告道:“虽蒙大老爷饶命,若不赐发回文,那边就说是小的不曾到来,究竟活不成。与其回去惨死于毒州,倒不如一刀死在这里的好。”佥都假意沉思一会,喝道:“也罢!既饶你命,在辕门外候领回文。”

---

① 脱鼎镬——逃脱杀戮、迫害。

② 未遑(huáng)——未来得及……

遂放炮封门。那印封空文，早经照样预备，总不过要瞒众人耳目，所以有这许多做作。直到明日，原在当堂发给，练公子领了，一径回去。

此来不打紧，但请看兵临城堞，先找取的仇人首级；更谁知力夺关门，亦丧却了义士性命。下回便知端的。

第五十九回

预伏英雄坚城内溃　假装神鬼勍敌[1]宵奔

建文十五年秋七月，吕军师受命进讨河南，高军师分取淮北。整顿粮草齐备，吕军师谓咸宁曰："兵法攻其无备，莫若晓谕诸将，合兵先伐开、归二郡，淮安探之，必然观望。我这里一面选上将四员，从青州至莒州，走赣榆，由淮阳潜入淮郡，与内应之人合作一处。然后司马率兵兼程而进，直薄淮城，迅雷不及掩耳。司马公以为何如？"咸宁道："先生妙算如神，取淮良易；但河南必严守御，取之则难。先生己任其难，令弟任其易，揆之于心，实有未安。"吕军师道："同为国家，说不得尔我，分不得难易。功归于天，罪归于己，方是为臣子之本分。"遂于当晚，密传雷一震、小皂旗、平燕儿、卜克四将授计："扮作客商，昼伏夜行，径由青州间道直达淮安，协同内应六人，相机而行，务于敌人败后举动，切勿轻躁。"又令绰燕儿赍密札知会景佥都讫，方下教场，祭纛点兵。除董彦杲、宾鸿、金山保、小咬住以外，诸将尽令随征。又调请铁定九、方以一为观军使，故为声张。每日止行五十里，凡邻近河南疆界，皆令预备厮杀。

未几，大军到了兖州，方以一进言道："归德府君轩伯昂，慷慨而知大义，与某素相交契，今当微服潜往，说令归附。彼若允从，即与同来，迎接王师；若其不从，即趋回报命，然后加兵。"军师道："烦请学士来，就是此意。"以一遂易了道装，悄然而去。于是两军师分道发兵。咸宁统领的瞿雕儿、马千里、董翥、董翱大将四员，精锐八千，竟由济宁卷甲星驰，与景佥都会兵于淮。其余将士尽随吕军师进取归德府，缓程徐行，候方学士捷音，均且按下。

先说雷一震等四人奉了军师密谕，一进淮安北关，问到刘家饭铺。老儿看见状貌狰狞，托言没有落地，不敢相留。平燕儿是金陵生长的，说得来南方声音，就开言道："令坦东方丝与我等有旧，特地相访，会面就走，不安歇在贵铺的。"老儿应道："小婿向来有恙，不能见客，有话我传说

---

① 勍(qíng)敌——强敌。

罢。”雷一震是性躁的，就发话道：“我们千里远来，一片好意，怎么连面也不见？客房无内外，待我进去看看他的病势！”大踏步望内就走。此时练公子已窃听得明明白白，心猜是景开府差来的，如飞的当面迎住说：“小弟实系有病，未能远迎，深为得罪。”向着刘老儿道：“这都是小婿的旧交。”就引在内边一间厢房坐下。卜克于衣底夹袋内取出一条纸儿，递与练公子，上写道：“我等四人，奉吕军师命令，来此协助成功。”公子看了大喜，搓了纸团儿，一口嚼碎。悄悄问了各人姓名，宰只肥鸡，买尾鲜鱼并羊肉、猪肉之类，把家丁的村醸打开一坛，摆列在卧房外间，延入畅饮。

二更时分，练公子道：“张兄系是北相，怎么声口也有些像平兄？”小皂旗道：“我随先父在金陵住过，勉强诌得出来。”练公子道：“极好，两兄在此，占个客房，当作有公事住着的，免人猜疑。雷、卜两兄别有个去处。——若晓得赌钱，更为妙绝。”二人齐声道：“这是在行不过的！”待得酒阑月上，练公子引了二人，径到崇南极、盛异寓所赌场内安置。

次日，又约何典、方震各会一面，把来意都说明了。练公子又向何典商议：“要与庄毅細①订定，各人分任一事，方有专责。”何典道：“那刘杰以庄毅細为心腹，是真的；庄毅細以刘杰为心腹，是假的。要杀刘杰，必须庄毅細方能直入署内。兄与他任此一件，其外诸兄各任所宜。大家如左右手之相助，曷用分别彼此？”雷一震道：“军师将令：十人之中，两人斩东关，两人斩北关，两人夺新旧城夹门，两人杀入帅府，两人杀散守陴②兵卒，竖立旗号。没有杀刘杰在内。如今既是公子的仇家，杀了之后，去斩东关，也不为迟。”众人齐声称善。主意既定，何典于次日黄昏，引了练公子到庄毅細内署相会，将济南差有大将四员来做内应，并练公子要仗大力杀刘杰的话，细细说了，庄都司慨然皆允。练公子倒身下拜，毅細道：“那背国背君、残害忠良的贼，即无公子之言，我亦必乘此杀之，怎么谢将起来？”二人遂起身作别，大家敛迹以待。

不数日，忽报沂州兵马，突出山口，将守营界官、一路防汛兵卒，杀个罄尽，举烽不及，淮北州县望风而降，今已到宿迁县境，不日便来攻城了。那时淮安大帅姓童名俊，系建文时镇江守将，降附于燕，擢为都督，代梅驸

---

① 細——kàn，音看。

② 守陴（pí）——镇守城墙的。

马镇守淮南。部下有五营军马,中营自为主将。先锋一员,即火耳灰者,逃奔到淮,童俊爱他,署为参将之职。其前营将领复姓上官名猛,是招附江淮剧盗。两人皆有万夫不当之勇。左营是高士文,出身行伍,手足矫捷,名曰高鹞子,亦系久历战阵之员。右营是个武状元,姓张名翼,武艺平常,为人险刻阴鸷①,与同列不睦,独得与主将相合。后营是纪纲,即辽府卫卒,因告讦程通得官的。四营游击,各领一万。中营与先锋共有二万,又有城守副将刘杰,部下亦有一万人马。卫都司李讯,系北平卫知事,素性凶狡,曾将都挥使谢贵图燕计策潜告燕王,因得擢为指挥之职。又千户喜燕新、百户金材,皆残忍刻薄之徒,亦有屯卒万余。向来合算,载在兵册者差不多有二十万,实系冒占军饷,有名无实。闻说敌兵霎时到来,莫不吃惊,都集在帅府会议。

张翼倡言道:“发纵指示,则在元帅,无亲自征战之理,我等唯有谨听将令。独副将乃是专城,都阃实属屯守,似宜次第先见一阵,以察敌形。然后元帅拨发两营,更番进战,以逸待劳,何惧贼之不灭也?”这几句话,深中童俊之心,遂命李指挥等点兵出战。李讯吓得目瞪口呆,勉强应道:“末弁愿往,但屯卫中实无勇将,求元帅拨与先锋一员,胜则元帅之功,败则我等任罪。”童俊尚在沉吟,张翼道:“这是要主将营中人了!何必次第分战?难道我等进战时,也向你要员勇将么?”原来两人平素极相刺忌,所以张翼要借敌人的手来杀他。童俊又不喜的是李讯,遂叱道:“汝知军令么?临阵退缩者斩,乃敢如此推诿么?”李讯只得起身去点选兵将。

次日清晨出城,前进四十里,遥见一将领着七八百马军先到。李讯部下有四千五百余名屯卒,多了数倍,胆就大了,就在平原摆列以待。看来将怎生结束:

头戴紫金兜鍪,外裹着鲛绡红帕,顶上撒一撮牦尾赤缨;身披花银铠甲,外罩着蟒绣朱袍,腰间勒一条螭蟠②绛带。挂一柄红毛刀,珊瑚饰鞘;插一面朱雀旗,玛瑙雕杆。手持訇漆铁柄钩镰枪,龙骧虬跃;坐下熊皮软串枣骝马,掣电追风。

原来景佥都自从军师拨与他四将,亦设五营,以张鹏为前锋,卢龙为

---

① 险刻阴鸷(zhì)——阴险、刻薄、歹毒、凶狠。

② 螭(chī)蟠——古代传说中一种没角的龙。

后卫，彭岑为左翼，牛鑌为右翼，自统中营。一切旗帜、衣袍、盔甲、兵器，五营皆用赤色。又恐漫无分别，前营茜红旗，以绛帛镶之；中营大赤旗，以金黄镶之；左营绛旗，以石青镶之；右营朱旗，以素绫镶之；后营绯红旗，以玄纁[1]镶之。金都之意，只因先人平素好着绯袍。至于上应星象，亦皆赤色。所以五军用赤，志在灭燕，以显先烈。至四营将领，皆带小旗一面，上用销金的朱雀、玄武、青龙、白虎之形，各依其方向，军士亦皆画其形于战袍的前后心。中营则照依己之补服，画獬豸以别之。又因火力士以步战败绩，乃纯用马军，每营各八百名，中营则多一倍。所用兵器，一半长枪，一半弓箭，用枪者不兼弓矢，挟弓矢者不兼枪，唯各跨双鞘腰刀两把。将佐之善射者，止于弓壶内带箭三支，不用箭諹。兵士皆皮铠绸甲，往来驰骤，疾若风雨。自出沂州山口，淮北兵将莫敢撄锋，人号为"景家军"。

张鹏正行时，见有敌兵在前，就摆开军马，挺枪飞出，大喝："逆贼快来受死！"李讯顾左右道："来兵甚少，且与他交锋数合，我等就一齐涌上。"金材略有武艺，应声跃马出阵，问："来将何名？"不提防张鹏的枪已到怀内。金材连忙闪过，举枪还刺时，被张鹏一逼，枪直撇向右边数尺。说时迟，做时快，舒过铁钳般一只手，抓住勒甲绦，轻轻提下马，向地一掷，早飞出数十马军，乱军齐上，搠个遍身孔窍。张鹏将令旗往后一招，八百马军鼓勇争先。李讯打个挣 ，大呼道："快向前杀去！"无奈屯兵从未经历战阵，个个手颤股栗，往后倒退。李讯见势头不好，拨马先奔，一时溃乱。屯卒半系步战，被马践踏及杀死者甚众，余多罗拜投降。张鹏追了十余里，恐城中出应，乃收军立营，以待后队兵马。

那李讯回顾追兵已远，方敢勒马高原。招呼败残军兵，见喜燕新领着三五十骑也逃来了。李讯亟呼道："喜千户，如今怎了？"喜燕新道："丑新妇免不得见公婆，且回去再作道理。"入得城来，早遇着帅府一小校持了令箭，大呼："李指挥等，可速到帅府问话！"只得随了小校到帅府来。见灯烛辉煌，诸将齐集，李、喜二人躬身声喏说："寇勇难敌，求元帅海涵。"童俊骂道："你这狗才，背义贪生，未经临敌，便自先逃，有何面目见我？"喜燕新道："元帅在京口时，未临敌而先降，比起来也差不多！"童俊大怒，喝令："将喜燕新立斩示众！李讯下在囚牢，候我破敌之后，奏闻处死。"

---

① 玄纁（xūn）——深黑色和大红色。

遂顾刘杰道："明日你去出战，只要输不要赢，诈败他两阵，我自有妙用。"又向张翼道："你可修一封战书，要说得谦和些为妙。"张翼应道："这个总在末将。"刘杰听说要他诈败，心中喜极，然又恐必至损兵折将，难逃罪责，乃巧言前禀道："谨遵帅令，自无琐渎。但全师而归，敌人反猜为诈，当奈之何？"张翼道："汝所虑亦是，可点老弱军兵及囚牢死犯，任他杀去数百，于我无损也。"童俊大赞："毕竟是制科出身的有些见识。"

刘杰连夜点兵，黎明饱餐战饭，卯刻出城，缓缓前行。早迎着景家军，两阵对圆。刘杰令庄毅絅出马，认旗上写着"城守中军庄"。佥都看得分明，料是内应的人，不可胜他，令牙将赵义出马。战不三合，庄毅絅败阵而回。赵义勒马回阵，佥都问："何故不追？"赵义道："他叫做庄毅絅，武艺胜似小将，是个诈败无疑。"刘杰见毅絅败回，无人追赶，乃亲自出马，鞭鞘指着骂道："汝等游魂草寇，敢来侵犯天朝，我今拿你碎尸万段！"彭岑大怒，飞马出阵，不四五合，刘杰败下去了。鼓岑大喝："逆贼待走哪里去！"看看赶上，毅絅又拍马挺枪接战，交手不数合，刘杰阵中鸣金收军，毅絅如飞奔回。鼓岑也勒马回营，向景佥都道："贼人武艺平常，并非诈败。适间不是庄毅絅，末将追上，枭其首级矣！"张鹏接口道："性命保不过来，焉得有诈？看某等立刻擒之。"二将一齐飞马冲杀过去。刘杰亟令两个守备迎敌，只一合，早被彭岑斩为两段。那一个却待要走，张鹏大喝一声，枪起处正中咽喉，死于马下。景佥都见斩了二将，把令旗一展，全军杀人。不分好歹，那些老弱与囚犯，都填了刀头。刘杰、庄毅絅引了后队精兵，云卷风飞，向城逃去。景家军大胜，就离城三十里下定寨栅。

当晚高军师军马尽到，已知连日大胜，甚为色喜，向景佥都道："淮安新旧两城，东关在于旧城，北关则是新城。今佥都既屯于东，我当列营于北，两处联络以待之。"遂引部下人马，连夜立寨安营。

淮城探路兵士飞报帅府。童俊同众将登楼一望，心中大惊，与张翼附耳说道："我意本欲如此如此，今又添了一路贼人，必须两处分兵应之，此计还可行否？"张翼道："妙在彼以两处声援，决不提备。我既破其东，则乘胜而北击，一时皆溃矣。但元帅安营，要在似乎适中，却要微近东而略远北，反使贼人若有犄角之势，以骄其心。我却只向北路下战书，以怠其气，则皆入我彀中无疑也。"童俊大喜。即于次日点精兵二万五千、大将三员，分作中、左、右，从北关而出，绕至近东一面，伐木安营，却遣使向高军师营下战书。

初，燕兵出北关时，咸宁在将台遥望，只道是来厮杀，诸将佐皆披挂以待；见他折而向东，还道是取的孤虚之相，要与景家军交战。忽报有人来下战书，高军师即令放进，待以酒肉。拆书视之，大意说：堂堂正正之师，先礼后兵，营垒定而后可以旗鼓相当，幸勿仓促侵迫。语句都带着谦虚之意。高军师道："此贼计也。指东而击西，欲劫佥都寨矣。"遂批："既请安营，第三日交战。"打发燕使去后，即作一密札，令绰燕儿送与景佥都，防其劫寨；并备言已定下破敌之策，如此这般行事。

遂向后营中取出各种的法物来。你道恁么东西？说也奇怪，却是红朱、黑墨、蓝靛、石绿、胭脂、铅粉、藤黄种种颜色，又有皮甲百副，皆做成柳叶、雁翎、狻猊、虬螭形象，以金银箔粘得灿烂辉煌，宛然是金银甲胄一般。又有杂彩布绢数百匹，都画的奇形怪状鸟兽龙蛇之属，颜色相间，也俨然与活的一样。然后于各营内选择身长力大、面目丑怪健卒八百名，令画工在每人脸上画出神鬼的法相来。好怕人也：

> 或青面獠牙，蓬头赤发；或铁额铜睛，红须绿颊；或绀发粉脸，血口朱眉；或铁面钢髯，剑眉火眼；或蓝腮红鬓，揭鼻掀唇；或金脸蓝眉，短髯秃顶；或黄眉紫面，粉眶朱目；或黄颧赤鼻，倒鬓卷须；或额勒金箍，披的几缕长丝；或耳坠银环，挽着三个短角。

涂抹已毕，一分令穿皮甲，用的是十八般兵器；二分令将所画布绢扎缚身躯，用的是鸟枪火铳，弓弩几件。真个是：

> 元武威风，摆列着三十六员神将；修罗凶猛，簇拥的一百八个魔君。若非十殿阎王部下，夜叉罗刹横行；定是五瘟神圣驾前，凶煞伤神出现。

高军师遂传密令："董翥领五百名用火器的假神兵，向城南；董翱领三百名假金银甲胄的神将，向城西。各悄悄从东城大宽转，绕至西南两处，拣近城有树林处埋伏。敌人败向西来，就令兵士或隐或现，耀武扬威，绝不可露出声息。彼必惊惶而逃至南方，远远就放火器，拦他进城之路。但要疑神疑鬼，吓令逃遁，总不许追赶。俟贼去远，回寨缴令。各人衔枚闭口，故违者腰斩。"又密谕大将瞿雕儿："领铁骑一千六百探望，贼兵去劫景开府时，即便乘虚反劫敌寨。俟其败回，逆而击之，沿途追逐。过了神兵埋伏之处，彼决不敢再返，然后回向城南，看城上有自己旗号，入城缴令。”各遵令去讫。

却说景佥都看了高军师的密札，大怒道：“彼恶敢小觑我哉！”遂传下密令，前、左、右三营之内，各用前降的屯卒一百名看守支更，精兵悉在四下埋伏。其中营兵马尽退入后营，戎装披挂，多备火把，静候夜战。又令绰燕儿带领健卒数人，各持火炮，爬到大树高巅，瞭望贼寇进寨，即行施放，使城中闻之，庶便齐起内应。交三更以后，童俊与火耳灰者居中，上官猛在左，高士文在右，各领精卒三千，马摘铃，人衔枚，直到景家军营前，奋勇砍入，总是空寨，亟欲退走。忽闻半天炮响，左右伏兵齐起，喊杀连天，耳边金鼓大震，劈面又有后营军马拔寨涌出，火把通红，不计其数，大叫：“活拿童俊，做照天蜡烛！”四面合围上来，任你有六臂三头，也难逃天罗地网。童俊骇得魂不附体，幸赖三员猛将拼命杀开条路，拥翼而出。高士文为殿，被截在后，身受重伤而死。正向旧路奔回，却有好些败兵逃来，说营寨已被夺去，守兵都杀散了。上官猛大声叫喊：“我们径入西关！”遂当先引路，众军跟着乱走。

时月魄初升，朦朦胧胧，见树林内无数奇形恶相的神将，拦住去路。火耳灰者喊道：“这是贼人的妖法，厉害得了不得！”遂一径向南关而走，恰又撞着多少凶神恶煞，夜叉鬼卒，比前更为害怕。劈面的火枪、火箭从空放来，着人即毙。后面追兵又近，部下各自逃生，只得弃了城池，连夜奔向宝应去了。瞿雕儿追了一程，方收兵而回。甫到南关，见城上已竖了济南旗号，就扣关而进。行不半里，见条小胡同内，有一将官遍身污血，领着数骑突出，形状惶遽。雕儿大喝一声，当前截定，那将支吾道：“不要动手，我是投降过的了。”雕儿虚晃一戟，那将侧身便躲；雕儿乘势用戟一逼，坠下马来，军士绑缚了。后骑皆弃戈而降。又闻传说，军师已入师府，瞿雕儿便去缴令。

时景佥都亦到，向咸宁道：“某遵钧札，直到神兵回营之后，杀入西关。今已平定，皆秉军师之神算也。”咸宁方在谦逊，忽阶下有人大哭起来。正是：已经破敌，尚未奏凯歌之音；不闻丧师，因何得杞梁之恸[1]？且看下回分解。

---

① 因何得杞梁之恸——“杞梁”，春秋时齐国大夫。此句意为“因为什么使大臣如此悲痛”。

第六十回

高邮州夫妇再争雄　广陵城兄弟初交战

高军师看时，是一位魁梧丈夫，与一个孱弱①书生执手而哭，趋至阶下，早有景佥都立起相迎。也不及叩问，先引至军师面前说："此即练都御史之公子，首为内应者。"咸宁遂起身施礼逊坐，霜飞挥泪道："某托余威，同庄都司杀了刘杰一家，便去斩夺西门，纪游击那厮从后追来，说我也降顺了，庄兄误信，不提防被他一枪刺死。我亟走脱，到都司署中看时，可恨这纪贼也将一家杀尽。"指着那个十四五岁的书生道："这是杨太守的公子，名礼立，藏在壁橱内，不曾遭罹贼手。"说罢又哭不已。咸宁道："大仇已报，大志已成，死者是数，不用悲哀，可速找寻尸首，以礼安葬，奏闻奖谥可也。"瞿雕儿前禀道："小将适拿一贼，莫不是这厮？"遂令军士押将上来。霜飞一见，大怒说："正是此贼！他当日讦告程长史，害了他一家，今日又杀了庄都司一门，万剐犹为不足！"咸宁遂令取盆炭火，将纪纲从腿上割起，割一片，炙一片，以喂犬豕。顷刻间，只剩一颗脑袋并血沥沥的心肝，交与练公子去祭奠。又命雕儿搜拿全家，尽行腰斩。时诸将活拿的，如兵备道陈瑛，素为燕邸腹心，谋害忠臣魏冕、邹瑾的；又知府陈琮，是陈瀛之弟；同知芮美，系芮善之兄；知县方峨，系方宾之侄，有个雅号叫做"方饿虎"，个个是贪残害民的贼。一齐缚至丹墀，莫不叩首愿降。咸宁大笑道："汝等父兄，现作逆臣，竟不虑及赤族，何异枭獍豺狼！"立命骈斩于市，观者皆脔取②其肉以去，人心大悦。唯张翼一贼，搜寻不获。方震禀道："尚有逆贼李讯，被童俊下在死牢，亦应明正典刑。"军师令提出勘问时，泣诉道："犯弁愿死，但与奸贼张翼不共戴天。向有某兵之妻，与这贼奸通，必定藏匿在那边，求拿来一齐受刑，死亦感德。"军师即命押李讯去搜寻，果在床底下擒出。咸宁更不鞫问，笑谓佥都道："此二贼可谓但

---

① 孱（chán）弱——懦弱、弱小。

② 脔（luán）取——切成小块拿取。

愿同日死,不愿同日生也。”诸将佐莫不失笑。二人相对受戮,与前五贼首级共揭于辕门。

高军师遂署练霜飞为淮南道,方震为知府,何典以知府衔暂授同知,杨礼立补国学生,崇南极、盛异均以副将衔分镇淮南北,并略定各属州县。忽报有三个书生,赍徐州知州伦牧降书来投帅府。军师召见,询其始末,为首是萧县殉节典史黄谦之弟,名恭;次是沛县殉难主簿唐自清之子,名岳;又次是都挥使王显之子,名干。王显防守沛县时,已经附燕,得升今职,伊子素知大义,力劝归正。伦牧为燕王所授之官,萧、沛皆其属邑,因黄恭、唐岳来寻遗骨时,正奉部搜拿殉难家口,伦牧悯之,遂潜留于署内,所以今日约会而来。军师道:“我正要先讨徐州,以下维扬,今尔三人同心,一能干父之蛊,一能报友之义,均为可嘉。伦牧、王显并仍旧职,黄恭、唐岳皆随营听用。”又查点降卒,共得精壮一万三千余名,分防各属汛地。

经营已定,下令教场点将。与景开府、练巡道等同至演武厅,方才坐定,只见公孙大娘、范飞娘、满释奴三匹骏马直驰至厅前。高军师等急忙起迎,逊之上座,公孙大娘道:“我三人坐在东首。”于是咸宁等在西首侧坐。咸宁问:“仙师降临,定有帝师令旨。”公孙大娘道:“因满将军要报仇,所以命我等来充前部。”咸宁道:“此某之幸也。”便请点兵。满释奴遂点了铁骑三百,分作三军,当晚就行。公孙大娘作起道法,片刻已到高邮。

时童俊在城外二十余里,先扎下三座大寨。公孙大娘遂屯驻了军马,即令飞骑速报军师:明午当拔州城,大兵如期而来,不可刻迟。崇南极笑道:“怎得这样快?”佥都道:“长兄毋轻言,帝师驾下女将,多系剑仙,有龙虎风云之妙。”南极与盛异齐声道:“向亦闻得,求挈我二人去一观。”景佥都遂留下彭岑、卢龙防守淮城,与崇南极、盛异等率兵先行。高军师亦领铁骑三千,与众将接连并进。平明辰刻已到,早见两阵对圆。范飞娘舞动双刀,如千行掣电,大骂:“番逆贼火耳灰者,可速来祭宝剑!”火耳灰者,见是个俊俏佳人,又叫他名字,便喜道:“咱也是妇人女子知名的,且拿来做个好老婆。”便应声而出,笑容可掬道:“我与汝有五百年前之好,今日相逢,小将安肯下手?自然让你。”飞娘大怒,两把刀直上直下的砍去,火耳灰者只是招架。满释奴出其不意,探两三个铁弹在手,纵马出阵,大喝:“逆奴看弹!”火耳灰者听一“弹”字,心中暗自吃惊,早已打中额角,幸亏一半打在盔上,未曾大伤。眼睁着是老婆打的,才骂得一句“泼贱人”,不防又是一弹，亟躲时，打着脖子，便舍却飞娘，来奔释奴。范飞娘就紧追火耳灰者，离着不过丈许。上官猛心头火起，挺枪跃马，也奔飞娘背后，大骂："怪妖婢子，不怕我的钢枪么?"飞娘亟掣身时，早有雷一震大吼一声，抡动开山大斧，出阵助战，上官猛只得去迎敌。飞娘与释奴遂双拼火耳灰者。〔火耳灰者〕因负着脖子、额角伤痛，抵敌不住，又无颜跑回本阵，拨马向刺斜里落荒而走。两员女将纵马追去有十余里，火耳灰者回头看是范飞娘先到，霍地勒回马，大喝一声，浑铁槊劈头打下，飞娘马正窜过，急忙镫里藏身，被他中了马右胯，负疼而倒。飞娘便一跃而起，挥剑砍入。满释奴已到，正与火耳灰者两马相交。那番将亟招架得释奴的刀，左臂上早着了范飞娘的宝剑，削断半截，翻身落马，又复一刀，砍去右臂。飞娘道："满将军留其性命，我们送他回营，羞辱这班逆贼。"满释奴提起看时，尚是活的，送将来绑在飞娘受伤的马上。飞娘却骑了火耳灰者的战马，赶将回来。雷一震与上官猛正在酣战，范飞娘将那马轻轻一鞭，一步一颠的，直撞到阵前。上官猛猛见没有两臂的血淋淋一个人，却是番将火耳灰者，心中暗惊，忽又被满释奴一弹，正中左唇，击落两齿，亟欲掣身，雷一震大喝："逆贼哪里走!"开山斧当头劈下，忙躲不及，已砍掉一臂，几乎坠马，负痛逃回。高军师鞭梢一指，三千铁骑，冲过阵来。景佥都指挥精锐，从侧肋杀进。燕军败残之余，如何抵敌？望后便退。童俊部下，已无将佐，只得弃营而逃。杀得星落云散，不敢进城，带领着数百骑向维扬逃去。高邮城内，官员绅士人等，开门迎降。咸宁见知州老迈，即收其印绶，暂署黄恭为州牧，走马到任去了。军师等皆屯扎城外。

次日清晨，满释奴来见军师，说公孙大娘与范飞娘，同宿营中，今早竟无踪影，不知何处去了。咸宁沉思道："在仙师必有所谓，因何并瞒了将军？莫非帝师别有密旨?"满释奴道："小将三人临行，曾奉鲍师面谕，说取了淮阳地方，即赴开封府三真观，救取一公子之大难，其外并无密旨。"咸宁道："如此，自然回来。今者将军之仇已报，愚意仍遵帝师旧制，暂请为护军一候何如?"释奴道："谨遵钧令。"遂勒兵在后。而崇南极便请来前部，且曰："小将的哥哥北极，背主叛亲，现守扬州，如其翻然归正，尚可无伤于天伦；倘或怙恶不悛①，即当擒来献之麾下。"盛异勃然曰："我愿与

---

① 怙(hù)恶不悛(quān)——坚持作恶，不肯悔改。

将军同行，少助一臂之力。”咸宁未审二将武艺，然又难阻其忠义之心，乃与铁骑二千，谕之曰：“倘先接战，无论利否，总俟大军到齐听令。国法无私，慎毋违误。”二将遵令先行。行至召伯埭，探马飞报，离城十余里下着三个寨栅，军威甚盛。崇南极即令安营，俟明旦进战。

原来淮上燕军连败，羽毛文书雪片向南都告急，燕世子与众臣商议，命顺昌伯王佐为帅，都指挥吴玉、陈忠为副，赐戎政尚书茹瑺黄旄白钺为大总制，御史解缙为监军使，统领京军三万，渡江来援。闻敌军已近，遂结营以待。

先是童俊领着败残人马，前去晋谒，茹瑺大怒道：“尔统二十万雄兵，何至丧师若此？还敢偷生，以辱天朝！”喝令：“斩讫报来！”吴玉等皆与童俊相好，一齐跪求，方许戴罪立功。解缙向道：“那没了膀子的是谁？”应道：“是游击上官猛。”解缙笑道：“官名游击者，是领游骑而击敌之意，像你这样囊包，倒被贼人游骑所击了，还亏童俊领着来见我！那般没廉耻的，也充个都督！”童俊道：“他原是员勇将——”说声未完，解缙道：“该杀的！勇将尚被贼人砍去一臂，若不是勇将，两个膀子总剁了。”上官猛气不忿，早就拼着死的，大声嚷道：“番将火耳灰者有万人之敌，现砍去了两臂，被乱兵踏做肉泥。若是见了发着抖先奔的，倒也不致如此！诸位文大人只欺得属员，若遇敌人，却用不着斗嘴的。”茹瑺见他出言放肆，喝令：“速斩此贼！”上官猛又嚷道：“要斩便斩！若骂本国将官是贼，请问哪一个不是贼呢？”解缙道：“这厮好张利嘴，杀他是便宜了！可活埋于粪窖中，令其七窍受享腌臜之气，看他还猛也不猛？”遂令投入粪窖而死。着童俊领兵三千，明早进战，如有蹉跌，两罪俱罚。

童俊只得遵令，另向侧边立寨。当晚自思：“进退皆死，不如寻个自尽。”又舍不得性命。悲惨了一番，忽想着：“他前锋不过数百人，我若以将对将，断然不胜；若是与他混战，料也无妨。”主意已定，五更下令，挑选壮健马军二十队，弓箭手在前；又二十队马军，长枪手居中，大砍刀及标枪手、步卒在后，遇着敌人不必列阵，径冲上去。如有退缩者，后队之人，即斩前卒以进。自己却杂在中队马军之中，如雁翅般排开，徐徐而进，正遇崇南极、盛异统兵前来。见敌军已到，刚才下令扎住人马。

霎时间，燕军一涌而至，迅若风电。南极挥军乱杀，幸亏是铁骑，被燕兵三阵迭冲，皆奋呼争先，不退一步。鏖战有两个时辰，天色将晚，童俊度不能胜，即鸣金收军。崇南极、盛异战不甚利，亦遂收兵。当夜童俊去禀茹瑺，说杀个两平，未获全胜。茹瑺问："我军有无损伤？"童俊又禀："死伤止六百余名。"茹瑺大骂："真是卖国之贼！杀个平分，尚亏了好些人马；若是败走，一个也没得剩了！怪道你二十万雄兵，全然覆没。姑寄下首级，看明日再战。"童俊嘿嘿无言。回到己营，自忖进退皆死，又死得不好，即取酒饮个半酣，待至夜静，拔刀自刎。诘旦，军士飞报主帅去了。

向来童俊镇守淮南北，为燕王所重用。茹瑺统兵来援，情知不济，全要诿罪于他，所以算计假手于敌人，这是他奸狡之处。当即草疏具奏：童俊丧师自刭，全淮尽失，瓜、扬滨于大江，四无救援。——预下着危败之意，以掩将来之罪。乃谕诸将道："此寇作乱有年，王师未曾一胜，今本部奉命来讨，又被童俊那厮败坏已至十分，而且京军未经训练，不战先怯。尔将士共体国恩，各皆努力，决此一战。设有小挫，即当深沟高垒，用廉颇坚壁拒秦之法①。我一面发令箭提取庐、凤、滁、亳诸卫卒，从泗上抄袭敌背，然后发兵进击，令其前后不能相顾，庶可歼灭此寇。"众将皆喜，称扬使相神算。

次日，王佐点起一万雄兵，十员上将，前去迎敌。时高军师大队人马已到，下令道："昨日未获大胜，今日务扫其全军，与诸君攻取扬州，好看琼花也。"震炮一声，大开营门，诸将齐出，让燕军列成阵势。崇北极挺枪挑战，崇南极咬牙切齿，纵马迎敌。北极逼住了兵器说："兄弟，你不顾祖父坟庐，逃入贼党，必致贻害于我，一朝宗祧斩绝，汝罪弥天。快快卸甲投诚，我为兄的，自然力行保全，还图个出身。若再昧心，贻悔无及。"南极大骂道："我父亲杀身殉国，忠义昭然。尔乃反而事仇，背主忘亲，玷辱祖宗，不啻禽兽！我今为父报仇，为君泄恨，反骂我为贼，是汝把君父皆当做贼么？"言讫，举枪直刺，北极闪过道："说不得了！"手中枪劈面相还。这一场好杀！怎见得：

一个说，我降永乐爷，一朝袭金带之职，本为宗祧；一个道，我归

---

① 廉颇坚壁拒秦之法——"廉颇"，战国时赵名将。秦昭王四十五年（公元前262年），秦赵在长平（今山西高平西北）大战，廉颇坚守长平达三年之久。此句话即指此。

建文帝，千秋流青简之香，方知忠义。一个说，阋墙造衅①，衅由弟弟；一个道，彝伦败坏，坏在哥哥。一个顾不得金昆玉友，枪刃不离心窝内；一个顾不得同气连枝，刀锉只向顶门来。漫说他两人曲直难分，须知道一寸忠肝易辨。

崇北极武艺不如南极，十合之后，只办得架隔遮拦。吴玉恐怕输了，挫动军威，便来助战。盛异一马飞出，大喝："我来砍你头颅！"两人即便交锋。吴玉也敌不住，王佐即令鸣金罢战。

高军师见贼力已绌，援桴而鼓，鼓声大震，小皂旗、雷一震、瞿雕儿、董翥、平燕儿、牛鏕与崇、盛二将，一齐杀入敌阵。王佐挥军围住，如八条毒龙，掀波搅浪，绝无阻碍，斩了都游守十余员。景佥都即率诸将从阵北角杀入，燕军披靡，莫敢撄锋，阵势溃乱。燕兵且战且走，被杀伤者数千余众。茹瑺望见，令家将率兵前救，军师方才收军。

明旦，鼓勇而进，压敌立寨，燕军坚壁不出。军师道："彼欲老我师者，必调凤、庐之兵袭我后也。"遂密令瞿雕儿、董翥、董翔："统兵三千，守住泗口，待我破了维扬，反袭他援兵之后，则凤、滁亦可一举而定矣。"方见大将威临，泗上袭兵卷地遁；更看淑姝计狠，扬城烈焰扑天飞。且听下回次第分解。

---

① 阋(xì)墙造衅——弟兄们制造争端、缝隙。

第六十一回

剑仙师一叶访贞姑　女飞将片旗驱敌帅

却说公孙大娘同满释奴屯兵在高邮，时当夕阳初暝，见高邮湖之极西空中，有片非烟非霭，非云非霞，葱茏缥缈，依稀像华盖之形，指与飞娘道："此有谪仙子在其下，汝看，氤氲之气上升，而其下垂若有千丝万缕，为彼之璎珞者，此盖出自泥丸，乃夙生之灵炁，即如汉高为赤帝子，其上有紫云，同一理也。"飞娘道："半空若有虚微之炁，至下垂之丝缕，则茫然不见。"公孙大娘道："仙眼方能见之，凡人不能也。此炁与烟霞之气大异：烟霞无着，故随风而散；此炁之丝缕与本人之神气相联属，人之东，则炁亦东，人之南与北，则炁亦随之而迁转。鬼神一见，知非凡人，遇有灾难，必然护持，所以得逢凶化吉。"飞娘道："然则帝师之炁，当何如？"公孙大娘道："此炁当于微时求之，如吕后望云而即知刘季之所在。若帝师已登九五，炁已敛藏不复显著，亦如汉高已得天下，未闻又有云气覆其上也。我与汝当往访之。"飞娘道："亦同满将军去否？"公孙大娘道："彼尚无道术，不能随我行走。一去即回，无庸与彼说知。"飞娘大喜。将至五更，二女娘悄然出营，径至湖畔，见残月在天，参横斗转，浩浩波光，清风欲动，正雪消水涨，无异彭蠡滔天也。有诗为证：

一片溟濛色，风声与浪俱。
最怜素女镜，欲斗玉龙珠。
帆转轻如叶，舟旋迅若凫。
谁知烟霭际，有个小贞姑？

遥望水气霏微之际，现出灯光一点，公孙大娘曰："此即伊人所在。"遂摘柳叶一片，以左指画道灵符，吹口气，掷于湖面，化作舴艋①小舟，与飞娘携手而上，呼阵顺风，直吹到西岸。有只渔艇，一女子年可二八，蓬首垢面，衣裙褴褛，赤着八寸长的双脚，拖着草鞋，凄凄的对盏孤灯，独坐小舱

---

①　舴（zé）艋（měng）——小船。

之内。公孙大娘竟与飞娘一跃入舟，那女子道："莫不是要买鱼？我这里没有。"公孙大娘道："不买鱼。"女子又道："想是要渡人么？我从不会荡桨的。你们两位来得跷蹊。"公孙大娘应道："正来要度人，是要度人出世成仙的。有缘而来，并不跷蹊。"那女子含着双泪，欲言又止。

这是为何缘故？原来此女是大理寺丞胡闰之女，即胡传福之胞妹，左臂弯生有"玉"字文，乳名曰胎玉。其母王夫人临刑时，从怀中堕地，刚有两岁，刽子手将来送给功臣之家。及长大，为爨下婢①，名曰郡奴。因根器不凡，还记得当年灭族之祸，就立定了志气，断不适人。头发一长即自剪去，面容污垢，身体腌臜，经年历夏总不梳沐，同行女伴从未见其有喜笑之容，戏呼曰"贞姑"。也是合当有事，其主人与宠妾在房内裸体淫媾，时已晓日临窗，胎玉不知，偶在窗前走过，日光照见一影，其主疑他窃听，就痛打一顿，赶逐于外。胎玉觅路出城，要去投江，天已昏黑，为一渔翁所救。询知来历，怜其忠臣之女，恐有人追寻，生出事来，所以避入高邮湖，已经半载。胎玉自想终无了局，每向渔婆说要削发为尼，苦无其便，今听了公孙大娘"度人"一语，触动苦衷，不禁酸楚起来。

公孙大娘看这光景，料是个落难的女子，遂道："你莫悲苦，你知道山东有个活菩萨么？"胎玉道："可叫做佛母？我闻渔翁说，他差兵将来取扬州。但既是成佛的，为何在尘世呢？"公孙大娘道："他是以菩萨的心肠做英雄的事业，要与建文皇帝复兴，为这些忠臣烈女报仇雪怨的。知道你在这里，所以差我来度汝。"就指着范飞娘道："他也是我度的。"飞娘就将自己始末说了些大概。胎玉道："咳！我若学得你们，真是天上神仙了！"也就把前后情由，细细泣诉一番。飞娘道："如此，你的哥哥早为活菩萨救去，现做着都御史，将来兄妹重逢是件大喜事，何用悲伤？"胎玉道："我寸心已死，纵然会着哥哥，也要出家学道的。"公孙大娘道："这不消说得，我要问你：渔翁何处去了？他有妻子没有？"胎玉道："有个渔婆，并无儿子。闻知他有个兄弟，与侄儿住在扬州，是当兵的。昨日是渔婆的内侄做亲，到村子里去吃喜酒，原说是半夜回来的，所以我坐着等他。"公孙大娘大喜，就与飞娘说道："广陵城在我掌中了！只须如此如此。"又与胎玉说明就里，并教导了他答应的话。

---

① 爨(cuàn)下婢——烧火做饭的女仆。

天已大明，渔公渔婆都回来了，尚自醉醺醺的，猛地见有两个女娘坐在舟中，吃一惊道："谁家宅眷，来得恁早呀？不像此间人。"胎玉应道："是我哥哥在山东做了官，差来接我的。"渔婆笑嘻嘻说道："我们两口儿向来知道是一位小姐呢。"渔翁道："老婆子，也亏我们服侍小姐到今日哩。"公孙大娘道："你有好心，就有天赐的造化。你两个老人家送小姐到任所，便也同享荣华，岂不受用？"渔翁喜得了不得，便问："如今可就走呢？"公孙大娘说："怎不就走？"遂在怀里取出五六两碎银子，递与渔翁道："先赏你买酒吃，还要烦你同我们到扬州城内买些新鲜衣服来，与小姐穿着好走路。"渔婆笑得一脸的皱纹，接了银子说道："我们救小姐时，梦见是位仙女到我船里，而今倒是一位大贵人哩。"渔翁道："蠢老婆子，你哪知道，一品夫人原是仙女做的！只今就有许多凑巧，人说扬州各门紧闭，只有西关教走，还要盘问，偏偏是我兄弟孟老兵与侄儿守着，我送两位大娘怕进不去？"即便解缆的解缆，撑篙的撑篙，顺流而下。过了召伯埭，公孙大娘呼渔翁进舱说："你若要安享富贵，须要如此这般，只用开口说句话，用不着你去做事的。"渔翁欣然一一应承了。

公孙仙师即与范飞娘同扮作村家模样。将近扬城，随渔翁上了岸，吩咐渔婆回船到湖西旧处等候。三个厮赶着走到钞关西门，见是掩的，渔翁便叫声："兄弟开了，我有我妈妈的侄儿新做了亲，打发两个妇人进城买些东西。"那守门卒听是哥子声音，便开了放进。渔翁道："兄弟，我两日卖鱼顺利，要与你同吃三杯，我买着酒，等你回来。"就一径到了兄弟家里，叫弟妇出来相接了，公孙大娘二人进去。

直到二更，老兵父子方回家，便问："今日同你来的两个妇女，何处去了？"只见公孙大娘抢到面前说道："在你家下。我且问你，还是要做官，还是要做鬼？不瞒你说，我们是济南帝师驾下两位剑仙，奉命来取这座城子。你可依得我行事么？"老兵大骇，问渔翁道："哥哥，你是老实人，怎么做起这样事来？"范飞娘正在一边舞剑，将庭中一块大青石一劈两半，说："如有不从者，此石是榜样！"公孙大娘也拔剑而舞，双足离地五六尺许，一团剑铓，滚若闪电，霎时间把剑向阶沿石上一插，直到剑盘而止。那时都吓呆了，半句话也说不出来，倒是老兵的老婆说道："我们是个小卒，城中兵马甚多，只恐成不得事，还求再思。"公孙大娘应道："若再要一个人，也不算奇了！我看你倒有福分，受得起夫人诰命的，切莫错过。"老婆又道:“两位有本事来,定然有本事做;我们是没本事的,怎样做法?求说一说。”公孙大娘道:“这话才是,最容易做的,且到临期说与你。”范飞娘便取出个小口袋,向上一倾,都是黄白之物,约有三百金,说:“事成之日,你们父子夫妻衣紫腰金,五花官诰,是件大喜事。我先送一分贺礼,请收了。”老婆见了多少金银,便道:“你拼这老性命,卖与两位罢!”老兵道:“若不说个明白,我知道做得来做不来?丢了性命,有恁的钱财享用?”公孙大娘道:“不要你去动刀动枪的,我今先说大概与你:你只看守着城门,等大军到时,开关放进;你儿子只要扮作报军,先去报说城内有无数贼兵杀起来了。——就是你二人的功劳。那老渔翁,我与他字一纸,到我军师营门投递过,原在渔船内静候。一切行事,总是我二人去,与你们绝不相干。可做得呢?”老兵等方齐声应道:“做得,做得!”公孙大娘道:“你父子仍去守门,明夜回来与你号令。”渔翁喜得指手画脚,向着老兵道:“兄弟,可见我老实人,倒撞着了造化呢!”当夜无语。

次日黎明时候,公孙大娘写了送高军师的一小札,教渔翁缝在衣领内,打发先去。自己在新旧两城各处走遍,看了堆贮粮草的所在,买了硫磺焰硝引火之物,仍回到孟老兵家下。他儿子已在等候,公孙大娘问:“你有号衣号旗么?”应道:“有的。”又问:“你穿了号衣,执了号旗,可直到得营门么?”应道:“去得。”公孙大娘道:“可是易的。你看广储、保扬二仓火起时,就飞马向自己营前大声报说:‘城内有无数贼人放火,杀入各衙门内,连自己的兵将都反了。’若盘问你时,只说:‘贼人都在东北,我是西关守卒,不知多少。’报了之后,你自择稳便处躲着,候城中安定,径来受职做官。”小卒依令去了。老兵回来,公孙大娘问:“同你守门的,有几个?”应道:“向来只是我父子,近因紧急,又添了四个,都与我相好的。”公孙大娘道:“如此却好。有些妙药在此,你去打斤好酒,调入些许,给他吃三杯,便醉得不知人事了。”老兵道:“不要药杀了他。”说:“只半日便醒,不妨事的。——这不是你一个人独守着门了?看我家兵马是头上都带红巾的,即速开关放进;若是你们兵马回来,切不可开,切不可开!”老兵道:“若不开,他杀进来怎么处?”公孙大娘道:“你的功劳就在不开进自家的人。若外边杀入,你就躲了,自有人来对敌。”老兵大喜,领命去了。然后与飞娘说道:“今早见城东北敌楼面前,竖着两枝花蛇矛,有二丈来长短,是摆列着看的东西,那里守兵独少,想是倚着城外结营之敌。你到二更以后，带着一盏小灯笼，藏个火种，悄悄向城根伏着，只看火起时，疾走上城，用我的飞剑杀散守兵，即将灯笼点着，并将自己白绫旗号扎于蛇矛之刃，竖立城头，但望城外贼被杀散，如飞向西关门接应老兵，紧守着城门。我放火后，也到西关来会，以防意外。”各人行事不题。

却说高军师与燕兵对垒三日，见他不敢出战，意欲用火攻敌寨。忽探路卒报，拿一渔翁，说是公孙大娘差来的。军师即令唤进，在衣领内取缄呈上，写着八句云：

城内烧粮草，城上竖旗号。
西关是乾方，专候军师到。
遣将杀贼人，还须用智巧。
寄言满将军，偶尔非所料。

军师看了大喜，屏退左右，细问渔翁，方知始末。遂赏银百两，令于平定扬城之后，送胡小姐入城。

渔翁遵命自去，军师遂请景佥都、满释奴并各将佐齐赴中军。看了缄帖，莫不错愕赞叹。景佥都道：“偌大城池，却在两员女将掌握之中，我当愧死。”高军师道：“初不过访一贞女，遇一渔翁，便在这个里头做出非常之事，建立非常之勋，亦千古以来非常之女子也。”即传密令：“平燕儿、雷一震、小皂旗、卜克四将，随我攻彼中营，景佥都与崇南极、盛异、彭岑、马千里攻其左营，满将军率领牛犇、张鹏、卢龙三将攻贼右营。一见城中火发，务必齐心并力，踹破贼垒。贼奔于东北者，佥都追之；奔于西南者，满将军追之。逼他弃城而去，方可回师。我与雷将军等先杀入城，接应两位女将。厮杀全用马军，其步卒仍着守寨。”部署已定，同景佥都凭高而望。

时正建文十六年春二月十五夜，皓魄初升，苍烟欲淡，空蒙缅霭之间带着千重杀气。高军师不禁慨然，命酒小酌。佥都太息而言道：“耿炳文以三十万，李景隆以六十万，皆败于燕逆数千之众，人耶？天耶？”高军师应道：“天人各居其半。兵太多，虽良将亦难约束，何况庸才乎？今以庸才而将多兵，安得不败？故国败之于庸才，人也。而生此庸才，为君所不知而用之，天也。从来治乱兴亡，类皆若此。”佥都道：“良将用兵，自然能以少击众，但何以兵多而反不能约束？淮阴云：多多益善。夫岂夸言耶？”高军师应曰：“然彼以此语骄于汉高耳。夫战者，气也，唯勇士能作气,而怯者随之。勇者多而怯者少,则怯者气作而亦与之俱勇。若使一军皆勇,则一夫之气,胜于百夫,是故气作而可以一当百。至若有数十万之众,则勇者一二,而怯者八九,怯者之气委靡不振,则勇者亦与之俱消,而况未知纪律、未经训练者哉?袁绍①、曹瞒②、苻坚③皆以奸雄之才纵横天下,而至败亡,则皆以百万。我帝师勤王以来至于今日,所降兵卒,不可计算,师贞先生止取十一于千百,将不满万,莫敢撄锋。"说未竟,遥见一骑驰至燕营,有似报军样子,而城中黑烟骤起,烈焰扑天,燕军后营早已移动。高军师立命大开营门,震炮一声,十二员上将一齐杀出,如烈风骤雨,直砍敌营。燕军先闻报说城内奸细作乱,兵士皆反了,各人恋着家下妻子,谁肯舍命?唯有抛戈弃甲,觅路逃生,不战而溃。茹瑺、王佐、解缙回首一望,见城楼上竖着面素绫销金龙凤帝师旗号,吓得魂不附体,心知乱在东北,亟向西南而走。唯吴玉一军为佥都截住,只得向东奔逃。

时高军师疾向西关,才到得吊桥边,城门已经洞开,却不见有一人,遂率军至府衙门。厅县各官,早已齐齐整整皆来跪接。军师一面令人救火,一面安抚百姓,招降兵卒。遂问:"知府何在?"郡丞马凌云跪禀缺员,呈上金印。又问马凌云:"汝年尚少,未必是建文皇帝的旧臣子。食其禄者忠其事,何故降得这般容易?"答道:"是罪臣之妻妾所教。"军师大笑,各还原职。原来马凌云是胡瀹之婿,一妻一妾,总是他的女儿,一个亲女,一个义女——就是月君降鹿怪时救出来的,所以极力苦劝丈夫归顺。这句"妻妾所教"的话,尚未说到究竟,只因景佥都到来,不敢再说,各自退去。

时崇南极、雷一震等各献燕将首级,崇北极已自缢死,城中兵民无不安定。落后满释奴等四将回来,说是赶燕兵二十余里,杀者杀了,逃者逃了,只剩得四十余骑走投没路,正要擒他,不期河边有船伺候,被贼接应而去。且住,其逃脱性命者,就是茹瑺、解缙、王佐并几个亲随心腹。后来茹瑺受诛,解缙遣戍,王佐革爵,此系燕朝之事,不在本传之内。请看再演下文。

---

① 袁绍——东汉末汝南汝阳(今河南商水西南)人,出身于四世三公的大官僚家庭。在与各地方势力的混战中,据有冀、青(今山东东北部)、幽(今河北北部)、并(今山西)四州,成为当时地广兵多的割据势力。

② 曹瞒——即魏武帝曹操,三国时政治家、军事家,字孟德,小字阿瞒。

③ 苻(fú)坚——十六国时期前秦皇帝。

第六十二回

姚道衍设舟诱敌　雷一震落水归神

高军师既入扬城，诸将皆已会集，独公孙大娘与范飞娘竟不知在何所。一面令军校各处寻问，向景佥都赞扬道："二女将止用一卒一旗，而能内溃坚城，真奇谋也。"佥都抵掌道："尤为奇者，不用道术。"有顷，小校来报："公孙二剑仙斩了巡盐御史，在署内饮酒，因闭着宅门，不敢进去。"

满释奴听了，如飞前往相会。正叙及高邮别后缘由，渔翁、渔婆已送胡胎玉小姐到来，公孙大娘即烦满释奴护送至帝师阙下，自与范飞娘更不面别军师，取路径赴河南开封府去讫。高咸宁遂书露布，只叙女将之功；并奏请以崇南极、盛异同守瓜洲，何典为扬州府太守，黄恭为淮郡丞，唐岳为扬郡丞，王干为江都令。忽接瞿雕儿等飞报，说茹瑺所调凤、庐之兵未到泗口，闻扬州已失，半路遁去。高军师已无后顾之虞，遂调雕儿、董翥、董翱三将，率领所部人马，迅赴大司马吕军师军前听用。

数日之间，经理甫毕。佥都请曰："以今破竹之势，莫若径渡浦口，直指金陵；金陵平，而帝室复。军师以为何如？"咸宁曰："佥都未之熟虑也，彼有可恃者三，我有可败者三；江南历岁丰稔，天时可恃也；长江天堑，南人长于水战，地利可恃也；燕世子使臣以礼，御下以宽，久得人心，人和尤可恃也。我既无水战之舟，又无水战之卒，一可败也；深入敌境，粮饷难继，坚城难拔，二可败也；彼有接应，我无救援，仓促之间，进退无据，三可败也。我持其可败，而攻其可恃，岂不殆哉？大司马欲先取荆襄，代楚山之木以为战舰，此乃万全之策。昔晋之灭吴，隋之灭陈，皆由顺流而下，直指建业，从未有从瓜、扬渡江者。况陈与吴皆荒淫不道，兵已渡江，而深宫犹未之知，以至于亡。若沿江一带拒险汛守，固未易窥已。"佥都嘿然。崇南极进言道："昔燕藩渡江，取高、宝、泰之渔舟而竟成功，军师何不以其所胜者而胜之耶？"咸宁道："彼之渡江，由陈瑄以战船迎之；彼之入金川，由李景隆开关以迎之。今亦有此内应否耶？"雷一震等诸将领齐声道："建文之德泽未衰，帝师之威灵特盛，安在无内应之人也？小将等管取渡江，夺彼大舟，来请军师。”佥都道：“将士如此齐心，不妨各驾小舟，前往一探，相机而进；如有未便，何难回来再行商酌？”

咸宁难拂众议，遂取到高、宝诸处小舟三十余只，诸将皆争先要去，军师道：“崇将军、牛将军生长南方，可以乘舟。”小皂旗道：“小将当日曾驻金陵，颇能水战。”雷一震大声道：“我是梁山泊人，第一能乘舟，第一能水战，愿为前部。”军师素知二人勇敢之性不可阻挡，只得再三致嘱道：“舟上比不得马上，将军等须加意慎重。”雷一震道：“不入虎穴，焉得虎子！军师亦忒过虑了。”于是每舟挑选三十名勇士，身披软甲，脚着麻鞋，都用着挠钩鸟枪。四员上将各驾船九只，径向瓜洲溯流而上。行有四十余里，遥见瓜洲之内，两船一排，藏有大船五六十只，空空洞洞，绝无一人看守。雷一震道：“此天赐战船来了。”四将各催水手，用劲荡桨。一震六七个船先已入洲，相近战舰旁边。雷一震用大斧钩住船棱，耸身一纵，刚刚跃上船头，站犹未定，说时迟，那时快，不防艎板①之下钻出百来个壮士，都用的三股叉，蜂拥般攒来。雷将军大吼 一声，砍翻几个。舱内伏军齐起，各船战鼓乱鸣。雷一震看小船时，都被洲内兵丁用挠钩搭去，自己独立船头，前不能进步，后又无退路，纵有三头六臂，如何施展得来？可怜千枪万刃，三面齐下，扑通一声，被乱军搠入江中，不消说是葬于江鱼之腹了。向泰为雷将军之偏将，方驾小舟欲逃，被他们舒出挠钩，连舟拿去。至小皂旗等将之船，倒因夺先竞进，挤定在洲子口，见水陆俱有伏兵，雷将军的船尽被拿去，只叫得苦。那大战船旁边，又钻出五桨的小船数只，大喊道：“妖贼哪里走？中了俺姚少师的妙计了！”岸上兵士蜂拥鼓噪而来，乱箭如雨。崇南极见头势不好，大呼：“速退！”急忙拨转船头，早被他射伤好些军士。牛鏣与小皂旗几个已进洲口的船只，也只得弃了，驾着后船而走。幸亏风便水顺，帆影如飞，顷刻数十里，燕军追赶不及。到了瓜洲，止回来得十七个船，余皆为燕兵所获。真个乘兴而去，败兴而返。

连夜回到广陵，见高军师备言所以，咸宁跌脚道：“噫！使吕司马督兵在此，焉有如是之蹉跌！”不禁挥泪大恸。景佥都从容劝道：“此皆诸将齐心要去，在军师何曾料错？此局已失，却不必过悲了。”咸宁道：“雷将

---

① 艎(huáng)板——古代的一种大船名为“褕(yú)艎”，“艎板”，即这种大船的船板。

军胆勇绝人，忠诚盖世，自随起义，每建奇功，今日惨死于江，我有何颜去见帝师？”说罢又哭。众将皆跪请认罪，咸宁道：“我忝为主将，而不能力止诸公，罪在于我，与公等何尤？”即命取笔砚草疏，自陈有戾军机，损折大将，请削官爵，行间待罪。遂自往瓜洲，备具太牢牲醴，隔江遥祭雷将军，酹酒痛哭，诸将莫不涕下沾颐也。

咸宁当日即驻瓜城，叠指一算：“我既不能取彼江南，彼必来图取江北，芜湖、浦口一带尚属燕疆，若不早为略定，则片帆飞渡，淮扬岂能安守？我若领兵前去，则彼京口之师，直捣瓜洲，蹑我之后，尤为危险。”再四筹虑，乃分军士为三：一分随崇、盛二将，架起火铳、火炮、火枪、火箭等器具，沿江汛守；一分自己督领，同小皂旗、平燕儿驻扎瓜洲；余一分及诸将士，统随景佥都攻取庐、滁诸郡县，以绝燕兵渡江之援，各将遵令行事。

按下这边，只说燕军师道衍，先因茹瑺等军覆逃回，料王师必乘胜渡江，遂于各洲渚苇林之内，埋伏弓弩及挠钩手，又虚抛战舰，藏军士于艎板之下，只诱人来夺取战船，便中了他的计。雷一震心急性暴，不窥虚实，致丧性命。道衍就大言道：“我欲射马，误中了鹿。目今再施妙策，教他有路到淮扬，无路返济南。”遂启知世子，命英国公张辅选上将十员，督领战船三百，排列京口，一候令到，便袭瓜洲，直捣淮扬。又命平江伯陈蠹选上将十二员，督领战船五百，排列燕子矶下，候令到，便渡浦口，走长淮泗上，从后掩取淮安。如无将令，谨守江汛，不得擅进。那时江南北各设兵将把守，旌旗严整，戈戟鲜明，日吹波卢，夜击刁斗，隔岸之声相应，大家按住不动。一夕，月色朦胧，东南风起，微烟淡雾，横曳于江波之上。高军师下令：“今夜不许卸甲，设炮火以备，彼必乘风雾进兵也。”号令甫下，对岸战船，已扬帆截流而来，船头上矢石乱发。军师自策匹马，督励军士，火枪火炮对面打去。那船乘着风势而来，就是一炮打坏了，〔也〕不肯落帆，总不得退的。看看相近北岸，咸宁心正着急，忽江涯边刮起一阵大西北风，滚滚黑雾冲天而起，风雾之中现出一尊神将，手持开山大斧，隐隐然似雷将军模样，有〔词〕为证：

> 绛帕缠鳌焰焰，玄袍罩铠鳞鳞。豹头虎眼倒须针，大斧能开铁岭。　　酣战挥戈驻日，英魂杀敌呼风。冯夷新得此前锋，海底巨灵神涌。

霎时间，风狂水涌，骇浪掀天，把燕军三百战船，刮得在江面上乱碰乱撞。

风浪之猛比石炮还厉害，击毁帆樯，不啻摧枯拉朽。那些鬼兵神将，排云冲雾而来，攫挈吞噬，吓得燕兵魄散魂消，身颤股栗，船崩坠水者不可以数。道衍在北固山头望见，大惊曰："此妖法也！"急令鸣金收军。那拿柁的如何捩得转来？直被这几阵神风刮得如落叶一般，东西四散去了。渐渐雾卷云消，现出一轮明月。其回到南岸者，止五十余只。

原来雷一震溺死之时，共有壮士二百余人，英魂不泯，在江底昼夜呼号，要寻仇家索命；适金龙四大王巡游，见一班忠义之士，遂问了首将姓名，命为驾下前部呼风使者，雷将军就统领着这班壮士作部下的神兵，特来显灵报国。后人有绝句二首云：

制将白帽戴王头，总是犯僧进异谋。
到此逆天心未足，乘风破浪斗瓜洲。

将军胆大落波亡，二百英魂尽国殇。
一夕神风吹敌舰，飘如败叶不禁当。

英国公张辅之船，幸而在后，打向玉山脚下，逃得性命，回见道衍说："少师看他是何法术，这等厉害？似此妖寇，用不着堂堂正正之师，必须先破他的邪法为第一策。今日这败怎的好？"道衍又羞又恼，又嗔又恚，勉强应道："此非谋之不臧，战之不力也。"忽报世子殿下，有手诏飞请少师商议军机。道衍遂嘱咐英国公，另调战船五百，严守京口，静候调度。星夜奔回南都，百官出郊相迎，说江北滁州又反了三个马姓的贼，接应济南妖寇，中原尽皆陷没了。道衍亦不暇答应，且进见世子，将张辅督率战船已近瓜洲，贼不能敌，即便弄起妖法，空中竟有无数鬼神呼风啸雨，船遭打坏。今有个以贼攻贼、以妖破妖之妙着，看他蛤蜃相争，我收渔翁之利。但军机不可预泄，俟临期密奏。世子大喜，这事情要到第七十回上，方写出来。今只看下回：死虎驱来壮士，立斩贪官；假龙负到奇人，突诛逆将。如何如何。

第六十三回

三义士虎腹藏兵　一将军龙头杀贼

前回说滁州反了三个姓马的贼。要知道,燕朝说是贼,就是建文的忠臣义士了。当日王师与燕兵战于小河,败绩,总兵何福因粮绝遁走,日后仍降于燕。其参将马溥,陷阵而死。这三个姓马的,都是马溥的儿子。长名维骐,为九江守备。使的兵器,名曰双枪铁棍,一器两用。用枪则是件火器,药线一根,贯通两窍,点着火,先后齐发,莫可搪拦;其杆子是镔铁打成,在马上亦可用以击刺;是他自己聪明所造,古来没有的。闻知父亲殉难,弃官而归。次名维骝,是个孝廉,智略过人,兼通兵法。少者名维驹,胆粗性莽,大有膂力,惯用双鞭,人呼为"马铁鞭"。原系北籍,侨居滁州之城南。相近有龙蟠山,山有龙蟠寺,寺有一少林僧,法名无戒,其俗姓杨名本,曾为李景隆部将;用一根浑铁棒,重四十九斤,号为"杨铁棒",每自引孤军独战,深为景隆忌疾,志不得遂;国亡后,削发为僧,恐人猜知名姓,就弃去铁棒,用了两根熟铜棒锤;曾打裂猛虎的脑袋,人呼他为"赛伏虎禅师",与马家兄弟意气相合,真个是斩头沥血的朋友。又邻居有两个猎户:一名干大,因他炼成手指,其硬如铁,力能掰破瓦甓,叫做"铁钳子";其弟干二,曾徒手搏死一狼,叫做"杀狼手",也是肯替人出死力的。马家弟兄,常与他们谋欲起义,以母老中止。因循了数年,母已病亡。适景佥都兵下淮安,又闻进攻扬州,弟兄们死义之心勃然而发:维驹要杀入州城,砍了赃官的头颅,去献城池;维骐要在城外起了义兵,前迎王师。维骝道:"官衙是稠密之所,城门是严禁之地,怎么杀得进去,又杀得出来?城外起兵虽然容易,但前途州县岂无阻碍?大哥三弟之说,均非善策。"

正在商量,忽报干家哥儿两个打了一只斑斓大虎,抬进来了。维骝鼓掌道:"妙,妙!有计了。如此如此,岂不好么?"维骐大喜,令请了无戒和尚到来。无戒见了死虎,笑着说道:"这个虎打得囫囵,不像我把虎头打得粉碎,剥下的皮就不中用。"维骝令人一面开剥死虎,一面摆上酒菜。

劝了几杯,向着无戒及铁钳子道:"我弟兄心事,列位稔知①,只今要在这个死虎身上做将出来,大家博个义士名色何如?"铁钳子道:"正是这几时不见说起,我只道歇了。要做便做,哪怕砍了头!"无戒道:"我常时劝你们做,只觉得畏首畏尾,而今怎么在死虎身上做起?"维骝道:"不须说得,一看便知。"就立起来,都请到后面,见虎已剥完。维骝令取三弟铁鞭两根及大砍刀两把,藏在虎腹之内,四周围以绵絮,塞得紧紧的;然后用粗麻线缝合,前头打个活扣,后面露出线头,扣一大结;又砍四根大竹子,照着虎足长短放在四蹄之内,细针密线的缝了;脑盖内却用糠粃塞满,弯弯的缝将起来,竟是一个整虎。维骝道:"且试试儿。"将虎前膺活扣解去,探手在虎尾之下,挽住绳结,用力一扯,虎腹中兵器皆脱下。无戒道:"善哉,善哉!这是个献死虎,杀活虎之妙计。但解活扣,略有碍眼,莫若于线头上用竹钉插住,临期拔去为便。"众人都道:"更妙!"于是依了无戒的话,仍旧将来缝合了。维骝道:"还有商酌:恐城门一关,砍不出来。"维驹道:"二哥太细了,胆大将军做,哪里算到万全?"铁钳子道:"前日西门守兵,因州官夜间从城外赴宴回来,叫门不应,打了三十大棍,恨如切齿,只要说声,他还要快活杀哩。"维骝道:"这个凑巧,待我去拿两把银子给他调理,就守在城门上,等你们完了事出来,好同走。"主意已定,便留无戒与干家弟兄两人歇宿了。

刚及黎明,饱餐了一顿,又选两个胆壮的仆从,同干猎户抬了死虎,马维骐等充作里正,一径入城去献知州。无戒和尚同了几个心腹人,在衙门外接应。到得州衙,正值知州——诨名胡剥皮,才坐早堂。把大门的见抬个虎来,便道:"两日报说老虎吃人,官府正要差拿猎户,你们打了来献,还好。"铁钳子就烦他进去通禀了。等到知州发放完了公事,方传令抬进。直到檐下前边,两个各拿了抬虎的杠子,卸身向侧边躲去。只四个人,一前一后,夹虎而跪。知州看了看虎,喝道:"我老爷闻得山里老虎甚多,怎么只拿着一个来献?"维骐拔去虎膺前竹钉,厉声应道:"如今拿你,就算第二个!"铁钳子早已扯裂虎腹,震地一声,军器脱下,各人抢了一件,径奔暖阁。知州向后亟走,不期暖阁门后被这两个拿杠子的顶住。回转身来,劈头迎着维驹铁鞭,脑浆迸裂,扑的倒在地下。衙役多有认得是

---

① 稔(rěn)知——熟知。

龙蟠寺马铁鞭,谁敢向前来问?无戒在大门下舞起铜棒锤,与两三个好汉又打将进来,州堂上躲得没个人影儿。维骐恐内衙接应,招呼弟兄们如飞奔出,径向西关。维骝接着,大伙儿回到家下。维骐道:“如今怎样计较?”无戒道:“学着梁山泊好汉,放火烧房,办着走路。”维驹道:“家眷放在哪里?”维骝道:“卫军顷刻来追,不可迟延片刻,我今领着家口,坐辆骡车,头里先走。哥哥的双枪铁棍,今日才显其长,现放着四五十柄,家下二十余人久已练熟,每人各持二柄,火一发时,便是八十杆排枪,恁样铜头铁额,抵挡得住?我家这里后门,系山沟窄径,自然是步兵来围,三弟与无戒师砍杀出去。这里大哥预先排着枪手,看马军拥到前门,骤然一开,火器齐发,必然惊乱,遂亦奔出后门接应三弟。逼他败兵,自相践踏,就便掣身而走,我在二十里以外等候。衣饰各项,收拾不及,弃之罢了。”众人大服维骝计策,就催家口上车,维骝领着先去。

没一个时辰,都指挥等统率一百马军、五百步兵,飞赶到龙蟠山下,围住了马家前后门。正要打入,只见两扇大门霍然扯开,内里十个枪手,一放二十枪,闪过去时,后头十枪又发,惊得人溃马逸。那后门的步兵,挤在七高八低的山沟里,站立尚未得稳,却有无戒、维驹二人先藏在山腰树林内,率领十多个壮士从背后横杀将来,正如笔管内烧鳅——逼立直,无从可躲。那两柄锤如黄虬出水,两条鞭如黑蟒翻空,打得这些才学兵器的屯卒,如群兽遭了围猎,乱窜逃生。有大半在平坡的,被败兵逼来,返奔向前门去。正是马兵中枪之候,两边拥挤上来,越发惊慌无措。二人乘势杀去,纷纷滚滚,人马皆倒。那时维骐亦从后门抄向前来助阵,杀得卫军星落云散,方打起唿哨,同着三弟与无戒并干家哥儿等众,回身向东大路而走。赶着了家口车辆,维骝忙问:“没有伤的吗?”无戒道:“伤了还好?”维骐道:“今夜无处歇宿了。”维骝道:“我闻得路上传说,王师要上河南会兵攻打开封府,我们要连夜迎去,还恐迟了,怎顾得歇宿?”于是一行人马,从黑影子里,趱行前去。暂且按下。

却说景佥都自得了高军师将令,领着本部人马并带了绰燕儿,旁略江北地面,仪真、六合望风纳款,唯天长闭城不纳。佥都取笔写出数句云:

本都御史,兵出沂州,席卷淮扬,燕军虎狼三十万,顿化泥沙。何物县令,敢于闭关,抗拒王师耶?向奉帝师令旨,不忍斯民涂炭,暂且缓攻二日;若更不知顺逆,打破城池,诛杀罔赦。

令人照书①十余纸，拴在箭头，四面射进。城中士庶，久知淮扬尽失，又闻得滁州起义，遂劫了县令，开门迎降。忽探马飞报，滁州义兵到了，佥都遂命卢龙往前察看。有顷，卢龙领着四个人：两个将弁结束，皆相貌狰狞，目光如炬；一书生，奇伟白皙；一黑瘦筋骨和尚，来到营门。卢龙先已通知姓名并倡义缘由，引之进见。维骐前跪，佥都自起扶之，延入帐内，再三谦逊，侧坐于下。维骝道："小子弟兄三人，今日方遂素志，又得托身麾下，实先人之幸。"佥都道："久闻淮南三马，可谓一日千里。"又问无戒："尔系方外，何以拔刀相助？"应道："皇帝现着缁衣②，我辈安得不为出力？"佥都大喜。维骐抚膺太息说："建文圣主当阳，贤者在位，四海蒙休；近来豺狼满目，人民侧足。未审几时复辟，得睹太平气象。"彭岑应道："此帝师之所以救民于水火也。"维驹遽立起，厉声道："王师当何所向？小将愿以死当前！"佥都唯唯，向维骝道："淮西庐郡，为古来重镇，孙权筑成濡须坞，魏兵不能南下，若不乘势进取，彼反得以凭恃，非我之利。我欲声言进兵淮北，与河南会合，使之不备，却潜师以袭之，何如？"维骝应道："此胜算也。今端阳在迩，淝水龙舟，每年会于东关外余庙之前，文武官弁多凭舟观赏。镇守都督火真，旧系燕王宿将，有万夫不敌之勇，若得一刺客杀之，便可了当。那些文官，皆呫嚅书生③，有何能为？"佥都道："可谓简捷。但彼在舟中，焉能杀于十步之内？莫若棹④一龙舟，到他大船之旁，则如探囊取物耳。"维骐道："有有有！先父同时战死宋坦之弟宋均，是个监生，家下多有善棹龙舟水手，小将亲去说他，谊属同仇，决可成功。待我三日不回，元帅即便发兵，事不宜迟。"佥都大喜，乃命绰燕儿授以密计，同维骐先行。次命无戒扮作行脚僧，潜住城中，听号炮声，即斩关放进大兵。又命维驹、牛驿、张鹏等，去到余庙前接应绰燕儿，杀散岸上人众及彼来救护之兵，得便即抢城门。又命赵义领炮手十人，抄向郡西，望城东有自己旗号竖起，即逼城隅，施放号炮。然后令马维骝率领二千人马北行，扬言进取朱仙镇，屯淮河南岸，候示进止。分拨已定，黄昏时分，又密

---

① 照书——依样书写。

② 现着缁(zī)衣——现今穿着黑色的僧人服装。

③ 皆呫(chè)嚅(rú)书生——都是低声细语讲话的读书之人。

④ 棹(zhào)——划船。

授彭岑、卢龙军令，点起一千勇士，马摘鸾铃，人披软甲，一半挟火枪，一半挎利刃，只带一餐粮，金都亲自率领前往小岘山埋伏，去袭庐州府。神不知，鬼不觉，拔寨起身。

时建文十六年五月四日之夜，龙舟已竞戏三日矣。唯端午这日，二十四只龙舟，皆会于淝水合流之处。各官员及绅士的船，鳞鳞次次，总集在余阙庙左右。两岸上看的，若老若幼，若男若女，不可以数。时张鹏等三人挤在人丛里，看龙舟来往，皆分五色，每舟各插小彩旗三十六面，大旗一柄在后为纛，龙头上有大人抱小童，扮作符官，手执令字旗招展，也有就是大汉子执旗的。遥见绰燕儿在一白龙舟顶上，挎着手执的红镶白绫令字小旗，左看右看的摇动。各龙舟皆有二十四个水手，划开起来，真如无数蛟龙争斗于旋涡激浪之内，楚地之胜观也。有诗为证：

汨罗千古投角黍，吴楚流传若儿戏。
彩旗万片卷晴霞，金鼓声中人半醉。
只言鱼腹吊冤魂，谁道龙头生杀气？
血光顷刻射空波，三闾一笑大快事。

凡坐着大船看龙舟玩耍，多有豪爽的，备着好酒百瓶（内不过盏许），活鹅活鸭各数十只，赏给龙舟，多投向水中。各船水手，便行争抢，一齐棹起，翻波跳浪而来，回翔转折，比旋风还快。赶得那些鹅鸭，只在湍流中乱滚，虽是活东西，用力要逃性命，倒容易拿获。只这酒瓶，是件死物，趁着波走，浪头一高，已不见影儿；浪头落下，只露得小半个。又瓷器经水濡滑，再也捉拿不住。有两三个瓶儿，打在火都督船边，十来个龙舟直棹到那里。绰燕儿坐的，恰在前头，见这个都督，打着一柄深沿黄罗伞，正在船头虎皮交椅上坐着。燕儿见他船棱边铁链，桁着一个大铁锚，直落在水面上，乘着龙舟逼近时，就一手抓住链子，耸身一踊，恰好跳在交椅左侧。几个健丁还道是卖解，才吆喝时，早被绰燕儿连交椅砍翻，血光喷起，直溅人面。说时迟，做时快，岸上马维驹掣出双鞭，牛驿、张鹏等掣出双斧、双刀，一齐杀起。燕儿已跳上船顶，抢了根木篙，其端有铁钩及刃，如火挠样式的，名曰挽手，望着定船的桩儿钩定，飞身上岸了。回看各船的人，皆躲入舱内。岸上的人拥塞定了，奔走不迭，一时势如山倒，堕河及践死者无数。燕儿招呼道：“百姓莫杀他，我们去干正事！”遂向北先走。

牛騂[①]等一齐跟着，到株大白杨树下，说："我早看个路数在此。"把挽手靠在树旁边，燕儿一溜而上。那树向东挺出一条粗干，干头分个小杈，劈对城堵不过四五尺远。他就掣起木篙，把钩儿搭在睥睨[②]之中，这边安在丫杈之上，解根带子拴牢，用手攀定树枝，先站在篙上试试。他是走过广西一指细的仙桥，这篙儿粗有数倍，不消说如履平地，只两步跨过去了。早见无戒和尚已在那边走来，向城上一望说："城头起处，不是俺大军到了？"就在袖内取出旗号，抽过木篙，扎在梢上，竖立堵口，二人飞奔东关。听得号炮震天而起，城内城外，都惊得魂丧魄褫。有几个守门军士，因各官员未曾进来，不敢闭门，刚在那里探望，被无戒大喝一声，飞起铜锤，尽行打死。张鹏、牛騂、马维驹三人，看燕儿才上城头，便飞步抢至东关，与无戒合作一处，占住城门。

不移时，佥都军马已到，只带二百名进城，余八百名，令维驹、牛騂、张鹏、彭岑四将各领二百，在四关外捉拿逃走官员。反闭了城门，令自己军士分头严守，以防贼人窃入。然后到府堂坐定，收取库帑册籍，一面出示晓谕吊伐之意，以安百姓。有一千总及典史，面缚叩降，佥都问："汝二人何不出看龙舟？"齐禀道："快活事情，原是大僚做的。我等么庳微员[③]，只有看守城池，哪敢学他？"又问文武官弁哪个清正，哪个贪恶，典史禀道："太守张得，为建文皇帝黜逐，后来永乐起用的；知县陈永则，是陈蠹的灶养小厮；通判田纳海，系番人之子，冒姓田氏：均属孬官，自有公论。"千总禀道："都督火真，适闻已经伏诛。其参将、游击、守备[④]，皆系平人，不能为善为恶的。"佥都道："汝二人言语，不直不隐，足见居心。"典史名金庄，即署为[⑤]合肥知县，千总名王弼，即署为滁州守将。不消说，是意外之喜，叩谢而去。

刚晚时，牛騂获了陈永则，彭岑捉了田纳海，马维驹、张鹏杀了张

---

① 騂(xīn)。

② 睥(pì)睨(nì)——古时的一种仪仗，即指前文所云"……见这个都督打着一柄深沿黄罗伞"中的黄罗伞。

③ 我等么庳(bēi)微员——我们这一些位置不高无足轻重的人。

④ 参将、游击、守备——皆为旧时武官名。

⑤ 署为——任命为……

得并几个武弁，各献首级。佥都讯问田纳海，娶娼妇为妻，招盗贼为仆，诈害富户，婪赃万金，又性恶读书人，曾取一庠生①所做文字，投诸溷厕以辱之，景佥都大怒，命以四条绳索，缚其手足两大拇指，首昂脚低，向天吊于庭下，令将猪犬牛羊等粪捏作小丸，抉开其口，以马溺灌下，日三次，五日而毙，弃之粪窖。陈永则罪止贪婪，髡为城旦②。即发令箭提回北去军马，署马维骝为庐郡太守，宋均为滁州知州，马维骐为本郡城守副将，维驹为先锋，使无戒和尚为五营教习枪棒大师。具表奏闻实授，并报捷于两军师，不在话下。且演下回。

---

① 庠（xiáng）生——科举制度中府、州、县学的生员的别称。

② 髡（kūn）为城旦——“髡”，古代一种剃去头发的刑罚。“城旦”，亦为古代的一种刑罚，“输边筑长城，昼日伺寇虏，夜暮筑长城”。此大意为：剃去头发，发送边关修筑长城，戍守边关。

第六十四回

方学士片言折七令　钱先生一札服诸官

前者两军师同出济南，率兵分道南征，如今淮、扬、庐三郡皆平，高军师之事已经完局，该说到吕军师兵下河南了。虽然在这回叙起，要知吕师贞之取归德，反在咸宁将拔淮安之前，咸宁之克广陵却在师贞既取开封以后，至景星之下庐州，吕军师已兵下河南府矣。当师贞驻扎兖州时，原先令学士方以一潜人归郡，去掉苏张之舌，未烦一卒，未驱一骑，竟成大功，易如反掌的。试听道来。那时方学士仍旧带了黄冠，改作道装，行至交界处所，不见有一个人守汛，笑道："想是大兵来，盘诘不得，索性撤了。"迤逦来到东关，望见城头黄盖飘扬，城门紧闭，知是太守在城楼上，遂大叫道："方外以一道人，系太守公至戚，千里远来，烦为通报。"守门兵士，只当不听见。学士大声连叫三五遍，太守听得了，便唤门卒查问，却传失了两字，禀说是"方一道人"。太守沉思一会，吩咐先请入署。

原来归德府知府姓轩名伯昂，自少雅慕方孝孺，又从未相会，只是心下私淑，所以方经做兖郡太守时，彼此暗相交洽。虽也未曾觌面，却也晓得方经表字以一，曾戴黄冠，就猜他去了个"以"字，却也正合着机彀。

当下回轿到官衙，见那道人坐在穿堂侧舍。伯昂进署，即着人请入内书房，便下个隐语，问道："昔日为阴官署中道士，今日做阳官署中道士了？"以一答道："前后一人，阴阳一理。"伯昂已是无疑，只行个常礼，屏去从人，彼此先致了夙慕之意。以一开言道："军师知弟与太守公神交，特地顿兵兖郡，先令请命。"伯昂应道："弟原要做件非常之事，所以立愿要交非常之友。而今学士公驾临，是造就也，待我再请两位同心者来相会。"就走向里边，拉着两人同步出来：一个年艾的①，形容清古，眉目疏朗；一个年甫弱冠，生得修眉细眼，颀面瘦劲，与以

① 年艾的——"艾"，为一种植物，色苍白。古代用为对老年人的尊称。《礼记·曲礼上》："五十曰艾。""年艾的"，即"年近五十岁的老人"。

一次第相见。伯昂代言道："此位钱先生，讳芹，从苏郡守姚公起义，为行军祭酒。当中途变起，先生反微服入京，得脱于难。与弟也是神交，辗转而至此。"又指少年道："此位姓侯名玘，是侯大司寇讳泰之孙。司寇殉难之日，年止四龄，弟忝为公门下士，幸得保孤，至于今日。"以一称赞道："汉李善扶孤之事，千古无双，今不得专美于前矣。尤可喜者，司寇之夫人曾氏，为帝师所救，现在济南，即日祖母孙儿相逢于万死一生之外，又是千古至奇之事。"伯昂道："有是哉?"以一又道："未也，尚有姚公之子名襄，久受御史监军之职，为吕军师器识。钱先生见之如见姚公，亦大快事。"此时钱芹喜极，不禁鼓掌；侯玘喜极，反觉眼中含泪。以一遂向伯昂道："俟见军师，侯世兄先去觐省令祖母何如?"侯玘方笑逐颜开，躬立致谢。伯昂与钱芹齐问："闻得攻取淮扬，又有高军师，毕竟是谁为政?"以一应道："吕军师，天下才也，静如山岳，动若雷霆，一技之长必拔，片言之善必录，人人乐为致死。高军师旧系铁公参军，吕军师荐其才，特拜亚军师之职，亦犹诸葛之与公瑾①,略差一着耳。今我四人,既属一家,无庸说到'归降'二字,竟写个柬帖,去迎请军师驾临罢。"伯昂道:"还有微碍:郡辖一州八县,唯商邑令素有意气,睢州由人主张,自能遵从;其外七邑,也有曲谨不通,也有迂腐乖张,暴戾自用的,须侃侃凿凿,折得倒他,方能济事。数日内,是贱辰,必然借此来议军事,弟即呼学士为仙师,大家一会,那时全仗悬河之舌。"以一道:"不顺者移兵讨之,如风鼓萚。今以太守公之属员,不忍见其狼藉,当勉从钧谕。"伯昂遂命摆上酒肴,痛饮达旦。

未几,阖属官员,次第来到郡城。伯昂宴于内堂,请出钱芹、方经相陪曰:"钱先生为社中畏友,方仙师为尘外素交,皆所心契。"各官见二人品格不凡,各致钦慕之意,说了些闲话,方议论到军事。伯昂道:"闻得向来敌兵只攻府而不攻州县,府城拔而州县未有不下者,则此郡当先受兵,列公有何良策为同舟之助?"睢州道:"我等属员,唯听大人钧命。"柘令道:

---

① 亦犹诸葛之与公瑾——"诸葛",即三国时蜀汉政治家、军事家诸葛亮;"公瑾",即三国时吴国名将周瑜,字公瑾。诸葛亮曾与周瑜联手设计对付曹操,以赤壁之战大胜曹军,周瑜欲借故杀诸葛亮,但终因诸葛亮计高一筹,逃出周瑜之手。

“不然，官有大小，守土则无以异，似应各自努力。”虞令道：“圣人有云：吾从众。还须酌议，和同为妙。”鹿令道：“以卑末之见，莫若各练乡勇，谨守城池，再向省会请兵来援，纵有差跌，亦稍尽臣子之谊。”商令道：“敌人起义以来，奄有中土，王师几经覆没，战固不能，守亦难言。要完臣节，唯有身殉。”伯昂故意大赞道：“此议为正！”以一道：“贫道自终南山望气而来，知此土有异人，谬承太守公见留，延揽一番，得晤列公，可许贫道略献刍荛？”商令与睢牧齐声道：“诸葛武侯尚须集进思，广忠益，何况其下？愿闻尊旨。”以一道：“贫道闻殉国难者谓之忠，不闻殉贼难者，亦谓之忠也。孔悝之难，子路死焉，夫子非之；子羔去焉，夫子予之。孝康为高皇帝之储君，建文为孝康皇帝之元子，高皇告于天而立之，是为天子。我不知燕王为何人所立乎！操兵入殿之时，总是一班逆党奸臣，拥戴称尊，律以《春秋》，名曰‘国贼’，不知列公何以亲贼而仇帝也！”说未竟，鹿令接口道：“当今为高皇之子，敢云贼耶？”以一应道：“贼尚有二种：如陈友谅、张士诚辈，图王不成，乃是草莽之贼，这个‘贼’字还属泛沉，所以其下殉节者，虽不得谓之忠，亦得为咫尺之义；若王莽、朱温、侯景之徒，谓之篡弑之贼，这个‘贼’字方是真切。而今燕王称兵犯阙，乘舆颠覆，国后灰烬，何以异此？适才商侯‘敌人起义’这句话，甚有合于人心。夫既知彼之为义，则知此之为不义，又何待言哉？”众皆相顾错愕。伯昂假意说道：“仙师之论，俨若《春秋》，但恨当日见义不明，失身至此，犹之贞女而嫁为盗妇，自当从一而终，何敢言及再醮耶？”以一道：“此喻固妙，然君臣与夫妇，到底是两样：女子之节，唯以此身为重，故无二义；若臣子之节，要当权其重轻，衡其大小。古人有弃暗投明、反邪归正者，如王陵、马援、魏征、李世勣诸公，安得不谓之明良大臣乎？”考令问道：“当今以一旅之师，不四年而得天下，非真命其能若是？济南起兵已历十余载，仅有齐地，徒称建文年号，恐事之不立，依附者终不免为后世笑。仙师既能望气，必知其数，可得闻其大略欤？”以一毅色而答道：“嵩岱之灵，淮济之气，郁郁葱葱，三十年矣。自中州之气王，而南北皆衰，应在女真人御世。今者不自称尊，崇奉故主，反为拗数。然而千古大伦，于是乎立，忠臣义士之气，于是乎充塞天地，虽圣贤作为，不过如斯。若彼自建国都，自称年号，即曰真主，自然不可附之。铁兵部书高皇神主，悬于城堵，燕逆尚不敢攻击；而况建文已立宫殿，设有圣容，天威赫赫，岂可与之抗衡乎？以愚观之，彼之谋臣勇将，皆上应列宿，若欲囊括宇内，反掌间耳！乃按兵十年，访求行在，原其心迹，一朝复辟，则四海不劳而定。犹之乎家主罹难出亡，华堂大厦悉为庶孽所据，但使家主入室，庶孽何所容其身乎？闻得目下用兵于河南淮北，是便于迎故主也。”钱芹道：“未识人伦，焉知天道？草茅庶民，望建文复位，不啻大旱之望云霓，岂有贤人君子，而反细人之不若哉？”鹿令勃然变色道：“物各有主，我辈中有科名、官爵出自当今者，安可一例而论？”以一大笑道：“岂列公之祖与父亦皆为燕王之臣子耶？受高皇之恩，而尽忠于圣子神孙，即所以上报高皇在天之灵也。夫既不知祖父，亦何有于君哉？我乃世外之人，全无干涉。而娓娓言忠言义，不亦可笑？”商令瞿然而向伯昂道：“人心不同，有如其面，我辈自可各行其志，不审大人高见若何？”伯昂厉声道：“死有重于泰山，有轻于鸿毛，并鸿毛之不若，虽匹夫亦不为也。”

时各官员嘿然心许，唯鹿令、柘令，外貌虽似倔强，其实气馁心动、贪生怕死，尚在相对迟疑。商令又发言道：“要生则生，要死则死，慎勿处于两歧，致贻后悔。”伯昂微微冷笑道：“且请钱先生缮起降书，如有异路者，彼以彼为忠，我以我为义，不须画押，从此分散。”钱先生更不推辞，立时援笔草就。书云：

忠为立身之本，义乃经国之用，秉于方寸之中，塞诸两仪之外。某等虽仕出新君，心存故主，聊借一郡以潜踪，爰望六师而托命。向传定鼎济南，禁殿嵩呼开日月；兹瞻建牙兖右，羽林雷动肃貔貅。箪食来迎，十万人心如一；辇声至止，三千士气无双。雍雍乎鹤氅①纶巾，快睹武侯气象；兢兢然执矢负弩，幸怜太守庸才。合属倾心，群僚泥首。

轩太守看过，赞了几句，送于各属员。柘、鹿二令，目视同僚一回，忽发声道：“似此降书，不卑不污，古所未有。”便举手向钱芹称谢道：“大为我等生色。”商令笑说道：“两公亦服，真可谓一纸书贤于十万师也。”于是自太守起，次第署名。其同知缺员，通判公出外，余经校丞簿等官，皆为填注。遂差佐贰两员迅赴兖州迎请王师。

---

① 氅(chǎng)——大衣，外套。古代是一种像鹤的水鸟的羽毛，用以做衣服和旗幡。

数日间,报说军师已至夏邑境上,轩太守率领各官,直到虞城地面,排班跪接。吕军师下舆,亲自扶起。伯昂喜出意外,呈上府库册籍,先自辞回。军师到了归德,兵马尽屯城外,只带刘超、姚襄二将三十骑进城,径入府署内堂。方以一已易官服,先来施礼,军师道:"学士与轩公,可谓不负数十年之神交。"太守道:"职内疚犹存,外惭难涤,何敢当军师奖誉?"遂引钱芹、侯玘前谒,代陈始末。姚襄闻说是父亲勤王旧友,挥泪再拜,互致殷勤。太守设乐宴享,各罄衷曲。越日,铁都御史率领大队军马皆到,伯昂迎入公馆,邀请诸将,犒赏军士,无不合宜。时各属钱粮,伯昂早已提解,够支半年兵饷。军师大喜,遂会集诸文武,商议进取汴郡之策。伯昂进言道:"开封南北凭河,唯东面可攻,由睢水而渡,不三百里,直薄城隅,此地转饷亦易。"钱芹道:"彼闻已下归德,必凭睢水而立寨,以扼我之渡,莫若先取汝宁,由上蔡扶沟,至中牟渡河,攻其不备,何如?"军师道:"二公之策可以合用,请先生冠吾冠,衣吾衣,坐我车,建我旗,假我军师,与铁都宪率军至睢水,相机争持;胜则长驱直进,彼必退守陈留,悉力守御。我则别引一师南下亳州,取道柘城,沿河而走洧氏,从中牟渡河,径袭城之西隅,可唾手而下也。临期尚有秘策,更当遣人知会。"众皆大服。乃自草奏,特荐轩伯昂为开、归两郡巡道,暂摄府事;钱芹为方外司马,监军事;侯玘为庶士,同方学士先行,诣阙复命。这才是舌剑唇枪,只片言,降服了一州八县;更有那潜兵鏖战,刚半夜,平定了中土神州。请看次序衍下。

第六十五回

两猿臂箭赌一雄州　一虎儿刀劈两奴贼

吕军师总统王师,共上将十四员,铁骑三千,步卒二千,马军一万,足六师之数。当下分拨一半军士并将佐郭开山、俞如海、宋义、余庆、孙翦、庄次跻、葛缵、谢勇八员,命铁都御史统领,钱芹充作军师,由睢水进攻开封府;自己易了戎装,统领刘虎儿、阿蛮儿、姚襄、宾铁儿、曾彪、楚由基等,东下亳州,以刘虎儿佐中军,楚由基任先锋,沈珂为合后,阿蛮儿等分作左右前后,仍依七星营制次第进发。

却说淮北自洪武定制①,原设总兵官一员,从何福败遁之后,燕王因淮南有童俊屯守,就命他兼辖淮北,止留寿州副将为防汛。其人姓楚名宝,大同人氏,能挽劲弓,百发百中,号"小由基",年已六旬以外,遂自称为"老由基"。有家丁二人:一姓计名高,立心险鸷,因他嘴舌害人,叫做"饿鹰嘴";一姓章名鲁,是个风瞖,叫做"章酣兔子"。皆传授他的箭法,亦能抡动大刀,是楚宝最得意的心腹。亳州也是他汛地,闻知归德府已降,就率领都司守备等官并计、章二丁、精兵三千、善射手一千六百名,前来亳州屯扎,以防侵略。楚由基前部到时,距城三十余里,望见立有营寨,遂摆开人马,出阵搦战。楚宝早已探知,戎装结束,预备厮杀。军士呐声喊,大开营门,认旗上写得分明七个大金字是"猿臂将军老由基"。楚宝看来将,认旗上亦是七个大字"先锋猿臂将军楚",遂喝问道:"汝是何方小子,敢称猿臂将军?"楚由基大笑:"你这老贼,有何本领,敢盗袭我旗号,坏我名色?"楚宝骂道:"我有百步穿杨之技,名震边疆,谁不钦服!汝乃黄口孺子,反说我盗袭你的,岂不可羞可耻?"由基应道:"只我姓楚名由基,天下焉得有第二个?汝今降于燕贼,辱没我忠臣义士,我拿住你碎尸万段!"就挺手中枪,直取楚宝。楚宝拍马来迎,战有二十回合,敌不住由基,恐败了下去,丧了一辈子声名,乃逼住枪大喝道:"且住!你既叫楚

---

① 自洪武定制——自从(明太祖)洪武年间定下的编制。

由基,又称猿臂将军,敢与我赌射么?”由基笑道:“我若一枪结果了你,是欺你年老,不算英雄;正要与你在三军面前赌一赌射箭,好教人知道没有第二个猿臂将军。”楚宝咬牙切齿说:“你莫浪夸,不是白赌的!我若输了,就将亳州地方送给你;你输了,却怎的?”由基道:“割了我的头去!”楚宝道:“你头值得什么?”由基道:“我这颗头内,盛着的是千古流芳、忠臣孝子之血,岂比你这个贼头,仅堪喂犬马的么?”楚宝满面羞惭,勉强喝道:“口说无凭,须要你主将来,立下军令,方与你赌。”楚由基道:“好胡说!只我是先锋主将,要立便立。你既将亳州为赌,也须立个印信文契。我看你这老贼奸狡,输了时,好歹混赖。”楚宝道:“大丈夫一言九鼎,谁似你小厮,信嘴乱道?今日晚了,明日与你赌。既说定了,休得夜间弄个贼智,来劫营寨,不是好汉。”由基道:“我们堂堂王师,岂肯行此不信?你莫惊破贼胆。”于是各回本营。

次日清晨,大军已到,由基将前项情由,禀上军师,军师大喜道:“料将军断不弱似他,便与他赌何害?也省却争战一场。”刘虎儿道:“不知有人与我比刀没有?”军师道:“一胜一败,必有不平,就是汝比刀时候。”于是齐出阵前,军师居中,诸将在左右一字儿分开。燕阵上楚宝好生吃惊,为什么呢?遥见那:

旗分五色,飘摇动龟蛇龙凤之形,纛建一竿,蕴藏着雷电风云之气。雄雄赳赳,排着上将六员,似分来云台列宿;矫矫狰狰,嘶来战马千声,直透上雁门斜月。马军是关西大汉,步卒系山左健儿。为甚的鼙鼓无声?且看他弓矢赌命。

楚宝心中自忖:“早是讲过较射,不与他战斗,兀的如何杀得过?”便大声叫道:“昨日说过的,敢来较量么?”由基道:“我已押下令状在此,快些将你赌的亳州印文来看!”楚宝道:“有。还有一说:我赢了,须要退兵,永不许犯我边界。”军师道:“这话料得是。”即令添入状内。交看已毕,一并封了,系于长矛之上,立在战场正中。楚宝便令小卒取出两柄小月叉,叉上是打成弯弯的铁槽儿,又两片小鼓皮,皮中间朱画圆圆的红心儿,仅如钱大,用两层生牛皮缝就,坚实不过,也只有碗口大小,将来安放在叉口上,落入槽内,周围儿紧紧含着,又有铁钮扣住,是楚宝向来以此为较射之用的。将此两叉皆立于百步之外,向由基道:“三箭皆中红心者为胜。”由基道:“若挨着红心边儿,不在正中,也要算输的。”楚宝道:“箭镞半在红心，半在皮上，也要算输，何况挨着？但我们既赌箭，就有输赢，总不许暗算。"军师道："暗算者，与贼盗何异？不必说得。"

于是二将下马，走向画的步限界上，齐身站立，问："谁先射？"军师传令道："较射原须揖让，请齿尊者先。"楚宝遂搭上箭，扣满弓，觑的较清，直贯红心。军中大擂起鼓来，齐声喝彩。楚由基却气闲神静，不慌不忙，轻轻的搭上箭，扯满弓，飕飗一声，也直透红心。两阵上将卒喝彩之声，可震山岳。擂鼓方毕，又射二箭，三箭，皆是中的，独楚宝第三箭，离却红心约止半分，由基的三箭恰如个"品"字，正正攒在心红中间。由基道："是你输了，饶你老命，快快送我亳州来！"刘虎儿等皆笑话他道："你口出大言，如今待怎么？"楚宝气得目睁口呆，嚷道："由基百步穿杨，敢与我赌射杨枝么？"由基道："好，好！就来，我知道你还不心服。"令军士折取硬杨枝二根，也钉在百步之外。楚宝道："这次让你先射。"由基道："僭先了！"弓弦才响，箭已贯在杨枝中间。楚宝呆了一呆：先前输了一箭，已自夺气；如今见由基中得甚巧，心内跳了两跳，就有些拿不稳了。假意把箭来掉几掉，换了一枝，定着神儿，弓开箭发，恰在杨枝边擦过，把枝上的皮擦去了寸许。王师阵上胡卢大笑，都骂他"老强鬼"。楚宝一时羞忿，即拔剑自刎而死。有诗赞曰：

一时竟有两由基，胜负虽分并足奇。
直得抛弓轻自死，威名犹压射雕儿。

计、章二奴，见主儿死了，怒从心起，恶向胆生，欺着楚由基手无军器，各举起大刀，如旋风般滚将来。由基正要送他两箭，早有刘虎儿一骑马从刺斜里截上。二贼见来得凶猛，只得一起迎敌。才交手时，虎儿使出神威，偃月刀从顶门劈下，章鲁如何能招架？刀光过处，藕披头削去半个身子。计高吓得骨软筋酥，转眼时，一股热血喷空，拦腰剁作两段。众将士遂争先要踹他营寨，军师止住，命姚襄宣令道："你主将虽经赌下亳州，我却要众人心服，然后进取。如有敢战者来战，有愿降者来降，若要四散回家，亦各从尔等之便。"燕军听了，欢声雷动，卸甲投降，唯有楚宝家丁百人逸去。军师安抚了降兵，召由基谕道："我看楚宝射法，与尔正是敌手，只因老而倔强，犹用少时之硬弓，到第三箭上略觉面赤手颤，所以差了分毫;若略换软些的弓,正自难赢。落后再射杨枝,我看他忿恚已极①,必至失准,然犹能射中枝傍,岂非老手?除却这人,那有与君较量得的?尔宜收葬其尸,表石于墓,设酒祭奠,以彰怜惜之意。"由基道:"小将亦有此心。"一一遵令,自去行事。

那时亳州知州,早已率领士民,焚香顶礼,出郭来迎,军师止带数骑入城查点仓库,遂复出屯郊外。真个耕不改辙,市不易肆,各州县皆望风而附,止宿州、泗州、怀远、灵壁附近凤阳府者未降。军师谓姚襄、沈珂道:"中都陵寝所在,不可惊扰。尔两人为我持檄,各带三百铁骑,谕下凤阳并所属未附诸处,以通淮南之路。"二将去后,吕军师夜坐帐中,看黄石公②《素书》,忽烛焰一爆,火煤直溅额角,暗诧道:"今夕当有刺客!"顾虎儿在侧,遂密传号令,令扎一草人,偃卧于帐,覆以锦被,四面暗伏挠钩、套索、刀斧手,退入后营静候。刚及三更,黑影中一人,不知从何而来,手执利刃,飞奔帐前,将锦被与草人直刺个透。虎儿跃出,大喝:"好刺客!"军中呐声喊,火把齐明,刀斧手拥上,剁作肉泥。挠钩手又于营外拿获一贼。军师升座讯问,叫做楚角,是楚宝的儿子,自幼习学飞檐走壁的本事;那行刺的,叫小梼杌,是楚宝的养子。军师道:"楚角虽然可杀,但为伊父报怨,岂忍又杀其子?"即令纵之使去。

诸将皆请曰:"寿州尚有燕兵拒守,且楚宝部下亦多未服,今军师释放楚角,似乎纵虎还山,焉保他竟不负恩?而且新降燕士内,容有彼之党羽,又在暗中潜图内变,亦未可知。似宜先定寿州,覆其巢穴,庶绝后患。"军师笑曰:"无楚宝,是无寿州。其他将弁,又何能为?至于新降之卒,皆出其本怀,非逼之所致。我推诚置腹,自然感动。若我先存疑心,则彼亦将有异志。所以光武有云:'令反侧,子自安③。'且寿州在于淮西,非目今之急务,唯颍州为入汴之要路,我当先取之。来岁立春,在上元后一

---

① 忿恚(huì)已极——愤怒异常。

② 黄石公——又称圯上老人。传说张良刺秦始皇失败后,逃亡下邳(今江苏省睢宁北),遇一老人于圯(桥)上,授以《太公兵法》,自称:十三年,"见我济北谷城山下,黄石即我。"十三年后,张良从汉高祖过济北,果然在谷城山下得黄石,良死,与黄石并葬。后代流传有兵书《黄石公三略》三卷。

③ 所以光武有云:"令反侧,子自安。"——所以汉代的光武帝说过:"使(别人)不安,自己宁安宁。"

日，黄河之冰尚可走马，我从通许而达官渡，但袭开封府之西南，出其不意，可以席卷而得。今已岁暮，若移兵去定寿州，路既迂回，往返必不能及。"诸将大服。

忽绰燕儿奉高军师命，飞报淮安大捷，军师喜曰："我正有用汝处。"遂授以密语，令即起程，潜赴河南开封府，至期依计而行。时姚襄、沈珂，皆已略定宿、泗二州，怀、灵二县并凤阳郡守降表及府库册籍回来缴令，军师道："机会已到，来得正好。"遂付沈珂锦函一封，又口授三条秘策，前赴睢水铁元帅军前，如此如此，开函次第行事。又令姚襄持檄前往颍州，自统诸将随后而进。一路上，残雪初霁，草枯沙软，马骄弓劲，正好打围行乐。军师信口吟七律一章，以示诸将云：

十年高卧习兵机，今与诸君猎一围。
风起雕弓群兽窜，雪随骄马万山飞。
渴来倚剑先餐血，醉后行厨更炙肥。
刁斗无声人士肃，行间许我咏诗归。

将次颍州界上，姚襄早已率领着州牧，并佐贰属员与绅士人等，跪迎道左。军师大悦，即命军校扶起，受了仓库册籍，慰谕一番，仍令原官如故。也不进城，屯兵于颍水、焦陂之间，以度新春。将佐皆雅歌投壶，军士多投石超距。吕军师忽下令曰："马步军兵，悉付由基将军统领，屯驻此地。诸将与铁骑三千，即于今夕随我而行。"

真个动若风飙，神鬼莫测其状；卷如烟雾，鸟兽不见其踪。且看下回何如。

第六十六回

谭都督夹睢水[1]立重营　铁元帅焚浮桥破勍敌

前回铁鼎任作元帅，钱芹任作军师，进取开封府。而今吕军师潜行，又袭取何处？虽经屡次说明，料看书者不能记忆，试听次序演来。

且说开封府，是中原第一有名的大郡，燕王添设三万雄兵，命新宁伯谭忠为都督[2]，徐安为都阃[3]，刘保为副将，华聚为参将，游击、守备、千总共三十余员。谭忠又有家将二名，一闰细狼，一张黑胖驴，是招附的盐徒。其文官，布政司姓蹇名谔，乃吏部尚书蹇义之子；守道吴涉[4]，是学士吴溥故弟；按察司郭资，原系北平参议；降燕巡道胡俨，原系桐城县令，建文行取至京迎附燕王者：总是贪残害民的叛党。闻得济南起兵，来取中州，羽报日以警亟，文武会齐商议。那蹇谔诨名"蹇疯子"，动不动严刑酷罚，把人性命当作儿戏，士民畏之如虎。当下先开口道："朝廷养军千日，用在一朝。今就在出力的时候，也分不得什么文武，就是我，也上阵杀他一两场。如有畏刀避箭的，拿他来下入囚牢，请旨发落。"众官明知蹇谔酒色之徒，故意装幌子说着大话，谁敢去挺撞半句？谭都督道："若得文官都肯齐心协力，何愁敌寇？目下自然是我们武将去冲锋，不消说的；但敌人素有诡计，各处攻城略地，总是先藏着内应，以致败坏。而今守城也是难事，不知谁可保得。"蹇疯子忙应道："都在我！不拘文武，有不遵令者，即以军法从事。"谭忠道："方伯表率百官，孰敢不遵？倘或自己差误，却怎处？"要知道，蹇疯子都是一派奸诈之语，料道没人与他抗衡，有功归之于己，有罪卸之于人，不期谭忠这句话，竟如劈心一拳，打了个着，挣紫脸皮支吾道："你属下武弁，真若听我指麾，焉得有误？"谭忠道："这容易！"便

---

① 睢(suī)水——在今河南省境内。

② 都督——军事长官或领兵将帅。

③ 都阃——武将官名。

④ 涉——wèi，音畏。

回顾徐安道："汝督率游守千把十员、人马六千，紧守城池，凡有举动，皆须禀明方伯而行。"遂点起二万四千雄兵，令华聚为先锋，刘保为次队，自与家将押后，分作三队而进。各官皆饯别于夷门之外。但见：

旗影分行，鼓声按点。未遇敌，威风赳赳；将临阵，魂胆摇摇。刀叉剑戟，争夸日月齐辉；旟旐旌旄，漫逞风云失色。彼举一觞，则赞大都督，当日元勋成百战；此进一爵，则期诸将士，今朝伟伐树千秋。

谭忠等下马饮了三杯，取道陈留而进。行次睢水，早有探马飞报，敌兵旦晚便至。先锋华聚不敢擅渡，禀请进止。谭忠看了地势，谓诸将道："兵法立寨，须左山陵而右原泽。今处平衍之地，而水亘于前①，则宜距水结营，俟敌人半渡以击之。但此水湍溜，既无舟楫，彼若欲渡，必走上流；然又恐我反渡河掩击其后，彼决不敢远涉。今若距水而阵，固是坚守之道，岂不示之以怯？若渡河结营，则强敌在前，横流在后，又进退无据。莫若搭起五座浮桥，各分一半人马，夹河创立营寨，既可以战，又可以守。我先据险以待，不必迎向前去。"部下齐称都督胜算。于是令华聚、刘保渡水安营，自与家将距水结寨，隔岸峙立，一呼而应。浮桥处所，仍着将员把守。安置甫毕，济南王师前锋郭开山、俞如海兵马早到。见燕师立阵严整，俞如海道："彼众我寡，且俟元帅到来商议进敌之策。"郭开山呵呵大笑道："君何怯也？元帅以我二人勇敢，故令先行交战，若畏首畏尾，岂不贻笑于同列？汝看我先斩他一将，折其锐气！"即纵坐下铁骊马，抡动手中金蘸斧，出阵搦战。时谭忠已经渡河，在前营见敌兵不过二千，遂下令大开营门，问左右："谁能先擒此贼？"华聚应声出马。战有二十回合，刘保出阵助战，俞如海令军士射住阵脚，挺手中枪来取刘保。两对儿如走马灯一般，往往来来，在征尘影里互逞武艺。斗有多时，谭忠道："如此斯文战法，何能取胜？"鞭梢一指，左右各将弁就掩杀过去，自己援桴而鼓，大张威势。郭、俞二将纵有三头六臂，如何能敌？只得败下阵去。谭忠在将台擂鼓愈亟，燕军如旋风般卷将过来。都是久在戎行的，饶有锐气，而又多却数倍，势若山岳震压。王师站立不定，且战且走，退有二十里。幸左营孙翦先来接应，燕师方敛兵而去。谭忠胜了一阵，意气扬扬，笑谓诸将道："敌人今已丧胆，我乘夜去劫他一寨，杀个尽绝，也显得我累世元勋。"

① 而水亘于前——而河水横在面前。

二更以后,马摘铃,人衔枚,直到王师寨前。听鼓声时,已交四更,燕兵呐喊一声,拔开鹿角,黑影里杀将入去。真个郭开山等不曾提备,幸得军士多已睡醒,一骰辘爬起来,只办着逃命;奔走不及,被杀伤者差不多三停之一①。又退走二十余里,铁元帅大军已到,郭开山等背剪绑缚向辕门请罪。铁元帅问了致败情由,顾谓诸将道:"军法应斩,但彼先人皆没于王事,我则奚忍?"钱芹以目示意,故作怒容道:"王法无私,岂可曲徇?"喝令:"斩讫报来!"诸将误认作真,皆为请求,令再进战,将功折罪。钱芹道:"如此败将,适足玷辱王师,断不再用!"立命装入囚车,俟明晨解阙正法。当夜钱芹与铁元帅定了计策,遂请开山、如海至中军帐,密语道:"我今要如此如此,未审二位将军意下若何。"开山道:"有失军机,理应正法,今反令小将等立功,乃意外万幸也。"于是密令心腹小卒,到战场上取两颗雄壮的首级,悬之高竿,榜曰:败将示众。又令孙翦带了葛缵、谢勇,扮作家丁,觑个方便,前去诈降,只看天寒河冻,浮桥火起,就在燕军中乘机取事,若外面杀进来时,便为内应。铁元帅道:"何不赚彼来劫寨,然后烧断浮桥,绝其归路,使他片甲不返?"钱芹道:"更好,但恐河冻未坚,难以期日。"铁元帅道:"是日,以鸟枪打营后大树顶老鸦为号,何如?"钱芹道:"这个暗号,可谓神鬼莫测。孙将军诱他劫寨时,须为彼引导,但留葛、谢二将军在彼营中照应便了。"一面令人互相传说郭、俞二将因在囚车内辱骂军师,以致枭首;一面进兵,相距敌人二十里下寨。又令人四布讹言说军师因怒,得病两日,好生厉害。乃按兵不动,坚壁以守。燕将日来搦战,总置之不睬,凭他百般辱骂,亦若罔闻。

诸将都要进击营垒,谭忠心下怀疑未决。忽于是夜,伏路小卒拿解三个人来,一个将官模样,两个像是仆从。谭忠喝问:"你有多大胆子,敢来做细作?"孙翦道:"我是济南有名的大将,叫做孙翦,怎来做细作?前日我们两个先锋败走,后来接应厮杀的,就是我。如今先锋首级枭示营门,幸得我的头还在,所以黑夜冒昧来此。"遂顾谓二仆:"我说是不信的,倒不如大家死了的好。"谭忠道:"你且说来,哄得别人,哄不得我。"孙翦道:"不过死得不值钱,所以逃命,还哄谁哩?我与都督说:两个先锋与我总算失机,同在囚车之内,原不敢杀我们,要解济南的,只为郭、俞二人怨望,伤触了那军师,以致激怒斩首,军师就气出病来。有人说我也曾背骂军

① 三停之一——"停",成数,一停叫一成。"三停之一",即"三成中之一成"。

师，正是气上加气，也要杀我，亏这两个心腹家丁开了囚车，同逃来的。如今没路可去了，倘都督不容，我等就死于此处，尚可免枭首极刑。”谭忠听了这些话头，与两日探听的不差半点，由不得不信，就请来坐了。问：“汝父亲为谁？”孙翦道：“是孙泰，不过阵亡的，并非殉难。”又问：“汝因何在妖寇处做了将官？”应道：“就是这两个先锋，他父亲都封侯爵，因今上不许他二人承袭，心上恨不过，连我也被他二人纠合来了，如今只好落得枭首级。我乃是一时愚昧，比不得他们有仇有忿的。”谭忠大喜，遂问：“那军师多少年纪？病得怎么样？”应道：“已有六旬。这病有些不稳，目今天气严寒，只怕要退兵了。”谭忠道：“既如此，我先将去追杀他。”孙翦道：“他若退兵，必有埋伏，不可造次。莫若出其不意，黑夜杀他个片甲不返，小将情愿当先引路。”谭忠道：“几时可去？”应道：“只要每日辱骂，自然病上加病，方可一战了当他。”谭忠遂待孙翦以上宾，孙翦也就领着燕兵到阵前唾骂道：“贼军师，敢出来与我战三合么？”钱芹凭高一望，孙翦指着又骂，只见军师往后便倒。不期营后树上老鸦大噪起来，遂有军士打了他一枪，群鸦盘旋于营上，只片刻，四散飞去。谭忠握孙翦之臂笑道：“此乃寇灭之兆，我今夜即发兵。克成大勋，当与将军共之。”于是命酒与孙翦及诸将共饮。起更之后，即发军令，刘保与华聚领马兵三千为前队，自与孙翦、闰细狼领马步五千为后应，令张黑胖驴紧守后营。孙翦绐之道：“睢水已冻，恐怕贼人偷渡，莫若紧守前营，方能截他来路。”谭忠道：“说得是。”遂问；“你带来两个人，有些才技没有？”孙翦指着葛缵道：“这是识几个字，为我记账的。”指着谢勇道：“他是个厨人，给我烹庖的。我有两个有些武艺的，因要解京，都被他们禁住了，哪能个到囚车跟前来放我呢？”谭忠越发深信不疑，就着黑胖驴随从过河，严守前营。时甫二更，刘保、华聚点兵前行。孙翦又请道：“小将初到无功，愿为前驱。”谭忠道：“既如此，我同你与华聚在先，命刘保与闰细狼在后便了。”这总是孙翦要赚他入营，好结果他性命的意思。

三更前后，已到王师营门，静悄悄寂无人声，众军呐一声喊，砍寨直入，恰是个空的。谭忠亟叫：“中了贼计！”孙翦在后心一枪刺去，也是命不该死，正有管纛的林守备在黑地里撞过来，中着他左肋而死。华聚挥军亟退时，四围伏兵尽起，火把无数，杀入寨来，大叫：“不要放走了！”谭忠吓得魂飞魄丧，左冲右突，不能得出，看看手下将士，杀得七零八落。刘、闫二人知主将被围在寨内，拼命冲杀进来，谭忠、华聚乘势杀出。背后孙翦大喊："谭贼，你待往哪里走！"闫细狼咬牙切齿，舞刀来战。尚未交手，被庄次跻侧首赶到，大喝一声，挥为两段。谭忠乘空脱身，亟寻旧路。但见跨河五座浮桥上，烈焰冲天，却是铁元帅预先伏兵烧断，分头去劫他前后大营；营内葛缵、谢勇在粮草堆内也放起火来，照得四野通红，金鼓之声震动天地。此时谭忠无路可逃，仰天叹曰："中了他调虎出林之计！"遂欲拔剑自刎，一小武弁亟止住道："都督不用短见，此地岸高，马不能下，向北四五里，有沙滩可渡，我们疾去救应大营，尚未为迟。"谭忠遂命引路去时，有数丈余沙岸绝不陡峻，遂策马而下，渡过坚冰，没命的跑到大营。遥见火光中总是济南王师旗帜，一将横担着开山大斧，当前拦着道："谭贼！认得我郭先锋么？"谭忠方悟枭首也是假的，遂顾左右道："斩不得他，如何脱身？"华聚应声当先交战，谭忠、刘保夺路过去，后面孙翦、庄次跻追兵已到。华聚不过数骑，四面皆敌，为孙翦部下乱枪刺死。再向前追，谭忠去得远了，乃收军而回。时天已大明，两岸上及冰内败残燕兵没了主将，抱头鼠窜，无处逃生。铁元帅竖起招降旗来，皆纷纷投拜。

此一回也，铁元帅分拨宋义、余庆各领兵一千，埋伏寨之左右；庄次跻领兵五百，伏于营之后面，俟谭忠来同时齐发。铁元帅自领精兵二千，反去袭他睢水前营。俞如海领步兵五百，各负草束，分烧五座浮桥，火一起发，即回身砍入敌人前营之背，前后夹攻，使他首尾不顾。郭开山领步兵一千五百，去劫敌人后营，自有葛缵、谢勇在内接应，劫破贼营，即便多立旗帜，以防贼人回兵来袭。其追逐谭忠者，止孙翦、庄次跻二将。若宋义、余庆，仍掣兵接应元帅。兵马无多，用得神妙，破了燕师夹河两处大寨，斩了数员名将，成此大功。在钱芹，可谓得伸当日勤王之志矣。燕兵十分之中，倒有一半全被杀伤与坠崖陷冰而死，其降者又有三分，随从谭忠及自逃去者，不足二千之数。

当下铁元帅与钱芹升坐中军帐，诸将士多来请功，献上诸将首级共十余颗，唯俞如海活擒了张黑胖驴，分辩道："我有老母在彼，乞饶狗命。"铁元帅道："若然，你是孝子，可学王祥卧冰①罢。"令剥去衣甲，裸体投于冰上，复曳上岸，五番而死。遂拔寨前进，军士报：后有敌兵，不知何处来的。铁元帅等皆吃一惊。下回便见。

---

① 王祥卧冰——封建时代所宣扬的孝悌行为典型。

第六十七回

一客诛都阃藩司　片刻取中州大郡

铁元帅登高阜一望,见有千余军星驰电掣而来,系王师旗号,乃是参赞军机监察御史沈宁闻,奉了军师严令,赍到秘计一函。先是,铁元帅因燕兵夹睢水立寨,曾图其营制,送上军师请示;今已破了敌人,秘函后到,不知军师主见却是怎样。拆开看时,有十二句云:

坚冰可走,浮桥可烧。两岸设伏,齐攻并倒。春正六日①,方进陈留。上元分兵,会合豫州。笔举大纲,舌陈条目。三人心知,其余弗告。

铁鼎以示钱芹道:"军师料敌于千里之外,与此处所行不爽毫厘,非神明而何?我等且休息军马,过了残冬,然后进兵。但书内说'舌陈条目',幸唯剖示。"沈珂应道:"军师再嘱,直到临期方说。"于是不复再问。

然作书者且先敷衍明白,方免看书者之猜疑。即如绰燕儿,差他潜入开封府作何事干?是要乘上元放灯之夜②,刺杀布政司与都司。俗语云:"蛇无头而不行。"二人为文武之领袖,先杀了他,一时军民无主,方可袭取城池。请问,这是绰燕儿所优为之事,哪一夜不可行刺,直须待至上元呢?要知道,汴京三面环河,黄流汛险,若敌人拒住,即使有舟难渡,何况无舟?若到严冬冻合之时,冰面上有了狐迹,来往的人就在冰面行走,即车马亦可驰骤。但河冻之后,彼必更加严备,所以吕军师顿兵于亳、颍之间。从来黄河解冻,须俟二月。然一交立春,阳气从地而发,虽冻易坼③,无人敢走。那年隆冬气温,立春在正月十五日。阴阳相乘之理,冬温则春寒,而中土人民泥定成见,于元旦之后,即不敢在河冰上行走,则守御亦必疏忽。所以待至上元者,以待立春也。如此,则绰燕儿可以乘上元之夜行

---

① 春正六日——正月初六。

② 上元放灯之夜——正月十五张挂明灯之夜。

③ 虽冻易坼(chè)——虽然冻结着但却容易裂开。

刺,吕军师可以乘立春之日渡河,正所谓出其不意,攻其无备也。

如今且说谭忠被铁元帅杀得大败逃窜,连夜走至仪封,见城圮难守,退保陈留,收拾了败残军兵,又向徐安处调取三千,不敢下寨,但紧守城池,扼住要路。

铁元帅于建文十六年春正月有六日,悉遵军师密令,发兵前进,不攻仪封,直抵陈留界内。安营已毕,沈宁闻谓元帅曰:“明日初十,军师令点二千人马,往莘城地方围猎。”钱芹问:“此是何意?”宁闻曰:“我亦不解。”铁鼎道:“自然日后才知。”遂点孙翦、郭开山、葛缵、庄次跻同行。将士皆扬扬得志,拿了好些雉鸡獾兔之类,至晚而回。

十一日,沈宁闻又述军师将令:挑选猛将一员,前往索战,不胜者斩。铁鼎问:“谁敢去?”庄次跻应声愿往,问领兵若干,宁闻曰:“有令,只许三百名。”次跻即点三百善射手,摇旗呐喊,径造城下,大声喝问:“敢战者,速来纳命;怕纳命者,速来跪降!”众军齐和一声,城上只当不听得。遂又喝问三次,总无人应。次跻令军士们且下马藉地而坐,手带着偏缰,口唱着边调,大家当作耍子。

刘保望见,忿忿不平道:“我们太被贼人看轻了!”谭忠道:“汝有所不知:彼利于速战,我利于固守。廉颇之拒秦①,司马懿之拒蜀,皆用此着。凭他怎样,只是不战,看个机会,别有妙策。”刘保含愠无言。部下一游击满夸,稍有武艺,向前声喏道:“小将不才,敢立斩贼人之首,献于麾下。”刘保道:“是好汉子!”谭忠气得目睁口呆,厉声喝道:“你若不胜,怎样?”应道:“甘当军令!”刘保道:“他是个偏将,胜亦不足为荣,败亦不足为辱也。与他三百军去便了。”谭忠道:“你说恁话!一人胜败,关系全军,命押下军令状来!”满游击欣然投递了,也点的三百善射手,开了城门,放下吊桥,一声炮响,如烈风卷雾般冲杀过去。次跻见了,不慌不忙,跳上了马,一字摆开,喝问:“要比武艺,还是混战?”满夸勒马大喝道:“料你这个草寇,焉敢与我比试?”次跻更不答应,掣手中画戟,直抢过去。满夸便舞枪迎敌,一来一往,一左一右,战有十余合。满夸料不能胜,霍地勒转马,掣弓扣箭,方在扭身背射,早被次跻纵马赶上。满夸着急,撇却弓矢,用回马枪来刺时,次跻隔个过,直逼入左肋,抓住勒甲绦,提将来掷于地下,

① 廉颇之拒秦——见389页注①。

被众军士活捉去。解至营门,铁元帅问了姓名,大笑道:“大约满嘴自夸之人,都是这样东西。”令割了鼻子,放他回去。谭忠在城上看得分明,骂道:“这班辱国之奴,死有余辜!”那三百善射手,也不发一矢,皆自逃回。谭忠忿忿的回到帅府,忽报满游击回来了。谭忠疑他降了,来赚城池,问:“带有兵士么?”应道:“不但没有兵,连他自家鼻子都没有了。”谭忠大怒,即令在城外斩讫,献首辕门。

次日辰刻,又报有敌人索战,谭忠下令:以后再言战者斩。自己亲上城楼看时,又是一将,但见那:

威风赳赳,气格昂昂。袭来官职,本是武安侯;吐出忠肝,方知将家子。横担着开山钺斧,舞动如风;斜坐着蹈海神龙,奔来若电。这里哈哈大笑,手指着城上好个绒男子;那边默默无言,心怕的城下恼了莽将军。

原来这员大将,是武安侯郭英之子,名唤开山,就是第一阵冲过前锋的。谭忠前日见他勇猛,指挥数十员战将厮拼他,今犹依稀识他容貌,如何不怕?——也是奉着军师将令来索战,直到午后见无人瞅睬,方回去缴令。十三日,沈宁闻道:“今只用个牙将带领军士,到城下去辱骂他一场。”谭忠眼睁睁在女墙边,听他指名叫姓百般秽詈,不但不敢出战,亦不敢回答半句。

十四日,又骂,亦复如是。沈宁闻道:“今夕要悬挂彩灯,大享将士。”铁元帅道:“是了,故意要赚他劫寨,少不得预为设伏。”宁闻道:“军师不教设伏,只教痛饮。”钱芹道:“倘或敌人骤然而来,如何抵挡?”宁闻道:“军师将令如此。”铁元帅遂把军中所有的诸色彩灯,新的旧的都悬挂起来,大开筵宴。宁闻道:“军师令元帅居左,钱先生在右,皆南向,小子夹杂在两行将士中间。”铁鼎等不敢违拗,只得坐了。那些将佐,皆戎装就席,各令小军持了自己兵器,站立在后。宁闻道:“大错,大错!军师严令:都要卸了甲胄,易了便服,不带寸铁,着实开怀畅饮,并许军士各去吃酒。”于是大吹大擂,投壶①射覆②,互相角胜,至二更方歇。

---

① 投壶——“投壶”,古代宴会的一种礼制,也是一种游戏。方法是:以盛酒的壶口作目标,用矢投入,以投中多少决胜负。

② 射覆——古代游戏。将物件预先隐藏,供人猜度。

天未明时，沈珂已起，到中军，铁元帅道："军师推算天文，今日上元卯刻，雾气成阴，亭午微雨，黄昏略晴，到子时，则云散，天空月光如昼。"钱芹出帐观看，果然大雾。宁闻道："元帅可选一千六百名猛士、上将四员，带了干粮前去莘城行围，随后我领军来，别有话说。"铁鼎遂点了郭开山、俞如海、孙翦、庄次跻，带了兵马，从大雾中悄然去了。有顷，雾气不收，化作蒙蒙微雨，沈宁闻领着数百人，也到莘城围猎。至晚，宁闻述军师令道："此去开封东门，不过八十里，元帅可领原来兵马，不带金鼓，不挟旗帜，轻枪快马，限在子时会军师于东门，我回去尚有妙计。"附耳与铁鼎说了。正是：

将军不下马，各自有前程。

宁闻回到营中，又复张灯设宴。先密谕诸将士道："军师令酌量饮酒，每爵以三分为率，微酣而止。"又向钱芹道："军师有言，贼人必来瞯望①，令小子暂充元帅，屈先生于二座。"于是众将皆欣然入席，喧呼快畅，与连夜无异。酒兴将阑，沈珂密传号令，令诸将佐分兵四下埋伏，以待贼人劫寨，钱芹方悟军师妙用。那谭忠原连夜差细作探过，到这时候，忍不住，竟来劫寨，堕入彀中，其败亡按下。

且说吕军师，是日正在颍州发兵去袭开封府，点的三千铁骑，反挑去了魁梧大汉，止用猿臂狼腰、瘦小身材者五百余名，都换了软绵战甲，各只带钩镰长戟一柄。大将刘超、阿蛮儿、曾彪、宾铁儿，亦只用手中军器，一切弓箭佩刀悉行卸去。军师下令曰："此去开封，不及三百里，我当亲自统率，限亥刻渡河；其余铁骑，着姚襄率领，限十六日辰刻到城。"于是衔枚疾走，风卷云飞，戌时三刻，已至通许地方。

那时，绰燕儿正在都司内堂梁上伏着，要刺徐安，两行有好些带刀兵卒侍立，不能下手。看他夜膳完了，又要去巡城、燕儿暗暗着急，思想："杀他容易，但自己也要被他剁作肉泥，岂不误了大事？"正难处画，忽徐安叫小厮点灯，要上东厕。燕儿已曾儿将察看路径，知箭道侧首有个圊溷，收拾得洁净，料定到那边。见这班军士出堂伺候去了，他就一溜烟径到厕中门角后伏着。听得脚步来了，徐安叫小厮："你将灯在外头照罢。"一脚跨入门限，燕儿从暗中迎心刺去，刀刃直透于背，只大叫得一声，呜呼

① 瞯(jiàn)望——窥视。

哀哉了。那小厮吓得倒在地下，灯笼撩在一边。绰燕儿劈头提起，同着徐安死尸，一并撺入粪池内，跑到墙根边，飞身跳过，从小路上亟亟穿到藩司署内，前堂后堂、东厅西厅、书房卧室、幽轩邃闼[①]之中，寻了个遍，不见蹇疯子的影儿。若因公事他出，则又重门封锁，静悄悄寂无人声，不像个官府在外面的。猛想起他书阁之东，有个小院，院内有座二破三[②]的小厅，其傍又有个团瓢样的秘室，向来是空锁着的，只除非在那边。急忙去看时，双扉虚掩，兽环上锁已开了，逾垣[③]进去，依旧空空如也。燕儿忖度，时限将届，怎样去缴令？急得没法起来。左看右看，难道这厮知道要杀他，藏在团瓢内不成？那瓢周回滚圆，其顶有如馒头，纯用城砖与石灰筑成的。向小厅西壁，接着二尺宽的夹巷，上面也用砖儿密砌。通着厅壁，有扇小小的铁梨木车垣门儿，嵌在壁内，就是猪八戒九齿钉耙也筑不开，孙行者变了蠛蠓也没个孔儿飞进去。燕儿伏在壁门间，耐心听了半晌，微闻得内里有妇人嘻笑之声，他就恍然道："原来是这疯子与他老婆勾当的窝儿。"在身边取出火种，上下一照，见有片小铜板挂在门上，带着个小捶子。心猜是个暗号，就右手掣了利刃，左手取小捶儿，连敲三下。刮刺一响，壁门开处，有个妇人出来问："是谁敲点？"燕儿劈面剁倒，大踏步赶进。蹇疯子正在醉公椅上，与女人酣战。左右两个小丫环，各掌一盏红灯照着。猛见雪亮的刀光，陡吃一惊，慌忙跪下说："好汉不要动手，金银珠宝凭你要多少——"声犹未绝，头已落地。那醉公椅上的美人方在心晕神迷，顿然吓醒，身体还是酥的，一堆儿蹲在椅子根前，只说得一句："饶了我的性命罢！"燕儿不分好歹，匕首到处，蹔擦一声，已透心窝。两个丫环，都倒在地下发抖。燕儿觉得脚心上热腾腾蒸将起来，方知是个地炕。旁边两个狮头小铜炉，一边暖着羊羔美酒，一边煨着参汤，就把银壶提来，汩都都吃个尽兴。看三个死尸时，却又奇怪，周身衣服，用的细软绉绸，装些丝绵，照着身材尺寸做来，紧紧裹着，袄连着裤，裤连着袜，上下浑成，与绰燕儿穿的些微不错。就是裤前，男儿开个圆洞，挺出阳具；女人开个梭样的缝儿，刚刚显出阴户。燕儿笑道："这个风流太守，一定也是做贼出

---

① 幽轩邃闼(tà)——幽静的亭阁，隐蔽的小门。

② 二破三——将二间劈作三间。

③ 逾垣——越墙。

身!”一张紫檀木圆桌,上有好些珍奇肴品,也不及尝尝滋味,拽起脚步,往外便走。跳过了后墙,城内街道,都是久经走熟的,拐弯抹角,向东北而走。有条小巷,内一人撞出,喝道:“这厮是贼!”燕儿应声道:“好贼!”匕首已入心坎矣。一径奔上城来,向外探望,见树林中隐隐有好些军士,遂探出腰内两个小纸包,点上火,掼将下去。

吕军师正等得心焦,忽闻纸炮响,亟呼军士道:“燕儿到了!”数十乘软梯,早经扎就,就在城墙边放了,陆陆续续都爬了上去,但听燕儿指挥。只军师与刘超两骑马,绕着城根转向东门。铁元帅领着将佐四员、勇卒一千六百名方到,接着军师。看东关时,已经大开,燕儿与阿蛮儿、曾彪、宾铁儿及五百名健儿,分列在城门洞口。方欲进去,铁鼎后军飞报,有燕兵将次回来了。军师呵呵大笑道:“此是谭忠劫寨的兵,败下来了。”遂令阿蛮儿:“你与我带领三百马兵,每人手执号旗,向前截住,但令摇旗呐喊,彼必不敢来战,逼他远去了就罢,不可穷追。”说话的又错了,铁元帅与吕军师所统的兵总不带旗帜,请问号旗是从何来?这句驳得最细,却不知五百壮士带的钩镰戟,是军师以意做的,并非十八般内所有之物。其制度,在枪刃端之左侧,一钩垂下,为爬城之用;右侧一钩向上,作悬旗之用。其锋皆铦利异常,在马上便用作军器。那旌旗等项,军士都用作搭膊,拴在腰里,急忙要用时,取来穿在戟柄上,上有一扭,挂在钩内,就是自己号旗。其杆又有数道铁箍,可以扎成软梯。一器数用,名曰钩镰戟。阿蛮儿领兵自去。

军师率领诸将佐进城,径到布政司堂上坐定,先令牙将六员各领五十名军兵,到各城门把守,不许放一人出入;次委刘超查盘库上钱粮,曾彪、孙翦诸将等分搜各衙门官员,不许擅杀,要生擒解献;又令高强持令箭护持周王藩府。铁元帅领兵二百绕城巡行,安抚军民人等。有顷,宾铁儿捉了胡俨,孙翦捉了府厅各官,曾彪捉了吴涉,俞如海捉了县令及佐贰等员,郭开山、谢勇捉了各武弁,唯郭资为乱军所杀,其余总是活的,皆泥首求降。军师逐一勘问明白,向众官员说道:“饶不得的,就是胡俨这贼!你当日做桐城县令,建文皇帝钦取你到京,燕王兵入金川,便附和了蹇义、茹瑺等,首先迎降。揆你贼心,自为名士,作一县令,得附开国元勋之列,那知背主事贼,千秋唾骂!今日天理昭彰,更有何说?”胡俨连连叩首,血流满面，唯求免死。军师骂道："你所读何书？所中何进士？到得临难觳觫①，不如鸡狗！我帝师罪不及孥②，止枭尔首，以儆其余。"即命行刑，悬首于市。又向吴涉道："国难之日，汝尚幸家居，若在京都，岂有不随着吴溥迎附燕藩？然天下如汝辈者，比比皆是，岂可尽诛？姑饶一命。"其府县各员，原官如故。又叱诸武员道："汝等鄙琐蠢夫，当不得一卒伍，乃亦列在将弁之内！本朝用不着你，各自偷生去罢。"并发放了徐安、蹇疯子等家属，都令逐出城外。铁元帅、刘超等，皆来缴令，军民悉已安堵，就发库帑赏赉将士。

翌日，阿蛮儿同着钱芹、沈珂、姚襄等皆到，军师令兵马驻扎城外，但许众将佐入城。宋义、余庆同献刘保首级。沈珂遂禀："谭忠不出军师神算，到我们筵席散后，却来劫营，四面伏兵齐起，杀得大败，向郡城奔走。见前面又有兵截住去路，他就转向东北而逃，不期恰遇着了姚将军的铁骑，又杀一阵，只剩得百来骑，望北路逃去。穷寇勿追，也就饶过了他。"军师道："我兵辛苦一夜，不追的是。"遂呼绰燕儿至前，谕道："这场功劳，汝为第一，今授汝以副将职衔，充机密使。我有密札，可速送至高军师处。并令旗一枝，路由颍州，着楚由基率领所留兵马速来汴郡，随我西征。汝且待淮南、淮西地方皆平定了，然后到我军前。"燕儿得令自去。方草疏告捷，并上诸将功册，首荐铁鼎开府豫州，钱芹宜授京职。钱芹辞道："向闻旧臣皆归行阙，礼乐兵刑诸务，有纲有纪，无庸草野老人尸位其间。今欲南返姑苏，同史彬前去迎请建文皇帝复位，以副忠义之望。请军师裁夺。"老义士誓迎复帝，尚未知行在何方；小庶孽谋欲称王，似已应定都佳兆。怎样的事，且在下文。

---

① 临难觳(hú)觫(sù)——面临灾难恐惧得发抖。

② 罪不及孥——量罪不涉及妻、子。

第六十八回

吕军师占星拔寨　谷藩王造谶兴戈

军师答道："远迎圣驾，任大责重。我意得了河南，先请帝师驾临，酌议其使。今先生慨然愿往，实忠臣义士之幸也。即当草疏请旨，特授礼部职衔，以隆大典。"钱芹谢道："既承军师作主，似不必在此候旨，明日遂行罢。"军师许之，同铁元帅及诸将佐等，饯别于夷门之外。

回至公署，铁鼎禀请军师道："愿执弟子之礼。"拜毕，又禀道："从来先哲，必有门弟子缵述其绪，向见夫子多所不屑，未敢造次。然若鼎者，弟亦择师也。"军师道："向我隐居嵩阳，岂无四方来学？见我困厄，辄就弃去，始终相依者，唯沈珂一人。及今之求托门墙者，原其心，不过为势利，岂真为着学问？所以概行拒绝，只收得姚襄、景星二子。今君亦志诚若此，皆不愧乎为师弟。前此，授姚襄以奇门，授景星以阴符，今当授汝以《素书》。"铁鼎又拜谢了。到夜，仰观乾象，吕军师指示道："此为紫微垣，垣中一大星，色赤有威者，即北极紫微星。燕王迁都于北，上应天象，未易驱除。其垣周回两两相比者，乃上丞、少丞、上宰、少宰、上辅、少辅、上弼、少弼诸星，或而昏冥，又时露芒角，应在彼之居位者，皆一班谄佞之徒，更无正大光明之气象。独是帝座前一星，为彼之世子，其色淡中带黄，其光显而能敛，有中正之道，国本攸系，却在于此。"又指太阴星道："是为帝师垂象，光彩透彻若圆珠，形质端凝如美玉，威而和粹，恬而肃穆，在人间为至圣，在天上为大仙也。其将星，都入娵訾[①]界内，乃青州分野，莫不光芒磊落，应在我朝文武诸臣，较之燕藩部属，优劣奚啻万倍？至建文皇帝行在无定，乾象竟无显著，不知复位在于何日，我辈唯有励此忠肝义胆，上格天心，以邀眷顾耳。"铁鼎闻了此言，不禁潸然涕下。军师又指道："五星从日月而行，今水星出于豫州之分，其色晶晶，光华流动，有泛溢之状，将

---

① 娵(jū)訾(zī)——传说中的人物名，娵訾氏为帝喾高辛氏之妻。

来春汛，黄河必决。《诗》①云：'月离于毕，俾滂沱矣。'虽不即应，而到底必应。恐阴雨之后，河流一涨，有难以阻挡者，汝须豫为修葺城垣。目今军旅屯于河岸，亦有可虞。与其移寨以避水，莫若拔寨西征，竟进河南讨寇矣。"铁鼎一一承教，因问曰："知彼知己，百战百胜。我夫子料彼如何应敌，又如何胜之？请示其略。"军师道："彼若直抵荥阳，拒黄河以结阵，遏我之师不能渡，此乃反客为主之上者。次则据成皋之险，凭高而瞰下，彼击我易，我攻彼难，亦为扼隘之妙着。若背城结寨，斯为下策，是引敌入室也。彼若出于上策，则设渡于西，以缀其兵，而反绕东路潜渡，偏师以击其后。若用中策，彼战则我易胜，倘或坚壁不出，则分一师由间道而捣其巢。至于临机应变，又在随时合宜，不可预定。"铁鼎曰："我夫子上贯天文，下通地理，中达人时，有天下之全局于胸中，其管、葛之流亚欤？"军师曰："孔明先生何敢当也？我治国之才不及仲父，临戎之略不逮淮阴，当大任而从容自若，远逊子房，处我于景略、亚父之间，差堪伯仲。"又问："我夫子特荐高咸宁为军师，其才何若？"军师曰："咸宁深沉而有远略，策亦多中，洵可独当一面，但于群言杂进之时，略少裁断耳。"铁鼎曰："然则姚道衍何人，而能辅燕藩以得天下耶？"军师曰："其智计狠而险，心术残且忍，比之宋齐丘更为甚焉。"又问曰："我朝现今文武之中，有可以名世者否？"军师应曰："建文之旧臣遗老，多短于才而优于行，处之治平，可谓良臣。若年少诸子，如刘璟之沉毅，景星之胆略，与汝之雄劲，并方经之刚严，程智之术数，皆一时之杰。再则司韬之英发，姚襄之敏慎，沈珂之精察，仝然之伟辩，均所难得。外此，则各有所长，亦有所短，要之随材器使，无不可者。若武将之勇敢、武艺，人所易别，董、宾二老将胆大心小，可寄重任；若勇而有智者，则刘超一人而已。"师弟议论入彀，不觉天已昧爽。

阴雨数日。军师谓铁元帅道："郧阳地方，万山围裹，此一小蜀国也。内有妖贼僭踞称尊②，自元朝至今百余年，历传数世，中国莫敢过问。我算道衍，必遣人说之出兵，与我抗衡，彼收渔人之利。我疏已草就，奏请帝师遣一位仙师去降伏他，以免战争。我今先伐河南，次则南阳，若夫汝宁，四面失援，可传檄而定也。楚由基所领军兵到日，可饬令速渡黄河，据定成

---

① 《诗》——即《诗经》的简称。

② 僭踞称尊——不合名分地篡取高位，以自称尊严。

皋,以防贼人断我饷道。违误者斩!”遂拨上将谢勇、庄次跻、孙翦、葛缵四员,与铁元帅为五军,其兵马士卒总在新降内挑用。遂出城拔寨,向西进发。铁鼎送了一程方回,治事不题。

却说高皇帝①有个庶子②,排行十八,叫做谷王橞,就是受过燕王女乐、开了金川门迎降的,满望加封个大国,不期燕王日以疏远,因此心怀怨恨,要谋夺占南都,也做皇帝,遂假造谶语,讹传于市云:

半月落江湖,春来燕亦无。

天生十八子,定鼎在南都。

建文皇帝元首③顶圆,而脑后略偏,太祖曾言形如半月,谓今已流落江湖;“燕亦无”,是说燕王已迁都于北平,亦云亡也;第三句,谷王自寓;第四句,言己当称帝于金陵。世子闻此谣言,待要启奏,恐害了他性命;若听其自然,又恐弄出大事。遂与黄淮等相商,传一密信给周王橚,把谷王请到大梁去,原为开导劝化他。那知事有凑巧,到了周藩府中,不几日,又来了个崇宁王悦熸,是蜀王第四子,也要谋夺世子之位,被蜀王逐出来的,一见了谷王橞,甚是情投意合,商量要仍返南都。因淮北、河南皆失,无路可归,只得住下。在吕军师与铁元帅,初不知有二王在周藩府中,亦并不知南都谣言情由,从何而提防他呢?

那时谷王闻得吕军师去了,有个铁鼎驻扎开封,将佐四员同居署内,只有兵士四千,总是新降的;又想到“定鼎”二字,合了铁元帅的名讳,就自己把假谶也当作真了,说与崇宁王,言“此贼应在我平定他”。两人瞒过了周王,造下空头官诰数千,托付心腹人,给散城中兵士与藩府的卫卒。那些小人,说有官做,谁不愿从?又正值黄河大决于原武地方,坏了无数村舍,淹了无数田亩,男妇号哭遍野。铁元帅恐致黎庶流亡,一面遣府厅各官安抚赈济,一面遣孙翦、葛缵前去筑堤打坝,捍御横流。城中文武去其大半,二王就乘此举事。有家丁六人,曰尤赤鼻、盛白眼、于二兔子、胡矬子、陈小獐、徐顺龟子,都是招来的盐徒贼犯。分头约定人众,在三月二十一夜月上时候,卫士等去杀守门兵卒,占夺城门;二王亲自率领家丁及

① 高皇帝——指明太祖朱元璋。

② 庶子——非正房妻室所生的儿子。

③ 元首——即脑袋。

六百名勇健,围住铁元帅公署,前后攻进;其余兵士,都向各衙门截住救兵,并拿诸文武官员,同时举发。

铁元帅那一夜饮了数杯酒,再也睡不着,倒起来料理明日公事,忽闻马嘶人语,心以为异,登楼一望,见署前后枪刀密布,正不知从何变乱。亟到马槽,自己备上鞍屉,绰枪在手,思想无路可出。前后门已被攻破,大喊杀人,心上着了急,尽力踢倒了箭道旁边的小墙。因是死路,绝无一人,急忙牵马奔出,又打塌了民家的一垛短垣,方是街道。投东走时,见有两个青衣人,如公差模样,拦住道:“我们奉府主司老爷之命,来救元帅,如今只有北关可走。”两人在前引道,铁鼎随后飞赶不上,方知是神人。北关外是河决的所在,料道没人走的,所以未曾占去。只此门军,还是济南旧卒,闻城中有变,正在着忙,特见元帅一骑奔来,便迎着道:“我们都随去罢。”遂一拥出了城门。那两个青衣人又引着向东,绕城而走。有二十余里,到一座大庙门首,青衣人忽不见了。仰头看时,龙盘朱漆匾额上,四个大金字:“碧霞行宫”。铁鼎向从人说:“此是泰山娘娘庙宇,救我的人,想是岳庭差来的。稍待天明,进去叩谢。”下马略等一会,便去敲门。呀的一声,是个道姑出来,四目一视,互相惊讶,原来是公孙大娘,即问:“公子因何到此?”铁鼎从头至尾说了。公孙想:“鲍师知道未来,不肯预泄天机,今事已应,不妨直说了。”因向铁公子道:“这座庙宇,始名万寿观,为妖鹿梅花仙长所据,帝师斩除魔怪之后,地方改造了三真观,内供帝师、曼鲍二师圣位,朝夕香火礼拜,报答隆贶。今这些逆贼,就说是济南妖人,因此又改了娘娘宫殿。我如今同飞娘从淮南高军师处来。原奉鲍师法旨,到这三真观中救取公子大难。恰好前日在路上见瞿将军与二董小将军,奉高军师命到吕军师军前,去此不远。只这枝兵,便可复夺汴城。我且到城中去探听个明白,回来再定主意。”铁鼎谢了仙师,又道:“还有楚由基将军奉吕军师调至河南,旦晚亦到,并求仙师通信与他,我们合兵前去,更妙。”仙师应允而去。铁鼎就率领众人,向东迎上三十里,早已接着瞿雕儿、董翥、董翱等,各相见慰劳已毕,共有一千人马,就下营扎住,整顿朝餐。刚到午刻,楚由基统了三千铁骑飞驰而来,说:“适奉公孙仙师之令,绕道来此,与元帅合兵,恢复汴城。”铁鼎大喜,把军师谕他据住成皋的将令先说了,然后自述始末情由。早见公孙大娘已到面前,说:“反的是谷王橞与蜀王第四子,如今现据公署,部下有六个心腹健丁,其余总是新降的武弁兵卒。谢勇、庄次跻俱被生擒。谷王要降他两个,着实礼待,被谢勇痛骂一场,即令斩首;庄次跻遂诈降了,哄说劝他归附,因此囚在狱中。庄次跻如今为贼把守大门,我已约定今日半夜吹笛为号,他便斩开东关,迎接元帅军马入城,可以立时拿住。”铁鼎问道:“周王橚,一定也是同谋的了。”仙师道:“这个不知。尚有飞娘在庙,我且别去。”铁鼎拜送过〔公孙仙师,道〕:“就烦两位董将军各率兵五百名,围住周王府,不许人出入,待平定之后,拿来对质。一同庄将军去放出谢勇,搜拿城中反叛诸贼。我与瞿、楚二位将军去擒谷王及其部从等。”分拨已定,一更之后,驰向东关。刚及半夜,令军士将铁笛吹起,闻得城内大喊杀贼,重门大开,诸将士争先涌进,各人分路行事。铁鼎遂令勇士百名,守住城门,一径直到公署,前后围定,并守住了箭道侧边墙垣。打将进去,莫想走脱半个,尽被擒拿。瞿、楚二将又向各城门诛杀守门兵卒,收拿羽党。

顷刻天曙,铁元帅升堂,即发令箭,提拿周王橚讯问。周王把二王在府住的情由备细实告,又道:“前军师令人护持家口,感切肺腑,岂肯与他同谋?且亦并不知情。直至事发,实实无力与之争斗,这是我懦弱有罪,没得说的。”即二王同供,也说是瞒了周王做的。铁鼎乃令人送周王还府,俟启奏定夺。又勘问二王时,互相推诿,崇宁王就将他谶语念将出来,说:“应了元帅尊讳,所以造下这样事情来害我。”元帅笑道:“真个的应了!”遂定谷王为首,崇宁王为从。是日,瞿雕儿及谢勇等诸将,拿获羽党共有千人,铁鼎略为鞫讯。内有军师逐出武弁五名,躲在城外,得了谷王官诰同谋的,遂令与谷王家将盛白眼、胡矬子、尤赤鼻、陈小獐、于二兔子、徐顺龟子等共十一人,腰斩于市,余皆释放不问。瞿、楚二将军进言道:“城中无我旧兵,只恐尚有变动,还须分别杀他几百才是。”铁鼎道:“当令反侧,子自安。彼造反止有一日,皆已就擒,必道是军师神算所及,焉敢复萌他念?”诸将皆服。忽报公孙两位仙师已到辕门,铁鼎急忙出接,至署内设位叩谢,又望阙叩谢帝师、鲍师,又求仙师暂留数日,以备不虞。遂传令拨公署一所安顿。楚由基道:“军师严令小将,今当先去。”瞿雕儿等共立起身说:“军师既在河南,我们亦当速行。”遂各辞别,领军出城而去。铁鼎又作密启,飞送上吕军师,请示发落二王。当夜,谷王自缢。后以建文帝旨,废崇宁王为庶人。出其不意,彼此在反掌之间;攻其无备,成败在转瞬之际。此回完局,且演下文。

第六十九回

三如公子献雄郡　二松道人缚渠魁

吕军师占星拔寨之后，渡了黄河，便有大风雷雨，就择高原处所屯歇人马。三日方霁，下令启行，建文十六年春二月也。宾铁儿请为先锋，军师道："这次还用不着。"姚襄请问其故，军师道："前有成皋之险，贼若据之，须要用智破他。若一战而胜，彼必死力拒守，河南之兵亦来接应，攻之殊为不易。汝可领五千骑，先往哨探，贼若不据成皋，河南在我反掌中间。"姚襄遵令自去。五营人马，次第前进。行有三日，姚襄回来禀说："止有几处烟墩，十来个汛兵看守，被我尽行杀了。"军师遂令星夜驰过成皋，兼程而进。远远望见前路，有烽烟腾起，军师谕诸将道："彼举烽烟，明示我以前有敌兵，而却暗伏兵于左右，俟我进兵，攻我胁下，从中以截断也。今且下寨，俟窥探虚实，然后再进。"甫至二更，报说拿了奸细，军师立刻升帐，察其形状，是个小卒，喝问："汝系何人差遣，大胆来此？"那人左顾右盼，禀道："不敢言。"军师道："但说不妨。"小卒就在夹袖底内取出一函呈上，正面写着"吕大军师老相国亲拆"，背面写着"殉难亡人密禀"。军师遂令兵士把奸细带向后营，独自拆书来看。内曰：

> 亡人暴如雷、巨如椽、龙如剑密禀于大军师老相国吕老先生之前曰：如雷为殉难灭族刑部尚书讳昭之仲子，今名雷如暴，现任游击；如椽为抗节夷族监察御史讳敬之长子，今名雷如巨，现居幕中；如剑为晋府长史伏鸩尽节讳镡之次子，今名雷如龙，现为守备。原欲借此微官，图报大仇，奈无机会可乘。恐事之不立，名之尽丧，日夜痛心刺骨。侧闻义师席卷山东，访求故主，同心私庆，料必先取中州。日夜茹胆泣血，延至于今，正义士扬眉之日，亡人吐气之秋也。独是心腹甲士止有田横五百，而城内城外贼之兵将五十余倍，一有举动，先遭毒手。伏惟军师密示良图，遂此素志。先人幸甚，亡人幸甚。某等九叩。

上禀末后，又一行云：

来者是义奴沈观,不妨面谕。

军师心喜,即手写密札,唤此人授之,仍藏夹袖。遂问:“前途有伏兵否?”答曰:“有。小的就杂在伏兵内来的。”军师笑道:“果不出我所料。汝去与家主说:出城来时,头盔上须用红罗抹额为号。”乃按兵不进。

却说河南府镇守的都督赵清,谋勇俱全,在建文时镇守河北彰德府,燕王兵临城下,他原闭门不纳,但说:“殿下若入金陵,只须尺一之诏,即当奉命,今日尚有未敢。”燕王喜他的话,解围而去,后果归附于燕。因河南为关陕交界,是个重地,所以调来守此。部下副将符虎、参将张鸷,皆力敌万人;又有家将十来员,雄兵二万四千有奇。闻得王师取了开封府,就点了一万五千兵马,在瀍水东扎下三个大寨:左是符虎,右是张鸷,自居中营,令游击二员、守备四员,紧守城池。暴如雷、龙如剑正在守城之数之内,一路添设墩台,日夜防备。中岳嵩山,正在洛阳地面,其脉逶迤环绕,多有岩坡林莽,可以藏兵。赵清就令军士带了干粮,偃旗息鼓,伏在中途深林之内,只候敌兵到时,举烽为号,从两翼杀出,为三面夹攻之计。谁知等有五日,烽便空举,敌兵不来,干粮既竭,军士只得撤回。不意那日吕军师早探的确,电掣星驰,大兵已过偃师,扎营于钩陈垒。赵清跌脚道:“多带一天的干粮,敢是守候个正着。如今且与他兵对兵,将对将,杀他个片甲不回,方知道老赵是河北名将!”早有营门禀报,敌人来下战书,遂批了明晨交战。到五更时,秣马蓐食,三声震炮,军将齐出营前。吕军师在台上望见军容是威武的,私心大喜,遂传令诸将:“出战须候我呼名差遣,毋许争先。”遂改了道装,头戴星冠,身披鹤氅,手持羽扇,坐在交椅上,令人抬至阵前,诸将乘马拥在左右。赵清哈哈大笑道:“这贼军师,总是未经撞着狠手,就装出恁般模样来。谁与我先擒了他?”符虎飞马而出。军师咳嗽一声,八个勇士立刻将军师背抬回营,便呼余庆出战,大喝道:“贼将,有我在此!”符虎更不答话,抡刀直取,余庆手中枪劈面相还。战有十余合,余庆敌不住符虎,跑回本阵。军师又呼宋义接战。张鸷喊道:“符将军,请看我来擒他!”战有二十回合,看看宋义也要败了,军师亟令鸣金收军。赵清恐是诈诱,不敢掩杀,也就收兵回营。

明日,赵清吩咐将士:“若再胜了贼将,便踹营寨。”遂出阵前,令小军辱骂。宾铁儿懊恼不过,禀请道:“小将愿见一阵,若不能胜,甘当军令。”军师道:“自有用着你处,不得多言!”铁儿只得退立一边。军师唤姚襄密传将令与各营，自却易了戎装，跨马临阵。赵清见了，又笑顾左右道："他骑了马，准备着逃去哩。"符虎大喝："贼军师，敢与我比试武艺么？"军师令高强出马。高强暗想："放着多少勇将，却教我去，这是要借刀杀人。我且略战数合，也学他们一走罢了。"亟应声而出，大骂："逆贼休得逞强，看我高将军斩你！"刚刚战得三合，早被符虎抢入怀内，活擒过马，燕兵赶出，绑缚去了。赵清鞭梢一指，大队人马奋力杀来。那时王师后阵先退，吕军师同着诸将望西而逃。真个抛旗撇鼓，弃甲丢盔，星落云散。只有刘超、阿蛮儿二将断后，且战且走，直赶到景山而止。虽然胜了一阵，却不曾杀得半个，只抢拾了好些旗枪马匹等物。赵清又大笑道："真是个贼军师，倒也奔走得快。"军师见他不来追了，立刻扎营，暗传将令，于起更时候，乘着天黑再退五十里。诸将遵令，弃营而去。赵清谓其部下道："贼已丧胆，今夜率军劫寨，必获全胜。"符虎道："小将当先。"赵清道："我在中，张鸷居后，倘有伏兵，可以接应。"行近寨前，大呼砍入，却是空的。吃了一大惊，连忙退出，不见响动，乃举火四照，又并无伏兵。赵清大笑不止，道："好逃走！"遂传令军士，连夜追赶。将到天明，看看赶上，军师亟命弃了辎重而走，满路抛撇财帛，不计其数。看车内时，都是杂粮。赵清下令："敢有抢拾者斩首。"军士们心中抱怨，又且饿了，走得便慢。符虎大喝道："且赶着了贼人，自有重赏。"军士只得再赶，见王师正在那里埋锅造饭，燕军到时，又弃了飞跑。赵清拍手大笑道："这样便饭，何不扰他？"于是部下饱餐一顿，直向前追过巩县。将近缑山脚下，忽有一彪军突出，乃是瞿雕儿、董翥、董翱三将，领着二千马军来到军师营前，只道真个败，三将当先，奋力截住，混杀一场，互有损伤，军师亟令鸣金。时天已晚，两家各自收兵。三将见了军师说："楚由基屯在敖山，护持往来粮草，小将等特地前来助战，不期恰好。"军师笑道："汝等险误我事。"雕儿方知是诈败。军师顾谓董翥、董翱道："我看贼将，是你两个对手。明日战到间深里，闻擂鼓声，即便退回。"又唤宾铁儿、阿蛮儿、刘超、曾彪密谕道："明夜贼必退走，看我中军炮响，汝等分左右杀他伏兵。"又命瞿雕儿、郭开山、宋义、余庆、俞如海率领铁骑，专追他中军。又密谕诸将："前途遇有红罗抹额将领，统着四五百兵马，是献城的人，尔等须助之，毋致混杀，违误者斩！"诸将得令，各自摩拳擦掌，整备厮杀。

次日辰刻,符虎、张鸷又来索战,董翥、董翱二将齐出。各挺手中画戟,喝道:“来将通名,斩了你首,也好标题枭示。”符虎、张鸷同声骂道:“你这两个小贼,顷刻亡魂,还敢问老爷名字!”各抡动大刀,劈面砍来。董家二将举戟拨过,乘势向心窝里便刺。这场好杀!但见:

两枝戟,如玉龙搅乱大江波;两柄刀,如银虬翻动空山月。旋风滚滚,马亦逞雄威;杀气腾腾,人刚称敌手。那边阵上争夸道,副将军惯用大刀,赛过张辽和许褚;这里行间都笑说,小英雄善使画戟,压将仁贵与温侯。

那时董翥战符虎,董翱战张鸷,来来往往,有八十余合,不分胜负,把两阵军士看的眼都花了。忽下起骤雨来,各收军暂歇。赵清顾谓符虎、张鸷道:“我看这两个小贼,倒有些力量,须用智谋擒他。”就附耳与二人说了,皆大赞妙计,只待明日行事。当晚雨霁之后,吕军师同姚襄登缑山高处,以望燕军。烟云尽散,星斗方明,军师曰:“好天气,真可破贼。”姚襄不解,微问:“此贼何故今夜退走?”军师曰:“我前日与暴如雷札中,令其遣四五心腹在外探听,俟我诈败至巩县地方,使两三人连报贼营:城外有敌兵攻打,城内又有奸细放火,势甚危急;又一两人驰向城中报说:敌兵诈败,都督被困,飞调暴游击等往救。此贼虽狡,焉得不还兵自救?彼退,则必伏兵于两翼,乃兵家之故智。我搜其伏,击其退,何异摧枯拉朽?”姚襄又问:“若然,何以必屡次诈败,直至于此!而后用计?”军师曰:“败得多,则彼信以为真;走得远,则彼亦难知是假。倘若离城不远,凭高回望,即知虚实,如何行得?”姚襄心下恍然曰:“夫子用计,鬼神不测!但暴公子使之在城,方能开关延接,今亦调之使出,倘城门紧闭,将何以处?”军师曰:“我已算到,令其潜留心腹百人在上东门内,何难砍杀守卒乎?若不使暴公子出城,一有觉察,岂能保其性命?”正在交谈之际,遥见正东上一骑飞来,到赵清营中去了。不片刻,又是一骑,慌慌忙忙的,也进去了。军师道:“我先回营,汝看他兵马移动,可放一枝响箭为号,以便发兵。”

且说这两个飞报的卒,就是暴公子差出在外的。赵清闻了围城的信,甚是猜疑,暗想:“这几阵,难道都是诈败,引我远远到此的?”就令将活擒下的高强,押来勘问道:“汝贼军师的兵马,是从何处抄在我背后,去打城池?实实供出,饶你一死。”高强实出不知,要留这条性命,只得谬供道:“原是调虎离山之计,所以屡次诈败。”赵清大怒道:“汝贼先既愿降,曷不早说?”拔剑挥为两段。随即暗传军令,左右翼伏于两旁,中军先退。到天明时,没有追兵,赶向前途会合。

此时姚襄远望得分明,连放响箭三枝,即如飞下山。吕军师中军一声炮响,诸将挥军追杀。赵清听得后面喊声大起,回头一望,追兵已近。当先瞿雕儿,大喝:“逆贼,你来时有路,去时没路!”赵清回马战时,怎能敌得?落荒而走,诸军大溃。残月之下,途次跪降者无算。赵清急麾纛向南,自己却向西逃,幸得走脱。但见左右两路败兵,纷纷四散而来。符虎大叫:“元帅,中了贼计!”张鸷也到了,应声道:“贼势甚大,我们北走为便。”赵清一头跑着,说道:“还是回城。”忽又有五六百兵马,劈面迎来。赵清叹道:“我命休矣!”张鸷当先杀去,看时,却是自己旗号。雷游击与龙守备二人,连连挥手道:“府城已失,回去不得了。”赵清心内踌躇。刘虎儿、宾铁儿二将齐到,符虎挥刀来战。不要说,一个也难敌,何况两人?刚躲得虎儿的青龙刀,左肋上铁儿蛇矛早着,翻身落马。赵清、张鸷没命的跑了。雷游击大喊:“我是来迎吕军师的!”刘虎儿见有红罗抹额,便道:“快去,快去!”遂与宾铁儿统着铁骑,追赶赵清去了。暴游击向西行时,见有败残军兵走投没路,就招呼道:“你们若要性命,速随我去。”内有赵清一员家将,叫做周科,听得此话,猜道是结连敌兵的,就挺枪直取雷游击,不妨侧肋里有员大将,正匹马飞来,周科亟欲转身迎敌,早被一铁挝打落尘埃。这将是谁?原来是曾彪。暴如雷也不及问姓名,但忙忙的问军师到未,曾彪亦未及应。又有一员大将,马上带着两颗首级,手抡着大刀,从后飞至,应声道:“还在后哩,你可是暴公子?”才答应是,二将已去远了。如雷急忙又向前行,又有两员手持方天戟的年少将军问:“来者是暴公子么?军师有令,火速去占住上东门,以便进城。”暴如雷得令,即同龙如剑勒回马如飞而去。片时早到城门,大呼:“快开!我回来了。”守门卒应道:“适间奉令,说你私自出城,定有歹意。不开,不开!”城内一声发喊,将守卒杀了,砍开重门,就是军师预令暴公子伏下的心腹甲士。如雷方进城门,城头上早有二三十骑飞来,大嚷:“雷游击反了!”暴公子方要迎敌,那持画戟的两员年少将军恰到,突入城内,弯弓一箭,城上为首的这个将领,两脚朝天,翻身坠下,余皆一哄而散。

等有片时,军师与姚襄皆到,领着二千精兵,诸将前后拥护进城,径入帅府,命姚襄到各城门尽换守门军士,并招抚城内余兵。又令暴如雷等,分头招降文武官员。是夜郭开山、俞如海、宋义、余庆四将,原是同着瞿雕儿专追中军的,因见纛旗向南去了,大家赶上,杀了无数燕兵,不见赵清,再绕东来,城上已立了自家旗帜,遂叩关缴令,各献贼将首级。军师即令雕儿等出城招抚残兵,在城外屯扎。一面查点府库,一面出榜安民。暴如雷等绑了文武官弁一十七员,来请军师发落,无不泥首愿降。如雷道:"文官罢了。那武弁内有赵清的心腹,方才还统着家人杀出来哩!"军师道:"总用不着这班贼头贼脑的。"喝令:"将赵清等家口,都交付与他们,押出城外。帝师义不杀降,姑饶性命。"众武弁感激叩首,一切文官,皆仍旧职。

时刘、宾、周、曾等四将皆到,禀军师道:"赵清、张鸷二贼,逃到北邙山下,与众兵都弃了马,走入巉岩密树之中,造化了他去。"军师道:"他回去,也免不得燕王一刀。"遂问暴如雷等三人始末情由,如雷禀道:"小子自幼不才,贪玩好耍,使拳弄棒,酗酒赌博,无所不为,致被先君逐出在外,流荡至于潞州府。"指着巨如椽道:"他的令尊公讳敬,巡按山西,时方出境,与先君为至交,小子因去求他带回。巨公说:'不可重令尊之怒,我看你有武相,须得发迹后方好归家。'遂荐至榆林总兵处,顶了雷如暴名粮,拔授千总。升到都司,便闻靖难兵起。正欲辞官省亲,不意看邸报时,先父与巨公皆骂贼惨死,以至夷族。世兄如椽,有义仆代死,得脱于难,直到榆林来访,易名雷如巨,认作弟兄,后又调升了此地游击。有个雷如龙来投兵,小子心以为异,请他进署会时,乃巨世兄之旧交,伊先尊公,即晋府长史殉节龙公讳镡者。小子欲报君父大仇,所以谋补龙世兄千总之缺,未几即升守备。我三人日夜图报,唯学不得子胥鞭尸泄恨,实有腆于面目。想要逃至济南,又恐被人擒获,身名俱丧。今蒙军师拔我等于水火之中,全了'忠义'二字,此恩此德,捐躯莫报。"军师道:"天所以纵子之不才,正所以延先公之后也。今者报国,即是报亲,我与君等同此一心,怎言恩德?"

说未竟,忽城门卒飞报,有两个嵩山道士要禀机密。军师遂令请见。暴如雷道:"向来嵩岳观中,有两个道士,与符虎相好,不要是来作刺客的。"军师笑道:"大凡僧道与官府往来,不过为势利,焉得有这等异事?今说有机密,或者也是同仇,亦未可定。"时诸将佐皆列两行,见两道者不衫不履,昂然而入,向上打个稽首道:"逃贼赵清、张鸷,被小道擒缚在观内。本欲解至军前，窃恐中途有失，请军师速发军士押来，以正国典。”军师即令姚襄、刘超、瞿雕儿、阿蛮儿统四百铁骑前去，限当日缴令。遂请二道者进坐，叩其姓字，上首的道：“贫道系高监察御史讳翔之子，名嵩字维崧。这位是御史丁公讳志之子，名如松。燕王召先父草诏，痛骂逆贼，死得异常惨毒；祖茔朽骨，亦被发掘剉碎①。此仇此恨，千载难忘。贫道因少年颇好玄门②，时正游于嵩岳，得免大祸，就在观内出了家。未几，本师又来个香火小道者，看其形相，是旧家子弟，因此问及，方知是殉节丁公之令似，就称为师弟兄。山中人但闻维崧、如松声音相同，遂呼小子为‘大松道人’，呼他为‘小松道人’。数年前，曾有两位宰官，托言形家，寓在观内。我猜是济南来的，半夜去见他，就有归向之心，不意决不肯说出真话。明晨不别而行，后来才知是去访故主的。当面失之，至今犹悔。今日幸拿二贼，得见军师，方遂素志。”军师问：“这两贼如何得拿住？”小松答道：“他逃到东观来时，原有数十人，难以下手，就哄着他把这些人安顿在师叔西观，我这里备供给去，酒饭都放了蒙汗药，两贼将吃得大醉，锁在房中，我与师兄连夜到此。又恐他们有酒量浅醒得快的，弄出事来，一家子尽躲了，把大门也锁上，粘着一纸，说是赵清醉后，杀了道人，拿解王师营前去了。”军师道：“足见经纬③，但怎得就有蒙汗药呢？”大松答道：“也因有三个人，是朝臣模样，到观内访问什么张邋遢，后来闻得是燕王差令去搜追帝主的，那时就备下蒙汗药，倘若再有得来，也要完他性命。”军师道：“如今且喜用着了。”遂教设素筵款待，令三如公子相陪，如雷便问：“可知道符虎有两个相与的道者么？”大松答道：“就是我二人。因他本籍山东，家口还在故乡，要说他改邪归正，假意儿相交。昨日来投，他还信着我们哩。”

说话之间，姚襄等已把赵清、张鸷一干人解到，说竟被他打开观门，正要走路了。军师勘问一番，谓诸将道：“赵清当日固有附燕之心，尚无叛国之事，与同谋倡乱、卖主救荣者有间，割其一耳逐去。”赵清禀道：“多蒙军师大恩，但今者生不如死，乞赐一刀。”军师叱道：“你不尽忠于故主，却

① 亦被发掘剉(cuò)碎——也被挖出来磨碎。

② 玄门——指玄秘的道家学说。

③ 经纬——此处指计谋、智慧。

要殉身于燕贼,我之刀岂不为汝所污?”赵清遂触阶而死。张鹜请降,暴如雷道:“此贼一小卒,赵清提拔起来,至于总戎!今日负他,他日便负我。况且平素荼毒兵士,诈害良民,恶迹擢发难数。”张鹜连叩首道:“向闻王师义不杀降,军师至公至正,岂有因左右之言杀我之理?”军师冷笑道:“这句话,可杀了!尔贼之降,岂其本心?”立命绞死,余皆逐释。即草疏题请暴如雷为镇守河南将军,龙如剑为镇守孟津偏将军,巨如椽以御史监军事,高嵩、丁如松入京补职。又调取楚由基前来,择日进取南阳府。有分教:郧阳山内,引出万队妖人;帝师宫中,添上一名仙女。下回分解。

第七十回

逞神通连黛统妖兵　卖风流柳烟服伪主

湖广郧阳地方，为荆襄之上游，春秋古麇国也，万山环抱，面面陡峻。其中岩穴幽奥，林箐丛密，周回千有余里。又有间道，可走河南、陕西、四川诸处，谓之小蜀中。自元至正初年起，递为妖人邹、杨二姓所据，与中国绝不相属。至明初，有刘铁臂者，乘时倡乱，起兵于房陵之雁塞山，灭尽邹、杨之党，自称小霸王。其弟刘通，膂力尤强，曾只手举起南漳县门首石狮子，人呼为"刘千斤"，率领羽党，出没于荆襄地方。太祖曾遣大将邓愈讨之，弗克而还。后铁臂死，千斤嗣立，纳一奇女连氏，面如满月，身如红玉，两道剑眉如刷漆，中间连着不分，俨然横作"一"字，名曰连黛。伊父原是樵夫，与狐精交合而生的，因此传授得老狐几种妖术，兼精武艺。马上惯使两柄飞叉，信手掷去，百发百中，人又呼为"连飞叉"。千斤阳具伟劲，素性淫毒，妇人当之辄死，唯有连黛可以对垒，正是天生的一对魔道夫妻。生一子刘聪，甫十余岁，善使两条竹节钢鞭，呼为"鞭儿"。又有族侄，名刘长子，能挽劲弩，力透重铠，绰号"赛仆姑"。其下有石歪膊、小王洪，亦能妖术。又有李胡子、王彪、苗龙、苗虎等，悉系渭南剧盗，皆来归附。千斤就想做起大事业来，在大石厂竖立黄旗，招纳四方豪杰。先后闻风至者，终南羽士尹天峰、西域异僧石龙和尚、咸阳大侠冯子龙，与汝南文士常通、常胜，淮南刀笔吏王靖、张石英等，咸谓刘姓是高、光后裔，请称尊号。刘通遂大造宫阙，自立为天开大武皇帝，建国号曰汉，年号曰德胜，封李胡子为东山大王，苗龙为西山大王，尹天峰为保国真人，石和尚为护国禅师，冯子龙为兴国军师，余皆为将军、尚书等官。又册封连氏为天开大武后，刘聪曰双鞭太子，刘长子为镇殿大将军。又有一位荆门孝廉先生，姓连名栋，是殉难御史连楹之兄，因燕王搜捕家属，带了侄儿连华、侄女珠娘并已生一女蕊姑，潜匿在房县景山之内。刘千斤访知是名门旧族，就学三顾草庐①故事，亲自去逼他出来，拜为丞相。连氏又认作同宗，加封为国舅，遂聘其女蕊姑为鞭儿之妃，又过继珠娘为义女，要招个好驸马。珠娘自思父为殉国忠臣，不肯辱身，自经于室，为家人救活。连氏就不好强得，倒教导他姊妹们武艺法术，竟成了两员女将，因封珠娘曰东宫贞淑小姨、少阴飞将名色。从此文武云集，国富兵强，俨然与自大夜郎王无异。

吕军师素知这班妖党厉害，恐为燕国所用，所以先曾奏请帝师遣位仙师去降他。

当时月君见了疏章，遂与曼、鲍二师商议，曼师道："何不遣柳烟儿去？两片玉刀杀得他们不动手了。"鲍师笑道："虽是戏言，却正是柳儿应发迹的时候。"月君心下了然，遂传令呼柳儿入见，谕之曰："郧阳有个妖皇帝，久经立国称号，我欲遣汝去降伏他，不可推辞。"柳烟禀道："向者贱妾未学道术，如何能去？"月君道："只用你身体，却用不着道法。汝不记刹魔圣主之言乎？"曼师道："汝去享荣华，受富贵，做个吴王宫里醉西施，不强似在此守冷静么？"柳儿吓得哑口无言，双膝跪下，泣告道："贱妾身负万死之罪，蒙帝师垂怜，得留至于今日，久已形同槁木，心如死灰，未知帝师何因，遽然弃妾。愿即死于阶前，不敢遵奉懿旨。"月君见他说得可怜，就回顾鲍师。鲍师道："柳儿来，我与汝言。"附耳说了好些话。柳儿不得已，俯首无言。月君又谕："大数如此，天亦不能强，而况人乎？"柳儿含泪叩谢而退。有女秀才刘氏，向与柳烟同居，亦情愿同行，又诣内宫奏请帝师。鲍师谓月君道："女秀才原是富贵中人，教他们认作母女，同去甚好。"月君即召二人至前，谕曰："天道有变迁，人生有聚散。我今在此现身说法，'夙因'二字，到底要完局，况且此去，汝二人受享一国之福，若非自己所造，从何而来？说不得是孤家强汝的。"遂令女真捧出龙宫藕丝冰帕二幅，雾雀毳毯一方，鲛人须席一条——卷之不盈一掬，舒之可以盈丈，"汝二人可为衾褥。"又辟谷灵丹二粒，服之可数日不饥，"汝二人可当饔飧②，便不须旅店歇宿也。"又各赐灵符衬衣一件，以辟魑魅魍魉、毒蛇猛兽之侵害。二人叩首受了，柳儿哭倒在地。鲍师道："过来，我也有两道符，送与二位，藏在发髻内，你看得见人，人看不见你。就先到他宫中，

① 三顾草庐——指刘备三顾茅庐请诸葛亮出山之事。

② 饔飧（yōng sùn）——指馈食及宴饮文礼。

看看光景，可留则留，如不可留，不妨仍旧回来的。”遂将符递与二人。曼师道：“我有句话：你切莫到了兴头时候，便忘了故主，不想着此去何意，所干何事。”柳儿连忙跪下道：“就干得成，也不足仰报圣恩。”曼师笑道：“也罢，这就送你个快走路。”在袖中探出四道灵符，各给二纸道：“你们扎在小腿子上，一日百里至千里，迟速任凭尊意，厘毫不费自己脚力的。”即令在殿上，将此灵符安顿停当。可怜两人足不由主，径如飞出了宫门而去。路上不能耽搁半刻，直到第二日午后，两足方才下地。摸摸小腿上灵符，皆已没有了。二人大骇说：“如今再要走怎处？”又摸摸发髻内灵符，安然如故。女秀才道：“这个符不中用的，倒还在这里怎么？”柳烟儿道：“鲍仙师的符，哪有没用的理？”女秀才道：“又来了！我若作起隐身法来，我与你大家看不见了。现在我看得见你，你看得见我，隐什么身呢？”柳儿沉吟一会说：“如今天气炎热，这不是卖青阳扇铺子？我与你去取他两柄，若是看见了，说买他的何妨呢？”两人走向铺上，探手取时，那店主眼睁睁看着，更不则声，方知道仙家妙用，与旁门之术不同。若是两人隐了身子，彼此都看不见，还行得么？柳烟儿走出街头一望，指着北边道：“这不是王家宫阙！想已到了这里，那灵符是有鬼神的，取去缴令了。”两人挽着手，走近看时，正是五凤楼大门，悬着个缅甸漆九龙盘绕的颜额，上有“天开宫阙”四个堆金大字，柳烟道：“如何呢？鲍仙师说，先进宫去看看，可留则留，我们且去走遭，再作道理。”见有多少人把守重门，更无拦阻，竟直闯到正宫。宫门关着，适有个宫女开将出来，就一闪进去。

看这座宫时，共是七间，那窗格楹柱上，都用赤金雕镂着。无数山水花草人物，灿烂辉煌，比济南宫殿强似十倍。正中间挂着三顶珠帘，隐隐有人在内做阳台故事。两人轻轻揭起帘儿，侧身而入。不进犹可，却见赤条条一个女人，周身雪白，肌肤内映出丹霞似的颜色，虽肥而不胖。头上乌黑的细发，十分香腻，挽着一堆盘云肉髻，横倒在象牙床上。一个黑脸大汉子，生得虎体熊腰，周身青筋突起，两腿硬毛如刺，广额重颏，刚须倒卷，两臂挽了妇人的双足，在那里大干这件正经事。

两位佳人，看了这样奇异活春宫，不觉的道念皆消，春心暗动。又听的连黛微微带喘，笑说道：“你皇后明日要去出兵，须给我个胜兆，莫教人要死要活，先挫了锐气。”那汉也笑道：“你去和人厮杀，只像我射刨头，箭箭中红心，怕不得胜么？”看到此处，女秀才与柳烟儿皆站立不住，如飞出了宫门，悄然而去。

时已黄昏，磨到山坡边冷庙内坐下，定定神儿，柳烟道："奇得紧，把我看饱了，竟不饿。"女秀才道："我却看饿了，觉心嘈。"柳儿道："这是虚火动了。"女秀才道："呸！我是你的母亲，也来耍我？"柳儿应道："母亲，母亲，只恐要做了他老夫人。"女秀才道："老夫人是丈母娘哩。"柳烟道："女儿也还未必嫁。且打算睡觉。"女秀才道："今日破题儿第一夜，没床睡觉。"柳烟指着神橱道："且借他来草榻罢。"两人便把泥神轻轻抬出，铺下月君所赐的衾褥，竟安安稳稳的睡去。忽听得吆喝之声，火把三四对，走入庙门，即便退出说道："有国主母与国太太在内。"陡然惊醒，乃是一梦，彼此说来无异。女秀才道："可不是我是个太太呢。"说说笑笑，已是天明。柳儿道："我们且商正事。他们昨晚说是出兵，这个赶撵不及，劳而无功了。"女秀才道："是他算不到，与尔我何干？"只听得三声炮响，女秀才道："是点兵了！"两人亟寻向教场，瞧见昨日那个妇人，刚刚上将台坐着。怎生的装束：

眉如一字，杀气横飞；眼似双刀，电光直射。面不傅粉而自白，肉尽横生；腮不饮酒而红，姿还嫩少。青丝分作五瓣，有若螭虎虬盘；元髻挽作一窝，正好雉尾斜插。身穿五彩绣成百花袍，袍外束烂银锁子甲；腰系八幅裁成千蝶裙，裙内藏鲜赤鸡头肉。论风情，赛过《水浒》三娘①；较气力，胜他洞蛮二女。

柳儿谓女秀才道："昨宵恁般模样，今日这般威风，可见那件事是做不得的。"女秀才道："我看起来，比我们帝师还胜些。"柳儿道："什么话！帝师是上界金仙，慈中有威，威中有慈。这里一味煞气，究是邪路。"女秀才道："你看他左右站的两员女将，也强似我那边的。"柳儿仔细看时，都只好十八九岁。但见：

一个神如秋水，气若朝霞，亭亭乎风姿玉立，非采药之仙姝，即散花之天女，曰东宫之妹；一个色能压众，态可倾城，飘飘然体格风生，未行娘子之军，先入夫人之阵，曰伪世子之妃。

柳烟道："这两个比着素英、寒簧，不相上下。然右边那个，究竟是尘埃中人也。"只听得将台上有女传宣大呼道："保国真人尹天峰！"见一个

① 《水浒》三娘——《水浒》中人物扈家庄女将一丈青扈三娘。

道士，星冠羽衣，三绺长髯，行步如鹤，应道："有。"又呼："护国蝉师石龙！"见一个和尚，头似圆球，身如怪木，应道："有。"其声若雷鸣震耳，柳儿一看，暗自心骇，原来就是送他珊瑚数珠的胡僧。因叹曰："莫非数也？他已得意在此，怎说还要我作兴他？"第三、第四个点的是苗龙、苗虎，第五、六是石歪膊、小王洪等，有一十二员，皆彪形虎体之汉。石龙统部下八八六百四十名和尚，尹天峰部下统九九八百一十员道士，中军统领妖女六六三千六百有奇，余各统勇士一千二百名。施放大将军炮已毕，即便排列队伍而行。道路窄狭，街市拥塞，前后未免错杂。但见：

幡幢飘飏，浑如五百罗汉临凡；旌节回旋，却讶半万地仙出世。三千妖女，绝胜汉宫粉黛；十二将军，真赛唐朝虎旅。霎时间争先竞进，光头中间着几个佳人；刹那顷胡走横行，红粉中突出一员道士。谩夸奖到战场，定然斩将搴旗①；只恐怕上牙床，便自输情贴意。

女秀才笑谓柳烟儿道："只今晚便入宫内，看这大王独坐时候，你就去了灵符，现出形来，怕他不中意么？只是苦了我看的。"柳儿道："不要打趣，若是宫殿之中，突然现出个人来，他只道是鬼魅，一刀两段是准的。且在庙中歇了，还是去打听他出来，在路上做个邂逅相逢的好。"

正是事有凑巧，理有当然。刘千斤于次日，就向山南围猎，柳烟儿与女秀才知道了，急忙到个林子内，坐着等候。不多时，先是擎鹰架犬的，数百骑过去；随接着五星七曜旗、山河日月旗、飞龙飞虎旗、飞熊飞豹旗，数十余对；又是蛇矛、方天戟、狼牙棒、开山斧、钩镰枪、飞叉、月铲，各项军器，不计其数；然后是对子马，马上皆年少将士，各执的豹尾星旒②、隼旟翠节③之类，那大王骑着一匹火炭般的赤马。两人亟向顶上取下隐身符，一阵风来，把符已卷向空中。刘通猛抬头，见林子内站着两个美人，素服淡妆，风流出格，叫左右："与我唤来。"那随从的人，初不看见，正不知唤什么，举眼四处一望，方才见有两个妇人。但林子内先前空空的，遂疑是个妖精，大踏步走去，厉声喝道："万岁爷有旨，唤你们哩！若是个狐狸变来的，看剑！"二人慢挪莲步，刘通已勒住了马，仔细看时，真真可爱。

---

① 搴(qiān)旗——拔取旗帜。

② 豹尾星旒(liú)——以豹尾做飘带的旗子。

③ 隼旟(yú)翠节——画着鸟隼的旗子和用翠玉装饰的节杖。

见那：

年少的：眉含薄翠，眼溜清波。羊脂玉琢出双腮，太液莲飞归两颊。纤纤玉笋袖边笼，窄窄金莲裙底露。红珠欲滴夜来神，殢雨将收梦中女。那年长的：腻香生发，偶点霜华。淡玉为腮，半消红泽。腰肢袅袅楚宫之柳何如，体态轻盈洛水之鸿奚似？若非三少夏姬，即是半老徐娘。

刘通更不问话，传令四名内监，将步辇载入宫中安置。内监便来扶上了辇，叫几名卫士，推挽着就走。不片时，已进了宫，扃在左嬉内殿。两人就上御榻坐下，觉遍身如芒刺一般，女秀才道："没福坐哩。"立起来时，更觉刺痛得很了，柳烟儿道："哦，是了，帝师所赐灵符衫子，想是穿不得了。"两人一齐解开外衣，才脱得下来，便有一阵狂风，从窗棂内掣去，顿然无恙。女秀才道："你们要干这事，自然穿不得的。因何连我的也摄去了呢？"柳烟道："你想做干净人么？《西厢记》上说得好，好杀人无干净哩。"女秀才道："我是你的母亲，就是他的丈母娘，不要乱说。"柳烟笑道："他要管甚丈母娘，便是太伯母，怕怎么？"女秀才着急道："莫当做取笑，我的性命都在你身上。"柳烟只是笑，说："难道我不是性命？也罢，我有个道理，说我母亲那话儿上害下袾病，就止住他了。"女秀才啐了一口，说道："虽是耍子话，倒也好。"

忽听得放炮声响，大王已早早回来了。内监便来唤去，引到前日行乐的正宫内，见刘通在雕龙牙床上盘膝坐着，两人只得跪下磕头。刘通道："好，好。你两个何方人氏？好像道姑装束，为恁的到我这一国来？"柳儿才省到还是济南宫内的妆饰，心灵性巧，便应道："母女二人，苏州人氏，是新兴陈妙常的梳妆，流落在汴梁，遭了兵火，逃到大王这里来求活的。"小内监喝道："是万岁爷！"刘通又问什么姓名，说："姓柳，名非烟。"刘通笑道："真是苏州的好名字。"又指着女秀才道："你不像他的母亲。"柳儿答道："他是嫡嫡生下我的母亲。"刘通道："虽是母亲，还可做得姊妹。"笑了一笑道："你女儿待我试试。"令小内监引了女秀才去，即跳下龙床，抱起柳烟，照依连黛那般，摆开阵势，挺矛就战。有《风流子》一阕为证：

乍解霓裳妆束，露出香肌如玉。佯羞涩，故推辞，曾建烟花帅纛。重关虽破，诱入垓心杀服。

要知道善饮酒的，一戒十余年，忽而遇到了秦和烧，凭你大量，不几杯，也就十分酩酊。非烟自以修道以来,淫火已熄,少时这些风流解数,久矣生疏。而且刘通是员猛将,按着兵法,以前矛之锐,直捣中心。继以后劲,不怕你不披靡狼藉。虽然,究竟娘子军,三战三北,少不得显出伎俩,一朝而大捷的。这也是柔能克刚,水能制火,自然之理。正是千金一刻,何况连宵。刘通大酣趣味,觉比连黛活泼奥妙,更胜几倍。即册封柳烟为天开小文后,女秀才为育文国太太。内监宫婢千余,齐来叩头。女秀才见刘通不称他岳母,恐日后有些诧异,乃向柳烟儿道:“宫中拘束,烦你说说,放我在外边住,倒觉适意。”柳儿道:“我知道母亲怕的是女婿忒大样,如今配他一个小小国母也不错。”女秀才道:“呸!我一生不爱干这样事。”柳烟儿一头笑道,说道:“岂不奏准了,莫懊悔。”遂向刘通说了,立刻给大房一所,拨四名太监,十二个宫婢服侍。

柳烟儿乘此宠爱,巧言说刘通道:“臣妾住在山东交界,素闻得那个帝师,是上界金仙谪下,不爱人间富贵,只在宫中修道,说建文一到,即便归山。所以部下有雄兵百万,上将千员,不自称尊,奉着建文年号。陛下若与他讲和,也奉了建文年号,无论建文复位与否,这个中原帝主,怕不是陛下做的么。”刘通大以为然,应道:“明日即发诏班师,今夜且分个胜败。”看书者要知道,这里在床上两人酣杀,正是那边在阵前千军鏖战。一枝笔只为得一边,下回便见。

第七十一回

范飞娘独战连珠蕊　刘次云双斗苗龙虎

建文十六年五月，吕军师自河南率兵进取南阳府，行次三日，向晚安营甫毕，前部队长禀报获一年少秀士，说要禀机密事情，遂令传进。那少年生得眉宇秀爽，姿容韶俊，体虽清癯，而骨格磊落，有如雪中之松、霜中之鹤，向上行个庭参礼，军师婉问："秀士从何方而来？有什么机密？先通姓名。"少年禀道："小子姓连名华，自郧阳到此，伯父连栋，现为彼国丞相。乞退左右，以吐肝膈①。"军师笑道："你自己到此，还是你伯父差来的？"连华应道："虽出自自己，也算得伯父差来。"军师就折他道："尔伯父做了伪国丞相，尔父做了什么？因何不说父亲姓名？难道有伯父而无父的么？"连华禀道："因为机密事，是从伯父那里来的，却不曾说到我父，小子一时差误了。先父讳楹——"才说得出口，军师即命看座道："何不早说？尔先尊公在金川门，以一身而抗燕兵，被害之后，丹田内射出白气冲天，真孟氏所谓浩然之气！第一个殉国，起后乃激出许多忠义来，皆先尊公之倡也，自然燕藩搜拿，家属所以避难于郧地。尔今日之来，方不愧为御史公之后。独是令伯因何竟受伪职？"连华涕泪交颐，哽咽应道："伯父无子，只为小子一人宗祧所寄，恐他见害，所以就了他的伪职。"军师道："是了。请道机密，我左右皆可与闻的。"连华禀道："前月初旬，姚道衍差了翰林吴溥的儿子，叫做吴与弼，说是个天下名士，赍着十万金珠，送给刘伪主，说他兴兵灭了济南之后，割与四川一省地方。伪主贪其厚赂，当面允许。吴与弼又说济南总是妖人，须得有道法的前去破他妖术，因此伪主就令其女人连黛娘为主将。说起来，他有妖蛊二种，是蛊毒与妖术相合而成的，最为厉害：一曰金蚕魂，把符咒写在桑叶上，喂养这个金蚕，七七四十九日煅成了灰，收在灵符紫金盒内；一曰赤蜈蚣精，将符咒烧了杂在饭内，先饲大雄鸡，也是四十九日，杀来煮熟了，给蜈蚣吃尽，也煅成灰，收在

---

① 以吐肝膈——以讲诉肺腑之言。

灵符赤珠盒内。临用时还有符骂驱遣,他都会通灵变化,灰儿飞向空中,就是无千无万的蜈蚣与金蚕,钻入人耳鼻窍内。中妖蚕蛊者,还延七日;若中蜈蚣蛊者,只一时三刻即死。再有个异僧叫做石龙和尚,小椰瓢内养着条毒龙,止五六寸,念动真言,放他出来时长可八九尺,口内喷出烈火,不要说烧杀人,闻了些火气,也不得活。还有个皮袋,养着一只灰青小象,如兔子大,若弄起神通来,狂风一滚,比老象还大几倍,满身的皮硬过金铁,铦予不能刺,利刀不能劈,撞入军营,万夫不能御他,若把鼻子卷人去,骨肉尽化为齑粉。又有个道士姓尹,名天峰,他临阵时,顶上又钻出个人来,与他一模一样,手持降魔杵在空中打下,凭你猛将,招架不住;又能役使树木,沙石飞起半天,追打敌兵二十余里,方才堕地。又有伪将小王洪者,能泼墨成雾,撒豆为兵,剪草作马。他兴起黑雾,就把豆草撒去,都化作强兵猛将,围住敌人,然后挥军掩杀。闻说这些豆草人马,不能杀伤人的,若知道了也不怕。只这雾气昏黑,他看得见人,人看不见他的兵马为厉害。又一巫师石歪膊,有五鬼诅咒之术,那五个厉鬼,按金、木、水、火、土,各有克制人的符咒,先行咒诅一番,即遣相克的鬼追受制生人的魂,无有不死。小子知道他们有这些妖术,必须预为提备,所以禀知伯父,要特地前来。伯父说:‘你此去毋忘君父之仇,独是难于出境。——只说个游学楚中,我差人护送你,不怕界上不放。’今幸脱了火坑,得见军师。还有——”吕军师道:“且住。”遂送至后营安歇。即照连华的话,手自草疏,打发健士,限三日夜驰赴帝师阙下,奏请仙师降临。遂下令:“诸营五更起行,兼程而进,遇有敌兵,不许进战,俟大军到齐定夺。”将及新郑地方,前军回报,有公孙仙师与女冠军范飞娘,领着五六百兵马,结营在界上。军师大喜,正不知因何预先在此,即刻驰向营前,请见公孙仙师动问来由。公孙大娘将帝师差往淮南,如何做内应取了扬州,回到河南如何复了汴郡,如今铁开府闻得郧阳妖人入寇,所以先来拒敌情由,细说了一遍,又道:“敌人只在两日便到,军师定有主裁。”吕军师道:“且看他来时,如斗勇斗智,自有本部人马;若斗法术,还须借重仙师。今宜先到南阳界上,按兵以待。此地属在开封,不可使之入寇,骚动黎庶。”公孙大娘道:“军师之言极是。”遂拔营星夜进发。到白水河,将佐来禀:无舟可渡。军师道:“有舟亦不渡。”仍照帝师七星营制,结下寨栅。遂请连华谕道:“明日厮杀,汝未历戎马,难以在此。今送汝至阙下,擢授京职,以光先尊公之绪业。前日汝尚有未尽之言,宜即说来。”连华禀道:“小子有个妹妹,名唤连珠,一向钦仰帝师,要皈心学道。因连黛认为己女,逼嫁不从,只得习了些武艺。曾与小子相商,趁此出兵机会,得便可以相投,要求军师提拔。”军师道:“我自然有法。”即传令诸营,若遇少年女将,不可伤害。连华拜谢而别。

流星探马叠报贼军中,多有和尚、道士、巫师、妇女,怪怪奇奇的形状,将近白水了。军师遂启公孙仙师道:“愚意要与贼人说明,斗勇便斗勇,斗法便斗法,不许淆溷,方见高低。宁可我赚他来,不可为他赚去。”公孙会意,应道:“尊旨极是。”军师乃传令诸将:“前营军马,向敌站立,中营次之,其左右两营,东者向西,西者向东;后营亦分为左右,照此站立,以便于进退。但看红旗磨动则进,皂旗招展即退。若临阵厮杀,听候呼名,毋许争先,致干军法。”姚襄遂禀:“军师曷不乘敌人半渡击之?”军师应道:“此兵法也,第不宜用于妖寇。”不片时,飞报又到,说贼已渡河,只有一半用的船只,其和尚、道士、妇人等,皆纵马蹿过,四蹄无半点水儿。军师明知非谬,诚恐惑动军心,乃厉声叱道:“仙师也只腾云,那有骑着马匹在虚空走的?虚声妄报,法应枭首!”军士吆喝一声,立刻绑下。公孙大娘请道:“小人无知,姑恕他罢。”军师道:“仙师讨饶,不得不遵,着发回运粮效力。”

次日清晨,连黛娘差人来下战书,军师不许进营,但取书来拆看。云:

大汉天开大武后,致书于伪仙姑妄称帝师之前曰:有勇则战,无勇则降;有法则斗,无法则伏。若或迷误,有逃无路。

公孙仙师大怒道:“彼恶敢出此言?”军师笑道:“犬吠洞宾,曷足为怪?”遂援笔批云:

尔勇伊何?螳螂之臂。尔法伊何?鬼蜮之技。妖妇僧道,死归一处。

公孙仙师大赞:“妙哉!批得快畅。”打发来差回去,连黛娘见了,忿气填膺,绰了镔铁三股叉出马阵前,见两员女将,道家装束,他就认作帝师,骂道:“你这蒲台泼贱人,有何才干,敢出大言?看我活擒来,慢厮条儿处置。”挺手中叉飞马冲到,公孙大娘举剑架住道:“古人临敌,先礼而后兵。我要与你讲过:要斗法术,止斗法术;要比武艺,止比武艺。却不许武艺败了,便弄法术;法术输了,又动干戈。我公孙大娘,是正人君子,不像你们贼头鼠脑的。今先从哪一件起，悉听尊裁。”连黛娘方知不是帝师，又骂道：“你这厮是泼贱人手下的小婢，也敢数黑道白？”公孙大娘喝道：“看你这个捣不死的浪小妇！”信口骂来，却碍着了他的心事，把左袖一飏，右手铁叉早到，公孙大娘急架相还。大战有三十余合，连黛娘忽败下去，公孙仙师遂勒马而回。范飞娘问：“何故不追？”仙师道：“他武艺不弱，遽然败走，必用邪术。尚未知他深浅，且纵一次。”连黛不见追来，方欲勒马再战，连蕊娘坐着桃花叱拨驹，使的两枝风磨铜小小方天戟，早已飞出说：“待我擒他！”这里范飞娘纵坐下菊花铁青马，舞动手中锟鋙①七尺龙泉双宝剑，出阵迎住，更不打话，即便交手。战有十合，连蕊手软筋酥，看看要败，珠娘就举起两枝倭银短短梨花枪，前来助战，往往来来，如走马灯相似。但见：

有一位使两枝金戟的，鬓发龙盘，绣袍凤举，学他汉宫妆束；正新瓜才破，出落得精神，别样的风流。有一位使两柄梨花枪的，云髻冠簪，羽衣绦结，略似道家打扮；好在十年不字，豆蔻尚含香，便把全身现。这一位使两把龙泉的，飘飘兮青丝烟飏，婷婷兮素袂香飞，端的剑仙刚烈，约略藐姑清寡，怪道冰气欲凌人，霜华能杀物。

看起来三位皆有倾城之色，出世之姿，不争恼了性子，动起刀兵，要拼你死我活。斗到八九十合，两阵军士，喝彩不绝。军师令鸣金收军，三位佳人，皆拱手各回本营。若论范飞娘本事，不要说两个，就是再添个把，也还胜得他；只因军师有令在前，亦且美人惜美人，又有怜惜之念，所以明让他杀个平手。

次日军师传令，秣马蓐食，命刘虎儿前去索战。刘超直逼她营门大喝道：“你们什么女将？两个来，只敌得我们一个！可有不怕死的贼男子，也饶你两三个出来，与吾虎儿将军战一百合么？”连黛娘酒量极高，醉后更有力气，方饮得半酣，听了这样大话，即命诸将齐出阵前，见这个将军真威风！也有词为证：

面如玉琢，唇若朱涂，左目重瞳，两眉横剑。头带绛红扎巾，垂着两条青绡裁就五凤盘旋销金的飘带；身穿乌银锁甲，勒着一围玄线织成双螭钩结嵌宝的圆绦。衬着八团紫鲱烁日逞体袍，护着一轮秋兔

---

① 锟鋙（wú）——原为古剑名。此处做形容词，意为“切玉如切泥的好剑”。

凝霜照胆镜。手持偃月刀，蛟龙遁迹；足跨追影马，熊虎飞声。

连黛见来将英勇，自己要战，恐怕骂得狼藉，不好看相，顾左右："谁与我先擒此贼？"苗龙亦使大刀应声而出，大喝道："小将通名。"刘超呵呵大笑道："鼠子敢问我名！"举刀照顶门劈下，苗龙亟招架时，觉有千钧之重，心中大惊，战不五六合，已觉力不能胜。苗虎见哥子将败，拍马挺枪，飞来助战。刘超道："来得好！"使出神威，如风飞电掣，二将亦只办得架隔遮挡，盘盘旋旋，杀了半晌。刘超先向苗虎大咤一声，刀才举起，苗虎坐骑辟易，跳退数步，苗龙的马正到。虎儿回刀带斜劈去，苗龙举刀来架，砍着刀柄，藕披样的半折了。那边苗虎见刘超空着半边，已纵马挺枪刺进，被刘超左手接住，苗虎和身攧入，虎儿将刀柄一挑，只见苗虎两脚腾空，翻身落马，王师前营军士抢出，活捉去了。苗龙已自弃了大刀，拍马奔回。刘超勒住不赶，又喝问："再有鼠子敢来比试武艺否？"尹天峰大怒，遂将剑指着刘超，口中念念有词，喝声道："疾！"但见：两家以勇斗勇，以智斗智，相去若天渊，不啻淮阴之擒钟离眛；用术破术，用法破法，忽散若烟尘，无殊孽龙之遇许旌阳。且看下回叙起。

第七十二回

妖道邪僧五技穷　仙姥神尼七宝胜

吕军师正在将台遥望,见敌营中一道士披发仗剑,贼兵皆站开了,遂令挥动皂旗,后军早退。急下来跨上坐骑,姚襄、宾铁儿、楚由基、曾彪齐护着军师,向北而走。幸亏左右两行兵马,皆东西向立,退得甚快,中间又空着条大路,正好前军奔走,不致自相践踏。但听得呼呼风响,遍空中连根小树及大树的硬枝劲干,遮得日色无光,打将下来。刘虎儿正回身走时,一株柏树照顶门劈下,忙举神刀招架,又被一小株小中左腿,负痛而逃。宾铁儿见株大树追打军师,遂将手中蛇矛用力一拨,那树横斜下来,打中了自己坐马,霍然倒地。铁儿跳起来步行,他是炼过快脚的,仍赶上了军师。各营人马,都被打得七零八落,奔驰了二十余里,树木方渐渐堕地。军师勒马歇息,查点将佐,郭开山、宋义、曾彪皆受重伤,军士受伤者二千余名。亏他个个善于躲闪,打着不致要害,死者止三十一人,马毙者八十余匹,伤者六百有奇。

忽而一个葫芦从空坠下，中间跳出两个妇人，乃是公孙仙师与范飞娘，向着军师道："马被打倒，只得借着壶中天走了。这妖术厉害，须请鲍、曼二师来，方可合力破他。"军师应道："我早已具疏奏请，若按行程时，还未能到。"公孙大娘道："这容易，我们径去请来便是。"军师致谢了，遂又跳入葫芦，登时不见。

当夜军师密授计与刘超、姚襄、楚由基:各带领百人,从二更后去到某处,如此如此火速行事。甫至五更,齐来缴令。军师又附耳,各授了密语,挥兵而进。看地下树木时,一根也不见了。辰刻时候,已压敌营而阵。刘超独出阵前,大呼:"你这班妖寇,真是鼠窃狗盗!不害个羞,称做大汉皇帝!前日讲定斗法只斗法,斗勇只斗勇,到得输了,就弄起鬼来。我们虽然失了便宜,却是光明正大的。今日敢来与我斗阵么?"连黛娘不期王师到来得恁般迅速,又听了这些话头,勃然大怒,率领诸将出阵,见是刘超,没有个敢上前的。刘超笑道:"若不敢来比武艺,我就与你们斗法何如?"

连黛喝道:“量你这小厮,有何法术!”刘超道:“我只有个小小的迷魂法:一柄五彩氤氲旗,竖将起来,专会迷女人的魂,追男人的魄。若是敢在旗下走过去时,我将所得的河南三郡六十州县,献纳与你;若不敢走,不算好汉,请即退兵。我们堂堂王师,明白说与你:只赌的大家退兵,决不伤人性命。敢来便来!”刘超即呼军士们,把旗竖在东方说:“贼男女看么?”连黛一时激起烈性,便发忿道:“我的魂儿,恁是鬼神,也迷不动。且得了他三府,再取山东,岂不势如破竹!”即便纵马要走,石龙、尹天峰齐声道:“不可去,知道使的是恁邪术?”小王洪等也谏道:“纵使走过了,他也会赖。”连黛道:“他敢赖,叫他们尽做无头之鬼!”一径飞马前去。将近旗时,略缓几步,并不见有甚的迷魂厉害,把马一夹,在旗左侧冲过,塌地一声,连人和马都跌在陷坑内。姚襄与数十个勇士,赶到旗边,挠钩套索,活捉了起来。郧阳阵上,石歪膊、小王洪、王彪三骑来救,楚由基弓弦一响,早中歪膊左臂,翻身落马。王彪等不敢向前,只办得救了歪膊回营,眼睁睁的看着拿了他皇后,解进营门去了。连黛见了军师,立而不跪,大叱道:“你把诡计来赚我,是何道理?”军师笑道:“兵者诡道,将在谋而不在勇,只须赚得来,就是用兵的妙。我且问你:肯降不肯降?若肯降,仍然送你回国;若不降,一刀两段。”莲黛道:“你敢杀我么?”公孙大娘霍地闯入营门,叫道:“帝师有旨,说拿了连黛,仍须放他,要学孔明先生七擒七纵①,服他的心,皈依座下。”军师指着连黛道:“你须感激帝师。”教给还原骑,放出营门自去。军师道:“是仙师要放他么?”只见鲍、曼二师已在面前,说:“是我两人的主意,他尚有二十余年福分,数不该死,亦且柳烟在他那时,也要留个情面。”军师一想,柳烟原是风月中人,宜乎弃置,帝师不曾差去,仙师用的美人局,所以药线不灵了。曼师道:“我们今日就破他的法,待他早早回去,好与柳儿争风。”众仙师皆大笑。

却说连黛气忿忿的回到自己营内,众将齐来请安,他便扯着谎道:“那贼军师被我骂了一阵,是他们讲的斗勇便斗勇,斗法便斗法,却用贼智来赚人。我骂他不忠不信,与禽兽无 异,那贼军师也还通理,连忙告罪说道:‘不过要你退兵,并无相害之意。’我就与他说明了,只

---

① 孔明先生七擒七纵——传说三国时诸葛亮南征孟获,七次擒获,七次放了,以收将收心。

斗法术，若赢得我，我就退兵；若输与我，他就愿降。如今且叫他认认我们的法术。”石龙、尹天峰道：“适才我们就要行法，恐他害了皇后，怎生回见国主？”小王洪道：“我说他不敢害的，你们还不信哩。”连黛道：“那都罢了，且去报这仇来。”于是和尚、道士簇拥着连黛，齐出营前。见对阵添了一个女头陀、一个道姑，与前日两个剑仙并马立着，心上又吃一惊，厉声问道：“兀那头陀、道姑，可是来斗法的么？”鲍姑举手道：“我劝你得歇手时且歇手罢。”尹天峰早已在旁暗暗作法，无数树木枝干，势若万马奔腾横空而来。鲍师遂在袖中取出帝师的两个青白丸子向空抛去，化作两道青白二炁，霎时长有千百余丈，竟如两道彩虹，四面圈将上来，把这些树木枝干都束在圈内，平截两段，纷纷坠下，其声若地雷震起。那青白二炁，圈到尽处，合作一个半青半白的鸳鸯大丸，飞入鲍姑手内，依然别开，仍是两个丸子。妖寇见了，个个伸了舌头，缩不进去。石龙大怒道：“这不过是剑丸，金能克木，所以被他破了。我放火龙出去，连这浪道婆总烧成灰，岂不打扫得干干净净!”便将一个椰瓢托在掌中，念动真言，瓢内一条赤龙攫挐而出，初不过五六寸，顷刻长有丈余，遍身烈焰腾空，张牙舞爪，向着鲍师喷出一道火光，夭矫飞来。曼尼笑道：“好件堕地狱的东西!”遂取出个寸许长的小水晶匣儿，内藏着一缕青丝，原来就是骊山道姥的铁杵神针，陡然跃向毒龙颔下，直刺入心，那毒龙即时堕地，头尾拳①了几拳，僵死在地，火焰尽灭。神针贯脑而出，竟飞到骊山去了。石龙吓得哑口无言，连黛道：“待我明日一顿儿了当他。”两家各自收兵回营。

或谓月君的二炁丸，当日炼成，止有六七丈，亦不能变化，如今竟说至千百丈，又能化作一圈，可大可小，可分可合，岂不荒唐些？嗟乎！管中不可以窥豹也。要知法宝之神通大小，随乎其人，道力日深，则神通日大，而法宝之神通，亦因之而益大。如如来之钵盂，盖了魔王的爱子，随你移山压他不能损，涌海灌他不能动。又如老君之金刚镯，用以画符，拒水则水退，拒火则火灭。譬之有大才者，与中才之人同一题目，做出文字来，妍媸相去不啻天渊一样的道理。月君潜修十余载，道行已足，神通悉具，此二剑是他丹田中神火锻炼出来的，与已之真炁

---

① 拳——与“瞋”字通义，“瞋缩”。

呼吸相属，夫岂有不能变化者耶？孙悟空之铁棒，原系定海的针，经了他手，就弄出无数神通，作《西游》者亦确有所见，岂是凭空捏造？或又诘：斯言诚然已，但不知石龙和尚云火能克金，其信然乎？曰：信然。然则骊姥之针，亦金物也，何以竟制火龙之性命耶？这要知道，龙本属木，是以龙雷之火因龙而发，所谓相制者，制其本则标亦消灭；若但制其标，则本在而标复炽，所谓制其标者水克火也。然水自从龙，岂能灭火？昔人有论剑化龙者曰：化者相生之道，龙为木，剑为金，金能克木，宁有化其所克者耶？特剑之神灵有似乎龙，取以为喻，今石龙但举龙之标，不知其本也。五行相克之道，虽造物亦不能拗，而况于人也哉？夫如是，则帝师二剑，独非金欤？乃舍剑而用针，必取金之至微者，抑又何故？是未知彼之毒龙，亦系通灵，若见剑炁飞来，必致遁去，放此空门毒物，岂不贻祸于世间？所以用小小之针，从下而上，以贯其心，龙不及睹也。

而今且说他斗法。次日，两阵齐开，曼师笑谓连黛道："汝回去干快活事不好，何苦偏要在此弄丑？"莲黛道："放你的秃屁！我叫你回不去，干快活的事不成！"石龙咬牙切齿，指着曼师道："坏我法宝，与你势不两立！"曼陀笑道："狂秃子，我与你斩除毒龙，就是授记。"说犹未完，满天的赤蜈蚣如蝗虫般飞来，腥毒之气弥塞四野。曼师在怀中探出个小金丝笼，一只朱冠玄足黄翎青翅的白公鸡，从笼孔中钻出，鼓起两翼腾空而上，化作百千万只，刹那之顷，将蜈蚣啄个罄尽，仍然一鸡，凌云而逝。连黛气得脸青唇白，再要放金蚕时，又怕连根都绝灭了。石和尚道："待我来！"便向腰间解开皮袋，袋内跳出一只小象，就地打个滚，比平常的象还有两三倍大，卷起鼻子长至数尺，径奔过阵来。鲍师云："此狂象也。我若用白法调驯他，这魔僧哪里知道？不若制他的好。"乃取出个紫泥匣来，在匣内提出一个小鼠子，向地一摔化作两个，蓦地窜到象鼻边，那狂象着了忙，收起鼻孔，飞奔回营，倒触杀了好些人马。两个小鼠即钻入地，并无穴孔，不知所之。噫嘻！异哉此二物也！可知道这个鸡，名曰天鸡，登泰山日观，有夜半闻其声，隐隐然来自海东者，即此鸡也。当混沌初分，先生万物，产出两个大雄鸡，一赤一白。那赤的，即昴日星君，已成正果。这白的，也经得道通灵，栖在蓬山珠树之间，只因其性好斗好杀，终不能解脱羽毛。许真君拔宅时，他就把飞升的鸡犬啄死了几个，真君因而收服，育之笼内,以驯其性。这个鼠,亦是仙鼠。广成子在崆峒修道时,结茅于松林中,有一绝大的松鼠,常衔松子来献,不防他偷食了丹药,竟会腾空变幻。广成子诱将来锁在匣内,要驯他皈正的。即如正史上所载,唐朝张果老①,但知其为神仙,却不知其来由。玄宗令叶法善推算果老的生年月日,直推到未有生民以前,终不可得。独有罗公远知之,说是混茫时一个大蝙蝠,言未毕而仆地。玄宗召果老问曰:"公远说汝本来,何故即死?"果老曰:"此小子多言,并未曾自讳也。"又如庄生②,常梦为蝴蝶,方悟到自己乃开天辟地生来的一个大蝴蝶,盖由上古之世二气灵异蕴结而生。物类不由胎育,皆可超凡入圣,比不得后世牝牡交媾所生者,即人亦与禽兽无异也。至于凡物之窃药飞升者,如蟾蜍、玉免、鸡、犬之类,不可以数,无庸细讲了。

且说连黛与石龙等,满面羞惭,只得收兵。尹天峰道:"法宝身外之物,物各有制,所以被他破了。我有身内的本事,少不得了当他。"次日清晨临阵,大叫:"贼将,敢与我比试武艺的快来!"鲍姑见是道士,必然赚人去中他妖术,亟令公孙大娘出马。尹天峰仗手中剑指道:"我与你讲过,斗的实本事。"公孙剑仙应道:"凭你虚虚实实,总是邪不能胜正。"两马相交,双剑并举,斗有五六合,尹天峰顶上一响,在囟门内又钻出个道士来,与天峰一般模样,手持一柄玉杵,向下攻打。公孙仙师笑道:"好个班门弄斧!"将脖子轻轻一转,仙人顶内,也升出一位公孙大娘来,双手举剑架住,这场相杀,真好看也!但见:

道士头上又有一个道士,双脚腾挪,不怕踹翻冠子;仙娘顶上,又有一位仙娘,两肢夭矫,何曾惹乱云鬟?男子怀胎,原是玄门正术;阳神出舍,何当邪道横行?下面杵来剑架,有若青霜紫电之回翔;上边剑去杵还,无异虎气龙文之飞舞。从来邪则为阴,何论男子?正即是阳,须让妇人。

---

① 张果老——传说中的八仙之一。相传他久隐中条山,往来汾晋间。唐武则天时已数百岁,则天遣使召见,即佯死。后人复见其居恒州山中。他常倒骑白驴,日行数万里,休息时即将驴折叠,藏于中箱。曾被唐玄宗召至京师,演出种种法术,授以银青光禄大夫,赐予通玄先生。

② 庄生——即战国时哲学家庄子,姓庄名周。

尹天峰的身外分身，就是神仙尸解之法，原系正道，但其心术既邪，则神亦不正。俗语有云："神仙五百年一劫，难免雷霆劈死，"即此辈也。真个假的当不得真，当下被公孙仙师的元神，将他所持玉杵，一剑击落尘埃，就是冠子上的一根玉簪。尹天峰大惊，连忙收了元神，走回本阵，即默念真言，将剑尖在空中画一道灵符，忽巽方狂风骤发，石卵石片、大小石块沙砾，漫天扑地卷将过来。曼师手中托出一枚小红铜罐，仅如钵盂大，滴溜溜抛向空中，只见底儿向上，口儿向下，一道灵气，将无数的飞石尽行吸入，一些也不剩，弥弥漫漫，都化作石灰，散将下来，竟如下了一天大雪。曼尼将蒲葵扇子略略一扇，石灰卷进妖人营内，向着将士的耳目口鼻直涌入去，急得弃甲丢戈，四散奔走。石和尚亟诵回风咒时，可霎作怪，那风儿八面旋转，石灰抢入喉中，几乎呛死。连黛命部下女将，各用罗帕裹着头脸，拍马飞跑，方能得脱。要知此罐稀奇，尚须后回演说。

第七十三回

奉正朔伪主班师　慕金仙珠娘学道

西域有一摩呵道人，莫知其年岁，在山中修行时，曾用个红铜罐子烹炼白石，稀则如糜，稠则如饭，腹馁辄食。迨道行益高，神通益大，又将此罐炼九转还丹，含精蓄气，遂能通灵变化，可以如意运用，要小就小，要大就大，大起来江湖之水也可盛得，小起来即芥子亦不能纳。其精气有时蒸蒸而出，禽兽触之，羽毛焦脱，若遇着石头，一气吸入，顷刻化为灰尘。凡是有根在地之石，便吸不动；若是无根的石，不论大小，凭有多少，吸个罄尽。至于他物，必须投入，则成枯烂，不能自吸也。然而此僧所修，非玄非释，究竟是异道，无处立脚，仍落于魔，此罐亦遂入于魔宫。曼陀尼见吕军师奏章，有道士能飞石打人，破他亦是容易，但石必坠地，有碍行军之路，所以向刹魔主借用此罐的。你想，尹天峰的飞石，是驱遣在空中，还比不得地下无根之石，岂不吸得干净？从来物理有不能解者，如磁石一玩物也，可以吸铁，其中岂无相引之气机焉？而况乎修炼成的东西，具有灵气，蕴藏于全体者乎？可置勿论已。

只说连黛奔走数十里，石灰飞尽，方勒住了马，去了脸上的罗帕，招呼将士席地坐定，商议长策，个个垂头丧气，莫展一筹。尹天峰道："今只有娘娘金蚕术未用，且作个孤注，再与他见阵，难道他都有巧法儿破我么？"连黛道："使不得，蜈蚣尚为鸡啄，有个不会啄金蚕的理？"连珠娘道："法虽被他破了，还算不得损兵折将，着人与他讲和，也还不差什么。"连黛摇头道："行不得，这比城下之盟①更觉丑看。"石龙道："不要输锐气与他，我们速返旧营，放着多少强兵猛将，乘夜劫他一寨，杀赢了，就好计较。"连黛道："这话是。"遂驱兵前进。才入得营，忽报国主有诏书到来，请娘娘远接。连黛没好气，大叱报兵："他是何人，我是谁？敢说个远接！"喝令左右，捆打一百。石龙、尹天峰等，早将伪主诏书接入营内，连黛启

---

① 城下之盟——敌军兵临城下胁迫而成的盟约。

视云：

大汉皇帝达书与皇后曰：朕近得一仙女，能知未来之事，言济南帝师是月殿嫦娥降世，道法通天，群仙为辅，于燕有仇，与我无怨。彼只尊崇建文，我亦奉了年号，自然休兵罢战，永相和好。我国自为国，帝自为帝，何损分毫也哉？因此册立仙女为小后，一大一小，神仙难及，皇后可速班师，同享极乐之境。天生富贵于予，燕王其如朕何？其间讲和细微委曲，统俟皇后裁定。

连黛看完了，一时醋气攻心，面皮紫涨，遂问赍书的常通："尔可晓得宫中事么？"常通跪应道："皇帝又立了小文后，也有神通法术。"又问："是何处得来的？"又应道："皇帝打围时，在山中所得。"连黛失声道："不好了！是狐狸精了。"常通又说："是母女两个。"连黛大恼道："一个也难，何况两个！"恨不得一翅飞回国去，又不好露出本相，假意说道："我这里怎肯怯气？若与讲和，不便差人，要讲你自讲去，看他如何说话，然后奏我定夺。"常通道："皇帝原差臣去。"当日晚了，在营安歇。

连黛暗传号令，令小王洪三更行法劫寨，石龙、尹天峰皆统兵相助。小王洪因未曾用他的法，正在技痒，得令大喜。刚到半夜，捻诀念咒，将砚池内墨汁，望空泼去，腾腾然漫天遍地，都是乌云黑雾。又取出草人纸马，向着四面乱洒，尽变了神兵鬼将，乘云踏雾，向前去了。遂与石龙、尹天峰统领道士、和尚及部下巫兵，共有三千，径奔王师营寨。曼、鲍二仙师正打坐在高台上，觉有妖气侵人，法眼一看，见各营周围，重重都是黑雾，雾内隐隐约约，尽是青面獠牙、蓬头赤发的兵将，也有两个角三个眼的，不计其数。曼尼笑道："这样演的戏法，也使将来。"就在离位呼口气，四面喷去，化作烈焰滔天，火龙火马，电掣雷飞，不消刹那之顷，烧得个精打光。石龙道："不好！"尹天峰说："且杀进去！"曼尼仙耳听见，笑谓鲍师道："若不打杀他千把，怎得歇手？"就把梅花鹿角棒掷去，盘旋半天，散作千万根，当头劈脑，乱打下来。军士只叫得苦，没命的奔跑。但见：

鹿怪炼成犄角，八九丫叉；仙师弄起神通，百千钉齿。筑葫芦，光头绽开一眼，脑浆喷注；劈匾嵩；泥丸碎却半个，丹药消亡。霓衣化作朱衣，血流漂芴；白足翻成黑足，骨碎涂泥。纵有母陀罗臂，谁援邪僧？饶他太乙青藜，难扶妖道。

这些和尚、道士都会画符诵咒的，其如咒也不灵，符也不验，打得折脚断臂,碎头裂脑,只叫得"阿弥陀佛,太乙救苦天尊,死也嗄",其余兵卒,越发不消说得。石龙、尹天峰等抢先驰入营内,方得了性命。计点部下,三停之内,死伤者倒有二停。连黛尚未睡觉,专听好消息的,知道了这个光景,方才死心塌地,信她丈夫的书是不错的。

到了辰刻,常通赴中军禀明,前去讲和。小卒报知军师,军师一想,昨夜劫寨,今早求和,断是郧阳差来的,遂唤姚襄、沈珂密授数语,令到前营,先以军威折之。二人领命,即传诸将士排列两行,放炮三声,大开营门,传呼伪使入见。常通从容而进,见剑戟森严,旌旗灿烂,两班军士吆呼一声,喝令跪见,若震雷出于平地。常通毛发悚然,不由不屈折,只得膝行至前。姚襄叱道:"你这班妖寇,不啻蠛蠓。我帝师至仁如天,视同赤子,待皇帝复位,便行招抚,所以姑置不问。乃敢贪受逆贿,兴兵作乱!何难立时殄灭,以正国典?我军师推扩帝师宏慈,但破尔法,不伤尔命。前日生擒妖妇,尚且放还,许其自悔。不意心同豺虎,反藉妖术,屡肆鸱张,昨夜还来劫寨。势不能以德化,方行杀戮。今已势穷力竭,更有何说?即应枭首!"常通汗流浃背,连连叩首道:"微臣奉国主之命,来求和好,昨晚才到,宿在后营,并不知有劫寨之事。"沈珂大喝:"尔伪主是草莽强贼,敢与王师说出'求和'二字,就该割舌!"常通连忙改口说:"是求降。"沈珂又喝:"尔贼今日求降,昨夜劫寨,明系通同造谋,以图侥幸,回去邀功。此等黠贼肺腑,敢在我面前遮饰么?"常通又叩禀道:"昨见国母,原有不允之意,或者是部下耸动,就干出这样该杀的事来。微臣若有见闻,何敢又自来取死?"姚襄作色道:"这个是他实话,姑恕他不知,且禀军师定夺。"常通方知二人不是军师。姚襄等去了一会,有员少年大将出来,面如乌漆,目若金铃,大喝:"贼使进见!"常通战战兢兢,鞠躬抠步,走向中营,俯伏跪下。军师问:"来人授何伪职?"应道:"礼部尚书。"军师笑道:"有做贼的宗伯么?但罪不在尔,姑以礼待。"命左右看坐。此时,常通心内正突突的跳,两腿还是抖的,闻得命坐,喜出意外,遂又禀揖,侧坐于下。抬头看吕军师:纶巾鹤氅,隆准修髯,双眸如电,精彩逼人。常通打恭至地,禀道:"微臣系国主所差,愿奉建文皇帝年号,倾心归附,求军师海涵已往,许令自新。"军师谕道:"郧阳通寇,盘踞百年,非不行天讨,奈有大逆甚于尔辈者,当先声罪。今既悔悟来降,务须称臣纳贡,听调听宣,毋得有违。尔主母妖孽,更为倔强,汝去通达明白,速赍降书到此。"常通连声答应,向上叩谢而出。

回到连黛处,不好说出姚襄二人的话,只把吕军师的言语备细述了。连黛道:"我们是皇帝,怎肯称臣,受他调遣? 他不送我礼物,倒要我来送他! 不成,不成!"常通道:"建文皇帝是四海一统之主,奉了他年号,不过在表章上写个臣字,我们本国原称皇帝,就像海外诸国进表一个样子。至于纳贡,只须土仪,自然也有金币酬我,算个交接礼文,不折本的。就是用兵的时候,要调遣我们将士,少不得像燕王,也要馈些金珠。"这是常通恐怕讲和不成,弄得国破家亡,把这些话来哄人的。连黛听他说得甚好,便道:"既如此,你快去说妥了罢。"常通急忙驰赴吕军师营门,禀说:"主母无不钦遵,即日班师,来奉降表。"军师道:"这也罢了。尚有几位女仙师在此,应速遣员尊贵女将,志诚晋谒,将此情由禀达。若敢延慢,定然不许所请。"

常通又亟回本营,启复连黛,连黛笑道:"这倒是个理。"令在妇女军内,挑出个冠冕的来。连珠遂进言道:"他们说要尊贵的女将,恐妇女不中用,反要误事。儿蒙皇后深恩,从无报效,今愿充此一使,誓不辱命。"连黛大喜道:"只是难为我儿,选 几个伶俐的妇人随去。"连珠道:"也不必,匹马走的,才见得胆量。"便问常通:"已经言定班师进贡日期否? 我到仙师跟前,也要讲来划一才是。"常通应道:"班师日期,要请皇后裁定。"连黛道:"明日就班师。"常通应道:"这进贡日期,竟约定来月何如?"连黛道:"还有一说:前日拿去的苗虎,也须还我们。"常通呆子一呆说:"若已死了怎处? 微臣且去说看。"于是策马先行,连珠娘随后缓辔而进。将近营门,范飞娘便来相请。珠娘见上面坐着三位仙师,倒身下拜,痛哭不起。鲍师道:"我已知你的心事,不用悲伤,起来坐着好讲。"曼师道:"你如今得脱火坑,怎的反哭起来?"飞娘就去相扶,携手同坐于下。鲍师慧眼一看,连珠是仙道中来的,遂说:"别的事,总不必讲,如今只要回复连黛得好。"珠娘道:"我写个启来辞他,即着来使带去便是。"飞娘遂给与笔札,珠娘立时起草。曼师道:"而今有个柳烟儿,已在他宫中,那浪婆娘若欺侮了他,我便放出三昧火,烧他个人种不留,连这几重青山,总化灰烬,也要使他知道厉害。"连珠心上方明白这个小皇后的来由,即答应了。写完呈上,三仙师看云:

珠儿顿首顿首,启上大武皇后陛下:儿本忠臣遗女,覆巢之下,自无完卵，今兹全璧而归，虽云天幸，亦皇后之力也。只缘素性如冰，每厌荣华，即欲出世，苦无机会；不谓遂允所请，使得皈依大道，虽曰人谋，亦不可谓非皇后之命也。从此先人大节，皎如日月，不为弱息所玷矣。今陛下宫中新册小后柳烟者，出自帝师遣发，与皇后为姊妹之好；今儿又归帝师座下，亦有师弟之缘：似与古人交质无异，亦所以仰报皇后耳。书不尽言，伏惟睿鉴。

曼师笑道："太文了，这浪婆娘如何解说得出？"正在缄封，常通已复定军师，并苗虎也来了，即令军士交付与他，说明皈依帝师，不复归去的话。珠娘又向西南涕泣四拜。曼师笑道："你还拜这浪婆娘怎的？"答道："弟子拜的是伯父，只为着我兄妹二人，所以屈身于他。就是今日得见仙师，虽出自家主见，也是伯父成全的。"常通得了书函，不管他事，竟同苗虎回营，到连黛面前投下。连黛拆开看了，沉吟一会道："珠儿不嫁汉子，在我国也无用，去便罢了。只是安放个妖精在我宫中，不要是个祸根才好。"一时归心如箭，遂下令连夜班师，然后称臣纳贡，不在话下。

且说三位仙师，同着范飞娘、连珠娘来辞军师，去复帝师之命，军师再三致谢，微问道："前日多少法宝，总是帝师宫中的么？"曼尼道："帝师空拳赤脚，从月殿奔将下来，哪里得有半件？都是求借的东西，所以不告而去了。"军师道："此物归故主之常理。"鲍师道："得鱼忘筌，得兔忘蹄，我们还要他怎么？"军师点首叹服。曼师道："鸡儿鼠儿，值得恁么？独是那铁杵磨成的小针，已是送过帝师，也竟走了。我还要到骊山，问这老乞婆藏匿法宝的罪名哩。"鲍师道："萧何律上，却不曾著有这条。"众仙师皆大笑出营。正月挂林稍，清阴满地，军师与诸将皆拱立候送，却见曼师脱下袈裟，披在连珠娘身上，喝声："起！"一道清风，大家凌空而去。好在妖寇已经服输后，荆门只在指挥间。下回若何？且看演来。

第七十四回

两首诗题南阳草庐　一夕话梦诸葛武侯

建文十六年秋八月，郧阳伪刘已奉正朔，吕军师即命宾铁儿、楚由基领铁骑一千，为左右先锋，自统大军随后，进取南阳府。二将渡了白水，直抵城下，但见吊桥扯起，女墙①雉堞②之间，多有守陴兵士，剑戟森严，旌旗飘扬，而又寂无声息。遂令军士秽骂，亦并无一人睬睬。次日，中营已到，禀知军师，令再去索战，又空骂了半日而返。军师即自引将佐登高阜处眺望，时已夕照，城内炊烟寥寥。曰："此空城也。大约文武官弁，皆已窃库藏逃去矣。"明晨带领二先锋，并刘超、姚襄、二董小将军七骑马，前去绕城。阅视守兵号衣，隐隐跃跃③，在睥睨中飘动。行有六七里，已过西城，遥见堵口一人探出半面，军师令由基射之，应弦而倒，绝不闻有些微的声响。再前行至北城，又见一兵露出半边身体，由基弦发箭到，亦复如前。军师疾返营中，令董翥、董翱、曾彪、宾铁儿率领三百壮士爬城，斩开南关，迎接大军。瞿雕儿禀曰："恐系贼人诡计。"军师笑曰："若是诡计，必开关以赚我，且炊烟绝少，是假不来的。"即统率诸将士，到南门时，宾铁儿等已斩关来迎，禀道："满城堵口，总是草扎的人，只有三四个守门兵卒，被我吹了。"军师即入府署，检查库藏，一无所存。遂遣牙将各持令箭，提取二州十一县钱粮，一面搜拿文武衙门胥吏兵卒来勘问。咸供：总兵何福，要带着人马逃走，恐王师去追他，所以虚插旌旗，延缓日子；这些文武各官，就大家瓜分了库藏，各自远遁，城内绅衿富户也就迁避乡村，只有几个穷百姓没处走的，还在这里。军师又问："何福既带有兵马，逃向何方？"又供："闻说投了郧阳，那些文官其实不知去向。"军师慰谕几句，即令释放。又遍发檄文，招徕逃亡，大概说：王师止讨叛逆，凡良民皆属赤

---

① 女墙——城墙上的矮墙。

② 雉堞——城上排列如齿状的矮墙，作掩护用。

③ 隐隐跃跃——即隐隐约约。

子，毋得猜惧，自此渐归乡井……不必叙得。

且说黄河以南五郡，开、归、河南、南阳四郡皆定，唯汝宁府未下。军师方在命将进讨，忽报铁开府送到禀函，内开："义士二人：一姓晋，名希婴，许州人氏，曾收育浙江殉难臬司王良之幼子；一姓余，名学夔，松江府人氏，方正学门生，有大司寇魏泽曾收正学之遗孤，托付学夔，均有同仇之义。二人先后来投，皆与汝宁太守有旧，已经前往招降十一州县，钱粮足充军饷，请勿举兵。今二士愿赴军前效用。"军师大喜，遂署晋希婴为南汝巡道，余学夔为南阳郡守，汝宁府州县各官皆仍原职。遂具疏题明，兼请帝师圣驾巡幸中州。又遣瞿雕儿、阿蛮儿、二董小将军前赴济南扈从。姚襄进言道："何福反投郧阳，不附王师，官弁之逃、库藏之空，皆其所致，何不拿回正典？"军师道："我们所褒者忠臣义士，所诛者逆党叛人，其余概从宽大。何福曾助平安，与燕兵竭力死战，粮尽而遁，不得已也。后来燕藩起为总兵，乃小人贪富贵之常情，与助燕为逆者有间。况郧阳已经归我，由他去罢。我闻城西六七里，有诸葛武侯古祠，且与子同去晋谒。"遂令刘虎儿带领十来骑跟随，前到卧龙冈。军师周回览眺，后有苏门环抱，前有白水逶迤，其冈形宛如月晕，翠郁青葱，正中包含着祠庙。叹曰："此真卧龙先生故宅也。"但见：

崇冈凝霭，笼罩着茅庐数间；怪木蟠青，掩映的草亭一个。正逢盛夏，却疑爽气飞来；不近长江，何为怒涛骤至？风云犹护栋梁间，精灵宛在；草木应留刀剑气，魑魅还惊。出师二表，皎然日月争光；定鼎三分，久已山川生色。正是：伯仲之间见伊吕，指挥若定失萧曹。

进卧龙冈内，有三门，石阙上颜着"真神人"三字。吕军师即端拱一揖，又进重门，方升小堂，堂中台基上，有楠木横榻，榻上周围纱幄，中间两幅展开，端坐着孔明先生遗像。军师率姚襄、刘超再拜起立，瞻仰一番：

眉目萧疏，全然风雅诗人，曾无杀气；神明超逸，不啻烟霞羽士，真有仙风。手中羽扇，曾挥百万雄兵；腕内毫锋，可当二千虎旅。寂然不言而喻，千载有同心；诚则无声而感，一宵得异梦。

吕军师道："我一生，才得于天，学本于己，私淑古人，从无师授，若当世有武侯，我则师事之矣。"姚襄问道："武侯为古今第一人欤？"曰："真第一人。窃比于管、乐①，盖自谦耳。”姚襄曰：“然则天之生才如武侯者，何以不生于一统之会，而偏生于三分之际？未得尽其抱负，不亦屈乎？”军师曰：“此正天之所以重武侯也。三代以上，不论其大一统者，如秦、隋、西晋与北宋，其间曾无绝异之材，天若吝之者，何也？盖由秦之强盛，蚕食六国，久矣，尊为西帝。隋篡北朝，先已得天下之半，而又乘南朝之昏淫，其势为易。西晋虽并二国，皆当时主昏庸之侯。宋则先取于孤儿寡妇之手，而后平定诸处，无异反手。天若生武侯于此四代，又何以见其才耶？至若汉、唐与本朝，当群雄并起，以智勇相角，故此三代人才，皆胜于彼。夫以智而伐昧，勇而敌怯，以有道而兼并无道，不啻顺流而遇顺风，一帆便可千里。至若三国，则曹与孙吴，皆以天授之资而平分南北，非草窃群雄之比。区区孤穷，先主奔命于其间，身且不保，亦何自而成鼎立哉？所以天降大任于武侯。以从古未有之才，而当从古未有如是艰难之会，其不归于一者，数也，可以不论。”刘超请问曰：“如军师所论，则承平之世，天竟不生人才否？”军师曰：“然，偶有之，终亦不显。即如今之科目所取者，皆咿唔咕哔之徒②，但能略通‘之乎者也’，舍却烂时文以外，还晓得恁么？且临场搜检，不啻待以盗贼，有志者亦安能乐从乎？是故利器者，所以制盘根错节，不比铅刀锡枪一刺一割亦有未能，但在演剧中试用的。子知之乎？承平日久，一切缙绅大夫，皆无异于演戏文耳！安知观戏文者，有出群拔萃之人哉？”说到此处，命酒，自酌三杯，挥毫疾书二诗于壁：

其一

负耒南阳日，躬逢丧乱时。
茅庐三顾切，汉鼎片言持。
才岂曹吴敌，心将伊吕期。
君如生治世，草野竟谁知！

其二

徒步中山起，艰难帝业迟。
英雄方角胜，僭据各乘时。

---

① 管、乐——指春秋时齐国名相管仲和战国时燕国名将乐毅。

② 皆咿唔咕哔之徒——“咿唔”，读书生，引申为书生；此意为“都是一些只知书本知识的书生”。

天限三分势，人嗟六出师。

先生遗憾在，杜老莫题诗。

军师掷笔，又酌数杯，谓姚襄、刘超曰："武侯精灵在此，我低徊不忍去，当与子同宿一宵。"刘超曰："须传之将佐来侍卫。"军师笑道："虑刺客耶？即汝二人，亦不妨晏然而卧。"乃令守祠道士取出木榻二张，坐至更余方寝。

吕军师朦胧中忽闻有人呼道："御阳子！来，我与汝言。"军师视之，却是武侯从神幔中步出，连忙起迎一揖，同行至庭间松阴下，藉草坐定。武侯开言道。"君知否？我与汝乃同乡也。"御阳对曰："先生隐迹南阳，小子流寓嵩阳，虽异代而同乡也。"武侯曰："非此之谓。子生归之处，与我死归之地，适相同耳。"御阳料是未来之事，唯唯应曰："小子抑何幸甚！"武侯又曰："匪特此耳！子之遭际又与我略同，如子之志在迎复建文，与我之志在兴复汉室，一也；子亦仅能建阙济南，与我之创业蜀中，又一也；我之鞠躬尽瘁，而遇魏武司马，与子之殚忠竭智，而遇燕王道衍相若也；子之辅主之日期，与我之匡君年数，长短又相若也。独是子则生归而成人仙，我则死归而成鬼仙，为可慨耳！"御阳听了这些话头，便知将来大业不成，乃从容对曰："小子窃料燕王，以神武之姿，济以其子之宽仁大度，殆有天命；但忠臣义士，心在建文。小子不自度德量力，欲申大义于天下耳。"武侯曰："谁曰不然？我在当日，曷尝不知汉室难兴，而顾六出祁山，终于五丈原耶？夫尽人事者，不可以言天道。明知天道若彼，我欲强而使之若此，则天也，亦将有以蔽人之心。即如关某伐曹，我卒未使一将以援其后①；又如马谡之言过其实，而我使之独守街亭②，再如黄皓③之奸，我知其必然误国，而终未之一清君侧；此皆我之失也。然亦天有以使之。杜老云：'遗恨失吞吴。'这句，却道不

---

① 即如关某伐曹，我卒未使一将以援其后——即如令使关羽阻截，杀伐曹操（明知关羽会放曹操以报曹操不杀己之恩），却没有派遣另外的兵将以援助。

② 又如马谡（sù）之言过其实，而我使人独守街亭——又如（三国时刘备手下将官）马谡素好论军事，但言过其实，我却派他独守街亭，致使蜀军大败。

③ 黄皓——三国时蜀汉宦官，善逢迎，为后主所宠信，一度曾操纵蜀汉政权。

着。子之诗亦宗之,我所以言及之耳。”御阳曰:“小子愚昧,而今才悟到关公不败,焉得有吞吴之事耶?自非圣人,谁能自明其过?先生之过,先生能自言之。至若小子,不患不能自言,而患不能自知,请先生有以教之。”武侯曰:“微独子,即帝师亦不能无过。如倡义起师,名正言顺,纵使隳败,名之尊荣,犹愈于成。顾以堂堂正正之兵,而乃杂一猴怪于其间,卒为人斩馘,使天下得以猜议于其后。再如郧阳妖贼,自应以道力制之,何乃用美人计耶?且此女秉志守节,而反使之辱身于贼寇,是何道理?究竟转战南阳,并不得美人之力。又如齐王府已改为建文宫殿,复以建中立极之说,另构皇居,而自即安止于帝阙,非显然欲自尊为帝哉?”御阳谢曰:“此皆小子不知预为匡正。今请先生赐示小子之过。”武侯曰:“君子于出处,是一生之大节。女主既顾茅庐,当今之世,舍子其谁?自当待有莘之聘,胡为乎学邓禹之杖策军门?此我之所不取也。王有庆、高强二人,久已归从部曲,并无他意,子以其武艺平常,而咸使敌人杀之,我知子爱其勇而有弃其无勇者。但使之明知之,而肯自效死,则不为过,子则以其术而使之,近于忍矣!我当日烧藤甲军,即知天之当减我算。以彼之应死者,而尚不可纵杀,况乎不应死者而杀之?又假手于人,以罔世之耳目,将谁欺乎?”御阳听到此处,即时跪谢曰:“非先生,谁其教我?”武侯曰:“还有与汝言者:自后但获应诛之人,杀之而已,慎毋亦学燕王用非常之毒刑,上伤天和,下亏己德。”御阳尚欲拜问军旅之事,忽闻松间鹤鸣一声,冉冉而下,武侯即乘之而升,又回顾曰:“他日当相访于故乡也。”

军师霍然而醒,起视庭际松阴绿苔,对坐之痕犹在,残月皎然,殆将晓矣。遂呼姚、刘二子起来,告以所梦,并取笔记之。二子曰:“武侯盖以军师为千载以下之同心也。”因坐谈待旦。又于武侯神像前,拜辞起身,命道士曰:“可向我府中领银五百,修葺祠宇。”遂缓辔而回,诸将皆来迎候。军师返署,即疏请赠王有庆为将军,录其子为裨将。高强之子略通文墨,即授为邓州州佐。

越日,绰燕儿赍到景开府捷书,得了庐州,并寿州亦降,淮西全定。军师大喜,遂命姚襄道:“南阳系新定地方,密迩荆襄,我将往迎帝师圣驾。汝可统率铁骑五千,与宾铁儿、楚由基、曾彪立三寨于三十里之外,以备不虞。倘有敌至,亟令绰燕儿飞报。”又命沈珂:“汝与郭英等四将,防守城池，均系重任，务宜小心在意。”军师即带刘超一人、骑士三百前去。漫言生死殊途，精诚尚能感达；何以阴阳一理，神仙反至睽违？且看下回，还有几人作梦。

第七十五回

慕严慈月君巡汴郡　谒庭闱司韬哭冥府

且说公孙大娘在扬州时，将胡胎玉小姐交与满释奴，先送至济南帝师阙下，月君见其诚心向道，亲自指授玄功。今鲍、曼二师又领回连珠娘，也是守贞处子，均有根器。且喜得了两个有成弟子，也与教育天下英才无异。不几日，吕军师疏到，请南幸中州①，月君谓鲍、曼二师道："先父母为开封府神，此去应得一会面否?"曼师笑道："会，会，还要会老梅婢哩。"鲍师道："速去，速去！迟不得的。"月君即将胡贞姑与莲珠娘托与二师，并素英、寒簧一处修炼，止带两剑仙及范飞娘、老梅婢同行，女金刚、满释奴为侍从武将，即用军师差来迎接的董翥、董翱领兵前导，阿蛮儿与瞿雕儿为后卫；文臣亦止仝然、司韬、黄贵池、周辕、曾公望、胡传福六人随驾，余皆留阙办事。

于建文十六年九月二十八日启行，耆旧诸臣赵天泰、梁田玉等，将向来预备建文帝的銮驾，送请帝师乘用，月君却之不得，遂坐着一十六人肩的楠木龙舆，盖着五凤九沿曲柄的黄绫伞，真好威仪也！但见：

> 旌旄前导，无异虎旅三千；剑戟后随，不啻羽林八百。飘飘兮一十六名女真人，尽着霓裳，疑是蟾宫谪下；雍雍乎二十四名女羽士，群披鹤氅，猜从瑶岛飞来。杀气参差，女将二人鱼贯；神光超跃，剑仙两位鵷行。更有一个女金刚，无端怒目；老梅婢，故意低眉。人共看，广寒仙子不生嗔；哪知道，金阙帝师能杀伐。

月君銮驾出城，百官送至郊外自回。一路百姓，若老若幼，若男若女，都来顶礼，也有呼为"活菩萨"的，也有呼为"大慈悲佛母"的，也有称为"帝师万岁"的。真个喜气溢玄穹，欢声动厚地，为千古以来未有之奇事。

每晚，只是安营野宿，不入城市，不住公馆。迤逦到了河南，驻跸界上，女金刚、满释奴各安小帐房于月君大营之前。

---

① 请南幸中州——请求亲临南面的河南。

时方初更，二女将还在帐外闲坐，忽头顶上有人呼道："我欲朝谒帝师，烦为启奏。"二将跳起来，抬头一看，却是雷一震。女金刚喝道："汝已死在江中，如何到此作祟？"取过铁锹，舞得如风车一般，大喝："你来，你来！你的阴魂试试我的铁锹来。"满释奴向着空中连打三弹，弹子在他身体穿过，动也不动。雷一震道："我是帝师的臣子，二将军因何阻挡起来？"二女将齐喝道："我们是个人，只与人传奏；不是个鬼，怎与鬼传奏呢？"月君正趺坐①营中，听得外面喧嚷，令聂隐娘出视，回说是雷一震，要见驾，二女将因他是鬼，不许进营，两边争论。月君谕：准令进见。隐娘便出营门宣旨，二女将方丢了军器，听其进谒。一震按下云头，俯躬入营，照生时行礼毕，奏道："臣心粗胆大，致中贼计，死于长江，蒙龙神推到帝师部曲，拔臣巡河使者。今奉命来视黄河，闻知銮舆巡幸，所以冒昧前来，瞻仰圣容，表臣生死微衷。"帝师谕道："汝既为神，具见忠直之报，朕闻江中之水无情，所赖神明公道。倘有无辜陷溺，尔能暗中援救，即圣贤已溺之心，上帝必然眷佑。朕到中州，尚有爵典封赠。"一震叩谢而出，从冥冥风雾中去了。

次日午刻，诸将驻马，方打中伙，前前后后焚香迎送的农夫樵子，都遥望着帝师跪拜。内有两个弱冠书生，各执一摺笺纸，跑到女金刚身边，说道："我们是献帝师讨贼表文的，恳求达上。"女金刚见二少年生得韶秀，眉目如画，有似弟兄，便戏言道："你两个认我做老子，才与你传奏。"少年道："你是个女身，怎么要人认你父亲？"女金刚自谓头陀装扮，两脚又大，恁是神仙也辨不出男女，所以去耍他，不期竟像个平素晓得，一猜就中。遂道："好胡说！我那一桩儿是女身？"少年道："若不是女身，怎得随从帝师？"满释奴接口道："你看多少兵将随驾在此，难道都是女身？"少年齐笑道："不要哄我。他们前呼后拥，离着銮驾甚远；你们二位，是左右亲近的，怎不是女身呢？"女金刚道："好伶俐小厮！"便将他手中摺纸达上帝师。月君看时，一幅是表，注名王作霖；一幅是檄文，注名刘藜。即命召至近前，问是谁家之子。刘藜道："先父是刑部郎中刘端。"王作霖道："先父是大理寺丞王高。"月君道："二先公是要谋复建文皇帝，同时殉难的，可谓哲人有后。"二子又奏："臣等一向逃在木兰店，要到济南，恐为界上盘

① 趺(fū)坐——佛教中修禅者的坐法，即双足交迭而坐。

获;迟至今日,得谒圣容,真遂素志。”月君令送至文臣班内,俟到京擢补官秩。时铁开府已前来迎驾,启奏帝师道:“前者,微臣初下开封,与军师吕律虔备太牢少牢、笾豆簠簋,祭谒太上帝师;今者礼仪,臣实未谙,还求圣裁赐示。”帝师谕道:“与其奢也,宁俭。所贵在于寸诚,其牲礼不过如此。”铁开府奏毕先回。不数里,早迎见了吕军师,遂同驻骖于旷野。直俟帝师安下行宫,军师方趋谒请安,帝师亦加慰劳。

忽报河南暴将军求谒圣驾,军师为之引导行礼。月君见暴如雷形容威武,声音洪亮,是员大将之品,乃谕道:“天生尔好武,为先公延此血脉。若是文弱书生,怎得反从边塞,转展而入中原,克成大勋耶?河南地接晋疆,第一要区,非汝不能守,特授为大将军之职。如有机密,预奏裁夺,速回任罢。”如雷谢恩自去。军师亦即告退,与铁鼎径回开封候驾。

月君到了境上,乡城士庶都执香花灯烛,两行排列,出五十余里伏地叩接,远近街道无不结彩奏乐,妇女儿童都在门首礼拜。月君见百姓诚心爱戴,即在舆中降旨,全免本郡各属秋税,慰令兆庶各散。铁鼎等请驾入止行宫,月君即下令:明日卯刻恭谒太上①。

当晚诸臣,皆斋明虔肃。有佥宪御史司韬假寐而待旦,至半夜神思朦胧,见一旧日老仆禀道:“太老爷有请。”司韬愕然,即随老仆前行,至一衙门,崇高弘敞,看颜额时,却是府城隍庙。司韬问老仆:“你因何在太上帝师这里?”仆亦不应,一径导入角门,过了穿堂,直至内署,见父亲与母亲端坐在上,两边站着兄弟姊妹。司韬不禁酸心痛哭,跪在膝下道:“儿久不得见父母之面,孤影茕茕,每不欲生,今愿常侍晨昏,死生一处。”司公讳中亦挥涕道:“我儿犹记为父的逼你出亡乎?幸义士仝淳风保全汝躯,至于今日,我适已托梦,报其情矣。若太上帝师,三日以前,已迁平阳府城隍,上帝命我代其职。帝师临神来祀,回避不能,迎接不敢,汝须亟为奏明,毋贻我罪。夜漏将尽,汝其速行。”司韬复又大哭,失声而醒,连叫怪事。忽报仝司空到,司韬将梦备说一遍。仝然道:“我亦梦见先尊公示我未来,当应在十年之后,俟临期告闻,今不敢预泄。”便同诣吕军师处,商量入奏。军师道:“此时不敢请见,宜速用密摺奏闻。”

司韬即刻写成,同至行殿,二女将军方起,军师亲自致之,释奴即行达

① 太上——指唐赛儿父母。

进。月君览了大骇,顾谓两剑仙道:“岂上帝不许我再见父母耶?何以两次迁调,适当其会。”隐娘对曰:“人于五伦之间,生则合,死则分,此定数也。若既死矣,而可复合如在生之日,是拗数也。上帝亦有未能,岂不许耶?如目连救母,游尽地狱,不得一见,如来顾以锡杖授之。在佛之慈悲,乃是矜恤孝子之心,究之以锡杖震破阿鼻地狱,又不知其母安往。今太上现为府神,帝师又非救母,只不过欲申哀慕之情,冀得死生一面,是私意也。以昔日而论,则为父女;若以今日而论,则属君臣。岂可以私而害公耶?”帝师曰:“我以神谒,与目连佛之亲身而往者大异,有何妨害?”隐娘对曰:“帝师元神一行,比亲身更甚,如天子有百神呵护,原在冥漠之中,今以神而见神,其后先拥卫者,不啻现在诸臣将士,势必至于惊动两省之神明,上帝能不闻知?恐贻咎于太上矣。”月君曰:“是耶!三日以前,我父母犹在此土,由今思之,鲍师‘速去,不可迟’一语,是已知未来事。”又问隐娘:“铁鼎、司韬皆得梦中一见父母,我今索之于梦寐何如?”隐娘曰:“凡人之梦,乃是游魂,故其所遇,只在依稀仿佛之间。若仙真,则仍是元神出舍。”公孙大娘接着道:“从来至人无梦,恐帝师虽欲求梦,亦不可得也。”老梅婢适然走到,即应声曰:“至人无梦,我不至之人,倒有个梦。老相公与太太向我说的,‘我女儿不能够会面,汝是义女,一生志诚’,要来接我去,当作骨肉相依。我想神仙没我分,不如原去侍奉两个老人家。——已经许了哩。”月君恍然道:“曼师之言亦验矣!说老梅婢都要会的。我今还索之于梦中为是。”遂下敕旨,令司韬前去致祭。月君是从不睡觉的,只为一心要见父母,将通天彻地的灵慧,反落在意想中去。当夜就晏然而寝,见有两个女婢前来禀道:“有请帝师。”此去也,非渡银河,不归月殿,却向何方?请看书人一猜。

第七十六回

唐月君梦错广寒阙　老梅婢魂归孝廉主

唐月君虽然睡去,那神明却与白昼无异。见两个垂鬟女子,年可十五六许,皆有天然姿态,双膝前跪道:“请帝师命驾。”月君方欲问所从来,忽听得门外传禀,说司城隍谢宴,二女鬟就口宣道:“帝师有旨:不劳卿谢。知道了,请回罢。”月君信口道:“可谓使乎,使乎?”因想銮驾一行,恐有神灵迎送,遂悄然半云半雾,女鬟前导,正是向西的路。月君便问:“此去是平阳府,汝二人可是我父母差来的么?”二鬟指道:“前有高山,到彼便知。”说话间早见翠微之际,双阙凌空,是白玉琢成的华表,雕镂着素凤,盘旋欲舞,如活的一般。月君看阙上的榜,是“广寒新阙”四字,心中甚是怀疑。回顾二女鬟,已不见了。信步行去,又见万仞崇台在空明缅霭之中,乃飞身而上,有横额在檐,曰“一炁瑶台”。凭阑四眺,依稀银河蟥漾,桂殿玲珑,大为奇诧。忽而清风徐来,天香一片,沁人肌骨。三足灵蟾,跳跃于前;玉兔举杵,回翔于左右。月君不觉失声曰:“异哉!此我广寒府耶?我今复归于月殿耶?”又想:“我初然是梦,岂其已经尸解耶?抑并肉身而羽化耶?”又一想:“我道行未足,劫数未完,焉得遽返瑶台耶?适才二女,岂上界所使召我者耶?何以又无玉旨,其仍然是梦耶?不然,何以羽衣霓裳之素女,又绝不见一人也?”

正在踌躇,遥闻得玉佩叮咚,香风缥缈,似有素女十余,隐隐然在非烟非雾中,联袂而来。月君道:“是耶?姗姗者我旧侍女耶?可惜素英、寒簧,竟不得与我同归于此。”翘首之间,早已齐齐整整列跪在台前曰:“有失迎銮,幸帝师原宥。”月君俯而视之,并非素女,内有几位后妃服饰,余亦神女妆束。急忙答礼,相扶而起,却有南岳夫人、碧霞元君、湘皇、宓妃、瑶姬五位是旧识,彼此皆嫣然一笑。

元君先启齿道:“今日嵩妃敬邀銮驾,妾等幸叨侍教。”嵩夫人遂向前再拜道:“初命神吏沿途迎接,缘因帝师微行,不敢惊动,二鬟回报时,某等即趋向阙下祗候，竟不知帝师已在台端，所以错误，皆某等疏忽之罪。”月君答拜道：“昔承珍贶①，至今佩服，尚恨弗能报琼，何当又承宠召？无任惭愧。”嵩夫人又应道：“当日帝师驾过荒陬，猥以嫁女，弗敢亵渎。今特因元君、湘皇与诸夫人辈共迓鸾旗，冀逭前愆。”月君谦逊了几句，问道：“但不知嵩山之顶，何以有广寒宫阙耶？”众神女齐声答道：“并无此事。”月君遂又仰看颜额时，乃是“坤灵台”三字，所谓银河、桂殿、清蟾、玉兔，绝无踪影。大笑曰：“异哉！我心思在彼，而梦寐在此，此何故耶？”遂备言适才所见。嵩夫人等皆应道：“小童等何处不寻帝师？就是此台也来过两遍，直至第三遍，方见帝师独立于此。”那二女鬟就向前禀道：“到阙下时，我二人已不见帝师，只道是在峰头游玩，差不多遍嵩山都找到了。”嵩夫人道：“此乃帝师豫返月宫之佳兆，某等亦应预祝。”月君道：“此我心自迷耳，幸勿见笑。”方逐位叩问。嵩夫人为一一代言，首指一位冠冲天冠、履朝天履、丰而重颐、河目海口者曰：“后土夫人。”次指一位金凤冠、赤凤履、衣九彩霓衣、面如玉琢、神如水湛、有倾国姿容者曰：“上元夫人。”又指一位云鬓毵毵、肌香拂拂、衣袂轻扬、丰姿绰约者曰：“司风少女。”又一位玉骨棱棱、风神皎皎、衣素縠、佩明珠者曰：“司霜青女。”又一位发绾三丫，眉分五彩、目炯重瞳、遍身衣绛红者曰：“司雷阿香。”又一位宫妆锦帔、红罗缠项、姿容藻丽，精神惨淡者曰：“虞妃。”又指立在后面二位曰：“一衡妃之女真真，一小女端端。”并泰妃、衡妃、湘皇、宓妃、瑶姬与嵩夫人，共一十有五位。碧霞元君道：“帝师既在坤灵台，何不移酒肴于此，更为幽爽？”众神妃皆以为妙。嵩夫人遂令二女鬟率领诸侍婢，顷刻携来，设独座南向以待月君。月君道：“诸神妃其外我耶？”南岳夫人道：“帝师在上界为太阴天子，在人世为中原女主，礼当南面。”月君断乎不肯。元君道：“请以后土夫人，北面相陪何如？”宓妃、瑶姬等齐声道：“这个辞不得了。”月君只得就坐，后土夫人又让了一回，方才坐下。昭位是泰妃第一，穆位衡妃为首，余皆以次坐定。酒过三巡，月君见肴馔都是麟脯、象胹②、驼峰、熊掌之属，惊讶道：“珍品耶？”瑶姬笑道：“此是帝师佳制，无人赞而自赞也。”月君再视之，乃是蓬莱阁宴会时制造一般，不觉失

---

① 珍贶(kuàng)——赠送珠宝美玉等宝物。

② 胹(ér)——煮。

笑曰："为法自敝，一至此哉！"众神妃皆笑。月君又曰："前此，亦偶然尔，何足为法？"瑶姬曰："昔东坡[1]之制品味，亦偶然耳，后数百年，尚奉之以为法，必举东坡而名之，何况帝师所造，比东坡更胜一筹！今即借以奉享，若云不佳，真乃为法自敝哉！"月君与诸神妃等皆大笑。嵩夫人道："妾闻得蓬莱门上众仙真，以诗为令，亦可效尤否？"瑶姬道："当日做诗，今日做诗余，要不同些才妙。"月君道："帝女可谓善化成法者。"碧霞元君道："以词为令固妙，但帝师驾幸嵩岳，而反游于月宫，是心怀故阙也。我等须要拟定词名，如《长相思》、《如梦令》、《月儿媚》诸调方许用，如用别调，与题意不合者，须罚。"上元夫人道："若有不能作词者，或许仍以诗代，但要合得题意，也使得否？"湘皇道："若要诗代，必须作《月宫词》七律一章，庶与本题相合。"后土夫人道："以词题而作诗，尤为韵事，不须再议，请帝师首倡。"月君辞道："此令原不分主客，须要争先缴卷为胜。"瑶姬道："骊山姥之诗题，诸仙真皆不肯做。帝师当日是主，尚然首倡；今日之题专为帝师梦兆，若帝师不做，其谁敢先说梦话，竟当作真梦呢？"诸神妃皆笑。元君道："帝师非梦似梦，似梦非梦，此中诗思，非想，非非想，恭候大作，开我心灵，庶几不落在梦想。"诸神妃夫人又笑。月君亦笑道："人生一小梦，天地一大梦，我已落在梦中之梦，纵使了却小梦，终不能超出大梦，究竟是个梦想。"语未毕，衡夫人笑说："帝师未做诗，先说法呢。"于是月君弗辞，信笔挥《长相思》一阕云：

宴神仙，醉神仙，醉踏嵩山空翠天。冰蟾千古圆。忆婵娟，梦婵娟，梦到瑶台若个边。霓裳浩劫鲜。

众神妃看罢，皆赞道："珠玉在前，我辈燕石鱼目，敢相混耶？"瑶姬道："不混些燕石鱼目，安见得隋侯之珠[2]、楚宫之玉[3]之美？请看第一个先混来。"遂题《如梦令》云：

今夕霞消锦绮，秋水一天如洗。河汉渺无梁，罗袜双双飞起。飞

---

① 东坡——即北宋文学家苏轼，字子瞻，号东坡居士。

② 隋侯之珠——古代传说中的明珠。高诱注《淮南子·览冥训》："隋侯，汉东三国，姬姓诸侯也。隋侯见大蛇伤断，以药傅之。后蛇于江中衔大珠以报之，因曰隋侯之珠，盖明月珠也。"

③ 楚宫之玉——即指楚人卞和发现的和氏璧。

起，飞起，人到瑶台深处。

青女续题云：

嵩岳诸峰插汉，翠拂银河无浪。迢递隔瑶台，浩劫何人独上？独上，独上，只有帝师恰当。

阿香亦续题云：

一片月华如水，冷浸神仙未醉。试问广寒宫，素女含情掩袂。掩袂，掩袂，只盼銮舆返旆。

少女又续题云：

万里碧空影倒，片月为舟鼓棹。欸乃向何方？水殿蟾宫近了。近了，近了，人在梦中一笑。

瑶姬道："词极佳，而结句有讽意，应罚大觥。"月君道："讽者，风也，合于六义，且属名句，又可警世。我梦中人，当罚一爵耳。"少女道："神仙之梦，即为真境，若忌'梦'字，请问帝女何以取《如梦令》耶？"瑶姬道："这没得说，我亦应罚。"于是二人各饮一卮。后土夫人道："我于诗词，不过暇时涉猎，未臻佳境，请作小令罢。"题云：

眠，蟾光导我素鸾前。声哕哕，笑出蕊珠边。

湘皇道："此不谓佳，谁其佳者？"即续吟云：

鬖，绛河映我碧烟鬟。凌波步，踏碎玉钩弯。

元君道："我亦效颦小令。"题云：

猜，香风扶我上瑶台。霓裳奏，缥缈渡河来。

宓妃道："帝师原调，人无和者，待我续貂以博一笑。"题云：

长相思，短相思，长短相思一首词。中宵梦不迷。

深非云，浅非云，深浅非云月殿文。玲珑坐玉君。

月君赞道："如此蕴藉，不减太白、飞卿，若康、柳诸君，皆可一概抹倒，何况拙作？"众神妃亦赞道："彼此不用固谦，正是以貂续貂耳。"阿香戏道："貂亦有成色，我看前半截，凡人亦可通用，只好算个狐尾。"众皆大笑。虞妃立起，向帝师道："妾当日以歌舞事项王，从未拈弄笔墨，焉能吟诗作赋？请帝师恩罚。"月君道："固尔，亦不敢敬请，坐罢。"青女道："我不信！楚王作歌，夫人闻之而自殉，岂不知诗者耶？"虞夫人不能答，面有惨色。衡夫人道："知与行原有差别，如妾亦久荒书籍，文思不属，亦愿受罚。"嵩夫人道："我亦同然，如诗不成，罚依金谷酒数，我三人皆照此受罚何如?”月君道:“二位夫人不但酌酒,且定要令爱代作。”嵩夫人道:“彼自治且不能,奚暇①为人代?令他遵帝师命,各吟一词罢。”那端端、真真,心中早已做成,不好僭越,所以忍着;一闻此命,倒故意作想一番,同时皆就。真真题云:

忆霓裳,舞霓裳,舞到霓裳香更香。风生月殿凉。

看清蟾,弄清蟾,弄过清蟾闲复闲。人隔水晶帘。

端端题云:

涌金波,混银河,彩霞冉冉众星罗。人间无棹过。

金粟香,玉粒浆,月殿深深水榭长。有个素鸾翔。

月君赞赏道:“两词如兼金,一可当二也。”时只有上元夫人未作,瑶姬注视而笑道:“昔人有鬼中董狐,夫人乃神中老杜,故为俄延,看我辈戏丑,一定是惊天动地的七律了。若猜不着,我饮十杯;猜着了,你饮十杯。”上元夫人道:“猜是猜着了,但无饮十杯之理。”宓妃道:“若诗好,只饮三杯够了。”上元夫人乃题上笺上云:

瑶台无影落秋河,晶晶空明澹欲波。

片月如舟邀素女,非烟为驭降灵娥。

翘翘霜兔衔杯舞,跃跃冰蟾按节歌。

一笑醉来颜似玉,天香影里共婆娑。

右题《月宫词》

月君看了,称奖不已道:“夫人之作,真是压卷。白太傅云:‘共探骊龙,而独得颔下之珠。’此诗之谓欤?”瑶姬道:“我等皆被他压住,岂肯甘心?一人罚一杯,十杯是准的。”元君道:“我说个情,五分作一杯罢。”于是上元夫人饮了五大觥。

嵩夫人即命撤席散坐,令呈家乐上来,月君看时,是十二个殊色神女,四名着舞衣,八名执乐器。先舞《大垂手》、《小垂手》、《回风》、《流雪》,均非凡世所有。次奏《大云璈》、《小云璈》,抑扬流宕,较天上更胜。落后奏《霓裳九叠》,真响遏行云,声凝灵籁,潜鱼纵于壑,宿鹤翔于汉,有情无情,一时感动。月君道:“唐三郎枉作风流天子。曷曾听此妙音耶?”顾见押班一姝,态流神动,灵慧超伦,因询其姓字,嵩夫人答曰:“蒋子文之女

---

① 奚暇——如何有闲暇。

弟，所谓青溪小姑是也。”月君曰：“名不虚传。”小姑叩首请诗，因戏赠一绝云：

青溪春水带春流，有女含情不可求。

一曲珍珠十万斛，阿姨休掷锦缠头。

嵩、泰二夫人齐声道：“帝师此诗，真可当珍珠十万斛矣。”小姑大喜，叩谢而去。诸神婢摆上供桌，都是新鲜的果品，九州八荒之物，无或不具，佳者如闽南鲜荔枝、萧山杨梅、蒲东朱柿、松江银桃、辽东梨、西洋瓜、大宛葡萄，西竺娑罗子、疐花果、月支戎王子、无花果之类。贮果的盘子，各色各样，都是宫、哥、汝、定、柴窑，或圆、或方，或菱叶、菊花、莲瓣之象，亦种种不同。月君赏鉴一番，略用了些果品，微视诸神妃夫人皆有酒意，互相笑谑，不免觥筹交错。独有虞妃兀坐，若有思者。因问虞妃：“夫人今在楚宫耶？”忙立起应道：“在乌江庙。”时元君戏谓上元夫人道：“席上设的是玄酒，夫人为的是酒上一个‘玄’字，所以谓之上元。——上元者，酒上元耳。”嵩夫人笑着接口道：“今日虞夫人，要志心皈命哩，且俟我等酌的玄酒，玄之又玄了。”然后来代恳月君道：“请问楚王安在？”衡夫人代应曰：“已在阳界受用哩。”月君道：“然则夫人何以不同行？”虞妃又立起应道：“妾感项王之情，魂魄相依者，一千五百年于兹矣。当日帝业已成，曾不一听妾言，以至于败。今者轮回，原奉敕旨同行，妾宁可沉沦，不去造孽，遂得蒙上帝鉴妾苦衷，命为巡察乌江夫人。妾再四思之，虽历劫之久，义不可背项王而他适，则终何了局？冀得皈依帝师座下，拔我迷途，臻于觉路——”瑶姬遽接口道：“幸勿以妾之阴质，而拒之门外。”月君道：“善哉！”虞妃已趋跪于前，月君为说偈曰：

贞从志立，烈由气决。圣贤所重，禅玄之孽。咦，斩尔情根，破尔爱劫，我将与尔翱翔玄圃，而逍遥乎蕊珠之阙。

虞妃再拜谢道：“妾心已解脱矣，求示弟子修持之道。”月君道：“从来阴质，唯用水火炼度，无益也。我授尔吸日精、炼月华之法，便可超冥入圣。尔不时到我宫中，当次第指示，请起就位。”月君乃问楚王轮回福运如何？衡夫人又代答道：“现叨帝师樾荫①，曷敢不说？郧阳国之刘通，即项籍也。今之部属，皆昔之将佐；昔之嫔御，即今之后妃。上帝以夫人不行为

① 樾（yuè）荫——（别人的）荫庇。

正,故特加封敕耳。”月君道:“噫! 有是哉。败于刘矣,而乃托姓于刘;灭于汉矣,而乃建国曰汉;败且灭矣,而乃以德胜为年号。好胜之心,犹未已也,其如福泽日减何?”言毕,即起身辞别,诸神妃皆送至阙下。嵩夫人已令仪仗、车驾伺候,月君道。“不可。人间爵位,无异蜉蝣,安得以此夸耀于神明哉?”又看阙上横额时,是“碧嵩阙”三字。月君笑道:“适才是广寒新阙,其梦中之梦耶?”遂御风而去。

顷刻已到,见二剑仙、范飞娘皆在左右侍立,才开法眼。聂隐娘早递上一笺,月君览其语云:

真孝廉,为神主。举眼看,无儿女。老婢作螟蛉,愿得晨昏侍。帝师,帝师,父母空生汝! 只恐瑶台月,照不见,重阴底。

帝师惊道:“他不等我一等?”答道:“他原半夜就要去的,因待帝师不来,刚刚去得半刻。”月君即往看时,老梅婢端然趺坐,面色如生,尚含微笑,因执其手,抚其胸曰:“汝得与我父母相依,是代我之职,寸心可以稍安。噫! 天壤间,焉得有此义女乎?”因呼为“梅姊”而大恸。只见双眼微开,向着月君曰:“我在半路,闻得帝师哭 声,所以回来一见。我意,这个济南金殿,不坐他也罢。”月君正有些话,老梅说:“老主母等得久了,我去矣。”仍瞑目而逝。月君顾聂隐娘道:“此子终身不字,一心好道,端坐而化,岂可用凡间之礼来葬他? 汝可传命铁开府,令作楠木香龛,扶他安坐在内,载至太白山太上帝师坟堂之右,筑土安置,立碑曰‘唐门贞女梅仙子之灵龛’,即烦仙师董成其事。”又谓公孙大娘道:“汝可传命军师,仍带瞿雕儿等,且回南阳;其余诸臣应回阙者回阙,治事者治事。我今先去,与鲍、曼两师有话。烦剑仙率领女真等,从后回阙下可也。”说毕,化道金光,竟自去也。

时鲍、曼二师正与素英、寒簧、胡贞姑、连珠娘等讲论玄奥,忽见帝师在前,亟起相迎,鲍师曰:“月君此来,大有奇异。”月君就把老梅遗笺递与二师,并述其已去回来之语。鲍师曰:“他质地如此,当日我只许他成个鬼仙,而今结局得好,也就罢了。”月君道:“他真结局得好。我的结局,倒未必好哩。”曼师道:“这是怎说?”月君道:“人若是丈夫身,就有五伦缚住;若是女子,在室只有得父母,出字只有得夫妇,至于君臣,是绝不相关的。在我只有父母之恩,未能报得,而今死不能一面,五伦皆干净了,还不自己去问本来面目,终日碌碌的坐金殿、朝群臣,为他人忙着,甚来由? 到那结局之时,悔已迟了。我今定个主意,要与二师遨游海岛,撇却尘氛,庶几有上朝玉京的日子。"鲍师吃惊道:"认错了这些话儿! 若是别人说得出,就是悟道;若是你说,却是误道,是错误之'误'字了。要知道,汝应掌此劫数,上帝特命降生,比不得有过沦谪的。这些事就是汝本来的大事,完局得正大光明,便叫做功完行满。独不记及临下界时,上帝谆谆的谕旨乎? 即玄女、鬼母,亦各有法语相赠,并未曾教汝去潜心苦修,做这凡人一般的工夫。"曼尼呵呵笑道:"也还有说,大士授汝天书,却不是教汝遨游海岛去用的。你今要同着我二人走,不能够。鲍师要返西池;你却到不得西池,老尼是要回南海的,月君却到不得南海。又归不得瑶台,又回不转蒲台,又不能住在卸石寨的九仙台,难道会了御风乘雾,只在云霄内来去不成? 还是站在半空中过日子呢?"鲍师大笑。月君亦笑道:"微二师之教,几乎误了。"鲍师道:"汝这悄然一走,文武臣僚莫不疑骇。快些安顿去!"且听下回分解。

第七十七回

烧岘山火攻伏卒　决湘江水灌坚城

话说月君降生于唐孝廉家,我佛如来谓之初因。初因者,初本无因,而初有因也。孝廉夫妇祷嗣于上帝及玄女宫中,适值月君应生下界,因孝廉平素贞直,即以畀之。迨月君为其父母丧葬,而又锡封极品,此是初因。已育苗而结果,更无纤毫之末了,又岂得有父女重逢之理耶?月君见了老梅婢的笺帖,说"父母空生汝",不觉伤痛于心;又说"这济南金殿,不坐他也罢",更为扫兴,痛上加痛。想到"为着建文争气,与忠臣义士报仇,究属身外闲事,与我大道何涉",所以忽生飘然远举之思。及闻鲍、曼二师说到降生之本来,方悟向者所为的事,自然有个限期,是多一日不能,少一日不容已的。然而月君已是超凡入圣,倒只为孝思一激,而反若有所蔽也。今者,诸文武臣僚,尚未知帝师已还宫阙,若去奉迎銮舆,却是空空的,竟有似乎儿戏了,能不贻大臣之后议?于是月君于銮驾未到之先,先御正殿,召见群臣,以杜中外猜疑。退朝之后,即发手敕五道,下于丞相府。

一曰:军师吕律,以大司马佩相印,掌军国重事,进取荆襄地方,任迎銮正卿;副军师高咸宁,以大司马晋少保,参赞军国重事,驻节扬州,为迎銮亚卿;景星,开府庐州,统辖淮、扬、凤、滁,兼都宪御史;铁鼎开府汴郡,督理南汝、河南军务,兼都宪御史;练霜飞,为佥宪御史,兼辖归、德、兖、徐、沂州,行开府事;司韬,仍以青、齐开府,加都宪御史;方震,为河南道;何典,为淮西道。

二曰:暴如雷,授为镇守河南府大将军;龙如剑,改授防守清华镇大将军;崇南极,镇守瓜州将军;盛异,镇守浦口将军;绰燕儿,特授刺逆将军,仍兼机密使。

三曰:高维崧,除授少宗伯;巨如椽,除授少司马;丁如松、连华,均除佥宪御史;侯玘,授黄门通政;刘蓁、王作霖,均为修史学士;方纶、杨礼立,先授庶士之职;其各开府军前新归诸文武,悉照自署实授。

四曰：雷一震，赤心报国，屡立殊勋，死后英魂，犹捍王师，现充巡河使者，应加敕封督察江淮显灵扬武侯；皂旗张，身膺百创，死犹植立，精爽常存，导引王师扬旗破贼，封为精忠护国奋武侯；火力士，耻功不立，心怀故主，视死如归，封为昭义将军；庄毅衎，为国杀贼，全家惨死，封为昭节将军，并妻氏昭节夫人。

五曰：淮南江北，秋收歉薄，向鲜积贮，又被兵燹，其建文十七年夏税秋粮，尽行蠲免。河南五郡，庄稼差饶，然小民引领王师，宜沛恩膏，以慰云霓之望，其蠲免建文十八年夏税、建文十九年秋粮，该衙门转饬各部遵行。

敕旨下去，臣民胥悦，不在话下。单表吕军师拜恩受职，与将佐商议，进取荆襄。仍遵帝师七星营制，以瞿雕儿为前营大将军，宋义、余庆为左右将军，以楚由基为左营大将军，董翥为右营大将军，郭开山为后营大将军，宾铁儿为先锋将军，董翱、曾彪为左右哨将军，俞如海为合后护军将军，刘虎儿、阿蛮儿为中营左右大将军，姚襄为监督六军使，沈珂为监督粮运使，于建文十八年春二月进取襄阳府。

行次岘首山，军师驻马一望，顾谓姚襄曰："山岚带着杀气，其中必有伏兵。"亟下令驻扎。忽有一人头戴破毡巾，身穿敝褐袍，向着右营疾趋而来。军师即令姚襄引至帐前，行了个庭参礼，看着军师，若有欲言之状。军师即命设坐，询其姓氏，禀道："小子董春秋，字大复。先叔父监察御史董镛约同众御史殉国，被燕贼夷灭三族。小子逃至衡、永、黔、黎诸处，流转至于荆门，幸脱罗网。今在岘首村关帝庙中训蒙度日，元旦祈得一圣签云：

啸聚山林凶恶侍，善良无事苦煎忧。

主人大笑出门去，不用干戈盗贼休。

初不能解圣意，两日闻得大兵南征，襄阳贼将王杰选三千精锐，埋伏在山岩茂林深处，专待王师过时从中出击，小子因悟到圣帝签之灵显。"遂举左手向军师一照云"即此便可了当"。军师见其手中写一"火"字，便道："此处伏兵，我已预知，所以止而不进。汝手中之字，颇合军机，能为王师向导否？"春秋欣然应道："小子正为此而来。"军师遂问山之形势与贼之埋伏情形，对曰："马援聚米为山，莫若笔写。"原来董大复素善泼墨山水，看他将墨汁半盏，乱洒在玉版笺上，手中象管掣动如飞，其间层岩曲折，甚是分明，竟是一幅岘首烟峦图。军师指道："是了，埋伏当在于此。"春秋应道："信然。"军师道："但火攻之说有三难。此山是借东南向的，今夕是大东北风，若邀其去路而烧之，则我军在下风，是反助贼势也；若迎其来路而烧之，则贼唿哨而退，是徒烧其林木也；至若山麓之正面，则贼居高，而我在下。战亦难胜，况于火攻乎？"春秋跌足曰："小子却不曾算到风色！"军师又指着两个山头问："有小径可登否？"应曰："从此山背可到。"军师曰："果尔，子之大勋可成。"遂点火枪、火炮、火弓弩手各百名，不穿盔甲，不带器械，衔枚①而行。一到山巅，不论时刻，便放火器，向贼埋伏处，从高打下。待贼败后，向前途缴令。董春秋遵命，引领火器兵去了。又命宋义领兵三百，一百名各带火纸炮二十束，每束二十个；一百名擂鼓摇旗手，一百名箭手，前去山左林子外，如此行事。又命余庆领兵一百名，各负大草束，前去山右林木中放火，候山顶齐放火器，即将草束向林木中放火，令贼不敢窜越。二将亦各遵令去了。乃命宾铁儿、曾彪、刘虎儿、董翥、瞿雕儿五员上将，统率铁甲三千，从岘山正面掩击败贼，直追至贼寨踹其营而后止。又命郭开山、俞如海领兵三千，随后接应。自率大军，从大路进发。

那时襄阳城守姓王名杰，原是高邮州指挥，降燕升为副将的。他闻得南阳已失，郧阳已降，自己兵马无多，料不济事。算计岘首山麓林木甚繁，可以设伏，就用钩镰枪手一千五百名，藤牌滚刀手一千五百名，各带牛肉腊条子做了干粮，伏于林谷之中，专等王师到来，夜则悄然劫寨，昼则突然冲杀。却自统率精锐三千，扎营于大路上，以为声援。屡次探得王师在岘山那边扎驻，料在次日必进。当夜那些伏兵，且都在山岩内，东倒西歪的打盹，不期二更以后，山头一声炮响，火枪火箭如流星闪电，飞将下来，着在林木，烈焰腾空，若打中了人的身上，顷刻肌骨成灰，照耀得山上下红光透彻。真是"介山被焚，即鸟兽亦不能飞遁"。那西南的伏兵，要向后路逃走，只听得林子外擂鼓呐喊，乱箭如雨，又被无数纸炮打将进来，被掼在脸上的，五官都化做肉泥。那东北的伏兵，见林子内外，重重叠叠堵塞草束，一齐烧着，火势更为猛恶，只得奔向东南。山顶上火枪火炮，正在那里

---

① 衔枚——"枚"，形如筷子，两端有带，可系于颈上，古代进军袭击敌人时，常令士兵衔在口中，以防喧哗。

望着下面乱打，无异鱼游沸鼎，烂额焦躯，一大半烧死在林内。矫捷些的，丢了藤牌，乘着顺风，冒烟突火而出，刚刚遇着瞿雕儿等铁甲军，杀个罄尽。五员大将便飞奔至王杰大寨，正开营门，领兵出来接应，雕儿等一涌杀入，势如山岳震压。王杰部下军士接战不及，阖营溃乱。王杰胆丧魂消。夺路先走。众军自相践踏，逃得命者只十之一二。刘虎儿等杀得兴发，并忘了踹营之后要等军令，即一路紧紧赶去。辰刻已抵襄阳城下，城上早竖了降旗，不放王杰进去。亟勒马走时，正迎着董翥，一戟搠翻，活擒去了。郭开山、俞如海从后大呼道："军师将令，踹营之后驻兵的，怎直杀到这里？"诸将方知错了，亟令牙将飞骑前往迎请军师。而城内官员人等，皆已具鼓乐彩旗，焚香顶礼，出城来接。

遥见四轮车驾着六辔飞驰而至。吕军师端坐车中，纶巾鹤氅，手执麈尾拂，左有姚襄、右有楚由基领着壮士护从，行队整肃，绝无参错。那些众官百姓，皆罗拜于车前，军师慰谕士民先回。兵马屯扎城外，令众官员前导，缓行入城。若男若女，若老若幼，都在门首执香叩接，并有献茶献果的，相率而言曰："此真诸葛再世也！"军师到府署坐定，检看了库藏册籍，令各官视事如故。顾谓姚襄道："兹土甫定，各属未尽帖服，汝可暂驻于此，整饬一番。我于明日便要进取樊城，彼有湘江可守，倒非易事。"遂问郡守："樊城有几多兵马？何人为将？"禀道："守城主将姓伍，名云，当日方正学号哭阙下，是彼执送燕王的。"军师道："且为正学报个小仇。"遂出城归营。董翥献上王杰，军师令斩首枭示襄阳西门。时董春秋、宋义、余庆等，皆已回来缴令。刘虎儿等五将禀谢道："小将等乘势杀至城下，失候将令，理合有罪。"军师道："苟利于国，专之可耳，第不能以为训。"即传将令，秣马蓐食，五更进兵。襄阳与樊城只隔一水，片刻即到。军师登台一望，但见泠泠湘水，雪消春涌，东北风起，波澜横溢。方在筹思，董大复忽禀道："樊城虽坚，但卑而不峻，可决湘流以灌之。"军师曰："然。但军中少堰水之人，汝且言堰法如何。"春秋答道："小子向者留心于此。凡筑堰打桩，先从两岸浅处创起，渐逼至中流，后合水口，此要诀也。第今湘流甚激，一道夹桩，恐难成立，即使筑成，恐亦随败。小子意欲打下四道排桩，筑起三重高堰，其间下土下石，相机而行何如？"军师道："子之堰法固妙，但须于数里内外，看浅缓之处立桩下埽，则水必薄堰而起，横冲两岸，奔决四出，更将何法收束以灌城乎？汝看湘水在城根流过，略带弯斜，两岸均系石堤，又有大码头劈对城门，今者东北风甚紧，堰水以灌之，原为上策。但恐堰城，而天风忽改，适足以淹自己军营。武侯云：'谋事在人，成事在天。'若得明日一天东北风，大事毕矣。"遂下令，令五千壮健军人，到后营各领双重密布囊一个，每人负干土一囊，限在半夜月上毕集；又给董春秋白金五十两，在就近处雇觅知水性土人一百名；又令各营挑选硬杆丈八长矛二千根备用。端的人多功倍，二更早已缴令。这边村庄的人，见说片刻有五钱纹银，倒来了二百多名。军师乃亲临湘岸，指点土人军士等，先将长矛从堤边浅处用力搠入水底，密密层层，直排到南岸。如此者又排下一层，然后把沙土布囊挨着枪杆而下，共下了三重土囊。水已堰住，霎时倒流冲激，越过堤岸。有顷，中流涨起五尺余高，被东北风一逼，从码头缺处逆冲而上，直薄城根。风力愈紧，水势愈大，怒浪狂涛，撼得地轴皆动。

天色方明，城中守将伍云尚未起身，闻报甚紧，方率军上城观看，命拆百姓家门扇，且挡住堵口，再统兵出去厮杀。百姓人等正在张皇，又闻得这个美令，顿然鼓噪起来，有数千余众赶向城上。伍云部下兵卒向被将主暴虐，恨如切骨，见百姓已变，呐喊一声，即将伍云拿下，向城外大叫道："百姓等已擒主将，皆愿归降圣朝！"军师遥望情形，知非虚伪，即令军士撤堰，就把军中四刃钩镰枪搭着土囊，逐个钩将上来。钩去大半，水势渐平，军民等已棹船过江来迎。军师遂带领将佐入城。到公署坐定，众百姓绑着两员官献到，一是城守伍云，一是巡检董晋。军师叱伍云道："拿方孝孺送燕者，即汝逆贼么？"伍云哑口无言。军师又道："方正学没有你这个贼奴拿他，始终也要夷族，彼一大忠臣，自愿杀身，全不在乎拿与不拿。但汝以此逢迎贼党，邀取官爵，不顾陷害忠直，令人切齿！"众百姓齐叩头道："伍云这贼，与这个狗巡检，在地方上只是兴波作浪，诈害军民，统求军师作主。"军师立命骈斩枭示，以快众心。

当下董春秋火攻、水攻二策，悉为军师逐一指破，顿悟自己断断不能为三军司命，就心悦诚服，跪拜于地，求收在弟子之列。军师笑道："汝已有头绪可教也。子试将胸中所学，悉为敷陈，与汝裁之。"春秋道："小子思报国仇，日夜疚心，常读子牙《阴符》①、石公②《素书》，又习武侯八阵图，亦略知其开阖奇正、纵横变化之法。”军师遂问：“汝试言八阵变化若何。”应道：“小子参究其制，名曰八阵，分乾、坎、艮、震、巽、离、坤、兑八方八营，然中军又有一大营，绝似九夫为井之制度。以小而论之，每营皆列六队兵马，计六八四十八队，中营外包十二队，中藏四队，共成六十四卦之数；以大言之，则每营六十队皆然也。其间偶落勾连，部曲相对，衢巷相达，士卒皆四面八向，随感应敌，以逸待劳，此纵横之道也。其南北东西四门为正门；第二层前后左右为奇门，开于四隅，与正门不对；第三层只有前后二门，适中而开，又与奇门相左；第四层方是中军将帅所止之处。又八阵之外，前后左右，各有六队骑兵，谓之冲门，若城之有郭，屋之有藩篱，所以捍外而卫内者，阖则九营皆无门户，若浑天一气，此开阖之制也。至若奇正变化，全阵则有方、圆、曲、直、锐之互异。其附于全阵之队伍，则有战队、正队、奇队、驻队、辅队、殿队之分合。正、奇二队，所以继战队，而为叠用；殿、辅二队，所以继驻队，而为重卫。至若外四周之二十四队，按着二十四气，驻则为冲门，以之为八方捍御；行则为游军，以之为四路巡警。或乘便因隙而击敌之左右，或分疑兵，或设为伏兵，以邀遮敌之进退，皆临时更变，错综八阵而用之。更有变之至者，前后左右为鸟、蛇、龙、虎，四隅则为天、地、风、云，其营各尖锐而适相凑成方。与夫夔江石阵可入而不可出，以伏陆逊者，小子均未能悉也。”军师笑道：“子之所谓正奇变化，皆其常制也。如方、圆、曲、直、锐，乃地形有此五者，阵亦因之而为方，为圆，为曲、直与锐，曷尝是阵之变化？即正队、奇队之说，不过若车之有辅，并非以此六队而为变化。其阵外游军，所以备八阵臂指之用，亦非本阵由此而生变化也。若夫天、地、风、云、龙、蛇、鸟、兽，不过更异其名，小易其制。所谓奇正相生、变化相因之妙，全不在此。以常法而论，四面之兵为正，四隅之兵为奇，然而奇正叠相变也，其枢机总在中军。四正四奇皆变，而中军独不变，如星之有北辰，众星皆错互更易，而北辰则始终不易其位。我主乎其中，方可运行八表。贼攻我正，发奇兵以应之；贼攻我奇，发正兵以应之。决之临机，乃奇正相生之道。大约一阵自为一卦，而一卦具有六

---

①　子牙《阴符》——“子牙”，即《封神演义》中的人物。

②　石公——即“黄石公”，见414页注①。

变,其变皆因敌从何方而来,应变为何道以制之,使之可入而不可出,能进而不能退,方谓之变化相因之道。至于石阵夺天地造化之巧,前后有天冲为正,地冲为奇;左右有天衡为正,地轴为奇。四隅风云皆错综四出,尤为奇中之奇,有若天垂星辰之象,而其枢机则又不在中军,而在于地轴。其间奇正无方,变化莫测,内藏奇门六甲,别有鬼神妙用。当日陆逊①且不能知,况于子耶?"遂将石阵玄微,剖悉指示。

刘超曰:"军师讲授神机,不知天之将明矣。"军师大笑,谓春秋曰:"汝气质疏狂,不可授京职,且在营中领参军之任何如?"春秋大喜曰:"小子正要追随军师也。"又四拜而谢。军师即下令诸营军士,尽渡北岸,并檄姚监军速到樊城。且请看:天狼未灭,先烧杀数万狼兵;圣帝未复,豫奉到数行帝诏。在下回次第演说。

---

① 陆逊——三国时吴国名将,曾与吕蒙定袭击关羽之计,并曾利用风势打败蜀军,堪称有谋略之将。

第七十八回

吕军师三败诱蛮酋　荆门州一火烧狼贼

吕军师要进取荆州府，未审虚实，乃命绰燕儿前往察探情形，谕之曰："一要得实在军机，二要知民心向背，三要觇①文武协和与否。不论迟速，真则有功，谬则有罪。"燕儿遵令去了。姚监军及诸营军将皆已渡江而来，军师遂出城择地屯扎。姚襄禀道："襄阳属县大都降顺，近处钱粮，皆已提贮府库。"军师道："襄阳财赋不多，河南已奉恩蠲，难于接济。在目下筹饷为第一，攻城次之。此去安陆府只两三日程途，地方饶沃，十倍襄阳，且系僻地，从无重兵屯守。汝可领本部军马，再点一千铁骑。命董翥、董翱为先锋，疾走安陆，以声势恐猲②之，彼必不敢抗拒。既降之后，即令该府将各属钱粮，陆续解交樊城军前听用。倘其间有意外，飞报定夺。"姚襄遂于本日，点将发兵去讫。

未几，燕儿回来缴令，禀道："荆州知府姓李名谅，兵备道姓马名兴，系建文帝罢斥之人，燕王特地起用，做官贪狠异常，民心抱怨。守城主将，都督吴庸；两员都指挥，一名马云，一名崔聚，皆系燕藩宿将，与文官都是同类，甚相和洽。又一个先锋，姓古，诨名叫'古怪相'，少一耳，缺一目，鼻孔亦止左边一个，鬓毛却止右边一撮，手足皆一长一短，向系江洋大盗，与同伙相争，投充在营的，说他万夫不当之勇，未知果否。至于士民之心，向背未定。听说关老爷庙中，周将军所持大刀，向来极有灵验，若啸一声，为胜兆，啸两声是破城之兆，今者不闻得有啸声，还在那里观望。倒是城外扎下十来个大营，奉姚广孝调取。苗人、僮人、狼兵，现有二万余众，说还有得来，要他们冲头阵的。看这些蠢贼，都不怕死，倒也厉害。"军师道："探听得甚好。"即下军令，每日诸将各操本营军马，候不时发兵。

忽报姚襄回来，禀见军师说："安陆府城守都司缺员。我兵才到界

---

① 觇(chān)——窥视。

② 恐猲(hè)——威吓，吓唬。

上，该府便出迎降，各属亦次第效顺，独有荆门州、当阳县两处未服。该府说署州事是荆郡通判，恃着府佐向多，抗拒不服提调。当阳是州所属，起止由他。若取荆郡，这里去，必由荆门州，所以小将旋师复命。”军师道：“楚人多诈，今两郡甫定，汝可 暂任安、襄监军道，督理饷事，我则安心前伐荆州矣。”姚襄拜命，自带本部军兵，走马上任去了。军师却往来于襄、樊之间，登岘山而寻羊祜之故迹，揽习池而访山简之遗踪，偶逢会心，便挥毫题咏。兹记其《习池》诗云：

一从山简没，便觉习池衰。
水涸鱼飞去，苔荒燕啄来。
酒徒今日到，笑口为君开。
何处铜鞮曲？遗风亦可哀。

又《羊祜》庙诗云：

羊公遗泽尽，岘首不成游。
荒庙行人过，残碑少泪流。
江归汉口大，山入洞庭愁。
尚有前朝柏，风声直似秋。

诸将佐亦各闲暇，日与部属较射穿札、投石超距以为乐。

一日，沈珂运饷来见，军师谕道：“兵士劳苦，汝安能远运至荆州？以后只到襄阳，交与姚监军转运，庶道里各半，劳逸均平。”沈珂遂问出师日期，军师曰：“兵法：守如处女，出若脱兔。未可预期。”

转瞬之间，忽已八月有五日，军师密遣绰燕儿再赴荆州，觇探荅、狼情状。至十三日五更，卒然传令宾铁儿、曾彪、董翥①、董翱四将点轻骑二千，不带弓矢，不穿甲胄，于今日酉刻发兵，限十五夜半子刻，要拔荆门州，逾时者斩！——若有贼人对敌，不在此例。四将大喜，遵令去了。又自率刘虎儿、阿蛮儿、楚由基、瞿雕儿四将，带铁骑二千，于戌时进发。郭开山、俞如海督率大军，于十五日清早起行。

樊城至荆门约四百里，总是山路，大半无人烟。董翥等一夜已走有二百七十里，遇见两三人在岭头下来，董翥命军士拿到，喝问：“你们还是要死要活？”三人面面厮觑，只叫：“大王饶命，我们身边一个钱也没有的。”

---

① 翥(zhù)。

董翥笑道："是良民了。我且问你，到荆门州还有多少路？城内有多少兵丁？前去有几处塘汛？实说了有赏。"一个老年的战兢兢答道："到州只有百来里路。州里张太爷比完了钱粮，明日就要回府，带着五六百兵马，来管押银杠，都要去的，是个空城。过了这个黑松岭，十余里就是半村岭，有百十多人家，二三十塘汛兵住着，今朝只有七八个在那里，其余俱回家下过节了。再去都是荒山，连人也没有的。"董翱问："你们从哪里来呢？"答道："完不起钱粮，昨日到州去挨板子的。"董翥道："此是实话。"命赏他银一两。三个人都说："我们没福，不敢要大王爷的。"爬起来径走了。宾铁儿道："他说我们是打劫银钱的哩。"董翥道："上了岭，敢被他们汛兵望见，就漏了声息了，且在这里住下，等晚些儿，我们四人蓦地闯去，将汛兵杀却，然后前行。倘有过去的人，且不许他走。"曾彪道："还是将军的智好。"等至酉刻，宾铁儿等四人卸了戎装，各带暗器，一径过了黑松岭，走到半村岭上。那五六个汛兵，见是生人，便喝问："是恁么人？"宾铁儿早掣出铜鞭，拦腰扫去，已打翻了四个。曾彪接着动手，顿时了当。营房内又走出两三个来，被董翥弟兄迎上去，一斧一个。又搜到里面床底下，捉出一个小年纪的，也一刀挥为两段。那些山村人家，都顶着门躲得没影儿了。宾铁儿就去招呼人马，乘着好月色，直抵荆门州城下，连更鼓之声也没有。四将带领着百来个勇士，缘城而登，砍开城门锁钥，放进大兵。门军惊醒了，还糊糊涂涂的问道："兀的谁喧嚷呢？"宾铁儿一顿斧砍完了，仍闭了城门。赶至州衙，杀入去时，张通判大醉鼾卧，方被左右唤醒，爬将起来，如煎盘上蚂蚁，无处可走，匿在楼梯背后，被军士搜着绑缚了。诸将知道城内已没有了百姓的，见一个杀一个，不曾留得半个。天大明了，四将会齐在州堂，军士又活拿到一个官儿，说是当阳知县，昨晚陪太爷赏月，今日也要回去的。不多时，军师已到，见诸将功成，各褒奖了几句，遂将张通判弃市，当阳县黜革。

次日，绰燕儿回来禀说："苗、僮、狼共有四万多，最强者第一狼兵，他们总不受人节制，只是那三种前来厮杀。若克复了一州一县的城池，就全要这一州一县的钱粮，若不肯时，便要放抢。城中贼将不敢专主，去请命于姚广孝了。"这个时候，大约已有定局，军师遂附耳与绰燕儿，说了好些话，取一个小小包裹给了他，又如飞去了。遂谓董参军道："汝屡次问我军机不答者，汝知之乎？用兵之道，譬诸弈棋，全局之形势，虽数定于胸中，而落子之机关，则应变在于顷刻。今当如此如此而行，方可了当这四万凶徒。所需硫磺、焰硝、米与药物都有备的，只柴与酒要整顿起来。此系重任，交付与汝去料理。”

次日郭、俞二将统率大军到了，军师传令：有向日犯罪应斩的九人，可速押来勘问。俞如海就顷刻押到，军师问：“汝等罪应斩否？”皆应道：“军师赏罚，至公至明，更无他说。”军师道：“如今有个绝好的死法：我欲用汝九人为战将，若败而死，给白金一千两，养活家口；若愿子弟做官，能文者补文职，能武者补武缺；若败而不死，尽免前罪，或充伍，或归农，各听尔等之便。”军士皆欣然，齐声答应。即命各给全副披挂，并枪刀马匹，分隶在刘超、楚由基、瞿雕儿部下。每将各三名，密授临敌秘计如此如此而用，各领轻骑三千，刘超先行，由基次之，雕儿后进。又密谕俞如海：“汝领兵一千五百，离城十里扎下寨栅。”董翥、董翱领兵一千五百，屯于城内，亦各授以临时秘计。余将佐皆随军师驻扎。又令曾彪率领五六十个善爬山的军士，扮作樵夫，分散远近峰头，往来探信报息。

且说第一队三千兵马，刘超令三个应死的小军，披挂整齐，都打着先锋旗号，自己却在后面押队。行够一日，出了山口，杀奔荆州郡内。遥望见大路上，有十多个营寨，尽是苗、僮、狼三种洞蛮，军容甚为诧异。但见：

旗帜高标，枪刀密布：枪刀密布，锋芒与日月争辉；旗帜高标，颜色与云霞竞灿。洞蛮名虽各别，统出自槃瓠之种；部属人有千群，总不啻虎狼之类。婚姻无礼，相爱便作夫妻；父子无情，动怒即为仇敌。身穿甲胄，非铜非铁非水犀，颈矢不入；跨下东西，或马或牛或野兽，迅电难追。各挎一口镔铁刀，水断蛟龙，陆刲犀革。云从神火炼千回，出自灵泉浸万日。

刘超暗传号令，将军马照左右前后，各分七百，雁翅般摆开，虚着中心，不相联接，以便退走，自己却带领铁甲二百掠阵。先是前军的正先锋搦战，洞蛮见了大笑道：“只这个几侉子，一顿拳脚都完事了，哪里用着兵器？”狼营内有个叫做乌云勃，脸如锅底，眼若金铃，赤鬓黄须，钢牙血口，手执浑铁槊，大吼一声，纵马出阵。这正先锋，就是犯罪的小军，如何抵敌得？死挣有十来合，被他一槊打于马下。刘超急挥左翼副先锋出阵接战，抖擞精神，大骂：“蛮奴，我来砍你脑袋！”其如气力不敌，枪法散乱，被乌云勃活捉了去。刘超即将手中号旗一挥，后军与左军先退。洞蛮冲杀过来，右翼的假先锋挥兵接住，与乌云勃交手只两合，即便奔逃。刘超在后且战且走，被他追赶六十余里。蛮人望见第二队接应兵到了，方才收住。刘超计点部下时，只十来名铁甲带伤，其余都是轻枪快马，预先奔走，不曾折损半个。遂遵军师密谕，将右翼的假先锋一千军马，并付楚由基，自却领兵寻岩谷便处埋伏去了。

次日，由基传令，将军马分作三重，前部一千，后护一千，中营一千六百，打着大将旗号，自带着四百轻骑游巡，按住不进。狼兵队里有个头目，皰鼻赤脸，魁首圆眼，两鬓皆卷绿毛，叫做"绿发狮子"，使一根狼牙棒，骁勇出群。昨见乌云勃大胜，他就点了一千狼手，直哨前来。由基见兵马不多，没有个遽然诈败的，且杀他一员蛮酋，赔偿两个假先锋的性命，激恼了他的凶性，自然大队都赶进山谷中来了。悄悄拈弓搭箭，飕的一声，正中绿发狮左颊，翻身落马，众军急救了去。早见洞蛮涌地而来，个个咬牙切齿，人人擦掌摩拳，这里小军装的前将军，一骑马，一条枪，冲杀过去，遇着个蛮将，名唤阿育获快，手舞大杆刀，只两合被他劈死。遂有中营小军装的主将，急忙接战，又是一个苗兵头目，叫做奋利，挺着丈八蛇矛，骤马交锋。那小军狠命招架，不几合，蛇矛早中咽喉，死于马下。那三种洞蛮，见连斩两将，如疾风骤雨卷杀过来。楚由基急忙挥军而走，有二三十里，回顾追兵已远，早遇着瞿雕儿人马打着军师旗号，把个小军扮作黄冠，张着紫盖，有似军师模样，两员假大将左右护持。楚由基也遵军师密谕，将杀剩的两员将官，并兵马二千，交与雕儿，自己领着二千，也自埋伏去了。雕儿传下军师号令，守住山口，只看红旗挥，进军搦战；皂旗动，退兵奔走。自领铁骑一千，据定要害。

却说洞蛮虽然有勇无谋，也多奸狡。因昨日绿发狮被害，今日就先差几个小卒来探，回报：兵马甚多，只在山里屯扎，不敢出向大路。那狼营主将便约会苗人为第二队，僮人为第三队。狼人当先杀进山口，后面陆续接应，以防伏兵。总是没有部伍的，如蜂拥蚁附，杂沓竞进。雕儿在高处望见，即令假大将领着小兵五百，向前迎敌。狼兵有一小将，额上有个两头尖的疱靥①，诨名"三眼豹"，是绿发狮的兄弟，要为哥哥报仇，舞起竹节双鞭，骤马来战。有四五合，三眼豹使出凶威，飞起左手钢鞭，劈头打下，假

① 疱靥（yè）——凹陷下的地方长的小泡。

将军急忙隔过，不防他右手钢鞭，早已拦腰一扫，肋断腰折，死于马下。五百小卒争先奔进山口，狼军随后涌入，被雕儿铁骑截住。混战半晌，直待军马退尽，然后保着假军师且战且走。狼兵奋力追来，遥见紫盖下有个道人，狼狈而逃。三眼豹飞赶向前，左首一将急来邀战。乌云勃又赶去，右手一将亦来接住。乌云勃虚晃一枪，即纵骑赶到紫盖下，大喝一声，活擒下马。三眼豹打杀了两员假将，一径来取瞿雕儿。雕儿略战三合，挥军就走，转过山腰，同着部下兵士们卸甲弃马，跑上山岩树林中去了。却剩下假将官一员，领着些残兵败卒，向前没命的奔逃。早望见将军俞如海，打着后军旗号，结营在山坡下，都要撞入营内，一时沸乱起来。蛮兵乘势扑杀，竟砍营寨。俞如海也便弃营退走，被他长驱追击，直到城边。王师急叫开关时，已不及进城，两分左右，绕城而逃。乌云勃等且不去追，骤马抢入城圈，占据门口。这里狼兵方进西关城内，二董将军率领兵士，竟出东门去了。时天已晚，门狭人众，直到黄昏，狼兵方才进完。众头目都到州署，见白米堆着如山，好酒也有百来瓮，牛肉马肉剩有五六百肘，叫号喜欢得了不得。有几个狼兵，拿着五十多名小军解来，说躲在人家屋内的，军士跪告道："我们是给他们打水做饭，叫做火头工。他们走了，我们这几个还不知道哩。"阿育获快道："这好，教他们做饭。"遂分给于各头目，打水的，洗米的，烧火的，煮肉的，一齐动手，片刻办了起来。大家如饿虎一般，啖个精光，只觉还不得饱。哪知这些小军都带着蒙汗药的，酒内预先有了，那饭内、肉内、菜内，总是临时放的。吃得下肚，便浑身发起麻来的，一个个头重脚轻，且去睡觉。那吃酒的，只道是醉了，还说有这样的好酒。五十个小军分头行事，将牲口都牵至城上，城门上又下大锁，柴火内又灌了硫磺焰硝，一城之内，各处放起火来。落得这些狼兵，不知痛痒，顷刻火化，金钱奉送。吕军师与董参军正在山顶看这火势，真厉害也！有词为证：

金蛇乱掣，火马横飞。纵无红孩儿①三昧喷来；定有荧惑神一星抛去。十里之城，翻作火坑万丈；一林之木，化为红叶千丛。并不是参禅和尚，却现出火里金身；又岂有守节共姜，尽埋下灰中铁骨。若

---

① 红孩儿——《西游记》中人物，善用三昧真火攻击敌人。

比之赤壁鏖兵，还不剩一人一骑；有似乎阿房①焦土，偶然留片瓦片砖。直烧得千百家民舍，总是劫灰；二万个狼兵，尽成火种。

狼兵共一万八千，难道一个也走不脱么？中得药毒轻，原有好些早醒的，独是八面皆火，待走哪里去？倒比不得醉的甜然无声，倒还要受多少痛楚哩。那苔人、僮人原在后面，要搜杀败兵，来得迟了。苔人离城二十多里，僮人离城有四十里，便安下营盘，却也小心不过，四面分兵巡警。俞如海、董翥、董翱三将，原奉军师密令，看城中火起为号，径来劫杀城外营寨。那苔人营内，虽然睡觉，都是枕戈而卧，马不卸鞍，人不卸甲，闻得炮声大震，一齐杀出。不知王师用的都是火枪、火铳、火弩、火箭，只在左右对面打来，并非枪刀厮杀，洞蛮如何拒敌？只得向后倒退，自己践踏，已死若干。那时刘超等三将，自诈败之后，各在沿路山岩伏着等候，遥望见城内火起，又听得炮响，雕儿与由基便分左右，也都用火器攻打僮营。营背后，刘超率军呐喊，万弩齐发；营之前面，却无兵攻击。僮人遂向前走，此时苔兵正败下来，刚刚相遇。黑影里，苔、僮自相混杀，喊得明白时，死伤已有大半，方得合兵一处，向旧路上拼命杀去。挡不起火器厉害，走一步死一步，到山口时，恰又有三只猛虎，郭开山、宾铁儿、曾彪领三千铁甲挡住。左右是刘超、雕儿等夹击，后面是董家二将追掩，饶你六臂三头，也脱不了虎穴龙潭。僮人内有名头目，叫做额敌刚，有万夫不当之勇，领着部下奋力冲突。单单是他出了山口，也有七八十骑人马随去。正走时，忽一大将纵马抡刀，从暗中直取额敌刚。额敌刚着了急，翻身下马徒步而窜。这员大将，原来是阿蛮儿，伏在大路，候个正着，杀得寸草不留，只额敌刚一人走脱。此吕师贞之毒计，无异诸葛武侯火烧藤甲军也。还有：神道威灵，一将云中刀一劈；人心响应，双旌风际字双飞。下回演来便见。

---

① 阿房——即“阿房宫”，秦代著名的大建筑，规模极为宏大。秦亡，为项羽所焚烧。

第七十九回

神武庙双建帝师旗　偃月刀单枭燕帅首

乌云勃拿下小军装的假军师，当时就令蛮兵一百名押解到荆州府，下在死囚牢里。

次日，吴庸邀集文武官员，摆设了脑箍、锯板、剔齿箝、刷肌帚种种恶毒刑具，提来勘问。忽报僮人头目只带着一个步行小卒，说四万蛮兵总被他们烧死了，吴庸等吓得目瞪口呆。额敌刚一骑马，早已闯进帅府，大嚷道："你们盗了官职，打劫了地方金银，抱着大小老婆，安然在衙门受用。我们着甚来由，为你们统兵杀将？连贼军师都拿来了，屯兵在那城内，不知怎么失的火，烧得半个也没有。如今只把荆州的钱粮尽数给我，再赔还我四万多人。若说半个不字，快把他的军师来交还我，依旧放去，好待他砍掉你们的脑袋，泄泄我胸中的忿气！"吴庸又羞又恼，倒因连日屡报大捷，也就信了他失火的话，忙赔个小心，笑颜说道："如今正要勘问这贼军师，取他口供上闻。难道你们为国家出了力，有个不酬赏的么？"那小卒扮的道士在阶下厉声喊道："没你娘的鸟兴！"早被军士连打几个巴掌，马云喝道："再打！我且问你这贼军师，叫什么名字？两日杀的贼将是何姓名，并现在贼兵若干，都一一供来！"吴庸大喝道："若有半言不实，叫左右看刑具！"两边立的军牢健卒，齐齐吆呼一声，把几种非常刑具，都撩向小卒身边。道士不慌不忙，呵呵笑道："我们营中有八九个犯着死罪的小卒，连我也是一个，蛮狗杀的，就是这几个犯罪小卒假装的大将。我这个假军师，也就是来寻死的小卒。我们真的吕军师，用兵赛过诸葛，不要说将官你们杀不动，就是部下的兵儿，也不能够损着半根毫毛。原要烧尽这些蛮狗种，因此赚到荆门州的。看你们这几个脓包的将官，也只是这两天了哩。"始而额敌刚说个失火烧死，原要诈赖他们，尚不知一切是假的，如今听了这些话，十分扫兴。抬头一看，见昨日押解假军师的僮兵，总站在仪门边，跳起身往外便走，一齐跨上马，如飞出城，大其抢掳一番，径自去了。不在话下。

吴庸与各官,也才省得这三种蛮人,一总了当在圈套之内,且喜得额敌刚羞惭逃去,倒结了局。假军师又大喊道:“快些杀我!”崔聚怒喝道:“碎刮他起来!”吴庸道:“值得剐一小卒?且留在活口在,好复姚少师。但如今贼势愈大,或战或守,须预定主意,诸公有何妙策?”马云道:“水来土堙,将至兵迎。小将随皇上以战而得天下,今日倒不得胆怯,由这敌寇猖獗,成何光景?”崔聚道:“马将军之言甚壮,但以小将愚见,此寇攻陷城池,总出内有奸细,皆因扎营在外,容人出入,以致不虞。算来城中粮够三年,兵有数万,我深沟高垒,闭关不战,以老其师,伺其动静而击之。兵法云:千里馈粮,士有饥色。彼岂能久居此乎?”吴庸道:“二都使之言皆是。我欲先战而示之以威,然后凭城而守,窥其气懈,数出兵以挠之,何如?”众文官齐声称赞胜算。吴庸便向着马兴拱手道:“有一事借重道尊:各城门禁,每门拨一百军士看守,许出不许入,凡薪蔬日用之物,总令门军递进,那贼奸细岂能插翅飞入?”马兴忙立起应道:“这个交与本道,断不得误。”于是即下教场点兵,共有一万马军,一万四千步军,留下七千守城,余皆出城结寨;吴庸中营马兵五千,步兵二千;崔聚、马云左右两营各五千,马步均半。

到第三日辰刻,见有四五百军直哨前来,认旗上五个金字:“左哨将军曾。”吴庸欺他兵少,即顾左右:“谁与我先斩此贼?”说犹未竟,古怪相纵马挺枪,直取来将。曾彪舞动浑铁挝,劈面相迎。战有五十余合,不分胜负,马云就指挥部下二千五百骑兵,冲杀过去。王师虽然勇健,系是远来,一倍岂能胜数倍?只得且战且走,被他追逐十余里。董翱右哨已到,接住混杀,亦不能胜,又退有数里。先锋宾铁儿率领铁骑二千,疾卷而来。马云望见,急忙领兵回营,这里亦不追赶。

马云欣然向吴庸道:“今日也就挫了他锐气,你们若来接应,怕不直追到荆门州?”吴庸内惭,便支吾道:“看见他兵少,所以不曾来相助,往后须要大家接应。”当晚二更,崔聚、马云还在中营商议军情,忽闻震炮四声,伏路兵飞报:“敌军大队皆至,只离我们十五里安营。”吴庸道:“可煞作怪,放炮应三声,或一声,那有四声的理?”崔聚笑道:“到底是草寇,知得什么?”他却不知这四声炮响,是吕军师令绰燕儿行事的暗号。前日交给他小小包裹内藏着四面龙凤旗:两面系素绫子鹅黄镶边的销金九龙旗,各有“济南太阴帝师”六个栲栳大①的字,是泥金写的;两面杏黄色绛帛镶边的绣五凤彩旗,一书“官弁尽杀无疑”,一书“士庶早降莫错”,纯用朱砂写的。你道绰燕儿止一个人,这没柄的旗儿,有何用处?要知道,古来善用兵者,每以片言而奏奇功,任尔六韬三略,临时执泥不得。只为兵书规则是死的,那对敌的军师却是活的,全要在乎人之神明作用,不必求合于兵法,而自无不合者。兹荆州一郡,为三楚重镇,城郭坚峻,濠堑深广,凭江而立,燕国姚少师已久设备,兵精粮足。若以人力攻之,即孙、吴、淮阴,亦终年而不可拔。重关紧闭,内外严绝,纵有奸细,亦无所施其技巧。吕军师却算出一两面旗、五六个字来,摇动百十万军民之心。这样计策,岂不奇幻?

当下绰燕儿正伏在冷庙中梁上,忽听得炮震四声,知大军到了,即便遵着军师将令,跑至神武关帝庙前,一溜窜上左首大旗杆,坐在斗内,看原扬的两面旗是“伏魔大帝”四字,他取来折起,解出济南帝师龙旗来,套在柄上,恰像量了尺寸做的,一些儿不长短。又上右首大旗杆,也挂好了,就一径到府城隍庙,也有两根旗杆,悬着是“福国佑民”四字,燕儿取出身边那两面来,映着月光一看,心中大喜,照式换挂停当,刚是半夜,寻个妥便处藏了。暂且按下。

却说军师安营之后,暗谕诸将:“明日曾彪交战得胜,虎儿、铁儿、雕儿捣其中坚,董翥、董翱攻右营,郭开山、阿蛮儿击左营。贼人势必奔逃,须合力向前,追及城门,便抢城池。楚由基、俞如海领铁骑二千,保护中军,随我进城。”又下令军士,秣马蓐食。

甫及天明,放炮起身,已压敌营而阵。曾彪径闯营门,大骂索战。吴庸、马云、崔聚三营齐开,古怪相当先出马。曾彪大笑道:“是人是鬼?形相也不曾变完,却到老爷手里纳命。”古怪相又是咬舌根,半句也答应不来,挺着蛇矛奋力交锋,有二十回合。军师遥见城内有数骑飞驰至吴庸中营,不片刻又有四五骑来,料是报信的了,顾谓楚由基道:“曾彪赢他不得,你可助他一枝金仆姑。”由基遂闪在门旗影里,候他驰马来时,拈弓扣箭,飕的一声,正中古怪相左边的亮眼,翻身跌下尘埃,顿教独眼大将军变

① 栲(kǎo)栳(lǎo)——一种用竹子或柳条编的盛东西的器具。此处形容字大。

作双瞎小鬼卒，呜呼哀哉了。吴庸正为两三次飞骑抄了旗上的话来飞报，不看犹可，一看“官弁尽杀无疑”，打了个寒噤，怎又当得古怪相阵亡？一时惊惶无主，却又见对阵上多少猛将雄兵，轰若雷电飞来，只说得声：“都阃二将军，勉力支持，我去搜拿城中奸细。”引着部下家将亲兵望后便走。中营人马争先要随主将，势如山倒。左右二营军士大哗道：“谁要命，谁不要命？却教我们去填刀！”大家一哄而散。马云自向西路逃去，崔聚孤掌难鸣，便如飞去赶吴庸。后面刘超、董翥等六将紧紧追上。吴庸、崔聚才过得吊桥，虎儿、雕儿两骑早已飞上桥心。军士挽桥不及，忽闻震天一声，空中有尊神人现身出来，手持青龙偃月刀踏云而去。吴庸已经枭下首级，从脖子起，连身带马整整劈为两半。崔聚吓得魂不附体，那敢进城？引着两三骑绕城而逃。虎儿、雕儿见是关公显圣，两骑抢入城门，门军数人早已躲得没影。曾彪等遂招呼兵马，一齐进城。二董将军即守在城阙，等候军师驾至。从来楚人，最信的师巫，极敬的鬼神。今关圣庙周将军白日显灵，诛斩了一个都督，尽说是真命天子来了，家家结彩悬灯，户户焚香设案，有好些生员耆老在通衢大呼：“去迎接王师！”连守城的数千步卒，都杂在里面助兴。刘超等遂吩咐：“尔等上顺天心，快出城迎接军师。”众人听了，莫不踊跃，争先而去。雕儿等诸将，就分头找到各文武衙门，正合着旗上的话，“官弁尽杀无疑”，须至杀者，留不得半个。转到帅府来时，军师已到，都献了斩馘的首级，禀道：“大是奇事！吴庸的首级，用头发打成扣儿挂在旗杆上帝师旗边。”军师即命将各官弁首级，一并枭示在那里。郭开山、阿蛮儿斩了马云，又有十来颗无名小将首级，适绰燕儿来缴令，即交与他悬示在府神庙旗杆上。又委董春秋盘察府库已毕。

次日清晨，军师赴神武庙行香，见秽物满地，半是马矢，也没个香火道士。军师拿地方问时，禀道：“向有督府书吏盛传敏，着人在庙中喂马，怪道士多嘴，他们禀了都督，将道士责逐。如今这些兵丁，都来作践，竟做了养马场了。”军师大怒，立刻拿到盛传敏，颠倒竖在马粪中而毙。又传旧道士至庙，令其仍守香火，发银一千，即委地方重新修整，限日兴工。才出庙门，有个官儿面缚泥首，禀是德安府知府吴河图，是吴庸的侄子，两日有公事在荆郡，不敢逃回，愿附王朝，军师允了，令仍回本郡，原官如故，河图叩谢自去。军师遂到帅府公堂，诸将毕集，辕门传报有两人生擒崔聚解到。军师看了，微微笑问道：“你二人叫什么姓名？怎生样拿他的？”供说:“小的们是弟兄,姓吴,叫做吴江豚,吴江猪。向来打鱼为活,昨日他来强拿我鱼舟渡江,哄醉了他,拿来讨赏的。”军师又问:“难道崔聚没有盔甲么?”崔聚应声道:“是银盔银甲,被他剥去了。”军师叱道:“是应剥的!”又问:“就是他一个来,还有同走的么?”吴江豚一时不能对答,崔聚又应道:“有两个跟随的,同下他船里,不知怎么样了。”军师笑道:“自然。”又问吴江豚:“你们讨赏,是要银子,还是要做个武职官儿?”两人齐声应道:“我们不会做官,求赏些银两去做买卖。”军师遂谕刘超:“将三人一并监着候夺。”遂有投降的营弁禀说:“吴江豚二人,原是江洋大盗,与古怪相争做大王,斗他弟兄不过,所以古怪相投在营中,他们的羽党正还多着。”军师道:“我故知之。”即令发示召告,竟有数百状词,有告他谋财杀命的,有告强奸妇女,有告抢掳妻子,有告屡遭劫掠,有告采生折割,有告连杀一家数命的,纷纷不一。军师乃提出吴江豚弟兄并崔聚到案下,谕道:“你们弟兄二人拿了崔聚,该赏五百金。已得了他盔甲一副,今现封一百两在此,但须得汝家口来领。”二人叩禀道:“怎不就给小的们领去,又要家口呢?”军师掷下百余张状词来,厉声叱道:“合城的人告你们是大盗,应赏还你赏,应杀还你杀,准折不得!”江豚、江猪哑口无言。他有两个儿子,正在辕门外探望,早被军士们拿下。军师即令将一百两付与他儿子,谕令:“改过迁善,慎毋学尔父的死法。”喝令:“将此三人斩讫报来!”崔聚大声道:“天爷为我报了仇,值得一死!”片刻献首。

门军忽又传报:“有个姓吴的文人,要求见军师。”军师笑道:“何吴姓文武之多也?”哪知是隐姓埋名的元老,假充作参谋献策的儒生。且看下回分解。

第八十回

吴侍讲十年抚孤子　吕师相一疏荐名臣

这个姓吴的名学诚，为建文皇帝经筵日讲官，素有品望。帝出宫时，扈从不及，恸哭数日，即欲自杀，又转一念道："'子在，回何敢死'？今闻乘舆无恙，自当追求行在，以图兴复。徒然一死，焉足塞责？"有传说者言帝自吴入楚，将之滇中，吴侍讲即弃其妻孥，止带一健仆，买个小渔舟，载了书籍，扮作渔翁，备了根钓竿，泛于长江之上。

从九江入汉口，上三峡至于夔州。适又闻帝在两粤，遂折向洞庭，历潇湘溯沅澧。又有说行在已在蜀中，复转而入沔阳，上夷陵，由涪江直抵岷江发源所在。往来转辗，终不得帝之踪迹，计欲舍舟就陆，求之道途，又恐为人侦获，连性命都委之豺虎了。真是心上有个故君，梦寐中常在金阶玉殿之间。到得醒来，片叶孤舟，茫茫烟雾，能不悲酸？恸哭了几场，沉想了几次，忽自慰道："有了，我听见说东就向东，说西就向西，不要说传闻不真，纵是真的，安知不君来臣去，臣来而君又去乎？我如今只在长江上下往来，天可怜见，少不得有见我帝主日子。"于是下及芜湖，上至灌口，往来游衍，逢人物色，取出所带书籍，看一本遂向江心掷一本，仰天痛哭一番。一日在巴陵，取《离骚》来读，是未经装订的，读一叶丢一叶，又哭一番。适为贾舟附载文人听见，因此流传于世，野史上便说读的总是《离骚》，自比屈原，不忘故主之意。这就是没见识的了，难道吴侍讲舟中所载，尽是《离骚》经么？况且怀王是无道的，岂有将圣君比之之理？总是侍讲愤懑已极，若始终求不着故主，也就要葬于江鱼之腹，留这书本何用？所以先付之江流。

一日泊舟在成都之锦江边，见有四五个童子钓鱼玩耍。内一个约十岁，凝然坐着，虽形容憔悴，而眉目秀爽，又若有悲戚的光景。众童子都笑话他，他并不瞅睬。侍讲心以为异，也就揽着自己的钓竿，移舟近前。一个童子拍手道："那渔翁也是不会钓鱼的。"侍讲道："还有谁不会钓鱼呢？"童子指着那凝然坐的道："是他。"侍讲便缓言问道："童子今年几岁了?”旁一童答道:“他是野种,哪里知道岁数?”侍讲又道:“他既不会钓,你们该教导他。”那坐着的童子答道:“我不要学钓鱼。”又一童子道:“他不要学钓鱼,要学的是讨饭。”侍讲见坐的童子含着悲酸,只不则声,就起了个恻隐之心,遂问众童子:“他有父母么?”适有个老人走来,众童子共指道:“是他家里养着,不知哪方流来的。”侍讲遂步上岸,迎去施礼道:“多谢老丈厚德。”那老翁摸不着,便问渔翁:“你像个外方口气,从未相认,怎么谢我?”侍讲指着坐的童子道:“这是舍侄,失散已久,天幸今日遇见。闻知老丈收留,感激不浅。”就向腰间取出一包碎银,约有三两,递与老翁道:“聊表微意,日后尚容补报。”老翁正为这童子一些生活不会做,倒有闲饭养他,虽然当日收留了,今却没摆布处,听了这话,笑逐颜开,便道:“既是令侄,竟领去罢。怎好要你的银子?”口中说着,手中接过去了。老翁遂向童子道:“你们如今骨肉相逢,也不枉我养这两年。”童子不知所答,侍讲便道:“你今得随我回家,总是老翁收养之力。且到我船里去细说罢。”看书的要知道,这流落童子,若是住着安稳,怎肯随个渔翁?只因每日忍饥受冻,凌贱不过,一眼看着渔翁船里堆着多少书籍,料不是个拐子,且离了这火坑再处。便立起身来,撇却钓竿,扯着渔翁的衣袂。侍讲遂携了他的手,同向老翁作揖致谢,即别了下船而行。童子偷眼相一相渔翁的脸儿,又睃睃①舱内的书籍,微微的叹了口气。吴侍讲问童子:“你为恁叹气?有话说与我。”童子道:“我从幼没了父母,不曾上学读书,如今见了这多少书本,因此叹气。”就呜呜咽咽的哭将起来。侍讲见童子说话大有志向,便道:“你且勿哭,我正要问话:你父亲叫什么姓名?几时没有的?怎样流落在这边?”童子气噎不能答,搥胸大恸。侍讲已猜个八分,乃抚背而劝,方应道:“我父亲叫做胡子义,做的兵备道;还有个伯父,是朝中的大官。不知怎样,京里乱将起来,伯父一家都被杀了,我父亲闻知,就丢了一家人口,只带着我弟兄,连夜逃出衙门。到这里一个王府内住了几时,听说要来追拿,又逃到一个山内。我父亲向着天说道:‘吾兄无子,天若不绝吾姓,自有好人收留。’黑夜里竟自去了。那时哥哥七岁,我只六岁,遇着这个老翁,收了我去。也不知哥哥怎么样了,也不知我母亲怎么样死了。”说罢,又放声痛哭。侍讲触着心事,也自搥胸大恸,连仆人也

---

① 睃(suō)睃——斜着眼睛看。

挥泪不已。童子见渔翁哭得甚苦,道是因他起见,倒住了声。侍讲道:"噫!正是流泪眼相看流泪眼,断肠人说与断肠人。童子,适才我见你在难中,动了恻隐之心提拔你的,也不知是忠臣的孤子。我对你说,我不是渔翁,我是建文皇帝朝中侍讲官。你的伯父胡子昭做刑部侍郎,与我是意气之交,你的父亲做湖广荆门道,我亦曾会过。"说未毕,童子遽然拜道:"是我的父辈,这个大恩如何可报?愿认为父亲,教训孩儿罢。"侍讲道:"论理是年家子侄,也还不错。但宗祧为重,汝但呼我为父,我认汝为儿,姓是改不得的。"

童子又拜过,才立起来问道:"孩儿这几年上,略闻得燕王夺了建文皇帝的天下,说杀了多少忠臣,我揣伯父、父亲也为这个缘故,其实尚未详悉,求父亲大人示与孩儿。"侍讲就把燕王起兵,至建文逊国、杀戮忠臣义士情由,略说一遍。又道:"你伯父是方孝孺的至交,全家受戮的,临刑有诗曰:'两间正气归泉壤,一点丹心在帝乡。'我至今记着。后闻得汝父亲避在蜀王府中,到弃汝弟兄逃去,我就不知道了。"童子又悲泣道:"若如此,我母亲一家子都是被害的了,所以父亲也顾不得我弟兄二人。咳!这样大仇,怎生得报?"侍讲道:"这些话,不愧为子昭、子义的后人!我今为汝取个名字,叫胡复,是《易经》上的卦名。'复'字的解说,是六阴尽而一阳来复,乃天地正气初复之候,以寓建文圣主将来复国之意。在汝本身上讲,复君仇、复父仇、复祖宗旧德、复乡国故业,总含蓄在里面。"童子道:"孩儿不识个字,怎能知得父亲命名之意?还求父亲做主。"侍讲喟然叹道:"你还不知,我为要求建文皇帝,所以借此形藏。若求得着时,君臣生死一处;若求不着时,这大江中便是我葬身之所。到那时候,也顾不得你了。"童子道:"我随着父亲,生死一处,也还得个好名目,强如死在别处。"侍讲道:"这不是我看顾之意。譬如我也弃了儿子来的,只为祖宗之香火不可泯灭,岂有教汝同死之理,以绝胡姓之宗祧?且到其间,自然生出机会。你如今正是读书时候,幸亏得五经四书,尚未投诸江流,我当一一教汝。"便检出本《鲁论》①来,胡复接在手中,颇识得几个字。侍讲道:"汝

---

① 《鲁论》——鲁学之一种。秦汉之际,鲁学为经学流派之一,学风保守。经师中如传《诗》的申公(名培),传《礼》的高堂生,都是鲁人,故名。鲁学主要经籍有《鲁诗》,《鲁论》。

未上学，怎又识字？”胡复道：“孩儿三四岁上，母亲曾教我识字，至今还记得。”侍讲从此教他读起书来，天资颖悟，殊不费力。一两年读完“四书”，又读“五经”，与他讲论，都能闻一知二，不两年文章也做成了。

吴侍讲有了这个伴儿，常常讲书论文，倒觉日子易过。沸沸扬扬的，听得江舟上都传说，圣姑娘娘已得了淮扬地方，如今就要取南京，永乐皇帝有些做不成了。又有个说：“倒不见渡江，已经取了庐州府，要杀到河南哩。”胡复问侍讲：“是恁么圣姑娘娘？因何与燕贼作难？这其间有个机会否？”侍讲应道：“是一女流，仗有妖术，借着我君的年号，哄动人心，大抵是假公济私的。前者张天师，在南都曾斩他一个妖人，乃是马猴儿，即此可知。近来无识之徒多被煽惑，我们不用睬他。”过了几时，舟从三峡而下，轰传湖广全省皆失，关老爷显圣，斩了荆州都督，因这位吕军师是诸葛亮转世，所以关老爷助他哩。吴侍讲听了别的话不打紧，只关公显圣一语，大为奇异。心中暗想：“若不是正气之人，关侯焉得助他？”遂谓胡复道：“荆州已得，天下摇动，要复建文，担子却在我身上，我欲去察他动静。若是借此为名，欲劫我主，如曹瞒之劫汉献帝①的，我便将段秀实之笏，击碎他的贼脑，比死于江中更为显荣了。”胡复道：“大人作何去见他？”侍讲道：“儒衣儒冠是我的初服，谒见故主要用的，所以带在这里，到他辕门口，自有随机应变之法。”就取出来穿戴了，一径上岸入城，寻到帅府。目今谒贵，是件大难的事，秀才们拿着禀揭满面堆笑，倩求传递，那些衙役，总不来睬的。吕军师任兼将相，掌握着大兵权，吴侍讲破巾敝衫，又不具个名柬，如何可以会面？那知吕军师好贤礼士，有周公握发吐哺之风，不论何人，到辕即传。

那时侍讲故意轻忽说：“要见你们军师。”司阍的登时传报请进。军师望见，是个儒者，而行步有大臣气象，即降阶延接。侍讲已心折了一半，一揖升堂，向军师道：“大人上座，容儒生拜见。”军师笑道：“学生非富贵中人，先生休得过谦，只行常礼。”侍讲乃再揖再逊，然后就客位而坐。军师请教姓名，应曰：“小儒何足挂齿？请问大人，关侯显圣有之乎？”军师举手答道：“诚有之。神武乃上为国家，非为学生也。”又问：“大人以片旗

---

① 曹瞒之劫汉献帝——三国时汉相曹操，小字阿瞒。此处讲“曹操劫持汉献帝至自己手中，名为重扶汉室，实为挟天子以令诸侯”之事。

一语而服荆楚亿兆之心，有之乎？”应曰：“此小智耳，无关于大体。”侍讲亦举手曰：“荆州东连吴会，西控巴蜀，北抵中原，南极衡湘，为天下之枢机，可以莅中国而朝四夷。儒生不才，愿备指使。”军师笑道：“我帝师乃上界金仙，其视荣华点染，不啻污及巢父之犊，今日而建文复位，则此刻归于蓬岛。所为的培植天伦，扶养正气，诛奸逆于强盛，挽忠义于沦亡，躬行《春秋》之法，以昭大义于万世。微独帝师，即学生一待圣驾回銮，完此心事，亦遂逍遥乎物表，所以兵下河南，三过家门不入。”言未既，吴侍讲遽拜于地曰：“噫！我何智而敢测命世之大贤哉？”军师忙答礼，相扶而起。侍讲道：“学生有罪，当日原备员经筵。”军师曰：“得非泛舟之吴学诚先生乎？”侍讲曰：“然。十四五年，不知行在所之，今者军师笃爱吾君，学生即当遍天下而求之，求而不获，亦不复返。愿军师代为转奏。”军师对曰：“不然，吴门史彬、浦江郑洽俱知帝之行在。前岁有方外祭酒钱芹，约彼二公，同往迎请回銮，当亦不远。纵使圣驾又幸他处，三公自能踪迹，无烦跋涉。学生愚意，先请先生入朝，端百揆而亮天工，使天下之人咸知吴侍讲入朝为相，则我君之复位有日，所以系社稷之重而慰苍黎之望，非独区区好贤之私也。”侍讲曰：“帝未复位，而臣子先膺爵禄，可乎？”军师曰：“不有臣子，焉得有君？臣子不先受爵，乌得称为行在？今日而无臣，是并无帝也。故居乱世，而人之所瞩望，多决于名臣之去就，先生其勿固辞。”侍讲曰：“军师命之矣。舟中尚有一仆并胡少司寇之孤子。”军师即传令请至，略询来由，下榻帅府。每谈往者得失，时相流涕。

一日报关帝庙修整告竣，军师即约侍讲同去行香。礼毕，军师偶有所得，题诗于粉壁上云：

坐镇荆门控许都，心悬汉帝运将无。
兴刘岂在西吞蜀，讨贼何须东结吴？
一卷《春秋》名自正，百年兄弟道犹孤。
苍茫浩气归空后，太息三分小伯图。

吴侍讲大惊，赞道：“此千古法眼也。人但知关侯以浩然之气而成神，而不知所谓浩然者何在。愚意亦尝论之，蜀之臣子，其心皆为蜀而不为汉，为先主而不为献帝[1]。诸葛且然,况其下者乎?蜀与汉原略有分别,晦庵以正统与之者,盖因献帝被废,势不得不以蜀为汉,而黜曹吴之僭篡。若云以先主为中山靖王之后可以为汉,则西川之刘焉、刘璋独非汉之宗室乎?何得扼其吭而夺之,拊其背而逐之哉?唯神武不与蜀事,坐镇荆州,以讨贼为己任,是其灭曹兴汉之心,为献帝非为先主也。即先主亦为献帝之臣,故可以兄事之,而不可以君事之,所谓'一卷《春秋》名自正,百年兄弟道犹孤'也。武侯云:'东连孙吴,北拒曹操,'亦因先主孤穷之时不得已而出此策。至于平曹之后,再议伐吴,未免所用者权术。若神武之视吴,与曹等耳。吴之割据与曹之篡窃,易地皆然,断不可云彼善于此,而与之连结,所云'兴刘岂在西吞蜀,讨贼何须东结吴'也,此所谓浩然之气之本也。先生今日之为建文,与关公同一心事,所以有此卓见。拜服!拜服!"军师固谦谢之。

遂回帅府,手草五疏:一荐吴学诚先达名臣,宜膺师保之任,以副四海望治之心;一为姚襄才器沉毅、文武兼优,宜令开府荆州,弹压敌境,又沈珂可任荆南监军道,董春秋可授荆北监军道之职;一荐俞如海为镇守德安将军;一言"京营不可缺员,瞿雕儿、阿蛮儿等,仍令回京,唯刘超暂留臣所,请以郭开山代其缺,外齐卒一万,并令回京护卫,以遂其室家之思";一言"比年以师旅饥馑,停科六载,今中原底定,吴楚怀来,皆愿观光,请于本年六科并举,以收人杰"。遂设筵与侍讲饯行。吴学诚即携了胡复赴济南阙下。去后数日,忽报方外祭酒钱芹回来复命,病在舟中。军师即令用暖舆舁进帅府,一面延医诊治,一面具疏报闻。请看:名臣一出,四海倾心;义士三呼,千秋堕泪。下回分说。

---

① 蜀之臣子,其心皆为蜀而不为汉,为先主而不为献帝——三国时蜀国的大臣们,心都属于蜀,而不为汉所有,忠于先主刘备,而却不是汉献帝。

第八十一回

卜兑卦圣主惊心　访震宫高人得病

却说钱芹自建文十六年夏四月，在开封府辞别了军师，去请龙舆复位。他是草茅布衣，从未瞻谒天颜，原要约同史彬、郑洽去的。那时广陵甫定，沿江两岸各有重兵把守，南来北往的总不许行走，钱祭酒却从维扬而走通州，到如皋渡海至江阴，便达吴门。史彬与钱芹原是素交，阔别已久，只道是死生不能再会的。今忽远归相访，又约同请帝主复位，史彬不胜大喜，即同起身到浦江，约了郑洽，自衢州而至江西，转入湖广，达黔中，抵云南之和曲州。寻至狮子山之半岩，深林密箐①，逶迤曲折，在层峦幽奥之处，得一茅庵，颜曰："白龙"，盖取"白龙鱼服"之意。史彬启扉而入，止有五椽，帝独坐蒲团之上，病容憔悴，孤影凄凉。三人泣拜于地，帝喜极而悲，相对大恸。史彬亟问："希贤等何在？"帝曰："应能、应贤，皆卒于鹤庆山之大喜庵，止剩程济一人。因我足疾未愈，下山求药，今日止餐得一盏糜粥，不特无斋米，亦无人炊爨。"言未毕，帝与三人，又不觉失声恸哭。史彬等泣奏道："这次因钱祭酒匆匆起程，未曾带些方物，幸囊中有薏苡米尚可充饥。"帝言："我正不识钱祭酒，无从思想。"史彬就将钱芹同姚善勤王及今始末具奏。郑洽便去拾取松枝，汲泉敲火，煮薏苡仁粥。送至帝前，帝略进少许，向史、郑二人曰："钱祭酒草野之士，乃始则勤王，继而破贼，今又访朕于万里之外。自揣德薄，以致飘零，何克当此爱戴？"史、郑齐声曰："钱芹匪止请谒圣容，特为奉迎圣驾复位而来。"钱芹因奏："帝师、军师与耆旧大臣、忠义子弟及四海黎庶，仰望圣主回銮甚切。今者淮扬已拔，中原亦定，取南取北，易如反掌。内外文武，均有职事，唯臣乞得闲身，可以跋涉，特约二臣同来敦请。伏惟圣主不以草茅而责之，臣实幸甚。"帝喜曰："朕足疾未愈，身体未健，尔等且暂住于此，相商就道。"

次日，程济已乞得药饵并斋米，回来与三人相见，各歔欷一番，备述了

---

① 密箐（qìng）——密密的竹林。

来意。帝谓程济曰:“朕今欲往,未知将来始终,汝其为我卜之。”济乃焚香布蓍,与诸臣随帝向南祷拜毕,筮得①兑之“归妹”。济愕然失色曰:“大凶!大凶!此行断乎不可!”钱芹等询其卦繇②,济曰:“兑主口舌而属金,金者刀兵之象,口舌者衅变之端。方今春令,金未能胜木,自然无事;一交夏令,火来克金,其势必败。且太岁干支皆金,必与火战,战则危亡矣。又‘归妹’,女之终者也。看起来大师一去,而帝师之事已毕,必将飘然远举,则内之衅变生,而外之兵革亦至。与其不能终始,莫若再观动静,庶无后悔。”帝沉吟曰:“这不负了他十几载辛勤戎马之功么?”遂问三人:“汝等详察可否,各抒己见,以定行止何如?”郑洽先对曰:“臣未至济南,实不敢臆测。”史彬曰:“臣虽到过济南,见过他君臣,亦未能逆料将来,唯帝师确是金仙降世,不恋尘埃富贵的。若大师复位,则君臣之礼既有难言,而男女之嫌又复易起。卦兆之飘然远举,乃理之所必然,亦势之所必至。帝师一去,脱有内衅外侮,又谁得而禁之?程道人所虑是也。”钱芹奏道:“史彬、程济言帝师行止,自是无错。但臣与吕军师周旋数月,见其作用,真命世奇才,所谓‘天生李晟③,以为社稷’者。又高咸宁向为铁铉谋士,丹心凛如白日。至景、铁、方、曾诸公之子,皆为君父大仇,莫不同心合德,自能为陛下削平逆贼,奠安王室,何在乎帝师之高飞远举哉?”郑洽曰:“祭酒之言,谁曰不然?然亦有一说焉:人心不同,咸如其面。哪能人人忠义,个个同仇?即如大师当阳之日,在廷诸臣,谁忠谁奸,谁能辨得?不到厉害关头,安见薰莸④各别?帝师不去,似乎万人一心,帝师一去,或亦人各有心,安能以二三人之忠,而概其余哉?”程济曰:“郑洽之言,真勘得破。”帝又问史彬曰:“向者高炽请的江西张道人,斩了他一个猴精,朕虽未目击,但得之道途传闻,果有此事么?”史彬对曰:“然,诚有之,臣亦不能知其委曲。”帝曰:“若无此一端,朕早已赴济南,且复了大位,再图始终。只为此事可疑,所以向者踌躇未定。目下卦兆,又见大凶,

① 筮(shì)得——用蓍(shī)草占卦得到谶语。

② 卦繇(zhòu)——卜兆的占词。

③ 李晟(shèng)——唐将领,曾屡立战功。

④ 薰莸(yóu)——《左传·僖公四年》:“一薰一莸,十年尚犹有臭。”杜预注:“薰,香草;莸,臭草。十年有臭,言善易消,恶难除。”

朕之不往决矣。”程济曰：“若回绝他不往，则又不可。当日在神乐观，卜得坤卦第三爻‘无成有终’，臣已断定。今日之‘归妹’，亦正与此四字相合。大约主其事者，皆实心为国，所云大凶之象，不生于其下，则发于其外，岂可并忠义而绝之？臣有一策：莫若暂以足疾辞之，而讽其直捣北平，歼彼燕寇，然后大师竟据北阙而复位，则已无外侮。即有内衅，容易消除。至若金陵高炽，自可招抚之，以徙封于他处。”郑洽曰：“彼亦不服，当如之何？”程济曰：“纵使南北平分，然自古以来，北可并南，南不能兼北，以士马之强，总在西北。这且至复位后，再行商榷。”史、郑二人皆以程济之言为善，唯钱芹又奏曰：“銮舆不往，则忠义失望，旧臣遗老必致散去。莫若先发手诏，俾臣等赍赴阙下，令即兴兵讨寇，圣驾徐徐而来，驻跸荆襄之上游，以俟北平砥定，庶几可以安慰人心。”帝沉思一会，谓程济等：“钱芹之言深为社稷，岂可空言以复之？朕之子文熥，今已长成，现在黔中黎平地方，先去寻他，送之济南，权为监国。再有朕祭死难诸臣之文，及从亡诸臣之列传百余篇，皆朕之亲笔，再有怀想宫阙诸诗，一并封去，俾诸臣见之，如见朕颜，何如？”四臣皆泣而顿首曰：“圣裁甚善。”其祭文与列传皆系原稿，唯诗另录一册，略记数首于左：

风尘一夕忽南侵，天命潜移四海心。
凤返丹山红日远，龙归沧海碧云深。
紫微有象星还拱，玉漏无声水自沉。
遥想禁城今夜月，六宫犹望翠华临。

右《题金竺罗永庵》

阅罢楞严磬懒敲，笑看黄屋寄团瓢。
南来瘴疠千层回，北望天门万里遥。
款段久忘飞凤辇，袈裟新换衮龙袍。
百官此日知何处？唯有群乌早晚朝。

右《题鹤庆大喜庵》

露滴松梢溅衲衣，峨眉山半月轮微。
登临不待东翘首，遥见云从故国飞。

右《登峨眉口占》

霸气苍凉事已非，荒台故迹尚依稀。
楚歌赵舞今何在，但见春禽绕树啼。

右《登章台怀古》

帝亲手写毕，与文章合作一卷，加以缄封，上题"祭酒钱芹转奏帝师睿览"。钱芹拜手而受。帝复谕曰："朕病未痊，须得一二人陪侍，史彬留于此。汝与郑洽二人，可至黎平曾长官家，问有廖平于某年寄养的曾文煃——本姓朱氏，一会着了，便述朕命，同赴济南监国，或即登基，亦无妨于大体，比不得唐肃宗①灵武即位也。那时朕回宫静养，以娱晚年，更觉遂意。"钱芹又奏："臣等去访东宫，必有个凭据才好，若只空言，彼处如何肯信？"帝曰："朕父子别已十年，如今相会，也认不得。当日东宫臂上，带着一副汉玉雕成玲珑盘龙的镯儿，仓皇之际，跌坏其一。只这句话，当作凭据罢。"钱芹、郑洽遂拜辞起行。

且问帝的太子，怎在黎平冒姓了曾氏？还未分明一个来由。当帝出亡之日，太子止有四龄，势不能携挈同行，兵部侍郎廖平泣请于帝，匿之而去。廖平原籍襄阳，帝往还吴楚，每至其家，不免为人知觉，就有奸臣密告于燕王，燕王即发缇绮抄家查勘。幸亏先一日有黎平曾姓，客于襄阳，与廖兵部契厚，潜以东宫托之，携入黔中。迨缇骑至，察勘无获，燕王不能加以杀戮，乃籍没其产，流徙于蜀，后廖平访帝于大喜庵，已经逐细奏明，所以建文帝向知太子在曾长官家也。那时黔中尚未设有藩、臬道府，皆属流官土目所辖，以此安然无事。

郑洽二人，不则一日，寻到思州地方，凡属曾氏，排家访问。有云：原是廖兵部领回川中去了。大抵认不得二人，以此推辞，赚到四川，同了廖平来，自然交还的。莫道蛮夷无信，这就是他不轻负托之意。于是二人复返成都，访至廖平流寓所在，问时，恰又到行在请安去了。郑洽道："如今有个道理，先生先到济南复命，待我仍至帝所，自然遇着廖司马，同他再往黎平，迎请东宫，岂不两便？"钱芹道："甚妙。"于是分手而别。钱芹下至夔江，一路害起病来。总为始而勤王，大志不申，今请复辟，素心未遂，一团忠义之气，结成愤郁。万里间关，路途辛苦，又受了些春寒，暮年之人，如何禁得？正合着古诗两句云：

---

① 唐肃宗——即唐王李亨。天宝十五载（公元756年），安禄山攻破潼关，玄宗逃奔蜀中，太子李亨在灵武县境内即位。并以此为根据地，恢复了唐朝的统治。

疲马山中愁日暮，孤舟江山畏春寒。

幸而一叶扁舟，已达荆州。吕军师即令请入帅府，见其病体困顿，不便问及复命。过了几日，愈加沉重，军师医理通神，早知不起，遂缓言于祭酒曰："先生脱有不讳，迎銮大事，谁能代奏？愚意不妨从容写成一稿，以备意外。"钱芹回言："某已念及于此。"军师遂令善书者捉笔代草，祭酒逐句念出。大略云：

臣芹同史彬、郑洽，直至滇南武定府之狮子山，幸得觐帝于白龙庵内。帝久患足疾，龙颜憔悴，圣体尪羸，不能命驾。奉帝谕旨，令郑洽及臣前往黔中之思州土司曾长官家，敦请东宫先来监国，不意曾姓以昔日兵部侍郎臣廖平付托，必欲原人见面。臣等遂访至西川，两月有余，方得住址，而廖平又于数日前赴行在请安矣。郑洽遂与臣分路，今臣先复帝师之命。洽一遇廖平，即请元储与帝驾同幸济南也。独是臣年衰福薄，不获追陪耆旧之班，睹圣明之大典，仰负帝师栽培，死有余憾。外，皇帝敕什祭文列传并诗一函，命臣转奏帝师睿览定夺。

吕军师看了，方知钱芹已经面圣，复位有期，心窃欣喜。遂略为润色，缮成疏表。越三日，钱芹大呼"圣主何时复位"三声而卒。军师亦为挥泪，遂草疏为请赠谥，并钱芹遗表飞奏阙下。开府姚襄，亲视含殓，抚棺恸哭。后卜葬于荆山之阳，赠为方外少宗伯迎銮使云。漫云死死生生，耆旧不归行阙；谁知先先后后，俊义尽达明廷。看下回叙出何如。

第八十二回

收英才六科列榜　中春闱二弟还家

建文十九年秋八月，吴学诚至济南朝见帝师，自陈：“知识寡昧，赴阙独后，犹幸军师垂鉴，不弃葑菲，臣实惶悚。”月君谕曰：“自古以来，遭逢国变，忠烈之士唯今为盛，皆由高皇之栽植，圣主之涵育。其杀身夷族者，正气塞于天地；捐生殉国者，大节贯于古今；扈从出亡与追求行在者，至义充乎宇宙：事虽殊，而忠则一也。吕律荐尔才堪参赞，道可经纶，以彼之明，焉得有爽？”遂拜学诚为太师，任元相之职；赵天泰为太傅，任左相；金焦为太保，任右相；梁田玉为少师，王琎为少傅，郭节为少保，皆任亚相之职。再吕律所荐姚襄，特授荆门开府，以宋义、余庆二将隶入标下，俞如海授为镇守楚塞将军。余悉照请补授。六科并举一疏，敕下宗伯衙门议复，亦如所请。月君批示曰：

> 人才者，国家之桢干；文章者，庙堂之黼黻①。比因饥馑洊臻，军旅孔亟，致旷大典。兹据吕律奏请，六科并举，以补缺略；广为搜罗，任此盘错。正合大臣以人事君之义，着速钦遵施行。

统行各开府各将军遵照，不消说得。

未几，军师题报钱芹复命及其遗表，与建文皇帝御制诗册，并请赠钱芹爵谥奏章，接踵而至。月君览过，将御制诗文发与史馆载入本纪。诸旧臣见了，一则以喜，一则以悲：悲者为帝眷念从亡之士，与思悼殉节之人；喜者为銮舆之复不远，泰阶之平有日。

忽忽过了残岁，又是建文二十年春王正月，五开府及监军道，并各将军所属文武之士，已次第送集济南阙下。月君遂命吴学诚为文场正主考，王资为副主考，同考官：经术科吕儒、经济科陈鹤山、诗赋科刘炎。其试经术者，专经一篇，四书两篇，文以八家为主。有能兼通两三经及五经者，皆从超等兼取。经济科试，策一篇，系当今之务；论一篇，系往古之事；奏疏

---

① 黼(fǔ)黻(fú)——原指花纹，此处作文章之华丽的辞藻或文采解。

一篇，听其自发己裁，文亦以八家为宗。诗赋科试，古诗、近体并赋各一首，赋以六朝为则，篇段不拘长短；诗以三唐为法，体格不拘五言、七言，但流入词曲调者概不录。请问，这样取士之法，岂不太简？然以作书者论之，尤为繁也。如春秋列国游说之士，皆以立谈取卿相，而人才辈出，即孔门之徒与孟氏亦然。汉重处士，名曰徵君，起自岩阿，登于廊庙，而文章经术，莫盛于汉，且有出身从事，位至三公者，未闻试其文也。唐之进士，皆试诗赋一篇，甚有止以五言绝句甲于名榜，而为天下所称道者。至宋以策论取士，亦止两篇，而欧、苏、曾、王①之手笔，凌轹②今古，亦为一代之盛。自王安石造为制艺之文，而奇才窘束。朱晦庵③集成经书之注，而学者眼孔锢蔽，临场搜检，等之盗贼。于是豪杰之士，且奋而掉臂去矣。从此制科之文日多，五车莫载，即衡文者，亦未窥千百之什一，是使庸流得以抄袭而掇高魁，不亦滥觞之至哉！尤可怪者，春秋两闱，悉系三场，试文至于七篇之多，策、论、表、判无一不具，既有总裁、正副主考分房同考，公同甄拔，又有监临、提调、弥封、誊录、用印、收卷等官防闲稽察，而卒不得一才士，何者？其文不由中出也。孔子论《诗》三百篇之旨，只"思无邪"三字尽之。今以数句之题，而必律以八股排比之文，其策论亦必囿之以格式，表章则律之以骈词，皆娓娓数千言不止，即使班、马再生，亦无兼善尽美之法。其势不得不出于拾牙慧、窃唾余，以粉饰一时。是故入闱所中之文，皆其平日在窗下熟读强记之文也。甚为黠者，师作之而弟读之，不假思索，写之而已。其间庸有长才，能揣摩入彀者，亦脱不得"油腔熟调"四字。昔者韩昌黎以旷古雄文，试辄不中，只得违心勉效时作，方获一第。公自阅其文而笑曰："不意我文庸腐烂恶至此。"唐季且然，而况后世？乃今之校勘科闱者，方搜剔其点画之差讹，与夫字句之纰缪，则不知其所取者固何在也。若夫法愈繁而弊滋甚，又有不屑于言者矣。御阳子有鉴于此，一切法网尽行削之，但取真文，而拔奇才，以吐英豪之气。一在不攻冒

---

① 欧、苏、曾、王——指北宋文学家、史学家欧阳修，北宋文学家、书画家苏轼，北宋文学家曾兆，北宋文学家、思想家、政治家王安石。

② 凌轹(lì)今古——"凌轹"，原作"倾轧，欺压"解，此处做"冠盖今古"解。

③ 朱晦庵——南宋哲学家、教育家朱熹，号晦庵。他广注典籍，对经学、史学、文学、乐律以至自然科学有不同程度的贡献。

籍。天之生才不囿于方隅,所以汤执中立贤无方,不但越郡县由之,即越省分亦由之。王者以四海为家,何处不可应试耶?一在不定额数。每郡县取十人亦可,一二人亦可,至于并无一人亦无不可。夫才者岂若草木之有地即生耶?奈之何定以每邑几名也!余足迹遍天下,见一县有童子试,而至于千人及二三千者,有不及百人或十许人,而仅止四五人者,至其应取额数,大概不甚悬绝,故有目不识丁而亦列入黉序者矣。一在不行搜捡。夫取之于我心者,方谓之真文,文既真,则才亦无不真。有真才之人,若泉之有源,浩乎充沛而不可遏。即使书笥、书囊杂陈于前,不但不要看,而亦不屑看,又岂肯在袖中携带一两页之文字哉?而其取法之严,则在于年登三十,必素有著述成书,先送试官校阅可否,而后许其应试,盖不决于一日之文,而决其平素之经纶学业。大抵人在二十以内,尚有父师督责,中才力学,亦甚浅薄;纵使神童,不过文词敏给,安能达圣贤大道?孔子三十而立,孟子四十不动心,方是出临民社之候,所谓学优则仕者如此。若彼后世,有弱冠登第、少年拜爵者,反优于孔孟也耶?然其至严之中,又具至简至捷之法,而使人乐从。初试于郡县,再试于科闱,中者即成进士,其被黜者仍为布衣。虽若放弃之,而实寓磨砺之意,盖激之再读书而再进也。今者取士至于三试,而甫得为秀才,又再三试,再后得为进士。举天下之秀才而能得中春秋两闱者,不啻千百之什一。究竟进士之文,亦不见其果优于举人、贡士、秀才者,何也?以黜陟①者,总非真文也。且彼之为秀才者,亦既薄有前程,而又不能登于仕途,往往武断乡曲,挟制官府,甚或作奸犯科,有玷宫墙,亦安用此秀才、贡士名色为哉?至于取武三科,将才则取智勇兼全,试之兵法二篇,阅其练士百日,其或有智而无勇者,果有将略,亦必甄拔。若武艺一科,试之以千斤之鼎,十石之弓,三十余斤之军器,各就其所长而试之。如善用枪者不试刀,善用刀者不试鞭锏,善弓弩者方试其射。一艺果精,自可临阵。取其真武艺,亦犹之乎取真文章也。今之武科,反以策论为主,何人不可能乎?所以武童不进,忽改而为文;文童不进,亦忽然改而为武,若此者其可临阵乎?备边乎?既曰取其武艺,正不必又责其能文也。外此而有山林处士,学贯天人,才通文武者,责令郡县征聘,如其齿德兼尊,召以安车蒲轮,天子与之坐而问道,不以臣礼待

① 黜陟(zhì)——指官吏的进退升降。

之。夫如是，则天下之贤才，莫不登于廊庙；而不肖者，不得以癰进矣。夫人苟无才，则一官只供一职，犹虑其阘茸；诚有才，则一人常兼数事，曾不患其陨越。苟非贤才，虽一年而常易数官，终属无济；诚是贤才，即十年而不出一缺，正可收其成效。如赵充国之治兵，于定国之治狱，刘晏、韩蹟之理财，皆久于其职任，而后为千古之名臣。孔子云“才难”，不其然乎？乃后世一秋闱而进者千余，一春闱而进者数百余，及其服官而升迁，则礼、乐、兵、农诸务，皆使之周流历遍。初则泛然而取之，继则泛然而任之，岂非举名器而弃之，举民社而废之也哉？

如今且说各开府将军所贡文士，积至六科之久，止六十有三名，武士二十有九名。吴学诚等典试文闱，又黜一十七名，董彦杲等考校武场，又去了八名。文者进呈试卷，武者进呈武艺册，俱请殿试。月君临轩谕曰：“卿等居心至公至明，阅文至允至当，曷用再试？但孤家阅经术科，第一名黄述祖，而又有黄缵祖、黄念祖三人，孤欲并登于榜首，以为盛典。其先后次序，当听于天。”遂令将三人名字贮于玉瓶，供于金案，先命吴学诚以龙具夹起，一名是黄缵祖，遂定于殿元；又命赵天泰、金焦各夹起一名，黄念祖为第二，黄述祖为第三。月君又以经济科第一名是王者兴，而诗赋科第四名有王者师，因其姓名有谶，亦拔为本科第一。其武科将才并无一人，剑术科只有一名曰尹伐夏，武艺科第一名曰屠龙，皆无所更易。月君谕三公曰：“唐朝之制，既中进士，人主又必面及身、言、书、判四者，然后授官，此法极善。大约一名之荣，皆为庶人所瞻仰，若使面缺耳鼻，身坏肢体，或口眼涡斜，其何以临民上？至若言者，身之文也，施教听政、决狱断囚，所关甚大，倘或有舌蹇鼻塞，声音模糊之人，胥吏尚不能听其语言，何况庶民？纵有才能，不宜授之。孤亦不须亲察，以扬其丑，但示令不赴殿试，仍以进士终身可也。其武士不在此例。”退朝而散。

至第三日，百官会集，传胪第一名黄缵祖奏曰：“臣父礼部侍郎黄观殉难于罗刹砚，母翁氏与二姊尽节于淮清桥。臣向逃匿郢中，谬承丞相吕军师鉴拔送试的。”第二名黄念祖奏道：“臣本姓唐，先父讳夔字尧举，流寓蒲台已经四世，臣随舅氏迁在江陵原籍，向叨教育，所以冒了外姓。而今黄述祖，就是舅父之子，与臣为中表昆弟。”念祖奏出履历，廷臣咸知一为帝师之弟，一为帝师之内侄，而月君默无一语，若绝不相关者。又传喝第三名黄述祖，月君乃问：“汝是何官？”奏道：“臣父是布衣，黄念祖之父是臣之姑父。”月君又问：“汝父母尚在否？”又奏：“父母俱在。”唱到第四名，井宿五前奏道：“臣父工部侍郎张安国，与母贾氏凿舟沉于太庙，全家殉国，唯臣托于故旧井家，因从其姓。”月君谕道：“张亦为第五宿，可复本姓为张宿五，毋忘宗祧。”第五名甘采薇奏道：“臣父监察御史甘霖，殉节之日，遗命帝不复位，子孙永远不许出仕。今幸乘舆将返，赴阙应试的。”此五人各专一经，因题曰“五魁榜”。又传经济科，第一名王者兴前奏：“臣父监察御史王度奉敕劳军徐州，闻燕王渡江，驰赴国难。时臣甫五岁，臣父托孤于中州，义士晋希婴携归抚养，所以合族被戮，臣得免难。尚有一王者师，是浙江殉难臬司王良之子，晋希婴在钱塘收匿回家的，与臣同堂诵读，今亦叨中诗赋科。臣二人在颠沛之时，岂复知有今日？”月君顾谓大臣道：“忠义之子，咸得登科，此天之所以报施也。”其第二名戴天苍，询是殉难给事中戴德彝之少子，月君呼之使前曰：“汝伯母项夫人，受尽炮烙惨刑而死，方得免一家之难。此等奇烈，亘古所无，汝知之乎？”天苍悲泣不胜，奏曰：“伯母仰邀帝师旌典，光垂百世，臣一门幸甚。”又第三名胡复，即元相吴学诚收养刑部侍郎胡子昭之侄子，近日同归阙下者。又唱诗赋科，第一名王者师，正是王良之子。第二名金南，为合门殉国修撰王叔英之少子，育于外家，袭姓金氏。月君谕曰：“尔复本姓为王南，亦是佳谶。”第三名林挺琼，即御史林英之子。林英与袁州府太守杨任共图起义，谋复建文帝，事泄而自缢者。以上六人，皆忠臣之令似，不出三名之内，因题曰“鼎甲榜”。三科传胪已毕，人数虽多，其无关系者不叙。

内有经济科第五名〔谭符〕，面若狮形，声如鲸吼，向前奏道：“臣父兵部郎中谭翼，当国难时，举火自焚，母邹氏、兄谨与妹瑛姑皆缢死。臣幼出嗣，不曾与难。”月君遂问：“汝知兵乎？”奏曰：“粗知大略。”又问：“汝好武乎？”奏曰：“臣重文而爱武，前曾应过武闱，适以瓣疾中止。”月君谕曰：“今者忠臣之后，咸在元魁之列，以汝文武通才，屈于五名，目下将才缺典，是天欲使尔一人任之，以光令典。”遂以谭符独占将才一科，曰“武甲榜”。谭符大喜，叩首遵命。

又唱武艺首名曰屠龙，善使大刀，重三十六斤。月君问：“刀法如何？”宾鸿代奏：“本朝考武的刀，重八十一斤。这些武举，脸红颈赤，狠命使个背花，总是和身转动，不是真正力气。若到上阵，就给他十来斤的刀，也手颤筋麻，动不得半分。屠龙的刀法，可以上得阵，杀得贼的了。又且善用飞叉，能杀人于百步之外，所以取为第一。”月君道：“武比文更为难得如此。”屠龙遂奏：“徽州府太守陈彦回，是臣之姊丈，当日起兵勤王，先兄屠蛟同日被难，臣愿得杀身报仇也。”月君道：“大有志气，足称第一名。”第二是朱飞虎，系阵亡都指挥朱鉴之子，生得铁面虬髯，尖鼻吊眼，身材瘦削，骨格棱峥，却是拐一足的，而能徒步跳跃，马上如飞，因此上人称为“飞虎”。月君谕道：“首名是龙，次名是虎，有‘龙虎风云’之兆，应题此科曰‘龙虎榜’。”宾鸿又奏：“当日失一朱飞虎，今日又得一朱飞虎，二虎膂力不相上下，独是所用两柄铁锤无师传授，只可以当步战。但坏了一足，必须跨马，而又不能用长大军器，所以列为第二。”又唱第三名，叫做小贯虱龚殳，其父龚翊，原是金川门的守兵，因李景隆开门降燕，他就逃去不食而死，是储福一流人物。伊子在童稚之时，便好的射箭，百发百中，人比之沈休贯虱，故有此号。董彦杲奏道：“论他的箭法，可以与由基、皂旗二人相较，只因弓软了些，不能穿札，屈为第三。”龚殳奏道：“臣父本一小卒，虽然殉国，世无知者，臣不自量，来应武科，冀得为先父显扬大节。”月君慰谕：“忠孝本无二致，尔父为不亡矣。”遂看第四名陈钺，年甫弱冠，用的是钩镰枪。月君问：“有人传授否？”陈钺奏道：“是先父传授，又经自己操练出来的。”月君又问：“汝父是甚名字？”奏道：“都督陈晖，曾与燕王百战阵亡的。臣今来应武科，不贪富贵，只要学得先人，与燕贼拼个死活罢了。”彦杲奏道：“他的钩镰枪法甚精，可以敌硬斗强，演他一军，亦显威武。以下几人，虽各有武艺，总不能超越寻常，只可充偏裨之数。”武科唱毕，月君乃问尹伐夏：“汝能剑术，从何处得来？”回奏：“臣父即勋阳国国师尹天峰，授臣以飞剑法术，不论远近，能取人首级。特来应试，辅佐中朝的。”月君又问：“飞剑斩人，还能飞回否？”应道：“不能。要斩是斩个主儿，曷用飞回？”月君降谕道：“飞剑法术，只有得剑仙。其剑能屈能伸，能刚能柔，能短能长，可以通灵变化。若在剑侠，只讲得击刺，算在武艺之列。如今尹伐夏的剑术，大抵用符咒遣着鬼神去的，若是正神，岂有助人行杀？若是邪神，擅行杀戮，必致上干天怒，这算是邪术。堂堂天朝，曷用此为？但彼既远来，孤家别有调度。以后剑术一科，只索虚悬罢了。”遂退朝回宫。

越三日，赐宴于西湖之历下亭，文武进士咸集，比汉之上林、唐之曲江止宴文者为殊也。月君又降敕三道，其一曰：

黄念祖为孤之弟，虽原籍江陵，而流寓蒲台已经五世，曾祖祖祢坟墓，咸在于斯，其可舍此而去乎？汝其仍复唐姓，原归蒲邑，田园未芜，松菊犹存也。古人四十强仕，方为道明德立之时，汝尚须闭户读书，潜心养气，学成而名自立。当以不朽之业为己任，勿以暂时之荣华为可悦，方得谓古之学者，可以继尔祖父之志矣。黄述祖为孤之表弟，年轻学浅，骤得科名，若不能谨身修德，殊非家门之美事。况汝双亲已老，晨昏温凊，正宜常依膝下。古人有云：报君之日长，报亲之日短矣。余今为帝师，尔二人比肩立朝，非使其子弟为卿，大有乖于圣贤之旨乎？恭候皇帝复位之日，尔等方可出仕。各赐白金一千两，速归故里。钦哉毋忽。

敕下之日，诸元魁俱在相府，吴学诚读罢，矍然大惊曰："帝师非仙人，乃圣人也！"念祖遂禀道："某等若希富贵，早就寻来，何俟今日？舅父有命曰：'恐帝师不知汝辈下落，未免萦怀；若去请谒，又涉干求。'是以假途应试。微帝师降敕，亦即辞归也。"诸大臣皆大赞道："唐介公，真可谓其世家者。"余两敕，一文科：忠臣之后先行补缺，黄缵祖、张宿五、甘采薇、王者师，均授学士；王者兴、金南、林挺琼，皆佥宪御史；胡复、戴天苍，并除监军道。一武科：谭符，授为京营监军；屠龙、陈钺，畀为左右翼；小贯虱龚殳，为前锋使；朱飞虎，发往司韬军门，任中营副将之职；尹伐夏，发往登州董彦訚军前，防海擢用。其余文武，皆由大冢宰次第掣选，不在话下。忽报建文皇帝差侍臣二员，赍敕旨到来。诸旧臣大喜，敕顿出郊迎接。

正是：銮驾未还，先下九天凤诏；朝仪已定，允称百世鸿猷。且看下回分解。

第八十三回

建文帝敕议君臣典礼　唐月君颁行男女仪制

奉建文皇帝敕旨来者，正使是程亨，副使是郑洽。程亨原官户部侍郎，当日在宫中见帝祝发①，愿随出亡，帝以其大臣踪迹难掩，麾之使去。后于吴楚间，再谒行在，至是又觐帝于白龙庵，适与史彬、郑洽相遇。留侍匝月②，帝足疾稍愈，遂令史彬暂回吴门。程亨、郑洽面授天语，赍手敕御诗，来到济南。当下众文武官员，于皇华亭接着敕旨，程亨道："行在诏书，不宜到阙下开读，就此排班跪听。"郑洽遂宣读曰：

朕以凉德，荐膺大宝，方幸四海承平，岂意一门戕贼，或者朕有乖亲亲之义欤？然而火熸③深宫，鬼门仓促愿从亡者，至于稽颡④泣血，抑何其众多而哀迫也？迨黼座潜移，挂官遁迹者若干人；击笏碎首，嚼齿穿断者若干人；蹈鼎镬，甘斧锧者若干人；屠三党，赤九族，株连乡闾，抄洗朋类者若干人；间关万里，访求行在，之死靡悔者又若干人；甚而童稚涂血于囹圄，妇女碎骨于教坊，又不知凡几人。嗟乎！是皆为朕一人，朕获罪于天矣！稽之唐虞三代，君臣一体，如元首之与心膂股肱。至秦而始制君尊臣卑之礼，若奴隶之于家主，胥役之于官长，历代沿之。由此而世风益薄，人心益伪，君臣之际，以面相承。朕有何德，而致忠臣义士、孝子烈媛，若此其同心一德哉？夫杀身之忍，殉死之惨，虽父兄子弟秉天性之亲者，尚且难能，何况君臣以道合者乎？朕清夜思之，转辗而不能自得于心也。今帝师以女子之身，起义于草莽，黄旗一举，奄有中原。邀皇天之眷佑，藉祖宗之荫庇，乘舆之返，当自有日。我太祖以三尺剑而定海内，出天纵之圣，荡荡乎民

---

① 祝发——削去头发。指削发出家。

② 匝月——一个月。

③ 熸（jiān）——烧毁。

④ 稽（qǐ）颡——古时叩头的敬礼。

无能名，君尊臣卑，理固宜然。若朕则颠覆之余，安得觍颜曰“吾君也”？至尊无对，而亦可以蔑视夫臣子乎？尔诸文武新旧大臣，务考三王之典礼，二帝之仪文，固何道之由，而直使如家人父子之同聚一堂也。廷议佥允，奏请帝师裁正，后送朕览。非敢更议祖宗之制，盖因适当其时，有可复古礼之机，复之而已。手敕。

建文二十年秋八月日

诸旧臣听毕，感激帝旨谆切，呜咽流涕，皆俯伏不能起。其新文武诸臣，众皆欷歔太息。遂将敕书交与黄门官员，转达帝师。百官遵旨会议，自不必说。

次日程亨、郑洽随同众文武，朝见帝师于正殿。月君询帝起居，程亨前奏：“圣躬甚安，只是两足受了湿气，步履艰难，近来服薏苡粥颇有效验。”郑洽即呈上御制诗函，奏道：“帝谕，诗意内有复位之期，令臣转达帝师睿览。”启函看时，是绝句二首。云：

出震乘乾黼座新，谁知矛盾在亲亲？
玄黄交战龙潜去，天地溟濛不见春。

三界鬟华梵帝春，廿年飞锡出风尘。
只今欲脱双芒屩，踏破燕云入紫宸。

月君览毕，以示诸臣曰：“帝意在先取北平，然后复位。今两军师各领重镇，不可调遣，孤家当亲率六师，克取燕山，奉迎銮舆也。”诸臣皆顿首称谢。程亨、郑洽齐奏道：“臣等临行，面奉帝谕，俟兵部侍郎廖平来谒，即令前赴黔中，敦请东宫先来监国。”月君道：“帝旨良是。青宫监国，可以系四海臣民之望，即孤家北征，亦心安也。”时大冢宰周尚文，已经予告致仕，月君即命程亨为天卿，郑洽补黄门侍郎，同议典礼。罢朝各散。

程亨莅任之后，一面抄录敕书，行知两军师及开府大将军外，齐集众文武官员，于行阙下会议。皆垂绅委珮，肃然拱立，不敢创发一语。互相逊让，商榷竟日，绝无个主张。只因三代典章，毁于秦焰①，无可考据。自

① 只因三代典章，毁于秦焰——指秦时始皇帝焚书坑儒之举。

汉叔孙通[1]摭拾秦制，参以己意，定为一朝制度，君太尊而臣太卑，非复古礼。历代虽有损益，要皆大同小异。至本朝太祖命李善长等酌定朝议，大约不出唐宋旧制。今日要改弦易辙，原属繁难，况且建文帝主意，要臣不太卑，而君不太尊，就是孟子所云“天子不召师”的议论，为臣子者越不敢专擅了。程亨亦没奈何，遂去请教于相府。吴学诚道：“帝旨原请帝师裁正，今不妨取其可更易者更易几条，其不可更易者，奏请帝师定夺便了。”于是诸臣等，只将细微之处略为损益，交于相府上达帝师。吴学诚、赵天泰、梁田玉等，又面行奏请月君，乃更定数条，计列于左：

大会朝

三公、三孤，总率百官朝贺毕，公、孤并赐榻重茵，分左右带斜而坐；正六卿与黄门尚书，薇省大学士、都宪御史并赐锦墩；亚卿与黄门侍郎、薇省左右学士、佥宪御史及京尹，皆赐茵席地而坐；祭酒通政、监察御史、侍读侍讲与撰文学士，并都给谏及灵台政，皆赐席地而坐；外起居注官一员，立于黼座之侧；簪笔御史一员，立于殿楹之内。余皆两行鹄立，其右班以元勋封公封侯者，与六卿对坐；封伯爵并京营大将军，与黄门尚书及亚卿等对坐；将军、副将、参将与京尹、祭酒、灵台监等对坐。余依品次侍立。并再赐茶：天子，玉钟；公、孤，金钟；六卿，银钟；以下统用瓷器。天子举手，公、孤鞠躬半揖，六卿以下皆全揖，饮毕而退。如有大元帅与朝，照依文衔列入左班之内。若外而开府与朝，当列都宪御史之次；若外镇大将军与朝，应在京营大将军之下。

燕飨

文武列坐，如大会朝仪，其小臣统赐席地而坐。天子降榻，北向正立，令二内监执爵箸为公、孤定席，天子举手。公、孤向上三揖。天子就榻，南面而立，令内监为六卿定席，天子亦举手，六卿向上三叩首。天子就坐，令内监自亚卿以下至灵台正止，均送酒毕，余小臣每席各赐一壶，自斟酒毕，三公乃举玉爵，同三孤跪献天子三爵。天子降榻，拱手亲受，六卿候御坐毕，方举玉爵，率亚卿以下至京尹叩首，

---

[1] 叔孙通——汉初薛县（今山东滕县东南）人。汉朝建立，与儒生共立朝仪，后任太子太傅。

献天子三爵。天子于御坐上举手,内臣接受。以下祭酒、都谏、灵台正,各举玉爵,率同诸臣等,咸叩首献天子三爵,不举手。内臣接受毕,然后作乐。饮至九爵,公卿率群工谢恩,小臣先退,次第至于六卿。公、孤出,天子下座,送至殿檐,看公、孤降陛。由甬道将出门,公、孤遥向上再揖,天子举手回宫。其武臣大小各员,统随文臣班次行礼,不令执爵。

常朝

天子平日视朝,三公、三孤总不与,唯六卿率百官朝谒,赐坐如大会朝议,并赐茶一次。文职至灵台官止,武职至参将止,余小臣皆不赐。天子不举钟,饮毕而退。若天子召公、孤问道,或咨询军国事宜,公、孤方同入朝。其大元帅有公、孤衔者,常朝亦不与,或天子召问军政及边塞事宜,方与朝会。其仪制悉如大会朝之礼。

燕见

三公、三孤入殿,天子降榻相迎。公、孤扶杖三揖,天子答以半礼,南向就坐,公、孤皆两旁北向斜坐。外六卿等,若在偏殿赐坐,如大会朝仪;若在内殿,六卿等赐榻,亚卿等赐锦墩,祭酒等赐茵,余皆席地赐坐。武臣官职大小,悉照文官之制。

奏对

凡日行政事,自六卿至灵台正,叩首毕,皆立奏。天子有问,亦立对,均不赐坐。余小臣,皆跪奏。天子有问,拜首而对。若系特奏事宜,自六卿至灵台,皆俯伏跪奏,天子命平身乃起。若小臣特奏,无面对之礼,许封章奏,从黄门上达,伏地候旨。三公、三孤无常奏事情,其有特奏,但就座上起立,奏毕仍坐。外武职亦悉从文官仪制。

经筵

天子南向坐,讲官侧坐,三公、三孤左右带斜坐同听。义理有可辨者,公、孤正之。外起居注官一员席地而坐,讲毕赐茶。青宫讲筵,太子北向坐。讲官西向坐,紫薇省大学士并左右学士,皆东向坐陪听,意旨有不当者辨之。外簪笔御史一员,席地坐,专纠太子失仪,凡三进茶而毕。

游宴

谓游林苑、登台榭、泛舟之类。止紫薇学士及黄门官员陪从,其余大小诸臣，皆不与焉。或赋诗饮酒、征伎听歌，侍坐侍立均无一定礼仪，但于日夕告退。若秉烛不散，给谏御史共弹之。

称呼

天子称公、孤曰先生，其拜起，令内侍扶掖，不鸣赞，不蹈舞。正六卿并紫薇大学士、都宪御史、黄门尚书及亚卿等，皆称为卿。紫薇左右诸学士与黄门侍郎、佥宪御史、大司成、都给谏等，皆呼官衔。监察御史、给事中及各衙门五品以下，悉呼名字。凡经筵官进讲之时，天子亦呼为先生，其平日仍照品称呼。若东宫讲官，皇太子自始至终，总称为先生。紫薇左右学士，不在经筵，亦称为先生。若大学士，称为老先生。三公、三孤，则称元老先生。其正六卿与都宪御史、黄门尚书，皆呼曰先生，加以官衔，如大宗伯称为宗伯先生，大司空称曰司空先生，都宪先生，尚书先生之类。亚六卿起至黄门侍郎、佥宪、京尹、司成与薇省诸学士，悉称为卿。都给谏、监察御史与给事中众御史，及各衙门五品以上，悉呼官衔。余小臣各呼名字。

以上皆平日常行制度，其吉、凶、军、宾、嘉五大礼，别有仪文，字迹繁多，兹不能载。月君草创毕，以示诸仙师曰："礼仪制度，古来创自圣贤，后代因之考据，而今杜撰出来，也可以行得否？"鲍师道："这也与古礼多有相合，怎行不得？"曼师道："舜何人也？予何人也？难道后世就没有个可以制礼作乐的？毕竟后人做来，说是杜撰，当时未有礼仪，蓦地造出，有个不是杜撰的么？秦之李斯、汉之叔孙通，他是何物？尚且说白道黑，造起一代典章，至今也还宗①他些制度，何况帝师道统天人，学贯今古，半述半作的。谚云：'礼失而求诸野。'帝师起于草野，正合着这句话。若说行不得，就是不知礼的皇帝了。"鲍师等皆大笑。公孙大娘道："还有一说，君太尊，臣太卑，犹且不可；若帝与后，原系敌体夫妻，因何跪拜迎接，无异仆妇之见家主？今帝师以女子而登九五，也要定个典礼，使皇后像个皇后，与众妃嫔之俯伏跪叩首，有些分别，未为不可。"鲍师道："公孙仙师说得极是。帝为乾道，后为坤道，《羲经》曰：'大哉乾元，万物资始；至哉坤元，万物资生。'虽尊卑有体，要亦不至悬绝若是。且'后'字与'帝'字同义，岂可称曰帝后，行的是仆妾之礼？"月君道："皇帝之女下嫁，亦夫妇

① 宗——师从、沿袭。

也,何以舅姑之尊,尚用臣礼相见?尧降二女于妫汭①,不闻瞽瞍夫妇②跪之叩之。这也是最不平的,我当折而衷之,定个仪制。"曼师道:"我看帝师,只是护短女人,哪里行得去?"月君笑道:"这是裁其过而补其不及,曼师因何反说?"曼师道:"反说反说,反转来却是正说。你看天下妇女与男人行礼,男子深深一揖至地,女人只把膝磕子来一曲,直挺挺的立着,也算个行礼么?平等亲戚,尚使不得,何况见了尊长,也做出这个模样,岂不可笑?唐朝武曌登极,受享四海臣民朝谒,就把女人抬贵起来,造下这曲膝之仪,美其名曰'万福'。流传至今,把乡村里巷之匹妇,也都尊重了,何况公主是皇帝的女儿,岂不应该的?今帝师但要把至尊之女,抑他下来,倒不议及至贱之妇人,岂不与武曌一般护短的了?"月君笑道:"曼师举一世而变化之,固出于大公至正,但帝旨只为朝仪起见,后妃朝帝主,驸马朝公主,似可类及。若说到民间妇女,则绝不相涉,如何可以牵连奏闻?"聂隐娘道:"定个典礼,竟自颁行,何必连着朝仪启奏呢?"公孙大娘道:"如今怕老婆的,一百个里倒有九十八九个,难道个个是毬男子?也有错认了周公制礼,只道妇人是应大的。帝师移风易俗,整饬她转来,也为须眉吐一吐气。"曼师道:"如今帝师威风,九州之外,八荒之内,没有个不震服的。自己也要存个地步,怎肯把这些女人来屈抑他?"月君笑道:"曼师用了激将之法了。"鲍师道:"帝师不知,他一个问讯,直要曲腰俯首至地,那女人只说个'师父不劳',连膝磕子也不曲一曲,他心上好不恼么?"众仙师皆大笑。于是月君草定女仪数则,开列于左:

一 后妃未经册立者,虽元配,仍从妃制;必告之宗庙百官,进册奉玺绶者,方名曰后。帝至后宫,则后出殿檐,降阶俯躬而接,帝举手下辇,肩随同行进殿。后拜,帝答以半礼。设位,帝南向,后北向坐。设宴亦如之,不同席,不并肩也。帝出,送之阶下,候帝升辇,后乃还宫。若宫中有广筵宴会,众妃毕集,帝与后皆正席南向,妃皆侧立,俟后赐坐,乃坐。宴将毕,后先辞帝行,帝起送后至殿檐间,诸妃皆下陛跪送,俟后升辇出宫,乃还。其平日,妃嫔见后,一如见帝之礼,后不

① 尧降二女于妫(guī)汭(ruì)《书、尧典》:"釐隆二女于妫汭。"周釐王降二女于妫水拐弯曲折之处。

② 瞽瞍(sǒu)夫妇——眼瞎的夫妇。

赐坐,虽位至贵妃,亦不敢坐。后有失德,非淫、媚、悍三者不废;废必告之宗庙,宣诸公、孤,无专废之礼。

一　公主下降,无论是何等人家,凡未经庙见之前,翁姑夫婿皆行臣下见公主之礼。礼未庙见者,不执妇功,故《魏风》之刺俭不中礼。今未庙见之妇,缝裳者曰“纤纤女手”,可以缝裳,仍谓之女,而不谓之妇。若已经庙见,乃应执妇功之候,虽天子之女,其奉翁姑与事夫婿,皆须恪尽妇道,与臣庶家无异也。若有故而出,亦总照七出之例。若公主留于宫中,而驸马入见,仍行臣礼。在国与在家,各尽其道。

一　臣庶家女子,未出阁者,除拜见叔伯母舅,余皆不见。其已出阁者,凡九族亲戚在五服以内者,有事皆得接见。凡三党亲戚平等者,男子向上拜,妇人侧向答拜。若男系长亲,妇人向上拜,男子侧向答拜。男子系卑幼,亦向上拜,妇人侧立答以半礼。若作揖,男子俯首至地,妇人俯躬,衣袖至地而止。其有通家朋友与邻里往来相见者,无论长幼,总照平等亲戚之例。若孀居妇人,年五十以内者,止与己之胞弟兄及内侄与夫之嫡侄相见,并照平等及卑幼之例。其五十以上者,一切接见,均得与有夫之妇人同一例。向来曲膝万福之礼,永行禁绝。

月君方才写竟,曼师大笑道:“妇人揖不至地,到底护短。”月君也笑道:“虽然,妇人高髻云鬟,教他垂首至地,恐钗卸冠倾,不好看相。”曼师道:“这也罢了。倘有和尚道士、女尼女冠,系是应见的亲戚,作何行礼,怎不定个制度?怪不得帝师与我等道姑、尼姑混在一处了。”鲍师等又皆大笑。月君道:“虽出戏言,然其间倒是要防闲的。”鲍师道:“还有要防闲的哩。譬如奴仆丫环见主子主母,虽然贵贱有别,到底有男女之嫌。而今世界,主奸仆妇,像个理所当然。还有奴才奸主母的,其主碍于体面,竟至明知不问。或有已奸其仆之妇女,自觉内惭,不便究治,大家和同混一起来,也还成个人么?从来刑罚治于已然,礼法治于未然,帝师何以不虑及耶?”月君点首道:“善哉,善哉!此等深意,皆补圣贤所未备。”正欲染笔起草,素英又进言道:“我最恼的是妇人搽粉涂朱,妆得似小鬼一般,亦应禁止才是。”月君道:“定的是礼,这等妆饰之事,不在礼文上的,如何说到这个地步?”曼师道:“怎说不到?只教他在礼上梳妆便了。”月君道:“我有个道理在。”遂又写出数条云：

一 奴仆与主母，平常无事，不许相见。其有叩节拜寿并吉凶事宜，或奉使禀令，应入见者，主母出中堂南向，奴仆于阶下背跪叩首，起亦背立。禀命已毕，即趋出。如非紧要之事，令小童或妇女传言，不得擅入中门。若主母孀居，则垂帘而见，奴仆仍行背叩之礼。其旁主母，若家主之嫂与弟妇并姊妹之亲，均照此背叩，只行半礼。唯家主之母，年五十以上者，见面禀对，与家主同。

一 家主与仆妇，除自幼以丫环婢女配合童仆，照常服役外，其余收买仆从，另居外宅者，苟无正事，妇女与家主亦不见面。其仆与妇同见家主，一体面叩。若止仆妇入见，亦行背叩之礼。有禀令事宜，但请命于主母。若仆妇寡居，止许见主母，不见家主。或奉使至亲党之家，亦止见旁主之妇，虽家主之嫡叔伯胞兄弟亦不见面行礼。若系祖父传下之人，未经分析，体统宜一；若已分析，则各有各主，其仆见家主之弟兄叔伯仍行全礼，其余只行半礼。若仆妇，概止行半礼可也。

一 大家闺门内服役者，男系童子，女系丫环，若已匹配，均出中门外居住。其小户人家，既无内外之别，亦不可有奴婢之名，当称为义男义妇，其礼与子孙同。

一 凡和尚道士，已是方外，虽至戚妇女，无相见之礼。若系女尼女冠，无论是亲非亲，尊卑长幼一体平行。

曼师道：“差了，差了！倘若祖太太一辈出了家，也与子孙妇辈平行，有这理么？”鲍师道：“好胡说！现今你做尼姑，见了你外甥刹魔主，还怕得他很哩。”月君笑说：“世法平等，无有高下。我如今依着曼师，除亲姑亲祖姑外，方照此例而行何如？”公孙仙师道：“这个没得说。”月君遂添注在方外条下。又将妆饰事宜，另写出一款云：

一 夫妇百年偕老，终日相对，须如宾客一般。所谓情欲之感，无介乎仪容，燕私之意，不形乎动静，方为君子淑女，正不必兰麝薰肌，粉脂涂面，以为容悦之态。谚云：“丑妇良家之宝。”无盐德耀，为千古第一丑妇，即为千古第一贤媛，不闻其稍有妆饰也。丑者尚不须妆饰，况其美者乎？然而《诗》云“刑于寡妻”，此尤在为丈夫者整其大纲，而使闺人不屑屑于画眉点额。如谢女之有林下风范，岂非绝代佳事？至夫侍妾媵婢、舞女歌姬，粉白黛绿，争妍而取怜，处其地位，理所当然，不在禁例。又若娼家乐户献笑倚门，迎新送旧，全在乎异样新妆，作为狐媚，以惑人心，尤不在此禁例。

鲍、曼诸师，看了大赞道："禁得妙，禁得妙！不禁的尤妙！从此天下闺中，皆化为淡汝真色矣。"月君遂命素英，一并封发相府，除会朝仪制与后妃公主二则，应奏覆皇帝外，其臣庶家五条，即颁敕各郡县，一体遵行。

越数日，吕律与高咸宁各有联衔奏疏二道，不知也为朝仪大典与否。从来草野师儒，每负礼乐典章之学问；庙堂君相，宁无损益因革之权宜？且看下文。

第八十四回

吕师相奏正刑书　高少保请定赋役

却说两军师的奏疏，原因建文皇帝敕令新旧文武诸臣会议朝仪，行到各郡开府，广咨博访，吕师与高咸宁出镇在外，未便悬议。况且归于帝师裁正，更无可以赞助高深。倒因本朝刑书太繁，赋役太重，二者皆属治平要务，均宜厘正，以为一代制度。从来英雄之见，大略相同，先经移文会商定了，于建文二十一年春三月联名上奏。如今先说刑书怎样更正。其书略曰：

臣闻礼者禁于未然之前，刑者施于已然之后。倘未然者不可禁，则已然者不可不治。故礼与刑，二者乃圣人驭世人之大权也。本朝创国之始，礼仪制度、刑律典章，亦既详且备矣。虽然，礼可过于繁，而刑不可或繁也。礼之在下者，或可繁；而礼之在上者，亦不可太繁也。兹承皇帝陛下睿鉴及此，已奉敕旨廷议因革外，臣请得以刑书论之。古者五刑：墨、劓、剕、宫、辟；今之五刑：笞、杖、徒、流、斩。其重与轻，大相悬殊。岂古圣王不仁之甚，而必欲残刻人之肢体，以快于心哉？夫刑罚重，则民畏而犯者少；刑罚轻，则民狎而犯者多。夫断者不可复续，民未有不感激涕泣，而日迁于善者，是刑一人而使千万人惧也。所以虞、夏、商、周，皆相传而不变刑措之风，于焉为甚。自汉至唐，递加损革，肉刑遂皆废尽，而后世之犯法罹罪者，百千倍于往昔，何也？笞、杖、徒、流，无损于身，不足以惩其奸也。在良民之误犯法者，犹知自省。若奸狠之徒，则多甘心而故犯，犯而受刑之后，反若加了一道赦书，为恶滋甚。天下之民恶者日多，而良者日少，不可谓非法之使然也。其弊至此，乌可不思所以更变之哉？

一　笞罪宜革也。圣王之世，法网宽大，些微过犯，何足加罪？《虞书》①，鞭作官刑，朴作教刑，原在五刑之外，但施之以鞭朴而不名

① 《虞书》——《尚书》组成部分之一，相传是记述唐尧、虞舜、夏禹等事之书。

为罪，以其所犯者轻也。是故定爰书者，方谓之罪，罪乃重矣。今之笞罪二十者，折责止数板；杖罪至一百者，折责不过四十板。而酷吏之鞭朴人者，动辄至四十、五十，即再越而上之，亦无界限。是有罪者刑之甚轻，而无罪者刑之反重。颠倒若此，亦何所用其笞刑也哉？

一　军、流二罪，均宜革也。夫移于卫籍者，谓之军。生子若孙，无异于民。徙于远方者，谓之流。生子若孙，仍为土著。王者四海一家，军民一体，安在家于故土者，谓之良民，而徙于远方者，便谓之罪人乎？安在占于民籍者，谓之良民，而移于军籍者便谓之罪人乎？且为恶之人，岂有于此地能为恶，而移于彼地便能为善乎？岂有于民籍则为恶，而改于军籍竟能为善乎？是诚不可解也。夫宦游与流寓之人，多随处为家，离其故土有二三千里，甚至四五千里者，曷尝不与流罪相若哉？

一　六赃内"常人盗"一款，所当革也。夫监守盗者，原系有职之人，监守官物而反侵没入己，推其心为欺上，论其罪属故犯。非盗也，而名之曰盗，是深恶之词，所以计赃之多少，而定其罪之轻重。若常人之盗在官之物与盗民间之物，推其心，不过鼠窃狗偷，均之盗也。今常人盗之，律与枉法赃同科，八十两便绞；窃盗之律与不枉法赃同科，至一百二十两乃绞。所犯本无以异，而律则大有攸别，特为上者所重在货物，故并其罪而重之耳。昔汉文帝为三代以下之贤君，有人盗去太庙玉环，必欲诛之，而廷尉张释之论止罚金，且云："若盗长陵一抔土，其罪又当何以加诸？"嗟乎！释之之论罚金虽过于从轻，然止以盗论，而不以盗官物为重于盗民间之物，则其义当矣。后之人君，若汉文帝之以怒动诛者，正恐不少，而欲求刑官如释之之犯颜直谏者，恐千载而不可得一二。则莫若并常人盗之名色而革之，无分官物与民物，总入于窃盗同科为善乎？

一　窃盗以赃定罪之律，亦所当革也。《春秋》之法，首重诛心，彼为盗者得赃虽有多寡之殊而原其为盗之心则一。若必以赃数定罪，则轻者不过笞杖，重者乃至于绞。何以同一盗心，而罪之悬绝若是？夫不幸而得赃，少者犹幸，而罪甚轻，其盗心固不容已；即不幸而罹重罪者，犹幸而得赃多，其盗心亦断不肯止。是则生之、杀之，皆不足以劝惩其后。要知偷儿之入人家，必尽其所取而后已，乌得有诡避夫绞罪，而兢兢焉以一百二十两之内为准则乎？故计赃定罪，但可施之于枉法；不枉法以事取人之财者，断不可加之于为盗者也。

一 坐赃致罪，尤所当革也。夫所谓坐赃者，不过寮宷①馈送之礼与上下交接之仪，其间吉凶庆吊、币帛往来，虽圣贤亦不能免。孟氏云："其交也以道，其接也以礼。"斯孔子受之矣。即"坐"之一字，顾名思义，原属非赃而坐之，又乌足以服人之心？圣王之世，法网宽大，岂宜有此？将欲举天下之臣民皆为于陵仲子，如蚯蚓而后，可哉？若其结交请托，暮夜投金，自有枉法与不枉法，二者律文森然具在，原不可以此借口而幸免也者。

一 七杀内"故杀"之条，宜革也。夫杀人者偿命，乃天地之常经，古今之通义。今以斗殴杀为可赦，而以故杀者为十恶不赦，岂死于故杀及死于斗殴杀者，其死有以异乎？若曰临时有意曰故，为其心必欲杀之，与斗殴之不期死而死者有异，是则舛已。夫为盗之心显而易见，即谋杀之心亦可推求而得。若至拳棒交加，纷纭争斗之际，而必曰"此固无欲杀之心，彼固有欲杀之心"也，即鬼神亦有所难明者。若谓故杀之条，亦诛心之律，则当罪有轻重之别。今同一死耳，又何必分故与不故乎？且今之杀人者，千百案之中而律以故杀者，曾未闻有一二；至律以斗殴杀者，则千百案之中，如出一口。迨秋审之期，多入于"可矜""可疑"或"缓决"之内，其抵命者，亦曾未闻有一二，宁不滋长凶人之焰欤？若曰在上者好生之心，慎重决囚，则此命可活，彼命可独死乎？生者可受矜全，死者可受沉冤也乎？王者之生杀，如天道之有春秋，相须而行，岂可以煦煦为仁，而有害于乾道至刚之用？夫锄稂莠，所以养禾苗；诛奸凶，所以劝良善。孟氏云："杀之而不怨，民日迁善，而不知为之者。"则是，杀人者杀无赦，不必另立故杀之条，以滋其出入之端也耳。

一 过失杀之律，赎绞以金，可革也。所谓过失者，乃转瞬所不及，措手所不逮。匪特细人也，即仁从君子，容亦有罹此厄者。不可加之以罪，故虚名曰绞，而实取罚金十二两四钱有奇，以为营葬之资。岂人之一命，止值此数乎？绞之一罪，亦止值此数乎？夫徒罪收赎，

---

① 寮(láo)宷(cài)——官舍，引申为官的代称。

尚有十八两之多。颠倒若此，殆难为作律者解矣。而且“杀”之一字，尤不可以混入。自我杀之之谓杀，此不特非我杀之，亦并非因我而死，焉得标之曰“过失杀”乎？过失既不可名曰杀，绞罪亦不容以金赎，如之何其不去诸？凡有当此案者，察其人之富贵贫贱，而罚金之多寡，以惜死者之家口，于义当矣。

昔子产制刑书，萧何造律法，原本今均无传焉。今之所谓律者，类皆后代所改作，而又添出如许条例，纷纭错杂，令人莫所适从。夫曹参代何为相，赞其政令画一，守而勿失。则知萧之律，断断乎其画一者。律之所载，纷纭错杂之例，断断乎亦宜尽行革之，而后得成为画一之典章已尔。臣等不猜僭妄，酌古斟今，因时制宜，更定五刑并四赃六杀大纲于左：

五刑（减去今之笞、军、流，增入古之剕，宫二罪）

一　杖罪，断自杖六十起至一百止，为五等。一切的决不收赎。妇女犯者，除不孝、奸情本身受刑，余皆责其夫男，无夫男者赦之。七十岁以上，十二岁以下，并废疾之人，有犯者亦赦之。其律内所载，应得笞罪，尽行削去。犯者量责，《虞书》所谓朴作教刑，不以罪名也。

一　徒罪，断自一年起，至五年止。向以三年为五等，兹以五年为五等。徒一年者，发五百里；徒二年者，发一千里；徒三年者，发一千五百里；徒四年者，发二千里；徒五年者，发三千里。凡犯监守、枉法二罪，应充徒者，皆双颊刺字：监守刺“侵盗”二字，枉法刺“坏法”二字，左右颊各刺一字。犯此监守、枉法二罪，如老与废疾之人坐其子弟，妇女罪及夫男不赦外，其以他事犯徒者，老幼、废疾、妇女悉以宽宥。此寓流于徒，徒为贱役，流属安置。是故，流三等均行削去，其充军诸律，边远者徒五年，附近者徒四年，可也。

一　剕罪，刖足也，唯窃盗及抢夺用之。无论官物与民间之物，罪皆一体。初犯者，颊上各刺“窃盗”“抢夺”二字；再犯者，各刖足；三犯者，窃盗斩，抢夺绞。但得赃，即按律行，不计数之多少。妇女初犯量责，再犯刺字，三犯刖足而止。外有强盗而未得财者，亦刖足，仍刺其面。

一　宫罪，阉割也，唯奸情干名犯义者用之。如翁奸子妇，本律皆斩。翁固可斩也，而使为人子者以其妻之故，而坐视父之惨受极刑，苟有些微孝心者，我知其决不忍也。易以宫刑，庶几其无伤于天性乎？又如婿奸妻母，其服制不过三月，而律之以绞，亦觉太甚。夫为其妻者本无罪也，而使之顿失所天，又岂仁者之用心？亦当以宫刑代之。推此，而凡异性之亲，因奸而得死罪者，宜悉易以宫刑者也。至其奸妇之死生去留，一听本夫。若系孤孀，照奸律杖责外，同姓之亲因犯奸而罪应斩、绞，悉从本律。

— 大辟，绞、斩、剐，皆是也。除奸情内应易宫罪之外，如伪造历日、茶盐引、私钱与弃毁各衙门印信、邀取中途公文、称颂大臣德政，凡属法重情轻，应斩者均宜易以绞罪。又如师巫假降邪神、空纸盗用印信、诈传亲王令旨，应绞者亦属法重情轻，均宜易以徒罪。再监守、枉法与不枉法应服大辟，在下文赃款之内。

四赃 本律内六赃，常人盗赃与坐赃皆已削去，其窃盗不计赃而定罪，与常人之盗官物亦然，共去三款，添入挪移一条，共定为四赃

— 监守盗赃。五百两，徒一年；一千两，徒二年；一千五百两，徒三年；二千两，徒四年；二千五百两，徒五年；三千两以上，斩。追赃不完者勘产，除妻孥外，其妾僮婢仆皆入官。若犯赃止五百两以下，均满杖，与五等徒罪皆刺字。第杖罪之赃，产尽者赦之，人亡亦赦之，余皆不赦。至律内有准监守盗论，如虚出通关、转贷官物之类，原非侵匿入己，但应追帑完公，罪止于革职。所谓与其有聚敛之臣，宁有盗臣，法当寓严于宽尔。

— 挪移。挪移者，或以彼而挪于此，或以后而挪于前。推其心，则属因公；论其事，则为济急。究竟此项仍可以还彼项，前款仍可以还后款，不过仓促擅动，绝无一毫私意于其间者不议。外其有费去虽属因公，而事原非济急，库帑已亏，无款可补，借口以为开销之地，而实有侥幸之心，方名曰挪移。其赃比监守多一倍者，罪亦如之，至死者绞。三月以内完者，减等发落，不完者罪及本身，勘产而止。幸而遇赦，亦得减等。

— 枉法。赃至一百两者杖，每徒一等，递加五十。计满三百五十两者，徒五年，五百两者斩。追赃不完者勘产，妻孥、妾婢、童仆尽行入官。虽赃止一百两以下，犯五等杖罪者，亦不赦，与徒五等皆刺字。其有准枉法论者，赃数相等，罪亦如之，唯至死者绞。追赃不完

者勘产而止，妻孥不问。若犯杖罪者，但免刺字，统不援赦。

一　不枉法赃，其数倍于枉法者，其罪同，至死者绞。限一年以内完赃者，减等发落，不完者但刑本人，不勘产。若遇赦，仍得减等。外有准不枉法论者，罪止满徒、追赃，力不能完者赦之。

六杀（分出斗、殴、戏杀，减去故杀、过失杀，增入威逼杀）

一　谋杀，悉从本律。

一　误杀，悉从本律。

一　斗杀，不论人之多寡，但执持兵器，争斗致死者，曰斗杀。是皆有意于杀人者，斩。若于拳脚相殴之际，遽抢兵刃，因而杀人者，亦斩。若系木器，仍从殴杀论。其有老幼及妇女犯者并如律。

一　殴杀，彼此不拘人众，但以拳脚互殴而死者，曰殴杀。是尚无意于杀人者，悉从本律绞，若老人及妇女犯者，皆如律。其有彼此幼童相殴致死者，亦如律。斗杀、殴杀，二者皆勘实立决。倘有仓促救父兄之难，出于迫切之衷；或骤见妻妾为人调戏，情难容忍，实有所不甘者，监候，遇赦减等。其外即系疯病之人，亦并如律，不容少贷。

一　戏杀，并从本律。但律文所载过失杀，条款内有驰马街衢、放枪林野之类，为耳目所不及，智虑所不周者。若其事出于奉公差遣，似可以过失论。否则，属于游戏为乐，当归之戏杀项下也。余有类者仿此。

一　威逼杀，威者，势焰也。小民慑其势焰，既不能与之抗衡，又不敢与之争辩，而甘心于一死者，其气之郁塞而无可申，其情之冤抑而无可诉，为何如耶？孟氏云："以刃与政，有以异乎？"夫在上者，以虐政杀人，尚与加刃无异，今以齐民，而其威焰竟足以杀人，虽不手操兵刃，而实有甚于操刃者，此其人必大憝元恶，诛之唯恐不速。本律止于杖罪，有是理乎？今应改威逼杀者，斩不赦，庶刑罚之中于义哉！若死者非其本身，是伊衰迈残疾之父母，减罪三等。若系妻妾子女，并从本律。若亦有废疾者，减罪五等。

臣窃思之，古者五刑，从无减等之制，亦无赎金之法，所犯不同，其罪各别，大辟之不可减而为宫，犹剕①之不可减而为劓、为

① 剕（fèi）——古代把脚砍掉的一种酷刑。

墨也。至后世之五刑，则绞、斩而可以减流，流与徒均可以减至于杖与笞，是亦省刑之意。兹者古今参用，凡死罪减而至于流者，应改为徒五年，徒则递减，杖亦如之。虽减而罪犹存，尚可行也，若赎金一到，则罪尽豁免，是朝廷以刑法而卖金矣。《虞书》金作赎刑，原不在五刑之内，谓因公有犯者罚金以赎之。此盖论其事，则为有过，原其心则属无罪。或势有所不能、力有不逮之际，以至于犯，故不可加之以罪，而但罚之以金也。降至后世，虽罪不可宥者，而亦得以金赎，是使富贵之人皆幸脱于法网之外。圣王之宽大，夫岂若是？故凡律载以私犯罪而赎者，宜尽革除。若因公而犯者，既罚以金，又当并其罪名而泯之，但谓之赎刑可也。如有禄之人，则罚俸、降俸、降职、降级，足以尽之。无禄之人，则输金罚粟或力役，足以尽之矣。或曰五刑赎锾创自《周书·吕刑篇》，岂可擅论？而不知周之穆王亦为叔世，岂大舜之法，反不可法？则与至鞭作官刑、朴作教刑，此以私犯罪而细微者，故以朴责教之，若师之朴责其子弟然。今亦定为限制，断不容朴责至二十以外，而入于杖罪之数也。夫如是，则公私有别，轻重有权，而于古人制刑之意，不相悖矣。臣等谨以本朝律书综核厘正，并奏睿览，伏候帝师裁夺。

月君批示曰：

子产刑书①，酂侯律法②，不遗于后，未知何若也。吕律以古今五刑参酌互用，皆折衷以圣贤之旨，允宜为当代之宪章。惜乎天下未一，不能通行宣布。俟奏闻行在，编之国史，以为百王取法。

而今再说更定赋役的制度。疏曰：

臣窃闻之，邦以民为本，民以食为天，财者食之原也。故治国之要，必先养民；养民之要，必先薄赋。古语云："衣食足，而后礼义兴；礼义兴，而后教化行，天下乃王。"苟为人主者使民失其所天，则饥寒

---

① 子产刑书——春秋时政治家、郑贵族子国之子，名侨，字子产。郑简公十二年(公元前554年)为卿，二十三年(公元前543年)执政，实行改革，后又创立"丘"征"赋"制度，把"刑书"(法律条文)铸在鼎上公布，不毁乡校，以听取国人意见。

② 酂(zàn)侯律法——周代酂侯制定的律法。

迫于肌肤，欲民之无奸伪不可得也，奚暇治夫礼义哉！夫兴王之世，民未尝不足；而衰敝之时，民又未尝不困。君民原属一体，未有民足而君不足，未有民不足而君自足者。兹幸逢皇帝陛下敕议朝廷之礼，臣请得言其行礼之本。夫礼，不独在朝廷也。上而行之，下而效之。登斯世于熙皞之域者，莫若为礼。而欲使民安于礼让，而莫知所以使之者，唯足食为务。古者三年耕必有一年之蓄，九年耕则有三年之蓄。故猝遇水旱，而民若不知。今之民则终身耕而无一日之蓄，举家耕而无半年之需者，虽常遇丰亨亦若不聊其生，何也？在上之人取之者众且多也。考之井田之制，无赋税亦无徭役，不可复矣。自七国争而井田日废，赋敛日重。汉有夏税秋粮之制，唐有租庸调三者之法，至宋而盐铁酒茶，及今而齿革毛羽，凡有利孔，莫不与民争较锱铢，甚非王者之大度矣。臣等不揣固陋，揆衡今古，拟定赋税、徭役并关榷、钱法、盐政诸条于下：

一曰赋。盖出自田土所贡者。古者井田，无敛于下，但寓兵于农，而以田赋出兵。所谓赋者，兵也。后世兵农分，而夏税秋粮，总谓之赋。又有按其户口而征之者，谓之曰丁银。大约昉于鲁庄公之科人，而以其所征者为养兵之用也。其丁有人丁、门丁、匠丁、灶丁之别，其额有上、中、下之等第，小民孜孜汲汲，日不暇给。而纳一丁之上者几至一两，下者亦有数钱。岁遇灾荒，田有捐税之时，而丁则无缓征之日。迄今，额在而丁亡，丁亡而征输如故，累及闾里。臣议将以丁额统归于田赋之内，俾丁随田转。有田之家，方纳人丁。譬如以百亩之田，而入之二丁，重则每亩亦止多二分之数，岁丰则完，岁凶则赦，庶几田之所产，可以不劳余力乎？虽然，夏税折色也，秋粮本色也，而又加以丁银，则一田而三赋，其为定额，断不可出于十二之外。

二曰税。盖取之于市者。古者贸易，有市官治之耳，无所征也。后乃有征其市地之廛者，即今地租房税之类，而尚未税其货也。今则既征其房地，而并税其货物。如牙行有税，市集又有税，麻、缕、丝、枲、粟、米、豆、麦，牛、羊、驴、马等畜，莫不有税。蚩蚩小氓，抱其些微之物入市，即从而税之，近于攘之矣。尤奇者，神庙香火，稠盛之处则有香税，是税庙宇乎？抑税鬼神乎？诚莫可解已。臣议将一切诸税尽行除草。其应留者止三项：如“普天之下，莫非王土”，则房、地宜有租税;典商为富厚之民,本大利广,是亦不妨有税。至于田产交易,令其请官印而税之,所以杜日后争端,亦便民之事。夫如是,则上之诛求稍减,而下之民生亦得以渐厚矣。

三曰徭役。民之力也。自古有之,第从无不役富贵,而但役贫贱者。先王用刑,自贵近始;而行赏,则先于疏远。岂以徭役而不加富贵乎?论者谓卿大夫位列朝廷,宜敦其体,不可任之力役。夫卿大夫固宜敦其体,岂卿大夫之奴仆亦并宜敦其体耶?曷不使之供役于上者?且甚而至于胥吏亦多优免,是则胥吏亦在敦体之例耶?或以为胥吏役身于官,一人不能兼二役。夫其役身于官者,乃彼之生计,非上人之役之也。彼小民者,孰无生计,而可独任国家之力役,并可任缙绅胥吏之力役哉?臣愚以为,优免徭役,宜加于士之贫者,不宜加于大夫之富贵者;宜加于茕民之贱者,不宜加于胥吏之贱者。庶几王者至公无私之意乎?否则,荆公雇役之法亦可。司马温公废新法,而东坡先生不以人废言,独以雇役为决不可废。卓哉!见之远矣。

四曰关榷。讥而不征,不可说矣。第有货,而后有榷;有商,而后有税。未闻无商无货,从而榷之者也。如今宦游之人或客游之子,行李之中偶带些微,为需用计耳,原非货卖者比,虽一冠一履亦必榷而税之,何也?然此尚有一物之可税。乃虚舟而行者,并其船而税之,使天下之人举足动步,必先有输于朝廷,诚不知其好利之心,一至于此!愚意以为,商贾可税,使非商贾,非货卖者,均不可税;舟之载货者可税,若空舟往来者,亦何可税之而贻怨于小民,贻讥于后世乎?是则所谓上船科之关,均可革也。

五曰钱法。古者谓钱为泉,言如泉水之可以通达四海也。今之钱则不然,有行于此邑而不能行于彼邑者,有铸于彼郡而不可以通于此郡者。俗语云:钱使地道。其故安在耶?在于上之人先以此取利。夫王者铸钱,以通天下之贸易,奈之何司农钱局之中,岁必计其获息多少耶?于是外省之设炉者,尤而效之,必以获息之多,逢迎其上。而其息则又三分之,一入于国,一进于官,一没于吏胥。其钱至于瘦削而不可问,然后奸民私铸之钱,得以参杂于官钱之内。即一邑之市镇,彼此之钱尚有不能相通者,又岂能通达于四海而谓之泉也哉?臣以为京局铸钱,先定其规式,次定其轻重,再定其厚薄大小。每岁所铸而发于民者，仅取其本值，更不浮取厘毫之息。凡各省藩司之铸钱者，照依京局，一体遵行。庶几鹅眼之钱，不复见于今矣。

六曰盐政。古者鱼盐不禁，无所谓盐官也。自管子煮海为盐而通商贾，始擅其利，汉则取其税而无官。迨后，则有官而复有税矣。今者盐池盐场，既有大使，又设转运诸司、巡察御史，一处之供役，动以数十万，反浮于国课，朝廷亦何乐乎有些官也？臣愚以为，商人之赴场掣盐者，止大使已足司其出入，照其捆载之数，给与官票，遇关则征税，至发卖地方则征课。一胥吏事耳，曷用多官，悠游无事，朋分此数百万金乎？夫此数百万金者，将谓出自商之本乎？抑亦出于商之利乎？若出于商之利，则所取者仍属小民之资。故商之所费者简则盐贱，而民日有所省。譬如漏瓮，日减一滴，终年而竭；不漏，则常盈矣。夫如是，则商富而民足，国亦省费，不亦善乎？

抑臣更有请者：我朝太祖高皇帝，愤张士诚据吴不服，乃籍富豪家租册为税额，由是苏郡之赋为最重，而松郡略次之。考二郡之赋，竟居天下十之有二。至建文二年，特颁恩诏，悉减旧则，每亩米不过一斗，银不过一钱。未几，而燕藩僭位，仍复洪武之制。在元时，苏郡赋止三十六万，今已加至二百八十余万，小民终岁勤动，而供于上者十之七八，即大丰之年，亦必称贷以输将，权其子母，尽归乌有。若遇歉岁，臣不知其如何也。夫吴门密迩皇畿，素称文物之邦，使民兴于礼让，当自此始。臣知皇帝复辟之先，发政施仁，首所念及。不揣固陋，谨具奏帝师云云。

月君览毕，赞道："两军师皆具济世之才，可惜未遇主耳。"公孙大娘道："已遇帝师，何为不遇？"月君道："噫！遇孤家犹不遇也。"聂隐娘道："这是何说？"月君道："世人多以成败论也。"遂援笔批云：

吕律、高咸宁敷陈赋役，言言皆中綮窾①，循而行之，实膏肓之卢扁也。第孤家益嗟世风日降，王道竟不可复耳！俟奏请行在，与刑书同入国史。

以上二疏，并附议复典礼一疏，择日遣使奏达建文行在。正是：方袍圣主，徒怀王道之兴；韦带儒生，略显霸才之用。下文又演何说？

---

① 綮窾（qǐkuǎn）——犹綮肯。

第八十五回

大救凶灾刹魔贷金　小施道术鬼神移粟

建文二十一年冬十月，月君临轩，命郑洽、程智二人赍奏行在，并谕之曰："孤家已发符敕，调遣各郡将士，俟会齐之日，即行北伐，克取燕山祇候回銮。尔其代奏。"郑、程二使遵命叩谢出朝，又别过百官，自赴滇中狮子山白龙庵，面帝复命去了。

荏苒之间，已是新春，为建文二十二年。从上元下雨起，直阴至五月初旬。田畴浸没，庐舍冲塌，陆地竟可行舟，百谷不能播种。偶尔晴霁，反似亢阳为祟，湿热交蒸，疫疠大行，兵民俱病，却像个天宫知道月君有伐燕之举，故降此灾殃，以止遏他的。春麦既经朽烂，秋禾未经艺植，两收绝望。富者尚多廑虑，贫民唯有咨嗟。月君先蠲赋税，而又发仓廪以赈济，并溥施灵丹，全活无算。秋末冬初，复又发资本种麦，接济来春。谁料天道奇寒，阴霾蔽日，烈风霰雪，动辄兼旬，林木鸟兽，莫不冻死。过了残冬，是建文二十三年，大下一场冰雹，无多的麦穗尽被打得稀烂。连忙插种秋稼，又遭亢旱。月君祈得甘霖，方幸收成有望。不意禾根底下，生出一种虫来，如蠹之蚀木，只在心内钻啮。虽有三千绣花神针，若要杀虫，就是杀禾，竟施展不得，又像个天公为月君道术广大，故意生出这样东西来坏他国运的。月君尽发内外帑藏，多方救济，仅免于流离载路。尤可怪者，人家所畜鸡、豕、牛、羊之类，好端端跳起来就死。那犁田牛与驴，竟死得绝了种。纵有籽粒，也没牛来犁土；纵有金钱，也没处去买牛畜。这叫做六畜瘟。百姓都是枵腹①的，眼放着这些畜类的血肉，怎肯拿来抛弃？排家列舍，煮起来，且用充饥。哪晓得竟是吃了瘟疫下去，呕又呕不出，泻又泻不下，顷刻了命。

初时，这些愚民只道女皇帝是位神仙，风云雷雨，反掌就有，怕甚水旱灾荒？到了这个地步，方知天数来时，就有八万四千母陀罗臂，也是遮不

---

① 枵(xiāo)腹——饿着肚子。

住的。到底百姓死不甘心，径聚了数十万众，跪在阙下痛哭。月君用个急智，烦令两位剑仙慰谕道："五日之内，帝师求天雨粟，求地产金，来活尔等之命。"众百姓方欢呼而散。月君乃请诸位仙师商议，公孙大娘进言道："今且化石为金，以济之。"鲍师道："不可。钟离子所谓五百年仍还原质，纯阳子所不愿学，月君其可用此术乎？"聂隐娘道："请于大稔之处，运米以赈之如何？"鲍师道："更为不可。即如五鬼搬运之法，总是豫为买下的东西，所费止两钱许，尚且白取不得，何况令神人从空运取百万之数耶？"素英道："运米之后，慢慢偿其价值，也还使得。"鲍师道："怕使不得。但人家仓廪之内，急地少了米石，岂不冤赖他人，以致毒骂咒诅？我虽不听得，冥冥中自有听见者。一人咒詈且不能当，何况于数千百人耶？"曼师道："左使不得，右使不得，你把使得法儿说出来与我看。"鲍师道："曼道兄技痒了。我是没有法，你定有个妙法在那里，要帝师来央及了。"曼师笑道："老道婆且莫打趣。我有一粒粟中藏世界的法儿，把这几郡地方，总藏在粟谷之内，哪里还有什么灾荒呢？"鲍师道："老乞尼，莫装你幌子，我就用半升铛内煮山川的法子，连你那无门洞天一并煮个粉碎，怕不做丧家之狗？比灾荒还厉害哩。"众仙师皆笑，月君独嗟叹道："我枉有七卷天书，却没有个回天的法。俗语云'戏法无真，黄金无假'，倒是句真话。到了在陈绝粮，就是圣贤，也没奈何的。"曼师又笑说："帝师太谦了。再过两日，天就雨粟，地就产金，取之不尽，用之不竭哩。"月君道："曼师莫笑话，端的要求曼师显个妙法。"众仙师见曼尼说的都是冷话，便和声齐赞道："曼师是南海法门，我等都要叩求的了。"素英、寒簧先向跟前跪下，曼师忙扶起道："我是说着耍，哪得有恁么法儿？"鲍师道："你哄耍着人跪了，却没得说，问你个欺诈的罪名，该发配沙门岛。"曼师道："沙门是我故乡，带你去舞个鲍老与人看看。"众仙师又笑。

月君沉吟道："二师真是无法？"鲍师道："怎没有法？从来天道可以胜人，人道可以胜天，还须在人道上讲究才是。"月君遂稽首叩问人道胜天之法。鲍师道："要近理着已，除非借债。借债就是人道，借得来，就可胜天。你看如今大小官员，哪个不借债来装些体面？况且，小民欠了债，要被人打骂，或送官整治；若是做官的欠了债，就要让他些体面，即使不得清还，也要相待他些。"曼师道："帝师称孤道寡，与帝王无异，只可放债，怎么向人借债？这老道姑一味胡言。"鲍师道："像你那样不通文理，怎知读书君子的话？皇帝若不借债，周天子因何有避债台？官府若不借债，因何叫做债帅？帝师做过女元帅的，考古证今，做个债帅，亦何害于事？”一手指着曼师道：“只要他做保人就是。”曼师摇手道：“不做中人不做保，一世没烦恼。我知道债主是谁，肯要我这穷尼作保？”鲍师笑道：“债主债主，有个‘主’字，便是放债的了。”曼师乃笑说：“他么？我一时想不到。只怕利钱太重，日后帝师还不起，累及我保人准折去哩。”那时月君已心下了了，就道：“则天在彼，难道做不得中人？”鲍师道：“是耶，他受过帝师情的，不要说做中，就把他抵在那边，也是应该的。快写借券起来。”寒簧即递上五尺素花鲛绡，月君信手挥道：

前生上界月中天子，今生下界尘中帝师唐某，特倩南海尊者曼陀尼将契书一道，送至须弥高顶九华珠阙至圣至神刹魔大法主姊姊台前：贷银二百万两，为建文皇帝赈恤灾黎之用。贤姊姊唯大量，愚妹妹故至诚也。岁在屠维大荒落中元日，若问保人，念彼观音力。

诸位仙师看了，皆不解后数句之意，但赞道：“债主、借主、中人、保人，皆古来未有之奇人，只这借券，亦古来未有之奇券。”曼师道：“这样奇事，请你们去做。”鲍师道：“明知刹魔处只有他去得，故意做个身份。”曼师道：“取笑是取笑，当真是当真，我可学那暴得人身的，带顶纱帽，就装身份的？帝师写这句‘念彼观音力’，要与我装体面，却是坏我的体面。刹魔甥女恼的是我皈依了观音，而今倒献将出来，还是可以压制他？可以劝化他？拿这契书去时，正合着《西厢》上一句曲儿：‘嗤，扯做了纸条儿。’你奉承他大量，自己说个至诚，把我这保人说仗着南海观世音的道力，不怕他不肯，只怕连这‘姊姊妹妹’的称呼，一刀两段了。”月君直等他说完，慢慢的分剖道：“是我这些话儿说得不明白，倒惹了曼师的气。那‘故至诚’一句，是说没有利息的，《中庸》上云：‘故至诚无息。’‘念彼观音力’句，是说与保人不相干，大士经典有云：‘念彼观音力，还着与本人。’若要清还这项钱财，原着在本人身上。”众仙师笑个不止，曼尼哑口无言。鲍师道：“你这光头，学了坐方丈的善知识，仗着有些机锋，不问长短，劈头支扛人家。我且问你：小时不曾念书，《大学》《中庸》不晓得也罢了；特地送你出了家，连你师父经文上的话，也不记得半句儿，做的是什么徒弟？怪不得刹魔主把你不当个人。”曼师忍不住笑起来道：“只有个歇后郑五作宰相，那有个歇后作帝师的？宗师岁考出题云：‘非帷裳必杀之，一生当作“杀”字解。’破题云：‘服之不衷，身之灾也。’宗师见这两句原出古文，不像个没学问的，却又一时猜不到他的可笑处。而今这纸契书，与这破题无异，我这文宗，如何解得过来？”月君与众仙师皆笑。曼师又道：“冬日则饮汤，夏日则饮水。如今这样亢旱，百姓要作人疤了，你们只是玩笑过日子！待我发个慈悲，送他些清水吃。”遂手掣了那幅鲛绡，腾身半空，打个筋斗，颠倒直入地底，绝无痕迹。只有针大一孔下达黄泉，喷出一缕水来，逼立万丈，上凌青汉。霎时烟蒸雾涌，骤如雨注。鲍师道：“触了他性子，弄出神通来了。”月君道：“正是井泉涸竭，这雨却也济事。”

且说曼师从黄壤之下，直透至须弥山北顶刹魔宫内，在九彩宝石阶中突然而出，端端正正，站在魔主面前，朗声说道：“我到甥女大邦，行的是大邦的道，所以在这底下翻一筋斗出来。”魔主笑说：“还亏姨娘不曾忘却本来面目。且请问，为谁而来？”曼师道：“非为姊姊来，乃为妹妹来耳。”魔主道：“姊姊是飞燕，妹妹是合德。你一棒打倒两人，可惜学的是谄文。”曼师道：“适才在汝贤妹宫内，被他一片谄文把我禁住了，我如今在背后学谄几句，竟顾不得把个掌教甥女，都谄在里面了。”魔主笑道：“也罢，让你老人家出口气。但他们是恁样的谄法？试与我道来。”曼师便向袖中取出鲛绡契书，递与魔主道：“这便是证据。”

魔主看了，鼓掌大赞道：“好双关文法！虽作歇后语，到底说着姨娘皈依观音的意。咳！出了丑哩。”曼师道：“你们姊妹两个，都是我老人家儿女，就出了些丑，有何妨碍呢？但你妹妹，近来窘极，若是你这样一位姊姊不扶持他，这个丑出得大呢。”魔主道：“我妹子做了人间帝师，该受享不尽，怎么会穷起来？”曼师道：“他只是保养百姓，曷尝受享半星？就像个人家父母，粗衣蔬食，省着银钱，只与儿孙受用。近来频遇灾荒，赋税全免，库帑赈发已空，又把自己宫中东西尽行变易，只剩得几件不是人间应用的。现在百姓日无半餐，帝师的道术，真是满腹文章不疗饥。所以说为妹妹来的，原是句真话。”魔主笑道：“他不去五贼，自然要这样穷的，只怕要穷得上天无路，入地无门哩。”曼尼也笑道：“仙佛两家，要去的是六贼。我们本教中，不要去的是六贼。怎说要去五贼？留的是那一贼呢？”魔主大笑道：“耳、目、鼻、舌、身、意，彼谓之六贼，我谓之五官，全靠的五官为贼，方能富贵，怎有去的道理？我所谓五贼者，是仁、义、礼、耻、信五种之贼。”曼尼问：“仁、义、礼、智、信，因何改了‘耻’字？”魔主道：“‘智’字是贼中之王，有了这智，方能运用五官，五官皆随我智的号令而行，则五官之贼胜，而仁、义、礼、耻、信之五贼亡矣。即如项籍欲烹太公，刘季笑曰：‘愿分我一杯羹。’此仁贼亡，而天下得矣；李世民杀其兄建成元吉①，此义贼亡，而帝位得矣；杨广②逼奸宣华夫人，此礼贼亡，而太子定矣；朱温③逼奸子妇，此耻贼亡，而受禅命矣；赵匡义④杀其侄廷美、德昭，此信贼亡，而子孙承帝业矣。反是，则宋襄之行仁义，鲁昭之知礼，夷齐之耻食周粟，夫差之结信勾践，重则亡国，轻则丧命，纤毫不爽。做官员的，做士民的，总要去尽了五贼，方能保守富贵。今我妹子年幼不省人事，也学行些煦煦之仁，孑孑之义，谦谦之礼，硁硁之信，又不用智去号令五官，而反用耻去禁闭着五官。其有耻到极处，便是五贼强到极处，即与之百万金银，总不能保守。”曼师遂截一句道：“你若真个给他百万银子，我料他五贼，便能去却四贼。”魔主道：“这是何故？”曼师道：“哪有个借债领银，是整几百万的？他先打算着不还人家，方有这事。负了恩钱恩债，就为不义。做小妹妹的，敢来哄着大姊姊，岂不是无礼？她哄骗了人家钱财，自己却去装体面，做个大老官，这也无耻已极。我是与他终日相对的，哄着我做保人，是决然要失信的。”尚未说完，魔主大笑道：“从来慈不掌兵，他杀人也不少了。我说他还有些仁，若在三教中看起来，焉得仁？我这银子给得他了。”遂把鲛绡券递还曼师道：“不要在库中取得，只济南建文后殿北檐下靠西边掘去，有白金八十五万，黄金十五万，在地窖之内。本是元季某行中书，去尽了五贼赚来的，怕的阎罗神拿她游地狱，投在我这边，还要保全他后世富贵的，总给我妹子用罢。要知道没有了五贼，凭是谁都要怕他哩。”曼师道：“怪得贪官污吏，竟不怕的阎罗，原来有你这样个去尽五贼的大主儿庇护着他。独是诈了人家多少金银，究竟受用不得，如今却是我去掘他的哩。”说罢鼓掌大笑，双趺一蹬，直下地底。

月君正与鲍师闲坐，忽见那喷水的小针孔内，喷出一线火光，足有万

---

① 李世民杀其兄建成元吉——指唐太宗李世民在武德九年的玄武门之变中杀死亲兄弟李建成和李元吉。

② 杨广——即隋炀帝。

③ 朱温——即后梁太祖，五代梁王朝的建立者。

④ 赵匡义——即宋太祖赵匡胤。

丈长短。月君亟立起道:“多分曼师来了。”但听得院内一声震动,平地裂如方鉴,周围各四尺许,曼师坐在紫金玲珑龛内,冉冉而升,万丈火光,已敛入泥丸宫内。公孙大娘道:“这座紫金龛,想是借来金子,要熔化的了。”曼师提起龛儿一洒,即是这幅鲛绡文契。鲍师便冷笑道:“我知道刹魔把你不当人子,就该撞死在那边,怎回来见帝师的面?”曼师道:“魔主要老鲍作保,日后若有亏欠,好把葛洪拿去。律上说的好,妇女犯法,罪坐夫男哩。”月君见说的是趣话,便道:“哪有曼师做不来事的?”曼师道:“不敢,不敢。还要费好些气力哩。”就把前前后后问答的本末,备细一说。月君大笑道:“若不坏良心,怎么哄得人借得债呢?”遂取素 纸一幅,挥下两三行云:

天雨粟,地产金。无界限,尔民争。孤有法,与汝分。无彼此,最公平。每一日,每一人,米十合,银二分。若一家,有十人,米一斗,银二星。度残岁,到新春。不与富,只与贫。

写毕,立刻御朝,召集群臣,令照敕语写发各郡;并谕六卿会同京兆尹,齐向行阙后殿北檐下正西方掘藏,果得黄金白金,适符其数。月君命贮大司农库。自后凡属饥民之家,每晨釜中有米,箧中有银,取之无尽,用之不绝。而库内所贮金银,暗暗逐日减去矣。向来百姓都知道帝师法力与佛菩萨一般,恬不为怪,唯有感恩称颂。却有一种贪夫,于寻常日用之外,尚多妄想,朝暮磕头礼拜,希冀多得些的,岂不可笑?哪里知道,天要生人,人不得而死之;天要杀人,人不得而生之。黄金是炼不成的,米粟是吸不来的,一丝一粒,皆有命在。月君费尽无数经营,也只是掘得一藏,乃世间所有之金银,然后役使鬼神,以银易粟,就是梁惠王①移粟之故智,一用人力,一由神道耳。究竟能享此银此粟者,亦皆止应受灾不应受死之人。至若应死于劫者,已早死而无遗。此等救星,即造化所借以斡旋大难者也。

两年以来,月君救灾不暇,奚暇北伐?而又值岁星在燕,亦不敢北伐,大臣莫不叹息。却有庐郡开府景星,特上一疏,奏请伐燕。只落得:水府将军,再显片旗灵异;邮亭衲子,顿生一丈威风。下回方知端的。

---

① 梁惠王——即战国时魏国君魏惠王。

第八十六回

姚少师毒计全凭炮火　雷将军神威忽显云旗

却说中原地方，连岁灾荒，最惨之处，莫如山东、河南、北直。其江北淮扬诸郡，尚有一半收成。唯淮西之庐州与安庆蕲黄一带①，是年年大稔的。景开府练兵教民，休养数载，已成富强之势。闻得济南兵困民疲，不能北伐，日与马维骝等商议，要进取安庆、蕲黄，为渡江之举。维骝曰：“安庆三面环江，在孙呈时为重镇。若南人据此，可以北窥中原，西扼三楚，即荆襄上流之师亦不能直下，乃要害之地。今与庐州唇齿相接，非我去克彼，即彼来袭我，彼之慎重而不敢进者，力未足耳。今开府兵精粮足，壮士齐心，艨艟②战舰不下数千，我从濡须坞出临大江，合舟师三面攻之，其东北一面，为大龙山，逼近城隅，挑选三千壮士，占据山头，俯瞰城中，彼何所恃而无恐？此陈友谅之所破余忠宣也。”诸将士皆称胜算，各愿尽力致死，所以景佥都上疏奏请出师的。月君素知景星英气过人，既不可阻遏以隳③忠义之心，而又恐轻进失律，反成辱国之举，乃批下六卿佥议。不期佥都又上一疏，言于某月某日督率将士，誓师江浒，先定安庆，遂渡江而取池州、太平，径下南京，以定帝阙等语。诸旧臣皆喜之不胜，竟不须再议定夺了。按下这边。

且说燕世子留守南都，其军国重事，全仗着姚少师措置。向闻知吕军师取了荆州，伐楚山之木以造战舰，有顺流而下江南之举，道衍就调关陕将士，驻守汉中，以縋其后。又于汉口及鄱阳湖，操练水师，为重关门户，以扼其来。又虑安庆为江淮之屏蔽，景家军必来争取，已调集江右兵卒屯守，自已潜住城中，差人探听。未几报到景家军已出无为州，从大江溯流

① 唯淮西之庐州与安庆蕲黄一带——辖境相当于今之安徽合肥、六安、安庆等地。

② 艨(méng)艟(chōng)——古代的战船名。

③ 隳(huī)——毁坏。

而上。道衍呵呵大笑:“果不出我所料。”遂传集诸将发令道:“大龙山为府城之廓,守住山头,便有金汤之固,舟师攻城,虽百万无能为也。这是极重大的责任,谁敢当之?”帐下两员大将同应声愿往。道衍视之,一员是羽林宿卫大将官居左都督姓刘名江,一员是番骑骁将官居都指挥姓薛名禄,二人皆武艺超群,智略出众。少师道:“汝二人足当此任。虽然,可押下军令状来。”二将欣然写递了,遂谕薛禄:“汝领药弩手一千、火枪手一千,去守后山,拣择稍平处屯扎。再令健卒一千二百名,一半专运灰瓶、炮石、檑木等项,堆垛山凹,一半多带金鼓旗帜,凡有林木所在,遍行插满,各挟弓矢等候。其大路上山之处,不须把守,若贼抢上来时,便放号炮,但用火枪药弩打下。其四处林木中,一闻炮声,便金鼓齐鸣,麾动旗帜,呐喊助势,彼必惧而不敢进。退去则已,不许追杀。其有贼从小路抢上山来,但用檑木炮石打下,若突到林木处所,以乱箭射之。贼退则已,不许追击。如违将令,即使杀败敌人,亦必斩首!”又谕刘江:“汝率领马步精兵二千,去守前山,山上大路平衍地方,分遣骑卒屯守,其小路偏颇地方,悉令步兵把守。每日放炮扬旗,虚示威武,贼恐我城中夹击,决不敢来争山险;如其亡命而来,督率骑兵,从上压之,势若建瓴,彼岂能敌?贼退即行敛兵,不许追奔,故违者必按军法。十日以后,别有号令。又须日日令探马往来,若报军情样子。其间真报,假报,总使贼人莫能测我机关,最为要着。”二将得令自去。又发令箭,提调鄱阳湖战船,泊向大姑塘。每船都要整备火弩、火箭、火枪、火铳、硝瓶、硫球等物。请问硝瓶、硫球,古来无此名色,是怎样制造的?那硝瓶的法,纯用火药硝填实在瓷瓶之内,炼泥封固,引出药线一枝,其瓶要薄而小,只盛斤许药物。那硫球的法,形如气球而小,内纯贮硫磺,亦引药线一枝,用裱厚毛头纸并桑皮纸,六瓣攒成的。但点火于药线,掷向敌人船内,硝瓶一裂,声如火炮,着人立刻齑粉;硫球一裂,火焰横飞,着物顷刻灰烬,是最恶不过的火器。又有密令,期在十日前后,不论雨雪阴晴,但看西北风大作,五百战船齐出大江,扯起两道风帆,顺流而下,冲入敌舟之内,只用火器攻打;并截住清水塘口,把塘内攻城的敌船烧个罄尽,误者全家处斩!又部署诸将士严守各门,皆暗伏城堵之下,全不露出形相。然后自登城楼眺望,遥见景家战船蔽江而来。有词为证:

东风淡荡,旌旄争,轻霭飘扬;晓日辉煌,剑戟竞,寒威肃杀。声喧画角,江豚不敢拜风来;韵咽金钲,石燕偏宜随雨去。虎贲三百,秋林虎啸已潜踪；鼍鼓①十千，寒窟鼍吟如应节。冯夷效顺，黄龙与青雀齐飞；川后扬威，义胆与忠肝并奋。正是：王气不胜杀气盛，涛声莫敌战声多。

建文二十四年春正月，景开府的大战船五百余只——其名曰艍犁②，又有小战船五百余——其名曰沙唬，总分作五军。张鹏、牛骍、马维骐、马维驹为前后左右四军，自为中军主将，以马维骝为参军，无戒和尚为教师，统领大船一百二十、小船二百四十，其余分隶诸军。又铁箍子干大、杀狼手干二与赵义各领飞云小棹船数十，为四路游巡之用。将次到罗刹洲边，佥都顾谓维骝曰："林林森森，插满旌旗者，非大龙山乎？"维骝掉首一望曰："是耶，此乃山之背。彼虽守，却亦无妨也。"佥都曰："他既守山后，安得不守前山？则将何策以破之？"维骝应道："今岁春始融暖，阴阳相乘之理，不日当有严寒。山头地势窄狭，屯兵营帐必四散分开，我乘其天寒熟睡之夜，袭而取之，如探丸耳。"佥都又曰："半月以来，总是东南风信，若春气转而为冷，则风亦当返而为西北。孟德云：'隆冬之际，安得有东南风？'我谓仲春之交，亦当有西北风。倘用火攻，何以御之？"维骝道："孟德不败于东南风，而败于连环计。若战船不加连锁，虽有大风烈火，皆可一一分散。火虽有神，亦安能一一烧却乎？我今要拔城池，只在取得大龙山；要袭大龙山，只待西北风大之夜。到得彼用火攻，而我已拔之矣。"佥都举手曰："若然，今且不率舟师围城，先列营于江中，与彼搦战，待时猝发，使彼不及应变何如？"维骝曰："亦妙。"忽巡哨来报："大龙山上敌兵立满营寨，甚是严整。"佥都道："我意已决。"遂传令连舟结营。维骝请修战书一函，差人去窥他动静，佥都从之，遂问："何人敢往？"有帐前牙将厉志应声愿去。就给了战书，并嘱其不可有辱天朝体统。厉志遵命，只带一健奴，叫做仆固义，原是仆固怀恩之后，从小服侍厉志的。当下主仆二人，径投安庆东关，大叫："天朝景大元帅差官，到此来下战书。"守门军士如飞报至少师府，道衍先令门军搜检一遍，到辕门又搜一遍，方令放炮开门，升堂而坐。有勇士两名来掖厉志两臂，趋进阶墀。两行摆列着旌旗戈戟，俨然王者仪仗。左右吆喝一声，如九天忽起雷震，好威风也。怎见得：

---

① 鼍(tuó)鼓——"鼍"，即扬子鳄，"鼍鼓"，即用鼍皮蒙的鼓。

② 艍(jū)犁——古代的一种战船。

不念法华经，不礼梁王忏。剑光三寸舌，平生杀人惯。身穿绛衮袍，头戴毗卢帽。天子谓之师，我佛谓之盗。若比金地藏，剖心不可问。若比佛图澄，洗肠不可净。名固一时尊，行为百世笑。无父又无君，不忠又不孝。

厉志瞪目而视，直立不跪。道衍令取上战书，冷笑道："尔主将何人，敢与我战书？尔小卒何物，敢来下战书？就是汝一个，还有同来的呢？"厉志厉声道："只我一个，足诛尔魄，何用两个？"阶下有兵士上禀道："闻得还有一个，不许他进城。"道衍令立刻唤到，问："汝是何物？"健奴不对。道衍又冷笑道："你那济南泼妇，是个妖狐，他手下一般总是畜类。我曾拿住个猴精，剐在南都天坛，谁不晓得？你那主将，若是人类，岂有投向妖狐之理？定然也是畜类。我位居少师，乃天子之下一人，岂与畜类通名道姓，酬答书启？"遂将战书扯得粉碎，喝将来人枭取首级，悬之城上，并割去健奴一耳，逐出城外，令回报信。健奴指着道衍大骂："秃贼，汝敢擅杀天朝大使！"道衍又复冷笑道："汝亦能骂人耶？"命以嚼子勒其口，挖其左眼，械其两手，令人牵之去。健奴出了城，负痛奔至江边，佥都远远望见，认是牙将回来，大怒道："彘子辱却天朝！"即拔佩剑，令左右就岸上斩之。左右校士如飞登岸，见不是厉志，遂脑揪着来见元帅，褪下嚼子，喝问："厉志何在？"健奴道："已抗节而死，现今枭于城上。"佥都道："君辱臣死，主仆之意亦然，汝何得将此面目来见我？"健奴道："我大骂这个秃驴，叵耐他偏不杀我，要得我来报信。我这个信决不敢报的，只求元帅赐我一死，到泉下寻我主人罢了。"佥都叱道："你若不说明白，便为不义。"健奴无奈，不说犹可，一说之时，佥都怒气塞心，往后便倒。健奴着急，即自触阶而死。

众将士亟扶元帅，灌下苏合香丸，方得苏醒。一脚踢翻几案道："我与秃逆，势不两立！"维骝也气忿不过，即刻传令进兵。炮响一声，战船齐发，直到安庆城下。但见四门紧闭，并无旌旗竖立，亦无将士把守，乃令声音洪大的小卒，叫了道衍的名，辱骂竟日，更无一人答应，抵暮方回。只听得城上吹波卢，击刁斗，扬旗植戟，守阵军士呐喊三声。佥都道："此虚张声势耳，不必提备。"下令诸军，整顿炮位，明日攻城。维骝道："元帅高见极是。彼之黑夜扬旗示威者，是欲我提备，以劳我之师；白昼敛迹不战者，是欲我呼骂，以骄我之师，其间乘一空隙而来袭我。如今我率兵昼夜攻打，彼且死守不暇，我于天寒风紧之夜，悄然而袭大龙山，不要说贼不能料，即使知之，又焉能赴救哉？”佥都称善。维骝又进道：“三面围城，唯清水塘为要处，我当率兵前去。元帅只在大江调度，合力攻打，不怕不破。”

次早，维骝分兵自进塘口，佥都率兵登岸，架起大炮攻城。遥见城头也架起大炮来，张鹏进言道：“我们的炮打他城子，尚恐不能破；他的炮打我的船只，怎当得起？”佥都沉吟一会，令且打几炮。端的震天塌地，那边却并不放炮。佥都令将士向前去看，原来炮是倒放着的。佥都笑道：“越发是虚幌子。他要猝然移转时，我却先有备了。”遂亲督将卒，尽力攻打。虽然打坏两处城堵，奈他强弓硬弩，檑木炮石，如雨点一般下来，军士不得上城。他哪料物总已备着，顷刻修好。又以铁汁熔灌，倒比原旧更加坚牢。九日不能拔①。至十一日，西北风大作，天气骤冷。维骝密启佥都，请于二更发兵，攻夺大龙山后，即抄过山顶，并捣前山营寨，然后架大炮于山顶，打入城内，可以立溃。佥都即命马维驹统壮士一千当先，马维骐领壮士八百为后应，于二更时分，衔枚潜进。不知道衍早经预备。时正二月上弦，月光已堕，满山都是云气，昏黑之中不辨径路。忽闻震炮一声，林中都是火把，弩矢、炮石从上飞下，背后又有伏兵截住，喊杀连天。维驹大呼道：“中了贼智，进退皆死，好汉子跟我杀去！”舞动双鞭，大踏步迎上，打死数人。争奈燕军自山顶压下，众人立脚不住，大半望后而倒。维驹身中数箭，又被一块巨石打伤右脚，遂自投崖而死。维骐听见厮杀，亟催兵来救时，正被刘江自山前抄到，截住混战，薛禄又下山来攻击。维骐大败亏输，夺路而走，逃得性命。共一千八百壮士，只剩得七八十人回来，佥都这一惊不小。

军士忽报上流头，有好些战船顺流而下。佥都亟升舵楼看时，皆是大沙唬船，扯着满帆，乘着顺风，波浪汹涌，其来如飞，却不见有旌旗，亦不闻有金鼓。佥都失声道：“此火攻策也！”欲取大炮打时，因两日攻城，都抬在岸上，布置不及。马维骐着急，亟令双枪铁棍手向前迎敌。尚未整顿，这边迟，那边疾，无数战船，早已冲到面前。但见火弓、火弩、火瓶、火球、火枪、火筒、火炮、火铳，争先并发，从何遮拦？艍犁船又忒大了，手忙脚乱，不能即便移动，烧了一两个，皆可蔓延，何况倒有大半着火，霎时烈焰

① 拔——攻破。

冲天，遍江上下通红。又满耳的炮声大震，却就是城上倒排的炮位，专待鄱阳湖战船堆住了港口，然后移将转来，只打清水塘、杨槎洲两处攻城的船只。正是：

祝融开辟南离路，任尔无情也有数。阿谁算出火攻策，火龙火马为羽翼。当年赤壁曹瞒败，汉室三分留一派。今日王师化作灰，建文皇帝空崔嵬。可是天心偏助逆，忠臣义士摧肝膈。从来炮是攻城物，铁壁铜墙可坏裂。后代军师胡不仁，杀敌竟用炮打人！饶他十万皆贲育，顷刻涂泥糜烂肉。吁嗟乎！道家三世忌为将，何况僧家杀人至无量？

景佥都所坐的船，前半早经烧着，即拔剑自刎，左右急忙抱住，听得有人大叫："请元帅快下小船！"佥都看时，乃是张鹏从上流下来，已到大船旁边，佥都遂一跃而下。时马维骐亦在一个沙唬船上，指挥小船，搭救兵士。幸杨槎洲口敌船未到，无戒和尚领着数十船只，冒烟突出，合作一处。遥见火光中，牛骍在艑犁船尾上，大叫救人，无戒棹船去时，尚距丈余，牛骍向江一纵，但听得扑通一声，早已下水。就这一声响处，忽有黄旗一面，向空一展，上流刮的是东南风，把敌舟禁住；下流刮的是西北风，把佥都等百来个船，一直吹到无为州地方才止，黄旗亦不见了。佥都令挽住了船，问维骐道："令弟太守公，不知在哪里？"维骐道："这是他殉国时候了。"却见有百来个小船，陆续逃回，报说清水塘中船只一个也出不来，马公太守的船被火炮打坏，不知下落。遂点小船时，五停去其三，艑犁大船，不见半个回来。将卒死者十之八九。佥都道："不才有何面目对人耶？"维骐劝慰一番，收舟入港。

到了濡须坞，牛骍在岸上大叫道："元帅无恙！"佥都道："奇哉！"亟令下船问时，说："小将落水，便有人在浪中提出，将黄旗一面裹在我身，送到这里，大声说：'元帅将次到了。'小将睁目一看，乃是雷一震将军，忽而无影无踪了。"佥都叹道："前此在瓜洲显灵，今又在皖江显灵，真忠臣！真义士也！我等若非将军，何能生还？"到庐州，景佥都命用太牢致祭雷将军；又用少牢致祭马维骝、马维驹及铁钳子、杀狼手干氏弟兄二人；又设一坛，普祭赵义等阵亡将士，抚膺大恸，左右莫不挥泪。遂自草表请革职待罪，愀然不乐。

一日，无戒禅师密语佥都道："我拼我躯，前去如此行事，方可为元帅解忧，为马家哥儿报仇。"佥都道："果能着手，实快予心。"无戒毅然挈个衣包，提根禅杖，辞却佥都，渡江而去。所干何事，且请看下文。

第八十七回

少师谋国访魔僧　孀姊知君斥逆弟

大凡为三军之司命，不独才，且智也。其要在静与忍：忍者养气之道，静者治心之法。能静者必能忍，能忍者亦必能静，事虽殊而理则一。如项羽欲烹太公，汉王笑曰："幸分我一杯羹。"司马懿坚守不战，武侯遗以巾帼，恬然而受之，所谓忍也；"撼泰山易，撼岳家军难"，所谓静也。景佥都为海内英才，马太守亦淮南杰士，当兵下皖江之日，其逆料军机，适遇道衍针锋相对，胜负正未可定。乃厉志被杀，仆固义受辱而返，误为道衍所激，忿然而攻之，竟堕其术中。夫静与动为对待，忍与躁相反，躁则气不守，厉害当前而不智；动则心不一，吉凶在左右而恒不能察。兵法云：兵忿者败。此理之所必然也。虽然，亦有数焉。所谓数者，天也，非人也。吕军师在荆州伐楚山之木以治战舰，原为下江南之计。不虑汉中之缒其后，倒虑汉口之扼其前与鄱阳湖之师出其肘腋。要待期会一至，则约佥都扬兵于江上，以饵守皖之兵与鄱阳之师，然后从上流而下，则彼汉口势孤，不能抵挡，全局摇动，乃万全之策，必胜之道也。今佥都偾败①，安庆固于金汤，而汉口、鄱湖两重门户，奠如泰岱。吕军师悬军荆州，势不能飞越南下，反落在道衍布局之内，非天之所以助燕也哉！不必再论。

且说姚少师大胜之后，赏劳了将士，遣发战船仍回鄱阳操演，自己即返南都。燕世子出郭相迎，一面具表告捷，一面于正殿大开筵宴，会集百官，与少师把盏。道衍夸说用奇制胜，意气傲睨，旁无一人，百官皆踧踖②称赞不迭。道衍又乘兴启上世子道："有一新罗国异僧，其道术通神达圣，名曰金刚禅，是活罗汉临凡，为臣八拜之师。向曾期臣会于天台石梁之上，只因国家多故，未及践约。今者江北诸贼，不敢正眼窥觑，乘此余暇，臣当前去请来，擒取妖妇，削平济南，以报我皇上并殿下知遇之恩。"

---

① 偾(fèn)败——失败。

② 踧(cù)踖(jí)——恭敬而不安的样子。

世子举手称谢。宴罢之后，又具表章，预为奏闻。道衍乃择日辞朝，世子延入内殿，缓言致嘱道："国师请得圣僧，径诣北阙，请旨平寇，国师宜仍返南都秉持军事，毋辜本宫悬望。"道衍遂应："这个自然。"世子即令内臣，抬出黄金一千、白金五千，彩帛百端，蓝玉十笏，七佛紫金毗庐帽一顶，上嵌珍宝七颗，千佛鹅黄架裟一件，上缀明珠二十四粒。又敕御林军三百，沿途护送，并陆路銮舆一乘、水路御舟一只，为国师应用。道衍启辞道："臣系方外，臣师尤系方外，这些金银玉帛，总用不着。至羽林军銮舆，乃上用之物，尤非僧家所宜。唯毗卢架裟，承殿下为臣制造，并水路御舟，臣谨拜受。"向世子稽首，世子离席答礼，遂道："国师从不虚言，孤不敢强。但途中供给、护送是少不得的。"遂命内臣取鹅黄松绫四幅，各写四个大字：

库给金钱　　仓支米粟　　官弁供役　　驿营巡护

写毕，令装裱在四面赤龙金牌上，大排銮驾，亲送出城。至皇华亭，手奉三玉爵于道衍曰："愿国师速回，本宫全赖维持也。"道衍曰："不须殿下再嘱。"饮毕也献三爵于世子，然后拜别。百官设祖帐者，连延三十余里。至晚歇于公馆。明日登程，一路风光，不消说得。到了丹阳，御舟及从船，早已备着。少师就登舟，升炮开行。地方官员，都在河干跪送。其威势尊严，比着天子出巡，也差方不多。将次吴门，右布政司远迎请安。道衍因是方伯，准其一见。有顷，送上程仪五千金。道衍除日费之外，概行辞绝，唯有这项全收。这却不是贪财，他原是苏州籍贯，有个亲姊姊，家贫孀居。道衍自幼丧了双亲，在姊姊身边，抚养长大，鞠育之恩，与亲母一般。自从富贵之后，并未通问，到此忽然念及："漂母一饭，淮阴尚报千金，何况我姊。"意欲将此五千报答他，还算良心不昧处。到了姑苏城下，遂吩咐登岸。那伺候的，是八抬大轿，旌旄、斧钺等项执事，光辉闪烁，盛不可言。道衍先把文武官员，遣发去了，然后乘舆而行。其姊住在厢城里陋巷之内，先有吴县典史去报知了。姊姊大怒，闭门不纳。从人再三通意，亦并无人答应。道衍沉吟一会："我姊姊贫户，未尝见此威严，反惊恐了他。"即令回轿，拟于次日易下旧衲敝笠，微行而来。按下这边。

却说他姊姊，有个儿子，不解其中之意，婉言问道："舅舅若再来，母亲许他见不?"其母应道："不及黄泉，决不相见。"其子问是为何。其母道："孩儿有所不知，他从燕王谋反，罪恶滔天。我虽小家，也知忠义，怎肯认他为弟？”其子道：“原来如此。据孩儿愚见，莫若明日张胆当面责以大义，使闾里共见共闻，却不更好？”其母道：“我昨日恼极，想不到此。我料逆兽还不知窍，决然再来。这邻里中有几位读书的老人家，汝先去说知就里，约他们不期而集，当了正人的面唾骂他一场。”其子忻然自去。俄听得有人敲门，其母令婢问时，说是个和尚，带着个小沙弥来认亲。其子也正回来，在门外迎着，遂入小堂施礼坐定。尚未开言，只见有三四个白须老者，推门进来。道衍问是何人。其子应道：“总是老亲，舅父不妨同坐。”道衍方欲问姓名时，其姊姊已在屏门后步出，但见：

头裹着碎花绫一片，手扶的方竹杖一根。眉有寿毫三寸，短短丝垂鹤发；脸分寿瘢数点，深深纹蹙鸡皮。身穿比丘尼布服，多猜栗壳染就；腰系阿罗汉布裙，将疑荷叶裁成。生在蓬茆，偏识儒门礼义；老来蔬食，常看佛氏经文。人生七十古来稀，此媪八旬今代少。

道衍一见姊姊铁面霜风，向前下拜。外甥在旁答礼，四位老翁亦皆向上四揖。请母上坐，然后分宾主坐下。其子各手奉粗茶一杯。其母问道衍：“汝大贵人，还来见我恁么？”道衍欠身答道：“弟弟虽位列三公，随身只有一钵。今得藩司送白金五千，特为姊姊称寿，聊表孝心。向因国事烦冗，疏失音问，求姊姊原谅。”其姊勃然而言道：“这都是江南百姓的脂膏，克剥来的，怎拿来送我？”道衍亟接口道：“不是他的私献，原奉太子令旨在库中取的。朝廷尚有养老之礼，何况做兄弟的送与姊姊。”其姊又厉声道：“你说的哪个朝廷？我只知道建文皇帝，却又不知有个恁么永乐！伯夷、叔齐耻食周粟①，我虽不敢自比古之贤人也，怎肯受此污秽之金钱？列位诸亲长听者：道衍那厮，老身从六岁上抚养他起来，送与先生读书的束脩，还是我针黹所得的。夜间点盏孤灯，老身坐着辟绩，课他诵读时，就与我吵闹。到得长大，好学的赌博，输得情极了，愤气走在江湖上，跟随个游方僧落了发。流荡到京中，正值太祖皇帝选取僧人为诸王子替身师，不

① 伯夷、叔齐耻食周粟——伯夷、叔齐为商末孤竹君之子。初孤竹君以次子叔齐为继承人，孤竹君死后，叔齐让位于伯夷，伯夷不受，二人投奔到周。到周后反对周武王讨伐商王朝。武王灭商后，他们又逃到首阳山，不食周粟而死。

知他怎样钻谋得进了燕府,就该在本分上做修行出世的事,乃敢结连个相士,哄着燕王,说是真命天子。乘着建文皇帝年少登基,他就教唆燕王兴兵造反,威逼京城。圣主不知去向,六宫化为灰烬,皇子皇弟,尽遭屠戮。而又族灭忠臣数千家,夫人小姐囚辱教坊,守节自尽者不知多少!古人有云:忠义为天地之正气,朝廷以之立国。残坏高皇帝之命脉者——”说到这句,把手中杖指着道衍道:“是此贼也!我知道阎罗老子排下刀锯、鼎镬,待汝这个逆贼。我乃清白老寡妇,安肯认逆贼为兄弟么!”言讫径自进去。道衍十分羞恚,面色如灰。其外甥起谢道:“家母年迈性拗,幸舅舅勿怪。”道衍不答,即立起身来要走,四位老者皆扶杖迎住。一老举手道:“古来志公禅师,叫做缁衣宰相,是个虚衔。今少师实做缁衣相公,岂不强似他?”又一老者道:“鸠摩罗什与佛图澄,皆为国师,行的是佛法。今少师行的是兵法,所以为奇。”又一叟道:“燕王是真命天子,方有真命的军师。若说是篡逆,难道王莽、朱温,不算他皇帝不成?”第四个老翁道:“如今太子宽仁大度,我等老朽,不妨做他百姓。若是燕王,我等亦决不做他百姓,要到首阳山去走一遭的。”道衍听了这些冷言讥讽,方悟他设此一局。倒徐步下阶,冷笑道:“这些愚夫愚妇,那知道宰相肚内好撑船也。”出了大门,手也不拱,头也不回,如飞走到舟中。沉思一会,又冷笑道:“倒是我没见识。”觉得十分扫兴,再见不得人,即连夜开船。传谕前途文武官员,概不许迎送供给,落得有此五千金为盘费。

一路无话,直到绍兴府之新昌县,雇了四顶竹轿,只带三个从者、随身行李,两日就到天台,去寻石梁。此山高有一万八千丈,周回八百里。其石梁在山之西顶,势若虹影之跨于天半,广不盈尺,长七尺有奇,龙形龟背。上有莓苔斑剥,其滑莫可措足,下临绝涧,瀑水舂击,声若雷霆。过桥有方广圣寺,为五百阿罗汉所居。道衍如何可渡,徘徊了半日,正是:

咫尺洞天不可到,千秋福地亦空传。

道衍向桥那边盼望,隐隐有玉阙琼楼,并不见有一人来往,废然而返。又诚恐其师在别个胜处,遂欲遍游桐柏九峰及梁定光师一十八刹。逍遥数日,在赤城东畔,见一樵子,在一株大松树顶斫断枯干。时道衍舍舆徒步,听得伐木之声,举头一看,那株松树高有五丈,大可合抱,因叹曰:“可惜,栋梁之材,不为庙堂所用!”樵子在松顶应声曰:“可惜我这利斧,不曾斩得一佞臣头!”道衍遽问:“佞臣为谁?汝可说与我。”樵子道：“汝不过游方和尚，说与你无用，盘问他则甚？”从者喝道：“兀那樵子，休得胡说，这是国师姚少师爷爷。”樵子大喝道：“你就是姚广孝么？我正要砍你的秃颅！”遂把斧子向着顶门上掷下来。道衍急躲，刚刚差得些须，吃了这一惊，如飞的走回。从者道：“叵耐樵子那厮，这等可恶，须送到天台县去处死他。”道衍笑道：“汝等有所不知，这是建文的逃臣，东湖樵夫之类，不怕死的，又不知他的名姓，睬他则甚？即使拿住了送官，岂不显扬了他忠义的名目？何苦，何苦！”道衍寻不着师父，倒遇了要杀逆臣的樵夫，即于次日要起身了。又想着有个隐身岩，峰峦奇峭，是寒山、拾得二师坐禅之地。因闾丘太守去访他，二师隐身入于岩中，至今崖壁上宛然留下圣像，为天台第一景致，不可不去游玩。难道又遇着个樵子不成？仍旧带了两三从者，坐顶竹轿，迤逦而行。到一个岩坡平坦之处，道衍下舆小解。缓行数步，转过山麓，有草屋数间在岩坳之内，松竹萧疏，风景幽邃，可爱人也。有诗为证：

面面峰峦合，偏容野客巢。
短墙临涧曲，小屋落山坳。
鹤与梅妻伴，松和石丈交。
人间有此境，我亦欲诛茆。

道衍信步之际，见个松颜鹤骨的人，在石涧旁边，将锄来垦辟沙土，曲曲折折引涧水通流，灌入菜畦。道衍自言道：“抱瓮而灌者甚拙，桔槔①而引者太巧，此可谓得其自然之利。”那人便停了手，支着锄而问道：“师父，你通文达理的话，山村蠢夫，全不省得。”道衍笑道：“岂是你省得的？”那人道：“求师父讲解讲解，方不虚了话中的妙意。”道衍笑道：“讲来你也不省，然我既赞你，安可不使尔知道？”就把汉阴丈人抱个大瓮，取水来灌菜圃，子贡见了，说：“老父何不用桔槔为便？”丈人答道：“人有机心，乃有机事，我深恶桔槔之用机也。”“那桔槔是戽水的车儿，全用着机关运水的。你今垦沙为沟以引水，在乎巧拙之间，我所以说这两句。”那人愕然道：“这样的学问，除非当朝的姚少师，方才省得哩。”从者就卖弄道：“岂不是呢。”那人忽举铁锄道：“我猜你是姚广孝，原来不错。我正要锄你这个逆

---

① 桔(jié)槔(gāo)——一种汲水的设备。

秃!”一边说,一边当脑盖锄下来。道衍着急掣身飞奔,那人从后追赶。一从者抽出舆杆来迎,恰好接住,呱喇一声,早被铁锄打折。那竹子虽比不得木梢,一折两段,还是连的,然已用不得力,打不得人了,也就趱身而走。舆夫向前劝住,抬乘空轿而回。道衍这番又出自意外,隐身岩也游不成了,还只恐深山之内,有人来算计,遂连夜起程而去。

正是:命在刹那,幸能逃一斧一锄;祸生肘腑,怎禁当一鞭一杖?不知又遇何人,下回便见。

第八十八回

二十皮鞭了夙缘　一支禅杖还恶报

这两个樵父园翁,当日都不知其名姓。道衍在途中踌躇:猜说是建文的逋臣①,怎么刚刚凑巧撞着?若说不是,为甚的这样怨恨着我?深山穷谷之中,尚且如此,若到城市,还了得么?心以问心,他就定个主意,令从者先去前途,雇下小船,要离着御船十里之遥,只说天台国清寺的僧人,要往杭州去的。然后回到御船,密嘱众人道:"我要微服私行,察访官员贤否,汝等原照着我在船中行事,不可泄漏机关。"到了夜静时候,带着两个沙弥、随身包裹,径下小船。改名道行僧,与沙弥认做师弟,一路寻山问水,到处盘桓。

说也古怪,那浙江的人,都知道姚少师南游,三三两两,没有个不唾骂几句的,说:"教导燕王谋反,又撺掇杀了无数忠臣义士,真正万恶无道,少不得有日天雷击死!"道衍听了这般话,又惊又笑说:"就是上天,也没奈我何。"一日行次绍兴府,顺便到山阴之兰亭王右军曲水流觞之处,游览而回,途中见一家门首贴着八个大字云:

但斋道士,不斋和尚。

道衍暗自诧异,叫个沙弥去问那家姓名,其中是甚缘故。沙弥再三问了,回复道:"也为着师父。"道衍亟摇手道:"你把问的话说来。"沙弥道:"那家姓姚,叫做姚长者,发愿要斋一藏僧的。只为姚广孝做了燕王的军师,夺了建文皇帝的天下,长者就发怒道:'怎这强盗竟与我同姓?'所以恨到极处,誓不斋僧了。我又问:'向来可是僧道齐斋的?'那长者说从不喜道教,只因闻得建文皇帝是神乐观道士救去的,他说:'再想不到道士这样好似和尚!'就发愿斋起来。你们没来由,问他则甚?若到他家门首问时,好落得一顿痛打哩。"道衍又想:"我佐当今而取天下,是顺天之命,何故倒犯了众怒?不要说别个,我的亲姊姊,也是这样心肠!总是愚人不

① 逋(bū)臣——逃亡的大臣。

知天道。当时王安石不过行的新法，一朝罢相，竟被贩夫、竖子、村姑、野妇，当面驱逐唾骂，几至无地可容。我已成骑虎之势，除非死后才不得来。不可以一日无权的了！”回到舟中，解维而行。

不两日已到杭州地界，天色将晚，要登岸大解。见有好些官员，前去迎接御船，直等得过完，方才上岸。有个极小的官儿，骑着匹马，并无伞扇，马前只有一对竹片。道衍横走过去，刚刚与马头撞个正着，那马吃了一惊，倒跳两步，几乎把这官员掀将下来。那官儿大怒，喝令拿下，拖翻就打。正是大便紧急，股道内臭粪直喷出来，被竹片带起，径溅到官儿脸上。越发怒极，喝令加力痛打，把大肠内要解的粪尽数打出。屁股上又被竹片的棱儿刮碎，一时鲜血淋漓，又沾染了些污泥，那白的是肉，紫的是伤，黄的是粪，红的是血，黑的是泥，竟在少师臀上，开了个五色的染坊。打至二十余下，竹片裂开，方才饶了。道衍此时头脑昏晕，疼痛难忍，两个沙弥都跑向御船上去报信了，无人来扶，倒像袁安卧雪，僵扑在地。船家躲在后艄，直等官员去得远了，慢厮条儿走来搀起，道：“你这个师父，不达时务，只道是官急不如屎急，打得好么？”刚扶得下船，只见后面有几个公差打扮的，飞马来问道：“姚少师爷爷的小船在哪里？”道衍明明听得，便向船家道：“你问他为甚的？”船家道：“师父你才打得不痛，还要管闲事！”公差回头望时，各官府都来了，便嚷道：“王巡检这个狗官，把姚少师打了。各位老爷都着急，你看这班杀才的船户，怎没一个答应？”就跳下马，屈着身子，向各船内望时，船家笑道：“这里有个受打的和尚，不是个少师，倒是位老师。”公差道：“好了，好了！寻着了。”早有御船上的从者也来了，径到船中看道衍时，惨痛呻吟，狼狈之极。岸上的官员，文官司、道、府、县各厅，武官副、参、游、守各弁，都来齐齐跪下。已将王巡检跣剥捆绑，两个刽子手押着，专请少师令下，即行斩首。但闻一片鼓乐之声，御船已到，沙弥人等服侍道衍过了御船，三司便来船头，跪下请罪，静候发落。道衍想这个么麽小吏，便剐了他，不足以偿我之辱，倒不如学个裴晋公、韩魏公的大度罢。乃取幅笺纸，信笔写下四句云：

敕赐南来坐画船，袈裟犹带御炉烟。
无端遇着王巡检，二十皮鞭了夙缘。

道衍递与从者发出，传令各官自回，王巡检免罪。三司看了大骇，传示各官，莫不叹服。三司登岸，巡检向着御船磕了八个响头，无异对阙谢恩，方才各散。

次日司、道、府又到，亲送医生看视，并人参药物、酒馔珍味，不计其数，都随着御船渡江，泊在西湖松毛场，等着调理痊愈，然后请游两竺六桥之胜。怎见得景致的好？有《西湖赋》一篇为证：

东南胜地，于越灵区。爰有西湖，风光最殊。列树为障，环山作隅。映苍翠以漾碧，湛空明而涵虚。自越王而表著，暨宋帝以嬉娱。鱼跃神僧之井，人游刺史之堤。其东则临安故都，佳气盘旋，金城齿齿，百雉连绵；其北则石甑深幽，秦皇舣舟，孤塔高骞，俯涌长流；南则虎林崔巍，一峰飞来，亭台缥缈，积翠中开，九里松风，天籁悠哉；西则南屏石屋，风篁森肃，葛仙遗踪，烟岚如沐。若夫山色空濛，水光潋滟，朝夕景殊，阴晴色变。六桥夭矫以虹飞，孤山岞崿而髻奠。林亭皓鹤兮云骞，岳墓苍柏兮风战，朝暾初霁兮峦烟紫，夕阳将敛兮峰霭绚。湛湛兮光凝若皎镜之乍洗，融融兮影动如紫金之在练。浓抹兮黛色千里，澹装兮蟾光一片。尔乃莎软沙柔，朱为鞯兮绿琼辀；苹鲜荇滑，柱为楫兮彩鹢浮。王孙杂遝，公子嬉游。燕燕拂吴姬之扇，鱼鱼听越女之讴。草弄猗靡裙带绿，香霏旖旎縠纹流。至若风流太守，妙妓高贤，林逋、苏小，东钬、乐天，或步袜以凌波，或飞盖而凌烟，或幅巾潇洒，羽氅蹁跹，酒酌湖中之月，醉卧水底之天。嗟！人物其异时，或古今有同然。更有将军挟弹，武士鸣鞭，芳尘扑马，香气熏鞯，玉斝斟酥，银刀割鲜。伊凉一曲风萧萧，落日更拨琵琶弦。桃柳春兮姿娟娟，松竹秋兮声瑟瑟，荷映日兮涟拖锦，梅横雪兮漪凝碧。丝管楼台云淡淡，鼓钟梵宇月溶溶。四时之景不同，而乐亦与之无穷。斯动夫金海陵之侈心，整旌旆以指东。长对翠屏十二扇，遥忆吴山第七峰。竟不得涉江而采芙蓉，吁嗟乎西湖歌吹何时歇？南朝陵树夜来风！

道衍盘桓了数日，乃返棹而行。

到嘉兴府崇德县界上，有个“女儿亭”，相传是西子嫁吴，留宿于此。后好事者，增造了回廊曲榭，添种了碧柳夭桃，遂为往来游观之地。其中多有题咏，皆称赞西施为越灭吴。只有两首绝句，却是责备西施的，今录于此，诗云：

女儿自嫁勾吴云，宠冠三千粉黛稀。

何事君王亡国后，珮环却向五湖归。

好是红颜作饵钩，越兴吴败纪春秋。
馆娃响屧今犹在，不殉夫差千古羞。

却不知这个"女儿亭"，并不是西子的出处。当日勾践[①]入吴时，其夫人产女于此亭，因名曰"女儿亭"。后人误认以女儿为西子，流传下来了。道衍博文强记，颇知其事，要去看看这些诗人的题咏，有个知道的否，遂令泊船。其时护送的有典史与把总，并二三十个兵丁衙役，先到"女儿亭"赶逐闲人。见有一个和尚，在亭之东畔，身衬着条蒲席，头枕着个包裹，拳了两腿，鼾鼾的睡着。兵役等喝道："快走，快走，迟就打了！"竟不答应。有一兵丁在他腿上尽力一脚道："少师爷爷来了，还不快走！"那衙役又是一脚。和尚睁开眼睛道："阿弥陀佛，我是天台广圣寺活佛处来的，路上得了病，走不动，在此睡睡。这是公所，阿弥陀佛，行个方便罢！"那些如狼如虎的谁个睬他，就来拖脚的拖脚，揪脑的揪脑，要把他扛将出去。和尚恐露出本相，便嚷道："待我自走。"立起身来，提了包裹，卷起蒲席，有一条藤缠的禅杖，杖头上有个小月牙儿。把总喝问："是什么军器？"和尚道："老爷嗄，是僧人挑行李的木棍。"说罢，曲着腰儿，哼哼的向外走去，兵丁等在后赶着。出得门时，早见道衍盖着顶黄罗大伞慢慢的步来，已离不上三丈来远。那和尚便从侧边迎去，典史在后扯着他衣领道："快向后走！"和尚应声道："是。"掉转身来，典史已放了手。说时迟，做时快，陡然又转身，刚与道衍只离五尺，将手擎的包裹，劈面掼去，踏进一步，身子和禅杖就地滚进，如风掣一般，横扫过去，便是金刚的脚骨也禁不起藤裹熟铜的禅杖。道衍顿时仆地。和尚别过右脚，照着道衍的腰肋，使个反踢之势，毂辘滚下河涯，扑通堕入水内。听得背后脚步响，忙掣转身，见那把总正要举刀来砍，和尚掀起禅杖，向上一隔，飞起右脚，恰中心窝，向后便倒。遂将禅杖着地一扫，也下河去了。再翻身打那些从人时，早已躲得没影儿。倒有十多个兵丁，在那边放箭射来，不防中在左肋，和尚咬牙大怒，一

① 勾践——春秋末年越国君。公元前497—前465在位，曾被吴大败，屈服求和。他卧薪尝胆，终于使国力转弱为强，灭亡了吴国。继而在徐州（今山东腾县南）大会诸侯，成为霸主。

手拔去箭杆，一手舞动禅杖，浑身上下左右，若蛟龙旋绕，箭不能入，粉粉打落。各兵又掣矢时，和尚已到面前，打翻几个，其余发声喊走了。正值城守营的守备，带了十来个骑兵，前来迎接，闻此大变，就指挥各兵飞驰向前。和尚见这一班，也有拿标枪的，也有拿腰刀的，马跑发了。河岸不甚宽阔，恐被他逼下河去，就飞步在桥堍上面。马才到时，大喝一声，飞跃而下，马皆惊跳又被他禅杖着地，横扫马的四足，守备老官，跌翻在地，遂复一杖了却性命。众兵士就前后截定，和尚指东击西，横冲直撞，无人敢当。只落得打死的打死，逃命的逃命。又见一骑马的官员，前导有些执事，是崇德县的知县。和尚道："且一发完局了他。"那县尹近前，即下马问道："杀了姚少师，我们地方官，总是没命的。"和尚一想，虎不吃伏肉。就大声应道："洒家少陵无戒和尚的便是，奉济南帝师驾下景开府将令，来取姚道衍逆贼首级，今已伏诛。余者原可不问，奈他自来送死！尔今手无寸铁，杀汝不为好汉。"知县遂即跪下。无戒自忖，箭镞未去，前路不能走脱，岂可辱于贼手？乃翻身一跃入水而死。知县即令人捞起姚少师尸首，仍安置在御船内。一面飞报各上司转奏，一面整备杪木棺椁，暂为殡殓，沿途官员护丧前行。可怜的：

千门甲第生前别，万里铭旌死后归。

一路无话。到了丹阳，南都阙下已经知道。燕世子命羽林将军前来迎丧，于是舍舟登陆。虽然一具灵輀①，旌旗金鼓之盛，震天动地，回向金陵。世子率领百官，素服出郭，仍在前日饯别处所接着，先设筵道祭。进了聚宝门，归至少师府，世子又亲临哭奠。时方用兵之际，少了军师，群臣莫不惶栗。有世子之子，即宣宗皇帝进言道："宜速奏父皇，另择一大臣委以军政。"世子即命礼部尚书，立缮疏章。拜发之后，忽报北阙有天使到来。从此夫：神奇莫测，总为结穴文章；变化无端，的是收龙法脉。要知何事，请容次第敷演下来。

---

① 輀（ér）——古代载运官柩的车。

第八十九回

白鹤羽士衔金栋凌霄　金箔仙人呼红云助驾

燕朝自请龙虎山张真人在南都斩了猴精，世子具密表奏闻以后，只道妖寇自有殄灭之日，不料数年间，连失了淮南、江北、河南、西楚各处地方，横截了中原，弄得子南父北，只从海道通使，国势甚是穷蹙。又加塞外俺答，乘中国有衅，岁岁请示索贡，诛求无厌。譬诸患病之人，心胸先有膈痞，腰背又生出痈疽，医治得那一边好？既而得了姚少师安庆大捷奏疏，燕王私喜道："江南高枕无忧，我今出兵先伐俺答。"

正集群臣商议，忽天上降下两只白鹤，正正的立在金殿之前，延颈舒翼，长啸一声，竟变作两个道士。群臣莫不惊诧，燕王疑是济南妖人，喝令卫士快杀此怪物。道士摇手道："陛下息怒，臣等为平寇而来，莫认错了。"燕王半疑半信，掣取佩剑在手，指着两个道人说："汝且奏来，倘有半字虚伪，怎瞒得朕？立刻斩为两段。"道人方才稽首，昂然而言道："终南山有位太孛夫人，具盖天盖地的神通、无量无方的变化，与那山东姓唐的是生生世世为仇敌，特地奏请上帝来降伏她，一则泄自己之夙愤，二者为陛下平定江山。只因陛下原是真命帝主，福分甚大，所以降此神圣。臣等是她弟子，先来报知，看陛下有至诚心没有。这位太孛夫人，却不是轻易来的。"燕王看这道士，严声厉色，侃侃凿凿，不像个奸细，便道："他既知朕是真命，愿来扶助，功成之日，自然大加敕封，使天下的人都崇奉她，岂不荣显？你两个可去请来。"道士微微笑道："古来帝王之求贤者，如商汤有莘之聘①，高宗版筑②之求，文王后车③之载，先主草庐之顾④，彼不过

---

① 商汤有莘之聘——商朝的建立者武汤与有莘氏通婚。

② 版筑——筑土墙，用两版相夹，装的泥土，以杵筑之使坚实，即成一版高的墙。

③ 后车——侍从者所乘坐的车。

④ 先生草庐之顾——指三国时蜀王刘备三顾茅庐恭请诸葛亮出山之举。

尘世的贤人君子，尚且如此尊重，何况超出三界之神圣，怎么说着臣去请呢？”燕王道：“这话说得近理，朕将玄纁玉帛，差个天使，同你前去便了。”道人说：“若是这样轻亵，是决不来的。庶民之家，信了佛法道教，尚然大施金钱，何况贵为天子？只用些币帛，又着个官儿们去，足见陛下不诚心的了。”燕王叱道：“难道不是差人，朕倒自去请他不成？他不来，朕自有法平此妖寇。毋得妄言取罪。”道士相顾笑道：“未必，未必！我师原说，直待太子登基，然后显神通为他平妖灭寇。如今这皇帝心骄气傲，不屑去出力的，由她直杀到京中，干我们甚事。”燕王的话，原是色厉内荏，不肯下气与这道士。如今被他说得又痒又疼，一时转不过话来。正在难处之际，遂有善于逢迎的大臣一员，俯伏奏道：“彼既口出大言，或者真有大用，果能平寇，不妨厚礼去请。如有欺诳，自当从重治罪。今且问她，须得怎样便来。”燕王道：“那厮出言无状，甚为可恶！想着太子登基，岂不是咒诅朕身？”道士即抗言道：“陛下差矣。太子登基的话，不但陛下是真命，足见太子也是真命。万子万孙，长有天下，怎么认着咒诅？”燕王方回嗔作喜道：“这话才是。朕当遣亲王一员，用黄金千斤，明珠十斛，去召他何如？”道士见说得入港，便道：“如今太孛夫人正在构造玉皇宝阁，尚少金栋一根，陛下若果心诚，这个就是币仪，然后去请，再无不来之理。”燕王见说到布施，料是幻术，借此化缘来哄金钱的：“我给她个善治之法。”遂谕道：“金栋何难，你到数日之后，来取便了。”道士稽首称谢，仍化作白鹤，凌空而去。

那员大臣，是兵部尚书刘俊，又奏道：“金栋必需数万黄金，陛下怎就许他？倘若是弄些妖法来化缘的，岂不为她所误！”燕王笑道：“卿但知其一，不知其二。朕造成一根金栋，放在金殿之下，她如何可以取得？必须车辆装载、马牛扯拽，那时朕着羽林军壮士护送而行，看她落在何处。一面行知地方官员，若是妖人，就便擒她了。”刘俊遂奏：“圣鉴如神，非臣所能测。”于是两班文武官员，都俯伏在地，随着刘俊着实和赞了几句，方退朝而散。

数日之间，上方匠制造金栋甫完，抬向殿前。燕王大会群臣，早见一双白鹤飞下，并不如前变作道士，但向空长唳一声，忽又飞下白鹤三对，竟将这条金栋各衔在嘴，看它徐徐而行，出了殿檐，一阵风响，腾上空中。燕王急忙下殿，仰首看时，金栋已在灵霄之内，如七八只鸿雁共衔一芦，向西而去，已不见影儿了。燕王大诧怪事，仍回殿中，坐在御床。群臣皆叩驾道："陛下洪福齐天，真仙下降，指日可灭妖寇。"燕王踌躇一番，已有主意，遂谕诸大臣道："适才那群鹤是西去的，正合着道士终南山的话。朕想太孙已长，又有姚少师在彼，可以留守南都。朕即召太子回京，令其代朕巡狩陕西，便向终南山细访。如果有恁么太孛夫人，遂令其召来；若系妖人，即在彼处起兵剿灭，省得又酿成山东之祸。"诸大臣又奏称睿算神谋无微不中。燕王大喜，因此上差官到南都的。

当下世子召使者入殿，呈上敕书，是燕王亲笔，诏令世子星赴北阙，定限在五日内起身。世子猜摹不出，问来使，亦茫然不知。因召集百官商议，咸谓少师初丧，恐敌人乘衅兴兵，有意外疏虞。但父命唯而不诺，君命不俟驾而行，岂可稽迟？总是首鼠两端的话，终日不决。世子回宫，寝食不宁。逡巡至第五日，忽报又有敕使到来，急忙召入，呈上燕王手敕，是委令太孙留守南都，军国重任交与英国公张辅、平江伯陈瑄二人赞理。要知道前敕，尚未知姚少师已死，此敕是见了少师已死的奏疏发的。世子心内方安，即刻升殿。宣敕已毕，遂发令旨，于次日起行。一切水陆车马都是预备整齐的了，世子只带经筵讲官黄淮、芮善二人，并羽林军将等，排驾出正南门。太孙与大小臣工远送，不消说得。

单表这位太子，就是仁宗皇帝，乃圣明之君，行动有百神呵护。从陆路到丹阳，下了龙舟，至江阴君山脚下，少不得要换大海鳅船。方在登岸升舆，突见山顶奔下个人来，遍身金光灿烂。羽林军张弓挟箭，齐齐吆喝。太子龙目一看，是个道士，身上穿的是金箔氅衣，鳞鳞片片随风飞动，显出肌肤，正值寒天，自然是个异人了。亟令左右前去召请，那道人即到太子面前，打个稽首道："方外金箔张，与殿下有缘，特来助驾。"太子大喜，即命后车与真人乘坐。金箔张道："不消。"将身一纵，早已飞到海船帆樯竿上立着。众皆大骇。芮善谏太子道："此乃妖术，恐怕是济南奸细，殿下不可轻信。"太子道："卿亦虑的是，但孤家要以诚心格他。卿不知鉏麑之刺赵盾①乎？若有命在天，彼奚能为害？倘或我生不禄，则万里海涛之

① 鉏(chú)麑(ní)之刺赵盾——据《左传·宣公二年》的记载，晋灵公恨大臣赵盾多次进谏，派力士鉏麑，前往行刺。鉏清晨前往，见盾盛服将朝，坐而假寐，不忍下手，退而触槐自杀。

险,安保得平稳无事?"说话之间,已到海舟。道人遽然跃下,大嚷道:"龙神在此送驾,一路大有风波,心不诚者,总去不得。"太子道:"请真人指出,孤家自当遵教。"金箔张指着芮善道:"这是猜我做奸细,第一个不可上船的。"其余指出的,竟有十分之七八。太子欠身道:"孤家只带得两员讲官,若再去其一,恐父王见责。"就令芮善向真人谢过,方才允了。余者尽行发回。道人又向太子道:"就是船,亦只用一只。现有神将在空中扶助,龙君在水底护送,只为着殿下。若是别个船只,谁来睬他!"太子下令:众人都上御舟。遂请真人进舱,金箔张不应,又一纵在帆竿顶上。那时正是大逆风,道人却向南方呼口气,化作一朵红云,端端正正,捧在桅樯上面。大喝一声道:"火速行者!"只见其船如飞,抢着逆风,冲波破浪而行,如雷霆霹雳,响震山谷之中。道人方才下来,盘膝坐在船头。太子又令黄淮、芮善固请入舱,道人说:"你们不知就里,各从其便。"到夜间太子秉烛而坐,与黄淮二人说:"逆风行舟,道家有此异法否?"黄淮道:"但闻有呼风之法与回风返火之术,今彼与逆风抗衡,实不能解。"道人在船头上大声说道:"大凡顺天而行者,谓之正法;逆天者,就是邪术。风为天地之噫气,岂可逆天而使之回转耶!"太子听了这话,合乎圣贤,心中大悦,又请道人进舱。又辞道:"诸神在此效力,贫道岂有偷安之理!"于是太子坐以待旦,饬令众人,总不许安寝。两日夜已到天津,就起早入京。太子缓言请于道人说:"真人所穿的金箔纸衣,恐父王见了,责备孤家不为另制衣服。"道人呵呵笑道:"这一件衣要活数万人的性命,殿下哪知道。我又不做你家的臣子,难道要换朝衣朝冠么?况且贫道不愿进朝,不消虑得。"太子道:"孤家固不敢强,但在父王面前,岂有不行奏明之理?那时召请竟没有真人,孤家难逃欺罔之罪。"真人道:"如此,我暂为殿下迟留半日。"于是太子谕令黄淮、芮善,伴着道人,从后缓来。自己与羽林军飞驰至京,入宫请安。燕王大惊道:"儿来何神速也?"太子把金箔道人助驾之事,细奏一番。燕王大喜道:"我父子总是真命天子,"就把白鹤道人衔栋之事,也与太子说了。"我的初意,原是召汝回来,要代朕到西秦去访着了太孛夫人,请他来降妖寇。今既有这个真人,也省此一走。"即命中使去迎请金箔道人。说未毕,道人已从空而下。太子即忙立起道:"这不是,真人已在此!"燕王亦降榻相迎,慰劳了几句,遂令取金龙交椅来请坐。燕王欣然而言曰:"东宫一路,甚藉道力,功莫大焉。朕当敕封真人为国师,享受富贵。”金箔张大笑道:“我请问,陛下与汉高祖孰胜?”燕王只得谦一句说:“朕有所不及。”道人道:“商山四皓,不肯臣于汉高,而愿侍太子,只为惠帝是真心待人,高帝是假意笼络人的。若贫道做了陛下的国师,就算不得是真人,也是个假人了,如何使得?莫说,莫说!”燕王佛然,只得勉强笑说道:“汉高是谁,惠帝又是谁?朕是谁,东宫又是谁?那商山四皓,到底安的是汉室。今真人辅佐了东宫,也是为朕的社稷,分不得父子。朕不是以富贵加汝,要烦真人讨平山东妖寇。若不称为国师,岂足以服六军之心?”金箔张道:“差了,差了!古者圣王兴兵,必须名正言顺。若名不正时,所谓一战胜齐,遂有南阳,然且不可。贫道虽系方外,凡有行动,也须折衷于圣人之言,哪有助汝行事之理?”燕王遂折辨道:“尔既知东宫为真命,难道朕倒不是真命?山东妖寇反乱,王者之所必讨,有何不名正言顺?”道人就支断道:“难道建文皇帝,也是个妖寇不成?”燕王道:“朕当日原法周公辅成王,他自出亡,与朕无涉。朕是高皇之子,子承父业,理所当然,没有个逊位与他人的。如今妖寇,不过借他年号,煽惑人心,真人怎也认是真的?朕不能解。”金箔张道:“你说是名正,他也说是名正,少不得千载自有公论。贫道方外,犯不着与你们定案。”燕王见他说话顶撞,知道不肯助力。只因有护送太子之功,不好呵斥他。乃改口道:“朕以一戎衣而得天下,岂不能平此小丑!真人懒于事就罢了。”道人大笑道:“尔仗的是太孛夫人,怎说是自己能平他,这不是假话来哄人?足见贫道说太子是真,陛下是假,不错了。”燕王语塞。金箔张遂向袖中取出一纸,递于太子道:“留此为日后之验。”遂缓步而出,燕王令左右追请。先看纸上字云:

太阴之精,　太阴之贞。
鬼母之剑,　天狼之箭。
太孛之神,　太孛之嗔。
后土之土,　水母之母。

燕王看了,全然不解,递与太子。只见宦官数人,拥进一个道士,说就是金箔道人变的。燕王注目看去,虽然鹤氅星冠,却是尘颜俗骨。问宦官:“怎见得是金箔道人变的?”奏道:“奴婢辈尽力赶这穿金箔的,他只缓缓而行,再也赶不上。出东华门时,他一手指道:‘有个送济南信的来了。’回头时早不见金箔道人,岂不是他变的?哪里又有别个道人,刚刚正在东华门呢?"燕王笑道:"你不肯为朕讨寇,也不强你,怎么变了原形来戏朕呢?"道人叩首道:"方外微臣,是来进画的。才走到东华门外,就被这些太监爷们拥住,说是金箔道人变了哩。微臣正要见万岁爷,进一幅仙画,所以将机就机,不敢置辩,一径随了进宫,求万岁爷赦臣擅入宫门之罪。"燕王大笑,说:"所进何画,取上来看。"道人舒手在袖中取出,宦官接了呈上燕王。正不知月殿仙容怎落星冠之手,遂令尔燕朝天使却为花面之徒。下回便见。

第九十回

丹青幻客献仙容　金刚禅魔斗法宝

燕王展画一看,是个绝世佳人凭阑玩月图:翠髻云冠,霓裳霞帔,半是道家装束;双眸滴滴,凝视月华,意中若有思慕。幅旁八个小篆字云:济南赛儿仙子真容。真个人间绝无,天上稀有,但不知可能当作真,真呼之欲出!燕王目眩心迷,定了定神。见太子侧坐,遂卷在手中,谕卫士道:“他的画用得,朕暇时还要召问,可好好安顿着他,不要放走了。”卫士率领道士自去。这幅画是一部书的大关目,却在后面鲍姑口内说出,乃行文家倒卷之法,而今先叙出个来由。

听者,那道士也姓张,名志幻,又叫作幻客。向在泰山天齐宫内,平素善于写照,自称为僧繇之后裔。唐月君游泰山时,他瞥见了,惊心道:“就是蕊珠仙子、瑶台素娥,哪里有恁般的容貌!不可当面错过。”在山上山下候着看了两遍,回去图出个影来,只好有得小半风神。后来闻知月君幸河南地方,他又赶去,究竟是走马看花,不能真切。遂住在济南郡中,专候月君驾出,细看了几次,竟摹得有七八分的光景,顿生个妄想,要去献与燕王,必然动心,纳作后妃,岂不既息了干戈,又得自己富贵!算来是有福无祸,有荣无辱的。所以径至北都,还没有进呈的计策,先闻得有个什么张道人进宫。他想五百年前是一家,且又属在同道,必然有相商的。就来候在东华门外,不意太监们竟将他说成是金箔道人的变相,恰像个真有凑巧的机缘了。

那时喧动了朝中百官、城内庶民,都道活神仙现身变化。有几个旧臣,知道金箔张出处的,就上个密疏,说洪武三十年间,南都大疫,真人曾剪金箔救人,不过寸许,煎汤服下无不立愈,全活者十万余家,太祖曾召见赐过斋的。于是各衙门官员,都联名表贺。燕王看了笑笑,也不说明,胸中自有个主意。即谕太子道:“金箔张已去,还须去请太孛夫人。汝其代朕巡狩西陲,就便察访官员贤否,咨询民间利弊。”时徐妃有病,太子每日亲尝汤药。燕王又说:“天子之孝,与庶民不同,全不在此省安视膳之间。”即于三日内遣发太子就道。然后召张志幻在内殿，屏去左右，问：“这幅画是谁的手笔，怎见得这个人呢？”志幻奏：“是臣的拙画。”就将如何见过几次，细细奏上。燕王道：“只怕你是画得太好了，未必像这人。”志幻奏：“若论他的容貌风神，臣笔只好写得七分，其不可传处，哪里画得来呢？”燕王又问：“你将来献与朕看，是何意思？”志幻又奏：“臣想她是个孀居的，各处访求建文，必有缘故。陛下若赦其以往，以礼聘之入宫，不消说是欣然乐就的，赚得他来，喜、怒、生、杀，总在万岁爷手里了。”燕王心中私喜，故意冷冷地说道：“朕素不好色，但消此干戈，为中原培养元气，也是使得的。汝既献此策，就差你前去，自有厚赏。”志幻叩首道：“微臣系一无名的道士，岂能取信于人？必得遣员大官为使，臣但有竭尽微力供奔走之劳，不敢与闻大事。请皇上圣裁。”

燕王因这个使者难得，方在沉吟，忽午门送进大名府巡方御史的密本。拆开一看，却又奇怪，本内言有个西番圣僧，是姚少师的师父，神通无量，一为国家出力，二为少师报仇，不须一卒一骑，孤身前往生擒妖寇，以献陛下等语。燕王看了，喜动眉宇，思量：“以礼求他，不若以法降他，到其间性命难保，怕不从我。”遂谕志幻：“朕尚有政事，汝且出去静候。”乃援笔批于疏尾云：

神僧为国，盖天意助朕。须生擒唐赛儿献阙，亲勘发落，慎勿擅行杀伤，有违朕命。功成之日，定加崇典褒封。毋忽！

发下垣中，转送兵部不题。

却说这个番僧，就是道衍到天台去寻访不着的，叫做火首毗耶那，是鸠摩罗什之弟子，后乃学习金刚禅，又流入于魔道，志愿要做个中华开山掌教大国师，把一切僧道法门，灭个干净，独留他这个禅魔一派。无奈缘会不偶，只在各处周流。当日遇着了道衍，预知他有大贵之分，传授些阴阳术数，布阵排兵之策。原约会在天台，要借其弟子之力，以为出身之地，不料久等不来，遂航海而去。后又从海道入于山东，窥探济南虚实。闻说道衍已死，一者忿恨，二则欣喜，他打算着报徒弟之仇，就是报皇帝之仇，这位国师是拿在手中的了。却正凑着大名府巡方御史是拜在道衍门下的，一径去投了他，所以即行上闻。

那火首毗耶那便预教造下一座九品莲台，在战场上用的，是他独创的规式。其法以合抱大木为莲花之茎，长三丈六尺有奇；上面莲台围圆四丈九尺,下有横梁托住,安置茎上;台之中有莲花一朵,围圆四尺九寸,是他的坐位。都用着五色锦绮,攒就万片莲瓣,宛然是华山池内现出十丈的千叶莲花。只这个假造的莲台,便见得是邪教法门。尤可笑处,制出大言牌两扇,各镌栲栳般大的六个金字云:

活擒赛儿妖妇

献作燕帝宫奴

部文行到之日,刚刚皆已备完。遂用车辆载至大名府直北,与东昌府馆陶县交界之处。将莲台竖立端正,大言牌离台一箭之远,建起大木杆,牢钉在上。看毗耶那时,只锡杖一根,钵盂一个,别无兵器。耸身直上莲台,遂有好些来送的官员,都向前礼拜。陡然间黑云四起,骤雨倾盆,是个旷野的地面,没处藏躲,个个打得如落汤鸡一般。唯莲台之上,绝无半点雨星,那头陀端端坐在莲花朵内,不消说是活佛了。

馆陶县令探知,如飞报府,太守如飞具奏,不敢隐讳,把大言牌二句直写在奏章之内。月君见之,微笑道:"他用激法来了。"遂以示诸位仙师。曼尼道:"虽说激将,难道置之不论?帝师不必亲临,只须青白炁丸儿,戕取首级来便是。"鲍师道:"他出此大言,自然也有异术,我与你须索要去走一遭。"月君道:"二师之言皆是,我以剑丸付与隐娘,大家去看其情形。如系邪僧,即便诛之,倘或有些道行的,勿伤性命。"曼师笑道:"五贼之中,第一个'仁'字,还去不掉哩。"于是三位仙师,飞身而去。早望见了莲台、大言牌的景象,曼师不禁大怒,呼起烈风,排天荡地而来,要连根拔去他。不意头陀手内托出一个钵盂,那恶风呼呼的都钻入钵内,势如万马奔槽,众流归壑,顿然息灭。鲍师道:"如何这个钵竟是风穴?"曼师顾隐娘道:"快放剑炁。"鲍师笑道:"你风吹不动,就想着动刀动剑。少不得我们也与他面会一番,详察详察他的脚根,然后动手。"曼师道:"他这样高高坐着,难道我们站在云端,与他赌斗不成?"就立刻作起法来,将自己无门洞内一座七宝阁,从空移至,三仙师齐下阁中。隐娘指着大言牌道:"好生可恶!先砍这两根竿子,报个信息与他。"飞起剑丸来,刮喇一声,平截断右边那根。毗耶那忙将钵盂一抛,底儿向上,口儿向下,势若千钧之物下坠,把剑炁直压到地,化作游丝一般,飞飏而去。曼师道:"好剑炁,压着竟死了。"鲍师道:"好胡说!帝师真炁炼成的,怎么得死?想已回到宫中了。"隐娘道:"然也。青青儿,空空儿,击刺不透于阗玉,遂飞遁于千里之外，今剑炁不能碎钵，所以去也。但此钵非同小可，怎生治他？”鲍师道：“这头陀却是曼道兄的眷属，是个魔道。”曼师焦躁道：“怎见得？”鲍师笑道：“释迦如来，是丈六灵光；太上老子，是三清一炁，此二道之本源。今头陀顶上显出烈焰，非魔道而何？俗语云：‘先下手为强。’莫要长他人志气。”随手取出赤乌镜，掷上空中，早飞出千万神乌，都向着头陀扑去。毗耶那又将钵盂抛起，一吸而尽，连赤乌镜都收去了。鲍师大骇。曼师道：“这个行不得。”口中吐出蒲葵一叶，展一展便是柄天生地化的魔王扇子，对着头陀轻轻两扇，这个风才厉害也，有诗为证：

猎猎荒原万本平，忽然拔起势纵横。
半天日月吹无影，大地山河动有声。
跨鹤仙翁连鹤坠，伏龙禅客带龙倾。
莲花九品曾无恙，手托鸠摩一钵轻。

毗邪那惊道：“此罗刹女芭蕉扇风也。”急忙双手捧定钵盂，将口儿向着外面，可煞作怪，那盖天盖地的神风，竟像被这钵盂一口吞下去了，不剩些儿在外。只落得扇子紧紧拿着，不曾被他吸去。鲍师乘这头陀不备，暗取鹿角棒，从空打下。却好的不偏不歪、无影无迹，也到钵内去了。三位仙师大骇。曼尼道：“帝师学的天书，从未曾用着，今日好请来试之。”鲍师道：“你不知道，古来皇帝，到御驾亲征，是势穷力竭的时候，如何使得？”

说犹未了，遥见云端内有八九个小儿，跳跃而来。请看书者猜一猜，是个恁么？原来是鬼母尊的九子小天王。俗语云是鬼母生的九鬼子。这是混话。开辟以来，有太和之气，便有杀厉之气。这九子是煞气孕结而成，不由人道，为鬼母收服，所以为鬼母之子。法身只像个四五岁的孩童，是生来这般小的，历过千百劫，从不长大。就是用起神通，也但能缩小，不能变大，小到极处，可以聚在针孔之内。个个都能现出三头六臂，各有五般兵器，一件法宝。动不动就要打佛骂祖，因此鬼母尊连他兵器法宝，都收藏起了，寻常也不与他。当下从北极回来，原是赤手空拳，陡见一座莲台，有个头陀，装模做样的。九子嗔心齐发，各显法身，一个六条臂膊，九个便有五十四个拳头，比小铁锤还狠。轰然直下莲台，将这个头陀揪耳的揪耳，扯发的扯发，拳头脚尖，乱踢乱捣，迅雷不及掩耳，纵有神通如何施展？早被抠下了一个右眼。九子呵呵大笑，擎起他两足，向下一丢。可怜撇却宝花九品，顿落污泥；何当飞出烈焰千寻，忽腾云雾。且俟下文再演分明。

第九十一回

刹魔圣主略揭翠霞裙　火首毗耶永堕红玉袋

这头陀不跌下犹可，一跌下时，尚未到地便翻身而上，泥丸宫内、口内、鼻内，都喷出火来，烈焰飞腾，向九鬼子扑去。怎见得火的厉害，有诗曰：

祆庙私期郎熟睡，佳人唤之心如醉。
爱火炎炎口内出，千年栋宇飞灰熄。
禅家自有妙神通，坐对空潭制毒龙。
更有养在青莲钵，灌以醍醐日不竭。
直到冥然寂灭处，六根烧尽方飞去。

这火不是天上之雷火，亦非人间之凡火，乃是我自己本来之火。禅家谓之毒龙，道家谓之龙雷，制伏得它，方能成道。有本事的禅和子，直待死后放出，烧却自己身躯，方谓之三昧火。若是凡人有欲不遂，此火内灼，把精髓炙干，骨节枯槁而死，这还算心不专切的。若此心专切到极处，便是祆庙中佳人，一口气呼出，把庙宇神道，都烧个罄尽了。那头陀修炼千年，其得力处就是这火。与《西游记》上红孩儿烧孙行者的，也差方不多。九子初不知他有此神通，只得四远跳散。那头陀就将锡杖望空一掷，化作九条白蟒，张牙舞爪，来吞九鬼子。好小天王，全然不惧，各飞拳脚来战蟒龙，你看他：

九个小儿，共现二十七个头颅，掉动五十四条臂膊，翻腾跳跃，有八面威风。九条大蟒竞显一十八个犄角，张着三十六个钢爪，盘旋回舞，具全身变化。但知道爪胜于刃，抓着处血肉淋漓，请试看拳赛过锤，碰着些筋骨裂断。

九小天王，身体轻捷，转动便利。蟒龙向前噬，就跳在后；向右攫就跃在左，在空中搅作一团。有的腾身骑在项内，扳住了角，抠他的眼，捋他的须；有的腾身跨在背上，按住了肋，揭他的鳞，屈他的爪；也有拳捣的、脚踢的、拔尾的，蟒龙旋旋舒展不得，被头陀大喝一声，九蟒复了原形；钵盂平

空盖下,九子都合在钵内。有词为证:

曾是鸠摩托出,今为火首擎来。非瓦非磁,灵鹫山中石孕就;不金不玉,紫泥海内宝装成。清冷宛似水精壶,空明俨若玻璃镜。大可以盖华嵩,即有六丁神斧安能破;小则如缩芥子,纵饶五雷天火莫能烧。较他老祖之瓶,略差一等;比我如来之钵,还逊几分。

九鬼子在钵内轮拳挥脚,要打碎这东西,不意钵口渐渐收小起来,着了些忙,就都缩作毫毛一般,钻入地下。钵口儿刚刚合上,空空如也。三位仙师,正在七宝阁内作壁上观,见这钵儿内外洞彻,晃如水晶,九子已经无影。鲍师就做法,要移取锟铻①山大石来压碎他。那钵盂恰像有他心通的,霍地腾空,竟向七宝阁盖将下来。隐娘架云而遁,鲍师化道清风走了,单单把曼师合住,一个倒栽葱直跌下地,倏然不见。毗耶那吃了九子大亏,抠去眼珠,面上还是血淋淋的,忍着疼痛在那里运用法宝,不期一个也拿不住。咬牙切齿,收了钵盂,放出泥丸宫内毒火,将七宝阁烧作灰烬。那时隐娘走脱,鲍师亦敛原形,遥见七宝阁火起,不能去救,只索听之。隐娘道:"曼师如何不走,遭此大难?"鲍师道:"他自恃有神通,要装个硬汉,落得做个茶毗尼了。"隐娘道:"如何解?"鲍师道:"佛家以火焚,谓之茶毗。"隐娘道:"噫! 纵使入火不焫,怎能出此钵盂?"

忽见公孙大娘驾云而至,说:"帝师因剑焫飞回,所以命我前来探看,二师因何在此凝望?"鲍师亟问:"见曼师么?"公孙道:"并不曾。"隐娘把始末略说了几句,遂一齐回到宫中。曼师正与月君坐着讲话。鲍师笑道:"做不成茶毗尼,原是个曼陀足在这里。"曼师也笑道:"我如今要帝师赔还我七宝阁,不过是房产官司。若连我茶毗了,就是人命案件,连你们见证一个也走不脱哩!"众仙师皆笑。月君各慰劳几句,便道:"曼师说这个头陀,法术厉害。如今请哪位去降他?"鲍师笑道:"是个魔僧,只曼道兄有降魔之力,再请谁来?"曼师道:"你只信嘴儿胡诌,难道这钵盂、锡杖,是魔家之物?"鲍师道:"难道他泥丸宫内,不是魔性之火? 你降不得,你去请令甥女来便了。"曼师道:"从来只有以道伏魔,没有个以魔伏魔的。"鲍师发话道:"治河的,有以水治水之法;治病的,有以火攻火之法。汉之张京兆有以贼攻贼之智。前此奎道人作祟,你就不肯去请刹魔,说是自坏

① 锟铻——"锟",kūn 音昆,"铻"huá,音华。

体面,难道鬼母不是魔道中出身的,怎么就肯来劈死了他呢?"曼师笑道:"好个做媒的嘴牙,篇篇说来都是听得过的。"月君道:"鬼母尊在天阙,不好再渎,若舍了刹魔姊,更无可请。"就取留着的一茎青丝发出来,暗暗祷告,只听得霹雳一声,早已不在手中了。月君恐刹魔主径去收服头陀,又烦各位仙师仍向前去接待。曼师道:"若要接待,且把卸石寨九仙台移去,也好坐坐。难道去站在空中不成?就将来赔我的七宝阁,也还差好些珍宝哩。"月君道:"我在九仙台上,另造一座七宝阁。送到无门洞天,以作供养。"鲍师道:"老曼竟是无利不往的,那九仙台是天造地设的奇石,你就要僭据起来,只怕的少些福气。"曼师道:"老鲍好不知事,你看如今钦差出去,哪个不赚注大钱回来?要照着我那样,只够本的,也就没有哩。"月君大笑。三位仙师,便飞向九仙台上坐定,用出神通连峰根拔起从空飞去,轻轻的落下,正压在烧残七宝阁的基上,寂无声响。毗耶那抬头看见,忖道:"怪道他们成了事,原有这些精怪,会弄手脚。若在白日,决难了当。我且待他半夜悄然将钵来盖下,待走哪里去。"主意已定,仍然垂目而坐,佯若不知的光景。

且说刹魔圣主之发,犹如龙化之丝缕,夭矫凌虚飞回宫内。刹魔已知必有缘故,遂在须弥山顶,运动神光一望,见有个头陀,在座假莲台上,顶内喷出火焰,其势纠纠而不纷乱,状若虬龙之蜿蜒,长有数百尺,腾于半空之间。刹魔道:"此火首毗耶那也,我正要收之。"又见对面一座高峰,玲珑巀嶭,其巅构有层台,是曼尼、鲍姑、隐娘在内。时正月色昏黄,遂呼口气吹去,将九仙台罩住,如在铁瓮内一般。乃飞身直下阎浮世界,不刹那间,已在头陀火焰之上。刹魔主揭起翠霞裙,端端正正,将数千年豆蔻含葩的玄窍,对着他泥丸宫发火所在,盘膝坐下,那火焰就灭了三分。随着焰火再坐下去,已减了一半。头陀正在运用工夫,觉着火力渐消,心甚惊讶。却有一泡滚热的溺,满头满脸,撒将下来。刹魔早已坐在头陀顶上,溺还不绝,淋淋漓漓,灌注在前后衣领之内,遍身沾渍。脑门透进一股香气,骨软筋酥,缩做一堆,动弹不得。刹魔主遂取出身边软玉红香夹袋,轻轻拎起,把头陀装在里面。回手一招,十数个魔女都来了,取了各种的法宝,吹口气将九品莲台,及一面大言牌,烧个干净。才到九仙台上,黑气也没有了。三位仙师,连忙起迎道:"我等知圣驾将临,在此恭候。"曼师拍手道:"列位的眼珠,还是盲的,不看这些宫女,各拿着钵盂、锡杖、赤乌镜、鹿角棒么?”隐娘道:“你看圣主一到,连莲台都没有了。”刹魔道:“亏你们叫什么仙眼,难道我在那边降这头陀,总看不见么?”三位仙师,哑口无言。刹魔道:“这座台倒也天然,叫三四个魔女快快抬去,安放在冠清阁右边。”曼师道:“算是我送与圣主的。”刹魔亦不理论,径飞至月君宫内。三位仙师随后也到。月君忙起迎接,刹魔就南向坐下道:“我们不必行礼,你且看看这头陀。”令魔女解开夹袋呈上月君。月君看了笑道:“恁般毽形,怎的十分狠毒。”曼师道:“帝师不见他魁伟雄壮的时候,放出火来狠毒哩!”遂复递还,魔女接在手中,向空一抛,落下来,又有个魔女一脚踢起,十来个魔女,竟当作气球玩耍,道:“这个和尚,为何这般棉软,想是没骨头的。”众仙师皆大笑。月君又起席称谢道:“前承姊姊赐我金银二百万,今又承大施法力,降此魔僧……”话尚未完,魔主即止住道:“我见了那些佛祖神仙,便生恼怒,就是见了嫦娥,方生欢喜。”曼尼接着道:“只因欢喜太过,连骂也不觉了。月君说是魔僧,不知甥女是魔什么?”刹魔道:“姨母弄嘴舌哩。石勒做了皇帝,下令犯胡字者处斩。有一老臣奏对,言及五胡之恶,肆口毒骂,陡然想着犯了禁讳,叩头请死。石勒笑曰:‘我的法令岂为汝辈老书生而设?’赦之不问。今我妹妹至诚,与老儒生无异,难道我倒学不来石勒的度量?你们佛教仙教,如有人称为佛、称为仙的就说是信心,我是魔教,称我个魔王,岂不是尊重我么。”月君道:“非曼师言,不但妹子不自知其过,亦并不知姊姊圣德渊涵也。”即命女真们设席,曼师道:“不消杯酒酬劳,一座九仙台也算得个谢仪了。”刹魔道:“那座石台,先说是姨母的,今又说是月君的,竟有两位业主,教我谢谁呢?”大笑一声,忽然不见。也不知从天上去,从地下去了。

却说毗耶那的锡杖、钵盂原是鸠摩祖师的法宝,所以具此大神通,误落在他手里的。后代大和尚乱付拂子,遂有不守清规,以至玷辱宗风,败坏佛教者,比比而是。且看下文。

第九十二回

状元正使现五色花脸　画士中书变两角狼头

唐月君收了毗耶那之后，威灵愈震。大名一郡，又与山东、河南错壤，百姓日夜想望王师。府、县官员，恐生内变，遂奉表归附。

时建文二十五年夏五月。月君御朝谕诸大臣曰："郑洽、程智往复帝命，已经三载，竟无音信。昨幸禾稼有收，今复来牟大稔，兵糈已足。孤家拟于秋间北伐，应再遣使前去迎驾，或得东宫监国。庶逆寇平时，天下咸知有主。"吴学诚前奏道："臣闻程济扈驾，有事必为帝卜，或者预知中土连年灾荒，所以迟延至此。诚如睿谕，再差大臣恭请，并奏明出师日期，自无不回銮之理。近者又查出殉国文武诸人，及死节妻女。礼臣现在追议爵谥，亦应一并附奏，上慰帝念，下慰忠魂。"月君又谕道："凡建文七年，已经赠爵予谥者，统造一册赍去。"诸臣叩首遵命而退。遂将殉国死节姓氏、爵谥先行疏请帝师裁鉴。计开于左：

开国勋臣　　男爵王大卿，征兵宛陵，闻金川门失守，不食而死。其长子为昌化县丞，隔绝千里，不期而同日自缢死。

吴郡俞贞木，曾为都昌县令，与郡守姚善，同起兵勤王。善死，贞木亦死。

兵部侍郎徐垕，奉使招集两浙义勇，全家覆没于京，垕守节而死。

郑居贞，与其弟道，同为御史，闻帝烧宫，皆以死殉。

梁良用，官居部郎，帝出宫后，遁去为舟师，访求行在。已闻燕藩僭位，投水而死。又族弟梁中节，亦弃官去死。

副都御史陈性善，同大理寺丞彭与明、监军于灵璧，被燕兵获去，复纵之归，皆跃入淮河而死。又钦天监正刘伯完，亦在灵璧军中亡去死。

余逢辰为燕府教授，知燕王蓄有异谋，屡次泣谏；及造反，触柱而死。

工部郎中韩节，奉命守城，燕兵入金川门，孤身拒之，被杀。

萧县令郑恕，燕兵南下攻城，城陷死节。二女皆投井死。

沛县知县颜瑰，死难。其子名有为，亦自刭。瑰之弟孝廉，名珏，奔归故乡，白于父母，冠带升堂，望阙拜讫，从容自刭。其主簿唐子清，被燕兵所执，骂贼而死。典史黄谦亦死。

济阳殉国教谕王省之长子祯，为夔州通判，亦抗死节。

兵部侍郎廖平，因匿帝之太子，燕王搜捕甚急，逃之浙东死。再有京官遁去者，监察御史韩郁、郭良等二百二十四人；又外官遁去者，朱宁等二百九十余人，多遗姓名，尚在博访，次第奏闻。

昆山龚翊为金川门卒，谷王穗开门迎入燕兵，翊大哭遁去死。

都督平安与燕百战，力竭自刎。

都指挥宋垣被燕兵围困于灵壁，同参将马溥皆战死。

都指使朱鉴，与燕兵战于松亭关，陷阵而死。

都督陈晖，与燕百战，力尽而死。

都指使陈质，守大同府，被执不屈死。

指挥滕聚，与燕兵苦战，负重创而死。

武安侯郭英，与燕战败，郁忿而死。

镇抚周拱元，率步兵防饷，舟为燕兵所劫，战死。

指挥彭聚，战死。其外丁良、朱彬等阵亡者甚多，不知名姓，容访再奏。

月君览疏，见议定爵谥，咸各允当。遂临朝谕群臣曰："大冢宰程亨，原自帝所差来，少宗伯曾公望前曾访求行在，非此二人，不可为使。卿等其速往，孤家待汝返命，然后出师讨贼，慎哉毋忽。"二人欣然受命。方将罢朝，忽满释奴传进飞报，说界上有燕国差使二员，一是状元，官拜礼部尚书；一是画士，现居画苑中，书加太常卿之职。群臣闻之莫不疑讶。月君敕下，守界官员许其入境，并谕府尹高不危，令于燕使到日，率向帝阙朝见，询明何事，奏复孤家裁夺。

却说燕王因毗耶那被擒，料道无法可胜。又徐妃适已病亡，便用着志幻所献的妙策，已备下二十万金珠，送到河间府库，先来通使，以图侥天之幸，好作纳采之礼，聘为正宫。差来的状元就是胡靖，不但礼卿为职分所该，又是燕王的心腹。无可奈何，迫于君命，战战兢兢，知道性命不保的。那道士却坦然无疑，只一幅画儿已骗个美官到手，若事成之日，自然更加荣显，纵使不成，亦没有厉害在内，所以意气甚是扬扬。及到济南下了公馆，适闻沐西平侯差有官员来阙下奏表朝贡，已到皇华亭。胡靖连诧奇事，令从人悄去探听姓名。有顷回报，原来是胡靖当日在沐英府中相识的，不胜大喜。即于次日黎明先往拜访，一见欢然。胡靖请屏左右，促膝而谈。微微问道："不知西平侯到此朝贡几次？"差官应道："只今是第一次。"胡靖又道："他们奉的建文虚位，不过借此作乱，岂肯忠于本朝。沐公远在万里之外，不知其伪，早是我在这里，若是别人，岂不回朝奏闻，多所未便。"差官听了，愕然问道："建文帝在济南与否？"胡靖笑道："这句是呆话。建文若果到此，便为机上之肉。有程济能知天数，断乎不来的。"差官又问："济南起兵二十余年，据有中原地方，今上亦无奈何他，怎么建文一来便为机上之肉？"胡靖附耳说道："不来则崇奉其名，为摇动人心之计。若一归阙下，则与汉献帝、唐昭宗无二矣。"差官连连点头道："毕竟老先生见得到。向来建文帝原在和曲州狮子山白龙庵内，西平侯因曾受过眷注，常差人馈送些珍奇品味。向后闻得济南有人来请复位，就下川中一路来了，目下滇、黔、蜀中，百姓个个传说建文皇帝又已登极。敝主沐昂，是新袭爵的，例应进表，所以差遣下官前来，原因通国讹传，未能深察虚实之故，并不是背着今上，反来趋附这边。还要求老先生曲意容隐，方为至契。"胡靖道："我与西平是何等之交，不消嘱咐。今却有借重尊官之处。"差官道："正是未曾问得，老先生有何公干到此？"胡靖就悄悄把来意说了。又道："原是忠则尽命的所在，厉害也顾少得，但求尊官以心相照，到缓急之际，好言相赠，感激无尽了。"殷殷致嘱而别。

回到公馆，早有府尹高不危打道来拜，胡靖与张志幻急忙趋迎逊进。礼毕，胡靖开言道："古来两国相争，其间必有往来之使，幸则成功，不幸则败事。兹有玺书上达帝师，唯先生有以教之。"高不危朗声应道："须大臣会集阙下之时，先将来意宣明，佥议一番，可上则上，公事公言，不是在此处说的。先有一句话，当时燕王僭位之后，登基诏书是个什么'呼猪'胡状元属草的。尊姓也是胡，是否同宗，而今其人安在？"胡靖急得汗流浃背，紫涨了面皮，又恼又羞。正值奚童捧茶至前，便离席让茶，直打一恭至地。呷过了茶勉强应道："草诏的不是别人，就是小弟。从来忠孝不能两全，如方孝孺、胡闰、高翔，以不草诏书而至夷九族、十族。弟忝在具庆之下，不忍父母老年屠戮，即此一念，不得不草。至'呼猪'二字，则不知所从来。”高不危笑道：“可以呼猪，即可以草诏；若不肯草诏，亦断不呼猪。方、胡、高三公，身为忠臣，子为孝子，妻为烈妇，所以能不草诏。彼九族尚且不顾，而况夫一猪哉！忠孝本无二致，尽忠者，即为尽孝，不孝者亦必不忠。若子背君而亲则喜之，其相去也者几希。”说毕拂衣而起。胡靖等唯有鞠躬送出，气得目睁口呆，自在馆中踱来踱去，心内踌躇道：“第一个来被他羞辱至此。若日逐来个把儿，怎么了得！我若是径诣阙下，那其间纵有舌剑唇枪，如何敌得他们恶党？就有地孔，也钻不下去。我带的多少礼物，原为着几个旧友，如今看起来，决无情面。若送他时，定然反讨一场没趣。罢！罢！我别有路数在此。”遂叫家人，取了个朱红箧儿，又到皇华亭来。见西平侯的差官，屏退从人，送上朱箧道：“途次相逢，无可为敬，聊以此表薄意。”差官启箧一看，皆是金宝之物，料必有话。遂辞道：“叨尊相垂爱，未知有何差遣，决不敢拜厚赐。”胡靖欠身道：“老亲台言重，学生别无所烦，不过借句鼎言，早完君命。”便附耳说了些话，差官忻然道：“这个当得效力。”遂将礼物推逊一番，然后收了。

差官如飞入城，先到黄门，上了表章，又到宗伯衙门，进了贡仪，即在城内候旨。那时相府吴学诚，因西平侯远来进表，差官又是都督同知职衔，遂谕宗伯衙门待宴。差官于酒筵间，故意佯问道：“那燕国的胡状元为何在此？他曾到云南敝主府中，搜寻建文帝的。”少宗伯周辕道：“但闻得杀了个榆木儿。原来他是正使么？”差官道：“正是正使，也还亏他有一点良心，倘若不是他来，建文帝休矣。”大宗伯刘仲道：“他是个从逆奸臣，贵使因何这等说呢？”差官道：“这不消说是人人痛恶的，但不知他怎么晓得建文帝在白龙庵，将别时密向敝主道：‘下官此心，惟天可表，只因有同使三人，不能赴白龙庵行在，一见圣颜，负心之罪，死有余辜。’敝主倒呆了一会，遂又固留几日，乘便请入内署密谈，涕泣不止。后敝主曾遣人到白龙庵奏明其事。但是，他既念故主，何不杀身殉节，又做燕国的官呢？”刘仲道：“他原是我同年，据他说有老父老母，纵使不能殉节，亦当挂冠遁去。今若有此一段，也还可恕。”真所谓君子可欺以其方，宗伯衙门，大小官员，莫不信以为真。差官去后，宗伯即以此语面告相府。吴学诚道：“若果如此，且不宜慢他。”诸大臣商酌佥同，差员前去，请至阙下相会。胡靖自为得计。顿足笑道：“钱可通神。”遂坐着大轿，同了张志幻进城赴阙。文武百官，俱已齐集。胡靖先谒建文圣容，舞蹈已毕，欷歔出涕。众臣见了这个光景,越信他是真心,次第向前施礼。吴学诚开言道:“尚书公何事而来?”胡靖要卸担子,缓言对道:“职奉主命,有玺书上达帝师,至于其中曲折,副使太常公知道,职实未与闻。”那个呆道士道是逊与他说,就欣然开言道:“永乐皇帝是以礼而来,讲两主交欢之事,以免生民涂炭。目今徐后已崩,中宫虚位,要请帝师母仪天下,同享万年之福。诸位老先生,不消说皆晋勋爵。”吴学诚等都气得面如土色。少师王琎大骂道:“狗才放屁!”阶下武将董翥、宾铁儿就要挥拳。董彦杲以目止之。胡靖见不是势头,趋向众大臣前打恭道:“此意出自太常,倒是惹干戈的,怎免得涂炭?玺书是否可达?静候裁夺!”武班中董彦杲出言道:“玺书不上,怎砍你两颗驴头!”即着武士押出阙外。宾铁儿遂指挥从人,先痛打一顿,又将狗、猪、牛、羊的粪,喝这道士吃个大饱,高高吊着。又将一大块塞在胡靖口内道:“你也吃些!”把铁链锁了,禁闭在空屋之内。

可怜两位燕邦使

对泣风前类楚囚

那时胡靖跟随的人役,总不知躲在何处去了。整整的饿了两日,又没处寻条死路,这才是做奸臣的现报。幸值月君视朝,敕令赴阙勘问。四个武士就来牵了铁链,如犬羊一般拖去。济南府看的百姓,指着二人千逆贼、万逆贼,痛骂不止。又有唱着歌儿各赠他一套,两人听见,俯首承受。是怎样的妙歌呢?

一个是呼猪的状元,当日里谒至尊,受着建文帝的深恩;今日里假惺惺,差来阙下,两目汪汪有泪痕。哪知道学了越王尝粪,与呼的猪儿一般样,没窍的丹心。

一个头戴着黄冠,忽地里变了乌纱样。只道是富贵荣华,人人瞻仰;又岂料猪、羊、牛屎,当作三餐饭。好个宾铁将军,一顿拳锤,打得缩进头儿也,恰像披了八卦衣的乌龟状。

月君谕令三公、三孤、六卿、五营大将军,及文武大小诸臣等,都在殿檐下分班坐定,武士带进二人,好似饿鬼出了地狱,来见十殿阎罗天子,匍匐至前。正不知又要受什么刀锯、碓凿的罪,早有女真们递下黄麻纸两幅,先给诸大臣看,上写着:

胡靖背圣恩而事逆,又索帝于滇南,罪不容诛。今来阙下,乃以千金珍宝,馈献于西平之使。巧言传布,心在故主。有此等猾贼伎俩，真乃燕逆之心膂也。勘问候夺。

张志幻以奸盗罪发，逃于方外，乃敢潜身泰岱，窥写朕容，何异飞尘之翳日月。此等禽兽，烹之污鼎，剐之污刃，一并勘问。

文武大小诸臣，皆看过了，发下胡靖与张志幻。二人毛骨悚然，一一招认，叩首流血，甘心受死。聂隐娘即下殿，将剑指着二人，各画道符儿。胡靖只道是斩他，引颈而受，好一会不见剑砍下来。偷眼看时，却有一面大镜，正照着脸儿，都是粉墨赤朱，涂得花花绿绿，比戏子装的小鬼判官还丑些。又瞧瞧张志幻，已变了狼的脑袋，还挺着两个角儿。武士喝令二人，向镜细照，倒比杀他更觉快意。遂令逐出城外，听其自行还国。满释奴即掷下原来玺书，封函是未发的。诸臣见帝师处置，总出意外，莫不欣忭而退。胡靖等依然被武士牵出，解开锁练，又饶着几拳，作饯行之礼。幸有两三个家仆，正来打探信息，一见大骇。有个嚷道："这个妖术！"叫他不要慌，才说完时，已变作野猪的形象，喉间哼个不住，连话也说不出了。那时围绕着看的人千人万，走不过去。胡靖肚里又饿，脸上又羞，真个上天无路，入地无门。见有个酒肆，一径钻入去，倒在个木榻上，蒙头而卧。呼取酒来，连饮了几杯，方觉神气略旺，就大家吃了些东西。等到昏黑，方敢出城，起个清早即便登程。胡靖自忖这副形状，如何回朝，不免寻个死路。忽想着胡瀹曾说帝师宽仁大度，念诵圣号百千万，皆能感应。又闻得天师斩了他部下猴精，追取魂去，仍行释放。或者我每日拜诵，尚可邀帝师大发慈悲，乃悄然与变猪的家人说了。在半夜子时起，主仆二人，默呼圣号，拜至五更而止。七日之后，容颜复旧。张志幻见了要问时，张着嘴儿，但一味嗥嗥，与狗无异。心下愤极，至渡小黄河，自投于水。胡靖落得好去复命。妙在两员逆使，请出几万天兵；一封玺书，求来十二罪檄。下文写出。

第九十三回

申天讨飞檄十大罪　命元戎秘授两奇函

月君逐去燕使之后，凝神静坐，时闻有默呼圣号者，遂运神光一照，见是胡靖主仆，礼拜恳切，乃赦复原形。及张志幻自投浑河，亦在照见之后。遂向鲍、曼二师道："这道士是何肺肠，从无事中生出事来，落得个死。"鲍师道："天狼星也在无事中生出事来的，它闯入月宫，原是无因而发。轮回之后，彼此皆成仇敌，似乎此因亦灭，不复能生苗结果。然所谓因者，是终不可灭之，物若有触其机以动之，则此因勃然复发。大士不云'如铁之与火石，必有激而合之者'，到那时节难解难分，所谓冤孽也。这个道士，前身原是中山千百年苦修之狼，上界列宿是其主儿，所以不知不觉有此一番举动，迎合天狼。若在凡人，有不溺于其内者乎？则自此而仇敌变为欢好，欢好而复成仇敌。此因此果，生生不已，何时了局。今帝师统兵北征，我之大功既成，彼之恶因亦灭。天狼心内之苗，被我斩刈无余，永绝再生之机，是此道士虽罪之首，乃功之魁也。"月君大悦。曼师道："人心不知何物，一有所种，万劫难消，夫妇而或为仇敌，父子而忽为冤家，总脱不得个因字。老鲍往往为人作伐，也少不得生出个因来，方知道苦哩。"鲍师道："我为你做个冰人，少不得你也在这因内。"各位仙师皆拊掌大笑。

月君遂传敕于诸大臣，令议定燕王平生大罪，作檄布告，兴师申讨。时海东南诸国，高丽占城、日本琉球都来进贡。又沐西平差使奉表之后，滇、黔、蜀、粤诸处，凡建文帝足迹所至者，皆奉了建文年号。差官入觐，络绎不断。月君令将申罪讨檄，悬示行阙之下，俾夷夏之人万目共睹。其檄文云：

太阴君讨逆帝师，檄示于四方曰：孤家为蒲台一女子，幼习诗书，长通兵律，素知君父大义。当燕逆兵下金陵，孤家方二十有一岁，倡发于草茅之中。义旗初举，豪杰景从，虽卒不满千、骑不盈百，大衄①

① 大衄（nù）——大流血，意为"大败于……"。

燕师于淮北。长江天险,无舟可济,不得已旋兵济上,先枭群恶,遂定青齐。恭奉建文年号,复建行阙于济南,写圣容于黼扆①,躬亲朝贺。时耆旧元臣,与忠义子弟,后先来归,翊戴孤家为帝师,正名讨贼以令天下。于是遴遣四使,分道诸省,遍访乘舆。孤家又命将出师,克取中州,南抵淮扬,西迄荆楚,逆党如云,扫掠殆尽。遂设迎銮二卿于江干,祇候行在。龙舆一日未返,孤家一日未安,前后三差使臣,甫能觐圣主于滇南狮子山内,承颁密诏,必须先覆逆巢,然后复位。迩者年谷丰登,士马精壮,正忠臣义士,报冤雪耻之日。孤家当亲率六师,直捣北平,擒元恶而告之宗庙,俘逆党而置之国典。庶几上慰高皇帝在天之灵,下抒四海臣民之望,爰列燕孽十二大罪于左:

第一大罪:背叛高庙圣旨造反;

第二大罪:逆兵犯阙,逼逐乘舆出奔,擅僭帝位;

第三大罪:逆兵犯阙,逼迫国后自焚;

第四大罪:擅削孝康皇帝庙号;

第五大罪:毒死帝弟吴王、卫王、徐王;

第六大罪:搜寻东宫太子,以致亡命荒徼;

第七大罪:杀帝诸子;

第八大罪:遣逆臣四处搜求行在;

第九大罪:族灭忠臣数百家;

第十大罪:广捕守节逋臣,屠戮不数;

第十一大罪:扃锢孝康帝子皇孙;

第十二大罪:发忠臣妻女于教坊司。

建文二十六年正月　　日檄

吴学诚等遂将檄文刊示中外,并发诸夷国使,及各省入觐官员,令带回宣示。月君遂下教场,点将誓师,共计大将一十九员:

京营中军大将董彦杲　　左军大将军宾鸿

右军大将军阿蛮儿　　前军大将军瞿雕儿

后军大将军郭开山

在京大将六员

---

① 黼(fǔ)扆(yǐ)——一种绣着黑白花纹的屏风。

董翥　董翱　宾铁儿　金山保　小咬住　小皂旗

在外调来大将五员

楚由基　卜克　平燕儿　彭岑　曾彪

武科新将三员

屠龙　陈钺　龚旻

又女将四员

满释奴　范飞娘　女金刚　回雪

其余偏裨将佐,俱不细列。雄兵七万五千,按六军之数,皆山东、河北久经训练、娴习战阵的壮士,纪律整束,号令严明。以大司马刘䁲为元帅,谭符为监军,小皂旗为先锋使。五营大将:瞿雕儿、阿蛮儿、董翥、平燕儿、宾铁儿。合后大将:屠龙、陈钺。左右哨将军:金山保、小咬住。共领精兵三万,进取德州。又敕青州开府司韬为元帅,连华为监军,统领大将楚由基、郭开山、彭岑、曾彪、卜克、董翱、龚旻,并本部朱飞虎、丁奇目、彭独眼,共十员,精兵三万,进取保定府。以少司农陈鹤山督理军饷。郎官杨福、道臣高宣为两路监运使。留下董彦杲、宾鸿二老将军,守护行阙。遂以国政专付太师吴学诚掌理。又以高崧代青州开府,又除胡传福为大司马,与少司马巨如椽专司戎政。月君自与鲍、曼二师,两位剑仙,四大弟子素英、寒簧、胡贞姑、连蕊娘,并女将四员,领兵一万五千,在两路元帅之后,适中督率,徐徐而进。各发锦囊一函,内藏秘计:付司元帅的,是兵监保郡,先袭定州,以绝定州之援;付刘元帅的,是一面进兵德州,一面先袭景州,以绝河间之应,且扼其败走之路。

向来燕国重兵,都屯在河间、保定、真定三府。其定州在保定之西,真定之东,界于左右之间,相距各一百五十多里。景州则前有德州,后有河间,适处正中,相去亦各一百五十余里。这两处原是个小地方,城郭凋敝,总在大郡腹内,无人保守,只消半夜潜师进击,可以唾手而得。刘元帅看了密计,即发大将二员,瞿雕儿、宾铁儿,领猛士三千,在平原分路,偃旗息鼓,限一日夜,要到景州。拔城之后,如有河间兵马来救德州,让其过去,从后袭击。自己统率大兵前进。

那德州是南北第一要道,燕王令第三个儿子高煦镇守。统领部将王斌、韦达、盛坚、吴健四员,后又令永康侯徐忠、靖安侯王忠二员足智多谋的老将来协助,共有强兵三万。那时闻得济南发檄起兵,高煦自领部将,督兵二万，早在界上，立个大寨，整顿厮杀。先锋小皂旗、金山保、小咬住先到。高煦望见旌旗不展，鼙鼓不鸣，呵呵大笑："我向欲擒这草寇，父王恐大功既成，要夺东宫之位，决意不许。今日我杀他片甲不存，踏平济南。这个储君，稳是我做，天下稳是我得的了。要说他是仇人，还算是我的功臣哩。"遂令吴健出马，金山保挺枪接住。战不数合，卖个破绽，吴健一枪搠入，好个金山保，扭身闪过，随手掣住枪杆，只一拖，攧下马来。小咬住轮刀飞出，挥为两段。韦达大怒，喝道："竖子休走！"手拈方天画戟，直取小咬住。咬住偃月刀劈面相还；盛坚又挺起蛇矛，来战金山保，捉对儿在阵前厮杀，好似走马灯的样子。但见：

两位年少冠军，姿容韶秀，精神轩翥，都是诗礼传家，忠臣令嗣，生来的膂力方刚，超群武艺。请看：偃月刀如电随身，梨花枪如龙绕臂。那两个苍发武夫，皮粗面黑，酒糟肉腻，却是金带官衔，银章都使，也曾经转战沙场，弓飞马驶。谁道丈八蛇矛，只支空架，方天画戟，却弄虚花。

战够多时，四个之中，输了一个。原来是韦达被小咬住砍断左臂，翻身落马，又复一刀，完了性命。盛坚心忙手乱，虚晃一枪，却待要走，被金山保大喝一声，刺中腿股，两脚悬空，倒撞地下。高煦大怒，手绰神枪，飞至面前。两员小将，见他来得凶猛，双举兵器敌住，丁字般来来往往，盘旋大战，约已五十余合，直杀到红日沉西，方才鸣金收军。

刘元帅大军到来，闻得连斩三将，心中大喜，亲为两员小将军把盏。次日放炮开营，高煦结束出阵。刘元帅认得是燕朝王子，有万人敌的，下令诸将同心协力，先须挫这贼的锐气。早有卜克纵马舞刀，大骂："逆贼！我先斩汝这个元凶来号令！"高煦更不答话，举枪便刺。卜克隔过，回刀便砍，马已错过，落了个空，心中怯了一怯。战有五十来合，气力不劲，只有遮挡之功。小皂旗在门旗影里望见，恐输了不好，就纵马而出，大呼道："卜将军且歇，让我来斩此贼！"好个高煦，气力愈猛，精神愈锐，便来接战皂旗。两员将，两条枪，如龙破石，如蟒翻波，大家不饶半点儿。皂旗暗忖不能胜他，佯败而走。高煦骤马来追，皂旗掣下铁胎弓，扣上雕翎箭，飕的一声，早被高煦绰住。又闻得弓弦再响，急忙舒手接时，恰中在手腕虎口下，射个对穿。高煦负疼带箭而走，小皂旗直追到营。营内强弓硬弩，如雨点般射将出来，只得退回。监军谭符献策道："贼营大将受伤，必然胆落，今夜可以劫寨。”刘元帅道：“堂堂天朝，正正王师，不屑犯这劫字。我有道理。”暗下令诸将：“人不解甲，马不卸鞍，枕戈而寐，半夜造饭，四更蓐食，五更进兵。是贼方起时候，尚无提备，我们鼓勇砍入，踹其营寨，贼败须紧追至城下而止。”诸将各遵号令，且去安睡。

却说高煦回营，拔去箭杆，血涌如注，忙把千年石灰合就的金疮药两面敷上。幸亏射的是掌肉，未坏筋骨。顿时血止痛减，咬牙切齿大怒道：“我身经百战，无人敢当，今日受衄于草芥，若不杀尽，誓不干休。”眉头一皱，计上心来。唤王斌密谕道：“贼谓我受伤，必骄而无备。尔守住营寨，我亲自提兵，去劫他中营，擒贼擒王，余可不劳而定也。”遂点起铁甲三千，各赏了酒肉，等到半夜，马摘铃、人衔枚，悄然而行，径取中营。刘元帅方起，秉烛而坐。燕兵呐喊一声，砍寨杀入，陡见中军帐内双炬荧煌，高煦误认中计，传令速退。此时寨内将士，早已起来，正在整顿马匹军器，闻知有变，一齐在黑影里杀将出来，大呼：“休教走了劫寨的逆贼！”高煦仓皇夺路而走。刘元帅飞令后营军士，各点起火把，尽力追杀，就便踹其营寨，众将皆抖擞精神，直追至燕营。营内军兵大半是睡着的，忽听说劫寨之后败回，先自慌张，马不及鞍，人不及甲。高煦撞入营内，自相践踏，登时沸乱。王师乘势杀进，曾彪、平燕儿当先，斩馘燕兵，不啻摧枯拉朽。高煦、王斌只得弃寨而走，辎重粮草尽为王师所得。高煦领着败兵，逃向德州去了。走不及的，尽皆降顺。刘元帅下了燕寨，方令军士造饭饱餐，于巳刻进兵。即令新降燕军，在德州城下，指着高煦名儿，百般辱骂，竟日无人出战，遂率军士围城。城内虽有徐忠、王忠，并将佐数员，兵士数千，只因高煦挫衄，个个胆战心惊，谁敢出战。《明史》上说高煦为靖难时第一虎将，至宣宗时造反被擒，削为庶人，盖在数千斤铜缸之下，他将腰一伸，头顶着铜缸，直立起来，你道是何等气力！那时杀败回来，费了力气，动了恼怒，箭疮溃裂，在府中调治，没有个敢多嘴去报他的。徐忠、王忠二人，虽然经历战阵，挣得个侯爵，都是平常的人物，总要听着高煦的号令，只办得严守城池，闭门不出，就送他妇人巾帼，也是肯受的。刘元帅亲自督师，攻打了六昼夜，无法可破。忽有小校赍上箭一枝，说是城内射出的，箭头上系有纸捻一条，舒开看时，写着数句云：

本城守备葛进，当日与燕战败被俘，心存故主，无路投诚。今为高煦委管火器，现守南门，当于明日夜半，将炮倒打城内为号，王师便可乘势登城,自有接应。

刘元帅看了,知道当日德州投燕,倒有个末将葛进,曾与燕兵大战,是有忠心的。遂传密令与诸将,备好云梯。次日三更,忽闻南城火炮,向城北打去,就一齐奋勇上城。葛进率数百人来应,斩开城门,迎入大兵,四处分杀。高煦初闻一炮正打在后楼角上,只道是城外敌兵打来的,心中惶恐。忙令家将登楼看时,满城火焰通明,王师尽是红巾,砍杀城内军兵,浑如斩草,绝无呐喊之声,遂如飞的报与高煦。高煦这一吓非同小可,自己的坐骑,也备不及,随便跨上现成有鞍辔的马,带了家将、王斌等十数人,出了府后门,向西径走。幸而王师全在东南,尚未杀到西城,只有自己败来的兵卒仓皇奔窜。城门紧锁,无路出去,挤塞住了。高煦即令斩断锁钥,招呼这些逃命的兵士,一涌而出。走有二十里,方才歇下。只见徐忠、王忠,领了千余人马也到了,喘吁吁的说道:"殿下在此了,我等找寻不着,甚为不安。"高煦问敌兵怎得进城。徐忠道:"人说是葛进内应,也还不知确实。"高煦道:"不消说得,这贼倒放的火炮,拿住了他,碎尸万段!"于是合兵一处,径投河间大路而行。有分教,刘元帅督亢雄图归掌上,更须看,司开府渔阳险塞括囊中。在下回分解。

第九十四回

燕庶子三败走河间　司开府一战取上谷

刘元帅定了德州，谓谭将军道："日者报道景州已拔，瞿、宾二将军守着孤城，专待接应。若河间贼将探知，必然兴兵争夺。今高煦又从此路败回，保无合兵攻击。谁敢前去追杀，就便进取河间？"小皂旗、屠龙、陈钺，皆应声愿往。谭监军道："某愿率领三将，点三千精锐，为元帅效一臂之力。"刘璟大喜，立刻调发。然后盘查库帑，安抚兵民。凡文武官员迎降者悉与旧职，升葛进为参将，防守城池。随后督率大队而进。暂按这边。

且说高煦等一行败兵，正走之间，闻得景州先有王师屯扎，不胜骇异。原来雕儿、铁儿袭取景州之后，塘汛兵丁降者降了，杀者杀了，无人举烽传报；德州被困之后，城门又闭得密不通风，不许一人出入，所以如在梦中全不知道。王忠忽拊掌道："有个妙计在此，我们如今且走沧州去的路，略到晚间，便折向景州，半夜可至，乘其不备，逾城而入，唾手可得。就将他袭我的计策来袭他，看他走到哪里去？"高煦连声道："好！且先复了景州，会同了河间兵马，再来巧复德州。"算计已定，遂向小路缓缓而行。扣算了道里程途，略到黄昏时候，便掣回兵来。马摘铃、人衔枚疾趋到景州。正值三更月上，城头悄无一人。高煦等督军肉薄而登，斩开城门，放进马骑，呐喊连天，四路搜杀。瞿、宾二将，也还不知德州已下，每日只防的河间兵马。方才巡街回来，尚未睡觉，忽闻喊杀之声，急忙绰枪上马，领着二三百铁甲，迎向前来。月光之下，见是高煦，只道战胜而来，心吃一惊。高煦也认得瞿雕儿，曾杀个平手的，箭伤未愈，也吃一惊。两人咬牙切齿，就在大道上交锋。王忠挺枪跃马向前助战，宾铁儿大吼一声，舞刀接住。道路狭小，四骑马盘旋不得，搅做一团。赵奢①有云，"如两鼠斗于穴中，将勇者胜"。王忠不能措手，早被铁儿连人和马，砍倒在地。却不料徐忠从后抄来，率兵拥上。王师前后，总被燕兵阻塞，无路可杀出去，十分危急。

---

① 赵奢——战国时赵将，善用兵。

高煦乘势大呼冲击,王师纷纷落马。忽又闻轰炮之声,正不知哪里军马,又杀进城。雕儿大叫:“宾将军,此地是我两人落头之处,慎勿退缩!”道犹未了,忽燕军背后,震天的叫苦。却是小皂旗三将,也是连夜追来到了城下,听见城内厮杀,猜知八分,所以杀进来救援。铁儿见是自家旗号,气力倍加,左冲右突,奋呼截杀。那时燕兵也被王师前后逼住,无路可逃,斩馘殆尽。只有高煦走入一小巷,穿到城脚,绕城而走,回顾后面,只有王斌一人跟随。高煦道:“守城门的都是贼兵,我们怎出得去。若被拿住,岂不坏了我一世英名。莫若仍回大路,战死城中,也博个马革裹尸名色。”王斌道:“殿下千金之躯,岂可此等结局。”

正说之间,却见前面城堵有坍颓的所在,却是屡次爬城卸去了丈许,往下看时,离地只六七尺。王斌道:“此处可一跃而下。”高煦道:“人可下去,马却怎能也下去?”王斌道:“事不宜迟,臣有个使马下去的法。”高煦遂向外纵身一跃,已站在城根。王斌陡然把马一推,跌将下去,坏了前蹄,倒在地下,已是骑不得了。王斌道:“这不是殿下的坐骑,所以不中用。”就把自己的马牵来,在后股上拍了两拍,大呼道:“汝可救主,快速下去!”尽力向外一推,那马也用力一纵,前脚着地,后腿坐倒,鞭起看时,绝无伤损。高煦又把鞍辔整了一整,肚带扣了一扣。王斌呼道:“臣今日报殿下之恩!”即拔短刀自刎。高煦道:“好汉子!我负了你也!”如飞跨上马加鞭而去。

时谭监军已到城中,燕兵亦尽投降,诸将皆来献功。监军遂取库内帑银,绛赏了将士。下令道:“此处到河间不过百余里,兵贵神速,今夜子时骤至城下,乘其不备,可以拔之反掌。谁能建这大功?”瞿雕儿、宾铁儿、小皂旗皆踊跃愿往,遂率三千猛士先行。监军率领屠龙、陈钺随后进发,偃旗息鼓,衔枚疾走。三更以后,已到河间城下。才竖云梯,只听得一声梆子响,弩矢如雨点般射下,倒被射伤好些。这是高煦逃至城内,料必有人来追袭,安排等着的。雕儿只得挥军退回十五里扎住。监军到来,说知缘由,便待至辰刻,饱餐战饭,然后进兵搦战。

那时守河间府的是武成侯王聪、武康伯徐理,共有马步兵二万。只因保定被围,赵王燧差家将来告急,徐理领了五千兵,带了大将李谦前去救援。只剩得王聪与大将满彪二人,其余偏裨算不得数的,议欲坚壁固守,以待保定信息。高煦是性急如火的,怎肯做缩头不出之事?厉声发话道:

“我在德州,三战皆捷。只因内有奸细,误陷城池。今日来的贼将,是掩袭景州的,并不是德州大队,适才已中我计,如今须要杀他个片甲不存。尔等尚未监阵,如何这等害怕?”王聪明知军心惶恐,战则必败,无奈高煦说的是监阵退缩,军法上应斩的话。让他是个王子,不敢违拗。只得点起三千精兵,大开城门,放下吊桥,向前迎敌。尚未列成阵势。被雕儿等三员虎将,如烈风一般,捲杀过来。满彪与铁儿战不五合,被铁儿卖个破绽,大喝一声,泼风刀当头劈下,满彪忙闪不及,连盔带脑,藕披削去。王聪与雕儿对敌,遮拦不住,见折了满彪,越发慌了手脚,虚晃一枪,拍马而逃。燕军已无主将,登时乱窜。雕儿紧赶着王聪,看看近城,两马只离得数尺。雕儿却不伤他性命,只在背后将枪尖来弄影。说时迟,那时快,王聪刚进得城门,被雕儿飞到,门军关闭不及,早进重门,一枪刺王聪于马下。便拔钢鞭,乱砍门卒,头裂脑飞,排山而倒。城上有员武弁,见敌人已进城门,疾趋来救时,小皂旗早到,飕的一箭,射中面门,坠于城下。后队宾铁儿率领铁骑也到了,大伙儿杀入城去。时高煦正在挑选兵马,闻了此信,便谕令诸军:“速随我走!”出了北关,正迎着城南败兵,绕向北来,招呼着同行,也就有了二千多人马。当时有嘲他四句口号云:

杀得片甲不存,可怜彳亍零丁①。幸而用些狡智,翻得二千新兵。

高煦倒意气扬扬,径奔涿州去了。雕儿等更不追袭,只招降城内的燕兵,尚有数千。监军到来,见夺了城池,心中大喜。忙书露布,飞报刘元帅。时元帅已在景州,遂率领诸将前至河间府。才进得城,忽报帝师颁下密谕,遂与谭符叩接,启视云:

河间必有贼将率兵前救保定,宜速发一旅,以掩其后。俟保定下日,孤家别有调度,慎毋北进。

这是月君睿鉴,洞悉刘、司二元帅两路的军机,又料出敌人的情事,所以有此密谕。

其实谭监军报捷的书,尚未奏到。兵法有云:知彼知己,百战百胜,此之谓也。当下刘元帅询问降兵,方知有徐理、李谦去救保定,在谭符取河间之前一日。遂遣大将卜克、董翥督领轻骑三千,星夜掩袭徐理之后,屯

① 彳(chì)亍(chù)零丁——孤独地、慢慢地走路。

驻大兵,静候捷音。

却说保定府为赵王高燧分藩地方。其镇守大将是保定侯孟善,后又添了都挥使唐云,并亡命将军朱狗儿与其义子狼儿,这两个都有万夫不当之勇。西去三百里,是真定府。有忻城伯赵彝、云阳伯陈旭两员老将屯扎。原是建文时永平守将降燕,略有些智谋的。他也算定州夹在两郡正中间,必有敌人来截断。赵、陈二将与大家商议停妥,就约会了保定侯孟善,将定州库帑仓粮搬徙一空,并撤了防守之兵。连富家大户,都远迁于乡堡,只剩几个书呆子的文官与穷苦的百姓在内。司元帅向北进兵,那二郡一州,是雁翅般横列着的,与德州、景州、河间府鱼贯样直进去的地势大有不同。司韬得了月君的秘函,即发曾彪、董翱,于半夜率兵去袭定州,唾手而得。不意当日就被燕兵四面合围,困在城内。保定侯孟善等,督领军将,却来与司元帅对垒。真定陈旭等,又出一支人马,从西而至,列成犄角,日与王师更番挑战,竟将定州遮蔽在后。曾、董二将,内无粮草,外无接应,势不能支,只得大开城门,拼命杀出。其如士马饥馁,寡不敌众,都裹在重围之内。董翱战马蹶倒,燕兵锋刃如雨,身负重伤而死。曾彪身中两矢,部下只剩 得数骑,方欲拔刀自刎,忽西南角上,喊杀连天,燕军莫不披靡。曾彪睁眼,认得为首二员女将,一个手舞两口镔铁刀,一个手舞一柄浑铁锹,乃是女金刚与满释奴,真有八面威风,无人敢敌。

请问二女将怎的来救?原是司韬将真、保两路燕兵拒敌的形势奏闻,月君便算到定州受困,特授了破敌的方略,飞驰到此。顷刻之间杀散燕兵,与曾彪合作一处,径投大路去袭赵彝、陈旭大营之后。二将疑是从天而下,一时没了主意,但传军令,妄动者斩。女金刚早已当先杀到,直冲中寨,赵彝遂跃马挺枪,向前迎敌,被女金刚铁锹一掀。枪已撇开数尺,顺手锄下,脑浆迸裂。满释奴即便挥军,砍寨杀入,陈旭胆裂心惊,措手不及,被释奴左手举刀,拦脑劈下,才招架得,不知右手的刀,在下横进,已将马首削去,陈旭撞下尘埃,被乱兵踹死。主将虽亡,却有个大汉守住纛旗不动,燕军尚自混战。曾彪后至,径奔大汉,大汉掣身走脱,纛旗砍倒,燕军大乱,四散奔走。东首保定军营,相距有三十里,望见烟尘蔽天,料是厮杀,朱狗儿亲率二千骑卒,向西来助战。正遇着两员女将,踹了营寨,追逐燕军。女金刚与朱狗儿劈面相迎,即便交锋,这一场好战,有诗为证:

一个未曾剖破玄牝的丑女,纵遇着潘安之貌,不动春心;一个已经割截鸡巴的壮士,即见了德耀之姿,也流清涕。一个莲花棒舞,错认天魔;一个浑铁锹掀,定猜罗刹。这两位从未到翡翠帏中,芙蓉枕上,共斗春风;只落得黄沙雪内,白草霜前,一拼性命。

相搏有二十余合,恰也成个对手之棋,饶不得一着。满释奴心焦起来,轻轻取出弹弓,探两三个铁丸在手,溜的一弹,正中狗儿左眼,打入寸许,负疼挣个住,又一弹来,打入右眼,落马而死。燕兵呐声喊,回身便走。哪晓得司元帅见燕兵提兵西行,也随后令彭岑、楚由基来蹑燕兵之后。恰又刚刚迎着这些败兵,被王师前后左右围裹上来,杀个畅快,只饶得些卸甲降的。

时天已晚,这里阵上阿蛮儿,正与狼儿大战,有八十回合。遥见尘头起处,王师如追风奔电,乘着大胜威势,金彭震天而来。唐云恐怕冲动阵脚,即令鸣金。狼儿即逼住阿蛮儿的大刀,喝道:"好汉子,且歇!"小贯虱笑道:"饶他不过了!"那边迟,这边快,弓开满月,箭发流星,早中狼儿胸膛之左,猛吃一惊,阿蛮儿手起刀落,斩于马下。司元帅鞭梢一指,诸将奋勇抢入燕寨。唐云不敢迎敌,望着后营先走。燕军势如山倒,自相践踏及斩首者无算,止剩有数百人,逃入城内。司元帅歇了一宿,于次日进兵围城攻打。适有河北响马巨魁①,诨名叫做泼天风、滚地雷者,也是董彦杲一流人物,其属盗为官司捕获,下在保定府牢,已有月余。他两个便纠合党羽,悄住城内,要乘势救将出去,因两家胜负未定,不敢下手。今见围了城子,兵心忙乱,趁着月黑时候,打入囚牢,砍开销镣。军器都是预带着的,各人抢在手内,一切狱犯,大家助兴,放起火来。共有八十多人,径奔南城,先杀守门军士。赵王燧与孟善,只道是奸细内应,不知有多少兵马,竟自引着部从,逃出东门,做个钝鸟先飞去了。时司元帅望见城中火起,守阵士卒惊慌,料有内变,急令将卒爬城,闻报南关已开,遂大驱诸将,杀入城内。唯有唐云,知是强盗越狱,一路赶到南城,遇着女金刚,大喝:"好逆贼!"铁锹在顶门下来,急忙举枪招架,觉着气力不敌,拨马便走,从小巷逃去。燕军立时乱窜,合城鼎沸。司元帅下了帅府,即令一面招降士卒,安集百姓,一面大书露布奏捷,又署泼天风、滚地雷为参将。忽报河间刘元帅,差卜克、董翥二将军,杀败了赵王燧等,现在城外候令。且看下回分解。

---

① 响马巨魁——"响马",旧称在道路上抢劫财物者,因抢劫时先放响箭,故称。"巨魁",有名的大首领。

第九十五回

刘元帅破坚壁清野　谭监军献囊沙渡河

赵王燧、孟善带二千余人，向东奔有三十里，遥见尘头起处，有军马迎来，老大一惊。孟善纵马看时，却是武康伯徐理的旗号，前部大将李谦也正飞马来探问，方才放下了胆子。喜得后无追兵，暂且屯驻，商议进退之策。忽又见旗影摇空，鼓声震地，正不知何处兵马。李谦、孟善各执军器在手，雁翅般摆列以待。看看相近，一将飞至面前，怎生模样？有小令为证：

发束金冠小，雉尾双行袅。画戟没遮拦，千军视等闲。百战威声烈，碎踏沙场月。银合一声嘶，冲营逐电低。

李谦纵马向前喝问："何方贼将，敢来拦路？"董翥呵呵大笑道："逆贼游魂，偷生在此，尚不知河间城池踏为平地，杀得个寸草不留。我今来找你首级去，一并枭示！"李谦方知河间已失，心胆先怯了好些。董翥早举方天戟劈胸刺来，李谦没奈何，闪开迎敌。卜克后队又到，便舞大刀助阵，孟善挺枪跃马来迎，交手不数合，早已力怯，拖枪而走。李谦见输了一个，无心恋战，虚丢个架子，也望本阵跑回。董翥举戟向后一招，二千铁骑奋勇杀进。若论对敌起来，燕军比王师尚多两倍，即使交锋，胜负亦未可知。只因听了踏平河间这句话，个个念及家乡，正不知父母妻子尚留得性命与否，谁还肯向前厮斗？王师又乘屡胜之威，端的喑哑咤叱，山岳震摇。赵王燧的胆子小不过的，第一个是他策马先逃，众人就弃甲丢戈，各自星散，降者倒有一半。孟善、李谦着了急，领着数百骑从刺斜里逃去。

二将也不追赶，一径入保定见司元帅，备细说知，元帅大喜。随有飞报颁到帝师敕旨，司韬接着，启视云：

保定虽定，诸处尚多反侧，特授司韬开府真定，招抚广平、顺德，控扼井陉关，以遏晋兵声援。连华授为监军道，整饬瀛海一郡三州，安抚兵民，督司粮饷。诸将士除司韬本部人马外，悉赴河间，候刘璟调遣，进取涿州。满释奴、女金刚，仍随孤家行走。毋忽。

司元帅与诸将各自遵行,刘元帅亦经奉敕,统兵进攻涿州。其相杀还在后边。

且说燕王自胡靖复命之后,日夕怀恐。忽报北直各郡飞送到济南天讨檄文,内开十二大罪。燕王看了,气得目睁口呆,到此也顾不得了,遂要亲自进兵,以决雄雌。忽又辽阳边报到来,阿鲁台统率部落侵犯界内。这一惊又非小可,害病的喉间生了肺痈,大便又生个肠痈,毒气充塞脏腑,纵有卢扁,一时也难措手。可怜燕王虽夺了建文皇帝的天位,其奈人心不服,内外兴戎,真个寝不安席,食不甘味。正在计无所出,幸喜得太子自西秦回来,奏说已访着了太孛夫人,必来降伏青州女寇,已算他数尽于今年七月。要到临期而至,只须搭高台三座在京城之外,不用一人相助,自有擒拿的妙法。其外秦中地方宁谧,人民富饶,真有太平景象,一一奏明。燕王闻言大喜道:"朕意决矣!都城之内,尚有雄兵十万,战将百员,草粮可支五年。有汝在此,深沟高垒,坚壁以守,纵有孙吴之智、关张之勇,料不能破,何况有太孛夫人助力!即使他负信不来,朕平了阿鲁台,从喜峰、桃花诸口进来,先遣密使与汝,预刻日期,出彼不意,前后夹击,必成擒矣。"太子道:"前者龙虎山张真人曾说,父王不可亲征山东,今御驾出关去征北狄,圣见极是。京中事宜,孩儿自能承当,不敢贻父王内顾之虞民。"燕王遂点起数万人马径出居庸,调集大宁、辽阳、朵颜各路兵将,亲征漠北。

燕王出京之时,正刘元帅拔除德州之日也。只因王师先截断了景州,并无报闻。直到保定被围,河间已失,两处羽书络绎,方才知道。太子大惊,遂与众文武商议,一面先令在芦沟桥平野地方搭造高台,一面选择威望重臣户部侍郎段民升为戎政尚书,敕赐尚方宝剑总督诸路军马,便宜行事。忽又报到保、真两郡皆为济南攻拔,赵王燧、齐王煦同出喜峰口,追从燕王北征去了。太子正虑高煦劣蹶,不肯承顺节制,得了此信,反觉放心。遂又遣镇远侯顾成、成安侯郭亮、兴安伯徐祥、忻城伯孙岩并京军二万,统随段民前往镇守涿州,以为京都屏蔽。

段民下令道:"青州妖寇占据中原已久,今以百胜之威驱兵直进,虽有贲育,难与争锋,莫过于坚壁清野、闭关不战,暗暗使人扰其饷道,使他进退两难,然后乘势击之,可保万全。要知道东宫之意,只须守得住涿州,候皇上回銮夹击,便是将士之功。若令目今进战,虽胜弗取。贼人到日,如有敢言出战者斩!”诸将士说到济南,个个战栗;一闻此言,心下皆已安然,齐声应道:“悉遵将令。”

段民即分拨顾成、徐祥、郭亮、孙岩四人分守四门。又涿州城北环绕拒马河,每当春夏,波涛汹涌,非舟莫渡。遂命都督李彬、谭清于北岸扎立两大寨,设方舟一百只,泊在北岸,令都指挥梁铭管理。如欲渡时,撑来接连南岸,比桥梁还稳 。若敌人来到东北、西北角上,即隔河放枪,不许他立寨。若敌人率兵围城,即渡河袭击,击败而止。其有随机应变,统候临时发令。又命李谦与伊弟李让各统精兵一千五百,马步相半,前去邀截饷道。部署才定,王师先锋大将小皂旗、金山保、小咬住已到城下索战。大骂竟日,并无一人答应,只得退回十里安营。

次日,刘元帅大队人马齐到。时正五月初旬,天气炎热,令军士赤身裸体,在城下指着名姓百般痛骂。守城将士都像聋子,不曾听见半句,刘元帅遂指挥军士攻城。北岸燕兵都跳在船上,一齐放起排枪,倒被打伤了好些。元帅亟令鸣金收军,也点起排枪弓箭手,向前去与他对敌。两边火枪药弩同时竞发,却不知燕军船上都遮生水牛皮,表里两层,中间虚着一寸,任凭厉害枪弩,只能透得外面一层,燕兵并无伤损。又被顾成、郭亮领兵出东门从刺斜里杀来,又折了一阵。元帅心中愤闷,遂令金山保飞奏帝师请示。

月君营寨与刘璟相距止百里,不半日就到。金山保将燕兵情形备细奏闻。月君道:“彼婴城固守,自是怯战,必来扰我饷道,以图侥幸于万一。探得我在此间,决不敢远来。且再退兵百里,设伏中途,先擒了劫饷之贼,则胆落而城可拔也。”遂唤范飞娘:“汝领壮士一百名,于今半夜前往某地方,拣高冈处所,如此如此而行。”又命女金刚与满释奴带二百铁骑,于明晨前往飞娘处所,如此如此行事。又烦聂隐娘、公孙大娘各统精骑一千,于明午向大路接应厮杀。又令飞骑密敕运饷军士:倘遇燕兵来劫,即弃饷车而走,毋得交战,致伤性命。

拨置方毕,忽绰燕儿自荆州奉吕军师之命来到营门,月君召令进谒。燕儿奏道:“军师战舰造完,水军训练精熟,有表请示进取安庆、克复南京日期。”月君看了奏章,谕燕儿道:“军师南征日期,孤家颁旨到那边去,尔可赴刘元帅军前听候调度。”遂又召金山保与绰燕儿同行,谕道:“要拔涿州,只在此人身上。”二人遂飞驰前去。

不上五十里,见有数百军士,纷纷跑回,大嚷:“燕兵劫了我们粮饷去了。”金山保知道是帝师饬令,不去管他,径自回营。那劫去军饷,便是段民差来的李谦弟兄,月君原拼着数千石粮米诱他的。得了这一次大利,意气扬扬,又哨将上来,恰又遇着五六车粮草。李谦挥兵杀人,王师呐喊一声,不敢迎战,又都跑了。李谦据鞍大笑,猛抬头,遥见有个女人,面若梨花,头挽盘云肉髻,束着翠叶冠儿,身衣淡黄滚袍,上罩素披,下系玄裳,跨着一匹桃花马,立在冈子上,后面排列着好些旌旗。李谦道:“此处有伏兵哩!”冈子背后,早突出一员女将,番妆结束,领着铁骑径去抢夺粮车。李让挥兵迎杀。李谦望见冈后伏兵尽出,只这美人独自站着,心下忖度:“这女人想就是姓唐的了,不可当面错过。我且活擒他来,不但受用个绝世美人,还成就个绝世的功名哩。”一骑马,一条枪,飞向前来,径抢上高冈。震地一声,连人和马都跌在大坑之内。冈背后跳出三四十名健士,挠钩、套索齐下,活捉起来,早被女金刚一锹,连脑带背揹断半截。那高冈上站的女将,即范飞娘也。当下遂与女金刚飞马前去助战,满释奴正在重围之内,女金刚大吼一声,当先杀人,迎敌者纷纷堕马。李让正迎着范飞娘,见身无甲胄,举枪便刺。飞娘手舞着两把宝剑,右手隔过枪,左手宝刀飞去,早中咽喉。燕兵尚不知主将皆死,恃着众多,只是混战。忽西南角上旌旗蔽日,金鼓震天,两位剑仙统着大队人马杀来。燕兵大溃奔窜,剩不得几个逃回,倒是粮车先被推去了。剑仙、女将自去缴帝师严令,遂有探马飞报与刘元帅,便教取李谦、李让首级,拴上长竹竿,并悬白牌一面,大书“段民截饷妙计,送下两颗首级,羞死羞死”,令人挑向城垛上边,唱一回,骂一回,城中无敢答应者。

元帅乃退军十余里,休养两日。呼绰燕儿问计,对曰:“帝师令末将到此,只为的‘爬城’二字,但贼 人严紧异常,恐徒送性命,难以成功。”刘元帅道:“既有内应,必有外合,汝且把难处说与我听。”绰燕儿道:“爬城只是末将一人,外应必须千军万马。若发兵太早,则贼人预备,末将岂能夺却城门?若发兵稍迟,则城内贼兵先应,末将岂能抵敌?即使去刺杀了主将,城外兵马也无由而入,比不得吕军师是千里潜师,掩其不备,可以袭取的。”元帅沉吟一回道:“汝言大是,我有妙策在此。”遂问众将:“谁有胆力,敢于黑夜爬城?”宾铁儿、平燕儿、泼天风、滚地雷,皆挺身愿往。又问:“谁能舞藤牌滚入千军之内,专砍马足?”彭岑、屠龙、曾彪皆言善能舞牌步战。宾铁儿大叫道:“若用团牌短刀,小将最能不过,唯元帅所使!”刘元帅道:“正好各用四人。”遂授计于绰燕儿道:“今日是二十一,至半夜方得月上,汝同平将军与泼天风、滚地雷在更深昏黑时候,悄然至南城下,只用软梯两乘,飞身而上,杀散守陴①贼兵,径砍城门,自有人来接应。”四将遵令,各自整备器械去了。又唤宾铁儿、彭岑、屠龙、曾彪授计道:“汝等各披软甲,只带牌刀,在南城门外左右埋伏,但看城门一开,便放连珠纸炮,径行杀入接应。无论马步军兵,舞牌滚进,但剁其足。此以寡敌众之策,随后便有接应。”四将也遵令去了。又唤瞿雕儿、阿蛮儿、卜克、董翥、小皂旗、楚由基六将吩咐道:“汝等于二更以后,飞驰至南门,离城二三里伏着,但听连珠纸炮,奋力向前截杀,占住城门,随后大兵就到。”六将也遵令去了。

绰燕儿、平燕儿等皆在黑暗中步行,神不知鬼不觉的到了城根,方交三更,守陴燕兵全然不知,辛苦了个把月,都有打盹熟寐的。绰燕儿竖起云梯,四将腾身而上。有两个巡更的叫喊起来,赶上前一斧一个,了却性命。有醒着的,跳得起来,措手不及都被杀了。飞奔到城门举大斧砍时,门闩是用铁叶裹的,不能遽断。城门兵卒皆已惊起,持刀杀将出来,被泼天风、滚地雷两人截住,杀的杀了,走的走了。绰燕儿、平燕儿方砍开城门内一重门,适郭亮领着百骑巡城,闻有异变,飞马而来,烈炬照得通红。平燕儿道:“我三人去迎敌,绰将军可速砍开外重门闩,放人来接应。”绰燕儿飞步向前,也是铁裹的横闩,用力砍下数十斧,方得砍作两截。泼天风等三人身无铠甲,皆为燕军所杀,都拥至城圈内来。绰燕儿着了忙,亟开城门走时,腿股上早着一箭,仆倒地下。城外宾铁儿四将疾放连珠纸炮,一涌而入,不知就里,见有人扑地,只认作燕兵,反加一刀,完了性命。四将奋身滚进,乱砍马足。郭亮倒撞下来,被宾铁儿当背一斧,砍个透明。那城圈洞内原不多大,燕兵进退不得,奋力乱杀。四个之中,屠龙死于非命。幸瞿雕儿六将俱到,正值月色明晃,楚由基、小皂旗神箭齐发,早射死了数个,又被宾铁儿、曾彪、彭岑砍翻了好些。燕军多弃马走了,三将就夺来骑上,与雕儿等占住城门。燕将顾成、徐祥闻知,又带来五百军士赶杀将来。瞿雕儿大叫:“宾将军可守住城门!”便飞马向前迎杀。六将虽勇,

---

① 守陴(pí)——城墙上守城垛子的。

如何当得燕军只有增加？又是巷战，难以施展。正在危机之候，元帅大军已到。三声大炮，尽杀入城。个个是长矛利戟，直前乱刺。燕兵又挤住了，无处逃命，自相混战。顾成见势头不好，拔刀自刎。徐祥从乱军中走脱，孙岩也逃出北关去了。其夜，段民巡视拒马河，歇在北岸营内，闻得炮声，急忙点兵来救。恰见孙岩奔回，喘吁吁说城已失了。段民大叫一声，自马上投下，跌得几死。

刘元帅方定了涿州，反折了五员大将，心中甚是凄怆。监军谭符进计道："拒马河北，贼兵尚锐，宜出不意，就今夜破之。某于出兵之日预料及此，已备有布囊一万在后营，事可立办。迟则恐彼设备，未易图也。"刘元帅会意，即命："小咬住、金山保点起六千步军，于二更天各负沙土一囊，听向导人指示，在浅狭处堵塞河流，横接两岸，待军马渡毕，杀向敌寨，汝二人亦尽率步军渡河。看他船上的兵登岸去救时，即便乘势向前，抢他船只，接渡大兵。"又使火枪手一千、弓弩手五百，多带旗帜金鼓，悄出北关，将旌旗遍插河干，只看城上扬起白旗为号，便一起擂鼓，向河北船上，五百弓弩齐发，只射一矢，便都偃伏在地，避彼排枪；再看城头挑起红灯，再发弓弩，遂又偃伏于地，俟我军杀到对岸营内，然后齐放火枪。若贼人仍以排枪拒敌，依旧偃伏避之。若贼人上了北岸，掩袭我军，即放炮擂鼓，遥助威势。如有错误者，斩首以徇。又下令瞿雕儿、小皂旗、楚由基、董翥率领精骑三千，限于半夜渡河，直砍贼营。又命卜克、郭开山、曾彪、阿蛮儿率领骑射手二千随后接应。元帅自统彭岑、宾铁儿铁骑五千，出城候船渡河。谭监军在城上举号指示。

部署已定，先是六千步兵出了南关，每人只取沙土一囊，顷刻而办，向导的人引至河流浅狭所在，各人卸入河内，填得稳稳如平地一般。瞿雕儿等早已急趋而过，距燕营只有二十里，城上白旗已经招动，城下伏兵大擂战鼓，各放起箭来。燕兵举火一看，旌旗遍满河干，遂连放排枪，却又寂无一人。才住得手，又听得金鼓齐鸣，乱箭如雨点射至。急忙又放枪时，但见旌旗飘飐①，不见半个人影。段民在中军帐也听得了，如飞出营看时，雕儿等四将已近，喊杀之声惊天震地。段民立马营门，一看情景，认煞了对岸是虚张声势，就一面挥令李彬、谭清二将迎敌，一面将号旗展动。那

① 飘飐（zhǎn）——风吹物体使颤动。

船上的排枪手见了,争先上岸,从左侧来打王师。恰好卜克四将统着骑射手正到,弓利马逸,枪手还未点着火,早被射伤好些。小咬住、金山保率领步军又到,皆是长戟,也从侧肋杀进,枪手早已放枪不及,又无别项军器,如何抵敌?三停之中杀去一停,余皆奔散。方舟悉为王师所夺,撑向南岸去了。卜克、郭开山便来接应,瞿雕儿等与燕将李彬、谭清合战。曾彪与阿蛮儿不分好歹,率军径砍大寨。那时燕营内尚有孙岩、徐祥、孟善、唐云、梁铭、徐理等上将数员,精卒万余,一齐杀出,将曾彪、阿蛮儿千把军士裹在重围。只听的一声炮响,刘元帅大队登岸,铁儿、彭岑奋勇当先,横冲杀入。段民亲自擂鼓,燕兵殊死力战。那边李彬、谭清,当不起前有雕儿、皂旗、由基、董翥,后有卜克、开山,杀得大败逃回,反将寨前自己人马冲踏,顷刻溃乱。王师乘势奋呼攻击,若山岳震压,燕兵大败。李彬、谭清、徐理、唐云皆殁于阵。孟善、徐祥、孙岩等大叫:“段元帅,徒死无益!”此时由不得段民不走,三将保着向北逃命。

刘元帅手挥宝剑,率众追赶六十余里。忽半空中飞下一对白鹤,嘴中衔着两面小白旗,就地一跃,化作两个道士,手展白旗,招呼燕兵走尽。王师赶到时,但见横排着十余里长、万余丈高的铜墙铁壁,挡住去路。从此夫,建文位号悬日月;已焉哉,永乐山河传子孙。且看下回端的。

第九十六回

孛夫人暗施毒蜮妖蟆　太阴主小试针锋剑炁

一双白鹤化作道人，手执白旗，布作危城峻壁，这就是太孛夫人的异术。那太孛夫人，也是天上列宿。金、木、水、火、土五星，为五行之正气。又有炁、孛、罗、计诸星，为五行之余气。所谓余气，即属邪气，其星即气之精也。天地之道，邪不胜正，是一定之理；而邪必干正，又属一定之数。从未有邪正并立，而可以相安者。太孛夫人是孛宿，乃五行中水之余炁。月君上应太阴星，为五行中水之正气，与太孛夫人是一邪一正。《内典》①云："孛星犯太阴则月蚀，罗星犯太阳则日蚀。"孛与罗，一水一火，皆邪气之干正也。如来为无上圣人，四大部洲总在慧照之中，这是最真最确的话。可知道孛宿与太阴君，在天上便为仇敌。到嫦娥降生之后，孛星也要下界来争斗一番，又未奉上帝玉旨，不敢转世投胎。心下气愤之极，他就自陨于陕西泾水之内。西方属金，金能生水，也取个相生之义。

泾水旁边有个草庵，内老尼正站在门首，见天上火球般一个大星坠入河中，声若沸汤，溅起波浪数尺。顷刻间，那星已滚圆的浮在水面，却不随流而去，端端正正凝然不动。老尼向前一看，像是块洁白的圆石。忽而顶上裂开，透出万丈光华，冲天而起，内含着一个玉卵。老尼大为惊诧，心猜是件异宝，恰又渐渐的浮到河涯，探手在石内，轻轻取出玉卵。可煞作怪，那光华如烟缕一般，尽都收在玉卵之内。老尼便双手捧向庵中，在灯下看时，滑润如酥，洁白如脂，甚是可爱。将佛前朱漆架子上净水碗儿取下，放在那架圈中，刚刚恰好。才脱得手，爆的一声，玉卵分开，跳出个小女孩儿来，长有八九寸，好似夜光出匣，精彩映照一室；在香案上打个滚儿跳将起来，已有二尺多长，便盘膝坐下。急得老尼口呼菩萨，只是磕头。女孩朗然说道："我乃天上太孛水星，有事临凡，不肯堕落轮回，所以敛精于石

---

①《内典》——唐道宣将当时所有佛经编辑成目，题名为《大唐内典录》。

卵,汝今收得,便是有缘。暂借庵中居住,叨扰几年,汝无轻亵,致干罪戾①!"老尼又叩头道:"只恐地方查问,没话回他,怎担得起干系?阿弥陀佛,这就是我出家人拐带人家子女哩!"女孩应道:"当今天子少不得来求我,何况他人!倘来盘诘,我自有法治之。"老尼便欢欢喜喜做些粗布小衣与她穿了,每日饲以糜粥。只三个年头,已像有十六七岁的光景,虽然足不出庵,却倒常有几个道装的人,夤夜而来,呼他为太孛夫人,正不知讲些什么。

到老尼病亡之后,太孛夫人就走至终南山中玉帝宫内,自言王母化身,特来度世。一时耸动愚民,若男若女,崇奉其道术者,不啻数万。显出神通,将两个弟子噀口法水,变做仙鹤,化了燕王金栋回来。虽说是构造金殿,其实要燕王知他本事,请去与月君作对的意思。又令人四布流言,说奉上帝玉敕,要去收服青州妖寇。那时陕西官员正要奏闻,燕太子已奉命而来,巡抚关中。访知的确,亲至终南山,以礼拜请。太孛夫人欣然允诺,于五月望日降临在芦沟桥的层台上,凑个正巧,救了燕兵。

那两面挡住王师的白旗,叫做玉叶旗,虽然化做铜墙铁壁,却是柔软的,若撞动了时,就压将下来,又比山崩还厉害。当下小皂旗、瞿雕儿等勒马看时,那座墙壁在半空中闪闪摇动,竟像是活的。心知古怪,挥军亟退,幸不曾着她道儿。刘元帅谓诸将道:"此妖术也!"遂飞报帝师。

时程亨与曾公望从和曲州狮子山白龙庵内建文帝处回来复命,月君正在召见,具奏帝已亲幸黔中去寻东宫,期至八月回銮复位。月君大喜道:"朕可一战成功,逍遥世外矣。"遂下令元帅撤兵,回屯河间地方。自与鲍、曼二师并两剑仙及素英、寒簧、胡胎玉、连珠娘四仙姑,于夜半凌云前往。其范飞娘、回雪、满释奴、女金刚四女将,拨与神兵三百为后应。

刹那之顷,已至芦沟桥。前面有三座层台,中间高台上端坐一神女,左右两台略低二三尺,左是辫发道姑三十六人,右是星冠羽士三十六人,皆用一片似烟非烟、似霭非霭笼罩着四面。曼师道:"趁这时候,我放三昧火烧个尽无,却不是好?"鲍师道:"你不看他顶上显出光彩,是至阴之炁,倘或水能克火,岂不折我第一阵?"曼师道:"我的真火,岂是凡水可制的!"鲍师道:"毗耶那的火,如何令甥女的水便能制伏?大凡火出在人之

---

① 汝无轻亵,致干罪戾——你没有轻薄亵渎、失敬之处,不致招引罪责。

丹田者，自有丹田之水可制，道兄切勿举动此火！”月君道：“火攻最为厉害，何况道家神火！倘有不应遭火劫者，一概烧之，有妨道行。我且与她先礼后兵。”曼师道：“还有一说，她在高台之上，我们安营在平地，固为不可；若站在空中，亦非常法。待我把刹魔甥女取去的九仙台移来何如？”鲍师道：“我知你要这座九仙台假公济私了。”月君道：“可以不必惊动圣主。”即呼口气吹去，霎时祥光缭绕，瑞彩盘旋，早结成一座三层的五玉灵台，都坐在第一层上。东方日出，照耀得璀燦陆离，不可正视。乃令寒簧大呼：“是何仙灵，可速相见！”

不知月君在这边嘘气成台，太孛夫人早看得分明，心中暗惊道：“神通不小！”又见鲍、曼二师及两位剑仙都是有名人物，四位仙姑又是成气候的，料着自己部下不过假借些幻术，岂能与之争锋？就将一种最恶最毒、神不闻鬼不见的东西安排下了，乃撤去台前白旗一面，现出那天生地化的肉身出来。怎生法相？但见：

发盘肉髻，身着铢衣：发盘肉髻，辫来浑似九纹龙；身着铢衣，绣出真成双舞凤。面非傅粉，含皎月之光华；目不横秋，射流星之芒角。依稀远黛，风流岂学卓文君？婀娜纤腰，舞动休猜赵宜主。若说到玉酥胸内，玄微幻术压天仙；更喜他香水裙中，香嫩奇葩怜佛子。

月君慧眼一看，知是处子，便生欢喜心，回顾众仙师道：“处子学道，须要成全她为是。”曼师道：“帝师爱他是处女么？待我这个光头弄她个死活不得。”月君忍不住笑，乃拱手遥向着太孛夫人道：“道长请了！请问，道长来助燕王是为恁么！”太孛夫人也举手道：“请问，你助建文是为恁么？”月君朗然应道：“我乃奉天之道，行天之讨，为万世立君臣之极。”太孛夫人呵呵笑道：“好胡说！建文数应亡国，永乐数应得位。我乃顺天之命，行天之罚，且为我报万劫之仇！”月君又问：“我与道长风马不及，有何仇报？”太孛夫人厉声斥道：“汝乃太阴婢子，我乃太孛星君，世世为仇！天上有广寒宫阙可避；而今罚在尘世，可可又遇着我，除非躲到黄泉去才得命哩！”月君欠身道：“如来以解冤消结为本，今幸与道长相遇，何不略去前仇，反结新好，同皈至道？”太孛夫人道：“既如此，汝可随我为婢，尚不失在弟子之列。”鲍师听了大愠，便将妒妇铁叉飞起，正照着顶门下来。太孛夫人早在袖中取出一根树枝，细如笔管，长不盈尺，向空掷去，就有丈许长短，正格着铁叉一击，火光迸裂，叉儿堕落尘埃，依旧归了顽铁。曼师大骇,便将鹿角棒掷起来迎,乒乓几下,把鹿角打作数段,纷纷的坠下。月君见坏了二师的法宝,口内轻轻呼出一缕青烟,就是所炼的剑炁,飞上青空,劈向树枝的叉上,整整分作两段,又被青炁旋绕不放,带了回来。众仙师亟取看时,那树枝外玄内赤,精彩射目,都不认得。

忽而素英等四位仙姑,各攒眉叫苦,台后范飞娘四将又都抱着头满地打滚,两剑仙亦站立不住,说道:"我们怎亦觉头晕得狠?"曼师向台下指道:"那沙土中都是些恁么东西,在那里探头探脑?敢不是他作怪?"月君运动慧光一照,见有无数形如四足小蛇,含着土上的沙喷射人的影儿。鲍师道:"此短蜮也,怎这般厉害?"曼师道:"太孛是水精,怪得她收取水边的孽虫,弄出这个伎俩来。若射了老尼的影儿,顷刻烧成个灰。"月君笑道:"曼师只顾着自己,《诗》云:'为鬼为蜮,则不可得。'蜮之厉害与鬼并称,以比小人,则其暗中毒害人的伎俩可知。太凡君子光明正大,责人以过,治人以罪,天下皆知。比不得小人,外貌若为欢笑,而心内藏着机阱,把个正人君子陷害至于死地,尚不知小人在暗中布置也。此物射人之影,受毒至死,茫不知其病之所由来,与小人之害君子无异,亦犹夫鬼之作祟,无影无声,人皆不可得见。诗人比讽最为精确,我今见此短蜮,不觉平素恶小人之念勃然而发,这个恕不得了!"曼尼笑道:"我岂不顾他人?只要成全帝师行宋襄公之仁义耳!既如此,我便放火了!"月君止道:"火性炎上,他若钻向沙土之内,如何烧得尽绝?我有当日杀八腊虫的三千六百绣花针在此。"遂取来向台下抛去,那短蜮止有千百之数,神针太多了,一个短蜮就钉有两三个针,顷刻尽死在土内。

余曾有短蜮诗一律云:

　　江边有短蜮,无影更无形。
　　激去沙如矢,飞来毒更腥。
　　嬉游从汉女,幻化动湘灵。
　　安得罡风力,驱之入杳冥。

诗内"湘灵"、"汉女"以比君王。要知道,小人不得于君,便无权势,虽有害人的毒计,也还施设不来;若人主一时误信了他,就像汉之党锢,宋之朋党,把天下正人君子都害个尽尽绝绝。诗人无物可比,借个鬼蜮也还是万分比不来的。闲话休题。

月君虽诛了含沙之蜮,独是素英等已受了毒,个个狼狈。鲍师道:

"短蜮秉水之毒气而生，又经太孛邪气炼就，纯是阴毒，力能灭阳。人之阳气有限，被其阴毒，无异熔冰山于炉内，弱者三日五日死，强者七日死，阳数尽于七也。今诸弟子道行已成，纯阴之体皆化为阳，不过玄黄交战，至于七日阳气来复，则阴邪消灭，必然痊愈。其女将幸在台后，受毒尚浅，亦无妨害。若两位剑仙，久成正道，不过一昼夜即愈。虽不怕他，但恐再有阴毒暗害之计，不及提防，宜远避之为善。"月君深以为然，遂打发两剑仙同素英等四仙姑、飞娘等四女将，于夜半悄然前往涿州白塔寺中静养，然后与鲍、曼二师再出台端。

太孛夫人正因水蜮被害，心甚恼怒。今见月君只得三人，其余皆无踪影，道是已经受毒 死了，心下私喜道："我折了一枝扶桑木，也就坏了他两件兵器；我折了八百水蜮，也就坏了他好些弟子，到底是我上风。"只听得对面朗声叫："太孛夫人，好好解此仇冤，帝师与你结个姊妹罢。"太孛夫人大骂："贱婢子是个什么帝师！你坏了我法宝，害了我部曲，就要求做我的厮役，也不能够了！敢出大言，说恁的姊妹！"就探手在锦囊内，取件东西出来。怎生模样？有词为证：

鼓吹人猜似，官私帝问将。陂陀金背跳波行，一线光芒，直射斗牛长。

乃是金背虾蟆一个。《太平广记》①载有妖蟆蚀月，即是此物。身体不过半尺，其光华发越起来，直能上凌，月魄为之失色。这是什么缘故？因广寒中有三足玉蟾，是他同类，一个成正飞升，一个成妖堕落，不胜嫉妒愤恨，所以吐出邪气来侵凌他。有时月光被夺，竟像个蚀去一般，岂不厉害？太孛夫人因他蚀月，是与己同仇的，所以收他来陶冶一番。那妖蟆的光华越发火上添油，非同小可，若是血肉之躯被他射在身上，无异烈火燔烧，顷刻糜烂。就是鬼神无形之气沾着些儿，光彩也就登时涣散，幸亏素英等预先躲去。这件东西，立见效验，比不得水蜮侵来可延时刻的。太孛夫人只道月君纵有法术，是已转凡胎的肉躯，自然禁不住的。哪里知道，月君从幼服的鲍姑仙液，又得了上笈天书，吞了老祖金丹，修炼了四十余年，已成金刚万劫不坏之体；曼尼是无始以来的魔道，皈依南海，又成正觉；鲍姑是

---

① 《太平广记》——小说总集，北宋李窻等编辑，因成书于宋太宗太平兴国年间，故名。

大罗天仙化身下界的。

那妖蟆只顾在口、鼻、囟门内喷出万丈光华，一直射去，绕着三位仙真玉体，竟像个裹在光华之内的。月君尚不知是何意。鲍师道："宜亟诛之，以正其千百年蚀月之罪！"那边太孛夫人见妖蟆无力，方欲收起，忽有白丝一缕，从空中飞下，正穿入妖蟆金背正中央。且听下回分解。

第九十七回

坎藏水火生红焰　土合阴阳灭白波

平空飞下白丝一缕,正正的将金背虾蟆与台上的木板直穿个透。太孛夫人亟看时,一声响,木板分开一线,那白丝卷着虾蟆飞过去了,真如紫电一掣,回眸不及。却就是月君剑丸,其神通越大了。那青白二炁,收束起来,无异丝缕之细。舒卷时,白炁就似银汉,青炁就似碧霞,盘旋激射,何止百丈!

太孛夫人也识得是剑炁,心中暗惊:"前日坏我扶桑枝,是股青炁,而今又是白炁。难道他有两把神剑?倘或竟飞到我顶门上,将何以御?我在这里暗算她,不要倒中了他的暗算。"遂将一顶素霓伞盖住全身,两面玉叶旗遮护左右两台,就是天雷,也不怕劈下的。还有两件法宝:一名水精珠,珠中有一红窍,窍中蕴着烈火,射将出来,浑如一条火蛇,其焰直飞百步之外。着人肌骨,便成灰烬;若使神仙着了此火,即不能腾挪变化。体是水精,而其用反在于火。一名赤瑛管,原是辰砂结成,其色正赤,故以玉英为比。管端亦有一红窍,内中却含着水银,其体止长数寸,光滑无比。朱砂为水银之母,水银乃朱砂之子,母子相生,是开天辟地产成的奇物。它的水银射将出来,与珠瀑无异。人若沾染一星,即时骨软筋酥,身体俱化。纵是大罗天仙,一污了身,那顶上三花、胸中五炁,也就消散。其体是火,而其用却在乎水。一是水中有火,阴中阳也;一是火中有水,阳中阴也。此二宝互相制而复相济,唯水精珠中之阳,方能济赤瑛管中之阴;亦唯赤瑛管中之水,方能制水精珠中之火,更无别物可以降得此二物的。

太孛夫人遂唤左右男男女女弟子吩咐道:"我错看轻了这泼婢子,倒把水蜮金虾蟆丧了性命。我今用着我至宝,她必然逃走。汝等可都化作仙鹤,飞赶前去,就像衔金栋的一般,把这三个尽行啄来,休得放走!"遂向怀内取出那颗水精珠托在掌中,说了句:"如意子,吐火!"只见珠心里跃跃欲动,喷出一道火光,犹之如电线直射过去,飞作百道焰光,无异烈炬,将月君烟霞所化之台登时烧散。曼师亟向坎宫呼口气,化为骤雨,翻江的泼下，不但不能息它，反将火势越发大了。鲍师亟呼兑宫少女风来，以反其火，不意那火竟扑到身上，空中四只白鹤遂舒爪来攫。鲍师见势头不好，即化道金光而逝。月君与曼师被火四面裹住，无法可破，亦只得化道清风，直凌霄汉，赶上鲍师去了。直至涿州清凉台上，方才敛了原形。回望时，太孛夫人正在那边收回火焰，招回仙鹤哩。

曼师笑道："你看老鲍这件八卦仙衣，烧去了一半，再走迟些，尊躯也好剩半个。"鲍师发嗔道："你的烈火袈裟，原是大士的，所以火不能烧。俗语云：'借人衣，不可披'。羞也咤？"曼师大笑道："不好了！帝师所穿的开辟朝衣，也是天孙的，可不羞也咤！"月君道："曼师以五十步笑百步，怎得人心服？我有龙女所献的冰绡，是入水不濡、入火不燃的，为师太太另制件八卦衣罢。"曼师道："倒不如火浣布的，烧了之后，仍然不损，倒比道长的仙衣还好些。"鲍师乃换了件六铢无缝天衣，向曼师道："你自恃有这件大士袈裟，可只在火里过活，怎的也走了？还敢笑别人呢！"曼师道："赌着我与汝大家不走如何？"月君道："不用戏言，从来水能克火，一定之理。怎么曼师下这大雨，像个火上添油的？"鲍师道："若下灭了这火，他的嘴敢是夸个无量无边！"曼师拍着手道："回风反火自烧身！罢，罢，我且不说，看你说出甚来！"鲍师笑道："蠢老尼！你哪里知道，那雨能灭火，风能反火，总是人间之凡火。即如花炮内之火，所借者不过药力，雨就不能灭，风就不能反，何况法宝内之火，又为道术炼成的！"月君道："还有一喻：人生五性之火，延烧起来，纵使日饮凉水，而其火愈炽；日扇凉风，而其热愈燥。"

曼师说："都说得好，且请问，怎的治他？"月君道："你看她珠是水精，而蕴含着火，乃水中之火也，必是火中之水方可制之。"鲍师道："诚然，然不可得。我有从治之法，须要得曼师走一遭。"月君恐曼师作难，即忙应声道："但请明教，我自会求曼师。"鲍师道："须得旃檀香木①，方能制灭此火。"曼师说："好诳语！问尔出在何典？"鲍师笑道："野哉，尼也！君子于其所不知，盖阙如也。五行之道，除金生水、土生金之外，如水能生木，而亦能腐木；火能生土，而亦能槁土；木能生火而亦能灭火。要知木得火而通明，究竟火附木而俱灭。天下有木既成灰，而火不熄者乎？"曼师道："就算做是，为何必用旃檀香木？"鲍师道："燧人氏钻木取火，冬取槐檀之

---

① 旃(zhān)檀香木——即檀香。

火,则知檀为阳木,与阴火适相契合。然此非凡火,若以凡木当之,一燎成灰,而火又延别物。唯旃檀为仙家之木,内胎神火,属阳,以火引火,同气相求,谓之从治——从其性而治之。能治,即能制也。而且檀木之性,至坚至刚。竭火力以燔之,方得焦枯。此之阳火灭,而彼之阴火亦灭,同归于尽矣。"月君鼓掌曰:"善哉!《列子》①以传薪谓火不灭,师以附木谓火亦灭,各有至理,少不得要烦请曼师到西天竺去伐枝檀木的。"曼师道:"不必天竺,我刹魔甥女就有旃檀香林,取枝来打什么紧,倘若灭不得火时,把这个道姑头发烧起来,兀的不是燎毛?"鲍师笑道:"你且小心着!我做首诗来送你:

坎坎伐檀兮,负之肩之上兮。不慌不忙,胡瞻尔有此秃贼兮。——"

尚未吟完,月君大笑,曼师忽不见了。未几,从空中掷下一株旃檀香树,曼师却在树内钻将出来。鲍师笑道:"多因是拿贼,躲在里面的。"曼师道:"且不与你斗嘴。"遂一齐飞向前去,仍旧结下层台。

曼师大骂:"泼贱人!快把你那话儿放出火来!"太孛夫人自想这件东西,除了赤瑛管,更没有甚破得,就将珠来一洒。喷过去时,竟似条火龙,盘旋抽掣,好生厉害!那时旃檀香树早已植在台中,火焰旋绕在树间,哔哔剥剥,片时烧为黑炭,火气全消,焰光尽灭。月君大喜。

曼师又大骂:"怪妖妇!你还有甚话儿?再放些出来罢!"太孛夫人正为水精珠内火熄精枯懊恨之极,忽又听得骂出这些话来,却像个知道他有赤瑛管的。沉吟了一会,自忖:"此二宝天生配合,互相制伏的,今珠内之火竟为木降,难道管内之水,也有别物可以收得么?"到此地位,不由他不显出来,就将赤瑛管握在纤纤玉手,叫声:"如意儿!"早见管眼内涌出一缕素练,长有丈许,散作喷筒相似。有词为证:

初看,若千百颗珠玑错落;再看,若数百道晶玉辉煌。飒沓疑闻剑戟声,惨于锋刃;拉杂似含火爆气,毒胜硝磺。漫饶你皓月之中,逞其伎俩;可恶他太阳之下,显此精神。

曼师笑道:"真个放出水来了!"说犹未毕,早把层台打灭。鲍师大叫:"快

---

① 《列子》——书名。相传为战国时列御寇撰。内容多为民间故事、寓言和神话传说。唐天宝年间,诏号《列子》为《冲虚真经》,为道教的经典之一。

走！沾不得身的！”即遁形去了。曼尼就倒栽葱撞入地下，月君却飞上太清。看那水时，也竟向空中射将上来，正有许多白鹤轮翅舞爪，要在那里攫人，反溅着好些，纷纷坠下。原来都是人变的，顷刻肌肤腐烂。

月君太息道：“好狠毒也！”即飞向清凉台。鲍师已在台下，曼师却从台底下钻将出来。鲍师拍手大笑不已，曼师道：“敢是疯了！”鲍师道：“好袈裟！好袈裟！好端端的打了个洞儿嗄，险些儿在光头上也打个小小的洞儿。请问，你像恁么样？”曼师亟脱袈裟看时，肩上打了一孔，恼得三昧火从眼光射出，发作道：“若在有毛的脑盖上打个窟窿，请问，你像什么样？”鲍师道：“好好！连帝师总骂在里面！泼怪打坏了你袈裟，不能去报仇，反在家里使威风哩！”月君道：“我知曼师顾不得多少。”曼师道：“真顾不得，我如今只把这泼贱妇扇作飞灰便了！”吐出蒲葵扇，一手擎着，腾身而去，月君与鲍师随后也赶上。

那时太孛夫人因反害了自己徒弟，咬牙切齿道：“这三个泼货！不要慌，拿住了时，只教他吃些赤瑛管的水，变作腌臜臭虫，方泄得我的忿！任你腾挪变化，也逃不得我天罗地网，且给他迅雷不及掩耳。”遂手握赤瑛管以待。恰好月君等正来了，那管中的水劈面就射。曼师如飞就扇，不扇犹可，好似虞山的佛水，被风一卷，翻起半空，从上溅下。正要躲时，太孛夫人早掷起素霓伞，罩个正着。月君、曼师趁势坐入地下去了，单单把鲍师罩住。太孛夫人忙叫两个弟子各执玉叶旗护在四面，自己将赤瑛管的眼儿对着伞的合口处，然后微微揭开，毂辘一声，滚下个滴溜圆的火珠来，好像水精珠一般样的，只在台上乱滚。太孛夫人一手去抓时，直跳将起来，却是寸许长一位鲍仙师，拱手道：“请了！”即借木遁而去，径到清凉台。只听得曼尼说道：“老鲍被他着手了，怎处，怎处？”鲍师现身笑道：“好扇子！他们害热，叫你打扇去！”曼师道：“有得你说！我这扇子扇海海干，扇山山裂，正不知是什么水，倒扇将起来。”月君道：“李长吉古诗云：‘石人清泪如铅水。’——好像铅水。”曼师道：“不要真是他话儿里面的水！”鲍师捧腹大笑道：“这都是你光头去弄出来的！”月君亦忍不住笑了一回，问鲍师道：“前日师太太治水中的火，有从治之法，今这火中之水，也可以‘从治’得么？”鲍师应道：“有正治即有从治。”曼师冷笑道：“这从治之法，不过出在医书上，谓相火藏于肝木，所以木之性与火同生，而火之性与木同死，盖相生而相死者。如今金能生水，你把黄金去制他的水罡。"鲍师道:"医书出自轩皇,具有五行玄微至理。即如从治之法,有寒因寒用,热因热用,通因通用,塞因塞用,正治之中又有从治,从治之中亦有正治,若执一而论,就是不通的庸医了。将尔比他,差也不多。"曼师发躁道:"你这啬夫,喋喋利口,而今正治是土克水,你可能把黄土来正治他的水么?"鲍师道:"诚然!后土夫人必能制之。"曼师拍手道:"正治,从治,与你不相干一点儿,要卸下担子给人了!"月君道:"虽然,师太太之说良是。"曼师道:"帝师也说是,可写角移文,夹个名帖,即着鲍老去请来,看是怎说。"鲍师道:"后土夫人是地祇之主,帝师是太阴之主。怎的学着俗吏,用起移文来?"月君道:"我在嵩岳会过夫人,理当亲去敦请,不可草草。"鲍师道:"也不消得,后土夫人之精灵无往不有,无处不然,但须志心皈命,默诵宝号三声,自然驾临。"月君遂三稽首,三诵后土宝诰,早见五色祥云遍绕清凉台四面。

后土夫人已至,只有侍女四人导驾,各提小锦囊二枚。月君等恭迎施礼,略叙寒暄。月君又载拜道:"诚以夫人为地祇万灵之主,不揣冒昧,敢祈圣力收伏水孛。"后土夫人答拜道:"适已知之,第嫌彼有扶桑杖一枝,恐觉费手。"曼师道:"是是是!扶桑木已被帝师劈开了。"遂令取来看时,果是此杖。后土夫人道:"彼下界之后,其同类都来讲授道法,如罗星授他赤瑛管,计星授他水精珠,炁星送他素霓伞一柄、玉叶旗两面。因所畏者唯寡人,群星又取扶桑木一节赠之,他就自恃无敌。今日应在败亡时候了。"遂取侍女锦囊来,探了二枚土丸在手,向月君道:"这丸是艮土之精,收他水的;这丸是离土之精,收他本身的。"曼师猝然问说:"若扶桑木仍在他手中,夫人何以致之?"后土夫人道:"制扶桑者,是月宫娑罗树,故此说略费手些。"月君大喜,便稽首请夫人驾行。夫人答道:"彼见了寡君就要远遁,帝师请往,我就在此收他。"于是,月君与鲍、曼二师仍飞向旧处。

太孛夫人早已手握法宝,一股白浆水如弩箭离弦,激射将来。这边快,那边又快,一土丸从空坠下,化作一座土山,把这股水压在里面。四旁溅起好些水银珠儿,尽钻入沙土之内,不留一滴,太孛夫人大骇。不知空中又掉下一土丸,端端正正的在顶上也化作一座土山,把太孛夫人压住,骨软筋酥,动弹不得。曼师遂举扉子向东西两台轻轻一摇,可怜那些白鹤弟子,正如游丝没影,野马无踪。不知孛星何日归天去,岂料鬼母今朝下界来。试看下回分解。

第九十八回

北平城飞玄女片符　榆木川受鬼母一剑

曼尼笑道："泼水孛而今压在当路，有甚脸面见人？待我送你一扇，也变作白鹤！师弟们一路登仙吧。"才欲举手，闻空中有声："请曼师姑恕她！当明正其罪。"原来是后土夫人驾到。月君等鞠躬迎接，就同过那边台上。

后土夫人谕道："孛星，孛星！你嗔妒之心太重！太阴星与汝本是同类，在天上既已屡肆侵凌，今在人间又大行凶暴！况且不奉玉旨，偷走下界，当得何罪！如能省改前非，朕当姑矜尔命。"太孛应道："我性专恶同类的，与我不同党，结下仇恨，万世不改的！除非月宫让与我，就歇手了。"曼师喝道："泼贱货！死在顷刻，还敢说此大话！"就当小腹下踢了一脚，正中元牝之户。月君劝住，请于后土夫人道："圣人以天地万物为心，何处容她不得？不与之较量罢！"后土夫人又谕道："孛星，你看太阴星何等度量！尔岂不愧死？也罢，燕地所乏者水浆，小民甚属艰难，朕今敕授汝为此方水神。以济其渴，毋使有虞，便是积累功行，他日尚可复职，慎之！慎之！"遂着两侍女押送至桑乾山小黄河发源处安插，今燕地人所谓水母是也。

月君再拜而谢，微问土丸神化之妙。后土夫人笑道："她用的水是炼成的水银，我用的土是炼成的艮土。艮为山，水银属金，本产于山土之内，以气相感而收之也。艮又居东北方，有一脉坎水在内，以性相孚而服之也。至太孛本身，为纯阴之水，非纯阳之火不能制之。我所用者离土丸，土中有纯阳也。以天地论之，太阳为阳火，凡火为阴火，故太阳出而火焰无光，水泽之气亦皆消灭。至若阴火之不能制水，犹之乎炊沸汤，而火气反从水气发矣。以人身论之，心火为阳火，肾火为阴火，故道家炼离火而成纯阳，一身之阴气尽灭。凡人则自少至老，心阳日减，阴火益强，而阴气愈盛，亦犹之乎炊沸汤，而火气皆从水气化，阳气亦从阴气灭矣。所以制伏太孛者，非止以土克水，盖取土中之离火以制其阴邪发越。否则，彼遂借土遁去耳,何能镇压其神灵哉?"月君又稽首道:"小童幸闻圣教!"后土夫人乃起辞命驾。

月君等拜送之后,就在这三座台上安歇。鲍师道:"老曼,来!我语汝:适才后土夫人以艮土收金与我之用檀木收火,岂不是同一从治之法?汝何以知之!从来水能克火,而今后土夫人讲的火能制水,这叫做反治。反治者,如药性中之相反者,亦可反用之而治病。老尼,老尼,汝又乌足以语此!"月君笑道:"正治、从治、反治,总不越乎阴阳二气相胜之理。若只在五行生克上讲,岂能尽夫玄微道妙?"曼师也笑道:"我只脱却二气外,跳出五行中,看这老道姑更有何说?"鲍师大笑,早见两位剑仙与素英四仙姑并范飞娘等四女将皆来了。

月君一面召令刘元帅进兵攻城,到夜半,同了鲍、曼二师去看北平城形势,以便指示方略。见城堵口排满的红衣炮、子母炮、轰天炮、神机炮,不计其数。已知道收服太孛,早作准备了。月君谓二师道:"始作炮者,其无后乎?任是金刚也经不得炮风一刮。用以攻城犹且不可,何况竟将来打人!这样东西,可是打人的?大家拼着将士化作肉泥便了!那六韬三略,六花八阵,直可弃作无用,又讲恁么兵法?甚矣,末世人心之不仁也!"鲍师道:"二十四年前,蓬莱阁上,九天教主赠有符囊,大约为此。"月君应道:"我亦想着。噫!玄女娘娘早虑着王师大难,真圣心也!"遂返至台上,取出锦囊,向北叩首,然后启看,内有小玉箧,藏着龙蛇符篆三幅,蝌蚪篆灵咒一幅,众仙师皆所未见之物。月君乃九叩首谢过,然后向着北平城焚化符咒,就那火焰飞处,一声震雷去了。曼师道:"原来是遣雷神打碎这些炮!"月君烦隐娘往视,回报炮位皆安然不动。

正莫测其妙用,次日刘元帅大兵已至。月君谕道:"北平城头火炮,孤家已用法禁制,尔等放胆攻城,毋或坐误。"王师莫不踊跃,遂长驱直捣城下。守陴燕卒,一齐放起炮来,没有半个响的。王师大声鼓噪,遂将永定、彰义、沙河诸门重重围住。

燕将如飞报知太子。太子大骇,亲率文武百官同到城上。令军士取火再放,却像是实心的木桩,动也不动。学士杨士奇叫打开一个看时,见内里火药水津津都是湿透的。

那时先锋楚由基,早见城上有柄九龙黄伞,伞盖下的一人正站在堵口边,心猜是燕世子,即便拈弓搭箭,"飕"的一声,那伞沿上金龙,竟舒出五爪,将箭一格,堕在尘埃。城下看得分明,城上倒不知影响,只道是强弩之末,力不能及。然已吃了老大一惊,即回朝商议。

太子谕诸臣道:“敌人有此异术,何难隐身入城,里应外合?此不可不虑。卿等有何良策以御之?”杨士奇奏道:“殿下圣虑良是。目今皇上已大胜北寇,旋师之期不远。以臣愚见,莫若遣大臣二员前赴敌营,佯许归藩,崇奉建文年号,俄延数日,保得无虞。候銮驾回时,自然别有方略。”太子道:“此计不成,徒失体面;如其能成,父皇岂不罪及孤家?请先生三思。”士奇又奏:“臣非创见,当日皇上曾差使到济南,有此一议,今不过再申前说。无非缓兵之意,难道真奉他年号!一面即遣飞骑奏知皇上,潜师入关,出其不意以击之。就是破敌,亦莫善于此着。”太子道:“依先生行之,谁堪为使?”士奇应道:“礼部尚书吕震,处事精详而有重望;兵部尚书段民,立身刚正,素为寇服。臣举此二人,可用。”太子即发手敕,令于明日卯刻前赴敌营议事。二人遵旨,当晚即诣相府,受了主意。

五更起来梳洗,黎明便到城上。令人传说:“请让开条路,有官员赴元帅营讲话。”攻彰义门的大将是郭开山,遂飞报与元帅。刘璟道:“两国相争,不斩来使。”着放条路与他走。郭开山即挥兵略退,分开两行。吕震、段民望见,遂疾驰出城,直到王师大营。

刘元帅与谭监军迎于帐下,各施礼毕。吕震具将情愿归藩,崇奉年号,候建文回銮的意思,说得缓款曲折,甚为可听。刘元帅呵呵冷笑道:“汝等似哄儿童,将谓我佩剑不利耶!前此,严震、胡瀹在济南阙下,就是这般言语。诸公卿都要写一奏疏为据。倒是吕军师说:‘燕逆作事,可是这两个人专得主的?倘若失信于我,自有天兵申讨。’今本帅统率六师,正讨其僭逆欺罔之罪,还敢簧唇鼓舌么?”段民厉声应道:“我等出城之际,已弃断脰而回,元帅乃以利剑唬吓耶!先尊公为本朝元勋第一人,建文既不能返,应得天下非当今而谁?纵使起先尊公于九泉,断无说异姓可据之理。由此言之,严尚书亦何曾失信?”刘元帅诧道:“圣主为贼所逼,出亡在外,不灭燕贼,乘舆焉能复返!夫子作《春秋》,乱臣贼子,人人得而诛之,况本帅为元勋之后哉!”吕震见不是势头,又婉词以请道:“不允,由得元帅,何须动怒?但得转达于帝师,以便复命。”这句话原因月君仁义之名播于四海,可以侥幸于万一的想头。在刘璟,亦必须闻知帝师的,遂立刻差人启奏。但见带回两面金龙雕漆牌来,上各写极大的六个字:

— 城下请盟不许

— 限在三日拔城

吕震、段民二人相视默然,遂起辞而去。

刘元帅乃下令诸营:四更造饭,五更饱餐,平明齐进攻城,有能奋勇先登者,不论何人,列土封侯。如有一人先登,第二人不即奋进,后队能斩前人,而登城者并封侯爵。

当夜二更,月君与鲍、曼二师在中台静坐,忽有一道红光直冲座隅。那红光影里早现出鬼母天尊法相,月君与二师忙起身拜接。各施礼毕,鬼母尊谕道:"燕王有柄剑在嫦娥处,可速取来。"月君一想,大抵是那柄剑了,应声道:"在。"遂取来奉上,鬼母尊见剑锷上镌有"取建文缴"四个字,乃顾谓月君与二师道:"即以其人之剑还取其人之命,方使天下后世知道报应不爽。我奉上帝敕旨,往榆木川追取天狼星去,勘问他屠戮忠良之罪。少间日出,卯刻当有玉敕召嫦娥仍返广寒宫为太阴天子也。"月君反呆了一呆,亟拜道:"皆荷圣母翼赞之力!"鬼母尊道:"这不敢贪天之功。汝平日所行之事,巡察神无不上奏,玉帝极其嘉予,敕旨云:'集义累仁,上洽天道;褒忠显节,下植人伦。可谓不负朕之诰诫。'是乃嫦娥自己功行所得也。"遂掣剑凌空。飞至榆木川,而燕王卒。

当日半道人谣云:

复建文,建文不可复,一剑下榆木。

至此方应验。道人,即张三丰,所以能知未来之数也。按史云:永乐二十二年秋七月丁亥,次翠微冈。上御幄殿,谕大学士杨荣曰:"朕还京,当以军国事悉付太子。"戊子,次双流泺,遣礼部官赍书谕知太子。己丑,次苍崖,上不豫。庚寅,次榆木川,召英国公张辅受遗命,传位皇太子。辛卯,上崩。如是,其从容暇豫,似乎无疾而终,可疑也。又纪云:成祖北征阿鲁台,至,远遁去,乃还。秋七月,车驾止苍崖,病。至榆木川遗诏,其夜遂崩。宦者孟骥、马云等,索军中锡万斤,召匠人锤匣,殡殓已毕,尽杀匠工。复敕光禄勋进膳如常,军中无一人知者。如是,其诡谲变幻,又似乎有故而殂,亦可疑也。而野史则云:永乐皇至榆木川,遇野兽突至,与之搏,被攫,只剩其半躯,所以殓而杀匠,泯灭其迹。又如是,其骇闻更为可疑矣。后来梓宫还朝,不可启视。千载之下,谁能破其疑耶?若谓《外史》所言,亦属可疑,更无庸辨。且要写下回嫦娥飞升事也。

第九十九回

嫦娥白日返瑶台　师相黄冠归玉局

建文二十六年秋七月辛卯，月君拜送鬼母之后，鲍师问曰："帝师心中尚有何事？"月君曰："我空手而来，空手而去矣，更有何事？求师指示。"鲍师曰："大约劫数已完，王师不宜留此。自我发之，还须自我收之。吕军师前生修于玉局，今生隐于嵩阳，久任军机，已昧夙因。自我始之，还须自我终之，不可不指点其归路。"曼师道："还有哩！自我借之，还须自我还之。刹魔主之二百万金要赖了他走哩。"鲍师道："不要睬他，以魔道而与太阴天子结为姊妹，是将此金银买的体面，就如乡里财主与绅宦结了婚姻，倾家去奉承，也是情愿的。"曼师道："如今却是现任官员为着急事，央人向财主借的哩。"月君道："毋戏言，恩债岂肯负他？待我先打发了两处。"就握笔写下一帖，是发与刘元帅的。云：

> 孤家于黎明要往省故国，元帅刘璟可速退兵至河间，俟建文帝回銮，请旨定夺。

月君问鲍师道："阙下耆旧诸臣可否亦微谕意，听彼自行其志何如？"鲍师道："也少不得。"遂信笔挥二绝云：

> 广寒仙子下瑶台，只为纲常扫地来。
> 恭代天心行杀伐，凛然正气日中开。
> 燕孽魂亡一剑飞，国仇虽报帝无归。
> 几多未了忠臣事？留与千秋吊夕晖。

又写下发与吕军师的五言律一首，都用上玉玺，封作三函，如军机羽檄一般，统付于女金刚，并传入刘元帅营中，从塘汛转发。月君乃谓曼师道："魔主之债，现放着宫中有碧霞元君仪仗，并诸仙真、龙女馈送的宝物，约值数百万金，将来准折，也算得过。独是没个移去。"曼师笑道："枉在世上走一遭，半些儿东西也存不得，真个是空手而来，空手而去了。你这里发了念头，他那里便自移去，不用送的。"月君道："妙哉！请问二师，我四弟子能随去否？"曼师道："去得，去得！罡风一吹，好像着了我的扇子，化作灰尘,岂不了了!"鲍师道:"胡说! 我道家羽化登仙,岂是肉体去的!"遂命满释奴积薪于东台之下。候着举火时,女金刚已回来复命。

王师都在台左右成行逐队的过去,各营将士只道又有恁么妖法的人来对阵,所以亟令退兵。唯元帅刘璟料到八九分地位,就同阿蛮儿、瞿雕儿、小皂旗三将统领数骑断后。走不五六里,歇下探望动静。

东方微有白意,月君便呼四弟子谕道:"道行浅深,尔等寸心自知。若能尸解随我上升,即登东台。倘有未稳,不妨入山修炼,慎勿因我有累汝等。"素英四仙姑齐声应道:"身外有身,玄中有玄,幸得相随帝师也!"皆就升台趺坐。曼师笑道:"快放火! 四位佳人有了些尘土气,要向火宅中转一回,好换出个新鲜面庞。快烧快烧!"满释奴有些迟疑,女金刚即来举火。曼师又吹口气,顿时烈焰冲天而起,城内城外都道是失了火,连燕国早朝的官员与太子仁宗,都上五凤楼来看。

时太阳初升,正射着城西,遍空中彩雾盘旋,香风缥缈,隐隐然闻有天乐之声。遥见多少仙官仙吏,都着霓裳羽衣,各执绛节云旒,伫立层霄,恰像个迎接人的。月君早已穿着天孙赐的混元开辟一炁仙衣,戴着碧霞元君送的蓝玉雕镂九凤冲天百宝冠,束着嵩岳夫人献的伽楠造成五龙衔珠带,蹬着东海龙女贡的青丝织就百花凝香履,拜别了鲍、曼二师,又与两位剑仙稽首作别。范飞娘等四员女将皆俯伏拜送。早有一只素鸾鸟下在台端,向着月君延颈舒翼,若有所诉。月君视之,即广寒宫所遇之仙禽,天狼星抢来时,全亏他斜飞退避的。才敛衣坐于鸾背,忽东台一声响,为火崩裂,四大弟子尸解出神,各御彩云一朵,随了月君冉冉升上云霄。有一阕为证。

月爱千秋人耐寡,花怜万劫容如画。问君何事下尘寰? 挥铁马,风雷咤,直教杀得真龙怕。

缥缈素鸾双羽下,六铢衣敛轻轻跨。送君此日上空冥,红埃谢,银河泻,天香重锁瑶台夜。

满释奴、女金刚大叫:"帝师! 带了我等去!"月君微微回顾,二女将遂踊身跃入火内。鲍师亟收了二人的神魂,谓曼师道:"女金刚是道兄的弟子,满释奴是我的弟子,各带回洞府,水火炼度他们成道罢。"曼师笑道:"两位剑仙各有弟子带去,唯独老鲍老曼,大家带着个死鬼去。不要被他迷了,不是耍!"众仙师皆大笑。于是聂隐娘携了回雪,公孙大娘携了范飞娘，稽首作别，凌空而散。

其时，燕京内外，远近地方，上至朝廷百官，下至闾巷庶民，无不目击唐赛儿肉身成圣，白日飞升。这样一桩奇事，倒是自己部下，只有刘璟、阿蛮儿、瞿雕儿、小皂旗四人在五里之外望见，各拜手遥送，不胜太息，飞马赶上大军不题。

却说吕军师在荆州先于数日前，有程知星从黔中而来，说圣心安于空门，无意复位，赍一玉函，云复帝师之命，便匆匆就道而去。军师方在踌躇，欲拟草疏，奏请东宫正位。忽于夜半，辕门传鼓，报说帝师有军机令旨到来。如飞传进，却是一道羽檄。拆开视之，乃黄麻纸上写的五律诗一首。云：

不省前生事，花开玉局关。
群真常接佩，玉女每依鬟。
云绕天彭阙，江回灌口山。
只今军国重，何日复仙还？

军师心下了然，是帝师指示夙生，须急流勇退之意。但算知星程途，即使日行三百里，也不得到帝师所在，此诗是先发的了。遂传来人，问已破北平城否。应道："那日燕国遣使请盟，帝师不许，限在三日内拔城，即于次日在刘元帅营中发出令旨，令飞送到军前的。"

军师发放来使，遂布蓍草，筮得一卦，乃"天火同人"。大笑道："火炎于天，帝师已经上升。卦名'同人'，是有诸弟子随之。《彖辞》①'同人于野，亨利涉大川，利君子贞'，当应在我。天彭，灌口，皆在蜀中，此正利涉大川。第同人难得，则如之何？沈珂是旧弟子，彼有老亲，不可使之出家。唯大将刘超，至今不娶，心极向道，但不在弟子之列。"即遣使召至，先将帝师律诗与他看过，然后将所卜之卦与归蜀之意细说一遍。刘超道："是耶，军师在南阳卧龙冈梦与诸葛武侯谈心，言有'生在同乡，归亦同乡'之语，今已验矣。"军师矍然道："我竟尚未想到，岂非一定之数乎？"刘超又说："小将自蒙聂剑师救命，恨生男子之身，不敢皈依女仙师。继承军师垂睐，又忝在部伍之列，亦不敢托于门墙，以干军令。今日，愿从军师入山，成吾素志。"军师大喜道："召汝即是此意，但非某所敢启齿。'同人'

---

① 《彖(tuàn)辞》——《易经》中总括一卦含义的言辞。

一卦，端的不虚，自后宜以师弟相呼也。我向制有道家衣冠，便可带去。”遂传令箭，说军师要微行察阅江道，着棹小快船一只，止用水手四名。顷刻已备。

吕军师与刘超向阙拜辞，悄然下了小舟。钟声初动，缺月方升，乘着一江雾气，竟溯江陵，由三峡而上。易了道装，至于锦江，舍舟从陆路经诸葛武侯祠庙，师弟二人进去瞻拜一回。迤逦到了灌口山，再寻着了天彭阙，然后探访玉局。在万山之中，往来有半月。一日，到个去处，陡见万峰叠翠，万木飞泉，回抱着个洞天。有一阕为证：

翠壁垂萝挂夕阳。一湾清涧过，韵锵锵。幽禽声似唤人行，秋风转，拂面是天香。　　玉洞此中藏。千春松掩映，更篔筜。绝无人到启山房，端详处，惊吠有仙尨。

看那峭壁上，横题着四个大字曰：玉局洞天。其下，翠岩分处，有两扇小白石门掩着。

吕师贞顾刘超道：“此间是矣！汝为我敲门。”刘超敲至数下，一小道者启门而出，将他师弟两人仔细一认，忽失声道：“师父！师父！直到如今才回来么？”师贞一面步入，应道：“几乎忘了！”洞内豁然大开，绝非人世境界。石梁流水，曲房回榭，皆自天然生就，亦间有人工构出者。琪花瑶草，点缀于石台之隅；白鹤玄猿，鸣啸于松林之杪。有小令为证：

洞天深锁碧瑶枝，秋风叶不飞。彩霞掩冉数峰西，画屏天半低。猿一啸，鹤双啼，石泉流翠微。参差曲径往来迷，阮郎何处归。

小道者引至一幽轩，推开小牖道：“师父请看！”师贞见石榻棕簟上坐着个羽士，与自己一般面貌，爽然悟道：“来世不知今世事，开门原是闭门人。”遂问：“坐在此几年了？”小道者道：“师父说是神游访道，历今五十四年矣。这位刘师兄，因念师父，出山去寻，亦已四十多年矣。”师贞问：“怎么知他姓刘？”小道者笑说：“他姓刘，道号醉石。师父姓吕，道号一贞羽士。弟子怎得忘记？”师贞又问：“汝姓什么？”小道者又笑道：“弟子姓韩，道号漱石。师父倒忘了哩？”师贞谢道：“非是我忘，我与汝师兄已经轮回一次，做了多少事业！正不知怎样去投胎，仍得合着本姓。你是一世，我二人是两世了。汝今尚是童颜，我已作苍髯老父，岂不可叹！”又顾谓刘超：“我与汝前生原是师弟，一到人间，各不相识。今日夙缘有在，幸得同归旧路，再勿复念往事了。”师弟三人不胜欣喜，志心修炼百有余年，各上升大罗天云。

余按，异类往往有成精而至于通灵变化者。所谓神仙，亦人之精也。以物之无知，尚能吸天地之灵气以运用，而况于人乎！或谓：是固然矣，第凡夫肌骨重于泰山，故成仙者多由尸解，何唐月君肉体而能上升耶？曰：古有之，旌阳真君是也。夫所谓尸解，乃身外之身，总由一气凝聚孕育所成，有形而无质。至若肉身成圣，则后天之气皆化为先天一炁，其肌骨则坚如金，而轻若絮。唐诗有云："安知仙骨变黄芽。"此之谓欤？考真君为吴猛弟子，猛之成仙，反在旌阳拔宅飞升之后，又将百年，究亦止于尸解。此盖根气大有悬殊，非修持之所能庶几者，又何疑月君肉身之上瑶台也哉？噫！玄机不可尽泄，且看下文结煞。

第一百回

忠臣义士万古流芳　烈媛贞姑千秋不朽

且说刘璟见月君升天，感叹一番，退兵在河间地方。还指望着建文回銮，进讨灭燕，不意奉到相府密札，召请还朝。刘元帅遂将兵符交与谭监军，止带小皂旗，星夜驰至阙下。

原来朝中先得了程知星赍到行在玉函，县令大臣转奏帝师，说圣意决不回銮。即刻又得了帝师封谕二绝句，举朝大惊，所以召刘元帅来商议。文武诸臣佥同在行殿启发玉函，视之，乃是一首七绝句。诗云：

杖锡南游岁月深，山云水月任闲吟。

尘心消尽无些子，不爱临轩万虑侵。

程知星举手道："家君夜观乾象，见太阴星离位，女虚分野，王气潜消。又卜得《涣卦》，亦是解散之义。当日帝在神乐观时，曾卜得《坤卦》，正是太阴承天之候也，就断定龙战于野，阴阳皆不能相胜，终归涣散的。若逆数而行，必至大凶，因此圣意遂决，率笔写了这诗。临行时，家君命星夜赶路，恐不及再见帝师了。果然应验若此。"吴太师道："燕藩未反时，曾公预言必反，而今焉得有错？"

忽报荆门开府姚襄飞奏密本，吴太师亦即同诸臣启示。云："吕军师同着大将刘超驾一小舟，不知去向。次日，道臣沈珂亦挂冠而遁。"众文武齐声道："此无疑是军师也预知帝师升天，英雄之见，大略相同。"吴学诚拊心道："噫！天数若是乎？我即于今日往诣行在，君臣生死一处！"刘璟扬言道："在外开府将军处，均宜行文知照，听其自处。我辈各行己志，可也。"于是曾公望收了玉圭，王琎卷了圣容，诸臣皆暂归邸第。

整理毕，复聚在阙下，大恸一番，出朝而散。独有小皂旗睁目大呼者三，即拔剑自刎。时董、宾二老将军皆先去世，董翥、宾铁儿正要同扶父柩还葬，遂将小皂旗棺殓，载之而去。今将诸臣踪迹悉志于左：

晋爵太师前翰林院编修充平燕军师程济

晋爵太傅前监察御史叶应贤(原名希贤)

晋爵太保前吴王府教授杨应能

叶、杨二公从帝微行十年，同时病卒，葬在滇中之浪穹山，帝手笔题曰："两忠之墓"。嗣后随驾，只济一人。

太师吴学诚（原官侍讲）

太傅赵天泰（原官编修）

太保梁田玉（原官秋曹）

少傅郭节

少保宋和

大冢宰程亨（原官检讨）

大司徒刘仲

大司寇何洲

以上旧臣八人，或之蜀，或之楚，或游吴越，或适滇黔，各去访寻行在。

少师李希颜（原官赞善）

先因老病致仕，仍遁居于夹谷。

少师王琎（原官宁波郡守）

祝发为僧，去游五岳，曰："帝尚披缁，何况臣子！"太监王钺从之去，太监周恕先数日已卒。

太保金焦（原官刑部侍郎）

大司寇冯漼（原官刑部司务）

大司徒梁良玉（原官中书）

大司空黄直

都宪御史王资

晋衔大司空灵台正王之臣（原官钦天监正）

以上旧臣六人，先后去世，均有谥号。

方外宗伯兼迎銮使钱芹

曾从苏州府太守姚善起兵勤王，为行军祭酒。访求行在，卒葬于荆门山中，有谥。

大宗伯周辕　　系殉节衡府纪善谥文节公讳是修之子

大司马胡传福　　系殉国大理少卿谥忠端公讳闰之子

薇省左学士黄贵池　　系殉难博士谥忠慎公讳彦清之犹子

都宪御史张彤　　系勤王殉难乐平县尹谥忠成公讳彦方之子
少司农陈鹤山　　系殉国户部尚书谥忠贞公讳迪之子
大司空曾公望　　系殉国监察御史谥忠静公讳凤韶之长子
少司寇茅添生　　系殉国副都御史谥忠敏公讳大方之长孙
黄门尚书周文献　　系勤王殉难松江郡丞谥忠僖公讳继瑜之子
黄门侍郎侯玘　　系殉国刑部尚书谥忠简公讳泰之孙

以上九人,各怀印绶归里,以诗礼传家,训诫子孙永不出仕,忠孝闻于奕世。

薇省大学士方纶　　系殉国文渊阁博士谥忠肃公讳孝孺之子

少宗伯卢敏政　　系殉难太常少卿谥忠安公讳原质之弟
少司空郑衍　　系殉难监察御史谥忠穆公讳智之子
佥宪御史王者兴　　系殉国监察御史谥忠悼公讳度之子
豫州巡察道余学夔　　系洪武年间进士

学夔本云间人,为正学弟子,刑部尚书魏泽曾以方氏遗孤托之鞠育;而卢、郑与王皆以方党灭族,无家可归,遂相约学夔,同之云间,隐于九峰山。

侍读学士刘藜　　系殉国大理丞谥忠节公讳端之子
侍讲学士王作霖　　系殉国刑部郎中谥忠恪公讳高之子以上二人,遣发妻子居淮海之滨,易黄冠,遍游天下名山,后结茅匡庐以终。

少冢宰卓孝　　系殉国户部侍郎谥忠清公讳敬之子
少司马巨如椽　　系殉国监察御史谥忠献公讳敬之子
加卿衔左都谏魏兖　　系殉国监察御史谥忠悫公讳冕之子
加卿衔右都谏邹希轲　　系殉国大理丞谥忠勤公讳瑾之子

诸公各有令嗣,早卜居于荆襄之间,遂去隐于渔,如沧浪渔父云。

讨燕云帅大司马刘craft　　系太祖军师诚意伯讳基之子

公只身在阙,还至青田,与家人诀别曰:“我先人开国,后人不能复国;岂可生于篡逆之世!”辫发自经死。

晋少师大司马参赞军国重事充迎銮亚卿副军师高咸宁

(原济南儒生,为铁兵部之参军)

济南尹高不危(咸宁之弟)

青州监军道高宣(咸宁之兄)

少师初闻帝师升天,又闻吕军师遁迹,慷慨悲歌,命酒痛饮,至半夜,端坐而逝。其昆弟隐居于华不住山,终身不入城市。

大司马开府豫州铁鼎原名康安　　系殉国兵部尚书谥忠武公讳铉之子

公有二子,谕之曰:"我初志原从先人同死社稷,今幸宗祧不斩,当亟侍严慈于地下。汝等宜卜居于华不注山,与高氏为邻。"遂绝食而卒。

少司马都宪御史开府淮西景星　　系殉国左佥都御史谥忠威公讳清之子

佥宪御史开府徐州练霜飞　　系殉国副都御史谥忠定公讳子宁之子

二开府各遣发公子,居于滁州山中。自与夫人泛舟于五湖,逍遥世外,如范少伯云。

少司马都宪御史开府上谷司韬　　系殉国佥都御史谥忠毅公讳中之子

先得仝然手书云:"在开封时,司公曾托梦言某术数当为西洋开法之祖,今时会已届,浮海去矣。"居数日,帝师升天,公即命子卜居于莱郡,与仝氏相依。亦浮海而去,相传为水仙云。

少司马开府青州高崧　　系殉国监察御史谥忠介公讳翔之子

公已有子而丧偶,仍戴黄冠入嵩山。后游于终南,不知所终。

佥宪御史开府荆门姚襄　　系勤王殉难苏州府太守谥忠桓公讳善之子(襄乳名保儿)

忠桓公率同郡人钱芹、俞贞木、王宾等起兵勤王,时三人之子咸在开府署中,遂同归吴中,隐于西山,当时称为"勤王世家。"

黄门左尚书史彬(原官宾辅)

黄门右尚书郑洽(原官待诏)

以上旧臣二人，奉帝命为江浙间东道主。帝曾三过史彬之家，为人侦知首告，至拖累死。洽谒帝后还家，以劳疾卒。

大司成杨礼立　　系勤王殉国袁州府太守谥忠康公讳任之子

农曹正郎兼督运军粮使杨福　　系殉节给事中谥烈愍公黄讳钺之子

福本常熟人，礼立重其义，与之同行，隐于虞山，为灌园叟。人称为"山中二杨"，胜于朝内"三杨"。

特简将才充讨燕监军使谭符　　系殉国兵部郎中谥忠愍公讳翼之子

谭监军欲作留侯一椎故事，雕儿、蛮儿皆从之入燕，闻燕王薨而各散，监军去，隐于长兴山中。

京营前军大将军瞿雕儿　　系都督赠威武侯讳能之子，雕儿归于卸石寨，与董、宾二将军结小村以居，射猎为乐，人称为"三忠杰"。

京营左将大将军周蛮儿　　系殉国佥都御史谥忠憙公讳璇之子

羽林左冠军先锋使金山保　　系殉国户部侍郎谥忠襄公郭讳任之子

羽林右冠军先锋使咬住　　系殉国监察御史谥忠惠公谢讳升之子

以上三将军同隐于浙之西湖，春花秋月，逍遥于两竺六桥之间，曰"死后神魂，可依岳、韩二忠武"云。

镇守黄河大将军暴如雷　　系殉国刑部尚书谥忠直公讳昭之子

原籍山西，从孟津渡黄河，至中流语其子曰："我既不能尽孝于父，又不能尽忠于君。汝其归里，善继先人之志，训诫子孙，永勿仕进于篡逆之臣。"遂跃入河中。

荆门监军道董春秋　　系殉国监察御史谥忠哀公讳镛之子

闻吕军师入蜀，遂别其妻孥，前去追访；不得，遂修道于青城山，亦仙去。

淮南巡察道胡复　　系殉难兵部侍郎谥靖节公讳子昭之子

入蜀寻访叔父子义不获，反得遇叔父之子胡缜，遂同归故里，复亦更名为绍，隐于耕。

黄门侍郎陈囦　　系勤王殉国徽州府太守谥忠懿公讳彦回之弟

仪曹正郎神乐使王升(原南都神乐观道士)

督理军储兼佥宪御史周缙(原官永清县典史)

京南督粮道胡先(原官沛县县丞)

开封府太守金兰(原候选典史)

周、胡、金三人,本浙之会稽籍。侍郎与仪曹心爱剡中山水,相率去隐于山村,结为"五老社",啸傲花月,均以寿终。

值殿左将军张伦(原官燕山守备)

值殿右将军倪谅(原官燕山百户)

驻守德州偏将军葛进(原德州卫千总)

三人避迹五狼岛,结村而居,为老农老圃,人谓之"三义村"。

建文二十六年秋七月辛卯,月君升天。时燕太子正早朝,文武百官同登五凤楼,看望得分明,皆诧为异事。太子顾谓诸臣道:"却原来是位天仙,怎么说作妖寇?怪不得建文旧臣悉心归附!当日冲虚真人说是为生民劫数降下来的,诚然不错。"诸臣顿首,咸称:"天下太平,殿下洪福。"遂谕阁臣速缮奏疏,请旨处分济南事宜。疏未发,忽接密诏:驾已崩于榆木川,直待灵车进了居庸关,然后发丧。太子即日登基,是为仁宗皇帝,建号洪熙元年。大赦天下,并颁恩诏,凡建文时忠臣义士,已经诰赠爵谥者,悉循当日恤典,如有遗漏未追赠者,查确奏请,并子孙咸得荫职。其靖难时阵亡将士,毋分南北,一体褒恤。原有世职者,仍准承袭。至忠臣之妻女,殉难者悉加追封。敕郡县所司,凡忠臣烈女皆得建坊立祠,以表其节。兹记其烈女载诸史册可据者:

兵部尚书铁铉妻杨夫人并二女　　母薛太夫人

文渊阁学士方孝孺妻郑夫人并二女

礼部侍郎黄观妻翁夫人并二女

翰林院修撰王叔英妻金夫人并二女

监察御史谢升妻韩夫人并四女

大理寺丞胡闰妻王夫人并一女

刑部尚书侯泰妻曾夫人

工部侍郎张安国妻贾夫人

副都御史茅大方妻张夫人
佥都御史周旋妻王夫人
监察御史曾凤韶妻李夫人
左拾遗戴德彝嫂项夫人
监察御史林英妻宋夫人
兵部郎中谭翼妻邹夫人
浙江臬司王良妻某夫人
徽州府太守陈彦回妻屠夫人
镇抚牛景先妻某夫人
户部侍郎郭任三女
监察御史董镛一女
萧县令郑恕二女
青州府教授刘固母袁太夫人
燕山卫卒储福妻范氏　　母某氏
国师道衍孀姊姚氏

以上忠臣妻女，凡随夫与父殉节者，妻封义烈，女封孝烈；若与夫与父被难者，妻封安烈，女封哀烈。其发在教坊自尽者，妻封清烈，女封贞烈。忠臣之母封宜烈。唯德彝之嫂封越烈。道衍之姊、储福之妻，均封超烈。自此，四海人民心悦诚服。时建文行在楚中，闻之曰："此子可谓干父之蛊也。但要天下太平，如朕临轩①，夫复何虑！"于是得逍遥于山水。

又十六载，为英宗正统五年，朝中已历四世，帝年六十有四，问济曰："我欲归于祖陵，可否？"济卜之吉，遂出滇南。至藩司②堂上，南面盘膝而坐曰："我建文皇帝也。"巡方御史飞章奏闻，有旨送归燕京。时从亡者皆去世，唯济一人侍从。而内朝旧臣，亦无一存，都不识认，止一宦官吴亮为帝旧侍，令辨真伪。帝见亮即呼曰："汝吴亮也，老至于此！"亮对："不是。"帝曰："朕于某年食子鹅，弃片肉于地，令汝作狗舐之，犹如昨日，难道就已忘了么？"亮涕泣伏地，帝左趾有黑痣，亮以手摩视之，乃持帝踵，大痛不能仰视，退而自经。英宗闻吴亮死，知帝是真，迎入大内，以儿孙礼

① 如朕临轩——如同我（皇帝）上朝一样。
② 藩司——即布政司，专管财物和人事的官府部门。

拜见，称为太上老佛。济叹曰："今日得终臣职！"遂入徽之黄山，隐于天子都。后帝寿至八十九岁而崩，卜葬于西城外黑龙潭北，碑题曰："天下大师之墓。"岭南屈大均曾谒帝陵墓。有诗曰：

让帝飘零海峤东，龙归犹识未央宫。
风雷岂敢疑姬旦，禾黍何当怨狡童？
父老争迎灵鹫锡，山河如弃鼎湖弓。
伤心陵墓无封树，秋草离离白露中。

帝之长子名文煃，诸臣在宫中泣别时，有兵部侍郎廖平请于帝，匿文煃以去。后为奸人讦首，而廖侍郎则先已寄托于黎平土司曾长官家，变姓曾氏矣，以此搜查无获，仅抄没廖平之家，流徙蜀中。及文煃既长，平以少妹妻之，而后访求帝迹，相遇于浙之桐庐。及复命，乃自尽。及帝还京，文煃仍复朱姓。越二百五十年，烈皇帝殉社稷，皇家子孙殄灭无遗，唯文煃一脉超然物表，至今云秖繁衍，盖天所以厚让帝之福云。